»Ebenso erstaunlich fand ich die gewaltige Nachwirkung der Vermutungen über die babylonische Sprachverwirrung und Völkerzerstreuung während der europäischen Neuzeit bis ins 20. Jahrhundert. Reformatoren und Entdeckungsreisende, Sprachwissenschaftler und Völkerkundler zersprengten seit der Renaissance das statische Weltbild der lateinischen Christenheit und schufen dynamischere Kulte, den religiösen der Konfession, den politischen der Nation, den geistigen des Individuums, den sozialen des Fortschritts. Trotzdem blieben Behauptungen über die menschliche Urgeschichte auch in der Moderne geschichtsmächtig. Maler, Dichter und Denker lasen aus den alten Mythen vom verlorenen Ursprung noch immer Grundwidersprüche im menschlichen Selbstverständnis und Sozialverhal

ARNO BORST

DER TURMBAU VON BABEL

Geschichte der Meinungen über Ursprung und Vielfalt der Sprachen und Völker

Band III
Umbau
Teil 2

dtv

Deutscher Taschenbuch Verlag

Unveränderter Nachdruck der 1957 bis 1963 erschienenen Originalausgabe

November 1995
Deutscher Taschenbuch Verlag GmbH & Co. KG,
München
Lizenzausgabe mit freundlicher Genehmigung
des Anton Hiersemann Verlags, Stuttgart
Umschlaggestaltung: Dieter Brumshagen
unter Verwendung eines Gemäldes von Pieter Brueghel d. Ä.

Satz: Ensslin & Laiblin, Reutlingen
Druck und Bindung: C. H. Beck'sche Buchdruckerei,
Nördlingen
Printed in Germany · ISBN 3-423-59028-9

INHALT

IV. UMBAU

(FORTSETZUNG)

5. Aufklärung und Apologetik

Bis ins späte 17. Jahrhundert hatten sich Logik, Metaphysik und Dogmatik darum gestritten, die Welt recht zu deuten. Die Zeit von etwa 1680 bis 1780 verwarf nun sowohl den Rationalismus wie die Orthodoxie und mit ihnen Sprache, Schrift und Offenbarung überhaupt, weil sie die Wirklichkeit nicht bewältigten. Über dem vielfältigen Geschehen thront weder ein wunderwirkender Gott noch der gewaltig planende Mensch. Dennoch wollte die Epoche sich nicht mit dem Kleinen bescheiden, nicht vom Glauben an das Allgemeine lassen; das 18. Jahrhundert erhob zur allumfassenden Göttin die immergleiche, vernünftige Natur. Ihr gehorcht der Mensch, der Erfahrungen macht und Empfindungen hegt, der sich zu göttlicher Freiheit emporbildet und doch die Grenzen des Naturzustandes nicht überschreitet. Er verehrt das Ursprüngliche, kann aber die verworrenen Ideale der Vergangenheit missen; denn die natürliche Erfahrung wird ihn Fortschritt lehren, und stabiler als die trüben Fiktionen der Bücher werden die endlich anerkannten Fakten die Ordnung der Welt stiften; was jenseits ist, ist unerheblich. Dagegen mußten die christlichen Apologeten protestieren; aber nicht viel anders als die Aufklärer zogen auch sie, auf den Spuren Spinozas, den Glauben in die Geschichte, Gott in die Natur hinein und retteten nur die Religion, nicht die Tradition, nur die Schöpfung, nicht die Heilsgeschichte. Ehrfurcht vor dem Ursprung und Glaube an den Fortschritt ergaben ein neues, quasi-religiöses Geschichtsdenken, das die Wirklichkeit nicht mehr überwölben, sondern ergreifen wollte[1]).

Und ergriff es sie nicht tatsächlich? Wer hätte sich in dieser Epoche der hoffnungsvollen Erfahrung entziehen können? Die Hegemonie Frankreichs wich dem von England dirigierten Konzert der Mächte; die Willkür des Herkommens wurde vom aufgeklärten Absolutismus durch die Balance der Sozialstrukturen und Verfassungsnormen ausgeglichen. Den Platz der esoterischen lateinischen Gelehrtensprache eroberten die wirklichkeitsnahen Volkssprachen, zuvörderst das Französische; praktische Wissenschaft verdrängte die poetischen Phantome. Enge wandelte sich in Fülle; während sich Europa beherrschend über koloniale Kontinente ausdehnte, empfing es weltweite Belehrung über die Variationen des Natürlichen und Menschlichen. Auch die Sprachen und Völker der Erde, immer gründlicher erschlossen, boten ein ge-

---

[1]) Wilhelm Dilthey, Das achtzehnte Jahrhundert und die geschichtliche Welt (Gesammelte Schriften, Bd. 3), 2. Aufl., Stuttgart-Göttingen 1959, S. 209; Cassirer, Aufklärung 1 ff., 62 ff., 123 ff., 178 ff., 244 ff., 263 ff.; Meinecke, Historismus 13 ff. (Geschichtsdenken); Fritz Valjavec, Die Aufklärung, in: Historia Mundi, Bd. 9, Bern-München 1960, S. 14 f. (Religion).

waltiges Panorama des Natürlichen, ja des Heiligen. Ursprüngliche Gaben der Allmutter Natur, gliedern sie heute noch gerecht den Kosmos; ihre Wirklichkeit selber schien die Doktrin des Säkulums zu stützen[2]).

Doch die Wirklichkeit der Sprachen und Völker, der Religion und Geschichte ist nicht doktrinär, einfach, geradlinig. Während sie sich den Denkern des Jahrhunderts zur eindeutigen Definition anbot, verwirrte sie schadenfroh alle Begriffe. Was ist denn Natur? Das Ewige oder das Primitive, das Umfassende oder das Vage, das Wachsende oder das Starre? Was ist denn der Mensch? Das Tier oder der Gott, der Knecht oder der Herr, der Ruhende oder der Strebende? Und Sprachen und Völker: Rudimente des Urtümlichen oder Fundamente des Fortschritts, aber doch nicht beides zugleich? Kann Fortschritt Rückkehr sein? Ist die Natur vernünftig? Wenn die Sprache ein Geschenk der allmächtigen Natur ist, warum narrt sie uns? Ist nicht am Ende der Naturalismus und Empirismus nur eine neue sprachliche Fiktion, die die Wirklichkeit verschleiert? Drehen wir uns nicht ständig im Kreis, anstatt fortzuschreiten? In der Tat drehte sich die Diskussion der Zeit im Kreis um diese Fragen; sehen wir zu, wohin der menschliche Geist und die historischen Umstände sie führten.

England gab dabei den Ton an; das Land, das eben noch auf seine Tradition schwor, ersetzte 1688 in einer Revolution das absolute Gottesgnadentum durch parlamentarische Konstitution, Hegemonie durch Gleichgewicht, Religionskämpfe durch liberale Toleranz, Rationalismus durch Empirismus. Während das englische Kolonialreich immer weiter wuchs, schrumpften die historischen Stützen des englischen Auserwählungsglaubens, die elisabethanische Trojanersage, der puritanische Hebräermythos, die parlamentarische Berufung auf die alten Germanen[2a]); die neu geeinte Nation erwog ihre gegenwärtigen Aufgaben nüchtern und brauchte dazu nicht den Kult des Gewesenen, sondern die Kritik des Möglichen.

Der volkstümlichste englische Philosoph, John Locke (1632–1704), gab sie nach zwanzig Jahren des Nachdenkens 1690, mit Wilhelm III. aus dem holländischen Exil zurückgekehrt. Locke, von Beruf Arzt, glaubte nicht mehr an die heilsgeschichtliche Vorsehung und die Ordnungsmacht der Sprache, nur noch an die sinnliche Erfahrung. Immerhin war es (ähnlich wie bei Hobbes) Gott, der dem Menschen die Sprache gab *(furnished)*, weil er ihn als geselliges Wesen schuf; Gemeinschaft setzt Verständigung voraus und wird durch Sprache ver-

---

[2]) Wilhelm Dilthey, Das Erlebnis und die Dichtung, 8. Aufl., Leipzig-Berlin 1922, S. 9 ff. (Volkssprachen, Wissenschaft); Louis Réau, L'Europe française au siècle des lumières (L'évolution de l'humanité 70), Paris 1951, S. 11 ff. (Französisch); zum Übrigen Fritz Valjavec, Geschichte der abendländischen Aufklärung, Wien-München 1961, S. 91 ff., 218 ff., 274 ff., 284 ff., 301 ff.

[2a]) Hermann Oncken, Wandlungen des Geschichtsbildes in revolutionären Epochen, in: HZ 189 (1959) 124–138, hier S. 129 f.

bunden. Da aber nur das Sprachvermögen, nicht die sprachliche Form von Gott kommt, verkündet die Sprache keine ewigen oder angeborenen Ideen; der Mensch hat sie sich selbst gemacht, die Dinge nach Belieben mit willkürlich gewählten Zeichen seiner Vorstellungen benannt und kann von ihr daher keine Offenbarungen erwarten; die Namen der Dinge decken sich (nach Bacon) nicht oder nur *in some degree* mit ihrem Wesen. Sprache orientiert uns nicht über die Dinge, sondern höchstens über den Ursprung unserer Ideen; sie bildet sich nämlich aus seelischen Vorstellungen, und diese können bei unerfahrenen Menschen falsch sein. Woher etwa sollte der erste Namengeber Adam Erfahrung haben? (Die Frage Socinis und Hobbes'.) Adam hatte Phantasie und Verstand, und er konnte Ideen durch Laute wiedergeben – aber all dies wurde seinen Nachkommen auch zuteil, und sie lernen ständig zu. Sogar Kinder können sich, wie Descartes lehrte, eine Sprache erfinden, und keiner, selbst der große Augustus nicht, kann die Geltung einer solchen Sprache verhindern; niemand kann ihr aber auch (wie Newton wußte) mathematisch-physikalische oder moralische Gewißheit verleihen, sonst müßte die Lautsprache dem Japaner und dem Taubstummen ebenso wie dem Engländer einleuchten. Wenn zwischen Lauten und Ideen ein natürlicher Zusammenhang bestünde, hätten alle Menschen dieselbe Sprache; weil aber Sprache beliebig ist, deshalb sind die Sprachen veränderlich und verschieden, geprägt von geschichtlichen Mächten, der Lebensweise und Gewohnheit eines Landes. Kaum eine von zehn komplexen Vorstellungen läßt sich adäquat in eine andere Sprache übersetzen; fremde Sprachen und frühere Zeiten bauten sich andere Vorstellungswelten auf als wir, darum verstehen wir sie nicht. Ja, jeder einzelne spricht nach seiner individuellen Erfahrung, also in seiner besonderen Sprache. Diese Autonomie und Aporie der Sprache ist nach Locke im biblischen Bericht vom Babelturm gemeint. Bei der Sprachverwirrung verstand jedermann nur noch sich selbst; die Sprache diente nicht mehr der *conversation*. Das biblische Ereignis macht also einerseits die Grundstruktur der Sprache sichtbar und hebt sie anderseits auf; es ist allegorisch und momentan, nicht historisch. Babel bezeichnet ein augenblickliches Durcheinander der Begriffe, keine unwiderrufliche Epoche der Sprachengeschichte. Locke nimmt den biblischen Bericht nicht mehr wörtlich, weil er die Bibel selbst sprachlich nimmt. Die Tausende von Bibelkommentaren lehren uns nur, daß die Worte fremder Sprachen und früherer Zeiten für Spätere sehr schwer verständlich sind; weil die Bibel in Sprache gefaßt ist, kann sie uns nichts verbindlich und verläßlich überliefern. Das ewige und gültige Wort Gottes lesen wir nicht in der Bibel, sondern in der natürlichen Schöpfung. (So schon Galilei.)

Demnach ist die Geburtsstunde der Sprachen nicht in der Bibel verzeichnet; auch die spätere Geschichte darf man nicht in den Büchern suchen. Denn so wenig wie Heilsgeschichte gibt es eine wissenschaftliche Weltgeschichte. Antike Autoren sind uns unverständlich, ihre historischen Nachrichten sind unzureichend überliefert, gefälscht oder erlogen, mindestens schwer zu deuten. Geschichte lehrt uns kein verpflichtendes Erbe, höchstens liberale Lebensweisheit; sie ist das Spielfeld für freie Experimente. Geglückte Experimente sind auch die heutigen Sprachen; zwar sind sie wie alle Sprachen unvollkommen, aber sie wurden von Gemeinschaften praktisch erprobt. Ihr Erfahrungswert und ihre Sozialfunktion, *the convenience of communication*, mindern ihren Erkenntnisdefekt. Sprache kann nicht allgemein wahr, muß aber jeweils verständlich sein. Ihre Geschichte ist also Sozialgeschichte, jedoch nur in geschlossenen, gleichzeitigen Verbänden; sie begründet keine Tradition. Wir lernen also (wie Montaigne empfahl) lieber kein Latein, das der Erwachsene, tausend gegen eins, im Alltag niemals braucht, sondern unsere englische Muttersprache und allenfalls die Sprache unserer Nachbarn, Französisch. Brauchbar sind unsere Sprachen, wozu sie ändern? Sie sollen bleiben, wie sie sind, mehr vom Gebrauch der Massen als von der Einsicht der Klugen geformt. Denn der Klugen sind wenige, die Sprache aber ist für alle. Töricht wäre es, die Idiome der Welt (wie Wilkins) pfingstlich durch eine künstliche Universalsprache reformieren zu wollen. Weil Sprache stets durchschnittlich ist, wird sie niemals zum Schatzhaus alles Wissens, zum Gefäß der einen Wahrheit werden; sie kann niemals eine sein. Die Wahrheit ist nicht für uns, und die Erfahrungen sind nicht für alle; darum sollen auch weiterhin die Völker sich ihre sprachlichen und staatlichen Normen nach Belieben und Bedürfnis selber setzen, nicht metaphysische Ideen verteidigen, sondern sich verständigen und mit ihrer Mittelmäßigkeit zufrieden leben[3]).

Diesen demokratischen Brauch können nur die Völker festsetzen, nicht wie bei Hobbes die Staaten, noch weniger wie bei Filmer die Monarchen. Nachdem die Theorien der Rationalisten und Orthodoxen über Bord geworfen waren, stürzte Locke 1690 auch die Staatslehre der Traditionalisten. Freilich war Adam

[3]) An Essay Concerning Human Understanding, in: The Philosophical Works, hg. James Augustus St. John, 2 Bände, London 1901: III, 1, 1 Bd. 2, S. 1 (Gott und Sprache); III, 2, 1 f. S. 4 f. (Willkür); II, 15, 4 Bd. 1, S. 319 (Ursprung unserer Ideen); III, 6, 44 f. Bd. 2, S. 69 ff. (Adam); III, 6, 51 S. 73 f. (seine Nachkommen); II, 11, 8 Bd. 1, S. 274 (Kinder); III, 2, 8 Bd. 2, S. 8 (Augustus); I, 3, 19 Bd. 1, S. 173 (Japaner, Taubstumme); II, 22, 6 f. S. 417 f.; III, 5, 8 Bd. 2, S. 34 f. (Sprachverschiedenheit); III, 6, 28 S. 59 (Babel); III, 9, 22 f. S. 93 f. (Bibel). Some Thoughts Concerning Education, in: The Works, Bd. 8, London 1794: § 182 S. 174 f. (Geschichte); § 162–164 S. 152 f.; § 189 S. 181 f. (moderne Sprachen). An Essay ... II, 28, 2, St. John Bd. 1, S. 482 f. (convenience); II, 18, 7 S. 346 f.; III, 5, 7 Bd. 2, S. 33 f.; III, 6, 33 S. 63 f. (Verständlichkeit); III, 6, 25 S. 55 f. (Gebrauch und Einsicht); III, 11, 2 S. 114 (keine Reform). Dazu Cassirer, Philosophie 73 ff.; Arthur Zobel, Darstellung und kritische Würdigung der Sprachphilosophie John Lockes, in: Anglia 52 (1928) 289–324, hier S. 289 ff.; Verburg, Taal 253 ff.

der Vater aller Menschen, doch ein Weltherrscher war er nicht, war Noah nicht. Warum wollen so viele Völker von Noachiden abstammen? Recht und Rang werden dadurch nicht gesteigert; die Chinesen, ein sehr großes und kultiviertes Volk, berufen sich so wenig auf Noah wie andere recht achtbare Leute, die ihre Ahnentafeln bei Buddha, Herkules, Pharamund oder sogar bei Jupiter und Saturn beginnen lassen. Zudem kann kein Noachide auf Amerika Anspruch erheben, wenn Noah vor seiner Weltteilung nur das Mittelmeer bereiste... Die Erde bevölkerte und besiedelte sich auch ohne Noahs patriarchalische Fürsorge nach der Sintflut ziemlich schnell. Nun soll nach Filmer gar die babylonische Zerstreuung der Anfang der Königsmacht gewesen sein! Sicher wird sie sich dann wie die Macht von Babel teilen und zerstreuen und nur Verwirrung verbreiten. Aber im Ernst: In Sinear baute kein Monarch, sondern ein freies Volk, ein *Commonwealth*, das nicht so schlecht war, wie Milton meinte, und nach Gen. 11,3 im demokratischen Plural seine Beschlüsse faßte. Mag sein, daß man in Babel 72 Völkerväter zählte, aber entweder waren sie von dem vorsintflutlichen, ursprünglichen *Commonwealth* eingesetzt, also keine Monarchen, oder Gott trennte plötzlich die 72 Nationen und vernichtete eben damit die monarchische Autorität ihrer Anführer. Wenn Nimrod, der Begründer der Monarchie, dann einige dieser 72 Freistaaten eroberte, verletzte er alles göttliche und natürliche Recht und erwies nur das ewige Unrecht des Absolutismus. Gott hat ferner nicht gewollt, daß die Regierungsform durch gleiche Sprache der Untertanen gestützt werde oder daß gemeinsame Abstammung die Grundlage der Staatenbildung sei; er überließ alles dem freien Spiel der geschichtlichen Kräfte. Darum kann heute keine Genealogie mehr den wahren Erben Noahs oder Sems ermitteln; darum verneint Lockes Genesiskommentar jede Beziehung der irgendwo in Afrika heimischen Japhetiten zum modernen Europa[4]). Der Mensch richte sich illusionslos und natürlich in seiner Gegenwart ein, ohne sie überwinden, verstehen oder verbessern zu wollen. Was früher einmal geschehen sein soll, kann ihm weder schaden noch helfen.

Die Tradition wirklich zu ignorieren ist nur den Genies gegeben; die Talente müssen sie kritisieren, um sie zu überwinden, und bleiben ihr doch verhaftet. Thomas Burnet (1635–1715) sträubte sich gegen Lockes radikale Erkenntnislehre und meinte 1681, daß die vernünftige Betrachtung der Historie genüge, um die Last der Überlieferungen loszuwerden. Die Gegenwart ist nicht genealogisch determiniert, Locke hat ganz recht. Zwar stammen wir alle vom

[4]) Two Treatises of Civil Government, hg. W. S. Carpenter (Everyman's Library 751), London–New York 1951: I, 6, 50 ff. S. 36 ff. (Vater aller Menschen); I, 11, 141 S. 95 f. (Noachidenherkunft); I, 7, 77 S. 55; I, 11, 139 S. 94; I, 11, 142 S. 96 (Noahs Erdteilung); I, 11, 143–148 S. 97–102 (Babel, Nimrod); II, 1, 1 S. 117 (heutige Genealogie). Lockes Genesiskommentar bei William Dodd, The Holy Bible with a Commentary, Bd. 1, London 1765, unpaginiert, zu Gen. 10.

ersten Menschen Adam her, aber nicht alle von Noah. Denn die Sintflut war kein Einschnitt, sie schwemmte nicht alles Ursprüngliche, Gute weg; in jedem Kontinent überlebten einige Menschen die Katastrophe. Vermutlich wurde Eurasien von Noachiden besiedelt, aber den Stammvater Amerikas kennen wir nicht; auch die Bibel kennt ihn nicht[5]). Prüfen wir die biblischen Urkunden nur unbefangen, dann geben sie uns recht; das dachte 1696 auch der eben erst konvertierte John Toland (1670–1722), von Locke beeinflußt, doch nicht bestimmt. Die Wahrheit ist sehr wohl zu erkennen, denn sie ist immer und überall dieselbe und für das Volk gemacht, auch wenn sie einst lateinisch, griechisch oder hebräisch niedergeschrieben wurde. Der christliche Missionar kann sich den Wilden in ihrer Sprache verständlich machen; Übersetzungen sind möglich, weil hinter allen Sprachen die gleiche Wahrheit steht. Die Sprachen mögen schwanken und wechseln; Xenophons Sprache wäre den heutigen Griechen, korrektes Englisch den schottischen Bauern schwer begreiflich, doch nur der Worte, nicht des Inhalts wegen. Durch alle historischen Wechselfälle leuchtet die reine Wahrheit hindurch, die des Deismus, der Offenbarung und Wunder, Tradition und Gelehrsamkeit verwirft und bloß Natur und gesunden Menschenverstand am Werke sieht[6]).

Der Kosmos ist ein Kunstwerk, das braucht dem einfühlsamen Menschen nicht erst bewiesen zu werden, er sieht es. Um diesen Wunderbau zu erhalten, bedarf es freilich des schöpferischen Genies, das den Zusammenhang alles Irdischen nutzt. So meinte 1710 der humane Aristokrat Anthony von Shaftesbury (1671–1713), von Locke angeregt, in der unvollkommenen Urgesellschaft hätten die Menschen nur *accidentally* und mühsam Sprache geäußert, bloß um sich zu verständigen, ihre Bedürfnisse mitzuteilen, ihre Sorgen auszutauschen. Schon in der Urzeit mögen göttliche, geniale Menschen die Dinge durchschaut und recht benannt haben; aber die treffende und schöne Sprache entstand erst nach langer Bemühung und Kultivierung, am reinsten bei den alten Griechen, den Meistern hoher Menschlichkeit. Sprache kommt nicht als Emanation Gottes wunderbar vom Himmel herab; sie war und ist in die Hand des fühlenden Menschen gelegt, der sie genial zum Gefäß göttlicher Wahrheit und Schönheit, zum Band universaler Sympathie, zum Abbild des Kosmos machen kann[7]). Dieser Aufschwung zur Tat darf freilich nicht in edlen Luftschlössern enden;

[5]) The Sacred Theory of the Earth, Bd. 1, 4. Aufl., London 1719, S. 48 (Adam), 376 f. (Noah und die Flut). Dazu ALLEN, Noah 96 ff.

[6]) Christianity not mysterious, übers. Wilhelm LUNDE (Studien zur Geschichte des neueren Protestantismus, Quellenheft 3), Gießen 1908: Vorwort S. 62 (Wahrheit und alte Sprachen); I, 4 S. 79 f. (Missionar); I, 23 S. 88 f. (Xenophon usw.). Dazu Leslie STEPHEN, History of English Thought in the Eighteenth Century, Bd. 1, 2. Aufl., London 1881, S. 101 ff.; HAZARD, Krise 182 ff.

[7]) Characteristics of Men, Manners, Opinions, Times, etc., hg. John Mackinnon ROBERTSON, 2 Bände, London 1900: Soliloquy II, 2 Bd. 1, S. 153 f. (Urgesellschaft);

er muß bürgerlich nüchtern das Nächste bedenken. Richard Steele (1672–1729) wies 1711 warnend auf die schweigsamen Lügner, die aus Phantasien und Illusionen ihre Luftschlösser bauen; trotz aller Plackerei stürzen sie rasch wieder ein und verwirren dem verbohrten *Builder of Babells* alle Gedanken[8]). War der Babelturm nur ein Luftschloß, die Sprachverwirrung nur verträumte Pläneschmiederei? Die biblische Erzählung enthielt jedenfalls keine nachwirkende Realität. Steeles Genosse Joseph Addison (1672–1719) fand freilich 1712, daß eine solche allegorische Auslegung selbst ein Luftschloß sei. Der Turm zu Babel ist gewiß keine Fabel; seine Fundamente gleichen noch heute einem ansehnlichen Berg. Aber er war keine gottlose Tyrannenburg; dies stattliche Meisterwerk der Architektur (das schon Hobbes bewundert hatte) diente lediglich dem Ruhme Gottes. Dann war aber (Addison verschwieg es klüglich) die Bibel im Irrtum. Gesetzt, die Sprachverwirrung käme von Babel, was ist an ihr Schlimmes? Wenn Locke im Recht war und jeder Mensch seine besondere Sprache redet, so hat doch auch jeder sein sehr persönliches und einzigartiges Vergnügen dabei, sogar wenn er einen allbekannten Text liest[9]). Soll also jeder die Bibel auslegen, wie er mag? Vor allem freue sich jedermann am tröstlichen Bau unserer Welt und lasse sich die Sympathie für alles Menschliche durch keine Historie trüben.

Das meinte im Grund auch der puritanische Handelsmann und Dichter Daniel Defoe (1659/60–1731). Als er 1701 den Ausländerkönig Wilhelm III. verteidigen wollte, machte er die englische Nation zu einer Mischung aus „allen Nationen unter dem Himmel“ (Act. 2,5) und ihren Sprachen; der Engländer ist mit dem Universum verwandt und darf stolz darauf sein, denn die gemischteste Nation ist die kultivierteste. Die reine Rasse im Stil der *Hebrew Stories* taugt (wie bei Bodin) nicht viel; nur Tatkraft macht uns groß, nicht die Ahnentafel. Eine uralte Geschichte hat eigentlich nur der Teufel; Defoe erzählte sie 1726. Satan machte Noah trunken; Satan stand hinter dem mutwilligen Plan, die riesige Treppe *(staircase)* von Babel zu bauen; nur in der Trunkenheit konnte die Welt ihn entwerfen. Denn die Entfernung zwischen Himmel und Erde ist (wie bei Donne) unüberbrückbar; der höchste Turm schützt nicht vor der Flut, die die Fundamente unterspült, und in den oberen Regionen kann der Mensch nicht atmen. Nach Casaubon hätten unsere Vor-

---

Miscellaneous Reflections III, 1 Bd. 2, S. 240 ff. (Griechen); V, 1 S. 297 (nicht vom Himmel herab). Dazu Cassirer, Aufklärung 112 ff., 202 ff., 417 ff.; Meinecke, Historismus 16 ff.; Verburg, Taal 332 ff.

[8]) The Spectator, hg. George Gregory Smith, 8 Bände, London 1897–98: Nr. 167 vom 11. 9. 1711 Bd. 2, S. 310 ff. Dazu Günter Graf, Der Spectator von Addison und Steele als publizistische Erscheinung, Diss. phil. (Masch.-Schr.) Münster 1952, S. 89 ff., 101 ff.

[9]) The Spectator Nr. 415 vom 26. 6. 1712, Smith (o. Anm. 8) Bd. 6, S. 69 f. (Babel); Nr. 416 vom 27. 6. 1712 S. 74 ff. (Sprachen).

fahren gar nicht in den Himmel steigen, nur einen Vorratsspeicher oder einen Schmuck für ihre *City* bauen wollen. (Seit 1722 wurden die Türme der Westminster Abbey errichtet.) Wahrscheinlicher ist doch, daß Satans Einflüsterung die Besiedlung der Welt verhindern sollte. Gott setzte seinen universalen, humanen Plan durch; man weiß nur nicht, wie. *Take it which way you will!* Vielleicht verwirrten sich allein die Gedanken, vielleicht trennte wirklich ein neues Schibboleth die Zungen, zum Leidwesen Satans. Waren es 15, 72, 180 oder einige tausend neue Sprachen? Man weiß es nicht; auch wie der Teufel diese Sprachen lernte, bleibt ein Rätsel. Genug, daß er Wege fand, auch die sprachlich getrennten Menschen wieder anzusprechen; zudem konnte er sie nun an ihrem Nationalstolz packen und Kriege entfachen. Krieg ist des Teufels Meisterstück, seine Antwort auf Babel. Nicht minder teuflisch als die nationale Leidenschaft ist die Universalmonarchie, *from His Most August Imperial Majesty King Nimrod the First to His Most Christian Majesty Louis the XIV*. Ist die Geschichte Wahnsinn, so hat sie doch Tradition. Gott aber schützt die Seinen; der Fromme liebt die ganze Welt und ist gleichwohl nicht auf sie angewiesen. Defoes Held Robinson Crusoe versteht weder Portugiesisch noch Französisch; erst recht sind ihm die barbarischen *gestures* und Dialekte kannibalischer Wilder fremd. Er schafft sich allein seine Welt. Doch voll Erbarmen nimmt er einen Wilden bei sich auf und lehrt ihn den Gebrauch der menschlichen, das heißt der englischen Sprache. Im kleinen Kreis vollendet sich der Mensch, erfüllt er seine universale Bestimmung – Robinson stirbt mit 72 Jahren[10]). Im Detail wohnt noch immer Gott, auch wenn er nicht der Herr der satanischen Staatsaktionen ist; er schenkt seine Gnade dem tüchtigen Einzelnen. So fügt sich das puritanische Denken dem Common sense.

Aber wer ist denn tüchtig und verständig? Von 1721 bis 1726 schrieb der querköpfige Dekan von St. Patrick in Dublin, Jonathan Swift (1667–1745), sein Buch von Gullivers Reisen, ein Lieblingsspielzeug der Kinder und doch eine bittere Satire auf die menschliche Schwäche. Gulliver, Robinsons Geistesverwandter, setzt sich zwar allein gegen eine Welt durch; rasch eignet er sich die verschiedenen Sprachen seiner Gastgeber an, die ihrerseits von Hoch- und

[10]) The Works, hg. William Hazlitt, Bd. 3, London 1843: The True-Born Englishman, Preface S. 5; Part I S. 8 (Mischung), 9 (Universum), 14 (stories); Conclusion S. 16 (Tatkraft). The History of the Devil I, 10, ebenda (gesonderte Seitenzählung) S. 37 ff. (Babel), 41 (Nimrod, Ludwig XIV.); dazu Rudolf Stamm, Der aufgeklärte Puritanismus Daniel Defoes (Schweizer Anglistische Arbeiten 1), Zürich-Leipzig 1936, S. 166 ff., 177 ff.; Armin Blass, Die Geschichtsauffassung Daniel Defoes, Diss. phil. Freiburg i. Br. 1931, S. 35 ff. The Life and Strange, Surprizing Adventures of Robinson Crusoe (The Shakespeare Head Edition), 3 Bände, Oxford 1927, hier Bd. 1, S. 36 (kein Portugiesisch usw.), 236 f. (gestures), 239, 244, 248 (Englisch); Bd. 3, S. 220 (72 Jahre); dazu Walter Hübner, Die Weltbücher von Robinson und Gulliver und ihre geistesgeschichtliche Bedeutung, in: Neuphilologische Zeitschrift 1 (1949) Heft 2, S. 33–46; Heft 3, S. 8–23, hier S. 34 ff.

Niederdeutsch, Latein, Französisch, Spanisch, Italienisch und der Lingua Franca nichts verstehen. Denn sogar im Raum der Zwerge unterscheiden sich die Idiome der Kaiserreiche, des kontinentalen Liliput und des insularen Blefusku, „ebensosehr voneinander, wie sich nur zwei europäische Sprachen unterscheiden, und jede Nation brüstet sich mit dem Alter, der Schönheit und Kraft ihrer eigenen Sprache und zeigt für die ihres Nachbarn eine ausgesprochene Verachtung". Die bornierte Enge der Nationalsprachen macht sich auch im Ablauf der Zeit störend bemerkbar. Auf der fliegenden Insel Laputa hat man die alte Sprache vergessen, und die Struldbruggs, die ewig leben müssen, können sich schon nach zweihundert Jahren nicht mehr mit ihren sterblichen Nachbarn unterhalten; Gulliver selbst versteht das Griechisch Alexanders des Großen nur mit Mühe. Aber wie sein Lehrer Locke hält Swift auch den für einen Narren, der diesem Wandel der Sprachen abhelfen will. In der Akademie der Pläneschmieder zu Lagado (gemeint ist die Royal Society, hier wohl ihr Mitbegründer Wilkins und sein Universalsprachen-Projekt) berät man eifrig, wie die Sprachen zu verbessern wären, und kommt zu dem Schluß, daß man eine allen zivilisierten Nationen verständliche Weltsprache schaffen könne, indem man die Gegenstände, von denen man reden wolle, immer mit sich führe. Die einzigen, denen Gulliver wirklich die Kenntnis aller Sprachen zutraut, sind die Pferde vom Houyhnhnms-Land; denn diese Pferde können nicht lügen und wollen wie Locke die Sprache nur dazu gebrauchen, „daß wir uns einander verständlich machen und Belehrung über Tatsachen *(Information of Facts)* vermitteln können". Übrigens sprechen diese Pferde fast hochdeutsch, denn Karl V. sprach deutsch mit seinen Pferden. (Eine geistreiche Rache an jenen Deutschen, die das Englische für ein teuflisches Zischen oder den Schaum aus dem Sprachentopf hielten.) Die verrückten Menschen erreichen die Vernunft der Pferde nie. Sie prahlen mit ihren Traditionen, obwohl man doch die Ahnen der erlauchtesten Könige genau kennt: zwei Fiedler, drei geschniegelte Hofleute und ein italienischer Prälat. Laster und Irrtum, das ist die Geschichte der Sprachen und Völker; seit dem Sündenfall sind die Menschen verderbt und unter die Tiere gesunken. Nimrod wurde der erste Monarch; er jagte, wie Milton sagt, lieber Menschen als Tiere, weil jene leichter zu tyrannisieren sind. Natur und Mensch sind schlecht; aber Gott greift nicht ein. Und Swift kann die Sprache nur durch eine selbsterfundene Kindersprache vereinfachen, nicht verbessern. Auch bei ihm wie bei Defoe bleibt, tief verborgen, der Glaube an Gott; sonst hätte Swift das Gleichnis vom chaotischen Babel, vom *Babel of Fanaticism* nicht ausschließlich auf die englischen Sekten seiner Zeit angewandt[11]). Der anglikanische Glaube versprach noch Ordnung. Ob die Men-

[11]) Prose Works, hg. Herbert DAVIES, 13 Bände, Oxford 1957–59: Gulliver's Travels I, 1 Bd. 11, S. 20; IV, 2 S. 232 (Gullivers Sprachtalent); I, 2 S. 31 (Hoch- und

schen freilich fähig waren, sie zu ergreifen? Sie wollten es ja gar nicht, sie waren stolz auf ihre Torheiten.

Einer der Ketzer, gegen die Swift wetterte, war der schottische Presbyterianer James Anderson (ca. 1680–1739), der 1723 der Großloge von London, der Keimzelle der europäischen Freimaurerei, die Konstitutionen schrieb. Wenn schon Addison den Babelturm als Baudenkmal lobte, mußte er den Freimaurern vollends ihr hohes, geheimes Altertum bezeugen. Nach alten Nachrichten hießen die Freimaurer zuerst Noachiten und wohnten einträchtig in Sinear. Noah teilte die Erde, um sie zu trennen; sie blieben aber brüderlich beisammen unter dem ersten Großmeister der Freimaurer, Nimrod, und bauten eine Stadt, einen Turm und viele herrliche Gebäude. Da sie gar zu stark bauten und nicht wieder aufhörten, verwirrte der zornige Gott ihre Sprache; doch mit ihren Erkennungszeichen können sie sich noch immer verständigen. Und überall pflegten sie die Freimaurerei, in Misraims Ägypten, im Lande Japhets zwischen Skythien und Amerika, bei den Semiten in China und Japan. Warum störte der törichte Gott die Eintracht, die er doch nicht hindern konnte? Ohne ihn verbreitet sich die universale Humanität durch die Weltgeschichte und über die Erde; der Mensch ist sein eigener Herr[12]). Aber ist er nun glücklich?

Daß Gott die Menschen allein läßt und nur ihr egoistischer Trieb sie erhält, lehrte 1714 der aus Holland eingewanderte Londoner Arzt Bernard de Mandeville (1670–1733), der in manchem Defoe, in manchem Swift nahesteht. Vielleicht sind wir alle von Gott geschaffen und Adam war unser Vater; aber Adam war *a praeternatural production*, dem Gott wunderbar die Sprache verlieh. Seine Weisheit ging den Noachiden verloren; wir besitzen nichts mehr von ihr. Mandeville bemüht sich gar nicht, den Traditionsbruch mit dem Turmbau von Babel zu begründen; das Alte Testament ist (wie bei Spinoza) lückenhaft und auf Jüdisches beschränkt. Die menschliche Sprache entstand jedenfalls nicht zugleich mit der Schöpfung; sie ist aber auch nicht, wie Shaftesbury wollte, das Werk des menschlichen Genius. Man verdankt sie der Not, wie Hobbes wußte. Die ersten Wilden hatten keine Sprache und kein Bedürfnis danach;

Niederdeutsch usw.); I, 5 S. 55 (Liliput, Blefusku); III, 2 S. 161 f. (alte Sprache von Laputa); III, 10 S. 213 (Struldbruggs); III, 7 S. 195 (Alexander); III, 5 S. 185 f. (Lagado); IV, 1 S. 226 (Sprachkenntnis der Pferde); IV, 4 S. 240 (Information); IV, 3 S. 234 (Hochdeutsch); III, 8 S. 198 (Ahnen der Könige); dazu HÜBNER (o. Anm. 10) S. 8 ff.; Further Thoughts on Religion Bd. 9, S. 264 (Sündenfall, Nimrod); Queries Relating to the Sacramental Test Bd. 12, S. 260 (Babel); ähnlich A Tale of a Tub Bd. 1, S. 124. Zur Kindersprache Irvin EHRENPREIS, The Personality of Jonathan Swift, London 1958, S. 50 ff.

[12]) Des verbesserten Konstitutionenbuchs der altehrwürdigen Brüderschaft der Freimaurer erster Theil, Deutsche Übersetzung, 4. Aufl., Frankfurt/Main 1783, S. 11–20. Dazu August Ferdinand FLECK, Das Freimaurertum, Sein Wesen, seine Geschichte, Hamburg 1950, S. 112 f.

Zeichen, Gebärden und Schreie genügten ihnen. Jene Sprache der Säuglinge und der Augen, die auch heute noch von allen Völkern verstanden wird, ist die wahre Natursprache. Erst langsam artikulierten die Menschen ihre Laute, nicht um sich anderen mitzuteilen, sondern um sie zu beherrschen. *Speech ... was invented to persuade.* Wieder überging Mandeville das naheliegende biblische Stichwort, den Führer Nimrod. Er blickte auf seine Zeit und fand, daß alle Sprachen im Grunde Waffen sind, das Französische elegant und glatt, das Englische durchdringend und schlagend, je nach den Zielen und Eigenarten der verschiedenen Gruppen unterschiedlich. Darum kann jedermann nur in seiner Muttersprache das Ziel seiner Egoismen erreichen, der Engländer auf englisch, nicht lateinisch. Was am unmittelbarsten zielgerichtet ist, ist am wirksamsten[13]). Mandeville wollte den beschränkten Eigennutz nicht zur Lebensnorm erheben, nur wie sein Landsmann La Rochefoucauld die faktische Gewalt der niederen Triebe, die Macht der animalischen Natur feststellen; so viel Widerhall dieser Prädarwinismus bald in Frankreich finden sollte, im deistischen England stand er ziemlich allein. Die Natur war doch kein roher Kampf ums tierische Dasein, sondern edle Harmonie der reinen Herzen.

So empfand sie Alexander Pope (1688–1744) und erhob in seinen klassizistischen Versen das irdische Chaos und selbst die Nichtigkeiten dieser Welt zur hohen, sinnvollen Form. Engel wachen über den Locken der schönen Frau, so wie andere Engel (nach Deut. 32, 8 LXX) die Wege der Nationen behüten *and guard with Arms Divine the British Throne*. Trotzdem wird die Locke geraubt, sie fällt wie die Türme von Troja, das Werk menschlichen Stolzes. Dennoch hat das Böse keinen Raum, auch nicht im Tempel des Ruhmes, wo Pope *Of various Tongues the mingled Sounds* vernimmt; er wagte seiner Vorlage, Petrarca, nicht einmal die Gestalt Nimrods nachzubilden, auch dann nicht, als er 1733 die Entstehung der Tyrannei beschrieb. Alles Geschehende ist gut; harmonisch sind die Schöpfung und der menschliche Urzustand. Wo von der Unzulänglichkeit der Sprache, von der Spaltung der Völker ernsthaft geredet werden müßte, schweigt Pope, und nur dort fallen ihm die biblischen Berichte ein, wo er das Kleinliche, satirisch übertreibend, mit dem Großen vergleicht: Wie Donne verspottet er einen Sprachenkenner, der auch die Apostel (fast wie Drydens Freund) übertrifft; schade, daß er nicht in Babel Dolmetscher war,

---

[13]) The Fable of the Bees, or Private Vices, Publick Benefits, hg. Frederick Benjamin KAYE, 2 Bände, Oxford 1924, hier Bd. 2, S. 315 f. (Adam unser Vater), 308 f. (Adams Sprache), 196 ff. (Noachiden), 190 f., 284–294 (Entstehung der Sprache), 296 ff. (Französisch, Englisch); Bd. 1, S. 295 ff. (Latein). Dazu Frederick Benjamin KAYE, Mandeville on the Origin of Language, in: Modern Language Notes 39 (1924) 136–142; Walter HÜBNER, Mandevilles Bienenfabel und die Begründung der praktischen Zweckethik in der englischen Aufklärung, in: Grundformen der englischen Geistesgeschichte, hg. Paul MEISSNER, Stuttgart-Berlin 1941, S. 275–331, hier S. 302 f., 327 f.; KUEHNER, Theories 21 f.

For had they found a Linguist half so good,
I make no question but the Tow'r had stood.

Der Leser hat die Wahl, ob er einen gewagten Scherz annehmen oder im Ernst glauben will, daß der Turmbau nur an der Unkenntnis der frühen Menschheit scheiterte; beide Alternativen untergraben die biblische Autorität[14]).

Popes Freund, der Staatsmann Henry Lord Bolingbroke (1678–1751), hat sie öffentlich herabgesetzt und die Absurditäten der mosaischen Genesis bloßgelegt; was von den Jahren zwischen Noah und Abraham erzählt wird, ist *fit to amuse children alone*; derlei Fabeln sind keine Geschichte. Scharf attackierte Bolingbroke 1735 die Gelehrsamkeit Bocharts und anderer, die aus ungewissen Urschriften verschiedener Völker unsichere Konjekturen zusammenreimen und aus verwirrten, phantastischen Ähnlichkeiten der Laute welthistorische Systeme schmieden. Mit unbegreiflichem Ernst hat man die *holy romances* des Alten Testaments studiert und ausgeschmückt; keine Kritik hat sie erschüttert. Hieronymus lachte eben noch über das Wunder der 72 Bibelübersetzer, und schon glaubt er wieder an Aristeas, der dieses Wunder vermeldet; Alexander Polyhistor schwärmt ohne Sachkenntnis von Sintflut und Babelturm. Dabei will das Alte Testament gar keine Geschichte erzählen; wie hätte es sonst zwanzig Jahrhunderte, zwei Drittel der gesamten Weltgeschichte, in die kurzen elf ersten Kapitel der Genesis gepreßt? Keine präzise Erdbeschreibung, keine wirkliche Völkertafel, keine politische Geschichte – nur ein Mythos von den Kindern einer Familie, die miteinander eine Sprache redeten, einerlei Werk taten und dann doch in verschiedene Sprachen zerteilt wurden. Wer glaubt (nach Brownes Kritik) noch das Märchen von Cham, für dessen Sünde Kanaan zur Knechtschaft verdammt wurde? Wenn das eine historische Prophezeiung war, warum wurden die semitischen Israeliten den hamitischen Ägyptern untertan und nicht umgekehrt? Man schwätzt von den Urzeiten, als wäre man ein Präadamit und hätte die Schöpfung miterlebt. Die ehrenwerten Gelehrten unseres Landes wissen Geheimgeschichten vom Riesen Albion, von Samothes, dem Sohn, und von Brito, dem Enkel Japhets, auch vom Trojaner Brutus; aber was helfen zehn Millionen solcher Anekdoten zu unserem Fortschritt in Weisheit und Tugend? Selbst wenn sie wahr sind, wozu bräuchten wir ganze Bände ägyptischer oder chaldäischer, griechischer oder lateinischer, gallischer oder britischer, französischer oder sächsischer Annalen? Die wahre, wirksame

---

14) The Poems, hg. John Butt u. a., 6 Bände, London 1939–54: The Rape of the Lock II, 87 ff. Bd. 2, S. 163 (Engel); II, 174 f. S. 179 (Troja); The Temple of Fame v. 280 S. 260 (tongues); An Essay on Man III, 241 ff. Bd. 3, 1, S. 116 ff. (Entstehung der Tyrannei); III, 147 ff. S. 107 ff. (Urzustand); The Fourth Satire of Dr. John Donne v. 74 ff. Bd. 4, S. 31 ff. (Babel). Dazu Paul Hazard, Die Herrschaft der Vernunft, Das europäische Denken im 18. Jahrhundert (Europa-Bibliothek), Hamburg 1949, S. 532 ff.

Geschichte beginnt erst mit dem Ende des 15. Jahrhunderts, und sie ist die Geschichte der Nationen, die Gott in der Natur geschaffen hat. Bolingbroke war ein konservativer Politiker und seine Familie mit den frühenglischen Königen verwandt; der Deist Bolingbroke wendet sich trotzdem von der Tradition zum Fortschritt, zur politischen Praxis der Gegenwart, und Voltaire wird ihn dafür rühmen[15]).

Nicht überall nahm die Absage an alle Vergangenheit eine so schroffe, selbstbewußte Form an, zumal vielen wenigstens der erste Ursprung noch heilig blieb; wenn dies selbst dem Skeptiker Mandeville widerfuhr, durfte auch der Pope nahestehende schottische Geistlichensohn James Thomson (1700–1748) sich 1730 von Burnet den Glauben an ein vorsintflutliches Goldenes Zeitalter entlehnen. Dennoch verachtete auch er die halbtierischen, barbarisch rohen Anfänge der Menschheit und empfand die Zusammenschlüsse zu Völkern und den Bau der Städte, die mit schönem Stolz ihr turmbekränztes Haupt erheben, als Fortschritt, nicht als Strafe[16]). Sogar der Hymnendichter Isaac Watts (1674–1748), Puritaner und doch Nachbeter Lockes, gab 1741 leichten Herzens die Kenntnis aller Sprachen, die in Babel gesprochen wurden, zum Tausch gegen klare und nützliche Vorstellungen von den Worten seiner Sprache[17]). Lockes Sprachkritik hatte die ganze biblische und profane Gelehrsamkeit und Vergangenheit verdächtigt, jegliche Theorie allein der sinnlichen Erfahrung, der Naturempfindung unterworfen; so war es noch immer Lockes Einfluß, wenn 1742 der schwermütige Pfarrer Edward Young (1683–1765) für die einzig wahre Bibel, *uncorrupted by man*, den gestirnten Nachthimmel erklärte; hoch über dem kleinen Babylon aus Stroh, das sich stolze Sklaven bauen, spricht das Firmament *in language universal to mankind*[18]). Können indes die erbärmlichen Menschen diese Sprache verstehen, selbst wenn sie schweigen und

---

[15]) A Letter occasioned by one of Archbishop Tillotson's sermons, in: The Philosophical Works, hg. David MALLET, Bd. 5, London 1754, S. 374 (fit to amuse). Letters on the Study and Use of History, 2 Bände, London 1752: ep. 1 Bd. 1, S. 6 f. (Bochart); ep. 3 S. 71 ff. (Systeme), 83 ff. (romances), 86 (Hieronymus), 89 f. (Polyhistor), 106 ff. (biblische Urgeschichte), 110 ff. (Cham), 108 (Präadamit); ep. 5 S. 150 f. (Albion usw.); ep. 6 S. 202 (15. Jahrhundert). Dazu Walter LUDWIG, Lord Bolingbroke und die Aufklärung, Eine Untersuchung seiner Geschichtsauffassung und seiner Staatstheorie (Heidelberger Abhandlungen zur mittleren und neueren Geschichte 57), Heidelberg 1928, S. 50 f., 77 ff.; Carlton Joseph Huntley HAYES, The Historical Evolution of Modern Nationalism, Neudruck New York 1949, S. 17 ff.

[16]) The Complete Poetical Works, hg. James Logie ROBERTSON, London 1908: The Seasons, Autumn v. 111 ff. S. 137. Dazu Alan Dugald McKILOPP, The Background of Thomson's Seasons, Minneapolis 1942, S. 89 ff.

[17]) Improvement of the Mind, Bd. 1, London 1741, S. 117; zitiert nach Kenneth MACLEAN, John Locke and English Literature of the Eighteenth Century, New Haven 1936, S. 14 f., 112.

[18]) The Complaint, or Night Thoughts, London 1807: IX S. 331 (uncorrupted); VII S. 216 (Babylon); IX S. 365 (language).

hören? Der Begründer des englischen realistischen Romans, der ausschweifende, vornehme Henry Fielding (1707–1754), führt uns 1749 einen sonderbaren Reisenden vor, der ganz Europa sah und alle Völker und Menschen für gleich schlecht hält; am liebsten sind ihm die Türken, die überhaupt nicht mit ihm sprechen konnten. Fielding selbst hat zuviel von Locke gelernt, um ganz zu resignieren; aber Fremdes, Vergangenes vergißt man schnell. Ein französischer Leutnant in England blieb lange genug aus seiner Heimat fort, um Französisch vergessen zu haben, aber noch nicht lange genug, um Englisch zu beherrschen, und so redete er überhaupt keine Sprache. Wie er seine Muttersprache vergißt, so der Romanheld seine ferne Geliebte; das Abenteuer des Augenblicks schafft und zerstört alle menschlichen Bindungen[19]).

Der verspielte Humor des Pfarrers Laurence Sterne (1713–1768) versöhnte, was Locke getrennt hatte, ohne es zu verbinden. Sein närrischer Held Yorick kann 1760 auf uralte dänische Abkunft zurückblicken, wiewohl die vornehmsten Namen und Männer Englands im Laufe der Jahrhunderte viele Beschneidungen und Veränderungen erfuhren. Sprachenkünstler eignen sich mit zehn Jahren 14 Sprachen an, und der große Lipsius gab schon am Geburtstag etwas von sich – aber man hätte es wegwischen sollen. Wie schrecklich und subtil ist der Fall (der den heiligen Bonifatius noch ernsthaft gequält hatte), daß ein Priester, der wenig Latein kann, die Taufe falsch vollzieht! Wie kurios, wenn einer, der nichts Ostasiatisches versteht, eine nicht in tatarischer, sondern in chinesischer Sprache geschriebene Historie zu sehen begehrt! Wie bedauernswert die Franzosen, die immer mißverstanden werden, weil wir Engländer ihre Sprache nicht so recht begreifen! Wie tröstlich dafür, daß in Paris Englisch eine unbekannte Sprache ist! Laßt doch das Gezänk um das Äußerliche; gewisse zusammengesetzte Blicke sprechen deutlicher, als wenn man *all the languages of Babel* zusammen in Bewegung setzte. Was der Mensch von Natur aus ist und will, das ist das einzig Wirkliche; der Rest ist zum Lachen[20]). Man sehe nur, mit welchem breiten Behagen der Schiffsarzt Tobias Smollett (1721–1771) 1751 Streitszenen ausmalt: Ein Italiener, der gebrochen Französisch redet, keift mit einem Waliser; ein bildungsreisender Engländer, der ein griechisches Zitat für walisisch hält und kein Französisch kann, trifft auf einen Welsch-Schweizer; ein gelehrter Engländer streitet sich mit einem holländi-

[19]) The History of Tom Jones, a Foundling, hg. William Ernest HENLEY, Bd. 2, New York 1902: VIII, 15 S. 148 f. (Reisender); VII, 12 S. 32 (Leutnant). Dazu Wolfgang ISER, Die Weltanschauung Henry Fieldings (Anglia, Buchreihe 3), Tübingen 1952, S. 126 ff.

[20]) The Works and Life, hg. Wilbur Lucius CROSS, 12 Bände, New York 1904: The Life and Opinions of Tristram Shandy I, 11 Bd. 6, S. 39 f. (Yoricks Herkunft); VI, 2 Bd. 8, S. 125 f. (Sprachkenntnisse, Lipsius); IV, 29 Bd. 7, S. 283 f. (Taufe); VII, 30 Bd. 9, S. 77 (Chinesisch); VII, 18 S. 41 f. (Franzosen); A Sentimental Journey through France and Italy Bd. 3, S. 252 (in Paris), 193 (Babel).

schen Juden über das Hebräische – nichts als Nichtigkeiten! Das einzig Rechte tat der englische Haudegen, der sich seine Grabschrift nicht griechisch, nicht lateinisch wünschte, beileibe nicht im Idiom der verachteten Franzosen, sondern *in plain English*; der Engel, der ihn beim Jüngsten Gericht erweckt, soll wissen, in welcher Muttersprache er ihn anzurufen hat[21]).

Aber wer wird im Ernst darauf hoffen, daß Englisch, sei es auch von Engeln, noch am Jüngsten Tag verstanden wird? Der erste große Lexikograph des Englischen, Samuel Johnson (1709–1784), bestritt es 1755. Sein Wörterbuch sollte den stetigen Wandel der Sprache verzögern; unterbinden könnte es ihn nicht; denn er ist, wie die Verschiedenheit der Sprachen, Folge der menschlichen Unvollkommenheit. Die Sprache an sich ist ja schon schwach, kann (wie man seit Bacon weiß) die Dinge der Natur nicht definieren. *Words are the daughters of earth, ... things are the sons of heaven.* Weil nur die Sprechfähigkeit dem Menschen durch Inspiration gegeben wurde, aber das Wort nicht zur Schöpfung gehört, kann der kritische Literat souverän der Sprache jene Ordnung geben, die ihr die Natur versagt hat. Dann sind die Sprachen allerdings auch historische Dokumente menschlichen Daseins; *languages are the pedigree of nations*[22]). Von Lockes Sprachkritik führt der Weg fast unmerklich zur Achtung vor Muttersprache und Sprachgeschichte; denn Sprache ist zwar weder wahr noch ewig, doch menschlich. Aber nur keine neuen Verallgemeinerungen! Oliver Goldsmith (1728–1774) warnte 1759 davor, die Sprache allzu eng mit der menschlichen Natur zu verknüpfen; sie ist uns nicht zuerst, um unsere Bedürfnisse auszudrücken, sondern um sie zu verbergen, geschenkt worden. Auch historische Verallgemeinerungen gehen fehl; nur wer die Juden irrig an den Beginn aller menschlichen Bildung stellt, kann glauben, daß alle Sprachen von der hebräischen, von Gott gelehrten, abstammen und daß das Keltische eine Schwester des Hebräischen und *the universal language of the post-diluvian world* sei. Nicht der Turm von Babel, sondern die Mannigfaltigkeit des Menschlichen verbietet solche Schlüsse. Jeder ist sich selbst der Nächste; bloß ein Betrüger kann behaupten, daß die Holländer Englisch lernen wollen, und nur ein harmloser Landpfarrer (wie Goldsmiths Vater einer war) läßt sich mit griechischer und syrischer Gelehrsamkeit betören[23]).

---

[21]) The Adventures of Peregrine Pickle (The Shakespeare Head Edition), 4 Bände, Oxford 1925: c. 34 Bd. 1, S. 241 (Italiener); c. 42 Bd. 2, S. 56; c. 48 S. 102 (Engländer); c. 52 S. 130 f. (Hebräisch); c. 73 Bd. 3, S. 10 (Grabschrift).

[22]) A Dictionary of the English Language, Bd. 1, 2. Aufl., London 1755, S. 1, 9 f. (Sprachwandel), 2 (words). Boswell's Life of Johnson, hg. George Birkbeck HILL – Lawrence Fitzroy POWELL, 6 Bände, Oxford 1934–50, hier Bd. 4, S. 207 (Inspiration); Bd. 1, S. 28; Bd. 5, S. 225 (pedigree). Dazu Joseph Wood KRUTCH, Samuel Johnson, London 1948, S. 89 ff.

[23]) The Works, hg. J. W. M. GIBBS, 5 Bände, London 1884–86: The Bee III Bd. 2, S. 343 (Bedürfnisse verbergen); Enquiries concerning the First Inhabitants, Etc., of

Trotzdem wird sich der Gentleman nicht aus der großen Welt selbst ausschließen; er muß fremde Sprachen lernen, nicht um anderen zu helfen, sondern um sich nach der Vorschrift Montaignes und Graciáns zu bilden. Das verlangte der weltmännische Graf Philipp von Chesterfield (1694–1773) immer wieder von seinem Sohn. Wer in Gesellschaft eine Rolle spielen will, muß das lustige und kurzweilige Französisch können; ohne die in England seltene Kenntnis des schweren Deutsch begreift man die Lutheraner nicht und gibt den Respektspersonen falsche Titulaturen; ohne das leichte Italienisch kein Musikgenuß. Noch einmal wird 1762 Karl V. zitiert: Mit Gott spricht man das pompöse Spanisch, mit dem Pferd das rauhe Deutsch, mit der Maitresse das musikalisch sanfte Italienisch, unter Männern Französisch. Nicht als glaubte der Lebemann, daß jede Sprache unvergleichlich sei; vielmehr, wer alle Sprachen kann, dem gehören alle Länder, er wird vom beschränkten Engländer zum Europäer, zum Menschen in Gesellschaft[24]). Er braucht die Sprachen, die Kenntnis menschlicher Verschiedenheiten, auch die Geschichte nur zur Unterhaltung.

Das sagte der weltmännische Philosoph und Diplomat von Edinburgh auch. David Hume (1711–1776) suchte 1762 in der Geschichte, deren Idee ihm für immer verhüllt zu sein schien, zuerst *entertainment*; darum mochte er von allen alten Fabeln nur die griechischen noch hören, weil sie so berühmt und so nett *(agreeable)* sind. Die biblischen Geschichten haben nicht einmal, wie noch für Milton, poetischen Wert. Was den Glücklichen gelingt, bleibt anderen für immer versagt: Die Engländer mögen heute zivilisierter sein als die alten Griechen, aber Miltons Sprache reicht noch immer nicht an den von Shaftesbury gepriesenen Homer heran; die träge Überlieferung der Worte und Laute, der schleppende Gang der Geschichte dominiert dort, wo das Genie fehlt. Und was vermag das Genie gegen die Fakten? Die verschiedenen Sprachen der Menschen sind (so 1748) einander alle gleich in ihrer Unzulänglichkeit und Willkür. Wir können die Namen der Dinge ändern, an ihrem Wesen ändern wir gar nichts; wer meint, die Sprache sei eine Offenbarung des göttlichen Schöpfers, der wandelt im Feenreich. Unsere Einbildungen und Hoffnungen bauschen sich leicht zu fabelhaften Historien auf, wie wir sie von barbarischen Zeiten (und Bolingbrokes Kritik) kennen: Da berauscht sich das Judenvolk im Pentateuch an seinem Ursprung, an seiner Auserwählung als Günstling des Himmels, an vorgeblichen Wundern wie der Sintflut. Das ist nur Selbstbetrug.

Europe Bd. 4, S. 311 (Juden), 307 (Keltisch); The Vicar of Wakefield c. 20 Bd. 1, S. 163 (Holländer); c. 14 S. 125; c. 25 S. 189 (Landpfarrer).

[24]) The Letters, hg. John Bradshaw, 3 Bände, London 1913: ep. 32 vom 24. 2. 1747 Bd. 1, S. 46 (Französisch); ep. 139 vom 8. 5. 1750 S. 341 (Deutsch, Italienisch); ep. 204 vom 22. 9. 1752 Bd. 2, S. 547 f. (Europäer). Letters to His Godson, hg. Henry Howard Earl of Carnarvon, Oxford 1890, S. 5 (Karl V.).

Die Geschichte könnte eine Sammlung von Erfahrungen sein, aber wir müssen sie nüchtern sichten und selber erleben; wir können es, denn die Geschichte ist zu allen Zeiten dieselbe; aus der Vergangenheit lernen wir nichts Neues oder Fremdes, höchstens Falsches. Wir mögen von der Sprache auf die Geschichte eines Volkes schließen, wir werden nichts anderes dabei entdecken als uns selbst. Geben wir uns also gleich Locke mit der menschlichen Natur zufrieden, befreunden wir uns mit unseresgleichen, dann haben wir die Lektion der Sprachen und der Geschichte begriffen[25]).

Ähnlich begriff sie 1759 Humes Freund, der Glasgower Professor Adam Smith (1723–1790). Sprache ist ein soziales Phänomen; sie bildet sich überall dort ganz mechanisch, wo sich zwei Wilde treffen, fast ebenso zwangsläufig, wie sie miteinander Handel treiben. Der Nationalökonom nahm also polygenetischen Ursprung der Sprache an und rechnete zu den Ursprachen unbekümmert Hebräisch (das er nicht verstand), Griechisch und Gotisch. Aber wie der Austausch der Güter die Nationen verbindet, so vermischen sich bald auch die Sprachen: Latein, Französisch, Englisch sind solche Mischsprachen. Im Gebrauch und Tausch schleifen sie sich ab und werden zunehmend einfacher, so wie das Englische. Freilich stimmte Smith darin Hume zu, daß diese Verwandlungen nicht immer Verbesserungen sind; mit dem klassischen Griechisch und Latein kann es keine moderne Sprache aufnehmen. Trotzdem tue jeder das Seine ungehindert; der natürliche Trieb wird von selbst, humaner als Mandeville meinte, zum Wohle des Ganzen führen[26]).

Der Dritte im Bunde der großen Schotten, der Edinburgher Professor Adam Ferguson (1723–1816), hat daraus 1767 eine Soziologie der Weltgeschichte gemacht. Ihrem Instinkt nach sind die Menschen soziale Wesen; darum gehört der Gebrauch der Sprache zur Natur und Definition des Menschen. (Das hatte Locke richtiger als Mandeville gesehen.) Ebenso natürlich wie der Ursprung

---

[25]) The History of England, Bd. 1, Boston o. J., S. 1 f. (agreeable; dazu Matter, Gründungssagen 608 f.). Essay of National Characters, in: The Philosophical Works, hg. Thomas Hill Green – Thomas Hodge Grose, Bd. 3, London 1907, S. 253 (Homer, Milton). Enquiries Concerning the Human Understanding, hg. Lewis Amherat Selby-Bigge, 2. Aufl., Oxford 1927: II, 12 S. 18; III, 18 S. 23 (verschiedene Sprachen); IX, 83 S. 105 (Willkür); VIII, 1, 70 S. 91 (Name und Wesen); VII, 1, 55 ff. S. 70 ff. (Feenreich); X, 2, 94 S. 119 (fabelhafte Historien); X, 2, 100 S. 130 (Pentateuch); VIII, 1, 65 S. 83 (Vergangenheit und Erfahrung). Dazu Arno Wegrich, Die Geschichtsauffassung David Hume's im Rahmen seines philosophischen Systems, Diss. phil. Köln 1926, S. 43 ff., 89 ff., 117 ff.; Cassirer, Aufklärung 238 ff., 302 ff.; Meinecke, Historismus 198 ff.; Hazard, Herrschaft 406 ff.

[26]) Considerations Concerning the Formation of Languages, in: The Works, hg. Dugald Stewart, Bd. 5, London 1811, S. 3 ff. (Sprachentstehung), 24 (Ursprachen), 36 (Mischung), 40 f. (Mischsprachen), 43 (Abschleifung). Dazu Otto Funke, Englische Sprachphilosophie im späteren 18. Jahrhundert (Neujahrsblatt der literarischen Gesellschaft Bern NF 11), Bern 1934, S. 24 ff.; Verburg, Taal 336 f.; Edgar Salin, Geschichte der Volkswirtschaftslehre, 3. Aufl., Bern 1944, S. 86 ff.

der Sprache ist die Verschiedenheit der Sprachen und Völker, denn es treibt den Menschen zu begrenzten Gemeinschaften, in denen die Gefühle des Herzens und die Talente des Verstandes ihre natürliche Übung finden. Vergesellschaftung und soziale Differenzierung gehen fast bewußtlos, aus dunklem Trieb vor sich; darum sind sie auch kein reiner Fortschritt, sondern zugleich Zerfall. Die Sprachen des Anfangs waren arm, aber auch reich, denn sie waren Dichtung, weil der Mensch von Natur ein Dichter ist. Nur solange die Sprache instinktiv war, blieb sie eins; rationale Erfindung, Sprachkritik, Erfahrung konnte sie nur zerschneiden, nicht verbessern, und der Austausch der Idiome brachte keine Steigerung der Sprachkraft. Nicht umsonst lernten die Griechen der klassischen Zeit keine Sprache außer ihrer eigenen; daß der Mensch fremder Sprache und Abstammung noch heute bei gesitteten Nationen geringgeschätzt wird, ist ganz natürlich. Denn ihrer Natur nach ist die Welt in Nationen gegliedert, sie ist Individualität und Entwicklung, nicht Fortschritt[27]). Locke hatte nur die Rationalität der Sprache bezweifelt und sich mit ihrer derzeitigen Brauchbarkeit begnügt; Swift und Mandeville hatten die Irrationalität des Menschen noch beklagt, Bolingbroke und Hume noch die Unvernunft der Historie verspottet; stets war der Bund zwischen der ursprünglichen Natur und dem gesunden Menschenverstand zwiespältig geblieben. Ferguson hat ihn gelöst und dem natürlichen Instinkt gegen den verständigen Fortschritt, der irrationalen Geschichte gegen die rationale Kritik, den Nationen gegen die Weltklugheit Geltung verschafft; ein neues Zeitalter kündigte sich an.

Sein Herold Edmund Burke (1729–1797) meldete sich schon 1756 zu Worte, um den rationalistischen Fortschrittsglauben Bolingbrokes zu verhöhnen. Der Mensch wird nicht vom Verstand geleitet, sondern von zwei verschiedenen Grundtrieben bestimmt, dem der Selbsterhaltung und dem der Geselligkeit. Und beide haben ihre eigene Sprache. Die unartikulierte, natürliche Stimme von Tier und Mensch, vom Selbsterhaltungstrieb ausgestoßen, kennt keine Willkür und steht der Natur der Dinge nahe; jedermann versteht sie. Diese Urform ist erhaben und kann noch den heutigen Menschen heftig erregen; man darf sie nicht verachten. Unsere Wortsprachen aber bewegen uns auf andere Art; sie sind für die Gesellschaft und von der Gewohnheit gebildet; sie ähneln nicht den Ideen, für die sie stehen. Ihre Kraft und Realität ist sekundär, sie wirken durch den Eindruck, den sie auf den Menschen machen; sie sind schön, und sie sind geschichtlich. Die Entwicklung mag vom Erhabenen zum Schö-

---

[27]) An Essay on the History of Civil Society, 4. Aufl., London 1773: I, 1 S. 5 (Sprache und Mensch); I, 10 S. 95 ff. (begrenzte Gemeinschaften); V, 3 S. 365 f. (Gefühle, Talente); III, 8 S. 288 ff. (Sprache und Dichtung), 294 (Griechen); V, 1 S. 343 (Fremde). Dazu William Christian Lehmann, Adam Ferguson and the Beginnings of Modern Sociology, Diss. phil. Columbia University, New York 1930, S. 90 ff., 129 ff.; Meinecke, Historismus 266 ff.

nen gehen, sie ist doch kein Fortschritt; die orientalischen Sprachen sind unkultivierter, aber auch leidenschaftlicher als das Französische. Und all diese verschiedenen Sprachen verkörpern sich in den Nationen, die Gott verschieden gewollt hat; ihre Geschichte ist vielleicht undurchsichtig, aber organisch gewachsen. Es wäre unverständig, sie in ein verständliches Schema zu pressen[28]).

Solche weit in die romantische Zukunft weisenden Lehren mißbilligte der mit Hume und Smith befreundete Edinburgher Rhetorikprofessor Hugh Blair (1718–1800) nach 1765, obgleich auch er die Romantik mit vorbereiten half. Der Geistliche gab zu, daß es wunderbar scheine, wenn der Urmensch schon Sprachschöpfer gewesen sei; der Gedanke an göttliche Eingebung liege nahe. Doch selbst wenn Gott unsere Stammeltern sprechen lehrte, war ihre Sprache doch kein erhabenes, ungeheueres Bild der Leidenschaften, sondern höchst kümmerlich und dürftig, ein allererster Anfang. Indes wurde er dann nicht vom planenden Menschen, sondern von den übermächtigen Eindrücken der Natur weiter ausgestaltet, wie es der (noch zu nennende) Franzose Brosses demonstriert. Erst unsere modernen Sprachen beruhen auf Willkür und gesellschaftlicher Konvention; man sieht es daran, daß sie verschieden sind[29]). Natur und Gesellschaft sind also, wie Burke anregte, deutlich voneinander zu unterscheiden; nur darf man den Urzustand nicht für erhaben halten. Denn der primitive Mensch war ein hündischer Sklave der Natur, nicht ihr herrliches Organ.

Wenn die Urmenschen tierisch, ihre Äußerungen dürftig waren, konnte dann die Ursprache überhaupt die eine Natur richtig, also überall gleich wiedergeben? War das Axiom von der einen Ursprache nicht eine falsche Rückprojektion der Vernunft in den Ursprung? Der mit Hume verfeindete schottische Richter James Burnet Lord Monboddo (1714–1799), der seine Umwelt durch exzentrische Gewohnheiten zu schockieren liebte, war überzeugt, daß der Urmensch dem Affen nahestehe; und so zeichnete er 1773 ein von Horaz und Mandeville inspiriertes, aber recht originelles Bild der Sprachgeschichte. Die frühesten Menschenhorden waren sprachlos. Später stießen sie tierische, gutturale Schreie aus; schließlich brachten sie eine artikulierte, aber vorwiegend vokalische Sprache zuwege, wie man sie bei den barbarischen Stämmen Nordamerikas noch studieren kann. Daß die biblische Urgeschichte in dieses Bild nicht paßte, glaubte Monboddo nicht verschweigen zu sollen. Vielleicht hat

[28]) The Works, hg. Walker King, Bd. 1, London 1908: A Vindication of Natural Society S. 11 f., 17 ff., 32 f. (Bolingbroke); A Philosophical Enquiry into the Origin of Our Ideas of the Sublime and Beautiful II, 20 S. 197 f. (Naturstimme); V, 1–7 S. 301–320 (Wortsprachen). Dazu Hayes, Evolution 88 ff.; Cassirer, Aufklärung 439 ff.; Meinecke, Historismus 272 ff.; Vossler, Nationalgedanke 54 ff.

[29]) Lectures on Rhetoric and Belles Lettres, 14. Aufl., London 1825, S. 61–78.

Gott dem Menschen einmal eine Sprache geschenkt; aber durch Feuer und Wasser, Hunger und Pest ging sie schnell unter. Gott lenkte seine Schöpfung nicht. Spätestens in Babel mußten die Menschen von neuem beginnen, und da die primitiven Natursprachen sich instinktiv entwickelten, muß man wohl annehmen, daß sie an mehreren Stellen, unabhängig voneinander, entdeckt wurden. Wie auch immer, Monboddos Lehre wich vom Bibeltext in Gen. 11, 1 ab; die Geschichte der Sprachen begann wie bei Smith polygenetisch.

Ihr Fortgang, streng davon getrennt, könnte allerdings monogenetisch begründet worden sein, vielleicht sogar unter Mitwirkung Gottes. Denn die späteren Kunstsprachen sind nicht aus Gewohnheiten hervorgegangen, sondern aus einmaligen, überlegten Schöpfungen des Geistes; sie sind also hohe Kunstwerke im Sinne Burkes, durch Abstraktion aus der Erfahrung gewonnen. Auch das Hebräische und das Chinesische sind solche Kunstsprachen, denn sie sind einsilbig. Und mindestens die modernen unter den Bildungssprachen sind alle miteinander verwandt, vielleicht in Ägypten erfunden; ihre schönste Blüte erreichten sie nicht in den häßlichen nordischen Idiomen, sondern im klassischen Griechisch (damit hatten Shaftesbury und sogar Hume recht). Denn was die Kunstsprachen von den rohen Natursprachen trennt, ist nicht die rationalistische Abstraktion, sondern die geistvolle Anmut[30]). Monboddo, der manchen Gedanken mit dem Franzosen Turgot teilt, machte u. a. auf Herder tiefen Eindruck, weil er die Aufklärung fast überwand. Noch betrachtete er die Natur abschätzig als primitiv und sprach ihr alles Einfache und Schöne ab; dennoch empfand er ihre chaotische Schöpferkraft. Noch glaubte er an den Fortschritt zur Klarheit; aber er fand das Maß nicht mehr in der Vernunft, sondern in der Kunst. Ein Schritt weiter, und das organische Universum der Poesie war gefunden. Der Weg von der Erfahrung zur Empfindung, vom Empirismus zum Ästhetizismus war vielleicht folgerichtig; jedenfalls wurde er folgenreich.

Die neue Anerkennung des Irrationalen, die schließlich die Aufklärung ablöste, war kein Bekenntnis zu dem allmächtigen Gott, dessen Wege der Mensch nicht durchschaut. Vielleicht daß Gott seit Ferguson etwas häufiger als früher zitiert wurde; aus dem Exil, in das ihn Locke geschickt hatte, kam er nicht zurück. Er mochte einst die Natur und den Menschen erschaffen, die Weltmaschine in Gang gesetzt haben, dem einzelnen Menschen noch immer moralischen Halt bieten; aber der Herr der Sprachen und Völker, der Lenker der Natur und Geschichte war er nicht mehr. Wo blieben seine Verteidiger? Die

---

[30]) Of the Origin and Progress of Language, Bd. 1, Edinburgh 1773, S. 318 ff. (rohe Ursprache), 398 f. (Polygenese), 191 ff. (Mitwirkung Gottes), 171 (Kunstwerk), 341 ff. (einsilbige Sprachen), 477 (Ägypten). Dazu William KNIGHT, Lord Monboddo and Some of His Contemporaries, London 1900, S. 21 f., 30 ff.; FUNKE (o. Anm. 26) S. 54 ff.; VERBURG, Taal 349 ff.

Nachwelt hat die meisten vergessen, weil ihre berühmten Gegner sie keines Gesprächs würdigten, weil die Apologeten das Alte nur lau verteidigten, das Neue nur lau angriffen und sich in ihren kleinen Argumenten gegenseitig verwirrten. Dem Historiker sagen ihre Rückzugsgefechte freilich mehr über den Geist der Zeit als die Triumphe der Sieger.

Die High Church paßte sich erstaunlich gewandt der neuen Zeit, der liberalen Monarchie an und gab dafür liebgewordene Traditionen preis. Unnachahmlich ist der trockene Kommentar des Lordbischofs von Bath und Wells, Richard Kidder (1633–1703), zur Ursprache: *Some think 'tis probable it might be the Hebrew Tongue*. Die Völkertafel interpretierte er 1694 nach Josephus, als gäbe es keine modernen Nationen[31]). Im gleichen Jahr verneinte der Bischof von Ely, Simon Patrick (1626–1707), wie Locke den noch von Milton und Langhorne behaupteten Zusammenhang der Engländer mit Gomer, der Europäer mit Japhet; und wenn er auch gegen Locke und Burnet den ersten Amerikaner für einen Noachiden hielt, mochte er ihn doch nicht zum Semiten machen. An der hebräischen Ursprache zweifelte auch Patrick; die Sprachverwirrung brachte (nach Casaubon) kein großes Wunder, nur Änderungen der Aussprache und Deklination, etwa wie die vom Latein zum Französischen. Es entstanden nach Babel mehrere *societies*, gottgewollt, aber nicht nach Maß und Zahl geordnet; die Lehre von 72 Sprachen gründet sich auf *a very weak foundation*. Der Prälat möchte wie Heylin die Ereignisse von Babel gerne als natürlich schildern, ohne spektakuläre Wunder[32]). Das Natürlichste und Irdischste an Babel sind die Trümmer seines Turms; der geistliche Orientreisende Henry Maundrell (1665–1701) bezeichnet 1697 syrische Ruinen als *a mere Babel of broken Walls*, so als wäre in Babel nur ein Bauwerk zerfallen, als wäre Babel, wie bei Addison, nur ein Monument der Architektur[33]). Was hatte Babel mit der Gegenwart zu tun?

Nach Meinung des frommen Nonkonformisten Matthew Henry (1662–1714) mehr, als den Anglikanern lieb war. Der Turmbau war eine welthistorische Wende, auch wenn außer den Juden keine Nation sicher sagen kann, aus welcher der 70 Quellen ihre Ströme flossen. Zudem aber ist Babel heute, 1708, auch eine welthistorische Warnung. Die Turmbauer wollten die Einheit, und sie ist anrüchig. *Unity is policy, but it is not the infallible mark of a true church*; jede Universalkirche zieht Gottes Richterspruch über Babel von neuem auf sich – und eben neigte sich unter Königin Anna die Staatskirche dem Anglokatholizismus zu. Die Aufteilung der Welt ist von Gott gewollt; die neuerlichen An-

[31]) A Commentary on the Five Books of Moses, Bd. 1, London 1694, S. 52.

[32]) A Commentary upon the Historical Books of the Old Testament, Bd. 1, 3. Aufl., London 1727, S. 44–60.

[33]) A Journey from Aleppo to Jerusalem at Easter A. D. 1697, Neudruck Oxford 1740, S. 48; ähnlich S. 16.

sätze zu Universalsprachen müssen ebenso scheitern wie alle imperialen und kolonialen Ambitionen – soeben hatte England Gibraltar besetzt und Schottland einverleibt[34]). Aber seit Locke konnte kein ernsthafter Gelehrter mehr biblische Berichte so handfest auf die Gegenwart deuten, so naiv den biblischen Worten trauen. Es ging jetzt um die Wirklichkeit des Bibelwortes selbst, letztlich um Gottes Wirksamkeit überhaupt.

Eine geistvolle Lösung dieses Problems, überdies im modernen Geschmack, gab 1709 der irische Philosoph und spätere Bischof George Berkeley (1685–1753), der die Deisten verabscheute, aber bei Locke in die Schule ging. Alles Sein ist bloßes Wahrgenommenwerden, aber da Wahrnehmbares nur im aktiven Geist existiert, muß es einen Geist geben, der das Sein hält; also gibt es Gott, und er regiert aktiv die Welt. Seine Ideen verkörpern sich in der Natur, freilich nicht in den alltäglichen Sprachen. Sie geben ja nicht die Natur der Dinge wieder, sie gründen nur auf einer *habitual connexion*, auf menschlicher Erfahrung und ihrem langsamen Fortschreiten; ihre Bedeutungen und Begriffe sind willkürlich, also trügerisch und *variable*. Wo finden wir aber die *universal language* der Natur, das rechte Objekt unserer Betrachtung? Wir hören sie mit unseren Augen. Durch die wundervolle Sprache der Natur, die allerorten die gleiche ist, gibt Gott dem Menschen Zeichen, nicht durch die getrennten Lautsprachen, die durch die verschiedenen Nationen der Menschen geformt wurden. Auch das biblische Wort Gottes erweist sich erst durch den Augenschein als buchstäblich wahr: Daß die Erde nach Babel langsam bevölkert wurde, bestätigt den mosaischen Bericht und widerlegt die Fabeln, mit deren Hilfe sich die Iren auf vorsintflutliche Heroen, die Sizilianer auf Isaak und Nimrod berufen[35]). Gott läßt also die Natur und Geschichte wirken, richtiger: er wirkt in ihnen.

Dann ist die natürliche Entwicklung selbst ein Gottesbeweis; und so argumentierte 1713 der ungestüme Bischof von Carlisle, William Nicolson (1655–1727). Kein plötzliches Wunder hat die Geschichte der Sprachen verwirrt; durch alle Idiome scheint (wie bei Walton) noch das hebräische Muster durch, und damit ist sicher, daß Hebräisch die Ursprache ist, auch wenn man es seit

---

[34]) An Exposition of All the Books of the Old and New Testament, Bd. 1, 3. Aufl., London 1725, S. 41–45.

[35]) The Works, hg. Arthur Aston Luce – Thomas Edmund Jessop, 9 Bände, London 1948–57: An Essay Towards a New Theory of Vision Nr. 144–152 Bd. 1, S. 229–233 (alltägliche und natürliche Sprache); The Theory of Vision or Visual Language Vindicated and Explained Nr. 38 ff. S. 264 ff. (Augensprache); Alciphron or the Minute Philosopher IV, 7 Bd. 3, S. 149; IV, 10 f. S. 154 ff. (Lautsprachen); VI, 22 f. S. 262 f. (Geschichte der Völker). Dazu Cassirer, Philosophie 77 ff.; Cassirer, Aufklärung 145 ff.; Hazard, Herrschaft 398 ff.; Sidney Gelber, Universal Language and the Sciences of Man in Berkeley's Philosophy, in: JHI 13 (1952) 482–513, hier S. 483 ff.

Grotius nicht wahrhaben will. In Babel wurden keine neuen Sprachen geschaffen, nur die alte wurde verwirrt; denn für Gottes Zwecke genügte der einfache Zerfall ohne Neuschöpfung, und das erweist, daß Gott sich wirklich damit begnügte. Nun verstehen sich Engländer, Dänen und Holländer nicht mehr, obwohl ihre Sprachen miteinander verwandt sind; und dennoch spricht man überall auf Erden eigentlich nur eine einzige Sprache. Göttlicher Ursprung und kirchliche Wahrheit bleiben unversehrt, auch wenn heute niemand mehr die Sprachen zählen kann[36]). Damit ist nun allerdings Gottes Allmacht an die natürliche Entwicklung gefesselt und die Möglichkeit des Wunders eingeschränkt. Und dagegen wandte sich im gleichen Jahr 1713 der Pfarrer William Wotton (1666–1727). Wenn heute selbst Gelehrte nicht mehr an Wunder glauben, verdirbt die Wissenschaft und verdient die übliche Mißachtung. Es steht doch fest, daß die Ursprache vielleicht arabisch oder hebräisch oder chaldäisch oder syrisch, aber jedenfalls (nach Huet) semitisch war. Dann muß man aber auch zugeben, daß in Babel ein Gotteswunder der Menschheit mit einem Schlag ganz neue Sprachen schenkte; nicht ob es zwei oder hundert waren, ist das Problem – *de numero non sum solicitus* –, sondern wie sie zur Ursprache stehen. Eine natürliche Sprachdifferenzierung im Stil von Patrick und Nicolson hätte wohl verwandte Sprachen wie Latein und Französisch, aber nicht die Fülle der isolierten Idiome schaffen können. Die Zeit allein hätte wenig ausgerichtet: Das Arabische etwa hat sich seit Mohammed bis heute kaum verändert. (Ein grober Irrtum übrigens.) Allein der allmächtige Gott, der Adam und Eva sprechen lehrte und den Aposteln die pfingstliche Sprachengnade gab, konnte die amerikanischen Idiome so gestalten, daß sie mit den europäischen nicht das geringste gemein haben. Ja die natürlichen Sprachverwandtschaften selbst sind eine Gnade Gottes; denn er hat (nach Mede) die japhetitischen und semitischen Sprachen noch zusammenhängen lassen. In seiner Güte gab er Japhet Anteil am heiligen Ursprung; in seiner Güte führte er Japhet nach Europa. Das wissen wir, auch wenn uns die Geschichte Europas für lange Zeit nach der Zerstreuung unbekannt ist[37]). Gottes Wunder wirken also im gehörigen Abstand von der kritischen Gegenwart, aber um so kräftiger.

Wer nicht so reaktionär und nicht so mutig war, ließ das Wunder auf sich beruhen und machte den Zeitgenossen durch humanitäre oder patriotische Be-

---

[36]) De universis totius orbis linguis, im Anhang zu John Chamberlayne, Oratio dominica in diversas omnium fere gentium linguas versa, Amsterdam 1715, S. 1–21, hier S. 3–9 (Ursprache, Babel), 21 (eine einzige Sprache), 2 (Sprachenzahl).

[37]) Dissertatio de confusione linguarum exstructoribus turris babylonicae a Deo inflicta, im Anhang zu Chamberlayne (o. Anm. 36) S. 37–75, hier S. 38 (Wissenschaft), 59, 71 (Ursprache), 61 (Babel), 44 f., 60 (Sprachenzahl), 51 f. (amerikanische Idiome), 63 (lange Zeit). Die Abhandlung erschien englisch: A Discourse Concerning the Confusion of Languages at Babel, London 1732.

trachtungen das babylonische Ereignis schmackhaft. Der wortgewaltige Geistliche Thomas Pyle (1674–1756) beteuerte 1717, in Babel habe nur ein Hamiten-Trupp gegen Gottes und Noahs *good deseign of regularly peopling the Earth* rebelliert und sich in Sinear verschanzt, um das erste *Empire* der Welt zu gründen. Jede *Company* dieser Meuterer mag damals eine neue Sprache erhalten haben, aber von diesem höchst partikulären Ereignis ging doch nicht die sprachliche Differenzierung der ganzen Menschheit aus[38]). Einen gottesfürchtigen Engländer, der die Erde ringsum zum Christentum bekehrte, konnte Babel nur ermutigen. Waren die Engländer nicht von Noahs Zeiten her besonders gesegnet? Der still in Oxford lebende, nicht immer scharfsichtige Bischofssohn Samuel Parker (1681–1730) war 1719 dieser Meinung wie einstmals Sheringham. Die Goten-Geten und Sachsen gehören nicht zu Magogs Barbaren, sondern sind Nachfahren der Aramäer; die Engländer rücken wieder einmal in den gottvollen Stamm Sem ein, und da *without question* die Ursprache Syrisch ist, stehen die Briten mit einem Fuß noch im Paradies. In Babel wollten Hamiten die Weltherrschaft an sich reißen; aber die Trennung der Völker durch die Sprachen störte dennoch nicht *the general consanguinity of all the nations of the earth*, die sich aus Noahs Weltteilung ergab und auch Amerika umfaßte[39]). Um diese gemeinsame Abstammung aller Völker von Noah bemühte sich in hohem Alter auch Hobbes' heftiger Gegner, der Bischof Richard Cumberland (1631–1718) von Peterborough, der noch mit 83 Jahren Koptisch lernte. Ähnlich wie Grotius wollte er das Mannigfaltige genealogisch einigen, damit sich die Ethik auf das ursprüngliche Wohlwollen der Menschen gegeneinander gründen könne[40]). Freilich war die universale Sympathie, etwa bei Shaftesbury, nicht auf die Völkertafel angewiesen und konnte sich auf die menschliche Natur berufen, ohne die biblische Historie zu bemühen. Es ging eben gar nicht darum, die Bibel dem Zeitgeschmack anzupassen, sondern darum, ihre innere Glaubwürdigkeit darzutun.

Das scheint 1727 der Pfarrer und spätere Kaplan Georgs II., Samuel Shuckford (ca. 1694–1754), begriffen zu haben; er suchte unbefangen in der Weltgeschichte nach glaubwürdigen Traditionen und fand sie auch außerhalb der Bibel. Im Fall der Ursprache sind Prioritätsansprüche sinnlos; wir können nur folgern, daß Hebräisch ebenso alt ist wie Chinesisch, weil beide Sprachen ein-

---

[38]) A Paraphrase with Short and Useful Notes on the Books of the Old Testament, Bd. 1, London 1717, S. 62 ff. – Ähnlich Edward WELLS (1667–1727), An Help for the More Easy and Clear Understanding of the Holy Scriptures, Bd. 1, Oxford 1724, S. 78 ff.

[39]) Bibliotheca Biblica, Being a Commentary upon All the Books of the Old and New Testament, Oxford 1719, S. 280–310.

[40]) Origines gentium antiquissimae, or Attempts for Discovering the Times of the First Planting of Nations, hg. Squier PAYNE, London 1724, S. 142 ff.

silbig, also uralt sind. China ist von Fohi, dem chinesischen Noah, gegründet worden; aber die mosaische Völkertafel weiß nichts davon, ist demnach unvollständig. Man übertreibe also die Dimensionen des Biblischen nicht. In Babel gab es höchstens 500 erwachsene Menschen; folglich darf man nicht glauben, sie hätten sich in 70 oder 72 *Companies* geteilt, eine jede zu 7 Mann! Auch Deut. 32, 8 meint gar nicht (im Sinne Popes) alle Nationen, sondern nur Kanaans Aufteilung. In die richtigen Proportionen gerückt, sind die biblischen Berichte plausibel und nicht wunderbar. Gott zertrümmert nicht zornig und kurzsichtig das Gewachsene, er läßt in den Jahrhunderten langsam reifen, was er will. Sprachenwandlung und Völkerteilung begannen aus kleinen Anfängen, möglicherweise mit einer Dreiteilung unter den Noahkindern; nach einer vorübergehenden Meinungsverschiedenheit, vielleicht auch, weil beim Turmbau einige leitende Männer neue Worte in mehrsilbigen Sprachen erfanden, entwickelten sich die Sprachen und Völker allmählich und natürlich auseinander. *Time and age varies every tongue on earth.* Weil dies natürlich ist, ist es kein Unglück, sondern *for the public Good.* Gottes Hand erkennt man daran, daß die Geschichte sich organisch entfaltet[41]).

Damit zerfällt sie aber in Einzelfakten, die sich nicht mehr zu einer Geschichtstheologie ordnen lassen; und eben dieses Bild bietet die große englische Welthistorie von 1736 in ihrem ersten Band. Sein Autor, wohl der Advokat und Koranübersetzer George Sale (ca. 1697–1736), gab sich, um den finanziellen Erfolg des Werkes zu sichern, frömmer, als er war. Das Sprachvermögen ist ein Geschenk Gottes; Adam besaß nur eine Sprache. Sie ist freilich gänzlich verloren, und seither ist es dem Willen des Menschen anheimgestellt, dem Schall Bedeutungen zu verleihen. Der Bau des Babelturms ist eine historische Realität; aber eine Sünde ist er nicht. In Babel entstanden durch ein Wunder plötzlich neue, miteinander nicht verwandte Sprachen; aber auch Hebers Sprache hat sich mit verwirrt, wie die Divergenzen im Semitischen, etwa zwischen Hebräisch und Arabisch, erweisen. Alle Welt steht in der mosaischen Völkertafel und stammt von Noah; doch nennen die Chinesen ihn mit Recht Fohi. Kurzum, Gott tat seine Wunder, und trotzdem ist die Weltgeschichte plausibel; denn sie bewegt sich nur in kleinen Schritten[42]).

Ist Gott der erste Beweger der Weltmaschine, so liegt es nahe, seine wunder-

---

[41]) The Sacred and Prophane History of the World Connected, Bd. 1, 2. Aufl., London 1731, S. 112–117, 122 (Hebräisch, Chinesisch), 122, 148 (Noah), 125–149 (Babel). Dazu Diestel, Geschichte 462 f.

[42]) Übersetzung der Algemeinen Welthistorie, die in Engeland durch eine Gesellschaft von Gelehrten ausgefertiget worden, hg. Siegmund Jakob Baumgarten, Bd. 1, Halle 1744, S. 313–317 (Ursprache), 324–327 (Babel), 328 ff. (Völkerteilung). Dazu Franz Borkenau-Pollak, An universal history of the world from the earliest account of times etc. 1736 ff., Diss. phil. (Masch.-Schr.) Leipzig 1924, S. 16, 194 ff. (Verfasserfrage), 196 ff. (Tendenz).

bare Einwirkung ganz auf die Ursprünge zu beziehen. Dies tat 1731 der Widersacher Newtons, John Hutchinson (1674–1737), durchaus mit der Tendenz, die hebräische Bibel zum Grundbuch der modernen Naturwissenschaft und -philosophie zu machen. Das Hebräische ist die älteste Sprache, denn sie ist die natürlichste. Diese *original language* war in Ägypten noch zu Josephs Zeit im Schwang; in Babel zerbrach also nicht die Einheit der Sprache. Denn unbegreiflich wäre das Wunder, daß die Menschen im Nu ihre alte Sprache vergäßen, ihre neue beherrschten. Nein, in Babel trennten sich nur die Konfessionen; der Turm war wie bei Addison ein Monument der Frömmigkeit, ein Altarbau. Erst lange danach, als man die Rede schriftlich fixierte, zerfielen die Idiome und wurden als *works of men* neu konstituiert[43]). Gott wirkt also in der Natur, aber nur in ihrem Ursprung. Nicht viel anders erneuerte 1738/41 der schlagfertige William Warburton (1698–1779) die Wunderthese. Der Gegner Bolingbrokes und künftige Bischof führte wie den Staat auch die Sprache auf göttliche Einsetzung zurück. Sprache ist nicht angeboren, sie muß erlernt werden; da aber Gott den Menschen die Religion lehrte, mußte er ihm zuvor die Sprache geben, damit der Mensch ihn verstünde. (Richard Simon irrte sich, und doch hatte er recht:) Diese erste Sprache (vom Hebräischen verlautet nichts) enthielt nur das für den Anfang Nötigste, sie war arm und dürftig; für künftige Bedürfnisse mußte der Mensch sie erweitern und verbessern, und er tat es. Das Wunder beschränkte sich auf den ersten Anfang der Welt und war auch damals nicht überwältigend; alles Spätere blieb der Natur und den Menschen überlassen[44]).

Damit hatten die Apologeten vor der Aufklärung kapituliert. Konservative Theologen bemerkten das und widersetzten sich. Mit der *unheard-of opinion* Hutchinsons rechnete 1750 der katholische Geistliche Simon Berington (1680–1755) ab und reihte noch einmal die Ursprache, die wunderbare Sprachverwirrung, zwölf Grundsprachen aneinander, im Stil des 17. Jahrhunderts. Wenn er auch als Ursprache das Chinesische, widerwillig genug, akzeptierte, so brachte er doch wenigstens die Amerikaner bei den Semiten unter. Jedoch mit solchem veralteten Plunder waren die *Freethinkers* nicht zu schlagen; man versteht Beringtons ohnmächtige Wut über die Deisten: *May such whims be buried, like*

[43]) A New Account of the Confusion of Tongues and of the Infinite Benefits Design'd and Accruing Thereby to the Succeeding Races of Men, in: Works, Bd. 4, 3. Aufl., London 1749, S. 2, 29, 40 ff. (Ursprache), 11, 63, 83, 105 ff. (Babel). Dazu Stephen (o. Anm. 6) S. 389 ff. – Ähnlich Joseph Charles (1716–1786), The Dispersion of the Men at Babel Considered and the Principal Cause of it Inquired into, Bd. 1, 2. Aufl., London 1769, S. 264–305.

[44]) The Divine Legation of Moses, Demonstrated on the Principles of a Religious Deist, Bd. 2, London 1741, S. 81 f. Dazu Hazard, Herrschaft 133 ff. – Ähnlich John Leland (1691–1766), The Advantage and Necessity of the Christian Revelation, Bd. 1, London 1764, S. 43 ff., 61 ff.

that tower, in eternal rubbish![45]). Nicht besser gelang 1747 dem Lordbischof von Clogher, Robert Clayton (1695–1758), die Widerlegung Warburtons; der gottlose Turmbau, die wunderbare Sprachverwirrung – wer glaubte das noch? Clayton selbst vertrat dogmatisch bedenkliche Lehren und konnte nicht überzeugen[46]).

Die Frommen gaben nach. Der Geistliche Gregory Sharpe (1713–1771) versuchte 1751 einen Kompromiß im Sinne Hutchinsons und Warburtons. Gott hat den Stammeltern wohl die erste Sprache anerschaffen, sonst hätten sie nicht sogleich nach der Schöpfung mit Gott und miteinander sprechen können. Aber ebensogut, nur langsamer, kann Sprache aus der Willkür des Menschen geformt werden, und das geschah wohl an mehreren Stellen der Erde, etwa in China oder Ägypten. Adams Sprache zerfiel vermutlich schon zu Kains Zeit in Dialekte, so daß Hebers Hebräisch kaum mehr die *original language* war. Immerhin galt sie noch unter Noah als allgemeine Verkehrssprache und wurde darum einflußreich für die späteren Idiome. Aber nicht eine wunderbare Sprachverwirrung, sondern die Vermehrung der Völker erzwang die Vielfalt. Der Turmbau von Babel ist symptomatisch für die Übervölkerung: er sollte weite Züge und sichere Rückkehr erlauben. Doch erst nach der Abwanderung von diesem Sammelpunkt spalteten neue Erfahrungen, Klima und Regierungsform die Idiome. In warmen Ländern spricht man guttural, mit offenem Mund; unter Tyrannen wird die Sprache knapp und einsilbig. Die Bibel hat völlig recht, aber was sie erzählt, ist das Natürliche[47]). Ähnlich reagierte 1762 der Entdecker des Sauerstoffs, Joseph Priestley (1733–1804), ein theologisch höchst versierter Dissenter. Er ging von Gott aus. Gott schenkte jedem sozialen Wesen die Gabe der Mitteilung; Gott trennte beim Turmbau die Sprachen. Aber es wäre auch ohne Wunder zur sprachlichen Vielfalt gekommen; denn sie ist natürlich und nur darum erforschbar und gesetzmäßig. Die Sprachen wachsen und sterben wie die Völker und mit ihnen zusammen; z. B. haben jetzt eben England und das Englische die Klimax erreicht. Sie wird nicht dauern, denn die Natur will nicht, daß der Mensch sich überhebe. Sprachenvergleichung soll ihn von Vorurteilen befreien, die fortdauernde Verschiedenheit der Zungen die Verbreitung seiner Irrtümer hemmen. Für die Wahrheit sollte man zwar eine künstliche Universalsprache schaffen, im übrigen aber die Natur wirken lassen; sie wird im Sinne

---

[45]) Dissertations on the Mosaical Creation, Deluge, Building of Babel, and Confusion of Tongues, London 1750, S. 407 ff. (gegen Hutchinson), 463 f. (Grundsprachen), 458 f., 464 (China), 456 (Amerika), 466 (such whims).– Ähnlich Thomas Brett (1667–1744), Chronological Essay on the Sacred History, London 1748, S. 53–74.

[46]) The Chronology of the Hebrew Bible, London 1747, S. 58 f. Dazu Stephen (o. Anm. 6) S. 421 f.

[47]) Two Dissertations I. Upon the Origin, Construction, Division, and Relation of Languages, II. Upon the Original Powers of Letters, London 1751, S. 1 ff. (Ursprung), 14 ff. (Hebräisch), 24 ff. (Babel). Dazu Funke (o. Anm. 26) S. 21 ff.

Gottes handeln[48]). An die Stelle von Gottes Willkür tritt das größere Wunder, das Naturgesetz.

Allenfalls kann das eine aus dem anderen erklärt werden, wie es Monboddos Gegner, der schottische Oberrichter Henry Home Lord Kames (1696–1782), 1774 noch einmal versuchte. Es liege nahe, sich die völkischen und sprachlichen Verschiedenheiten als ursprünglich zu denken; doch war Adam gewiß der erste Mensch, also die Ursprache einheitlich. Die urtümliche Eintracht erlaubte allen Menschen gleiche Fortschritte. Nun lehren Kulturgeschichte und Rassenkunde, daß heute die geistige und leibliche Beschaffenheit der Menschen große Variationsbreiten aufweist; die plausibelste Erklärung für diese Verschiedenheit und für den Wechsel von der Einheit zur Vielfalt ist die biblische Erzählung. *The Confusion of Babel is the only known fact that can reconcile sacred and profane history.* Selten wurde die Schlüsselstellung des Turmbaus zwischen den Bereichen des religiösen und des geschichtlichen Denkens so klar erkannt wie in dem Augenblick, als sie aufs höchste gefährdet war. Denn daß die Welt seitdem ihren eigenen, immanenten Weg geht, wagte auch der recht launische Lord nicht zu bezweifeln[49]).

Nur eine kleine Gruppe patriotischer Frommer wehrte sich noch immer. Nicht zufällig traten sie hervor, nachdem Gott 1763 das britische Weltreich mit siegreichem, einträglichem Frieden beglückt hatte. Der edle Phantast Rowland Jones (1722–1774) glaubte 1764, daß Gott Adam wenigstens das Grundgerüst der Ursprache verliehen habe. Während sich die Menschen nach Babel *a rational scheme of speech* selbst ausarbeiten mußten, behielt eine gesegnete, in Babel nicht beteiligte Schar das heilige Idiom. Das sind die Nachfahren von Gomer und Aschkenaz, die Kelten mit ihrer walisischen Sprache; die meisten Nationen Europas stammen von ihnen ab. (Goldsmiths Veto wurde in den Wind geschlagen.) So lassen sich die Folgen von Babel, die Kriege und Mißverständnisse, leicht ausräumen, wenn diese göttliche, keltische Universalsprache zur Grundlage eines Völkerbundes gemacht wird[50]). Wie Jones von Camden inspiriert, verkündete 1767 auch der irische Arzt James Parsons (1705–1770), daß das Keltische die dem Hebräischen nächstverwandte Ursprache Europas, das Idiom des Kelten Gomer und des Skythen Magog sei; von Skythen ist Nordamerika besiedelt, und daß die Iren von Magog stammen, weiß

---

[48]) A Course of Lectures on the Theory of Language and Universal Grammar, Warrington 1762 (in Westdeutschland nicht nachweisbar); zitiert nach Funke (o. Anm. 26) S. 31 ff.

[49]) Sketches of the History of Men, Bd. 1, 2. Aufl., Edinburgh 1778, S. 75–84. Dazu Hofsten, Diskontinuitätsproblem 289.

[50]) The Origin of Language and Nations, Hieroglyphically, Etymologically, and Topographically Defined and Fixed, London 1764, S. 17 (Babel), 2, 16 ff. (Ursprache). Dazu Tourneur, Esquisse 133 f.

die irische Sage seit langem. Da der englische König aus Troja, also wiederum von den Skythen kommt, ist England mit seinen amerikanischen Kolonien das Land der Urvölker und Ursprachen, rein vom babylonischen Makel[51]). Diese alten, an den puritanischen Erwählungsglauben anknüpfenden Spekulationen kündigen, wie Fergusons und Burkes Betonung des Nationalen, eine neue Welle der Irrationalität an; das zeigt sich daran, daß sie auf den Begründer des Methodismus, John Wesley (1703–1791), Eindruck machten. Er sah in ihnen freilich keine Argumente für nationalen Stolz, wohl aber für die Sünde des Menschen und seine unverdiente Erwählung. Bei einer Reise nach Wales hatte er 1748 die Verwirrung der Sprachen als schweren Sündenfluch empfunden, der ihn beim Predigen sehr störte. Alle Vögel der Luft, alle Tiere des Feldes verstehen die Sprache ihrer Gattung, nur der Mensch ist dem Menschen ein Barbar, seinen eigenen Brüdern unverständlich. Das soll, wie die flache Aufklärung und die laue Apologetik will, natürlich sein? Es ist die Strafe Gottes, heute und hier wie eh und je. Parsons' Buch schien ihm 1781 ein Lichtblick: Die Europäer sind Nachfahren Gomers und Magogs und hatten noch nach Babel eine Sprache, wie vor der Sintflut alle Welt Hebräisch redete. Der göttliche Segen ist noch nicht ganz verscherzt, wenn nur die Menschen sich zu neuer, tätiger Brüderlichkeit in Christus erwecken lassen und zu neuen Ufern aufbrechen[52]).

Aber dieser Weckruf und Einspruch stand schon an der Schwelle einer neuen Epoche. Fast ein Jahrhundert lang beschränkten sich in England Aufklärer und Apologeten einhellig und freiwillig auf das Natürliche und Verständige; beinahe scheint es, als wäre die Dialektik der Geistesgeschichte hier zum Stillstand gekommen. Dabei sind die Gegensätze der Meinungen und Methoden so schroff wie möglich: Heiliger Ursprung oder tierischer Anfang, göttliche oder erbärmliche Natur, Gesetz oder Wunder, Natur oder Mensch, instinktive Empfindung oder distanzierte Verständigkeit, universale Sympathie oder nackter Egoismus, Tugend oder Trieb, Schönheit oder Nützlichkeit, Genie oder Durchschnitt, Fortschritt oder Verfall, Freiheit oder Zwang, Toleranz oder Kontroverse. Alle diese Gegensätze kamen zur Sprache, entzündeten sich am Problem der Sprache, führten zur Sprachkritik, und dennoch wurden sie nicht gelöst, kaum diskutiert oder analysiert. Man nahm sie hin, man lebte mit ihnen, weil man sich weder der blinden Willkür noch den starren Prinzipien fügen, weil man das Natürliche verständig betrachten wollte und die sinnliche Erfahrung Vielfältiges und Gegensätzliches bot. So wurde es beobachtet und be-

---

[51]) Remains of Japhet, Being Historical Enquiries into the Affinity and Origin of the European Languages, London 1767, S. VIII, XIX f., 244 ff. (Ursprache), 44 ff. (Gomer), 64 f. (Amerika), 115 ff. (Iren), X, XIV (Troja), XV, 18 ff. (frei vom babylonischen Makel).

[52]) The Journal, hg. Nehemiah Curnock, 8 Bände, London 1938, hier Bd. 3, S. 336 f. (Verwirrung); Bd. 6, S. 333 f. (Parsons).

schrieben, ohne strenge Form, nicht mehr lateinisch, selten in Versen, ohne System und Prinzip, aber mit Common sense. So viel Freiheit des experimentierenden Denkens war nur in einem liberalen, aufsteigenden und reichen Staatswesen möglich; die Aufklärer haben auf die politischen Ereignisse, den Wechsel der Dynastie und der Parteien, den Kampf mit Frankreich und um die Kolonien, kaum Bezug genommen, selbst wenn sie als Staatsmänner an ihnen beteiligt waren; sie hatten es kritisch auf das Begrenzte abgesehen. Und nur die Apologeten, die ein System und eine Tradition verteidigten, suchten aktuelle Beispiele für das Umfassende. Aber eine Geisteshaltung, die die widersprüchliche Erfahrung kommentarlos bejaht, wird weder an universalen Entwürfen noch am Gegensatz der Details scheitern; sie kann nur durch neue, persönlichere Erfahrung, durch Empfindung verändert werden. Seit 1780 brachten Franzosen und Deutsche ihre Revolutionen nach England; bis dahin waren sie seine gelehrigen, weniger glücklichen Schüler.

*

Anders als in England standen in Frankreich Staatsmacht und Gesellschaftsordnung nicht auf Seiten der Aufklärer. Die Monarchie trat seit 1685 eindeutig für die Apologeten ein und bekämpfte die liberale Staatsform und Gedankenwelt der Engländer gleich entschieden. Unter dem Ancien Régime huldigte freilich die schöngeistige Adelsgesellschaft dem Glauben an die fortschreitende Vernunft des heroischen Menschen, und die bürgerlichen Laien begannen, die symbolische Offenbarung am abstrakten Wort zu messen und zu kritisieren. Allerdings geriet die kritische Vernunft selbst in eine Krise, weil die Sprache nicht der Natur der Dinge entspricht; die französische Tradition des Rationalismus, des logischen Denkens und ebenso präzisen wie eleganten Redens kam unter englischem Einfluß in Gefahr[53]).

So schien fürs erste, von der Krone gestützt, der Geist der Orthodoxie zu triumphieren, zumal die Aufhebung des Edikts von Nantes 1685 die fähigsten Widersacher ins Exil trieb. Die in den Cevennen verbleibenden Hugenotten flohen aus der nüchternen Wirklichkeit in die Ekstase des Zungenredens; seit 1688 ergriff sie die Camisarden, bei denen ungebildete Mädchen plötzlich korrektes Französisch und Latein, sogar Hebräisch sprachen, aber auch andere, unverständliche Laute[54]). In Paris verstand man diesen Spiritualismus nicht; in allen Sprachen redet nur die siegreiche katholische Kirche; in ihr wer-

[53]) Hazard, Krise 108 ff. (Apologeten); Bernhard Groethuysen, Die Entstehung der bürgerlichen Welt- und Lebensanschauung in Frankreich, Bd. 1, Halle 1927, S. 16 ff. (Laien).

[54]) Eddison Mosiman, Das Zungenreden geschichtlich und psychologisch untersucht, Tübingen 1911, S. 50 ff.

den alle eins sein. Für die Aufhebung des Toleranzediktes war besonders eifrig der Oratorianer Louis de Thomassin (1619–1695) eingetreten, der Begründer der kirchlichen Verfassungsgeschichte, bedeutsam durch seine Lehre von der Gottesidee, die dem Menschen angeboren sei. Darum hielt er Namen und Bilder für sinnfällige Darstellungen der Natur, Worte (wie Petavius) für genaue Zeichen der Dinge; darum verfocht er 1690, auf Guichard gestützt, leidenschaftlich den Primat des von Gott gegebenen Hebräisch; alle Sprachen sind hebräische Dialekte. Da die Kirche, der mystische Leib Christi, die Menschheit verkörpert und vereint, wird sie bei ihrer endzeitlichen Vollendung auch die eine heilige Sprache wieder annehmen. (Bossuet sagte ähnlich.) Die Wiedervereinigung der Sprachen ist leicht, da es nicht 72 oder 70, sondern nach Bochart nur etwa 30 Sprachen gibt und sie alle, was immer Grotius dagegen vorbrachte, hebräische Spuren bergen. Binnen Jahresfrist, viel schneller als Griechisch und Latein, läßt sich Hebräisch erlernen; warum tun wir nicht endlich, was uns Gott, Natur und Geschichte nahelegen? Babel kann uns nicht für immer daran hindern[55]).

Nicht ganz so sicher gab sich seit 1682 der skotistische Franziskaner Claude Frassen (1620–1711), ein Günstling des Sonnenkönigs. Allerdings ist Sprache nicht von Menschen erfunden, sondern von Gott geschenkt; sie war ein Unterpfand der menschlichen Eintracht, die aus der genealogischen Einheit des Menschengeschlechts entsprang. Aber Babel hat die Ordnung vernichtet. Durch seinen freventlichen Turmbau mißbrauchte der Tyrann Nimrod die Macht, die herrliche Gabe Gottes an die Könige; und unter Nimrod verlor die Menschheit jene andere Gabe durch die Sprachverwirrung: Die Völker büßen die Willkür der Könige. Das Chaos gliedert sich nicht in 72 Sprachen; nur einige *linguae matrices*, nach Kircher zitiert, ragen neben der hebräischen Ursprache hervor. Auch die Herkunft der modernen Völker läßt sich nicht mehr bis zur gemeinsamen Quelle zurückverfolgen; die Weltgeschichte ist seit Babel keine Heilsgeschichte mehr[56]). Auch der bei Hofe wohlgelittene Universalhistoriker Urbain Chevreau (1613–1701) beteuerte 1686 zwar, daß Noah die Erde teilte und Japhet der *maître de l'Europe* wurde; doch Japhets Söhne verwies er, unter dem Eindruck von Horns Thesen, sämtlich nach Asien; Gomer war kein Franzose, Mosoch ein Moskowiter. Man muß die Weltgeschichte

[55]) La méthode d'étudier et d'enseigner chrestiennement et utilement la grammaire ou les langues par rapport à l'écriture sainte, en les reduisant toutes à l'Hébreu, Bd. 1, Paris 1690, S. 53 ff. (Primat), 160 ff. (Sprachenzahl), 65 f. (Erlernbarkeit). Dazu Paul Nordhues, Der Kirchenbegriff des Louis de Thomassin in seinen dogmatischen Zusammenhängen und in seiner lebensmäßigen Bedeutung (Erfurter theologische Studien 4), Leipzig 1958, S. 22 ff.

[56]) Disquisitiones biblicae quatuor libris comprehensae, Paris 1682, S. 137–157 (Sprachen). Disquisitiones biblicae in universum pentateuchum, Paris 1705, S. 186 ff. (Nimrod, Könige, Herkunft). Dazu Allen, Noah 87, 131.

global sehen; darum kann man in ihr den Leitfaden göttlicher Auserwählung nicht mehr finden[57]).

Er blieb nur in der Kirchengeschichte sichtbar, weil die Kirche Christi alle Diskrepanzen monarchisch überwölbt; darauf verwies 1691 der mit Bossuet befreundete geistliche Prinzenerzieher Claude Fleury (1640–1723). An Pfingsten redeten die Apostel wunderbar in allen Sprachen, die ihren Zuhörern *naturelles* waren. Das vermochten die Camisarden nicht[58]). Der Pariser Dominikaner-Professor Natalis Alexander (1639–1724) lenkte seit 1689 zu Thomassin hinüber: Das Christentum, die Kirchengeschichte begann (wie bei Spanheim) schon mit Adam, und sein Hebräisch ist so heilig wie die Pfingstsprachen. Frassen überschätzte die Misere von Babel, denn sie ist Gottes wunderbares Werk; Gott lenkt alles, auch die Weltgeschichte, auch die französische Geschichte[59]). Alexander wurde gallikanischer und jansenistischer Neigungen bezichtigt, sein Buch kirchlich verfolgt; aber hatte er nicht recht? Jean-Baptiste Rousseau (1670–1741) führte 1701 vor dem König eine Komödie auf, in der ein dünkelhafter Hauptmann sich brüstet, er stamme *en droite ligne* von Nimrod ab. Das war drollig, nicht weil niemand seine Ahnentafel lückenlos bis Babel aufstellen könnte, sondern weil Nimrod kein ehrenwerter Ahn, kriegerischer Lorbeer nicht echt ist[60]). Es gibt edlere Kontinuitäten von Babel bis heute, und Frankreich darf sich ihrer rühmen; denn Frankreich selbst ist uralt und von Gott gesegnet.

J'ai crû que je ferois plaisir à ma Nation, si je pouvois . . . lui montrer son berceau, so verkündete 1703, im Spanischen Erbfolgekrieg, der Zisterzienser-Professor Paul Pezron (1639–1706) und frischte Bodins und Clüvers Lehren wieder auf. Die keltisch-skythische Gemeinsprache Europas ist zwar nicht die Ursprache der Welt, sondern erst in Babel entstanden, aber der hebräischen nächstverwandt. Und sie ist eins mit der gallischen; ihr Ahnherr Gomer war Galater, also Gallier und Franzose. Dieses Keltisch ist allenthalben nachzuweisen: im Griechischen, weil Javans Griechen keltischen Titanen unterstanden, im Lateinischen, weil die alten Umbrer Gallier sind, im Deutschen, weil die Germanen zwar nicht mit den Kelten identisch, aber von ihnen beherrscht waren; der deutsche Urahn Aschkenaz ist Gomers Sohn. Die Gleichsetzung der Kelten mit den Galliern rechtfertigte die französische Hegemonie historisch und exe-

57) Histoire du monde, Bd. 1, 3. Aufl., Amsterdam 1717, S. 8 f. Dazu KLEMPT, Säkularisierung 122.

58) Histoire ecclésiastique, Bd. 1, Paris 1691, S. 3 f.

59) Historia ecclesiastica Veteris Novique Testamenti ab orbe condito ad annum domini 1600, Neudruck Bd. 1, Paris (richtig: Venedig) 1730, S. 153 ff. (Hebräisch), 136 (Babel). Dazu Anton HÄNGGI, Der Kirchenhistoriker Natalis Alexander (Studia Friburgensia NF 11), Freiburg i. Ü. 1955, S. 70 ff.

60) La ceinture magique II, in: Oeuvres, Bd. 4, Paris 1820, S. 154. Dazu HAZARD, Krise 377 f.

getisch, auch durch Gen. 9,27. Pezron war eine Réunionskammer wert[61]). Er setzte allerdings die französische Sprache nicht mit der gallischen gleich; ihr Ruhm lag nicht in einer gloriosen Vergangenheit, sondern in ihrer gegenwärtigen Herrschaft über Europa; seit der babylonischen Verwirrung konnte historische Stetigkeit nur noch in der Genealogie, nicht mehr in der Sprache zu finden sein.

Der klerikale Nationalismus des gefeierten Benediktiners Augustin Calmet (1672–1757) begnügte sich 1707 denn auch mit der hebräischen Ursprache und mit sieben Mustersprachen im Stile Genebrards; das Gallische und Keltische war nicht darunter. Hingegen machte er, trotz allem *certain goût de critique*, ähnlich wie Pezron Gomer zum Ahnherrn der Kimbern, Gallier und Franzosen. Leider bauten alle Menschen, auch die Vorfahren der Franzosen, an Nimrods Turme mit und erlitten darum alle *tout d'un coup* die wunderbare Sprachverwirrung. Wozu man den Turm baute? Calmet, ein rechtes Pariser Kind, fand eine aparte Lösung: Der Turm sollte, Nimrods Weltherrschaftsplänen angemessen, die Weltmetropole verschönern. Ob darin nicht eine Parallele zu Versailles, wie bei Frassen eine leise Warnung an Ludwig XIV. liegt? Nach dem Tode des Sonnenkönigs nämlich, als Kritik sich erübrigte, beeilte sich Calmet 1719, die aktuellen Anspielungen zu beseitigen. Nimrod war nicht der Anstifter des Babelturms, und der hier abgebildete Turm ist der von Herodot beschriebene Götzentempel, kein Schloß und kein Städteschmuck[62]). Überhaupt war seit 1715 der zeitnahe, pathetische und anmaßende Symbolismus der Exegeten wie weggeblasen; sie stürzten sich in biblische Archäologie und ließen Frankreich seiner Wege ziehen.

Ihre Kritiker lauerten ihnen indes schon längst auf und ließen sie auch im gelehrten Winkel nicht ungestört. Bossuets Schützling, der Schöngeist Jean de La Bruyère (1645–1696) durfte sich schon 1688 im Stile Descartes' über den Spezialgelehrten vom Schlage Calmets mokieren: „Er hat niemals Versailles gesehen, er wird es auch gar nicht sehen; aber den Turm von Babel hat er fast mit eigenen Augen gesehen, er zählt seine Stufen, er weiß, wie viele Baumeister diesem Werke vorgestanden haben, er weiß sogar ihre Namen". Er weiß das Nichtwissenswerte; er ist sicher, daß Nimrod Linkshänder war; er versteht

---

[61]) Antiquité de la nation et de la langue des Celtes, autrement appellez Gaulois, Paris 1703, unpaginiertes Vorwort (j'ai crû), 188 (Keltisch-Skythisch), 184 (Gomer), 205, 239 (Griechen), 259 (Latein), 295, 314 ff. (Deutsch), 189 ff. (Hegemonie, Gen. 9, 27). Dazu Tourneur, Esquisse 199 f.; Bonfante, Contribution 24 f. - Die gallischen Umbrer schon bei Isidor von Sevilla, Etymologiae IX, 2, 87.

[62]) Commentaire littéral sur tous les livres de l'Ancien et du Nouveau Testament, Neudruck Bd. 1, Paris 1724, S. 119 (Ursprache), 90 ff. (Völkertafel), 123 (Sprachverwirrung), XXXIV ff. (Turm). Dictionnaire historique, critique, chronologique et littéral de la Bible, Neudruck Bd. 1, Paris 1730, S. 266 f. (spätere Meinung). Dazu Diestel, Geschichte 441 f.; Kuehner, Theories 3 ff.

alle nutzlosen Sprachen, selbst die (von Cyrano de Bergerac noch gepriesene), die man im Monde spricht. Der rechte Mann verachtet ihn und fragt nicht nach Fremdem, Vergangenem; denn die Geschichte lehrt uns nur, daß alle Menschen eine Familie sind und von Bruder und Schwester stammen. Kein Großer hört das gern, es ist auch nur halb wahr; denn die Menschen sind verschieden, die Geister gegensätzlich. Man fragt wohl, warum heute nicht alle Menschen eine Nation sind und dieselbe Sprache reden; aber man sollte sich mehr darüber wundern, daß sieben oder acht Personen als Familie unter einem Dach einträchtig beisammenwohnen. Jede Stadt, jeder Stadtteil, jeder Stand, jeder Beruf, jeder ungewöhnliche Mensch hat seinen eigenen *jargon*, und er ändert sich ständig; auch die Kirche besitzt keine allgemeine Sprache, nur ihr kirchenlateinisches Kauderwelsch und die albernen klassischen Zitate ihrer Prediger. Sprachkenntnis ist (wie bei Montaigne) noch kein Verdienst; war eine Obsthändlerin im alten Athen schon eine Philosophin, bloß weil sie Griechisch sprach? Nicht was der Mensch gelernt hat und der Geschichte ablauscht, sondern was er von Natur aus ist, denkt und tut, charakterisiert ihn; man kann in allen Sprachen „sein Glück machen", aber meistens bleibt man undefinierbar und banal, auch bei Hofe[63]).

Das ist aber kein Schicksal, sondern Schuld, so erwiderte 1699 Bossuets großer Gegner François de Salignac de la Mothe Fénelon (1651–1715), der den künftigen König erzog. Im Grund ist der Mensch gut und die Menschheit einig; das ganze Menschengeschlecht ist nur eine auf der Erdoberfläche zerstreute Familie; alle Menschen, alle Völker sind Brüder. Darum verständigt sich der Grieche Telemach auf seinen Irrfahrten leicht und ohne Dolmetscher mit Phöniziern, Ägyptern, Kretern, Sizilianern, barbarischen Italikern, und in der Unterwelt versteht er das Idiom des Königs von Babylon. Nur wo Fénelon einen Abschnitt unmittelbar von Sophokles übernimmt, hören wir von der geliebten Muttersprache, nach der Philoktet sich sehnt. Telemach ist nicht so provinziell, denn er ist edel; und unter den Völkern ist das edelste das seefahrende phönizische, das die Nationen der Erde miteinander verbindet. Das sind also die Engländer, nicht die Franzosen, denen der königliche Absolutismus nicht die Freiheit zur Humanität gönnt. Nur in ihr wird auch die wahre Frömmigkeit des Herzens gedeihen[64]). Hier stimmte die Mystikerin Jeanne

---

[63]) Oeuvres complètes, hg. Julien BENDA (BP 23), Paris 1951: Les caractères ou les moeurs de ce siècle V, 74 S. 191 (Versailles, Babel, Nimrod); XIII, 2 S. 409 (Mondsprache); IX, 47 S. 283 (Abstammung); XI, 16 S. 319 (dieselbe Sprache); III, 76 S. 148 (jede Stadt); VII, 4 S. 223 (Stadtteil); VII, 21 S. 232 f. (Ständesprachen); XII, 11 S. 365; XIV, 58 S. 443 (Berufssprachen); V, 6 S. 169 (Mensch); XI, 2 S. 309 (Veränderung); XIII, 21 S. 418 (Kirchenlatein); XV, 6 S. 459 (klassische Zitate); XII, 19 S. 368 (Obsthändlerin); VI, 36 S. 206 (sein Glück machen).

[64]) Les aventures de Télémaque, hg. Albert CAHEN (Les grands écrivains de la France), 2 Bände, 2. Aufl., Paris 1927: IX, 832 ff. Bd. 2, S. 48 (Einheit der Mensch-

Marie Bouvier de la Mothe-Guyon (1648–1717) zu, die von Fénelon beschützt, von Bossuet in die Bastille gebracht wurde. Der absolute Eigenwille der Gegenwart, der die Stimme des Herzens unterdrückt, ist die Sünde von Babel; *l'agir propre fait tout le trouble et toute la confusion de l'interieur.* Wer selig werden will, muß still sein und schlicht werden, damit er unschuldig Gottes erleuchtende Stimme, die verlorene Ursprache, vernehmen kann. Nur in der Gottesliebe kann die Menschheit ihre Eintracht und Unschuld wiederfinden; das ist die Lehre von Babel[65]).

Der königliche Absolutismus, der die Weltgeschichte für seinen Ruhm usurpiert, verletzt nicht nur die fromme Demut und die Humanität, sondern auch die kritische Wahrheitsliebe. Der Akademiesekretär Nicolas Fréret (1688–1749) erklärte 1714 mutig, die Franzosen seien keine Gallier, geschweige denn Trojaner von Abkunft, wie der höfische Kult meinte; ihr Name selbst bedeute nicht „frei", sondern „wild", und sie stammten von den Germanen; auch spielten die Könige in der französischen Frühgeschichte keine bedeutende Rolle. Da autonome historische Forschung der zeitlos gewaltigen Monarchie Eintrag tat, kam Fréret in die Bastille – und beging dort ein neues Verbrechen, das der vorurteilslosen Sprachbetrachtung. Die Unterschiede und Wandlungen der Idiome zeigen, daß es keine Natursprache, nur Spracherfindung gibt; man kann also die Sprachen noch weiter verbessern und sogar die sprachliche Einheit der Welt erreichen, ohne Kirche, ohne Mystik. Die beste Grundlage für eine künftige Universalsprache wäre (weder das Hebräische noch das Keltische:) das Chinesische mit seiner Bilderschrift[66]). Es gilt um des Fortschritts willen, vom königlich-französischen Egoismus Abschied zu nehmen; es gilt, den Stolz auf klassische Bildung abzulegen. Daran gemahnte der Advokat und Dichter Alain René Lesage (1668–1747) schon 1707: Der Teufel selber kann Latein, Hebräisch, Türkisch, Arabisch und Griechisch und gebärdet sich trotzdem nicht stolz und pedantisch wie unsere Gelehrten, deren einen Lesage 1715 abbildete: Aus hebräischen, griechischen und lateinischen Zitaten fabriziert er im Handumdrehen ein dickes Buch in der Volkssprache[67]). Die Zeit der heiligen Sprachen

---

heit); XIV, 160 ff. S. 320 ff. (König von Babylon); XII, 296 ff. S. 218 (Philoktet); VII, 8 Bd. 1, S. 292; VIII, 123 ff. S. 352 (Phönizier). Dazu Ludwig Berg, Die Sozialprinzipien Fénelons, in: Fénelon, Persönlichkeit und Werk, hg. Johannes Kraus – Joseph Calvet, Baden-Baden 1953, S. 259–306, hier S. 276 ff.

[65]) Les livres de l'Ancien Testament avec des explications et réflexions qui regardent la vie intérieure, Bd. 1, Köln 1715, S. 72 f. Dazu Hazard, Krise 491 ff.

[66]) Oeuvres complètes, hg. N. Leclerc de Septchênes, 20 Bände, Paris 1796: De l'origine des Français et de leur établissement dans la Gaule Bd. 5, S. 155–159 (Franzosen; dazu Barzun, Race 148 ff.); Réflexions sur les principes généraux de l'art d'écrire et en particulier sur les fondemens de l'écriture chinoise Bd. 6, S. 232 ff. (Universalsprache).

[67]) Oeuvres, hg. Prosper Poitevin, Paris 1840: Le diable boiteux c. 10 S. 46 (Teufel); Histoire de Gil Blas IX, 9 S. 328 (Gelehrter).

ist vorbei, die Welt ist größer als die literarische Tradition, Erfahrung wichtiger als Vorurteil.

Das erfuhr als Missionar bei den kanadischen Irokesen und Huronen der Jesuit Joseph-François Lafitau (1681–1746), und konsequent verstieß er 1724 den Symbolismus der Apologeten. Zwar glaubte er noch, daß Gott den Menschen anfangs wunderbar eine Sprache schenkte, die sie bis zum babylonischen Turmbau gemeinsam behielten; dort, wo alle Völker anwesend waren, teilte Gottes Wunder die Sprachen. Aber dies alles ist Vorzeit, für uns verloren wie die Ursprache selbst. Schon Huet hatte sie aufgegeben; Lafitau fügte hinzu, daß das Hebräische, wenn es die älteste und allgemeinste Sprache wäre, in den amerikanischen Dialekten noch enthalten sein müßte. Das aber ist (entgegen Lescarbots Hypothesen) nicht der Fall. Allenfalls zwischen den Eskimosprachen und dem Baskischen bestehen Parallelen; aber was besagen sie dem Historiker? Nur soviel, daß auch die getrennten Sprachen (keineswegs 72 an der Zahl) noch in einer großen Gemeinschaft stehen; nicht im Wortschatz, aber im Bau sind sie miteinander verwandt, weil sie sämtlich vom Menschen gemacht sind. Diese Einheit alles Menschlichen ist auch genealogisch zu erkennen: Irokesen und Huronen sind vermutlich Japhetiten, Nachfahren der Griechen Javans, die bald nach der Sintflut Amerika besiedelten. Jedenfalls sind die Indianer keine hamitischen Barbaren und Knechte, und ihre Sitten halten den Vergleich mit dem klassischen Altertum aus; erst dieser Vergleich wird uns die Strukturen des Völkerlebens eindringlich erkennen lassen. Mit diesem humanen Prinzip und mit vergleichender Empirie wurde Lafitau der Begründer der modernen Völkerkunde[68]).

Durch den Vergleich mit dem Exotischen sich selbst und den Menschen vorurteilslos zu erkennen, versuchte 1721 der gascognische Baron Charles de Montesquieu (1689–1755), als er Frankreich aus der Perspektive eines Persers beschrieb. Unter den Eigentümlichkeiten, die dem Perser in Europa zuerst auffallen, ist die Sprachverschiedenheit nicht; aber zu den europäischen Absurditäten gehört sie. In Paris disputieren die Gelehrten in einer Sprache (der schon von Ramus getadelten lateinischen), die barbarischer ist als die der Normalmenschen. Sogar Gesetzgeber halten sich nicht an die Umgangssprache, und die Dichter pflegen ihre von anderen unterschiedliche Mundart – als könnte Sprache jemals im Sinne La Bruyères etwas Isoliertes, nicht auf Geselligkeit Gerichtetes sein! Auch die Muttersprache exklusiv zu achten, ist töricht. Daß Kardinal Mazarin als gebürtiger Italiener schlecht Französisch sprach,

---

[68]) Moeurs des sauvages amériquains, comparées aux moeurs des premiers temps, 4 Bände, Paris 1724, hier Bd. 1, S. 37–43; Bd. 4, S. 167–194 (Sprachen); Bd. 1, S. 64 ff. (Völkergenealogie). Dazu MEINECKE, Historismus 70 ff.; Wilhelm Emil MÜHLMANN, Geschichte der Anthropologie, Bonn 1948, S. 41 ff.

hielt nur ein schadenfroher Pedant für bedeutsam; 1610 zankten sich die Stände von Aragón und Katalonien eifrig um die Lappalie, in welcher Sprache beraten werden sollte; schließlich wurde katalanisch gefragt, aragonesisch geantwortet ... Es gibt keine heilige Sprache; lediglich ein rückständiger Perser verehrt sein Altpersisch noch als *notre langue sacrée*[69]). Die Sprache hat für Montesquieu demnach keinen theoretischen, nationalen oder emotionalen Wert; hat sie wenigstens einen historischen?

Von den englischen Aufklärern angeregt, behandelte er 1748 die Verschiedenheit der Menschen und Völker und fragte nach ihrer *raison naturelle*, ihrer *raison primitive*, um hinter den Phänomenen die Strukturen zu finden. Unter den Faktoren, die die Menschen beherrschen und den Geist eines Volkes formen, finden sich wie bei Bodin das Klima, ferner die Religion, die Gesetze, die Vorbilder der Vergangenheit und manche anderen – nur nicht die Sprache. Gewiß schreibt Montesquieu unsystematisch und wählt mit dichterischer Freiheit aus; aber warum mißachtet er gerade das Instrument des Dichters, die Sprache? Sie ist ihm zu oberflächlich. Einmal nennt er das Schamgefühl die Sprache der Natur zu allen Nationen; aber wie bei den Engländern sind bei Montesquieu die Worte der Lautsprache minderwertig, zweideutig, nur von Vorstellungen genährt und von Taten weit entfernt. Hat die Sprache kaum Realität, so fallen die Sprachen nicht schwerer ins Gewicht. Nur im germanisch-römischen Zusammenhang sind sie erwähnenswert, etwa wenn Tacitus einen germanischen Titel „in seiner Sprache" wiedergibt oder wenn die Germanen ihre Volksrechte lateinisch aufzeichnen. Aber auch da ist der Austausch der sprachlichen Medien kein Unglück, kaum eine Schwierigkeit. Montesquieu weiß, daß germanische Rechtsbegriffe „noch heute" im Schwedischen lebendig sind; aber er kann die Germanen *nos pères* nennen, ohne auch nur anzudeuten, warum er dann nicht deutsch schreibt. Offenbar beeinträchtigt die englische Sprachkritik sein sonst so empfindliches Gespür für das geschichtlich Gewachsene, Irrationale und Individuelle, auch wohl für das Religiöse.

Den Symbolgehalt der Zahl 72 ignoriert er. Nur einmal heißt es, Gott sei ein Monarch über mehrere Nationen; sie kommen alle, ihm zu huldigen, und jede spricht zu ihm in ihrer Sprache. Aber diesen Passus hat Montesquieu der Zensur zuliebe gestrichen, und selbst er verkündet eher den Relativismus als den Glauben an einen tieferen Sinn der irdischen Vielfalt. Ihre eigentliche *raison* ist die Natur. In den erst viel später veröffentlichten Notizbüchern enthüllte Montesquieu seine Gegengründe. Das Festhalten an einer besonderen

[69]) Oeuvres complètes, hg. Roger CAILLOIS, 2 Bände (BP 81, 86), Paris 1949–51: Lettres persanes Nr. 36 Bd. 1, S. 183 (Gelehrte); Nr. 129 S. 322 f. (Gesetzgeber); Nr. 48 S. 199 (Dichter); Nr. 111 S. 295 (Mazarin; dazu Victor KLEMPERER, Montesquieu, Bd. 1, Heidelberg 1914, S. 97); Nr. 109 S. 293 (Aragón); Nr. 67 S. 230 (Altpersisch).

Sprache ist allemal das Zeichen beschränkter Bildung; wer nur die Bibel liest, bezieht den Ursprung aller Völker auf das Hebräische zurück. Wer an die biblische Sprachtheologie glaubt, ist also borniert, nicht inspiriert. Die Wahrheit ließe sich nur experimentell feststellen: Ein Fürst sollte drei oder vier Kinder *comme des bêtes* aufwachsen lassen; sie würden sich eine Sprache machen, die Natursprache, und diese wäre zu untersuchen[70]). Zweifellos wußte Montesquieu, daß dieses Experiment schon öfter unternommen worden war, aber er traute den Untersuchenden nicht. Würden Kinder, die wie Tiere aufwachsen, nicht auch wie Tiere sprechen? Ist es, zum mindesten, nicht eigentlich die Natur, die die Sprache macht, so daß sie zwischen Menschen wie von selbst entsteht?

Das war das Problem Mandevilles; der Abbé Etienne Bonnot de Condillac (1715–1780) griff es 1746 auf. Wie Mandeville gab er leichthin zu, daß Adam und Eva ihre Sprache *par un secours extraordinaire* aus Gottes Hand erhielten; indes müsse der Philosoph prüfen, wie Sprache auf natürliche Weise habe entstehen können, etwa wenn nach der Sintflut zwei Kinder in der Wüste ausgesetzt worden wären. Ob diese *histoire* nur ein *roman*, eine hypothetische Erdichtung sei oder aber den tatsächlichen Hergang der nachbabylonischen Sprachentwicklung rekonstruiere, das ließ Condillac, der anonym schrieb, offen; es ist doch deutlich, daß er nicht nur wie die Engländer Phänomene, nicht nur wie Montaigne, Descartes und Montesquieu Strukturen, sondern genetische Abläufe freilegen wollte. Lockes Sensualismus, den Condillac später gegen Berkeley in Schutz nahm, wurde nun historisch angewandt. Die Kinder in der Wüste brauchen ein Zeichensystem, um sich Empfindungen und Handlungen kundzutun; es muß keine Wortsprache sein, nicht auf Willkür oder Überlegung beruhen; es wird die Analogie sinnlicher Eindrücke und das natürliche Bedürfnis zugrundelegen. Die Natur kann tatsächlich in Gesellschaften mehrerer Menschen aus Gestik und Mimik Verständigungsmittel für psychische Eindrücke hervorbringen. Sprache ist gesellig, und sie ist geschichtlich: Solche Zeichensysteme erwachsen später langsam zu artikulierten Sprachen, zuerst vielleicht nach Art des Hebräischen und Chinesischen, einfach, konkret, poetisch, musikalisch; dann werden die Idiome abstrakter und rationaler, wie z. B. das Französische, jeweils dem *génie* des Volkes angepaßt. So wird die Sprache ein Gemälde des Volkscharakters, nachdem sie anfangs ein

---

[70]) De l'esprit des lois I, 1, CAILLOIS (o. Anm. 69) Bd. 2, S. 232 f. (raison); XIV, 2 ff. S. 474 ff. (Klima); XIX, 4 S. 558 (andere Faktoren); XVI, 12 S. 517 (Schamgefühl); XII, 12 S. 442 (Worte); XXX, 3 S. 885 (Tacitus); XXX, 14 S. 901 (Volksrechte); XXX, 20 S. 917 (Schwedisch); VI, 18 S. 329; XIV, 14 S. 487 (germanische Väter); XXVIII, 13 S. 808 (Zahl 72); XXV, 9 (Gott als Monarch; zur Streichung MEINECKE, Historismus 152); Mes pensées V, 1 Nr. 775 f. Bd. 1, S. 1213 (Bibel, Sprache). Dazu CASSIRER, Aufklärung 280 ff.; MEINECKE, Historismus 118 ff.; BARZUN, Race 198 ff.; REIBSTEIN, Völkerrecht Bd. 1, S. 528 ff.; Roger B. OAKE, Montesquieu's Religious Ideas, in: JHI 14 (1953) 548–560.

Spiegel der Instinkte gewesen war. Ihr Ursprung und ihre Vielfalt sind damit immanent und natürlich erklärt; die religiöse Deutung der Sprachengeschichte ist durch eine rationale und scheinbar empirische ersetzt. Condillac hat nach 1759 diese Methode auf die Bibel selbst angewandt, mit dem (uns von Vives her bekannten) Ergebnis, daß die ersten Menschen eine Art von Kindersprache redeten und daß die menschliche Urgeschichte roh und simpel verlief. Nimrod war zwar mächtig, aber nicht als absolutistischer Monarch, sondern als Jäger; er baute Babel nicht, um seine Krone zu sichern, sondern um sich vor wilden Tieren zu schützen; auch als die Familien von Sinear abzogen, waren sie noch keine modernen Völker, eher kleine Rotten. Indem Condillac die englischen Ideen von Natur und Fortschritt am universalhistorischen Stoff erprobte, gab er der französischen Aufklärung ein geschlossenes, unbiblisches Geschichtsbild[71]).

Hatte der fortschrittsgläubige Condillac nicht damit die Stetigkeit der Natur unterschätzt? Sind ihre Gesetze nicht auch dem heutigen Menschen prädestiniert? Der ehemalige Jansenist Julien Offray de La Mettrie (1709–1751), Arzt von Beruf, kam 1748 auf Mandevilles Position zurück. *Qu'était l'homme, avant l'invention des mots et la connaissance des langues?* Ein Tier wie andere, eine Maschine der bewußtlosen Natur. Vom Tier unterscheidet ihn nichts als die Sprache; aber wie entstand sie? Durch lallende Äußerung von Bedürfnissen, durch Empfindungen, die die Natur dem Menschen eingab. Wenn also die Natur die Lehrmeisterin der Sprache ist, müßte es gelingen, auch einem Affen Sprache beizubringen; dann wäre der Unterschied zwischen Mensch und Tier verschwunden. (Hatte nicht La Fontaine von sprechenden Tieren erzählt?) Nun erhob sich freilich die Frage nach dem historischen Übergang vom Tier zum Menschen, die darwinistische Frage, die La Mettrie konsequent so formulierte: Wer hat als erster gesprochen? Bestürzendes Ergebnis: *Je n'en sais rien.* (Adam war es also nicht.) Wir wissen nichts über unsere Herkunft und Zukunft; geben wir uns endlich damit zufrieden, seien wir glücklich über unsere Unwissenheit! Historie ist eigentlich schon Frömmelei, weil sie uns beunruhigt[72]).

---

[71]) Oeuvres philosophiques, hg. Georges Le Roy (Corpus général des philosophes français, Auteurs modernes 33), 3 Bände, Paris 1947–51: Essai sur l'origine des connoissances humaines II, 1, 1 Bd. 1, S. 60 ff. (Adam und Eva, Sprachentstehung); II, 1, 15 S. 98 ff. (Sprache und Volkscharakter), 103 f. (Ergebnis); Cours d'études pour l'instruction du prince de Parme, Grammaire I, 2 Bd. 1, S. 431 ff. (Kindersprache); Histoire ancienne I, 4 Bd. 2, S. 12 ff. (Nimrod, Rotten). Dazu Zora Schaupp, The Naturalism of Condillac (University of Nebraska Studies in Language, Literature, and Criticism 7), Lincoln 1926, S. 59 ff.; Cassirer, Aufklärung 132 ff., 156 f.; Harnois, Théories 43 ff.; Kuehner, Theories 10 f., 23 ff.; Verburg, Taal 357 ff.

[72]) L'homme machine, hg. Jules Assézat (Singularités physiologiques 2), Paris 1865, S. 53–63 (Sprache), 157 (Herkunft und Zukunft). Dazu Cassirer, Aufklärung 87 ff.; Hazard, Herrschaft 187 f. – Ähnlich Paul Heinrich Dietrich von Holbach (1723–1789), Système de la nature, Bd. 1, London 1770, S. 79–89, 119–123. Dazu Cassirer, Aufklärung 91 ff.

Der Mensch als Vieh, das war nun doch zu arg! Bei aller Ehrfurcht vor der Natur, die Rationalität und Humanität des Menschen stand den französischen Aufklärern höher. Der Vorstand des königlichen Pflanzengartens, Georges-Louis Leclerc de Buffon (1707–1788), warf 1749 zwar entschlossen das Joch der monistischen Klassifikation ab. Die Begriffe, mit denen wir die unendliche Natur gliedern, sind nur sprachliche Konventionen und existieren lediglich in unserer Einbildungskraft; sie können die Wirklichkeit nicht hierarchisch ordnen. Die Natur selbst kennt keine getrennten Klassen, nur Individuen in endlosen Übergängen und Verwandlungen. Trotzdem ist La Mettrie im Unrecht, wenn er den Menschen nicht vom Tier trennen will. Der Mensch steht im Mittelpunkt des Weltalls, vom Tier für immer geschieden; denn nur er hat Sprache. Das sah schon Descartes. Zwar kann alle menschliche Kunst nur unvollkommen nachahmen, was die Natur in höchster Vollendung hervorbringt, aber die Tiere sind noch unvollkommener als wir. Ihre Sprachorgane sind nicht weniger entwickelt, sie können mechanisch Laute wiederholen. Sprechen jedoch würde der Affe nur, wenn er dächte und seine Gedankenordnung der unsrigen vergleichbar wäre. Der Mensch allein teilt durch äußere Zeichen mit, was in ihm vorgeht, faßt seine Gedanken in Worte. Und dies kennzeichnet das ganze Menschengeschlecht; der Wilde ist ebenso wie der Gebildete *naturellement* der Sprache mächtig. Das deutet darauf hin, daß die Menschheit auch genealogisch eins ist, daß alle Menschen, auch die Amerikaner, von einer einzigen Art abstammen, die sich erst später differenzierte (und in Amerika nicht recht gedeiht); die Unterschiede zwischen den Menschen sind von der Zeit geschaffen, können also mit der Zeit auch wieder vergehen. Demgemäß konnte Buffon die Verschiedenheit der Sprachen und Völker nicht als Gliederungsprinzip des Menschengeschlechts brauchen; er wählte die äußerlichsten, die körperlichen Merkmale zur Klassifizierung. Die Geschichte kann niemals die Einheit alles Menschlichen in Frage stellen; Babel bedeutet nichts vor diesem Naturgesetz[73]).

Steht hinter diesem Naturgesetz, hinter der Einheit des Menschlichen nicht doch ein höchst weiser Schöpfer, der Gott der Genesis? Der Physiker und Mathematiker Pierre Louis Moreau de Maupertuis (1698–1759) brachte 1755 Sensualismus, Rationalismus und Tradition in einen merkwürdigen Bund. Gewiß ist nach Condillac die Sprache nur eine Zeichenordnung, die einen Erfahrungszusammenhang psychischer Inhalte wiedergeben soll; aber gerade die

[73]) Histoire naturelle générale et particulière, 5. Aufl., 32 Bände, Paris 1752–68, hier Bd. 1, S. 54 (Klassen, Individuen), 41 f. (Kunst, Natur); Bd. 4, S. 162 ff. (Mensch, Tier); Bd. 6, S. 311 ff. (Amerikaner), 333 ff. (Einheit der Menschheit). Dazu Cassirer, Aufklärung 102 ff.; Hazard, Herrschaft 209 ff.; Kuehner, Theories 15; Antonello Gerbi, La disputa del nuovo mondo, Storia di una polemica 1750–1900, Mailand–Neapel 1955, S. 1 ff.

Gesetzmäßigkeit ihrer Entwicklung läßt auf den allmächtigen Baumeister des Universums schließen. Anfangs waren alle Sprachen einfach, der primitiven Erfahrungswelt entsprechend; jeder Mensch könnte *commencer un langage*. Doch dann entwickeln sich die Idiome beinahe geometrisch weiter, und diese Progression ist so genau, daß die heutigen Sprachen Europas eigentlich nur Übersetzungen voneinander sind. Wer über diesen Status hinaus Sprache an sich erfassen will, muß zum Vergleich die Idiome weit abwohnender Völker in anderen Stadien heranziehen. (Maupertuis hatte die Erdgestalt in Lappland gemessen.) Enden wird die Entwicklung bei einer mathematisch exakten Universalsprache im Sinne Newtons[74]). Diese deistisch gemeinte Geschichtsphysik gab den Hütern der Tradition noch eine apologetische Chance; sie begannen sich vom ersten Schrecken zu erholen.

Freilich wußten sie nichts Entschiedenes und Entscheidendes vorzubringen. Der jansenistisch angehauchte Abbé Antoine Pluche (1688–1761) vertrat 1751 eine halb fromme, halb aufklärerische Sprachtheorie, die die Entwicklung der Idiome mechanistisch erklärte und sie alle, nicht sehr viel anders als dann Maupertuis, zusammenfaßte. 1753 leitete er die von Buffon bewiesene Einheit des Menschengeschlechts von der Bibel her. Alle Welt stammt vom babylonischen Turm, und das dort geschehene Wunder erweist sich bis zur Gegenwart als sehr segensreich; es hilft noch heute bei der gleichmäßigen Bevölkerung der Erde[75]). Da es so nützlich ist, muß es doch wahr sein. Aber auch hier wie in England war durch Anpassungen an den Zeitgeschmack noch nicht die Authentizität des Bibelberichtes selbst gesichert. An diese Aufgabe machte sich 1753 der den Jesuiten nahestehende Leibarzt Ludwigs XV., Jean Astruc (1684–1766). Er wollte gegen Spinoza den mosaischen Ursprung der Genesis literarkritisch nachweisen, indem er zeigte, daß das erste Bibelbuch aus zwei Schichten besteht, die Moses vereinigt hat. Aber wer bezeugte nun die göttliche Inspiration der beiden Grundschriften? Die Bibel war ein Buch wie andere Bücher, vielleicht sogar ein schlechteres. Ein Trost war es, daß nach Astrucs Aufstellung Völkertafel und Turmbaugeschichte der gleichen Grundschrift angehörten[76]). Das sprach wenigstens für die Einheit, wenn auch noch nicht für die Wahrheit der biblischen Nachrichten über Völker und Sprachen; und so

---

[74]) Réflexions philosophiques sur l'origine des langues et la signification des mots, in: Oeuvres, Nouvelle édition, Bd. 1, Lyon 1768, S. 260 ff., 277. Dazu CASSIRER, Aufklärung 157 ff.; HARNOIS, Théories 50; VERBURG, Taal 386 ff.

[75]) La mécanique des langues et l'art de les enseigner, Paris 1751 (nicht erhältlich); zitiert nach KUEHNER, Theories 7 (Sprachtheorie). Le spectacle de la nature, Bd. 8, 's Gravenhage 1753, S. 96–101 (Babel).

[76]) Conjectures sur les mémoires originaux, dont il paroit que Moyse s'est servi pour composer le livre de la Genèse (anonym), Brüssel 1753, S. 61 ff. (Gen. 10), 64 ff. (Gen. 11). Dazu J. DE SAVIGNAC, L'oeuvre et la personnalité de Jean Astruc, in: La nouvelle Clio 5 (1953) 138–147, hier S. 144 ff.; KRAUS, Geschichte 86.

wurden sie 1756 den königlichen Prinzessinnen von ihrem Erzieher, dem Literaten Jacques Hardion (1686–1766), wieder zusammen aufgetischt: Noah teilte die Welt; vor der Trennung wollten die Menschen kommenden Geschlechtern noch ein Denkmal ihrer Kraft hinterlassen; da verwirrte Gott ihre Sprache[77]).

Ähnlich, aber geistreicher erzählte 1758 der profunde Rechtshistoriker Antoine-Yves Goguet (1716–1758) die biblische Geschichte. Sie ist wahrer als alle heidnischen Annalen, denn sie dokumentiert glaubwürdig, wie sich die menschliche Kulturgeschichte in ihren Zweigen entfaltete, wie Ackerbau, Gemüsebau, Textilverarbeitung, Handel und Verkehr, Medizin und Bildungswesen fortschritten. Der weithin sichtbare Turm von Babel war (wie bei Addison) das erste Werk der Architektur und insofern ein großer Fortschritt. Nur widersprach der dadurch manifestierte Wille der Menschen, auch künftig beisammenzubleiben, den Peuplierungsplänen des *Être supreme*, also dem Fortschritt; die Sprachverwirrung zwang sie zur Verteilung über die Erde, also zum weiteren Fortschritt. Zunächst irrten sie fast tierisch als Menschenfresser in den Wäldern umher; doch führte schließlich die Differenzierung neue Ordnungen von Staat und Gesellschaft herbei. So verband Goguet „harmlos gewisse Ideen der Aufklärung mit kirchlicher Gläubigkeit", oder besser, er suchte um der Gläubigen willen die Ideen der Aufklärer zu verharmlosen[78]). Wenn Goguet den menschlichen, technischen Fortschritt mit der göttlichen Vorsehung gleichsetzte, machte er sich allerdings beiden Parteien verdächtig; denn er opferte die ewigen Zwecke Gottes unfromm den irdischen Bedürfnissen, betonte aber auch den historischen Wandel stärker, als den Aufklärern lieb war.

Ein besserer Ansatzpunkt für die Apologie der göttlichen Wirksamkeit war vielleicht die aufklärerische Tendenz zu zeitlosen Gesetzen und Strukturen. Ihn nutzte 1764 der Provinzpfarrer Nicolas-Sylvestre Bergier (1718–1790). Der Streit, ob die Ursprache von Gott gegeben oder vom Menschen erfunden wurde, schien ihm müßig; denn der einzige Lehrmeister der ersten Sprachkünstler war die Natur. Keine Versammlung subtiler Philosophen, sondern eine Horde von Wilden entwickelte triebhaft und der Not gehorchend das erste ärmliche, einsilbige Vokabular. Gerade dank der Daseinsbedrohung geriet die Sprache klar und treffend; im Kern ist diese Ur- und Natursprache

---

[77]) Histoire universelle sacrée et profane, composée par ordre des Mesdames de France, Bd. 1, Paris 1756, S. 8 f.

[78]) De l'origine des loix, des arts et des sciences et de leurs progrès chez les anciens peuples, Bd. 1, Paris 1758, S. 1 ff., 57 ff. Dazu Emil Spiess, Der früheste Versuch einer allgemeinen Kulturgeschichte auf evolutionistischer Grundlage, in: Studien aus dem Gebiete von Kirche und Kultur, Festschrift Gustav Schnürer, Paderborn 1930, S. 208–265, hier S. 219 f., 229, 237 f., 242 ff., 251 f.; einschränkend Meinecke, Historismus 187 f. (hier „harmlos . . .").

unveränderlich, sie ist die menschliche Sprache schlechthin. Nun hat aber das Hebräische einsilbige Wurzeln; es steht also der Ursprache sehr nahe und ist die ehrwürdigste Sprache der Welt. Auch alle modernen Idiome sind Teile der einen, zeitlosen Menschensprache; kein Wunder, daß sie sämtlich (à la Thomassin) Beziehungen zum Hebräischen aufweisen. Babel hat die Menschensprache verändert, jedoch nur unwesentlich; es ist noch immer dieselbe Sprache, die von der Ebene Sinear ausging, die sich in Griechenland verschönte, in Italien erneuerte und in Frankreich neu einkleidete. Jeder ihrer Fortschritte ist zugleich ein Schritt zurück zum Ursprung. Die goldene Kette der Sprachen bestätigt die Brüderlichkeit und gemeinsame Herkunft der Menschen, auch die Wahrheit der Bibel[79]). Diese Verteidigung der biblischen Sprachtheologie ist geschickt und verwirrend, weil sie mit den Worten der Aufklärer geschrieben ist. Aber auch Bergier setzte sich zwischen alle Stühle, wenn er den allwissenden Gott mit der stummen Natur, die Sprachgeschichte mit dem unwandelbaren Naturgesetz verband.

Und schon las man, daß die Natur blind und schrecklich, die Sprache schwach und trügerisch ist; was ist das für ein Gott, der sie beide geschaffen haben soll! Der Ingenieur Nicolas Antoine Boulanger (1722–1759) meinte, daß Religion überhaupt auf Furcht beruhe, vor allem auf dem Entsetzen der Menschen bei der Sintflut. Darum bauten sie in Sinear einen Turm, weil ihnen der Schrecken der Naturkatastrophe noch in den Gliedern saß; deshalb schlossen sich die Schutzlosen mit ihresgleichen zusammen, um stärker zu sein. So war der Turm von Babel ein Monument der Nächstenliebe und Humanität, dazu ein Schutzwall gegen die dunklen Naturgewalten, die die Menschheit einschüchtern und von friedlicher Entfaltung abhalten[80]). Das also ist die von Gott produzierte Natur: ein Feind des Menschen; und ein Feind des Menschen ist die von Gott protegierte Sprache. Claude Adrien Helvétius (1715–1771) versicherte es seit 1758 nach Locke und Condillac. Die Sprache erwuchs aus Bedürfnis und Not, doch das macht sie nicht treffend und klar. Im Gegenteil, die Not ist schnell zufrieden; man fing mit einem Irrtum an, kombinierte ihn mit immer weiteren Irrtümern, und niemand kann unter all dem Wirrwarr den ersten Fehler finden. Nun seufzen die Menschen unter der Tyrannei der Worte; deren Ungenauigkeit verurteilt die Menschheit zu Verwirrung und Ohnmacht. Nur eine genaue, philosophische Definition aller Begriffe, ein Wörterbuch der philosophischen Sprache könnte helfen; aber wer soll es anlegen? Nur ein

---

[79]) Les élémens primitifs des langues découverts par la comparaison des racines de l'Hébreu avec celles du Grec, du Latin et du François, Paris 1764, S. 5–9, 15 (Ursprache), 21 f. (moderne Sprachen), 219 ff. (Babel). Dazu KUEHNER, Theories 5 ff.

[80]) L'antiquité dévoilée par ses usages, Bd. 3, Amsterdam 1766, S. 373 ff. (Vereinigung), 366 (Turmbau). Dazu MEINECKE, Historismus 188 ff.; HAZARD, Herrschaft 190.

freies Volk wäre dazu imstande, in Europa allein das englische. Man würde dieses Wörterbuch später in alle Sprachen übertragen (die Übersetzung könnte nichts verschlimmern) und dadurch endlich die Wortmagie der Scholastik ersetzen[81]). England, dem eben Frankreichs Krone und Kolonien unterlagen, sollte die Sprache der Zukunft angeben. Der Ton der französischen Aufklärer war allerdings nicht der englisch tolerante, akademische; die Vermittlungsversuche der Apologeten, als satanische Tricks verhöhnt, reizten die Neuerer zu schonungsloser Radikalität; daß die erfolglose Krone nur zu halbem Entgegenkommen bereit und vom Herkommen gehemmt war, zog auch die bislang geschonten politisch-sozialen Realitäten in die Diskussion und gab ihr vollends jene Härte, die durch Voltaires Witz eher verschärft als gemildert wurde.

François-Marie Arouet, genannt Voltaire (1694–1778), spottete nur, weil er ernsthaft an seine Wahrheit glaubte; während er die Wirklichkeit für seine Zwecke zubereitete, erstickte er das Nachdenken des Lesers im Gelächter. Ironisch geschwind raffte er die Details, um mehr neben als hinter ihnen das große Gesetz, den Geist der Zeiten, zu enthüllen, die Philosophie der Geschichte, die trotz allem Fortschritt immer dieselbe ist. Die Geschichte wird, was sie ihrer Natur nach ist. Eben weil diese Geschichtsphilosophie beinahe eine neue Geschichtstheologie ist, wurde das Grundbuch der alten, das Alte Testament, die Zielscheibe von Voltaires Witz. Noch ernst begann er 1756, die Sprache sei dem Menschen nicht angeboren, sie habe sich aus Schreien und Gesten, zunächst *imparfait et barbare*, langsam gebildet, erst allmählich verfeinert. Die älteste Sprache war einsilbig; das Chinesische ist ein Beispiel dafür. Das las man beim Pfarrer Shuckford auch; was besagte es gegen die Bibel? Ein Schritt weiter in der Richtung Bolingbrokes, zunächst gegen die Exegeten: Die quasi-biblischen Zuschreibungen, der Gallier Gomer, der Spanier Tubal, der Norddeutsche Magog seien *impertinences dégoûtantes* so gut wie die Märchen von den noachidischen Amerikanern und von Cham, der seine schwarzen Enkelchen nach Guinea und dem Kongo transportierte. Das zielte schon gegen die Einheit des Menschengeschlechts. Die Menschenrassen sind voneinander verschieden, weil sie selbständig entstanden (der Gedanke des Paracelsus); Gott schuf nicht den Menschen, er schuf Menschen in Norwegen, andere in Amerika; der fromme Lafitau mag sagen, was er will. Warum den Juden glauben? Sie können von der Urgeschichte nichts Genaues wissen, denn *cette nation est des plus modernes*. Gott hat sie eben spät geschaffen ... An den Turm von Babel, der bis zum Himmel reichte, an die Zerstreuung der Völker, an die

---

[81]) Oeuvres, 5 Bände, Paris 1795: De l'esprit I, 4 Bd. 1, S. 106 (Sprache und Not); De l'homme, de ses facultés intellectuelles et de son éducation II, 19 Bd. 3, S. 218–222 (Tyrannei der Worte, Wörterbuch). Dazu Cassirer, Aufklärung 33 ff.

Verwirrung der Sprachen *(choses, comme on sait, très respectables)* wolle er nicht rühren, sagte Voltaire, nachdem er sie umgestoßen hatte[82]).

Die biblischen Berichte wollen uns nur Schrecken einjagen. Gewiß, die Schöpfung dieses allweisen Gottes ist miserabel, aber das liegt nicht an der Verschiedenheit der Völker und Sprachen. Voltaire führt 1759 seinen Candide durch diese schlechteste aller möglichen Welten, und überall macht er sich verständlich. In Afrika hört eine Italienerin ihre Muttersprache, die Neger verstehen Niederländisch, in Paraguay spricht ein Jesuit Deutsch, Candides Diener erfaßt die Sprache der amerikanischen Wilden. Um sich in der Natur zurechtzufinden, bedarf es keiner Gelehrsamkeit und keiner Tradition; Candides geliebte Baronesse hat zwar 72 Ahnen, aber das Schicksal verschont ihre Vorurteile nicht. Es gilt, unseren Garten zu bebauen, das Natürliche, Nächstliegende zu tun, nicht Hirngespinsten nachzuhängen.

Man sehe sich die abstrusen Fabeln der Bibel nur näher an! Voltaire vermerkte 1764 schadenfroh, nach der Reihenfolge in der Genesis sei auf die Völkerteilung das genaue Gegenteil einer Teilung, der gemeinsame Turmbau, gefolgt. Ist das logisch? Ist das möglich? Außer der Bibel weiß kein einziger antiker Autor von diesen Vorkommnissen, nicht einmal Herodot. Und diese Sprachenteilung, welch ein Wunder! Die größten Wunder sind freilich die historisch bezeugten: Der Fall des römischen Reiches, der Zerfall der lateinischen Weltsprache rief mehr Verwirrung und größere Sprachenvielfalt hervor als der Turmbau von Babel. Wenn schon Sprachenverwirrung, wozu die Suche nach der Ursprache? Ach ja, alle Sprachen sind eins, *car il est clair, selon le savant Bochart, que le chinois est originairement la même langue que le haut-allemand.* Näher läge es allerdings, die Sprachen für so getrennt zu halten, wie sie sind, ohne den babylonischen Knoten. Er bleibt absurd, wie man ihn auch dreht. Voltaire predigte 1765 in London, der freien Weltstadt, wie ein Freimaurer, es sei eine Tyrannei sondergleichen, Menschen, die sich in einer Stadt, in einem Staat zusammentun wollen, in alle Winde davonzujagen; nicht weniger widernatürlich ist Calmets Annahme, daß sie alle *tout d'un coup* nagelneue Sprachen erhielten. Aber es ist eben ein Wunder . . . Die *simples* glauben es, die Gelehrten rechnen mit ein paar Schreibfehlern und glauben es auch. Man weiß, daß es heute, 1776, in Amerika mehr als 300, in Europa mehr als 3000 Sprachen gibt; aber *la formation subite de tant de langues* ist die einfachste Tatsache von der Welt,

---

[82]) Oeuvres, hg. Adrien BEUCHOT, 72 Bände, Paris 1829–40: Essai sur les moeurs et l'esprit des nations, Introduction c. 3 Bd. 15, S. 12 f.; c. 7 S. 33 (Ursprache), 35 (Chinesisch); c. 14 S. 64 (Völkerteilung); Introduction c. 2 S. 9; c. 8 S. 36 ff. (Menschenrassen); c. 38 S. 172 (Juden); c. 10 S. 47 f. (Babel, très respectable). Dazu CASSIRER, Aufklärung 288 ff.; MEINECKE, Historismus 74 ff.; AUERBACH, Mimesis 354 ff.; LÖWITH, Heilsgeschehen 99 ff.; John Henry BRUMFITT, Voltaire Historian, Oxford 1958, S. 84 ff.

und da niemand außer den Hebräern davon etwas gehört hat, muß man ihnen aufs Wort glauben. Der heilige Hieronymus hat ja auch exakt ausgerechnet, daß der babylonische Turm zehnmal so hoch wie die Pyramiden war. Nur einen Witz ließ sich Voltaire entgehen; allem Anschein nach wußte er nichts mehr von den 72 Sprachen. Denn 1759 verglich er die Flucht nach einer verlorenen Schlacht mit der babylonischen Verwirrung: Die Menschen hatten zum Himmel gelangen wollen; Gott war diese Nachbarschaft nicht lieb, und *en cent jargons transmua leur langage*. Die scheinheilige Fußnote amüsierte sich nur über Calmet, Hieronymus, Eutychios von Alexandria und seine 72 Turmbaumeister, nicht über die 72 Sprachen. Der Unersättliche schloß noch eine boshafte Reverenz vor dem berühmten Goropius Becanus an, er habe so trefflich nachgewiesen, daß das Flämische dem Hebräischen nächstverwandt sei[83]).

Diese *plaisante chimère* der Ursprache belustigte ihn immer wieder. Wenn der eine Samaritanisch, der andere Niederbretonisch für die älteste aller Sprachen hält, kann man sich aus dem Zwiespalt nur dadurch retten, daß man gar nicht an die Ursprache glaubt. Mit den Ursprüngen der Völker steht es nicht anders; alle diese Stammbäume sind suspekt, nicht allein die biblischen. Die Franzosen stammen schwerlich von den Franken, bestimmt nicht von den Trojanern ab. Staatliche Ambitionen sind nicht weit her, sprachliche auch nicht. Voltaire freute sich an der Verbreitung und Geselligkeit des Französischen, aber er verherrlichte seine Muttersprache nicht. Augenzwinkernd schrieb er 1767 an Katharina II.: „Ich bin nicht wie jene Versailler Hofdame, die sagte: ‚Wie schade, daß das Abenteuer des Turms von Babel zur Verwirrung der Sprachen führte; sonst hätte alle Welt immer Französisch gesprochen'." Voltaire bewunderte das Russische, er empfahl seinen Landsleuten, Englisch, Italienisch und Griechisch zu lernen; Griechisch und Latein sind die einzigen harmonischen Sprachen. Es gibt nur eine Wertskala: Die erste aller Sprachen ist die, in der die größten Werke geschrieben sind[84]). Das Alter ist unwesentlich, die Historie ist ein gerader Weg zum letzten Ziel, zur zeitlosen Freiheit des natürlichen und vernünftigen Menschen. Aus der Pathologie vergangener Irrungen ergibt sich die Therapie durch das Nächstliegende, Heutige. Der Ursprung ist nicht heilig;

[83]) Candide ou l'optimisme c. 12, Beuchot (o. Anm. 82) Bd. 33, S. 251 (Italienerin); c. 19 S. 284 (Neger); c. 14 S. 262 (Jesuit); c. 16 S. 269 (Diener); c. 10 S. 246 u. ö. (72 Ahnen); Dictionnaire philosophique s. v. Babel Bd. 27, S. 242–251 (Turmbau, Sprachenteilung, Bochart); Homélies prononcées à Londres Nr. 3 Bd. 43, S. 274 f. (in London); La Bible enfin expliquée Bd. 49, S. 32 ff. (Sprachenzahl, Hieronymus); La Pucelle d'Orléans IV, 79 ff. Bd. 11, S. 70 f. (Verwirrung, cent jargons, Becanus).

[84]) Dictionnaire philosophique s. v. ABC Bd. 26, S. 22 f. (keine Ursprache; dazu Harnois, Théories 51 f.); s. v. Franc Bd. 29, S. 471 f. (Trojaner; dazu Barzun, Race 218 ff.); Ep. Nr. 5080 vom 26. 5. 1767 Bd. 64, S. 240 (Hofdame); Ep. Nr. 3236 vom 24. 1. 1761 Bd. 59, S. 266–274 (Sprachenbewertung; ähnlich Dictionnaire philosophique s. v. Langues Bd. 30, S. 529–534; auch Conseils à un journaliste Bd. 37, S. 388 f.). Dazu Wandruszka, Geist 28 ff.

erst im Fortschreiten der Geschichte kommt die Natur zu ihrer eigenen Freiheit; erst dann, erst heute wird die natürliche mit der geistigen Freiheit eins. Bossuets realistische Heilsgeschichte verwandelte sich zur profanen Geistesgeschichte, deren Herr nicht der biblische Gott und keine Allmutter Natur, sondern der souveräne Mensch ist.

Gehört Zynismus zur Souveränität? Kann der Mensch die Natur beherrschen, wenn er mit seiner Veranlagung nicht zu Rande kommt? Das paradoxe Begriffspaar der Aufklärung, ursprüngliche Natur und menschlicher Fortschritt, löste sich in der Voltaire entgegengesetzten Richtung bei dem Genfer Bürger Jean Jacques Rousseau (1712–1778), freilich weniger eindeutig und elegant als in Voltaires geistreichen Verkürzungen. Denn „zwischen dem Natürlichen, das er wünschte, und dem geschichtlich gegründeten Wirklichen, das er antraf", stand Rousseau gepeinigt mitteninne, ohne den Mut zur Wahl, ohne die Kraft zur Zusammenfassung. Montesquieus Frage nach den Gründen der Ungleichheit unter den Menschen wurde ihm 1754 aus einem strukturellen zu einem genetischen Problem, ähnlich wie bei Condillac, der ihn vielfältig anregte. Nur glaubte Rousseau nicht wie Condillac, daß der Mensch für die Gesellschaft gemacht sei; er ist ursprünglich einsam. Dann kann sich (anders, als Montaigne vermutete) die Sprache nicht von selbst aus dem Naturzustand entwickelt haben, denn sie ist gesellig. Die erste *invention* artikulierter Sprachen brauchte unendlich lange Zeit. An ihrem Anfang stand *le cri de la nature* und dann die Geste, gewiß; aber der Anstoß mußte dem Menschen von außen kommen. Denn wenn der Mensch ein Zeichensystem erfinden will, muß er denken können; und denken kann er nicht ohne die Sprache, die er doch erst erfinden will. Rousseau wagte nicht, aus dem Zirkel auszubrechen, die göttliche Inspiration zu Hilfe zu rufen; immerhin versicherte er, als *philosophe chrétien* dem Moses zu glauben.

Eine nachgelassene, aber auch 1754 konzipierte Schrift überdachte die Frage des Sprachursprungs genauer und zuversichtlicher; denn an die Stelle des suspekten Deus ex machina trat nun die Natur im Sinne Burkes. Und jetzt war gegen Condillac nichts mehr einzuwenden. Die Sprache, die erste soziale Einrichtung, entsteht nicht aus dem Denken, sondern aus dem Instinkt, aus der leidenschaftlichen Gestik, aus naturnahen poetischen und musikalischen Bildern; eine solche, dem Chinesischen, Griechischen und Arabischen ähnliche Figurensprache wäre *la première langue, si elle existoit encore*. Dieser Satz, der die Ursprache verloren gibt, gilt auch, wenn Moses recht hat, *soit Adam avoit été instruit par Dieu même*. Gott kann den Menschen nichts anderes lehren als das Natürliche. Die Natur ist überall eine, darum gab es zu Anfang, in der frühesten, ackerbauenden Gesellschaft, nur eine *langue commune*. Die Einsamkeit des Menschen wird jetzt zur Einheit der Natur und zur Eintracht der Gesellschaft.

Hier, im Ursprung, liegt das Ideal. Aber die Menschen verließen es; die Noachiden trennten sich und wurden barbarische Nomaden. Unterschiede des Klimas und der Bodennatur differenzierten ihre Sprache; aus der einen impulsiven Natursprache wurden kontrollierte, von Menschen erfundene Idiome. Dies wäre so geschehen, *quand il n'y auroit jamais eu de tour de Babel.* Babel wäre überflüssig, aber war es nicht hilfreich? Der Autor der Genesis hat doch auch dies, richtiger als Herodot, bemerkt, daß die Sprachverschiedenheit Folge sozialer Trennungen, also sekundär ist. Rousseau stellte seine Sprachtheorie neben die biblische, sorgfältig bemüht, sie abzusondern und doch nicht auszuscheiden; denn die Genesis könnte Geschichte sein, und der Natur widerstreitet sie nicht. Trotz dieser scheinbaren Konzilianz vollzog Rousseau den Bruch mit dem religiösen Geschichtsdenken radikaler als Voltaire, der die Bibel verwarf. Der Kalvinist Rousseau akzeptierte sie nicht als Heilsgeschichte, sondern als Naturphilosophie; sie kündet nur vom Ursprung, und sie bestätigt bloß die Spekulation des Philosophen; sie ist nicht der Bericht von den geschichtlichen Verwirklichungen der Idee (sei es nun die göttliche Vorsehung oder die menschliche Freiheit), sie verweist allein auf die einfache, ungespaltene, reine Idee der Natur. Alle reale Geschichte danach, auch die biblische, ist Abfall und Unrecht[85]).

Verfall war für Rousseau 1761 auch die Gegenwart der Sprachen. Sie haben ihren natürlichen Schmelz eingebüßt; dem Französischen fehlt jeder Akzent und alle Melodie (an die Estienne noch geglaubt hatte). Wer heute in Paris sein Herz sprechen lassen will, findet niemanden, der ihn versteht. Für leichtes Geplauder *(babil facile)* hat die Sprache Worte, für hohe Gefühle nicht. Man spricht, ohne wirklich etwas zu sagen, und würdigt sich so unter das Tier herab. Man lehrt Kinder fremde Sprachen, die sie nie brauchen, und wartet nicht einmal damit, bis sie ihrer Muttersprache mächtig sind. Kurz, man tut alles, um die Sprache ihrem doppelten Ursprung zu entfremden: der Natur und dem Herzen. Einzig im bäuerlichen Leben ist noch die Sprache der Natur zu vernehmen; unter unseren künstlichen, kalten Idiomen klingt nur eine natürliche, allen Menschen zu Herzen gehende Sprache, die der Kinder, bevor sie reden lernen. (Wieder der pädagogische Grundsatz des Vives, daß die Kindersprache

---

[85]) Collection complète des oeuvres, hg. Pierre-Alexandre Du Peyrou, 33 Bände, Genf 1782–89: Discours sur l'origine et les fondemens de l'inégalité parmi les hommes Bd. 1, S. 82–93 (Natur und Sprache), 54 (Moses); Essai sur l'origine des langues c. 2 Bd. 16, S. 221–229 (Ursprache); c. 9 S. 260 ff. (Adam, Trennung, Babel), 264 (Genesis, Herodot). Dazu Auerbach, Mimesis 435 („zwischen dem Natürlichen ..."); zur Ursprungslehre Wolfgang Ritzel, Jean-Jacques Rousseau (Urban-Bücher 37), Stuttgart 1959, S. 79 f.; zur Sprachtheorie Harnois, Théories 69 ff.; Kuehner, Theories 23 ff.; Verburg, Taal 398 ff.; Edouard Claparède, Rousseau et l'origine du langage, in: Annales de la Société Jean-Jacques Rousseau 24 (1935) 95–119, hier S. 105 ff.; zur Geschichtslehre Peter Meinhold, Rousseau's Geschichtsphilosophie (Philosophie und Geschichte 60), Tübingen 1936, S. 14 ff., 24, 28.

die ursprüngliche sei.) Hier lebt noch ursprüngliche Natur und gemeinsame Vernunft, nicht in den verschiedenen Sprachen. Wieder näherte sich Rousseau der christlichen Sehnsucht nach der Ursprache, der christlichen Kritik an den Babelsprachen; aber wieder entfernte er sich dabei von der christlichen Hoffnung auf die Historie. Außerhalb des Paradieses gibt es kein Pfingsten.

Da die Gegenwart sich völlig vom Ursprung gelöst hat, kann sich Rousseaus Staatstheorie 1762 gegen jede historische Begründung moderner Herrschaftsrechte wenden. Es gibt kein Ancien Régime, keine uralten und universalen Konventionen. Rousseau will sich nicht wie Filmer auf König Adam berufen oder auf Kaiser Noah, den Vater der drei großen Monarchen, die die Welt unter sich teilten; denn da könnte er, Rousseau selbst, behaupten, vom ältesten Noachidenzweig abzustammen, und sich so als Oberhaupt des Menschengeschlechts legitimieren. Genealogische Kontinuitäten lassen sich schwer nachzeichnen, das war Lockes Argument; Rousseau betonte stärker, daß die anfängliche Naturfreiheit völlig von der modernen politischen Gesellschaft unterschieden ist. Adam war ebenso Beherrscher der Welt wie Robinson Beherrscher seiner Insel; beider einziges Vorrecht war es, mit sich allein zu sein. Heute aber gibt es Nationen, und sie sind längst voneinander geschieden. Wie es dazu kam? Nicht die Könige waren die Gründer; vielmehr dachten sich die Urvölker Götter als ihre Herrscher aus. Deshalb gab es ebensoviele Götter wie Völker; die Scheidung der Völker brachte den Polytheismus hervor, dieser die religiöse und zivile Intoleranz. Daß mit Babel die Vielgötterei beginne, lehrten seit Isidor von Sevilla und Thomas von Aquin viele Theologen; Rousseau aber verwendete den Gedanken nun gegen das Gründungsrecht der Könige, als Argument für die Souveränität des Volkes und die Isolierung der Nationen. Sie bedarf (anders als bei Suarez) keiner historischen Kontinuität, vielmehr einer Willensentscheidung. Nur scheinbar zerreißt Rousseau damit das Band zwischen der ursprünglichen Natur und der Freiheit des Menschen; er nimmt beide bloß nicht mehr als reale Stationen eines historischen Weges. Indem er ihr geschichtliches Nacheinander aufhebt, macht er sie zu subjektiven Forderungen und kann sie ineinssetzen – und dann zersprengen sie alle geschichtlichen Gefüge; der irrationale Wille des Menschen erzwingt den Fortschritt zum Paradies auf Erden[86]).

[86]) La nouvelle Héloise I, 48, Du Peyrou (o. Anm. 85) Bd. 3, S. 219 (Französisch); II, 14 Bd. 4, S. 93 (Paris); V, 3 Bd. 5, S. 350 f., 386 f. (babil), 392 f. (unter das Tier), 399 (Fremdsprachen); V, 7 Bd. 6, S. 38 (Sprache der Natur); Emile, ou de l'éducation I Bd. 7, S. 86 f. (Kindersprache); II S. 215 f. (Vernunft, Sprachen); Du contrat social, ou principes du droit politique I, 2 Bd. 2, S. 9 (Adam, Noah, Robinson); IV, 8 S. 227 ff. (Götter und Völker; dazu Friedrich Glum, Jean Jacques Rousseau, Religion und Staat, Grundlegung einer demokratischen Staatslehre, Stuttgart 1956, S. 254 ff.). Dazu Vossler, Nationalgedanke 21 ff.; Raumer, Friede 132 ff.; Reibstein, Völkerrecht Bd. 1, S. 565 ff.

Der Einfluß des Schweizers sollte bald die historische Wirklichkeit verändern; zunächst war deutlich, daß er an ihr vorbeiging, weder zu ihrer empirischen Betrachtung noch zu ihrer rationalen Ordnung viel beitrug. War aber nicht das die dringlichste Aufgabe der Aufklärer? Der Kreis um die Encyclopédie nahm sich ihrer an, mehr im Geist Voltaires als Rousseaus. Der Redakteur der Encyclopédie, der Literat Denis Diderot (1713–1784), fürchtete mit Montaigne, daß die Masse der Kenntnisse die Fassungskraft des menschlichen Geistes zu sprengen drohe und dann der Fortschritt in Verwirrung und Barbarei umschlage. *Voilà la véritable clef de la fable allégorique de la tour de Babel.* Schon einmal nämlich wußten die Menschen alles und drangen in Gottes himmlische Geheimnisse ein; um sie zurückzuhalten, mußte Gott ihnen die Sprache verwirren. Seitdem lernen die Gelehrten so lange Sprachen, bis sie alt und dumm geworden sind, und die himmlischen Mysterien bleiben unberührt[87]). Gott ist der wahre Feind der Aufklärung; aber zum zweiten Mal werden sich die Menschen nicht ablenken lassen, denn jetzt durchschauen sie das Geheimnis der Sprache und ihrer Geschichte. Nach einigen Autoren geht die Sprachverschiedenheit samt der Völkertrennung wirklich auf den Turmbau Nimrods zurück; aber wer wird das Gleichnis noch wörtlich nehmen, nachdem Condillac die historische Wahrheit erschlossen hat? Diderot unterstrich 1759, daß Sprache als *mélange confus* nichtartikulierter Schreie begann, von natürlichen Bedürfnissen hervorgebracht, später zu konventionellen Lautsprachen ausgestaltet. Unter diesen mag Hebräisch wirklich die älteste sein, denn es besteht größtenteils aus Abwandlungen des Vokals *A*, der von allen am leichtesten zu sprechen ist. (Welche Überraschung, den Enzyklopädisten bei den Naivitäten seines Vorgängers Isidor von Sevilla zu ertappen!) Aber das Primitivste ist nicht das Beste; auch die antiken Idiome Griechisch und Latein waren noch Sprachen der Fabel und der Lüge. Die Sprache der Wahrheit ist Französisch; und wenn ein *idiome commun* das einzige Mittel ist, die Menschheit zu vereinen, so wird sich das Französische am besten für diese Universalsprache eignen[88]). Diderot empfahl damit nicht seine liebe Muttersprache, nicht das Attribut

---

[87]) Zitiert nach Parrot, Ziggurats 200; ich fand die Stelle in keiner Ausgabe. Zur Sache Fritz Schalk, Einleitung in die Encyclopädie der französischen Aufklärung (Münchner Romanistische Arbeiten 6), München 1936, S. 129 ff.

[88]) Oeuvres complètes, hg. Jules Assézat - Maurice Tourneux, 20 Bände, Paris 1875-77: Dictionnaire encyclopédique s. v. Babel Bd. 13, S. 406 (Sprachen, Turmbau); s. v. Chronologie sacrée Bd. 14, S. 176 f. (Völkertrennung); Lettre sur les sourds et muets Bd. 1, S. 372 (mélange), 381 (Hebräisch), 371 f. (Französisch); Dictionnaire philosophique s. v. Encyclopédie Bd. 14, S. 429 f. (idiome commun). Dazu Cassirer, Philosophie 82 f.; Herbert James Hunt, Logic and Linguistics, Diderot as ‚Grammairien-Philosophe', in: The Modern Language Review 33 (1938) 215–233, hier S. 215 ff.; Kuehner, Theories 23, 30; Verburg, Taal 396 ff.; Hazard, Herrschaft 514 ff.

einer imposanten Nation, sondern einfach das weltbürgerliche Medium der Wahrheit, die Sprache, in der gerade die Encyclopédie geschrieben wurde.

Diderots Mitherausgeber, der Mathematiker Jean D'Alembert (1717–1783), betonte in der programmatischen Einleitung der Encyclopédie 1751 diese weltbürgerliche Absicht noch stärker und wünschte deshalb, man möge nicht, wie jetzt üblich geworden, das Französische und die anderen Nationalsprachen, sondern wie früher das Lateinische als Gelehrtensprache benutzen, damit die Wissenschaft über die Grenzen hinweg fortschreiten könne und die Forscher nicht durch Sprachenlernen aufgehalten würden. Allerdings hat die *diversité de langues*, „die zu unserem Unglück ein beträchtliches Studienobjekt geworden ist", ihre natürliche Ursache im geselligen Charakter der Sprache. Aus der *communication des idées* haben sich (nach Ferguson) gleichzeitig Sprache und Gesellschaft entwickelt; die Vermehrung der Familien führte dann ebenso gleichzeitig zur Ausbildung mehrerer *sociétés* und Sprachen[89]). Naturgesetz und wissenschaftlicher Fortschritt stehen also in gewissem Gegensatz zueinander, ohne daß man Gott dafür verantwortlich machen müßte; das Dilemma ist auch recht einfach zu lösen, wenn jeder Gelehrte zu seiner Muttersprache noch die internationale lateinische lernt (was schon Bodin, als Notlösung, erwogen hatte).

Aber diese praktische Auskunft befriedigte die Rationalisten unter D'Alemberts Mitarbeitern nicht, am wenigsten den Autor des Artikels *Langue* der Encyclopédie, Nicolas Beauzée (1717–1789). Die historischen Fragen interessierten ihn wenig: ein Referat über Rousseau bei der Ursprache, bei der Sprachverwirrung ein Achselzucken über Pluche, mit dem Refrain: Man weiß im Grunde nichts, doch Moses war ein ehrenwerter Mann. Nur das Eingeständnis läßt aufhorchen, daß Hebräisch zwar nicht ganz die Ursprache sei, ihr aber als die älteste bekannte Sprache am nächsten stehe. Beauzée meinte das nicht so abschätzig wie Diderot; das zeigt sein Buch von 1767, in dem die Sprache (fast noch wie bei Arnauld) als logisches System, als reines Abbild der Gedanken analysiert wird. Die Unterschiede zwischen den faktischen Sprachen gelten als minimal; alle Völker reden im Kern die gleiche Sprache, denn in allen Idiomen aller Zeiten wirkt (ähnlich wie Lafitau sagte) die gleiche *raison humaine*. Wenn aber die ewige Logik und Grammatik allenthalben die Sprachen trägt, muß sie von Anfang an durch die *raison éternelle* geleitet sein. Dann ließ sich Rousseaus Skrupel lösen, dann war schon die Ursprache *une langue toute faite*

---

[89]) Encyclopédie ou Dictionnaire raisonné des sciences, des arts et des métiers, 2. Aufl., 36 Bände, Genf 1777–79: Discours préliminaire Bd. 1, S. XLVII f. (Latein), XVIII ff. (Sprachenverschiedenheit), VIII (communication). Dazu Eberhard Weis, Geschichtsschreibung und Staatsauffassung in der französischen Enzyklopädie (Veröffentlichungen des Instituts für europäische Geschichte Mainz 14), Wiesbaden 1956, S. 172 ff., 203 ff.

und kann nicht von den ersten Primitiven langsam aufgebaut worden sein. Demnach hat Gott unseren Stammeltern diese Sprache verliehen, und die hebräische Bibel hat recht; darum das Lob des Hebräischen[90]). Der Aufklärer Beauzée war scheinbar frömmer als der Apologet Bergier, weil er ein absolutes, zeitloses Prinzip suchte; er fand es durch Gleichsetzung der *raison humaine* mit der *raison éternelle* und dieser Vernunft mit Gott. Daß dies nicht der biblische Gott ist, zeigt sich daran, daß Beauzée den Turmbau von Babel unterdrückte; er zerstört das System.

Dann stimmt das System nicht; schon zwei Jahre vorher, 1765, hatte der eigenwillige Gerichtspräsident von Dijon, Charles de Brosses (1709–1777), ein strengeres entworfen, das die *raison* ausschloß und die Natur allein herrschen ließ; nicht zufällig war Brosses mit Voltaire verfeindet, mit Buffon vertraut. Sprache steht nicht in der Macht des Menschen; sie hängt ab von der physischen Beschaffenheit der Sprachorgane einerseits, anderseits von den Naturerscheinungen, die adäquat benannt werden müssen. Wille und Vernunft des Menschen sind nicht beteiligt; er ist nur ein Rad der Maschine. Die Natur ist eine, und Sprache ruht auf *sensations venues des objets extérieurs*; folglich gab es nur eine Ursprache, wie es in der Bibel steht. Sie wurde weder von Gott gegeben noch vom Menschen erfunden, sondern von der Notwendigkeit des psychophysischen Mechanismus erzwungen. Welches Idiom dies war, läßt sich an den heute tausendfach veränderten Sprachen, auch am Hebräischen, nicht mehr ablesen; die *langue-mère* war wohl einsilbig. Ihre Aufspaltung begann erst nach der Völkerteilung, noch nicht in Babel; der Turmbau, an sich harmlos, brachte wohl nur vorübergehenden Zwist. Erst die danach erfundenen Sprachen bauen auf Willkür und Brauch, auf Bedeutungswandel und Metaphern und haben die natürliche Grundlage verlassen[91]). Brosses glaubte, daß das, was sein muß, einmal war und nicht mehr ist; darum hielt er sich wie Rousseau an das biblische Schema. Aber er brauchte für den Geschichtsablauf ein zwangsläufiges Prinzip, und das gab ihm die Bibel nicht. So war auch dieses System inkonsequent; denn wie könnte das Naturnotwendige jemals aufhören zu wirken? Brosses unterschätzte die Freiheit des Menschen.

Der um Toleranz bemühte protestantische Privatgelehrte Antoine Court de

---

[90]) Encyclopédie (o. Anm. 89) Bd. 19, S. 561 ff. (Rousseau), 567 ff. (Pluche), 576 (Hebräisch). Grammaire générale ou exposition raisonnée des éléments nécessaires du langage, pour servir de fondement à l'étude de toutes les langues, Bd. 1, Paris 1767, S. V ff., XXIV f., 251 (Grund- und Ursprache). Dazu Harnois, Théories 37 f.; Verburg, Taal 383 ff.

[91]) Traité de la formation méchanique des langues et des principes physiques de l'étymologie, Bd. 1, Paris 1765, S. IX–XX (Ursprung), 199 ff., 209 ff. (Hebräisch, Babel). Dazu Hippolyte Sautebin, Un linguiste français du XVIIIe siècle, le président de Brosses, Diss. phil. Bern 1899, S. 47 ff., 56 ff.; Harnois, Théories 54 ff.; Kuehner, Theories 35 ff.; Funke (o. Anm. 26) S. 41 ff.; Verburg, Taal 369 ff.

Gébelin (1725–1784) holte 1778 das Versäumte nach. In der Sprachgeschichte wirkt, wie Brosses sah, nirgends der Zufall, überall die Natur der Dinge. Gott schuf den Menschen sprachfähig, die Natur gab ihm die bestimmte Sprache. Da sie von der einen Natur ausgeht, von dem einen Menschengeschlecht aufgenommen wird, gibt es nur eine einzige Sprache, und alle bestehenden Idiome gehen auf diese zurück, sind noch mit ihr verwandt; darin hat Beauzée recht. Nur kommt eine Komponente hinzu, die Freiheit des Menschen. Er hat Sprache empfangen, damit er die Schöpfung vervollständige, und er tut es in seinen verschiedenen sozialen und wirtschaftlichen Zuständen; deshalb sind auch die Sprachen verschieden. Hier endlich kommen die Grundprinzipien wieder ins Gleichgewicht: die ursprüngliche Natur mit ihrer einen Sprache und die menschliche Freiheit mit ihrer Sprachenvielfalt. Beide sind gleich notwendig und gut, und so kann Moses abtreten: Er hat über den Ursprung der Sprache nichts Positives geäußert[92]).

Die abstrakten Prinzipien von Natur, Geschichte und Sprache waren damit durchdiskutiert; man hatte reinen Tisch gemacht mit den alten Vorurteilen, mit der Sprachverwirrung um die Sprachenverwirrung. Was die Apologeten dagegenzusetzen hatten, war kläglich. Kirchliche Kreise schmähten die Aufklärer als Nachfahren der himmelstürmenden Titanen und nannten die Encyclopédie den Turm von Babel; aber altmodische typologische Vergleiche waren noch keine Widerlegung[92a]). Ein Abbé Copineau, der sich sonst mit Ornithologie befaßte, setzte sich 1774 mit Beauzée auseinander und behauptete, die Entstehung der Sprache sei *irrévocablement décidée par l'autorité des livres de Moïse*: Gott schenkte dem Menschen die Sprache und teilte sie in Babel. Aber dann stellte Copineau doch das Gedankenexperiment Condillacs an: Wenn auf einer Insel einige Kinder ohne Sprache lebten . . . Die *question hypothétique* ergab, daß der Mensch die Sprache auch allein allmählich hätte entwickeln können, aus leidenschaftlichen Urschreien und Gesten, dann aus der Naturnachahmung, endlich mit Konventionen. Gottes Vorsehung ist demnach nur ein abgekürztes Verfahren mit Naturgesetzen, weiter nichts[93]). Der Generalvikar von Vienne, Philippe Du Contant de la Molette (1739–1794), meldete sich 1777 zu Worte, um die biblische Wahrheit gegen die „Philosophen", vor allem Voltaire, zu verteidigen; aber da war, wie dreihundert Jahre früher bei Tostat, der Babelturm nur ein Wahrzeichen, bei dem die Menschen sich wiederfinden woll-

---

[92]) Monde primitif analysé et comparé avec le monde moderne, Bd. 2, Paris 1778, S. IX ff., XXIII; Bd. 3, Paris 1781, S. I ff., 65 ff., 268 ff. Dazu Harnois, Théories 57 f.; überspitzt Kuehner, Theories 38 f.

[92a]) Hazard, Herrschaft 123 (Titanen); Valjavec (o. Anm. 2) S. 117 (Turm von Babel).

[93]) Essai synthétique sur l'origine et la formation des langues, Paris 1774, S. 2 ff. (Bibel), 248 ff. (Ergebnis). Dazu Kuehner, Theories 11.

ten, ein Denkmal ihrer Bruderliebe und *tendresse fondée sur la nature*. War dies rührende Gehabe keine Sünde, so war die Sprachentrennung keine Strafe, sondern nur zur Bevölkerung der Erde unvermeidlich. Die Völkertafel war nicht mehr das Dokument des historischen Zerfalls, sondern enthielt nur, sozusagen statistisch, die *archives du monde*. Gott ist so freundlich, und sein Apologet war so zahm; mehr als den Unglauben der Neuerer fürchtete er den Spott über die Unzeitgemäßen[94]).

Mannhafter als die offiziösen wehrten sich die stillen Frommen gegen den aufgeklärten Hochmut, wie in England die Methodisten, so in Frankreich die Illuminaten. Ihr Führer, Louis Claude de Saint-Martin (1743–1803), von Jakob Böhme belehrt, verachtete 1771 Naturmechanik und Vernunftgrammatik der Aufklärer; Sprache ist etwas ganz anderes, ein lebendiges, schöpferisches Ganzes von Ding und Name, und der es schuf, ist der Schöpfer der Welt selbst. Darum sind Menschwerdung und Sprachentstehung eins; darum gibt es nur eine Ursprache, die vollkommene Sprache Gottes; sie ist als einzig vernünftige *langue des facultés intellectuelles* zugleich die einzig natürliche *langue universelle*. Aber Beauzée irrt: Wir haben sie verloren, auch im Hebräischen steckt sie nicht mehr, und unsere Klügeleien werden sie nicht wiedererwecken; denn sie gehört Gott, den wir in Babel preisgegeben haben. (Ähnlich empfand Frau Mothe-Guyon.) Daß die Nationen der Erde einander nicht verstehen, ist keineswegs naturnotwendig, es ist nur eine *défectuosité accidentelle*, die Schuld unserer Überheblichkeit. Denn sie hindert uns, die Dinge in Gottes Sprache zu benennen; sie zwingt uns zu willkürlichen Worten und konventionellen Sprachen, die bloß Geschwätz sind und die Verwirrung unserer Gegenwart hervorrufen. Verblendet brüsten sich die Völker mit ihrer Muttersprache, die einzelnen mit ihren Fremdsprachen, anstatt die Ursprache wieder zu erwecken, die jede mögliche Sprache umfaßt. Unsere Zeit steht nicht, wie Voltaire wähnte, auf dem Gipfel, denn sie ist Gott fern; der Ursprung ist uns nicht versperrt, wie Rousseau meinte, denn Gott ist uns nahe; erst mit der Rückkehr zu ihm werden wir fortschreitend die natürliche Schöpfung vollenden[95]). Solche Gedanken, die wie die Rousseaus die Begriffe der Aufklärung aus ihrer abstrakten Balance reißen und dynamisch zusammenschmelzen, weisen bereits weit in eine neue Epoche der Bewegung und Konkretion. Saint-Martin wollte die Zukunft und faßte sie deshalb ins Auge.

---

[94]) La Genèse expliquée d'après les textes primitifs avec des réponses aux difficultés des incrédules, Bd. 1, Paris 1777, S. 293–324. Zu dieser Apologetik allgemein HAZARD, Herrschaft 138 ff.

[95]) Des erreurs et de la vérité, 2. Aufl., Salomopolis (!) 1781, S. 452 ff., 467, 473, 485 f., 491, 493, 505 f. Dazu Hugo FRIEDRICH, Die Sprachtheorie der französischen Illuminaten des 18. Jahrhunderts, insbesondere Saint-Martins, in: DVLG 13 (1935) 293–310, hier S. 298 ff.; KUEHNER, Theories 8 ff.

Von den Aufklärern wagten das nur wenige, jene, die sich nicht mit Abstraktionen begnügten und damit das Programm der Enzyklopädisten vollendeten; denn die räumliche und zeitliche Breite der Wirklichkeit mußte erst ausgemessen werden, bevor sie ausgedeutet wurde. Der Abbé Guillaume Thomas François Raynal (1713–1796), eigentlich ein kleiner Geist, ahnte doch die Zukunft über der Neuen Welt und wagte 1775 den Fortschritt der Sprachengeschichte über seine Zeit hinaus anzudeuten, nebenbei das unter Aufklärern seltene Beispiel eines konkreten Sprachenvergleichs. Die rückständigste Sprache Europas ist das Spanische, noch ganz im frömmelnden Mittelalter befangen; Deutsch, die *langue mère, originelle et indigène de l'Europe*, bleibt noch ein wenig hinter der Zeit zurück. Beherrscht wird sie von dem klangvollen, musikalischen Italienisch, noch mehr vom Französischen, das nicht die Sprache der Götter, aber die der Vernunft und Wahrheit ist und allen anderen Sprachen als gemeinsamer Dolmetscher dient (ganz in Diderots Sinn). Das Englische aber, schon von Helvétius gepriesen, ist geweiht durch die Idee von der Majestät des Volkes; es enthält nicht Wörter, sondern Ideen und wird die Sprache der Freiheit sein; und damit nicht genug: Amerika, der junge und bisher kaum herangereifte Kontinent, wird eine neue Epoche der Humanität heraufführen[96]). Hier ist ernst gemacht mit den Sätzen Johnsons und Condillacs, daß eine Sprache Spiegelbild ihres Volkes und Gradmesser seiner geschichtlichen Reife ist; schon das ist ein Schritt über die Aufklärung hinaus. Wer sonst unter den Franzosen hätte statt der Sprache an sich die historischen Sprachen betrachtet, nicht als natürliche oder vernünftige Prinzipien, sondern als geschichtliche Fakten?

Nur einer tat es noch, der politisch aktivste unter den Aufklärern. Der Baron Anne Robert Turgot (1727–1781), früher Theologe, später Reformminister Ludwigs XVI., begann schon mit 23 Jahren, das Sprachdenken und Geschichtsdenken der französischen Aufklärung zusammenzufassen, zu krönen und schließlich aufzuheben. Sein Geschichtsbild von 1750 setzte an bei dem urtümlichen Naturzustand, sprachlich bei barbarischen, disharmonischen Tönen, die nur das Äußerlichste bezeichnen. Die Natur verhilft den Menschen zum Fortschritt durch Gemeinschaftsbildung; die Sprache verfeinert sich durch den *usage habituel* und durch Völkerwanderungen, durch Zirkulation. Dazu tragen die Menschen bei, indem jede abtretende Generation der kommenden einen wachsenden Erfahrungsschatz in der Sprache übergibt. Doch verlaufen Austausch und Fortschritt nicht geradlinig; sie werden vom Beginn an immer wieder durch Katastrophen unterbrochen, so nach der Sintflut durch die *divi-*

---

[96]) Histoire philosophique et politique des établissements et du commerce des Européens dans les deux Indes, Bd. 3, Genf 1775, S. 566 f. Dazu Kohn, Idee 363 ff.; Gerbi, Disputa 51 ff., 142.

sion miraculeuse des langues, die die Gemeinschaften zerstückelte und nur Nationen übrig ließ. Sie wurden, voneinander isoliert, barbarisch wie die heutigen Indianer. Erst langsam festigten sich wieder größere Verbände mit *langues générales*, die über die Nationsgrenzen hinweg die Menschheit verbanden, ihre Erfahrungen sammelten und aufbewahrten. Christentum und Philosophie schlossen die menschliche Gemeinschaft enger zusammen, die Wissenschaften wurden exakter und fruchtbarer; und nun, in der Gegenwart, schickt Frankreich sich zur Vereinigung aller Ideen und Völker an. Der Physiokrat Turgot hielt wie Adam Smith den Kreislauf der Güter und Gedanken für die Grundlage der natürlichen Harmonie, aber erst im fortgeschrittenen Stadium (Voltaires Meinung) kann sich die Natur frei entfalten; erst jetzt verschwindet das Irrationale, dessen wunderliche Katastrophen früher den harmonischen Austausch blockierten; Gott war ein Hemmnis. Doch er sorgte dafür, daß der Fortschritt den Menschen nicht in den Schoß fiel, daß er errungen werden mußte und daß deshalb sein Weg allenthalben tiefe Spuren hinterließ, in der Geschichte, vor allem in den Sprachen.

Sie heute noch zu erkennen, ist nicht leicht; so warnte Turgots Artikel *Etymologie* in der Encyclopédie. Da Sprache aus sozialen Bindungen entsteht und die Mutterliebe das früheste Sozialgefühl des Menschen ist, können wir immerhin sagen, daß in allen Sprachen der Welt *mama* oder *amma* das älteste Wort ist; hebräische Etymologien belegen das. Aber man hüte sich vor den Versuchen der Rudbeck, Pezron und Pluche, aus schwedischen, keltischen oder hebräischen Etymologien die Urgeschichte zu rekonstruieren; denn diese stand unter zahllosen besonderen, historischen Bedingungen, die wir nicht kennen. Man nimmt leichthin an, daß Ninive von Ninus gegründet und nach ihm benannt wurde, aber das ist ein Irrtum: Der Name bedeutet hebräisch „Wohnung", und Ninives Gründer war nach Gen. 10, 11 Assur. Weil die Sprache geschichtlich bedingt ist, muß man jedes ihrer Worte in seinen zeitlichen und räumlichen Kreis stellen; den Namen eines Dorfes bei Paris kann man weder aus dem Althebräischen noch aus dem Neuarabischen erklären. Unter den historischen Faktoren sind Sprachmischungen und Völkerwanderungen besonders zu beachten: Im Spanischen finden sich mehr orientalische Wörter als im Französischen, nicht Tubals wegen, sondern weil sich Phönizier und Juden dort niederließen. Die Geschichtlichkeit der Sprachen macht auch Maupertuis' Vorschlag illusorisch, aus dem Vergleich der miteinander nicht verwandten Idiome ein zeitloses System von Sprache oder gar die Ursprache zu gewinnen. Jede Einzelsprache spiegelt den Geist derer, die sie gebrauchen, deshalb ist keine bloß die Übersetzung einer anderen; selbst Corneille und La Fontaine, Landsleute und Zeitgenossen, sprechen verschieden. Was sich geschichtlich wandelt, sind freilich nicht die Ideen der Menschen – sie sind (nach der Lehre des französischen Rationalismus) zu allen Zeiten gleich –, sondern die Ausdrucksmittel der Sprache; Hauptaufgabe der Sprache ist es ja (nach Newton), nicht unsere Vorstellungen, sondern die Dinge auszudrücken, und in der immer exakteren Wiedergabe der Dingwelt ist geschichtlicher Fortschritt möglich. Die Sprachen der Naturvölker lassen uns noch erkennen, daß die Sprache vom Sichtbaren, Greifbaren ausging, es durch Schreie oder zeigende Gesten bezeichnete; Adam benannte vielleicht die Tiere auf diese Weise, legte jedem Tier als Namen den Schrei bei, den sein Anblick im Betrachter hervorrief. Die sprachbildenden Sensationen unterschieden sich natürlich nach der Umwelt; Jäger, Hirten und Ackerbauern lebten in verschiedenen Landschaften und betätigten sich verschieden, weshalb auch ihre Metaphernwelt, ihre Sprache nicht die gleiche sein konnte. Einfach waren die frühen Sprachen gewiß nicht, denn einfach ist nur das Vollkommene, und einfach sind nicht Metaphern, sondern abstrakte Zeichen, also auch nur völlig durchgebildete Sprachen.

Diese Rationalisierung der Sprachen ist aber kein theoretischer, sondern ein historischer, soziologischer Prozeß; wie groß der Einfluß der Außenwelt auf die Sprache ist, hängt auch von der jeweiligen Gesellschaft ab, nicht allein von Naturzuständen (und gar nicht mehr von der babylonischen Katastrophe). Verbesserung ist lediglich durch historische Wandlungen möglich, durch Mischungen und Wanderungen der Stämme und Stände. Freilich gelingt die Verfeinerung der Sprache nur, solange sie noch wandlungsfähig, noch nicht fixiert ist; hochkultivierte Literatursprachen ändern sich nicht mehr, das Griechisch Homers ist noch das der spätbyzantinischen Gelehrten. Und darum ist es tot. Das geschichtliche Leben blüht unterwegs, nicht auf dem Gipfel. Es sind die lebenden, noch unfertigen Sprachen, die Turgot anziehen, denn in ihnen wird noch experimentiert, sie sind Ausdruck einer Art von *métaphysique expérimentale*. Metaphysik: die Sprachen stehen jenseits der Natur; experimentell: sie sind gleichwohl empirische Fakten. Sie zielen auf die Dingwelt, und doch sind sie geistig; sie sind eine geschichtliche Zwischenwelt, *histoire de l'esprit du genre humain et du progrès de ses pensées toujours proportionné au besoin qui les a fait naître*. Hier sind natürliche Notwendigkeit und geistiger Fortschritt endlich aufgehoben, die blassen Abstraktionen der Philosophen mit Leben erfüllt und zurückverwiesen auf den Urgrund, aus dem sie kamen, auf die Geschichte, die man, anstatt sie zu analysieren, erleidet oder aber, wie Turgot und die Revolution, verändert[97]).

---

[97]) Oeuvres, hg. Eugène DAIRE – Hippolyte DUSSARD, Bd. 2, Paris 1844: Discours sur les progrès successifs de l'esprit humain S. 598 ff., 603, 611 (Entwurf von 1750); Etymologie S. 740 (mama), 749 f. (Rudbeck usw.), 752 (Ninive), 736 f. (Dorf bei Paris, Spanisch), 730 f. (Mischungen); Remarques critiques sur les réflexions philo-

Darin liegt der Ertrag dieses französischen Jahrhunderts. Der Rationalismus, in seiner Selbstgewißheit durch den englischen Empirismus erschüttert, wandte sich von der Selbstdarstellung der Vernunft zur Ordnung der Erfahrung, verwandelte dabei jedoch wieder Beobachtungen zu Prinzipien, die Kritik an Sprache und Tradition zur Sprachtheorie, Geschichts- und Naturphilosophie. Nun freilich war das Objekt der Abstraktionen nicht mehr die barocke, halb noch sakrale Scheinwelt voll Heroismus und Harmonie, sondern das profane, nackte Dasein in seiner Bedürftigkeit und Besonderheit, in seiner Geschichtlichkeit. Man will ihr abhelfen, man schätzt sie gering; aber bewältigen kann man sie nur durch Geschichtsdenken. So theoretisch und weltfremd es sich gibt, es will – der Sprachtheorie gemäß – im Allgemeinen das Einzelne, im Prinzip die Erscheinungen mitbestimmen und schließlich das Geschehen selbst lenken. Fast alle diese Einzelgänger sind sich darin einig, daß Natur, Geschichte und Mensch gesellschaftlichen, sozialen Charakter haben; sie wollen sich von ihm nicht isolieren, sie wollen ihn formen. Nach welchem Modell, das ist freilich umstritten. Wer das Natürliche, Ursprüngliche sucht, erwartet sich von der Gegenwart wenig und kann sogar Reste der biblischen Geschichtsdeutung für resignierende oder utopische Entwürfe verwenden; wer den vernünftigen Fortschritt will, macht den Menschen zum Ziel der Geschichte und glaubt es erreicht zu haben; Tradition und Zukunft bedeuten ihm wenig. Die dynamischsten Formeln ziehen beide Richtungen und Prinzipien zusammen zu einer Forderung, die von der Universalgeschichte an die zögernde Gegenwart gestellt wird und sie zersprengen muß. Die angewandte Abstraktion ist die Revolution.

*

Die westeuropäische Aufklärung trat, vor allem in ihrer französischen Gestalt, schnell ihren Zug durch das übrige Europa an. Als gelehrtes Übersetzungsgut wurde sie im kleinen Kreise aufgenommen, traf aber überall auf starke einheimische Traditionen, die eifrige Apologeten fanden. So war sie zunächst mehr eine Variante als die Dominante des Geisteslebens, ohne die englische Breite, ohne die französische Schärfe; doch wirkte sie auflockernd und anregend. Die Niederlande hatten bislang die kalvinistische Orthodoxie hochgehalten, aber stets auch freieren Geistern Exil geboten; Wilhelm III. und John Locke hatten Holland noch nicht verlassen, da kamen die 1685 aus Frankreich

---

sophiques de M. Maupertuis sur l'origine des langues et la signification des mots S. 710 ff. (gegen Maupertuis), 719 (Adam); Plan de deux discours sur l'histoire universelle S. 643 f., 647 (Ausgangspunkt der Sprache), 629, 631 (Einfluß der Außenwelt), 660 ff. (Verbesserung, Fixierung); Réflexions sur les langues S. 753 ff. (Metaphysik usw.). Dazu Hazard, Herrschaft 502 ff.; Harnois, Théories 72 ff.; Löwith, Heilsgeschehen 95 ff.

vertriebener Hugenotten. Wie ein Wirbelwind brachen sie in die stilleren Gefilde des niederländischen Denkens ein und eroberten es dem französischen Einfluß, allerdings ohne es in der Tiefe zu bewegen.

Am radikalsten wurden alle Traditionen abgelehnt von dem Pastorensohn Pierre Bayle (1647–1706), der sich in Rotterdam niedergelassen, doch dort bald mißliebig gemacht hatte. Sein kritisch-historisches Wörterbuch wollte 1695 den gutgläubigen Moréri korrigieren, im skeptischen Geist Montaignes und des älteren La Mothe le Vayer, und verwarf jede historische Ordnung der Sprachen. Was weiß man von ihrer Vergangenheit, wenn nicht einmal ihr Charakter eindeutig zu umschreiben ist? Was soll Karl V. nicht alles darüber gesagt haben! Spanisch, die Sprache des Gebets oder sogar Gottes im Paradies, ist nach anderen eine Kommandosprache oder aber das Mittel, mit dem die Schlange im Paradies Eva verführte. Vielleicht vertrieb Gott die Stammeltern auf deutsch aus dem Garten Eden, aber Deutsch muß auch für Soldaten und Pferde recht sein. Italienisch soll sich für die Fürsten und für die Frauen, für die Überredung und die Arglist zugleich schicken; möglicherweise wurde Eva auf italienisch betört. Das Französische ist angeblich männlich; aber kann es das sein, wenn Adam es zur feigen Entschuldigung brauchte? Bayle verschwieg, daß die Varianten der Anekdote selber von der Macht der Geschichte zeugen, und erweckte den Eindruck, daß keine Sprache genau bestimmbar, noch weniger für alles brauchbar sei. Auch Französisch ist nicht das Idiom der Wahrheit; Bayle zitierte viele Quellen lateinisch, damit ihn die verstünden, die kein Französisch könnten und damit jeder Autor in seiner *langue naturelle* zu Worte käme. Es gibt keine allgemeine, natürliche und ursprüngliche Sprache, wie Moréri geglaubt hatte; wie der Sprache, so fehlt auch der Tradition die Beglaubigung. Die Stichworte „Adam" und „Babylon" sagen nichts über die Geschichte der Sprachen; die biblischen Patriarchen erscheinen nicht als Ahnherren der Völker. Der Historiker darf weder Franzose noch Deutscher sein, er ist ohne Abstammung wie Melchisedech; er bewohnt die Welt und dient der Wahrheit. Diese historische Wahrheit ist selbst ohne Abstammung; sie bezeugt keinen Weltenplan, baut sich nicht aus Überlieferungen auf; sie erschließt sich allein dem andächtigen Sammler der zahllosen Tatsachen, der scheinbar nebensächlichen Kuriositäten. Denn die geschichtliche Wahrheit wohnt nur im Detail[98]).

Aber dann müßte man doch auch die Traditionen der Historie kritisch und

---

[98]) Dictionaire historique et critique, 3. Aufl., 4 Bände, Rotterdam 1720: s. v. Charles-Quint Bd. 1, S. 844 (Sprachen); Préface S. V f. (Zitate); s. v. Adam Bd. 1, S. 72 ff.; s. v. Babylone S. 411 f. (nichts über Sprache); s. v. Usson Bd. 4, S. 2858 (wie Melchisedech). Dazu CASSIRER, Aufklärung 269 ff.; Erich HAASE, Einführung in die Literatur des Refuge, Der Beitrag der französischen Protestanten zur Entwicklung analytischer Denkformen am Ende des 17. Jahrhunderts, Berlin 1959, S. 246 ff., 440 ff.

detailliert untersuchen dürfen? Bayles Widersacher Jean Leclerc (Clericus, 1657–1736) ließ es sich nicht nehmen. Der in Amsterdam lehrende, mit Locke befreundete Franzose unterzog den Pentateuch der logischen und philologischen Kritik wie Simon, mit dem er trotzdem in Fehde lag. Leclerc hielt sich 1693 lieber an Grotius (dessen Werke er herausgab) und Huet, an die erasmisch milden Gemüter, die der sanften Gewalt der Entwicklung vertrauten. Die Ursprache konnte nicht unverändert bleiben; *paulatim corrupta*, ging sie schließlich unter; heute erkennt niemand sie mehr. Auch Babel stand im Fluß der allmählichen Veränderung. Die Menschen der Urzeit, in einem Staat versammelt, wollten in der schönen, anziehenden Ebene Sinear nur einen Mittelpunkt markieren; der Turm war kein Ruhmesmal, denn wer allein auf Erden ist, kann niemandem imponieren wollen. An Trennung dachte anfangs keiner, doch gerieten die Menschen (nach Casaubons These) schließlich in Streit; sie trennten sich und bildeten, nicht in einer Stunde, sondern *lapsu temporis*, verschiedene Sprachen aus. Ein Wunder sah Leclerc auch 1698 nicht am Werk; nur zog der Humanist nun wie Huet auch die antike Mythologie mit herein: Noah ist Saturn, die drei Noachiden heißen auch Jupiter, Neptun und Pluto, Nimrod gleicht Bacchus. Solche Parallelen belegen jetzt freilich nicht mehr die Wahrheit der Bibel oder die Einheit der Weltgeschichte; die kritische Vernunft zieht sie von Fall zu Fall und unterwirft sich so die historischen Details[99]).

Es ist nicht einzusehen, daß sie vor den Reservaten der Ursprünge haltmachen soll; deshalb schloß der hugenottische Orientalist in Amsterdam, Etienne Morin (1625–1700), 1694 die von dem Landsmann gelassene Lücke. Die Sprache ist überhaupt menschlichen Ursprungs, von Adam ausgedacht. Hebräisch ist wohl die Ursprache; was danach geschah, die Art der Sprachverwirrung und die Zahl der angeblich 70 Sprachen, liegt im Dunkeln, gehorchte aber gewiß dem Gesetz der Entwicklung[100]). Diesem Gesetz ging 1708 Leusdens Schüler, der Utrechter Orientalist Hadrian Reeland (Relandus, 1676–1718) nach und entwickelte eine Wellentheorie, nach der sich alle Sprachen allmählich differenzierten, um so stärker, je weiter sie vom Ursprungsland abwanderten. Die *primigenia Hebraea* ist mit ihren Verwandten im Vorderen Orient, um Euphrat und Tigris, noch heimisch; aus ihr entfalteten sich schritt-

---

[99]) Genesis sive Mosis prophetae liber primus ex translatione Johannis Clerici cum eiusdem paraphrasi, Amsterdam 1693, S. 89 ff. (Genesisdeutung; dazu Annie Barnes, Jean Le Clerc et la république des lettres, Paris 1938, S. 124). Abrégé de l'histoire universelle depuis le commencement du monde jusques à l'empire de Charlemagne, Amsterdam 1730, S. 8 ff. (Mythenvergleich). Dazu Kraus, Geschichte 64 ff.; Martin Metzger, Die Paradieseserzählung, Die Geschichte ihrer Auslegung von J. Clericus bis W. M. L. de Wette (Abhandlungen zur Philosophie, Psychologie und Pädagogik 16), Bonn 1959, S. 101 ff.; Haase (o. Anm. 98) S. 202 ff.

[100]) Exercitatio de lingua primaeva eiusque appendicibus, Utrecht 1694, S. 29 ff. (Ursprache), 38 (Babel).

weise Phönizisch, Griechisch, Lateinisch, Französisch. Da die amerikanischen und die ostasiatischen Idiome gar nicht mit dem Hebräischen verwandt sind, müssen sie auf andere Weise entstanden sein; mindestens Chinesisch und Japanisch sind Kunstsprachen, *de novo confictae artificiose*. Natürliche Entwicklung und menschliche Kunstfertigkeit lassen keinen Raum mehr für ein Wunder, etwa in Babel; darum wurde Reeland von Wotton heftig angegriffen[101]). Und doch ließ Reeland wenigstens die hebräische Ursprache unangetastet.

War das nicht noch ein Rest des Wunderglaubens? Verändern sich Sprachen nur dank geographischer Wanderungen, nicht auch infolge historischer Wandlungen? Der Leidener Professor für Eloquenz und Geschichte, Jakob Perizonius (Voorbroek, 1651–1715), schloß sich 1711 wieder an Leclerc an: Das geschichtlich vielfach gewandelte Hebräisch kann die Ursprache nicht sein, sie ist verloren. Der Turm von Babel war, wie schon Tostat bemerkte, ein unschuldiger Sammelpunkt für Hirten, und Gott strafte sie nicht mit plötzlicher Trennung. Nach einer Meinungsverschiedenheit ging man auseinander, und Sprachen und Völker bildeten sich *secundum naturalem rerum humanarum cursum*. Darin sollte man keine fürchterliche Strafe Gottes, sondern das stetige Wirken Gottes erblicken und es verehren. Die Rede von 70 oder 72 Sprachen ist lediglich eine Judenfabel; Gott läßt der Natur Raum. Er läßt sie nicht im Stich, daran lag dem Holländer mehr als den Franzosen. Perizon, der die Überlieferung der ältesten römischen Geschichte lange vor Niebuhr kritisch durchleuchtete, konzedierte den Babyloniern Nimrod, den Ägyptern Misraim als Gründer, ohne freilich ihre weitere Geschichte an die Bibel zu binden. Der Glaube deckte sich nicht mit der Geschichte, aber er stand ihr wenigstens nicht im Wege[102]).

Dann ist zu erwarten, daß die Detailforschung in einzelnen Punkten der biblischen Tradition recht geben wird; sie läßt sich vom französischen Hohn nicht abschrecken, vom französischen Schwung nicht hinreißen. Der von Coccejus beeinflußte nüchterne Hebraist Campegius Vitringa (1659–1722) in Franeker folgte seit 1683 Coccejus gegen Grotius: Die Ursprache ist doch Hebräisch. Ihre weitere Geschichte läßt sich genauer verfolgen, als Morin meinte; denn wir wissen seit Erpe, daß nicht alle Semiten das Hebräische behielten, daß hingegen einige Hamitenstämme es bewahrten. Daraus ergibt sich, daß die Ursprache nicht in Babel und infolge einer Strafe Gottes geteilt wurde, sondern nach *causae naturales* zerfiel. Man sieht es auch daran, daß die orientalischen Sprachen, einschließlich der hamitischen, mit dem Hebräischen ver-

---

[101]) Dissertationes miscellaneae, Bd. 3, Utrecht 1708, S. 143 f. Dazu DIESTEL, Geschichte 465.

[102]) Origines Babylonicae et Aegyptiacae, Bd. 2, Leiden 1711, S. 115 f. (Ursprache), 101 ff., 223 ff. (Babel), 120 ff. (keine Strafe), 117, 275 (Entwicklung), 148, 270 (72 Sprachen), 87 ff. (Nimrod). Aegyptiarum originum et temporum antiquissimorum investigatio, Leiden 1711, S. 3, 65 (Misraim).

wandt sind, ebenso das Griechische, Keltische und Skythische. Die natürlichen Prozesse wurden also nicht durch ein Wunder gestört; am Turmbau der Hamiten verwirrten sich bloß die Gemüter, nicht die Idiome. Daß die Sprachen sich ständig verändern, ist so alltäglich und allgemein, daß es keine Strafe Gottes sein kann. Die Offenbarung mag im Sinne des Coccejus über der Geschichte schweben; die Details haben ihren eigenen, immanenten Zusammenhang[103]).

Diese Richtlinien, schon bei Erpe vorgezeichnet, führten den mit Reeland befreundeten Kollegen Vitringas in Franeker, Albert Schultens (1686–1750), zur Begründung der modernen Orientalistik. Sie wurde erst möglich, wenn der babylonische Wall zwischen der hebräischen Ursprache und den übrigen semitischen Idiomen eingeebnet war. Schultens umging ihn 1729 vorsichtig. Hebräisch ist die *lingua primaeva* und so alt wie das Menschengeschlecht. Bis zum Bau von Babel war sie ein großer Strom; dann teilte sie sich in Bäche und Kanäle, vielleicht durch ein Wunder, vielleicht bei einem Streit. Das Hebräische blieb im Hause Hebers erhalten (der Leser muß selbst ergänzen, daß es nun nicht mehr der Strom, sondern ein Bach ist, geschwächt und abgelenkt wie alle anderen). Der Semit Jektan erlernte es von Jugend auf; und er war zugleich der Stifter der arabischen Sprache. Das heißt, Hebräisch und Arabisch sind Zwillingsschwestern; das Arabische ist kein babylonischer Bastard des erhabenen Hebräischen. Seit 1724 rekonstruierte Schultens vielmehr das Hebräische mit Hilfe der Schwestersprache; denn beide Idiome wichen voneinander nicht weiter ab als das Niederländische vom Deutschen[104]). Damit war Hebräisch in die Reihe menschlicher Sprachen gerückt, die moderne Sprachvergleichung ermöglicht. Weshalb aber sollte sie erst nach dem Turmbau von Babel beginnen? Schultens war viel zu schüchtern gewesen; der Leidener Ordinarius für hebräische Altertümer, Tako Hajo van den Honert (1666–1740), wunderte sich 1738, daß man Babel überhaupt mit der Sprachgeschichte zusammenbrachte. Bekanntlich wurde der Turm allein vom Stamme Lud aus dem Hause Sem errichtet, lange nachdem die Sprachen sich verzweigt hatten. Schon in der Generation nach Adam entstanden Dialekte, und Noahs Aramäisch war schon weit vom Ursprung entfernt; es teilte sich gleich nach der Sintflut weiter in die Familien seiner drei Söhne. Gegen die Teilung arbeitete die Vermischung; so

[103]) Observationum sacrarum libri septem, Bd. 1, Amsterdam 1727, S. 4 ff., 25 ff. (Hebräisch), 109–119 (Babel), 58 ff. (causae naturales), 19 ff. (orientalische Sprachen), 76 ff. (Griechisch), 96 f. (Keltisch, Skythisch). Dazu KRAUS, Geschichte 81 f. – Ähnlich Vitringas Schüler Ambrosius DORHOUT (1699–1776), Animadversiones in loca selecta Veteris Testamenti, Leeuwarden 1765, S. 43.

[104]) Oratio prima de linguae arabicae antiquissima origine, Franeker 1729, S. 6–14 (Ursprache, Verzweigung). Origines Hebraeae sive Hebraeae linguae antiquissima natura et indoles ex Arabiae penetralibus revocata, Bd. 1, Franeker 1724, S. 29 f. (Hebräisch und Arabisch). Dazu FÜCK, Arabische Studien 105 ff.

ist Arabisch aus Japhetitisch, Semitisch und Hamitisch gemischt, aber dadurch wird es noch nicht zur Ursprache[105]).

Auf verlorenem Posten behauptete 1739 der streitsüchtige Groninger Professor Anthonius Driessen (1684–1748), daß das Hebräische unverändert und die wahre Ur- und Paradiesessprache sei; seine weitläufige und ungeschickte Argumentation mißachtete die bekannten Fakten und berief sich auf das Dogma. Driessen witterte überall Ketzer, griff Schultens heftig an und hätte Honert fast ums Amt gebracht; damit verleidete er der Gelehrtenrepublik die Sache der Orthodoxie vollends[106]). Die niederländischen Forscher betrachteten fortan die ältere Sprachengeschichte liebevoll und im Detail, ohne die Bibel um Rat zu fragen. Sie waren allerdings ein exklusiver Kreis, der noch lateinisch schrieb und sich um Politik nicht kümmerte. Seit dem unseligen Spanischen Erbfolgekrieg war die kulturelle Stärke des Landes gebrochen; der staatliche Verfall reizte nicht zur Deutung des zeitgenössischen Lebens, erst recht nicht zum Vergleich mit der Vergangenheit, die den Gelehrten gehörte. Damit hatte der babylonische Turm seinen Reiz auch für die Maler verloren; während sich aus dem niederländischen 17. Jahrhundert mindestens 19 bildliche Darstellungen des Turms nachweisen lassen, ist es im 18. eine einzige, nicht eben originelle Buch-Illustration[107]).

Freier blickten die Dänen um sich, von unbedeutenden Königen absolutistisch, aber wohlwollend regiert, dem orthodoxen deutschen und dem rationalistischen französischen Einfluß seit längerem zugänglich. Die lutheranischen Frommen verehrten noch im frühen 18. Jahrhundert die hebräische Ursprache[108]); meist ließ man aber ihrer Geschichte dann den natürlichen Verlauf, wie Borch ihn angenommen hatte. Wenn Babel noch etwas bedeutete, dann keinen Wendepunkt der Geschichte, sondern ein moralisches Gleichnis. Der dänische Wanderer zwischen vielen Welten, Niels Stensen (1638–1686), als Naturforscher mit Spinoza befreundet, nach der Konversion als Apostolischer Vikar und Missionar tätig, predigte am hannöverschen Hof den Ausländern in ihren Sprachen; aber an Babel dachte er dabei nicht. Er stellte 1678 den Hannoveranern den Turmbau als Gleichnis menschlichen Mühens vor die Seele. Bereite dich vor auf den Tod, er kommt schnell; sei nicht so unklug wie Adams Kinder, die ihren Turmbau plötzlich unterbrechen mußten. Schmerzlich war es für sie, daß ihre Mühe vergeblich blieb; so wird in der Todesstunde auch

---

[105]) Dissertationes historicae, Leiden 1738, S. 183–196 (Babel), 146 ff., 175 ff., 196–216 (Ursprache, Verzweigungen), 220–240 (Arabisch).

[106]) Linguae hebraeo-biblicae interiora, Groningen 1739, S. 222 ff.

[107]) Fritz, Turmbau 22; Helmut Minkowski, Aus dem Nebel der Vergangenheit steigt der Turm zu Babel, Bilder aus 1000 Jahren, Berlin 1960, S. 85 Bild 298.

[108]) Johannes Lollesgaard, Sprogfilosoferen og sprogforsken i Danmark ved det 18. aarhundredes midte, Kopenhagen 1925, S. 40 ff.

dein Turmbau aufhören, ohne daß du zum Ende kamst. War das Werk böse? Hast du es nicht in tiefem Frieden errichtet? Aber es geschah ohne Gottes Rat und wird darum verwirrt[109]). Man meint den Pietismus, der von Deutschland her nach 1700 Dänemark durchdrang, schon hier zu ahnen.

Er hatte bald mit dem französischen, aufgeklärten Weltbild zu ringen, und dessen bedeutendster Prediger, der aus Norwegen gebürtige Dichter, Historiker und Philosophieprofessor Ludvig Holberg (1684–1754), duldete kein erbauliches Dunkel. Wenn der Mensch sich in seiner Gegenwart einrichtet, so ist das kein Turmbau; verwirrend wirken umgekehrt die historischen Reminiszenzen. Holberg mochte 1727 seine Ahnen nicht in langer Reihe herzählen, denn seine Vaterstadt Bergen gleiche der Arche Noah, in der sich alle Arten von Kreaturen aufhielten. Alle Menschen sind gleich; deshalb strengen sich die Lutheraner Bergens vergeblich an, das Paradies für sich allein zu erringen: Sie lernen plötzlich eifrig Hebräisch, um Bürger oder Bediente in dem erträumten Tausendjährigen Reich zu werden. Holberg erwartete sich nichts von der hebräischen Vergangenheit und Zukunft; er konnte Hebräisch nicht einmal lesen, obwohl seine Sprachenkenntnis in Norwegen rühmend mit den 22 Idiomen des Mithridates verglichen wurde. Er liebte wie Montaigne die modernen Sprachen, gerade in ihrer Verschiedenheit; sie macht bescheiden und duldsam. Freundlich lächelnd nahm Holberg das Urteil einer Pariser Dienstmagd hin, er spreche Französisch wie ein deutsches Pferd. (Die Pferde sprechen nach Swift ja Deutsch.) Die Verächter des Englischen (nämlich der Deutsche Schottel) erzählen zwar, der Teufel habe alle Sprachen in einem Topf gekocht und aus dem Schaum das Englische gemacht; aber als die Quintessenz aus allen anderen Sprachen hat es eben für alles und jedes ein treffendes Wort. Die Holländer, deren Toleranz ihr Land zum gemeinsamen Vaterland aller Nationen macht, schaden sich selbst, wenn sie ihre angenehme Sprache von Fremdwörtern reinigen; sie machen sich unverständlich. Aber ihre Sprache gehört ihnen; sehe jeder, wie er's treibe. Der Betrachter ist kein Richter. Die rauhe, schwere deutsche Sprache wird durch Nachahmung des Lateinischen noch ungelenker; doch die Deutschen halten das Plumpe für majestätisch, und so muß man sie gewähren lassen. Nur bleibe jeder bei seinem eigenen Jargon; wie Molière zog Holberg 1722 über seine ungebildeten Landsleute her, die französische Wendungen einfließen lassen und damit renommieren, daß sie ihre Lakaien stundenlang lateinisch traktieren. Holberg selbst schrieb dänisch, in einer klaren, eindringlichen Sprache, mit der er die dänische Nationalliteratur begründete.

Das Lateinische behielt er gelehrten Schriften vor, und in ihnen behandelte

[109]) Sermo 41, in: Opera theologica, hg. Knud LARSEN – Gustav SCHERZ, Bd. 1, Kopenhagen 1947, S. 353. Dazu Max BIERBAUM, Niels Stensen, Von der Anatomie zur Theologie, Münster 1959, S. 80 f.

er, in höherem Alter, auch historische Probleme, im gleichen Geist der Aufklärung. Die Genealogie der Völker schien ihm 1733 dunkel; wir wissen weder, wohin Japhets Nachfahren gingen, noch woher wir kommen. Wir brauchen es auch nicht zu wissen. Sprache ist menschlich, also war sie es immer. Ein Brief Holbergs hielt nach 1748 nicht Gott, sondern den ersten Menschen Adam für den *Sprogets Inventor*; über sein Idiom glaubte er nichts Gewisses sagen zu können. 1742 meinte er, wahrscheinlich sei das einsilbige Chinesisch die älteste aller Sprachen; das Hebräische kann es nicht sein, zumal diese Sprache Kanaans den Juden erst spät zukam und noch dem Chaldäer Abraham nicht eigen war. Sprache wird vom Menschen im Lauf der Jahrhunderte gestaltet und verändert; der Turmbau von Babel kann der Grund nicht sein, denn er war an sich unschuldig. Vielleicht kam es (nach Simons Erklärung) bei dem unerhörten Unternehmen zu neuen Wortbildungen; ihre Folge, die Besiedlung der Erde, ist nur begrüßenswert, und auch die Sprachenteilung hat viele Vorzüge, z. B. den, daß die Frommen nicht so leicht von den Gottlosen verführt werden. Pereyras Gedanke richtete sich nun gegen die Katholiken – sie hatten Holberg in Paris zu bekehren versucht. Gott lenkt also die Geschichte nur, auf daß jeder Mensch zu dem Seinen komme und dabei bleiben könne[110]).

Ähnlich dachte 1769 Holbergs Freund, der Dichter und königliche Kämmerer Peter Frederik Suhm (1728–1798). Perizon hatte recht, die Ursprache ist für immer dahin. Chinesisch ist nach Reeland eine späte Kunstsprache, Hebräisch ist nachbabylonisch. Denn in Babel, wo alle Menschen mitbauten, wurde allen die Sprache verwirrt und eine neue Ordnung aufgerichtet, die bis heute gilt und die der enzyklopädische Forscher leicht aufklären kann. Sie ruht auf der biblischen Völkertafel, ohne doch 70 Sprachen zu umfassen; grundsätzlich gibt es, den drei Noachiden entsprechend, drei große Sprachfamilien auf Erden. Sie unterteilen sich in zwölf Grundsprachen, die Noahenkeln zugeordnet sind. Hamitisch sind das Ägyptische Misraims und das Mauretanische Kuschs. Zur semitischen Gruppe gehören Arabisch (und unter seinen Verwandten Hebräisch), von Kanaan, Assur und Aram ausgehend; das Medische Madais, das Malabarische Arphaxads, das Malaiische Elams; Indisch und die Mayasprache Pokonchi, die beide auf Lud zurückgeführt werden. Die japhetitische Familie umfaßt das Mexikanisch-Brasilianische Tubals, das Slavische Magogs, das Finnische

[110]) Samlede skrifter, hg. Carl Sophus PETERSEN, 17 Bände, Kopenhagen 1913–1942: Ad virum perillustrem epistola I Bd. 5, S. 7 (Arche Noah; dazu Georg BRANDES, Ludvig Holberg, Et festskrift, Kopenhagen 1884, S. 1 f.); ep. III Bd. 14, S. 59 (tausendjähriges Reich; kann kein Hebräisch); ep. I Bd. 5, S. 16 (Mithridates), 31 (deutsches Pferd); ep. III Bd. 14, S. 48 (Englisch), 53 (Holländer), 57 (Deutsche); Den politiske kandestöber III, 4 Bd. 2, S. 570 (Französisch); V, 2 S. 588 (Latein); Synopsis historiae universalis Bd. 9, S. 17 (Japhets Nachfahren); Epistola 280 Bd. 16, S. 193 (inventor; dazu THOMSEN, Sprachwissenschaft 25); Den jödiske historie I, 6 f. Bd. 12, S. 36–42 (Ursprache, Babel). Dazu KOHN, Idee 683 f.; MITCHELL, Literature 77 ff.

Mosochs und vor allem die Sprache von Gomer und Aschkenaz, Keltisch-Phrygisch, aus der nebst den meisten europäischen Kultursprachen *Tydsk eller Nordisk* hervorging. Die Liste ist unstimmig und gekünstelt: Der Japhetit Madai wird bei den Semiten eingereiht, Amerika ist fast wie bei Grotius in eine japhetitische und eine semitische Hälfte zerlegt, von deren beiden Vätern man nicht weiß, wie sie nach der Neuen Welt kamen; noch immer spukt die keltische Grundsprache Europas. Der Rückfall ins 17. Jahrhundert erklärt sich allerdings leicht als Reaktion gegen Stiernhielms maßlose Aufstellungen; auch den Nichtschweden sollte endlich Gerechtigkeit widerfahren. Suhm regte die nordischen Studien in Dänemark stark an, aber nicht aus pangermanischen Motiven; gegen die Macht der deutschen Sprache und die deutsche Herrschaft Struensees wehrte er sich energisch. Vielleicht brachte ihn überhaupt die Opposition gegen Struensee, den Aufklärer, zu seiner orthodoxen Sprachentafel, die wir dann auf das Konto des dänischen Nationalismus zu setzen hätten[111]). Das war jedenfalls der Endpunkt der Entwicklung, daß die Dänen weder Schweden noch Deutsche hören, sondern sich stolz und bescheiden selbst genug sein wollten.

In Schweden, wo die Feldzüge Karls XII. gegen Dänemark, Polen und Rußland alle politischen Energien aufzehrten, hatten die großsprecherischen Patrioten bald ausgespielt; die geistige Erneuerung der „Freiheitszeit" kam im schöngeistigen Bereich der Aufklärung, im gelehrten Feld mehr der lutheranischen Orthodoxie zugute. Die Sprachen der Welt, vom Griechischen bis zum Finnischen, wurden noch immer mit Vorliebe vom Hebräischen abgeleitet; der nachmalige Hofprediger Karls XII., Johan Schult (1677–1713), hielt 1702 die Lappen für Israeliten mit hebräischer Sprache und fand jüdische Zeugnisse auch in China und Amerika. Während kritische Köpfe bereits auf die Verwandtschaft des Schwedischen mit dem Persischen achteten, hielten andere noch 1734 Hebräisch für die Ursprache, die den Dingen am vollkommensten angemessen sei[112]). Der größte Gelehrte dieser schwedischen Epoche, der Stockholmer Akademiepräsident Carl von Linné (1707–1778), war zwar Empiriker, aber auch Pfarrerssohn mit orthodoxen Erinnerungen; sie schlugen sich in seiner Sprache unbewußt, in seiner Sprachtheorie seit 1735 thematisch nieder. Der Mensch, von Gott geschaffen, gibt den Dingen Namen nach ihrem Wesen; das war in der goldenen Frühzeit der Welt seine erste Tat. Wie Isidor von Sevilla glaubte Linné, daß mit der Kenntnis der Namen auch die der Dinge selbst unterginge. Darum ist die Klassifikation der Natur, ganz anders, als Buffon bald meinen sollte, die Hauptaufgabe des Wissenschaftlers. Ihr folgend

[111]) Forsög til et udkast af en historie over folkenes oprindelse, Kopenhagen 1769, S. 86 (Chinesisch), 80 ff. (Hebräisch), 14, 83 (Babel), 85 ff. (Grundsprachen), 139 ff. (Zuweisung an Noachiden). Dazu Raumer, Philologie 195 f.; Kohn, Idee 686.

[112]) Schoeps (o. S. 1277 Anm. 25) S. 189 ff. (Schult); Agrell, Studier 129 ff. (Schwedisch und Persisch), 68 ff. (hebräische Ursprache).

findet der Benennende inmitten der scheinbar größten Verwirrung die höchste Ordnung der Schöpfung. Sie ist sprachlich voll faßbar; Linné kann wie Adam das Wesen der Kreaturen terminologisch nachschaffen. Damit ist der babylonische Fluch über die Sprache geleugnet. Denn die Geschichte hat nichts verändert an der ewigen, geradlinigen Entfaltung der Natur. Aus jeder Klasse der lebenden Geschöpfe wurde anfangs nur ein Paar erschaffen, und Adam kannte sie alle schon; unverrückbar sind die Arten. Auch die Menschen in all ihrer Vielfalt entstammen einem einzigen Ursprung; die stolzen Europäer sind mit den barbarischen Hottentotten verwandt. Die biblische Völkerteilung ist dieser gewaltigen Kontinuität gegenüber eine Bagatelle. Gott ist größer als die Bibel; seine wahre Offenbarung ist wie bei Galilei die Natur. Sie benötigt keinen Fortschritt, keine Geschichte[113]).

Wenn dieses Prinzip auch für die Sprachen gilt, sind sie alle, *innumerabilis numerus*, Töchter einer einzigen; und das behauptete 1759 der Doktorand Johan Bieurn in Uppsala. Welche Sprache den Ehrenplatz einnehmen sollte, wagte er nicht zu entscheiden; wahrscheinlich sei die Ursprache verschollen. Ihre Existenz ist unbestreitbar, denn im Schwedischen findet man Wörter, die im Hebräischen, Griechischen, Lateinischen, Französischen und Deutschen wiederkehren. Dabei sind keine historischen Übernahmen und Entlehnungen im Spiel, denn sie wären Zufall. Gott aber, der eine Nenner alles Ungezählten, wollte die Ordnung; also schuf er selbst mit dem Menschen die Sprache und bildete sie später um. Es ist undenkbar, daß die Menschen, vom Schöpfer stumm in die Welt gesetzt, sich allmählich Sprache erfanden und sie dann, etwa auf Konferenzen, veränderten; sie hätten nur Kunstwörter konstruieren können, keine lebenden Sprachen[114]). Bieurns Doktorvater, Professor Johan Ihre (1707–1780), wußte 1769 mehr als sein Schüler: Das Hebräische ist so alt wie die Welt, die meisten Sprachen tragen noch seine Spuren. Nach dem Hebräischen die älteste, mit ihm verwandt, ist die skythische Sprache (nach den Thesen von Scrieckius und Stiernhielm). Sie trägt ihren Namen von *Scythus*, einem Nachfahren Japhets oder Gomers. (Das ist eine Mischung von Linnés Namentheorie und der Mythologie des Johann Magnus.) Nachfahren der Skythen sind Goten, Geten und Schweden, auch Kelten, Griechen und Perser mit ihren Sprachen. Der verdiente Herausgeber des Ulfilas-Kodex konnte nicht mehr wie Stiernhielm das Skythische direkt als Gotisch und Schwedisch bezeichnen,

[113]) Systema naturae per regna tria naturae, hg. Johann Friedrich GMELIN, Bd. 1, 13. Aufl., Leipzig 1788, S. 5 f. (Adam, Isidor). Auserlesene Abhandlungen aus der Naturgeschichte, Physik und Arzneywissenschaft, Leipzig 1776, S. 269 f. (Konstanz der Arten; dazu HOFSTEN, Diskontinuitätsproblem 243 ff.), 58 (Europäer, Hottentotten). Dazu Ernst ALKER, Linnés Nemesis Divina, in: DVLG 18 (1940) 351–370, hier S. 351 ff.; HAZARD, Herrschaft 205 f.; MÜHLMANN, Anthropologie 47 ff.

[114]) Dissertatio academica de origine linguarum, Uppsala 1759, S. 6 (numerus), 4 f., 9 (Ursprache), 7–11 (Sprachenteilung).

aber er brauchte auch auf Babel nicht mehr zu achten. Selbstsicher rekonstruiert der Wissenschaftler den ursprünglichen Kosmos der Sprachen, in dessen konkretem Zentrum Heimat und Gegenwart stehen. Biblische Motive schmücken das System; doch setzt sich das zeitgenössische Wissen und Bewußtsein herrisch über Geist und Buchstaben der Bibel hinweg[115]).

Gerade das ist der Geist von Babel; der Bischofssohn Emanuel Swedenborg (1688–1772), der in Holland eine Christusvision, in London seine Bekehrung erlebte und dort starb, lernte es von der westeuropäischen Mystik. Er streifte 1749 die lutheranischen Traditionen seiner Heimat ab; nicht das Hebräische ist die Ursprache. Diese ist vielmehr (wie in England und Frankreich die Naturschwärmer lehrten) unartikuliert, aber sie ist keineswegs barbarisch roh. Denn die *coelestes homines* vor der Sintflut sprachen *absque sonoro*, durch lautlose Bewegung der Lippen; sie lebten in Gott und verstanden einander wortlos. Bereits die zweite Kirche, die Noahs, bedurfte der Konkretionen, der Tradition und Lehre, und sie zerfiel, als sich das Priesteramt zur Zauberei verdinglichte. Die in der Völkertafel Genannten bezeichnen den inneren Abfall der Menschen von Gott, verbunden mit äußerem liturgischem Prunk. Nur im Hause Sem, in der Geistkirche, die keine Völkergrenzen kennt, blieb der innere Gottesdienst, die Unschuld der Gotteskinder bewahrt. Babel ist für Swedenborg wie für Hutchinson der verfluchte Ort, wo sich aus der einen *ecclesia antiqua* die Konfessionen absonderten, wo äußerer Gotteskult und innere Profanität die Vielgötterei erzeugten. Der Turmbau symbolisiert diesen Aufstand der Hölle, das heißt der veräußerlichten Menschen. Im Himmel werden sich alle Verdinglichungen wieder auflösen; man wird eine einzige Sprache sprechen, ohne sie gelernt zu haben. Hebräisch soll zuerst aus dem Himmel gekommen sein und mit der Engelssprache übereinstimmen; ob es aber die Himmelssprache sein kann? Die Sprache der Engel hat doch mit der menschlichen nichts gemein. So weitete sich die innere Kirchengeschichte der Spiritualen zur Universalhistorie, und die äußere Weltgeschichte mit allen Fakten und Details wurde, an diesem Ideal gemessen, zum Abfall. Auf solche Weise untergrub der Mystiker die historische Glaubwürdigkeit der Bibel nicht weniger gründlich als der Aufklärer. Der Theosoph, der alle Winkel im Jenseits kannte, gewann einen archimedischen Punkt, der die Wirklichkeit nicht nur rationalistisch verdichtet, sondern revolutionär vernichtet. Das alte religiöse Geschichtsdenken wurde weniger durch exakt festgestellte Tatsachen als durch Abstraktionen und Visionen zerstört – und ersetzt[116]).

---

[115]) Glossarium Suiogothicum, Bd. 1, Uppsala 1769, S. II–XV. Dazu RAUMER, Philologie 200 ff.; AGRELL, Studier 78 ff., 143 ff.

[116]) Arcana coelestia, Genesis pars prima, London 1749, S. 371 (Ursprache), 375–414 (Völkertafel), 418–435 (Babel). Vera christiana religio, Amsterdam 1771, S. 94 (Aufstand der Hölle). De coelo et eius mirabilibus et de inferno, London 1758, Nr.

Im orthodoxen Rußland begann Peter der Große mit der Zerstörung des alten Sendungsglaubens, der in Moskau den Erben von Byzanz und das Dritte Rom, das Zentrum des wahren Christentums verherrlicht hatte. Die neue Hauptstadt St. Petersburg war eine unheilige, moderne Stadt, von der aus das alte Moskowiterreich in einen Vielvölkerstaat, das orthodoxe Beharren in westlerischen Fortschritt verwandelt werden sollte[117]); neben das Kirchenslavische trat der Moskauer Dialekt als Schriftsprache, neben die russische Selbstgenügsamkeit die französische und deutsche Energie. Nur zögernd setzten sich, zunächst in kleinen Zirkeln, die Ideen der Aufklärung fest; sie mußten zuerst das erschütterte Selbstbewußtsein durch neue, nichtbiblische Ruhmestitel der Russen kräftigen helfen. Insbesondere sollte das soeben auf den Schild erhobene Russisch als durchgebildetes Idiom mit reicher Vergangenheit erwiesen und den europäischen Kultursprachen zur Seite gestellt werden. Der Geistlichensohn und in Frankreich gebildete Akademieprofessor Vasilij Kirillovič Trediakovskij (1703–1769) behauptete nicht nur die Identität von Kirchenslavisch und Russisch, sondern auch die Priorität der „slavischen" Sprache vor der germanischen; indirekt sei sie die Ahne der „teutonischen" und „kimbrischen" Sprache. Der wohl von den Schweden übernommene, gegen Schweden gerichtete Gedanke von der skythisch-germanischen Sprachfamilie diente jetzt der Ehre Rußlands, zumal auch Türkisch und Hebräisch der glorreichen Gruppe einverleibt wurden. Auf ähnlich klassizistisch-barocke Art erklärte der Petersburger Theaterdirektor und Dichter Aleksandr Petrovič Sumarokov (1718–1777) das Slavische für älter als Lateinisch und Germanisch; denn die Slaven seien die ältesten Bewohner Europas und mit den Kelten identisch. Näher als mit der skythischen rückte man mit dieser keltischen These dem westlichen Europa, wenngleich Sumarokov sein „Keltorussisch" auch mit den semitischen und asiatischen Sprachen in Beziehung brachte.

Der größte russische Gelehrte des Jahrhunderts, Michail Vasil'evič Lomonosov (1711–1765), der Begründer der Moskauer Universität und der neuen russischen Literatur, setzte 1755 die Normen für die nicht mehr kirchenslavische Schriftsprache. Er eröffnete diese Grammatik mit den stolzen Worten, Russisch sei souverän über viele verschiedene Sprachen und groß auch unter den Idiomen Europas. Kaiser Karl V. sagte, man solle spanisch mit Gott, französich mit Freunden, deutsch mit Feinden, italienisch mit Frauen verkehren. Hätte er das Russische gekannt, er würde hinzugefügt haben, daß es für sämtliche Aufgaben befähigt sei: erhaben wie das Spanische, graziös wie das Franzö-

---

236 f. (Himmelssprache; dazu GÜNTERT, Göttersprache 51 ff.). Dazu Ernst BENZ, Emanuel Swedenborg, Naturforscher und Seher, München 1948, S. 485 ff. (Geschichtsdenken).

[117]) SCHAEDER, Moskau 169.

sische, stark wie das Deutsche, zart wie das Italienische, besitzt das Russische darüber hinaus Reichtum und Präzision des Griechischen und Lateinischen. Lomonosov, der diese Sprachen alle beherrschte, war aufgeklärt genug, um die rückwärtsgewandten Apologien seiner Vorgänger beiseitezulegen; er sah die Differenzen zwischen Kirchenslavisch und Russisch und versuchte nicht, letzterem eine illustre Vergangenheit zu verschaffen. Wohl ist es eine „Muttersprache" wie Griechisch, Lateinisch und Deutsch, fruchtbar und ausgedehnt, Teil einer größeren Sprachfamilie; aber obgleich Lomonosov das Sprachvermögen für ein Geschenk der Vorsehung hielt, zweifelte er an einer gemeinsamen Ursprache der Menschheit. Was lag auch daran? Er gab 1760 zu, daß das Russische jetzt noch in den Kinderschuhen stecke; aber bald werde es an Würde alle anderen Sprachen übertreffen. Es kam weniger auf die Vorzeit als auf die Zukunft an, und Lomonosov half sie kräftig vorbereiten[118]). Der orthodoxe Glaube, Rußland sei das auserwählte Volk mit der vorzüglichsten Sprache, lebte auch in den Aufklärern noch fort, aber von Grund auf verwandelt; er begnügte sich nicht mit dem gläubigen Besitz der Tradition, er erstrebte ehrgeizig die Errungenschaften des Fortschritts.

Allenthalben zwischen Holland und Rußland hat die Aufklärung alte Sicherheiten erschüttert und neue Energien geweckt. Noch überwogen vornehme Distanz, blasierte Kritik, gelehrte Abstraktion; aber das Programm kleidete sich schon in die Volkssprachen und erregte die nationalen Instinkte. Gemeinsame Bemühung würde die umständliche Wirklichkeit bald völlig verändern können. Diese Hoffnung war leicht zu mobilisieren, und sie war stark; ungewiß war nur, wohin sie führen würde.

*

Utopisch schien eine solche Hoffnung für Deutschland. Alles versuchte man, das meiste schlug fehl; die deutschen Zustände blieben verworren und zersplittert. Der alte Dualismus zwischen Kaiser und Reich hatte Frankreich angelockt und wurde doch nur abgelöst, nicht überwunden durch den neuen preußisch-österreichischen Dualismus. Das Chaos der Territorien, der Stände, der Dialekte ließ sich nicht zu klaren Fronten schlichten, geschweige denn in gemeinsamer Bemühung lösen. Der Barockpatriotismus, von alten Träumen zehrend und vom Alten träumend, zielte ins Leere; dennoch wurde er von der weltbürgerlichen Aufklärung leichter bemängelt als ersetzt. Die erstarrende Orthodoxie erlahmte bald vor dem gemeinsamen Angriff von Pietismus und

[118]) Antoine Martel, Michel Lomonosov et la langue littéraire russe (Bibliothèque de l'Institut français de Leningrad 13), Paris 1933, S. 22 f., 26 f. (Trediakovskij), 23 (Sumarokov), 19 ff., 24 ff.; Kohn, Idee 761 f. (Lomonosov).

Rationalismus; aber die Sieger waren miteinander rasch und tödlich verfeindet. Jeder glaubte die ganze Wahrheit zu besitzen, keiner der gemeinsamen Wirklichkeit etwas zu schulden; die Abstinenz von der politischen Gegenwart trieb die abstrakten Gegensätze auf die Spitze. Die Vertreter zeitloser Wahrheiten suchten freilich zugleich die historische Gegenwart zu gewinnen und die Zukunft zu bestimmen; so fegten sie die rückwärtsgewandten Institutionen und Traditionen hinweg, standen dann aber vor dem Problem der Geschichte, die auch die Gegenwart übergreift. Die Geschichte zu begreifen, ja zu fesseln, war der allen gemeinsame Wunsch; an ihm entzündete sich die Diskussion, und an ihm scheiterte sie endlich und gab der geschichtlichen Bewegung die Bahn frei.

Das deutsche Gespräch begann damit, daß die deutsche Sprache in die Gelehrsamkeit eindrang. Schon das war ein Schlag gegen das Herkommen und gegen den Inhalt der Überlieferung. Der Kieler Professor der Dichtkunst, dann auch der Geschichte Daniel Georg Morhof (1639–1691), einer der größten Polyhistoren seines Säkulums, schritt dabei tapfer voran. Freilich wollte er den neuen Rang des Deutschen noch einmal auf barocke Art, mit Hilfe der Traditionen beglaubigen, indem er sich 1682 an Grotius' These anschloß: *Es ist am gläublichsten, daß keine von den itzo bekandten Sprachen, als die das meiste von der Kunst entlehnet, die erste gewesen, sondern eine von diesen unterschiedene.* Damit wurden die Primatansprüche sämtlicher Sprachen, auch die Thesen von Goropius Becanus und Stiernhielm widerlegt; die deutsche Sprache, unbedenklich in der Art Clüvers mit der skythisch-keltisch-gallischen gleichgesetzt, durfte dem Hebräischen kühn zur Seite gestellt, *mehr für eine Schwester der andern als für ihre Tochter* ausgegeben werden; sie überragte an Alter wie an Wert die klassischen Sprachen und ihre modernen Ableger weit. Der krönende Schluß war der gleiche wie bei Schottel, daß die deutsche Literatur keiner anderen etwas nachgab. Da Gott dem Menschen bei der Schöpfung den Gebrauch der Sprache mitgab, kann nach Morhofs Meinung von 1688 keine künstliche, naturferne Sprache die Menschheit vereinen, das Hebräische so wenig wie das Lateinische. Das natürliche Deutsch aber genießt den Segen des Allerhöchsten[119]).

Doch wozu die Natur erst aus historischen Konjekturen erschließen, wenn sie in uns wirkt? Der aufgeklärte Leipziger Professor der Rechte Christian Thomasius (1655–1728), der 1687 die erste öffentliche Vorlesung in deutscher Sprache hielt, schrieb im Jahr darauf in der ersten deutschsprachigen wissen-

---

[119]) Unterricht von der teutschen Sprache und Poesie, deren Uhrsprung, Fortgang und Lehrsätzen, Kiel 1682, S. 3 ff. (Ursprache, Deutsch). Polyhistor literarius, philosophicus et practicus, 3. Aufl., Lübeck 1732: I, 4, 1, 3 f. S. 716 ff. (Schöpfung); I, 4, 3, 1 ff. S. 734 ff.; I, 4, 2, 5 S. 730 (Universalsprache); I, 4, 3, 6 S. 740 (Latein). Dazu Marie Kern, Daniel Georg Morhof, Diss. phil. Freiburg i. Br. 1928, S. 34 ff., 52 ff. – Ähnlich Andreas Jäger, De lingua vetustissima Europae Scytho-Celtica et Gothica, Wittenberg 1686, S. 1 ff.

schaftlichen Zeitschrift, der Mensch sei nicht der Sprachen halber auf der Welt, sondern die Sprachen seien erfunden, damit die Menschen einander ihre Gedanken eröffnen könnten. Darum sei es unsinnig, nur Griechisch und Latein oder Französisch zu achten. *Zu Brauchung des natürlichen Lichts sind keine fremde Sprachen eben nothwendig.* Es bedarf also auch der hebräischen Bibel nicht, um die Gegenwart zu ordnen. Im Sinne Pufendorfs kommt es allein auf Klarheit und Aufrichtigkeit, auf die Würde des Menschen an; sie wird durch Natur und Muttersprache besser gewahrt als durch Geschichte und formale Bildung[120]). Gegen die letztere machte 1696 auch der Leipziger Student der Rechte Christian Reuter (1665 bis nach 1712) Front, als er die Träume des deutschen Kleinbürgers von der großen Welt verhöhnte. Schon bei seiner Geburt will der Prahlhans gesprochen haben; in aller Welt, sogar in Indien, soll man ihn verstanden haben. Kommt er nach Hause, so parliert er *unteutsch*, englisch und holländisch, und will immer *frembde schwatzen*. Doch alles ist nur leeres Geschwätz; der Maulheld versteht weder die Sprachen noch die Wirklichkeit[121]). Die deutsche Sprache und das natürliche Licht der Vernunft weisen den Weg zur Wahrheit.

Aber ist nicht die Aufklärung selbst ein Irrlicht? Auch der Wiener Barfüßermönch Abraham a Sancta Clara (1644–1709) geißelte in kernigem Deutsch die Aufgeblasenheit der Zeitgenossen; aber er stellte ihr die in Natur und Geschichte geoffenbarte Wahrheit des Glaubens entgegen. Die Heilsgeschichte mußte dem Hofprediger Leopolds I. freilich vor allem drastische Beispiele menschlicher Torheit liefern, so als wäre die Welt seit der Schöpfung keiner Besserung fähig. Neugeborene Jungen jammern *o A*, o Adam!, die Mädchen *o E*, o Eva! Doch die Erwachsenen vergessen die Weisheit der Unmündigen. Das Mädchen, die *Baberl*, ziert sich mit vielerlei Tuch, wie man (ein Vergleich Bernhardins von Siena) den Turm Babel mit vielerlei Steinen und Hölzern schmückte; es ist doch alles Dreck. Man träumt vom Glück der Ehe, und doch kann man allen Sprachen, Hebräisch, Griechisch, Welsch, Französisch, Spanisch, Polnisch, Ungarisch, Lateinisch, entnehmen, daß das Eheleben ein bitteres Meer ist. Die Sprachen sagen die Wahrheit, denn Gott ist in ihnen. An Pfingsten lehrte der Heilige Geist, dieser *Göttliche Sprachmaister*, die Apostel alle Sprachen der Welt: Thomas sprach wie ein Asianer, Afrikaner, Italiener, Johannes wie ein Araber,

---

[120]) Lustigen und Ernsthaften Monatsgespräche, Teil 1, Halle 1688, S. 640 (Mensch und Sprache). Einleitung zu der Vernunfft-Lehre, 3. Aufl., Halle 1705, S. 6 (natürliches Licht). Dazu Max Wundt, Die deutsche Schulphilosophie im Zeitalter der Aufklärung (Heidelberger Abhandlungen zur Philosophie und ihrer Geschichte 32), Tübingen 1945, S. 30 ff.; Ernst Bloch, Christian Thomasius, Ein deutscher Gelehrter ohne Misere, Berlin 1953, S. 6 ff., 39 ff.; Eric Albert Blackall, The Emergence of German as a Literary Language 1700–1775, Cambridge 1959, S. 12 ff.

[121]) Schelmuffsky, hg. Peter von Polenz (Neudrucke deutscher Literaturwerke 57–59), 2. Aufl., Tübingen 1956: I, 1 S. 8 f. (Geburt); I, 5 S. 59 ff. (Indien); II, 1 S. 83 (unteutsch); II, 4 S. 105 (frembde).

Persianer, Grieche, Matthias wie ein *Pohlack*, *Böhem*, *Deutscher*, Bartholomäus wie ein Franzose und Engländer; den Aposteln kam es selber spanisch vor, daß Andreas Lateinisch, Chaldäisch, Sklavonisch geredet. Noch der heilige Dominikus erlernte Deutsch durch ein Wunder. Das kann Gott; und was tut der Mensch? Wenn der Deutsche ins Ausland kommt, sagt er in allen Sprachen, Lateinisch, Welsch, Böhmisch, immer nur: „Wohl bekomm's!" und säuft; er ist betrunken statt begeistert, und darauf ist er noch stolz. Seht nur den Hochnäsigen daherschreiten, *als wann er wolt dem Babylonischen Thurn den Knopff auffsetzen*! Und jene ahnenstolze Dame, *hanget ihr Stammen-Wappen noch an dem Babylonischen Thurn*, in welche Gesellschaft gerät sie da! Der Assyrer Bel, der Franzose Pharamund, der Pole Cracus, der Böhme Zechus, der Engländer Britus – sie alle wie Cham und Nimrod sind (nach Moscherosch) Zauberer, Hexenmeister, Teufelsdiener. Wie täppisch benehmen sie sich doch! Der Teufel, dem sie dienen, baut geschickter als die Adamskinder, die den Turm Babel von unten auf dick und je höher desto kleiner machten; Satan fängt klein an und wird immer gewaltiger. Vollends die Höhe und Glorie des Himmels ist unermeßlich; wer sie auf Erden beschreiben wollte, gäbe nur *ein Sandkörnlein gegen dem Babylonischen Thurn*[122]). Gottes Heilstaten sind unbegreiflich; aber entwertet Abraham sie nicht selbst, wenn er im Rausch der barocken Vergleiche den Himmel neben den Babelturm stellt und im Dröhnen seiner Sprache die Stimme Gottes zu vernehmen meint?

Das ist ja der Hochmut der römischen Kirche, des *Antichristischen Babel*, und aller äußerlichen und verfaßten Kirchen, daß sie anstelle lebendigen Glaubens bloß Dogmatik und Rhetorik, *ein Babylonisches mischmasch*, besitzen; dies verkündete 1676 der evangelische Pfarrer Philipp Jakob Spener (1635–1705) in der Programmschrift des Pietismus[123]). Der irdischen Verwirrung kann auch keine aufgeklärte Vernunft im Stile des Thomasius Einhalt gebieten, sondern nur die tätige Nächstenliebe des Christen. Speners Gesinnungsgenosse August Hermann Francke (1663–1727) in Halle verteidigte 1701 seine Stiftung, das Waisenhaus: Er wolle nicht *ein groß Haus oder Thurm . . . bauen zu seiner eigenen Gemächlichkeit*, *Wollust und Pracht*, *wie die Leute zu Babylon gethan haben*[124]). Wenn

---

[122]) Predigt Nr. 19, in: Werke, hg. Karl Bertsche, Bd. 1, Wien 1943, S. 225 (o A, o E). Merks Wien, hg. Theodor Ebner, Leipzig 1884, S. 57 (Baberl). Judas der Ertzschelm, 4 Bände, Salzburg 1686–95, hier Bd. 1, S. 141 (Ehe), 407 f. (Pfingsten); Bd. 3, S. 66 (Dominikus); Bd. 1, S. 68 (Deutscher im Ausland), 197 (Knopf aufsetzen), 17 (Adel); Bd. 3, S. 212 f. (Bel usw.); Bd. 1, S. 49, 70, 125 (Cham); Bd. 2, S. 8 (Nimrod); Bd. 1, S. 246 (Teufelsbau), 70 (Sandkörnlein).

[123]) Pia desideria, hg. Kurt Aland (Kleine Texte für Vorlesungen und Übungen 170), 2. Aufl., Berlin 1955, S. 11 (antichristisches Babel), 40 f. (Mischmasch). Dazu Albrecht Ritschl, Geschichte des Pietismus, Bd. 2, 1, Bonn 1884, S. 105 ff.

[124]) Segens-volle Fußstapfen des noch lebenden . . . Gottes . . . durch eine . . . Nachricht von dem Waysen-Hause, 3. Aufl., Halle 1709, S. 90.

aber die Pietisten Babel nur in anderen Konfessionen und früheren Zeiten suchen, verfallen sie dann nicht selbst dem babylonischen Hochmut?

Der von Spener abgelehnte erbauliche Jurist Ahasver Fritsch (1629–1701) warnte 1687 wie Stensen vor dem Eigendünkel: Siehe zu, ob in deinem Herzen nicht auch Babel liege, ob du dir in deinen Gedanken nicht auch einen Turm errichtet hast; werde demütig und kindlich![125]). Und der von Spener enttäuschte Gottfried Arnold (1666–1714) stellte die einsame, fromme Seele vollends über alle Verkörperungen der Religion, wie Franck und Frau Mothe-Guyon. Den Ketzerhistoriker tröstete 1696 freilich die Kirchengeschichte, die seinem Spiritualismus recht gab: Schon einmal konnten die Zeugen Gottes alle Grenzen sprengen, als sie mit der pfingstlichen Sprachengabe allen Kreaturen das Evangelium verkündeten, mit Gottes Hilfe die Folgen der *Babelischen Verwirrung* überwanden. Wie sich einst alle Völker im Glauben an Christus vereinten, so wird jetzt, 1698, das Gottesreich der Frommen über die in Konfessionen zerfallene Weltkirche, über Babel, triumphieren und seinen Bau, den *Frevel-Sitz*, vernichten[126]). Arnolds Schüler, der zänkische und unstete Johann Konrad Dippel (1673–1734), druckte diese Prophezeiung noch im gleichen Jahr 1698 ab und wandte sie gegen lutherische Orthodoxie und kirchenfreundlichen Pietismus. Im Luthertum selbst wohnt Babel. Denn die Lutherischen haben die evangelische Freiheit noch nicht erlangt und verharren in der alttestamentlichen Gesetzlichkeit. Sie denken sich Satzungen aus, *damit sie in Babel einerley Sprache mögten führen*; doch hat sie Gott mit Blindheit geschlagen, und nun bauen ihre verworrenen Glossen und Deutungen *ein Babel auf das ander*[127]). In der Buchstabensprache wohnt Gottes geistliches, pfingstliches Wort nicht.

Von solcher Verwirrung mußte die Bibel befreit werden; man tat es in dem Berleburger Pietistenkreis, dem Dippel am Lebensende angehörte. Der Herausgeber der Berleburger Bibel, Johann Heinrich Haug (gest. 1753), wollte die Genesis 1726 nicht nur nach dem Buchstaben interpretieren, auch der Seele den Weg zu Gott zeigen. Vor Babel redeten alle Menschen eine Sprache, das Hebräische, weil Gott sie alle belehrt hatte und sie gemeinsam einem Geist

---

[125]) Biblische Seelengespräche, Teil 1, o. O. u. J., S. 59–62.

[126]) Die Erste Liebe, das ist: Wahre Abbildung der Ersten Christen, 5. Aufl., Leipzig 1732: VII, 3, 7 und 11 S. 746 f. (Pfingsten). Göttliche Liebesfuncken I, 126, 10 ff., in: Gottfried Arnold in Auswahl, hg. Erich Seeberg (Mystiker des Abendlandes), München 1934, S. 277 f. (Frevel-Sitz). Dazu Meinecke, Historismus 46 ff.; Benz (o. S. 1362 Anm. 148) S. 485 f.

[127]) Eröffneter Weg zum Frieden mit Gott und allen Creaturen, durch die Publication der Sämtlichen Schrifften Christiani Democriti, Bd. 1, Berleburg 1747: Wein und Oel in die Wunden des Gestäupten Papstthums der Protestirenden S. 377 f. (Arnolds Lied), 257 ff. (lutherisches Babel; ähnlich Papismus Protestantium vapulans c. 1 S. 102). Dazu Ritschl (o. Anm. 123) S. 323 ff.

gehorchten. Der Turmbau von Babel sollte dem Gottesdienst aller Menschen, aber auch schon ihrer Beherrschung dienen; er ist das Symbol aller Kirchenverfassungen, zudem ein Zeichen für den Hochmut, der tief in uns allen sitzt. Mit den Ziegeln seiner Überzeugungen und mit dem Schlamm der Fleischeslust baut der Mensch *in seinem erstarckten Eigenwillen* den Turm der Vernunftgelehrsamkeit. (Bei den Franziskanern des 13. Jahrhunderts lasen wir es ähnlich.) Der Turm soll in den Himmel führen, wie die theologischen Lehrbücher den sicheren Weg zum Himmel weisen wollen, und kennzeichnet doch bloß das *äußere pompöse Wesen der Kirche*. Wer die Einfalt des Wandels preisgibt, verliert die Einfalt im Reden; Verwirrung der Kirchenparteien ist die Folge. *Die gantze Geschicht der Babylonischen Bauleute gehet noch immerhin vor in der Welt*. Nur wer von seinem stolzen Turm abläßt, erlangt die einfältige Sprache Kanaans wieder, in der Wort und Tat zusammenstimmen. Die Heilsgeschichte enthält indes nicht nur Warnungen für die fromme Seele, sondern auch Verheißungen für das gläubige Volk; Haug verwies darauf, daß von Aschkenaz *die Teutschen entspringen*. Da hatte der Spiritualismus der Pietisten ein Ende, und ihre Hoffnung machte sie zu Historikern[128]).

Hier trafen sie sich wieder mit den kirchenfrommen Pietisten, die in der Heilsgeschichte Gottes freundliche Führung fanden. Speners und Franckes Vertrauter, der schwatzhafte Hallenser Professor Joachim Lange (1670–1744), mochte 1718 kein babylonisches Strafgericht über die Sprachen annehmen; wenn Casaubons Erklärung der vorübergehenden *turbatio mentium* zutraf, war die Sprachenverschiedenheit erst nach Babel, *plurium seculorum decursu*, eingetreten. Dann ergab es sich, daß alle Sprachen ganz natürlich aus der göttlichen hebräischen Ursprache erwuchsen, die Gott dem Menschen zugleich mit seiner vernünftigen Seele einflößte. Die übernationale Liebesgemeinschaft der Christen liegt also in der Natur der Sprache, in der Geschichte der Sprachen selbst begründet. Damit sind auch die Völker gesegnet; Lange hielt sich noch 1733 an Clüver, Aschkenaz war der Vater der alten Deutschen. So darf man hoffen, daß dereinst im ewigen Leben Gott mit allen irdischen Sprachen gepriesen wird; Hebräisch wird freilich bevorzugt sein[129]). Und hatte man nicht jetzt schon das Paradies vor Augen, in den Wundern der Natur? Der Hamburger Senator Barthold Heinrich Brockes (1680–1747) fand 1723 hier sein irdisches Vergnügen in Gott und pries den Frühling, der *mit tausend tausend grünen Zungen im zungengleichen Kraute*, *Gras und Laub* das Lob des Schöpfers singt. Es schäme

[128]) Die Heilige Schrift Altes und Neues Testaments, Bd. 1, Berleburg 1726, S. 22 (Adam; dazu Ernst Benz, Adam, Der Mythus vom Urmenschen, München 1955, S. 146), 76–81 (Babel), 71 (Aschkenaz).

[129]) Historia ecclesiastica Veteris Testamenti, Halle 1718, S. 38 f. (Sprachen). Mosaisches Licht und Recht, 2. Aufl., Halle-Leipzig 1733, S. 127–133 (Völker). Dazu Diestel, Geschichte 418 f., 464; Wundt, Schulphilosophie 75 ff.

sich der Mensch, *wo alles redet, stumm zu sein*; er stimme in die stille, allen verständliche Sprache der Kreatur mit ein, denn auch seine Sprache ist vom Schöpfer des Alls geschaffen. Gott, der im Kleinsten wirkt, heiligt hier und heute die Sprache dessen, der ihn preist; dann wird das Wort zur Tat, die Welt zum Paradies[130]).

Die letzten Vertreter der lutheranischen Hochorthodoxie mußten diese Heiligsprechung von Geschichte und Natur empörend finden; der göttliche Ursprung läßt sich mit dem verderbten Fortgang nicht kombinieren. Langes Hauptwidersacher, der sächsische Professor Valentin Ernst Löscher (1673–1749), verteidigte 1704 und 1706 noch einmal die orthodoxe Sprachtheologie. Alle Sprachen sind das Werk der göttlichen Vorsehung; aber das feurige Hebräisch der Patriarchen, die Ursprache der Welt, trägt allein noch die ursprüngliche Weisheit in sich. Sämtliche anderen Sprachen sind durch die *confusio Babelica* verdrehte Dialekte des Hebräischen. Denn diese Verwirrung schuf keine neuen Sprachen mehr, auch keine systematische Ordnung von 70 oder 72 Sprachen, sondern lediglich sieben Grundsprachen, die sich später weiter zerteilten und vermischten. Zu diesen Grundsprachen gehört das Keltische der Kinder Gomers, und aus ihm entsprang später u. a. das Deutsche; es ist wie die übrigen späten Idiome mit dem unveränderlichen, heiligen Hebräisch, aus dem es stammt, nicht entfernt zu vergleichen[131]). Mit gleicher Schärfe vertrat 1701 der Pastor Georg David Ziegra (geb. 1635) die Thesen Buxtorfs. Das vollkommene Hebräisch, die Sprache Gottes, ist die Ursprache der Menschheit; in Sinear löste weder das Klima noch der Streit der Menschen die Sprachenteilung aus, sondern der allmächtige Gott allein, der jedem Menschen direkt eine neue Sprache eingoß; denn der Turmbau war kein Tempelbau, sondern eine Sünde[132]). Gott ist der absolute Herr über die Sprachen, darum verkörpert er sich nicht in ihnen; deshalb glaubte 1700 der Leipziger Doktorand A. Berndt ordnungsgemäß mit August Pfeiffer an die hebräische Ursprache, die dem ersten Menschen übernatürlich zukam. Aber er weigerte sich, die hebräische Himmelssprache zu akzeptieren; denn Hebräisch sei unvollkommen. Im Zeitalter des Oratoriums meinte Berndt das damit beweisen zu können, daß das Hebräische beim Halleluja-Singen eine lächerliche Harmonie ergäbe[133]). Zahlreiche andere

---

[130]) Irdisches Vergnügen in Gott, in Auswahl hg. Heinrich STIEHLER, Leipzig o. J., S. 21 f.

[131]) De noviter tentatis in Ebraea literatura, Leipzig 1704, unpaginiert; De causis linguae Hebraeae libri tres, Frankfurt-Leipzig 1706, S. 1 ff. (Ursprache), 9 ff. (Verwirrung).

[132]) Dissertatio de confusione linguarum Babylonica ad Gen. XI, in: Thesaurus theologico-philologicus sive sylloge dissertationum, Bd. 1, Amsterdam 1701, S. 169–172.

[133]) Dissertatio de lingua Hebraea (Vorsitzender Johann Philipp ODELEMUS), Leipzig 1700, unpaginiert, 21.–24. Seite.

Schriften verteidigten gleichfalls energisch die ferne hebräische Ursprache und das große Wunder von Babel[134]); immerhin fiel einem philologisch strengen Interpreten wie dem Straßburger Professor Sebastian Schmid (1617–1696) bereits die entschiedene Aussage schwer, denn in der Bibel steht nicht geschrieben, welches die Ursprache war, wie die Völker der Völkertafel sich verzweigten und ob Nimrod den Babelturm baute[134a]). Soll man nicht lieber das Unerforschliche still verehren?

Aber Gott ist kein Despot, und seine Wege sind dem Menschen verständlich; das betonten die Aufklärer, weil sie an die menschliche Vernunft glaubten, und die Pietisten, weil sie den menschlichen Willen auf Gottes Wege zu bringen hofften. Wie vor diesen Argumenten die alte Orthodoxie zerbrach, lehrt das Werk des Jenenser Theologieprofessors Johann Franz Budde (Buddeus, 1667–1729), der sich Pietisten und Aufklärern vorsichtig näherte. An die Stelle der Dogmatik setzte er Kirchengeschichte und Bibelexegese, wohl noch, damit die irrende Gegenwart sich an den alten Quellen der Wahrheit laben könne, doch auch schon, damit dem Menschen die Wege Gottes durch die Geschichte einleuchteten. Daß die Sprache sich gleich nach der Schöpfung verzweigt habe, bezeichnete Buddes an Moréri angelehntes Lexikon von 1709 als *eine ketzerey.* Die Sprachen der Welt bildeten sich erst nach Babel; doch ist die Lehre von 72 Sprachen *etwas genauer* als die jüdische von 70. Natürlicher Ablauf und göttliche Ordnung durchdringen einander, noch deutlicher in dem großen Geschichtswerk von 1715. Die Sprache wurde Adam anerschaffen; es war jenes Hebräisch, in dem er den Tieren Namen gab und das noch heute im Alten Testament erhalten ist. Der Turmbau war nur das Werk der Hamiten, die sich der Ausbreitung des Menschengeschlechts widersetzten; Gott veränderte ihnen in Babel wunderbar die Aussprache. Aber nicht hier schieden sich die Zungen, denn noch nach der Zerstreuung blieben die semitischen Dialekte miteinander verwandt; das Hebräisch der am Turmbau nicht beteiligten Semiten stimmte überein mit dem hamitischen Kanaanäisch. Auch Nimrod war zwar ein Jäger, doch

---

[134]) Heinrich Muhlius, De origine linguarum variarum stirpeque ac matre Graecae, Latinae et Germanicae Hebraea dissertatio, Kiel 1692, S. 21, 26 ff. Caspar Calvör, Gloria Mosis, Goslar 1696, S. 159–169. Johann Ungar, Dissertatio philologico-critica de primaeva lingua Hebraea, Marburg 1716, S. 4, 11. Johann Gottfried Pilarik, Meditationes poeticae in libros biblicos, Frankfurt/Main-Leipzig 1726, S. 151–158. Johann Justus von Einem, Selectae animadversiones ad Johannis Clerici scripta, Bd. 1, Magdeburg 1735, S. 137. Christian Friedrich Wilisch, Biblia parallelo-harmonico-exegetica, Bd. 1, Freiberg 1739, S. 47. – Ähnlich katholische Autoren: Explicatio libri primi Pentateuchi (von einer Fuldaer Kongregation), Fulda 1745, S. 189 ff. Rudimenta historica (von einem ungenannten Jesuiten), Bd. 1, Augsburg-Innsbruck 1748, S. 26. Michael Joseph Karl von Glosowicz, Octo priores libri Veteris Testamenti, Wien 1753, S. 98–102.

[134a]) Super . . . Genesim . . . annotationes, Straßburg 1697, S. 111–121. Dazu Diestel, Geschichte 400 f.

kein Tyrann, vielmehr ein Wohltäter. Nicht die Bosheit, die Frömmigkeit triumphiert: Die Semiten der wahren Kirche haben Kanaan erobert, wie später die japhetitischen Christen Kanaan und die wahre Kirche erbten – das ist der Sinn von Gen. 9, 25–27. Sogar die heidnische Mythologie enthält Spuren der ewigen Wahrheiten; wie Leclerc hielt Budde die römischen Götter für verkannte Patriarchen. Denn nicht die Kämpfe der Noachiden, sondern ihre Eintracht bestimmte den Lauf der Geschichte, verheißungsvoll auch für die Deutschen, deren phrygischer Stammvater Aschkenaz mit im Bunde der gottvollen Kirchengeschichte steht. Sie aber ist, anders als bei Coccejus, nicht mehr scharf von der Profanhistorie getrennt; Gottes Kirche soll die Welt umfassen[135]).

Kaum anders sah Buddes Gesinnungsgenosse, der Tübinger Professor Christoph Matthäus Pfaff (1686–1760), 1729 die Kirche als naturrechtliche Gemeinschaft an, die (wie bei Spanheim) zu Beginn der Schöpfung entstand; in der hebräischen Ursprache konzentrierte sie sich vor ihrer natürlichen und geschichtlichen Entfaltung, die kein Abfall mehr ist[136]). Der Leipziger Theologieprofessor und spätere Eislebener Generalsuperintendent Salomon Deyling (1677–1755) gab 1715 ebenfalls zu, daß alle Sprachen aus der hebräischen hervorgingen, ohne phantastisches Wunder. Der Turmbau von Babel war von den frommen Semiten selbst angeregt, die, des Nomadendaseins überdrüssig, seßhaft werden wollten; die Menschheit schloß sich ihrem Plane an, vielleicht sogar Noah selbst. Gott vereitelte das Vorhaben durch die Sprachverwirrung, die den hebräischen Bestand nicht zerstörte, sondern nur durch neue Wortbildungen abwandelte; aus ihnen wurden erst *sensim paullatimque* die modernen Sprachen[137]). Gottes Wirken steht nicht jenseits der irdischen Geschichte; sein Tun ist auch den Historikern und Philologen begreiflich. Damit verzichtete die Orthodoxie auf ihr Deutungsmonopol.

Die Historiker und Philologen hatten freilich die Erlaubnis der Theologen nicht abgewartet. Sie achteten weniger auf die Heilsgeschichte als auf Haupt- und Staatsaktionen der Monarchen und gewaltige Wanderzüge der Völker; hier fand auch Babel bald seinen Platz. Der Schulmann und spätere Hallenser Professor Christoph Cellarius (1638–1707), der zuerst den universalhistori-

---

[135]) Allgemeines Historisches Lexikon, Bd. 1, Leipzig 1709, S. 254 (Babel). Historia ecclesiastica Veteris Testamenti ab orbe condito usque ad Christum natum, Bd. 1, Halle 1744, S. 75 f. (Adam), 187 ff. (Hebräisch; ähnlich Isagoge historico-theologica ad theologiam universam singulasque eius partes, Leipzig 1727, S. 127 f.), 165 ff. (Babel, Gen. 9, 25 ff.), 182 ff. (Nimrod). Dazu Arnold F. Stolzenburg, Die Theologie des Jo. Franc. Buddeus und des Chr. Matth. Pfaff, Ein Beitrag zur Geschichte der Aufklärung in Deutschland (Neue Studien zur Geschichte der Theologie und der Kirche 22), Berlin 1926, S. 53 ff., 89 ff.; Wundt, Schulphilosophie 63 ff.

[136]) Biblia, das ist die gantze Heilige Schrifft Alten und Neuen Testaments, Bd. 1, Tübingen 1729, S. 17.

[137]) Observationes sacrae, Pars tertia, Leipzig 1715, S. 19–35.

schen Epochenbegriff „Mittelalter" in die Schulbücher einführte, wollte kirchliche, politische und geistige Geschichte zu einem Ganzen verweben; aber er fand 1685 im Falle Babels keine chronologische Handhabe dafür. Nach Bocharts Berechnungen kann der erste Weltherrscher Nimrod zur Zeit des Turmbaus noch nicht gelebt haben; er baute Babylon erst später, ungefähr an der Stelle des verlassenen Turmes[138]). Der Herrscherwille kümmert sich um die Gerichte Gottes nicht, soll es der Historiker tun? Aber die Übergriffe Ludwigs XIV. auf die Reichsrechte erhitzten schnell die gelehrte Phantasie. Der aus Nürnberg stammende Geheimrat Andreas Lazarus von Imhof (1656–1704) stellte 1692 für den späteren Kaiser Joseph I. einen historischen Bildersaal zusammen, in dem man nicht nur ein Bild von Nimrods Babelturm sieht, sondern Nimrod auch als den ersten Weltherrscher erkennt, der *den ersten Grund zu der monarchischen Regirung* legte[139]). Josephs I. Instruktor in der Historie, Hans Jakob Wagner von Wagenfels, erläuterte 1692 das Ereignis von Babel ebenso monarchisch-dynastisch, auch mit patriotischer Wendung gegen die Franzosen, deren Herkunft ungewiß sei. Die Deutschen aber stammen nicht von dem abscheulichen Tataren Magog, sondern von Gomer und dem frommen Aschkenaz, und zu ihren Verwandten zählen, wie bei Goldast, Skythen-Schützen, Geten-Goten, auch Gallier und Kelten, die alten Bewohner Frankreichs[140]). Wurde hier der berossische Tuiscon noch zurückgewiesen, so griff der weitgereiste, in Erfurt seßhaft gewordene Soldat Caspar Stieler (1632–1707) 1691 Clüvers Lehren wieder auf. Tuiscon ist ein uralter Held; seine deutsche Sprache kam *als eine Haubtsprache* mit Aschkenaz, *der Teutschen Ertzvater*, aus Sinear; sie ist mit dem Griechisch Javans brüderlich verwandt und dem Lateinischen mit seinen romanischen Tochteridiomen an Alter weit überlegen[141]). Babel indes ist ein orientalisches Schlachtfeld; der sprachenkundige, schrullige Helmstedter Orientalist Hermann von der Hardt (1660–1746) baute sich 1693 phantasiereich ein historisches Panorama zurecht; es mutet wie eine Episode aus dem Türkenkrieg an. Wie die sklavischen Hamiten unter ihrem Häuptling Nimrod eine Sozialrevolution planen und die unschuldigen Semiten schwer bedrohen, wie sie eine feste Stadt gegen die Semiten bauen mit einem Turm als steter Drohung

---

[138]) Historia universalis, breviter ac perspicue exposita, in antiquam et medii aevi ac novam divisa, Jena 1702–04, Prooemium generale S. 14 (Mittelalter; dazu KLEMPT, Säkularisierung 49, 74 f., 78 f.), Historia antiqua S. 1 f. (Nimrod).

[139]) Neueröffneter Historischer Bilder-Saal, das ist kurtze, deutliche und unpassionirte Beschreibung der Historiae Universalis, Bd. 1, Nürnberg 1720, S. 8 f.

[140]) Ehren-Ruff Teutschlands, der Teutschen und ihres Reichs, Wien 1692, S. 1–22.

[141]) Der Teutschen Sprache Stammbaum und Fortwachs oder Teutscher Sprachschatz, Nürnberg 1691, Sp. 2267 (Tuiscon); Vorrede f. IIIr–Vr (deutsche Sprache). Dazu RAUMER, Philologie 187. - Verwandte Zeugnisse bei Ulrich WENDLAND, Die Theoretiker und Theorien der sogen. galanten Stilepoche und die deutsche Sprache, Ein Beitrag zur Erkenntnis der Sprachreformbestrebungen vor Gottsched, Diss. phil. Greifswald 1930, S. 80 ff.

darin, wie Gott die schwachen Semiten in letzter Stunde dadurch rettet, daß in der hamitischen Hauptfeste Babel eine Revolte ausbricht – dies steht zu lesen bei Moses, dem *historico omni exceptione majore*. Den Europäer geht das alles nichts an, denn bekanntlich sind alle semitischen Sprachen aus der griechischen abgeleitet[142]). Das gefiel 1694 dem Merseburger Gymnasialdirektor Johann Hübner (1668–1731), der zu pädagogischem Zweck den geschichtlichen Stoff nach Art Alkuins in Frage und Antwort darbot. Daß die Europäer von Japhet, die Deutschen von Aschkenaz stammen, war zu vermuten; aber *wie viel nun damahls Sprachen entstanden sind? Und welches vor der Verwirrung die allgemeine Sprache gewesen ist? Das ist leichter zu fragen als zu beantworten*. Es gehörte eben nicht in ein *Conversations-Lexicon*, noch weniger in den historischen Katechismus eines Deutschen[143]).

Wenn die Sprachen der Erde nicht in Babel verwirrt wurden, dann war der historische Turm von Babel kein Mahnmal von Gottes Zorn und menschlicher Schuld, nur ein archaisches Baudenkmal aus dem Bildersaal der Weltgeschichte. Auch in Hübners Biblischen Historien finden sich Abbildungen vom Babelturm; hier erscheint er noch, wie bislang üblich, als unvollendet und unvollendbar. Nun hatten freilich schon die Ordensleute Kircher und Calmet sich an Rekonstruktionen des von Herodot beschriebenen Turmes gewagt, und er war abgeschlossen. Die Phantasie der Baumeister war seit Alberti nicht erlahmt; der mit Kircher bekannte kaiserliche Meister spätbarocker Baukunst, Johann Bernhard Fischer von Erlach (1656–1723), stellte zwischen 1705 und 1721 den fertigen Babelturm im Kupferstich vor, als siebenstufigen Tempelturm inmitten einer weitläufigen Großstadt. Wenig später skizzierten andere schon Grund- und Aufrisse des babylonischen Turmes. Er war kein gigantisches und sündhaftes, halb mythisches Unternehmen, sondern ein Baugedanke wie andere, den ein gewitzter Architekt ausführen könnte und wohl auch ausgeführt hatte. Seitdem reißt die Reihe der Rekonstruktionen nicht mehr ab; aber seitdem ist der Zusammenhang zwischen Kunst und Religion gestört. Die Türme sind wie die Sprachen zu Menschenwerk geworden; kein geheimnisvoller Nimbus umgibt sie mehr[144]).

Das Symbol verlor seine Transparenz; das verbleibende Faktum lag in der Hand des formenden Menschen. Der Begründer der abessinischen Philologie, Hiob Ludolf (1624–1704) aus Erfurt, der 25 Sprachen beherrscht haben soll, hielt 1681 wie Thevenot die jüdische Formel von 70 oder 72 Sprachen für eine

---

[142]) Ephemerides philologicae, 2. Aufl., Helmstedt 1696, S. 54–63.

[143]) Kurtze Fragen aus der politischen Historia, Neudruck Bd. 1, Hamburg 1749, S. 35 ff. Dazu FUETER, Historiographie 188.

[144]) MINKOWSKI, Turm 91 Bild 318–320 (Hübner); S. 83 Bild 289 (Fischer von Erlach; dazu ebenda S. 82; Datierung nach Hans SEDLMAYR, Johann Bernhard Fischer von Erlach, Wien-München 1956, S. 53 f.); S. 89 Bild 308–311 (Grundriß usw.).

vanissima supputatio und erboste sich darüber, daß die gelehrten Kirchenväter solchen Unsinn glaubten. Denn die Heilige Schrift wollte gar nicht alle Sprachen und Völker der Erde, sondern nur die den Israeliten damals bekannten aufzählen. Über Alsteds Liste der 72 Sprachen spottete Ludolf, sie enthalte auch die Amerikaner, damit „die Vertreter dieser Völker, wenn sie zum Sanhedrin nach Jerusalem kamen, ohne Dolmetscher Rede und Antwort stehen konnten." Die Sprachengeschichte kennt keine hebräische Harmonie des Ursprungs, nur eine gemeinsame Grundsprache der Europäer, die Ludolf 1692 in einem Brief an seinen Freund Leibniz als *lingua japhetica* bezeichnete. Er wollte sie nicht wie Scrieckius und Stiernhielm als Skythisch definieren, auch das Germanische nicht hervorheben; mehr als der Patriotismus lag ihm die Sprachvergleichung am Herzen. Sie gab dem Deutschen 1699 trotzdem Anlaß zum Stolz. Daß er in seine deutsche Darstellung sorglos lateinische Wörter mischte, entschuldigte Ludolf damit, daß *in den uhrältesten Zeiten* die Stämme und Sprachen der Griechen, Lateiner und Deutschen einander nahe verwandt waren, nämlich als Töchter der *lingua Japetica* von Japhets Nachfahren. Das hohe Alter der Deutschen wird auch durch ihren *Stamm-Vater Teut (Teuto)* bezeugt, wiewohl seine Einordnung in Japhets Familie offenbleibt. Dem europäischen Sanhedrin der Japhetiten gehörten jedenfalls die Deutschen früher als die Franzosen an. Die halb biblische Verwandtschaft der wichtigsten Kultursprachen ließ Ludolf hoffen, durch ein Universalalphabet in Zukunft die Sprachen der Welt verbinden zu können; doch wird diese künftige Harmonie keine Frucht frommen Bibelglaubens, sondern die Folge sprachvergleichender Forschung sein[145]).

Wer aber die Sprachen der Welt vereinen will, darf sich nicht mit Empirie begnügen; er muß sich als Philosoph und Historiker auch auf Wesen und Weg der Sprache besinnen und wird dann die Winke der Bibel nicht ganz verschmähen. Ludolfs Freund, das deutsche Universalgenie Gottfried Wilhelm Leibniz (1646–1716), bemühte sich wie Newton, Wilkins und Dalgarno um eine künstliche Universalsprache der Wissenschaft, eine Art Algebra, die allerdings die Volkssprachen nicht ersetzen, sondern übergreifen sollte. Denn Leibniz glaubte zuversichtlicher als Pascal, daß die Vernunft aus der irdischen Vielheit ihre harmonische Einheit heraushören, die historisch weitverzweigten Fakten auf

---

[145]) Historia Aethiopica sive brevis et succincta descriptio regni Habessinorum, quod vulgo male Presbyteri Johannis vocatur, Frankfurt/Main 1681, S. 210 ff. (72 Sprachen). Brief vom 25. 1. 1692, in: Jobi Ludolfi et Godofredi Guilielmi Leibnitii commercium epistolicum, hg. August Benedikt MICHAELIS, Göttingen 1755, S. 42 (japhetica). Allgemeine Schau-Bühne Der Welt, oder: Beschreibung der vornehmsten Welt-Geschichte, Bd. 1, Frankfurt/Main 1699, unpaginiertes Vorwort (deutsche Sprache). Dazu Johannes FLEMMING, Hiob Ludolf, Ein Beitrag zur Geschichte der orientalischen Philologie, in: Beiträge zur Assyriologie und vergleichenden semitischen Sprachwissenschaft, Bd. 1, Leipzig 1890, S. 537–582; Bd. 2, Leipzig 1891, S. 63–110, hier S. 559 u. ö.

ihren einen Ursprung zurückführen und durch wachsende Erkenntnis die gemeinsame Aufgabe der Menschheit in unendliche Zukunft führen könne. Was der denkende Geist des Menschen dabei findet, sind die Pläne Gottes. Darum wies Leibniz, der sich seit etwa 1687 intensiv mit Sprachstudien befaßte, den Empirismus Lockes zurück und glaubte wie die Orthodoxen und wie Böhme, daß die von Gott verliehene *lingua Adamica* das Wesen der Dinge exakt ausgedrückt habe. Wir kennen sie freilich nicht mehr, sonst würde die Umgangssprache ein mathematischer Kalkül sein; so aber sind Worte nur Zeichen der Gedanken, immerhin *auch der Dinge*, Spiegel des Verstandes, doch auch der Welt, aber nur *Rechen-Pfennige*, die die Sachen vertreten und nicht sind. Schon Adams Vokabeln entstanden *ex analogia vocis cum affectu*, waren aber darüber hinaus Spiegel der eingeborenen Ideen, also der Wahrheit selbst. Die Benennung der Dinge, etwa der Tiere, war bereits im paradiesischen Zustand Adams schwierig und mangelhaft, weil Sprache niemals reine Logik sein kann. Dennoch ist sie mit der Wahrheit und der Natur, mit der kosmischen Harmonie der Schöpfung so eng verknüpft, daß ihre zufällige Entstehung undenkbar ist. Gott selbst gab dem Menschen die *faculté de parler*; die Sprachform entstand dann nicht durch Einsetzung, sondern durch natürlichen Instinkt. Auch er ist überall ein und derselbe, und so schrieb Leibniz 1704, alles spreche für und nichts gegen *le sentiment de l'origine commune de toutes les Nations, et d'une langue radicale et primitive*. Sprachen und Völker hängen innig miteinander zusammen; von der Sprachform läßt sich auf die Sprecher zurückschließen. Aber daraus folgt zugleich, daß die ursprüngliche Einheit der Menschheit nicht fortdauern konnte; denn die Nationen haben ihre besonderen Bräuche und Ideenverbindungen und darum ihre eigenen Sprachen, auch deshalb, weil die Sprachen dem *usage*, nicht allein der Natur folgen.

Die eine Ursprache ist also untergegangen. Mit Recht wurde die einseitige Methode des Goropius Becanus, sie wiederzufinden, verspottet, *bien qu'autrement il n'ait pas eu trop de tort de prétendre que la langue Germanique, qu'il appelle Cimbrique, a autant et plus de marques de quelque chose de primitif que l'Hébraïque même*; denn die semitischen Sprachen haben sich vom Natürlichen, „um mit Böhme zu reden, vom Adamischen" weiter als das Deutsche entfernt[146]. Dieses Leibnizsche „Deutsch" ist allerdings nicht das seiner Zeit, sondern

[146]) Die philosophischen Schriften, hg. Carl Immanuel GERHARDT, 7 Bände, Berlin 1875–90: Vorarbeiten zur Allgemeinen Charakteristik Bd. 7, S. 198, 204 f. (Adamica, Kalkül). Opera omnia, hg. Ludwig DUTENS, 6 Bände, Genf 1768: Unvorgreiffliche Gedancken Betreffend die Ausübung und Verbesserung der Teutschen Sprache Nr. 5 und 7 Bd. 6, 2, S. 7 f. (Dinge, Rechenpfennige); Brevis designatio meditationum de originibus gentium ductis potissimum ex indicio linguarum Bd. 4, 2, S. 187 (analogia). Nouveaux essais sur l'entendement II, 29, 7, GERHARDT Bd. 5, S. 238 f. (Benennung im Paradies); III, 1, 1 S. 253 (faculté); III, 2, 1 S. 260–265 (gemeinsamer Ursprung, Goropius); II, 22, 6 S. 199 (Bräuche der Nationen); II, 28, 2 S. 230 (usage).

Scrieckius' und Clüvers keltisch-skythische Gemeinsprache; er will unter den Kelten Gallier, Germanen und Briten, unter den Skythen Slaven, Türken und Ungarn verstanden wissen. Trotzdem identifizierte Leibniz sie 1697 mit der deutschen *Haupt- und Helden-Sprache*, etwa so: *Stecket also im Teutschen Alterthum und sonderlich in der Teutschen uhralten Sprache ... der Ursprung der Europäischen Völcker und Sprachen ...* Diese „deutsche" Sprache ist also mindestens ebenso altertümlich wie das Hebräische; daß man das letztere für älter hielt, liegt nur daran, daß es uns die ältesten Schriftzeugnisse aufbewahrt hat. Der Vergleich des „Deutschen" mit dem Hebräischen veranlaßte Leibniz dann 1699 zur ausdrücklichen Zurückweisung von Bocharts These, Hebräisch sei die Ursprache. *Linguam Hebraicam primigeniam dicere idem est ac dicere truncos arborum esse primigenios.* Wer aber hat die Triebe gekappt und die Natursprache in die vielen Idiome verwandelt?

Der Turmbau von Babel wurde bei Leibniz nicht erwähnt; doch teilte er 1710 die Sprachen der Welt in zwei große Gruppen ein, eine semitisch-hamitische, die er *Aramaea* nannte, und die skythisch-keltische, „deutsche", die er wie Scrieckius und Ludolf als *Japetica* bezeichnete. Noch einmal unterstrich er, daß diese Gruppen aus einem natürlichen Antrieb des Menschen allmählich erwachsen seien. Er dachte also gewiß nicht an ein babylonisches Mirakel; doch seine Terminologie, die an die mosaische Völkertafel anknüpfte, setzte die Anfänge der natürlichen Differenzierung in die Zeit der Noachiden.

Zur Sprache gehört das Volk; 1696 hieß es: *Lingua ... nullum est certius cognationis gentium argumentum*; die Sprachen sind die ältesten Denkmäler des menschlichen Geschlechts, wie Rudbeck gelehrt hatte. Denn *gleich wie der Mond und das Meer* unterliegen die Sprachen und die Völker gemeinsam dem Schicksal des Zu- und Abnehmens. Was erfahren wir aus der Frühgeschichte der Sprachen über die Entstehung der Völker? Leibniz versicherte 1692, nach der Sintflut seien die „germanischen", ja alle europäischen Völker aus dem asiatischen Skythien, vom Schwarzen Meer her, nach Europa eingewandert. Rudbecks These, Skandinavien sei die europäische Völkerwiege, ist falsch; aber die Bibel hat recht. Denn Leibniz faßte die von den Skythen stammenden Völker der Gallier und Germanen unter dem Titel der Söhne Japhets zusammen. Auch hier ist Babel ausgespart, denn das Einzelne bleibt dunkel; das Ganze aber ist über jeden Zweifel erhaben: *De connexionibus populorum cum posteris Noachi, in sacra Scriptura memoratis, obscurior mihi disquisitio videtur, nec tamen aspernenda.* Irreführen können dabei die Gleichklänge der Namen: Gomeriten und Kimbern mögen identisch sein, aber Geten und Goten, Saken und Sachsen, Daker und Dänen gehören schwerlich zusammen. Die Sprache ist zwar das älteste historische Dokument, doch sie muß durch andere Nachrichten kontrolliert werden. Ein typisches Beispiel für täuschenden Gleichklang ist die lächerliche

Sage, daß die Franken von den Trojanern stammen; man hat *Priamus* mit *Pharamundus* verwechselt und gleichgesetzt. In Wirklichkeit kommen die Franken von der Ostsee und sind Dänen[147]).

Wer die Geschichte unseres Themas nicht kennt, sucht Leibnizens Verdienste an der falschen Stelle. Er hat nicht als erster die Mär von der hebräischen Ursprache bekämpft, auch nicht die Bezeichnung „Japhetitische Sprache" eingeführt; er hat weder Sprache als Kalkül noch das Beispiel von den Rechenpfennigen erfunden. Aber er hat beide Bereiche der Sprache, den historischen und den philosophischen, klar durchdacht und aufeinander abgestimmt wie vor ihm keiner, auch Nikolaus von Kues nicht, der ihm vieles vorwegnahm. Die Sprache hat ihren Grund in der Wahrheit und doch ihre Grenze in der Erkenntnis; ihr Laut drückt die menschliche Seele aus, diese aber spiegelt den Kosmos. Sprache ist Instinkt und doch Vernunft, Natur und trotzdem Brauch, menschliche Willkür und dennoch geschichtliche Bindung, einsame Einsicht und zugleich Gespräch der Völker. Denn die Geschichte selbst verwirklicht in unendlich mannigfaltigen Monaden den Weltplan Gottes. Die orthodoxe Trennung zwischen Gott und Geschichte fällt dahin; die Exklusivität des Barockpatriotismus wird zur stolzen Teilhabe an dieser besten aller Welten; die pietistische Aufforderung zur christlichen Tat verbindet sich mit der aufgeklärten Hoffnung auf Fortschritt. Missionen werden das Christentum verbreiten und die Konfessionen vereinen, Akademien werden die Wissenschaft fördern und die Völker verbinden, das Studium vergangener Sprachen und Völker wird die Zukunft erleichtern, der aufgeklärte Geist wird alles Individuelle um des Ganzen willen pflegen, die prästabilierte Harmonie verwirklichen und die göttliche Schöpfung vollenden. Wie sich bei Leibniz Geist und Geschichte versöhnten, so hat seine philosophische Synthese zugleich die Meinungen seiner historischen Zeit zusammengefaßt; wie sein System auf die Zukunft zielte, so hat sein Werk in die Zukunft gewirkt[148]).

[147]) Collectanea etymologica, DUTENS (o. Anm. 146) Bd. 6, 2, S. 154 (Kelten usw.); Unvorgreiffliche Gedancken Nr. 21 S. 14 (Haupt- und Heldensprache); Nr. 46 S. 26 (Stecket also); Brevis designatio Bd. 4, 2, S. 188 (hebräische Schriftzeugnisse); Brief vom 7./17. 4. 1699 Bd. 6, 2, S. 232 (Linguam Hebraicam); Brevis designatio Bd. 4, 2, S. 188 f. (Aramaea, Japetica, natürlicher Antrieb); Dissertatio de origine Germanorum Bd. 4, 2, S. 200 (Lingua nullum). Ermahnung an die Teutsche, ihren verstand und sprache besser zu üben, in: Deutsche Schriften, hg. Walter SCHMIED-KOWARZIK, Bd. 1 (Philosophische Bibliothek 161), Leipzig 1916, S. 19 f. (Mond und Meer; dazu MEINECKE, Historismus 40). Entwurf der welfischen Geschichte, in: Werke, hg. Onno KLOPP, Bd. 6, Hannover 1884, S. 373 f. (nach der Sintflut). Collectanea etymologica, DUTENS Bd. 6, 2, S. 86 (De connexionibus); De origine Francorum disquisitio Bd. 4, 2, S. 146 ff. (Franken; dazu BARZUN, Race 158 ff.).

[148]) Zum Sprachdenken: BENFEY, Sprachwissenschaft 243 ff.; L. NEFF, Gottfried Wilhelm Leibniz als Sprachforscher und Etymologe, 2 Bände, Heidelberg 1870–71, hier Bd. 1, S. 36 ff.; Bd. 2, S. 21 ff.; HANKAMER, Sprache 139 ff.; HARNOIS, Théories 75 ff.; VERBURG, Taal 265 ff.; BONFANTE, Ideas 692 ff. Zur deutschen Sprache:

Allerdings eigneten sich die Zeitgenossen nur Teile dieses gewaltigen Ganzen an. Die Historiker entnahmen ihm die enge Beziehung zwischen Sprache und Volk und die Berechtigung der vaterländischen Urgeschichte. Der Straßburger Polyhistor Johann Schilter (1632–1705) begann seine erst postum publizierte Sammlung der deutschen Rechtsaltertümer mit einem Abriß der Urgeschichte. Nach der Sintflut saßen die Menschen unter Noahs väterlicher Herrschaft im Osten, das heißt wohl (nach Horn) im Fernen Osten. Die erste Völkerwanderung führte den Hamiten Nimrod und seine Kolonisten aus dem Osten, „vielleicht vom Ganges", nach Babel. Als auch dort Übervölkerung drohte, sollte der Turm den gemeinsamen Ursprung und die Macht der Scheidenden feiern. Ihre Sprache wurde, nach Casaubons Lehre, vorübergehend verwirrt, doch hätten sie sich ohnedies trennen müssen, *ita ut divisio populorum non a divisione linguarum, sed viceversa . . . provenerit*. Denn die im Osten verbliebenen, von Babel nicht berührten Völker mußten sich und ihre Sprache endlich auch teilen, zunächst nach den Himmelsrichtungen. So ergaben sich vier *linguae cardinales*, die orientalische Ursprache, mit dem Hebräischen identisch, die äthiopische Südsprache, die nordisch-skythische und die okzidental-keltische *lingua matrix Europaearum, . . . cuius praecipua dialectus Germanica hodie*. Die natürliche Entfaltung des Deutschen aus fernen Ursprüngen wurde durch Babel nicht abgelenkt; die von der Völkertafel ausgehende, noch im Annolied vertretene Lehre von 70 oder 72 Sprachen ist lediglich auf das babylonische Ereignis bezogen und *non praecise* zu nehmen[149]). An den biblischen Rahmen gebunden, kann sich die Geschichte der Sprachen frei von biblischen Fesseln vollziehen.

Weiter ging 1705 in jugendlichem Ungestüm die Dissertation des sächsischen Schulmanns Johann Augustin Egenolff (1683–1729). Die Ursprache sei zugleich mit dem ersten Menschen von Gott geschaffen; aber viele orientalische Sprachen seien einfacher und schöner, also auch älter als Hebräisch. Da China nach Horns Thesen bereits unter Kain besiedelt wurde, müssen schon vor der Sintflut die Sprachen *ex naturalibus causis* geteilt gewesen sein. Klima, Bodenbeschaffenheit, Reisen, Gewohnheiten trugen dazu bei; trinkfreudige Völker sprechen z. B. langsamer als nüchterne. Die babylonische Teilung mag die Noachiden oder lediglich die Hamiten wirklich betroffen haben, sie war doch

Siegfried Korninger, G. W. Leibnizens Sprachauffassung, in: Die Sprache 4 (1958) 4–14, hier S. 5 ff.; besser Blackall (o. Anm. 120) S. 2 ff.; zur Universalsprache: Couturat-Leau, Langue 23 ff.; Cassirer, Philosophie 69 ff. Zum Geschichtsdenken: Louis Davillé, Leibniz historien, Essai sur l'activité et la méthode historiques de Leibniz, Paris 1909, S. 403 ff.; Meinecke, Historismus 27 ff.; Werner Conze, Leibniz als Historiker (Leibniz zu seinem 300. Geburtstag, hg. Erich Hochstetter, Lieferung 6), Berlin 1951, S. 59 ff.; Gollwitzer, Europabild 48 ff.

[149]) Thesaurus antiquitatum teutonicarum, Bd. 3, Ulm 1728, S. I–VI (Babel), XVIII (Keltisch und Germanisch). Dazu Raumer, Philologie 176 ff.

nur lokal. Von Moses darf man keine universalhistorischen Aufschlüsse erwarten, denn er hatte in fünf Kapiteln einen Zeitraum von 1600 Jahren darzustellen. Egenolff resümierte 1716 kurz und grob, Japhet, der Stammvater der Europäer und Deutschen, sei niemals in Babel gewesen; *wer dannenhero z. E. den Ursprung der französischen, italiänischen, spanischen und mit einem Worte, der europäischen Sprachen zu Babel suchen wolte, würde ebenso klug thun als einer, der um Weynachten Aepffel auf den Bäumen suchte.* Die besten Äpfel wuchsen anderswo; Japhet und die Seinen sprachen Skythisch, das ist die nachmals Keltisch oder Gotisch geheißene Sprache[150]). Man muß die Bibel demnach an der kritischen Sprachvergleichung kontrollieren, wenn man sie historisch auswerten will; das besagte 1711 der Satz des Duisburger Geschichtsprofessors Heinrich Mascamp, man könne das 10. Kapitel der Genesis nur verstehen, wenn man Bocharts Buch hinzuziehe[151]). Mommsen weiß die römische Geschichte besser als Livius; die Doktoranden betrachten die Bibel genauer als Luther. Eine Dissertation, die der Altdorfer Gegner der Hochorthodoxie, Professor Johann David Köhler (Koelerus, 1684–1755), 1719 anfertigen ließ, ging Luthers These vom Deutschenvater Aschkenaz energisch zu Leibe. Die Erde wurde von den Noachiden besiedelt; aber wohin sie zogen, verrät uns die Bibel nicht, denn sie schreibt Sakral- und nicht Profangeschichte[152]).

Leibnizens Gehilfe Johann Georg von Eckhardt (Eccardus, 1664–1730) schloß sich 1723, noch als hannöverscher Historiograph, diesen Bedenken an. Die Deutschen wanderten wohl bereits vor der Sintflut aus Armenien ab, haben also so wenig wie die Amerikaner mit Babel und der Völkertafel zu tun. Nicht im Osten blieb das Licht; das älteste Volk Europas ist (in einer Umkehrung von Reelands Wellentheorie) sein westlichstes, das der Iren und Schotten. Es ist mit den Germanen verwandt, und sie kamen früher als Gallier, Kelten und Schweden in ihre spätere Heimat; die Goten haben mit den östlichen Geten, die Franken mit den Trojanern, die Sachsen mit Alexander dem Großen nichts gemein[153]). Und der trockene Leipziger Professor Johann Jakob Mascov (1689–1761) meinte 1726, vor Annius brauche man heute niemanden mehr zu warnen, aber man könne trotz Leibnizens Überlegungen noch immer nicht

---

[150]) De initio discrepantiae linguarum, Leipzig 1705, unpaginiert, 5. und folgende Seiten (Ursprache, Babel). Historie der teutschen Sprache, Leipzig 1716, S. 13, 49 f., 85 ff. (Japhet usw.).

[151]) Institutiones historicae, quibus explicantur res omnis aevi, Amsterdam 1711, S. 27 f. – Mommsen und Livius: Lorenz, Geschichtsquellen Bd. 2, S. IX.

[152]) Isaak Peyer, De origine Germanorum ab Ascenaze, Altdorf 1719, S. 6 ff. Zu Köhlers Geschichtsdenken Scherer, Universitäten 186 ff.

[153]) De origine Germanorum, hg. Christian Ludwig Scheid, Göttingen 1750, S. 10 (vor der Sintflut), 28 ff. (Iren, Schotten), 101 ff. (Germanen und Kelten), 143 f. (Goten, Franken, Sachsen). Dazu Raumer, Philologie 168 ff.; Tourneur, Esquisse 199; Dannenbauer, Altertum 14.

leicht ausmachen, wer unter Noahs Söhnen der Stammvater der Deutschen sei. Auch Kelten und Skythen seien gar zu verschwommene Sammelbegriffe. *Die beste Methode ist in der Historie wie in anderen Wissenschafften, daß man den Anfang machet von dem, was deutlich und zu erweisen ist.* Die deutsche Geschichte beginnt mit Caesar und Tacitus. Allerdings vertraute Mascov dann doch den von Leibniz gerügten Gleichklängen: Die Thüringer kamen von den hochgeschätzten gotischen *Thervingi*, die Bayern wieder von den keltischen Bojern[154]). Doch das betraf spätere Einzelheiten, nicht die allgemeinen Ursprünge; diese sind ungewiß. Auch der kursächsische Staatsmann Graf Heinrich von Bünau (1697–1762) schrieb 1728, ob Aschkenaz oder Tuisto unser Urahn sei, lasse sich leichter widerlegen als etwas Gewisseres darüber sagen[155]).

Deutlicher als die Völkerahnen lassen sich nach Leibniz die Sprachursprünge historisch fixieren; aber auch sie werden von der Bibel nicht recht erfaßt. Der Professor für Beredsamkeit und Geschichte in Rinteln, Johann Nikolaus Funck (Funccius, 1693–1777), hielt es 1735 für unmöglich, daß sich in Babel *nescio quo miraculo* die Hauptsprachen, Griechisch, Lateinisch, Deutsch usw., plötzlich einfanden und nach der Judenfabel 70 oder 72 Sprachen und Völker entstanden. Den Schlüssel für das babylonische Ereignis geben Psalm 54, 10 und Casaubon; es brach nur Zwietracht der Meinungen und Richtungen aus. Die wahre Sprachenteilung brauchte sehr lange Zeit[156]). Woher kam dann das Deutsche? Der sächsische Hofhistoriograph und Jenenser Professor Burkhard Gotthelf Struve (1671–1738) wollte 1732 den Theologen, Budde besonders, die Kirchengeschichte nicht überlassen und bemängelte doch alle biblischen Herkunftsthesen. Lieber als an die Hebräer schloß er, ähnlich wie Goldast und Leibniz, die Deutschen an die Skythen-Schützen, das Deutsche an das Skythische an[157]). Noch genauer wußte es 1743 der Hallenser Polyhistor Johann Ehrenfried Zschackwitz (1669–1744): Hebräisch, Phönizisch und Griechisch sind Töchter der deutschen Sprache, *die in der That keine andere als die uralt Scythische Sprache gewesen.* Sie bezeugt, daß die Menschen anfangs einerlei Sprache besaßen (als wäre das Skythisch-Deutsche die Ursprache!) und daß deren Aufgliederung

---

[154]) Geschichte der Teutschen bis zu Anfang der Fränckischen Monarchie, Bd. 1, Leipzig 1726, unpaginierte Vorrede und S. 2. Dazu DANNENBAUER, Altertum 11 f.; Horst KIRCHNER, Das germanische Altertum in der deutschen Geschichtsschreibung des achtzehnten Jahrhunderts (Historische Studien 333), Berlin 1938, S. 24, 120 f.; Hanno HELBLING, Goten und Wandalen, Wandlung der historischen Realität, Zürich 1954, S. 55 f.; Andreas KRAUS, Die Abstammung der Bayern in der Historiographie des 18. Jahrhunderts, in: Zeitschrift für bayerische Landesgeschichte 20 (1957) 53–82, hier S. 61 f., 65 f.

[155]) Genaue und umständliche Teutsche Kayser- und Reichs-Historie, Bd. 1, Leipzig 1728, S. 5–8.

[156]) De origine et pueritia latinae linguae libri duo, Marburg 1735, S. 41 ff.

[157]) Vollständige Teutsche Reichs-Historie, Bd. 1, Jena 1732, S. 1–9.

nicht vom Babelturm, sondern von geschichtlichen Begebenheiten herrührt[158]). Während die Bibel aus der Sprachgeschichte eliminiert wird, entrückt man zugleich die Muttersprache allen historischen Gefährdungen; die Historie wird statisch. Die Historiker haben also Leibnizens großen Entwurf verstümmelt. Von seiner universalhistorischen Breite blieb bloß der beschränkte Patriotismus; der Stolz auf die völkische Vergangenheit lehrt nichts für die Zukunft; die antiquarische Gesinnung wird die Welt nicht verändern.

Auf ähnliche Art wurde Leibnizens Sprachtheorie von den Philosophen verflacht zu einem System ohne Widersprüche und Dynamik, das die Bibel nicht braucht, die Natur ausschließt und den Menschen seinem Vernunftstolz überläßt. Leibnizens jüngerer Freund Christian Wolff (1679–1754) war überzeugt, daß Gott diese beste aller Welten geschaffen habe, damit das Vollkommene, Vernünftige verwirklicht werde vom Menschen, dessen Seele substantiell mit Gottes Geist identisch ist. Auf diese Monade Mensch haben äußere Faktoren, Natur und Geschichte, keinen Einfluß. Das bedeutet für die Sprache, daß sie lediglich Zeichen unserer Gedanken ist, nicht zugleich der Gegenstände; sie steht also völlig in der Willkür des Menschen, von allem Anfang an. *Diejenigen, welche die Wörter erst erdachten*, machten sie *nach ihrem Gefallen*. Sprache ist keine Naturgabe; einem unter wilden Tieren aufwachsenden Menschen steht *neque rationis neque loquelae neque vocis humanae usus* zu Gebote. Sprache wird von der Gesellschaft anerzogen; sie ist im Grunde stets Sprache der Mutter, durch Wiederholung vom Kinde erlernt. Wir eignen uns die Muttersprache an, indem wir die Namen der Dinge, die wir sehen, öfter hören, nicht aus einer inneren Affinität zwischen Bewußtsein, Benennung und Ding. Fremdsprachen können wir nur von der Muttersprache, nicht vom Bezeichneten aus begreifen. Unsere deutsche Muttersprache ist zur klaren Darstellung philosophischer Gedanken geeigneter als die anderen europäischen Sprachen, auch als das Lateinische; trotzdem gibt sie die Dinge nicht genauer wieder. Denn die menschliche Seele erleidet nicht, was ihr die Umwelt eindrückt, sie ist selbst aktive Energie, der Urgrund der Ideen.

Darum sind die Äußerungen dieser Seele prinzipiell sämtlichen anderen Menschen verständlich. Vor dem Richterstuhl der Philosophie sind alle Völker ein großer Staat, und die Unterschiede ihrer Sprachen betreffen nur äußere Definitionen, nicht die Übereinstimmung von Denken und Sein, nicht die Wahrheit und Wahrhaftigkeit, die allen gemeinsam ist oder doch sein muß. Weil nämlich der Mensch für seine Sprache allein haftet, ist er (nach Pufendorf) verpflichtet, sich aufrichtig und allgemeinverständlich auszudrücken. Tut er es, so trägt auch die Sprache zu unserer und anderer Vollendung bei, indem sie

[158]) Erläuterte Teutsche Alterthümer, Frankfurt–Leipzig 1743, S. 4–9, 43–47. Dazu Kirchner, Altertum 27.

die Wahrheit fördert. Grundsätzlich wäre dann eine philosophische Universalsprache mit bedeutsamen Vokabeln möglich, die von allen Völkern verstanden würde; das könnte jedoch keine der herkömmlichen, von einzelnen Verbänden geprägten Umgangssprachen, auch keine tote Sprache wie Hebräisch oder Lateinisch sein. Leibnizens Verbindung von Sprachtheorie und Universalhistorie reduziert sich bei Wolff auf ein Spannungsverhältnis zwischen der Vernunft der immergleichen Seele und den Sprachen der wechselnden Gesellschaft; nur diese Spannung macht die Sprachen und Völker vielgestaltig. Sie hat keinen notwendigen Grund, höchstens einmalige theologische oder zufällige historische Ursachen. Aber mit ihnen hat es der Philosoph nicht zu tun; es liegt in der Hand des vernünftigen Menschen, diese Unterschiede auszumerzen, und er wird damit nur bei seiner Muttersprache beginnen können. In der Tat hat Wolff die deutsche philosophische Prosa zum guten Teil selbst geschaffen[159]).

Sein Verehrer Johann Christoph Gottsched (1700–1766) wurde zum Schöpfer der deutschen Literatursprache, weil auch er die Sprache ganz der ordnenden und planenden menschlichen Vernunft überantwortete und von wunderbaren oder geschichtlichen Kräften wenig hielt. Der ostpreußische Pfarrerssohn, Leuchte der Leipziger Hochschule, hielt es freilich mehr als Wolff für nötig, die Ohnmacht Gottes und der Geschichte aus der Geschichte selbst nachzuweisen. So schrieb er 1728: *Es sey nun, daß dem ersten Menschen die Sprache anerschaffen, oder daß selbige allmählich von ihm erfunden worden*, jedenfalls war diese Ursprache recht wortarm und sehr unvollkommen, ähnlich wie die hebräische. *Wäre nun diese nicht einmal die älteste Sprache gewesen, wie von vielen nicht ohne Grund vermuthet wird*, dann muß es mit der Ursprache noch viel schlimmer bestellt gewesen sein. Bei solchen dürftigen Ursprüngen kann der Mensch nicht

[159]) Vernünftige Gedancken von den Kräfften des menschlichen Verstandes und ihrem richtigen Gebrauche in Erkäntniß der Wahrheit, 5. Aufl., Halle 1754, S. 60 (Zeichen unserer Gedanken). Vernünfftige Gedancken von Gott, der Welt und der Seele des Menschen, auch allen Dingen überhaupt, 5. Aufl., Halle 1751, S. 161 ff. (Diejenigen . . .). Philosophia practica universalis methodo scientifica pertractata, Bd. 1, Frankfurt/Main–Leipzig 1738, S. 174 f. (neque rationis). Vernünfftige Gedancken von Gott . . . S. 161 ff. (Aneignung der Muttersprache). Jus naturae methodo scientifica pertractatum, Bd. 1, Frankfurt/Main–Leipzig 1740, S. 100 (Deutsch); Bd. 3, Halle 1743, S. 100 ff., 166, 193 (Völker, Zweck der Sprache). Psychologia empirica methodo scientifica pertractata, Frankfurt/Main–Leipzig 1732, S. 216–221 (Universalsprache). Dazu Cassirer, Aufklärung 160 ff., 306 f.; Wundt, Schulphilosophie 122 ff. (Philosophie); Felix Günther, Die Wissenschaft vom Menschen, Ein Beitrag zum deutschen Geistesleben im Zeitalter des Rationalismus mit besonderer Rücksicht auf die Entwickelung der deutschen Geschichtsphilosophie im 18. Jahrhundert (Geschichtliche Untersuchungen, hg. Karl Lamprecht, Bd. V, 1), Gotha 1907, S. 115 ff., 152 ff., 160 ff. (Anthropologie, Geschichtsdenken); Reibstein, Völkerrecht Bd. 1, S. 502 ff. (Völker); Verburg, Taal 301 ff. (Sprachphilosophie); Paul Piur, Studien zur sprachlichen Würdigung Christian Wolffs, Ein Beitrag zur Geschichte der neuhochdeutschen Sprache, Diss. phil. Halle 1903, S. 17 ff. (Sprachleistung).

stehenbleiben, und Natur und Geschichte helfen ihm dabei. *Die Beschaffenheit der Menschen, die Verschiedenheiten der Himmelsgegenden, der Luft, der Speise, des Trankes, die Entlegenheit der Länder, der Wechsel der Gelegenheit, die Kriege, Siege, das Umschwärmen der Völker, die Zuzüge neuer Anbauer, Religionen, Wissenschaften und Einwirkung fremder Sprachen bewirken die Veränderlichkeit und Umgestaltung der Sprache.* Dazu braucht es Babel nicht. Diese Differenzierung der Sprachen ändert nun aber, Wolffs Doktrin getreu, nichts daran, daß die getrennten Sprachen im Wesentlichen übereinstimmen, auch alle gleich schön und richtig sind. Hier geraten Vernunftglaube und Fortschrittsglaube miteinander in Konflikt; denn sollte die ärmliche Ursprache so schön wie das moderne Deutsch sein? Den Rest der Konsequenz zerstört Leibnizens sprachhistorische Konzeption, daß fast alle europäischen Sprachen aus der skythisch-keltischen, also aus der „deutschen" Sprache stammen; seit 1730 meldet Gottsched, daß die schwedische zwar nicht, wie Rudbeck wollte, uralt, aber *eben sowohl eine Tochter der Scythischen, und alten Celtischen gewesen sey, als unsre Deutsche, die daher ihren Ursprung hat.* Gottsched ist auf eben die Geschichte stolz, die er durch Vernunft und Fortschritt überwinden will[160]).

Konsequenter richtete 1731 der Feldscher Johann Gottfried Schnabel (1692–nach 1750) seine utopische Robinsonade ein. Die einsame, paradiesische Insel wird zum Treffpunkt der drei *Hauptsekten des christlichen Glaubens*, reformierter Engländer, lutheranischer Deutscher und katholischer Franzosen. Aber sie bewältigen ihr Leben trotz aller pietistischen Gefühlsinnigkeit rein praktisch. Sie wissen wenig von den *gelehrten Hauptsprachen*; über die ersten Verständigungsschwierigkeiten hilft noch das Latein hinweg, doch ist es keine Universalsprache. Bald versteht man sich in germanischen Sprachen, Englisch, Holländisch und Deutsch. Die *herzallerliebste deutsche Frau Muttersprache* des Autors leidet unter den babylonischen Umständen nicht; noch nach langen Jahren sprechen die glücklichen Inselbewohner *so feines Hochteutsch, als ob sie geborne*

[160]) Ausführliche Redekunst nach Anleitung der alten Griechen und Römer, wie auch der neuern Ausländer, 2. Aufl., Leipzig 1739, S. 50 f. (Ursprache, Hebräisch). W. W. Chambers, Language and Nationality in German Pre-Romantic and Romantic Thought, in: Modern Language Review 41 (1946) 382–392, hier S. 383 f. (Die Beschaffenheit ...; nicht genau belegtes Zitat); ähnlich Beyträge zur critischen Historie der Deutschen Sprache, Poesie und Beredsamkeit, Bd. 1, Leipzig 1732, S. 311 (Ursachen der Sprachveränderung). Versuch einer Critischen Dichtkunst, 3. Aufl., Leipzig 1742, S. 71 (Tochter der Scythischen); ähnlich Beyträge ..., Bd. 4, Leipzig 1735, S. 52 f. (Deutsch und Skythisch-Keltisch). Dazu Raumer, Philologie 205 ff.; Karl Aner, Die Theologie der Lessingzeit, Halle 1929, S. 195 ff.; Hans Lachmann, Gottscheds Bedeutung für die Geschichte der deutschen Philologie, Diss. phil. Greifswald 1931, S. 20 ff.; Gerhard Schimansky, Gottscheds deutsche Bildungsziele (Schriften der Albertus-Universität 22), Königsberg-Berlin 1939, S. 96 ff., 121 ff. – Gottscheds Lehren spiegeln sich im Stichwort „Sprache" in Zedlers Lexikon: Großes vollständiges Universal-Lexikon Aller Wissenschaften und Künste, Bd. 39, Leipzig–Halle 1744, Sp. 403 ff.

Sachsen wären. Das Gute, Vernünftige setzt sich unvermischt in der Natur durch, wenn nur die Gesellschaft monadisch auf sich selbst gestellt ist[161]). Geschichte und Vorsehung werden sich ihr fügen.

Im Sinne seines Lieblingsphilosophen Wolff blickte auch der nachmalige preußische König Friedrich der Große (1712–1786) verächtlich auf Frömmelei und Geschichte herab. Von Rheinsberg aus schrieb er 1737 spöttisch an Voltaire, im Vatikan habe man entdeckt, daß Rheinsberg von dem Römer Remus gegründet worden sei. Er verdammte die Leidenschaft der Fürsten, ihre Ahnentafeln bis in fernste Urzeiten zu verfolgen, und verstand nicht, warum die Franzosen alte Denkmäler ihrer Sprache aus Marots Zeiten wieder ausgraben; das moderne Französisch ist doch viel korrekter und geschliffener. Es ist die Sprache der Gegenwart. Von Gelehrten, die mit Griechisch, Syrisch, Hebräisch vollgestopft sind, wollte Friedrich wie Molière nichts wissen; aber wenn er in Litauen Dörfer fand, wo man Französisch sprach, erwachte seine allgemeine Menschenliebe. Die Deutschen sind hinter der Zeit zurück, ihre Sprache ist weitschweifig und durch die Mannigfaltigkeit der Dialekte gehemmt; sie könnte sich nicht durch Rückbesinnung auf das deutsche Altertum, sondern allein durch Nachahmung klassischer, besonders französischer Muster aus der Barbarei erheben. Doch noch 1780 hat sich am Zustand dieser Sprache (richtiger: am Urteil des Königs) nichts geändert; Deutsch ist eine *langue à demi barbare*, schon weil sie so viele Dialekte wie Deutschland Provinzen hat. Sie übertrifft an Barbarei sogar ihre englische Schwester, die aus einer *confusion des langues* entstand und von der man sagt, die Schlange habe sich ihrer im Paradies bedient. Die wahre Sprache zwischen Lissabon und Petersburg ist Französisch; wer es spricht, braucht keine Vokabeln mehr zu lernen und kann sich den Dingen selbst zuwenden. Alles, was an der Sprache autonom, historisch und vielfältig ist, erschien dem König als rückständig; als einige Gelehrte die Natursprache mit Psammetichs Versuch (und Montesquieus Hoffnung) ermitteln wollten, lehnte Friedrich das Gesuch ab[162]). Der Mensch hat Vernünftigeres zu tun, als sich um seine abgelegten Kleider zu kümmern.

---

[161]) Die Insel Felsenburg, hg. Fritz Brüggemann, Vorboten der bürgerlichen Kultur (Deutsche Literatur in Entwicklungsreihen, Aufklärung 4), Leipzig 1931, S. 127 f. (Hauptsekten, Hauptsprachen), 131 ff., 164, 235, 237 f., 305 f. (Latein), 47 f., 97, 194, 199, 259, 280 (Englisch, Holländisch), 24, 76, 84, 243 (Deutsch).

[162]) Oeuvres, 31 Bände, Berlin 1846–57: Brief vom 7. 4. 1737 Bd. 21, S. 52 (Rheinsberg); vom 19. 1. 1738 S. 147 f. (Ahnentafeln), 150 (Marot); vom 24. 9. 1740 Bd. 17, S. 70 (Gelehrte); vom 27. 7. 1739 Bd. 21, S. 305 (Litauen); vom 8. 5. 1775 an D'Alembert Bd. 25, S. 12 (Deutsche); vom 24. 7. 1775 an Voltaire Bd. 23, S. 337 (weitschweifig, Dialekte); vom 8. 9. 1775 an Voltaire Bd. 23, S. 350 (Barbarei); Au sieur Gellert Bd. 12, S. 83 (Deutsch barbarisch); De la littérature allemande Bd. 7, S. 92 (halbbarbarisch), 103 (Englisch), 122 (Französisch; ähnlich Histoire de mon temps c. 1 Bd. 2, S. 39). Dazu George Peabody Gooch, Friedrich der Große, Herrscher, Schriftsteller, Mensch, Göttingen 1951, S. 165 u. ö.; Hans Haimar Jacobs, Friedrich

Die Wolffsche Einengung von Leibnizens Programm riß Geist und Geschichte auseinander; was zwischen beiden stand, die konkrete Geschichte der Sprachen, des Geistes und der göttlichen Heilsplanung, wurde nun auch von den Theologen desavouiert, die Wolffs Prinzipien zu übernehmen begannen und zur „Neologie" umbauten. Geschichte ist Torheit, also wirkt Gott nicht geschichtlich, sondern zeitlos, wunderbar und doch höchst vernünftig. Der Fromme begibt sich in seinen Schutz und ist damit aller Gefährdung durch die Geschichte enthoben. So machte um 1735 eine Kantate von Johann Sebastian Bach (1685–1750) den Babelturm zum Sinnbild des eigenmächtig, geschichtlich handelnden Menschen. Stolz baut er sich die prächtigsten Paläste; sein Name soll vor anderen geehrt werden. *Sein Hochmuts-Turm soll durch die Luft bis an die Wolken dringen.* Doch er erreicht nichts, denn Gott ist stärker[163]). Der Weimarer Gymnasialdirektor Jakob Carpov (1699–1768) verfocht seit 1735 auch für die Sprachgeschichte den reinen Supranaturalismus, um mit den Wolffschen Prinzipien die Orthodoxie zu retten. Sprache ist ein Geschenk Gottes, keine Erfindung Adams. Unverändert blieb sie bis Babel, und dort schuf Gottes Wunder völlig neue Zungen. Auch Pfingsten war ein plötzliches Sprachenwunder. Nur tote Sprachen wie Griechisch und Lateinisch erreichten später noch annähernd den Rang der hebräischen *lingua universalis.* Das Lebendige hat keinen Sinn; nur wo es Gottes Eingriff erleidet, ist es bedeutsam[164]). Der sächsische Garnisonsprediger Christoph Starke (1684–1744) vertrat 1740 die gleiche Meinung; die hebräische Sprache Gottes hat sich auf übernatürliche Weise rein und unverändert bis in unsere Zeit erhalten; in Babel hat Gott wenigstens einige neue Sprachen direkt eingesetzt, während die übrigen auf natürlichem Wege aus dem Hebräischen erwuchsen. Das Auserlesene hat keine Geschichte, auch das Deutsche nicht: *O ihr Deudschen, die ihr durch sonderliche Gnade Gottes in die Hütten Sems seyd eingesetzet!*[165]).

War hier an die Stelle des göttlichen Wunders schon halb die Natur getreten, so konnte 1747 der Hallenser Pietist und Wolffianer Siegmund Jakob Baum-

---

der Große und die Idee des Vaterlandes (Historische Studien 347), Berlin 1939, S. 6 ff. – Von der Ablehnung des Psammetich-Versuchs berichtet Krause, Zur Sprachphilosophie (u. S. 1567 Anm. 61) S. 23 f.

[163]) Kantate 94 auf den 9. Sonntag nach Trinitatis „Was frag ich nach der Welt"; Text vermutlich von der durch Gottsched beeinflußten Mariane von Ziegler (1695–1760); vgl. Luigi Ferdinando Tagliavini, Studi sui testi delle cantate sacre di J. S. Bach (Università di Padova, Pubblicazioni della Facoltà di lettere e filosofia 31), Padua–Kassel 1956, S. 117 f., 248. Zum Inhalt Helene Werthemann, Die Bedeutung der alttestamentlichen Historien in Johann Sebastian Bachs Kantaten (Beiträge zur Geschichte der biblischen Hermeneutik 3), Tübingen 1960, S. 68 ff.

[164]) Meditatio philosophico-critica de lingua eiusque perfectione, 2. Aufl., Frankfurt/Main–Leipzig 1743, S. 19 ff. (Adam), 23–26 (Babel), 74 ff. (drei Sprachen).

[165]) Synopsis bibliothecae exegeticae in Vetus Testamentum, Bd. 1, 3. Aufl., Leipzig 1763, S. 266–270 (Sprachen), 264 (Babel), 256 ff. (Deutsche).

garten (1706–1757) gegen die Ansicht der englischen Welthistorie protestieren, in Babel seien plötzlich neue Sprachen entstanden; diese neuen Idiome, die vom Hebräischen abstammten, könnten sich rein natürlich und vielleicht schon in der Urzeit entfaltet haben[166]). Der Leipziger Professor und Thomanerpastor Romanus Teller (1703–1750), Herausgeber des „Englischen Bibelwerkes" und vom englischen Deismus beeinflußt, ging dann 1749 ganz vom Natürlichen aus und zweifelte ernsthaft, ob Hebräisch, Chaldäisch oder eine verlorene die älteste aller Sprachen sei, ob Noah wirklich der chinesische Fohi sei, ob Turmbau, Sprachverwirrung und Völkerteilung als Sünde und Strafe verstanden werden könnten. Gottes Wunder ist nicht als Reaktion auf das menschliche Tun und Treiben zu erklären, sondern einfach hinzunehmen. Natur und Wunder, die hier paradox verknotet sind, zeugen beide für die höhere Vernunft Gottes und gegen die Geschichte[167]).

Aller Zufall wurde schließlich ausgeschaltet; die göttliche Vorsehung wurde mit der menschlichen Vernunft identisch. Der Zwickauer Prediger und spätere Superintendent Johann Gottfried Weller (1712–1780) frohlockte 1755, das Deutsche habe mit dem Skythischen nichts gemeinsam. So verdienstvoll die Zerstörung von Leibnizens keltisch-skythischer Grundsprache auch ist – seit der Jahrhundertmitte trennte man auch die Kelten sprachlich wie völkisch von den Germanen –, Wellers Argumente und Ziele muten der göttlichen Vorsehung und der menschlichen Vernunft allerlei zu. Die skythische Familie, der das Slavische und das Ungarische nahestünden, sei so boshaft und anarchisch, daß die edlen Deutschen mit ihr nicht zusammenhängen könnten. Ihre Verwandten seien die Perser – wieder ein vernünftiger Hinweis, aber mit welchen Folgen? Da die Perser von dem Semiten Elam stammen, *so rückten wir nahe an das gesegnete Geschlecht, welches Gott vor andern erwählet hat*[168]).

Wenn schon die Völker durch Gottes Wunder vor allen Fährnissen bewahrt bleiben, dann erst recht die Sprachen. Der wolffianische Berliner Oberkonsistorialrat Johann Peter Süßmilch (1707–1767) hatte 1741 die göttliche Ordnung in den Veränderungen des Menschengeschlechts nachgewiesen und damit, ohne es zu wissen, die moderne Statistik begründet. Nun trat er 1756 vor die Preußische Akademie der Wissenschaften; *zur Widerlegung der Feinde aller Offenbarung* (gemeint war vor allem der Präsident dieser Akademie, Maupertuis) wollte er den Nachweis antreten, *daß die erste Sprache ihren Ursprung nicht vom*

---

166) Übersetzung (o. Anm. 42) S. 327 Anmerkung.

167) Die Heilige Schrift Alten und Neuen Testaments, nebst einer vollständigen Erklärung derselben, Bd. 1, Leipzig 1749, S. 146–153.

168) Beweis, daß die Deutschen nicht von den Scythen abstammen, in: Sammlung einiger Ausgesuchten Stücke der Gesellschaft der freyen Künste zu Leipzig, Bd. 2, Leipzig 1755, S. 236–245. Dazu Kirchner, Altertum 29 f. Zur Trennung zwischen Kelten und Germanen Tourneur, Esquisse 201, 204, 206; Bonfante, Contribution 31 ff.

Menschen, sondern allein vom Schöpfer erhalten habe. Die Beweisführung geht von Rousseaus Dilemma aus. Der Gebrauch der Sprache ist zum Gebrauch der Vernunft notwendig; folglich ist Sprache früher als Vernunft, der vernünftige Mensch kann nicht ihr Erfinder sein. Wenn also die Sprache von Gott kommt, ist sie vollkommen und das Werk eines Augenblicks, nicht der träge fortschreitenden Erfahrung. Auch in Babel griff Gott unmittelbar ein; sonst wäre die Verwirrung *unendlich größer* geworden. Die Erfahrung lehrt ja, daß es in ganz Europa, Asien und Afrika kaum 15 bis 20 verschiedene Sprachen gibt; diese weise Ökonomie kann kein Zufall sein. An Europa erweist sich Gottes sparsame Vernunft besonders deutlich, denn hier ließ er nur zwei Muttersprachen zu, das Griechische und das Deutsche, von denen die eine das Lateinisch-Romanische, Slavische, Ungarische, Estnische, die andere das Altbritannische hervorbrachte. Wie die Sprachen heute sind, so waren sie immer, denn sie kommen aus Gottes Hand und sind ein Wunder wie die ganze Schöpfung[169]). Die wolffianische Vernunft aber durchschaut dieses Wunder, weil sie mit dem Geist Gottes eins, gleich ihm gültig ist. Die Heilsgeschichte, die Geschichte überhaupt mit ihren Details wird dagegen gleichgültig.

Dagegen wandte sich allerdings der Biblizismus der schwäbischen Pietisten. Ihr Wortführer Johann Albrecht Bengel (1687–1752) wollte wie einst Coccejus die Bibel buchstabengetreu, aber zugleich als Geschichtsprophetie auslegen; doch fand auch er 1741 in unseren Fragen die Ratschlüsse Gottes durchsichtig. Die hebräische *primaeva lingua* wurde durch die Sprachverwirrung zur Sondersprache; bald darauf besiedelten Hamiten von Afrika aus, wohl über Brasilien, Amerika. Diese Trennung der Sprachen und Völker aber hat seither jede böswillige Konspiration verhindert; ihre Hauptnutznießer sind die japhetitischen Europäer. Immerhin wird die Heilsökonomie und Heilsgeschichte künftig andere Formen finden; das Gegenwärtige ist nur eine Stufe zur Vervollkommnung[170]). Bengels Schüler, der schwäbische Pfarrer Friedrich Christoph Oetinger (1702–1782), erträumte sich diese künftige Vollendung: *Wann wir aber einmal mit andern Zungen reden sollen, wann der Herr nur einer sein wird . . . , da werden sich alle Länder nach der heiligen Sprache richten müssen.* Noch ist es freilich

---

[169]) Versuch eines Beweises, daß die erste Sprache ihren Ursprung nicht vom Menschen, sondern allein vom Schöpfer erhalten habe, Berlin 1766, unpaginiertes Vorwort (Feinde der Offenbarung), S. 10 ff. (Rousseau), 33 ff. (Sprache und Vernunft), 17 ff. (Gott und Sprache), 77 ff. (Babel, Muttersprachen), 97 (Ergebnis). Dazu Adolf Harnack, Geschichte der Königlich Preußischen Akademie der Wissenschaften zu Berlin, Bd. 1, 1, Berlin 1900, S. 413 f.; Verburg, Taal 307 ff.

[170]) Ordo temporum a principio . . . ad finem usque, Stuttgart 1741, S. 54 f. Dazu Heinrich Reiss, Das Verständnis der Bibel bei Johann Albrecht Bengel, Diss. ev. theol. (Masch.-Schr.) Münster 1952, S. 46 ff., 68 ff., 212 ff.; Pierre Prigent, Apocalypse 12, Histoire de l'exégèse (Beiträge zur Geschichte der biblischen Exegese 2), Tübingen 1959, S. 70 f.

nicht so weit. *Jezt führen wir leider an den Wassern Babels sehr zertheilte Sprachen*, und nicht einmal die geistliche Begnadung des alten Hebräischen und Griechischen ist dem Deutschen zuteil geworden. Indes ist auch die Gegenwart gewichtig; auch Jesus würde, wenn er heute aufträte, *nach der geläufigsten und gemeinsten, doch reinsten Mundart, deutsch reden*. Jede geschichtliche Stufe ist demnach von Gott gesegnet, auch wenn sie nicht heilig ist; der Geist Gottes wirkt in der Geschichte, und sie ist größer als alle Vernunft[171]).

Ähnlich urteilte 1758 der aus dem ostpreußischen Pietismus stammende Johann Georg Hamann (1730–1788). Süßmilch hat so weit recht, daß die Sprache Voraussetzung des Denkens ist; *das ganze Vermögen zu denken beruht auf Sprache*. Zumal sich in der menschlichen Sprache die göttliche spiegelt, ist deren allmähliche Erfindung schwer vorstellbar. Aber göttliche Vorsehung und menschliche Einsicht sind nicht identisch, auch wenn Gott sich in die Welt herabläßt und im Wort dem Menschen mitteilt. Der Zusammenhang zwischen Göttlichem und Menschlichem in der Sprache ist unzertrennlich, aber seit der Ursünde getrübt; erst die Heilsgeschichte wird ihn läutern. *Ist die Sünde nicht selbst die Mutter der Sprache gewesen, wie die Kleidung eine Wirkung unserer Blöße?* Dennoch hatte die Schlange nicht das erste Wort; *die Freyheit Adams, die Thiere zu nennen wie er wollte*, ist ein *Zug des göttlichen Ebenbildes*. So sind Erhöhung und Sündenfall zusammengebunden in der Sprache; darum stellt sich in ihr das ganze Problem der Heilsgeschichte.

Unter der natürlichen Veränderlichkeit und trotz der Verwilderung aller menschlichen Dinge erhielt Gott zunächst den Menschen *einerley Mundart*, bis mit dem Turmbau von Babel, dem *berühmten Bau der Thorheit*, das Böse überhandnahm. Vielleicht bauten ihn nicht alle Menschen, besonders nicht die Kinder Sems. Aus zerbrechlichen Ziegeln anstatt aus festem Stein erbaut, würde er die Bösen zunächst zusammengeschweißt, dann aber um so schrecklicher entzweit und dem Satan versklavt haben. Eine Herablassung Gottes auf die Erde und die Sprachentrennung bestrafen und vereiteln wunderbar *Thorheit* und *böse Gedanken* durch einen *feyerlichen Rathschluß der Dreyeinigkeit*. Für immer ist damit verurteilt der *Thurm der Vernunft*, das heißt der Aufklärung, die vermeint, die Geschichte und ihre Unterschiede mißachten zu können. *Jeder hat seine Sprache verstanden und keiner des anderen*; *Cartes hat seine Vernunft*, *Leibnitz seine*, *Newton seine eigene verstanden*. Aus dieser Verwirrung wird niemals Wahrheit und Weisheit entspringen.

Es gibt menschliche Weisheit, die die Wege Gottes erahnt: Noahs prophe-

---

171) Anmerkungen über die katechetische und durch ordentliches Predigen fort gehende Lehrart, in: Sämmtliche Schriften, hg. Karl Christian Eberhard EHMANN, Bd. II, 6, Stuttgart 1864, S. 341 f. Dazu Carl August AUBERLEN, Die Theosophie Friedrich Christoph Oetinger's nach ihren Grundzügen, 2. Aufl., Basel 1859, S. 345.

tische Weitsicht wies Afrika, *das Vaterland der Ungeheuer*, dem Lüstling Cham zu, während Juden und Heiden vor Gott stehen sollten. Doch die ungeschichtliche Torheit der Vernunft überwiegt immer wieder; so mußte Gott auf das fortdauernde Babel mit dem Pfingstwunder antworten. Die äußeren Zeichen der Sprache blieben diesmal unterschiedlich, aber das Bild in den Seelen glich sich überall, als Gott wunderbar die Einheit der Sprache und des Denkens wieder herstellte. Nun predigten die Apostel in allen geschichtlichen Zungen dasselbe. Dennoch ist die Gefahr nicht gebannt; auch in unseren Tagen droht ständig *ein neues Babel von Verwirrungen*. Es wird freilich noch immer von Gott gesandt und nicht nur trostlos sein; 1772 betonte Hamann gegen Herder, *alle Systeme des alten und neuen Babels* hingen von der *höheren Hypothese* ab, das heißt davon, daß Gott die Sprache schuf und seinem Eingriff offenhält. Die vergangene Heilsgeschichte wirkt höchst real in unsere Zeit hinein; sie ist eine Figur des Geschichtlichen überhaupt, auch ein Fingerzeig für unser künftiges Verhalten. Hamanns Kritik an der rationalistischen Aufklärung läßt keine der orthodoxen Traditionen fortleben, weder die hebräische Ursprache noch die Ausbildung der modernen Sprachen in Babel noch die Sprachenzahl noch die Herkunft der neueren Völker von einzelnen Noachiden; sie ist nicht rückwärtsgewandt, so ernst sie die Geschichte nimmt. Aber sie übergreift die selbstbewußte Gegenwart und reißt für die Zukunft der Sprache und des Glaubens weite Horizonte auf; sie weist auf eine neue Epoche voraus[172]).

Was Hamann für das Geschichtsdenken leistete, suchte der Tübinger Professor für Logik und Metaphysik Gottfried Ploucquet (1716–1790) für die Philosophie zu vollbringen, indem er Gott zum Garanten unserer Erkenntnis einsetzte. Auch die Sprache führte er 1770 auf Gott zurück. Zuerst schuf Gott den Menschen sprachbegabt, ohne ihm ein bestimmtes Idiom anzuschaffen. Der Mensch erlernte es in eigener Bemühung, aber, wie die Heilige Schrift meldet, im Gespräch mit Gott. Die menschliche Ursprache ahmt nur die göttliche nach; damit hat Süßmilch recht. Die Menschen bauten diese erste Sprache später lediglich weiter aus. Ploucquet verwarf damit das Wolffsche System, von dem er aus-

---

[172]) Sämtliche Werke, hg. Josef NADLER, 6 Bände, Wien 1949–57: Metakritik über den Purismum der reinen Vernunft Bd. 3, S. 286 (Denken und Sprechen); Biblische Betrachtungen Bd. 1, S. 165 (Sprache und Sünde), 220 (Adams Freiheit, Pfingsten), 29 ff., 54 f. (Babel), 28 f. (Völkerteilung Noahs); Zweifel und Einfälle über eine vermischte Nachricht Bd. 3, S. 183 (Babel von Verwirrungen); Rezension von Herders „Über den Ursprung der Sprache" S. 19 (altes und neues Babel). Dazu Rudolf UNGER, Hamanns Sprachtheorie im Zusammenhange seines Denkens, Grundlegung zu einer Würdigung der geistesgeschichtlichen Stellung des Magus im Norden, München 1905, S. 164 ff.; CASSIRER, Philosophie 92 ff.; Josef NADLER, Johann Georg Hamann, Der Zeuge des Corpus mysticum, Salzburg 1949, S. 198 ff.; KRAUS, Geschichte 103 ff.; vor allem Karlfried GRÜNDER, Figur und Geschichte, Johann Georg Hamanns „Biblische Betrachtungen" als Ansatz einer Geschichtsphilosophie (Symposion 3), Freiburg i. Br.–München 1958, S. 159 ff.

ging, und ersetzte die Vernunft des zeitlosen Menschen durch die Lehre des ersten Bewegers Gott. Dennoch wurde auf diesem Wege die Geschichte nicht wieder in ihre Rechte eingesetzt; auch der Ursprung ist noch zeitlos, und der weitere Verlauf bleibt ungewiß[173]). Verwandt war 1762 die Konstruktion des Wiener Ordensprofessors Florian Dalham (1713–1795); er verteidigte den göttlichen Ursprung der Sprache Adams, zog sich aber, sobald von der Sprachgeschichte die Rede war, auf den Empirismus Lockes, also auf das Nichtwissen zurück. Hätte Kolumbus Amerika nicht entdeckt, so tappte die Sprachvergleichung im Dunkeln; und wie viele Sprachen mag die Antarktis noch bergen, ein Gebiet, so groß wie Europa, Asien und Afrika zusammen! Wieder sind Ursprung und Entfaltung, Geist und Geschichte auseinandergerissen[174]). Der pfingstliche Auftrag der Kirche soll immerhin alle Völker der Erde umspannen; das hatte das Fresko in der Zentralkuppel der Abteikirche von Ottobeuren darzustellen. Der Maler Johann Jakob Zeiller (1710–1783) umgab also 1766 die Pfingstszene mit einem Gewimmel exotischer Völker, mit Obelisken und Palmenbäumen. Aber die Benediktiner von Ottobeuren waren keine Missionare, und ihr Maler freute sich mehr an der bunten Vielfalt des Lebens als an der Einheit im Glauben[175]). Die irdische Geschichte ist mannigfaltig und menschlich, voll theatralischen Überschwangs; die Bekehrungen, die sie hervorruft, sind eher moralisch als geistlich. Der von den englischen Moralisten angeregte Dichterling Christian Nikolaus Naumann (1720–1797) schrieb 1753 ein ungefüges Nimrod-Epos; es handelte weder vom Babelturm noch von Sprachenverwirrung und Völkerteilung, sondern von der Herrschsucht des Chaldäers Nimrod, der die frommen Hebräer überwältigen wollte, doch von ihnen geschlagen und durch ihre Großmut zu liberaler Menschlichkeit bekehrt wurde[176]). Die Weltgeschichte ist ein rührender Aufruf zu gläubiger Humanität; aber was sich von ihr verwirklicht, hängt nicht von den gewaltigen Heilsplänen Gottes, sondern vom Willen des Menschen ab.

Wie die Geschichte, so waren Wesen und Weg der Sprache auf die Weise Wolffs ganz dem souveränen Menschen überlassen. Der ungemein sprachschöpferische Philosophieprofessor Alexander Gottlieb Baumgarten (1714–

---

[173]) De origine sermonis, in: G. P., Commentationes philosophicae selectiores, Utrecht 1781, S. 293 ff., 317 ff. Dazu Karl ANER, Gottfried Ploucquets Leben und Lehren (Abhandlungen zur Philosophie und ihrer Geschichte 33), Halle 1909, S. 61. – Ein anonymer Angriff gegen P.: Vom Ursprung der Sprache, in: Schwäbisches Magazin von gelehrten Sachen auf das Jahr 1779, Stuttgart 1779, S. 372-389, 559-576 (Hinweis von Dr. Rudolf VIERHAUS-Münster).

[174]) De ratione recte cogitandi, loquendi et intelligendi, Augsburg 1762, S. 308 (Sprache), 314 (Kolumbus, Antarktis).

[175]) SEELIGER, Pfingsten 20 mit Abb. 21.

[176]) Heldengedicht Mit einem Vorberichte begleitet, Frankfurt-Leipzig 1753, S. 5 (Tyrann Nimrod), 669 (bekehrt).

1762), Bruder des Hallenser Pietisten und wie er ein Wolffianer, gab bei seiner Grundlegung der modernen Ästhetik 1750 eine kategoriale anstelle einer historischen Beschreibung der Sprache. Wie sich das Feld menschlicher Erkenntnis in die ästhetische Anschauung der verworrenen, aber blutvollen Sinnenwelt und in die logische Analyse der klaren, aber verdünnten Gedankenwelt gliedert, so teilt sich auch das Ausdrucksmittel der Sprache: Für den Dichter ist sie voller Anschauung und Leben; für den Forscher ist sie logisch und unanschaulich, Rechenpfennig des Geistes. Was sie ist, hängt davon ab, wie der Mensch sie verwenden will, nicht davon, wie sie entstanden ist. Gerade weil wir über die Entstehung von Welt und Sprache nichts wissen, kann unsere Sprache ganz neue dichterische Welten mit fiktiver Geschichte bauen; zu diesen Versuchen gehört die römische Trojanerfabel eines Vergil gleichermaßen wie die Kosmogonie eines Descartes und die Mythologien der Völker zwischen Indien und Island. Ihre ästhetische Schönheit ist allerdings ebenso unhistorisch wie die logische Wahrheit[177]). Trotzdem ging, von Baumgarten beeinflußt, der Berliner Kaufmann Moses Mendelssohn (1729–1786) 1756 der Frage des Sprachursprungs nach, die Rousseaus erste Abhandlung ihm aufgab. Was Baumgarten nebeneinandergestellt hatte, brachte der jüdische Wolffianer Mendelssohn in ein historisches Nacheinander. Seiner Psychologie nach müßte es dem Menschen möglich sein, eine Sprache zu erfinden; sie würde sich zunächst an die lebendige Anschauung der Natur halten und sie nachahmen; daraus könnten dann später willkürliche Zeichensprachen werden, deren abstrakte Bedeutung auf Konventionen der Gesellschaft beruht (Condillacs These). Jedenfalls ist die Sprache wie die Gesellschaft im Sinne des englischen Deismus ein natürliches, kein wunderbares Phänomen[178]).

Diese Ausdehnung der wolffianischen Anschauung auf die Ursprünge wurde unter den Popularphilosophen bald beliebt. Der Kasseler Philosoph Dietrich Tiedemann (1748–1803), Anreger der modernen Kinderpsychologie, legte 1772 im Gefolge Rousseaus dar, daß die Sprachen gerade wegen ihrer großen Verschiedenheit nicht von einer göttlichen Quelle ausgehen konnten, sondern sich aus armseligen Anfängen einer Gebärdensprache allmählich durch Lautnachahmung bildeten[179]). Der Professor Rudolf Wilhelm Zobel (1734–1775) in Frankfurt an der Oder achtete 1773 auf die Unterscheidung zwischen Natur-

[177]) Aesthetica, 2 Bände, Frankfurt/Oder 1750–58: § 119 S. 56 (Ästhetik und Logik); § 122 S. 58 f. u. ö. (Dichter und Forscher); § 593 ff. S. 385 ff. (dichterische Welten); § 508 S. 326 f. (Vergil); § 513 S. 330 (Descartes, Mythologien). Dazu Cassirer, Aufklärung 453 ff.

[178]) Sendschreiben an den Herrn Magister Lessing in Leipzig, Nachschrift, in: Gesammelte Schriften, hg. Ismar Elbogen u. a., Bd. 2, Berlin 1931, S. 104–109. Dazu Guttmann (o. S. 206 Anm. 53) S. 303 ff.

[179]) Versuch einer Erklärung des Ursprunges der Sprache, Riga 1772, S. 160, 188, 195. Dazu Wundt, Schulphilosophie 299 ff.

bildern und Willkürzeichen und meinte, daß die Menschheit von den einen zu den anderen allmählich fortgeschritten sei. Da die Natur stets möglichst einfach und vernünftig verfahre, folge aus dem Satz, der Mensch könne selbst Sprache erfinden, der andere Satz, er habe sie erfunden[180]). Noch 1783 behauptete der seichte Göttinger Philosophieprofessor Johann Georg Heinrich Feder (1740–1821) im Sinne Wolffs und Rousseaus, daß die Menschen, von der Natur getrieben, sich im Lauf der Jahrhunderte eine rohe, erst langsam verfeinerte Sprache schufen[181]). Die Unterschiede zwischen den ausgereiften Idiomen müssen ebenfalls vernünftige Gründe haben; 1781 sah Johann Werner Meiner (1723–1789), Rektor in Langensalza, sie allein in einem *größern oder mindern Grade der Deutlichkeit*; das intelligenteste Volk hat gewiß die vollkommenste Sprache; das einfältige Hebräisch war deshalb die Kindersprache der Welt[182]). Die Geschichte ist bloß ein erster Versuch; sobald der Mensch seiner Vernunft gewiß geworden ist und sie zu brauchen gelernt hat, haben Gott und Geschichte nichts mehr zu bestellen.

Den aufgeklärten Literaten behagte diese Philosophie wohl; der weltmännische Pastorensohn Christoph Martin Wieland (1733–1813) vertrat sie 1770, nun sogar gegen Rousseau. Die ersten Menschen lebten nicht ungesellig, sondern *von Anfang an* in Gesellschaft, und sogleich verständigten sie sich, wie Condillac es lehrte. Die anfängliche *Augensprache, welche eigentlich die Sprache der Seelen* ist, mußte freilich bald erweitert, die vieldeutige Gebärdensprache präzisiert werden. Das lernten die Menschen leicht von der Natur; die Nachtigall lehrte sie singen, der Gesang brachte sie auf die Sprache, und diese war einfältig, fröhlich, tänzerisch graziös. *Jedes Wort malte die Sache selbst*, ohne dichterischer Bilder zu bedürfen. In der Urzeit selbst begann der Fortschritt, dank der menschlichen Geselligkeit. Sie kann allerdings nicht die ganze Menschheit umfassen; deshalb mußten die Völker sich trennen, und wenn heute eine abermalige Katastrophe alle Menschen bis auf eine Familie vernichtete, so fänden alsbald wieder die gleichen Veränderungen statt, *die mit den Abkömmlingen Sem's, Cham's und Japhet's vorgegangen sind.* Doch auch heute noch beruht der Fortschritt darauf, daß der Patriotismus nicht nationalistisch werde, daß die weltbürgerliche *Geselligkeit der Staaten und Nationen unter einander* regen Verkehr ermögliche. In diesem Austausch muß jedes Volk sein Bestes

---

[180]) Gedanken über die verschiedenen Meinungen der Gelehrten vom Ursprunge der Sprachen, Magdeburg 1773, S. 107 ff., 131 f.

[181]) Abriß der wahrscheinlichen Geschichte des natürlichen Ursprungs der Sprachen, in: Berlinische Monatsschrift, hg. Friedrich Gedike – Johann Erich Biester, Bd. 2, Berlin 1783, S. 392–406, hier S. 393. Dazu Wundt, Schulphilosophie 290 ff.

[182]) Versuch einer an der menschlichen Sprache abgebildeten Vernunftlehre oder Philosophische und allgemeine Sprachlehre, Leipzig 1781, S. VIII f. Dazu Verburg, Taal 315 ff.

geben, also seine Sprache pflegen; denn sie ist *dem Genie und Charakter der Nation, von welcher sie gebildet worden, angemessen.* An der deutschen spürt man noch das Schwerfällige und Ungestüme *unsrer uralten Vorfahren*; man sollte sie nach Friedrichs des Großen Rat kultivieren, auch zusammenfassen. Doch darf die Sprachnorm nicht nur einem einzigen Provinzdialekt folgen; das wäre eine *Babylonische Sprachverwirrung.* Im geselligen, vernünftigen Gespräch muß sie sich abschleifen und zuspitzen. Wieland freute sich 1774 über die Ausdehnung der deutschen Sprache, der größten in Europa; doch patriotischer Sprachendünkel und deutschtümelnder Ahnenstolz mißfielen ihm. Einen Abderiten, einen Schildbürger, erkennt man auf der ganzen Welt, welche Sprache er auch redet, und ein Bettler bleibt ein Bettler, selbst wenn er in gerader Linie von Ninus und Semiramis abstammt. Ebenso verächtlich ist Bildungshochmut; die Vögel können kein Griechisch und verstehen einander doch[183]). Gefordert ist die natürliche und vernünftige Bewährung des Menschen und des Volkes in der gegenwärtigen Gesellschaft; Besonderes und Vergangenes können dazu helfen, niemals aber Selbstzweck sein.

Wielands Schüler, der Bochumer Arzt Karl Arnold Kortum (1745–1824), amüsierte sich 1784 darüber, daß man in Deutschland die Studenten mit Hebräisch, Griechisch und anderem Kauderwelsch füttert, mit dem kein Arzt einen Patienten kurieren kann; diese verstaubte Gelehrsamkeit ist so viel wert wie die Chronik der Schildbürger, in der beschrieben ist, *wie die Deutschen von Japhet abstammen und zum Teil nach dem Städtchen Schildburg kamen, als zur babylonischen Turmzeit sich die Nationen hin und her zerstreut*[184]). Auch der Göttinger Spötter und Physiker Georg Christoph Lichtenberg (1742–1799), Sohn eines Geistlichen, betrachtete Traditionen und Sprachen skeptisch. Nur Aberglaube und Leichtgläubigkeit meinen die Reste des babylonischen Turmes noch finden zu können. Die Lehre von der hebräischen Ursprache wurde 1780 persifliert; die Erde schreibt an den Mond, aber nicht *in Unserer uns angestammten, lieben Muttersprache, nämlich dem Hebräischen,* weil es sich nicht um kosmische Dinge, sondern um die Deutschen handelt; über deren Angelegenheiten läßt sich *seit ihrer Verfeinerung* nicht hebräisch denken und schreiben. Lichtenberg, ein Ju-

[183]) Werke, 40 Bände, Berlin 1879–80: Beyträge zur geheimen Geschichte der Menschheit II, 7 Bd. 31, S. 78 (Gesellschaft); III, 16 S. 120 (Anfänge der Sprache); IV, 8 f. S. 146 ff. (Völkertrennung, Geselligkeit der Staaten); Briefe an einen jungen Dichter II Bd. 38, S. 104 f. (Genie, deutsche Sprache); Über die Frage: Was ist Hochdeutsch? und einige damit verwandte Gegenstände S. 14 (Sprachverwirrung); Die Abderiten, Schlüssel Bd. 8, S. 145 f. (Ausdehnung des Deutschen, Erkennungszeichen des Abderiten); I, 7 Bd. 7, S. 41 (patriotischer Dünkel); IV, 6 Bd. 8, S. 26 f. (Ahnenstolz); V, 7 S. 119 (Bettler); I, 13 Bd. 7, S. 77 (Vögel). Dazu Verena MEYER, C. M. Wieland und die geschichtliche Welt, Diss. phil. Zürich 1944, S. 85 ff., 94 ff., 102 ff.; GOLLWITZER, Europabild 139 f.

[184]) Die Jobsiade, hg. Oskar WEITZMANN, Meersburg 1928: I, 7, 12 f. S. 17 (Kauderwelsch); II, 6, 44 S. 152 (Arzt); II, 5, 14 S. 143 (Babel).

denfeind, hielt das Hebräische, die Sprache des Gottesvolkes, nur dann für nützlich, wenn ein Prediger durch ein hebräisches Zitat seine schlafenden Zuhörer aufschrecken wolle. Tote Sprachen sind unnütz; man nehme sich (siehe Ferguson) ein Beispiel an den alten Griechen, die ihre schönsten Jugendjahre nicht durch Sprachenlernen verdarben; sie lernten ihre Sprache durch die Sachen, nicht wie wir die Sachen durch die Wörter. Allerdings ist auch die lebende Sprache nicht unmittelbar mit der Wirklichkeit verbunden. *Es ist, als wenn unsere Sprachen verwirrt wären; wenn wir einen Gedanken haben wollen, so bringen sie uns ein Wort.* Das Sprechen hat viel Äußerliches und Unvernünftiges, *viel Instinktmäßiges.* Die allgemeine und ursprüngliche Sprache bedurfte keiner Worte; es war die *unwillkürliche Gebärdensprache,* von der in allen Zeiten und Völkern noch Reste zu finden sind. Die Lautsprache wurde den Dingen nachträglich übergeworfen wie ein Kleid; *aus dem Blöken des Kindes ist Sprache so geworden wie aus dem Feigenblatt ein französisches Galakleid,* und damit ist zugleich der Weg beschrieben, den die Sprache vom kindischen Lallen des aus dem Paradies vertriebenen Adam bis zum modernen, mondänen Französisch zurückgelegt hat. Die Hintergründe des Irrationalen werden bloßgelegt und rasch wieder zugedeckt. Die geschichtlichen Stationen behalten ihren Wert, jedoch nur als Stufen zum Fortschritt; die Sprachen sind für die Völker *Archive ihrer Weisheit.* Aber vor allem spiegeln sie den gegenwärtigen *Charakter einer Nation,* und ihr Austausch dient der Selbsterkenntnis: *Ich bin eigentlich nach England gegangen, um deutsch schreiben zu lernen.* Weltläufigkeit und Menschenkenntnis sind erste Bedingung und letztes Ziel auch für den Geschichtschreiber; das Vergangene an sich ist bloß vergänglich[185]).

Über diesen, schon bei Lichtenberg irritierten Vernunftglauben fand der sächsische Pastorensohn Gotthold Ephraim Lessing (1729–1781) hinaus, nachdem er ihm gehuldigt hatte. Er verachtete 1751 den Ahnendünkel, etwa bei einem adligen Dummkopf, dessen Urahn einen Tag älter war als unser aller Ahn Adam, und verhöhnte den Gelehrten, der Adam für den ersten Wissenschaftler hielt. Nicht besser kam 1748 jener Pfarrer weg, der von der Kanzel

---

[185]) Aphorismen, hg. Albert LEITZMANN, 5 Bände (Deutsche Literaturdenkmale des 18. und 19. Jahrhunderts 123, 131, 136, 140, 141), Berlin 1902–08: J 1077 Bd. 4, S. 182 f. (babylonischer Turm; vgl. F 925 Bd. 3, S. 290). Gesammelte Werke, hg. Wilhelm GRENZMANN, 2 Bände, Frankfurt/Main 1949: Gnädiges Sendschreiben der Erde an den Mond Bd. 2, S. 300 (hebräische Ursprache); Timorus S. 21 (Sprache des Gottesvolkes); Bemerkungen Bd. 1, S. 217 (Prediger), 305 (Griechen), 310 (Sachen und Wörter), 352 (Verwirrung), 396 (Instinktmäßiges); Über Physiognomik Bd. 2, S. 75 f. (Gebärdensprache, Archive der Weisheit); Bemerkungen Bd. 1, S. 407 (Blöken), 402 (Charakter einer Nation), 25 (England), 282 (Geschichtschreiber). Dazu Herbert SCHÖFFLER, Deutscher Geist im 18. Jahrhundert, Essays zur Geistes- und Religionsgeschichte, hg. Götz von SELLE, Göttingen 1956, S. 200 ff.; Peter RIPPMANN, Werk und Fragment, Georg Christoph Lichtenberg als Schriftsteller (Basler Studien zur deutschen Sprache und Literatur 13), Bern 1953, S. 43 ff.

Hebräisch als die Grundsprache, Textsprache, heilige Sprache pries. Übel wurde dem eingebildeten Gelehrten mitgespielt, der außer Hebräisch noch Griechisch, Latein, Französisch, Italienisch, Englisch und sogar Deutsch kann; trotzdem weiß sein schlichter Diener mehr, er beherrscht nämlich Wendisch, eine Hauptsprache, deren *Verwandschaft mit der Hebräischen sehr groß seyn soll.* Die törichte Exklusivität der Theologen erregte Lessings hellen Zorn: Sie muten den Frommen zu, Hebräisch zu lernen, wenn sie selig werden wollen, und möchten alle Kontroversen nur lateinisch führen. Sie sind nicht besser als der deutsche Aufschneider, der perfekt Französisch und Englisch können will, aber sein ausländisches Geplapper nicht auf deutsch wiedergeben kann. Viel liebenswerter ist der Franzose, der sich radebrechend *auf Deutsch explizier* kann, aber es für *ein arm Sprak, ein plump Sprak* hält. Alles Eigene, Gewachsene, Differenzierte genießt Lessings Sympathie; damit hat er den zeitgenössischen Vernunftglauben bereits verlassen[186]).

Der Sprachen schwer Gewirr, der Zunge Zauberkunst faszinierten ihn 1751; die historischen Traditionen mochten ihre Rätsel lösen helfen. Lessing hatte 1746 noch trotzig die neugierigen ersten Himmelsstürmer von Babel und ihre steilen Türme besungen; 1769 verstand er das Symbol besser und sammelte Materialien über *Babel, von dem Ursprunge der verschiednen Sprachen.* Ihren Anfang dachte er sich 1766 freilich wie sein Freund Mendelssohn. Sie entstanden onomatopoetisch; *die ersten erfundnen Wörter* hatten *gewisse Ähnlichkeiten mit den auszudrückenden Sachen,* und solche Wörter findet man noch heute in Idiomen, die den Ursprüngen nahestehen. Auch beim elementaren Ausbruch der Leidenschaften ähneln einander noch immer alle Sprachen (ein Reflex von Burkes Gedanken). Doch später entwickelten sie willkürliche Zeichen; diese trennen die Poesie von der Malerei. Kann aber die Unmittelbarkeit und Naturnähe der frühen Sprache damals vom Menschen errungen worden sein, wenn er sie heute nicht mehr besitzt? Hamanns Lehre schien 1776 das Problem zu lösen. Vielleicht ließ der Schöpfer sich herab und unterrichtete den ersten Menschen selbst; das wäre seiner Güte angemessener als die Absicht, die Menschheit jahrhundertelang sprachlos dahindämmern zu lassen. Und nicht der Usprung allein birgt Geheimnisse; 1778 fand Lessing die Zahl 72 *merkwürdig,* weil sie eigentlich gemeint sei, wenn man von 70 Jüngern, Dolmetschern, Sanhedrinmitgliedern rede. Der Mensch meint nicht, was er sagt. Ist Babel daran schuld? Aber auch

---

[186]) Sämtliche Schriften, hg. Karl LACHMANN – Franz MUNCKER, 3. Aufl., 23 Bände, Stuttgart 1886–1924: Sinngedichte, Auf einen adeligen Dummkopf Bd. 1, S. 8 (Urahn); Rezension in der Berlinischen Privilegirten Zeitung vom 18. 2. 1751 Bd. 4, S. 285 f. (erster Wissenschaftler); Der junge Gelehrte I, 1 Bd. 1, S. 282–285 (Hebräisch, andere Sprachen, Wendisch; vgl. III, 3 S. 341); Anti-Goeze 4 Bd. 13, S. 161 ff. (theologische Kontroversen); Der Freygeist II, 5 Bd. 2, S. 75 f. (deutscher Aufschneider); Minna von Barnhelm IV, 2 Bd. 2, S. 228, 232 (Franzose über das Deutsche).

die Bibel mochte Lessing 1780 nicht wörtlich nehmen. Die Erzählung vom Turmbau zu Babel verkleidet nur allegorisch eine abstrakte Wahrheit, den *Ursprung der mancherley Sprachen*. Allerdings wird sie so den zufälligen Geschichtswahrheiten entrückt und den ewigen Vernunftwahrheiten zugeordnet. Diese werden nicht wunderbar geoffenbart, sie setzen sich natürlich durch; deshalb rechnete Lessing das Vorhandensein getrennter Sprachgemeinschaften unter die *natürlichen und politischen Verhältnisse*. Gott gibt sich mit ihnen nicht ab; aber er nimmt sie zum Anlaß, einen Teil der Menschheit zusammenzufassen, schrittweise das Menschengeschlecht zu erziehen und dadurch die Schöpfung zu vollenden. So auch versenkte sich Lessing liebevoll in die Verschiedenheiten der Welt, um geistig über das Faktische Herr zu werden, um wie in der vernünftigen Erkenntnis so in der geschichtlichen Wirklichkeit die göttliche Wahrheit zu ahnen und dem Menschen den Weg zur reinen Humanität zu weisen. Indem Lessing die Geschichte ernst nahm, stieß er das Tor zur Zukunft auf[187]).

Seine Zeitgenossen, noch von Neologie und Deismus befangen, konnten ihm nicht recht folgen; sie sahen in der biblischen Geschichte entweder Vernunft oder Unsinn, nichts Drittes. Wolffs und Gottscheds Schüler Johann Friedrich Wilhelm Jerusalem (1709–1789), Erzieher der Wolfenbütteler Welfenprinzen, wollte trotz Lessings Einspruch 1772 gegen Astruc die mosaische Bibel retten, vertrieb aber mit seiner Psychologie ihren Geist. Die *gemeinschaftliche chaldäische Mundart* teilte sich erst nach dem Zank von Babel allmählich, aus natürlichen Gründen. Wie Jerusalem die Erbsünde ablehnte, so hielt er auch den Turmbau nicht für sündhaft; er stand bloß dem *Fortgang der Menschheit* im Wege. Vollends Nimrod war (wie bei Budde) kein böser Tyrann im Stile Naumanns, sondern als Großwildjäger *der erste Stifter und Wohlthäter der menschlichen Gesellschaft*. Die Bibel erzählt demnach Profangeschichte, und diese ist lobenswert; der Mensch kann durch Religion und Geschichte nur zu seiner ursprünglichen Vollkommenheit und natürlichen Vernunft geführt werden[188]).

---

[187]) Fragmente, Die Religion I, 219 ff., LACHMANN–MUNCKER (o. Anm. 186) Bd. 1, S. 263 (schwer Gewirr, Zauberkunst); Über die Mehrheit der Welten S. 273 (Himmelsstürmer); Collectanea 27 Bd. 15, S. 152 (von dem Ursprunge); Entwürfe zum Laokoon c. 25 Bd. 14, S. 428 (Onomatopöie); Laokoon oder über die Grenzen der Malerei und Poesie c. 17 Bd. 9, S. 101 (willkürliche Zeichen); Zusätze zu den philosophischen Aufsätzen von K. W. Jerusalem Bd. 12, S. 296 f. (Hamanns Lösung); Brief Nr. 621 vom 16. 12. 1778 Bd. 18, S. 295 (Zahl 72); Die Erziehung des Menschengeschlechts § 48 Bd. 13, S. 426 (Turmbau); § 54 S. 427 (Sprachgemeinschaften). Dazu ANER, Lessingzeit 172 ff., 343 ff.; MEINECKE, Historismus 310 ff.; Arthur von ARX, Lessing und die geschichtliche Welt (Wege zur Dichtung 43), Frauenfeld–Leipzig 1944, S. 51 ff., 69 ff., 125 ff., 140 ff.; Matthijs JOLLES, Lessing's Conception of History, in: Modern Philology 43 (1945) 175–191, hier S. 180, 185 f.; KRAUS, Geschichte 111 ff.

[188]) Betrachtungen über die vornehmsten Wahrheiten der Religion, Bd. 2, Braunschweig 1780, S. 203 ff. (Ursprache), 199 ff. (Sprachenteilung), 190 (Nimrod). Dazu ANER, Lessingzeit 64 ff., 144 ff., 313 ff.

Wozu braucht er dann noch Religion? Der unglückliche Sohn des Abtes, Karl Wilhelm Jerusalem (1747–1772) verurteilte kurz vor dem Selbstmord die Lehre, Gott habe die Sprache geschaffen. Jedes Wunder wäre eine neue Schöpfung, und es gibt nur eine. (Mit der Sprachenteilung hat Gott also nichts zu tun). Aber auch bei der ersten Schöpfung legte Gott in den Menschen nur die Vorstellungskraft, die auf sinnliche Erfahrung angewiesen ist, kein *außerordentliches Vermögen, die Sprache von sich selbst zu erfinden*, und noch weniger eine fertige göttliche Sprache; der Mensch hätte sie nicht begriffen. Denn seine Sprache beruht allein auf seinen sinnlichen Erfahrungen[189]). Beruht nicht die Religion selbst auf ihnen?

Den Standpunkt der englischen Deisten vertrat, radikaler als die beiden Jerusalem, der Hamburger Theologe und Orientalist Hermann Samuel Reimarus (1694–1768), dem wie dem jüngeren Jerusalem erst Lessing zu postumem Ruhm verhalf. Er hatte schon 1751 nach Seldens Vorbild die Formel von 70 Sprachen unter die *incredibilia* verwiesen; sie sei nur eine allegorische Ausrede der Juden, die das Sprachenlernen und die philologisch genaue Bibelauslegung fürchteten. Dabei ist die Sprachenwelt höchst vernünftig und überschaubar geordnet, wenn man nur das Chinesische (wie Reeland) als Kunstsprache ausscheidet. Reimarus nahm 1754 eine gemeinsame Muttersprache aller Menschen an; sie teilte sich in wenige große Familien, wie z. B. das Semitische und das Europäische, dessen vier Hauptsprachen Griechisch, Latein, Deutsch, Slavisch von Leibnizens keltisch-skythischer Sprache abgezweigt sind. Also ist nicht die Wirklichkeit, sondern die Bibel verworren, und ihr gingen die von Lessing seit 1774 gedruckten „Fragmente eines Ungenannten" erbarmungslos zu Leibe.

Die Bibel kann, so schrieb Reimarus, keine allgemeingültige Offenbarung enthalten, weil Natur und Geschichte keinen Universalglauben zulassen. Selbst wenn anfangs auf Erden nur wenige Menschen lebten, spätestens *bald nach Noä Zeiten* war die Welt von China bis Amerika dicht besiedelt und mit einer Wortoffenbarung nicht mehr zu erreichen. Denn *die Menschen sind durch die Verschiedenheit so vieler Sprachen sehr von einander abgesondert, daß sie sich nicht verstehen*. Fünfhundert kennen wir davon, Amerika hat wohl noch tausend andere. Auch wenn sie aus wenigen Hauptsprachen hervorgegangen wären, würden diese den Späteren unverständlich geworden sein. Die Verkehrssprachen, Französisch in Europa, Malaiisch in Asien, sind nur Gelehrten, Reisenden und Händlern vertraut, nicht den Massen. Die geschichtliche Vielfalt der Sprachen macht also (anders als Toland meinte) die Einheit der Offenbarung unmöglich. *Nun soll ja Gott, wie man vorgiebt, die Vielheit und Verwirrung der Sprachen bey dem Babylonischen*

[189]) Daß die Sprache dem ersten Menschen durch Wunder nicht mitgeteilt sein kann, in: Aufsätze und Briefe, hg. Heinrich SCHNEIDER, Heidelberg 1925, S. 43 ff.

Thurm selber angerichtet haben. Gott selber hätte also die Ausbreitung der Offenbarung verhindert; zumindest die Natur tat es. Denn sie bringt es mit sich, daß *durch Länge der Zeit* eine Sprache sich rasch verändert und vervielfacht. *Wir würden unsere Vorfahren nicht mehr teutsch redend verstehen . . ., und sie uns nicht.* Pfingsten wäre ein Gegenwunder? In Wahrheit schrien damals die Apostel, prophetisch begeistert, alle *auf einmal und durch einander gewisse fremde Sylben und Wörter mit vollem Halse . . ., in welcher Verwirrung der Töne ein jeder Leichtgläubiger eine Sprache die er wollte und wußte, hören konnte.* Das wahre Babel war also Pfingsten, eine *Verwirrung der Einbildungskraft.* Und wenn wirklich dieser oder jener Apostel ein paar ausländische Sätze sagte, was Wunders? Hätte Gott seinen Missionaren jemals unerlernte Sprachen eingießen wollen, es wäre bei der Entdeckung der Neuen Welt nötiger gewesen als jemals. Das Wunder ist ausgeblieben. Nein, es gibt nur eine einzige allgemeine Sprache, durch die Gott sich allen Menschen und Völkern offenbaren kann, und das ist wie bei Locke *die Sprache der Natur, die in den Geschöpfen Gottes redet, nebst Vernunft und Gewissen.* Und es gibt nur einen Maßstab, mit dem alle Traditionen, auch die biblischen, zu messen sind: *die Geschichte und Erfahrung* in ihrer detaillierten Vielfalt. Mit ihrer Betonung wurde Reimarus ein Wegbereiter. Man wird künftig die Bibel nicht mehr befragen, ob sie vernünftig ist, sondern wie sie entstanden ist; doch wird das erst die Frage der kommenden Epoche sein[190]).

Fürs erste konnte sich die Bibelkritik mit dem Rationalismus begnügen, der auch Gottes Wort als menschliche Sprache verstand. Hamanns Widersacher, der Göttinger Orientalist Johann David Michaelis (1717–1791) hatte bei Schultens und den englischen Deisten gelernt, was ihn zum Mitbegründer der modernen Bibelkritik machte. Er ging 1753 davon aus, daß die Sprache *nichts anders als willkührliche Zeichen unserer Gedancken* bietet, die ihre Bedeutung nur durch die Gewohnheit erhielten. Deshalb können gleiche Wörter in verschiedenen Sprachen Entgegengesetztes bedeuten; deshalb müssen alle Sprachen mühsam erlernt werden und werden nur von Teilen der Menschheit verstanden. Eine allgemeine, *natürliche Sprache* ist allein die stumme der Sinnbilder. Diese Sprachtheorie wurde 1757 auf die Sprachgeschichte angewandt: *Es ist noch durch nichts erwiesen, daß alle Sprachen von einer, am wenigsten, daß sie von der hebräischen abstammen. Mosen muß man zum wenigsten zum Beweiß nicht anführen.* Auch

---

[190]) De assessoribus Synedrii LXX linguarum peritis, Hamburg 1751, S. 3 (incredibilia), 5 f. (jüdische Sprachenverachtung), 24 (Allegorie und Philologie). Die vornehmsten Wahrheiten der natürlichen Religion, 3. Aufl., Hamburg 1766, S. 58–63 (Sprachengliederung). Unmöglichkeit einer Offenbarung, die alle Menschen auf eine gegründete Art glauben könnten, Lachmann-Muncker (o. Anm. 186) Bd. 12, S. 327 (nach Noä Zeiten), 336–339 (Babel); Von dem Zwecke Jesu und seiner Jünger Bd. 13, S. 321–326 (Pfingsten); Unmöglichkeit . . . Bd. 12, S. 337 (Sprache der Natur), 335 (Geschichte und Erfahrung). Dazu Aner, Lessingzeit 180 ff.

wenn am Anfang eine einzige Sprache stand, ist noch nicht ausgemacht, daß alle übrigen von ihr stammen; aber Babel wollte Michaelis dafür nicht zitieren, weil er geschichtliche Brüche plausibler als ein Wunder fand. Wie die Sprachen, so die Völker. In Bocharts Spuren zeigte Michaelis 1769, daß die biblische Völkertafel ein Sammelsurium verschiedenartigster Namen ist, das mit Völkern nichts zu tun hat, schon weil Völker nicht von Einzelpersonen abzustammen pflegen. Der „Regent von Göttingen" mokierte sich über Einfaltspinsel, welche die Amerikaner oder andere moderne Völker noch immer von Sem, Cham und Japhet herleiten[191]). Man muß die Bibel philologisch lesen, und das heißt als rationalistischer Historiker.

Michaelis nannte die Einfaltspinsel nicht beim Namen; aber er meinte nicht nur Bengel und die Orthodoxen, sondern auch seinen berühmten aufgeklärten Kollegen Johann Christoph Gatterer (1727–1799). Der Göttinger Historiker war in der Tat „ein wunder- und fabelgläubiger und zugleich rationalistisch-pragmatischer, unpolitischer Spätsprößling der Theologie". Er hielt das Alte Testament 1761 für das zuverlässigste Lehrbuch der weltgeschichtlichen Anfänge und benutzte darum noch die Zeitrechnung nach Erschaffung der Welt. Welches die Ursprache sei und ob Gott oder der Mensch sie gestiftet habe, mochte er *bei dem Mangel sicherer Nachrichten* nicht entscheiden; das Sprechen aber sei dem Menschen so natürlich wie der Spinne das Weben, also wohl anerschaffen, wenn auch nächst Gott Adam *einigermaßen* bei der Ausbildung der Sprache beteiligt gewesen sein mag. Und gläubig im Stil der englischen Welthistorie trug Gatterer vor, *sonderlich wegen des langen Lebens der Menschen* müsse man nur eine Ursprache annehmen, wenn auch vielleicht schon in Mundarten geteilt. Der babylonische Turm Nimrods und der Hamiten war bloß ein unschuldiges Merkzeichen für Hirten; aber bei ihm löste Gott die Einheit der Sprache durch *das Wunderwerk der Verwirrung der Sprachen*. Wie es vor sich ging, wurde nicht aufgeklärt. Doch mit der Völkertafel war Gatterer wieder im Reinen. *So viel ist überhaubt richtig, daß von Noah und dessen drei Söhnen alle Völker abstammen*, die Deutschen von Aschkenaz, die Russen von Mosoch, die Mongolen von Tubal; daß die Amerikaner vielleicht keine Israeliten, aber jedenfalls Noachiden sind, *bedarf wol keines Beweises*. Erst 1785 bekehrte sich Gatterer zum Unglauben und zu Michaelis. Die Urmenschen stammelten *der Urwelt angemessene Kindersprachen*, einsilbig, wortarm und bilderreich; zuerst

[191]) Entwurf der typischen Gottesgelartheit, Göttingen 1753, S. 2–8 (Sprachtheorie). Beurtheilung der Mittel, welche man anwendet, die ausgestorbene hebräische Sprache zu verstehen, Göttingen 1757, S. 74 ff. (Abstammung der Sprachen). Spicilegium geographiae Hebraeorum exterae post Bochartum, Bd. 1, Göttingen 1769, S. 1–6 (Völkertafel). Mosaisches Recht, Bd. 1, Frankfurt/Main 1770, S. 125 ff., 131, 142 f. (moderne Völker; ähnlich Johann Reinhold FORSTER, Epistolae ad Joannem Davidem Michaelis, Göttingen 1772, S. 20). Dazu ANER, Lessingzeit 210 ff.; HAZARD, Herrschaft 115 ff.; KRAUS, Geschichte 87 ff.

saßen sie wohl in Indien. Dort fanden Sintflut und Turmbau statt; als der *Menschenbändiger* Nimrod die Ausdehnung der Menschheit hemmen wollte, verwirrte Gott den Bauleuten die Sprache. Vom Fernen Osten wälzten sich (wie Schilter es beschrieb) die Völker nach dem Westen; Aschkenaz und Tubal kamen nur bis Kleinasien, von Amerika kein Wort mehr[192]). Die Bibel erklärte die vernünftige Weltgeschichte nicht mehr ganz.

Entbehren mochte sie auch der schwäbische Popularphilosoph Thomas Abbt (1738–1766) noch nicht. Der Zwanzigjährige wandte sich mit Feuereifer gegen die üblichen Klagen der Gymnasiallehrer, das Sprachenlernen sei eine Strafe von Babel her[193]). Abbt erwiderte, wer nur seine Muttersprache kenne, empfinde die Sprachentrennung gar nicht; wer Fremdsprachen lerne, tue es zum Vergnügen und mit Vergnügen. Der Turmbau, kein Naturgesetz mißachtend, war keine Sünde, die Sprachenteilung keine Strafe; die Sprachen entstanden und zerfielen ganz natürlich. Doch als der Konsistorialrat Abbt 1766 von Bückeburg aus *im Lehnstuhl die Geschichte überdenken* wollte, griff er wieder zur Bibel. Mendelssohn hat den Ursprung der Sprache richtig erklärt; aber bis zum Turmbau gab es auf Erden *einerley Sprachen*. Erst beim Turme Nimrods wurden sie von Gott getrennt, vermutlich ohne ein Wunder, durch einen Zwist der Städtebauer, der die Völker auseinandertrieb. Später wirkte die Natur; am Beginn jedoch stand Babel[194]). Nicht von ungefähr waren die letzten, die den Babelturm verteidigten, Universalhistoriker und Rationalisten. An der äußersten Peripetie erkennt man, daß die feindlichen Brüder, Aufklärer und Apologeten, noch immer einen gemeinsamen Wurzelboden hatten, den Glauben an die rationale Ordnung der Schöpfung und ihre Erkennbarkeit.

Dieser Glaube bewog den Göttinger Kollegen Gatterers und Michaelis', August Ludwig von Schlözer (1735–1809), letzte Reste des biblischen Geschichtsdenkens festzuhalten. Er nahm es 1772 für ausgemacht, daß nach der Sintflut *ein neues Menschengeschlecht aus Noahs Söhnen* erwuchs, zumal er die Weltgeschichte als vom Aggregat zum System zusammenwachsende Einheit der Völker und Kontinente begriff. Was werden soll, muß gewesen sein. Als

---

[192]) Handbuch der Universalhistorie nach ihrem gesammten Umfange von Erschaffung der Welt bis zum Ursprung der meisten heutigen Reiche und Staaten, Bd. 1, 2. Aufl., Göttingen 1765, S. 157–180 (Ursprache, Babel, Völker). Weltgeschichte in ihrem ganzen Umfang, Bd. 1, Göttingen 1785, S. 20, 25 (Ursprachen), 29 ff. (Babel), 329 (Ost-West-Wanderung), 138 f. (Aschkenaz, Tubal). Dazu Srbik, Geist Bd. 1, S. 122 f. („Spätsprößling . . .").

[193]) Ein Beispiel: Georg Sargeneck, Adorandam Dei maiestatem ex linguarum difficultate permissa, Halle 1740 (vor Abiturienten in Glauchau gehaltene Ansprache).

[194]) Confusionem linguarum, quae Babelica auditur, non fuisse poenam generi humano a Deo inflictam dissertatio, Halle 1758, S. 34 (Sprachenlernen), 10 ff. (Turmbau), 19 f. (Sprachenteilung). Geschichte des Menschlichen Geschlechts, so weit selbige in Europa bekant worden vom Anfange der Welt bis auf unsere Zeiten, Bd. 1, Halle 1766, S. 10 (Lehnstuhl), 42–47 (Mendelssohn), 26–39 (Babel).

führender Sprachenkenner und Sprachvergleicher der Zeit schlug er 1781 mit Leibniz vor, die europäischen und westasiatischen Sprachen „japhetitisch", die orientalischen „semitisch" zu nennen; von den Söhnen Noahs ging die heutige Völker- und Sprachenwelt aus. Daß die Europäer als Japhetiten zusammen von Babel ausgezogen, daß alle europäischen Grundsprachen miteinander von Babel her verwandt seien, bezweifelte Schlözer nicht, als er 1771 leichtfertige etymologische Gleichungen scharf angriff. Was aus den Japhetiten geworden ist, sagt Moses nicht; und was er sagt, lasse man sich nicht von Hieronymus oder Bochart, sondern von Michaelis erläutern. Nur wenige Namen der Völkertafel sind zu identifizieren, und alle verweisen nach Asien, aber keineswegs auf Kelten, Skythen oder Keltoskythen. Zwischen der Bibel und der europäischen Geschichte klafft eine Lücke, die durch keine Konjektur zu schließen ist. Immer weiter wich Schlözer zurück; 1785 gab er endlich auch Babel preis. Die Sprache ist eine natürliche Erfindung; die mehreren hundert Sprachen der Erde sind *ein Werk der Natur und der Zeit, nicht jenes TurnBaus*, der nur eine einzelne Nomadenhorde betraf, die sich ansässig machen wollte. Auch die Völkertafel war nicht umfassend. Aber es bleibt die ursprüngliche Einheit des Menschengeschlechts, nach dem *Gesetz der Sparsamkeit*, *wornach die weise Gottheit handelt*. Vom überquellenden, verschwenderischen Reichtum der Natur würden bald andere reden; der Rationalismus ruhte auf dem Glauben an die Einheit der Welt[195]).

Die ersten modernen Landeshistoriker achteten auf diese Einheit nicht mehr; zudem hatten sie bei Mascov Kritik gelernt. Johann Heinrich von Falckenstein (1682–1760) sprach für Bayern: Aschkenaz und Kittim waren keine Deutschen, Herkules und Noricus keine Bayern; die Bayern sind Kelten[196]). Der Stuttgarter Archivar Christian Friedrich Sattler (1705–1785) erklärte 1764, Württemberg sei gewiß zuerst von Noachiden besiedelt worden, aber bestimmt nicht von Aschkenaz, eher von Tarsis; doch darüber wisse man nichts Genaues[197]). In schwäbischen und westfälischen Stadtgeschichten tauch-

---

[195]) Vorstellung seiner Universalhistorie, Göttingen–Gotha 1772, S. 63 (aus Noahs Söhnen). Allgemeine Nordische Geschichte, Halle 1771, S. 263 ff. (gegen etymologische Gleichungen). Weltgeschichte nach ihren Hauptheilen im Auszug und Zusammenhange, Bd. 1, Göttingen 1785, S. 139 (Spracherfindung), 149 f. (Babel, Völkertafel), 35 ff. (Monogenese, Sparsamkeit). Dazu Friederike Fürst, August Ludwig Schlözer, ein deutscher Aufklärer im 18. Jahrhundert (Heidelberger Abhandlungen zur mittleren und neueren Geschichte 56), Heidelberg 1928, S. 174 ff., 182 ff.; Kirchner, Altertum 26; Srbik, Geist Bd. 1, S. 124 ff. Über „Japhetitisch" (recht lückenhaft) Hans Siegert, Zur Geschichte der Begriffe „Arier" und „arisch", in: Wörter und Sachen 22 (1941/42) 73–99, hier S. 73 f.

[196]) Vollständige Geschichten der alten, mittlern und neuern Zeiten des großen Herzogthums und ehemaligen Königreichs Bayern, Bd. 1, München-Ingolstadt-Augsburg 1762, S. 3–19. Dazu Kraus (o. Anm. 154) S. 55.

[197]) Allgemeine Geschichte Würtenbergs und dessen angränzender Gebiete und Gegenden, Frankfurt–Leipzig 1764, S. 6–11.

te der Deutsche Aschkenaz danach noch auf[198]); doch genügte der Rationalismus eines Schlözer, um ihn zu verscheuchen.

Der Osnabrücker Staatsmann Justus Möser (1720–1794) hingegen griff Apologeten und Aufklärer zugleich an. Zu seinem Freund Abbt gewandt, schrieb er 1767, er wolle seinen Lehnstuhl nicht *unter den Apfelbaum im Paradiese* setzen und nicht *die nach und nach keimenden Völker um sich herum entstehen* sehen. Im Jahr zuvor fragte er mit gutmütigem Spott: Rührt etwa die Verschiedenheit der Nationen daher, daß wir alle von einem Vater, aber von verschiedenen Müttern kommen? Dann hätte wohl unserm Vater Japhet ein unbedachtsames braves Mädchen den ersten Deutschen Tuisko, eine eigensinnige Person den Briten Albion geboren? Doch das sind Spielereien. Es ist für den Historiker genug, wenn er ernsthaft und mitfühlend die Geschichte seines kleinen Lebenskreises und seiner Worte in ihrer ganzen Mannigfaltigkeit aufspürt, wie Mösers Osnabrückische Geschichte es versuchte. Die Liebe zum Eigenen, die Andacht vor dem Kleinen wird den Betrachter hellsichtig machen; die Muttersprache selber wird ihm helfen. Denn die Sprache ist nicht so mangelhaft, wie sie den Rationalisten erscheint; sie hat ihre Geschichte und daher ihre Tiefe. Zwar sind Worte, zumal auf totem Papier, *nur sehr unvollkommene Zeichen unsrer Empfindungen und Vorstellungen*; aber *wer die Musik versteht, wird die Noten nicht sklavisch vortragen.* Reich und sinnvoll ist indes nur die vertraute und lebendige Sprache, nicht die fremde und gelehrte; vor allem das Französische lähmt und verdirbt alle nationalen Eigenarten, von denen eine Sprache genährt wird. Friedrich der Große empfiehlt den verkehrtesten Weg, wenn er das Deutsche an die französische Bildung ketten will; nicht der blutleeren französischen Reinheit, sondern der von Schottel gescholtenen englischen Mischung gehört die Zukunft. Im freien Wachstum wird das Deutsche, jetzt noch eine tote Büchersprache, bald wie das stammverwandte Englisch *unendliche Mannigfaltigkeiten wie in Gottes Schöpfung durcheinander vermischt* hervorbringen. Das Verschiedene ist Gottes Wille, weil es natürlich gewachsen ist; die Völker und ihre Sprachen, die Landschaften und ihre Mundarten bezeugen die Eintracht von Natur und Geschichte; das Organische ist nicht vernünftig und sparsam, sondern verschwenderisch und unendlich[199]). Es ist dieser Gedanke, der die neue Epoche einleiten wird.

---

[198]) Johann Anton Arnold MÖLLER, Special Geschichte von Lippstadt, Lippstadt 1788, S. 5; Johann David WECHSLER, Versuch einer kurzen Sammlung Topographisch-Historisch-Statistischer Nachrichten von der H. R. R. Stadt Biberach, Ulm 1792, S. 125 (Hinweise von Dr. Rudolf VIERHAUS-Münster).

[199]) Sämmtliche Werke, hg. Bernhard Rudolph ABEKEN, 10 Bände, Berlin 1842–43: Brief an Friedrich Nicolai vom 5. 4. 1767 Bd. 10, S. 147 (Apfelbaum im Paradies); Noch Etwas zum deutschen Nationalgeiste Bd. 9, S. 244 f. (Japhet); Osnabrückische Geschichte, Vorrede Bd. 6, S. IX (Geschichte der Worte). Patriotische Phantasien, in: Sämtliche Werke, hg. Ludwig SCHIRMEYER – Werner KOHLSCHMIDT, Bd. 4–7, Oldenburg 1943–54: IV, 1 Bd. 7, S. 11 (Worte, Empfindungen, Musik, Noten);

Wie an ihrem Beginn der Polyhistor Morhof, so verehrte am Ende der Epoche der Lokalhistoriker Möser die lebendige deutsche Sprache; aber jener liebte ihre universale, dem Hebräischen nahe Vergangenheit, dieser ihre organische, vom Französischen freie Zukunft. Zwischen Morhof und Möser liegt ein gründlicher Wandel, der mehr das Ergebnis als das Verdienst der deutschen Aufklärung und Apologetik ist. Sie übernahm aus England und Frankreich die Wertschätzung der sinnlichen Erfahrung, der abstrakten Vernunft, der immergleichen Natur; so zerstörte sie die überkommenen Traditionen. Aber von der ererbten Frage nach der Geschichte kam sie nicht los. Die Rationalisten setzten das Wort Gottes mit der menschlichen Sprache, die göttliche Vorsehung mit der menschlichen Vernunft gleich und entthronten dadurch die unbegreifliche Macht Gottes in der Geschichte; die Unterordnung der Sprache unter die Vernunft trennte zudem das Bibelbuch von der Schöpfung, die Geschichte vom Geist, die Gesellschaft von der Vernunft. Dennoch blieben Religion und Aufklärung verbunden durch den gemeinsamen Glauben an die rationale Ordnung der Schöpfung; sie mußte auch in der Geschichte, in Ursprung und Fortschritt erkennbar sein, und so suchte man sie dort. Die Pietisten sprengten das Herkommen, um dem Willen des Menschen den Weg in die Zukunft zu ebnen; Geschichte war nur eine Stufe der Vollendung. Sprechen und Tun, Geschehen und Vorsehung würden übereinstimmen; doch mußte ihre Eintracht schon jetzt dem Menschen einleuchten, und so erforschte man die Heilsgeschichte. Die Neologen wollten die lebendige Fülle und geschichtliche Erfahrung der Sprachen und Völker nicht beachten; sie stellten dagegen das plötzliche Wunder des göttlichen Ursprungs und den stetigen Fortschritt der sparsamen Natur. Aber dann gab es Brüche und Schichten in der Schöpfung, und nur die Geschichte erklärte sie. So haben alle Parteien zwar das herkömmliche religiöse Geschichtsdenken ausgerottet, aber nicht die erstrebte zeitlose Identität der Gegenwart mit der Welt erreicht. Nicht die faktische, politische Geschichte, sondern die Geschichtlichkeit als unvermeidliches Prinzip hat sie gehindert. Die Besten der Zeit lehnten überdies klare Scheidungen und Lösungen ab; beim Nachdenken über Sprachen und Völker entdeckten sie die unlöslichen Spannungsverhältnisse zwischen Göttlichem, Natürlichem und Menschlichem, Vernünftigem, Natürlichem und Geschichtlichem. Im Feld der reinen Gedanken siegte die Irrationalität der Geschichte, die Unendlichkeit der Natur über alle Systeme und rief nach Sturm und Drang, nach der „Deutschen Bewegung".

*

II, 46 Bd. 5, S. 188 (Französisch). Über die deutsche Sprache, ABEKEN Bd. 5, S. 83 (Büchersprache); Über die deutsche Sprache und Litteratur Bd. 9, S. 142, 146 (Deutsch und Englisch). Dazu MEINECKE, Historismus 325 ff.

Die Schweizer ließen sich zu Gedankenexperimenten nicht hinreißen. Das Land, von inneren Unruhen geschüttelt, von äußeren Umtrieben zerrüttet, suchte zwar politisch das Bündnis mit Frankreich, geistig die Nähe Deutschlands, verschrieb sich aber dennoch nicht dem aufgeklärten Rationalismus der Franzosen und Deutschen. Nicht daß man die Welt, wie noch die Väter, ganz auf Gott gestellt hätte, aber man sah sie nicht von der menschlichen Vernunft regiert. Die radikale Losung des Genfers Rousseau schien gleichfalls zu abstrakt; lieber ließ man sich von den Engländern zur schlichten Beobachtung des Gegebenen anleiten. Dieses Gegebene war natürlich und geschichtlich reich entfaltet; bewältigen konnte man es nicht mit scharfen Thesen, sondern mit phantasievoller Einfühlung und geselliger Vermittlung. Zwischen den Sprachen der Eidgenossenschaft, zwischen den Völkern Europas, zwischen den Zeiten der Weltgeschichte, zwischen den Fähigkeiten des Menschen stifteten die Schweizer Frieden.

Der Züricher Professor und Pastorensohn Johann Jakob Bodmer (1698–1783), der das Wunderbare und das Mittelalter liebte und Gottscheds Hauptgegner wurde, sah 1721 mit Locke und dem „Spectator" die Sprache nicht von der Vernunft, nicht von den Dingen, nicht von Gott, sondern von der Geselligkeit der Menschen her. Die Worte haben keine andere Bedeutung *als welche die Menschen einig worden sind ihnen zugeben*; für den Austausch sind sie brauchbar, aber ewige Wahrheit und universale Eintracht können sie nicht erzwingen. Denn sie sind verschieden, nicht nur in Äußerlichkeiten des Lautbestandes, auch im Bau; sie sind den Gemeinschaften zugesellt, die sie schufen, und darum hat jede Sprache *ihren gewissen Genie*, ist einmalig und unverwechselbar, drückt nicht das Immergleiche bloß unzulänglich aus. Alle Sprachen können und sollen die Gedanken genau erklären; deshalb trennen sie die Völker nicht grundsätzlich, wenn nur das Menschliche bleibt. Bodmers religiöse Epen über Noah und die Noachiden (von Naumann nachgeahmt) gaben 1752 und 1765, an Miltons Verlorenes Paradies angelehnt, ein bewegendes Drama der Vater- und Kindesliebe, ohne daß die babylonische Sprachen- und Völkerteilung berührt wurde. Auch Gottes gewaltige Wunder waren nicht mit im Spiel, und so wurden die Epen wirklich „ein Ausweg aus der Bibel durch die Pforte der Poesie", aber auch ein Aufstieg aus dem Historischen zur Humanität[200]).

Das gleiche Anliegen bewegte 1758 den Diplomaten und Völkerrechtslehrer Emer de Vattel (1714–1767), als er die Wolffsche Gesellschaftslehre auf den

---

[200]) Die Discourse der Mahlern I, 6, hg. Theodor Vetter, Bd. 1 (Bibliothek Älterer Schriftwerke der Deutschen Schweiz II, 2), Frauenfeld 1891, S. 31 f. (Sprachtheorie). Der Noah, in 12 Gesängen, Zürich 1752; Die Noachide, in 12 Gesängen, Berlin 1765 (Epen). Dazu Max Wehrli, Johann Jakob Bodmer und die Geschichte der Literatur (Wege zur Dichtung 27), Frauenfeld-Leipzig 1936, S. 59 f.; Schöffler, Geist 47 ff. („Ausweg . . .").

internationalen Verkehr Europas anwandte und dabei überwand. Der Mensch ist ein geselliges Wesen; er hat Sprache, um seine Gedanken mitzuteilen, mit anderen zu verkehren und ihnen zu helfen. Die Menschheit war anfangs eine Gesellschaft, denn alle Menschen sind (wie bei Grotius) Brüder; die Erde gehört allen gemeinsam, denn dazu hat sie der Schöpfer bestimmt. Erst als die Erdbevölkerung wuchs, mußten die Menschen seßhaft werden, um den Boden zu bebauen, und die Nationen trennten sich. Nun sorgt jede zunächst souverän für sich selbst; „die Verschiedenheit aber darf nicht dazu führen, daß den Menschen die Eigenschaft als Menschen abgesprochen wird und die daran geknüpften Gefühle erstickt werden." Auch die souveränen Nationen sollen einander brüderlich und menschlich begegnen; sie können es, wenn sie nur wollen. Die Unterschiede und Wandlungen der Nationalsprachen sind dabei nicht hinderlich, denn Fremdsprachen können erlernt, frühere Sprachgewohnheiten genau ermittelt werden. Nicht die Unvollkommenheit der Sprache, sondern ihr bewußter Mißbrauch vergiftet die Eintracht zwischen den Nationen; Redlichkeit ist die beste Universalsprache, wenigstens solange, wie die europäische Republik in wohlgeordnetem Gleichgewicht ruht. Ob die Menschheit auch künftig Frieden auf Erden behält, hängt von ihr ab, nicht von den Plänen des kalvinistischen Gottes und nicht von der Natur Rousseaus[201]).

Gegen Rousseau vertrat 1764 der Baseler Ratschreiber und Geschichtsphilosoph Isaak Iselin (1728–1782) im Stile Voltaires den Glauben an eine zivilisierte Zukunft der Welt; die Hand Gottes lenkt die Menschheit sichtlich von der natürlichen Wildheit zur bürgerlichen Gesittung. Die Sprache gehört zum geselligen Wesen des Menschen von Anbeginn, auch wenn sie zunächst die Einbildungskraft nur unvollkommen abbildete. Kenntnisse und Austausch erweiterten sie, immer besser diente sie der Geselligkeit. Je allgemeiner Einsichten und Empfindungen des gesitteten Menschen sich verbreiteten, um so näher rückten sich die getrennten Idiome; zwischen den Verbänden setzte sich immer die Mundart der Weiseren durch. Von der erhabenen Humanität der Zukunft darf man sich auch die völlige Vereinigung der Sprachen erhoffen[202]). Das religiöse Geschichtsbild von ursprünglicher Einheit und späterer Zersplitte-

[201]) Le droit des gens ou principes de la loi naturelle . . ., übers. Wilhelm Euler (Die Klassiker des Völkerrechts 3), Tübingen 1959: Einleitung § 10 S. 20 (Mensch und Sprache); II, 20 S. 194 (Menschen als Brüder); I, 203 S. 139 (Erde gehört allen, Seßhaftwerdung); II, 15 S. 190 (Verschiedenheit); II, 262 S. 313 (Fremdsprachen); II, 272 S. 318 (Sprachgewohnheiten); III, 47 S. 391 (europäische Republik). Dazu Reibstein, Völkerrecht Bd. 1, S. 571 ff.

[202]) Über die Geschichte der Menschheit, 2 Bände, 2. Aufl., Zürich 1770: I, 24 Bd. 1, S. 74 f. (Sprache und Geselligkeit); I, 3 S. 22 f. (Einbildungskraft); IV, 3 S. 346 ff. (Wachstum); V, 2 Bd. 2, S. 12 ff. (Näherrücken der Idiome); V, 3 S. 23 f.; V, 11 S. 44 (Mundart der Weiseren). Dazu Ulrich Im Hof, Isaak Iselin, Sein Leben und die Entwicklung seines Denkens bis zur Abfassung der „Geschichte der Menschheit" von 1764, Bd. 2, Basel 1947, S. 471 ff., 567 ff.

rung wird umgedreht; weil die Welt gut geschaffen ist, wird das Gute am Ende siegen.

Freilich ist es in der Natur des Menschen seit jeher angelegt; wer in seine Seele blickt, findet dort die göttliche Tiefe, die von der Weltgeschichte so mühsam erstrebt wird. Der von Bodmer angeregte, von Hamann bewunderte Züricher Pfarrer Johann Kaspar Lavater (1741–1801) wußte 1769/72 wie die Mystiker von einer Natursprache, die alle erdenklichen Vollkommenheiten hat und alle erlernten Sprachen entbehrlich macht. *Diese unmittelbare Sprache ist physionomisch, pantomimisch, musicalisch*; es ist die stumme und beredte Sprache der menschlichen Gestalt, der Gestik und Mimik. Sie ist (im Sinne Rousseaus) die Ursprache, denn die willkürlichen Lautsprachen sind lediglich ihre Abarten; aber sie ist heute wie eh und je unmittelbar verständlich und wird gewiß im Himmel die allumfassende Sprache der Seligen sein[203]). Das Göttliche im Menschen durchbricht die Schranken zwischen Innen und Außen, zwischen Einheit und Vielfalt; Individualität führt zur Brüderlichkeit.

So sind sich in allen Wandlungen des Zeitgeschmacks die Schweizer darin treu geblieben, daß sie zum Maßstab von Sprache und Volk, von Geschichte und Religion die natürliche Humanität machten. Sie umfaßte mehr als Erfahrung und Vernunft; deshalb verpflichtete sie auch die kommende Epoche noch und gab der ablaufenden wenig Anlaß zu wilden Kontroversen.

Der italienischen Diskussion des 18. Jahrhunderts fehlte ein solches gemeinsames Leitbild; statt dessen schieden sich hier je länger je schroffer zwei Parteien. Schon im 17. Jahrhundert hatte sich zwischen dem biblisch-katholischen Geschichtsdenken und der zeitgenössischen Erfahrung von Naturwissenschaftlern und Missionaren ein Abgrund geöffnet; Vico konnte ihn noch einmal schließen. Als aber Italien, nach dem spanischen auch vom französischen Druck befreit, im Gleichgewicht seiner Mittelstaaten zum freien Denken Zeit fand, warfen sich die Literaten auf die fortschrittlichsten, die französischen Ideen; mit dem noch immer mächtigen, jetzt versteiften Kirchenglauben war keine Versöhnung, kaum ein Gespräch möglich. Denn zwischen Erfahrung und Geschichtsdenken kann der Geschichtsphilosoph vermitteln; zwischen Fortschrittsglauben und Traditionalismus gibt es keinen Pakt.

Die italienische Aufklärung begann auf unserem Sektor mit noch fast barocken Geschichtskonstruktionen. Johann Peter Erich (Ericus), aus Eisenach gebürtig und vom Schicksal an das Gymnasium in Padua verschlagen, wollte 1697 von der hebräischen Ursprache nichts mehr wissen. Adam lernte

[203]) Aussichten in die Ewigkeit, Brief 16, in: Ausgewählte Werke, hg. Ernst Staehelin, Bd. 1, Zürich 1943, S. 182–186. Dazu Julius Forssman, J. K. Lavater und die religiösen Strömungen des achtzehnten Jahrhunderts (Abhandlungen der Herder-Gesellschaft und des Herder-Instituts V, 2), Riga 1935, S. 38 ff., 78.

die Sprache *naturae instinctu*; sein erstes Wort war nicht, wie Dante meinte, ein heller Freudenruf, sondern ein staunendes *O!* Später entwickelten die Menschen eine artikulierte Ursprache, welche keine andere als das Griechische war; aus ihm gingen dann Hebräisch, Lateinisch und Keltisch hervor, ohne babylonisches Wunder[204]). Nahm schon diese Naturtheorie auf die klassische Bildung Rücksicht, so breitete die Weltgeschichte des römischen Kanonikers Francesco Bianchini (1662–1729) 1697 die archäologischen und poetischen Zeugnisse der Antike in Fülle aus, um sie mit den biblischen Angaben zu vergleichen. Die Dreiteilung der Erde geht auf die Noachiden zurück, doch sie sind wie bei Leclerc zugleich antike Götter. Neptun ist Japhet, Jupiter-Cham erfand den Götzendienst, Pluto-Sem zeugte die Chinesen (gelbe Semiten gibt es seit Horn). Wenn das fromme Gottesvolk in den fernsten Erdenwinkel verbannt war, durfte die Geschichte der klassischen Völker nicht vom babylonischen Makel befleckt sein; die Sprachverwirrung spielte keine Rolle[205]).

Zwischen naturalistischer und klassizistischer Geschichtsdeutung siedelte sich der Eloquenzprofessor von Neapel, Giambattista Vico (1668–1744) an, um sie beide zu überwinden und mit dem Kirchenglauben zu verbinden. Sein Werk ist „ein merkwürdiger und problematischer Kompromiß zwischen christlicher Lehre und neugewonnener geschichtlicher Erkenntnis", der die göttliche Vorsehung in den Kreislauf der natürlichen und geistigen Entwicklung hineinnimmt. Eine lateinische Rede verwies 1708 auf die orientalischen Sprachen der heiligen Bücher, bezeichnete aber das Griechische und das aus ihm hervorgegangene Lateinische als die beiden bedeutendsten Sprachen; denn sie sind reich, schön, lebendig und begeistert. Von den Töchtern des Lateinischen ist das Französische nur abstrakter, kraftloser Rede fähig, während das Italienische, bilderreich und lebendig bewegt, den klassischen Sprachen gleichkommt und die Zeiten im Sinne Petrarcas miteinander versöhnt. Im Kreislauf der Sprachengeschichte triumphiert also die ursprüngliche Lebenskraft über die Vernunft, zumal die Sprachen nicht von den Verstandeskräften *(ingenia)* gebildet werden, sie vielmehr formen. Im Klassischen finden wir das Natürliche, weil Leben und Sprache nicht der menschlichen Willkür unterliegen.

Vico wandte diese Anschauungen seit 1725 auf die Weltgeschichte an. Er unterschied zwischen der göttlichen Ursprache, einer stummen, hieroglyphenartigen Zeichensprache, und den späteren menschlichen Idiomen, die zunächst symbolisch, später konventionell waren. Am Übergang zwischen beiden steht die natürliche Sprache (etwa im Sinne Böhmes), die Adam von Gott erlernte.

---

[204]) *'Ανθρωπογλωττογονία* sive Humanae linguae genesis, Venedig 1697, S. 1, 6.

[205]) La istoria universale provata con monumenti e figurata con simboli de gli antichi, Bd. 1, Rom 1697, S. 202 ff. Dazu Giulio NATALI, Il Settecento (Storia letteraria d'Italia 8), 2 Bände, 3. Aufl., Mailand 1929, hier Bd. 1, S. 366 f.

In Babel ging sie wunderbar verloren, mit ihr die Einheit des Glaubens und der Bildung. Zuerst trennte sich Cham, dann Japhet, endlich Sem von der wahren Religion Noahs; sie zerstreuten sich und wurden zu bestialischen Giganten. Babel repräsentiert, wie seit Dante so häufig, den Einschnitt zwischen göttlicher und natürlicher Sprachentwicklung; mit Babel beginnt ein neuer Kreislauf. Die Zerstreuten waren zunächst stumm; allmählich erfanden sie ihre Volkssprachen. Diese *lingue natie* erwuchsen natürlich, aus Lautmalerei und Ausruf, anfangs einsilbig, musikalisch und poetisch, indes erst *lunga stagione* nach der Konstituierung der Noachidenvölker. Wie die Völker durch die Verschiedenheiten des Klimas eigentümlich geprägt sind, so weichen auch ihre Sprachen natürlich voneinander ab. Nur ein Volk, das hebräische, ist (wie bei Pascal) diesem Prozeß nicht unterworfen. Als Noahs Gründung ist es das älteste Volk der Welt; seine *lingua santa* ist die früheste aller Sprachen. (Die Juden gehören nicht zu Sem, der nach Babel zum Barbaren wurde.) Gottes Fügung durchbricht die Entwicklung, um Dauer zu stiften. Auch das Christentum hat sich neben dem Hebräischen das Griechische, die Sprache der höchsten Feinheit, und das Lateinische, die Sprache der größten Erhabenheit, angeeignet und entzieht sich mit den drei unveränderlichen Bildungssprachen dem Verfall, der Sprachen und Völker zyklisch trifft. Doch kann auch die kraftvolle Natürlichkeit eine Sprache über die Zeiten hinwegtragen, wie etwa die deutsche Ursprache *(lingua madre)*. Die Kreislauftheorie kennt mehrere Anfänge; deshalb ist es irrig, wenn Schweden und Niederländer ihr germanisches Idiom für das älteste auf Erden ausgeben.

Göttliche Ewigkeit und natürliche Lebenskraft verquicken sich mit natürlicher Entfaltung und geschichtlichem Verfall zu einer idealen ewigen Geschichte, die jedem Augenblick einen einzigartigen und doch typischen Wert verleiht, jede Sprache als Ausdruck ihrer eigenen Zeit und zugleich als Abwandlung des menschlichen Geistes begreift, jedes Volk zu einem Produkt der Umstände und gleichwohl zu einem Gedanken Gottes macht. So weit Vico in die Zukunft wirkte – bereits Goguets und Turgots Ansichten erinnern an ihn –, so fremd und überholt erscheinen seine Gedanken im italienischen Umkreis; den Frommen verdarben sie die Ehrfurcht vor Gottes unbegreiflicher Vorsehung, den Kritikern nahmen sie den Stolz auf vernünftigen Fortschritt[206]). Sie begannen doch eben erst, ihm zu frönen.

---

[206]) De nostri temporis studiorum ratione, hg. Walter Friedrich OTTO, Godesberg 1947: c. 14 S. 144 (orientalische Sprachen); c. 7 S. 64 (Griechisch, Latein), 70 ff. (Französisch, Italienisch), 72 (ingenia). Opere, hg. Fausto NICOLINI (LI 43), Mailand-Neapel 1953: Principj di Scienza Nuova Nr. 401 S. 517 (göttliche und menschliche Sprache); Nr. 62 S. 408 f. (Babel); Nr. 13 S. 374; Nr. 369 S. 498 f. (Söhne Noahs); Nr. 22 S. 381; Nr. 439 S. 540; Nr. 444 f. S. 543 f. (natürliche Volkssprachen); Nr. 21 S. 381 (lunga stagione); Nr. 13 S. 375; Nr. 51 S. 403; Nr. 301 S. 471; Nr. 371 S. 500

Der Florentiner Professor für Kirchengeschichte Giovanni Lami (1697–1770), den Jesuiten gram, den Freimaurern freund, stellte 1738 entschieden die Vernunft über den Buchstaben (auch der Bibel), das Verständnis über die Sprache. Die Apostel sollten bloß den Glauben ausbreiten, nicht die Wissenschaft fördern; sie waren ungelehrt und lernten auch an Pfingsten nicht alle irdischen Sprachen. Nur die Gnade wurde ihnen zuteil, daß jeder sie in seiner Sprache verstand; Petrus konnte sich auf syrisch allen Hörern mitteilen. Hätten die Apostel wirklich Sprachen gelernt, ihr Griechisch wäre nicht so barbarisch gewesen. Wenn Pfingsten nur ein Hörwunder war, korrespondierte es auch überzeugend mit Babel; denn dieses Wunder betraf gleichfalls das Verständnis, nicht die Sprache. Beim Turmbau entstanden keine Nationalsprachen, sondern bloß Mißverständnisse[207]). Gottes Wunder wirken an der Natur vorbei und ändern die Weltgeschichte nicht; diese dreht sich nicht im Kreis, sie schreitet fort. Die heiligen Barbaren der Urkirche können es mit antiken und modernen Weltbürgern nicht aufnehmen.

Für Kosmopoliten wie den römischen Melodramatiker Pietro Antonio Metastasio (1698–1782) gab es 1736 keine Sprachschwierigkeiten. Wie man in Wien die Texte des italienischen Hofdichters verstand, so fand sein Held Themistokles am Perserhof sogleich mit allen Kontakt. Freilich zog es ihn nach der athenischen Heimat, auch zur heimischen *favella*, denn er war menschlich; aber das konnte er auch in der Fremde sein. Nicht der Andersssprachige, sondern der Grausame ist für Metastasio *barbaro*[208]). Sein venezianischer Schüler Carlo Goldoni (1707–1793) erhob 1748 die Weltläufigkeit vollends zur italienischen Nationaltugend. Der Franzose ist verliebt in seine Küche und sein Paris, der Engländer tut sich viel auf seinen Londoner Spleen zugute, der Spanier weist seine Ahnentafel vor und hält Madrid für den Königspalast der Welt; der rechte Italiener aber übernimmt das Gute von allen Nationen, die ganze Welt ist seine Heimat[209]). Sie war es in der Tat für Goldonis Mitbürger, den venezianischen

---

(Hebräer); Nr. 1094 S. 859 (drei Bildungssprachen); Nr. 452 S. 549 (deutsche Ursprache); Nr. 430 S. 531 f. (Schweden, Niederländer). Zum Geschichtsdenken Meinecke, Historismus 53 ff. („merkwürdiger Kompromiß . . .“); Rudolf Stadelmann, Gian Battista Vico, in: Stadelmann, Geschichtsdenker 131–147, hier S. 136, 140; Löwith, Heilsgeschehen 109 ff. Zum Sprachdenken Cassirer, Philosophie 90 ff.; Robert Anderson Hall, Jr., G. B. Vico and Linguistic Theory, in: Italica 18 (1941) 145–154, hier S. 147 ff.; Fausto Nicolini, La religiosità di Giambattista Vico (Biblioteca di Cultura Moderna 467), Bari 1949, S. 103 ff., 119 ff.; Aloysius Robert Caponigri, Time and Idea, The Theory of History in Giambattista Vico, London 1953, S. 177 ff.

[207]) De eruditione apostolorum liber singularis, 2. Aufl., Florenz 1766, S. 937 ff. Dazu Natali (o. Anm. 205) Bd. 1, S. 421 f.

[208]) Temistocle I, 1 ff., in: Tutte le opere, hg. Bruno Brunelli, Bd. 1, Mailand 1953, S. 869 ff. (Verständigung); II, 8 S. 900 (favella); II, 5 S. 896 (barbaro).

[209]) La vedova scaltra I, 1, in: Tutte le opere, hg. Giuseppe Ortolani, Bd. 2, Mailand 1936, S. 333; I, 18 S. 354.

Abenteurer Giacomo Casanova (1725–1798), der mit Eifer seine Italianismen ausmerzte und Französisch *indispensable* fand. Es half ihm wirklich durch alle Welt, und nur wo man es nicht geläufig sprach, in Holland, Deutschland, England, Spanien, Rußland, fühlte Casanova sich nicht ganz zu Hause. Er liebte auch seine Muttersprache, doch was er an ihr rühmte, war die Bereitschaft, sich aus allen Sprachen zu bereichern. Klangvoll ist auch Kastilisch dank seiner zahlreichen *A*; dieser natürlichste aller Vokale verleiht auch dem Arabischen seinen Reiz und (nach Diderot) das Vorrecht hohen Alters. Antiquitäten gehören in den Orient. Nur sollte der Maler Mengs nicht die alberne These vertreten, es stünden heute noch Reste des Turms von Babel; *cette singulière tour* ist lediglich ein Theaterrequisit[210]).

Dazu diente Babel auch dem neapolitanischen Schöngeist Fernando Galiani (1728–1787), dem Freund der Enzyklopädisten. Geistreich verspottete er 1771 Rousseaus Naturschwärmerei: sein krauser, unpraktischer Gesellschaftsvertrag wurde „am Fuße des Turmes zu Babel vom seligen Notar Nimrod aufgesetzt". Biblische Tradition und philosophische Spekulation unterrichten uns nicht über Ursprung und Wert der Sprachen und Völker. Nicht Court de Gébelin und sein „Geschwätz über die alte Geschichte", sondern die tägliche Erfahrung lehrt, daß die natürlichen und ersten Laute des Menschen die von verständnislosen Kindern gelallten verdoppelten Einsilber waren. *Mama* ist also uralt, aber nicht (wie bei Turgot) der Bedeutung wegen; erst durch spätere Erziehung der Kinder zu Begriffen bekamen die Laute Bedeutung. Sprache ist Konvention; darum kann sie nur Gesellschaften, nicht die ganze Menschheit verbinden. Daß die Sprachen sich teilten, wurde dann zum Grund aller Unduldsamkeit zwischen den Religionen und Konfessionen, aller Verschiedenheit zwischen den Rassen; aber wenigstens das kultivierte Europa sollte sich in Menschenliebe verständigen können. Im 20. Jahrhundert wird es gelungen sein; man wird in Europa keine Gelehrtensprachen mehr kennen, als allgemeine Umgangssprache das Französisch der Pariser Salons, als Hofsprache das Slavisch der östlichen Monarchie benutzen. Hellsichtiger als die meisten Zeitgenossen, sehnte Galiani diese Zukunft nicht herbei, denn sie wird Europa monoton, fast chinesisch machen. Auf der unendlichen Verschiedenheit der europäischen Völker beruht ja die Vollkommenheit unserer Rasse; jedes Volk und jede Sprache besitzt (fast wie bei Vico) Besonderes, nicht Übertragbares, Lebendiges. „Alle Jahrhunderte und alle Länder haben ihre lebenden Sprachen, und alle sind gleich gut." Auch das geliebte Französisch wird zur toten Sprache

---

[210]) Histoire de ma vie, hg. Verlag Friedrich Arnold Brockhaus, Bd. 1, Wiesbaden-Paris 1960, S. 220 (indispensable). Mémoires, hg. Raoul Vèze, 12 Bände, Paris 1924–35, hier Bd 11, S. 190 f. (Reichtum des Italienischen); Bd. 10, S. 271 (Kastilisch, Arabisch); Bd. 11, S. 46 (Mengs). Dazu Hazard, Herrschaft 350 ff.

werden wie das Latein; und tote Sprachen (man denkt an Turgot) taugen allenfalls für monumentale Inschriften, nur lebende für das elektrisierende Gespräch. Zwischen primitiver Barbarei, klassischer Monumentalität und kommender Monotonie, zwischen den Zonen des Todes, blüht heute noch die lebendige Fülle europäischer Gesprächigkeit und Freundschaft; es heißt sie zu genießen, nicht an Erinnerungen und Ängste zu verschwenden[210a]).

Und wenn schon Altertum, ist vor ihm nicht auch alles Lebende gleich? Der lombardische Klerikerdichter Giuseppe Parini (1729–1799) machte sich 1757 über den hochmütigen Adligen lustig, der seine Ahnen bis auf Karl den Großen nachweisen kann; adliger als er ist der Dichter, denn er stammt von Adam. Jeder kann die Dinge auf seine Weise benennen; allen Menschen gab die Natur die Fähigkeit, ihre Gedanken auszudrücken und mitzuteilen; deshalb hielt Parini 1760 alle Sprachen für gleich schön. Sie sind nicht gleich, fügte er 1773 hinzu; ebenso wie Völker und Nationen spiegeln die Sprachen klimatische und historische Unterschiede. Der Kenner bedauert sie nicht, denn sie bereichern ihn[211]). So muß sich nach der Meinung des Professors Melchiorre Cesarotti (1750–1808) von 1785 jede Sprache an fremden Idiomen bilden. Denn die natürliche, instinktive Ursprache, wie Brosses sie beschrieb, ist längst den konventionellen Idiomen gewichen, die keiner Autorität als der Vernunft unterworfen sein dürfen. Cesarotti lehrte Hebräisch und Griechisch und dichtete empfindsam über Ossian; trotzdem ging ihm der Wille des Schriftstellers über die Traditionen, die kritische Vernunft über das Nationalgefühl, die Gegenwart über die Geschichte[212]).

Während sich die italienischen Aufklärer immer dezidierter von allen Geschichtsdeutungen und Glaubenslehren distanzierten, vertraten die katho-

---

[210a]) Die Briefe, übers. Heinrich CONRAD - Wilhelm WEIGAND, 2 Bände, München-Leipzig 1907: Nr. 110 vom 25. 5. 1771 Bd. 1, S. 258 (Turmbau; vgl. Nr. 357 von Susanne Necker an Galiani Bd. 2, S. 703); Nr. 198 vom 24. 4. 1773 Bd. 2, S. 448 (Gébelin, Kindersprache); Nr. 194 vom 27. 3. 1773 S. 440 (Unduldsamkeit, Rassen, Menschenliebe); Nr. 107 vom 4. 5. 1771 Bd. 1, S. 251 (Gelehrtensprachen, Französisch, Slavisch); Nr. 211 vom 24. 7. 1773 Bd. 2, S. 469 f. (künftige Monotonie, China); Nr. 325 vom 22. 11. 1777 S. 653 f. (Verschiedenheit, Vollkommenheit); Nr. 258 vom 28. 1. 1773 S. 558 (jedes Volk und jede Sprache); Nr. 233 vom 23. 4. 1774 S. 517 (alle Jahrhunderte, totes Französisch); Nr. 41 vom 12. 5. 1770 Bd. 1, S. 91 (Inschriften, Gespräch).

[211]) Poesie e Prose, hg. Lanfranco CARETTI (LI 48), Mailand-Neapel 1951: Dialogo sopra la nobiltà S. 563 (Karl d. Gr. und Adam); Sul dialetto milanese S. 456 f. (Gleichheit der Sprachen); Dai principi generali e particolari delle belle lettere c. 2 S. 477 ff. (Verschiedenheit). Dazu NATALI (o. Anm. 205) Bd. 2, S. 698 ff.

[212]) Saggio sopra la lingua italiana, Padua 1785 (in Deutschland nicht zugänglich); zitiert nach August BUCK, Das Problem der Nationalsprache in der italienischen Geistesgeschichte, in: Zeitschrift für deutsche Geisteswissenschaft 4 (1941) 179–189, hier S. 186 f.; KLEIN, Latein 101 ff.; Mario PUPPO, Storicità della lingua e libertà dello scrittore nel „Saggio sulla filosofia delle lingue" del Cesarotti, in: Giornale storico della letteratura italiana 133 (1956) 510–543, hier S. 511 ff.

lischen Apologeten immer nachdrücklicher die alte Geschichtstheologie, die sich nun zum starren Supranaturalismus steigerte. Gegen alle Angriffe von der Art des Ericus lehrte 1705 der Jesuit Giacomo Maria Ayroli (1660–1721), Hebräisch-Professor am Collegium Romanum, das Hebräische sei die älteste Sprache der Welt, sein *auctor* Gott selbst. Die irdische Schönheit des Hebräischen beruht auf seiner Reinheit; es kennt keine Fremdwörter, während alle anderen Sprachen der Erde hebräische, also fremde Bestandteile mitschleppen. Zum Trost für den Puristen wird, nach Soph. 3, 9, im Himmel wieder ausschließlich Hebräisch zu vernehmen sein[213]). Die Weltgeschichte der Sprachen ist nur ein kurzer Umweg ins Unreine. Etwas einläßlicher befaßte sich mit ihr der jesuitische Vikar des Bischofs von Syrakus, Geronimo Renda-Ragusa (1655–1727); doch erzählte er 1715 bloß die alten Geschichten von der hebräischen Ursprache, vom Giganten Nimrod-Belus und seinen Riesen, vom Turmbau, den der Sturm umblies, vom Babelwunder, bei dem Gott unter die 72 Familien der Welt 72 Sprachen verteilte[214]). In der irdischen Welt selbst sorgen Gottes Wunder für Ordnung und Symmetrie.

Das war zu naiv; entsetzt wehrte der neapolitanische Jesuit Simone Bagnati (1651–1727) in seinen Volkspredigten die Formel von 72 Sprachen ab, die so wenig wie das Märchen von Noahs Italienbesuch der Kritik standhalte. Wie will man denn die Sprachen zählen? Unser Italienisch ist im ganzen Lande eins, und doch hat es viele Dialekte. Aber es wäre Lokalpatriotismus, wollte man nicht an die hebräische Ursprache glauben. Und Babel kann man sich (unter österreichischer Besatzung) plastisch vorstellen. König Nimrod hatte, um die Weltherrschaft zu erringen, ein Heer von einer Million Mann mobilisiert und baute zum gleichen Zweck den Babelturm. Nimrod war begabt, aber bodenlos schlecht – wie Luther, Calvin und Mohammed (die Liste erinnert an Père Joseph); und sein Plan mißriet. Feurig schilderte der Prediger das lächerliche *spettacolo*, wie sich in Babel schlagartig die Sprachen wandelten; da entstanden Griechisch, Lateinisch, Illyrisch, Tatarisch (nach Genebrard) und später aus dem Lateinischen das Italienische, aus dem Slavisch-Illyrischen das Deutsche, fast möchte man sagen Habsburgische; Vico überschätzte es[215]). Wenn aber Gott die Sprachgeschichte so sichtbar lenkt, warum nicht auch in 72 Sprachen? Der Kamaldulenser Gabriele da Venezia (ca. 1700–1764) glaubte 1758 in aller Unschuld an sie; als Nimrod seine Pyramide bauen wollte, da vergaßen die Menschen die hebräische Ursprache und erhielten 72 neue Dialekte, aber nicht selbsterfundene, sondern *supernamente loro infusi*. Leider half die babylonische

---

[213]) De praestantia linguae sanctae oratio, Rom 1705, S. 1–7.
[214]) Pentateuchus Mosis, Messina 1715, S. 50–53.
[215]) Lezioni sacre sopra i fatti illustri della divina scrittura, Bd. 1, Venedig 1732, S. 107 (72 Sprachen), 87 ff. (Hebräisch), 83 f. (Nimrod), 105 ff. (Sprachverwirrung).

Lektion nicht auf die Dauer; Alexander der Große und Scipio Africanus folgten weiter Nimrods *idea dell'umana gloria*, selbst Christen lassen es an Demut fehlen – soeben vertrieb man die Jesuiten aus Portugal[216]).

So wäre an Gottes direkte Lenkung wenigstens der gottlosen Gegenwart nicht zu denken? Der Jesuit Alfonso Nicolai (1706–1784) aus Lucca hatte 1760 seine Zweifel, zumal er zahlreiche kalvinistische Autoren heranzog. Sogar von der hebräischen Ursprache redete er nur zögernd. Gegen Leclerc hielt er wohl an der wunderbaren Sprachenteilung fest, die Genebrards Grundsprachen ergab; doch der Topos von 72 Sprachen sei *incertissimo*. Überhaupt sollte man nicht unnötig viele Wunder in Babel annehmen. Auch die Völkertafel ist unvollständig, wie Shuckford zeigte; denn Noah war wohl in China. Zur Gegenwart darf man die Linien nicht gerade durchziehen; Magog kann nicht als Vater der Deutschen anerkannt werden. Das Schwergewicht der geschichtlichen Entwicklungen, Verschiebungen, Schichtungen macht sich neben Gottes Willen bemerkbar[217]). Doch war dies das weiteste Entgegenkommen der Apologeten an die Zeitströmungen. Nur Vicos Kollege Alessio Simmaco Mazzocchi (1684–1771), der Exeget der Universität Neapel, suchte 1762 noch einmal das göttliche Wunder mit der natürlichen Entfaltung zu versöhnen, weil er alle Sprachen der Welt gern philologisch auf das Hebräische zurückgeführt hätte. Der Turm Nimrods diente dem Götzendienst und trug auf seiner Spitze ein Götzenbild; er wurde nur von den Hamiten gebaut, zu denen auch die Amerikaner gehören. Als der Wind Gottes, dem pfingstlichen Wehen des Heiligen Geistes ähnlich, den Turm umblies, wurden nur die Hamiten verwirrt und zerstreut. Die frömmeren Völker indes durften ihre Sprachen langsam und natürlich aus dem Hebräischen entwickeln und ihr Gebiet erweitern. Zu diesen von alters her Gesegneten gehören nicht die Russen, ein *populus recens*, und Nimrods Spießgesellen, die Etrusker, wohl aber die übrigen Italiener, denn sie sind Kittim. Mögen die heidnischen Indianer und die aufgeklärten Toskaner sehen, wo sie bleiben; das Neapel Ferdinands IV. bedarf keiner Reformen, um glücklich zu sein, denn es ist fromm[218]).

Reformen schätzte auch Viktor Amadeus III. von Savoyen nicht; darum widmete ihm 1788 der Franziskaner Jacopo Belli aus Reggio einen erzreaktionären Genesiskommentar. Über Voltaire, „die alte Schlange von Ferney",

---

[216]) Osservazioni storico-morali sull'antico sagro testamento, Bd. 1, Venedig 1758, S. 38–44.

[217]) Dissertazioni e lezioni di sacra scrittura, Bd. 5, Florenz 1760, S. 103 ff. (Ursprache), 3 f., 114 ff. (Wunder in Babel), 117 ff. (Grundsprachen, 72 Sprachen), 109 ff. (Noah in China), 10 (Magog). Dazu NATALI (o. Anm. 205) Bd. 2, S. 1124.

[218]) Spicilegium biblicum, Bd. 1, Neapel 1762, S. 67 ff. (Babel), 203 (Amerikaner), 258 ff. (Russen), 208 (Etrusker), 249 ff. (Kittim). Dazu NATALI (o. Anm. 205) Bd. 1, S. 413 f.

und alle Ketzer seit Bruno und Socini wurde umständlich Gericht gehalten. Sämtliche Menschen stammen von Adam ab, von niemandem sonst; und Adam wurde von Gott geschaffen, zum Sprechen fähig, doch ohne angeborene Sprache. Erfinden konnte er sie nicht, also wurde sie ihn von Gott gelehrt. Diese wunderbare Ursprache ist das kurze, einfache, genaue und reiche Hebräisch. In Babel kam es der Menschheit abhanden, bei dem *insano progetto de' fabbricatori della torre di Senaar*. Seitdem werden die Sprachen willkürlich festgesetzt, und darum sind sie verschieden. Gottes Schuld ist das nicht; er goß den Aposteln und dem heiligen Antonius von Padua, einem Franziskaner, umfassende Sprachkenntnisse ein[219]). Das ewige Wunder hilft nur den Frommen, ihnen aber zu allen Zeiten; wer sich ins Irdische verstrickt, der sehe selbst zu.

So sind auch die Apologeten wie ihre Gegner von der universalen Heilsgeschichte und den Details der Schöpfung immer weiter abgerückt. Der Abstand zwischen den Feinden, zwischen der abstrakten Vernunft und dem zeitlosen Wunder, war vielleicht tief, jedenfalls kurz. Beide mißachteten die schwere Mühsal und die irdische Wärme, die in geschichtlichen Völkern und Sprachen Gestalt gewannen und auch in Italien bald nach Ausdruck verlangten. Erst dann siegte Vico über seine Zeit, die ihn totgeschwiegen hatte.

In Spanien dagegen fand der barocke Streit zwischen gläubigen Träumern und illusionslosen Beobachtern keine Fortsetzung. Das Zeitalter der Bourbonen war weder der patriotischen Tradition noch der großen Weltdichtung günstig; es wurde „das dünnste Jahrhundert spanischer Literatur und spanischen Geisteslebens". Gleichwohl brachte die Erschöpfung der produktiven Kräfte eine Blütezeit kritischer Gelehrsamkeit, die den Anschluß an das europäische, vor allem französische Denken fand und sich doch der spanischen Überlieferung annahm[220]). Alles wurde geprüft, das Beste behalten. Die kleineren Geister wußten es freilich nicht besser als früher. Zwei in der Wüste ausgesetzte Kinder sprechen miteinander (nach Mejias Lehre) Hebräisch, *la lengua natural*; der erste Spanier Tubal empfing das Kastilische von seinem Schutzengel, nicht von den Römern; es gibt auf Erden 70 Völker – derlei las man immer noch[221]). Doch derweilen war der Benediktinerprofessor Benito Jerónimo Feijóo y Montenegro (1676–1764) in Oviedo schon dabei, das Welttheater kritisch neu zu arrangieren. Das war sicher, daß das Menschengeschlecht von dem einen

---

[219]) Il santo libro della Genesi difeso da' nuovi assalti de' moderni liberi pensatori, Bd. 1, Parma 1788, S. III (Voltaire), 189 ff. (gegen Präadamiten), 303 ff. (Sprachursprung, Ursprache, Babel).

[220]) Heinrich Lausberg, in: Zeitschrift für romanische Philologie 69 (1953) 444 (dünnstes Jahrhundert); Richard Herr, The Eighteenth-Century Revolution in Spain, Princeton 1958, S. 435 ff. (kritische Erneuerung).

[221]) Fernando Lazaro Carreter, Las ideas lingüisticas en España durante el siglo XVIII (Revista de filología española, Anejo 48), Madrid 1949, S. 91 (Hebräisch), 92 f. (Tubal), 94 (70 Völker).

Vater Adam kam und die Amerikaner unsere Brüder sind. Aber man muß doch nicht meinen, sie wären nach der Sintflut von Engeln übers Meer getragen worden; dafür gab es Landbrücken. Woher die einzelnen Völker kamen, ist schwer zu sagen; wer will entscheiden, wann genau diese oder jene Sprache entstand? Was bisher darüber vorgebracht wurde, war nicht vom kritischen Sinn, sondern meist von nationaler Leidenschaft diktiert; sie trügt. Man kann wohl (so 1726) sagen, daß die hebräische Sprache *madre de todas* ist, aber im Wert sind alle Idiome einander gleich, von Menschen gemacht und keine treuen Spiegel der Natur, auch das Hebräische. Deshalb rede jeder seine eigene Sprache, ohne auf die anderen herabzusehen. Wie dumm ist das türkische Sprichwort, Türkisch sei die einzige Sprache im Paradies, Persisch die in der Hölle! Wie töricht sind die Versuche von Goropius Becanus und Rudbeck, ihre Sprache zur Ursprache zu erklären! Wie borniert ist der Glaube mancher Spanier, in fremden Sprachen könnten nur Kindereien gesagt und gedruckt werden! Als ob die wichtigsten Wahrheiten nicht in allen Sprachen vorgebracht werden könnten! Die Apostel jedenfalls erklärten die größten und höchsten Wahrheiten in jeder Art von Sprache. Es kann also sein, daß wir die Kraft der Urzeit einbüßten und nach Babel verwirrt und mühsam neu beginnen mußten; wir sind trotzdem auch jetzt noch allesamt Brüder, und Gottes Segen ist nicht fern[222]).

Während Feijóo der Gegenwart diente, wollte 1737 der Jurist an der Universität Valencia, Gregorio Mayáns y Siscar (1699–1781), genauer die Grenze zum göttlichen Ursprung abstecken. Glücklich waren jene ersten Zeiten, als alle Menschen eine Sprache brauchten; sie enthielt alles und war göttlich schön. Gott muß sie Adam und Eva eingegeben haben. Der menschliche Hochmut vertat sie bei der *loca empresa* des Turmbaus; doch auch die neuen Sprachen von Babel waren (wie bei Pellicer) noch *infundidas por Dios*, also vollkommen und treffend. Seitdem aber ist unendlich viel geschehen; die Geschichte hat die Idiome verwandelt, und von ihrer ursprünglichen Gestalt sind uns keinerlei Schriftzeugnisse erhalten. Wir müssen demnach annehmen, daß keine der heutigen Sprachen mit der Ursprache, auch nur mit einer Babelsprache identisch ist; dies trifft auch auf das Hebräische zu, selbst wenn es seinen Namen noch von Heber her tragen sollte. Denn Sprachen sind wie Flüsse; sie führen

[222]) Si hay otros mundos, in: Cartas eruditas, hg. Agustín MILLARES CARLO (Clásicos Castellanos 85), Madrid 1928, S. 99 f. (Amerikaner). Teatro crítico universal, hg. Agustín MILLARES CARLO, 3 Bände (Clásicos Castellanos 48, 53, 67), Madrid 1923–25: Paralelo de las lenguas castellana y francesa § 5 Bd. 1, S. 272 (Hebräisch); § 3 S. 263–266 (Gleichheit der Sprachen); Antipatía de Franceses y Españoles § 3 S. 331 (Türkisch, Persisch); Amor de la patria y pasión nacional § 5 Bd. 2, S. 71 f. (Goropius, Rudbeck); § 3 S. 63 (Spanier, Apostel). Dazu LAZARO CARRETER (o. Anm. 221) S. 47 ff.; HERR (o. Anm. 220) S. 37 ff.; Anthony TUDISCO, Hipotesis españolas en el siglo XVIII sobre el origen de los Indios, in: Ciencias sociales 5 (1954) 146–151, hier S. 148 f.

immer dieselbe Bezeichnung, aber stets neues Wasser. Vielleicht besiedelte Tubal Spanien und brachte eine Babelsprache mit; jedoch sie ist längst im Strom der Zeit untergegangen. Auch unsere Geschichte wird indes noch immer von Gott behütet. An Pfingsten verlieh er den Aposteln die Sprachengabe, und damit sein Glaube sich verbreite, ließ er nur zwei Hauptsprachen zu, Lateinisch und Griechisch. Als die Neue Welt zu missionieren war, fanden die Spanier durch Gottes Gnade auch dort nur zwei Hauptsprachen vor, eine in Mexiko, eine in Peru. Wir brauchen der Urzeit nicht lange nachzutrauern; der Segen über Adams Sprache und die Babelsprachen hat seine Kraft noch nicht verloren[223]). Mayáns nahm damit die Ansichten von Aldrete und Covarrubias wieder auf; sie bestätigten jetzt im Sinne einer aufgeklärten Apologetik, daß das ursprüngliche Wunder mit der natürlichen Entfaltung der Folgezeit zwar nicht zusammenfällt, aber durch den gütigen Gott zusammengehalten wird.

Damit näherte man sich dem Standpunkt Vicos; Feijóos Freund, der Benediktiner Martín Sarmiento (1695-1771) nahm ihn seit 1758 ein. Kein Mensch kann Sprache erfinden, ihr Ursprung ist göttlich. Die heilige, von Gott gebildete, dem Menschen eingegossene Ursprache Adams war doch das Hebräische. Gott teilte es in Babel *in lenguas varias, que algunos suben al número de setenta y dos, y otros a un número indeterminado*. Das *suben* läßt annehmen, daß Sarmiento die Zahl 72 für zu hoch hielt. Sie hat für die folgende Zeit keine Bedeutung mehr, weil die Babelsprachen zwar möglicherweise hebräische Dialekte waren, aber allen Turmbauern, außer den frommen Semiten, sogleich wieder entzogen wurden. Gott machte die Menschen nämlich stumm, und so mußten sie, auseinandergetrieben, sich in langer Arbeit ihre Sprachen neu aufbauen. Mit Gestammel beginnend, richteten sich diese *lenguas bárbaras* nach den Natureindrücken und entfalteten sich später zu den modernen konventionellen Idiomen. Damit ist im Grunde Condillacs Theorie übernommen; nur wird sie an die heilige Urgeschichte angehängt, anstatt sie zu ersetzen. Der Pater, ein begeisterter Botaniker, huldigte auch dem französischen Fortschrittsglauben und hoffte auf eine künftige *lengua general*, nicht als Umgangssprache, sondern zur logischen Klassifizierung der Natur, wie Linné sie begonnen hatte[224]). Göttlicher Ursprung und menschlicher Fortschritt schließen sich aneinander; doch überwiegt die dem Forscher zugedachte Rolle einigermaßen den Anteil Gottes.

---

[223]) Orígenes de la lengua española, Bd. 1, Madrid 1737, S. 1–9 (Ursprache, Babel, Flüsse), 15 (Tubal), 64 (Pfingsten). Dazu Lazaro Carreter (o. Anm. 221) S. 52 ff., 94 ff.

[224]) Escritos filológicos del padre Sarmiento, in: Boletín de la Real Academia Española 16 (1929) 244–255, 366–382: Origen y formación de las lenguas bárbaras S. 244 ff. (Hebräisch, Babel), 373 ff. (lengua general). Dazu Lazaro Carreter (o. Anm. 221) S. 50 ff., 96 ff., 118 ff.

Gegen diese Begünstigung der Aufklärung wandte sich der Feind alles französischen Einflusses, der Jurist und Satiriker Juan Pablo Forner (1756–1797), als er ein Gedicht von den Urmenschen entwarf. Bekanntlich lebten sie, gemäß Voltaires exakten Berechnungen, lange vor der Erschaffung der Welt; sie kannten noch keine Sprache, denn gewichtige Philosophen behaupten es. Aber die Helden des Gedichts haben das seltene Glück, Condillacs Anweisungen für das Verhalten von Urmenschen zwecks Erfindung der Sprache kennenzulernen, und befolgen sie. So konstruieren sie ein derart klares und fruchtbares Idiom, daß man über das Kauderwelsch *(algarabía)* von Babel bloß noch lachen kann[225]). Mit anderen Worten: Wenn die französischen Philosophen recht hätten, wären die Menschen immer so klug wie sie gewesen; es wäre niemals zur gegenwärtigen Sprachenvielfalt gekommen, und die Konstruktionen der Aufklärer wären überflüssig. Wer sich am grünen Tisch ausdenkt, wie die Weltgeschichte hätte verlaufen sollen, sündigt gegen die Wirklichkeit, die er verbessern möchte. Wer die Sprache der Fakten nicht vernehmen will, ist nicht vernünftig; Babel ist ein Faktum. Doch konnte Forner damit nur die historische Faktizität der biblischen Urgeschichte schützen, nicht die Realitäten der geschichtlichen Entwicklung bestreiten. Es blieb dabei: In dem Jahrhundert, das auch in der wissenschaftlichen Prosa das Spanische anstelle des Lateinischen durchsetzte, begannen die Spanier sich der geschichtlichen Distanz von den Ursprüngen bewußt zu werden, ohne die biblischen Traditionen über sie preiszugeben. Sie blieben ehrwürdig und wahr, wenngleich das Leben von ihnen fortführte.

Sie konnten auch im spanischen Mexiko das Leben nicht ordnen, um so weniger, je problematischer das Verhältnis der spanischen Herren zu den Eingeborenen und Mischlingen wurde. Von Gómara bis Rocha hatten die Spanier gern die Völkertafel benutzt, um die Indios historisch einzuordnen und unterzuordnen; den Einheimischen konnte das nicht gefallen. Schon die große kreolische Dichterin Juana Inés de la Cruz (1651–1695) stellte dem Recht auf Herkunft die Pflicht zum Bekenntnis entgegen. Dem frommen westgotischen Königssohn hält sein häretischer Vater vor, daß die Nachkommen des großen Patriarchen Noah Skandinavien besiedelt hätten und die Ahnen der Goten, also seine Vorfahren seien; auf den künftigen Märtyrer macht das keinen Eindruck[226]). Als sich im späten 18. Jahrhundert, nach der Vertreibung der Jesuiten, Lage und Stimmung der Indios rapide verschlechterten, machte der Spanier Antonio de Ulloa (1716–1795) 1772 einen verzweifelten Versuch, beiden

[225]) Fragmento I, BAE Bd. 63, S. 341 f. Dazu Lazaro Carreter (o. Anm. 221) S. 60 ff.

[226]) El mártir del sacramento, San Hermenegildo v. 383 ff., in: Obras completas, hg. Alfonso Méndez Plancarte, Bd. 3, México-Buenos Aires 1955, S. 129.

Seiten gerecht zu werden, der spanischen Tradition und der indianischen Menschenwürde. Das Quechua der Inkas hat mit dem Hebräischen, der vermutlich ältesten Sprache der Welt, vieles gemein. Das bedeutet nicht, daß sie nachbabylonische Semiten sind; denn in Babel ging das Hebräische ja verloren. Die ersten Amerikaner müssen also vielleicht nach der Sintflut, aber vor der Sprachverwirrung mit einer Art von Arche die Neue Welt erreicht haben. Die Hypothese Lescarbots kehrt sich nun gegen die Kolonialmächte, denn dem Spanier Tubal waren die Amerikaner nun gewiß nicht mehr (wie bei Rocha) nachgeordnet, mochten sie auch in der neuen Umwelt degeneriert sein[227]).

Den „Inka"-Aufstand von 1780 konnten solche gutgemeinten Theorien nicht verhindern, zumal sie noch immer wenn nicht auf der genealogischen, dann auf der biologischen Inferiorität der Amerikaner beharrten. Gegen diese These schrieb 1780 im Bologneser Exil der kreolische Jesuit Francisco Javier Clavijero (1731–1787) eine glühende Verteidigung seines Vaterlandes. Die Mexikaner sind keine Monstra, auch nicht vorsintflutlich; denn sie haben noch Erinnerungen an den Turmbau zu Babel, waren also dabei. (Lafitau behält recht.) Hamiten sind sie so wenig wie Semiten; überhaupt sind sie kein verkümmerter Zweig eines altweltlichen Stammes, sondern (nach Art von Garcías Vorstellungen) aus den verschiedensten Familien und Nationen zusammengekommen; die Vielzahl ihrer Sprachen, die nicht auf eine Ursprache zurückzuführen sind, erweist, wie reich und fruchtbar die von Buffon geschmähte amerikanische Welt ist[228]). Damit wird freilich die Aufklärung schon überwunden; nicht wenige universale Prinzipien, sondern die unendliche Fülle der Natur und die Eigenart der Nation beherrschen die Deutung – hier wie seit 1770 fast überall.

Was bis dahin Aufklärer und Apologeten über Sprachen und Völker dachten, läßt sich nur formal zusammenfassen, weil sie alle die Geschichte der Sprachen und Völker in einer Formel zusammenfassen wollten. Die natürliche und geschichtliche Fülle sollte enzyklopädisch überblickt, jedoch einem universalen Prinzip unterworfen werden; darin waren sich Orthodoxe, Pietisten, Neologen, Deisten, Empiriker, Rationalisten, Naturalisten einig. Ihr Streit ging um den Namen dieses Prinzips: Anfängliches oder ewiges Wunder oder ursprüngliche oder gesetzmäßige Natur oder fortschreitende oder immergleiche Vernunft? In der Urzeit, ob sie für tierisch, poetisch oder göttlich erklärt wurde, fand man ziemlich einhellig das sparsame Prinzip des Alls am Werke; kaum jemand zweifelte am gemeinsamen Ursprung, an der einen Ursprache der Menschheit,

---

[227]) Noticias Americanas, Entretenimientos phisicos-historicos sobre la América Meridional y la Septentrional Oriental, Madrid 1772, S. 384 ff. (Sprachen), 390 (Völker). Dazu Hofsten, Diskontinuitätsproblem 227; Tudisco (o. Anm. 222) S. 147, 150.

[228]) Storia antica del Messico, 4 Bände, Cesena 1780–81, hier Bd. 1, S. 124; Bd. 4, S. 9–22. Dazu Hofsten, Diskontinuitätsproblem 260 f.; Gerbi, Disputa 215 ff.

mochte sie auch verschollen sein. Hier durfte die Bibel recht behalten, weil sie die Einheit und Gleichheit der Menschen vertrat. Aber auch die historische Entfaltung aus dem Ursprung, als wunderbar oder fortschreitend, organisch oder rational gedeutet, sollte unwandelbaren Gesetzen gehorchen; und dafür ließen sich Babel und Pfingsten, die Anomalien des religiösen Geschichtsdenkens und die komplizierten Details der Geschichtsforschung nicht verwenden. Man ersetzte sie durch die Freude an der vielstimmigen Gegenwart, die ohne Sünde alles Gewesene übertrifft, und durch die Hoffnung, daß der Mensch künftig die Geschichte beherrschen und lenken könne. Die Gegenwart, sich selbst definierend, bedurfte dafür keiner Vorbilder und Beispiele. Jetzt oder bald würde die brüderliche Gesellschaft, ungestört durch nationale oder religiöse Sendungsideen und hegemoniale oder imperiale Machtgelüste, das bestehende Gleichgewicht ganz stabilisieren, die Erfahrungen austauschen, die Sprachen und Völker vermischen und durch die verbesserte Universalsprache der Menschheitsrepublik die Schöpfung vollenden.

Der Wille zur Zukunft und zur Abstraktion verwarf alles Hinderliche, die verwirrenden Einzelheiten der irdischen Geschichte, die überraschenden Wechselfälle des biblischen Dramas, die Einzigartigkeit des lebendigen Individuums, die Macht der gewachsenen Sprache. Die menschliche Rede unterliegt, ebenso wie Gottes Wort und die Aussage des Dichters, der „Sprache" der Sinne und der vernünftigen Kritik; deshalb wurde dieses prosaische, ironische Zeitalter zum Nährboden für zahlreiche kritische Wissenschaften, und in seinen Gelehrten spricht es sich am klarsten aus. Deutlich zeigt sich an den Theorien ihre Paradoxie; denn nie war der Streit der Geister verworrener als bei ihrem gemeinsamen Streben nach Klarheit und Eintracht. Die freiesten und größten Denker durchschauten die Verwirrung; sie spürten die Spannungen der Wirklichkeit und das „Mysterium des Universums"[229]). Was die Streitenden fast einmütig verschwiegen, sprach aus dem Streit ihrer Meinungen selbst: daß sich die Welt der Geschichte nicht systematisch und abstrakt ordnen läßt. Weil die Mehrheit der Zeitgenossen vor dieser Wahrheit die Augen verschloß, kam sie nicht im erhofften Fortschritt, sondern durch Revolution und Reaktion zutage. Die Geschichte erwies sich wieder stärker als ihre Bändiger; die gelehrten Abstraktionen wurden in Deutschland durch poetische Anschauung des Unendlichen ersetzt, in Frankreich durch politische Aktion des nationalen Willens verwandelt. Europa trat in ein neues Zeitalter und wußte weniger als je, was es bringen würde.

---

[229]) BARRACLOUGH, Geschichte 190 ff.

6. Revolution und Romantik

Zwischen 1770 und 1830 bestimmten Deutsche Bewegung und Französische Revolution das Verhältnis von Religion und Geschichte zu Sprache und Volk grundlegend neu, im schöpferischen Widerspruch gegen Absolutismus und Aufklärung. Anders als der internationale Adel sah das jetzt aufsteigende Bürgertum in der Muttersprache das Abzeichen seiner Gemeinschaft, in der Nation der Gleichgesinnten die Gesellschaft selbst. Seitdem beherrschte die Trennung der Sprachen und Nationen vollends das geistige und politische Bild Europas; Sprachgemeinschaften erhoben politische Forderungen, Staaten unterdrückten ihre Dialekte. Die Einheit der Nation mißachtete die Einzigartigkeit des Individuums und zerriß die Eintracht der Völker, um so mehr, als die Nation nicht eindeutig zu definieren war. Sollte sie ein zur politischen Aktion befähigtes Abstraktum oder ein poetisches Infinitum sein? Während die voluntaristische Staatsnation der französischen Konstruktionen neben der gegenwärtigen Demokratie wenig Zeitloses und Absolutes gelten ließ, suchte die emotionale Kulturnation der deutschen Träume in den mythischen Ursprüngen das menschliche Maß. Freilich, so weit die Geschichtsanschauungen voneinander abwichen, so einhellig war die hohe Wertschätzung der Geschichte; sie verwirklicht den allgemeinen Willen und bewahrt den universalen Ursprung, sie vereint das Unvereinbare. Groß und unbegreiflich lenkt sie alle und jeden und genießt religiöse Verehrung. Diese Religion war indes nur selten so christlich, wie sie sich fühlte; sie sah nicht die auserwählende Hand Gottes über allen Völkern, sie zerfloß im Namenlosen oder betete selbstgeschaffene Namen an[1]).

Der gesunde Menschenverstand wurde durch den dunklen Lebensdrang, die fortschrittliche Vernunft durch das ursprüngliche Genie überwältigt. So erhielt Europa gerade dank seiner Zersplitterung eine neue, gemeinsame Leitidee, ebenso wie die nationale Leidenschaft die getrennten Staaten Europas gegen Napoleons Universalherrschaft zusammenführte, ebenso wie die Entdeckung des Sanskrit durch William Jones die unvergleichlichen Sprachen Europas in ihrem Ursprung vereinte. Doch ließ sich die romantische Idee nicht leicht mit

---

[1]) Lemberg, Nationalismus 129 ff. (Bürgertum und Muttersprache); Walter Sulzbach, Imperialismus und Nationalbewußtsein, Frankfurt/Main 1959, S. 80 ff. (Sprachen und Politik); Alfred Schmitt, Völker, Staaten und Sprachen in der europäischen Geschichte, in: Neue Jahrbücher für Wissenschaft und Jugendbildung 11 (1935) 60–70, hier S. 63 ff. (Sprache und Staat); Hans Rothfels, Zeitgeschichtliche Betrachtungen, Vorträge und Aufsätze, Göttingen 1959, S. 91 ff.; ders., Die Nationsidee in westlicher und östlicher Sicht, in: Osteuropa und der deutsche Osten, Bd. I, 3, Köln-Braunsfeld 1956, S. 9 f. (Nationsbegriff); Gerhard Krüger, Freiheit und Weltverwaltung, Aufsätze zur Philosophie der Geschichte, Freiburg i. Br.-München 1958, S. 100 ff. (Wertschätzung der Geschichte).

der politisch-historischen Realität vermählen, denn sie liebte die verschwenderische Fülle der unendlichen Natur und das grenzenlose Universum des zeitlosen Geistes. Die poetische Aussage des Individuum ineffabile überstieg alles begrenzt Konkrete; gerade weil sie der Muttersprache eine Tiefendimension hinzugewann, ließ sie sich ungern auf Nation oder Geschichte festlegen. Der Begeisterung für die nationale Geschichte versagte sich der Weltschmerz des genialen Einzelnen. Die schier unermeßliche Fruchtbarkeit der revolutionären und romantischen Ideen entband also überall gewaltige Energien, aber ihre Stoßkraft fand keine deutlichen Ziele. Alles sollte eins, aber alles auch vielfältig sein; alles Ursprüngliche sollte auch gegenwärtig, alles Unendliche auch wirklich sein. Wie dieses genialische Treiben zu ordnen sei, wurde das große Problem der Epoche. Können die biblischen Traditionen mythisch die verworrenen Strukturen durchleuchten? Soll das klassische Maß der Humanität das Chaos von Sturm und Drang bändigen? Würde die Idee des reinen Geistes rhythmisch das Wirkliche gestalten? Das Symbol des babylonischen Turmes mußte eine Zeit faszinieren, die das Ursprüngliche und das Vielfältige liebte, die mit universaler Poesie die nationalen Sprachen erfüllte, die hinter der gestaltenreichen Wirklichkeit ein geistiges Prinzip finden wollte. Mit der Siegesgewißheit einer neuen Frohbotschaft begann es; wo würde es enden?

In Deutschland brachte die Deutsche Bewegung die Selbstbefreiung des deutschen Geistes von der romanischen Rationalität und den Durchbruch von den erstarrten Traditionen zur deutschen Wirklichkeit. Sturm und Drang, die Klassik und die Romantik begründeten das Selbstbewußtsein der deutschen Nation, die Weltgeltung der deutschen Dichtung, die Entdeckung der Volks- und Sprachgeschichte, den Kult des Genies, den Höhenflug der idealistischen Philosophie. In keiner anderen Epoche war Deutschland so sehr das Beispiel Europas, das Weltvolk, der Bahnbrecher einer neuen Humanität und Universalität.

Der eine Mann, der dies alles begann, der ostpreußische Geistliche Johann Gottfried Herder (1744–1803), faßte den Widerspruch gegen die Aufklärung, von Leibniz und Lessing bis Hamann und Möser, genial zusammen, nicht in einem monumentalen Buch, sondern in einem immer wieder variierten Grundgedanken. Jedes Volk und jede Sprache, jede Zeit und jeder Mensch ist einzigartig und unvergleichlich, unerklärlich und vollkommen. Alles organisch Gewachsene entspringt der ewigen und unendlichen Natur, in der jeder Teil das Ganze implizit enthält, sich aber auch zum Ganzen entfalten muß. Die Nation, die sich und ihre Sprache völlig ausbildet, krönt nicht nur ihre Geschichte, sie verwirklicht die natürliche Idee, vorbildlich für alle, als Beispiel der reinen Humanität. Und Gott wollte es so. An der Domschule in Riga lernte der junge Herder die Vielzahl der östlichen Sprachen und Völker kennen; 1764 fragte er sich, welchen Sinn sie haben könne. Die Bibel gab ihm Antwort durch die *einfältig erhabne Nachricht unsrer Offenbarung* von der einen Ursprache und der einen Urfamilie. Im kleinen Kreis der Urväter lebten die Patriarchen wie Kinder um ihre Eltern, ländlich und natürlich, im Sinne Rousseaus. Erst als *die Kinder des Staubes jenen Bau, der den Wolken drohete, unternahmen: da wurde der Taumelkelch der Verwirrung über sie ausgegossen: ihre Familien und Dialekte verpflanzten sich in verschiedne Himmelsgegenden; und es schuffen sich tausend Sprachen nach dem Clima und den Sitten von tausend Nationen.* Der Bau war sündhaft unnatürlich und beschwor den Taumel der Unbesonnenheit herauf. Sei es, daß dieser wunderbar von oben kam, er zog doch das Natürliche nach sich, die Vielfalt der Sprachen und Völker; sie ist *ein unentbehrliches Übel, und also beinahe ein würkliches Glück.* Herder war frömmer als Abbt, dessen Nachfolger er in Bückeburg werden sollte; zudem empfand er die Trennung der Sprachen als Behinderung der Humanität. Noch schienen ihm göttlich schöner Ursprung und beschwerter Fortgang des Natürlichen nicht ganz identisch.

Da stellte die Berliner Akademie der Wissenschaften 1771 die Preisfrage nach dem Ursprung der Sprache, die Frage also, ob Süßmilch recht habe. Der Bückeburger Hauptpastor Herder beantwortete sie 1772 so: *In allen Fällen wird die Hypothese eines Göttlichen Ursprungs in der Sprache – versteckter, feiner Unsinn!* Wie kam der Freund Hamanns, in der pietistischen Umwelt religiösen Gedanken nachhängend, zu dieser Wendung gegen Süßmilch und die Tradition? Gewiß nicht aus Unglauben, sondern aus der Überzeugung, daß der Mensch von Gott als ein Ganzer und Freier, als ein Organismus geschaffen wurde und daß die wolffianische Vernunft bei weitem nicht hinreicht, um die göttliche Schöpfung, den Menschen und seine Sprache zu erklären. *Der Mensch, in den Zustand von Besonnenheit gesetzt, der ihm eigen ist . . . hat Sprache erfunden.* Besonnenheit, das ist mehr als Verstand, das ist der anschauende Geist, das reine Gemüt, das läuternde Gefühl, kurz: das Menschliche im Menschen. Er muß Sprache nicht mühselig à la Condillac der Natur ablauschen und in Gesellschaft zurichten; sie gehört zum Wesen des Menschen und spiegelt es. Er findet die Sprache, wie er seine Fähigkeiten, seine Freiheit findet, nicht von außen her, sondern in sich selbst. Die vernunftgläubigen Neologen hatten von Gottes Ebenbild einen kläglichen Begriff; wie sollten sie den Schöpfer begreifen können? Keine *so genannte Göttliche, erste Sprache, die Hebräische* wurde dem Menschen durch *Göttlichen Unterricht* aufgedrängt; er selbst schuf jene Sprache, die seinem damaligen, einmaligen Wesen entsprach und allein aus Wurzelsilben bestand. Sie ist, wie alle Geschichte, unwiederholbar. So können wir die Anfänge der Ursprache, *wenn es auch die Hebräische wäre*, niemals ganz aufhellen, weil Sprache nicht zuerst Mitteilung, Geschichte nicht zuerst Überlieferung ist.

Darum hält Herder auch von den beliebten *Stammlisten dieser Sprachen-*

geschlechter nichts. Sprachen verändern sich nicht nach unveränderlichen Naturgesetzen, sie wachsen organisch und sind stets ganz gegenwärtig; es geschieht ihnen, was ihren Sprechern geschieht. Mit der Vergrößerung des Menschengeschlechts ist *die Bildung verschiedner Nationalsprachen* verbunden, aber wieder nicht mechanisch und zwangsläufig. Hier steht der Turm von Babel. *Eine Morgenländische Urkunde über die Trennung der Sprachen (die ich hier nur als ein Poetisches Fragment zur Archäologie der Völkergeschichte betrachte)* enthält den *sinnlich gemachten Hauptgedanken*, daß Verbitterung und Zwietracht, Familiengeist, *Veruneinigung über einer großen gemeinschaftlichen Absicht, und nicht blos die Völkerwandrung mit eine Ursache zu so vielen Sprachen geworden.* Wenn die Bibel vom universalhistorischen Kompendium im Stile Gatterers zum poetischen Fragment wird, schildert sie (wie auch Lessing meinte) nicht die äußerlichen Fakten, sondern die tiefen Wahrheiten des Lebens; hier bemerkt die Genesis (wie Herder selbst), daß die großen Taten und Veränderungen der Geschichte aus dem Innern des Menschenherzens kommen. Casaubon und die Aufklärung hatten mit der Auslegung vom Zank zu Babel den Turmbau aus der Sprachengeschichte ausscheiden wollen; Herder meinte mit der gleichen Deutung, daß die Bibel die bewegende Ursache der Sprachengeschichte selbst freilege. Das sind „in seltsamem Verein altgläubige Elemente neben solchen des neuen Denkens", oder richtiger: das ist eine gläubige Deutung des alten Textes in neuem Geist. Das ist freilich nicht der Geist Hamanns, der gegen Herders innerweltlichen Humanismus protestierte; es ist der Glaube, daß der von Gott geschaffene Mensch in jedem Augenblick die ihm gemäße Sprache und Geschichte hat, weil er sie macht, wie es ihn drängt. Von außen, durch Unterricht, Wunder oder Naturgesetz, kommt ihm nichts zu, was nicht er selbst wäre[2]).

Der spätere Herder hat diese Grundgedanken nur noch illustriert, als er sich mit den Details der Traditionen näher befaßte. Wie die menschliche Natur eine ist, so kann sich auch der große Augenblick der Sprachfindung nicht zufällig oft wiederholen. Es muß eine Ursprache gegeben haben; und 1782 war Hebräisch zwar nicht *die älteste Sprache unter der Sonne, die Sprache des Paradieses, die Mutter aller Sprachen der Erde*, aber immerhin *eine der ältesten Töchter* dieser Ursprache. Die *Helden- und Riesenthat* des im Grunde kindischen Turmbaus erschien nun als Fabel, als *Spottgedicht auf die Unternehmungen des ersten Usur-*

---

[2]) Sämmtliche Werke, hg. Bernhard SUPHAN, 33 Bände, Berlin 1877–1913: Über den Fleiß in mehreren gelehrten Sprachen Bd. 1, S. 1 (Babel), 3 (Übel und Glück); Über den Ursprung der Sprache Bd. 5, S. 144 (Unsinn), 34 (Besonnenheit), 37 (das Menschliche im Menschen), 13, 71 (Hebräisch), 40 (kein göttlicher Unterricht), 73 (Dunkel über der Ursprache), 139 (Stammlisten), 123 f. (Bildung von Nationalsprachen), 132 f. (Babel). Zum Sprachdenken CASSIRER, Philosophie 94 ff.; Hanna WEBER, Herders Sprachphilosophie, Eine Interpretation in Hinblick auf die moderne Sprachphilosophie (Germanische Studien 214), Berlin 1939, S. 84 ff.; SCHÖFFLER, Geist 61 ff. (hier S. 74 „in seltsamem Verein . . .").

pators. Im trunkenen Taumel der Verwirrung wird der gotteslästerliche Stolz Nimrods, des Bedrückers der Menschen, zunichte, und *wie sich der Schnee wälzt*, drängt nun ein Haufe den anderen davon. Gottes kleine Geste, die so Großes bewirkt, schützt die Humanität und öffnet der gestauten Natur die Schleusen. Die hebräische Poesie erzählt kein dummes Judenmärlein, keinen bloß vorgestellten Mythos, auch kein historisches Faktum; denn da die Geschichte vom Babelturm nach der Völkertafel steht, muß der Erzähler ebenso wie wir gewußt haben, daß sich mit den Völkern auch die Sprachen natürlich teilen. Er wollte nur sagen, daß das Unorganische, Angemaßte niemals dauern kann und daß Gott die freie Entfaltung der menschlichen Natur will.

Dies ist der universale göttliche Heilsplan, den Herder 1784 in der Weltgeschichte entdeckte. Er nahm seine frühere Ursprungsthese keineswegs zurück, wenn er nun, als Weimarer Generalsuperintendent, vom *göttlichen Geschenk der Rede* sprach. Was Gott dem Menschen schenkt, ist nichts als das Menschliche. Deshalb gibt die Sprache nicht die Sachen selbst wieder und hantiert (nach Leibniz) nur *mit Rechenpfennigen, mit Schällen und Ziffern*; deshalb dient sie aber auch der abstrakten Logik nicht und bleibt sinnenhaft. Sie spiegelt das doppelte Wesen des Menschen, seine Individualität und seine Nationalität. Darum stand am Anfang eine *unbiegsam-einsylbige* Ursprache in Asien, und darum verzweigte sie sich sogleich in die vielen Sprachen, in deren jeder sich *der Verstand eines Volks und sein Charakter* ausprägt. Jedes Volk ist gleichfalls eine Darstellung des Menschlichen; und so stand am Beginn die eine Schöpfung, vielleicht (wie bei Gatterer) in den indischen Bergen, und darauf folgte die unendliche Differenzierung natürlichen Wachstums. Man suche sie nicht mit Hilfe biblischer Namen zusammenzuziehen in ein überschaubares Schema; die Bibel bringt nur Fragmente, Erinnerungen, keine vollständigen, historisch strengen Nachrichten. Die Völker der Erde sind keine Kinder der Hebräer; sie entstanden überall, *ohne auf die Gesandschaft einer Familie aus Chaldäa zu warten*. Aus der großen mosaischen Anschauung darf man keine Landkarte machen. *Mit den drei Söhnen Noah lesen wir also nichts als die drei Welttheile, Europa, Asien, Afrika, sofern sie im Gesichtskreis dieser Tradition lagen*. Indien, China, Amerika waren der Genesiserzählung unbekannt; daher ist es *fremde zu fragen: ob der Sinese von Kain oder Abel . . . abstamme* oder, *wo das amerikanische Faulthier im Kasten Noah gehangen habe*. Auch wenn Herder 1792 die Völkertafel als *an sich schätzbare Familiennachrichten* eines Hirtenvolkes bezeichnete, eine Liste hebräischer Namen, die nur den Erfahrungskreis des Sammlers betreffen, wollte er den platten biblischen Rationalismus abwehren, der die Erzählungen des Alten Testaments in historische Realitäten ausmünzt. Die Wahrheit der Bibel ist nicht die simple faktische, sondern eine höhere poetische. So bahnbrechend Herder damit für die Bibelexegese wurde, er verstand das

Wort Gottes doch nicht als überzeitliche Offenbarung, sondern als menschliche, dichterische Schöpfung; und was sie bezeugte, war nichts anderes als die Humanität des natürlichen Menschen. Diese allerdings ist göttlich[3]).

Göttlich ist dann auch die einzelne Muttersprache; nicht als Teil einer zählbaren Summe, denn man darf die beliebte hebräische Rundzahl 70 nicht nach Deut. 32, 8 zur Auszählung von 70 Sprachen und Völkern benutzen. Auch das Erbe einer universalen Vergangenheit vermag keine Sprache zu weihen; es hilft dem Deutschen wenig, daß es die Schwester des vollkommenen Griechisch und *Königinn und Mutter vieler Völker* ist. Vielmehr ist die Muttersprache selber das einzige Ordnungsprinzip, der Leitfaden *im Labyrinth vieler fremder Sprachen*; *sie bringt in die sonst verwirrende Mannichfaltigkeit der Sprachen Einheit*. Denn jede lebendige Sprache ist Muttersprache; ihre Einzigartigkeit heiligt die unzählbare Fülle. Wenn sie organisch gewachsen, ihrem Volk gleichrangig ist, dann hat sie nicht mehr Geschichte, sondern macht sie. Denn alle herrschenden Völker haben die Welt durch ihre Sprache regiert, noch nach dem Schwund ihrer politischen Macht: im Altertum und Mittelalter Griechisch, Lateinisch, Arabisch, in der Neuzeit Spanisch und Französisch. Wir Deutschen bewahrten unsere Sprache zwar seit ältesten Zeiten *unvermischt mit andern*; aber solange wir uns ihrer schämen, sie nicht läutern und uns zu eigen machen, bleiben wir mit ihr verachtet und spielen im internationalen Konzert der Humanität nicht mit. Wenn wir das Fremde pflegen, können wir unser Bestes nicht geben; darum wandte sich Herder 1771 mit beißendem Spott gegen die Hegemonie einer Universalsprache, speziell des Französischen. Wie jetzt die Regenten (nämlich Friedrich der Große), so werden bald alle Menschen Französisch reden, und dann hat die Welt wie in der goldenen Urzeit *einerlei Zunge und Sprache! wird Eine Heerde und Ein Hirte werden!* Diese Verquickung von Gen. 11, 1 mit Joh. 10, 16 grenzt an Blasphemie; die von Gott geschaffene paradiesische Urzeit und die von Christus verheißene geistliche Endzeit werden für die Gegenwart rundweg abgelehnt, wiederum, weil sich eines nicht für alle Zeiten, die Einheit nicht für unsere Zeit schickt.

---

[3]) Vom Geist der Ebräischen Poesie XI, SUPHAN (o. Anm. 2) Bd. 11, S. 444 (Hebräisch); VIII S. 391–394; X S. 445 (Turmbau); Ideen zur Philosophie der Geschichte der Menschheit IV, 3 Bd. 13, S. 138 ff.; IX, 2 S. 355 (Ursprache), 359 (Rechenpfennige), 363 (Volkscharakter); X, 7 S. 437 f. (Völkerverschiedenheit); Über Denkmale der Vorwelt Bd. 16, S. 52 f. (Völkertafel). Zum Geschichtsdenken Martin DOERNE, Die Religion in Herders Geschichtsphilosophie, Leipzig 1927, S. 60 ff.; MEINECKE, Historismus 378 ff., 401 ff.; Charlotte HORSTMANN, Herders Geschichtsphilosophie, Die Grundlegung des geschichtlichen Bewußtseins durch Herder in ihrer zeitlichen Bedingtheit und bleibenden Geltung, Diss. phil. Bonn 1943, S. 101 ff. Zu Theologie und Exegese ANER, Lessingzeit 134 ff.; KRAUS, Geschichte 103 ff., 114 ff.; Christian HARTLICH – Walter SACHS, Der Ursprung des Mythosbegriffes in der modernen Bibelwissenschaft (Schriften der Studiengemeinschaft der Evangelischen Akademien 2), Tübingen 1952, S. 47 ff.

Welchen Sinn hat dann noch das Pfingstwunder? Herder wich der Frage nicht aus. Die Apostel redeten *in fremden Sprachweisen*, sie wurden nicht *Künstler in allen Sprachen*, sondern sie lernten bloß alle Auslegungsweisen der Heiligen Schrift. Das ist die Methode des Reimarus; doch bei Herder sollte sie nicht die linguistische Leistung der Apostel lächerlich machen. Herder meinte, sie hätten, obwohl ungebildet, nun doch alle in der kultiviertesten Weltsprache geschrieben und so zur Vereinigung der getrennten Idiome beigetragen. Damit würden sie allerdings nichts für den Geist der Muttersprachen getan haben, und Pfingsten bliebe eine abseitige Episode. Der ganze Herder sprach erst 1802: Mit der Ablösung der alten Nationalreligionen sei an Pfingsten zugleich der *Geist der Nationalzungen* geheiligt worden, und nun gebe es keine heilige Sprache als *Gottes Hof- und Cabinetssprache* mehr, weder Hebräisch noch Latein. Pfingsten bestätigt nun die Heiligkeit jeder Muttersprache; Herder griff auf, was im späten 16. Jahrhundert die Slaven Trubar und Dalmatin gelehrt hatten. Die Muttersprache ist vom Heiligen Geist beseelt. Diese Sprache, dieser Geist sind der Willkür des Einzelmenschen entzogen; greift er hochmütig wie Kant in sie ein, so macht ein *Knäuel der Verwirrung* sie sogleich *zum babylonischen Dialekt*.

Damit rundet sich das Bild von Herders Anschauungen. Die Kette der Veränderungen schließt sich zusammen zu einer vegetativen Entwicklung unbewußter Lebensäußerungen wie Sprache und Volk; sie wirken zwar immanent, aber fast im Auftrage Gottes. Ehrwürdig ist auch am Menschen nur die Übereinstimmung mit diesem Lebensgrund; seine Geschichte und seine Religion bestehen darin, sie immer wieder herzustellen. Die reichste individuelle Entfaltung führt nur zurück in dieses Universum, das unergründlich bleibt und sich leichter dem Betrachter als dem Akteur, lieber dem Dichter als dem Philosophen erschließt[4]). Herder wurde von seinen Zeitgenossen gern als Aufklärer mißverstanden, als Vorkämpfer für den natürlichen Menschen, aber sein Humanismus ist nicht autonom; wenngleich nicht genuin christlich, ist er doch religiös. Und so hat er gewirkt, wenigstens auf seine Freunde.

Der kindlich fromme Wandsbeker Bote Matthias Claudius (1740–1815) ge-

[4]) Von der Gabe der Sprachen am ersten christlichen Pfingstfest, Suphan (o. Anm. 2) Bd. 19, S. 28 (Rundzahl 70); Briefe zur Beförderung der Humanität V, 57 Bd. 17, S. 310 (Deutsch und Griechisch); Über die neuere Deutsche Literatur, Fragmente I, 7 Bd. 1, S. 400 f. (Labyrinth); Ideen zum ersten patriotischen Institut für den Allgemeingeist Deutschlands § 3 Bd. 16, S. 604 (herrschende Völker); Auch eine Philosophie der Geschichte zur Bildung der Menschheit II, 4 f. Bd. 5, S. 541, 551 (Französisch); Von der Gabe der Sprachen Bd. 19, S. 9 ff., 27; Predigt am 2. Pfingsttage im Dom zu Riga 1765 Bd. 32, S. 255 (fremde Sprachweisen); Adrastea IV Bd. 24, S. 45 f. (Nationalzungen, Cabinetssprache); Verstand und Erfahrung, Eine Metakritik zur Kritik der reinen Vernunft Bd. 21, S. 121 f. (Kant). Zum Nationalgefühl Mathys Jolles, Das deutsche Nationalbewußtsein im Zeitalter Napoleons, Frankfurt/Main 1936, S. 144 ff.; Kohn, Idee 573 ff.; Lemberg, Nationalismus 194 ff.

stand dem Freunde Herder 1772 sogleich zu, seine Erklärung des Sprachursprungs gehe den *Weg Rechtens*. Der christliche Poet und Pastorensohn zweifelte nur, ob alle Sprache Eigentum und Ausdruck des Menschen sei, ob nicht eine auszunehmen sei, *der Moses erwähnt*, *die den Weg der Güte kommt und eine warme Übersetzung ist aus der Original-Sprache*, *darin ein milder unerschöpflicher Schriftsteller 'nen großen Codex Himmels und der Erden . . . für seine Freunde geschrieben hat*. Die wahre Ursprache ist die Schöpfung selber, die geliebte Natur, die im Kleinsten das Ewige spiegelt; vielleicht ist die hebräische Bibel eine Übersetzung dieses Welt-Buches, ein Abglanz der natürlichen Offenbarung. Claudius konnte gelegentlich über exotische Sprachen wie das Japanische lächeln; aber als er von William Jones und seinen Sanskritforschungen erfuhr, schrieb er 1802 feierlich, so sei die Bibel im Recht, *daß alle Menschen in der Welt von Einem Menschen und alle Sprachen von Einer Sprache abstammen*. Sechstausend Jahre lang mag die Geschichte *ziemlich kraus und bunt durcheinander gegangen* sein; jetzt enthüllt sie doch ihre Ordnung. Nicht nur die dem Deutschen ähnliche Sprache, auch die Weisheit der Inder bestätigt die Bibel. Sie kennen die Namen von Noahs drei Söhnen, und die Chinesen wissen wohl, daß ihre ersten Könige *aus dem Lande Senuar*, *wo der Babylonische Turm war*, kamen[5]). Claudius wollte darüber nicht zum gelehrten Apologeten oder Historiker werden; dann hätte er rechtfertigen müssen, wie sich z. B. das Japanische zum Sanskrit und zum Ursprung verhält. Es war ihm genug, daß in seiner schlichten Sprache, in seiner leisen Lyrik das Ewige selbst mitdichtete. Nichts anderes meinte der Pfarrerssohn Gottfried August Bürger (1747–1794), als er das Vermögen der Dichtkunst *von Gott verliehen* nannte und die Sprache als *nie göttlich genug zu verehrend* pries. Verschiedene Sprachen sind verschiedene Schönheiten, jede auf ihre Weise vollkommen; der Dichter, der dieses göttliche Wort verwaltet, tut Gottesdienst. Anders als Claudius hielt freilich der von Herder angeregte Bürger den Dichter selbst für einen gottgleichen Schöpfer; er kann in der Kraft des Bacchus sogar das Pfingstwunder vollziehen und redet im Rausch *wundersam gar in fremden Zungen*. Zwar wird die Bibel hier ins Weltliche übertragen, geradezu pervertiert; dennoch bleibt das Grundgefühl religiös. Der Dichter ist der Seher, nicht der Herr; er schafft aus dem Gefühl, nicht aus dem Verstand[6]). Das ist, nach der Ansicht des rheinischen Philosophen und bayrischen Geheimrats

---

[5]) Asmus omnia sua secum portans oder sämtliche Werke des Wandsbecker Boten, in: Werke, hg. Richard HERRE, Stuttgart 1954, S. 91 ff. (Herder), 161 ff. (Japanisch), 570 ff. (Ursprache), 564 ff. (Babel). Dazu STREITBERG (o. S. 1219 Anm. 115) S. 186 ff.

[6]) Sämmtliche Werke, 6 Bände, Göttingen 1829: Vorbericht zur Ilias-Übersetzung Bd. 4, S. 14 (göttliche Sprache); Gedanken über die Beschaffenheit einer deutschen Übersetzung des Homer Bd. 3, S. 32 (verschiedene Sprachen); Zechlied Bd. 1, S. 225 (in fremden Zungen). Dazu Albrecht SCHÖNE, Säkularisation als sprachbildende Kraft, Studien zur Dichtung deutscher Pfarrersöhne (Palaestra 226), Göttingen 1958, S. 156 ff.

Friedrich Heinrich Jacobi (1743–1819) von 1792, der Fehler der Philosophie (insbesondere der Kantischen), daß sie die übersinnliche Erkenntnis ganz vergißt und die Sprache *zu einem Menschen oder Vernunft erzeugenden Dinge* macht. *Und dann gehts gewaltig voran mit dem Thurm zu Babel*, mit den willkürlichen, verwirrenden Benennungen[7]). All dies ist nur die Abwandlung von Herders Gedanken; die Heiligkeit der lebendigen Sprache wird durch Pfingsten bestätigt, durch Babel nicht gestört, am wenigsten durch die Jahrtausende beschädigt.

Die gleiche fromme Verehrung für die Muttersprache zeigt auch Friedrich Gottlieb Klopstock (1724–1803), der den Dichter mahnte, den großen Gedanken der Schöpfung noch einmal zu denken und ins heilige Wort zu bannen. Angesichts dieser begeisterten Empfindung verschwindet das einst Geschehene, insbesondere das Dunkle. Vergangen sind 1773 Elam, Mosoch und Tubal; vergessen sind Babel und sein *Taumelkelch*. Zeitlos lebendig aber ist das Deutsche seit Hermanns Cheruskern, die Söhne Thuiskons sind und denen wir es danken, *daß wir jetzt nicht halbrömisch wie die Franzosen reden*. Die *Sprache des Thuiskon* ist für Klopstock, der sich als *reines Cheruskerblut* empfindet, noch immer die hohe Göttin; denn sie blieb seit den Tagen des Tacitus, was sie heute ist, *gesondert, ungemischt und nur sich selber gleich*. Im Grunde gilt dies freilich von jeder Sprache, und darum nennt Klopstock (ganz anders als Milton) die Sprache 1782 eine Göttin, obwohl der Mensch sie erfand; sie verbindet alles Göttliche im Menschen und zwischen den Menschen, als *des Gedankens Zwilling* und als *heiliges Band der Sterblichen*. Gott spricht in ihr. An Pfingsten redeten die Apostel in Sprachen, *die sie nie gehört und die ein Augenblick sie lehrt*. Aber die Sprache Hermanns ist noch besonders gesegnet, denn sie ist uralt; das Griechische ist ihre Schwester. Durch Friedrichs des Großen Spott gereizt, bemühte sich Klopstock noch 1794, mit langen Wortlisten die Verwandtschaft zwischen Griechisch und Deutsch oder vielmehr zum *Scythischen, dem ersten Quell des Deutschen*, nachzuweisen. Er verschwieg die biblische Begründung der barocken Gleichung, daß nämlich Japhet der gemeinsame Vater der Skythen, Griechen und Deutschen sei. Es ging ihm nicht um die Genealogie des Volkes, überhaupt nicht um die Geschichte, sondern um die Heiligkeit seiner Sprache, deren Schöpfungskraft ungeschmälert die Zeiten überdauert[8]). Klopstock fand 1780 einen Bun-

---

[7]) Brief vom 6. 3. 1792, in: Werke, Bd. 3, Leipzig 1816, S. 550. Dazu Friedrich Alfred SCHMID, Friedrich Heinrich Jacobi, Heidelberg 1908, S. 51 ff.

[8]) Sämmtliche Werke, 10 Bände, Leipzig 1854–55: Der Messias III, 20 Bd. 3, S. 175 (Elam), 186 f. (Taumelkelch); Hermanns Schlacht Bd. 6, S. 93 f.; Brief vom 19. 12. 1767 Bd. 10, S. 432 (Cherusker); Unsre Sprache Bd. 4, S. 195 (Sprache des Thuiskon); Epigramm 68 Bd. 5, S. 325 (gesondert); Die Sprache Bd. 4, S. 272 (Zwilling, Band); Geistliche Lieder, Gott dem Heiligen Geiste Bd. 5, S. 131 (Pfingsten); Die deutsche Sprache Bd. 4, S. 297 (Hermanns Sprache); Unsre Sprache an uns Bd. 5, S. 3 f.

desgenossen gegen Friedrich den Großen in dessen eigenem Staatsminister. Der patriotische Graf Ewald Friedrich von Hertzberg (1725–1795) hielt nicht nur die deutsche Nation, sondern auch die deutsche Sprache für ursprünglich und alt; man könne es an dem Zusammenhang zwischen den Namen *Teutons* und *Tuisto* erkennen. So ist Norddeutschland, nicht Skandinavien, die germanische Völkerwiege (und die natürliche Vormacht in Hertzbergs Nordischem Bund). Ob die Deutschen von Japhet und Aschkenaz kämen, wollte Hertzberg 1783 nicht näher untersuchen; aber daß Deutsch eine *langue primordiale* sei, stand für ihn fest, auch wenn er es französisch sagte. Daß Deutschland als einziges Land der bekannten Welt noch keine totale Revolution erlebt hätte, rühmte Hertzberg in dem Augenblick, als diese Revolution im Gange war[9]). Denn welcher deutsche Minister hätte zuvor die Geschichte zur Theodizee der Nationalsprache gebraucht?

Um die volle Tragweite des Umsturzes zu erkennen, muß man sich nach den theologischen Hütern des Bibelwortes umsehen. Sie wagten nicht, die natürliche Heiligkeit der Muttersprache zu bestreiten. Der Gießener Professor für morgenländische und biblische Literatur, Wilhelm Friedrich Hezel (1754–1829), schloß sich 1780 vielmehr an Herder an, soweit er ihn verstand. Die eine Ursprache sei roh und arm gewesen, nur für Ackerbau und Viehzucht brauchbar; da aber Wörter willkürliche Töne seien, hätten sich die Sprachen von selbst vermehrt und verändert. Beim Turmbau war kein Wunder nötig; *nichts anderes als das schreckliche Gewitter*, Gottes Donner, verscheuchte die Turmbauer, die nur zum Stamm Assurs gehörten. Die europäischen Völker aber stammen alle von Japhet, *so verschieden auch in der Folge die Sprachen in den verschiedenen europäischen Provinzen wurden*[10]). Die Tendenz der Neologen, die natürliche Entwicklung als Gottes heilsgeschichtliche Absicht darzustellen, spricht

---

(Deutsch und Griechisch; ähnlich Die deutsche Gelehrtenrepublik Bd. 8, S. 123 f.); Grammatische Gespräche I, 2 Bd. 9, S. 42 (Griechisch und Deutsch); I, 3 S. 52 (Skythisch); II, 2 S. 260 ff. (Wortlisten). Dazu Joseph MÜLLER, Die Religiosität in Klopstocks „Messias", Diss. phil. Münster 1937, S. 13 ff.; Friedrich BEISSNER, Klopstocks vaterländische Dramen, Weimar 1942, S. 20 ff.; Karl August SCHLEIDEN, Klopstocks Dichtungstheorie als Beitrag zur Geschichte der deutschen Poetik (Schriften der Universität des Saarlandes), Saarbrücken 1954, S. 35 ff.; Renate BAUDUSCH-WALKER, Klopstock als Sprachwissenschaftler und Orthographiereformer, Ein Beitrag zur Geschichte der deutschen Grammatik im 18. Jahrhundert (Deutsche Akad. d. Wiss. zu Berlin, Veröffentlichungen der sprachwissenschaftlichen Kommission 2), Berlin 1958, S. 25 ff., 41 ff.

[9]) Huit dissertations que M. le comte de Hertzberg ... a lues dans les assemblées publiques de l'Académie Royale des Sciences et Belles-Lettres de Berlin, Berlin 1787, S. 16 f. (deutsches Volk, Sprache), 122 (Aschkenaz, primordiale). Dazu KIRCHNER, Altertum 27 f., 76, 114 f.; GOLLWITZER, Europabild 75 f.

[10]) Die Bibel Alten und Neuen Testaments mit vollständig-erklärenden Anmerkungen, Bd. 1, 2. Aufl., Lemgo 1786, S. 98–109. Dazu HARTLICH-SACHS, Mythosbegriff 55 f.

auch aus dem Kommentar von Hezels geschwätzigem Gießener Kollegen Johann Christoph Friedrich Schulz (1747–1806). Er meinte 1783, die eine Ursprache sei verloren; in Babel habe man sich nur gestritten; die Trennung habe die Bebauung der Erde auf schätzenswerte Weise befördert. Denn seither sei das Äußere von Mensch und Tier gefälliger geworden; in dem spätbesiedelten Amerika z. B. seien (nach Buffon) die Vierfüßler kleiner, die Menschen schwächer als in unseren längst kultivierten Breiten. Auch sonst hätte längeres Zusammenbleiben der Menschheit enorm geschadet, nicht nur wegen Pest und Hungersnot; *matrimonia rariora vel certe seriora*[11]). Ernster nahm 1788 der spätere Leipziger Professor Ernst Friedrich Karl Rosenmüller (1768–1835) den biblischen Buchstaben; aber nachdem er die Realität des Turmbaus und der Sprachverwirrung verteidigt hatte, meinte auch er, nicht eine menschliche Sünde, sondern Gottes größere Zwecke hätten die Zerstreuung nötig gemacht[12]). War es dann nicht besser, auf ihre moralische Deutung zu verzichten und wie Herder und Klopstock den poetischen, erbaulichen Gehalt der biblischen Erzählung ungestört zu genießen? Klopstocks Freund, der Kieler Professor Johann Andreas Cramer (1723–1788), versicherte 1785, es sei gleichgültig, was in Babel geschehen sei, Sprachenteilung oder Streit; denn alles Geschehende sei Gott unterworfen. Über die Völkertafel rede man am besten gar nicht, sie diene nicht zur Erbauung[13]). Aber durfte man poetische Wahrheit und mythische Einkleidung weiter wie Herder naiv zusammennehmen, mußte man nicht endlich danach fragen, wie sich der erbauliche Mythos zur historischen Realität verhalte?

Dies war die Grundfrage des Göttinger Professors Johann Gottfried Eichhorn (1752–1827), der mit seinem Lehrer Michaelis einer der Väter der neueren Bibelkritik wurde. Er hatte schon als Siebzehnjähriger die „mythische Erklärungsart" gefordert; der Leser soll sein Jahrhundert vergessen und das Buch Genesis im Geiste des kindlichen, mythischen Denkens auf sich wirken lassen. Was hier berichtet wird, will gar nicht historisch wahr sein. Eichhorns denkwürdige lateinische Rede vom 13. Oktober 1788 wandte diese These konsequent auf die biblische Sprachtheologie an und gab ihr den Gnadenstoß. Die Sprachen der Erde sind voneinander so verschieden, daß sie nicht von einer gemeinsamen Ursprache abstammen können. Erst „der, der die Genesis zusammenstellte, wer immer es war," kam auf den Gedanken, Gott als Ursache einzuschieben. Die Erzählung vom Babelturm ist also kein *factum*, sondern ein

[11]) Scholia in Vetus Testamentum, Bd. 1, Nürnberg 1783, S. 121 ff. Ob Sch. sein Buch selbst verfaßte, ist dubios. Dazu Diestel, Geschichte 641 f.

[12]) Scholia in Vetus Testamentum, Bd. 1, Leipzig 1788, S. 112 ff. Dazu Kraus, Geschichte 155.

[13]) Christliche Betrachtungen über die älteste Geschichte Mosis, Leipzig 1785, S. 250 ff. Dazu Aner, Lessingzeit 5, 179.

semitischer *mythus*, ein *philosophema*, das dem vermenschlichten Gott zuschreibt, was in Wahrheit die Menschen, das Klima, die Zeit, die Vermischung der Völker vollbrachten. Aus einer falschen Etymologie des Wortes „Babel" erwuchs das ganze Hirngespinst; mit der historischen Wirklichkeit hängt es nicht zusammen, es hat nicht einmal poetische Wahrheit, wie Herder noch glaubte. Nun wisse man, so schloß Eichhorns Rede, von der Entstehung der Sprachen weniger als zuvor; dies eben sei das Glück unserer Zeit, daß sie viele Erfindungen *(commenta)*, die jahrhundertelang die Gehirne quälten, endlich vergessen dürfe[14]). Mit anderen Worten: Die Meinung eines „Moses" über die Sprachen taugt ebensoviel wie die von Hezel oder Schulz; sie ist Mythos, folglich keine Geschichte, sie ist Sprache, also keine Tatsache.

Eichhorns Schüler und Freunde griffen diese Lehren begierig auf, weil sie endlich den alten Knoten zwischen dem Unbegreiflichen und dem Geschehenen zerschnitten[15]). Die Rettungsversuche der Konservativen waren kümmerlich. Der Kieler Professor Christian Gotthilf Hensler (1760–1812) setzte gegen Eichhorns These 1791 noch einmal einen historischen Erklärungsversuch: In Babel hätten sich zwei schon vorher verschiedensprachige Stämme getroffen, so daß der mosaische Bericht zwar irrig, aber wenigstens nicht ganz aus der Luft gegriffen sei[16]). Auch der Freiburger Professor für katholische Theologie und Orientalistik, Johann Leonhard Hug (1765–1846), sonst ein tapferer Widersacher der natürlichen Bibelerklärung, verteidigte 1793 bloß noch die Realität des Babelturms, der ein Merkzeichen für Nomaden gewesen sei; daß aber Gott in Babel eingegriffen habe, sei eine *Kinderidee der Urwelt*, denn die Trennung der Sprachen sei angesichts des Nomadendaseins der älteren Stämme völlig natürlich zu verstehen[17]). Die Bibel muß sich von der modernen Sprach-

---

[14]) Oratio: Declarantur diversitatis linguarum ex traditione semitica origines, Göttingen 1788, S. 9 ff. (Ursprache), 18 ff. (Mythos), 25 (commenta). Dazu Aner, Lessingzeit 138 f.; Joseph Coppens, L'histoire critique de l'Ancien Testament, Tournai-Paris 1938, S. 5 ff.; Hartlich-Sachs, Mythosbegriff 20 ff.; Kraus, Geschichte 120 ff., 136 ff.

[15]) Anonymus (Propst Rüdiger in Wettin), Die ältesten Urkunden der Hebräer im ersten Buch Mose, für freimüthige Alterthumsforscher neu übersetzt und erläutert, Stendal 1788, S. 145 ff. Immanuel Johann Gottfried Berger, Praktische Einleitung ins Alte Testament, Bd. 1, Leipzig 1799, S. 114 ff. Anonymus, Ausführliche Erklärung der sämmtlichen Wundergeschichten des Alten Testaments aus natürlichen Ursachen, Berlin 1800, S. 74 ff. Karl Georg Schuster, Die ältesten Sagen der Bibel nach ihrem historischen und praktischen Gehalt für gebildete Christen jeden Standes, Lüneburg 1804, S. 272 ff. – Mit gleichem Ansatz beginnt Fichtes Schüler Friedrich Karl Forberg (1770–1848), Über den Ursprung der Sprache, in: Philosophisches Journal einer Gesellschaft Teutscher Gelehrten 3 (1795) 133–160, hier S. 135 ff.

[16]) Bemerkungen über Stellen in den Psalmen und in der Genesis, Hamburg-Kiel 1791, S. 359–370.

[17]) Die mosaische Geschichte des Menschen von seinem Ursprunge bis zum Entstehen der Völker, Frankfurt-Leipzig 1793, S. 113 ff.

forschung berichtigen lassen; allenfalls erzählt sie Geschichten, die wissenschaftlich nicht nachprüfbar, also suspekt sind. Der Hallenser Fachvertreter für Theologie und morgenländische Sprachen, Johann Severin Vater (1771–1826), hielt 1801 den göttlichen Ursprung der Sprache und die Einheit der Ursprache für nicht erweisbar; 1802 fügte er hinzu, die mosaische Völkertafel sei unglaubwürdig, die Erzählung vom Turmbau verwechsle auf kindliche Weise den Erfolg mit der Ursache[18]). Was den Sprachen und Völkern wirklich geschehen ist, muß ohne Rücksicht auf den Mythos, durch gelehrte Sachforschung ermittelt werden.

Auf dem Gebiet der Sprachwissenschaft betrieb sie der Pastorensohn und Dresdener Oberbibliothekar Johann Christoph Adelung (1732–1806), der seine besten Gedanken allerdings von Herder bezog. Er begann 1781 seine Darstellung der ersten Sprache mit dem Satz: *Gesetzt, es habe einmal nur eine einige Sprache gegeben* . . .; selbst dann wäre sie heute unauffindbar. Zwar schuf Gott, wie Adelung 1782 schrieb, anfangs nur ein Menschenpaar und gab ihm Besonnenheit, den Grund der Sprache. Dann aber formten die Menschen sie selbst und machten so den *ersten und wichtigsten Schritt zur Cultur*. Einen weiteren Fortschritt, von der viehzüchtenden zur stadtbürgerlichen Gesellschaft, bedeutete der Bau von Stadt und Turm zu Babel; doch er mißlang, weil sich der nomadische Individualismus wieder durchsetzte. Nach Streitigkeiten zerstreuten sich die Stände, und Hirten, Jäger und Bauern bildeten ihre eigenen Sprachen aus; klimatische Unterschiede vertieften die sozialen Besonderheiten. Die *Dazwischenkunft eines höhern Wesens* ist bei alledem unwahrscheinlich; sie würde den Fortschritt zur glänzenden Gegenwart nur gehemmt haben. Versuchte Adelung hier noch, Iselin, Turgot und Herder mit Moses zu kombinieren, so gab sein großes Buch über die Sprachenwelt die Bibel preis. Das mit J. S. Vaters Hilfe seit 1806 herausgegebene Werk wurde kein Neubeginn, nur der Schlußstein der älteren Sprachwissenschaft; die Sprachvergleichung war noch einmal auf die Versionen des Vaterunser gegründet, und das mehrbändige Opus trug als Titel wie zu Gesners Zeiten den Namen des polyglotten Mithridates. Aber schon das Vorwort sagte, daß der Verfasser ausgehe von dem, was ist, nicht von dem, was sein kann oder sein sollte. *Ich leite nicht alle Sprachen von Einer her*; *Noah's Arche ist mir eine verschlossene Burg, und Babylons Schutt bleibt vor mir völlig in seiner Ruhe*. Da Sprache menschlich ist, kann und muß *jedes noch so sprachlose Häufchen Menschen* sie erfinden. Das Menschengeschlecht entstand trotzdem wohl an einer Stelle, aber im mittelasiatischen Kaschmir; denn hier und in China findet sich noch die altertümlichste, einsilbige Sprache. Sogar

[18]) Versuch einer allgemeinen Sprachlehre, Halle 1801, S. 30 f. (göttlicher Ursprung), 88, 113 (Einheit der Ursprache). Commentar über den Pentateuch, Bd. 1, Halle 1802, S. 92, 168 f. (Völkertafel, Turmbau). Dazu Kraus, Geschichte 145 f.

unter ihren semitischen Schwestern ist Hebräisch die jüngste, und die wunderbare Sprachverwirrung gründet sich bloß auf eine falsche Etymologie des Namens „Babel“[19]). Aus der Vergleichung der Sprachen läßt sich ihre Geschichte erschließen, nicht aus dem biblischen Mythos darüber.

Auf diesem Wege schritt 1799 der Görlitzer Jurist Karl Gottlob Anton (1751–1818) zur Grundlegung der linguistischen Paläontologie weiter, vielleicht außer von Herder auch von Turgot angeregt. Wir kennen Ursprache und Urvolk nicht; aber unsere Sprachen sind Überreste jener Urzeit. Denn Sprache ist eine Kraft Gottes, also ursprünglich, indes nicht göttlichen Ursprungs; sonst wäre sie vollkommener, als sie ist. Als menschliche Leistung jedoch ist sie ein historisches Dokument. Man darf die verschiedenen Sprachen nicht über den Turmbau von Babel auf eine Ursprache, ihre Trennung nicht auf ein göttliches Wunder zurückführen, sondern muß ihre Formen miteinander vergleichen, um ihre wahre Geschichte zu erfahren. Möglicherweise wird sich dabei ergeben, daß Sanskrit die Mutter der *jafetischen* Sprachen oder doch die älteste ist; aber erst nach dem wissenschaftlichen Vergleich wird man den Ursprüngen nähertreten können. Über die Geschichte der Sprachen kann man nur bei ihnen selbst Zuverlässiges erfahren[20]). Hatte Herder Sprache und Volk, Geschichte und Natur noch als einen unendlichen organischen Zusammenhang genommen, so machte die kritische Gelehrsamkeit die so gestärkten Größen autonom. Dann erwies sich auch die biblische Gleichung von Sprache und Volk als bloßer Mythos. Der mit Kant befreundete Königsberger Nationalökonom Christian Jakob Kraus (1753–1803) glaubte 1787 wie Herder, das Sprachvermögen sei *eine unserm Geschlechte angestammte Naturgabe*. Aber er folgerte daraus mit Monboddo, daß Sprachen überall zugleich entstehen können und in urtümlichen Zuständen besonders zahlreich entstanden; es kann also keine gemeinsame Ursprache geben. Vielleicht gab es ein Urvolk; da aber Sprache gesellig ist, läßt ihre Gemeinsamkeit nur auf historische Gemeinschaft, nicht auf genealogische Abstammung schließen. Die Sprachen geben demnach

---

[19]) Deutsche Sprachlehre, Neudruck Wien 1792, S. 4 f. (Gesetzt . . .). Versuch einer Geschichte der Cultur des menschlichen Geschlechts, Leipzig 1782, S. 6 ff. (erste Menschen), 11 ff. (Sprachursprung), 50 ff. (Babel, Teilung), 412 (glänzende Gegenwart). Mithridates, oder allgemeine Sprachenkunde, mit dem Vater Unser als Sprachprobe in bey nahe fünfhundert Sprachen und Mundarten, Bd. 1, Berlin 1806, S. XI (Babylons Schutt), VI ff. (Spracherfindung), 6 ff. (Kaschmir), 31 ff. (Chinesisch), 356 f. (Hebräisch), 327 (falsche Etymologie). Dazu Benfey, Sprachwissenschaft 271 ff.; Raumer, Philologie 210 ff.; Thomsen, Sprachwissenschaft 40 ff.; Karl-Ernst Sickel, Johann Christoph Adelung, Seine Persönlichkeit und seine Geschichtsauffassung, Diss. phil. Leipzig 1933, S. 61 f., 65 f., 122 ff., 134 ff., 165 ff.

[20]) Über Sprache in Rüksicht (!) auf Geschichte der Menschheit, Görlitz 1799, S. 11 (Kraft Gottes), 19, 22 (Turmbau), 28 f. (Vergleich), 108 f. (Sanskrit). Dazu Walther Preusler, Karl Gottlob von Anton, ein vergessener deutscher Sprachforscher, in: Indogermanische Forschungen 54 (1936) 165–189, hier S. 167 ff., 172 ff.

keine Auskunft über *die Geschlechtsverwandtschaft der so seltsam voneinander verschiedenen Menschenstämme*[21]).

Die Völkerkunde machte sich diese Trennung zwischen Sprache und Volk gern zu eigen. Der Göttinger Anatom und Anthropologe Johann Friedrich Blumenbach (1752–1840) achtete zwar seit 1775, bei der Grundlegung der Rassenkunde, noch auf die Sprachen, aber nur um sie aus dem naturwissenschaftlichen Bereich auszuschließen: Ihre willkürliche Verschiedenheit erweise, daß der Mensch die Sprache erfunden habe. Für die Klassifizierung des Menschengeschlechts brauchte er so wenig wie Buffon die sprachlichen Merkmale, noch weniger als dieser die Bibel. Seine nach Haut- und Haarfarbe, Schädel- und Gesichtsform geordneten fünf Menschengruppen, Kaukasisch, Mongolisch, Äthiopisch, Amerikanisch, Malaiisch, sind nicht der Völkertafel entnommen; lächelnd wies Blumenbach die Meinung zurück, nach der Zahl der Noahsöhne habe es drei *gentes primitivae* gegeben[22]). Als der thüringische Landwirt Georg August von Breitenbauch (1731–1817) 1786 und 1800 die Völker der Welt noch einmal nach sprachlichen Gesichtspunkten und mit biblischer Terminologie gruppieren wollte, scheiterte er; denn nach Semiten, Hamiten und Japhetiten mußte er eine ebenso große Abteilung unter den Titel *Unnoachiden* stellen[23]). Und Blumenbachs Göttinger Kollege Christoph Meiners (1747–1810) sah 1785 zwischen seinen zwei Menschenklassen, der kaukasischen und der mongolischen, gar keinen Zusammenhang mehr; während er sich den Kaukasus als die Wiege des Menschengeschlechts dachte, kamen ihm die Mongolen wie *das Werk oder Überbleibsel einer ganz andern Schöpfung* vor. Die alttestamentlichen Lehren von der Einheit des Menschengeschlechts waren von den Fakten widerlegte, außerdem *mit den uralten Meinungen aller übrigen Nationen streitende Sagen*. Auch die Sprachen, *Producte der menschlichen Natur*, weichen in ihren Entwicklungsstufen so schwerwiegend voneinander ab, daß sie auf keinen gemeinsamen Ursprung verweisen. Allerdings würde auch die Verwandtschaft einzelner Sprachen nichts über gemeinsame Abstammung aussagen, weil sich die Idiome unter dem Druck der Geschichte viel schneller und leichter wandeln als Körperbeschaffenheit und Sitten. Die Völkerkunde stützt sich also besser auf die letzteren Merkmale und nicht auf die Sprachen, die in

---

[21]) Rezension des Allgemeinen vergleichenden Wörterbuches von Pallas, in: Allgemeine Literaturzeitung 1787, Nr. 235–237; zitiert nach Arens, Sprachwissenschaft 126.

[22]) De generis humani varietate nativa, 3. Aufl., Göttingen 1795, S. 55 f. (Sprachen), 298 (Völker). Dazu Stoll, Völkerkunde 48 ff.; Mühlmann, Anthropologie 61 f.

[23]) Vorstellung der vornehmsten Völkerschaften der Welt nach ihrer Abstammung, Ausbreitung und Sprachen, Leipzig 1786, S. 3, 13 f. (sprachlich, biblisch). Classificazion (!) der Hauptvölkerschaften der alten und neuern Zeiten und ihrer Zweige, Leipzig 1800, S. IX ff. (Noachiden), XIX ff. (Unnoachiden).

der Epoche zwischen Leibniz und Adelung ungebührlich überschätzt wurden[24]).

Herders Prinzipien setzten sich also in der zeitgenössischen Wissenschaft so vollständig durch, daß sie sich nahezu in ihr Gegenteil verkehrten; aus dem poetischen und organischen Universum ist – unter der Nachwirkung der Aufklärung – der Gegensatz zwischen dem bloß Vorgestellten und dem Wirklichen geworden; die Sprache selbst, von der Herder ausgegangen war, wurde aus einem ursprünglichen, unvergleichlichen Individuum zu einer Kategorie, die sich der Kritik zu unterwerfen hat. Der Kieler Philosophieprofessor Johann Nikolaus Tetens (1736–1807) bemängelte 1777 grundsätzlich Herders Lösung des Sprachursprung-Problems. Der innere Drang natürlicher Fähigkeiten konnte den Menschen noch nicht zur Sprache führen; der Denktrieb allein kann nichts verwirklichen. Es bedarf der Erfahrung, der Gemeinschaft, des Austauschs, also der Geschichte, um Sprache zu bilden; *die Geschichte muß hier entscheiden, oder es ist nicht zu entscheiden.* Aus Herders Idee vom Menschen kann ohne Anstoß von außen, ohne Erfahrung, keine menschliche Wirklichkeit werden[25]).

Läßt sich überhaupt jenseits der Erfahrungen und Erscheinungen eine übersinnliche Erkenntnis im Sinne Herders und Jacobis denken? Der u. a. von Tetens angeregte Ostpreuße Immanuel Kant (1724–1804) verneinte die Frage und verwies (A.G. Baumgarten folgend) die Anschauungen Herders und der Bibel in den Bereich des künstlerischen Betrachtens, das Natur und Leben schöpferisch reproduzieren, aber niemals deutlich erkennen kann. Kant glaubte freilich 1775 durchaus wie sein Landsmann Herder, daß alle Menschen *zu einem einzigen Stamme gehören, woraus sie unerachtet ihrer Verschiedenheiten entsprungen sind, oder doch wenigstens haben entspringen können*; aber er hielt diese Stammgattung für ausgestorben. Die geschichtliche Erfahrung hat die natürliche Idee, wenn es je eine gab, verwischt. Noch 1786 schien es Kant plausibel, daß die Menschengeschichte mit *einem einzigen Paare* begonnen habe; doch daß ihm Besonnenheit und Sprache eigen gewesen seien, bezweifelte er. Ursprünglich ist nur der Trieb, sich mitzuteilen, seine Existenz weit und breit um sich kundzumachen,

[24]) Grundriß der Geschichte der Menschheit, Lemgo 1785, S. 30 ff. (Kaukasier), 18 ff. (Mongolen), 6 (andere Schöpfung). Untersuchungen über die Verschiedenheiten der Menschennaturen, 3 Bände, Tübingen 1811–15, hier Bd. 1, S. 5 ff. (Sagen), 372 f. (Producte); Bd. 3, S. 226-264 (Verschiedenheit der Sprachen); Bd. 2, S. 117, 119, 433 f. (Sprache und Abstammung). Dazu Hofsten, Diskontinuitätsproblem 291; Alexander Ihle, Christoph Meiners und die Völkerkunde (Vorarbeiten zur Geschichte der Göttinger Universität und Bibliothek 9), Göttingen 1931, S. 20 ff., 84 ff., 113 f., 139 ff.; Mühlmann, Anthropologie 63 ff.

[25]) Philosophische Versuche über die menschliche Natur und ihre Entwickelung, Bd. 1, hg. Wilhelm Uebele (Neudrucke seltener philosophischer Werke 4), Berlin 1913, S. 759 ff. Unzugänglich blieb mir: Abhandlung über den Ursprung der Sprache und der Schrift, Bützow 1772. Dazu Cassirer, Aufklärung 166 ff.

wie es noch heute gedankenlose Leute und Kinder durch Schreien, Pfeifen und Singen tun und denkende Philosophen stören ... Dieser flegelhafte Trieb ist für den witzigen, aber empfindlichen Professor kein Abzeichen edler Humanität; das sind erst Sprechen und Denken. Der erste Mensch hat diese Fähigkeiten besessen, aber er mußte sie erwerben; wären sie in ihn gelegt, er müßte sie vererben. Zum Ausgleich ist der kritisch analysierende und sittlich handelnde Mensch in seinem Bereich frei und nicht naturgebunden: *Der Mensch selbst ist ursprünglich Schöpfer aller seiner Vorstellungen und Begriffe und soll einziger Urheber aller seiner Handlungen sein.* So gehört ihm auch die Sprache allein; sie dient zur *Bezeichnung der Gedanken*, nicht der Dinge. Dadurch ist sie begrenzt, selbst für das Denken sekundär; das macht sie dem Philosophen uninteressant. Kant hat sie kaum beachtet, weder in seinem System noch bei seiner Schreibweise. Viel bedeutsamer sind die Formen, die der menschliche Geist in die Erscheinungen hineinträgt, also auf sprachlichem Gebiet die *allgemeine Grammatik, die nichts weiter als die bloße Form der Sprache überhaupt enthält, ohne Wörter, die zur Materie der Sprache gehören.* So befaßte sich Kant lieber mit den Kategorien als mit den Fakten, mehr mit den Postulaten als mit der Tradition, einläßlicher mit der Vereinigung der Völker als mit den Eigenarten eines jeden Volkes; sein Versuch, etwa die Franzosen auf Grund ihrer Sprache zu charakterisieren, fiel ziemlich hilflos aus. Wichtiger als *die Verschiedenheit der Sprachen und der Religionen*, die von der Natur gewollt und vorgegeben ist, war ihm der künftige Schutz des kultivierten Völkerfriedens.

Allerdings fand Kant 1793 (wohl unter dem Eindruck der französischen Revolution) diese Verschiedenheit nicht bloß natürlich, sondern auch vernünftig. Es ist, *vielleicht absichtlich*, in das Menschengeschlecht ein Hang gelegt, der Staaten und Kirchen zu universalen machen möchte; aber er kann nie zum Ziele kommen, denn das *Zusammenschmelzen der Staaten wird – wenn es uns erlaubt ist, hierin eine Absicht der Vorsehung anzunehmen – vornehmlich durch zwei mächtig wirkende Ursachen, nämlich Verschiedenheit der Sprachen und Verschiedenheit der Religionen, verhindert.* Die gleiche Vorsehung, die den Menschen über seine Grenzen hinaustreibt, weist ihn in seine Schranken zurück; wie bei Reimarus vereitelt Gott selbst die Allgemeinheit der Religion durch die Verschiedenheit der Sprachen. Demzufolge ist auch die wirkliche Anbetung Gottes nicht in Sprache zu fassen, und es erweist sich als höchst sinnvoll, daß Worte *wie leerer Schall verschwinden müssen*; wenn Kant das Studium der hebräischen Sprache fordert, dann nicht wegen ihrer Heiligkeit, sondern wegen der Unsicherheit der biblischen Überlieferung. Da das Wort an die menschliche Unzulänglichkeit und Subjektivität gebunden bleibt, vermag die Buchreligion, wie Hume lehrte, niemals die absolute, kaum die historische Wahrheit wiederzugeben. Die Religion kann sich auf Erden nicht so weit objektivieren, daß man auf sie eine *Universalhistorie des menschlichen Geschlechts* gründen könnte. Endlich ist nicht die traditionsbeladene Vergangenheit, sondern die aufgeklärte, aus ihrer selbstverschuldeten Unwissenheit befreite Gegenwart der Kulminationspunkt und das Ziel der Geschichte, auch der Kirchengeschichte. Sie wird allerdings nicht in endlosem Fortschritt der unbegrenzten Wahrheit zueilen, wie die Aufklärung meinte; natürliche Artung und geschichtliche Erscheinung müssen immerfort von der sittlichen Humanität des Menschen gebändigt und geordnet werden[26]).

So scheint es nur dem ersten Blick, als habe Kant das weitläufige Gebäude Herders zerstört. Gewiß, die heilige Sprache, das ewige Volk, die organische Geschichte, die universale Religion – sie alle ruhen nun nicht mehr auf dem sicheren Fundament einer unermeßlichen Wirklichkeit, der übersinnlichen Natur. Aber was sie an Wirklichkeit verloren, gewinnen sie an Wirksamkeit; denn jetzt sind sie dem selbstverantwortlichen Menschen in die Hände gelegt. Er empfängt sie nicht gläubig von einer bewußtlosen, vorgegebenen Macht, sondern gestaltet sie frei und bewußt und bewältigt die unermeßliche Fülle durch menschliche Haltung und klassisches Maß. Kant führte nicht zur rationalistischen Aufklärung zurück, sondern zur idealistischen Klassik weiter.

Kants Einfluß herrschte im Sprach- und Geschichtsdenken von Friedrich Schiller (1759–1805) vor. Für Schiller war es 1789 keine Frage, daß der geschichtliche Weg der Sprache *von tierischen Tönen zu verständlichen Zeichen* ging und daß die Sprache erst nach langer Zeit menschlichen Daseins *erfunden* wurde; sie entsprang also nicht aus Herders Besonnenheit. Denn sie ist wohl der *allgemeine Fahrweg der Gedanken*, aber für das Gemeine leichter als für das Edle zu brauchen; sie ist nicht das Humane am Menschen. *Spricht die Seele, so spricht, ach! schon die Seele nicht mehr*. Was an ihr schön ist, entstammt nicht dem natürlichen Instinkt, der die Stimme Gottes ist, sondern der menschlichen Vernunft. Der Mensch, so heißt es 1791, zuerst als ein einziges Paar erschaffen, erfand sich die Sprache als Werkzeug der Vernunft, und dieser Abfall vom Instinkt,

---

[26]) Gesammelte Schriften, hg. Preuß. Akad. d. Wiss., 23 Bände, Berlin 1900–55: Von den verschiedenen Racen der Menschen Bd. 2, S. 430, 440 (zu einem einzigen Stamme); Muthmaßlicher Anfang der Menschengeschichte Bd. 8, S. 110 f. (einziges Paar, Mitteilungstrieb, Sprechen und Denken); Der Streit der Facultäten, Anhang Bd. 7, S. 70 (Schöpfer, Urheber); Anthropologie in pragmatischer Hinsicht I, 1, 39 S. 192 f. (Bezeichnung der Gedanken); Logik, Einleitung 1 Bd. 9, S. 12 f. (allgemeine Grammatik); Zum ewigen Frieden, Ein philosophischer Entwurf Bd. 8, S. 367 (Verschiedenheit der Sprachen und Religionen); Die Religion innerhalb der Grenzen der bloßen Vernunft III, 1, 7 Bd. 6, S. 123 (Absicht der Vorsehung); IV, Allgemeine Anmerkung S. 197 (leerer Schall); IV, 1, 2 S. 166 f. (Hebräisch); III, 2 S. 124 (Universalhistorie), 131 f. (Gegenwart). Dazu Wilhelm STREITBERG, Kant und die Sprachwissenschaft, Eine historische Skizze, in: Indogermanische Forschungen 26 (1909/10) 382–422, hier S. 420 f.; JOLLES, Nationalbewußtsein 115 ff.; RAUMER, Friede 162 ff.; WANDRUSZKA, Geist 16 f.

also von „Gott", mindestens von der Natur, ist *ohne Widerspruch die glücklichste und größte Begebenheit in der Menschengeschichte*. Sie befreite die Menschheit von der Tyrannei der dumpfen Triebe. Darum feierte Schiller, fast wie der ältere Jerusalem, den großen Jäger Nimrod als *größten Wohltäter der Menschen*; er nahm ihnen die animalische Angst vor wilden Tieren und wurde deshalb ihr erster Herr, der erste König. Damit begann der Aufstieg zu Staat und Kultur, zum Glück des Menschen. Der Turm von Babel, der Rückfall ins Maßlose, konnte hier keinen Platz finden.

Die Vielfalt der Sprachen gehört nicht zum unbeherrschten Chaos der Sinne, sondern zur klassischen Fülle humanen Lebens, etwa im antiken, glücklichen Griechenland: *Seltsamer Sprachen Gewirr braust in das wundernde Ohr*. Verständigung schafft Frieden; darum waren die Niederlande, wie ihr Historiker 1788 schrieb, glücklich, solange der Herrscher, Karl V., mit ihnen die Sprache teilte. Der Sohn, Philipp II., verstand nur Spanisch und blieb ihnen fremd; auch daß sein Minister Granvella in sieben Sprachen gelehrt war, besserte nichts. Denn allein Menschlichkeit macht Sprachenkenntnis fruchtbar. Umgekehrt bleibt wahrer Patriotismus immer human, also tolerant. Die niederländischen Aufständischen übersetzten ihre Kundmachungen *in mehrere Sprachen* und beriefen *Deputierte von jeder Sprache, oder, wie man sie nannte, den Nationen*; unter ihnen predigten sogar Deutsche, aber *in wallonischer Sprache*. Die äußere Gestalt einer Muttersprache ist nicht ehrwürdig; das ist nur der *Cadaver*, den die Gelehrten sezieren, während *Geist und Leben entschlüpft*. Das geistige Leben der Sprache ist nicht das dunkle Weben des Volkes und seiner organischen Geschichte, sondern die helle Humanität. Nur vom Griechischen und Lateinischen, die wir *todte Sprachen* nennen, *kommt, was in der unsrigen lebt*. Gemessen an der klassischen Sprache ist 1791 *unsre liebe Muttersprache* noch immer *schwankend, unbiegsam, breit, gotisch, rauhklingend*. Es liegt an uns, was aus ihr wird. Wenn die Deutschen die reine Humanität stilisieren, dann werden sie das Kernvolk der Menschheit; dann wird die Sprache, *der Spiegel einer Nation*, auch uns ein *großes köstliches Bild von uns selbst* schenken und *die Welt beherrschen*. Wie Herder verehrte Schiller die sittliche Idee der Humanität und das Walten der Geschichte, die ihr zum Siege hilft; aber das sinnlich Mannigfaltige, die organische Natur waren ihm (gleich Kant) bloß der Stoff, aus dem der Mensch sich, seine Sprache, sein Volk, seine Religion formt[27]).

---

[27]) Sämtliche Werke, Säkularausgabe, hg. Eduard von der HELLEN, 16 Bände, Stuttgart-Berlin 1904: Was heißt und zu welchem Ende studiert man Universalgeschichte? Bd. 13, S. 9 (verständliche Zeichen), 17 (erfunden); Don Carlos II, 4 v. 1335 Bd. 4, S. 68 (Fahrweg). Musenalmanach für das Jahr 1797, Tabulae votivae, in: Werke, Nationalausgabe, hg. Julius PETERSEN – Friedrich BEISSNER, Bd. 1, Weimar 1943, S. 302 (Spricht die Seele). Etwas über die erste Menschengesellschaft nach dem Leitfaden der mosaischen Urkunde, HELLEN Bd. 13, S. 35 (ein Paar), 26 f. (größte

Ist der Mensch so souverän? Schillers Landsmann Friedrich Hölderlin (1770–1843) litt an der Wirklichkeit, die Schiller zu bezwingen suchte, und teilte seine Hoffnung nicht. In jungen Jahren ließ er sich von Klopstock dazu hinreißen, das Verehrungswürdige in der deutschen Vorzeit zu suchen, bei dem nordischen *Menschengenius*, *der Sprache Gott*, bei *Thuiskons Blut* und bei den Türmen seiner Heimat, *Resten der Vorzeit*. Freilich ist das Vergangene verloren, auch feste Türme wanken im Sturm; die Weltgeschichte sieht, daß *Thürme mit ehernen Toren*, *gigantischen Mauern* im Augenblick zernichtet sind; *menschliches Riesenwerk* könnte nur im Dienste Christi zum Völkersegen gelingen. Aber was liegt an den Völkern? Mag mancher Heros *von fernen Völkern gepriesen*, *von fremden Zungen genannt* werden, nicht in der Fülle der geschichtlichen Vielfalt, nicht in ihren natürlichen Ursprüngen liegt die verlorene Heimat, nur bei den schicksallosen, klassischen Göttern. Doch wer erreicht sie? Wie die Titanen umsonst die Berge türmten als *Treppe zu des Göttervaters Burg hinauf*, so vergeblich müht sich der Mensch. Nichts Festes hat er in Händen; dafür ward *der Güter gefährlichstes*, *die Sprache*, *dem Menschen gegeben*. Was nutzt sie dem Jüngling, der auszieht, *die Sprache gebildeter Völker* zu lernen? Er bleibt ein Fremdling, *wie einer*, *dem ein Laut aus seiner Muttersprache entfährt*, *in einem Lande*, *wo sie nicht verstanden wird*. Hie und da begegnet dem ätherischen Griechen freilich sogar in Spanien ein Mann *in unserer Sprache*; doch selten ist das Glück, daß einer die Boten von jenseits versteht, *die Sprache der Fremdlinge*, *die menschenbildende Stimme*. Die irdische Sprache ist *ein großer Überfluß*. *Das Beste bleibt doch immer für sich*. Vor dem Göttlichen müssen wir schweigen; *es fehlen heilige Nahmen*. Und selbst das Menschliche in uns – *ein Zeichen sind wir*, *deutungslos . . . und haben fast die Sprache in der Fremde verloren*. Ohnmächtig sehen wir zu, wie *der Nachtgeist*, *der himmelstürmende*, *unser Land beschwäzet*, *mit Sprachen viel*, *unbändigen*; und *wie ein Brand entstehet Sprachverwirrung*. Und doch ist Hoffnung; was zusammengehört, findet sich rasch, ohne sich erst *in alle Sprachen des Lebens* zu kleiden; vollends *über den Sternen vergißt das Herz seine Noth und seine Sprache*, . . . *wohnt doch die Stille im Lande der Seeligen*. So dürfen wir hoffen, *daß*, *wenn die Stille kehrt*, *auch eine Sprache sei*. Dann erst wird die Sprache der Liebenden *die Sprache des*

Begebenheit), 40 ff. (Nimrod); Der Spaziergang v. 116 Bd. 2, S. 137 (Gewirr); Geschichte des Abfalls der vereinigten Niederlande von der spanischen Regierung Bd. 14, S. 47 f. (Karl, Philipp), 92 (Granvella), 172 (Übersetzungen), 228 (Deputierte), 202 (Prediger). Musenalmanach . . ., PETERSEN-BEISSNER Bd. 1, S. 326 (Cadaver), 304 (tote Sprachen). Die Zerstörung von Troja, Vorrede, HELLEN Bd. 16, S. 113 (gotische Muttersprache); Deutsche Größe Bd. 2, S. 387, 389 (Zukunft der deutschen Sprache). Dazu Friedrich MEINECKE, Weltbürgertum und Nationalstaat, Studien zur Genesis des deutschen Nationalstaates, 7. Aufl., München-Berlin 1928, S. 57 ff.; DERS., Schiller und der Individualitätsgedanke, Eine Studie zur Entstehungsgeschichte des Historismus (Wissenschaft und Zeitgeist 8), Leipzig 1937, S. 5 ff.; KOHN, Idee 543 ff.; SRBIK, Geist Bd. 1, S. 152 ff.; AUERBACH, Mimesis 382 ff.; Benno von WIESE, Friedrich Schiller, Stuttgart 1959, S. 330 ff., 436 ff.

Landes; dann nennt der sprachlose Gott, *der Geist im Menschenwort*, sich wieder mit Namen; dann bringt die Harmonie der Geister den *Anfang einer neuen Weltgeschichte* und schließt sie an den Ursprung, da von *Kinderharmonie* einst die Völker ausgegangen sind. Wie Schiller nahm Hölderlin das Maß von der klassischen Antike und erwartete wie er das Heil von der Zukunft; aber es wird nicht vom Menschen und seiner geläuterten Sittlichkeit kommen. Denn was der Mensch tut, ist nur Aufstand oder Sehnsucht, niemals Erfüllung. Seine geschwätzige Sprache vereint die Brüder nicht, sie erzieht kaum den einzelnen zur Humanität; sie ebnet keinen Weg zu den Dingen, erst recht nicht zu Gott. Die Völker sind träge Massen, die sich jeder Verlockung ergeben; aus ihnen spricht nicht die Kraft der Natur, noch weniger der Adel des Geistes. Die Geschichte selbst errichtet immer neue Türme, hochmütige Zeichen erstarrter Zeitlichkeit, und so wenig, wie sie den Himmel erreicht, bildet sie den Menschen. Auch die Religion weist ihm keinen Weg. Erst der Einbruch des Überirdischen, Unbenannten wird der Selbstentfremdung des Menschen ein Ende machen. Bis dahin bleibt ihm, in das Gehäuse seiner nutzlosen Freiheit gesperrt, nur die dunkle Sprache seiner hohen Hymnen, die klagend auf Erlösung hoffen[28]).

Steht der Mensch, in sich tragisch gespalten, seiner Welt dualistisch entfremdet, auf Erden wirklich so allein? Hat nicht Herder damit recht, daß seine Humanität ein organisches Ganzes sein soll, gleich der Natur, die ihn trägt? Ist seine Individualität nicht immer auch Symbol einer Totalität, ist seine geprägte Form nicht stets lebendige Entwicklung? Kann sich die Menschlichkeit nicht zugleich an der natürlichen Fülle und an der klassischen Zucht bilden? Johann Wolfgang von Goethe (1749–1832) liebte die einseitigen Abstraktionen, auch zugunsten der Sprache, nicht. *Name ist Schall und Rauch*, und doch

---

[28]) Sämtliche Werke, Große Stuttgarter Ausgabe, hg. Friedrich Beissner, 6 Bände, Stuttgart 1946–58: Emilie vor ihrem Brauttag v. 207 Bd. 1, S. 284 (Menschengenius); Burg Tübingen S. 101 ff. (Thuiskons Blut); Am Tage der Freundschaftsfeier v. 103 ff. S. 61 f. (Reste der Vorzeit); Die Unsterblichkeit der Seele v. 39 S. 32 (Türme im Sturm); Die Bücher der Zeiten v. 33 ff., 153 ff. S. 70, 74 (Weltgeschichte, Riesenwerk, Völkersegen); Gustav Adolf v. 20 f. S. 85 (ferne Völker); Hyperion I, 1 Bd. 3, S. 46 (Titanen); Bruchstück 37 Bd. 2, S. 325 (der Güter gefährlichstes); Hyperion I, 1 Bd. 3, S. 20 (Sprache gebildeter Völker), 41 (wie einer ...); II, 2 S. 138 (Spanien); Rousseau v. 29 Bd. 2, S. 13 (Fremdlinge); Am Quell der Donau v. 42 S. 126 (menschenbildende Stimme); Hyperion II, 1 Bd. 3, S. 118 (Überfluß); Heimkunft v. 101 Bd. 2, S. 99 (heilige Namen); Mnemosyne, 2. Fassung v. 1 ff. S. 195 (Zeichen deutungslos); Das nächste Beste, 2. Fassung v. 2 ff. S. 234 (Nachtgeist); Der Vatikan v. 35 f. S. 253 (Sprachverwirrung); Hyperion II, 1 Bd. 3, S. 122 (alle Sprachen des Lebens); I, 2 S. 50 (über den Sternen); Friedensfeier v. 84 S. 535 (Stille, eine Sprache); Die Liebe v. 26 f. Bd. 2, S. 21 (Sprache des Landes); Ermunterung, 1. Fassung v. 24 ff. S. 34 (Geist im Menschenwort); Hyperion I, 2 Bd. 3, S. 63 (Harmonie der Geister). Dazu Romano Guardini, Hölderlin, Weltbild und Frömmigkeit, 2. Aufl., München 1955, S. 115 ff.

lebt Himmelsglut im Menschen; nicht das Wort, wie der Evangelist Johannes sagt, sondern die Tat war am Anfang. *Ich kann das Wort so hoch unmöglich schätzen*; göttlich ist es nicht. In Straßburg, als neben ihm Herder über den Ursprung der Sprache nachdachte, war Goethe *zu sehr in der Mitte der Dinge befangen, als daß* er *hätte an Anfang und Ende denken sollen*. Die Frage schien ihm auch müßig; ob göttlich oder menschlich im Ursprung, die Sprache gehört doch zum Menschen wie Seele und Leib. Goethe selber ergriff sie tätig, wo er sie fand, die eigene wie die fremde. Er lernte Sprachen ohne System; so war sein Französisch buntscheckig, ein *Babylonisches Idiom*, aber reich und vielseitig. Sein Interesse an der hebräischen Sprache führte ihn zur Urgeschichte des Alten Testaments, und hier fand er wieder anschauliche Vorfälle und menschliche Fülle. Die Völker mußten sich trennen; vorher wollten sie noch einen Turm bauen, *der ihnen aus weiter Ferne den Weg wieder zurückweisen sollte. Aber dieser Versuch mißlang* ... Er mußte mißlingen, weil sich die Kraft des Lebens nicht künstlich fesseln ließ. Betrüblich war an der Begebenheit, daß sie die Erde entzweite, tröstlich, daß sie die Erde auch bevölkerte; vor allem entstand daraus der Segen der ständigen Bewegung. Preisen wir Gott dafür, daß er, *den babylonischen Thurmbau verhindernd, das Menschengeschlecht in alle Welt zerstreute*.

Imposant ist gleichwohl auch der mißlungene Plan der Menschen. Angesichts des unvollendeten Kölner Doms kam Goethe der Babelturm in den Sinn, als *Musterbild jener ungeheuren Conzeptionen, deren Sinn babylonisch in den Himmel strebte, und die zu den irdischen Mitteln dergestalt außer Verhältniß waren, daß sie nothwendig in der Ausführung stocken mußten*. Im Kölner Dom sah er *das Mährchen vom Thurm zu Babel an den Ufern des Rheins verwirklicht*; auch das Straßburger Münster war ein solcher kühner *Babelgedanke*. Goethe stellte wie die Italiener der Renaissance, Alberti und Gozzoli, den Babelturm kühn neben die christlichen Kathedralen; daß er als gotteslästerliche Himmelsleiter dienen sollte, glaubte er nicht. Aber auch zum bloßen Mythos wurde Babel nicht erniedrigt; so kalt die Trümmer des Turmes ihn ließen, der Entwurf erregte Goethe immer wieder. Merians Stich vom Turmbau stand ihm lebendig vor Augen; 1829 sagte der Geheimrat, daß der Turm zu Babel für ein Drama Byrons ein großartiges Thema gewesen wäre und daß, *wenn man ihn hätte endigen können, er nach allen Natur- und Kunstgesetzen hätte spitzig, das heißt mit einem kulminierenden Punkte hätte abschließen müssen*. Wie man den Turm schön hätte zu Ende bauen können, das hatte – wieder außer Alberti – noch kein Christ gefragt. Ästhetik stand über Sünde, und was war noch Sünde, wenn der Turm mit einem krönenden Abschluß, also nicht zur Eroberung des Himmels geplant war?

Goethe kannte freilich die negative Grundstimmung der biblischen Erzählung und benutzte sie gern und oft, aber nur, wenn er Babel metaphorisch meinte, wenn er seine Zeitgenossen kritisierte. Man vermeide beim Sprachenlernen in der Schule die *babylonische Verwirrung* und befasse sich jeweils nur mit einer Sprache. Die Schulgelehrsamkeit hat viel Babylonisches; jeder ist für sich, noch heute *spukt der Babylon'sche Thurm*; was Bücher lehren, ist ein *Thurm zu Babel, wenn es die Liebe nicht vereint*. Auch in der Presse herrscht Babel; die Verse eines schlechten Poeten sind *ein barbarisches Tongemisch der Erbauer des babylonischen Thurmes*. Stets ist das Starre, Lebensfremde, Unnatürliche gemeint, das Kleinliche der Gegenwart, nirgends die Vermessenheit der biblischen Bauleute; nur bei seinen Zeitgenossen fand Goethe verwirrte Sprache. Eine bezeichnende Paradoxie: Goethe hielt den Ablauf der Weltgeschichte für so natürlich, daß er der biblischen Historie nur die eine Hälfte glaubte; die andere reservierte er für zeitkritische Metaphern, nahm sie also auch hier nicht beim Wort[29]).

Souverän deutete er die biblische Urgeschichte um, bis sie seiner Naturanschauung entsprach. Er meinte 1828 (lieber Paracelsus als Schiller folgend), vielleicht stammten die Juden von dem einen Vater Adam, aber alle anderen Nationen hätten gewiß andere Urväter; denn es sei im Sinne der verschwenderischen Natur, *statt eines einzigen armseligen Paares die Menschen gleich zu Dutzenden, ja zu Hunderten* hervorzubringen. Die Vielfalt der Völker braucht dann nicht mehr erklärt zu werden, denn sie gleicht der Entfaltung der Individuen. *Die auf der Erde verbreiteten Nationen sind so wie ihre mannichfaltigen Verzweigungen als Individuen anzusehen.* Dasselbe gilt von den Sprachen; sie sind notwendig verschieden. *Alle Sprachverschiedenheit ruht auf der Mannichfaltigkeit der Organe, und diese hängen wieder von mannichfaltiger Totalität menschlicher Organisation ab.* Das Individuelle ist unerschöpflich, das Mannigfache aber ist organisch, und so verschränken sich spinozistisch Einheit und Vielfalt, Geist und Natur. *Lassen wir also gesondert, was die Natur gesondert hat, verknüpfen aber dasjenige, was in großen Fernen auf dem Erdboden auseinandersteht, ohne den Charakter des Einzelnen zu schwächen, in Geist und Liebe!*

Das war zugleich Goethes Einstellung zu Nation und Muttersprache. Um

---

[29]) Werke, hg. im Auftrage der Großherzogin Sophie von Sachsen, 143 Bände, Weimar 1887–1919: Faust I, Marthens Garten Bd. I, 14 S. 174 (Name); Studierzimmer S. 63 (Wort); Dichtung und Wahrheit II, 10 Bd. I, 27, S. 309 (Herder); III, 11 Bd. I, 28, S. 50 ff. (Französisch; dazu WANDRUSZKA, Geist 20 f.); I, 4 Bd. I, 26, S. 205 f. (Turmbau); Wilhelm Meisters Wanderjahre III, 9 Bd. I, 25, S. 182 (Segen der Bewegung, Zerstreuung); Dichtung und Wahrheit II, 9 Bd. I, 27, S. 279 (Kölner Dom); Brief Nr. 5994 vom 14. 5. 1810 Bd. IV, 21, S. 295 (an den Ufern des Rheins); Von Deutscher Baukunst Bd. I, 37, S. 140 (Babelgedanke). Gespräche, hg. Flodoard Frhr. von BIEDERMANN, 5 Bände, 2. Aufl., Leipzig 1909–11, hier Bd. 1, S. 179 (Merian); Bd. 4, S. 138 (Byron), 149 (Turmbauspitze). Wilhelm Meisters Wanderjahre II, 8, Sophienausgabe Bd. I, 25, S. 5 (Sprachenlernen); Zur Morphologie II Bd. II, 6, S. 235 (Schulgelehrsamkeit); Sprichwörtlich Bd. I, 2, S. 231 (Spuk); Zahme Xenien III Bd. I, 3, S. 279 (Babel, Liebe); Zu brüderlichem Andenken Wielands Bd. I, 36, S. 333 f. (Presse); Rameaus Neffe Bd. I, 45, S. 84 (Poet).

ihre Vergangenheit kümmerte er sich wenig; ihre natürliche Kraft freute ihn. Die Muttersprache war ihm lieb, wie den Griechen in Skythien *der vielwillkommne Ton der Muttersprach' in einem fremden Lande*. Sie ist himmlisch zeitlos, wenn Goethe *gar zu gern in deutscher Sprache Paradieses-Worte stammeln* möchte. Und doch ist sie irdisch verwurzelt; alles in ihr bezieht sich auf die *Eigenthümlichkeiten der Nation*. Das Wesentliche ist unübersetzbar; aber zugleich ist das Nationale nach außen geöffnet, *die Eigenheiten einer Nation sind wie ihre Sprache und ihre Münzsorten, sie erleichtern den Verkehr, ja sie machen ihn erst vollkommen möglich*. Das Gespräch zwischen den Nationen wird zur Weltliteratur; Übersetzungen, so schwierig sie sind, erleichtern es. Goethe setzte sich als Vermittler zwischen den Sprachen so aktiv ein, daß ein Zeitgenosse 1827 witzelte:

Sonst hieß Weimar Deutsch-Athen,
Jetzo ist's das Deutsche Babel.

Aber Goethe ließ sich nicht beirren. Alles Besondere, Sprachen und Völker, Ereignisse und Traditionen, fügte sich in sein Bild von der geschichtlichen Welt, in der persönliche und geistige Entwicklung sich zur überzeitlichen Sphäre erhebt und die verschwenderische Natur stets neu die Menschen zur klassischen Humanität erzieht[30]).

Ignoriert diese olympische Humanität, die auf Geist und Natur schwört, nicht den Abgrund zwischen der unendlichen Seele und dem begrenzten Leben, und wird sie dadurch nicht selbstherrlich und ungläubig? Der fränkische Pfarrerssohn Jean Paul Friedrich Richter (1763–1825) schlug, anders als Hölderlin, zwischen kosmischer Sympathie und einsamer Zerrissenheit die Brücke des Humors, der im Unscheinbaren das Grenzenlose spiegelt, der träumenden Seele aber auch die ganze Weltgeschichte wie ein Spielzeug zu Füßen legt. Er erzählte 1796 von einem Träumenden, von dem *langen Bauriß seiner Luftschlösser* und den *Baubegnadigungen seines babylonischen Thurmes*, ohne ihn wie Steele einen Lügner zu schelten; genug, daß der Träumer seine Freude am Unendlichen hat. Ein Kranker liegt wohl ohne seine Perücke da, *wie der babylonische Thurm ohne Kuppel*; aber könnte er sie nicht eines Tages wieder auf-

---

[30]) Gespräche, Biedermann (o. Anm. 29) Bd. 4, S. 28 (Abstammung). Über Kunst und Alterthum II, Urworte. Orphisch, Sophienausgabe (o. Anm. 29) Bd. I, 41, S. 217 (Nationen als Individuen); Der Pfingstmontag S. 244 (Sprachverschiedenheit, Lassen wir also ...); Iphigenie auf Tauris II, 2 Bd. I, 10, S. 35 (Griechen in Skythien); West-östlicher Divan XII Bd. I, 6, S. 265 (Paradieses-Worte); Italienische Reise 5. 10. 1786 Bd. I, 30, S. 123 (Eigentümlichkeiten der Nation); Brief Nr. 224 an Carlyle vom 20. 7. 1827 Bd. IV, 42, S. 269 (Sprache und Münzsorten). Zur Weltliteratur Fritz Strich, Goethe und die Weltliteratur, Bern 1946, S. 16 ff., 397 ff., 366 f. („das Deutsche Babel"). Zum Geschichtsdenken Meinecke, Historismus 551 ff.; Gerd Tellenbach, Goethes geschichtlicher Sinn (Freiburger Universitätsreden NF 6), Freiburg i. Br. 1949, S. 21; Auerbach, Mimesis 414 ff. Zum Sprachdenken Alexander Scharff, Sprache, Nation, Menschheit in Goethes Geisteswelt (Akademische Schriften 1), Neumünster 1949, S. 7 ff. u. ö.

setzen, und alles wäre gut? Wenn sich der makabre Traum von einem grandiosen Mausoleum, *das den babylonischen Thurm verbauete*, nicht verwirklicht, wen stört es? Wen freut es nicht? Man ist gerührt, wenn Adam seiner Eva eine hebräische Hochzeitsrede hält, und doppelt gerührt, daß Adam der Vater aller Menschen ist, die Präadamiten ausgenommen. Man ist erzürnt über einen habgierigen Wirt; er *kam von Adam her, dem Stammvater der Juden; und sprach die deutsche Sprache, die, wie jede, eine Tochter der hebräischen ist.* Der Leser wird doch nicht wissen wollen, ob Adam wirklich der Vater aller Menschen oder der Juden, Hebräisch wirklich die Mutter aller Sprachen oder der deutschen ist. Und wenn er danach fragte, Jean Paul wüßte es nicht. Er erschrak 1807 ehrlich vor dem großen Wirrwarr der Geschichte, vor dem *Babel der Völker, der wahren und der falschen Tradizionen, der Sprachen.* Lag das Paradies in Preußen? Stehen die Deutschen in der Völkertafel? Sind sie das Urvolk? Ist die Ursprache Hebräisch, Chinesisch oder Deutsch? Wer kann es behaupten, wer bestreiten? Bleibe jeder dem Seinen herzlich treu, dem Fremden freundlich offen, das ist die beste Lehre aus der Geschichte.

Jean Paul liebte seine Muttersprache, *die Orgel unter den Sprachen*, aber nicht sie allein. *Die Muttersprachen sind die Völkerherzen.* Sie sind alle lebendig, keine ehernen Götzen; sie haben ihre Geschichte voller Freud und Leid. Karl der Große hat in Frankreich Deutsch zur Hofsprache erhoben; unter Ludwig XIV. wurde an den deutschen Höfen das Deutsche verdrängt, daß es so selten zu hören war *als in der Türkei ein türkischer Hund.* Das Hin und Her befruchtet, Gastfreiheit macht nicht arm; Wettbewerb regt an. Heute kann das Deutsche neben dem Französischen bestehen, die Franzosen *mögen immer kühn ihre Musen-Hügel auf einander aufthürmen als Himmelstürmer.* Nur dürfen die Deutschen über ihren Träumen nicht die Taten vergessen, sich nicht ihrer Vergangenheit rühmen und ihrer Gegenwart schämen. Jede Sprache sollte, schrieb Jean Paul 1813, heilig gehalten werden; der Deutsche soll gegen seine Sprache nicht so kalt sein, *als ob er sowol mit Bekanus glaube, daß Gott nur Deutsch mit Adam gesprochen, als mit dem Konsistorialrath Hasse in Königsberg, daß das Paradies eigentlich in Ostpreußen gelegen, so daß man deßhalb, da doch das Vaterland der deutschen Sprache, nämlich das Paradies, durch die erste Mutter in einem kurzen Obstnachtisch vernascht worden, diese Sprache wieder für das Paradies aufspare, wenn man künftig aus dieser Welt dahin komme.* Nicht bei historischen Türmen, olympischen Bergen, ewigen Sternen ist die Heimat des Menschen und seiner Sprache, sondern im kleinen Alltag, den das Gemüt vergoldet[31]).

[31]) Sämtliche Werke, hg. Eduard Berend u. a., bisher 23 Bände, Weimar 1927–44: Siebenkäs III, 12 Bd. I, 6, S. 353 (Bauriß, Baubegnadigungen); IV, 20 S. 467 (ohne Perücke); Komischer Anhang zum Titan Bd. I, 8, S. 287 (Mausoleum); Siebenkäs I, 4 Bd. I, 6, S. 105 f. (Adams Hochzeitsrede, Präadamiten); Komischer Anhang zum Titan Bd. I, 8, S. 293 (Wirt); Vorrede zu Kanne, Erste Urkunden der Geschichte

Wie klein ist diese Welt! Ist sie nicht viel zu eng für das grenzenlose Wirken des Geistes? Die Jenenser Frühromantiker glaubten es, wenn sie mit Jean Paul die historischen Details und die olympische Statik verwarfen. Der Wortführer der romantischen Schule, August Wilhelm Schlegel (1767–1845), wies 1798 im „Athenäum" energisch Klopstocks Thesen zurück. *Wir streiten zu lange über die Herkunft. Welcher Verständige gibt bei Menschen und Sprachen etwas darauf, wenn sie sich nicht durch Verdienst bewährt?* Mögen die Sprachen Europas zur Hälfte lateinisch, zur Hälfte deutsch sein, die alten Goten und die Geten waren doch keine Deutschen; Deutsch ist nicht mehr wert als andere Idiome. Die Heiligkeit der Sprache liegt nicht in ihren äußeren, historischen, definierten Formen. Der Schüler Bürgers pries 1795 die Sprache als *die wunderbarste Schöpfung des menschlichen Dichtungsvermögens, gleichsam das große, nie vollendete Gedicht, worin die menschliche Natur sich selbst darstellt.* Das Ursprüngliche an ihr ist das Unermeßliche; die eigentliche Ursprache ist formal nicht festgelegte, reine Poesie. Die kultivierten Sprachen mit ihren *durch Übereinkunft festgesetzten Zeichen* versagen sich dem Unendlichen; man kann es nur durch Übersetzungen fremdsprachiger Poesie mühsam zusammenlesen, seine Wurzel allenfalls im heiligen Sanskrit noch fassen[32]).

Mit Schlegels Freund Friedrich von Hardenberg, genannt Novalis (1772–1801) erhielt diese Poesie der Sehnsucht ihren rückwärts gewandten Propheten und ihren größten Dichter. Die Geschichte ist universal; *jede Geschichte muß Weltgeschichte sein.* Die Sprache ist individuell; *jeder Mensch hat seine eigne Sprache.* Aber die Einheit des Mannigfaltigen, die Harmonie von Geschichte und Sprache ist dahin; statt dessen regieren Trennung und Mischung. Alles Streben zum reinen Geist wendet sich rückwärts, zu jenem *verloren gegangenen Urvolk, . . . dessen entartete und verwilderte Reste die heutige Menschheit zu sein* scheint. Im unwiederbringlich Entschwundenen triumphierte das Ideal, auch *die echte Sanskrit,* die heilige Sprache, *die das glänzende Band jener königlichen Menschen mit überirdischen Gegenden und Bewohnern gewesen war.* Hölderlins Sehnsucht nach der Sprache der Götter gewann Gestalt; die Ursprache Böhmes stand Pate. *Ihre*

Bd. I, 16, S. 282 (Babel der Völker); Rezension von Fichte, Reden an die deutsche Nation S. 347–350 (Urvolk, Ursprache); Hesperus, Vorrede zur 3. Aufl. Bd. I, 3, S. 4 f. (Muttersprachen, Türkei); Nachschrift über die deutsche Sprache Bd. I, 14, S. 216 f. (Musen-Hügel); Herbst-Blumine III, 4 Bd. I, 17, S. 285 f. (Bekanus, Hasse). Dazu Jolles, Nationalbewußtsein 231 ff.; Walther Rehm, Experimentum medietatis, Studien zur Geistes- und Literaturgeschichte des 19. Jahrhunderts, München 1947, S. 12 ff.; Gollwitzer, Europabild 147 ff.

[32]) Vermischte und kritische Schriften, hg. Eduard Böcking, Bd. 1, Leipzig 1846: Der Wettstreit der Sprachen, Ein Gespräch über Klopstocks Grammatische Gespräche S. 200–205, 262 f. (gegen Klopstock); Briefe über Poesie, Silbenmaß und Sprache S. 104 f. (Dichtungsvermögen, Übereinkunft). Dazu Raumer, Philologie 304 ff.; Eva Fiesel, Die Sprachphilosophie der deutschen Romantik, Tübingen 1927, S. 22, 99 f.; Gollwitzer, Europabild 187 ff.

Aussprache war ein wunderbarer Gesang, . . . jeder ihrer Namen schien das Losungswort für die Seele jedes Naturkörpers. Diese *große Chiffrenschrift* vereinte Natur und Gott, Kunst und Wahrheit; sie blühte im Morgenland, im *eigentlichen Vaterlande der Menschheit, Sprache, Dichtkunst.* Für uns Heutige ist das Paradies verschlossen; wir stehen diesseits von Babel. Wie es dazu kam, deutete Novalis 1795/96 nur mit zwei lakonischen Fragen an: *(Turmbau zu Babel)* und *Woher die Verschiedenheit der Sprachen.* Er dachte ihnen nicht weiter nach; dies alles war schon Abfall. Wir führen heute in zahllosen Sprachen unsere Gespräche, wissen aber kaum mehr, daß alles Menschliche zusammengehört; wir spielen mit Begriffen, *aber das ist Sprachverwirrung.* Die ursprüngliche Einheit von Natur und Poesie in einer *instinktartigen, aber gebildeten Sprache* wiederherzustellen, kann allein dem magischen Idealismus des Poeten gelingen; er wird die universale Frömmigkeit des christlichen Mittelalters segensreich erneuern können; er verwirklicht alle Träume, indem er die gegenwärtige Wirklichkeit von sich stößt[33]).

Aber wenn alle Kunst zutiefst Religion ist, dann verkörpert jeder sprachliche, künstlerische Ausdruck etwas von der göttlichen Idee, dann ist uns das Vollkommene nicht gänzlich entrückt. Der frühvollendete Berliner Freund Tiecks, Wilhelm Heinrich Wackenroder (1773–1798), empfand 1797 die Sprache dankbar als *große Gabe des Himmels,* als *ewige Wohltat des Schöpfers,* der *die Zunge des ersten Menschen löste.* Sie ist gleichwohl irdisch und begreift *das Unsichtbare, das über uns schwebt,* nicht. Doch teilt es sich dem Menschen durch zwei andere, wunderbare Sprachen mit, durch die Natur und durch die Kunst, Malerei und Musik. Das Getrennte ist von Gott geschaffen, in Gott vereint. *In tausendfacher Gestalt* entstand der Mensch. *Die Brüder eines Hauses kennen sich nicht und verstehen sich nicht; sie reden verschiedene Sprachen und staunen über einander – aber Er kennt sie alle.* Gott hört *die innere Empfindung der Menschen in verschiedenen Zonen und in verschiedenen Zeitaltern verschiedene Sprachen reden; . . . Er weiß, daß ein jeder die Sprache redet, die Er ihm angeschaffen hat.* Die Mannigfaltigkeit des Irdischen ist keine Babelstrafe; sie verkündet den Reichtum der Schöpfung, in der alles Besondere gleich heilig ist. Verdammen wir also den Indianer nicht, weil er eine andere als unsere Sprache redet, und schmähen wir

---

[33]) Schriften, hg. Paul KLUCKHOHN – Richard SAMUEL, 4 Bände, Leipzig 1929 (Bd. 1, 2. Aufl., Darmstadt 1960): Fragmente der letzten Jahre Nr. 83 Bd. 3, S. 292 (Weltgeschichte); Neue Fragmentensammlungen Nr. 157 Bd. 2, S. 348 (eigne Sprache); Die Lehrlinge zu Sais Bd. 1, S. 106 (Urvolk, heilige Sprache, Aussprache), 79 (Sanskrit, Chiffrenschrift); Von der Begeisterung Bd. 2, S. 91 (Morgenland); Philosophische Studien S. 139 (Turmbau), 272 (Woher die Verschiedenheit), 110 (Sprachverwirrung); Das allgemeine Brouillon Nr. 331 Bd. 3, S. 114 (instinktartige Sprache). Zum Sprachdenken FIESEL, Sprachphilosophie 52 u. ö.; Heinrich FAUTECK, Die Sprachtheorie Fr. v. Hardenbergs (Novalis), Diss. phil. Göttingen 1939, S. 26 ff. Zum Geschichtsdenken Kurt BORRIES, Die Romantik und die Geschichte, Studien zur romantischen Lebensform, Berlin 1925, S. 109; JOLLES, Nationalbewußtsein 170 ff.; GOLLWITZER, Europabild 175 ff.

das Mittelalter nicht, daß es keine griechischen Tempel baute! In jedem Detail, auch im exotischen und im historischen, wohnt Gott[34]).

Daß in der begrenzten, unvollkommenen Sprache der unendliche Gott verhüllt wohne, wollte 1801/03 auch Tiecks Schwager, der Berliner Gymnasialdirektor August Ferdinand Bernhardi (1769–1820) zeigen, nun schon direkt anhand von Geschichte und Bibel. Sprache ist *unwillkührliche Darstellung des menschlichen Geistes*; sie entstand jedoch nicht aus der menschlichen Besonnenheit, sondern notwendig aus der Nachahmung der Natur. Daß mit der Imitation des Tiergeschreis die menschliche Sprache begonnen habe, las Bernhardi als einen *herrlichen historischen Wink* aus Gen. 2, 19. Allerdings konnte der primitive Einzelmensch, ohne Bildung und Erfahrung, die Natur nur mit einer Ungenauigkeit erfassen, die an Willkür grenzt. Aus dieser Unschärfe ergibt sich *die Möglichkeit der Verschiedenheit der Sprachen.* Je weiter sich der Geist des Menschen ausbildete, desto klarer wurde die Sprache *Abdruck seiner Vernunft*; sie setzte sich nun aus vernünftigen, aber auch willkürlichen Zeichen zusammen. Als die Sozialverbände, Familie und Volk, wuchsen, mußten sich ihre Sprachen voneinander trennen, konnten sich indes auch einander angleichen und verbessern. Das ist der *sehr schöne, wahre Sinn* der biblischen Turmbaugeschichte, die freilich Ursache und Wirkung verwechselt: Sprachverschiedenheit folgt aus Wachstum und Trennung der Stämme; der *mythische Thurm* konnte dieses natürliche Schicksal nicht aufhalten. Es wirkt noch heute und verhindert jegliche Universalsprache; denn sie müßte das Unvereinbare verquicken, natürlich und vernünftig, zwangsläufig und irrtumslos, unwillkürlich und willkürlich sein. Natur und Vernunft verbinden sich nicht in einer einzigen Sprache, auch in der Ursprache nicht, sondern im Ablauf der Geschichte; in ihm wirkt Gott[35]).

Das war auch die Meinung von August Wilhelms genialerem Bruder Friedrich Schlegel (1772–1829), als er seit 1804 Philosophiegeschichte und Universalgeschichte darstellte. Die strenge Absonderung der Menschheit in Sprachen und Nationen ist (Goethe zufolge) der Natur angemessen; aber daß sie völlig auseinanderfalle, verhütet die Geschichte. Sie verleiht der Nation eine einheitliche Sprache, *das unverwerfliche Zeugniß der gemeinschaftlichen Abstammung.* (Hier irrten Kraus und Meiners.) Denn die Sprache ist ein Kontinuum, sie ist *sozu-*

[34]) Herzensergießungen eines kunstliebenden Klosterbruders, hg. Hans Heinrich Borcherdt, München 1949, S. 64 ff. (Sprache, Natur und Kunst), 50 ff. (verschiedene Sprachen). Dazu Raumer, Philologie 297 ff.

[35]) Sprachlehre, 2 Bände, Berlin 1801–03, hier Bd. 2, S. 445 (Gott in der Sprache); Bd. 1, S. 18 (unwillkürliche Darstellung), 51 ff., 119 (Entwicklung der Sprache), 81 (Möglichkeit der Verschiedenheit), 43 (Abdruck der Vernunft), 109 ff. (soziale Wandlungen), 115 ff. (Turmbau), 126 f. (keine Universalsprache). Ähnlich Anfangsgründe der Sprachwissenschaft, Berlin 1805, S. 22 ff. Dazu Rudolf Haym, Die romantische Schule, Ein Beitrag zur Geschichte des deutschen Geistes, 5. Aufl., Berlin 1928, S. 915 ff.

reden das Absolute der Geschichte. Dies wiederum bedeutet (nun mit Kraus und Meiners), daß die Sprachen keinen gemeinsamen Ursprung haben können; sie waren immer so getrennt wie heute, wenn sie auch nicht so primitiv blieben wie einst, als die Sprache *aus Nachahmung der Naturschälle oder des tierischen Geschreis* entstand. Bereits damals waren die Sprachen mannigfaltig, weil die natürlichen Umgebungen und Anlässe divergierten. Ihre gemeinsame Abstammung ist nicht aus der Bibel nachzuweisen; denn diese gibt keine historischen Nachrichten, sondern lediglich Sinnbilder. „Adam" heißt nur „Mensch" (schon Luther wußte es), Noahs Kinder bedeuten (nach Herder) ganze Völker, Japhet alle europäischen, Sem die asiatischen, Cham die afrikanischen. Hinter ihnen steht kein Urvolk mit einer Ursprache, wovon der Freund Novalis geträumt hatte[36]).

Aber wurde die verlorene Ursprache nicht soeben leibhaftig wiederentdeckt, und war es nicht *die echte Sanskrit* des Novalis? Schlegel verkündete 1808, das Sanskrit sei wirklich die älteste aller bekannten Sprachen, älter *als die griechische und römische, geschweige denn die deutsche und persische*, es sei ihrer aller Mutter. Nicht daß damit die allgemeine Ursprache des Menschengeschlechts gefunden wäre! Denn die Geschichte der Sprache begann mit *thierischer Dumpfheit*, dem Wesen des frühen Menschen gemäß; ihre polygenetische und allmähliche Entwicklung ist *ganz natürlich* zu erklären, ohne *jede willkührliche Voraussetzung und Meinung über ihren gemeinschaftlichen Ursprung und etwaige Ursache der Trennung.* Afrikanische und amerikanische Dialekte lassen sich dem Sanskrit nicht unterordnen; bloß die edelsten und schönsten Sprachen der Menschheit versammelten sich im Hause der indischen *klarsten und innigsten Besonnenheit.* Diese Besonnenheit war keineswegs, wie Herder sie verstanden hatte, das natürliche Fundament, sondern erst der klassische Gipfel der Sprachengeschichte, die schöne Quintessenz aus jener herrlichen Mannigfaltigkeit der Völker und Sprachen, in der sich die Menschengeschichte zuverlässiger als in steinernen Denkmälern spiegelt[37]). Beim späten, frommen Schlegel werden wir es anders lesen; dem jungen stimmten selbst die Theologen zu. Sprache ist kontinuierlich und

[36]) Die Entwicklung der Philosophie, in: Supplemente zu Friedrich von Schlegels sämmtlichen Werken, hg. Carl Joseph Hieronymus Windischmann, Bd. 2, 2, Bonn 1846, S. 358 (Absonderung, unverwerfliches Zeugnis). Vorlesungen über Universalgeschichte, in: Kritische Friedrich-Schlegel-Ausgabe, 2. Abt., Bd. 14, hg. Jean-Jacques Anstett, Paderborn-München 1960, S. 6 (das Absolute), 14 (Anfang und Verschiedenheit der Sprachen), 10 f. (Adam, Noachiden).

[37]) Sämmtliche Werke, 2. Originalausgabe, 15 Bände, Wien 1846: Über die Sprache und Weisheit der Indier Bd. 8, S. 306 ff. (Ursprache und Sanskrit), 309 (Vergleich mit Griechisch usw.), 355 (willkürliche Voraussetzung), 351 (Sprachen als Geschichtsquellen). Dazu Raumer, Philologie 354 ff.; Fiesel, Sprachphilosophie 68 ff.; Herman Lommel, Friedrich Schlegels Charakteristik des Sanskrit und die deutsche Sprache, in: DVLG 8 (1930) 647–659, hier S. 648 ff.; Jolles, Nationalbewußtsein 182 ff.; Gollwitzer, Europabild 192 ff. S. u. Anm. 70.

organisch, also national; Gemeinschaft des Ursprungs ist unmöglich, geschichtliche Vielfalt göttlich.

Schlegels Freund Friedrich Schleiermacher (1768–1834), der Bahnbrecher der neueren evangelischen Theologie, kam zum gleichen Ergebnis, als er, den Manen Spinozas opfernd, die Scheidewand zwischen Welt und Überwelt durchstieß und im Menschlichen selbst das Göttliche fand. Wie die Religion, so sind auch Sprache und Geschichte menschlich, schon in ihrem Ursprung, den Schleiermacher 1799 an Gen. 2, 18 ff. anknüpfte. Solange der erste Mensch mit sich und der Natur allein war, sprach wohl die Gottheit zu ihm, *aber er verstand sie nicht, denn er antwortete ihr nicht.* Der jüngere Jerusalem irrte weniger als Ploucquet; auf die göttliche Belehrung folgt nicht gehorsam die Antwort des Menschen. Dieser suchte eine Welt; darum trieb er die Tiere vor sich zusammen, ob sich daraus eine Welt bilden ließe. Da schuf Gott dem Menschen die Gefährtin, *und nun erst regten sich in ihm lebende und geistvolle Töne, nun erst gestaltete sich vor seinen Augen die Welt.* Und jetzt erst, als die Naturnachahmung dem geistigen, geselligen Gespräch gewichen war, wurde der Mensch fähig, die Gottheit zu hören und ihr zu antworten; denn er fand sie in seinem unmittelbaren Selbstbewußtsein. Seither drückt jeder Fromme das Universum *in einer eignen erhabenen Sprache* aus. Sprache ist indes gemeinsam *für die Söhne des Geistes und für die Kinder der Welt*, und so hindert ihre *fremde Deutung* leicht den Geist an der frommen Erkenntnis seiner selbst; doch kann er die Harmonie der Rede mit dem *Accent des Herzens* immer wieder stiften und die Verwirrung lösen, *in der gemeinen noch eine heilige und geheime Sprache* finden und so zum Mithelfer Gottes werden.

So sehr aber der Mensch seine Sprache läutern kann, sie ist immer sein eigen und niemals allgemein. Auch in der Urzeit hatten die Menschen keine gemeinsame Sprache, wie Schleiermacher seit 1822 unterstrich. *Das älteste Gegebene ist das Getrenntsein der Menschen durch die Verschiedenheit der Sprachen.* Wie Sprache persönlich ist, so ist auch das Wissen relativ; diese Relativität wurzelt *in einer ursprünglichen Differenz der organischen Eindrücke. Dadurch ist die Abweichung im Schematisierungsprozeß der verschiedenen Völker, woraus die Verschiedenheit der Sprachen entsteht, begründet.* Es wäre, wie Schleiermacher 1808 sagte, die Aufgabe der Wissenden, diese Trennung aufzuheben, *eine Aufgabe, in welcher vielleicht die wissenschaftliche Beschäftigung mit den Sprachen ihr höchstes Ziel findet*; aber vielleicht ist sie nie zu lösen, *und eben dadurch bewährt sich nur desto mehr jene Absonderung als eine unumgängliche.* Sie ist, wie es noch 1831 hieß, nicht anders zu beseitigen als durch Sprachenlernen; auch die *reine Gemeinschaft des Wissens* kommt nämlich nicht zur *Identität der Denkthätigkeit*, weil die Sprachen *alle gegen einander irrational* sind und ihre Differenz eine *Differenz des Denkens* ist. Eine Universalsprache ist unmöglich. Schleiermachers Ansichten haben sich, der geistigen Zeitströmung folgend, verschoben, von der Ursprache zur künftigen Universalsprache, vom Sprachbesitz des Menschen zu dem des Volkes; aber unverändert blieb die Grundthese, daß Sprache immer natürlich differenziert ist, grundsätzlich, nicht nur geschichtlich, und daß Gott sie so gewollt haben muß. Dieses Prinzip wurde nicht durch die Strafe für Babel ausgelöst, nicht durch die Pfingstgnade aufgehoben; es ist ein geistiges Gesetz, also Gottes ewiger Ratschluß und das Heil des Menschen[38]).

Die Frühromantiker schwelgten in der unendlichen Weite des Geistes, im Idealismus und Individualismus, ohne sich auf Geschichte, Gegenwart, Gemeinschaft näher einzulassen; sie entwarfen große, fragmentarische Skizzen, ohne vom Niedergang Preußens, in dem sie lebten, erschüttert zu werden. Aber ihre Prinzipien ließen sich leicht konkret anwenden, und Johann Gottlieb Fichte (1762–1814) tat es, über seinen Lehrer Kant hinausgehend. Sein Idealismus sah die Welt vom Bewußtsein des reinen Ich her und hielt nur die vom Denken erfaßte Welt für wirklich; aber ließ sich die menschliche Geschichte damit nicht in ihrem Schwerpunkt ergreifen? Anders als sein Nachahmer Bernhardi stellte sich Fichte die Ursprache 1795 als ein zwar naturnachahmendes, jedoch willkürliches Gestammel vor, erfunden zu dem Zweck, Vernunftmäßigkeit auch außerhalb des Ich zu finden. Diese rohe Ursprache ist längst untergegangen, sie war nicht heilig. Doch aus ihr entwickelte sich in langer Zeitenkette die vollendete Sprache, die die Beziehung des absoluten Ich zur Welt lebendig wiedergibt; und sie imitiert nichts mehr, wie Fichte 1808 betonte. Denn sie ist vernünftig, vor allem, weil sie nicht der Willkür des einzelnen entspringt. In ihr redet nicht eigentlich der Mensch, sondern *die menschliche Natur*, und darum bildet die Sprache mehr die Menschen, als daß diese sie gestalteten. Sie steht als geistiges Prinzip über den zeitlichen Veränderungen, aber nicht als allgemeine, sondern als Sprache des Volkes; ja sie setzt und definiert den Begriff des Volkes selbst. Sie ist als *unmittelbare Naturkraft . . . das Ganze des sinnlichen und geistigen . . . Lebens der Nation in vollendeter Einheit*; sie ist *eine einzige und durchaus nothwendige*.

---

[38]) Sämmtliche Werke, 30 Bände, Berlin 1834–64: Über die Religion, Reden an die Gebildeten unter ihren Verächtern c. 2 Bd. I, 1, S. 228 (Ursprung der Sprache); c. 4 S. 321 f. (Aussprache des Universums); Monologen, Eine Neujahrsgabe c. 3 Bd. III, 1, S. 392 ff. (Söhne des Geistes, Akzent des Herzens, geheime Sprache). Dialektik, hg. Rudolf Odebrecht, Leipzig 1942: Einleitung in die Dialektik § 2, 1 S. 14 (keine Ursprache); Dialektik § 272–275 S. 375 f. (Relativität des Wissens). Gelegentliche Gedanken über Universitäten in deutschem Sinn c. 1, Sämmtliche Werke Bd. III, 1, S. 542 (Aufgabe der Wissenden); Rede in der Kgl. Akad. d. Wiss. am 7. 7. 1831 Bd. III, 3, S. 144 f. (Sprachenlernen); Psychologie Bd. III, 6, S. 136 f., 170–182 (reine Gemeinschaft des Wissens usw.). Dazu Joachim Wach, Das Verstehen, Grundzüge einer Geschichte der hermeneutischen Theorie im 19. Jahrhundert, 3 Bände, Tübingen 1926–33, hier Bd. 1, S. 112 f., 122; Jolles, Nationalbewußtsein 193 ff.; Srbik, Geist Bd. 1, S. 174 f.

Soweit dachten Fichtes Freunde Schlegel und Schleiermacher ähnlich, nur daß sie im Allgemeinen blieben; Fichte aber fuhr fort. Eine solche notwendige, zeitlose, natürliche Sprache muß sich in allem geschichtlichen Wandel auch als solche bewährt haben, sie muß unvermischt, ununterbrochen lebendig sein; und eine solche Sprache ist, wie schon Klopstock und Hertzberg gesagt hatten, das Deutsche. Es ist sozusagen die paradiesische Sprache vor Babel; denn bei Fichtes Sprachdenken ist „die Anwendung der biblischen Berichte von der Austreibung aus dem Paradiese und der Sprachenverwirrung zu Babel" unverkennbar. Das germanische Deutsch, *die ursprüngliche Sprache des Stammvolkes*, steht unmittelbar neben dem Griechischen und weit über dem toten Latein und seinen *neulateinischen* Ablegern. Die anderen Sprachen wandeln und mischen sich; das lebendige Deutsch ist wie ein Strahl aus dem Ewigen, der dieses Dunkel erhellt. Denn die Deutschen verstehen die verworrenen Fremdsprachen besser als die Romanen ihre eigenen Idiome; sie ziehen das Beste aus den fremden Völkern an sich. Mit der wirkenden Kraft ihrer Sprache greift die Geistesbildung unmittelbar in das tätige Leben ein und verwandelt es revolutionär; die Deutschen werden die Welt des Gedankens anschaulich machen, das Menschengeschlecht umschaffen, den vollkommenen Menschen und den geschlossenen Staat verwirklichen. Der Gedanke, daß das Goldene Zeitalter vergangen und verloren sei, ist mithin *undeutsch* und eine *Ausländerei*; das *Urvolk* als geschichtslose Größe wird sich künftig in Preußen-Deutschland geschichtlich verkörpern. Der Traum von Grimmelshausens Narren wird wahr. Fichte stand den revolutionären Abstraktionen der französischen Spätaufklärung nahe; doch wandte er sie, anders als die Franzosen und gegen sie, auf die deutsche Sprachnation an und erfüllte Schlegels Satz, daß die Sprache das Absolute der Geschichte sei, mit wahrhaft explosivem Leben[39]).

Wenn die Deutschen ein Urvolk sind und eine Ursprache reden, gilt die Konsequenz, die schon der „Oberrheinische Revolutionär" gezogen hatte: sie kamen nicht aus Babel. Fichte war zu aufklärerisch, um sich darum zu kümmern; der Königsberger Theologieprofessor Johann Gottfried Hasse (1759–1806) wies es 1799 mit der Bibel in der Hand nach. Das ostpreußische Bern-

---

[39]) Sämmtliche Werke, hg. Immanuel Hermann FICHTE, 8 Bände, Leipzig 1845–46: Von der Sprachfähigkeit und dem Ursprunge der Sprache Bd. 8, S. 309–313, 340 (Ursprache); Reden an die deutsche Nation IV Bd. 7, S. 314–327 (notwendige Sprache, Deutsch); VII S. 359 ff. (Geschichte und Urvolk). Dazu Helmut KISSLING, Sprache – Volk – Geschichte, Bemerkungen zu Fichtes Sprachauffassung, in: Zeitschrift für Deutsche Bildung 13 (1937) 275–283; JOLLES, Nationalbewußtsein 122 ff.; VOSSLER, Nationalgedanke 90 ff.; WEISGERBER, Muttersprache 116 f.; GOLLWITZER, Europabild 203 ff. (hier: „Anwendung der biblischen Berichte . . ."); Aira KEMILÄINEN, Auffassungen über die Sendung des deutschen Volkes um die Wende des 18. und 19. Jahrhunderts (Annales academiae scientiarum Fennicae B 101), Helsinki 1956, S. 195 ff.

steinland muß früher wärmer, also der Ort des Paradieses gewesen sein, zumal Jes. 41, 9 die menschlichen Ursprünge an die Enden der Erde, in den Norden verlegt. Schon Kain wohnte südlicher, im Land der skythischen Schützen; am Schwarzen Meer ließen sich auch Gomer und Aschkenaz nieder. Die Hyperboräer, mit den Borussen und Preußen identisch, sind viel ursprünglicher. Hasse verwahrte sich dagegen, mit Rudbeck auf eine Stufe gestellt zu werden; denn er stamme nicht aus dem ostpreußischen Paradies (er kam aus Weimar). Aber bekanntlich sind die Wahlpreußen die begeistertsten; Hasse entging dem Spott Jean Pauls nicht[40]). Ein Wahlpreuße war wohl auch der rheinische Richter Peter Franz Josef Müller, der 1815 Fichte mißverstand und Schlegel widersprach. Die Menschen müßten anfangs nur eine Sprache gehabt haben; *die wahre Ursprache und allgemeine Weltsprache* könne aber weder Hebräisch, Griechisch, Lateinisch noch Sanskrit gewesen sein, sondern allein das Deutsche, ihre Mutter[41]). So ähnlich hatte es Goropius Becanus auch gemeint.

Aber durch diese Frommen unter den Patrioten wurde das romantische Grundgesetz von der ursprünglichen Verschiedenheit der Sprachen und Völker gröblich verletzt; Fichtes Bewunderer und Schleiermachers Schwager Ernst Moritz Arndt (1769–1860) verteidigte es leidenschaftlich. Denn es gab dem Usurpator Napoleon Unrecht. Der schwedische Staatsbürger Arndt empfand Ostpreußen, wo sich Deutschlands Erhebung vorbereitete, als *eine Art Paradies*; über Hasses Theorie habe er sich viel gestritten und doch gefreut. Aber mehr als ein Gleichnis war sie nicht. Auch an die Ursprache mochte Arndt 1803 nicht rühren; er fand es verzeihlich, wenn manche meinten, die Gottheit habe die Menschen zuerst die Sprache gelehrt; denn sie ist ein unerklärliches Geheimnis. Eben deshalb kann man aber nichts über ihren Ursprung wissen. Sicher ist lediglich, daß, so weit wir in der Geschichte blicken können, die Völker und ihre Sprachen geschieden sind. Und das schleuderte Arndt 1813 mit dem Pathos der alttestamentlichen Propheten Napoleon entgegen: *Die Verschiedenheit der Sprachen hat Gott gesetzt, damit nicht ein großer, fauler und nichtswürdiger Sklavenhaufe auf Erden wäre.* Die Absonderung der Völker, die durch die Sprachverschiedenheit klar hervortritt, hält den Kampf der Geister rege und zwingt jedes Volk zur Gemeinschaft; denn *was beisammen wohnt und einerlei Sprache spricht, gehört auch von Gott und Natur wegen zusammen.* Des Deutschen Vaterland reicht, *so weit die deutsche Zunge klingt*, und Gott will es. Denn er liebt das mannigfaltige Leben. *Wer also von Einer Religion von Einem Staate von Einer Sprache von Einem gebietenden Volke spricht, der spricht gegen Gott*

---

[40]) Preußens Ansprüche, als Bernsteinland das Paradies der Alten und Urland der Menschheit gewesen zu seyn, Königsberg 1799, S. 12 ff., 33 ff., 47.

[41]) Die Ursprache, Düsseldorf 1815, S. 1 (Ursprache), 6 ff. (Hebräisch), 12 ff. (Griechisch), 27 (Latein), 61 (Sanskrit), 82 (Deutsch).

und seinen ewigen Willen; das betonte Arndt schärfer als Herder. Niemand erwidere, daß die Trennung der Sprachen und Völker babylonisch sei! *Was in der Bibel als ein Babel, als eine Verwirrung geschildert wird, was dem einfältigen Menschen der Urwelt so erscheinen mußte, das war eine Erhellung der kindischen Dumpfheit, eine Erlösung des Menschengeschlechts von unbewußter Träumerei*; Schiller empfand es richtig, denn ohne kräftige Scheidung kein Leben. Das meint im Grunde die Turmbaugeschichte selbst, wenn man von der Einfalt ihres Erzählers absieht; Gott wollte nicht das Einfältige, sondern das Vielfältige. Jede Sprachenmischung, jede Unterwerfung unter die französische Welt- und Diplomatensprache wäre sündhaft.

Zwar gilt diese Sonderung für alle Völker und Sprachen in gleicher Weise, doch hob Arndt das Deutsche besonders hervor, weil Gott es so will. Der Bonner Geschichtsprofessor schloß 1818 mit Leibniz und dem *unsterblichen Ihre*: Da die Sprache *ein tief verhülltes Bild eines ganzen Volkes* und das Spiegelbild seiner Geschichte ist, hebt sich das Deutsche als *eine Ursprache* von den romanischen *zusammengeschwemmten Mischlingssprachen* ab. Auch die deutsche Sprache verfiel bisweilen; seit dem 17. Jahrhundert schnatterte sie *den Lauten aller der Völker nach, die ihre Mitherrscher waren*, und wurde (was Moscherosch gerügt hatte) *buntscheckicht wie die babylonische Verwirrung des Reichs*. Die Ausländerei war das wirkliche Babel. Doch mit der deutschen Macht wird auch die deutsche Sprache sich wieder zu ihrer reinen, germanischen Kraft erheben, und dann werden die Germanen *im geistigen Reigentanz notwendig die Vortänzer werden*. Genauer als Fichte sah Arndt neben der Sprache das Volkstum, neben der natürlichen Artung die geschichtliche Leistung, neben der idealen Forderung das Gebot Gottes; so machte er den Nationalismus aus einer Philosophie zu einer Religion des Geschichtsdenkens[42]).

---

[42]) Werke, hg. August LEFFSON – Wilhelm STEFFENS, 12 Bände, Berlin-Leipzig 1912: Meine Wanderungen und Wandelungen mit dem Reichsfreiherrn Heinrich Karl Friedrich vom Stein Bd. 5, S. 95 (Ostpreußen, Hasse). Germanien und Europa, hg. Ernst ANRICH (Kulturpolitische Schriftenreihe 1), Stuttgart-Berlin o. J., S. 228 ff. (Ursprung der Sprache). Der Rhein, Teutschlands Strom, aber nicht Teutschlands Grenze, LEFFSON-STEFFENS Bd. 11, S. 41 f. (Die Verschiedenheit der Sprachen; was beisammen wohnt); Des Deutschen Vaterland Bd. 1, S. 127 (soweit die deutsche Zunge klingt). Schriften für und an seine lieben Deutschen, Bd. 1, Leipzig 1845: Über Volkshaß und über den Gebrauch einer fremden Sprache S. 362 (Wer also . . .), 381 (Was in der Bibel . . .), 390 (Sinn der Turmbaugeschichte), 399 f. (gegen Französisch). Geist der Zeit IV, 8, LEFFSON-STEFFENS Bd. 9, S. 183 (Ihre), 169 ff. (deutsche Ursprache), 180 (babylonische Verwirrung), 171 (Reigentanz). Dazu Paul Hermann RUTH, Arndt und die Geschichte, Ein Beitrag zur Arndtforschung und zur Problemgeschichte des Historismus vornehmlich bis zum Ende der Befreiungskriege (Beiheft 18 der HZ), München-Berlin 1930, S. 164 ff.; JOLLES, Nationalbewußtsein 204 ff.; GOLLWITZER, Europabild 211 ff.; Reinhard WITTRAM, Das Nationale als europäisches Problem, Beiträge zur Geschichte des Nationalitätsprinzips vornehmlich im 19. Jahrhundert, Göttingen 1954, S. 120 ff.

Man meint sie herauszuhören, wenn 1807, nach französischer Gefangenschaft, der preußische Offizier Karl von Clausewitz (1780–1831) den französischen mit dem deutschen Charakter vergleicht. Die beiden Sprachen sind die *vollkommensten Repräsentanten* der gänzlich und notwendig verschiedenen Nationalcharaktere; die geistig getrennten Sprachen vertreten natürlich geschiedene Welten. Während das Französische oberflächlichen *Konversationscharakter* aufweist, vertieft sich die deutsche Sprache in die Natur der Dinge und erschöpft den Gegenstand. In der deutsch-französischen Erbfeindschaft verkörpert sich demnach der geschichtliche Gegensatz zwischen ursprünglicher Natursprache und späten Konventionen, zwischen Eden und Babel[43]). Diese religiöse Weihe der deutschen Nationalsprache gab 1813 Theodor Körner (1791–1813), dem Sohn eines Konsistorialrats, das Recht, den Preußen zuzurufen: *Uns knüpft der Sprache heilig Band.* Obwohl auf Napoleons Seite auch Deutsche, Württemberger standen, obwohl die französischen Feinde auch eine verbindende Sprache hatten, konnte für heilig nur gelten, was der Erlösung diente[44]). Sind denn allein die Preußen Gottes Volk?

Die volle Konsequenz aus der Heiligsprechung des Nationalen war allerdings die Ablehnung jeder, auch der preußisch-deutschen Weltherrschaft und Universalsprache. Arndts Mitstreiter, der Berliner Turnvater Friedrich Ludwig Jahn (1778–1852) zog sie, als er 1810 eine Art Geschichtstheologie des deutschen Volkstums schrieb. *Der Menschen Stammvater ist gestorben, . . . das Urvolk ist nicht mehr*; bereits die ältesten Urkunden wissen nichts von ihm. Die Weltgeschichte kennt nur getrennte Völker, die zusammen die Menschheit ausmachen, aber nicht alle gleichen Ranges sind. Griechen und Deutsche, schon sprachlich eng verwandt, sind *der Menschheit heilige Völker.* Auch *die alte Urverwandtschaft mit Persern und Indern* sichert den Deutschen den Menschheitsrang; sie sind das *älteste, größte noch lebende Urvolk von Europa* mit einer *lebendigen Sprache, die von allen andern lebenden weniger hat, als sie von ihr haben.* Turmhoch überragt sie *Lutetiens stehende Lache* (ein böses Wortspiel mit dem lateinischen Namen von Paris und lutosus, kotig). Aber diese priesterliche Weihe erfordert auch Keuschheit, Bewahrung der Lebenskraft, nicht allein durch Enthaltsamkeit von Fremdwörtern, sondern durch Verzicht auf Weltherrschaft.

Denn Sieger und Herrscher brauchen Sprachkenntnisse, von Mithridates bis zu Kaiser Karl IV., weil nur wenige Weltreiche wie Inkas und Römer eine einheitliche Reichssprache durchsetzen können. Die Perser, die *in allen Sprachen der Unterworfenen* schrieben, gingen daran zugrunde; denn das Ende der Mehr-

[43]) Die Deutschen und die Franzosen, in: Politische Schriften und Briefe, hg. Hans Rothfels, München 1922, S. 37 f., 41, 43, 45 (Hinweis von Prof. Werner Hahlweg-Münster).

[44]) Leyer und Schwert, Jägerlied v. 13, in: Werke, hg. Adolf Stern, Bd. 1 (BDNL 152), Stuttgart 1889, S. 93.

sprachigkeit ist, *wissen wie Brot in allen Sprachen heißt, es aber in keiner verdienen.* Das Weltvolk, das die Reinheit seiner Sprache preisgibt, mag *aller Welt Sprachen begreifen und übergelehrt bei Babels Thurmbau zum Dollmetscher taugen, es ist kein Volk mehr, nur ein Mengsel von Staarmenschen*, so wie der *Völkermang* der Donaumonarchie, in der das Wohl des Herrschers in sieben Sprachen erfleht wird. Wer die Grenze seiner Volkssprache überschreitet, stirbt daran; wem es aber gelänge, wirklich die Weltherrschaft zu erringen, der würde eben damit die Menschheit vernichten. Herders Warnung wurde zugespitzt: Bloß wer wie Tamerlan (und Napoleon) auf Erden alles zerstören will, der wird *auf der ganzen Erde nur Ein Volk, nur Eine Sprache, nur Eine Religion dulden.* Der deutsche Nationalismus der Befreiungskriege war, gerade wenn er religiöse Züge zeigte, kein reiner Imperialismus; er wollte die durch Natur und Geschichte geheiligte Mannigfaltigkeit des Irdischen priesterlich hüten[45]).

Wenn aber das Organisch-Vielfältige heilig ist, dann darf man nicht einzelne seiner Teile eigens kanonisieren, das freie Wachstum nicht durch prüden Traditionsglauben beengen. Der Preuße Heinrich von Kleist (1777–1811) dachte sich 1805 die Sprache nicht als altväterisches Erbe, nicht als *Fessel, etwa wie ein Hemmschuh an dem Rade des Geistes*; frei soll sie sich mit den Gedanken bilden. Und seine „Hermannsschlacht", die 1808 kühn auf die mythische Vergangenheit die gegenwärtige Aufgabe nationaler Befreiung übertrug, beschimpfte die Ausländer nicht um ihrer Sprache, ihrer *Römermundart* willen und faßte, anders als Jahn, auch eine künftige Vereinigung der Menschheit ins Auge; sie müßte nicht (wie Fichte und Arndt träumten) unter deutscher, sie könnte auch unter britischer, ja sogar gallischer Führung stehen, wenn nur die Lenker fremde Volkscharaktere verständen. Ob allerdings die Wirklichkeit das ewige Ideal, ob die Geschichte die ursprüngliche Eintracht jemals erreichen werde, das bezweifelte Kleist[46]). Zuversichtlicher war sein Freund, der in Dresden und Wien tätige Staatsphilosoph Adam Heinrich Müller (1779–1829). Er liebte das Gespräch der Gegensätze; darum gab er 1808 keiner Einzelsprache einen Vorzug. Auch das Deutsche, in unzählige Dialekte gebrochen, in einer tausendstämmigen Nation zerstreut, kann sich im freien Spiel der

---

[45]) Deutsches Volksthum, Lübeck 1810, S. 29 (Stammvater gestorben), 3 (Urvolk), 21 (heilige Völker), 158 (Griechisch, Deutsch, Perser, Inder), 393 f. (Urvolk von Europa), 200 (Lutetia), 371 f. (Mithridates usw.), 99–102 (einheitliche Reichssprache), 186 f. (Mehrsprachigkeit), 371 (Babel), XI f. (Völkermang), 27 (Weltherrschaft und Vernichtung), 32 (Tamerlan). Dazu Raumer, Philologie 317 ff.; Gollwitzer, Europabild 216 f.

[46]) Werke, hg. Erich Schmidt u. a., 5 Bände, Leipzig-Wien 1904-05: Über die allmähliche Verfertigung der Gedanken beim Reden Bd. 4, S. 78 (Hemmschuh); Die Hermannsschlacht V, 2 v. 1912 Bd. 2, S. 416 (Römermundart); I, 3 v. 307 ff. S. 336 (künftige Vereinigung); Betrachtungen über den Weltlauf Bd. 4, S. 163 (Geschichte als Verfall). Dazu Fritz Martini, Heinrich von Kleist und die geschichtliche Welt (Germanische Studien 225), Berlin 1940, S. 90 ff.

Kräfte bewähren, ohne keusch Fremdwörter fürchten zu müssen; denn die Geschichte selbst rechtfertigt den Austausch, vor dem Arndt und Jahn warnten. *Alle Europäischen Sprachen, ja alle Sprachen der Welt sind ja nur Dialecte einer Grundsprache der Menschheit.* Sie mag, wie für Novalis, verschollen sein; aber sie läßt sich ersetzen, weil das Menschliche überall gilt. Die *wahre Mittelmundart für alle* wird dann nicht die älteste und nicht die reinste, sondern *die wirthbarste, zugänglichste, gastfreiste* unter den Sprachen werden. Der Austausch führt nicht, wie Adam Smith glaubte, zur Vermischung, denn er ist organisch; er darf nicht triebhaft und dinggebunden, er muß geistig sein. Weil er es noch nicht ist, darum hat heute, 1809, das Menschengeschlecht noch *verschiedene Sprachen, Sitten und Neigungen.* Der Konvertit glaubte, die isolierten Nationalsprachen krankten daran, daß sie keine Verständigung mit Gott mehr erlaubten. Der Staat, der das ewig bewegte Reich aller Ideen sein müßte, ist selbst in diese *tiefe Sprachverwirrung unserer Zeit* verstrickt und vermag das Irdische nicht zu ordnen. Die Nationen sind *Sammelplätze der Macht und des irdischen Glanzes* und lassen sich jenem Turm vergleichen, *der den Völkern zu einem Vereinigungspunkte dienen sollte und unter dessen Bau sie sich entzweiten, ihre Sprache sich verwirrte und jeder einzelne, was zu tun und zu lassen und zu wünschen sei, völlig vergaß.* Der Wirrwarr der Nationalismen läßt sich beheben; denn Gott hat schon *zu allen Völkern der Erde in einer Weltsprache* geredet und seinen Dolmetscher für alle, Christus, zu uns gesandt; im Christentum verstehen alle einander *in jenen Dingen, welche allen gemein sind.* Die große Frage war nur, ob sich die nationale Erregung der Befreiungskriege so leicht in die staatliche Ordnung Europas, der Humanismus in die christliche Verkündigung würde integrieren lassen[47]).

Der Wiener Kongreß, der vor dieser Aufgabe stand, versicherte zwar 1815 in der „Heiligen Allianz" (zu deren Anregern Müller gehörte), nach der Heiligen Schrift hätten sich alle Menschen als Brüder, die Monarchen als *compatriotes* anzusehen, begnügte sich aber im übrigen damit, die Einheit der europäischen Staatengesellschaft wieder herbeizuführen, ohne auf das Wort Gottes und die menschliche Freiheit zu achten, auch ohne Nationen und Sprachen zu berücksichtigen. Nur der Preuße Hardenberg erwähnte, von Arndt beeindruckt, 1814 die Frage der Sprachengrenze; bei der geographischen Neuordnung Europas spielte sie keine Rolle. Der Kongreß bediente sich der Sprache

---

[47]) Vorlesungen über das Schöne II, in: Phöbus, Ein Journal für die Kunst, hg. Heinrich von KLEIST – Adam Heinrich MÜLLER, Bd. 1, Dresden 1808, Heft 3, S. 6–13 (Deutsch, Grundsprache, Mittelmundart). Die Elemente der Staatskunst, Sechsunddreißig Vorlesungen, Neudruck Meersburg-Leipzig 1936, S. 411, 417 ff. (geteilte Menschheit, Babel, Christus). Dazu FIESEL, Sprachphilosophie 46, 104 ff.; Paul KLUCKHOHN, Persönlichkeit und Gemeinschaft, Studien zur Staatsauffassung der deutschen Romantik (DVLG, Buchreihe 5), Halle 1925, S. 63 ff.; GOLLWITZER, Europabild 180 ff.

des Besiegten, nicht so sehr aus Großmut als aus Bequemlichkeit. Lediglich die Schlußakte, ebenfalls französisch abgefaßt, versicherte, der Gebrauch des Französischen solle kein Präjudiz für die Zukunft schaffen; jeder Staat könne die bisher bei ihm übliche Diplomatensprache weiter verwenden[48]). Die Sprachenfrage blieb den souveränen Staaten überlassen; die nationale Sehnsucht der Romantiker wurde nicht zur politischen Wirklichkeit. Vielleicht ist es darum von tieferer Bedeutung, daß der romantische bayerische Kronprinz Ludwig (1786–1868) den Wiener Kongreß im Rückblick noch 1827, als König, scherzhaft eine *babylonische Sprachverwirrung* nannte[49]).

Der Schützling des Kronprinzen, der bayerische Philologe Johann Andreas Schmeller (1785–1850), hatte anläßlich des Kongresses 1815 bereits versucht, Volkstum und Staatsraison zu verbinden, als er das Problem einer allgemeinen europäischen Verhandlungssprache untersuchte. Er glaubte, daß die ersten, rohen Menschen eine gemeinsame Sprache besessen hätten; mindestens für die Europäer lasse sich eine asiatische Ursprache nachweisen. Seither aber seien Sprachen und Völker zu Organismen, in sich unzertrennlich, herangewachsen und könnten nicht tyrannisch vereint werden; der brutale Versuch Napoleons, *in einerlei Sprache Alle sprechen zu lehren*, dürfe sich nicht wiederholen, denn ein Weltstaat sei der Untergang der Menschheit (Arndts und Jahns Ideen). So dürfe man nicht Französisch allein auf Kongressen herrschen lassen. Doch sollten nicht die zahlreichen Nationen, sondern die wenigen großen Staaten sich in das sprachliche Gleichgewicht teilen. *Zu einem Gleichgewicht der Staaten in Europa gehört auch eine gleiche Würdigung der Sprachen dieser Staaten.* Folgerichtig benannte Schmeller als allgemeine Verhandlungssprachen die Staatssprachen der europäischen Pentarchie: Russisch, Deutsch, Französisch, Englisch[50]). Also keine völkische Sprachhoheit; die Geltung einer Sprache folgt der Macht ihres Staates. Innerhalb eines Staates kann dann freilich auch keine fremde Macht mehr geduldet werden. Im Dezember 1816 meinte die Deutsche Bundesversammlung, *der eigenen Würde, der Ehre der Nation und dem hohen Werth der*

---

[48]) Recueil manuel et pratique de traités, conventions et autres actes diplomatiques, hg. Karl von MARTENS – Ferdinand DE CUSSY, Serie I, Bd. 3, Leipzig 1846: Sainte Alliance S. 203 (Heilige Allianz); Traité de Vienne, article 120 S. 103 (Schlußakte). Zur Sprachenfrage auf dem Kongreß Karl GRIEWANK, Der Wiener Kongreß und die europäische Restauration 1814/15, 2. Aufl., Leipzig 1954, S. 69, 108 f., 301, 309.

[49]) Brief vom 29. 7. 1827, in: Freiherr vom Stein, Briefwechsel, Denkschriften und Aufzeichnungen, hg. Erich BOTZENHART, Bd. 6, Berlin 1934, S. 510. Dazu Kurt von RAUMER, Die Autobiographie des Freiherrn vom Stein, 3. Aufl., Münster-Köln 1960, S. 17. – Bayern selbst wurde mit Babel verglichen (von Karl August von REISACH), Baiern unter der Regierung des Ministers Montgelas, Deutschland 1813, S. 59 (Hinweis von Dr. Rudolf VIERHAUS-Münster).

[50]) Soll es Eine allgemeine europäische Verhandlungs-Sprache geben? Kempten 1815, S. 5, 8 (Ursprache), 4 (Napoleon), 29 (Gleichberechtigung), 31 (Hauptsprachen). Dazu RAUMER, Philologie 555 ff.; GOLLWITZER, Europabild 210 ff.

deutschen Sprache sei es angemessen, daß ihr Eingaben nur in deutscher Sprache gemacht würden[51]). Von der deutschen Ur- und Weltsprache Fichtes und Arndts ist nur dieser klägliche Rest politisch wirksam geworden.

Aber mußte nicht jede Romantik scheitern, die sich mit der begrenzten Realität einließ? Ist das politische Feld der Staatsraison und Volkssouveränität nicht himmelweit entfernt von der poetischen Welt der Ahnungen und Erinnerungen, der Lieder, Märchen und Mythen? Ihr verschrieb sich seit 1806 der Kreis um die Heidelberger Romantiker. Deren Wortführer Clemens Brentano (1778–1842) verspottete 1808 die phantasielosen, unromantischen Faktenkrämer mit dem von Kirchhoff entlehnten Märchen, nach dem sogar die Tiere sprachbegabter als die Menschen waren. *Sehr viele Sprachen* entstanden bei ihnen, etwa die böhmische, die von einer Gans, einer Ente und einer Taube in das Land gebracht wurde, *allwo den Menschen dazumal die Sprache noch ein böhmisches Dorf war*. Und als er 1810, nun von Berlin aus, über die hämischen Kleinbürger, die Philister, herzog, vergaß er nicht anzumerken, daß sie Hamiten sind, also zu denen gehören, die nach Meinung vieler Gelehrter *hauptsächlich den Turmbau zu Babel betrieben, dessen dumme Hoffart ihnen ganz ähnlich sieht, und ich zweifle gar nicht daran, da das verwirrte Schwätzen der Philister heutzutage noch nach der babylonischen Sprachverwirrung schmeckt*. Die wahre Sprache, die der Romantiker, ist freilich weder tierischen noch babylonischen Ursprungs; sie ist natürlich und volkstümlich, schlicht und genial, zeitlos und anschaulich, also eigentlich göttlich[52]). Brentanos Heidelberger Freund, der schlesische Katholik Joseph von Eichendorff (1788–1857) sagte es 1815 in Wien frömmer als G. A. Bürger. Dem Dichter, der *das Herz der Welt* ist, gab Gott das Wort, *das kühn das Dunkelste benennt*. Doch der rechte Dichter braucht die Gottesgabe der Sprache ohne bombastische Feierlichkeit, mit schlichter Natürlichkeit; er bleibt irdisch. *Kein Dichter gibt einen fertigen Himmel; er stellt nur die Himmelsleiter auf von der schönen Erde*. Seine Sprache, wiewohl sie von Gott kommt, bleibt menschlich, denn dies ist ihr Raum. Wer sich zur Abstraktion erhebt und versteigt, zerredet alles und verliert den Einklang mit der Natur und den Mitmenschen; *keiner konnte oder mochte, wie beim babylonischen Baue, des andern Wortgepräng verstehen, und so beleidigte einer den andern in der gänzlichen Verwirrung*. Babel ist bei Brentano und Eichendorff keine Erfahrung, nur eine Gefahr; die un-

---

[51]) Mündliche Begründung des Referenten am 5. 12. 1816, in: Staats-Acten für Geschichte und öffentliches Recht des Deutschen Bundes, hg. Philipp Anton Guido von MEYER, Bd. 2, Frankfurt/Main 1833, S. 48 (Hinweis von Prof. Kurt von RAUMER-Münster).

[52]) Gesammelte Werke, hg. Heinz AMELUNG – Karl VIËTOR, Bd. 1, Frankfurt/Main 1923: Geschichte und Ursprung des ersten Bärenhäuters S. 426 (Böhmisch); Der Philister in, vor und nach der Geschichte S. 471 (Turmbau). Dazu FIESEL, Sprachphilosophie 122 ff., 137 ff.

schuldige Paradiesessprache des lyrischen Dichters darf den Turmbau als ein zeitloses Gleichnis nehmen und braucht ihn nicht als geschichtliche Erbsünde zu scheuen[53]).

Auf seine sentimentale Weise wollte 1808 in Heidelberg der Eichendorff nahestehende Dresdener Graf Otto Heinrich von Loeben (1786–1825) ebenfalls die ursprüngliche Macht des Dichterwortes preisen, freilich auch mit historischer Gelehrsamkeit prunken (er nannte sich Isidor Orientalis) und verdarb so die Klarheit seines Vorbildes Novalis. Er sehnte sich nach der verlorenen Ursprache, die *der eigentliche Sinn und das tiefste Wesen der Dinge war*, und nach ihren *tausend Sprachen*, von denen der Erdgeist heute bloß noch eine versteht. Die modernen Idiome sind *verirrte heilige Kinder, die in der ganzen Welt umherlaufen und ihre Mutter suchen*. Aber die Suche ist nicht hoffnungslos; der Turmbau steht nicht im Wege. Einige Sprachen sind ursprünglich, wie das Sanskrit, die Sonne der morgenländischen Sprachen, und das Deutsche, *das Herz aller europäischen Dialectadern*. So ist in der Geschichte nichts verloren, zumal der Dichter mit dem Zauber der Sprache noch immer *die ganze Natur in Bewegung* setzen kann[54]). Warum sollte der poetische Zauberstab nicht auch die Geschichte selbst in Bewegung setzen und zum stimmungsvollen Gedicht erheben? Hatte es Herder nicht am Beispiel der Bibel erprobt?

Darin stimmte der junge Heidelberger Theologieprofessor Wilhelm Martin Leberecht de Wette (1780–1849) den Dichtern zu. Er verteidigte 1807 seinen Lehrer Herder gegen Eichhorn: Kern und Einkleidung der mosaischen Erzählungen lassen sich nicht trennen, denn die Bibel ist keine Sammlung historisch glaubwürdiger Relationen, sondern ein episches Gedicht, ein Mythos von durchaus poetischer Wahrheit. Die ersten Bibelbücher sind ein *Epos der hebräischen Theokratie*, in dem sich die Juden ihre Auserwählung ebenso vergegenwärtigten wie Vergil in der Aeneis die Größe Roms. Zu diesem Epos gehören weder Völkertafel noch Babelgeschichte, weil sie nicht von der jüdischen Auserwählung, sondern von der ganzen Welt handeln; doch auch diese späteren Stücke sind rein poetisch. Die Völkertafel berichtet nicht von individuellen Menschen, demnach auch nicht von historischen Begebenheiten; die Turmbaugeschichte mit ihrer *wunderlichen Vorstellung von der Zerstreuung der Menschen und von der Entstehung der verschiedenen Sprachen* spinnt lediglich eine falsche Etymolo-

---

[53]) Werke in einem Band, hg. Wolfdietrich Rasch, München 1955: Ahnung und Gegenwart c. 24 S. 829 (Wort); c. 10 S. 629 (Himmelsleiter); c. 12 S. 676 (babylonischer Bau). Dazu René Wehrli, Eichendorffs Erlebnis und Gestaltung der Sinnenwelt (Wege zur Dichtung 32), Frauenfeld-Leipzig 1938, S. 235 ff.

[54]) Guido, Mannheim 1808, S. 99 (tiefstes Wesen), 53 f. (tausend Sprachen), 62 f. (verirrte Kinder, Sanskrit, Deutsch), 196 (Zauber der Sprache). Dazu Fritz Strich, Die Mythologie in der deutschen Literatur von Klopstock bis Wagner, Bd. 2, Halle 1910, S. 71 ff.; Fiesel, Sprachphilosophie 50.

gie weiter und zeugt vom *Spott auf die übermüthige Weltherrscherin Babel*, also, ebenso wie die Verfluchungsszene über Kanaan, vom Nationalhaß der Hebräer. Man lese die leidenschaftlichen Erzählungen nur mit frommer Freude an ihrer Schönheit; der wahre Glaube wurzelt in diesem ästhetischen Gefühl, also ist es die göttliche Wahrheit selbst[55]).

Wenn die Wahrheit der Sprache nicht im kritisch geprüften Buchstaben, sondern im poetisch empfundenen Bild liegt, bekommen die Bücher der Frühzeit, die in solchen Bildern reden, eine ganz neue Dimension; dann enthalten sie nicht nur eine eingebildete und vorgestellte Wahrheit, sondern die eingekleidete und dargestellte Wirklichkeit selbst; der Mythos erzählt die Urgeschichte des menschlichen Geistes. Dieser Gedanke beherrschte den genialischen und unsteten Detmolder Johann Arnold Kanne (1773–1824), der in Göttingen bei Eichhorn studiert hatte, sich von ihm aber nicht beirren ließ. Näher standen ihm Saint-Martin, Jean Paul und die Heidelberger. Seit 1807 sah er in der *Urgeschichte die erste und die wahre* Geschichte, *denn nichts hat uns die Tradition aufbehalten als des Menschen inneres Schicksal, sein Denken, Sinnen und Dichten*. So informiert uns die Mythologie vor allem über die Entstehung der Sprache; sie ist beinahe das Göttliche am Menschen. *Der erste Gottmensch, von dem alle Wissenschaft kam, hatte die Sprache erfunden*, im *Paradies, wo Adam allen Thieren Namen gab*. Er schuf mit vollem Bewußtsein eine fein differenzierte, philosophische Begriffssprache, die alle Weisheit und Gelehrsamkeit der Erde in sich barg. Und zwar erfand er sie in Sinear, in Babel; denn dessen Name bedeutet „Haus des Gottes", des Menschen nämlich. Die Erzählung vom Turmbau zu Babel meint nichts anderes als eine solche ursprüngliche, bewußte Sprachfindung; da die Worte dieser Sprache nur durch Vokale oder Akzente voneinander differierten, Vokale aber besonders rasch wechseln, mußte eine wahrhaft babylonische Sprachverwirrung entstehen, sobald *die sich selbst überlassene Sprache* natürlich weiterwuchs. Das Ungeistige, Natürliche hat unsere modernen Sprachen kraftlos und verschieden gemacht (Bernhardis Schema wird umgedreht). Da die Bibel aber, wenn auch mit manchen Schreibfehlern, noch Namen von ursprünglicher Gedankenkraft bewahrt, ist die Völkertafel, *voll alter Weltkunde*, ein Bild der paradiesischen Urgeschichte. Die Juden stammen von Abraham, der auch Heber hieß; der Semit Phaleg aus dessen Hause wurde Ahnherr der Pelasger, der hellenischen Urbevölkerung. (So las man es bei Stillingfleet und Kircher schon.) Die eigentlichen Griechen sind Japhetiten; sie kamen wie die Deutschen von den medischen Persern, also

---

[55]) Beiträge zur Einleitung in das Alte Testament, Bd. 2, Halle 1807, S. 31 ff. (Epos), 72 f. (Völkertafel), 76 f. (Babel). Dazu Hartlich-Sachs, Mythosbegriff 91 ff.; Rudolf Smend, Wilhelm Martin Leberecht de Wettes Arbeit am Alten und am Neuen Testament, Basel 1958, S. 49 ff.

von Madai, und daher rührt die enge Verwandtschaft zwischen der uralten griechischen, der deutschen und der persischen Sprache. Man erkennt ja in *Zer-Dusht* (Zarathustra) unseren *Thuisto* wieder. Auch zum Sanskrit ist der Weg nicht weit, denn von Magog stammen die Inder. In dieser geistigen Prähistorie verschwimmen alle Konturen; das Paradies wird zu Babel, Abraham wird zu Heber, Zarathustra zu Thuisto, und sie alle sind keine historischen Namen mehr, sondern Bilder, vertauschbar, aber bedeutungsvoll. Der poetische Deuter ballt sie zusammen und läßt keine Distanz, keine historische zwischen den Daten, keine kreatürliche zum Schöpfer, keine kritische des Beobachters. In der Einheit der Anschauung hebt sich alle konkrete Vielfalt auf; die gesamte Geschichte war immer, was ihr Betrachter fühlt[56]).

Diese Mythengeschichte fand in Heidelberg rasch Anhänger. Der dortige klassische Philologe Friedrich Creuzer (1771–1858) wandte Kannes Methode 1810 auf die klassische Antike an und stellte dabei den *Hauptsatz* auf, daß am Anfang aller Mythengeschichte die reine Erkenntnis und Verehrung eines Gottes gestanden habe, auch die Einheit der Völker; darauf folgte (in der beifällig kommentierten Periodisierung eines geistlichen Freundes) mit einem zweiten Zeitalter das Verderben der Welt, *der Thurmbau zu Babel*, der Abfall zum Götzendienst, und als dritte Epoche mit dem Christentum die Sehnsucht nach Rückkehr[57]). Unter christlichem Einfluß wird die Zeitdimension wieder eingeführt; anstelle unmittelbarer Anschauung lenkt nun geschichtliche Erfahrung zurück zum Ursprung. Damit wird die Mythengeschichte von der menschlichen Selbsterkenntnis zur Einsicht in den Geist Gottes.

Und hier griff Brentanos Mitschüler und Eichendorffs Lehrer, Kannes Weggenosse und Creuzers Kollege Joseph Görres (1776–1848) sie auf. Der Heidelberger Privatdozent fand 1810 in der historischen Vielfalt die natürliche Einheit, in allen Sprachen, Sanskrit, Chaldäisch, Assyrisch, Persisch, die Reste der verlorenen einsilbigen Ur- und Natursprache und in allen Mythen die Überbleibsel der von Semiten gestifteten Urreligion und Urkultur, die am Erdnabel, (nach Adelungs Lokalisierung) im innerasiatischen Kaschmir ihr Zentrum hatte. Diese erste Welt war mythisch; von ihr hebt sich die historische

---

[56]) Erste Urkunden der Geschichte oder Allgemeine Mythologie, 2. Aufl., Bayreuth-Hof 1815, S. 15 (Urgeschichte), 695 ff., 733, 755 (erster Gottmensch), 731 ff. (Babel), 388 ff. (Völkertafel), 616 ff. (Juden und Griechen), 71 f. (Deutsch und Griechisch), 96 (Zarathustra). Dazu Raumer, Philologie 362 ff.; Fiesel, Sprachphilosophie 148 ff., 185; Erich Neumann, Johann Arnold Kanne, ein vergessener Romantiker, Ein Beitrag zur Geschichte der mystischen Sprachphilosophie, Diss. phil. Erlangen 1927, S. 72 ff.

[57]) Symbolik und Mythologie der alten Völker, besonders der Griechen, Bd. 1, 2. Aufl., Leipzig-Darmstadt 1819, S. XI f. (Hauptsatz), 152 f. (Zeitalter). Dazu Ernst Howald, Der Kampf um Creuzers Symbolik, Eine Auswahl von Dokumenten, Tübingen 1926, S. 10 ff.

ab, und sie beginnt mit dem Turmbau von Babel. Die Menschen wollen ihre neue, geschichtliche Welt nach dem Vorbild jener ersten, natürlichen gestalten, sie wollen *nicht weichen aus dem Vaterhaus*, eine gemeinsame Sprache behalten, *eine Himmelssprache*; eine Pyramide, himmelhoch, soll Kultstätte sein. Aber Gott will, daß dieser Turm der Einheit *als Pforte am Ausgang, nicht am Eingang der Geschichte* stehe, und treibt die Menschen in großen Völkerwellen auseinander. Auch diese Entfaltung ins Historische wird in packenden Bildern dargestellt; sie ist von mythischen Helden angeführt. Fohi, *der Chinesische Noe*, bewahrt im Fernen Osten viel Ursprüngliches; mehr noch bleibt im Hause Sem, bei den Indern: der Mythos, das Sanskrit und die *Völkerwaage*. Cham zieht nach der Sonne, Japhet stürmt auf der Reitbahn der Steppe davon und wird Weltherrscher von China bis Nordamerika, Ahnherr der Skythen, Kelten und Germanen; bei ihnen tauchen *Theutates* und *Tuisco* auf, und die Geschichte Europas beginnt. (Görres vergißt, daß er hier keine alten Mythen, sondern gelehrte Deutungen des 17. Jahrhunderts benutzt.) Der zeitlose Mythos regiert die vorbabylonischen Ursprünge; sie aber geben der späteren historischen Entfaltung ihr Gesetz, ohne bloße Vorgeschichte zu werden; sie entfalten eine höhere Wahrheit, nicht nur die poetische, sondern die christliche.

Das mythische Symbol kann jederzeit historische, gegenwärtige Fakten übergreifend erklären. Der Publizist Görres hielt 1814 die Ruinen des Kölner Domes für ein Bild Deutschlands *seit der Sprach- und Gedankenverwirrung* (das heißt, seit der Konfessionsspaltung). Görres verglich den Dom mit dem Babelturm nicht wie Goethe ästhetisch, sondern prophetisch. Der Bau kann erst dann vollendet werden, wenn sich das deutsche Volk wieder zur Gottesfurcht zurückgewandt hat. Am Ausgang der Geschichte soll der Turm der Einheit stehen . . . Gott bleibt jenseits des Historischen; Görres wiederholte es 1830 als Münchener Geschichtsprofessor. Gottes Reich ist das Natürliche; den Kosmos erschuf er durch sein Wort, die Naturgesetze sind die Grammatik seiner Sprache. Sie ist dem Menschen verständlich, er könnte sein Geschick auf diese ewige Grundlage bauen; doch noch zieht er die Geschichte vor. Dem alten Görres erschien sie nicht mehr wie dem jungen als Sehnsucht nach dem Ursprung, sondern als Rebellion gegen ihn. In Babel wollten die Menschen die natürliche Trennung in Stämme aufheben, die unnatürliche in Stände einführen. So sah man in der Weltstadt den Hochmut der Priester, die Gewalttat der Krieger, den knechtischen Dienst der Verfluchten; und da verwirrte Gott allen die verbindende Sprache. Keine Sozialrevolution (wie die französische von 1830) wird das Chaos beseitigen; aus den Nöten der Zeit kann nur der kirchliche Glaube helfen, der Rückgriff auf jene zeitlosen, mythischen Grundlagen. Sie allein sind wahr; Görres trennte die Mythen der Genesis noch 1845 entschieden von *phönizischen Schiffersagen und Berichten der Karawanenführer*. Was jene berichten, ist das Schicksal des Menschengeistes, also letztlich, trotz aller Umwege, Rede von Gott, ja Sprache Gottes[58]).

Der neue Mythosbegriff verbürgte die Wahrheit des biblischen Berichts auch für Klopstocks Nachahmer, den Grafen Friedrich Leopold zu Stolberg (1750–1819), der 1806 die erste romantische Kirchengeschichte bis zu den Ursprüngen der Menschheit zurück erweiterte, um die lebendige und zeitlose Einheit der Heilsgeschichte zu zeigen. Der Konvertit im Münsterland wies alle *Träume jener Philosophen* über den Ursprung der Sprache weit von sich, auch die des ehemaligen Freundes Herder. *Die Gabe der Sprache . . . wurde den beiden ersten Menschen von Gott unmittelbar bey deren Erschaffung geschenket*; denn sonst wäre (ein Gedanke Lessings) die Schöpfung unvollständig, der Mensch hilflos geblieben. Er brachte die Erstlinge der Empfindung (wie bei Dante) Gott dankend dar. Vielleicht war die Ursprache Hebräisch, denn die Hebräer sind sichtlich gesegnet; umgekehrt zeigt der abscheuliche Negerhandel noch heute die entsetzlichen Folgen von Gen. 9, 25. Wie das Schicksal, so ist der Ursprung der Völker nur durch die mosaische Völkertafel aufzuhellen, die Stolberg indes nicht im Detail untersuchen wollte. Die Trennung aller Sprachen und Völker, auch der Inder, Chinesen und Amerikaner wird durch den babylonischen Turmbau authentisch erklärt; vermutlich entstanden die neuen Sprachen plötzlich durch ein Wunder Gottes. Daß in Babel die Teilung der Welt begann, bezeugen selbst im fernen Amerika die ältesten Überlieferungen; die *Ursage* der Menschheit bestätigt die Bibel[59]). Stolberg fiel mit solchen Auslegungen, die er zum Teil bei Calmet und Fleury fand, dennoch nicht in einen überlebten Supra-

[58]) Gesammelte Schriften, hg. Wilhelm SCHELLBERG u. a., bisher 15 Bände, Köln 1928–58: Mythengeschichte der asiatischen Welt Bd. 5, S. 15–23 (Ursprache und -kultur), 32 (Kaschmir), 248, 253, 255, 278 (Turmbau), 276 (Noah), 283 (Japhet), 29 (Tuisco); Der Dom in Köln, Nr. 151 des Rheinischen Merkur vom 20. 11. 1814 Bd. 6–8, ohne Seitenzahl (Kölner Dom; dazu Karl HAMPE, Wilhelm I., Kaiserfrage und Kölner Dom, Ein biographischer Beitrag zur Geschichte der deutschen Reichsgründung, Stuttgart 1936, S. 129 ff.); Über die Grundlage, Gliederung und Zeitenfolge der Weltgeschichte Bd. 15, S. 250, 262 (Sprache und Gott), 280 ff. (babylonische Ständeteilung). Die Völkertafel des Pentateuch, I. Die Japhetiden und ihr Auszug aus Armenien, Regensburg 1845, S. 1 f. (Schiffersagen). Dazu RAUMER, Philologie 365 ff.; FIESEL, Sprachphilosophie 148 ff., 183 f.; Käthe DÖRR, Görres' Geschichtsbild, Wandlungen und formende Kräfte, Diss. phil. Münster 1940, S. 31 ff., 66 ff.; GOLLWITZER, Europabild 255 ff.

[59]) Geschichte der Religion Jesu Christi, Bd. 1, Hamburg 1806, S. 11 f. (Ursprung der Sprache), 72 (Ursprache), 66 f. (Negerhandel), 69, 405 ff. (Völkertafel), 69 ff., 76 f. (Turmbau), 426 f. (Ursage). Dazu Leo SCHEFFCZYK, Friedrich Leopold zu Stolbergs „Geschichte der Religion Jesu Christi", Die Abwendung der katholischen Kirchengeschichtsschreibung von der Aufklärung und ihre Neuorientierung im Zeitalter der Romantik (Münchener Theologische Studien I, 3), München 1952, S. 172 ff. Stolberg wiederholt sich in: Betrachtungen und Beherzigungen der Heiligen Schrift, Bd. 1, Hamburg 1821, S. 67 ff., 137 ff., und wird wiederholt durch Theodor KATERKAMP (1764–1834), Geschichte der Religion bis zur Stiftung einer allgemeinen Kirche, Münster 1819, S. 58 f., 81, 90 f.; dazu SCHEFFCZYK S. 195 ff.

naturalismus zurück, der alles menschliche Vermögen negierte; er wandte nur den romantischen Begriff von Geist, Sprache und Mythos exegetisch an. Dieser verbindet die urzeitlichen Erzählungen der Tradition mit der poetischen Anschauung des Betrachters und vernichtet alle Zwischenräume. Der nachschaffende Dichter könnte die Wahrheit seiner Visionen nicht beweisen; aber er empfindet sie, und darum sind sie wahr. Kant und Fichte hätten die Vaterschaft für diese Art von Idealismus weit von sich gewiesen; aber sie ist unbestreitbar, denn Schelling bezeugt sie.

Der Patriarch der religiösen Romantik, Friedrich Wilhelm Joseph Schelling (1775–1854), ging freilich über Fichtes Idealismus hinaus, wenn er dem Geist die Natur gegenüberstellte; aber die Identität dieser lebendigen Gegensätze fand auch er im Poetischen, in der genialen Intuition. Der Sohn eines Landgeistlichen verstand sie freilich nicht so weltlich wie sein hoher Gönner Goethe. Als Professor in Jena kritisierte Schelling 1802 die aufklärerische Universalhistorie und Bibelexegese, die bloß das Verständige schätzt, dem Wunderbaren nicht glaubt und den ersten Zustand unseres Geschlechts für tierisch roh hält. Die Geschichte ist vielmehr das *Werk der Vorsehung*, das *ewige Gedicht des göttlichen Verstandes*. Poesie und Vernunft, Mythos und Historie gehören eng zusammen; Eichhorn irrte sich. Dann aber lag im Ursprung das Ganze, die Kultur war die erste Tat des Menschengeschlechts, alle Wildheit nur späterer Zerfall des Zusammenhangs, Trennung von der Bewußtseinsidentität mit der Natur. Da die Sprache (wie bei Kant) lediglich *unmittelbarer Abdruck des inneren Typus der Vernunft* ist, folgt sie dem Verhalten des Menschen; sie wurde also in den Anfängen mit Gott und der Natur verbunden, später gespalten und der Willkür des isolierten Denkens überlassen. (Dies meinte Bernhardi auch.) Wer die ganze Wahrheit finden will, der muß also den Weg zurückgehen vom *Geräusch der Stämme und Völker* in die *heilige Frühe der Welt, da noch alles zusammen ist im Hause des Vaters*; so forderte es Schelling 1811 fast mit Görres' Worten in München.

Aber erst seine Berliner Vorlesungen seit 1841 führten das Angedeutete breit aus. Der Leitfaden für diese Philosophie der Mythologie ist die *älteste Urkunde des Menschengeschlechts*; was die Bibel erzählt, ist historisch wahr und zeitlos bedeutsam. Gott schenkte dem Menschen, der an ihn, den Einen, glaubte, eine einzige, einsilbige Ursprache und ließ aus dem einen Menschen die ganze Menschheit erwachsen. Sie wurde in einer Sprache zusammengehalten durch den Glauben an den einen Gott. Ihre Differenzierung ist keine reine Naturtatsache, sondern zuerst das Ergebnis einer *geistigen Krisis*. Der Mythos vom Turmbau zu Babel erläutert sie, ganz anders als Arndt wähnte. Weil die Menschheit den Verlust ihrer ursprünglichen Einheit und Ganzheit fürchtete, versuchte sie eine neue Union von Fragmenten, *wenn nicht als Menschheit, doch als Volk*. Man wollte sich einen Namen machen, das heißt ein Volk werden.

Völker sind ja keine bloß biologischen Rassen, sondern vor allem geistige Einheiten. Was aber ist der geistige Grund der Volkwerdung? Es ist (wie bei Origenes und Thomas von Aquin) die Abkehr vom Monotheismus, der Anfang der Vielgötterei. Nun hängen Sprache und Volk aufs innigste zusammen; *verschiedene Völker lassen sich ja ohne verschiedene Sprachen nicht denken.* So wirkte die Krise des religiösen Bewußtseins auch auf die Äußerungen des Sprachvermögens, denn *die Sprache ist doch etwas Geistiges.* Mit der Polygenese der Völker und mit dem Polytheismus sind vielsilbige Sprachen verbunden, die sich voneinander absondern; indem eine Gruppe sich entschließt, ein Volk zu werden, definiert und isoliert sie ihre Sprache. Das alles steht in der Turmbaugeschichte; der Turm selbst war ein Monument der Angst, noch nicht des Götzendienstes, aber auch nicht mehr des Gottesdienstes, also ein Symbol der Verwirrung. Deshalb kann die (seit Eichhorn und Kanne geläufige) Erklärung des Namens „Babel" als „Pforte Gottes" nicht zutreffen; „Babel" bedeutet „Verwirrung" und ist mit „Barbar" verwandt. Mit Babel beginnen die mühseligen Irrwege der menschlichen Kultur.

Das sehnsüchtige Bewußtsein von der alten *Sprach-Einheit* ist seither nicht geschwunden; in jeder lebenden Sprache wirkt es fort. *Eine Aufhebung aller Einheit wäre die Aufhebung der Sprache selbst, damit aber alles Menschlichen.* Doch erst das Pfingstwunder, *das umgekehrte Babel*, stellte die alte Spracheinheit *momentan* wieder her; mit ihm begann das Christentum seine Mission, *das ganze Menschengeschlecht durch die Erkenntniß des einen wahren Gottes wieder zur Einheit zu verknüpfen.* Und der babylonischen Völkertrennung antwortete dann die germanische Völkerwanderung, die so viele Stämme im Christenglauben vereinte[60]). Mit diesen Lehren knüpfte Schelling die längst abgerissenen Fäden zur mittelalterlichen Sprach- und Geschichtstheologie neu, weil er die Geschichte als Offenbarung Gottes, das Besondere als Ausprägung des Allgemeinen, das Sichtbare als Entsprechung des Unsichtbaren sah. Freilich, zwischen dem Mittelalter und Schelling stehen Spinoza und Fichte: Das Absolute wirkt zwar allenthalben, in Natur und Geschichte, im Denken und Tun; aber es ist im Grunde geistig. Und dann ist das, was sich in der Weltgeschichte der Sprachen und Völker offenbart, nichts grundsätzlich anderes als das Ingenium des philosophischen Zuschauers.

[60]) Sämmtliche Werke, 14 Bände, Stuttgart-Augsburg 1856–61: Vorlesungen über die Methode des akademischen Studiums Bd. I, 5, S. 287 (Universalhistorie), 302 (Bibelexegese), 307 (Werk der Vorsehung), 309 (ewiges Gedicht), 246 (Sprache). Die Weltalter, Fragmente in den Urfassungen, hg. Manfred Schröter, München 1946, S. 10 (Geräusch, Frühe). Einleitung in die Philosophie der Mythologie, Sämmtliche Werke Bd. II, 1, S. 132–136 (Ursprache), 94–118 (Babel, Pfingsten). Dazu Adolf Allwohn, Der Mythos bei Schelling (Kant-Studien, Ergänzungsheft 61), Charlottenburg 1927, S. 57 ff.; Hartlich-Sachs, Mythosbegriff 56 ff.; Srbik, Geist Bd. 1, S. 179 f.

So wäre, was sie den Geist der Zeiten heißen, im Grund der Herren eigner Geist? Dann müßten sie ihre Gegenwart auch für den Gipfel der Geschichte, ihre Sprache für urtümlich halten. Am ehesten trifft das zu für den Schellingschüler Karl Christian Friedrich Krause (1781–1832), der sich mit dem Lehrer schnell verfeindete. Denn der Freimaurer zog das Absolute ganz in das Menschliche, das Geschichtsdenken ganz in den Fortschrittsglauben hinein. Die Sprache wurde von einzelnen Menschen erfunden, *ohne alle fremde Mithilfe von Menschen, reinen Geistern, Engeln, oder unmittelbare Einwirkung des Urwesens*, wie sie die mosaische Urkunde unnötigerweise annahm. Deshalb war, wie Krause 1812–15 lehrte, die Sprache anfangs recht unvollkommen; sie ist es noch heute. Nur einzelne verbessern sie (Krause selbst bereicherte sie durch eine krause Terminologie). Erst langsam wird die Sprache, was sie ist, *geselliges Werk mehrerer Menschen, die nach einer geselligen Idee Ein höherer Mensch sind.* Das Geistige, das Wesentliche der Sprache ist freilich *im ganzen Weltall dasselbe*; darum läßt es sich künftig (wie bei Kuhlmann) in einer *allgemeinen Menschheitssprache* zusammenfassen. Sie wird ein *Ewigwesentliches* sein, Ur- und Wesenssprache in einem. Aber die Selbstfindung des Geistes ist schwierig. Krause nahm vorerst vorlieb mit der deutschen Ursprache, die dem uralten Sanskrit am nächsten steht; ihre unerreichte Höhe wird schlagend dadurch bewiesen, daß sich Krauses Wissenschaftslehre in keine andere Sprache übersetzen läßt. Weil die modernen Lautsprachen nicht allgemein verständlich sind und das Unendliche eingrenzen, erreichen sie freilich Grund und Höhe der Wesenssprache nicht, nicht einmal die Klarheit der ersten Ursprache und ihrer unwillkürlichen Gesten. Dennoch hielt Krause 1823 auch die Volkssprachen für *ein geistliches Band, welches Gott und Welt und Menschheit, welches Völker, Familien und Einzelne in Einem Leben zu Wechselwirkung vereinet.* Vollendet wird dieses Bündnis künftig durch den menschheitsverbrüdernden *Völkerverein* und die von Leibniz geahnte universale Wesenssprache[61]). Krause, sein Lebtag lang von Mißgeschick und Spott verfolgt, erst nach dem Tode, vor allem in Spanien, wirksam, mußte wohl das Heil von der Zukunft erhoffen; aber war von der fortschreitenden Klärung des Menschengeistes eine Rückkehr zum Wesentlichen zu erwarten? Ist der Intellekt nicht selbst schon Rebellion gegen den Ursprung?

Das hatte Schiller lobend gesagt; Schellings Schüler und Freund Gotthilf

---

[61]) Zur Sprachphilosophie, Aus dem handschriftlichen Nachlasse des Verfassers hg. August WÜNSCHE, Leipzig 1891, S. 23 f., 55 (Ursprung der Sprache), 2 f., 54 (allgemeine Sprache), 110 (Ewigwesentliches). Sprachwissenschaftliche Abhandlungen, Aus dem handschriftlichen Nachlasse des Verfassers hg. Paul HOHLFELD – August WÜNSCHE, Leipzig 1901, S. 2 ff., 138 (deutsche Ursprache), 14 (Sanskrit und Deutsch), 80 f. (Ursprache und Gesten), 83, 137 (geistliches Band), 94, 128 f. (Leibniz). Der Menschheitbund, Aus dem Nachlaß hg. Richard VETTER, Berlin 1900, S. 1 ff. (Völkerverein; dazu GOLLWITZER, Europabild 137 f.).

Heinrich Schubert (1780–1860) meinte es 1814 tadelnd. Der sächsische Pastorensohn, Realschuldirektor in Nürnberg, beschrieb die allem menschlichen Sprechen zugrundeliegende Ursprache als poetischen Traum, als Bildersprache des Gefühles und der Liebe, ganz auf das Göttliche und Geistige gerichtet. Die Leidenschaft des Intellekts, die lautliche Abgrenzung der Begriffe hat dann das Geistige travestiert, ins Sinnliche hinabgezogen, den Schatten zum Urbild gemacht, gemeinsame Stimmung in extreme Urteile verwandelt, die Sprache zu ihrem eigenen Objekt degradiert, kurz, *eine babylonische Sprachenverwirrung* angerichtet. Nicht solche selbstbewußte Haarspalterei kann uns bilden; nur der Traum führt uns noch heute in das verlorene Paradies zurück[62]). Dieser Traum aber ist Wahrheit; das Paradies ist Ursprung und Hoffnung unserer entarteten Natur und Geschichte. Das predigte wie Görres der eigenwillige, mit Schelling und Schubert fruchtbar diskutierende Münchener Professor Franz von Baader (1765–1841). Dem geliebten Böhme gab er 1824 recht: Anfangs redeten alle Völker in der sensualischen Natursprache, die das Geistige dem Sinnlichen vermählte. Diese Ursprache ist von Gott gegeben; man darf denen nicht glauben, die hierbei an die Stelle Gottes die Natur rücken wollen *und somit ein neues Babel der Sprach- und Gedankenverwirrung zu bauen beginnen.* Denn die Natur ist bloß ein Bedürfnis, keine Erfüllung; deshalb führt die moderne Gelehrsamkeit, welche die Natur so genau betrachtet, zu keinem festen Ergebnis; *das beweiset ja alle Wissenschaftsgeschichte und die endlose Verwirrung der Sprachen am nie weiter vor sich gehenden babylonischen Thurmbau sattsam* (Hamanns Vergleich). Baader klagte 1833, die Wissenschaft gehe hochmütig vorbei an den deutlichen Hinweisen auf die ursprüngliche Fülle der Sprachen. Die hebräische, die nach Helmont *der primitiven verwandter als jede andere* wäre, ist mit der deutschen direkt verwandt, nicht etwa über das Zwischenglied des Persischen. Diese uralten Zusammenhänge führen nach dem Alten Orient, *aller Zungen Heimath.* Doch gab Baader 1839 mit Saint-Martin die göttliche Ursprache verloren. Denn in der Gegenwart herrscht Babel, das Reden *aus der leeren Sprache*, die Selbstsucht, die Gottes Stimme im Herzen übertönt und die Einsicht verdunkelt, *das Zurückziehen der inneren centralen und eben darum universalen Einsprache in jeden Menschen.* Dennoch wird der Mensch sich vielleicht befreien und Gott in sich entfalten, damit die Welt vollenden und pfingstlich vereinen; dann wird auch die göttliche Ursprache wieder erstehen[63]). Dieses große Drama des Geistes

---

[62]) Die Symbolik des Traumes, 3. Aufl., Leipzig 1840, S. 102–115. Dazu Fiesel, Sprachphilosophie 164, 185 f.; Peter Krebs, Die Anthropologie des Gotthilf Heinrich von Schubert, Diss. phil. Köln 1940, S. 54 ff., 64 ff.

[63]) Sämmtliche Werke, hg. Franz Hoffmann u. a., 16 Bände, Leipzig 1850–60: Fermenta cognitionis V, 10 Bd. 2, S. 333 f. (Böhme); Rezension von Bonald, Recherches philosophiques Bd. 5, S. 58–71 (Ursprache und neues Babel); Erläuterungen zu sämmtlichen Schriften Saint-Martins Bd. 12, S. 185 (Wissenschaftsgeschichte); Vor-

geschieht allerdings mehr an der Geschichte als durch sie; es vollzieht sich in wenigen großen Zuständen (die an Creuzers drei Perioden erinnern), nicht in vielen kleinen Schritten. Auch der Turm von Babel dient in ihm nicht als Faktum, sondern als Symbol.

Konkreter, aber nicht weniger schematisch verstand ihn 1829 der Erlanger Philosophieprofessor Christian Kapp (1798–1874), der die Weltgeschichte als die Entfaltung vom Sein zum Begriff deutete und dabei Schelling und Hegel imitierte und kontaminierte. Der Übergang von der ursprünglichen Einheit zur nationalen Vielheit fand an einer Stelle und in *Einem Act* statt, beim babylonischen Turmbau, der *That des Volksgeistes*, die zugleich die getrennten Sprachen und Religionsvorstellungen schuf[64]). Wie hier das historische Geschehen, so wurde die sprachliche Welt in ein Schellingsches System gepreßt durch den westfälischen Gymnasialdirektor Franz Wüllner (1798–1842), der 1831 Sprache grundsätzlich als Brücke zwischen dem Geistigen und Sinnlichen, als Vergeistigung des Naturlautes verstand und zwischen den Sprachen keine Strukturunterschiede, in ihnen allen nur eine gleiche Geschichte zuließ[65]). Hier verstieg sich der romantische Geist nun vollends in wirklichkeitsferne Spekulationen.

Von ihnen suchte sich die schwäbische Spätromantik fernzuhalten und Schellings Geist mit der Erdnähe der Heidelberger zu verbinden. Der Stuttgarter Rechtsanwalt Ludwig Uhland (1787–1862), schon fast mehr Germanist als Poet, horchte in die Vergangenheit seiner Muttersprache, freilich auch, um sie einer schöneren, vergeistigten Zukunft entgegenzuführen; sie würde von Gott gesegnet sein. Darum verehrte er 1817 die deutsche Sprache nicht als urtümlich heilig, sondern forderte ihre Klärung und Mehrung durch Aufrichtigkeit und Herzlichkeit. Erst dann wird man sagen können, daß, *wo sich Deutsche grüßen, der Athem Gottes weht*. Denn dort ist Gott, wo (im Sinne Eichendorffs) die menschliche Natur vergeistigt zwar, doch schlicht ins Wort gefaßt wird[66]). Das glaubte 1829 auch Uhlands Dichterfreund, der Weinsberger Arzt Justinus Kerner (1786–1862); doch der mit Schubert und Baader Vertraute

---

lesungen über speculative Dogmatik Bd. 8, S. 186 (Helmont); Vorlesungen über die Lehre Jacob Böhmes Bd. 13, S. 220 f. (Hebräisch und Deutsch, aller Zungen Heimat); Revision der Philosopheme der Hegelschen Schule, bezüglich auf das Christenthum Bd. 9, S. 390 f. (leere Sprache, Zurückziehen). Dazu David BAUMGARDT, Franz von Baader und die philosophische Romantik (DVLG, Buchreihe 10), Halle 1927, S. 348 ff.; FIESEL, Sprachphilosophie 50; GOLLWITZER, Europabild 235 f.

[64]) Über den Ursprung der Menschen und Völker nach der mosaischen Genesis, Nürnberg 1829, S. 19, 162, 183, 196, 263.

[65]) Über Ursprung und Urbedeutung der sprachlichen Formen, Münster 1831, S. 1 ff., 26 ff. – Im Sinne Schellings auch Otto Friedrich KRUSE, Freimüthige Bemerkungen über den Ursprung der Sprache oder Beweis, daß die Sprache nicht menschlichen Ursprungs sey, Altona 1827, S. 3 ff.

[66]) Die deutsche Sprachgesellschaft v. 41 f., in: Gedichte, hg. Erich SCHMIDT – Julius HARTMANN, Bd. 1, Stuttgart 1898, S. 62.

meinte es anders. Was aus der unverbildeten, bewußtlosen Menschennatur spricht, das eben ist der Geist, aber nicht der kleine, sündhafte des Menschen, sondern der Geist der übersinnlichen Welt. Aus der somnambulen „Seherin von Prevorst" spricht er nicht in simplem Deutsch, sondern in einer geheimnisvollen, *äußerst sonorischen* Sprache, *ähnlich der, die zu Zeiten Jakobs gesprochen worden*; *in jedem Menschen liege eine ähnliche Sprache*. Diese Natursprache des Herzens und der Seele ist kein reines Hebräisch, klingt aber *hier und da den koptischen, arabischen und hebräischen Worten ähnlich ... und dies gewiß nur daher, weil jene Sprachen der Länder, wo die Wiege des Menschengeschlechtes war, gewiß auch die Überbleibsel der Ursprache des gefallenen Menschen sind.* Die Ursprache gibt Wert und Eigenschaft der bezeichneten Sachen gefühlvoll wieder, während der sündige Mensch die modernen Sprachen bloß nach seiner armen Willkür formt; nur für Augenblicke kann uns ein Medium spiritistisch in die Integrität des Kosmos zurückversetzen. Hier weht der Atem Gottes[67]). Der Liederdichter Kerner mag das Semitische als klangvoll empfunden haben; trotzdem opferte er der orthodoxen Sprachtheologie die romantische Grundüberzeugung seit A. W. Schlegel, daß die heilige Ursprache nur überströmende Poesie und kein geformtes Idiom gewesen sei.

Diese Überzeugung berechtigte 1827 den Liederkomponisten Karl Friedrich Zelter (1758–1832), Goethes Freund, zu dem an Novalis erinnernden Schluß, der Ursprung der Sprache liege gewiß im Lyrischen, Musikalischen allein, das ohne alle Begriffe zum Herzen dringe. Den größten Beifall habe ein italienischer Tenor in Deutschland bei denen gefunden, die von seiner Sprache kein Wort verstanden[68]). Allerdings wurde auch hier wie bei Kerner angenommen, daß das Ursprüngliche auf irgendeine Weise heute noch sinnlich vernehmbar sei; und auch dies verletzte die romantischen Regeln. Treuer blieb ihnen 1829 der mit Goethe und Schelling verbundene Leibarzt des sächsischen Königs, Karl Gustav Carus (1789–1869). Im höchsten Sinne gibt es nur eine einzige Sprache, *die wahrhaft naturgemäße, die eigentliche Ursprache des Menschengeschlechts, aber kein Sterblicher hat sie erreicht*. Wenn selbst Adam sie nicht besaß, ist sie eine reine Idee. Carus hielt daran noch 1853 fest: Sprache ist eine Weltschöpfung des Geistes, welche der äußeren Welt niemals vollkommen gleich wird; jeder einzelne Mensch hat seine eigene Sprache, sein *luftiges Abbild*, das *Symbol des gesamten Menschen*. Das Höchste, was sich verwirklichen kann, sind die Völker *als größere*

---

[67]) Die Seherin von Prevorst, in: Sämtliche Werke, hg. Walter HEICHEN, Bd. 6, Berlin 1903, S. 24 f., 138 f., 203 ff., 229 ff. Dazu GÜNTERT, Göttersprache 53 f.; Otto ACKERMANN, Schwabentum und Romantik, Geistesgeschichtliche Untersuchungen über Justinus Kerner und Ludwig Uhland (Sprache und Kultur der germanischen und romanischen Völker, Germanistische Reihe 31), Breslau 1939, S. 95 ff.

[68]) Brief vom 27. 9. 1827, in: Der Briefwechsel zwischen Goethe und Zelter, hg. Max HECKER, Bd. 2, Leipzig 1915, S. 575 f. – Ähnlich noch MENSCHING, Wort 110.

Individuen; auch sie müssen sich *ihre eigenen, andern Völkern zunächst geradezu unverständlichen Sprachen schaffen*. So durchsichtig die Natur als Trägerin geistiger Symbole ist, ihre Einheit ist nur geistig. In der Wirklichkeit waren Völker und Sprachen immer getrennt[69]). So hatte der junge Friedrich Schlegel schon gelehrt.

Seitdem war Schlegel freilich katholisch und fromm geworden, hatte wohl auch von Schelling gelernt. 1819 begann er die Geschichte der Sprache nicht mehr wie 1808 bei der tierischen Dumpfheit, sondern mit dem, *was wirklich überall das Erste ist, mit dem Geiste in seinem Wirken*. Mit Gottes Willen und Hilfe übte Adam *das göttliche Fiat* in der Natur, in einer höchsten geistigen Sprache, die uns heute unwiederbringlich verloren ist. In Dresden bekräftigte Schlegel es feierlich, in seinem Todesjahr 1829: Die göttliche Ursprache ist dahin und aus keinem späteren Idiom, auch aus dem Hebräischen nicht, zu rekonstruieren. Schon Kain hatte eine gesonderte Sprache, denn er war ein Friedensstörer. Friedlos ist die Geschichte seitdem; trostlos ist sie dennoch nicht. Schlegels Wiener Vorlesungen von 1828 gaben noch einmal der natürlichen und geschichtlichen Entfaltung ihr Recht. Das von Gott geschenkte Wort entschlüsselte dem ersten Menschen die Natur und unterwarf sie ihm; seiner geistigen Klarheit glich die sprachliche Einheit, jedoch nur in der ersten, verklärten Urzeit. Mit dem Brudermörder und Städtebauer Kain begann der Zwiespalt im Menschen und *die Zertheilung des Einen Menschengeschlechts in eine Mehrheit von Nationen und die damit zusammenhängende Verschiedenheit der Sprachen*, auch die Verdunklung der göttlichen Wahrheit und natürlichen Klarheit durch Metaphern und Allegorien, durch die täuschende Dichtung. (Der Bruder August Wilhelm hatte sie überschätzt.) Sie begleitet seither die Geschichte und kann sie nicht deuten. Dennoch lassen die gespaltenen Sprachen in ihrer Struktur, nicht in ihren Aussagen, die göttliche Einheit noch erkennen; sie gliedern sich in eine schöne Stufenpyramide. Ihre breite Basis sind die urtümlichen einsilbigen Sprachen vom chinesischen Typ; das zweite Stockwerk nehmen die zweisilbigen Idiome des indisch-griechischen Sprachstammes ein, das oberste die dreisilbigen semitischen Sprachen. Doch zeigt sich diese Harmonie nur in der gelehrten Abstraktion, nicht im historischen Ablauf. Auch die Einheit der Menschheit bleibt reine Idee und hat sich nirgends verwirklicht, weder in der hebräischen Ursprache noch in der mosaischen Völkertafel; beide betreffen nur die Juden. Die Einheit der Welt brauchte nicht erst in Babel zu zerfallen; dort begann aber das Machtstreben der Weltreiche. Für alle Zeiten ist Nimrods Babelturm *das Gleichniß geblieben für jedes himmelanstrebende Gebäude der stolzen Übermacht*, aber

---

[69]) Vorlesungen über Psychologie, hg. Edgar MICHAELIS – Friedrich ARNOLD, Darmstadt 1958, S. 131 (Ursprache). Symbolik der menschlichen Gestalt, Ein Handbuch zur Menschenkenntnis, hg. Theodor LESSING, 3. Aufl., Celle 1925, S. 311 (Weltschöpfung des Geistes, Völker).

eben doch nur ein Gleichnis; denn alle Geschichte ist Abfall von der einzigen Wahrheit, der göttlichen Idee des reinen Geistes[70]).

So endete das romantische Geschichtsdenken dort, wo es begonnen hatte: im Überzeitlichen, Reingeistigen, das die empirischen Fakten vernachlässigt, das sich den Mythos, auch den biblischen, nur aneignet, um ihn als Symbol des Unendlichen seinem geschichtlichen Umkreis zu entfremden. Die empirische Wissenschaft konnte den Flug in die Spekulation nicht mitmachen; sie war gebunden an das Detail, dem die romantischen Philosophen den Sinn absprachen. Darum wandten sich die Historiker und Philologen, insbesondere die der neugegründeten Berliner Universität, wie von selbst jener anderen romantischen Richtung zu, die im Berlin der Befreiungskriege heimisch gewesen war; ohne wie sie die eigene Nation zu vergöttern, fanden sie doch gerade im Einzelnen, organisch Gewachsenen und Differenzierten der Geschichte die Pläne Gottes und das allgemeine Gesetz des Geistes.

Der Berliner Mediävist Friedrich von Raumer (1781–1873), der letzte und größte Historiker der romantischen Schule, glaubte 1821 dieses Gesetz der Differenzierung fast noch einmal wie Arndt im biblischen Mythos selbst zu finden. Die biblischen *Thatsachen oder Mythen*, etwa vom Turmbau zu Babel, sind zwar aus anderen Quellen weder zu bestätigen noch zu widerlegen; aber sind sie darum *anmaaßlich*? Sie haben doch ihre innere Wahrheit, die dem empfindsamen Betrachter unmittelbar einleuchtet. (Das hatte Stolberg gesehen, er hatte nur das Falsche empfunden:) Der *so oft falsch gedeutete Mythos* von Babel zeigt als Mythos *am schönsten, wie und woher Völker entstehen: nämlich keineswegs durch den Zorn Gottes über die Bildung, sondern jede fortschreitende umfassendere Bildung begründet Selbständigkeit und erfreuliche Trennungen, bei einer höheren Einheit.* Daß in Babel *ein zweiter Sündenfall* und ein *Gegensatz zum Pfingstfeste* vorliege, wollte Raumer *diesmal* nicht hervorheben. Der „Mann des milden Kompromisses" suchte in allem, in Ursprung und Fortschritt, in Romantik und Aufklärung, das Beste, als wäre die Weltgeschichte stets glücklich und harmonisch verlaufen. Bezeichnend ist doch, daß die Trennung mehr wiegt als die nur geistige, höhere Einheit[71]). Auch der Mediävist von Jena, der von Schelling berührte

[70]) Rezension von Rhode, Über den Anfang unserer Geschichte, in: Sämmtliche Werke (o. Anm. 37) Bd. 8, S. 246 ff. (Geist, Fiat); Philosophische Vorlesungen, insbesondere über Philosophie der Sprache und des Wortes Bd. 15, S. 58–70 (göttliche Ursprache, Kain); Philosophie der Geschichte Bd. 13, S. 38 f. (Wort und Natur), 43 ff. (Kain, Zerteilung), 172 ff. (Sprachenpyramide), 185 ff. (Völkertafel), 211 (Babel). Dazu FIESEL, Sprachphilosophie 1 ff., 49 f., 71 ff.; Friedrich KAINZ, Friedrich Schlegels Sprachphilosophie, in: Zeitschrift für deutsche Geisteswissenschaft 3 (1940) 263–282, hier S. 265 ff.; GOLLWITZER, Europabild 251 ff.

[71]) Vorlesungen über die alte Geschichte, Bd. 1, 2. Aufl., Leipzig 1847, S. 14, 21. Dazu Werner FRIEDRICH, Friedrich v. Raumer als Historiker und Politiker, Diss. phil. Leipzig 1929, S. 43 ff.; SRBIK, Geist Bd. 1, S. 225 f. („Mann des milden Kompromisses").

Heinrich Luden (1780–1847), meinte 1825 ähnlich wie Carus, alle Sprachen der Welt hätten einen inneren Zusammenhang und einen gemeinsamen Ursprung, nämlich den menschlichen Geist. Verwandte Sprachen, wie Deutsch und Persisch, deuten auf Geistesverwandtschaft hin, aber beileibe nicht auf gemeinsame Abstammung. Die höhere Einheit ist nicht historisch greifbar; in der Wirklichkeit besteht die Menschheit nur aus getrennten Völkern. Das Volk ist „die letzte und höchste Erscheinung, die letzte und höchste individuelle Gestalt der Menschheit"[72]). Herders und Jahns Volkstumsgedanke überlagerte Schellings Geistlehre.

Auch der Berliner Jurist Friedrich Karl von Savigny (1779–1861) war zwar Brentanos Schwager, aber kein Freund der universalistischen und zeitlosen Romantik. Der Begründer der Historischen Rechtsschule bemühte sich 1815 nicht um allgemeingeistige Spekulationen, sondern um historische Realitäten. Jedes Volk ist *eine nicht blos zufällige, sondern wesentliche und nothwendige, durch seine ganze Vorzeit begründete Individualität*; deshalb ist die Erfindung eines allgemeinen Rechtes für alle Völker ebenso nichtig wie *die einer allgemeinen Sprache, durch welche die wirklichen, lebenden Sprachen ersetzt werden sollten.* Allein das Getrennte ist lebendig[73]). Noch schroffer wandte sich Savignys Berliner Kollege Friedrich August Wolf (1759–1824), der die moderne Altertumswissenschaft grundlegte, gegen den *tollen Wunsch*, es möge keine Vielfalt der Sprachen und unter allen Völkern nur eine Sprache geben. Er würde, wenn zu verwirklichen, *die Entwickelung und Ausbildung der Seelenkräfte* empfindlich schädigen, denn in jeder Sprache wohnt die Seele eines Volkes; wer Fremdsprachen lernt, bereichert seine innere Bildung. Anfänglich mag es eine *erste oder Ursprache* gegeben haben, *eigentlich eine Mahlerei*, die sinnliche Empfindungen wiedergab. Aber da Organe und Empfindungen der Menschen ebenso verschieden sind wie ihre klimatischen Lebensräume, entwickelten sich die Sprachen schnell auseinander, zumal sie bald vom Sinneneindruck zur abstrakten Konstruktion übergingen. Wolf war Aufklärer genug, sich daran nicht zu stoßen; aber er lehrte wie die Romantiker, daß die Sprachen nur als getrennte wirklich und verehrungswürdig sind[74]).

Was bleibt aber von Raumers höherer Einheit, ja selbst von Wolfs Ursprache, wenn man die Quellen nüchtern mit der Methode Wolfs interpretiert und seziert? Wolfs Schüler und Savignys Lehrer, der Bonner Althistoriker

---

[72]) Geschichte des teutschen Volkes, Bd. 1, Gotha 1825, S. 18. Dazu Srbik, Geist Bd. 1, S. 222 ff. („letzte und höchste Erscheinung").

[73]) Rezension von Gönner, Über Gesetzgebung und Rechtswissenschaft in unserer Zeit, in: Vermischte Schriften, Bd. 5, Berlin 1850, S. 142. Dazu Paul Kluckhohn, Das Ideengut der deutschen Romantik, 3. Aufl., Tübingen 1953, S. 115 f.

[74]) Vorlesungen über die Alterthumswissenschaft, hg. Johann Daniel Gürtler, Bd. 1, Leipzig 1831, S. 48–55. Dazu Wach, Verstehen Bd. 1, S. 75.

Barthold Georg Niebuhr (1776–1831), beherrschte angeblich zwanzig Sprachen, wußte also, warum er 1829 schroff dozierte: *Ob die Völker ursprünglich verschiedenes Ursprunges, von verschiedenen Racen waren, oder ob ihre uranfängliche Gleichförmigkeit durch eine Reihe von Wundern in Gestalt und Sprache verändert worden ist, das sind keine Fragen für alte Geschichte . . . Ohne eine unmittelbare in das Einzelne gehende Offenbarung Gottes können wir darüber nicht ins Reine kommen: die Bücher der Genesis aber sind in dieser Beziehung nicht als Offenbarung zu betrachten.* Denn sie enthalten nur Mythen, sind also ebensowenig wie die römischen Ursprungssagen stichhaltig. Der kritisch zu sichtende Quellenbestand bestätigt die biblische Deutung nicht; in unseren ältesten Überlieferungen finden wir *je höher hinauf, desto mehr die Sprachen von einander getrennt, und die Völker von einander geschieden.* Die mythische Poesie stürzt zusammen, wenn der biblische und romantische Allgeist daraus vertrieben wird; nun muß die nüchterne Kritik aus beglaubigten Fakten neue Zusammenhänge stiften[75]). Die Glanzzeit der deutschen Geschichtsforschung kann beginnen; aber wird sie über der Detailuntersuchung nicht den Atem des Geistes verlieren? Sind die Völker nicht doch Gedanken Gottes?

Und sind die Sprachen nicht doch Ausdruck eines allgemeinen, mindestens des menschlichen Geistes? Sind nicht selbst ihre Formen historische Quellen, entweder (nach Schlegel) für einen gemeinsamen Bauplan oder (nach Anton) für eine gemeinsame Urgeschichte? Aber anderseits: sind sie nicht auch (nach Herder) jede für sich organisch gewachsene Eigenart? Und haben sie nicht (nach Schiller) jede verschieden Anteil an der Humanität des Individuums? Die Überfülle der Theorien und Anschauungen zusammengefaßt, die Epoche mit einer ebenso deutlichen wie tiefen Synthese gekrönt zu haben, ist das unsterbliche Verdienst Wilhelms von Humboldt (1767–1835), der die Berliner Universität ins Leben rief. Völker und Sprachen, Philosophie und Geschichte, Struktur und Entwicklung, Natur und Geist, Anschauung vom Ganzen und Forschung im Einzelnen verbanden sich bei Humboldt unter dem Goethischen Leitgedanken von der Individualität, die sich zur Totalität herausbildet.

Der junge Freund Schillers sah 1792 das Ideal noch in der Zukunft liegen. Das in Nationen und Sprachen aufgeteilte Menschengeschlecht und seine Weltgeschichte sind eine Einheit; aber in der Frühzeit trennten *gefährliche Mauern* die Stämme voneinander. Erst die christliche Religion hat sie niedergerissen und damit den *wahren Grund aller wahren Menschentugend, Menschenentwicklung und Menschenvereinigung* gelegt. Allerdings war die Wirkung des

[75]) Vorträge über alte Geschichte, an der Universität zu Bonn gehalten, hg. Marcus Niebuhr, Bd. 1, Berlin 1847, S. 7 f. Zu N.s Sprachkenntnissen Russell, Mezzofanti 73 f.; zu seinem Geschichtsdenken Franz Schnabel, Deutsche Geschichte im neunzehnten Jahrhundert, 4 Bände, 2.–3. Aufl., Freiburg i. Br. 1947–51, hier Bd. 3, S. 36 ff.; Srbik, Geist Bd. 1, S. 210 ff.

Christentums auf die Weltgeschichte keineswegs übernatürlich, denn diese Geschichte ist *eine natürliche Folge der Revolutionen der menschlichen Kraft*. Humboldt bezweifelte wohl, daß diese Kraft zur humanen Weltgestaltung bereits der Urzeit innewohnte; doch mochte er darüber 1812 nichts sagen, weil *wir von den Ursprachen und Urstämmen durch Klüfte getrennt sind, über die keine Überlieferung mehr hinüberhilft*. Die Bibel kann darüber keine Auskunft geben; aber der Plural *Ursprachen und Urstämme* läßt erraten, daß Humboldt sich Goethes und Schlegels Auffassung anschloß: Sprachen und Stämme waren anfänglich getrennt, vielleicht nicht so sehr, weil die Natur verschwenderisch ist, als weil der Mensch sich seine humane Welt selbst aufbaut. Sie ist, einmal ausgebildet, nicht weniger reich als die natürliche. Um 1801 heißt es, erst die Summe aller Sprachen ergebe die Fülle der menschlichen Individualität und des menschlichen Geistes (ein säkularisierter Gedanke des Nikolaus von Kues); in der sich ständig erneuernden Humanität schließt sich alles Getrennte zusammen. *Durch die Mannigfaltigkeit der Sprachen wächst unmittelbar für uns der Reichthum der Welt ...; es erweitert sich zugleich dadurch für uns der Umfang des menschlichen Daseyns*. Diese Mannigfaltigkeit hat nichts von der babylonischen Verwirrung an sich; denn sie ist nicht natürlich und wild erwachsen noch auch von Gottes Zorn erzwungen. Sie ist human geformt und kann nur darum den Menschen zur Humanität erziehen.

Nun ist aber Sprache, gerade wenn man sie wie Herder als Bild der Humanität ansieht, nicht Sache des Einzelmenschen, sondern der Nationen und der Geschichte. Humboldt erkannte dies um 1818 an. Lebensdauer und Schönheit einer Sprache hängen nicht allein von ihrer Form ab, sondern auch vom Material, *von der Fülle und Lebendigkeit der Empfindungsweise der Nationen, durch deren Brust und Lippen sie gegangen ist*. Aber dieses Herz der Sprache muß noch lebendig schlagen; Sprache ist keineswegs (im Stile Lichtenbergs) das Archiv früherer nationaler Erfahrungen, sie ist kein Erbe, das man durch Aufbewahrung bewahrt. Nichts Lebendiges ist feste Substanz, alles ist Energie; Geschichte verwirklicht sich nur in ihrer steten Erneuerung, als ergriffenes und verwandeltes Erbe. *Die längste Vergangenheit existirt nur noch in dem gegenwärtigen Moment*. Der beste Historiker ist der Staatsmann, der fruchtbarste Philologe ist der Dichter[76]).

Seit 1819 war Humboldt frei von seinen staatsmännischen Pflichten, frei für seine gelehrten Neigungen, und er erkannte unter Schellings Einfluß, daß

---

[76]) Gesammelte Schriften, hg. Albert LEITZMANN u. a., 17 Bände, Berlin 1903–36: Ideen zu einem Versuch, die Grenzen der Wirksamkeit des Staats zu bestimmen Bd. 1, S. 147 (Christentum), 238 (Revolutionen); Ankündigung einer Schrift über die Vaskische Sprache und Nation Bd. 3, S. 295 (Ursprachen und Urstämme); Fragmente der Monographie über die Basken Bd. 7, 2, S. 602 (Summe aller Sprachen, Reichtum der Welt); Betrachtungen über die bewegenden Ursachen in der Weltgeschichte Bd. 3, S. 362 (Nationen); Latium und Hellas oder Betrachtungen über das classische Alterthum S. 139 (Vergangenheit). Zum Geschichtsdenken Eduard SPRANGER, Wilhelm von Humboldt und die Humanitätsidee, 2. Aufl., Berlin 1928, S. 244 ff.

das individuell Humane und organisch Gegenwärtige zugleich ein ewig Geistiges ist; und nun schloß alles sich zusammen. Die Sprache ist größer als der Einzelmensch; sie dient weniger seiner autonomen Bildung, als daß sie ihn erschafft. Humboldt schrieb 1820: *Der Mensch ist nur Mensch durch Sprache*. Sie ist (wie bei Herder) das Menschliche im Menschen, aber eben darum nicht die Erfindung seines Verstandes und Bewußtseins; sie umgreift ihn ganz. Dann muß sie bei der Menschwerdung selbst, *mit Einem Schlage, unmittelbar in den Menschen gelegt* worden sein. Von wem und wie, darüber schweigt Humboldt, und wir sind ihm dafür dankbar, daß er das Geheimnis, das er fühlt, nicht spekulativ zerredet. Wie die Befähigung zum Sprechen, so geht auch der Besitz einer Sprache von einer höheren Individualität als der menschlichen aus; und sie wird von Humboldt (wie von Vives) klar benannt. Die Sprache ist *ein Werk der Nation und der Vorzeit*, also der Geschichte. Während aber der sprachbegabte Mensch überall und immer gleich geschaffen wird, sind die Nationen und die Zeiten verschieden; dies hat eine natürliche Ursache: die *unvermeidliche Zerstückelung und Verzweigung des Menschengeschlechts*. Sie trennte die Völker, wohl vom Ursprung an, voneinander; so entstanden (wie Monboddo glaubte) auch ihre Sprachen an verschiedenen Stellen der Erde, unabhängig voneinander. Was die Natur begann, hat die Geschichte fortgeführt; nun ist die Verschiedenheit der Sprachen *nicht eine von Schällen und Zeichen, sondern eine Verschiedenheit der Weltansichten selbst*. Es kann also, wie Humboldt 1821 sagte, gar keine Universalsprache geben; sie wäre *ein durchaus chimärisches Unternehmen*. Alle geschichtlichen Sprachen sind Nationalsprachen, und ihre Verschiedenheit ist real nicht aufzuheben. Dennoch gibt es (so 1822) eine ideale *Einheit der Verschiedenheit*, und sie liegt in der Individualität des Menschen selbst, die überall die gleiche ist. Man kann also ebensogut sagen, *daß das ganze Menschengeschlecht nur Eine Sprache, als daß jeder Mensch eine besondere besitzt* (und so sagte Carus dann). Der immergleiche, jedem Menschen eigene Geist der Sprache verbindet die sich wandelnden und geschiedenen Sprachen der Wirklichkeit miteinander. Die Trennung des idealen Geistes von der realen Geschichte ergibt erst die Harmonie des Menschlichen; sie ist (anders als bei Pascal) notwendig und zu keiner Zeit eingeführt oder aufgehoben worden; sie liegt allem Leben zugrunde.

Zwischen dem Individuellen, dem Nationalen und dem Kosmopolitischen besteht also kein Gegensatz; der Humanist Humboldt fand ihn 1827/29 auch in der Verschiedenheit der Sprachen nicht. *Gerade in ihrer völkertrennenden Eigenschaft vereinigt* die Sprache *durch das Wechselverständniß fremdartiger Rede die Verschiedenheit der Individualitäten, ohne ihnen Eintrag zu thun*. Erst aus der Distanz erwächst die sehende Liebe, die alle umfaßt und keinen verletzt. Die Sprachen und Nationen weichen voneinander ab; aber der Mensch ist überall eins mit dem Menschen, und jeder spricht. *Die Einheit der menschlichen Natur überhaupt beweist sich auch darin, daß Kinder jedes Volkes, vom Mutterschoosse in jedes fremde versetzt, ihr Sprachvermögen in dessen Sprache entwickeln.* Wenn das Vermögen sich zur Wirklichkeit entwickelt hat, muß es dann freilich (wie schon Paracelsus wußte) begrenzt bleiben auf das Weltbild einer Sprache; doch zwischen der allgemeinen Idealität und der besonderen Realität steht nicht (wie bei Böhme, Schelling und so vielen anderen) die geschichtliche Schuld von Babel. Beide Bereiche gehören seit jeher zur Struktur des Menschen; Humboldt zeigte es an den Traditionen von der Urzeit. Wir kennen keinen geschichtlichen Zeitpunkt, in dem die Menschheit nicht in Völker geschieden war; dennoch treffen wir an den verschiedensten Stellen der Erde alte Sagen, die das ganze Menschengeschlecht von einem einzigen Menschenpaar abstammen lassen. Aber gerade die Gleichförmigkeit dieser Sagen beweist, daß sie nicht auf einmaligen, geschichtlichen Erinnerungen beruhen, sondern auf der Gleichheit der menschlichen Vorstellungsweise, die überall zu denselben Mythen führt. Die romantische Mythologie Schellings ist also im Unrecht, wenn sie den Mythos für Historie hält; sie vermengt das Ideale mit dem Realen und bringt sich damit um die Einsicht, daß beide Bereiche in steter Wechselwirkung miteinander stehen.

Denn was die Mythen, insbesondere der Bibel, berichten, ist keineswegs so falsch, wie Niebuhr meinte. Humboldt hielt 1826 das Alte Testament für so heilig, daß er *dem Zweifel an der Wahrheit keinen Raum geben* wollte; nur enthält es keine Historie, sondern berichtet vom ewig Geistigen. Bei der Erzählung vom Babelturm vermochte Humboldt es wohl nicht zu entdecken; in der Apostelgeschichte fand er es 1823–24. Er liebte das Pfingstfest als *das Herabsteigen göttlicher Kraft auf menschliche Wesen*, bei dem sich *Göttliches und Menschliches* geistig mischen. Das hat aber nichts mit historischen Sprachen zu tun; das Zungenreden, wie es 1 Kor. 14 beschreibt, betrifft nicht die äußeren Sprachformen. *Der heilige Geist, das ist Gott selbst, legt dem Menschen die Wahrheit auf die Zunge, die er nicht mit seinem Verstande begreifen, oder doch nicht erfinden könnte.* Auch dies ist „Sprache", nämlich jene, die bei der Menschwerdung mit einem Schlage, unmittelbar in den Menschen gelegt wurde[77]).

---

[77]) Über das vergleichende Sprachstudium in Beziehung auf die verschiedenen Epochen der Sprachentwicklung, LEITZMANN (o. Anm. 76) Bd. 4, S. 14 f. (Mensch, mit Einem Schlage), 24, 27 (Nation und Vorzeit), 33 (Zerstückelung), 5 (Polygenese der Sprachen), 27 (Schälle, Weltansicht); Versuch einer Analyse der Mexicanischen Sprache S. 242 (chimärisch); Über den Nationalcharakter der Sprachen S. 420 f. (Einheit der Verschiedenheit); Über die Verschiedenheit des menschlichen Sprachbaues... Bd. 7, 1, S. 51 (Eine Sprache, besondere Sprache); Über die Verschiedenheiten des menschlichen Sprachbaues Bd. 6, 1, S. 117 (völkertrennend), 178 (Kinder jedes Volkes), 185 f. (alte Sagen). Briefe an eine Freundin, hg. Albert LEITZMANN, Bd. 1, Leipzig 1909: Nr. 68 vom 6. 12. 1826 S. 271 (Altes Testament); Nr. 22 vom 26. 5. 1823 S. 88 (Pfingstfest); Nr. 30 b vom 12. 1. 1824 S. 123–126 (Zungenreden).

Es ist jene Sprache, von der Humboldts letztes großes Werk seit 1830 sagte, sie sei *nicht ein Werk der Nationen, sondern eine ihnen durch ihr inneres Geschick zugefallene Gabe*; ihr Ursprung sei *gerade in dem Punkte ihrer eigentlichen Erzeugung unerklärbar*; sie sei eine *Arbeit des Geistes* und *göttlich frei*; sie sei kein abgeschlossenes und objektives Werk, sondern selbsttätige und kräftige Energie. Denn sie drängt zu immer neuer Verwirklichung in den Nationen, ja sie schafft die Nationen: *Der Begriff einer Nation muß vorzugsweise auf* die Sprache *gegründet werden*. Aber indem Sprache sich verwirklicht, wird sie geschichtlich determiniert; die Sprachen sind *gebunden und von den Nationen, welchen sie angehören, abhängig*, und da die Nationen *eine durch verschiedene Lagen bedingte Existenz* haben, sind auch die Sprachen verschieden. Jede Nation ist zwar ein Kosmos und umschließt *wohl alle Nüancen menschlicher Eigenthümlichkeit*; dennoch spiegelt eine jede die Welt anders, schafft sich eine jede ihren eigenen Geist. Und die Nationalsprachen sind dann bloß noch *die äußerliche Erscheinung des Geistes der Völker*. Alle uns bekannten Nationen und Sprachen sind geschichtlich begrenzt und bedingt, keine einzige ist ursprünglich zu nennen. Allerdings gibt es, in einem sehr abgeschwächten Sinn, Ur- und Muttersprachen, solche, die nicht mehr voneinander abzuleiten sind, aber das sind keine göttlich vollkommenen Ursprachen im Sinne des Novalis. Wohl kann man die Sprachen miteinander vergleichen, aber nicht um (wie Anton) eine imaginäre Urgeschichte zu rekonstruieren, auch nicht um (wie Schlegel) ihre gemeinsame Struktur ins System zu bringen, sondern lediglich, um den Grad ihrer geistigen Durchbildung abzuschätzen. Von diesem Standpunkt aus ist die funktional beste, gesetzmäßigste Sprache das Sanskrit, dem an innerer Konsequenz allenfalls das Chinesische zur Seite zu stellen ist; das Hebräische und die semitischen Idiome weichen *von der angemessensten Bahn der Geistesentwicklung* ab. Dieser Vergleich erhebt die im Realen unvergleichbaren Sprachen der Welt wieder in das Reich des Geistes, aus dem sie kamen; man erkennt, daß die Energie des Sprachgeistes zu Fortschritten treibt, aber sie vollziehen sich nur innerhalb der Einzelsprachen, nur im Getrennten und Konkreten. Um es abschließend mit Humboldts lapidaren Anfangsworten zu sagen: *Die Vertheilung des Menschengeschlechts in Völker und Völkerstämme und die Verschiedenheit seiner Sprachen und Mundarten hängen zwar unmittelbar mit einander zusammen, stehen aber auch in Verbindung und unter Abhängigkeit einer dritten, höheren Erscheinung, der Erzeugung menschlicher Geisteskraft in immer neuer und oft gesteigerter Gestaltung.*

Humboldt fand zwischen der unendlichen Bewegung der Sprachen und Völker und der Ruhe des grenzenlosen Geistes einen Ausgleich, der dem Romantischen ebenso wie dem Klassischen gerecht wird, der das Allgemeine mit dem Besonderen versöhnt, ohne die Idee zu unterdrücken, ohne das Detail zu unterschätzen. Der Forschung, besonders der Sprach- und Geschichtswissenschaft, wird Humboldt helfen, im Gestrüpp der Fakten den Leitfaden der Konzeption nicht zu verlieren. Das Wirkliche und Einzelne ist sinnvoll, ohne daß es mit dem Vernünftigen und Geistigen ganz eins würde[78]).

Aber wozu dieser Rest des Kantischen Veto? Hatte nicht schon Schelling damit aufgeräumt? Wenn sich in den geschichtlichen Erscheinungen der Geist äußert, muß er es sein, der sie sich schafft, um sich selbst zum Bewußtsein zu erheben; dann wird im Laufe der Geschichte die konkrete Realität zur absoluten Vernunft. Schellings Freund und Überwinder Georg Wilhelm Friedrich Hegel (1770–1831) krönte mit diesem Gedanken die Philosophie des deutschen Idealismus; die Alternativen der Epoche faßte er nicht wie Humboldt zusammen, er hob sie auf. Auf die Sprache achtete er dabei (wie Kant) erstaunlich beiläufig. Bereits um 1798 konfrontierte er, dem Freund Hölderlin nahe, die Reflexionssprache des Menschen mit der Offenbarungssprache Gottes, welche Wahrheit, reines Leben und unendlicher Geist sei. Nicht jene menschliche Rede, sondern diese göttliche Sprache setzt sich in der Weltgeschichte durch. Mit der Offenbarungssprache ist jedoch nicht das biblische Wort Gottes gemeint, ein zufälliger, äußerlicher Bericht von Ereignissen, die sich nicht in philosophische Wahrheiten übersetzen lassen. Schon daß die Bibel den ersten Ursprung mit göttlicher Klarheit umgibt, widerspricht dem Gesetz des Geistes, der erst allmählich, in steten Auseinandersetzungen, zu sich selbst findet. Eben deshalb, weil der Anfang noch dumpf und unentwickelt war, haben wir von der Urgeschichte *nur wenige dunkle Spuren*, zumal der Naturzustand sich bald dialektisch in Roheit auflöste und erst der dritte Schritt (man denkt an Creuzer) die Rückkehr zur zerstörten Vereinigung brachte. Aber auch dieser Dreitakt läßt sich am Alten Testament nicht ablesen; es bietet höchstens einige Beispiele für die gegensätzlich fortschreitende Entfaltung des Geistes. Noah unterwirft sich mit seinen Gedanken noch der Natur und ihrem Joch; darum baut er eine Arche. Nimrod setzt den Menschen frei und will die Natur bändigen; deshalb baut er gegen neue Wasserflut den Turm. Der Mensch beginnt sich von der Natur loszusagen und sich abzusondern, bald auch im auserwähl-

---

[78]) Über die Verschiedenheit des menschlichen Sprachbaues und ihren Einfluß auf die geistige Entwicklung des Menschengeschlechts, LEITZMANN (o. Anm. 76) Bd. 7, 1, S. 17 (kein Werk der Nationen), 39 (Ursprung unerklärbar), 171 (Begriff einer Nation), 252 (bedingte Existenz), 168 (Nüancen), 42 (äußerliche Erscheinung), 47 (keine Sprache ursprünglich), 209 f., 253 (Sanskrit), 274 (Chinesisch), 258 f. (Hebräisch), 13 (Die Verteilung des Menschengeschlechts). Zum Sprachdenken Rudolf HAYM, Wilhelm von Humboldt, Lebensbild und Charakteristik, Berlin 1856, S. 429 ff.; CASSIRER, Philosophie 98 ff.; WACH, Verstehen Bd. 1, S. 251 ff.; Otto Friedrich BOLLNOW, Wilhelm von Humboldts Sprachphilosophie, in: Zeitschrift für Deutsche Bildung 14 (1938) 102–112, hier S. 105 ff.; WEISGERBER, Muttersprache 107 ff.; Adolf BOHLEN, Die Sprachtheorie Wilhelm von Humboldts und der Bildungswert des Englischen, in: Sprache und Literatur Englands und Amerikas, hg. Carl August WEBER, Bd. 1, Tübingen 1952, S. 61–83, hier S. 61 ff.

ten Volk von anderen Völkern zu trennen. Aber ob aus dem Turmbau auch die Vielfalt der Sprachen und Völker folgte, das bedachte Hegel nicht; denn in dieser natürlichen Differenzierung liegt (anders als bei Kant) kein vernünftiger Sinn, noch kein Fortschritt des bewußten Geistes wie dann in der Staatsbildung.

In der *Sage vom babylonischen Thurmbau* fand Hegel diesen Fortschritt, auch später noch, als Berliner Professor seit 1818. Er verstand den Turm wiederum positiv, aber diesmal nicht als Antithese zur Natur, sondern als heiliges Symbol für die Vereinigung der Völker und für die heilige Eintracht der Menschen. Der Bau objektivierte die aufgelöste frühere Einheit des Menschlichen in einer Synthese und realisierte sogleich in einer neuen These die erweiterte Einigung der Völker. Er versuchte also die formlose, natürliche Differenzierung geistig zu ordnen und damit „aufzuheben". Teilweise gelang es: *Die Gesammtheit der damaligen Völker hat daran gearbeitet.* Daß die Völker dann doch davonzogen, liegt an der mangelhaften Symbolkraft eines jeden Bauwerkes; es kann nur darstellen, nicht stiften. Immerhin konnte Hegel am Turmbau sein Dreistadiengesetz darstellen; an Ursprung und Vielfalt der Sprachen und Völker konnte er es nicht. Er brauchte sie auch nicht zu beachten, weil er die Geschichte erst mit den schriftlichen Zeugnissen, also mit dem Bewußtwerden der Geschichte beginnen ließ und den Mythos von der Urzeit als dunkle Sage abtat. So ließ er (nach 1822) Niebuhrs Zurückhaltung fallen und mokierte sich offen über die frühere Ansicht der Theologen, *daß Gott mit Adam hebräisch gesprochen habe*, und über die neuen Thesen der Schelling und Schlegel, die an ein Urvolk von höchster Vollkommenheit und gottgeoffenbarter Weisheit glaubten; sie nähmen dafür zu Unrecht *die biblische Erzählung* in Anspruch. Zwar gab Hegel gerne (und ohne Schlegels Warnung zu hören) zu, nach der *großen Entdeckung* des Sanskrit und seines Zusammenhangs mit den europäischen Sprachen sei an *einer uranfänglichen Verwandtschaft* aller Menschen nicht mehr zu zweifeln. Doch schob er diese Ereignisse der dunklen Vorzeit zu und hielt sich ihrer weiteren Betrachtung enthoben, da *jenes so reiche, ja unermeßliche Werk der Zunahme von Familien zu Stämmen, der Stämme zu Völkern und deren durch diese Ausdehnung herbeigeführte Ausbreitung . . . ohne Geschichte sich nur zugetragen hat; noch mehr, daß die damit verbundene Verbreitung und Ausbildung des Reichs der Laute selbst stumm geblieben, lautlos und schleichend geschehen ist. Es ist ein Faktum der Monumente, daß die Sprachen im ungebildeten Zustande der Völker, die sie gesprochen, höchst ausgebildet worden sind.* Die Entwicklung der Sprache und der Sprachen *und das damit verbundene Konkretere der Völkerverbreitung, ihrer Abtrennung voneinander, Verwicklung, Wanderung bleibt in das Trübe einer stummen Vergangenheit eingehüllt.*

Noch immer wie bei Herder und Humboldt sind Sprache und Volk eng miteinander verbunden; aber beide sind trübe, ungebildet, geschichtslos; vor der

Entfaltung des freien Geistes begannen sie zu wuchern und sind nicht wert, daß der Philosoph sie betrachtet. Herder und die Romantiker hatten ganz recht, wenn sie die Entstehung der Sprachen und Völker in eine ferne, von der Geschichte getrennte Urzeit verlegten; aber wozu ihre geistreiche Verherrlichung des Ungeists? Indes, äußert sich der Geist denn nicht immer, auch heute, in der Sprache? Hegel teilte diese romantische Überzeugung durchaus; doch trennte er wiederum die historisch gewachsene oder poetisch empfundene von der geistigen Sprache. Sie war gemeint, als er 1809/11 sagte, die Sprache sei *die höchste Macht unter den Menschen.* Denn er sah die Namengebung als geistige Schöpfung und Besitzergreifung an; durch die Sprache bemächtigt sich der Geist der gesamten Welt. Er realisiert sie, indem er sie definiert. Und hier fiel Hegel 1805/06 die biblische Erzählung ein: *Adam gab allen Dingen einen Namen. Dies ist das Majestätsrecht und erste Besitzergreifung der ganzen Natur oder das Schaffen derselben aus dem Geiste.* Folgerichtig ist (wie bei Kant) die Sprache nichts weiter als der *Leib des Denkens* und das *Werk des Gedankens*; sie ist die *Tat der theoretischen Intelligenz.* Dem schöpferischen Geist ist sie sklavisch untertan; zwischen Gedanke und Sprache kann keine Differenz aufkommen. Was an der Sprache als organisches Eigenleben erscheint (und Fichte noch als notwendig erschien), ist in der Tat, wie die Romantiker wollen, ein Rudiment der Prähistorie; aber es wird den Triumph des absoluten Geistes in der Gegenwart nicht überleben. Auch Hegel faßte also wie Humboldt genial Klassisches und Romantisches zusammen, jedoch mehr ihre allgemeinen Prinzipien als ihre konkreten Anwendungen. Er verband die klassische Vernunft mit dem romantischen Geist, die klassische Freude an fortschreitender Vollendung mit der romantischen Scheidung zwischen Ursprung und Gegenwart, die klassische Verehrung der gesteigerten Humanität mit der romantischen Sehnsucht nach der bewegten Geschichte, die klassische Harmonie mit dem romantischen Schwelgen in Gegensätzen. Indem Hegel aus der lebendigen Fülle diese reinen Prinzipien destillierte und ihre komprimierte Formel, den absoluten Geist, eben dieser Fülle als ihre Quintessenz unterstellte, sprengte er die Epoche und gab ihren Kindern die Waffe gegen die Väter in die Hand[79]).

[79]) Der Geist des Christentums und sein Schicksal, in: Theologische Jugendschriften, hg. Herman NOHL, Tübingen 1907, S. 306 (Reflexions- und Offenbarungssprache), 243 ff. (Noah und Nimrod). Sämtliche Werke, hg. Hermann GLOCKNER, 26 Bände, Stuttgart 1927–39: Vorlesungen über die Aesthetik III, 1, 1 Bd. 13, S. 276 f. (Sage vom Turmbau). Die Vernunft in der Geschichte, hg. Johannes HOFFMEISTER (Philosophische Bibliothek 171a), 5. Aufl., Hamburg 1955, S. 158 f. (Adam, Urvolk), 163 (Sanskrit), 166 (Zunahme der Familien). Philosophische Propädeutik III, 2, 158 f., GLOCKNER Bd. 3, S. 210 f. (höchste Macht). Jenenser Realphilosophie II, hg. Johannes HOFFMEISTER (Philosophische Bibliothek 67), Leipzig 1931, S. 183 (Adams Majestätsrecht). System der Philosophie I, 2, 145, GLOCKNER Bd. 8, S. 328 (Leib des Denkens); I, Vorbegriff § 20 S. 74 f. (Werk des Gedankens). Die Vernunft in der Geschichte, HOFFMEISTER S. 166 (theoretische Intelligenz). Zum Sprachdenken

Hüten wir uns also, die ganze Deutsche Bewegung mit Hegels Augen zu sehen! Ihr Ablauf von Sturm und Drang über die Klassik zur Romantik gleicht allerdings einem Dreitakt von These, Antithese und Synthese: vom natürlichen Universum, das der genialische Mensch originell empfindet, über die kritische Beschränkung auf das menschlich Erkennbare, in der sich die humane Persönlichkeit statuarisch bildet, bis zum absoluten Geist, in dem das universale Genie sich die Welt progressiv erschafft. Dennoch faßte Hegels System die aus dem Herderschen Ursprung gegensätzlich entfalteten Meinungen der Zeit nur formal zusammen, und in handgreifliche Wirkung konnte er sie zunächst noch weniger übersetzen. Der Geist der Dichter und Denker überwältigte weder die geschichtliche Wirklichkeit noch die Wissenschaft von den Tatsachen; er zog sich bald von der Französischen Revolution wie von den Befreiungskriegen enttäuscht zurück und ließ schnell die Enzyklopädie wie die Details ermüdet hinter sich. Er schuf sich sein eigenes Reich der Imagination, in dem er Alleinherrscher war. Er unterwarf sich die ererbten Formen und Traditionen, Völker und Sprachen, Geschichte und Bibel, und verwandelte sie zum Gedicht und Gleichnis, zum Mythos, der poetisch belebt, kritisch zerlegt oder intuitiv vollzogen wurde, aber stets dem formenden Geist untertan blieb. Wer den Ursprung verehrte, trug ihn in sich; wer an Fortschritt glaubte, verkörperte ihn selbst; wer von Babel und Pfingsten las, verstand sich selber. Göttlich und heilig blieb nur das Menschliche, sei es die Nation und Muttersprache, sei es das Dichterwort und Individuum. Göttlicher Ursprung und geschichtliche Vielfalt zogen sich zusammen zur Entwicklung des Geistes. Im Reich der Träume wurden noch einmal Urvolk und Ursprache, babylonische Verwirrung und Völkerwanderung, Pfingstwunder und Sphärenharmonie zu eindrucksvollen Bildern; ob ihre dynamische Kraft imstande sein würde, das Reich der Fakten zu verändern?

*

Die Nachbarn Deutschlands ließen sich von der Deutschen Bewegung gerne mitreißen. Zunächst schien sie ja die Welt der Fakten zu bekräftigen, den Völkern ihre nationale Existenz, ihre historische Tradition und ihr religiöses Ver-

---

Heintel, Sprachphilosophie 471; Josef Derbolav, Hegel und die Sprache, Ein Beitrag zur Standortbestimmung der Sprachphilosophie im Systemdenken des Deutschen Idealismus, in: Sprache, Schlüssel zur Welt, Festschrift für Leo Weisgerber, hg. Helmut Gipper, Düsseldorf 1959, S. 56–86, hier S. 57 ff. Zur Bibelexegese Otto Kühler, Sinn, Bedeutung und Auslegung der heiligen Schrift in Hegels Philosophie (Studien und Bibliographien zur Gegenwartsphilosophie 8), Leipzig 1934, S. 40 ff., 85 ff., 91. Zum Geschichtsdenken Georg Lasson, Hegel als Geschichtsphilosoph (Philosophische Bibliothek 171e), Leipzig 1920, S. 36 ff.; Theodor Steinbüchel, Ranke und Hegel, in: Stadelmann, Geschichtsdenker 173–215, hier S. 209 ff.; Löwith, Heilsgeschehen 55 ff.; Gollwitzer, Europabild 262 ff.

trauen gegen die Verdächtigungen der rationalistischen und revolutionären Aufklärung Westeuropas zu bestätigen. Die Schweizer, zwischen Deutschland und Frankreich mitteninne, konnten leichter als die radikalen, ihr eidgenössisches Dasein unmittelbar bedrohenden Parolen der Französischen Revolution die deutschen Anregungen zu Originalität und Nationalgefühl mit dem ererbten Ideal der Humanität verbinden. Der Schaffhausener Historiker Johannes von Müller (1752–1809), ein Schüler Schlözers, schwankte zwar noch zwischen Weltbürgertum und Nationalstolz, zwischen Aufklärung und Romantik; doch die Revolution im Westen erschreckte ihn zutiefst als Ausbruch dämonischer Kräfte. Er konnte im Oktober 1789 nur hoffen, daß dieser *babylonische Turmbau, wobei die Sprachenverwirrung schon sehr stark eingerissen, am Ende doch noch eine Konsistenz bekomme*. Als dies geschah, schloß Müller sich dem Erben der Revolution, Napoleon, beruhigt an und sah Gottes Heilspläne sich wieder verwirklichen; seine Universalhistorie nahm ihren Ausgang von der mosaischen Völkertafel und *von dem uns biblisch bekannten Ursprung der Menschen*, als ob die Weltgeschichte auf die Dauer nicht die Hoffnungen der Ordnungsliebenden enttäuschen dürfe[80]).

Der von Rousseau angeregte, vom deutschen Idealismus geprägte Züricher Pädagoge Johann Heinrich Pestalozzi (1746–1827) sah freilich nicht mehr im ersten Ursprung die ganze Ordnung und widersetzte sich 1802 auch dem rationalistischen Zentralismus, den die napoleonische Besatzung Helvetiens einführen wollte: Die *babilonische Verirrung unserer caotischen Gemeinkraft* muß allerdings gemildert, aber nicht tyrannisch aufgehoben werden. Die natürlichen und gesellschaftlichen Zustände können nur durch sittliche Erziehung veredelt werden; man muß sie, wie der Freund Iselins glaubte, steigern, wenn man sie ändern will. Die Ursprünge weisen den Weg, sie sind aber kein Ziel. Die Sprache ist nicht von Gott gültig eingesetzt, darum sind ihre Worte auch in der Schule nicht einzupauken; Sprache ist *das große Kennzeichen der höhern Beschaffenheit unsrer Natur*, das *erste Erkenntnißmittel unsers Geschlechts* und soll

[80]) Brief Nr. 134 an F. H. Jacobi vom 9. 10. 1789, in: Briefe in Auswahl, hg. Edgar Bonjour, 2. Aufl., Basel 1954, S. 177 (Turmbau; Hinweis von Prof. Kurt von Raumer-Münster). Vier und zwanzig Bücher Allgemeiner Geschichten, besonders der Europäischen Menschheit, in: Sämmtliche Werke, hg. Johann Georg Müller, Bd. 1, Tübingen 1810, S. 26 (Völkertafel). Dazu Kurt von Raumer, Deutschland um 1800, Krise und Neugestaltung 1789–1815 (Handbuch der deutschen Geschichte III, 1), Konstanz 1959, S. 42 f.; Rudolf Vierhaus, Johannes von Müller, in: AKG 40 (1958) 263–269, hier S. 268 f. – Als *Symbol der zerrütteten Freymäurerey* und anderer *in den Deckmantel der Aufklärung* gehüllter *Schwärmer* stellte man den Babelturm 1787 in Basel dar (Der Erzzauberer Cagliostro, Die Dokumente über ihn, hg. Johannes von Guenther, München 1919, Tafel IX bei S. 168 und S. 506 f.; Minkowski, Turm 87 Bild 304). Das Babelgleichnis wurde 1790 auch vom Fürstabt Martin II. Gerbert von St. Blasien auf die französischen Revolutionsideen bezogen; Brief Nr. 161, in: Briefe und Akten, hg. Wolfgang Müller, Bd. 1, Karlsruhe 1957, S. 184.

es von dunklen Anschauungen zu deutlichen Begriffen führen, in der Weltgeschichte wie in der Erziehung des Kindes. *Die Natur brauchte Jahrtausende, unser Geschlecht zur vollendeten Sprachkunst zu erheben*; wir können es heute *in wenigen Monaten.* Doch müssen die Erzieher dabei dem Gang der Natur folgen und ausgehen von der Anschauung, von der *mit Mymik vereinigten Schallkraft*, die die Natur nachahmt. Erst danach erhalten einzelne Gegenstände besondere Namen, wie es in Gen. 2, 19 f. beschrieben ist. (Dort ist also nicht, wie Comenius annahm, der erste Ursprung der Sprache gemeint.) Die Weltgeschichte der Sprache verläuft (man denkt an Vives) nicht anders als die Erziehung des einzelnen Menschen, der seine natürliche Kraft fortschreitend besser erkennt, bildet und entfaltet; alles Babylonische ist nur frühe Wachstumsstörung, die sich beheben läßt. Weil der Mensch erziehbar ist und wenn er sich zu klassischer Humanität erziehen will, kann er der Herr nicht nur seiner Gedanken, sondern der Welt selbst werden[81]).

Zugleich muß er indes den natürlichen Kräften seiner Heimat treu bleiben; sie lehrt ihn am lebendigsten brave Menschlichkeit. Der Baseler, dann badische Geistliche und Mundartdichter Johann Peter Hebel (1760–1826) schätzte wie die Heidelberger Romantiker die bildende Macht des Volkstums und der Muttersprache. Er hielt es seit 1808 gar nicht mit den Polyglotten, die im französischen Heeresdienst das heimische Deutsch verleugnen; er hielt es lieber mit den arglosen Schwaben, die französische Schimpfwörter freundlich mißverstehen, auch wenn ihnen die Unkenntnis des Französischen Prügel einträgt. Der biedere deutsche Handwerksbursche versteht in Amsterdam das holländische Wort *Kannitverstan* nicht; aber wenn er verstanden hätte, daß man ihn nicht versteht, hätte er nicht seine tiefe Einsicht in das menschliche Leben mit nach Hause gebracht. Lebensweisheit bedarf der überwältigenden Eindrücke kaum, vielmehr des redlichen Ausdrucks; darum wird es dem Weltreisenden *heimlich in seinem Gemüth*, wenn er *seine Landessprache* wieder sprechen hört[82]). Gott ist mit dem reinen Gemüt, das sich vom Trubel der Historie nicht ablenken läßt und das in seiner heimatlichen Mundart, nicht allen verständlich, aber treu-

---

[81]) Sämtliche Werke, hg. Artur BUCHENAU – Eduard SPRANGER – Hans STETTBACHER, bisher 18 Bände, Berlin-Leipzig 1927–43: Bemerkungen über die für den Kanton Zürich bestimmte Verfassung Bd. 14, S. 576 (babilonische Verirrung); Wie Gertrud ihre Kinder lehrt Bd. 13, S. 315 (höhere Beschaffenheit), 205 (Erkenntnismittel), 315 (Jahrtausende, Monate), 265 ff. (dem Gang der Natur folgend), 255 ff. (Kind und Sprache). Dazu Friedrich DELEKAT, Johann Heinrich Pestalozzi, Der Mensch, der Philosoph und der Erzieher, 2. Aufl., Leipzig 1928, S. 262 ff.

[82]) Sämmtliche Werke, 8 Bände, Karlsruhe 1832–34: Erzählungen des Rheinländischen Hausfreundes, Der kann Deutsch Bd. 3, S. 54 f. (Muttersprache verleugnen); Mißverstand S. 5 (Schwaben und Franzosen); Kannitverstan S. 50 ff. (Handwerksbursche); Allgemeine Betrachtung über das Weltgebäude Bd. 8, S. 3 f. (Weltreisender); Biblische Erzählungen Bd. 4, S. 5 ff. enthalten nichts über Sprachschöpfung und -teilung.

herzig spricht. Die vielsprachige Schweiz fand das poetische Universum im kleinen, bodenständigen Kreise der kantonalen Republik.

Das Österreich Josephs II. fand es nirgends, vielleicht weil es noch der Aufklärung huldigte, vielleicht weil das nationale Erwachen der Völker und Sprachen die Donaumonarchie und ihre deutsche Amtssprache gefährdete. An die universale Vergangenheit konnte man darum so wenig wie an die gesonderte Zukunft glauben. Der Jesuit Karl Michaeler (1735–1804), nach der Aufhebung seines Ordens an der Wiener Bibliothek tätig, gab 1788 fast alle Traditionen der Sprachtheologie gleichmütig preis. Die göttliche Ursprache ist nicht mehr nachzuweisen, die Zahl der 72 Sprachen stimmt nicht, die Weltgeschichte der Sprachen läßt sich nicht rekonstruieren[83]). Michaeler schrieb das noch lateinisch, aber er wandte sich altgermanischen Sprachstudien zu. Nationale Erneuerung durfte freilich nicht geduldet werden. Als sich die Ungarn gegen das Österreich Josephs II. erhoben, empfand dies 1790 der Budapester Professor und Polizeispitzel Alois Hoffmann (1748–1806) als *Wirkungen des Geistes der Uneinigkeit; man schickt sich an den Thurm Babels zu bauen*[84]). Mit diesem Vergleich im Stile des Schweizers Müller war freilich der Eindruck der Französischen Revolution nicht zu verwischen; Hoffmann mußte aus Budapest fliehen. Konnte nicht die reine, natürliche Menschlichkeit allen Völkerzwist vergessen machen? Der holländische Baron und Wiener Bibliotheksdirektor Gottfried van Swieten (1734–1803) verwies auf die paradiesische Macht der stolzen Menschen, die, kaum geschaffen, (wie bei Milton) schon Sprache besaßen und sie (wie Dante und Stolberg wußten) dem Schöpfer wiedergaben: *Bald singt in lautem Ton ihr Mund des Schöpfers Lob*. Dieser Gesang mag allen Völkern verständlich und *keiner Zunge fremd* sein – die 1798 abgeschlossene Vertonung durch Swietens Freund Joseph Haydn (1732–1809) hat ihn allen Völkern verständlich gemacht –, aber das Paradies ist verloren[85]). Man wird es nicht in der Wiener Romantik, nicht im Befreiungskampf gegen Napoleon wiederfinden; man wird es im österreichischen Biedermeier gar nicht mehr suchen.

Die unter österreichischer Herrschaft stehenden Völker aber verstanden die Stimme Herders und der deutschen Romantik als einen Aufruf, sich ihre nationale Zukunft selbst zu gestalten, sich ihrer geschichtlichen Vergangenheit zu erinnern und ihre natürlichen Dialekte zu Schrift- und Kultursprachen zu erheben. Wenn die Nation von Gott gewollt ist, so muß sie das Prinzip irdischer

---

[83]) De origine linguae tum primaria, tum et speciali commentatio, Wien 1788, S. 270–279. Dazu RAUMER, Philologie 252.

[84]) Babel, Fragmente über die jetzigen politischen Angelegenheiten in Ungarn, gedruckt im Römischen Reiche, (Salzburg) 1790, S. 5 (Hinweis von Prof. Kurt von RAUMER-Münster).

[85]) Die Schöpfung Nr. 29 Aus Rosenwolken (des Schöpfers Lob); Nr. 13 Die Himmel erzählen (keiner Zunge fremd).

Ordnung und geistiger Entfaltung sein; man umkleidete sie mit einer nationalen Mythologie, in der das biblische Moment kaum hervortrat[86]). Denn man brauchte die Geschichte dabei hauptsächlich, um sich das Vergangene vom Halse zu schaffen. Als der evangelische Geistliche Ján Kollár (1793–1852) 1837 den romantischen Panslavismus begründete, griff er nicht auf die Völkertafel und den Turm von Babel zurück, sondern malte ein Idealbild der Zukunft. *Die zerstreuten slawischen Stämme* würden sich brüderlich zusammenschließen und endlich *ihre verschiedenen Mundarten als Eine Sprache* betrachten. Noch sei es nicht so weit, und deshalb müsse er, um bei allen Slaven gehört zu werden, seine Abhandlung ins Deutsche übersetzen. Der Lyriker hielt zwar seine slovakische Muttersprache für den *Mittelpunkt aller slawischen Dialekte*, wollte sie aber (wie Križanić die seinige) nicht zur einen Ur- und Himmelssprache machen, sondern alle slavischen Sprachen zusammenfassen, ohne sie zu unterdrücken, damit die 70 Millionen zählende slavische Nation ihre geschichtliche Sendung frei erfüllen könne. Ihre wunderbare Sprache, die alle Vorzüge anderer Idiome in sich vereint (Lomonosovs Gedanke), wird die Menschen dem Herderschen Ideal der reinen Humanität näherbringen; das traurige Erbe der Vergangenheit wird von wachsender Eintracht und Liebe der Menschheit überwunden werden[87]). Erst dann droht Babel nicht mehr, das Paradies liegt in der irdischen Zukunft, und der Mensch bereitet es sich selbst.

Ähnliche Zukunftshoffnungen hatten unter französischem Einfluß bereits im 18. Jahrhundert die russischen Aufklärer gehegt. Sie verloren ihre universalistische, französische Zuversicht im Krieg gegen Napoleon, als die antichristlichen „zwölf Heidenvölker" und ihre Heere mit verschiedenen Sprachen das heilige Rußland überfielen[88]). Mit der Absage an die französische Bildungssprache erwachte die Hoffnung auf die religiösen, wenigstens auf die nationalen Volkskräfte. Der Dichter und Historiker Nikolaj Michajlovič Karamzin (1766–1826) stand der westeuropäischen Bildung noch so nahe, daß er auf Lomonosovs

[86]) Ernst Birke, Herder und die Slawen, in: Schicksalswege deutscher Vergangenheit, Festschrift für Siegfried A. Kaehler, hg. Walther Hubatsch, Düsseldorf 1950, S. 81–102 (Herders Wirkung); Lemberg, Nationalismus 172 ff. (Vergangenheit); Theodor Schieder, Das Problem des Nationalismus in Osteuropa, in: Osteuropa und der deutsche Osten, Bd. I, 3, Köln-Braunsfeld 1956, S. 21 f. (nationale Mythologie).

[87]) Über die literarische Wechselseitigkeit zwischen den verschiedenen Stämmen und Mundarten der slawischen Nation, 2. Aufl., Leipzig 1844, S. 3 (eine Sprache), 11 (deutsche Übersetzung), 19 (Slovakisch), 60 ff. (Vorzüge des Slavischen). Dazu Kohn, Idee 749; Hans Kohn, Pan-Slavism, Its History and Ideology, Notre Dame 1953, S. 11 ff.

[88]) Aleksandr Sergeevič Puškin, Die Chronik des Dorfes Gorjuchina (Hinweis von Doz. Ulrich Busch-Münster); Lev Nikolaevič Tolstoj, Krieg und Frieden II, III, 2, übers. Werner Bergengruen, München 1958, S. 1075; Nikolaj Semenovič Leskov, Der Linkshänder, in: Der Weg aus dem Dunkel, Meistererzählungen, übers. Ruth Hanschmann (Sammlung Dieterich 142), Leipzig 1952, S. 146 erwähnen diese „Heidenvölker". S. o. S. 322 Anm. 108.

Weise das Russische neben und über Französisch und Englisch zu stellen suchte. Aber er bewies die Superiorität der Muttersprache nicht mehr wie Trediakovskij aus ihrer kirchenslavischen Vorzeit, sondern aus ihrer Kraft zu steter Erneuerung; denn die Sprache ist keine Erfindung von einzelnen oder Akademien, sondern (fast wie bei Vico) der Ausdruck lebendigen völkischen Geistes[89]).

Wirklich zum geistigen Leben erweckt wurde die russische Sprache erst durch den genialen Aleksandr Sergeevič Puškin (1799–1837). Er hat sich, zum Teil noch unter Karamzins Einfluß, mit der gesamten fremdsprachigen Bildung auseinandergesetzt, aber nur, um sie sich anzueignen und in russische Wirklichkeit zu verwandeln. Voller Ironie blickte er seit 1823 auf den heimatlosen, adligen Salonlöwen, der Französisch und Lateinisch lernt; er trägt elegante Kleider, für die das Russische gar keine Namen hat; auch sein Spleen ist besser im Englisch Byrons wiederzugeben. Seine Freunde wollen die Sprache der Philosophie bei den Deutschen, die der Liebe bei den Italienern lernen. Selbst die Russin schreibt ihre Liebesbriefe französisch und spricht das Russische nicht fehlerlos. Das holde, fehlerhafte Lallen ist zwar charmant; doch könnte die Muse die vertraute Göttersprache ungestraft vergessen und den fremden Laut karger Sprachen lieben lernen[90]). Freilich kommt es nicht auf Autonomie um jeden Preis an, sondern auf gültigen Ausdruck der Empfindung, und er ist vielleicht noch nicht im Russischen zu finden.

Ist Rußland denn schon seiner selbst bewußt geworden? Der vornehme Petr Jakovlevič Čaadaev (1794–1856) verneinte es seit 1829, unter dem Eindruck von Schellings Ideen. Der erste Mensch empfing alles, was er hatte, von Gott, auch die Sprache; aber er verlor die Fähigkeit, Gottes Stimme zu vernehmen, später zum Teil wieder, und nun ist sein Wort kraftlos, wenigstens in Rußland. In dem glücklicheren Westeuropa bewährt sich seit fünfzehnhundert Jahren die Einheit der christlichen Geistesgeschichte; so verschieden dort die Völker sind, sie reden alle nur in einer Sprache zu Gott und sind darum eins. Das orthodoxe Rußland jedoch hat zwar Geschichte, aber keine geistige Erfahrung und noch keine Stimme; es ist ausgeschlossen von der menschlichen Eintracht, vielleicht um dereinst der Welt eine große Lehre zu erteilen, vorerst aber noch abseits schlafend[91]). Kann seine Sprache überhaupt Leben erwecken? Der

---

[89]) Martel (o. S. 1464 Anm. 118) S. 101 ff.; Rudolf Bächtold, Karamzins Weg zur Geschichte, Diss. phil. Basel 1946, S. 81 ff.

[90]) Eugen Onegin, in: Ausgewählte Werke, übers. Johannes von Guenther, Bd. 2, Berlin 1949: I, 4 S. 12 (Französisch); I, 6 S. 13 (Latein); I, 26 S. 22 (Kleidung); I, 38 S. 28 (Spleen); II, 6–9 S. 40 ff. (Deutsch); I, 49 S. 32 (Italienisch); III, 26–31 S. 69 ff. (Russin); IX, 5 S. 190 (Göttersprache). Dazu Martel (o. S. 1464 Anm. 118) S. 124 ff.

[91]) Fünfter Philosophischer Brief, übers. Heinrich Falk SJ, Das Weltbild Peter J. Tschaadajews nach seinen acht „Philosophischen Briefen", Ein Beitrag zur russischen Geistesgeschichte des 19. Jahrhunderts (Veröffentlichungen des Osteuropa-Institutes München 9), München 1954, S. 119 (erster Mensch; dazu ebenda S. 75 f.). Erster

sprachenkundige Offizier Michail Jur'evič Lermontov (1814–1841) schilderte seit 1837 mit dem Weltschmerz Byrons das Dasein eines überflüssigen Menschen, den niemand versteht: Er liebt eine Tatarin, ohne ihre Sprache zu beherrschen; seine verzehrende Leidenschaft liegt jenseits aller Wortbedeutungen, und für manches ihrer Symptome kennt das biedere Russisch gar keinen Ausdruck[92]). Die adlige, sentimentale Dichtung wandte sich von der geschichtlichen Wirklichkeit ab und fand selbst im Reich der Träume keinen Halt; immerhin machte sie die russische Sprache geschmeidig für die Probleme der kommenden Generation, die das schlafende Rußland zu wecken begannen.

Auch Schweden löste sich in den unruhigen, verlustreichen Jahrzehnten des Dynastie- und Verfassungswechsels vom französischen Klassizismus und von der lutheranischen Orthodoxie. Eine letzte Verbindung beider versuchte 1796 der Orientalist von Lund, Matthias Norberg (1747–1826). Hebräisch sei die Ursprache Adams, von ihm stamme das Griechische Javans; Griechisch bilde mit Persisch und Schwedisch eine Familie, und vom Schwedischen kämen Deutsch, Dänisch und Englisch. So garantierte das Hebräische die Einheit aller Sprachen, das Griechische die Reinheit der europäischen Kultur[93]). Doch bereits Norbergs Schützling, der Dichter Esaias Tegnér (1782–1846), Gräzist in Lund, kümmerte sich wenig um die universale Urgeschichte der Sprachen. Wie die Helden seiner Dichtung einem altnordischen, „norränischen" Heldenlied den Vorzug vor einem „welschen", gälischen gaben, so pries Tegnér 1817 unter allen Sprachen am höchsten sein Schwedisch, die Sprache des Ruhms und der Helden, des Adels und der Männlichkeit. Vergleichbar schien ihm nur noch das Griechische, die olympische Muttersprache der Musen und Grazien. Alles Romanische fällt ab: Latein ist spröde und arm, Italienisch sangbar, doch dem Kastraten lieb, Spanisch überheblich, Französisch verlogen. So unmännlich die romanischen, so unschön sind die germanischen Idiome, das stotternde Englisch, für Dampfmaschinen geeignet, das derbe, phlegmatische Deutsch, das zwittrige Dänisch. Die heldische Sprache der Schweden allein wird, klassisch geformt, Kraft und Schönheit vereinen und, wie Schiller wollte, zugleich national und genial sein. Romantische Dunkelheit breitete sich freilich auch über Schweden; Tegnér empfand sie 1820 als babylonisch. Wissenschaft und Dichtung gleichen heute dem Babelturm; aus dem Tempel der Wahrheit ist ein schweres, barbarisches Bauwerk geworden, durch dessen enge Fensterhöhlen nur Finsternis hereinlugt und das, anstatt zum Himmel zu führen, auf Erden

---

Philosophischer Brief, übers. Dmitrij Tschižewskij – Dieter Groh, Europa und Rußland, Texte zum Problem des westeuropäischen und russischen Selbstverständnisses, Darmstadt 1959, S. 88 (eine Sprache), 80 (Ausnahmevolk).

[92]) Der Held unserer Zeit, übers. Fega Frisch, Herrliberg-Zürich 1945, S. 21, 34 f. (Tatarin), 128 f. (Leidenschaft).

[93]) Agrell, Studier 173 ff. zitiert aus der Handschrift.

Verwirrung stiftet. Daß etwa das Schwedische samt den übrigen Idiomen von diesem Turme ausgegangen sei, kam dem späteren Bischof von Vexiö nicht in den Sinn; auch daß das Pfingstfest sie alle geweiht habe, leuchtete ihm nicht ein. In seinem Pfingstgedicht von 1820 erglänzen bloß auf der Turmspitze der Dorfkirche die Sonnenstrahlen gleich feurigen Zungen, wie einst die Apostel sie sahen. Dem selbstherrlichen Individuum sind Babel und Pfingsten lediglich poetische Gleichnisse[94]).

Darf es sich dann aber an eine bestimmte Sprache klammern? Von Schelling und Novalis belehrt, leugnete es Tegnérs großer Gegner, der Pfarrerssohn Per Daniel Amadeus Atterbom (1790–1855). Der größte schwedische Romantiker, Dozent in Uppsala, träumte sich 1824 vielmehr hinüber auf die zeitlose Insel der Glückseligkeit; dort redet man eine Sprache, die jedermann versteht, als hätte er sie von der Wiege auf gehört, und auch den Sterblichen begreift jene glückliche Schar voll ewiger Jugend sogleich. Wer von dort wiederkehrt, findet freilich die Zeiten in seiner Heimat gewandelt, und seine Muttersprache ist längst zur altmodischen Mundart geworden. Doch in diese geschichtlichen, vergänglichen Räume gehört der träumende Mensch; er darf in der glücklichen Sphärenharmonie des reinen Geistes nicht verweilen und muß sich zu seinem Erbe bekennen. Die ideale, auch die religiöse Sphäre bleibt für immer von der nationalen getrennt[95]). So scheidet sich auch in Schweden wie in Rußland von der älteren nationalen die jüngere individualistische Romantik.

Umgekehrt in dem von England bedrängten Dänemark, das sich zwar vom aufgeklärten Deutschland freigemacht, jedoch früh dem romantischen angeschlossen hatte. Der wichtigste Vermittler, der Deutsch-Norweger Henrik Steffens (1773–1845), wollte sich weder völkisch noch sprachlich beschränken lassen, zog 1809 auch die Zeiten und Räume mit der Geste des Novalis zusammen; von der Zukunft erhoffte er *die Enträtselung der tief verborgensten Vorzeit.* Daß freilich nicht die ganze genialisch wirre Deutsche Bewegung die universale Wahrheit erfaßte, ging ihm 1814 auf. Die Zeit, da alle, Goethe, Fichte, Schelling, Novalis, sich vereinigt träumten, war schön, doch ruchlos, *ein geistiger Babelsthurm*, der in Sprachverwirrung unterging, wie er es verdiente. Hochmütig schien ihm indes nur die klassische, nicht die Schellingsche Position zu sein. Er empfand 1822 die Sprache als *die geheiligte Stätte der göttlichen Offenbarung*; menschliche Rede ist die *Einheit des in der tierischen Stimme Getrennten.*

---

[94]) Samlade skrifter, Nationalupplaga, hg. Fredrik Böök, Bd. 1, Stockholm 1923: Frithiofs saga XI, 24 S. 171 (nordisch, gälisch); Språken S. 466 ff. (Sprachenvergleich); Epilog vid magister-promotionen i Lund 1820 S. 535 f. (Babel); Nattvardsbarnen S. 54 (Pfingsten). Ich benutzte die Übersetzung von P. J. Willatzen.

[95]) Die Insel der Glückseligkeit, übers. H. Neus, 2 Bände, Leipzig 1833: II Bd. 1, S. 134 (Sprache auf den glückseligen Inseln); III Bd. 2, S. 79 (Wandlungen der Muttersprache); IV S. 192, 231 (altmodische Mundart).

Trotzdem haftet den geschiedenen Sprachen als *Natur-Erzeugnissen* noch das irdische Bedürfnis an und sie verhüllen das Höchste; doch in ihnen allen ruht *stumm und gefesselt eine heilige Sprache*, wie Schleiermacher lehrte; darum müßte die Wissenschaft einst alle Sprachen *in eine große Sprachorganisation vereinigt* anschauen können. Das Ideale grenzt sich also keineswegs national ein; gleichwohl liegt es allem Realen zugrunde. Es könnte in der Geschichte die natürliche Vielfalt zur geistigen Einheit läutern und könnte verwirklichen, was schon den verborgenen Ursprüngen innewohnte und was durch keine babylonische Verwirrung jemals betroffen wurde[96]).

Liegt aber dann die ideale Mitte der Weltgeschichte nicht in diesen heiligen Ursprüngen? Der von Schelling und Steffens gebildete Geistliche Nicolai Frederik Severin Grundtvig (1783–1872) verband 1833 um dieser Urzeit willen Christentum und altnordische Mythologie zu einem bizarren Totalbild, in dem nun historischer und nationaler Realismus den Ton angaben. Weil das lebendige Wort das größte Wunder und Geheimnis auf Erden ist, kann es nicht unsere eigene Schöpfung sein. Vertrauen wir also der höheren Weltkunde, die uns das biblische Wort vermittelt; glauben wir den Juden, den Stammvätern der Christen! Sie zuerst bewiesen die göttliche Kraft des gesprochenen Wortes; sie zeigten die Verwandtschaft des Menschen mit Gott und wunderbar die ursprüngliche Einheit des Menschlichen. Der moderne Historiker soll nicht klüger als Daniel sein wollen; er kann die vier Weltreiche noch finden, auch die drei Hauptvölker der patristischen Exegese: Die Hebräer sind das Kirchenvolk, die Griechen das Staatsvolk, die Römer das Kriegervolk. Darum muß man diese drei exemplarischen Sprachen lernen, um das gegenwärtige Leben zu begreifen; um des Lebens willen sollte man (in der Zeit der Befreiung Griechenlands) als moderne Gelehrtensprache die einzige noch lebende alte Sprache benutzen, das Neugriechische. Neben die drei alten Völker tritt jetzt als viertes Weltreich und Hauptvolk der Weltgeschichte das nordische mit seiner isländischen Sprache und Mythologie, an Frömmigkeit, Staatskunst und Manneskraft den klassischen gleich. Vielleicht wird künftig das Hebräische, die Sprache des Glaubens, noch einmal wie Lazarus aus dem Grabe erstehen; jetzt freilich findet der Dichter sein Dänisch vorzüglich und süß, allen weltgeschichtlichen

---

[96]) Vorlesungen über die Idee der Universitäten, in: Die Idee der deutschen Universität, Die fünf Grundschriften aus der Zeit ihrer Neubegründung durch klassischen Idealismus und romantischen Realismus, hg. Ernst ANRICH, Darmstadt 1956, S. 369 f. (Enträtselung). Brief vom 11. 9. 1814, in: Briefe an Ludwig Tieck, hg. Karl von HOLTEI, Bd. 4, Breslau 1864, S. 65 (Babelturm; dazu FIESEL, Sprachphilosophie 120). Anthropologie, hg. Hermann POPPELBAUM, Stuttgart 1922, S. 248 f. (Sprache und Offenbarung, Einheit des Getrennten, Sprachorganisation; ähnlich Christliche Religionsphilosophie, Bd. 1, Breslau 1839, S. 279 f., 308 ff.). Was ich erlebte, Aus der Erinnerung niedergeschrieben, Bd. 4, Breslau 1841, S. 298 (Sprachen als Naturerzeugnisse). Dazu MITCHELL, Literature 105 f.

Sprachen an mythischer Stärke ebenbürtig. Das nordische Volkschristentum wird die Weltgeschichte krönen; der mythische Weg von der Urzeit zur Zukunft wird noch immer, wie bei Steffens, nicht durch Babel und seine Folgen aufgehalten. Das Auserwählte, ob Individuum oder Nation, hat seinen Platz oberhalb der Geschichte; es verwirklicht sich nicht umständlich und unbewußt, inmitten von Zufällen durch die Hand Gottes gelenkt; es ist heilig und trägt seine ewige Macht in sich selbst[97]).

Das glaubte schon 1787 der feinsinnige, pantheisierende Philosoph Frans Hemsterhuis (1721–1790) aus Groningen, der in der niederländischen Literatur fast allein die romantische Geistesart vertrat. Er verherrlichte wie sein Vorbild Shaftesbury den schöpferischen Dichter, suchte seine göttliche Ursprache jedoch wie Rousseau bereits in der Urzeit. Sie war Poesie und brachte nur hervor, was starke innere Rührung zum Ausdruck trieb, mit dem Dargestellten vollkommen übereinstimmend. Diese Sprache der Götter ging im Schrecken der Sintflut (von dem Boulanger berichtete) den Menschen verloren; ohne sie kann unsere Wissenschaft nur wenige Fortschritte machen. Erst im künftigen Goldenen Zeitalter wird sich der Ring schließen, wird alles Schöne wiederkehren. So nahe Hemsterhuis mit seiner Verteidigung des Gefühls einem Jacobi kam, so fern blieb er Jacobis religiösem Realismus; die Heilsgeschichte hindert (wie bei Spinoza) eher die Entfaltung der reinen Poesie, als daß sie den Menschen förderte[98]). Überall also rings um Deutschland ließ man sich gerne sagen, daß das Ursprüngliche sich künftig verkörpern werde, daß es im originellen Genie oder in der organischen Nation schon jetzt lebe; aber politische Weltgeschichte und biblische Heilsgeschichte sind nun nahezu die Widersacher des Ewigen im Menschen geworden. Ihre vielschichtigen Erfahrungen sind nur noch ephemere Gleichnisse für den poetischen Geist, der die reine und ganze Wahrheit in sich selber trägt.

In England hatten Dichter und Ästheten seit Edmund Burke von der praktischen Erfahrung zur poetischen Empfindung, von der Herrschaft der Vernunft zum Glauben an die nationale Geschichte gefunden. Zwar drohte die Französische Revolution, von Burke bitter bekämpft, alles Organische zu zerstören; auch schufen sich nun die amerikanischen Kolonien revolutionär ihren neuen Staat. Doch dafür wuchsen dem britischen Reich jetzt die Schätze Ost-

---

[97]) Schriften zur Volkserziehung und Volkheit, übers. Johannes TIEDJE, 2 Bände, Jena 1927, hier Bd. 2, S. 151 f. (lebendiges Wort), 156 (Juden und Christen), 143 (Weltreiche), 149 (Hauptvölker), 21 ff. (Hauptsprachen), 69 (Griechisch und Nordisch), 52 (Hebräisch in der Zukunft); Bd. 1, S. 29 f. (Dänisch). Dazu Edvard LEHMANN, Grundtvig, Tübingen 1932, S. 125 ff.; MITCHELL, Literature 126 ff.

[98]) Alexis, ou de l'âge d'or, in: Oeuvres philosophiques, hg. Louis Susan Pedro MEYBOOM, Bd. 2, Leeuwarden 1846, S. 174 f., 177, 183. Dazu Ferdinand BULLE, Franziskus Hemsterhuis und der deutsche Irrationalismus des 18. Jahrhunderts, Jena 1911, S. 71 ff.

indiens zu, und seine irenische Weisheit schien den romantischen Genies recht zu geben; seine Sprache bestärkte sie. Der britische Oberrichter in Bengalen, Sir William Jones (1746–1794), gab am 2. Februar 1786 die (von Sassetti schon zweihundert Jahre vorher entdeckte) Verwandtschaft des Sanskrit mit den europäischen Sprachen bekannt. Die Sprache der Hindus ist zudem vollkommener als das Griechische, reichhaltiger als das Lateinische. Da sie ein so vollendetes Kunstwerk ist, kann sie aber (nach Burke und Monboddo) nicht ursprünglich sein; sie wird mit Griechisch, Lateinisch, Gotisch, Keltisch, Altpersisch auf eine gemeinsame, wohl verschüttete Quelle zurückgehen. Doch kann auch sie noch nicht den ersten Ursprung bezeichnen; denn Jones suchte ihn wie Kames noch 1792 in der Bibel. Linné hatte wohl recht, daß die Menschheit aus einem einzigen Paar entstand, und zwar vermutlich in Iran; denn dort finden sich noch Reste der drei *primitive languages* und Hauptvölker, und dorthin weist auch die Erzählung vom Turm zu Babel. Allerdings wurde dieser Bau nicht von allen Menschen, nur *by a particular colony* unternommen und scheiterte an technischer Unzulänglichkeit. Doch zeigt der Mythos noch die Trennung der Menschheit in drei große Gruppen an: die Tataren, welche zu Japhet gehören; die Araber (mit Juden, Assyrern und Abessiniern), die Semiten sind; die Inder (nebst Persern, Römern, Griechen, Goten und Ägyptern), sie sind Kinder Chams. Ob sich Jones die Engländer (trotz ihrer „hamitischen" Sprache) als Tataren oder Semiten dachte, um ihre indische Herrschaft durch Gen. 9, 25–27 zu beglaubigen? Jedenfalls hinderten ihn Bibelglaube und Britenstolz daran, im heidnischen und kolonialen Indien die Ursprache der Menschheit zu suchen. Die Entdeckung des Sanskrit brachte also keineswegs, wie ein moderner englischer Sprachforscher sagt, den Turm von Babel zum Einsturz, wenigstens zunächst nicht[99]).

Sie beflügelte vielmehr die Poeten, ihr Reich der Phantasie ins Unermeßliche auszudehnen und im Exotischen und Urtümlichen nicht nur die ewige Wahrheit, sondern auch den Ruhm Britanniens zu finden. Der mystische Träumer William Blake (1757–1827), der die englische Romantik einleitete, faßte zu diesem Ziel in seinen bizarren Visionen biblische und keltische Mythologie zusammen. Nicht nur, daß er 1793 wie Spenser den Trojaner Brutus und den Riesen Gogmagog auf den Klippen Albions erscheinen ließ; Adam selbst war wie Noah ein keltischer Druide. Denn hinter aller Verschiedenheit der Geschichte erspürt der Künstler, der in Eden selber wohnt und Gewalt über alles Vergangene hat, den einen Ursprung, *one language and one religion*; für den träu-

[99]) The Works, hg. Anna Maria Jones, Bd. 1, London 1799: The Third Anniversary Discourse on the Hindu's S. 26 (Sanskrit); On the Origin and Families of Nations S. 129–137 (Hauptvölker, Babel). Dazu Fück, Arabische Studien 129 ff.; Bonfante, Ideas 695 f.; irrig über Sanskrit und den Babelturm Bodmer, Sprachen 165 f.

menden Briten kann dieser poetische Ursprung des Universums nur ein englischer sein. Blake machte 1804 den Riesen Albion, den Patriarchen des atlantischen Kontinents, zum Vater aller Druiden, selbst Adams, und zum Herrn des heiligen Jerusalem. England also ist das Stammland der Juden und die Wiege der einen, wahren Menschheitsreligion und ihrer einen, reinen Sprache. Erst Babel, die große Gegnerin Jerusalems, verschuldete boshaft Abfall und Verwirrung durch ihren Stolz, der den Menschen zum Himmel heben wollte; und doch endet *Babel with thousand tongues* in Verwirrung und Scham, und seine Türme sind das Unglück der Nationen und der Menschen. Ruchlos begehrt Babel gegen das fromme Albion auf; aber die Herrschaft des Guten reicht schon bis zu *Nimrod's Tower* in Asien (ob Blake dabei an Indien dachte?), und endlich wird London-Jerusalem die Zuflucht der 32 Nationen, aller Völker und Sprachen der viergeteilten Welt. Dann wird das ewige Reich auch irdische Realität[100]).

Das blieb freilich die Spekulation eines kirchenfeindlichen Außenseiters, der keine irdische Autorität anerkannte. Der Wortführer der englischen Romantik, der Pfarrerssohn Samuel Taylor Coleridge (1772–1834) hielt sich strenger an die Bibel. Doch schied er, von Kant und Eichhorn angeregt, scharf zwischen ihrem Buchstaben und ihrem Geist, zwischen Erscheinung und übersinnlicher Bedeutung. So kam es ihm 1798 nicht in den Sinn, Mythos und Realität, Jerusalem und London unmittelbar zu verbinden. Der unermeßliche Geist Gottes ist es, der eine *eternal language* spricht; sie verdinglicht sich nie und hat sich nur einmal verkörpert, als nämlich Gott Adam die Sprache und das Alphabet, mit seinen symbolischen Geheimbedeutungen, lehrte. Der Dichter vermag diese Symbole wohl zu entschlüsseln, aber sie werden nicht auf die mittelalterliche Weise konkret. In der mönchischen Stadt Köln zählte Coleridge 1828 schaudernd nur 72 verschiedene Arten von Gestank. Daß England und Amerika die gleiche Sprache besitzen, empfand er 1829 wohl als *heaven-sanctioned tie*, vielleicht, weil die Vorsehung die natürliche Differenzierung der Sprachen hier hintangehalten hat; doch ihre Allmacht erlebte er lieber im Opiumrausch als in der Geschichte der Völker und Sprachen[101]).

[100]) The Complete Writings, hg. Geoffrey Keynes, London 1957: Poetical Sketches, King Edward the Third 6, 1 ff. S. 31 ff.; Subjects for the History of England S. 208 (Trojaner); A Descriptive Catalogue of Pictures S. 578 f. (Adam als Druide, Albion und der Atlantik, eine Sprache); Jerusalem I, 27 S. 649 (Albion Vater Adams und Herr Jerusalems, England und die Juden); Then she bore pale desire S. 41 (thousand tongues); Jerusalem I, 24 S. 647 (Babels Türme); I, 7 S. 625 (Babel gegen Albion); III, 60 S. 692 (Nimrod); III, 72 S. 712 (London und die Nationen). Dazu John Gordon Davies, The Theology of William Blake, Oxford 1948, S. 95 ff.

[101]) The Complete Poetical Works, hg. Ernest Hartley Coleridge, Bd. 1, Oxford 1912: Frost at Midnight v. 59 ff. S. 242 (ewige Sprache, Adams Sprache; zum Geheimalphabet John B. Beer, Coleridge the Visionary, London 1959, S. 208 f.); Cologne v. 4 S. 477 (72 Arten von Gestank); Lines written in Commonplace Book of Miss Barbour v. 4 f. S. 483 (England und Amerika).

Viel erdnäher blieb Coleridges Freund William Wordsworth (1770–1850). Auch er träumte 1805 von einer höheren, schweigenden Himmelssprache, die alles irdisch Getrennte überwände; aber er wußte schon 1800, daß der Dichter als Individuum und Angehöriger einer Sprachgemeinschaft stets *a particular language* gebrauchen und damit von der *real language of nature* abweichen muß. Die himmlische Einheit der Sprache ist demnach natürlich, die irdische Vielfalt der Idiome geschichtlich; der Dichter der Naturschönheit und der Erinnerung wußte sich beiden Bereichen verpflichtet. Wordsworth hatte zwar begeistert den Idealen der Französischen Revolution angehangen; doch daß sie in der Geschichte selbst das Ideal der absoluten Einheit verwirklichen wollte, schien ihm 1805 sündhaft. Er betrachtete (ähnlich wie Arndt) Napoleons Herrschaft nach der Sintflut der Revolution als *Babel-like*, als Bau eines Turmes für persönliche Sicherheit, der den vielen Völkern und Sprachen ihre Eigenart nicht lassen wolle. Noch in seiner konservativen Spätzeit sah er 1827 im Turmbau das Symbol der alten und noch immer gewaltigen Despotie, von der die Nationen sich befreien müssen[102]). Der mit Coleridge und Wordsworth befreundete Dichter Robert Southey (1774–1843) ließ sich vollends in zahlreichen historischen und biographischen Werken auf das Detail der Geschichte ein; sinnvoll erschien sie auch ihm nur in der nationalen Begrenzung. Er beschrieb 1816 eine Traumreise des Poeten zum Schlachtfeld von Waterloo, wo ihm Französisch, Flämisch, Englisch wie ein *Babel sound* verwirrt entgegenklingen; die Walstatt ist mit Menschen aller Sprachen übersät, und überragt wird sie von einem gewaltigen Turm, ähnlich jenem, den *old Ambition* einst in Babel baute. Auf seinen Zinnen lehrt ein Materialist die trostlose Weisheit von Napoleons vergeblicher Tyrannei, vom Unsinn der Geschichte[103]).

Doch trifft das Verdikt nicht das fromme England, wenn es sich nur vor falschem Universalismus, vor den Träumen Blakes hütet. Der Jurist und Altertumsfreund Sharon Turner (1768–1847) spottete 1799, die Engländer hätten einst das späte Auftreten der Sachsen in der Weltgeschichte für ein nationales Unglück gehalten und deshalb ihre Ahnenreihe bis zu Gomer, Magog, Aschkenaz, Sem, Strephius oder zu den Trojanern verlängert; Turner fand reichlich

---

[102]) The Poetical Works, hg. Ernest de Selincourt – Helen Darbishire, 5 Bände, Oxford 1940–49: Preface to the Second Edition of Lyrical Ballads Bd. 2, S. 397 (besondere und natürliche Sprache). The Prelude, hg. Ernest de Selincourt, London 1949: XII, 270 ff. S. 225 (himmlische Einheit); X, 619 S. 194 (Napoleon). Poems Dedicated to National Independence and Liberty II, 6, Selincourt-Darbishire Bd. 3, S. 127 f. (Symbol der Despotie).

[103]) The Poet's Pilgrimage, in: Poems, hg. Maurice Henry Fitzgerald, London 1909: I, 1, 157 S. 704 (Babel sound); II, 1, 30 ff. S. 720 f. (Babelturm). Dazu Geoffrey Carnall, Robert Southey and His Age, The Development of a Conservative Mind, Oxford 1960, S. 209 ff.

Ersatz im Studium der altenglischen Literatur[104]). Für die mittelalterliche Geschichte seiner schottischen Heimat begeisterte sich 1810 Walter Scott (1771–1832) in einer Coleridge nachempfundenen Verserzählung. Jener Turm, den menschlicher Hochmut in Sinear baute, steht im schottischen Bergland auch, aber als Bollwerk der Natur, als inselgleich ragende Felsenpyramide, gewaltig, doch unschuldig wie das Hochlandmädchen, in dessen Mundart alle Silberglocken klingen und das trotzdem, aus reinem Haß gegen den bösen Landsmann, auch in die Fremde ziehen würde, wo nie ein schottisches Wort zu hören ist[105]). Natur und Geschichte, göttlicher Segen und menschliche Größe vereinen sich in der Heimat.

Aber muß man das drückende Erbe der Geschichte verwalten, um ein britischer Patriot zu sein? Der große Gegner Coleridges, Jeremy Bentham (1748–1832), verachtete das langsam Gewachsene; denn alle Überlieferung, auch die unserer Sprachen, stammt aus Zeiten der Unreife und muß (wie Bacon lehrte) verbessert werden, um nützlich zu sein und glücklich zu machen. Die *original language* z. B. war tierisch impulsiv; durch Analyse hat sie sich entwickelt, und weil die Zeichen willkürlich eingesetzt wurden, sind die Sprachen verschieden. Daran ist niemand schuld; nicht darum kann man eine Muttersprache besonders lieben. Die grundlegenden Ideen sind in allen Sprachen einander gleich, und deshalb darf man auf eine künftige Universalsprache hoffen. Man braucht sie aber nicht künstlich zu konstruieren; man nehme die beste, das heißt die einfachste und reichste Sprache auf Erden – und das ist eben Englisch (Helvétius hatte es geahnt, Priestley nicht geglaubt). Aus dem Englischen spricht der gesunde Menschenverstand, keine mysteriöse Begnadung; so ist es geeignet, der künftigen Welt Recht und Gesetz zu geben, und was vermag eine Sprache Höheres? Man lasse Gott und die Geschichte aus dem Spiel und trachte nach Verträglichkeit, wie Hume es wollte[106]). Das ist die wahre Vaterlandsliebe.

Das ließen sich die Romantiker nicht gerne sagen. Wordsworths und Southeys Freund Thomas De Quincey (1785–1859) meinte, wer eine reiche Sprache besitze, sei an diesem Schatz unschuldig, denn Sprachen würden nicht erfunden und verbessert, sie wüchsen (wie Burke es sah) instinktiv empor, jede in ihrer eigenen Art; und die kraftvollsten seien gerade nicht die verständigsten,

---

[104]) The History of the Anglo-Saxons, Bd. 1, London 1799, S. 6 ff. – Ähnlich Isaac Disraeli (1766–1848), Amenities of Literature, hg. Benjamin Disraeli, London o. J., S. 1 ff., 4 f., 111 ff.

[105]) The Lady of the Lake, in: The Poetical Works, hg. James Logie Robertson, Oxford 1909: I, 11 S. 210 (Babelturm); I, 18 S. 212 (Hochland-Mundart); II, 13 S. 221 (Fremde).

[106]) The Works, hg. John Bowring, Bd. 8, Edinburgh 1843: Essay on Language S. 322 f. (Ursprache); Chrestomathia, Appendix IX S. 185 f.; Fragments on Universal Grammar S. 342 (Universalsprache). Dazu Hayes, Evolution 127 f.; Raumer, Friede 116 ff.

sondern die „barbarischen“, urtümlichen wie die keltischen. Freilich glaubte auch De Quincey 1823 nicht, daß *this Babel of an earth* mit seinen dreitausend Sprachen und Jargons weiterwuchern werde. Schon die nächsten zwei Jahrhunderte werden bloß noch vier Hauptsprachen übriglassen: Englisch, Spanisch, Portugiesisch, Russisch. Schließlich wird es (so 1839) die Bestimmung *(destiny)* des Englischen sein, alle anderen Sprachen *like Aaron's rod* zu verschlingen; denn die Engländer sind das gottgesandte Volk[107]). Die Heilsgeschichte Englands wird erst in der Zukunft gipfeln; doch dann wird sich alles Erträumte verwirklichen. Darin waren sich alle Zeitgenossen einig – oder doch nicht alle?

George Gordon Lord Byron (1788–1824) war 1816 aus England verjagt worden, weil er das Leben des maßlosen, zerrissenen romantischen Individuums führte und weder den christlichen Gott noch die englischen Götzen achtete. Der von Southey als Haupt der satanischen Schule Geschmähte wagte es in Venedig 1821, halb schaudernd, halb sehnsüchtig die riesenhaften Präadamiten zu beschwören. Sie gehören der verdammten Welt Luzifers an, nicht der lichten, die aus Gottes Wort entstand. Aber sie waren groß und wagten es, nicht nur nachzusprechen, was Gott ihnen vorsagte, so wie Kain, der Gott kühn vielerlei Namen gab. Wie schwach und entartet sind die Späteren! Sind sie denn glücklicher? Sie machen das groß, was sie klein machen wird; sie sprechen vom Himmel mit volltönenden Worten, als besäßen sie ihn; sie bauen sich große Häuser, die doch nur große Gräber sind.

Methinks the story of the tower of Babel
Might teach them this much better than I'm able.

Der biblische Mythos ist sprachgewaltiger als der Dichter. Noch immer wie in Babel zerstört der Mensch sich selbst; vom Göttlichen trennt ihn der Sündenfall, doch selbst zum Teuflischen fehlt ihm die Größe[108]).

Den Freund begütigte 1819 Percy Bysshe Shelley (1792–1822), gleich ihm „wegen Irreligiosität und Unmoral“ ins italienische Exil verbannt. Es bleibt die ideale Freiheit, mit welcher der Dichter die Menschheit versöhnt. Es bleibt in uns die Kraft des Prometheus:

---

[107]) The Collected Writings, hg. David MASSON, 14 Bände, Edinburgh 1889–90: The English Language Bd. 14, S. 156 ff. (instinktives Wachstum); Language Bd. 10, S. 247 ff. (barbarische Sprachen); Letters to a Young Man S. 33 (Babel); Literary and Lake Reminiscences Bd. 2, S. 251 (Bestimmung des Englischen). Dazu Ernst Theodor SEHRT, Geschichtliches und religiöses Denken bei Thomas De Quincey, Diss. phil. Breslau 1936, S. 20, 33 ff.

[108]) The Works, Poetry, hg. Ernest Hartley COLERIDGE, 7 Bände, London 1903–05: Cain II, 2 Bd. 5, S. 241 f. (Präadamiten); I, 1 S. 213 (Gottes Schöpferwort); II, 1 S. 233 (nicht nur Gottes Worte nachsprechen); III, 1 S. 262, 265 (Kains Namengebung); Don Juan V, 59 Bd. 6, S. 235 (Babelturm). Dazu George M. RIDENOUR, The Style of ‚Don Juan‘ (Yale Studies in English 144), New Haven 1960, S. 21 ff.

He gave man speech, and speech created thought,
Which is the measure of the universe.

Die Geschichte hat viel zertrümmert; davon zeugen die Ruinen, die *fallen towers of Babylon.* Aber die heilige Poesie ist wie bei Spenser unzerstört und stiftet unter der zerrissenen, geteilten Menschheit Frieden[109]). Schönheit und Liebe vereinen alles Gespaltene; Shelleys Freund John Keats (1795–1821) empfand 1820, bevor er in Rom starb, nicht die Fremdsprache, nur die lieblose Rede einer herzlosen Fee als *language strange*[110]).

So blieb von aller Rebellion die heilige Macht der Sprache und des Geistes fast unversehrt; wie die patriotischen Romantiker auf eine englische, so hofften die individualistischen meist auf eine universale Zukunft. Daß sie nahe sei, predigte seit 1830 die „Katholisch-Apostolische Gemeinde" in London, um Edward Irving (1792–1834). Da Christus bald wiederkehren werde, wollte sie die Kirchen der Welt pfingstlich um die Apostel versammeln und begann in Zungen zu reden; es klang wie Hebräisch, wie Türkisch und Chinesisch, Französisch und Lateinisch, Italienisch und Spanisch[111]). So reihten sich selbst die Sektierer in den romantischen Zirkel ein, wie die Engländer im ganzen der europäischen Romantik folgten. Auch sie suchten in der organischen Vergangenheit der Nation oder in der Zukunft des genialen Individuums die Befreiung von der begrenzten Wirklichkeit und der verpflichtenden Tradition. Wie alle Sprache ist auch das biblische Wort Gottes nur wahr, weil es ein Gleichnis, ein Mythos ist.

*

Mit ganz anderer Zuversicht als die englischen Vettern machten sich die Väter der Vereinigten Staaten von Nordamerika daran, aus der Bibel und der Vergangenheit ihrer Neuen Welt eine unbegrenzte Zukunft herauszulesen und sie sogleich zu verwirklichen. Die geschichtliche Tradition birgt ein Versprechen; die Sprache, die es enthüllt und doktrinär verkündet, erfüllt es bereits. Das Gleichnis prädestiniert die Wirklichkeit. Diesen puritanischen Wort- und Geschichtsglauben brachten 1620 die Pilgerväter mit; der Quäker William Penn (1644–1718) bereicherte ihn 1681 durch sein „heiliges Experiment", die Gründung Pennsylvaniens. Das innere Licht des Freundes Fox sollte in der irdischen Institution, ihrer Verfassung und Geschichte Gestalt annehmen, die Utopie sich verkörpern. In dem neuen Gemeinwesen würden alle Rassen fried-

---

[109]) The Complete Poetical Works, hg. Thomas Hutchinson, 2. Aufl., Oxford 1947: Prometheus Unbound II, 4, 72 f. S. 237 (Kraft des Prometheus); Alastor v. 110 f. S. 17 (Babylon).

[110]) La belle dame sans merci v. 27, in: The Poetical Works, hg. Heathcote William Garrod, 2. Aufl., Oxford 1958, S. 442.

[111]) Mosiman, Zungenreden 54 ff.

lich und fromm zusammenleben; wenn auch die Sprache der englischen Siedler dominierte, sollte doch keine Nation unterdrückt werden, auch die eingeborene nicht. Penn vermutete 1683, die Indianer stammten von den zehn verlorenen Stämmen Israels her; Indianer und Weiße seien also Kinder eines Vaters. Penn behauptete den zuerst von Gómara konstruierten, zuletzt von Spitzel dementierten israelitischen Ursprung der Indianer nicht nur, um die Rothäute brüderlich den Briten gleichzustellen, die nach der Lehre der Puritaner und Sheringhams ebenfalls Semiten und Kinder Israels waren; er hielt alle Menschen aller Stämme für auserwählte Gotteskinder. Sie würden sämtlich in Amerika ein neues Paradies finden[112]).

Trotzdem lag es nahe, Penns Hinweis genealogisch und linguistisch zu untermauern; der aus Irland eingewanderte Kaufmann James Adair (ca. 1709–ca. 1783) tat es 1775, nachdem er vierzig Jahre lang unter Indianern gelebt und ihre Sprache erlernt hatte. Unbeschadet Lafitaus Protest nahm er Lescarbots Anregung wieder auf und glaubte, die Indianersprache sei der hebräischen Ursprache nächstverwandt. Die Indianer sind also keine Präadamiten, Chinesen, Tataren oder Skythen, sondern *lineally descended from the Israelites*; erst nach der Babylonischen Gefangenschaft der Juden wanderten sie aus[113]). Adairs Buch erschien, als der amerikanische Unabhängigkeitskrieg begann und die Europäer noch Hamiten oder entlaufene Japhetiten in Amerika vermuteten. Die weißen Amerikaner übernahmen – in diesem einen Punkt – willig die Stelle der Indianer, fühlten sich als das Land der Verheißung dem alten Israel nahe verwandt und machten sich zum Teil auch die puritanischen Konsequenzen zu eigen. Einige Bewohner von Boston planten 1780, das Englische durch die älteste Weltsprache, Hebräisch, zu ersetzen. Andere Siedler freilich mißbilligten die semitische Verbrüderung mit den Eingeborenen, betrachteten sich (ähnlich manchen Spaniern) als Japhetiten, die Indianer als Hamiten und glaubten sich nach Gen. 9, 27 zur Ausrottung der Rothäute legitimiert[114]). Je wörtlicher man die Bibel nahm, um so zweischneidiger wurde ihre Anwendung; sie drohte den Fortgang von Penns Heiligem Experiment zu hemmen. Die amerikanische Zukunft durfte kein Zerrbild der biblischen Vergangenheit sein.

---

112) Samuel Eliot Morison – Henry Steele Commager, Das Werden der amerikanischen Republik, Geschichte der Vereinigten Staaten von ihren Anfängen bis zur Gegenwart, 2 Bände, Stuttgart 1949–50, hier Bd. 1, S. 82 ff. (heiliges Experiment); Emilia Fogelklou, William Penn, Ein Buch vom Staat und vom Gewissen, Hamburg 1948, S. 174 ff.; Raumer, Friede 95 ff. (Zusammenleben); Agrell, Studier 60, 122 (Indianer und Israel).

113) The History of the American Indians, London 1775, S. 37 (Sprachverwandtschaft), 11 ff. (völkische Abkunft).

114) Kohn, Idee 367 ff., 381, 393, 398, 890 ff., 896 ff. Vgl. John C. Greene, The American Debate on the Negro's Place in Nature, 1780–1815, in: JHI 15 (1954) 384–396, hier S. 384 f.

Daß sie es nicht wurde, dafür sorgte der Geist des englischen Deismus und der französischen Aufklärung, den 1774 Thomas Paine (1737–1809), Sohn eines Quäkers, nach Pennsylvanien brachte. Er war überzeugt, daß im Alten Testament und seinen Märchen Gott nicht zu finden sei; denn wie schon Locke und noch Reimarus meinte er, menschliche Sprache könne nicht das Vehikel des göttlichen Wortes sein, weil wir keine Universalsprache, nur lokale, veränderliche, schwer übersetzbare Idiome besitzen. Auch Christus konnte nicht alle Nationen lehren, denn er predigte nur hebräisch; auf Erden aber gibt es Hunderte anderer Sprachen. Mit folgerichtiger Niedertracht hat das Christentum die Wahrheit auf die Kenntnis weniger toter Sprachen eingeschränkt und dadurch die Kenntnis der Dinge verhindert; doch jetzt ist es Zeit, Ignoranz und Tradition abzuwerfen und die eine, unveränderliche *universal language* Gottes, die unendliche Natur der Dinge, kennenzulernen. Unbegrenzte Möglichkeiten bietet die Neue Welt, die sich von dem vergreisten England trennen muß; der Gegner Burkes rief 1776 die Amerikaner zur Gestaltung ihrer Zukunft auf. Es steht in ihrer Macht, Welt und Menschheit noch einmal zu beginnen, eine Chance, die sich seit den Tagen Noahs bis heute nicht bot[115]). Seit den Tagen Noahs: wir müssen es heute besser machen als die Noachiden, die die Chance der Sintflut durch Wortmagie und Sprachverwirrung in Babel verspielten.

Paine war nach Amerika gekommen auf Betreiben von Benjamin Franklin (1706–1790); und auch dieser erste große amerikanische Schriftsteller war ein puritanischer Aufklärer. Er dankte Gott in einem Gebet für *the use of speech*; aber er nahm an, daß auch Ameisen eine Art Sprache haben. Er verehrte die klassischen Sprachen wegen ihrer Weisheit und Verbreitung; aber er lernte nach Lockes Rat zuvor die modernen Sprachen. Er unterstrich, daß die *Nations and Languages* der Indianer so mannigfaltig wie die der Europäer sind; doch ihre Herkunft interessierte ihn nicht, denn in Natur und Geschichte vermischt sich alles schnell. Freilich, wenn es um die Einheit des neuen Staates ging, durfte er keinen Wirrwarr dulden. Franklin, mit Hume befreundet, protestierte zwar 1784 dagegen, daß der Satz von der göttlichen Inspiration des Alten Testamentes in die Verfassung aufgenommen würde, weil manches in diesem Buch eher *from another Quarter*, vom Teufel, eingegeben sei; aber wenn nicht als Richtschnur, so konnte die Bibel doch als Warnung dienen. Auf dem großen Philadelphia-Konvent, der die Verfassung der Vereinigten Staaten beschließen sollte, sagte Franklin am 28. Juni 1787 beschwörend, die geringfügigen Fortschritte bei den bisherigen Verhandlungen bewiesen, wie unvollkommen die

[115]) The Complete Writings, hg. Philip Sheldom FONER, Bd. 1, New York 1945: The Age of Reason I, 7 S. 472–477 (Altes Testament und Wort Gottes); I, 9 S. 482 f. (Christus, universal language); I, 12 S. 491 ff. (Christentum und tote Sprachen); Common Sense S. 45 (seit den Tagen Noahs). Dazu KOHN, Idee 374; GERBI, Disputa 268 ff.

menschliche Verständigung sei; der Konvent solle Gott, den Vater der Lichter, in einem Gebet zu Hilfe rufen. „Ohne seine mitwirkende Hilfe wird uns dieses politische Gebäude nicht besser gelingen als den Bauherren von Babel. Wir werden geteilt bleiben durch unsere kleinen, parteiischen und lokalen Interessen; unsere Pläne werden verwirrt werden . . . Nach uns könnte die Menschheit daran verzweifeln, Staatsverfassungen auf menschliche Weisheit zu gründen und könnte sie fortan dem Zufall, dem Krieg und der Eroberung überlassen“[116]). Der Konvent wollte, mit großer Mehrheit, nicht beten; aber das Gebäude gelang.

Dem individualistischen Gönner Paines, Thomas Jefferson (1743–1826), dem Nachfolger Franklins in der Pariser Gesandtschaft, erschien dieses Gebäude der Verfassung freilich wie eine zentralistische Tyrannenburg; er wünschte Babel nicht durch Einheit, sondern durch Auswahl zu überwinden. Denn er hielt die Amerikaner für den Erbteil Gottes unter den Völkern. Darum schlug der vernunftgläubige Aufklärer am 4. Juli 1776, am Tage der von ihm verfaßten Unabhängigkeitserklärung, vor, das Siegel der Vereinigten Staaten solle einerseits die Kinder Israels in der Wüste, anderseits Hengist und Horsa zeigen, „von denen abzustammen wir die Ehre für uns in Anspruch nehmen“. Die Angloamerikaner sind demnach nur geistlich Semiten; doch sie verwirklichen nun, was bisher bloß eine geistliche Idee war. Noch 1805 verkündete Jefferson als Präsident der Vereinigten Staaten feierlich, daß das amerikanische Volk wie Israel auserwählt, sein Land ein neues Kanaan sei. Woher die indianische Vorbevölkerung käme, das fragte sich Jefferson auch; an ihren aussterbenden Sprachen wollte er 1781 ihre nationalen Verwandtschaften erkennen. Aber ob sie von Grönland oder aus Asien einwanderten oder ob sie den blühenden, von der Sintflut nicht heimgesuchten Kontinent schon seit Urzeiten bewohnten, leibliche Hebräer waren sie jedenfalls nicht. Die biblische Verheißung würde sich erst jetzt erfüllen; die Zukunftsträume siegen über die vergangene Geschichte[117]).

---

116) The Writings, hg. Albert Henry SMYTH, 10 Bände, New York 1905–07: Articles of Belief Bd. 2, S. 100 (use of speech); Proposals Relating to the Education of Youth in Pensilvania S. 394 (klassische Sprachen); The Autobiography Bd. 1, S. 243 (Locke), 347 f. (moderne Sprachen erlernt); Narrative of the Late Massacres in Lancaster County Bd. 4, S. 298; Brief an Court de Gébelin vom 7. 5. 1781 Bd. 8, S. 246 f. (Indianersprachen); Brief vom 26. 1. 1784 Bd. 9, S. 161–166 (Herkunft und Vermischung); Brief an J. Priestley vom 21. 8. 1784 S. 266 f. (Inspiration des Alten Testaments); Motion for Prayers in the Convention S. 601 (Gebet gegen Babel; auch in: The Records of the Federal Convention of 1787, hg. Max FARRAND, Bd. 1, 2. Aufl., New Haven 1937, S. 450 ff. Hinweis von Prof. Kurt von RAUMER-Münster). Dazu Carl VAN DOREN, Benjamin Franklin, London 1939, S. 78 ff., 114, 174 f., 291 f., 306 ff., 426 f., 709 f., 749 f.

117) The Complete Jefferson, hg. Saul Kussiel PADOVER, New York 1943: Second Inaugural Address vom 4. 3. 1805 S. 414 (neues Kanaan); Notes on the State of Virginia S. 636 (Indianersprachen; dazu GERBI, Disputa 275 ff., 449). Dazu VOSSLER, Nationalgedanke 77 ff.; KOHN, Idee 420 f., 896 (hier der Siegelvorschlag).

Im Kampf um Amerikas Zukunft mußte man doch die Lehren der Geschichte beherzigen; der Lexikograph Noah Webster (1758–1843) widersetzte sich der demokratischen Radikalität Jeffersons. Über der Vielfalt muß die Einheit Amerikas stehen; die Weltgeschichte der Sprachen zeigt es, und Webster bewies es 1789 in einem Franklin gewidmeten Buch. Dem einen orientalischen, semitischen Ursprung stehen die europäischen Sprachen besonders nahe, denn sie sind alle Abkömmlinge der einen *Japhetic language*; am ursprünglichsten blieben die keltischen und germanischen Idiome Englands, die vielleicht auf die Kimbern Gomers zurückgehen. Diese paradiesische Eintracht wurde später freilich aufgelöst, Völker und Sprachen entwickelten sich auseinander. So verfällt heute das Englische, die Mutter des aufsteigenden Amerikanisch, und darf ihm nicht mehr als Vorbild dienen. Die Neue Welt, die sich politisch freigemacht hat, wird sich auch ihre eigene Sprache schaffen; obwohl ihre Bewohner aus den verschiedensten Teilen Europas kamen, muß zum Nutzen der inneren *political harmony* die Sprache Amerikas einheitlich sein. Dann werden in 150 Jahren hundert Millionen Amerikaner ein und dieselbe Sprache reden, während das absterbende Europa im Wirrwarr seiner Dialekte versinkt. Man darf Websters Gedanken wohl weiterspinnen: Das neue Amerikanisch wird eine Weltsprache werden, wie die Ursprache und die Japhetsprache eine war; es wird das europäische Babel überwinden, Ursprung und Endzeit verbinden[118]). Webster konnte den amerikanischen Regionalismus nicht verhindern; aber daß das amerikanische Englisch, trotz mancher Unterschiede der Aussprache, eine Einheit geblieben ist, dazu hat er den Grund gelegt. Und ob er ohne fast religiöse Überzeugung sein Leben daran gewandt haben würde? Wenn Amerika sprachlich eine Welt für sich war, lag auch der Glaube des Paracelsus nahe, daß Gott in der Neuen Welt eine eigene, ebenbürtige Schöpfung vornahm. Dies lehrte 1798 der Botanikprofessor von Philadelphia, Benjamin Smith Barton (1766–1815), und lehnte entrüstet die Thesen des Jesuiten Clavijero ab, nach denen die Amerikaner ein Gemengsel von Nationen, obendrein erst nach der Sprachverwirrung übergesetzt wären[119]). Wie bei Webster konnte der Nachweis einer eigenständigen und einheitlichen amerikanischen Urzeit auch der Gegenwart zugute kommen.

Doch Jeffersons Tendenzen setzten sich durch; und wenn den Einzelstaaten Raum gelassen wurde, warum nicht auch dem Fremden, Europäischen? Während sich die Anfänge des amerikanischen Isolationismus zeigten, reiste der

---

[118]) Dissertations on the English Language, hg. Harry Redcay WARFEL, Gainesville 1951, S. 182 f. (Entstehung der Sprache), 41–53, 313–353 (Herkunft der europäischen Idiome), 320 (Japhetic language), 18–23 (Englisch und Amerikanisch). Dazu KOHN, Idee 408 f., 414 ff.; MORISON-COMMAGER, Werden Bd. 1, S. 279, 289.

[119]) New Views of the Origin of the Tribes and Nations of America, Philadelphia 1798, S. XX ff., XCIX, CVI. Dazu AGRELL, Studier 52 ff.; GERBI, Disputa 447 ff.

erste große Romantiker der amerikanischen Literatur, Washington Irving (1783–1859), nach Europa; und als er 1809 mit Swiftschem Witz die Geschichte seiner Heimatstadt New York schrieb, fand er ihre behäbige und bunte Vorzeit anziehender als ihre betriebsame Gegenwart. Holländer hatten New York gegründet, aber wann? Wie bei Lescarbot sah man als ersten Seefahrer der Welt Noah, der nach einigen der Vater Thuiscons und der Teutonen, also der *Dutch nation* war und unter verschiedenen Namen die halbe Welt umsegelte. In China landete er als Fohi, während der Turm von Babel gebaut wurde (so lehrte Shuckford); vermutlich unternahm Noah seine Reise, um Sprachen zu lernen ... Leider besaß er nur drei Söhne und konnte ihnen bloß die drei alten Erdteile vererben; einem vierten Sprößling hätte er gewiß Amerika vermacht. Nach Lescarbot hätte freilich schon Noah selber Amerika entdeckt; aber wenigstens dies steht fest, daß es überhaupt entdeckt wurde, vielleicht von Phöniziern, Chinesen oder Walisern, jedenfalls dann von Kolumbus. Nach allem, was berühmte Forscher vermelden, haben also die Amerikaner *a variety of fathers*[120]). Das ist wahrhaft romantische Ironie; während Irving die gelehrten Theorien des 17. Jahrhunderts lächerlich macht, gibt er ihrer Grundüberzeugung von der grenzenlosen Universalgeschichte recht. Die Welt der Geschichte ist allerdings nicht durch trockene Spezialgelehrsamkeit, sondern nur in spielerischer, dichterischer Freiheit zu erfassen; sie ist auch weiter, als der beschränkte Horizont der Bibel und des Botanikers Barton reicht.

Der universale Geist, der die Weltgeschichte übergreift, muß jedoch keineswegs der des nicht engagierten Poeten sein; vielleicht spricht er unbedingter aus den Visionen des Propheten der letzten Tage. Der Farmerssohn Joseph Smith (1805–1844), der Gründer der Mormonenbewegung, verkündete 1830 schon auf dem Titelblatt seines heiligen, in „ägyptischen Schriftzeichen" offenbarten Buches, der Gegenstand seiner Visionen sei das schuldlose Volk Jared, das zerstreut wurde, als der Herr die Sprache des Volkes verwirrte, welches einen Turm zum Himmel bauen wollte. Die Jarediten kamen damals nach Amerika, später von anderen Völkern gefolgt; die amerikanischen Indianer etwa stammen von den zehn verlorenen Stämmen Israels, wie Penn vermutet hatte. Die Rothäute zu bekehren, ist Aufgabe der Mormonen, und so reden sie, gleich den englischen Irvingianern, in Zungen; denn sie bereiten wie die Apostel pfingstlich die baldige Wiederkehr Christi vor[121]). So abseitig die Meinun-

---

[120]) A History of New York I, 3 f., in: Works, Hudson Edition, Bd. 2, New York 1891, S. 49–64. Dazu Morison-Commager, Werden Bd. 1, S. 69.

[121]) The Book of Mormon, Ausgabe Liverpool 1841, Titelblatt und S. 581. Dazu Morison-Commager, Werden Bd. 1, S. 645 ff.; Mosiman, Zungenreden 59. – Über genealogische Mythen bei den Mormonen des 20. Jahrhunderts berichtet William Teeling, American Stew (Tauchnitz Edition 5147), Leipzig 1934, S. 175; dazu Schöffler, Abendland 78 f.

gen der Mormonen scheinen, so repräsentativ ist ihre doktrinäre Sicherheit für den Geist der amerikanischen Epoche; denn diese Sicherheit wurzelt im Glauben an die besondere Auserwählung Amerikas, die in der Urzeit begann und in der nahen Zukunft gipfelt. Was dazwischen liegt, die geschichtliche Vielfalt der Sprachen und Völker, ist Babel; Amerika ist von seinem Fluch nicht betroffen. Was in der politischen Wirklichkeit die Revolution gegen die Alte Welt ist, das erscheint im Spiegel der Literatur als Durchbruch zur ewigen Wahrheit. Puritanischer Erwählungsglaube und rationalistischer Fortschrittsglaube verbündeten sich gegen den Trott der Traditionen.

Ihm widersetzte sich, vom amerikanischen Beispiel angeregt, von der Deutschen Bewegung ermutigt, von der eigenen Aufklärung getrieben, auch Frankreich. Die abstrakten Formeln der französischen Aufklärung hatten die Wirklichkeit analysiert; doch dem philosophischen Esprit fehlte noch der Anstoß zur Aktion. Er kam von den scheinbar urwüchsigen Amerikanern und von den Dichtern des Unbewußten, die im Gefolge Rousseaus den Franzosen ihre Nation in neuem Lichte zeigten. Rousseaus Freund Bernardin de Saint-Pierre (1737–1814) verherrlichte seit 1781 die Natur nicht mehr abstrakt und ideell wie der Bürger von Genf, sondern anschaulich und darum doppelt anklagend. Das in der Südseeidylle aufgewachsene Mädchen begegnet dem Geliebten wie Eva Adam im Paradies; dort hat es die allen Nationen vertraute Pantomime gelernt, (wie bei Lavater) *le premier langage de l'homme*. Darum leidet es an den gelehrten Sprachen, an Europens übertünchter Höflichkeit. Sie muß verstummen auch vor dem Inder, dessen heiliges Sanskrit mehr als hunderttausend Jahre alt ist und die ganze Wahrheit der Welt enthält. Und was ist an unseren Sprachen ursprünglich, wenn nicht Musik und Poesie, die Nachahmung der Naturlaute? Noch heute pfeift die Sprache der Engländer so wie der Schrei ihrer Seevögel. Unser Französisch mag die *langue aujourd'hui universelle en Europe* sein, die Natur verfolgt mit der Trennung der Sprachen größere Zwecke als die Verständigung der Reisenden. Zwar teilte Gott die Sprachen so, daß sich selten ein Mensch im Ausland anderen mitteilen kann; doch ist die Scheidung der Völker kein Unglück. Sie hemmt nicht den geschichtlichen Austausch der Kulturen; die gallischen Ahnen der Franzosen stammen von *Galatès*, dem Sohn des edlen Herkules. Wie Priestley lehrte, verhindert aber die Völkertrennung die Ausdehnung von Irrtum, Vorurteil und Grausamkeit. Weil die Sprachen verschieden sind, kann die Verwirrung, die jetzt bloß Worte betrifft, nicht auch die Gedanken beschleichen; das kranke Glied der Menschheit steckt nicht alle an, und um so deutlicher vernehmen alle im Herzen die Sprache der einen Natur, die sich nicht in Lauten und selbstsüchtigen Leidenschaften äußert. Auch der Glaube ist im Grunde überall eins; nur die Konfessionen sind wie die Sprachen – und ihnen folgend – getrennt. Den drei europäischen *langues primi-*

tives entsprechen genau die drei christlichen Kirchen, die griechische, die lateinische und die keltische, reformierte. Ein Katholik ist, wer einen lateinischen Dialekt spricht; ihn deswegen verhimmeln oder verdammen, heißt aus dem Heil des Menschen eine Frage der Geographie oder vielmehr der Grammatik machen. Die Universalgrammatik des Beauzée ist ein Wahn; wer zu Gott beten will, tue es in seiner natürlichen Sprache. Darum sollen die Franzosen nicht lateinisch beten, sondern französisch[122]). Saint-Pierre brauchte nicht mehr wie Turgot die fortschreitende Geschichte, um sich mit dem natürlichen Leben der Sprachen auszusöhnen; er sah in ihrer Verschiedenheit selbst den unendlichen Geist am Werk. Ihm kann niemand widerstehen, er setzt sich über alle Menschensatzung hinweg. Solche Gedanken bereiteten zugleich die Revolution und die Romantik vor.

Sie wurden seit 1784 weitergetrieben durch den geistreichen Schriftsteller Antoine de Rivarol (1753–1801), der Rousseau zu Ende dachte und die Selbstherrlichkeit des rationalen Menschen entlarvte. Noch Court de Gébelin war ein verkappter Rationalist, wenn er in allen Sprachen die eine Natur am Werke sah. Als ob die Natur eine nur gedachte Idee wäre! Auch Sprache ist keine Abstraktion, sie entsteht spontan, leidenschaftlich, irrational, sie ist ein Mysterium, das aus dem *génie* des Menschen hervorbricht, wie Herder es fühlte. Die Sprache ist Teil des Menschen und doch auch Werk einer höheren Kraft; darum ist sie zwiespältig, notwendig und trotzdem konventionell, deutlich und mißverständlich, einheitlich und vielfältig. Saint-Pierre hat recht, eigentlich gibt es nur eine Sprache auf Erden, so wie es nur eine Religion und ein Metall Silber gibt; bloß die Ausprägungen des einen Sinnes sind verschieden. Aber „wie kann man die Kulte und Sprachen am Urmaß prüfen, wie ihren Gehalt an Universalem ausfällen?" Jedenfalls nicht mit einer logistischen Universalsprache; sie wäre nur möglich, wenn sich Konsonanten und Vokale nach ähnlichen Grundsätzen wie die Elemente der Materie gleichsam chemisch anzögen. Das wird nicht allein durch die menschliche Willkür, sondern auch durch den Reichtum der Natur unmöglich gemacht. Die Proportionen des menschlichen Körpers und Mundes scheinen, soweit sie meßbar sind, überall gleich zu sein; trotzdem gleichen sich nirgends die Füße, die Daumen und Ellen. Unmeßbar und unendlich wie die Natur der Organismen ist auch die Verschiedenheit der Sprachen. Welche von ihnen die beste ist, läßt sich nicht allgemein feststellen;

---

[122]) Oeuvres complètes, hg. Louis Aimé-Martin, 19 Bände, Paris 1820: Paul et Virginie Bd. 8, S. 123 (wie Adam und Eva), 115 (Pantomime), 103 (gelehrte Sprache); La chaumière indienne S. 321–324, 338 (Inder, Sanskrit); Harmonies de la nature VIII Bd. 15, S. 86 ff. (Sprache und Naturlaute); Voyage en Silésie Bd. 18, S. 396 (französische Universalsprache); L'Arcadie Bd. 9, S. 123 (Galatès), 221 f. (Sprachenteilung); Suite des voeux d'un solitaire Bd. 16, S. 381–385 (Sprachen und Konfessionen), 379 (französisch beten).

denn der Charakter eines Volkes und das *génie* seiner Sprache hängen zusammen, und beide unterstehen einer geheimnisvollen Macht, die sich jedem Vergleich entzieht. Aber Sprache ist auch Willkür, also menschlicher Wille; jede Sprache ist so viel wert, wie der Wille ihres Volkes vermag. Das Deutsche wird von den Deutschen selber verachtet; das Spanische wurde von Karl V. selbst nur für Feierlichkeiten und Gebete benutzt; das Italienische schmollt im Winkel der Welt – deshalb sind diese Sprachen schwerfällig, zeremoniös oder vulgär. Die Klarheit des französischen Sprachgeistes aber beruht auf der politischen und geistigen Weltgeltung Frankreichs; darum ist (wie Bouhours hoffte) Französisch heute eine Universalsprache. Der scheinbare Fortschritt der Geschichte ist in Wahrheit nur eine ständige Gewichtsverschiebung in den Grenzen einer unendlichen Natur; in ihrem Rahmen leistet jedoch der Wille eines Volkes viel mehr als der Verstand eines Kritikers[123]).

Es ist nicht das Selbstbewußtsein, sondern das harmonische Wachstum, was den Menschen, das Volk und die Sprache zur reinen Humanität, zur klassischen Klarheit führt. Der Offizier André Chénier (1762–1794), Sohn einer Griechin, nahm an, daß die ersten, unschuldigen Sprachen pittoresk und onomatopoetisch erfunden wurden von Völkern, die unter einem schönen Himmel, in einer lebendigen Natur lebten. Unter diesen schlichten Sprachen der Frühe ragt das Griechische hervor durch die poetische Kraft der Imagination, durch die Fülle des reinen Klangs. Seither änderten die Nationen ihre Gewohnheiten und ihre Sprachen, so daß sie sich heute gründlich voneinander unterscheiden, aber auch die natürliche Wahrheit und die geschichtliche Kraft verloren haben. Unter dem Eindruck der Ereignisse von 1789 schrieb Chénier, enttäuscht von dem Wirrwarr der Lügen, dereinst werde auch Französisch nur noch den Gelehrten bekannt und bloß *une écriture antique et non plus un langage* sein[124]). Chénier starb unter der Guillotine, vor der Rivarol entfloh; dennoch war beider Werk nicht nur Schwanengesang des Ancien Régime, sondern auch Schrei von Sturmvögeln der Revolution. Denn niemand wird sich nun noch auf die planende

---

[123]) Pensées inédites, Paris 1836, S. 36 (Entstehung der Sprache). Discours préliminaire du nouveau dictionnaire de la langue française, in: Oeuvres complètes, Bd. 1, Paris 1808, S. 3, 9 (Mysterium, Kraft, Mißverständnis). Maximen, übers. Ernst JÜNGER, Rivarol, Frankfurt/Main 1956, S. 161 (Sprache, Religion, Silber), 113 (Konsonanten und Elemente). Discours sur l'universalité de la langue française, hg. Marcel HERVIER, Paris 1929, S. 59 f. (Körperproportionen, Sprachverschiedenheit), 56 (Volkscharakter, Sprachgenie), 44 (Deutsch), 49 f. (Spanisch), 51 ff. (Italienisch), 39, 88 ff. (Französisch). Dazu Karl-Eugen GASS, Antoine de Rivarol und der Ausgang der französischen Aufklärung, Diss. phil. Bonn 1938, S. 18 f., 164 ff.; JÜNGER S. 35 ff.

[124]) Oeuvres complètes, hg. Gérard WALTER (BP 57), Paris 1950: Essai sur les causes et les effets de la perfection et de la décadence des lettres et des arts I, 4 S. 646 (erste Sprachen); I, 3 S. 633 (Veränderungen der Sprachen); Hermès, Epilogue S. 404 f. (Französisch). Dazu Jean FABRE, André Chénier, L'homme et l'oeuvre Connaissance des lettres 42), Paris 1955, S. 189 ff.

Vernunft des souveränen Menschen zurückziehen können, wenn Natur und Leidenschaft elementar über die Nation hereinbrechen.

Sollte sich diese dunkle Macht etwa aus dem urtümlichen Willen Gottes erklären lassen? Der Advokat Jacques Le Brigant (1720–1804) versuchte es 1779 und 1787 in Straßburg ähnlich lokalpatriotisch wie in England Rowland Jones. Gott habe Adam nur eine Sprache gegeben, und dies sei das Keltische Gomers, die Sprache der Bretonen und Briganten; alle anderen Idiome, vom Hebräischen bis zum Französischen, seien keltische Dialekte[125]). Doch derlei fromme Phantastereien der Provinzler verfingen in Paris nicht mehr; die Bürger waren vom Adel lange genug mit Geschichte traktiert worden. Der Abbé Emanuel Joseph Sieyès (1748–1836) rief 1788: „Die Menschen haben lange genug Hütten gebaut, ehe sie imstande waren, Paläste zu errichten". Man betrüge uns also nicht mit dem allwissenden Adam und dem Turm zu Babel um unser Glück. Der Adel mag von den Sigambrern und Franken stammen, er kommt doch bloß aus den Wäldern und Sümpfen Germaniens; dorthin sollte man ihn zurückschicken. Die Abkunft der Bürger von Galliern und Römern ist mindestens ebensoviel wert; sie brauchen die von Hotman bis zu Montesquieu gerühmten germanischen Wilden nicht[126]). Andere Revolutionäre erkoren dann freilich die „phrygische" Mütze zum Freiheitssymbol, weil sie sich für Phryger, Franken, Freie hielten, doch nicht dem Blute, nur dem Geiste nach[127]). Die freie Nation wird sich mit allen Völkern gleich verbrüdern, ohne nach ihrer Herkunft zu fragen. Am 19. Juni 1790 erschienen in der Nationalversammlung angebliche Preußen, Sizilianer, Holländer, Russen, Polen, Schweden, Italiener, Spanier, Inder, Araber, Chaldäer, um sich im Namen aller Erdenvölker mit der ersten Nation Europas zu vereinen. Ein Türke ergriff das Wort; er sprach so schlecht Französisch, daß der „Moniteur" nicht folgen konnte[128]). Aber daran sah man eben die Heimtücke der alten Ordnungen; der opportunistische Bischof von Autun, Charles Maurice de Talleyrand (1754–1838), erklärte 1791 vor der Nationalversammlung, die Sprachverschiedenheit habe zufällige geschichtliche Ursachen und sei gegen das Volk ausgenutzt worden[129]). Schwerlich bediente er sich hierbei der Sprache, um seine Gedan-

---

125) Elémens de la langue des Celtes Gomérites ou Bretons, Straßburg 1779, S. 1 Dazu Tourneur, Esquisse 177 f.; Kuehner, Theories 7 f.; Bonfante, Ideas 686.

126) Was ist der dritte Stand? übers. Otto Brandt (Klassiker der Politik 9), Berlin 1924: c. 4 S. 88 (Fortschritt und Geschichte); c. 2 S. 42 f. (Adel). Dazu Barzun, Race 247 ff.

127) Samuel Kliger, A Renaissance „Controlled" Etymology: Frank = Phrygian, in: Romance Philology 4 (1950/51) 276–280, hier S. 278 f.

128) Réimpression de l'ancien Moniteur, 31 Bände, Paris 1858–63: Assemblée nationale Bd. 4, S. 675 f. Dazu Huizinga, Nationalbewußtsein 180.

129) Assemblée nationale am 10. 9. 1791 (nicht im Moniteur); dazu Brunot, Langue Bd. 9, S. 13 f. – Gedanken verbergen: s. o. S. 1409 Anm. 23.

ken, etwa über den Turm von Babel, zu verbergen; denn was er sagte, hatte schon die Aufklärung gesagt (übrigens auch dies, daß die Sprache dazu diene, die Gedanken zu verbergen).

Denn nachdem die Revolution einmal in Gang gekommen war und sich selbst zu begreifen suchte, boten sich ihr die aufgeklärten Abstraktionen an, zumal seitdem die Nationalversammlung im Januar 1791 mit der katholischen Kirche in offenen Konflikt geriet. Der von Helvétius und Turgot beeinflußte Philosoph Constantin François Volney (1757–1820), Mitglied der Nationalversammlung, rügte 1791 die Religion als Feindin des Fortschritts. In alten Zeiten begünstigten die Verschiedenheit der Sprachen und die Absonderung der Völker chaotische Zustände, die der Ignoranz und Anarchie Vorschub leisteten und in denen die Priestermacht gedieh. Im neueren Europa aber schufen große Nationen die *alliance d'un même langage*, und nun befördert der Austausch den Fortschritt. Das ganze Völkergewimmel der Europäer, Afrikaner, Asiaten, so viele Spielarten ein und derselben Art, so viele bizarre Erfindungen desselben *entendement* umfassend, hört nun auf die Worte der Gerechtigkeit und des Friedens, die „eine freie und mächtige Nation" an sie richtet. Die Französische Revolution wird die Weltherrschaft der Vernunft vollenden[130]). Sie muß zuvor freilich die Zukunft der Sprache sichern; der mit Turgot befreundete Enzyklopädist Antoine de Condorcet (1743–1794) begann damit, als er 1792 Präsident der Nationalversammlung wurde. Da (nach Rousseau) nicht Abstammung oder Muttersprache, sondern der Wille zur Nation die Gemeinschaft bildet, muß die Sprache sich der Nation unterordnen und wie diese *une et indivisible* sein. Anstelle der schwülstigen Bildungssprachen des privilegierten Adels wird das Volk allenthalben die gleiche, moderne, klare Sprache lernen; mit dem Latein müssen auch die rückständigen bäuerlichen Mundarten Frankreichs im historischen Museum verschwinden.

Zwar stürzte 1793 die Blutherrschaft der radikalen Jakobiner die intellektuellen Weltverbesserer, doch der entthronte, in der Provinz versteckte Präsident entwarf nun, noch immer unermüdlich, ein vollständiges Bild der revolutionären Sprach- und Geschichtsauffassung. Der Mensch erfand die Sprache nicht selbstherrlich, denn er ist ein Geschöpf der Natur (Rousseau hatte es gesagt). Sprache entstand also als Eindruck von Naturerscheinungen auf die empfängliche Seele; aus der Natur schöpfte die erste paradiesische Sprache dichterische Gleichnisse. Ihrer bedienten sich bereits vor der Gründung politischer Gruppen die ersten Menschen, die wenigen Jäger und Fischer; denn die Sprache ist Ursprung und Anfang jedes *ordre social*. Doch dieser den Einzelwillen weit übergreifende Zusammenhang von Natur und Gesellschaft treibt sogleich die

[130]) Les ruines, ou méditation sur les révolutions des empires, o. O. 1792: c. 13 S. 68 (Sprachentrennung und Fortschritt); c. 19 S. 88 ff. (Völker).

sozialen Lebensformen von Fortschritt zu Fortschritt. Indem die Jäger und Fischer sich zu größeren Hirtenvölkern versammelten, wurde ihre Sprache geschmeidiger, blieb aber bildhaft und naturnahe. Als dann der Ackerbau differenziertere Umwelten schuf, trennten sich (nach Turgot) die Sozialverbände, und die Sprachen erlebten ihr Babel; jede Gruppe erarbeitete sich ihre Sondersprache. Sie änderte sich im Laufe der Zeit, wenn im Handel oder Krieg die Völker sich trafen. Auch im Innern des Volkes spalteten sich Sprache und Sozialordnung, seitdem die Priester die werktätigen Schichten unterdrückten. Diese schlauen Schurken verbesserten die Sprache zu einem willkürlichen, aber zugleich fast mathematischen System abstrakter Zeichen, die die höhere Wahrheit des Gedankens wiedergaben; doch hielt die Priesterkaste diesen bedeutsamen Fortschritt streng geheim. So entstanden zwei Klassen, die Sprache wurde doppeldeutig: Abbild der Natur und Sinnbild des Denkens, Ausdruck der Dichtung und Werkzeug der Wissenschaft. In der klassischen Antike blieben die sozialen Schichten und Sprachstrukturen auf diese Weise getrennt; immerhin drangen dank der römischen Weltherrschaft die höheren Bildungssprachen über alle Grenzen hinweg und regten den geistigen Austausch wenigstens der Oberen an. Er erlosch allerdings im Mittelalter unter der barbarischen Herrschaft der Priester; es blieb der Zwiespalt zwischen dem gelehrten, jedoch barbarischen Latein und den rohen Volkssprachen. Erst Dante zerbrach die Fesseln der Frömmler; Humanismus und Buchdruck gestalteten die Volkssprachen vollends zu Instrumenten des Denkens für alle Stämme und Stände. Dies ist der gegenwärtig erreichte Zustand; der Fortschritt von Bildern zu Gedanken, von Eindrücken zum Ausdruck ist allgemein geworden. Am geschliffensten und deshalb am weitesten verbreitet sind (nach Helvétius) die Sprachen der gelehrtesten und freiheitlichsten Völker, der Engländer und der Franzosen; Französisch wird bereits zur Gemeinsprache Europas.

Wenn Revolution und Aufklärung sich erst überall durchsetzen, wird „die Sprache eines großen Volkes" die ganze Welt erobern; diese pfingstliche Sprache wird wiederum das gereinigte und geeinte Französisch sein. Doch sobald die Vernunft allein regiert, muß sich auch der Fortschritt beschleunigen, unwiderstehlich wie das Gesetz der Schwerkraft, und dann wird kein Einzelvolk mit seiner Sprache mehr dominieren können; dann werden alle Völker brüderlich gleich und vollkommen sein. Sie werden zusammen die vagen und dunklen Sprachen der Dichter und der Denker ersetzen durch eine wahrhafte *langue universelle*, die exakte Sprache der Algebra und Chemie, die der Mathematiker und Astronom Condorcet anbetete. Sie wird (was Newton erträumt, Pascal für unmöglich gehalten hatte) endlich die Natur selbst definieren und vom Irrtum frei sein, alle Sprachen in sich vereinen und in alle übersetzt werden können. Dann wird die Geschichte, vielleicht sogar der Tod überwunden von der klassenlosen Universalgesellschaft, die das Jenseits überflüssig macht. Condorcets Bild ist der christlichen Deutung der Heilsgeschichte recht genau nachgestaltet, braucht aber die Vorsehung Gottes und die Willkür der Menschen, den Turmbau von Babel und das Pfingstwunder nicht mehr; die abstrakte Vernunft selbst wird zur Religion, und der Mathematiker ist ihr Historiker und Prophet. Condorcet, der Priester des Fortschritts, wird der Revolutionsmechanik unerschüttert sein Leben opfern; der Fortschritt der Gattung zu ihrem Optimum überrollt das Individuum und alles Gewachsene, Sprachen und Völker. Condorcets Skizze, vielfach von Turgot angeregt, scheint den Vernunftglauben der französischen Aufklärung zu krönen, und doch zerstört sie ihn. Denn diese grausam präzise und höchst dynamische Sozialmathematik macht nicht (wie Voltaires Geschichtsphilosophie) bei der erfüllten Gegenwart halt und gipfelt nicht in der souveränen Humanität; ihre Gleichungen gehen im Unendlichen und Unmenschlichen auf[131]).

Nichts ist unbarmherziger als die reine Abstraktion; selbst der skrupellose Advokat Bertrand Barère (1755–1841), der Condorcet stürzen und den König hinrichten ließ, empfand am 27. Januar 1794 das Bedürfnis, die jakobinische Schreckensherrschaft poetisch zu bemänteln. Die verflossene Monarchie mit ihrer wirren Tyrannei sei der wahre Turm von Babel gewesen; die barbarischen Dialekte hätten (nach Volney) Aberglauben und Reaktion gefördert. Nun aber müsse auch die Sprache revolutioniert werden. Dem freien Volk der gleichen Bürger die eine Sprache! Für Frankreich kann es nur seine eigene Hochsprache sein, die schönste Europas, die früher die Höfe verband und bald als *langue universelle* die Völker vereint[132]). Was vor dem alten Babel und nach dem neuen Pfingsten liegt, das fragte der „Anakreon der Guillotine“ nicht; zuerst mußte man die nächsten Widerstände überwinden. Sie waren groß genug. Am 4. Juni 1794, wenige Tage bevor der Terror Robespierres sich überschlug, ereiferte sich der konstitutionelle Bischof von Blois, Henri Grégoire (1750–1831), im Nationalkonvent, Französisch sei eine klassische Sprache für Europa geworden, aber in Frankreich selbst nicht anerkannt. Während die Nation politisch die Avantgarde der Völker bilde, befinde sie sich sprachlich noch in der Zeit des Turm-

---

[131]) Esquisse d'un tableau historique des progrès de l'esprit humain, hg. Oliver Herbert PRIOR (Bibliothèque de Philosophie 7), Paris 1933, S. 1, 3, 6, 8, 16 (Anfänge der Sprache), 24 (Hirtenvölker), 27, 31, 41 ff. (Ackerbau), 50, 79 (klassische Antike), 93 (Mittelalter), 117 f., 137 ff. (neuzeitliche Sprachen), 198 (Engländer, Franzosen), 195 (französische Gemeinsprache), 9 (Sprache eines großen Volkes), 204 (Gleichheit und Vollkommenheit), 174, 180 ff., 225 f., 233 ff. (künftige Universalsprache). Dazu James George FRAZER, Condorcet on the Progress of the Human Mind (The Zaharoff Lecture for 1933), Oxford 1933, S. 13 ff.; LÖWITH, Heilsgeschehen 87 ff. Zu C.s Sprachreformen BRUNOT, Langue Bd. 9, S. 101 ff.

[132]) Convention nationale, Réimpression (o. Anm. 128) Bd. 19, S. 318 ff. Dazu BRUNOT, Langue Bd. 9, S. 180 f.; HAYES, Evolution 63 ff.

baus von Babel. Die Völker bräuchten keine chimärische Universalsprache, doch in Frankreich müsse sich die Nationalsprache gegen die dreißig *patois* durchsetzen, wenn die Revolution gelingen solle[133]). Welcher Wandel in wenigen Monaten! Mit der Monarchie war Babel nicht abgeschafft; es war kein Gleichnis, sondern ein obstinates Faktum. Wieder fünf Monate später wurde der Turm von Babel erneut im Nationalkonvent zitiert, am 16. November 1794, eine Woche nach der Schließung des Jakobinerklubs, während die Revolutionsarmeen die Niederlande überfluteten. Der archäologisch interessierte Arzt und Politiker Jean-François Baraillon (1743–1816) empfahl in dieser Sitzung das gelehrte Projekt einer logistischen Universalsprache, das die babylonische Vereinzelung der Völker endlich auflösen und die Menschheit auch sprachlich einigen werde[134]). Hier war keine Rede mehr von den französischen Dialekten, auch nicht von der französischen Sprache der Freiheit, Gleichheit und Brüderlichkeit auf Erden. Die Politiker überwiesen das Problem der Sprachenvielfalt an die Gelehrten, und das hieß jetzt: sie gaben sich geschlagen.

Als 1799 Napoleons Staatsstreich die Revolution beendete, konnte der Pariser Professor Antoine Isaac Silvestre de Sacy (1758–1838), der Begründer der modernen Arabistik, schon wieder wie Beauzée und Court de Gébelin die göttliche Natur und die menschliche Vernunft in der Sprache preisen, als wäre nichts geschehen. In den physiologischen Grundlagen des Sprechvermögens, in Sprachorganen und Tonschwingungen, zeigt sich die Weisheit des allmächtigen Schöpfers; aber der Satz „Gott sprach, und es ward alles" wird nur gebraucht, um die Konjunktion „und" zu erklären, nicht um die in allen Sprachen wirksame Macht von Gottes Wort zu loben. Denn die geformte Sprache liegt ganz in der Hand des vernünftigen Menschen, und da alle Menschen die gleiche Vernunft besitzen, ist die Grammatik in fast allen Sprachen dieselbe. Daß Ausdrucksmittel, syntaktische Formen und Wortfolgen dieser Sprachen voneinander abweichen, ist lediglich zufällige Folge der bewußten menschlichen Erfindung[135]). Für den Orientalisten, der dem Jansenismus und der Grammatik von Arnauld verpflichtet war, existierte Babel nicht. Wer so furchtlos wie Silvestre de Sacy der Revolution die Stirn geboten hatte, der brauchte seine Kreise jetzt erst recht nicht durch die biblische Geschichte stören zu lassen.

---

[133]) Convention nationale, Réimpression (o. Anm. 128) Bd. 20, S. 647 f. Dazu Brunot, Langue Bd. 9, S. 12 f., 204 ff.; Karl Epting, Das französische Sendungsbewußtsein im 19. und 20. Jahrhundert, Heidelberg 1952, S. 142 f.

[134]) Convention nationale, Réimpression (o. Anm. 128) Bd. 22, S. 514.

[135]) Grundsätze der allgemeinen Sprachlehre in einem allgemein faßlichen Vortrage, übers. Johann Severin Vater, Halle-Leipzig 1804, S. XXI (Schöpfer), 82 (Gott sprach), 3 f. (in der Hand des Menschen), 247 (Syntax, Wortfolge). Dazu Henri Dehérain, Silvestre de Sacy, ses contemporaines et ses disciples (Bibliothèque archéologique et historique 27), Paris 1938, S. XX; Fück, Arabische Studien 140 ff.

Die Rückkehr zur selbstherrlichen Vernunft des Menschen mochte noch hingehen; aber war die Annahme einer göttlichen, einmaligen und konstanten Naturschöpfung nicht ein schlimmer Rückfall in das biblische Geschichtsdenken, in die Zeiten Linnés? Wenn der Orientalist den Turm von Babel ignorierte, mußte der Zoologe an der Benennung aller Tiere durch Adam zweifeln. Der jüngere Freund Buffons, der Pariser Professor Jean Baptiste de Lamarck (1744–1829), zog 1809 die von dem Älteren gescheute Konsequenz aus seiner Lehre, daß die Natur keine definierten Klassen und nur individuelle Übergänge kennt. Die Natur wurde demnach nicht sogleich und für immer vom Schöpfer konstituiert, sie trat erst nach der Schöpfung allmählich ins Leben, beginnend mit den unvollkomensten Lebewesen, zum den verfeinerten fortschreitend. Doch ist dieser Fortschritt keineswegs rational durchschaubar, denn er wird vom Leben selbst bestimmt, von Milieu und Bedürfnis; auf ihre Forderungen reagieren die Organismen durch Ausbau der benötigten, durch Abbau der nutzlosen Funktionen. Die Naturgeschichte wird also von irrationalen Wirkungszusammenhängen zwangsläufig gelenkt und von den Lebewesen durch Anpassung, beinahe voluntaristisch, vollzogen. Damit griff Lamarck über Rousseaus Naturverehrung auf Mandevilles und Lockes Empirismus zurück und verband sie mit dem Fortschrittsglauben Voltaires und Turgots. Über die Entstehung der Sprache handelte er nicht eigens, näherte sich aber der Position La Mettries; denn wenn Sprache Reaktion auf das Milieu ist, muß sie auch den höheren Tieren zugestanden werden, selbst wenn sie sich dann erst bei den ausgereiften Menschen entfaltete[136]). Ohne daß Lamarck (wie Monboddo) die Schranke zwischen dem Menschen und dem Affen hätte durchbrechen wollen, stand nun nicht mehr der Mensch im Mittelpunkt, nicht mehr Adam am Ursprung des Lebens, und die Hypothese „Gott“ wurde vollends unnötig. An die Stelle der göttlichen Natur und der menschlichen Vernunft trat die Produktion des unendlich Mannigfaltigen, gemildert durch die Tradition des im Gebrauch Erprobten. Was Fortschritt ist, kann nur die Geschichte des Organischen selbst bestimmen, nicht ihr Theoretiker. Dieses neue und folgenreiche Geschichtsdenken zog aus dem ebenso unberechenbaren wie folgerichtigen Ablauf der Französischen Revolution die Summe und beendete damit im Geistigen nicht nur die Aufklärung, sondern auch die Revolution selbst. Denn wenn der Mensch Natur und Geschichte nicht beherrscht, tut er am besten, sich dem Unvermeidlichen hier zu fügen und das Unermeßliche dort zu feiern; in der idealen Natur suche er jene poetische Heimat, die die

[136]) Philosophie zoologique, 2 Bände, Paris 1809, hier Bd. 1, S. 21 f. (Klassen und Individuen), 56 f. (Schöpfung und Entwicklung), 271 ff. (Fortschritt); Bd. 2, S. 346 ff. (vgl. zur Entstehung der Sprache). Dazu Sinai Tschulok, Lamarck, Eine kritisch-historische Studie, Zürich-Leipzig 1937, S. 148 f.; Mühlmann, Anthropologie 80.

Deutsche Bewegung gefunden hat. Während Napoleon alle politische Energie um seine Person konzentrierte, begann, ihm zum Trotz und auf der Flucht vor ihm, die französische Romantik.

Napoleons Feindin Anne Louise Germaine de Staël (1766–1817) vermittelte den Franzosen die Doktrinen der Deutschen Bewegung. Sie wollte 1810 die Sprache nicht allein von ihrem *état actuel* her betrachten, sondern, durch A. W. Schlegel instruiert, von ihrer Ursprünglichkeit und poetischen Kraft her. Das Französische, die Tochter des zivilisierten Latein, ist zwar (nach Rivarol) die klarste und geschliffenste, darum auch die verbreitetste Sprache Europas, an rascher Eleganz dem barbarischen Deutsch der Dichter und Denker haushoch überlegen; aber man darf nicht wie Sieyès deshalb die von Montesquieu gerühmten Germanen verachten. In ihrem altertümlichen, schwerfälligen Idiom liegt etwas von der Urwüchsigkeit, nach der Rousseau sich gesehnt hatte. Und vor allem, das Germanische besitzt jene Tiefe und Kraft, die Chénier am glatten Französisch vermißte, und kann darum das meiste zum wahren Fortschritt der Christlichkeit und Menschlichkeit beitragen[137]). Aber hatten es nicht schließlich die deutschen Romantiker selbst abgelehnt, in ihrer begrenzten, geschichtlichen Sprache den Ursprung und die Quintessenz der organischen Vielfalt zu sehen? Vollends die Franzosen konnten doch das Nationale, obendrein das Fremde nicht höher schätzen als das Allgemeine.

Aber wo war dieses Allgemeine, das die disparaten Erscheinungen zusammenfaßt? Der Führer der französischen Romantiker, François René de Chateaubriand (1768–1848), fand es zunächst, ähnlich wie Saint-Pierre, in der unberührten, exotischen Natur. Im Londoner Exil glaubte er 1797, daß die Kultur nur die Natur zerstört; auch Revolutionen ändern nichts daran. Er begann seine Typologie der Revolutionen mit der Sintflut, nicht mit dem Paradies; Revolutionen sind Rebellionen. Hätte er an die Realität der Turmbaugeschichte geglaubt, so hätte er sie hier erwähnen müssen; er tat es nicht. Als er sich vom Naturglauben zum Katholizismus bekehrt hatte, bezauberte ihn die Poesie der Bibel; und so verteidigte er 1802 gegen Voltaire gefühlvoll die Schönheit und ästhetische Wahrheit der mosaischen Genesis, aber nun vorwiegend der Schöpfungsgeschichte. Wieder blieb der Babelturm unerwähnt; anstatt die Völkerzerstreuung zu behandeln, pries Chateaubriand die Vaterlandsliebe als natürliche Schöpfungsgabe. Der heidnische Grundton dieser Apologie des Christentums liegt nicht zum wenigsten in der Ablehnung der Heilsgeschichte; nur das Ursprüngliche ist gut, mit dem späteren Abfall hat Gott nichts zu schaffen, der Dichter auch nicht. Denn sein klangvolles und mächtiges Wort entsprang im Menschen, der mit Erlaubnis Gottes die Fackel der Rede ent-

---

[137]) De l'Allemagne, hg. Pauline Laure Marie de Pange (Les grands écrivains de la France), Bd. 1, Paris 1958, S. 16 f. (Französisch), 182 ff. (Deutsch).

zündete; was die Kulturen und ihre Umwälzungen dann aus dieser Sprache machten, berührt den Poeten nicht.

Erst als Napoleon gestürzt und Chateaubriands legitimistische Politik siegreich geblieben war, befaßte sich der Diplomat der Bourbonen auch mit der Geschichte genauer. Bei der Darstellung seiner amerikanischen Eindrücke blieb freilich auch 1826 noch (wie bei Saint-Martin) alles Licht auf die paradiesischen Anfänge gesammelt. Das Urwort *(parole primitive)* wurde von Gott dem Menschen mit seinem Dasein gegeben. Dann veränderten es die Völker nach ihren Leidenschaften *(passions)* und zertrennten (nach Bossuet) seine Einheit; einzelne Wörter bezeugen noch den gemeinsamen Ursprung. Die Leidenschaften sind wohl ungezügelt, aber doch natürlich; Chateaubriand brauchte also noch immer nicht den Babelturm und seine Katastrophe, um die Vielfalt der Sprachen und Völker zu erklären. Auch die mosaische Völkertafel diente dem Weltenbummler nur als frühes Zeugnis für Reisen und Wanderungen; denn aus Armenien kamen sie alle, die gelben Inder und semitischen Hirten, die schwarzen Neger und hamitischen Händler, die weißen Kelten und japhetitischen Krieger. Das ist eine Typologie der natürlichen Entfaltung im Stile Turgots und Condorcets, aber keine Deutung der Welt- und Heilsgeschichte. Noch 1831 blieb Chateaubriand hartnäckig, nachdem ihm die Julirevolution die Freude am Irdischen, auch am dichterischen Wort genommen hatte. Die moderne Sprachvergleichung kann vielleicht Formeln finden, die den allgemeinen Mechanismus der menschlichen Sprache ausdrücken; aber von der Ursprache des Menschen wird keine *métaphysique de grammaire* etwas entdecken. Wort und Gedanke sind spontan und synchron, ganz gegenwärtig und besonders; auf die gemeinsamen Wurzeln des Logos lassen sie sich nicht mehr beziehen. Nicht Babel trennt die göttliche Wahrheit von der irdischen Sprache; das Unendliche hat sich niemals realisiert. Durch alle Wandlungen Chateaubriands von der Naturschwärmerei zur Askese des Schweigens zieht sich als Continuo sein Mißvergnügen an der Geschichte[138]).

Doch was ist das für ein Christ, der die Hand Gottes nicht mehr über seinem Alltag spürt! Der Ursprung ist gewiß göttlich, aber dann muß er ewig und somit auch gegenwärtig sein. Diese Überzeugung setzte dem Freund Chateaubriand der royalistische Führer der Traditionalisten Louis Gabriel Ambroise

[138]) Oeuvres complètes, hg. Charles-Augustin SAINTE-BEUVE, 12 Bände, Paris 1859–61: Essai sur les révolutions anciennes et modernes I, 1 Bd. 1, S. 281 (Revolution, Sintflut); Génie du christianisme I, 3 f. Bd. 2, S. 58 ff. (Schöpfungsgeschichte); I, 5, 14 S. 117 f. (Vaterlandsliebe); Sur la Législation primitive de M. le vicomte de Bonald Bd. 6, S. 432 f. (Ursprung des Wortes); Voyage en Amérique S. 140 (Urwort, passions), 5 (Völkertafel); Etudes ou discours historiques sur la chute de l'empire romain, Préface Bd. 9, S. 12 (Sprachvergleichung). Dazu Pierre MOREAU, Chateaubriand, L'homme et l'oeuvre (Connaissance des lettres 46), Paris 1956, S. 36 ff., 62 ff., 163 f.

de Bonald (1754–1840) entgegen und gab eine klare Antwort auf die romantische Frage nach dem Allgemeinen: Es ist Gott allein. Vor der Revolution nach Heidelberg geflohen, glaubte er 1796 nicht an die Heiligkeit der menschlichen Gesellschaft; sie hat sich ja von Gott getrennt, und nun ist (im Sinne Saint-Pierres) die Sprachverschiedenheit das beste Mittel gegen die Vollendung des Werkes, das Gottlosigkeit und Stolz, Philosophie und Französische Revolution, errichten wollten. Nur der fromme Glaube kann noch universale Gemeinschaft begründen; neben die lateinische Religionssprache des Abendlandes darf das Französische nicht als Staatssprache Europas treten. Doch schon 1802, nach Paris zurückgekehrt, entwarf Bonald ein optimistischeres, ein „päpstliches Europabild", nachdem Napoleon mit Pius VII. Frieden geschlossen hatte. Angelpunkt von Bonalds System ist die gegen Condillac vorgetragene Lehre von der Ursprache; sie löst Rousseaus Aporie im Geiste Süßmilchs und Ploucquets. Ohne Gottes liebevolle Hilfe wären die Menschen stumm geblieben, denn sie könnten keine Sprache erfinden. Das Wort ist ja Ausdruck des Gedankens; bevor der Mensch etwas ausspricht, bedenkt er es; der Gedanke der Spracherfindung hätte aber ohne Ausdrucksmöglichkeit, das heißt ohne Sprache, nie verwirklicht werden können. Noch heute wird die Sprache nicht erfunden, sondern erworben. Das alles war längst schon gegen die Rationalisten vorgebracht worden; Bonald nahm es nun als Beweis für den Traditionalismus. Die Sprache kann nur eine Gabe des Schöpfers an den ersten Menschen sein; denn sie ist (nach Herder) das Menschliche am Menschen, aber sie ist ihm dennoch von außen gegeben. Zugleich mit der Sprache lehrte Gott den Menschen alle Grundwahrheiten des religiösen, moralischen und sozialen Lebens; denn Sprache stiftet (wie Ferguson und Condorcet sahen) erst die Gesellschaft. Die moderne Gesellschaft aber kann nur dann gedeihen, wenn sie sich dieser Ursprache wieder erinnert; und das ist nicht schwer. Denn alle Sprachen sind (wie bei Beauzée) Ausdruck des gleichen Denkens; nur darum kann man sie übersetzen, wie man Geld wechseln kann. Babel ist also 1802 nicht mehr wie 1796 ein Hindernis universaler Verständigung; und Französisch ist nicht mehr das gottlose Idiom der Philosophen und Rebellen, sondern es tritt neben das katholische Latein als seine freie Tochter, die Europa politisch vereint; denn unter den modernen, vielleicht unter allen Sprachen steht es der Naturordnung am nächsten – Bonald verkündete sie ja auf französisch.

Die Restauration der Bourbonen hob den Philosophen auf den Gipfel seines Einflusses. Doch jetzt, 1818, ging es ihm nicht mehr um Frankreich und die Geschichte, sondern um das für alle Menschen geltende göttliche Prinzip allein, und es war höchst archaisch. Am Beginn der Menschwerdung steht die Sprache; sie zieht den Menschengeist täglich aus dem Nichts, so wie in den ersten Schöpfungstagen ein Wort das Universum aus dem Chaos zog. Die Sprache,

Abbild des göttlichen Logos, ist das Geheimnis unseres Seins; weit davon entfernt, sie erfunden zu haben, kann der Mensch sie nicht einmal begreifen. Doch immer ist sie da; ihr verdankte es schon der erste Mensch, daß er kein tierischer Barbar war und daß er Gesellschaft bilden konnte. Ihre Wirkung kann nachlassen; man sieht es an den modernen Wilden, die keineswegs (im Sinne Lafitaus, Saint-Pierres oder Chateaubriands) Überbleibsel des Urstandes, sondern (wie bei Schelling) Zeugen trauriger Entartung sind. Ohne die Offenbarung der Sprache kann keine Gruppe zum Volk werden und das Gebäude einer Gesellschaft errichten; sie endet stets in der Verwirrung und Zerstreuung der Architekten. Wie gäbe es also Geschichte ohne Sprache? Und dennoch (oder eher: deshalb) bleibt die wahre Sprache der Geschichte entrückt. Hätten Einzelmensch oder Gesellschaft die Sprache erst allmählich erfunden, so könnten nicht alle Idiome der Erde den gleichen Grundplan zeigen, der nur durch Syntax und Vokabular variiert wird. Außerdem verträgt sich die Lehre von der schrittweisen Verbesserung der erfundenen Sprache nicht mit der Tatsache, daß die ältesten uns bekannten Sprachen, Sanskrit und Hebräisch, die vollkommensten, erhabensten und einfachsten sind. Sie sind wohl nicht die Ursprache selbst; aber die Gelehrten, die den Zusammenhang zwischen Deutsch, Persisch, Tatarisch, Indisch, Hebräisch, Griechisch und Lateinisch nachweisen, bezeugen damit, daß es diese eine Ursprache gab, von der die Einheit des Menschengeschlechts abhängt. Noch 1827, ja noch 85jährig verteidigte Bonald diese Sprachtheorie heftig, sogar unter Berufung auf Grotius, Herder und Humboldt. Dabei sind gerade diese Humanisten seine Hauptgegner. Denn wenn Gott dem Menschen in einer Uroffenbarung eine Summe von Grundwahrheiten übergab, die sich durch Tradition forterbten, so ist der Mensch von sich aus nicht befähigt, die ewige Wahrheit zu finden, auch nur zu bestätigen. Aus diesem Grunde rückte auch die katholische Kirche vom Traditionalismus ab. Zudem ließ Bonald, anders als seine deutschen Geistesverwandten A. H. Müller und Baader, der zukünftigen, überhaupt der geschichtlichen Entwicklung keinen Raum; er reduzierte die Historie auf die Soziologie, aus der Stimmung der Restauration, die jede Veränderung scheut, aber auch aus der Sehnsucht der Romantik, die das rein Geistige liebt. So wird die Politik abstrakt, das mannigfach Veränderliche dem einen unveränderlichen Prinzip unterworfen, nicht sehr viel anders als bei Condorcet. Die Restauration ist die Kontrafaktur der Revolution; der Text ist verändert, die Melodie ist die gleiche[139]).

[139]) Oeuvres complètes, hg. Jacques Paul MIGNE, 3 Bände, Paris 1859: Théorie du pouvoir politique et religieux dans la société civile II, 2, 2 Bd. 1, Sp. 496 ff. (Sprachverschiedenheit); III, 1, 10 Sp. 770–773 (Latein, Religion); Législation primitive considérée dans les derniers temps, Discours préliminaire Sp. 1067 ff.; I, 1, 1, 19 ff. Sp. 1161 ff. (Ursprung der Sprache); III, 10 Sp. 1391 f. (Latein und Französisch);

Die schon bei Bonald spürbare Verwandtschaft mit den Gedanken Saint-Martins und der Illuminaten tritt deutlicher zutage bei Bonalds Parteifreund, dem Grafen Joseph de Maistre (1753–1821). Da er die Ursprache nicht als Uroffenbarung ausgab, bekam seine Lehre mehr poetische als politische Färbung; der zeitlose Charakter wahrer Sprache kollidierte weniger kraß mit der wandelbaren Pflicht des Tages. Allerdings betrachtete seit 1810 auch Maistre wie Bonald die Geschichte als Abfall vom göttlichen, goldenen Zeitalter des Ursprungs; aber seine Spuren sind noch in unseren Sprachen leuchtend erkennbar. Die Namen sind nicht willkürlich, sie geben das Wesen der Dinge wieder; denn sie stammen von Gott, der alles benannte, als er es schuf, die Sterne so gut wie die Menschen. Die Sprache selbst ist Schöpfung des allmächtigen Gottes, und auch die verschiedenen Sprachen kommen von ihm; darum ist jedes ursprüngliche Wort, gleich in welcher Sprache, das notwendige Symbol einer Offenbarung. Der Mensch kann von sich aus nichts erschaffen, keine Namen geben, keine Sprache erfinden; was er zu benennen unternimmt, bleibt Stückwerk, ungenau, künstlich und kurzlebig. So ist denn alles, was Natur und Geschichte an Dauerndem kennen, allein das Werk Gottes; der Ewige wohnt konservativ im konkreten Detail, auch in der französischen Sprache, die zu universaler Sendung berufen ist. Der mit der Erbsünde beladene Mensch leidet für seine Schuld; seine politische Machtwelt ist böse, nicht erst seit Babel. Aber er kann auf Erden erlöst werden, durch die hierarchische Ordnung der Staatskirche und durch das göttliche Wort[140]).

Verbirgt es sich nicht im Worte des Dichters? Der Lyriker Alphonse de Lamartine (1790–1869) stand Chateaubriand, Bonald und Maistre nahe genug, um es 1820 zu hoffen. Er wollte zwar nicht wie der von ihm besungene Bonald durch sein Wort den Schleier vom Ursprung alles Wesens heben; denn die Zeit ist über das Uralte hingerollt, so wie sie Roms Ruinen langsam zerstört; der

---

Recherches philosophiques sur les premiers objets des connaissances morales c. 2 Bd. 3, Sp. 61–122 (Sprache), 71 f. (Beginn der Menschwerdung), 64 ff., 95 (Urzustand nicht barbarisch), 80 (Verwirrung), 81 f., 86 f. (gleicher Grundplan), 85 (Sanskrit, Hebräisch), 88 f. (eine Ursprache); Démonstration philosophique du principe constitutif de la société, Introduction Bd. 1, Sp. 17–28 (Sprachtheorie von 1827); Observations sur la critique qui a été faite de son système sur l'origine du langage Bd. 3, Sp. 551–558 (Grotius usw.). Dazu Hayes, Evolution 95 ff.; Harnois, Théories 64 ff.; Kuehner, Theories III f.; Werner Krauss, H. de Bonald und die Theorie der Restauration, in: DVLG 15 (1937) 269–294, hier S. 278 f.; Robert Spaemann, Der Ursprung der Soziologie aus dem Geist der Restauration, Studien über L. G. A. de Bonald, München 1959, S. 42 ff.

140) Essai sur le principe générateur des constitutions politiques et des autres institutions humaines, Neudruck Lyon-Paris 1822: c. 47 S. 65 f. (Sprachen); c. 50 S. 69 ff. (Namen); c. 52 S. 72; c. 59 S. 82 f. (menschliche Benennungen). Dazu Gollwitzer, Europabild 249 ff.; Max Huber, Die Staatsphilosophie von Joseph de Maistre im Lichte des Thomismus (Basler Beiträge zur Geschichtswissenschaft 71), Basel-Stuttgart 1958, S. 156 ff.

Tempel der Welt ist stumm und klanglos geworden. Aber die Seele des Dichters redet in diesem Schweigen und verleiht dem Weltall und der Kreatur Sprache; wenigstens von ferne versteht der Dichter und Prophet die göttliche Stimme des Kosmos und preist den Herrn mit hundert Namen. Besser würde er freilich schweigen, denn nur Gott könnte wirklich reden. Aber auf dieser dunklen, vergänglichen Erde hat der Dichter doch eine Mission. Er überschreitet die Schranken der Völker und heißt die ferne wohnenden, exotischen Gotteskinder nicht Barbaren; denn ein Gott schuf sie alle, alle wohnen unter einem Himmel. Auch das Land Chams, *notre premier empire*, hat Fromme; auch Europa sollte einig sein. Lamartine wünschte sich noch 1841, am Rhein möge nicht Kriegeslärm, sondern in den sieben Sprachen Europas freudiger Gesang ertönen[141]). Die Menschen in ihrer Unzulänglichkeit bleiben allein, die Natur bildet sie nicht, das Göttliche vereint sie nicht; doch sollten sie sich wenigstens in ihrer schmerzlich begrenzten Sphäre miteinander vertragen.

Ins Gelehrte, Sprachwissenschaftliche übersetzt, schrieb dasselbe 1820 der Sinologe Jean Pierre Abel Remusat (1788–1832), ein Schüler von Silvestre de Sacy, aber kein Jünger. Intensive Sprachstudien können Völkergeschichte und Völkerverwandtschaften freilegen bis zurück zu dem Punkt, wo die Profangeschichten aufhören und wo man in den Sprachen jene Verwirrung findet, die sie alle hervorgebracht hat und die man bisher vergebens zu erhellen suchte. Die Sprachwissenschaft kann also nicht zur göttlichen Ursprache Bonalds, nur zu den befleckten Babelsprachen zurückgeleiten, sie aber wenigstens zu Zeugen menschlicher Brüderlichkeit aufrufen[142]). Auch der Offizier Alfred de Vigny (1797–1863) dichtete 1823, daß die zeitlichen *langages humains* das Ewige nicht erreichen. Schon der hochmütige Engel Luzifer vergaß nach seinem Sturz *le langage des Cieux*. Es ist die Sprache der Liebe, die (ganz anders, als Keats glaubte) der stolze Mensch nicht mehr versteht; als Christus gütig der Ehebrecherin verzieh, schrieb er in den Sand mit himmlischen Schriftzügen *une langue aux hommes étrangère*. So kann, wie Vigny 1835 schrieb, der Dichter nicht wie der Musiker seine Gefühle ganz deutlich dem Weltall mitteilen; er würde für diese Gnade gern sämtlichen Wörtern seiner Sprache abschwören, die man höchstens in hundert und einigen Departements versteht. Aber er bleibt an die Gesellschaft gefesselt, zu der er nicht gehört; und wenn er nach einem heiligen Wort sucht, so heilig, als wäre es das erste, das die mensch-

[141]) Oeuvres complètes, 6 Bände, Paris 1850: Les méditations poétiques I, 19 Bd. 1, S. 138 (Schleier); II, 20 S. 268 f. (Roms Ruinen); I, 16 S. 127 f. (stummer Tempel); II, 4 S. 201 (Schweigen); La chute d'un ange c. 8 Bd. 4, S. 196 (Stimme des Kosmos), 201 (Barbaren); Voyage en Orient, Adieu Bd. 5, S. 12 (Land Chams); La Marseillaise de la paix Bd. 2, S. 414 (sieben Sprachen). Dazu Claudius GRILLET, La Bible dans Lamartine, Lyon-Paris 1938, S. 183 ff.

[142]) Recherches sur les langues tartares, Bd. 1, Paris 1820, S. XVI f., XIX f., XXIX.

liche Zunge geäußert hat, so findet er dieses von allen Völkern gesegnete Wort wohl, aber es ist das stolze, trennende Wort *honneur*, nicht das Wort „Liebe“[143]).

Denn die irdische Liebe verbindet die Völker nicht; der einsame Henri Beyle, genannt Stendhal (1783–1842) beobachtete es 1822 kühl. Jedes Volk liebt die Frauen anders; Frankreich, die erste Nation der Welt, ist hierin kein universales Vorbild, auch wenn drei von vier Liebesbriefen in Wien und London französisch geschrieben sind. Denn der Franzose ist eitel, seine Sprache klar und überall gleich; die Liebe aber erfordert Aufmerksamkeit auf tausend kleine Umstände und bevorzugt das singende Italienisch oder das zarte Provenzalisch mit ihren vielen Dialekten. Darum fällt der Italiener in Frankreich in der Erregung und in der Schwäche sofort in seine Muttersprache zurück und vergißt alle Konvention. Der Augenblick regiert das Leben, denn nur das Konkrete ist wahr, und es hat keine Kontinuität. Daß Nimrod je gelebt habe, ist höchst unwahrscheinlich; und so fehlt dem Witz des älteren Rousseau die Pointe: Ein Hauptmann beruft sich auf seinen Vorfahren Nimrod; was ist daran komisch? Zwischen völlig beziehungslosen Größen gibt es keine Brücke, nicht einmal die des Gelächters[144]). Stendhal weist weit voraus zu den Realisten, die sich der unbarmherzigen Analyse der Gegenwart widmen werden; aber er studierte sie, weil ihm Restauration und Romantik das weitere Gebiet des dauernd Gültigen verschlossen und auch den engeren Zusammenhang des geschichtlich Lebendigen zerschnitten; so blieb als Gegenstand der Betrachtung nur die eigene Seele.

Der gleichen Umklammerung durch starre Abstraktionen suchte sich ähnlich psychologisierend der liberale Abgeordnete Henri Benjamin de Constant-Rebecque (1767–1830) zu entziehen, als er 1824 gegen Chateaubriand die innere Freiheit des Christen verteidigte. Es war ein versteckter Angriff auf die Restaurationstheorie, wenn Constant Religion, Gesellschaft und Sprache von der menschlichen Seele her sah. Man kann die Fähigkeit des Menschen zum Glauben, zum geselligen Zusammenschluß und zur Sprache keinem anderen Grund als der menschlichen Natur zuschreiben. Constant wandte sich damit förmlich nur gegen jene, die den Menschen zum Sklaven äußerer Einflüsse machten;

---

[143]) Oeuvres complètes, hg. Fernand Baldensperger, 2 Bände (BP 74, 76), Paris 1948: Eloa ou la soeur des anges Bd. 1, S. 65 (Menschensprachen, Luzifer); La femme adultère S. 102 (Christus); Servitude et grandeur militaires II, 4 Bd. 2, S. 577 (Dichter und Musiker); III, 10 S. 677 (Honneur).

[144]) Oeuvres complètes, hg. Georges Eudes, 25 Bände, Paris 1951–56: De l'amour II, 40 Bd. 15, S. 115 ff. (Liebe der Völker); II, 42 S. 121 (Französisch in Wien und London); II, 49 S. 144 f. (Italienisch); II, 51 S. 153 (Provenzalisch); La Chartreuse de Parme I, 3 Bd. 12, S. 44; I, 5 S. 69 (Italiener in Frankreich); Correspondance I, 40 Bd. 23, S. 66 (Nimrod); Journal vom 27. 6. 1804 Bd. 20, S. 69 (Rousseau). Dazu Auerbach, Mimesis 422 ff.

aber waren sich darin nicht Naturalisten und Traditionalisten einig? Ähnlich hintergründig war Constants Ansicht, die Gleichheit der Mythen in aller Welt mache es wahrscheinlich, daß einst *un peuple primitif, source commune, tige universelle, mais anéantie, de l'espèce humaine* existierte; die Germanen wußten von drei Kindern des Mannus, die Römer von drei Söhnen des Saturn, die Hebräer von drei Noachiden. Besagen diese Mythen wirklich etwas über das uns Unzugängliche? Bezeugen sie nicht vielmehr (im Sinne Humboldts) die Gleichförmigkeit der menschlichen Einbildungskraft? Dann bleibt allerdings dem Menschen nichts als diese Freiheit seiner Seele; alles Objektive wird irreal[145]). Auch dieser Rückzug aus der Welt war romantisch; er bannte das Unbegrenzte in den Kreis des Ich.

Es gab noch einen zweiten Ausweg aus den sterilen und konservativen Doktrinen, die Flucht in die Zukunft. Die Anhänger des Grafen Claude Henri de Saint-Simon (1760–1825) erhofften sich von der religiösen Erneuerung die Lösung aller Gegenwartsprobleme; um diese zu analysieren, griff Saint-Simon auf die Geschichte zurück. Wie Condorcet berechnete er aus ihr den Fortschritt der Kulturstufen; er würde andauern. Das Geistige muß sich verkörpern; was der Mensch glaubt, das sucht er in religiösen Monumenten zeichenhaft darzustellen. Die Bauten irreligiöser, kritischer Epochen sind vielleicht elegant, rein, anmutig, doch fehlen ihnen Leitidee und große Proportionen. Der Turm zu Babel, von den Menschen mit Eifer und Erfolg gebaut, solange sie noch eine Sprache hatten, wurde unterbrochen, als die Verwirrung der Sprachen begann; daran erkennt man die Unproduktivität der Kritiker. Der religiöse Gehalt der biblischen Erzählung wurde hier völlig verkehrt; zwischen Turmbau und Sprachverwirrung wurde nicht der Zusammenhang von Sünde und Strafe gesehen; fromme und starke Menschen würden den Babelturm monumental zu Ende bauen. Die Saint-Simonisten wollten es tun, die Impotenz der Gegenwart hinter sich lassen, die sozialen Ungerechtigkeiten der Restaurationsepoche beseitigen und die Menschheit vereinigen[146]).

Mit ähnlich sozialreligiösen Zielen erhob sich gegen Staatskirche und Trägheit der mit seiner Kirche zerfallene Priester Hugues Félicité Robert Lamennais (1782–1854). Er glaubte wie Bonald an die göttliche Schöpfung von Sprache und menschlicher Ordnung. In flammenden Worten schilderte er 1833, daß in alten Zeiten die Menschen Brüder waren, alle gleich und reich; denn alle Völker haben den nämlichen Vater auf Erden, Adam, und im Himmel, Gott. Alle Nationen sind Schwestern; wer sie trennt, tut Satans Werk. Alle Menschen

145) De la religion considérée dans sa source, ses formes et ses développements, Bd. 1, Paris 1824, S. 23 f. (Religion, Gesellschaft, Sprache), 159 ff. (Gleichheit der Mythen).

146) Anonymus, Religion Saint-Simonienne, 2. Aufl., Brüssel 1831, S. 13 f. Dazu Willy Spühler, Der Saint-Simonismus, Lehre und Leben von Saint-Amand Bazard (Zürcher volkswirtschaftliche Forschungen 7), Zürich 1926, S. 129 ff.

verstanden die (von Young gefeierte) *langue mystérieuse* des Firmaments. Erst die Machtgier der Fürsten und Priester spaltete die Völker, daß keines mehr die Stimme des andern vernahm; die Menschen der Ungerechtigkeit zerrissen die Familie Adams und verteilten die Erde. Aber der Priestertrug der Reaktion wird nicht mehr lange währen; bald werden alle Völker wieder eine Nation sein. Das ist der Sinn der geheimnisvollen Inschrift, die die blinden Juden in drei Sprachen an das Kreuz des Erlösers hefteten. Endlich werden im himmlischen Vaterland alle Engel und Menschen ohne Unterschied das Lob des Gekreuzigten singen, in der Sprache des Himmels[147]). Wiederum wie bei den Saint-Simonisten wurde Babel nicht als titanischer Trotz der Menschen und weise Strafe Gottes verstanden; alle irdische Verschiedenheit wurzelt (wie bei Volney und Barère) in der Bosheit der Mächtigen, nicht in Gottes Ratschluß. Die klerikale Restauration verschließt das Gebiet des dauernd Gültigen und zerschneidet den Zusammenhang des geschichtlich Lebendigen; der natürliche Glaube des Menschen muß diese Fessel um Geist und Entwicklung sprengen. Die Julirevolution brach 1830 den Bann; aber sie führte in eine weniger fromme Zukunft, als Saint-Simon und Lamennais erhofften.

Von anderen Nationen unterscheiden sich die Revolutionsländer der Epoche, Nordamerika und Frankreich, durch die Liaison der geistigen Bewegung mit den politischen Zuständen. Ihre Eigenart und Wirkung sind freilich bei beiden Völkern verschieden. Das amerikanische Sendungsbewußtsein veränderte die politische Gegenwart praktisch und fortschrittsgläubig in Richtung auf eine bessere Zukunft, die schon begonnen hat; der puritanische Auserwählungsglaube brauchte für das Geschick der übrigen Welt nicht mit zu sorgen, weil er die ewige Wahrheit schon besaß. Das französische Denken dagegen suchte theoretisch durch totalen Umsturz aller politischen Geschichte das dauernde Glück für die gesamte Menschheit erst noch zu erringen. Während die amerikanischen Doktrinen über Sprache und Nation sich fast organisch in geschichtlichem Wachstum verwirklichten, zerstörten die französischen Abstraktionen gewaltsam die natürliche Entwicklung der Sprachen und der Völker, der nationalen Struktur und der individuellen Freiheit. Ob revolutionäre Prinzipien das Land zunächst in hektische Erregung, ob reaktionäre es danach in Lähmung und Apathie versetzten, ungebrochen blieb die Herrschaft der Prinzipien über das Geschehende. Die Romantik hat diese Tyrannei eher befestigt als erschüttert, weil auch sie den Geist weit über die Wirklichkeit stellte; allenfalls floh sie aus der erstarrten Realität in den Weltschmerz, in die einsame

---

[147]) Paroles d'un croyant, Brüssel 1834: c. 4 S. 21 f. (Brüder, Adam); c. 12 S. 65; c. 18 S. 96 (satanische Spaltung); c. 15 S. 80 (Sprache des Firmaments); c. 29 S. 146 f. (Teilung der Erde); c. 23 S. 120 (Inschrift); c. 41 S. 216 (Sprache des Himmels). Dazu Jacob Leib TALMON, Political Messianism, The Romantic Phase, London 1960, S. 229 ff.

Seele, in die exotische Fremde oder in eine utopische Zukunft. Damit half sie allerdings den nächsten Aufstand vorbereiten, mit dem die Franzosen die geistige Führung der Welt wirklich errangen: den Aufstand gegen die Prinzipien.

*

Der Blick auf die romanischen Schwesternationen macht die Sonderstellung Frankreichs noch deutlicher. Spanien und Italien traten nicht für universale Prinzipien in die Schranken; sie wehrten sich gegen napoleonische Armeen und französische Ideen und besannen sich dabei auf ihre nationalen Kräfte, doch ohne sie spekulativ zu abstrahieren oder politisch anzuwenden. Dazu kam, daß die Romantik mit ihren Idealen vom unendlichen Geist und vom poetischen Universum beide Länder später als Frankreich ergriff; klassisches und katholisches Erbe hinderten Umstürze und Neuerungen, ohne sich selber zu regenerieren; Fremdherrschaft und Unterdrückung begannen erst langsam Reaktionen auszulösen.

In Spanien hatte sich früh, zu Forners Zeit, der Widerspruch gegen französische Klassik und Aufklärung geregt; wenn sogar die biblische Urgeschichte die Gegenwart nicht zu ordnen vermochte, konnte es noch weniger den Philosophen gelingen, die am grünen Tisch berechnen, wie die Weltgeschichte hätte verlaufen sollen. Der spanische Jesuitenmissionar Lorenzo Hervás y Panduro (1735–1809) kam nicht vom grünen Tisch, als er, nach der Austreibung des Ordens in Rom seßhaft, das Vaterunser in 307 Idiomen sammelte. Er hielt es seit 1785 für unmöglich, daß alle diese Sprachen von einer einzigen, etwa der hebräischen, ausgehen oder in eine einzige, etwa eine logistische, einmünden; zu gründlich unterscheiden sie sich voneinander. Die malaiisch-polynesischen Sprachen sind eine Familie für sich; die amerikanischen Idiome sind so differenziert, daß man die nördlichen auf asiatische, die südlichen auf afrikanische Einflüsse zurückführen, aber nicht alle zusammenfassen kann. Hervás hielt 1789 diese staunenswerte, unübersehbare Vielfalt der Sprachen für das Werk Gottes; sie muß begonnen haben bei der *admirable confusión de lenguas que refiere Moisés*. Aber weiter zurück kann unsere Forschung nicht dringen. Wir sind auch nicht berechtigt, wie Sarmiento die derzeitige Mannigfaltigkeit als babylonisch zu verachten oder als lästig zu verbessern; denn sie ist Gottes Schöpfung. Das war für die spanischen Zeitgenossen neu: Gott schuf keine vernünftige Ordnung, sondern unendliche Fülle; man kann sie geduldig im Einzelnen bewundern, aber nicht schnellfertig im Ganzen berechnen. Vom Kosmos der Sprachen wissen die französischen Philosophen so wenig wie die spanischen Exegeten; Vernunft und Offenbarung sind nur Ausschnitte aus der Schöpfung, sie ist größer als die menschliche Rede, größer sogar als das biblische Wort

Gottes[148]). Damit war auch die spanische Aufklärung überwunden – aber nur im Exil.

Die napoleonischen Kriege erregten das spanische Nationalbewußtsein; die monarchische Restauration belebte die klerikalen Traditionen; und beide zerstörten das aufgeklärte Weltbild, ohne die Blickweite eines Hervás zu erreichen. Es siegte das Provinzielle. Im trauten Verein treffen wir baskischen Nationalismus und Bonaldschen Traditionalismus 1815 bei dem königlichen Finanzbeamten Juan Bautista Erro y Aspirez, einem obskuren Obskuranten. Die von Gott bei der Schöpfung eingegossene, nicht vom Menschen geschaffene Ursprache muß sich trotz der Sprachenverwirrung von Babel durch die Zeiten erhalten haben: das Baskische könnte sie sein. Mindestens daran darf man nicht zweifeln, daß die baskische Sprache *en los primeros siglos de la creación* bereits bestand. So weit waren nicht einmal um 1640 die Domherren von Pamplona gegangen, geschweige denn jene Gelehrten, die sich den Kopf zerbrochen hatten, ob Baskisch allenfalls eine Babelsprache wäre. Jetzt wurde es beinahe die göttliche Uroffenbarung selber[149]). Während solches in Madrid gedruckt wurde, wollte die Zensur selbst Chateaubriands Werke nicht zulassen; die Inquisition trieb viele Spanier ins Ausland, den Romantikern in die Arme. Ihre Rückkehr seit 1833 brachte frische Luft und eine neue Epoche mit.

Den Italienern blieb vorerst die nationale Einheit Spaniens versagt, damit aber auch die völlige Unterdrückung durch fremde und eigene Despoten erspart; die Kleinstaaterei Italiens förderte die Freiheit der Meinungen. Die Meinungen indes wandten sich gegen diese politische Zersplitterung, freilich auch gegen die rationalistische Vereinfachung. Den Dichtern, die der französischen Aufklärung abschworen, wiesen nämlich Französische Revolution und Deutsche Bewegung das neue Ideal: ein einiges, freies Italien mit seiner heiligen Muttersprache[149a]). Den Anfang machte der weitgereiste Piemontese Vittorio Alfieri (1749–1803), der ein Schüler der französischen Klassizisten und Cesarottis gewesen war und in der Jugend eher Französisch als Italienisch gelernt hatte. Mit dem ganzen Haß betrogener Liebe begann er 1775 die Franzosen und die *maladettissima lingua francese* zu verfolgen; im schroffen Gegensatz zum tränenseligen Weltbürgertum Metastasios erhob er *nostra divina lingua*, das Italienische, herrisch über alle europäischen Sprachen. Er wünschte 1784, die ganze

---

[148]) Catálogo de las lenguas de las naciones conocidas, Bd. 1, Madrid 1800, S. 35 f., 94 f. (Genesis, Sprachverschiedenheit), 82, 395 f. (Amerikaner). Historia de la vida del hombre, Bd. 1, Madrid 1789, S. 242 f. (Sprachverwirrung). Dazu STOLL, Völkerkunde 53 ff.; LAZARO CARRETER (o. S. 1515 Anm. 221) S. 70 f., 100 ff.

[149]) El mundo primitivo ó exámen filosófico de la antigüedad y cultura de la nación bascongada, Madrid 1815, S. 41 ff. (Ursprache), 56 ff. (Babel), XIV (Baskisch). Zur Zensur Udo RUKSER, Inquisition und Zensur in Spanien in ihren Folgen für die Literatur um 1800, in: AKG 38 (1956) 218–243, hier S. 227.

[149a]) VOSSLER, Nationalgedanke 116 ff.

Welt spräche das harmonische und große Toskanisch, nicht mehr die *urli maladetti* der *Sarmati*, *Galli*, *Angli e Tedeschi*. In Paris von der Revolution überrascht, wandte er sich 1789 angewidert ab von dieser *Babilonia* der Verwirrung und des Terrors. Der Vorläufer der italienischen Romantik und des Risorgimento skizzierte mit solchen Versen fast eine neue Nationalreligion, die nur das Eigene als paradiesisch rein und frei, das Fremde als babylonisch empfand[150]).

Unter Alfieris Eindruck wehrte sich 1798 der Halbgrieche Ugo Foscolo (1778–1827) erbittert dagegen, daß die französischen Sieger von Campo Formio bei der Besetzung des römischen Kirchenstaates die lateinische Sprache beseitigten, den letzten Rest römischer Weltmacht und klassischer Humanität; er protestierte auch dagegen, daß sich das barbarische Französisch mit dem toskanischen *parlar celeste* vermische. Wiewohl mit dem Adelskritiker Parini bekannt, feierte Foscolo 1806 in Mailand die Größe des göttlichen Italien noch einmal mit der Trojanersage Malespinis; Jupiter, der Gott der klassischen Welt, zeugte den *Dárdano*, die Trojaner und Caesar. Der Dichter ergriff, was ihn beflügelte; die Enzyklopädie des Möglichen ließ ihn kalt. Er mochte 1809 als Professor in Pavia nicht auf die Frage des Sprachursprungs eingehen; er wollte keinem Metaphysiker, sondern allein den Fakten glauben und nicht die Vielfalt der Sprachen erörtern, sondern nur seine Muttersprache, in der er dachte und schrieb. Wer die Sprachen zurückverfolgen könnte, der erführe, wann die Erde besiedelt wurde und die Menschheit sich in Nationen trennte; aber wer weiß es? Schnell entfernen sich die Sprachen vom gemeinsamen Ursprung; bald wird (was Webster hoffte und Coleridge nicht glaubte) das Amerikanische vom Englischen so verschieden sein, wie das Französische vom Italienischen ist. Foscolo beschränkte sich deshalb auf seine gegenwärtige Muttersprache[151]). Der Wille des Dichters begrenzt das geistige Universum, denn er schafft es ja erst. Alles übrige Universale ist unwahr, mag es noch so real sein; Foscolo konnte weder das lateinische Kaisertum Napoleons noch die linguistische Enzyklopädie Deninas anerkennen.

Dafür sonnte sich dieser savoyische Priester Carlo Denina (1731–1813) in der Gunst Napoleons und widmete ihm 1804 das Buch, das die Sprachen der

---

[150]) Opere, hg. Francesco MAGGINI, 5 Bände, Florenz 1926-33: Vita II, 7 Bd. 4, S. 46 f. (Erlernung des Französischen); II, 6 S. 41 f. (Haß gegen Französisch); IV, 1 S. 166 (maladettissima), 170 (Italienisch); IV, 19 S. 259 (Babilonia); Rime Nr. 110 Bd. 5, S. 102 f. (Toskanisch, urli; ähnlich Nr. 222 S. 198). Dazu VOSSLER, Nationalgedanke 130 f.; KOHN, Idee 676 ff.

[151]) Opere edite e postume, hg. Francesco Silvio ORLANDINI u. a., 12 Bände, Neudruck Florenz 1939: All'Italia Bd. 9, S. 160 (parlar celeste); Dei sepolcri v. 235 ff. S. 183 f. (Trojanersage); Dell'origine e dell'uffizio della letteratura Bd. 2, S. 83 (Ursprungsfrage); Sulla lingua italiana, Prefazione Bd. 4, S. 109 f. (wann die Erde besiedelt wurde usw.).

Welt ordnen sollte und dementsprechend französisch geschrieben wurde. Hebräisch war wohl die Ursprache, wirkte aber nicht auf die derzeitigen Idiome Europas ein, die sich klar und ohne Rücksicht auf Sanskrit in die vier Gruppen des Gelenius gliedern: Griechisch, Lateinisch, Slavisch, Deutsch. Das Italienische kann keinen Ehrenplatz beanspruchen; nur das lateinische Kaisertum des Korsen vereint diesseits von Babel die Nationen[152]). Der Herrschaft der Volkssprachen widersetzte sich auch Napoleons standhafter Widerpart, Papst Pius VII. (1740–1823), der gegen die weltliche die geistliche Universalität behauptete, weil nur die Kirche jenseits von Babel steht und die ganze Erde umspannt. So lehnte der Papst 1816 energisch die Versuche ab, die Bibel wahllos in die Volkssprachen zu übersetzen. Die Heilige Schrift muß geschützt werden vor den *vicissitudines*, *varietates commutationesque*, denen der *vernaculus sermo* ausgesetzt ist. Die universale Kirche darf gemäß Gen. 11, 1 (und nach Hosius) nur eine Sprache und Rede besitzen[153]). Der Standpunkt Bellarmins galt unverändert weiter, auch gegenüber dem romantischen Kult der Muttersprache; die Weltkirche wird nach wie vor lateinisch, nicht italienisch sprechen, weil sie das Wort Gottes und nicht das Gerede der Menschen verkündet.

Unterschätzte der Papst damit nicht die natürliche Einsicht des Menschen in die Schöpfungsordnung, die wahrhaft göttliche Kraft seiner Volkssprache, die heilige Bestimmung der Nation? Der Priesterphilosoph Antonio Rosmini-Serbati (1797–1855) gedachte Italien unter dem Vorsitz des Papstes zu einigen; er hoffte 1830 auch die Sprachtheologie mit der romantischen Philosophie des Nationalismus auszusöhnen. Sprache ist kein urtümliches Produkt der Naturnachahmung; sie entstand weder aus dem Geplapper der Kinder noch aus den Ausrufen der Wilden. Deren *linguaggio naturale* benennt ja nur die sichtbaren Dinge und löst sich von der Umwelt so wenig, wie es Tierlaute vermögen. Die empiristische These, etwa eines Condillac, ist einseitig; die idealistische, etwa im Sinne Kants und Schellings, kommt der Wahrheit näher. Denn erst *linguaggio artificiale e convenzionale* ist wahrhaft menschlich; die sprachliche Abstraktion von den Objekten erlaubt dem Menschen die freie Entscheidung und erhöht ihn zu seiner ewigen Idee. Diese wahre Sprache mußte von einem Geist geschaffen werden, der abstrakter Ideen fähig ist, also nicht von dem umweltgebundenen Menschen der Urzeit; mit Rousseau gesprochen: Ohne Sprache konnte man keine Sprache erfinden. Auch der heutige Mensch besitzt sie nicht von Natur

---

[152]) La clef des langues, ou observations sur l'origine et la formation des principales langues . . ., 3 Bände, Berlin 1804 (in Deutschland nicht greifbar, ebenso D.s früheres Buch: Sur les causes de la différence des langues, Berlin 1783); zitiert nach Antoine Meillet – Marcel Cohen, Les langues du monde, 2. Aufl., Paris 1952, S. XXIII. Dazu Natali (o. S. 1508 Anm. 205) Bd. 1, S. 456 ff.

[153]) Magno et acerbo dolore vom 3. 9. 1816, in: ASS Bd. 9, S. 583; auch bei Denzinger, Enchiridion Nr. 1603 f.

aus, er erlernt sie durch Erziehung; sie wird ihm von der Gesellschaft übergeben. Und von wem erhielt die Gesellschaft dieses unschätzbare Gut? Rosmini schrieb, er wolle nicht entscheiden, ob die Sprache göttlichen oder menschlichen Ursprungs sei; aber er hatte sich schon entschieden. Die Sprache muß ebenso in der absoluten Wirklichkeit Gottes begründet sein wie die Schöpfung des Menschen und wie die menschliche Einsicht in die Schöpfungsordnung. Der Vergleich mit Bonalds Ursprache und Uroffenbarung drängt sich auf, obwohl Rosmini die Gegenposition zum Traditionalismus vertrat. Die ewige Wahrheit wird uns nicht von außen her überliefert, sie ist da; wir müssen uns nur zu unserem Idealbild erziehen, um sie zu sehen und auszusprechen. Wir lernen sie nicht erst aus der Bibel; wir erfahren sie nicht erst allmählich durch Heilsgeschichte. Und hier traf sich Rosmini mit Bonald: Wahrheit und Sprache sind nicht geschichtlich. Seit Dante wußten die Italiener, daß die konventionellen Sprachen ihren Ausgang vom bösen Turm zu Babel nahmen; Rosmini sah in ihnen die Grundlage aller wahren Menschlichkeit, ohne sich um ihre Wandlungen und Verzweigungen zu kümmern[154]. Oder richtiger: Da die Gesellschaft die Kunstsprachen willkürlich vereinbart hat, müssen die Nationalsprachen voneinander abweichen; ihre Verschiedenheit ist also Voraussetzung für die menschliche Freiheit und Bestandteil der ewigen Schöpfungsordnung. Wenn wir unseren freien Willen im Dienst der göttlichen Seinsordnung einsetzen, muß der Dienst an Vaterland und Muttersprache ein Teil davon sein.

Man begreift, warum der bedeutendste italienische Romantiker, der mailändische Graf Alessandro Manzoni (1785–1873), Rosmini bewunderte; seine Ideale, Heiligkeit der Muttersprache, Einheit der Nation, Erneuerung des katholischen Glaubens, schienen ihm hier begründet und erläutert. Er rief die Italiener 1816 zur Brüderlichkeit auf: *D'una terra son tutti, un linguaggio parlan tutti*; darum dürfen sie sich nicht länger naturwidrig befehden. Auf fremde Herrschaft und fremde Sprachen brauchen sie sich nicht einzulassen; Manzonis Hauptwerk, im Stile Scotts geschrieben, zeigte es seit 1821 am Beispiel lombardischer Bauern im 17. Jahrhundert. Sie verstehen die spanisch sprechenden Landesherren nicht oder halten, was sie sagen, für Latein; das Schurkenlatein der Gebildeten imponiert ihnen nicht. Nur auf das kirchliche, liturgische Latein lauschen sie voller Ehrfurcht; es ist *un latino sincero, sacrosanto*. Aber sogar die kirchliche Gelehrsamkeit Mailands pflegt neben Griechisch und Latein bereits das Italienische und überläßt Hebräisch den Buchdruckern. Die klassische Bildung ist tot; lebendig ist die lombardische Volkssprache. Erst später hat Manzoni sein Buch florentinisch überarbeitet, damit Italiens künftige Sprache einheitlich sei und nicht in Dialekte zerfalle; dann machte er sich auch über Ursprung und Vielfalt der Sprachen eigene Gedanken, oft an Rosmini ange-

[154]) Nuovo saggio sull'origine delle idee, Bd. 3, Rom 1830, S. 159–162, 166–169.

lehnt. Er glaubte nicht wie Locke und Condillac an den menschlichen Ursprung der Sprache; der Mensch lernte sie von seinem Schöpfer, der zuerst zu ihm redete. Noch heute kann der Mensch die Sprache nicht erfinden, nur erlernen. Aber diese heilige Ursprache ist nirgends auf der Welt mehr zu finden; wir können von ihr nichts wissen, weil uns die Sprachverwirrung vom Ursprung trennt. Auch die Teilung der Sprachen geschah *per cagion soprannaturale*; so wenig wie wir von Adams Idiom Kunde haben, so wenig wissen wir, welche und wie viele Sprachen sich auf dem Felde Sinear schieden. Wir fragen also nicht weiter nach dem, was gewesen sein könnte, und begnügen uns mit dem, was ist, mit der tatsächlichen Verschiedenheit menschlicher Sprachen. Sie ist von Gott vorgesehen, sei es auch in Babel; darum ist jede Sprache heilig, die Nationalsprache vor allem. Ihrer Gegenwart sollen wir dienen; wir wollen unser Haus bewohnen und ausbessern, anstatt Maurermeister am Turm von Babel zu werden[155]). Der Meister des historischen Romans ließ sich auf die Geschichte, intensiver als Rosmini, ein und sah, strenger als Rosmini, in ihr den unerbittlichen Vollzug des göttlichen Willens; aber er fand Gott in der Geschichte seines Vaterlandes zur Genüge bezeugt und bedurfte der mythischen Beispiele nicht. Die Bibel ist wahr, aber fern; Gott ist uns näher in unserer Sprache, und sie ist ebenso wahr.

Aber darf sie denn ehrlich das Glück unserer Zeiten verkünden? Während die nationalbewußten Romantiker die Bibel beiseiteschoben, fanden die individualistischen gerade in ihr die Vergänglichkeit des Irdischen, das Unglück des Menschen geschildert. Manzonis Freund Graf Giacomo Leopardi (1798–1837) verlor früh den Glauben an christliche Hoffnung und nationale Zukunft; er sehnte sich nach dem einfachen Leben, das dem modernen Menschen für immer durch seine Geschichte verwehrt blieb. Leopardi glaubte 1821 an die Monogenese der Menschheit und ihrer Sprache; die Heilige Schrift lehrte sie. Jene paradiesische *primissima lingua* war genial und tiefsinnig; sie lebt nicht im Hebräischen fort, das eine uralte Sprache sein mag, jedoch das herrliche Ideal nicht bewahren konnte. Mit dem Wechsel der Wohnsitze und Schicksale vermehrten sich die Idiome so, daß man heute den fast unzähligen Sprachen kaum mehr die Einheit ihres Ursprungs anmerkt. Nie wieder wird eine lebendige

---

[155]) Opere, hg. Riccardo BACCHELLI (LI 53), Mailand-Neapel 1953: Il conte di Carmagnola II, Coro v. 17 ff. S. 133 (D'una terra); I promessi sposi c. 13 S. 590 ff. (Spanisch); c. 14 S. 608 (Spanisch als Latein mißverstanden); c. 8 S. 512; c. 38 S. 951 (Latein); c. 22 S. 708 (kirchliche Gelehrsamkeit). Della lingua italiana libri due, in: Opere inedite o rare, hg. Ruggero BONGHI – Giovanni SFORZA, Bd. 5, Mailand 1898, S. 310 f., 316 f. (Sprachursprung und -verwirrung), 301, 306 ff. (heutiges Nichtwissen), 340 (tatsächliche Verschiedenheit), 264 (Maurermeister am Babelturm). Dazu Barbara REYNOLDS, The Linguistic Writings of Alessandro Manzoni, A Textual and Chronological Reconstruction, Cambridge 1950, S. 147 ff., 188 f.; KLEIN, Latein 106 ff.

Sprache allgemein verständlich sein; eine künstliche Universalsprache aber wäre einförmig und häßlich, sie wäre tot. Wer hat den Makel der Sprachen verschuldet? In seinen letzten Jahren plante Leopardi eine hymnische Dichtung vom frevelhaften Turmbau des ersten Tyrannen Nimrod zu Babel. Ihm folgten die Sprachenverwirrung, die Anfänge der Nationen, die Ausbreitung der Menschen über die Erde; sie erfüllte den Globus mit Unheil und Verbrechen. Noch heute erobern wir jungfräuliches Land, nur um es am Bösen mitschuldig werden zu lassen. Auch die Italiener sind mit dem Kainsmal gezeichnet, obgleich Italien noch kaum bewohnt war, als sich in ferner Vorzeit der Turm von Babel erhob. Er drückte bald mit schwerem Schatten die verlassene Heide und mahnte an den Fluch, der über der menschlichen Geschichte liegt. Die Brüderlichkeit der Menschen wäre ein Trost? Die Trennung der Völker wäre ein Schutz? In unserem Jahrhundert hält man die Neger ihrer Abstammung nach für gänzlich von den Weißen verschieden; im 17. Jahrhundert glaubte man, sie gehörten zum gleichen Stamm wie die Weißen; aber in beiden Jahrhunderten hat man sie verkauft und versklavt. Nicht einmal in die Wahrheit seiner Muttersprache kann sich der Dichter retten; denn die wahre Nationalsprache Italiens müßte von einem genialen Sprachschöpfer mit seinen eigenen Händen erschaffen werden[156]). Ob ein Dichter in unserer korrupten Welt jemals die paradiesische Kraft Adams aufbringen wird? Die Bibel ist wahr, und sie ist uns nur allzu nahe; denn sie verkündet unsere hoffnungslose Dekadenz.

So bleibt auch in Spanien und Italien wie im Umkreis der Deutschen Bewegung eine Kluft zwischen Allgemeinem und Besonderem, zwischen Einheit und Vielfalt. Die Menschheit und die eigene Nation, die Sprachenvielfalt und die Muttersprache, die Nation und das Individuum, die konkrete Mannigfaltigkeit und die prinzipielle Konstanz – alle diese Alternativen wurden gegensätzlich ausgebildet, aber zwischen den Weltbildern fehlte der Zusammenhang. Die Erzählung vom Turm zu Babel, die ihn hätte knüpfen können, tauchte nur an den Rändern der verschiedenen Bewußtseinshorizonte auf; diese erstreckten sich zudem kaum auf die harten politischen Realitäten, die einen solchen Zusammenhang verlangt hätten. Wirklichkeit und Geist ließen sich nicht realgeistig zusammendenken.

Dies ist wohl auch das Ergebnis der Zeit im ganzen. Zunächst erzwang der revolutionäre und romantische Geist explosiv Umwälzungen in der staatlichen

---

[156]) Pensieri di varia filosofia e di bella letteratura, 7 Bände, Florenz 1930–32, hier Bd. 3, S. 43–46; Bd. 6, S. 99 (Monogenese, Hebräisch); Bd. 3, S. 49 f. (unzählige Sprachen); Bd. 5, S. 274 f. (Universalsprache). Opere, hg. Sergio SOLMI (LI 52), Bd. 1, Mailand-Neapel 1956: Argomenti e abbozzi di poesie S. 319 (Turmbau Nimrods); Paralipomeni della Bactracomiomachia VII, 28 S. 429 f. (Italien, Turmschatten); Pensieri Nr. 66 S. 731 (Neger). Dazu Karl VOSSLER, Leopardi, 2. Aufl., Heidelberg 1930, S. 197 ff.; KLEIN, Latein 104 ff.

Geschichte und versuchte expansiv der gesamten Wirklichkeit Herr zu werden, nicht enzyklopädisch-systematisch oder kritisch-analysierend wie die Aufklärung, sondern poetisch, einerseits durch Spekulationen der intuitiven Einbildungskraft, die vom Übersinnlichen her die Welt deuteten, anderseits durch Emotionen des Willens oder des Gefühls, die den irrationalen Grund alles Geschehens aufwühlten. Unter diesem doppelten Blickwinkel des Geistes und der Natur wurde die dazwischenliegende Wirklichkeit von Sprache, Geschichte und Religion betrachtet. Sprache wurde zur dichterischen, phantasievollen Aussage des paradiesisch Unendlichen, zur mythischen und höheren Wahrheit, die die dürftigen Fakten weit überragt; sie wurde zugleich zur inneren Form der organisch wachsenden Nationen, in denen sich bewußtlos und traumhaft wiederum das Universum kundgibt. Geschichte verstand sich als Entfaltung der poetischen Entwürfe in die Zeit, vielfach von ihrer mythischen Idealität abfallend, aber in unendlicher Annäherung ihrer Individualität gehorsam; sie war ferner natürliches Wachstum der verschwenderischen Lebenstriebe, die schon im Ursprung Sprachen und Völker voneinander trennten und sie auch künftig nie vereinen würden. Religion bedeutete die ästhetische Anschauung dieser chaotischen Prozesse, in denen der unendliche Weltgeist mit der träumenden Imagination des Betrachters zauberhaft verschmolz; sie war zudem die Ehrfurcht vor allem unableitbar Ursprünglichen und heilig Immanenten, vor Muttersprache, Nation und Individuum.

Zwischen Spekulation und Emotion ist nur ein enthusiastisch wilder Bund zu schließen; im Detail wohnte das Einende nicht, höchstens in der Dialektik der Gegensätze selbst. Da man aber allenthalben Sprache, Geschichte und Religion als Ausdrucksformen des schöpferischen Genies verehrte, kam es, gleichlaufend mit der romantischen Entdeckung des Mittelalters, zu einer erstaunlich fruchtbaren Wiederbelebung der mittelalterlichen Sprach- und Geschichtstheologie. Hebräische Ursprache, Pfingstwunder und jenseitige Himmelssprache blieben zwar ganz am Rande; aber der Turm von Babel wurde so oft zitiert, daß man in ihm fast ein zentrales Symbol der Zeit vermuten könnte. Daß diese Aneignung des Längstvergangenen freilich nur ein schöpferisches Mißverständnis war, zeigte sich daran, daß sich ihr die Hüterin des mittelalterlichen Erbes, die katholische Kirche, brüsk verschloß, noch deutlicher daran, daß aus der Epoche keine einzige bildliche Darstellung des Turmbaus und keine Renaissance der Symbolzahl 72 nachzuweisen ist. Die biblischen und mittelalterlichen Meinungen wurden nicht als nachwirkende und ordnungsstiftende Realitäten hingenommen, sondern als alte Parabeln eines neugeschaffenen geistigen Kosmos verwendet, auch dabei stets so, daß der Turmbau lediglich „die anderen", die zeitgenössischen Widersacher, anging und diskriminierte. Der christliche Auserwählungsglaube wurde nämlich ebenso säkularisiert wie die Vorstellung, daß der Schöpfergott die ganze Natur und Geschichte lenke; auserwählt blieb nur das Jeweilige, heilig nur das Humane, göttlich nur der geniale Betrachter, mochte er sich noch so sehr als fragmentarisch empfinden. Indem Gott in den menschlichen Innenraum hineingezogen wurde, verlor er den Platz in der Wirklichkeit selbst; der unendliche Geist war bloß ein Aphorismus.

Die Versuche, diesen selbstbewußten und bruchstückhaften Menschengeist doch noch mit der Realität auszusöhnen, rissen nicht ab, aber sie knüpften keinen Neuen Bund. Die Sprache zwar fügte sich dem poetischen Schwung und der nationalen Kraft; die Religion paßte sich den Visionen vom Immanenten demütig an. Aber die so hoch geschätzte geschehende Geschichte rebellierte; sie tat nicht, was der souveräne Geist wollte. Sprachen und Völker schienen neu gesegnet, aber die restaurierten Staaten kümmerten sich um die neue Religion kaum; im Gegenteil, sie trieben den romantischen Allgeist in das Exil seiner Träume, allerdings um den Preis, daß nach 1815 die Geschichte selbst zu stagnieren begann. Nachdem man sich so lange von dem Spiel der Gegensätze belebende Wirkungen versprochen hatte, wurde der Gegensatz zwischen Idealismus und Politik beinahe tödlich; denn der doktrinäre Konservativismus der Politiker war nur die ergänzende Antithese zu Weltschmerz und Weltflucht der Poeten. War diese Entfremdung des Geistes von der Wirklichkeit nicht lediglich die Folge des Schwärmens in allgemeinen und unkontrollierbaren Prinzipien? Mußte man nicht schleunigst zur Wirklichkeit zurückkehren, dorthin, von wo Locke aufgebrochen war, um die barocke Scheinwelt zu zerschlagen? Und würden diesmal die biblischen Phantasmagorien nicht endgültig in nichts zerrinnen?

7. Realismus und Ideologie

Die beiden Generationen zwischen 1830 und 1890 erlebten eine unerhörte Umwälzung der Strukturen. Die industrielle Revolution preßte gewaltige Menschenansammlungen in Großstädte, ließ die Bevölkerungszahlen sprunghaft emporschnellen, erlaubte dem kraftvollen und rastlosen Europa die Vollendung seiner Kolonialherrschaft und brachte durch Dampfschiffe, Eisenbahnen, Telegraph und Presse die Menschen aller Zonen miteinander in Berührung. Als alte Gemeinschaften entwurzelt, neue Gesellschaften gepflanzt wurden, stand man vor vielfältigen Aufgaben, nicht sowohl staatlicher als nationaler und sozialer Art; die Einheit Deutschlands und Italiens und die Selbstbestimmung des Proletariats wurden durch internationalen Austausch und Vergleich zu drückenden Problemen. Man suchte sie im gleichen technischen, naturwissenschaftlichen Geist zu lösen, der die Industrialisierung vorantrieb, von der Materie her, durch Blut und Eisen, durch eine mechanistische Deutung der Welt, durch eine soziologische Definition der Nation, durch Funktionalisierung der Sprache; die Wissenschaft erstrebte im Positivismus das pure Faktum, ohne nach Ursprung und Ziel zu fragen. Sie fühlte sich der Gegenwart unentrinnbar zugeordnet und suchte sie zu ordnen, ohne auf Überholtes und Unerreichtes zu achten. Was früher Theologie und Metaphysik als Deutungen von Welt und Geschichte angeboten hatten, wurde als Vorstufe oder als zweckbestimmte Ideologie, als Überbau über der Materie entlarvt. Der Historismus suchte freilich, an die Romantik unmittelbar anknüpfend, den Geist der Zeiten detailliert und real zu erfassen, enthielt sich aber aller begrifflichen Prinzipien, relativierte die historischen Fakten und ließ kaum eine universalhistorische Konzeption mehr zu. Die Völkerkunde verlachte selbstsicher und materialgesättigt die naiven Theorien früherer Phantasten; die Sprachwissenschaft löste sich in Strukturgeschichte auf, ohne über den Ursprung der Sprache, über den Sinn der Sprachenvielfalt noch etwas aussagen zu wollen. Babel war absurd.

Doch sah sich der menschliche Geist in diesen sekundären, versachlichten Systemen der Arbeitswelt eingesperrt und selbstentfremdet. Die romantische Stimmung des Weltschmerzes konnte das provisorische, leidvolle Dasein wenigstens vage erklären; neue Ideologien wollten es verändern, dem scheinbar Sinnlosen einen prophetischen Sinn abgewinnen. Die Nationalismen, aus der Romantik stammend, drängten sich den Massen als Ersatzreligionen auf; naturalistische und voluntaristische Kulte rüttelten das gelangweilte Bürgertum auf; der Sozialismus verhieß seinen unterdrückten Anhängern eine bessere Zukunft. So wissenschaftlich diese Ideologien gemeint und gebaut waren, sie enthielten utopische, geschichtstheologische Elemente, die sie den biblischen Entwürfen annäherten. Die christlichen Konfessionen konnten dagegen wenig produktiven Widerstand leisten; sie standen in einer gottlosen Welt abseits und tradierten ihre verblassenden Theorien ungestört, aber auch wirkungslos weiter. Nicht von ihnen war eine Neubesinnung auf Sprache, Geschichte und Religion zu erwarten, sondern von denen, die inmitten der gegenwärtigen Gesellschaft lebten, ohne sie zu vergötzen oder zu verdammen. Einzelne Dichter und Denker begannen in ihrer verzweifelten Vereinzelung, die Fragmente neu zu sammeln. Sie entwarfen keine universalen Systeme mehr, nahmen auch Sprache, Geschichte und Religion nicht mehr als objektive Mitteilungen oder subjektive Ausdrücke einer übergreifenden Macht, nur als Symbole der menschlichen Situation, in denen sich die Auflösung aller Ordnungen darstellt und das Unverständliche verwirrend ausdrückt. Indem das nicht mehr Zusammengehörende absurd und hintergründig verknüpft wurde, stellte sich erneut die abgewiesene Frage nach dem Sinn der Erscheinungen, Verwirrungen und Verwerfungen, nach dem Thema der Geschichte, nach Ursprung und Vielfalt der Sprachen und Völker. Babel wurde von neuem zum Problem. Denn welche, vorerst noch unbekannte Einheit die zahllosen politischen, wirtschaftlichen, geistigen Erzeugnisse der Epoche formte, das entschied schließlich über ihren Erfolg und ihre Zukunft[1]).

Die geistige Führung der Epoche lag bei den Franzosen, nicht weil sie sich jetzt, wie zuvor die Deutschen, sieghaft ihrer ideellen Weltstellung bewußt wurden, sondern weil sie sich von den Prinzipien zum Geschehenden wandten und sich in den ständigen Umbrüchen, vom Bürgerkönigtum über das Kaiserreich zur Republik, nötigten, die verworrene Zeit immer neu zu durchleuchten, um sie ohne Spekulationen zu bewältigen. Solange es möglich schien, dabei systematisch vorzugehen, standen die Gelehrten im Vordergrund. Der offizielle Philosoph des Bürgerkönigtums, der Pariser Professor Victor Cousin (1792–1867) wandte sich schon seit 1819, unter dem Eindruck des deutschen Idealismus und Hegels, gegen den Sensualismus der Aufklärung und den Traditionalismus der Restauration. Condillac und Bonald irrten gleichermaßen, weil sie auf den Ursprung blickten, um das Wesen der Sprache zu erkennen, und weil sie ein einziges Prinzip dafür geltend machten. Weder die abstrakte These von den Sinneseindrücken noch das Dogma von Gottes Unterricht kann die Beobachtung der lebendigen Sprache ersetzen. Sprache ist weder Abdruck der Natur noch Voraussetzung des Denkens; Sprechen und Denken gehen vielmehr gemeinsam auf den menschlichen Geist als Quelle zurück. Da sich in der Sprache weder die natürliche Umwelt noch der persönliche Gott spiegelt, sollte man die Sprache überhaupt nicht überschätzen; sie ist (wie man seit Montaigne wußte) keine selbständige Substanz, nur ein Teil des Menschen – und ihn gilt es zu untersuchen[2]).

Wurde schon damit der Anspruch aller Offenbarung, der biblischen wie der vernünftigen, zurückgewiesen, so schritt der Begründer des Positivismus und der Soziologie, Auguste Comte (1798–1857) 1841 fast zur Begründung einer neuen Offenbarung fort. Der katholisch erzogene Schüler Turgots, Condorcets und Saint-Simons begnügte sich nicht mit der Analyse des Gegenwärtigen; er baute sie zu einer großen Geschichtstheorie aus, nach der die Wissenschaft die

---

[1]) Max RYCHNER, Der Roman im 19. Jahrhundert, in: Propyläen-Weltgeschichte, Eine Universalgeschichte, hg. Golo MANN, Bd. 8, Berlin 1960, S. 337–366, hier S. 349 f., 358 f. (Selbstentfremdung, Weltschmerz); Otto BRUNNER, Das Zeitalter der Ideologien, in: O. B., Neue Wege der Sozialgeschichte, Vorträge und Aufsätze, Göttingen 1956, S. 194–219, hier S. 206 ff., 218 f. (Ideologien); Jean GEBSER, Ursprung und Gegenwart, Bd. 2, Stuttgart 1953, S. 338 ff.; Hugo FRIEDRICH, Die Struktur der modernen Lyrik, Von Baudelaire bis zur Gegenwart (Rowohlts deutsche Enzyklopädie 25), 2. Aufl., Hamburg 1959, S. 11 f., 119 f. u. ö. (Dichter).

[2]) Philosophie sensualiste au XVIIIe siècle, 5. Aufl., Paris 1866, S. VI (gegen Bonald), 50–53 (gegen Ursprungsthesen), 59–62 (Ursprung im Geist).

Entwicklung des menschlichen Geistes krönt. In einem an Vico erinnernden Dreistadiengang von der Theologie über die Metaphysik zum Positivismus sollten sich Geschichte und Wissen der Menschheit wieder zusammenschließen, wie sie einheitlich begonnen hatten. Comte tat seine „wohlbedachte Überzeugung von der grundlegenden Einheit der menschlichen Sprache" kund; denn der Mensch ist (wie bei Ferguson) ein Gemeinschaftswesen, und zur Gemeinschaft gehört Sprache. Wenn bereits jede höhere Tiergattung ihre besondere Sprache hat (ein Satz von Lamarck), warum nicht der Mensch? Allerdings entstand die menschliche Sprache in der ersten Phase des frühesten, theologischen Stadiums, im Zustand des Fetischismus, als der Mensch alle Naturerscheinungen noch dem Willen der Objekte oder eines übernatürlichen Wesens zuschrieb (wie es Condillac und Bonald noch immer taten). Da die Leidenschaften die Einsichten überwogen, wurde diese Sprache bilderreich und plastisch, sie personifizierte alles Wahrnehmbare und schenkte der Welt eine wunderbare Harmonie, die der modernen Abstraktion fehlt. Aber der wissenschaftliche Fortschritt kann die Menschheit dafür von den primitiven Passionen, von Furcht und Hoffnung befreien und ihr den sicheren Besitz des irdischen Paradieses verschaffen[3]). Man wird folgern dürfen, daß Comte wie Condorcet auch eine mathematische Universalsprache der Menschheit in Erwägung zog; denn nach der organischen Harmonie der vergötterten Menschheit strebt Comtes ganzer Plan.

Eine ähnlich säkularisierte Heilsgeschichte entwarf 1831, von der Julirevolution begeistert, der Romantiker Jules Michelet (1798–1874), an Vico und am deutschen Idealismus geschult, voller Verachtung gegen den Sektenstifter Comte und zunächst in kirchlicheren Bahnen. Die Weltgeschichte befreit, von Ost nach West fortschreitend, den Menschen von der fatalen Natur. In Indien, wo die Völkerwiege stand (das Sanskrit wurde freilich nicht erwähnt), war der Mensch noch völlig der allmächtigen Natur preisgegeben. In Persien regte sich schon zaghaft die Freiheit, als man, etwa in Babylon, Bauten errichtete, allerdings noch nicht für die Dauer und nur mit Ziegelsteinen (Gen. 11, 3). Schon die (auch von Bossuet höher geachteten) ägyptischen Pyramiden wurden dann ein dauernder Protest der menschlichen Freiheit, erst recht die großen Städte der Antike und die gotischen Dome des Mittelalters, diese Himmelsleitern, deren Spitze *(flèche)* sich gegen den Himmel reckt. Das Christentum hat es trotzdem bisher nicht gewagt, den Weg zur Zukunft des Menschen weiter-

---

[3]) Cours de philosophie positive, Bd. 5, Paris 1841, S. 37 ff. Dazu Kurt Reiche, Auguste Comtes Geschichtsphilosophie (Philosophie und Geschichte 15), Tübingen 1927, S. 11 f., 30 ff., 41 f.; Henri de Lubac SJ, Le drame de l'humanisme athée, Paris 1945, S. 139 ff.; Mühlmann, Anthropologie 86 ff.; Löwith, Heilsgeschehen 68 ff.; Henri Gouhier, La philosophie de l'histoire d'Auguste Comte, in: Cahiers d'histoire mondiale 2 (1954/55) 503–519, hier S. 507 ff.

zugehen; die Götzenbilder sind freilich zerbrochen, die alten engen Städte der Antike verlassen, und von den Trümmern dieses Babel wurden die Christen in alle Welt zerstreut, geteilt in ihren Reichen, zwanzig verschiedene Sprachen redend. Wann werden sie die neue göttliche Weltstadt errichten? Frankreich wird das Wort dieser künftigen freien und gleichen Welt sein. Die fast saint-simonistische Hoffnung wich später der positivistischen Sicherheit, als Michelet sich gegen die katholische Kirche wandte; er schwärmte 1858 von der Macht des geistigen Fortschritts, der seit drei Jahrhunderten das Werk von zehntausend Jahren vollbracht habe. Der Fortschritt errichtet jenen gewaltigen Turm, an welchem alle Wissenschaften bauen (und den Montaigne babylonisch genannt hatte). „Der Blinde nennt ihn Babel, weil er, mit der Nase auf einem Stein, nicht den Nachbarstein sieht, geschweige denn den Turm". Aber dieser Turm ist solide; sein Fundament ist die Mathematik, seine Spitze reicht bis in die Milchstraße, bis in die Astronomie. Görres, Baader und alle frommen Obskuranten hatten den Fehlschlag des Turmbaus als Zeugnis für Gottes Allmacht genommen; aber wie der alte Babelturm ein Monument der menschlichen Freiheit war, so wird der neue die Allmacht des Menschen unumstößlich begründen. Und Frankreich wird im Zentrum dieses Turmes liegen, wenn dereinst die Liebe ihr Ziel erreicht und die ganze Menschheit, alle Rassen in einer ungeheuren Familie von China bis Irland verschmolzen haben wird (Stendhal hatte sich vom psychologischen Detail beirren lassen). Denn die Menschheit ist eine objektive Größe; sie schafft sich geistig selbst[4]).

Der politischen Selbstbestimmung der Menschheit vermag keine natürliche oder geschichtliche Besonderheit der Sprachen und Völker auf die Dauer zu widerstehen; das lehrte 1835/40 das Amerikabuch des scharfsichtigen Politikers Alexis de Tocqueville (1805–1859). Die Sprache ist zwar das stärkste und dauerhafteste Band zwischen den Menschen; die ersten Einwanderer in Nordamerika besaßen aber alle die gleiche englische Sprache und Herkunft, bald vom Englischen durch Besonderheiten getrennt, und sicherten damit die Einheit des Staates. Denn die Allmacht der europäischen Mehrheit machte sich auch zwischen den drei Rassen des Kontinents geltend, die nach Abstammung, Hautfarbe und Sprache voneinander geschieden, ja einander feindlich sind. Dem Neger nimmt Amerika die Sprache seiner Väter und isoliert ihn so von aller Ge-

---

[4]) Oeuvres, hg. Henri Chabot, Bd. 1, Paris 1930: Introduction à l'histoire universelle S. 189 f. (Freiheit und Natur), 191 (Indien), 192 f. (Babylon, Pyramiden), 197 ff. (antike Städte), 203 (Dome), 231 ff. (Babel, Frankreich). L'amour, 4. Aufl., Paris 1859: Note 2 S. 435 (Turm der Wissenschaft). La femme, Paris 1860: I, 10 S. 89 (Frankreich); II, 2 S. 147 (Ziel der Liebe). Dazu Oscar A. Haac, Les principes inspirateurs de Michelet, Sensibilité et philosophie de l'histoire, New Haven-Paris 1951, S. 86 ff.; Peter Stadler, Geschichtschreibung und historisches Denken in Frankreich 1789–1871, Zürich 1958, S. 161 ff.

sellschaft; die Indianer bewahren zwar ihre zahlreichen Dialekte, die alle den gleichen Bau aufweisen und zusammengehören, aber als Gruppe nehmen sie am Leben der Nation nicht teil und sterben aus. So wachsen die Vereinigten Staaten (wie Webster prophezeit hatte) zu einem auch sprachlich homogenen Körper zusammen, in dem die demokratische Mehrheitsregierung keine historische Vielfalt mehr zuläßt. Tocqueville war davon überzeugt, daß auch in Frankreich schon vor der Französischen Revolution die maßgebenden Schichten ein und dieselbe Sprache hatten und so die politische Selbstbefreiung der Nation aufs beste vorbereiten konnten. Von den regionalen Widerständen, die in Amerika und noch mehr in Frankreich der Spracheinheit im Wege standen, sagte Tocqueville nichts. Die Vielfalt ist kein Fatum, die Einheit ein Willensakt des liberalen Menschen[5]).

Der humane Liberalismus des Bürgerkönigtums erhielt durch die Revolution von 1848 und den Ausbruch der Masseninstinkte einen harten Stoß; der Menschengeist war nicht imstande, souverän den Fortschritt zur Wissenschaft zu lenken. War der Fortschrittsglaube nicht überhaupt eine idealistische Verkennung der ursprünglichen Triebkräfte? Der junge Ernest Renan (1823–1892), ein ehemaliger Priesterseminarist und Schüler Comtes, tadelte 1848 Bonald, den er einen sehr schlechten Exegeten von Gen. 2, 19 nannte; die Sprache ist keine göttliche Offenbarung, aber auch keine Schöpfung des menschlichen Verstandes, die nach Condillacs Schema aus rohen Anfängen immer weiter vervollkommnet würde, sondern allein Produkt des unpersönlichen und instinktiven *génie de race*. Darum muß sie an vielen Stellen zugleich entstanden sein, und zwar *d'un seul coup*, *instantanément*, unter dem spontanen Eindruck einer besonderen Intuition, wie Minerva aus dem Haupte Jupiters entsprang, *comme sous l'impression vivante de la divinité*. Dieser *Dieu caché* aber ist das Volksganze, der Volksgeist selbst. Scheint Renan bis hierher Humboldt und Rivarol zu folgen, so schließt er sich nun Monboddo an: Am Anfang standen gewiß höchst komplizierte, keine einsilbigen Idiome, die erst das Ergebnis hoher Kultur sind; übrigens sind sie alle verschieden, Hebräisch, Sanskrit, Chinesisch. Das bedeutet nicht (wie bei Humboldt), daß die Völker im Ursprung zu den Sprachen gehörten und wie sie polygenetisch zu erklären wären. So notwendig die Sprachen verschieden waren, so schlüssig ist die Annahme eines

---

[5]) Oeuvres, papiers et correspondances, hg. Jacob-Peter MAYER, Bd. 1–2, Paris 1951–52: De la démocratie en Amérique I, 1, 2 Bd. 1, 1, S. 28 (gemeinsame Sprache); II, 1, 16 Bd. 1, 2, S. 69–75 (Englisch und Amerikanisch); I, 2, 10 Bd. 1, 1, S. 331 ff. (Neger, Indianer); I, 1, 1 S. 22; Note C S. 436 f. (Indianersprachen); L'Ancien Régime et la Révolution I, 1, 8 Bd. 2, 1, S. 146 (in Frankreich). Dazu Bernhard FABIAN, Alexis de Tocquevilles Amerikabild, Genetische Untersuchungen über Zusammenhänge mit der zeitgenössischen, insbesondere der englischen Amerika-Interpretation (Beihefte zum Jahrbuch für Amerikastudien 1), Heidelberg 1957, S. 121 ff.

gemeinsamen Ursprungs aller Völker. Der Mythos vom Turm zu Babel verrät ein vages Gefühl für diese Zusammenhänge, wenngleich er Ungleichartiges vermengt und die Einheit des Menschengeschlechts in einem Atem mit der Sprachverschiedenheit rechtfertigen will. Der Orientalist fügte 1855 hinzu, die Erzählung vom Babelturm sei ein bizarrer, ziemlich junger Mythos, der nur in Babylonien entstanden sein könne; er war bloß für die monotheistischen Semiten nötig, die sich das Vielfältige immer eigens erklären müssen und es nicht wie die Indogermanen (und wie Renan) als ursprünglich hinnehmen. Doch wieder betraf die Kritik nur die linguistische Seite der Bibel; die mosaische Völkertafel teilt zwar die Sprachen der Welt falsch ein, aber die Klimazonen der Erde lassen sich noch immer nach Noahs Kindern benennen, und die Völkertafel bezeugt den einheitlichen Ursprung der Menschheit. Renans scheinbar eklektische Skepsis erklärt sich sogleich, wenn man beachtet, daß er die Offenbarung Gottes in der Geschichte sah und sie kausal-historisch deutete. Als Erzeugnisse des Volksgeistes rangieren die Sprachen genetisch hinter den Völkern, und deren Entstehung konnte sich Renan nur als ursprünglich und göttlich, also als einheitlich denken. Diese erste Einheit alles Menschlichen wird sich in der künftigen Geschichte der Menschheit neu verwirklichen, im Fortschritt der Wissenschaft, welche die wahre Religion der Zukunft ist. Aus dem biblischen Mythos vom Babelturm sprach noch der Haß des Gläubigen gegen die weltliche, irdische, monumentale, künstlerische Kultur; doch schon heute ist die Wissenschaft weit davon entfernt, ein chaotischer Turm von Babel zu sein. Und insgesamt schließt sich die Weltgeschichte vollends zu einem grandiosen Bauplan zusammen, in dem jeder unterdrückte Mensch, jede unbedeutende Generation mitwirkt; die Menschheit errichtet die *grande Babel qui monte vers le ciel*, und jede ihrer Schichten ist ein Volk[6]).

Dieser Glaube an Ursprung und Zukunft, an die Einheit des Völkischen im Menschlichen war noch ein Rest biblischen Geschichtsdenkens; wenn schon die Rassen das Göttliche in der Geschichte verkörpern, dann müssen sie nach der romantischen Grundthese auch polygenetisch entstanden sein. Renans Gegner, der Diplomat Graf Joseph Arthur de Gobineau (1816–1882) vertrat

---

[6]) Oeuvres complètes, hg. Henriette PSICHARI, 8 Bände, Paris 1947–58: De l'origine du langage Bd. 8, S. 44 ff. (gegen Bonald), 41 f. (gegen Condillac), 16 (génie, plötzliche Entstehung), 49 (impression vivante), 53 (Minerva, Dieu caché), 96 (Volksgeist), 14 ff. (keine einsilbigen Ursprachen), 100 ff. (Sprachen und Völker), 108 (Babel); Histoire générale et système comparé des langues sémitiques S. 169 f., 191, 562 f. (Babel), 176 f. (Völkertafel); Histoire du peuple d'Israël Bd. 6, S. 523 (Kulturfeindschaft); L'avenir de la science Bd. 3, S. 772 (heutige Wissenschaft), 903 (Weltgeschichte). Dazu René DUSSAUD, L'oeuvre scientifique d'Ernest Renan, Paris 1951, S. 14 f., 27 ff.; KUEHNER, Theories IV f.; Alf SOMMERFELT, The Origin of Language, Theories and Hypotheses, in: Cahiers d'histoire mondiale 1 (1953/54) 885–902, hier S. 887.

1853 die grundlegende Verschiedenheit der Menschenrassen noch entschiedener als Meiners; aber anders als der Deutsche glaubte Gobineau, daß die Bibel seine These rechtfertige, denn Adam sei lediglich der Ahnherr der Weißen. Woher die gelbe, altaische Rasse stammt, sagt die Bibel nicht; daß Cham die schwarze Rasse begründete, ist nur eine willkürliche Hypothese. Die ersten Hamiten waren noch Weiße, denn ihre Energie, wie sie bei Nimrod deutlich hervortrat, wäre Negern nicht zuzutrauen. Auch die Semiten und Juden gehören zu der überlegenen weißen Rasse, die also ganz die Stelle des auserwählten Gottesvolkes einnimmt; die übrigen Rassen sind im Ursprung obskur, in der Leistung schwächlich. Weil (nach Renans These) die Sprachen ursprünglich rassische Schöpfungen sind, haben auch sie ungleichen Wert und verschiedene Form; die *intelligence des races* formte sie. Darum besitzen sie keinen gemeinsamen Ursprung; Altaisch und Semitisch sind völlig getrennte Idiome. Spätere, geschichtliche Vermischungen der Rassen und Sprachen konnten das Bild nur trüben, nicht ändern. Anders als Tocqueville, dessen Kabinettschef er zeitweise gewesen war, erwartete Gobineau von der demokratischen Vermengung nicht den Fortschritt, sondern den Untergang. Noch 1877 pries er die adlige Tatkraft der Renaissancemenschen, in deren italienischer Heimat sich alle Völker des Erdballs ein Stelldichein gaben und jede Rasse ihre Eigenart offenbarte. Liebevoll malte er die Nimrode unter den römischen Kardinälen, die das Gebäude der Kirche bis zum Himmel emporführen wollten, während schon die Fundamente verfielen[7]). Sicherer als auf die römische Kirche würde man das Fundament der Zukunft auf die arische, germanische Rasse bauen; aber ob sie sich gegen die (von Renan gepriesenen) Kelten und gegen die Deutschen, diese Mischlinge, würde rein erhalten können?

Näher als Gobineaus Rückgriff zu Montesquieu lag indes, wenn die Historie den Klassizismus stützen sollte, die Anleihe bei antiken Heroen, zumal als 1859 die italienischen Pläne Napoleons III. reiften. Der Komponist Hector Berlioz (1803–1869) verband freilich 1859 nicht wie Ronsard die Franzosen direkt mit den Trojanern; doch der ewige Gegensatz zwischen Rom und Karthago läßt Aeneas zum Vorfahren aller Weltherrscher werden; Napoleon III. wurde in die cäsarische Tradition gestellt[8]). Der Klassizismus half der Rassentheorie, geschichtliche Veränderungen und Vermischungen als unerheblich abzutun; was

[7]) Essai sur l'inégalité des races humaines, Bd. 1, 6. Aufl., Paris 1933: I, 11 f. S. 120, 128 f., 141, 150 (Entstehung der Rassen); II, 1 S. 236 ff. (Nimrod); I, 15 S. 187–213 (Entstehung und Verschiedenheit der Sprachen). La Renaissance, 5. Aufl., Paris 1910, S. 435 f. (alle Völker), 431 f. (Nimrode, bis zum Himmel). Dazu Hofsten, Diskontinuitätsproblem 294 f.; Stoll, Völkerkunde 70 ff.; Mühlmann, Anthropologie 90 f.

[8]) Les Troyens, Poème lyrique en deux parties, 2 Bände, Paris 1859: La Prise de Troie III, 13 Bd. 1, S. 154 f.; Les Troyens à Carthage V, 19 Bd. 2, S. 285 ff.

rein und edel war, das setzt sich immer wieder durch. In diesem Sinn griff 1868, vielleicht vom Krimkrieg her animiert, ein Adliger sogar die alte Trojanertradition noch einmal auf. Die Franken sind Trojaner, Phryger, Skythen; ihre germanische Sprache ist bereits bei Herodot bezeugt. Seither fanden zahlreiche Wanderungen, aber keine Wandlungen statt[9]). Damit war man wieder bei Gobineaus Rassentheorie angelangt.

Sie unterschätzte allerdings den Einfluß der Geschichte; doch verläuft auch sie mechanisch, nach durchschaubaren Gesetzen. Dies lehrte Comtes Schüler, der Pariser Professor für Kunstgeschichte Hippolyte Taine (1828–1893). Stärker als andere Positivisten lehnte er sich an den deutschen Idealismus, besonders an Hegel, an; doch fand er eben hier die ehernen Gesetze der Entwicklung von Geist und Natur vorgezeichnet, und so beurteilte Taine 1870 die Sprache als Produkt von Rasse und Milieu. Sie entstand nicht, wie Renan wollte, schlagartig, aus dem Volksgeist; sie hatte viele Vorstufen. La Mettrie behielt recht; schon der Affe zeigt Ansätze zur Sprache. Die Übergänge zwischen Tier und Mensch sind fließend; die Menschheit erlernte das Sprechen nicht anders als das kleine Kind; wie dieses lernt sie es immer besser. Was die Kinderpsychologie erarbeiten kann, sind zugleich Grundzüge der allgemeinen Sprachgeschichte. Daß diese Gesetze nicht nur vom Menschen erkennbar, sondern für ihn auch furchtbar sind, zeigte Taine nach der Katastrophe des Kaiserreiches mit kalter Präzision[10]). Die romantischen und letztlich biblischen Hoffnungen der frühen Positivisten erwiesen sich als phantastisch; um dem Menschen die Freiheit seiner Zukunft zu retten, hatten sie die Hand Gottes über der Vergangenheit gesucht. Sprachen und Völker unterliegen aber wie der Mensch selbst dem Gesetz der Notwendigkeit; wer es begreift, der allein besitzt die Freiheit und ersetzt die Vorsehung.

Das französische Verlangen nach zeitlos gültigen Gesetzen war allerdings auch durch Bonalds Ursprachenlehre und Traditionalismus auf so konsequente Weise befriedigt worden, daß es den französischen Katholiken zunächst nicht schwer fiel, der positivistischen Gelehrsamkeit mit gleichen Waffen zu begegnen; nur das Niveau jener glänzenden Schriftsteller erreichten sie bei weitem nicht. Der Pädagoge Amand Hennequin versicherte 1838, daß der Mensch als Ebenbild Gottes denkend und sprechend geschaffen worden sei und die eine Ursprache durch göttliche Offenbarung erhalten habe. Dem Hebräischen wollte Hennequin die Ehre nicht antun; auch die wunderbare Sprachverwirrung zu Babel wurde nur vorsichtig erwähnt. Denn Gottes Allmacht ließ sich viel bes-

---

[9]) C.-A. Moët de la Forte Maison (1798–1875), Les Francs, leur origine et leur histoire, Bd. 1, Paris 1868, S. 81 ff., 128 ff.

[10]) De l'intelligence, Bd. 1, Paris 1870, S. 394 f. (Mensch und Tier), 45 ff., 357 ff., 383 ff. (Kindersprache). Dazu Mühlmann, Anthropologie 91 f.

ser daran zeigen, daß die zweitausend uns bekannten Sprachen, die von Menschen erfunden wurden, sämtlich in ihren Strukturen ähnlich sind. Überdies hätte Babel den Patriotismus der Schuljugend gefährden können; die Entdeckung des Sanskrit beförderte ihn. Denn mit ihm ist das Keltische verwandt; Sanskrit und Keltisch sind sogar die beiden ältesten Zweige der Ursprache, und Keltisch ist die früheste Sprache Frankreichs. Aus ihm und aus dem (teilweise ebenfalls keltischen) Latein erwuchs das Französische, das auch nach Napoleons Sturz noch viel bewundert und allgemein verwendet wird. *Soyons fiers d'être Français!* Mit dieser Folgerung à la Pasquier schloß das Buch, das so fromm begonnen hatte[11]). Gott sorgte dafür, daß die Segnungen der heiligen Ursprünge auch dem zeitgenössischen liberalen Frankreich erhalten blieben.

Allerdings mußte es katholisch bleiben; dazu ermahnte 1843 der Pariser Advokat Paulin Gagne (1806–1876), der den Weltfrieden neoguelfisch durch die Weltkirche gesichert sehen wollte. Als die Menschen nach Gottes Willen eine einzige Ursprache besaßen, herrschte Friede unter ihnen. Dann trieb sie ihr Stolz zur Anmaßung gegen Gott; *la fatale Babel* sollte Gott aus dem Himmel verjagen. Gott aber ließ sie *soudain* tausend verschiedene Sprachen reden; der Turm stürzte ein, die Menschen flohen, neue Reiche entstanden, der allgemeine Krieg begann. (Ob damit auch die langsame Eroberung Algeriens gemeint war?) Doch Gott kann nicht gewollt haben, daß die Welt für immer *la tour de Babylone* bleibe. Gagne selbst wird ein neues Gebäude errichten, wie einen riesigen Leuchtturm, das sich bis zum Himmel erheben soll: *l'empire universel*, in dem unter Leitung des Papstes der eine Gott verehrt und wie im Paradies nur eine Sprache gesprochen wird. Und worin besteht Gagnes Anti-Babel? Jetzt, wo Dampfschiffe und Eisenbahnen die ganze Welt verbinden, will er eine Universalsprache schaffen. Sie soll aus den Wurzeln der Hauptsprachen zusammengesetzt werden, so gerecht, daß kein Volk beleidigt wird; die neue Sprache, die viel umfassender als alle zweitausend Sprachen der Erde sein wird, soll Wortschatz und Aussprache der Einzelidiome übernehmen, sie aber durch lateinische Schrift und Deklination verbinden. Falls dieser Plan mißlingen sollte, schlug Gagne wie Bonald das Französische als Weltsprache vor; wieder begegneten sich Patriotismus und Katholizismus, Fortschrittsglaube und Tradition[12]).

---

[11]) Essai sur l'analogie des langues, Besançon 1838, S. 4 f. (Ebenbild Gottes), 51 (Offenbarung, 2000 Sprachen), 59 (Hebräisch, Babel), 14 f. (Analogie aller Sprachstrukturen), 60 ff. (Sanskrit und Keltisch), 203 ff. (Geschichte des Französischen), 83 f. (heutiger Ruhm), 219 (Soyons fiers).

[12]) La Gagne-Monopanglotte, ou la langue unique et universelle, Paris 1843, S. 13 ff. (Ursprache, Babel), 16 (empire universel), 3 f. (Dampfschiffe), 5 (Wurzeln der Hauptsprachen), 10 f. (Französisch). Hocke (o. S. 1263 Anm. 1) S. 242 f. führt völlig irre; „paranoische Elaborate" der „schwarzen Mystik" und „éclats infernaux" sind in diesem Buch Gagnes nicht zu finden.

Aber würde sich dieser Bund auch angesichts der neuen Naturwissenschaft und des instinktiven Nationalismus bewähren? Der bonapartistische Arzt Claude-Charles Pierquin de Gembloux (1798–1863) nahm 1844 die Vermutungen von La Fontaine, La Mettrie, Lamarck und Comte über die Tiersprache auf und belegte sie aus der mosaischen Genesis. Ihr zufolge redeten bis zur Sintflut alle Menschen und Tiere die gleiche Sprache; sonst hätte Eva die Schlange nicht verstanden. Menschenrede und Tiersprache, anfangs einsilbig und kärglich, trennten sich erst bei dem *désastre phonétique de Babel.* Man muß also vermuten, daß die babylonische Verwirrung uns die Tiersprache unverständlich machte; Pierquin beseitigte diese Verwirrung, denn er verstand die Tiere wieder[13]). Noch schien es so, als hielte der katholische Glaube mit der positivistischen Wissenschaft halbwegs Schritt. Aber obwohl Napoleon III. Kirche und klerikale Traditionen schützte, gerieten ihre Verteidiger gegen den Materialismus ins Hintertreffen. Der Pariser Japanologe Léon de Rosny (1837–1914) suchte 1869 seinem Gegner Renan dadurch den Wind aus den Segeln zu nehmen, daß er eine einmalige und ursprüngliche Sprachschöpfung ablehnte. Gerade wenn die Sprachen sich allmählich entwickelten, muß Gott dem Menschen *successivement* die Wege zur Verbesserung der Sprache gezeigt haben. Sie ist geboren nicht aus dem Volksgeist, sondern (ähnlich wie bei Schleiermacher) aus dem liebevollen Gespräch zwischen Mann und Frau. Zu Beginn war sie einfach und einsilbig, mehr gesungen als gesprochen. Aus diesem Ausdrucksmittel des reinen Gefühls wurde erst langsam unter Gottes Lenkung die Vielzahl der modernen Sprachen, von denen keine einzige ursprünglich ist; doch ihre allmähliche Ausbreitung läßt uns Gottes behutsame Führung doppelt bewundern[14]). Diese Vorsehung sah allerdings dem naturwissenschaftlichen Fortschritt recht ähnlich; denn Babel wurde dabei ausgelassen.

Wenn die katholischen Kreise gegen die Materie den Menschen ausspielten, konnten sie auch den Turm von Babel nur als menschliche Tragödie, als Krise des Fortschritts begreiflich machen, die sich nach Gottes unverständlichen Eingriffen abspielt. Weder die Sprachen und Völker der Welt noch die moderne industrielle Technik werden uns in den wenigen Bildern gezeigt, welche die romantische Malerei dem Babelturm widmete. Als Hippolyte Flandrin (1809–1864) das Längsschiff von Saint-Germain-des-Prés im Stil der Nazarener mit

[13]) Idiomologie des animaux, ou recherches historiques, anatomiques, physiologiques, philologiques et glossologiques sur le langage des bêtes, Paris 1844, S. 1 ff. (Ursprung), 4 ff. (Babel). – Auf Pierquin beruft sich Georg SCHWIDETZKY, Sprechen Sie Schimpansisch? Einführung in die Tier- und Ursprachenlehre, Leipzig 1931 (hier S. 80: *Verachtet nicht die armen Affen! Sie halfen eure Sprache schaffen!*); DERS., Schimpansisch, Urmongolisch, Indogermanisch, Leipzig 1932 (hier S. 10: Der Urschimpanse als *in wissenschaftlicher Form erneuerter Adam*).

[14]) De l'origine du langage, Paris 1869, S. 17 ff. (Gottes Führung), 19 ff., 24 ff., 40 (Ursprache).

Fresken schmückte, da stellte er 1861, typologisch eigenwillig, den Aussendungsbefehl des milden Jesus an seine Jünger dem Babelgeschehen gegenüber: Wie Christus seine Boten in alle Welt schickt, um sie zu sammeln, so haben sich in Babel die Völker in alle Welt zerstreut. Doch erblickt der Beschauer nicht die Völkermassen, nur flüchtig den in dunkle Wolken gehüllten Turm, im Zentrum aber zornige Riesen, die, halbnackt und muskulös, Sklaven beschimpfen und Freunde schelten; kaum werden sie besänftigt von den Bitten kniender Frauen. Was sie trennt, ist nicht die Sprachverwirrung, sondern (à la Vigny) ihr Stolz; was sie vereinen würde, wäre nicht so sehr der Glaube als die sanfte Liebe[15]). Was eigentlich geschehen ist, machte 1865 der Meister der romantischen Buchillustration, Gustave Doré (1832–1883) noch weniger sichtbar. Man sieht den riesigen Turm mit Wendelrampen in die ziehenden Wolken ragen; zu seinen Füßen schleppen lange Kolonnen gewaltige Quadern herbei. Doch schon bricht aus den oberen Stockwerken Brandqualm hervor, als ob ein Feuer vom Himmel den Steinbau zerfräße. Im Vordergrund stehen resignierend und ratlos die Baumeister, bärtige Männer; nur ein Jüngling schreit hochgereckt seine Verzweiflung zu den trüben Wolken hinauf[16]). Ein theatralisches Scheitern menschlicher Hoffnungen vor einem stummen Gott, das ist alles, was von Babel bleibt. Aber ist Resignation wirklich religiös?

Der Antiklerikalismus der Dritten Republik drängte die kirchliche Richtung vollends in die Abwehr. Anfangs zog man die halben Zugeständnisse noch der Resignation vor. Der belgische Jesuit Alphonse Delattre (1841–1928) wollte 1876 wenigstens die Grundzüge von Völkertafel und Turmbaugeschichte als historisch richtig erweisen; aber er gab die Universalität des Turmbaus preis, um die wichtigere Einheit des Menschengeschlechts und die Hoffnung auf die Zukunft zu retten. Wie die Weltgeschichte mit der Eintracht der mosaischen Völkertafel begonnen habe, so werde sie enden in einer neuen Völkertafel, die an Pfingsten bereits geschrieben wurde[17]). Was sollte nun aus der Sprachtheologie werden? Louis Rioult de Neuville fand 1878 noch einen Weg, die moderne Linguistik in die Völkertafel einzubauen: Die Genesis nennt nur die drei miteinander eng verbundenen Sprachgruppen der Alten Welt als Noachiden; die übrigen, miteinander nicht verwandten Sprach- und Völkergruppen läßt sie weg. Aber unter den noachidischen Familien ist nirgends mehr die älteste aller möglichen Sprachformen, nach Rosny die einsilbige, anzutreffen, sondern nur noch die jüngste, die der Flexionssprachen. Das scheint dafür zu sprechen,

---

[15]) Minkowski, Turm 101 Bild 350; dazu Louis Flandrin, Hippolyte Flandrin, sa vie et son oeuvre, Paris 1902, S. 240 f.

[16]) Ehrenstein, Graphik 59 Abb. 10; Parrot, Ziggurats Tafel XV; Minkowski, Turm 99 Bild 347.

[17]) Le plan de la Genèse, in: Revue des questions historiques 20 (1876) 1–48, hier S. 24 ff., 47.

daß einst, vielleicht in Babel, eine linguistische Katastrophe stattfand[18]). Auf dieser Bahn schritt 1880 der Pariser Archäologe François Lenormant (1837–1883) rüstig weiter. Die Bibel spiegelt, wenn auch nur allegorisch und symbolisch, große Menschheitstraditionen wider, die von den Völkermythen bestätigt werden. Japhets Name ist arischer Herkunft, Chams Name umschreibt die einheimische Bezeichnung für Ägypten; die drei Hauptrassen der Alten Welt, die arisch-indoeuropäische, die syro-arabische und die kuschitische bilden tatsächlich eine historische Einheit, wie die Völkertafel sie andeutete, wenn auch die Zahl 70 nur symbolisch gemeint und der Horizont des biblischen Berichterstatters beschränkt war. Wenn man die Japhetiten nicht zwischen Kimmerien und Spanien, sondern am östlichen Mittelmeer lokalisiert, zeigt sich die historische Glaubwürdigkeit der Bibel. Lenormant starb über dem gelehrten Nachweis und kam nicht bis zum Turm von Babel; nach seinen Andeutungen scheint er auch ihn für ein historisches, jedoch partielles Ereignis gehalten zu haben. Zwischen Religion und Wissenschaft konnte kein dauernder Zwiespalt bleiben; wenn die göttlich inspirierte Bibel auch keine Weltgeschichte, ja nicht einmal ein einheitliches Werk ist, so lassen sich doch die irdischen Ansichten ihrer Autoren nachprüfen[19]). Aber für solche modernistische Lehren kam Lenormant auf den Index; die legitimistische Kirche Frankreichs brach die Brücke zur Moderne ab. So ließ 1884 der Domherr und Diözesanhistoriograph von Poitiers, Charles Auguste Auber (1804–1892) in seiner Geschichte des religiösen Symbolismus Babel links liegen und retirierte zu den Ursprüngen Bonalds, zur einheitlichen Ursprache, ja zur hebräischen Sprache Adams, in der er allen Tieren ihre Namen gab und von der alle Sprachen der Erde stammen[20]). Die biblischen Symbole sind die nackte, positive Wahrheit. Kirchliches Dogma und positivistische Doktrin widersprachen einander jetzt diametral; was in den 1830er Jahren noch ein Bündnis sein konnte, war Todfeindschaft geworden.

Zwischen Gelehrten und Gläubigen gingen die Dichter den Weg von der Romantik zum Realismus und zum Symbolismus, je weiter, desto einsamer, nicht von der Gesellschaft geliebt, der sie den Spiegel vorhielten, und dennoch unbeirrbar in ihrem Glauben an das Dichterwort. Der früh berühmte Honoré de Balzac (1799–1850), ein von Bonald angeregter Bonapartist, glaubte 1832 wie Saint-Martin noch an eine mystische Urreligion, die freilich nicht in der

[18]) L'ethnologie et le dixième chapitre de la Genèse, in: Revue des questions historiques 23 (1878) 385–446, hier S. 393 ff., 435 ff., 440 ff.

[19]) Les origines de l'histoire d'après la bible et les traditions des peuples orientaux, 3 Bände, Paris 1880–84: Bd. 2, 1, S. 191 ff. (Japhet, Cham); Bd. 1, S. 490 f. (drei Hauptrassen); Bd. 2, 1, S. 301 ff. (Völkertafel), 328 f. (Zahl 70); Bd. 1, S. VI ff. (Religion und Wissenschaft).

[20]) Histoire et théorie du symbolisme religieux avant et depuis le Christianisme, Bd. 1, Paris 1884, S. 27 ff., 36. – Ähnlich Henri-Joseph Crelier, La Genèse et introduction au Pentateuque (La sainte Bible 3), Paris 1889, S. 144 ff.

Bibel steht, und an die Tradition von Urworten, die weit gewandert sind und viel bedeuten. „Welches Genie hat sie geschaffen? Und wenn so viel Verstand nötig ist, um ein Wort zu erschaffen – wie alt mag dann die menschliche Sprache sein?" Doch niemand kann uns (wie Bonald wollte) philosophisch erklären, wie ein Gefühl zum Gedanken, der Gedanke zum Wort wird; im Ursprung bleibt ein tiefverschleiertes Geheimnis. Aber die modernen Sprachen sind alle zusammen nur Überbleibsel vom Urwort der Völker, jenem majestätischen und feierlichen Wort, dessen Majestät und Feierlichkeit im selben Maße abnehmen wird, wie die Gesellschaft altert; sein Schall, der in der hebräischen Bibel noch so sonor, so schön noch in Griechenland war, wird mit dem Fortschritt der Zivilisation immer schwächer. Doch dem Historiker des Herzens und der Gegenwart schien dieser Weg in die Trivialität unvermeidlich, sogar groß; mag das Wort seine mystische Ursprünglichkeit einbüßen, es wird an exakter Bedeutung zunehmen. Die Geschichte ist unumkehrbar. Darum ist es sinnlos, wie ein mittelalterlicher Doktor in Babel und Jerusalem noch die Eintagsfurchen des kultivierenden Pfluges aufzusuchen; darum ist es töricht, wie jene stolze Spitzmaus nicht das gemeine Platt *(patoys)* der Küchenmäuse, sondern vornehmes Toskanisch zu reden, weil „man" direkt aus der Arche Noah stammt (Rabelais gab die Anregung); darum ist es vergeblich, auf Pfingsten zu warten, denn eigentlich hat der Inquisitor recht, der einem verführerischen Mädchen die Kenntnis aller Sprachen als sicheres Indiz für Hexerei ankreidet. Das Weltall mag romantisch grenzenlos und heilig sein; die gegenwärtige Gesellschaft will realistisch im Detail beschrieben sein, weil sie wirklich und begrenzt ist[21]).

Den Zwiespalt zwischen Idee und Wirklichkeit, den Balzac mit fieberhafter Arbeitswut zu schließen suchte, betrachtete gelangweilt und achselzuckend der Spätromantiker Alfred de Musset (1810–1857). Ironisch und ohne Jean Pauls Liebe schilderte er 1838 den Traum eines unbegabten Schriftstellers, der zu nichts nütze ist und mit einem saint-simonistischen Weltverbrüderungs-Projekt seine Tage hinbringt. Eine große Eisenbahn soll das neue Menschheitsreich von Paris bis Peking verbinden:

> *Là, cent peuples divers, confondant leur jargon,*
> *Feront une Babel d'un colossal wagon.*

In Wirklichkeit kann die Eisenbahn die Sprachen nicht verbinden, nur ver-

---

[21]) Oeuvres complètes, hg. Marcel BOUTERON – Henri LONGNON, 40 Bände, Paris 1912–40: Louis Lambert Bd. 31, S. 48 f. (Urworte; Übersetzung nach Karl KRAUS, Die Sprache, in: Werke, hg. Heinrich FISCHER, Bd. 2, 2. Aufl., München 1954, S. 347); Les proscrits S. 25 (Doktor); Contes drôlatiques, Le prosne du ioyeulx curé de Meudon Bd. 36, S. 370 (Toskanisch), 367 (Arche Noah); Le succube S. 425 (alle Sprachen). Dazu AUERBACH, Mimesis 437 ff.; Ernst Robert CURTIUS, Balzac, 2. Aufl., Bern 1951, S. 250 ff.

wirren; die Welt bleibt fragmentarisch, wie sie immer war und wie Byron sie sah[22]).

Mussets großer Lehrer Victor Hugo (1802–1885), der Wortführer der französischen Romantik, zeigte sich optimistischer, als er die Gunst des Publikums verlor und sich der liberalen Politik verschrieb. Er hielt wenigstens die Vereinigten Staaten von Europa nicht für utopisch und meinte 1845, um den ewigen Frieden zu verwirklichen, brauche man nur zwei Vehikel für den Austausch der Güter und der Gedanken; das Universum besitze sie bereits. Das eine sei die Eisenbahn, das andere die französische Sprache. Die brillante Phrase war zu schön, um wahr zu sein; den selbstbewußten Dichter trieb Napoleon III. ins Exil. Wenn er das Babel der Welt auch nicht mehr ordnen konnte, das Babel Frankreichs hatte er beseitigt. 1854 verwies Hugo stolz darauf, er habe die Tyrannei der Schulgelehrsamkeit, der Vaugelas und Beauzée gebrochen, das Erhabene und das Groteske, die Sprache des Adels (wie Condorcet gewollt hatte) mit der des Volkes vermischt, die alte Bastille der Reime zerstört und eingeebnet jenen düsteren Turm, *qui naquit de Babel.* Die befreite Sprache ist nun fähig, alle Aspekte der Wirklichkeit zu beschreiben – als wäre Babel bloß ein Komplott von Stilisten und Grammatikern gewesen. Glaubte Hugo an die Faktizität der Genesis? Schon in jungen Jahren hatte er wie Chateaubriand die lyrische Schönheit des Alten Testaments entdeckt; aber erst jetzt, nach 1854, beschwor seine grandiose Historienmalerei das exotische, orientalische Babel. Es lag im Schatten Satans, Giganten bedrückten es, man hörte furchtbare Stimmen. Der grause Riese Nimrod, Enkel Chams, bändigte Tiere und Menschen, gründete, einsam in seinem Turme hausend, ein Reich über das Universum und begann Krieg unter den Menschen, Krieg gegen Gott. Wie die persische Sage wollte, stieg Nimrod mit seinem Adlerwagen gen Himmel und beschoß ihn mit Pfeilen. Blutig kam das Geschoß zurück; hatte es Gott getroffen? Hugos pompöse Bilder mischten wohl Erhabenes mit Groteskem, doch sie waren nur pathetisch, nicht realistisch; wie aus Nimrods Himmelsflug die Vielfalt der Sprachen und Völker folgen konnte, begreift der Leser nicht. Es geht um das ewige Drama zwischen satanischem Trotz und göttlicher Liebe; es steht nicht in den Annalen der Welthistorie, es findet nicht unter den Dächern von Paris statt, es bleibt ein Schauspiel wie dann bei Doré[23]).

---

[22]) Dupont et Durand, in: Poésies complètes, hg. Maurice Allem (BP 12), Paris 1957, S. 354.

[23]) Oeuvres complètes, 19 Bände, Paris o. J. (um 1900): Le Rhin, Conclusion 17 Bd. 13, S. 272 f. (Eisenbahn, Französisch). Les contemplations I, 7, 145 ff., hg. Joseph Vianey (Les grands écrivains de la France), Bd. 1, Paris 1922, S. 57 (Vaugelas, Bastille). La fin de Satan, Le glaive, Oeuvres Bd. 19, S. 17–26 (Nimrod). Dazu Joseph Vianey, La Bible dans la poésie française depuis Marot IX–X, in: Revue des cours et conférences 24 (1922/23) 212-228, 305–319, hier S. 305 ff.; Auerbach, Mimesis 436 f.

Vielleicht war es der Gegensatz zwischen Hugos bizarrer Romantik und Balzacs melodramatischem Realismus, der 1840 die junge „Société des Gens de Lettres" bewog, ihre Publikationen, in denen Stücke von Balzac und von Hugo erschienen, mit dem Titel *Babel* zu bedenken. Die Herausgeber wollten den Namen aber nicht (wie Steffens) in der *acception vulgaire* verstehen. Die verschiedensten Themen sollen von den verschiedensten Autoren behandelt werden, aber alle wollen sie einmütig die Schönheit der *langue nationale* dokumentieren. Und dieses *livre de l'union* heißt nun *Babel*... Leichtsinniger ließ sich der biblische Mythos schwerlich verwenden[24]). Die gemeinsame französische Sprache konnte doch die geistige Welt nicht ordnen und Babel seinen Schrekken nicht nehmen. Mochten die Arrivierten sich auf ihren Stil viel zugute halten, die kleinen verkannten Genies, die Bohémiens, wußten besser, daß die Wahrheit der Sprache im Allerfremdesten eher als im Französischen zu suchen sei. Einer der verbummelten Künstler, die 1847, von Musset angeregt, Henri Murger (1822–1861) porträtierte, trug in den Taschen ständig zwei arabische Grammatiken, ein malaiisches Wörterbuch und einen „Vollkommenen Ochsentreiber" in chinesischer Sprache, seine Lieblingslektüre, mit sich herum. Die neue Dichtersprache würde nicht für Banausen verständlich sein[25]). Überdies lag der Schrecken von Babel nicht in der Vielfalt der Fremdsprachen; das erfuhr der düstere Spätromantiker Gérard de Nerval (1808–1853) am eigenen Leibe. Auf seiner Orientreise hörte der unstete Wanderer nach 1848 in Istanbul erzählen, daß allein die Nachfahren Kains und Chams, bloß die Gehetzten und Verfluchten den Turm zu Babel bauten; aber er glaubte den naiven Orientalen nicht. Das letzte seiner Werke, das man dann in der Tasche des Selbstmörders fand, schildert, wie der unersättliche Büchernarr in einem Nervensanatorium seine geliebten Bücher wiederfindet, einen wüsten Haufen aus allen Fächern und Zeiten: Historie, Reisebeschreibungen, Religion, Kabbala, Astrologie, *la tour de Babel en deux cents volumes*. Dieser Turm genügte, um einen Weisen verrückt zu machen; ob er einen Narren klug machen würde, wollte der umnachtete Nerval versuchen. Es mißlang wie sein Leben. So hoffnungsvoll die Positivisten vom Schlage Michelets ihre babylonischen Türme betrachteten, so trostlos erschien dem Träumer der Wahnsinn des Vielwissens[26]). Nein, für Romantiker war Babel ein gespenstisches Symbol.

Weniger schattenhaft, aber um so bedrohlicher ist die von den Büchern unberührte leidenschaftliche Natur exotischer Menschen, die Stendhals Freund

[24]) Babel, Publication de la Société des Gens de Lettres, Bd. 1, Paris 1840, S. V ff.

[25]) Scènes de la vie de Bohème (Bibliothèque française 4), Berlin o. J.: Préface S. 15 (Sprache der Bohème); c. 5 S. 99 (Grammatiken).

[26]) Oeuvres, hg. Albert Béguin – Jean Richer, 2 Bände (BP 89, 117), Paris 1952–56: Voyage en Orient, Les nuits du Ramazan III, 7 Bd. 2, S. 565 (Orientalen); Aurélia II, 6 Bd. 1, S. 406 (Bücherturm).

Prosper Mérimée (1803–1870) ebenso atemberaubend wie kühl beschrieb. Das idyllische Fernweh Saint-Pierres verkannte ihre Tragik. Mérimée beschloß 1845 das wilde Drama der Zigeunerliebe scheinbar pedantisch mit einer gelehrten Darstellung der Zigeunerdialekte, die weniger vom ägyptischen oder eher indischen Ursprung der Zigeuner als von den Gastländern, griechisch, spanisch, deutsch verraten. Nicht die Tradition formt ihr Dasein; die Heimatlosen sind überall zu Hause und kennen alle Sprachen, Maurisch, Englisch, Baskisch. Willst du die Fülle des wirklichen Lebens kennenlernen, so brauchst du nur nach Gibraltar zu ziehen, wo sich das Gesindel aus aller Herren Länder trifft; da geht es zu wie beim Turm zu Babel, denn man kann keine zehn Schritte gehen, ohne ebenso viele Sprachen zu hören[27]). Der Inspektor der historischen Denkmäler Frankreichs suchte Babel nicht bei den Ruinen im Zweistromland, nicht in phantastischen Historiendramen, nicht in gelehrten Büchern. Nein, für die Realisten war Babel ein erregendes Symbol.

Denn im Gestaltlosen, Verworrenen, Trivialen wohnt das wirkliche Leben; wer könnte es mit gedrechselter Sprache beschreiben, ohne zu lügen? Gustave Flaubert (1821–1880) ließ 1856 sein Meisterwerk in einer Mischlingslandschaft spielen, wo weder Sprache noch Landschaft ausgeprägten Charakter haben. Eine seiner unsympathischen Figuren, ein Apotheker, spricht in der Aufregung plötzlich lateinisch (nicht, wie Stendhal gemeint hatte, in der Muttersprache); er hätte Chinesisch oder Grönländisch geredet, wenn er es gekonnt hätte, denn in diesem Zustand fördert die Seele wahllos alles zutage, was in ihr ist. Das eigentliche Babel ist also die Seele; darum kann die Sprache nichts wirklich klar wiedergeben. Sie ist ein Walzwerk, das die Gefühle breitquetscht, die Fülle der Seele nur in banalen Phrasen ausdrückt; sie ist wie ein gesprungener Kessel, auf dem wir eine Musik für Tanzbären trommeln, während wir die Sterne rühren möchten. Vielleicht kann der Dichter im redlichen Bemühen die Wirklichkeit und den Menschen sprachlich genau abschildern; aber die Realität kann er nicht verändern[28]).

Sinnvoll und geschlossen ist diese Realität nur in dem lokalen Bezirk, dem die Zivilisation noch nicht Naturnähe und Eigenart genommen hat. Der junge provenzalische Dichter Frédéric Mistral (1830–1914) feierte 1859 seine heimatliche Sprache, die bloß bei Hirten und Bauern noch zu Gaste ist. Sie kennen das ausgeklügelte Französisch nicht und führen ihr einfaches Leben umringt von wahrhaftigen Märchen und Sagen. Hier (wie im Schottland Scotts) sieht

---

[27]) Carmen, hg. Pierre Josserand, Paris 1947: IV S. 171 ff. (Zigeunerdialekte); III S. 119 (alle Sprachen), 146 (Babel). Dazu André Billy, Mérimée, Paris 1959, S. 152 ff.

[28]) Madame Bovary (Oeuvres complètes, Bd. 7), Paris 1930: II, 1 S. 96 (Mischlingslandschaft); III, 2 S. 343 (Apotheker); III, 1 S. 324 (Walzwerk); II, 12 S. 265 (Kessel). Dazu Auerbach, Mimesis 449 ff.

man ein ödes Geröllfeld, unter dem, vielleicht von einer Steinflut zerschmettert, jene stolzen Riesen liegen, die dem Himmel Krieg ansagten und die Berge aufeinandertürmten. Babylon und Olymp, biblische und klassische Welt bleiben hier lebendig, wo die Tropfsteinhöhlen den Glanz der Bauten Babels und Korinths übertreffen. Und dennoch hat die Sprache der Provenzalen sich nicht verwirrt und verflacht, denn sie ist unschuldig[29]). Aber ist sie heute nicht in ständiger Gefahr, kleinbürgerlich zu werden? Mistrals Freund Alphonse Daudet (1840–1897) hatte von der Heimat genug Abstand gewonnen, um 1872 den südfranzösischen Spießbürger zu verspotten, der, angeblich ein großer Nimrod vor dem Herrn, bereits in Algier auf Barbaren trifft, denen er sich französisch, provenzalisch und sogar lateinisch nicht verständlich machen kann; erschreckt hört er von afrikanischen Beduinen, daß von ihrer Sprache selbst Gott Vater nichts verstünde[30]). Muß, wer seine Heimat zu sehr liebt, nicht die Vielfalt der weiten Welt fürchten? Ist es nicht tapferer, sich dieser ungeordneten Welt ohne Gottvaters Beistand unbewaffnet zu stellen?

Der schwermütige Charles Baudelaire (1821–1867) tat es 1857. Er hatte 1848 noch auf den Barrikaden gestanden; inzwischen zerbrach ihm die Glaubwürdigkeit geschichtlicher und sprachlicher Ordnungen. Er wünschte seiner kranken Muse den reichen Fluß und Wechsel der antiken Sprachen; aber die Flucht zum Parnaß, zur klassischen Form ändert nichts an der Entleerung der Inhalte. Wer spricht denn wirklich *toutes les langues*? Nicht mehr der Dichter mit seiner romantischen Himmelssprache, nur der eiserne Mund der grausamen Uhr, die den Menschen an seine Geschichtlichkeit erinnert. Der Dichter lebt in Babel und träumt davon, angeregt von der Steinwüste Paris; oder (wie für Nerval) Babel ist das Sinnbild träumender Verwirrung über vielsprachigen Büchern. Baudelaire kann diese chaotische, nur allzu reale Welt nicht verdammen; er erkennt ihre trostlose Schönheit ebenso wie ihre stumme Rätselhaftigkeit. Aber er hat die Sprache, deren reine Form ihm magischen Zugang zum Wesen der Dinge gibt; Baudelaire ließ sich von Maistres Verfallsglauben und Sprachzuversicht anstecken, aber zum gläubigen Katholiken wurde er darüber nicht. Auch Kain und Satan waren in ihm[31]).

---

[29]) Mirèio, hg. Eduard KOSCHWITZ – Oskar HENNICKE, Marburg 1900: I, 2 S. 4 (Sprache); I, 33 S. 16 (Französisch); VIII, 25 ff. S. 171 f. (Riesen); VI, 79 S. 134 (Höhlen).

[30]) Aventures prodigieuses de Tartarin de Tarascon, in: Oeuvres complètes illustrées, Bd. 4, 1, Paris 1930: I, 2 S. 7 (Nimrod); II, 3 S. 64 (Algier); III, 1 S. 105 (Gott Vater).

[31]) Oeuvres, hg. Yves-Gérard LE DANTEC (BP 1), Paris 1958: Les fleurs du Mal VII S. 90 (kranke Muse); LXXXV S. 153 (Uhr); CII S. 173 (Babel-Paris); Les épaves XVII S. 229 (über Büchern). Dazu Gudula BIEDERMANN, Rückkehr zum magisch-religiösen Ursprung der Sprache bei Baudelaire, Mallarmé, Rimbaud und Claudel, in: Deutschland – Frankreich, Ludwigsburger Beiträge zum Problem der deutsch-französischen Beziehungen, Bd. 2, Stuttgart 1957, S. 180–188, hier S. 180 f.; FRIEDRICH, Struktur 25 ff.

Gläubiger trug der junge Arthur Rimbaud (1854–1891) das Evangelium Baudelaires weiter; der Dichter müßte das Unbekannte aussprechen und so eine neue Weltsprache *(langage universel)* schaffen, nicht in romantischer oder klassischer Selbstherrlichkeit, sondern auf irrationale Tiefen horchend, Gerüche, Klänge und Farben einsaugend. So schwelgte er 1873 verzaubert in der *alchimie du verbe* und fand den Vokalen geheimnisvoll die Farben, den Worten tiefen Sinn zugewiesen. Doch ordnete sich dieser halb musikalische Symbolismus auf nichts Transzendentes hin; er verließ die Traditionen und sah die Wirklichkeit als geheimnisvollen Wirrwarr, für den Rimbaud, anders als Baudelaire, nicht mehr das Bild vom Babelturm brauchte. Der Kommunist fand schließlich in der katholischen Kirche Trost und Halt; doch seine früheren Verse waren nicht die eines romantischen Konvertiten[32]). Dasselbe gilt von den Gedichten des Sprachlehrers Stéphane Mallarmé (1842–1898), den man seines Wortkults wegen den Hohenpriester des Symbolismus genannt hat. Er glaubte, daß im Wort etwas Heiliges liege, daß, wer eine Sprache handhabe, eine Art Beschwörungszauber ausübe; er fühlte sich als Buchstabenzauberer, der allerdings den Worten dabei die Initiative überläßt und darum willentlich dunkel und unverständlich wird. Denn er beschwört nicht den Urgrund von Gottes Schöpfung, sondern das radikal Unbekannte; er erneuert den urtümlichen Schöpfungsakt des Sagens so, daß er etwas bislang Ungesagtes, Unerhörtes schafft. Darum verachtet er Herkömmliches und Reales. Auch als Schulbuchautor kümmerte sich Mallarmé 1877 nicht um die Frage, wie die Sprachen entstanden, obwohl er bemerkte, daß jede Sprache auf einer früheren aufbaut und nicht spontan entsteht, sondern durch Natur und Geschichte geformt wird. Es sind nicht diese Idiome, die das Unsagbare enthalten. Mallarmé gab kaltblütig (mit Tyndale) zu, daß das Englische manches gemein habe mit dem Hebräischen, einer Sprache *d'origine immémoriale*; doch fand er hier keine Spuren des Ursprünglichen, denn alle Gemeinsamkeiten erklärten sich als literarische Entlehnungen aus der Bibel; sie sind nicht originell, also so verächtlich wie die historischen Sprachen überhaupt. Die semitischen Sprachen finden ihre Ursprungslegende in der Bibel, die arisch-europäischen aber nicht; auch die biblische Mythologie kehrt bei den Ariern nicht wieder. Nicht einmal die Erzählung von Deukalions Flut steht in der Semitenbibel[33]). So spitzte Mallarmé

---

[32]) Oeuvres complètes, hg. Rolland de Renéville – Jules Mouquet (BP 68), Paris 1946: Brief vom 15. 5. 1871 S. 255 (Weltsprache); Une saison en enfer S. 218 f. (Alchimie); Voyelles S. 103 (Vokale). Dazu Biedermann (o. Anm. 31) S. 182 f.; Friedrich, Struktur 44 ff.

[33]) Oeuvres complètes, hg. Henri Mondor – Georges Jean-Aubry (BP 65), Paris 1951: Variations sur un sujet S. 399 f. (Beschwörung), 366 (Initiative der Worte); Réponses à des enquêtes S. 869 (Unbekanntes); Les mots anglais, Introduction I, 2 S. 901 f. (Ursprungsfrage, Sprachentstehung); III, 2 S. 1034 (Hebräisch); Conclusion

die katholischen Thesen von der partiellen Absicht und historischen Zuverlässigkeit des Alten Testaments weiter zu. Alles Auserlesene ist abgesondert und das Allgemeine ist banal, also kein Wort mehr über Babel!

Wer freilich weniger selbstbewußt und sprachgläubig war, tröstete sich als Symbolist damit, daß hinter der Bosheit des Irdischen ein größeres und gütigeres Wesen stand; wenn auch kein Weg zu ihm führte, es war doch da. Der unglückliche Freund Rimbauds, Paul Verlaine (1844–1896) klammerte sich in den letzten Jahren seines haltlosen Lebens daran, daß das Genesisbuch des weisen Moses klar und einleuchtend sei, und verehrte darum Gott als seinen Schöpfer. Aber Wesen und Sprechen des Menschen erschienen dem trunksüchtigen Dichter keineswegs als göttlich. Schon 1866 hatte er die Verse Baudelaires mit denen verglichen, die ein diskreter Marquis de Sade dichten würde, wenn er die Sprache der Engel beherrschte; der himmlische Klang ändert nichts an der obszönen Verderbnis, er macht sie nur zynisch bewußt. Der hemmungslose, selbstzerstörerische Trieb hat nichts mit der wahren, versöhnenden Liebe zu tun, auch wenn er mit Engelszungen redet; selbst vor seiner Geliebten will der Mensch sich, wie Verlaine 1893 dichtete, nicht erniedrigen und kann seinen satanischen *orgueil vraiment babélique* nicht zügeln[34]).

Aber wozu weinerliche Klagen über das Häßliche, wenn es nun einmal wirklich ist? Wozu Kult der dunklen Sprache, wenn sie nun einmal unklar ist? Der Bahnbrecher des Naturalismus Emile Zola (1840–1902) höhnte 1887 über die romantische (und symbolistische) Sprachauffassung, die alles Gewicht auf Worte lege: *C'est une construction de langue bâtie en l'air*. Solche poetischen Träumereien waren vielleicht in den ersten Tagen der Welt am Platz (vielleicht noch beim Luftschloß zu Babel?); aber heute, wo die Naturwissenschaft den Idealismus verdrängt (und in Paris der Eiffelturm emporwächst), muß die Sprache des Dichters so sein wie die Flauberts: wissenschaftlich und unpersönlich, ohne Nebentöne und Hintersinn. *Un langage n'est qu'une logique*. Darum kann es auf die Verschiedenheiten der Muttersprachen nicht mehr ankommen. Die Zukunft wird nicht dem Volk mit der schönsten und tiefsten Sprache gehören, sondern dem Volk, das die augenblickliche Wirklichkeit am schärfsten analysiert und am brutalsten schildert. Die Sprache wird sich (nach Taines Lehre) dem Milieu anpassen; wenn es erst wissenschaftlich geworden ist, wird die verworrene Geschichte früherer Sprachen und Völker uns weniger als Balzac interessieren.

S. 1050 (semitische Ursprungslegende); Les dieux antiques S. 1170 (arische Sprachen und Mythen), 1222 ff. (Deukalion). Dazu BIEDERMANN (o. Anm. 31) S. 181 f.; FRIEDRICH, Struktur 39, 72 ff.

[34]) Oeuvres poétiques complètes, hg. Yves-Gérard LE DANTEC (BP 47), Paris 1957: Poèmes divers, Acte de foi S. 830 f. (Genesis); Epigrammes XXVIII S. 667 (Baudelaire); Dans les limbes V S. 627 (babélique).

An den künftigen Wirklichkeiten und Möglichkeiten von Welt und Sprache gemessen, erscheint Babel als bloßer Kinderschreck[35]).

Das war fürs erste nur eine Parole, noch keine Realität. Dennoch schien sich der realistische Kreis zu schließen; denn schon Cousin hatte wie Zola vor der Überschätzung von Sprache und Tradition gewarnt. Doch mit den letzten Resten der Romantik trieb man auch die Hoffnung aus; Cousin hatte noch auf die menschliche Freiheit vertraut, Zola achtete sie nicht mehr. Was zwischen Cousin und Zola lag, war die französische Geschichte der Zeit, die Ablösung des liberalen, vernunftgläubigen Bürgerkönigtums durch soziale Revolution und emotionale Massenmonarchie, und nach Krieg und Niederlage ihr Ersatz durch eine sozial und politisch zerrissene Republik ohne Ideal. Diese Geschichte bestimmte den Gang des nach Wirklichkeit strebenden Denkens; deshalb verwandelten sich die religiöse Zuversicht der positivistischen Gelehrten, die Wirklichkeitsfreude der realistischen Dichter, der Fortschrittsglaube der patriotischen Christen schließlich in nackten Naturalismus, dunklen Symbolismus und reaktionäre Kirchlichkeit. Man hatte den Ursprung verleugnet, um die Zukunft mit Händen zu greifen; was man behielt, war das derzeitige Chaos. Von Babel sprach man noch immer; aber vom Urwort der Anfänge und von der Harmonie des Finale war nichts mehr zu hören.

In dem 1830 neu geschaffenen Staat Belgien finden wir ähnliche, wenn auch weniger vielfältige Entwicklungen; in diesem Staat ohne Tradition rangen Liberalismus und Katholizismus um die politische, Wallonisch und Flämisch um die sprachliche Vorherrschaft. Es sah sich wie eine Synthese aller Gegensätze an, als 1867 der eigentliche Schöpfer des belgischen Schrifttums, Charles De Coster (1827–1879) in altertümlichem Französisch das Epos von der Befreiung seiner Heimat schrieb. Beide Sprachen standen im späten 16. Jahrhundert nebeneinander, Flämisch, *ce fier langage*, und Französisch, diese *langue amoureuse et guerrière*. Bloß der spanische Tyrann Philipp II. wollte sie nicht sprechen, und seine katholischen Mordbrenner verstanden sie nicht. Mit vielen Blutopfern erkämpfte vor dreihundert Jahren das Volk die Freiheit des Glaubens und der Sprache – ein mahnendes Vorbild für das moderne Belgien, dem De Costers Buch eine germanische Geschichte und eine romanische Literatursprache schenkte[36]). Freilich war diese Sprache französisch; die liberalen Be-

---

[35]) Les oeuvres complètes, hg. Maurice LE BLOND u. a., Bd. 41, Paris 1928: Lettre à la jeunesse S. 59 (romantische Sprachauffassung), 75 (erste Tage der Welt); Le roman expérimental S. 45 (Sprache als Logik); Lettre à la jeunesse S. 87 f. (Zukunft). Dazu AUERBACH, Mimesis 472 ff.

[36]) La légende et les aventures héroiques, joyeuses et glorieuses d'Ulenspiegel et de Lamme Goldzak au pays de Flandres et ailleurs, hg. Joseph HANSE, Brüssel 1959: IV, 12 S. 434 (Flämisch, spanische Soldaten); IV, 17 S. 442 (Französisch); I, 58 S. 118 (Philipp II.).

mühungen, ihr das Niederländische gleichberechtigt zur Seite zu stellen, konnten einen erbitterten Sprachenkampf nicht verhindern.

Und die Freiheit des Glaubens? Als die belgischen Katholiken an die Macht gekommen waren, gab der Alttestamentler Professor Thomas Joseph Lamy (1827–1907) in Löwen 1883 einen Abriß der Sprachtheologie, der alle liberalen Deutungen, insbesondere die von Renan, entschieden zurückwies. Es gab nur eine Ursprache, und sie kam von Gott; nicht der Volksgeist hat sie geschaffen, nicht er sie verändert. Denn Gott teilte die Sprachen wunderbar beim babylonischen Turm. Wir kennen die Ursprache nicht mehr, weil alle Sprachen, auch das Hebräische, erst in Babel durch Zerteilung der Ursprache entstanden; auch wissen wir nicht, auf welche Weise und in welcher Zahl die Babelsprachen sich bildeten (Grotius behielt recht). Aber gegen alle modernen *rationalistae* bleibt es dabei, daß durch die Schuld der Menschen und die Strafe Gottes die paradiesische Einheit von Volk und Sprache verloren ging[37]). Hier liegt der geschichtliche Grund für Belgiens Probleme; nicht liberale Toleranz, allein Kirchentreue kann sie unschädlich machen. Die anfänglichen Synthesen der Liberalen zerbrachen; vollends als die Industrialisierung Belgiens den Marxismus zum politischen Faktor machte, erstarrten die Fronten, häuften sich die Wirrungen. Auch Belgien, wahrhaft ein Kind des modernen 19. Jahrhunderts, entging dem alten Fluch von Babel nicht, weil es ihn nicht zu deuten verstand.

*

Schneller und einhelliger als der Kontinent begriff das viktorianische England, daß die hier zuerst ausgebrochene industrielle Revolution nur zu gewinnen war, wenn sie nicht mit nationalen, sozialen und konfessionellen Konflikten belastet wurde. Den Landsleuten Lockes fiel es leicht, sich auf die neuen Erfahrungen, auf den wirtschaftlichen und naturwissenschaftlichen Aufschwung einzustellen, ohne dem Materialismus ihren Common sense zu opfern. Und wenn sie geneigt waren, über den realen Problemen die Vergangenheit zu vergessen, so achteten andere, nicht allein die Erben der Romantik, auch die realistischen Dichter und die Theologen, auf nationale Tradition und individuelle Freiheit. So blieb bei aller Schärfe der Gegensätze doch das Gespräch im Gange, auch über Ursprung und Vielfalt der Sprachen und Völker.

John Lockes Geisteserbe John Stuart Mill (1806–1873) predigte freilich den Nützlichkeitsstandpunkt seines Lehrers Bentham, doch ohne dessen selbstsicheren Rationalismus, und wurde so zum führenden Philosophen der Zeit. Der Sohn eines Historikers hielt 1843 vom Überkommenen weniger als von der Selbsthilfe, von der Sprache weniger als von der Erfahrung. Denn die

[37]) Commentarius in librum Geneseos, Bd. 1, Mecheln 1883, S. 369–387.

Sprache ist (nach Bacon) ein schlechtes Hilfsmittel des Denkens, verwirrend und überladen; die Menschheit hat im Laufe der Geschichte die Vielfalt der Benennungen unnötig vermehrt. Es tut not, diese chaotische Mannigfaltigkeit auf das Brauchbare zu reduzieren; das ist Aufgabe des denkenden Menschen, denn er ist Herr der Sprache[38]).

Aber schon erhob Mills großer Freund und Widersacher Thomas Carlyle (1795–1881) Einspruch. Der idealistische Lehrling Goethes, der puritanische Freund E. Irvings wollte in der Masse nicht den einzelnen, im Nutzen nicht die Idee, in der Gegenwart nicht die Geschichte, in der Selbstbehauptung nicht Gott, in der Erfahrung nicht die Sprache untergehen sehen. Halb ironisch ließ er 1831 einen fiktiven deutschen Professor seine skurrile Kleiderphilosophie beginnen mit dem Turmbau von Babel und der Zerstreuung der Völker über die bewohnbare und bekleidbare Erde; doch hinter der Ironie stand Carlyles Glaube, daß die Weltgeschichte gar nicht verwirrt, nur eingekleidet, ein Kleid Gottes ist. Vielleicht treffen wir nur die Schale, nicht den Kern, aber wir tun alle noch immer dasselbe, was Adams erste Aufgabe war: natürlichen Erscheinungen Namen zu geben. Der Name ist das früheste Gewand, in das der Mensch sein Ich hüllt, und man kann das Kleid schwer vom Körper trennen; Sprache ist überhaupt das Gewand, wenn nicht gar der Körper des Gedankens, und darum ist die scheinbar flüchtigste Erscheinung auf Erden, der Klang *(sound)*, in Wahrheit die dauerhafteste. Ja das Wort ist in dieser Welt allmächtig; es macht den Menschen göttlich und schöpferisch, mit seiner Hilfe kann er (nach der Lehre F. Schlegels) *create as by a Fiat*. Keine Sprachverwirrung hindert ihn an dieser Macht, denn planvoll enthüllt sich in der rhythmischen Entfaltung der Menschheit zugleich die Idee des Göttlichen. Sie leuchtet in der Seele des einzelnen Helden seit eh und je. Carlyle pries 1841 die Schrift als eine zweite Sprache, beinahe so wunderbar wie die erste, und ihren Erfinder, den herrlichen Teutonen Odin, als fast göttlich; er erfand auch die Dichtkunst, seine rauhen nordischen Worte sind die urtümlichen Wurzeln des heutigen Englisch. Wie er, so gehört zu den großen Heroen der Menschheit, wer einem Volk eine artikulierte Sprache schenkt, wer melodisch aussprechen kann, was sein Herz meint. Die großen Männer entdecken nur die heilige Grundstruktur der Welt; sie offenbart sich in der Weltgeschichte, welche die wahre und ewige Bibel, das Wort Gottes ist. Wer dürfte sich vermessen, gleich Mill einer formlosen Masse zuliebe die Offenbarung Gottes in Sprache und Geschichte anzutasten? So vollständig die Wiederbelebung des religiösen Geschichtsdenkens bei Carlyle zu sein scheint, so bezeichnend ist die Lücke, in der Babel und der

---

[38]) A System of Logic Ratiocinative and Inductive, Bd. 1, 3. Aufl., London 1851, S. 17, 22. Dazu Bernhard GUTTMANN, England im Zeitalter der bürgerlichen Reform, 2. Aufl., Stuttgart 1949, S. 472 ff.

Heroe Nimrod verschwinden[39]). Ist das Führerprinzip wirklich die Norm des Heiligen, die Weltgeschichte eine Galerie der Helden?

Darum ließ der Repräsentant der viktorianischen Poesie, Alfred Tennyson (1809–1892) lieber Bibel und Urzeit aus dem Spiel, so nahe sein dichterischer Sendungsglaube, sein christliches Empfinden und seine nationale Gesinnung Carlyles Anschauungen kamen. Er mahnte 1847, man dürfe sich der Erinnerung an das Unwiederbringliche nicht hingeben und solle das Vergangene ruhen lassen mit all seinen *cancell'd Babels*. Der Turmbau war sinnlos, aber er ist darum heute unschädlich. Selbst seine Artusdichtung mochte Tennyson 1859 nicht mit den seit Galfred von Monmouth vertrauten Genealogien schmücken; Artus ist ein Findling, niemand weiß, woher er kam. Nur der alternde Zauberer Merlin liest noch in seinem Zauberbuch eine längst verklungene Sprache – ganze Berge sind seitdem entstanden, mit Städten auf ihren Flanken; rasch wird die Macht des alten Zauberbanns gebrochen sein. Künftig, wenn die Schöpfung des Menschen vollendet sein wird, werden alle Völker eins sein und den Schöpfer im vereinten Chore loben[40]). Die Zukunft wird erfüllen, was die Vergangenheit versprach.

Es fragt sich freilich, ob man mit der uralten Vergangenheit auch ihre Plagen losgeworden ist, ob das moderne Massendasein nicht ebenso beschwerlich wie die böse alte Zeit geblieben ist. Der Dichter der Großstadt, Charles Dickens (1812–1870) sah jedenfalls 1848 Babels Türme leibhaftig vor sich, in dem Wald halbzerstörter Schornsteine über einem Londoner Elendsviertel; er brauchte nicht wie Spenser in exotische Ferne, nicht wie Tennyson in archaische Vorzeit zu schweifen, um das Scheitern menschlicher Hoffnungen zu entdecken[41]). Babylonischer Fluch fand sich nicht nur im gedrückten Los der Kleinbürger, ebenso im Hochmut der gehobenen Gesellschaft, deren satirischer Kritiker William Makepeace Thackeray (1811–1863) seit 1846 wurde. Adlige Snobs berufen sich heute darauf, Vettern von Karl Martell, Orlando Furioso, Philipp August, Peter dem Grausamen und Friedrich Barbarossa zu sein; wenn sie auch nicht über das Mittelalter hinweg bis zur Völkertafel zurückgreifen, so will man doch nicht einmal in der Kirche wahrhaben, daß wir allesamt

---

[39]) Works, The Standard Edition, 18 Bände, London 1904–06: Sartor resartus I, 5 Bd. 4, 1, S. 26 (Turmbau); II, 1 S. 60 f. (Adam, Name); I, 11 S. 50 (Sprache und Gedanke); II, 10 S. 135 (Macht des Wortes); On Heroes, Hero-Worship and the Heroic in History c. 1 Bd. 4, 2, S. 22 f. (Schrift und Sprache); c. 3 S. 94 (artikulierte Sprache); Past and Present IV, 1 Bd. 3, 1, S. 202 (Weltgeschichte als Bibel). Dazu Karl Heinz Bachmann, Die Geschichtsauffassung Thomas Carlyles und sein Gemeinschaftsgedanke, Diss. phil. Göttingen 1938, S. 25 ff.

[40]) The Works, hg. Hallam Lord Tennyson, 9 Bände, London 1907–08: The Princess IV, 59 Bd. 4, S. 61 (Babels); Idylls of the King Bd. 5, S. 382 (Artus), 208 (Merlin); The Making of Man Bd. 7, S. 177 (Zukunft).

[41]) Dombey and Son c. 6, in: The Nonesuch Dickens, Bloomsbury 1937, S. 63 f.

direkte Nachfahren von Adam und Eva sind. Ebenso hochnäsig verschließt sich die englische Gesellschaft der Mannigfaltigkeit der Sprachen und schätzt im Grunde nur das eigene Idiom. Zwar brüsten sich die Snobs mit ihren Kenntnissen in Sanskrit, Griechisch, Französisch, sogar Kosakisch, aber sie verstehen von all diesen Sprachen nicht das geringste; auch wer wirklich sechs Fremdsprachen gelernt hat, glaubt immer noch, daß Dante Alighieri nach seinem Geburtsort Algier benannt sei. Wer fließend Französisch spricht, ist gewiß unadlig; eine rechte Aristokratin, die zwanzig Jahre im Ausland gelebt hat, versteht kein Wort der Landessprache, und in Belgien kann der Engländer nichts anfangen mit einem belgischen Diener, *who could speak no language at all.* Thackeray wollte gewiß diese Welt nicht verbessern; aber daß sie mit etwas mehr Liebe zum Fremden weniger leer wäre, darf man doch als seine Meinung unterstellen[42]).

Offen ausgesprochen wurde sie von dem christlichen Sozialreformer Charles Kingsley (1819–1875). Der Pfarrer von Wilddieben und Zigeunern predigte 1848, daß wir alle, die ganze Menschheit, von Noah und seinen Kindern abstammen. Einige von Noahs Söhnen vergaßen freilich den Bund mit Gott und ihre Pflicht; anstatt in die Welt zu ziehen, errichteten sie *for selfish safety* ihr eigenes *kingdom.* Zur Selbstsucht kam die zweite Sünde, sklavische Furcht vor der Natur, vor einer neuen Sintflut. Egoismus und Angst, das also, was eine Viehherde zusammenhält, machte die Männer von Babel einig und trotzig, während die vom Geist Gottes erfüllte menschliche Liebe in der Geschichte (wie bei Carlyle) alles Böse vertilgt, alles Getrennte vereint. Deshalb betrifft die Erzählung von Babel nicht die ganze Menschheit; nur den Verruchten verwirrte Gott die Sprache, nicht den Frommen Englands: ihren sächsischen Vorfahren schenkte er gnädig die Insel, so wie er Abraham Kanaan gab[43]). Unversehens wurde der Sozialreformer zum Prediger des englischen Gottesvolkes; aus allen sozialen Ungerechtigkeiten und Nöten half am leichtesten der Glaube an eine besondere, imperialistische Mission des gesamten Landes und aller seiner Stände.

Ähnlicher Glaube beseelte den konservativen Politiker und Literaten Benjamin Disraeli (1804–1881), der arm und reich, Volk und Krone, 1847 auch England und Israel miteinander verknüpfen wollte. Disraeli, jüdischer Her-

---

[42]) The Works, hg. George SAINTSBURY, 17 Bände, Oxford 1908: The Book of Snobs c. 8 Bd. 9, S. 297 (Karl Martell usw.); c. 12 S. 312 (Adam und Eva); c. 35 S. 443 (Sanskrit); c. 38 S. 454 (Griechisch); c. 22 S. 383 (Französisch); c. 14 S. 320 (Kosakisch); c. 16 S. 330; c. 21 S. 378; c. 23 S. 388 (Unverstand); c. 26 S. 398 f. (Algier); Vanity Fair, A Novel without a Hero c. 1 Bd. 11, S. 9; c. 29 S. 356 u. ö. (Kenntnisse der Unadligen); c. 34 S. 436 (Aristokratin); c. 28 S. 335 f. (in Belgien); vgl. c. 61 S. 784 ff.

[43]) Village Sermons and Town and Country Sermons, London 1891: Sermon XI S. 82 (Abstammung); XII S. 90 f. (Babel), 97 f. (England). Dazu Emanuel HIRSCH, Geschichte der neuern evangelischen Theologie im Zusammenhang mit den allgemeinen Bewegungen des europäischen Denkens, 2. Aufl., Bd. 3, Gütersloh 1960, S. 328 ff.

kunft und anglikanischer Konfession, meinte, die christliche Kirche sei jüdisch, kein Volk verdanke den Hebräern so viel wie das britische. Noch ist freilich London ein modernes Babylon (wie bei Dickens) und kein Jerusalem (wie bei Blake); aber es wird aufblühen, wenn es dem Drang zum exotischen Orient folgt. Daß Disraeli später als britischer Premier am Suezkanal und in Indien seiner Königin imperialen Glanz verschaffte, war vielleicht die gewichtigste Realisierung der alten, seit Gildas lebendigen Vorstellung vom britischen Israel[44]). Es ist nicht verwunderlich, daß Disraelis verehrte Monarchin, die Königin Victoria, im Schloß Windsor eine Ahnentafel aufstellen ließ, die bis auf König David zurückreichte. Und es ist begreiflich, daß seit 1850 ein John Wilson aus Cheltenham weiter ging als Tyndale und die englische Sprache direkt zum Ableger der hebräischen erklärte, weil die Engländer von den zehn verlorenen Stämmen Israels kämen. Man kann über den Phantasten lächeln; aber sein Buch erlebte in einem Vierteljahrhundert fünf Auflagen, und die „British-Israel-World Federation" vertrat noch um 1930 seine These mit der Begründung, daß *brith* im Hebräischen „Bund", *ish* „Mann" bedeute, *British* also das Volk des Neuen Bundes sei[45]).

Die High Church stand dieser Ideologie des britischen Imperialismus mit offiziöser Distanz, aber nicht ganz ablehnend gegenüber; man schlage nur den offiziellen, vom Unterhaus geförderten anglikanischen Bibelkommentar von 1871 auf. Der Autor, Bischof Edward Harold Browne (1811–1891) von Ely, gab bekannt, daß nach den Forschungen der Natur- und Sprachwissenschaft ein Urvolk und eine Ursprache der Menschheit anzusetzen seien. Ob das Hebräische diese Ursprache war, kann nicht ausgemacht (aber auch nicht abgelehnt) werden; Semiten und Japhetiten nahmen zwar am Turmbau teil und erlitten die Sprachverwirrung, doch blieben ihre Sprachen (nach Wottons Lehre) nahe miteinander verwandt und stehen auf höherer Kulturstufe als die hamitischen[46]). „British Israel" und die Prophezeiung von Gen. 9, 27 waren also unter Gladstones Regierung noch recht aktuell. Das missionarische Sendungsbewußtsein wurde indes zugleich ein sanftes Ruhekissen für den Materialismus der Massen; eine Zeitung nannte 1882 *our Israel*, das England des 19. Jahrhunderts, ein *Babeldom*, denn es habe wenige Kirchen gebaut[47]).

---

[44]) Tancred, or The New Crusade, in: The Bradenham Edition of the Novels and Tales, Bd. 10, London 1927: IV, 4 S. 274 (England und die Juden); V, 5 S. 390 (London und Babylon). Dazu André MAUROIS, La vie de Disraëli (Vies des hommes illustres 8), Paris 1928, S. 52 ff.

[45]) Lectures on Our Israelitish Origin, 5. Aufl., London 1876, S. 189, 265. Zum British Israelitism SCHÖFFLER, Abendland 73 ff., wo aber Disraeli ausgelassen ist.

[46]) The Holy Bible . . . with an Explanatory and Critical Commentary, hg. Frederick Charles COOK u. a., Bd. 1, London 1871, S. 82 f., 95 f.

[47]) Charles Henry BUTCHER, Seventeen Years After, in: The Contemporary Review 42 (1882) 674–683, hier S. 681.

Die Verherrlichung des eigenen Erfolges war noch nicht das rechte Christentum; die Hand Gottes lenkte nicht so sehr die einzelne Nation als die Weltgeschichte; die positivistische Wissenschaft selber erwies es wider Willen. In römischen Vorträgen demonstrierte der als englischer Mezzofanti gerühmte irische Sprachenkenner und spätere Kardinal Nicholas Wiseman (1802–1865) 1835 anhand der Forschungen von Humboldt, Bopp und Remusat, daß die Vielzahl der modernen Sprachen auf wenige große Sprachfamilien zurückgeht, die zudem miteinander verwandt sind. Sie stammen demnach aus gemeinsamer Quelle und wurden durch eine ungewöhnliche Kraft getrennt; so erweist sich der biblische Bericht von der Einheit des Menschengeschlechts und seiner Zerstreuung beim babylonischen Turm als historisch zutreffend[48]). Wenn diese Wahrheit im Besitz der universalen Kirche ist, muß über ihr auch heute Gottes Vorsehung walten; so empfanden es die katholischen Anhänger der Oxford-Bewegung. Der nachmalige päpstliche Hausprälat Charles William Russell (1812–1880) entdeckte 1858, daß der berühmteste Sprachenkenner seiner Zeit, der italienische Kardinal Mezzofanti, genau *seventy-two languages*, *popularly*, *if not scientifically*, *regarded as distinct*, mehr oder weniger genau gekannt habe und damit das größte Sprachgenie aller Völker und Zeiten gewesen sei. Daß die Zahl 72 nicht dem Zufall der Zählung, sondern dem Symbolglauben Russells zu verdanken ist, zeigt seine Liste der 72 Sprachen zur Genüge[49]).

Russells Freund, der spätere Kardinal John Henry Newman (1801–1890) teilte allerdings diesen schlichten Symbolglauben nicht; denn höher als die Vergangenheit stand ihm die Zukunft, höher als die Einsicht die lebendige Überzeugung. Zwar sagte er um 1867, die künftigen Geschicke des Christentums seien durch seine globale Ausbreitung gebunden an die englische Sprache, deren Weltherrschaft allein durch providentielle Führung zu erklären sei; aber dieser fast noch anglikanische Sendungsglaube im Stile De Quinceys beherrschte weder sein Geschichts- noch sein Sprachdenken. Newman glaubte 1870 wie Wiseman fest daran, daß Adam der erste Vater aller Menschen war, die sind und jemals gewesen sind; aber seine Nachfahren wollte er nicht genau bestimmen. Er hielt es für absurd, Adam als Neger, Noah als Patriarchen der Chinesen, schließlich Indianer, Goten, Wandalen und die heutigen europäischen Rassen als Nachkommen der zehn Stämme Israels auszugeben. Diese scharfe Absage an den „British Israel"-Glauben war tief begründet in Newmans Überzeugung, daß sich zwar die geschichtliche Entwicklung, nicht aber die geschichtliche Vielfalt unmittelbar auf den Glauben beziehe, auf die Wirklichkeit

---

[48]) Zusammenhang der Ergebnisse wissenschaftlicher Forschung mit der geoffenbarten Religion, übers. Daniel HANEBERG, Regensburg 1840, S. 36, 50 (wenige Sprachfamilien), 79 (miteinander verwandt), 2, 7 (biblischer Bericht).

[49]) RUSSELL, Mezzofanti 467–470.

des einen Gottes. Das gleiche gilt von der Sprache. Wenn sie religiös ist, zielt sie überall auf die Realität Gottes und ist dann nicht von ihren historischen Eigenarten abhängig; lediglich der Grammatiker vergleicht die Einzelsprachen miteinander und ermittelt auch dann die unter verschiedenen mundartlichen Formen ausgedrückten gemeinsamen Ideen[50]). Newman suchte die Wahrheit intensiver als sein Vorgesetzter Wiseman und sein Verdächtiger Kingsley jenseits der geschichtlichen und nationalen Besonderheiten; daß sie nicht in den positivistischen Fakten liegt, darin war sich Newman mit Carlyle und Ruskin einig.

Das Evangelium von Carlyles Schüler John Ruskin (1819–1900) war freilich weniger das Wort Gottes als die Schönheit der äußeren Form und des geistigen Gehalts, die er gegen die häßliche, seelenlose Welt der Technik und der Effekte beredt vertrat. Die Vergangenheit, auch die Kunst des Mittelalters, sollte den Menschen nur zur schöpferischen Sittlichkeit anleiten, nicht seine Freiheit durch Traditionen beschränken. Nur deshalb verwies Ruskin auf den Ursprung der Wörter. Ein Gebildeter braucht nicht viele Sprachen zu beherrschen, vielleicht nur seine Muttersprache; doch die Abstammung der Wörter sollte er kennen, denn sie lehrt ihn die geheimen Bedeutungen der Sprache und entlarvt ihm die modernen Zweideutigkeiten. Weiter ist er nicht an das Herkommen gebunden, er muß nur Gesinnung und Ausdruck zur Deckung bringen durch ein reines Leben; denn Sprache wird nicht gemacht, sie wird gelebt, und ihr Geheimnis ist das Geheimnis der Sympathie, nicht der Erkenntnis. Ruskin freut sich 1885, wenn er im Ausland die fremde Sprache nicht kennt; denn so genießt er das Treiben ruhig und rein wie eine melodiöse Oper, ohne doch zu einem von Thackerays Snobs zu werden. Der Turm zu Babel kam dem Kunsthistoriker nicht dabei in den Sinn, nur anderswo, wieder als Beispiel technischen, falschen Verhaltens. Ruskin meinte 1849, der Ehrgeiz der alten *Babel builders* sei auf höchst irdische Zwecke, nicht auf den Himmel gerichtet gewesen; sie wollten nicht vergessen werden. Dieser erste Turm auf Erden (so 1853) war nicht für ein religiöses Ziel gebaut, denn jeder Turm ist ein Zeichen des Stolzes, auch jeder Kirchturm. Besondere Aufgeblasenheit zeigt die Ziegelbauweise des Babelturms, denn sie ist unsolide; die überschlanke spätgotische Kunst Venedigs ist gleichfalls ein *Babel-Style*. Auch das spätmittelalterliche Christentum, das nicht mehr auf Gottes Liebe, sondern auf die Tugenden des Gläubigen baute, errichtete sich Stück für Stück, Stein für Stein einen babylonischen Turm zum Himmel empor; so konnte Ruskin 1875 den Turm von Babel geradezu *the*

---

[50]) Äußerung von ca. 1867 zitiert nach Theodor HAECKER, Essays, München 1958, S. 201 (dort ohne Quellenangabe). Philosophie des Glaubens (Grammar of Assent), übers. Theodor HAECKER, München 1921: c. 7, 2, 6 S. 218 (erster Vater); c. 9, 3, 2, 2 S. 321 (Neger, Chinesen usw.); c. 3 S. 15 (Sprachverschiedenheit).

old belfry of Christian morality nennen. Der Christ sollte Bescheidenheit lernen, etwa bei der Schwalbe, die aus Schlamm ihr Babel von oben nach unten baut[51]). Aber ist nicht auch dies noch eine sehr subtile Art des Utilitarismus, wenn die Sprachen der Erde und die Monumente der Weltgeschichte lediglich der ästhetisch-ethischen Erziehung des modernen Menschen dienen sollen? Hat das Erbe der Vergangenheit nicht auch sein eigenes Gewicht?

Ruskins Oxforder Kollege, der deutschblütige Sprach- und Religionswissenschaftler Friedrich Max Müller (1823–1900) suchte deshalb gerade aus der Überlieferung früherer Zeiten das reine Menschenbild zu gewinnen und verwandelte Ruskins Erziehung zur Lebenskunst in die Erforschung der Geistdokumente; die wichtigsten, religiöse und sprachliche, schienen ihm als Erzeugnisse menschlichen Geistes eng zusammenzuhängen, und so wurde seine Religionsvergleichung zur vergleichenden Sprachgeschichte. Viel stärker als Ruskin mußte er die Ursprünge beachten, weil über der gelehrten Detailkenntnis nicht die poetische Anschauung vom Ganzen, vom geistigen Menschen, verlorengehen durfte. Deshalb predigte Müller seit 1861, die Sprache sei eine einmalige Schöpfung und menschlichen Ursprungs. Sie wurde hervorgebracht vom geistigen Instinkt, der den Menschen aufs entschiedenste vom Tier trennt und einer Uroffenbarung gleicht. Aber die Theologen (auch Wiseman) verfehlten die Wahrheit, wenn sie den göttlichen Ursprung der Sprache behaupteten; denn die Bibel sagt nicht, daß Gott, sondern daß Adam den Dingen Namen gab. Doch der Mensch erfand die Sprache auch nicht, wie die Empiristen wollen, allmählich und künstlich; denn die Sprache ist kein Kunstwerk, sondern auch ein Naturding, sie wird nicht gemacht, sie wächst. Nachdem das sprachliche Material aus dem geistigen Instinkt hervorgebracht war, formte es der Mensch durch rationale Kombination; Grammatik und Wörterbuch wurden ihm keinesfalls von Gott mitgeteilt. Am Ursprung standen allein die Wurzeln; der Mensch hat sie ausgestaltet zu Sprachen, die sogleich und immer weiter sich differenzierten. Dadurch wollte Müller Herder und Humboldt mit der positivistischen Sprachwissenschaft verbinden; die heilige Ursprache bilden jene Wurzeln, die die Sprachvergleichung herauspräpariert. Somit kann keine fertige Sprache, etwa das Hebräische, diese Ursprache sein, und dennoch hat die Bibel recht, daß die ganze Erde einerlei Sprache redet. Auch die herkömm-

[51]) The Works, hg. Edward Tyas Cook – Alexander Wedderburn, 39 Bände, London 1903–12: Sesame and Lilies I, 15–19 Bd. 18, S. 64 ff. (Ursprung der Wörter); Lectures on Art III, 68 f. Bd. 20, S. 74 ff. (Sprache und Sympathie); Praeterita I, 6, 138 Bd. 35, S. 118 f. (im Ausland); The Seven Lamps of Architecture VI, 2 Bd. 8, S. 224 (Babel builders); Lectures on Architecture and Painting I, 19 Bd. 12, S. 36 ff. (Kirchturm); The Ethics of the Dust, Note 2 Bd. 18, S. 362 (Ziegelbauweise); Guide to the Academy at Venice Bd. 24, S. 170 (Babel-Style); The Stones of Venice VIII, 46 Bd. 10, S. 368 (Spätmittelalter); Social Policy Based on Natural Selection Bd. 16, S. 163 (morality); The Cestus of Aglaia II, 24 Bd. 19, S. 76 (Schwalbe).

liche Scheidung der Sprachfamilien wird fraglich, wenn sich allenthalben ähnliche Wurzeln finden lassen, ebenso die babylonische Sprachverwirrung, die Müller nur nebenbei erwähnt. Denn die Sprachen sind von Natur aus unterschiedlich; darin liegt keine geistig-religiöse Komponente wie in der Einheit ihrer Wurzeln. Daß überhaupt die Verschiedenheit der insgesamt über 900 Sprachen zum Problem wurde, war dann wieder eine religiöse Leistung, die der christlichen Menschheitsidee. „Vom historischen Gesichtspunkt aus ist es nicht zu viel gesagt, daß der erste Pfingsttag den wirklichen Beginn der Sprachwissenschaft bezeichnet". Denn erst das Christentum machte (nach Humboldt) alle Menschen zu Brüdern; allerdings ermöglichte erst die Bekanntschaft mit dem Sanskrit die Entdeckung der Wurzeln und damit die geistige Aufhebung der Sprachverschiedenheit. So gipfeln Sprache und Religion in der gegenwärtigen Forschung, die das Geistige mit dem Natürlichen verbindet; die durch sie abstrahierten Wurzeln sind das historisch Ursprüngliche und das organisch Grundlegende. Sie sind in keiner wirklichen Sprache anzutreffen, man muß sie erschließen; aber eben darum binden sie geistig das Getrennte zusammen. Völker und Rassen mögen polygenetisch entstanden, die Welt- und Heilsgeschichte mag viele seltsame Umwege gegangen sein, wir haben jetzt die Uroffenbarung gefunden, nicht etwa im biblischen Wort Gottes, sondern in den Sprachwurzeln[52]). Ihre Entdeckung gibt in manchem der Bibel recht ...

Aber war diese Reduktion des Weltgeistes auf eine gelehrte Abstraktion nicht ein Zirkelschluß? Selbst wenn diese Wurzeln jemals existierten, kam es auf sie allein an? Blieb das ursprüngliche Schema des Lebens durch alle Zonen und Zeiten unverändert erhalten? Das stand nicht in der Bibel und widersprach der naturwissenschaftlichen Erfahrung. Charles Darwin (1809–1882) räumte 1859 das Axiom Linnés beiseite, daß es noch heute ebenso viele Spezies gebe, wie in Paaren von der Hand des Schöpfers geformt und von Adam benannt wurden. Anders als Lamarck wollte Darwin damit Gott nicht ausscheiden; er glaubte, Gottes Schöpfermacht keinen Abbruch zu tun. Denn *all organisms start from a common origin*, auch wenn die einzelnen Arten an verschiedenen, weit voneinander getrennten Plätzen geschaffen wurden. Wer anders könnte diese gemeinsame Wurzel aller Organismen sein als Gott? Nach der ersten Schöpfung geht allerdings die Naturgeschichte ihren Weg allein, ohne göttliche Vorsehung, so wie der Deismus und Lamarck angenommen hatten. Alle Lebe-

[52]) The Science of Language, 2 Bände, London 1891, hier Bd. 1, S. 29 ff. (Sprachursprung), 39 ff. (Wachstum), 535 f. (Material und Formung), 492 ff. (Wurzeln), 455 ff., 536 (Einheit der Sprachen), 147 ff. (Hebräisch, Babel), 140 f. (Pfingsttag), 162 ff. (Sanskrit). Dazu Georgina MAX MÜLLER, The Life and Letters of the Right Honourable Friedrich Max Müller, Bd. 1, London 1902, S. 247 ff.; SOMMERFELT, Origin 890 f.

wesen hängen miteinander von den ältesten Zeiten her durch Abstammung zusammen; ihre Veränderungen ergeben sich durch Zuchtwahl im Kampf ums Dasein. Also *descent with modification.* Dieses Gesetz gilt unverbrüchlich für alle Lebensäußerungen, auch für die Sprachen. Sie sind nichts abgetrennt Geistiges, sie gehören (anders, als Renan meinte) zu den Rassen; also verändern sich Rassen und Sprachen (anders, als Meiners und Gobineau glaubten) gemeinsam in der Geschichte. *If we possessed a perfect pedigree of mankind, a genealogical arrangement of the races of man would afford the best classification of the various languages now spoken throughout the world.* Das war freilich, obwohl in den Bahnen Johnsons, nicht mehr die biblische Verbindung von Sprache und Volk; denn bei Darwin folgt die Sprache der Rasse. Aber wie die Lebewesen, so sind auch die Sprachen miteinander genealogisch verwandt; nur Tempo und Ausmaß ihrer weiteren Entfaltung divergieren. Doch wird die zugegebene Einheit des Ursprungs fast bedeutungslos, wenn die Modifikationen im Mittelpunkt stehen; keine lebende Art (und keine Sprache) gleicht heute noch ihren Anfängen, auch in Zukunft wird die natürliche Zuchtwahl zur ständigen Veränderung beitragen. *Progress toward perfection* ist Darwins hoffnungsvolle Parole, die Lamarcks Geschichtsdenken aufnimmt, aber verfeinert; denn der Kampf ums Dasein ist keine bloße Reaktion auf übermächtige Naturgewalten, sondern ein historisches Gesetz fast im Sinne Carlyles und läßt sich auch auf die Geschichte geistiger Gebilde, vor allem der Sprachen, anwenden.

Darwin selbst versuchte es 1871, zunächst ähnlich wie F. Max Müller. Die Sprache ist kein Instinkt, sondern eine Kunst, die erlernt werden muß; dennoch hat der Mensch schon als Kind die instinktive Neigung zum Sprechen, und keine Sprache wird allein durch Überlegung erfunden. Dieser Instinkt verbindet (was Müller nicht glauben wollte und Buffon weit von sich gewiesen hatte) Mensch und Tier; denn erste Schritte zur Sprachbildung sind bei Vögeln, Ameisen, Hunden und Menschenaffen bereits zu bemerken. (Das wußte man seit La Mettrie, Franklin und Lamarck.) Aber erst Gebrauch und ständige Übung bildeten beim Menschen Sprachorgane und geistige Fähigkeiten aus. Vielleicht lag der Ursprung der Sprache (nach den Theorien der Sensualisten) in der Nachahmung und Modifikation natürlicher Laute, der Tierstimmen und instinktiver menschlicher Rufe; vielleicht war diese Sprache zuerst Gesang. Anfangs war sie (nach Monboddo) wohl kompliziert und regelmäßig gebaut, aber man sollte daraus nicht folgern, daß sie göttlichen Ursprungs war; denn vollkommen ist nicht das Regelmäßige, sondern das Differenzierte. Damit wurde alle französische Verehrung des Einfachen zurückgewiesen; daß die Sprache sich (wie Mandeville schrieb) aus unvollkommenen Anfängen immer weiter verbesserte, glaubte Darwin gerade an der Verschiedenheit der Sprachen zu sehen. Man wüßte gern, ob er das Ereignis von Babel in diesem Sinne interpretiert haben könnte, als fortschreitende Differenzierung im Kampf ums Dasein; schwerlich konnte er glauben, durch Zuchtwahl würde eine einzige Sprache künftig dominieren und den Fortschritt zusammenfassen. Denn seine Theorie ersetzte rationalistische Konstruktionen durch natürliche Geschichte; sie hielt sich nicht bei den Wurzeln auf und gönnte der Vielfalt freien Spielraum; sie machte das Dasein trotzdem nicht zum Spiel, denn jede Entscheidung geht um Tod und Leben. Aus kleinen Ursachen folgen unabsehbare Wirkungen, die nicht zu widerrufen sind; dennoch entwickeln sich Natur und Geschichte nicht zwangsläufig und geradlinig. Wie am Anfang die Schöpfermacht Gottes steht, so kann der Ablauf vom freien Geist des Menschen variiert werden. Darwins Lehre entsprach dem biblischen Geschichtsbild nur sehr ungefähr, aber sie widersprach ihm weniger als die aufgeklärten Naturtheorien[53]).

An die Herabwürdigung des Menschen dachte der englische Darwinismus nicht. Als der Zoologe Thomas Henry Huxley (1825–1895) aus Darwins Lehre die abstammungsgeschichtliche Folgerung zog und die gemeinsame Herkunft von Mensch und Tier lehrte, fügte er 1860 sogleich hinzu, der Mensch habe sich längst weit über das Niveau seiner niedrigen Mitgeschöpfe erhoben, „denn er allein besitzt die wunderbare Gabe verständlicher und vernünftiger Rede". Während den Tieren ihre Erfahrungen immer wieder abhanden kommen, kann der Mensch sie mittels der Sprache speichern und verwerten. Allerdings stand am Anfang dieser Differenzierung vielleicht nur „eine wenig auffallende anatomische Verschiedenheit", so wie der Unterschied zwischen einer gut gehenden und einer gar nicht gehenden Uhr manchmal bloß winzige Ursachen hat: ein Haar am Balancier, ein bißchen Rost an einem Stift, einen Bug in einem Zähnchen[54]). Wer brachte den Mechanismus und seine erste kleine Veränderung zustande, der allmächtige Schöpfer der Welt oder der Zufall mannigfaltigen Wachstums? Das war die Frage nach dem ersten Beweger der Weltmaschine, also keine Frage für Huxley, der die Bezeichnung Agnostizismus einführte. Wir sehen, was geschieht; aber daraus zu schließen, was geschehen ist und geschehen muß, wäre anmaßend. Freilich wurde die Frage nach den

[53]) The Origin of Species by Means of Natural Selection, 6. Aufl., London 1899, S. 396 (Entwicklung und Gott), 399 (gemeinsamer Ursprung), 300 f. (Schöpfung an verschiedenen Orten), 340 ff. (Abstammung und Zuchtwahl), 348 (Sprachen), 402 (Fortschritt). Die Abstammung des Menschen und die geschlechtliche Zuchtwahl, übers. Julius Victor Carus, Bd. 1, Stuttgart 1871, S. 45–52, 207 (Geschichte der Sprachen). Dazu Charles Coulston Gillispie, Genesis and Geology, A Study in the Relations of Scientific Thought, Natural Theology, and Social Opinion in Great Britain 1790–1850 (Harvard Historical Studies 58), Cambridge-Mass. 1951, S. 217 ff.; Mühlmann, Anthropologie 101 ff.; Sommerfelt, Origin 888 ff.; Maurice Mandelbaum, Darwin's Religious Views, in: JHI 19 (1958) 363-378, hier S. 366 ff.

[54]) Zeugnisse für die Stellung des Menschen in der Natur, übers. Julius Victor Carus, Braunschweig 1863, S. 117, 127. Dazu Mühlmann, Anthropologie 103.

Ursachen recht unerheblich, wenn die Wirkungen das meiste taten; da die Ursprünge unsichtbar geworden sind, waren sie wohl unscheinbar gewesen.

Wer nach den Wurzeln gräbt, der stößt auf Steine. Wie steht es denn mit der geistigen Potenz unserer Sprache, die von F. M. Müller, Darwin und Huxley einmütig gelobt wurde? Müllers Widersacher, Sir Edward Burnett Tylor (1832–1917), der bedeutendste Anthropologe des späten 19. Jahrhunderts, zerstörte 1871 die evolutionistischen Illusionen. Noch die gebildetste Sprache ist wie die barbarischste nur Ausdruck von Ideen durch artikulierte Laute, die diesen Ideen gewohnheitsmäßig zugewiesen sind. Nur wenige davon entstammen unmittelbar der natürlichen Welt, als *sound-words*, nachahmende oder emotionale Schreie; einige bezeichnen wirklich in verschiedenen Sprachen dasselbe, kommen also einer *original language* nahe, aber nicht, weil sämtliche Sprachen von einer einzigen herstammen, sondern weil solche Laute der überall gleichen Natur angemessen sind. Die meisten Schallwörter waren freilich nur ungefähre Imitationen und wurden mittlerweile vielfach verwischt und verwandelt. Neben ihnen steht seit ältesten Zeiten die stumme Sprache der Gesten, Gesichtszüge und Bilder und manches andere, was jeder Mensch versteht; doch ist diese Sprache nicht sehr geistreich. Deshalb wählt das Kind, erst recht der Erwachsene zusätzlich konventionelle Laute aus, um Verschiedenes voneinander zu unterscheiden; diese Worte sind beglaubigt nicht durch die Beziehung zur Natur, sondern durch den *social consensus*. Auch sie entstanden nicht aus gemeinsamer Wurzel, sondern aus dem Willen besonderer Gemeinschaften; sie haben keine Wahrheit, sie sind (nach Leibniz) bloß Rechenpfennige des Denkens. Kurzum, Burkes und Humboldts Glaube an eine natürliche, organische Sprache ist ebenso verfehlt wie Müllers Suche nach geistvollen Sprachwurzeln. Die Sprache ist wohl Menschenwerk, aber ein recht primitives. Durch ihre ständigen Grenzüberschreitungen, durch Metaphern und Analogien hat sie ein Scheinreich geschaffen; u. a. half sie mit, die Mythologie, also die Religion zu bilden, indem sie allem Benannten auch Existenz, allem Lebenden, selbst Tieren und Steinen, auch Seele und oft Sprache zubilligte. Dieser Animismus Tylors war der Fetischismus Comtes, nur ohne dessen Fortschrittsglauben. Denn wenn wir heute auch falsche Metaphern durchschauen und auflösen, so ist unsere Sprache doch noch immer ein steinzeitliches Werkzeug, das weder der immergleichen Natur noch den ewigen Gedanken Form verleihen kann. Mill behielt recht, die Sprache ist schlecht; denn die Gesellschaft taugt nicht viel, der Fortschritt führt nicht weit. Der Darwinismus wurde zum Pessimismus[55]).

---

[55]) Primitive Culture, Researches into the Development of Mythology, Philosophy, Religion, Language, Art, and Custom, 4. Aufl., 2 Bände, London 1903, hier Bd. 1, S. 160 ff., 200 ff.; Bd. 2, S. 445 ff. (Sprache); Bd. 1, S. 299 ff., 469 ff. (Mythologie). Dazu Mühlmann, Anthropologie 118 ff., 205 f.

Dagegen wehrte sich Darwins ehemaliger Freund, der Bischofs-Enkel Samuel Butler (1835–1902). Nicht der Mechanismus der Evolution regiert die geistige Welt, sondern der schöpferische Wille und das bewahrende Gedächtnis. Mit solchen Gedanken überwand der einsame Kritiker den Viktorianismus; doch der Sprache traute er nicht mehr als Tylor zu. Sprache gibt es, wie Geld, nur im Gebrauch; Worte sind nur lebendig, wenn man sie benutzt. Aber das Gedächtnis ist kurz, und der Wille ist schwach. Sprache ist eine willkürliche Erfindung; es gab eine Zeit, in der sie selten und wahrscheinlich nur von wenigen Gelehrten gebraucht wurde. Was wir für natürlich halten, ist im Grunde nur lange Gewohnheit; sie könnte auch wieder einschlafen. Zwar wird gewiß, wie Butler 1883/87 schrieb, das Englische einst zur Weltsprache werden und die anderen Idiome verdrängen (wie Bentham hoffte); aber damit wird nichts gewonnen sein. Denn in der künftigen technisierten Welt werden sich die Berufe so spezialisieren, daß jeder seine besondere Sprache reden wird, die von anderen nicht zu verstehen ist. Unsere Nationalsprachen können wir zusammenfassen, aber wer vereinigt dann unsere Fachsprachen? Die zunehmende Differenzierung ist kein Fortschritt, wie Darwin meinte, höchstens ein Fortschritt ins Chaos; wenn wir nicht unsere Zukunft selbst in die Hand nehmen, werden eines Tages die Maschinen ihre eigene Sprache reden. Hochtrabende Worte werden uns nicht davor schützen[56]).

Im ganzen entwickelten sich die englischen Meinungen der Zeit über Sprachen und Völker kontinuierlicher als die französischen; der weltpolitische und wirtschaftliche Aufstieg Großbritanniens störte die Kreise der Denker kaum, bestätigte ihnen freilich meistens nur ihre nüchterne Zuversicht, keine utopischen Hoffnungen. Die vorherrschende bürgerlich-praktische Richtung nahm Sprachen und Völker als gegebene Größen hin; die gegenwärtige Vielfalt galt als unaufhebbar und selbstverständlich, nirgends als verwirrend und beunruhigend. In die Zukunft blickten die meisten Autoren mit nationalem Vertrauen, ohne sich allerdings eine imperiale Zusammenfassung alles Irdischen zu erwarten, auch ohne die faktische Weltgeltung der englischen Sprache eschatologisch zu bewerten. Der Vergangenheit stand man gemeinhin distanziert gegenüber; sie war unerreichbares Ideal oder überwundener Beginn. Die idealistischen Gegenströmungen bekämpften zwar Eigensucht und Anbetung des Erfolges, suchten die Blicke auf das Ganze von Welt und Geschichte zu lenken und die Freiheit des Menschen gegen einseitige Ansprüche zu sichern, entfernten sich jedoch dabei nicht allzuweit von den Realitäten. Mit dem Sieg

[56]) Notebooks, hg. Geoffrey KEYNES – Brian HILL, London 1951, S. 221, 229 (Ursprung, Gewohnheit). Further Extracts from the Note-Books, hg. Augustus Theodore BARTHOLOMEW, London 1934, S. 177 (Zukunft). Dazu Paul MEISSNER, Samuel Butler der Jüngere, Eine Studie zur Kultur des ausgehenden Viktorianismus, Leipzig-London 1931, S. 52 ff.

des naturwissenschaftlichen Denkens nahm allerdings der Pessimismus spürbar zu. Die Verehrung der Sprache wich immer mehr der Kritik an ihr; die Geschichte wurde seltener wie ein Fortschritt zum Geist, häufiger wie ein Mechanismus der Natur betrachtet; die religiösen Aufrufe stießen zunehmend auf die Resignation der Einsamen. Schien anfangs kein Symbol der Furcht vonnöten, so war am Ende kein Fanal der Hoffnung überzeugend; in der Zeit herrschte so wenig geistige Unklarheit über die Situation, daß sie auch die Metapher Babel kaum mehr brauchte.

Würde sich auch Nordamerika durch den westeuropäischen Realismus und Pessimismus in seinem Sendungsbewußtsein und Fortschrittsglauben beirren lassen? Die politische Entwicklung der Vereinigten Staaten verlief stürmisch genug, um mindestens dem romantischen Weltschmerz Nahrung zu geben; sie begann 1830 mit einer schweren Krise der amerikanischen Demokratie, sie führte seit der Jahrhundertmitte zu dem großen Bürgerkrieg zwischen Nord und Süd um die Sklaverei der Neger und um die Vormacht der Regionalismen, sie zog wirtschaftliche Zerrüttung und staatliche Korruption nach sich. Freilich dehnte sich währenddessen das Staatsgebiet quer durch den ganzen Halbkontinent aus, die Industrialisierung beschleunigte die Integration, und endlich setzte sich der Einheitsstaat gegen die regionalen Tendenzen durch. Jedenfalls war das Verhältnis zwischen Einheit und Vielfalt ein so zentrales Problem, daß sich die Amerikaner jetzt intensiver als bisher auch um Ursprung und Entfaltung der Sprachen und Völker kümmerten.

Der gescheiterte Offiziersanwärter Edgar Allan Poe (1809–1849), zwischen realistischem Scharfsinn und romantischer Phantasie hin und her gerissen, untergrub in seinen burlesken und makabren Werken alle Selbstsicherheit der Gegenwart. Da ließ er 1845 eine altägyptische Mumie mitten im modernen Amerika wieder zum Leben erwachen; in gewähltem Altägyptisch drückt sie den entsetzten Gelehrten ihr Erstaunen darüber aus, daß man die Weltschöpfung als ein Problem betrachte. In Altägypten habe niemand daran gedacht, daß die Welt einen Anfang hätte; und wenn schon, dann habe man geglaubt, daß die unerschöpflich fruchtbare Erde in allen fünf Erdteilen die fünf Menschenrassen zugleich hervorbrachte. Die Mumie verkündet Goethes Weisheit und die romantische Überzeugung, daß das Uralte allem ephemer Modernen überlegen sei; denn Poe hatte sein Jahrhundert herzlich satt. Die Zukunft ist nicht rosiger. In tausend Jahren wird man zwar die Technik im höchsten Grade perfektioniert haben, aber man wird lateinische Sentenzen für etruskisch und Aristoteles *(Aries Tottle)* für einen türkischen oder indischen Trottel halten; kaum wird man noch wissen, daß die englische Sprache der amerikanischen zugrunde gelegen haben soll. Über geschichtliche Bildung wird die selbstbewußte Ignoranz gesiegt haben: Der Araber hält das mißtönende Gequake der Amerikaner nicht für Sprache, und der Mensch auf dem Mond sieht zwar, daß die Mondbewohner sich auf eigenartige Weise miteinander verständigen, glaubt aber (anders als Cyrano de Bergerac), daß sie überhaupt keine Sprache hätten. Und wie armselig ist in Wahrheit die Menschensprache! Poe erschrak 1848 darüber, daß er *the power of words* gepriesen habe, als könne die Sprache Gedanken erzeugen; nun hörte er zwei italienische Wörter, Namen einer Frau, und sie machten ihn sprachlos, erregten aber sein ganzes Innenleben. Poe scheute sich, die geheimen Mächte zu benennen, die hinter dem Klang fremder Sprachen, hinter der Fülle der Völker und Zeiten stehen; er spürte sie, ohne zu wissen, was dieses Übersinnliche sei[57]).

Der von Schelling und Carlyle berührte Lebensphilosoph Ralph Waldo Emerson (1803–1882) wußte es. Dem sanften Sohn eines Geistlichen bedeuteten freilich fremde, italienische Klänge weniger als dem Rebellen Poe; Emerson empfand 1833 Neapel als ein *vast Babel*, wo es viel Stoff zu besprechen, aber wenig Freunde zum Gespräch gibt. Im heimischen Kreis des Transzendentalisten-Klubs erschloß sich ihm schneller das Geheimnis des Seins und der Sprache. Sein Erstlingswerk verkündete 1836, daß die Worte ursprünglich Embleme der Dinge sind; die erste und die letzte Sprache ist Dichtung und Natursymbolik. Sie gelingt nicht immer; jede Korruption der Sprache ist Symptom für den Verfall des Menschen. Aber die Geschichte hat nichts Rettendes verschüttet; noch heute ist alle wahre Poesie, ja jedes treffende Wort eine Erscheinungsform göttlicher Kraft, Überbleibsel eines Weltgedichts. Der Dichter (nicht der Grammatiker oder Philosoph) ist der Nennende, der *Language-maker*; er bezeichnet die Dinge bisweilen nach ihrer Erscheinungsform, bisweilen nach ihrem Wesen, ein jedes Ding besonders. So war es immer; deshalb ist die Sprache ein Archiv der Geschichte des Geistes, eine Art Musengrab, versteinerte Dichtkunst. Darum ist jedes Idiom ein Museum des Menschlichen, und der Satz gilt, so viele Sprachen einer beherrsche, so vielmal sei er ein Mensch. Ein Allmensch wird man allerdings schwerlich durch Erlernung aller Sprachen, leichter durch mystischen Kontakt mit der Weltseele und ihrer Offenbarung, der schönen Natur. Denn alles Benennen ist eigentlich nicht Kunst, sondern nur eine zweite Natur, unendlich und grenzenlos wie sie. Besser und deutlicher als die Dichter aller Zungen macht sich die Natur unmittelbar verständlich. Die Augen des Menschen reden (wie schon bei Sterne zu lesen stand) alle Sprachen, nicht mittelbar über Verstand und Willen, sondern als körperliches Natursymbol. Bei jeder Begegnung zweier Menschen

[57]) The Complete Poems and Stories, hg. Arthur Hobson Quinn – Edward Hayes O'Neill, 2 Bände, New York 1951: Some Words with a Mummy Bd. 2, S. 625 f., 630 f. (Mumie); Mellonta Tauta S. 685 f. (in tausend Jahren); The 1002. Tale of Scheherazade S. 612 f. (Araber); Hans Phaal Bd. 1, S. 193 (auf dem Mond); Not long ago S. 80 (gegen die Macht der Menschensprache).

gebraucht man diese Sprache, die älter als Sanskrit ist; auch wer nicht englisch spricht, versteht sie, bevor ein Wort gewechselt wurde. Durch diese direkte Berührung mit dem Urgrund macht sich der Mensch frei von geschichtlichen Versteinerungen; Emerson schreibt nicht in fremden Sprachen wie sein Vorbild Montaigne, er lehrt die Abkehr von den Musen Europas. Denn Amerika kann auf eigenen Füßen gehen und nach seinem Geiste sprechen; es ist geistig und sprachlich so unabhängig, wie Paine und Webster erträumten[58]).

War dieser Optimismus nicht gar zu sorglos, überdies zu unfromm für einen Puritaner? Nathaniel Hawthorne (1804–1864) stand Emerson und den Transzendentalisten nahe; aber der Dichter wußte besser als der Essayist Emerson, daß die Sprache des Poeten keine adamische Macht hat. Er verglich sie 1850 dem Krächzen und Gackern der Hühner und anderen Naturäußerungen; manchmal ist sie nicht einmal so treffend wie diese. So wäre in der schönen Natur die wahre Universalsprache des Menschen zu finden? Nein, der Mensch ist abgesondert und schuldbeladen; seine Sprache ist sein Schicksal. Wer mit der Natur wie eine Hexe magisch spielt, der hat eine unverständliche Sprache. Nicht Macht und Wille können die Schranken zerbrechen, allein die Liebe vermag es. Sie war das Feuer in den Zungen, die an Pfingsten die ganze menschliche Bruderschaft *in the heart's native language* ansprachen. Nicht die natürliche Sprache, sondern die christliche Gesinnung könnte dem Menschen in seiner Not helfen[59]).

Ähnlich meinte es 1855 Hawthornes ehemaliger Schulkamerad, der Harvard-Professor Henry Wadsworth Longfellow (1807–1882). Gleich Tennyson suchte er seinen Stoff in der mythischen Vorzeit der Nation, ohne dem Zauber der Vergangenheit zu erliegen. Ein irokesischer Kulturheros lernte von jedem Vogel seine Sprache, seinen Namen, sein Geheimnis, lange bevor er (im Stile Carlyles) für die Nachwelt die Bilderschrift erfand. Doch das Naturnahe ist noch nicht das Ideale. Der Heros selbst sieht vor dem Tode visionär die Missionare kommen, mit ihrer den Indianern fremden Sprache; sie werden freundlich empfangen, und es erwächst das neue Amerika, der dichtgedrängte Zug der unbekannten Völker, das Land erfüllt mit Menschen *speaking many tongues*, dennoch nur einen Herzschlag in der Brust. Dem Professor für moderne

---

[58]) Brief vom 23. 3. 1833, in: The Letters, hg. Ralph Leslie Rusk, Bd. 1, New York 1939, S. 370 (Neapel). The Complete Essays and Other Writings, hg. Brooks Atkinson (The Modern Library of the World's Best Books), New York 1940: Nature c. 4 S. 14 ff. (Embleme, Korruption); Essays II, The Poet S. 329 f. (Dichter und Sprache). The Complete Prose Works, hg. G. T. B., London 1900: Conduct of Life, Culture S. 528 (so viele Sprachen ...); Behaviour S. 535 f. (Augensprache), 539 (Begegnung). Dazu Morison-Commager, Werden Bd. 1, S. 584 ff.; Gerbi, Disputa 559 ff.

[59]) The Complete Works, Old Manse Edition, 22 Bände, Boston-New York 1903: American Note-Books Bd. 18, S. 495 (Dichtersprache); The Scarlet Letter c. 6 Bd. 6, S. 133; c. 12 S. 224 (Hexe); c. 11 S. 203 (Pfingsten).

Sprachen schien die Sprachverschiedenheit kein Hindernis der Eintracht, wenn nur der gläubige Idealismus Natur und Geschichte sublimierte[60]).

Aber wo blieb der Idealismus in der Realität? Die westwärts vorstoßenden weißen Siedler und Staaten hatten 1837 die von Longfellow besungenen Indianer in Reservationen gedrängt, wo sie nach Tocquevilles Voraussage auszusterben begannen; den Negern nahm man nicht nur, wie Tocqueville sagte, die Sprache ihrer Väter, sondern die natürliche Freiheit selbst. Die Dichterin Harriet Beecher-Stowe (1811–1896), aus einer puritanischen Geistlichenfamilie stammend, begründete den amerikanischen Realismus 1852 mit dem Buch, das die Negersklaverei schonungslos anprangerte. Da zitieren salbungsvoll und verlogen Geistliche aus den Südstaaten noch immer Gen. 9, 27 (wie die Siedler des späten 18. Jahrhunderts, wie die Spanier zuvor): Weil Kanaan dazu verdammt sei, seinen Brüdern Dienst zu tun, entspreche es Gottes Willen, daß die Neger den weißen Farmern als Sklaven unterworfen blieben[61]). Selbst wenn die heutigen Neger noch Kinder des Hamiten Kanaan sind, wird hier das Wort Gottes selbstsüchtig mißbraucht, um natürliche Ordnung und menschliche Freiheit zu unterdrücken.

Mag es mit Hilfe von Gotteswort und Dichtersprache schließlich gelingen, die Menschen wieder zu Brüdern zu machen; wenn es schon vieler Mühen bedarf, um Emersons Idealismus zwischen den Rassen zu realisieren, wer kann dem Essayisten dann noch glauben, daß die Sprache, daß der Mensch etwas von der Ordnung der Natur weiß? Weiß denn die Bibel etwas davon? Der Seemann und Weltenbummler Herman Melville (1819–1891), mit Hawthorne befreundet, gab 1851 eine indirekte Antwort, als er in gewaltigen, zum Teil biblischen Bildern den ewigen Kampf der Menschen mit der unergründlichen Natur schilderte. Der König des Weltmeers, der weiße Wal, hat keine Stimme, denn wirklich tiefer Geist hat der Welt selten etwas mitzuteilen; niemand kann das schreckliche Chaldäisch auf der Stirn des Wals begreifen, und wenn er dreißig Sprachen spräche wie Sir William Jones (von Emerson und seiner Natursprache ganz zu schweigen). Der Mensch ist allein mit seiner Rede, allein auch vor Gott; höchstens der Wahnsinn kann ihm verschlüsselte Nachrichten aus der himmlischen Heimat geben, so wie ganz unwissende Menschen manchmal in alten Sprachen reden, die sie in längst vergangenen Kindertagen einmal

[60]) The Song of Hiawatha, in: The Works, hg. Charles Welsh, Bd. 6, New York 1909: III S. 34 (Vogelsprache); XIV S. 125 ff. (Bilderschrift); XXI f. S. 185, 189 (Vision der Zukunft). Übersetzung nach Ferdinand Freiligrath.

[61]) Uncle Tom's Cabin or, Life Among the Lowly c. 12, in: The Writings, Riverside Edition, Bd. 1, Boston-New York 1896, S. 161. Zur Indianerbehandlung Morison-Commager, Werden Bd. 1, S. 547 ff., zur Negerfrage S. 615 ff. – Ähnliche Argumente vertrat in der Mitte des 20. Jahrhunderts die holländische reformierte Kirche in Südafrika; darüber und dagegen Trevor Huddleston, Naught for Your Comfort, London 1956, S. 62 ff.

hörten. Nur miteinander können die Menschen sich sprachlich verständigen. Das freilich ist nicht allzuschwer auf dem Walfangschiff, das die Menschenwelt symbolisiert und Holländer, Franzosen, Italiener, Portugiesen, Spanier, Dänen, Inder, Chinesen, Polynesier und Amerikaner trägt. Die Verschiedenheit der Sprachen hat wenig zu bedeuten, zumal zwischen Engländern und Amerikanern; auf hoher See verständigt man sich radebrechend und dolmetschend auch mit dem Franzosen und dem Deutschen *in his broken lingo*. Wie die Zonen, so schieben sich die Zeiten der menschlichen Vielfalt übereinander; man blickt sich suchend um, damit man Sem die Hand schüttle. Walfangschiffe gleichen der Arche Noah, und selbst Noahs Sintflut, die die Millionen Chinas vertilgt hat, würde sie nicht stören; denn diese Flut ist nicht versickert, sie bedeckt noch heute zwei Drittel unserer schönen Welt. Manche Gestalten und Gegenstände auf dem Schiff sind vorsintflutlich und erinnern an den Kapitän Noah (nicht mehr so harmlos wie bei W. Irving). Hoch über der Welt im Topp des Schiffes Ausguck zu halten, ist eine uralte Sehnsucht. Die Erbauer von Babel wollten gewiß in ganz Asien und Afrika den höchsten Topp errichten; aber der Flaggenknopf saß noch nicht oben, da ging in Gottes furchtbarem Zorngewitter ihr steinerner Riesenmast über Bord. Melville liebte die trotzigen Rebellen; aber es wird uns allen wie in Babel gehen, wir werden versinken. Ewig und unsterblich ist nur der Wal; er stammt aus dem Zeitalter vor der Zeit, ein Präadamit, der Noahs Arche verschmähen durfte und auch nach allen kommenden Sintfluten tückisch seine Fontäne gen Himmel sprühen wird[62]). Melvilles hintergründiges Prosaepos gab in der Tat, wie sein Verfasser wünschte, mehr Realität, als das wirkliche Leben aufweisen kann; deshalb vergaßen ihn seine Landsleute zunächst schnell. Die Menschen standen einander verständnisvoll nahe, wie Melville es zeigte, aber keineswegs vergeblich gegen die Dämonen einer unverständlichen Natur ringend, sondern siegreich in die Geheimnisse der Schöpfungsordnung eindringend.

Der aus der Schweiz stammende Paläontologe Louis Agassiz (1807–1873), Professor in Cambridge, kehrte 1859 sogar zum frommen Optimismus Linnés zurück. Feierlich trug er vor, daß alle lebenden Wesen einem unveränderlichen Natursystem angehören, das von einem denkenden Schöpfer ins Leben gerufen wurde; die göttlichen Gedanken dieses Systems werden vom forschenden

[62]) Moby-Dick or, The Whale, in: The Works, Standard Edition, Bd. 7–8, London 1922: c. 85 Bd. 8, S. 114 (Wal ohne Stimme); c. 79 S. 83 (Chaldäisch, Jones); c. 110 S. 249 f. (Wahnsinn, alte Sprachen); c. 40 Bd. 7, S. 214 ff. (Völker auf dem Schiff); c. 53 S. 302 (Engländer und Amerikaner); c. 91 Bd. 8, S. 154 f. (Franzosen); c. 81 S. 88 (Deutsche, lingo); c. 104 S. 222 (Sem); c. 14 Bd. 7, S. 78 f. (Noahs Sintflut); c. 58 S. 348 (zwei Drittel der schönen Welt); c. 110 Bd. 8, S. 245 (vorsintflutlich); c. 35 Bd. 7, S. 191 (Babel); c. 104 f. Bd. 8, S. 222, 224 (Präadamit); c. 105 S. 228 (nach kommenden Sintfluten). Dazu Gerbi, Disputa 566 ff. Die Deutung von Lawrence Thompson, Melville's Quarrel with God, Princeton 1952, S. 147 ff. ist überspitzt.

Menschengeist lediglich in menschliche Sprache übersetzt. Der Mensch kann diese Übertragung leisten, weil er Gottes Ebenbild ist; seine Sprache ist (nach Emerson) ein treuer Spiegel der Natur. Indes wiegen menschlicher Wille, Einflüsse der Umwelt, geschichtliche Umprägungen nichts gegen den großen ursprünglichen Plan Gottes; bereits im Paradies sangen die heutigen Gattungen in ihrer ganzen Vielfalt das Lob des Schöpfers. Der Naturforscher tut nichts weiter, als diese Paradiesessprache zu ergründen[63]). Mochte in England Darwin heftig protestieren, die amerikanische Lebensbejahung empfand die Natur als unmittelbar zugänglich; ihre Geschichte ist ihre Gegenwart, denn Gott lenkt sie.

Sind also die Neger unwiderruflich noch heute die versklavten Kinder Kanaans? Aber nein, Gott gab der Natur die Konstanz und dem Menschen den Fortschritt. Präsident Abraham Lincoln (1809–1865) hob die Negersklaverei auf und besiegte die Südstaaten mit ihren Sezessionsplänen; Freiheit und Einheit standen bevor. Lincolns Freunde erwarteten 1864, der Präsident werde *this Babel* der Sklaverei und Sezession zwar nicht mit einem Schlage zertrümmern, aber den Turm geschickt und geduldig zum Einsturz bringen[64]). Lincoln wurde allerdings ermordet, aber der südstaatliche Babelturm stürzte trotzdem ein. Lincolns Helfer im Bürgerkrieg, sein zweiter Nachfolger als Präsident, Ulysses Simpson Grant (1822–1885), wurde zwar mit den Problemen des Wiederaufbaus durchaus nicht fertig; doch als man ihn wiederwählte, sagte er 1873 in seiner Antrittsbotschaft an den Kongreß, er sei überzeugt, daß Handel, Erziehung, schneller Austausch von Gedanken und Gütern durch Telegraphie und Dampfkraft die Welt verändert hätten und daß *our Great Maker* die Welt darauf vorbereite, *to become one nation, speaking one language*. Die wirtschaftlichen Verflechtungen würden Kriege und Rüstungen bald sinnlos machen[65]). Ob der General die Phrase von Victor Hugo gelesen hat? Grant wollte wohl nicht die Weltmacht Amerikas und seiner Sprache proklamieren, vielleicht bloß über das innenpolitische Chaos mit zuversichtlicher Geste hinwegtäuschen. Babel würde sich nicht wiederholen, man würde es liquidieren, wenn nicht heute, dann übermorgen.

Dieses Geschichtsschema eines linearen und unwiderstehlichen Fortschritts wurde 1877, nicht ganz mit der Frömmigkeit Agassiz', aber mit seiner ganzen Großzügigkeit, in die Urzeiten der Menschheit übertragen durch den Ethno-

---

[63]) An Essay on Classification, London 1859, S. 8 ff., 99, 204 f. Dazu HOFSTEN, Diskontinuitätsproblem 297 ff.

[64]) Carl SANDBURG, Abraham Lincoln, The War Years, Bd. 2, New York 1939, S. 559.

[65]) Second Inaugural Address vom 4. 3. 1873, in: A Compilation of the Messages and Papers of the Presidents 1789–1897, hg. James Daniel RICHARDSON, Bd. 7, Washington 1899, S. 222. Zur innenpolitischen Lage MORISON-COMMAGER, Werden Bd. 2, S. 79 ff.

logen Lewis Henry Morgan (1818–1881). Die Menschheit ist einheitlichen Ursprungs, das darf vorausgesetzt werden; folglich war auch ihre geschichtliche Laufbahn überall im wesentlichen dieselbe. (So sagte auch Maupertuis.) Und zwar entwickeln sich alle Völker aus der Wildheit über die Barbarei stufenweise zur Zivilisation; es gibt keine Umwege oder Rückschritte. Dieser Stufengang (den Stadien bei Comte und Hegel ähnlich) gilt auch für die Sprache; sie ist entwicklungsfähiger, als Tylor meinte. Am Anfang stand die einheitliche Ursprache der wilden Urzeit, die Gebärden- oder Zeichensprache, die nach Lukrez und Horaz der artikulierten Sprache voraufging, so wie der Gedanke der Rede voraufgeht. „Ohne bewußtes Vorhaben" wurde sie dann zur artikulierten Sprache gesteigert; sie war zuerst einsilbig, später mehrsilbig, schritt also konsequent vom Einfachsten und Allgemeinverständlichsten zum Komplizierten und Differenzierten voran. Hier wird Darwins Einfluß spürbar; Morgan wollte zwar über die Geschichte der Sprachen nichts Näheres sagen, kann aber kaum den Glauben seines Präsidenten Grant geteilt haben, daß die technische Spezialisierung endlich alle Welt zusammenführen werde. Doch gewiß fand Morgan den babylonischen Turm weit weniger wichtig als Vico. Man würde bei der Erforschung der Urzeit wie der Zukunft die religiösen Mythen nicht berücksichtigen; man besaß ja ein anderes Geschichtsdenken, das im Getrennten gipfelte[66]).

Wir finden es auch bei dem ersten bedeutenden Sprachwissenschaftler Nordamerikas, dem Yale-Professor William Dwight Whitney (1827–1894), freilich mehr ins Statische gewendet. Whitney gestand 1875 der Sprache keine langwierige Vorgeschichte und nur wenig Entwicklung zu; sie entfaltete sich nicht aus Tierlauten oder Gebärden, sondern erst dann, als der Ausdruck von der natürlichen Gefühlserregung gelöst und den Zwecken des Denkens dienstbar gemacht wurde; sie war anfangs nichts als ein Werkzeug zur Mitteilung menschlicher Gedanken und beruhte auf dem menschlichen Bedürfnis nach solcher Mitteilung. Sprache ist also (wie bei Ferguson) ein soziales Phänomen; der einsame Mensch wäre so sprachlos wie die Tiere. Wie jedes andere Werkzeug entstand die Sprache nicht durch bewußte Erfindung, natürliche Anlage oder göttliches Wunder; sie ahmte die Natur nach und wurde wiederholt und verbessert im Kreise der Gesellschaft. So hat sie (wie bei Tylor) ihre Grenzen, denn sie ist mit dem Gedanken, dem sie dient, nicht identisch, sie verallgemeinert oft gröblich und ist vielfach ungenügend. Dazu kommt, daß die Idiome mannigfaltig, ja gegensätzlich ausgebildet sind; das liegt weder an unterschied-

---

[66]) Die Urgesellschaft, Untersuchungen über den Fortschritt der Menschheit aus der Wildheit durch die Barbarei zur Zivilisation, übers. Wilhelm EICHHOFF – Karl KAUTSKY, 2. Aufl., Stuttgart 1908, S. XIV f. (einheitlicher Ursprung), 4 f., 30 f. (Sprachentwicklung). Dazu MÜHLMANN, Anthropologie 112 ff.

licher geistiger Befähigung noch an Rasse oder Geographie; es zeigt nur, wie genau jede Sprache an ihre Gesellschaft gebunden ist. Damit beengt sie den Menschen; die von Humboldt hochgeschätzte innere Form der Muttersprache wird dem einzelnen von außen aufgenötigt und hemmt weithin seine freie, allseitige Entfaltung.

Daß diese lästige Verschiedenheit der Sprachen die in der Bibel angegebene Ursache habe, glaubte Whitney nicht, und zum Beweis für seinen Unglauben zitierte er die Bibel. Die semitischen Sprachen sind benannt nach den Geschlechtstafeln der Genesis, wo sie meist den Nachkommen Sems zugewiesen sind. Dieser semitische Völker- und Sprachenzweig ist der einzige, der seit dem Anbruch geschichtlicher Zeit dem Indogermanischen ernstlich die Führerschaft des Menschengeschlechts bestritten hat, vor allem auf religiösem Gebiet; aber das Gottesvolk mit der Ursprache sind die Semiten dennoch nicht. Der Bau des Semitischen ist zwar einzigartig, vom Indogermanischen radikal verschieden, aber Babel ist nicht daran schuld. Sem und Japhet werden als Söhne desselben Vaters dargestellt; vielleicht waren sie also rassisch miteinander nächstverwandt. Whitney hielt wie Darwin generell die genetische Klassifizierung der Sprachen für richtig; aber vor Babel machte er halt und erklärte, daß bis zur Stunde zwischen dem Semitischen und dem Indogermanischen, auch zwischen dem Semitischen und dem Hamitischen keine Verwandtschaft gültig nachgewiesen sei. Die Sprachwissenschaft kann mit ihren Mitteln nicht dartun, daß das Menschengeschlecht anfänglich nur eine einzige Gesellschaft war. Wichtiger als die Genealogie ist auch die Soziologie, wichtiger als die Synthese der Schichten ist die Analyse der Struktur[67]). Damit hat sich die positivistische Wissenschaft auch in Amerika zu Wort gemeldet; doch fehlt ihr trotz aller Nüchternheit der europäische Pessimismus. Man ist nicht auf die Traditionen angewiesen und hat die Zukunft vor sich; man wird prüfen, was schlecht ist, und es verbessern. Auch Whitneys Kritik an den Sprachen war noch ein Aufruf an die Dichter.

Tatsächlich fand die amerikanische Sprache in der zweiten Jahrhunderthälfte den Dichter, der den Idealismus Emersons mit dem Materialismus des Durchschnitts glücklich vereinte und so der vielfältigen Demokratie des Landes ihre nationale und ihre kosmische Einheit bestätigte. Walt Whitman (1819–1892) sah zwischen 1855 und 1891 sich als Sinnbild des Amerikaners, die Amerikaner als Keimzelle der künftigen Weltverbrüderung, die Welt als göttliche Seele;

---

[67]) Leben und Wachstum der Sprache, übers. August Leskien (Internationale wissenschaftliche Bibliothek 20), Leipzig 1876, S. 297 ff. (Ursprung), 1 ff. (Mitteilung der Gedanken), 323 f. (kein Wunder), 30 f. (Sprache und Gedanke), 3 f. (Sprachverschiedenheit), 22 f. (Muttersprache), 261 ff. (semitische Sprachen), 295 f. (genetische Klassifizierung), 286 (Urgemeinschaft). Dazu Arens, Sprachwissenschaft 260 ff.; Sommerfelt, Origin 891.

seine wilde, rauschende Sprache umschlang die Millionen. Er fühlte in sich die Sprache als Zwilling seines Schauens, nicht als seine bewußte Schöpfung; sie ist nicht imstande, sich selbst zu ermessen. Die eigentlichen Worte sind in der Erde und im Meer, in den Elementen und in den Menschen, in ihnen allen. Der Name des einzelnen ist nichts, auch wenn er in dreitausend Sprachen genannt würde; aber er weiß sich eins mit Männern in Deutschland, Spanien, China, Rußland und Japan, mit Menschen, die andere Mundarten sprechen. Er kann sie alle brüderlich liebgewinnen, den Hottentotten mit dem schnalzenden Gaumen, den Kubu mit *glimmering language*. Ob primitiv, ob zivilisiert, wird belanglos; die amerikanische Demokratie nimmt mit ihrer gesellschaftlichen Harmonie bloß vorweg, was bald die Welt erfüllen wird; eine neue Rasse wird heranwachsen, der göttliche Durchschnitt der Demokratie, von dem Longfellow träumte, in all seiner Vielfalt eins[68]).

Whitman faßte das amerikanische Denken der Zeit wirkungsvoll und zukunftsfreudig zusammen. Sendungsbewußtsein und Fortschrittsglaube überstanden die Feuerprobe des Realismus und Positivismus nicht ganz ohne Einbußen, aber Poe und Melville blieben Außenseiter und Vorläufer. Dennoch änderte die amerikanische Ideologie unter dem Eindruck von Emersons Idealismus ihren Charakter, vorerst nur die geistige, nicht die politische: Der nationale Eigenwille weitete sich ins Weltgeschichtliche. Sogar den Ursprung des einen Menschengeschlechts bezog man gerne mit ein; die gegenwärtige Vielfalt der Sprachen und Völker wurde, wie in England, hingenommen, jedoch ohne Resignation. Denn man erstrebte eine höhere Eintracht, die sich in der Geschichte des riesigen Landes umständlich, aber doch kenntlich bereits anbahnte. Der demokratische Glaube an die Kraft menschlicher Gemeinschaft erstreckte sich mehr und mehr auf die Menschheit im ganzen. So biblisch seine puritanischen Grundlagen waren, er bedurfte der biblischen Stützen nicht mehr. Babel wurde meistens ohne Furcht zitiert; es war ein Provisorium. Vielleicht ist es ein Symbol, daß 1883 in Chicago der erste große Wolkenkratzer gebaut wurde; das Hochhaus der künftigen Menschheit sollte Babel in den Schatten stellen und auf solidem Fundament, doch ohne schwere Bindung an die Erdbasis, die Welt vereinen[69]). So hoffte man.

*

[68]) Leaves of Grass, in: The Complete Poetry and Prose, hg. Malcolm Cowley, Bd. 1, New York 1948, S. 216 (eigentliche Worte, 3000 Sprachen), 143 (andere Mundarten), 156 (Hottentotte, Kubu), 61 (neue Rasse). Dazu Gerbi, Disputa 584 ff.

[69]) Zu ähnlichen Tendenzen Hans Sedlmayr, Verlust der Mitte, Die bildende Kunst des 19. und 20. Jahrhunderts als Symptom und Symbol der Zeit, 2. Aufl., Salzburg 1948, S. 102 ff.

In der Vitalität den Amerikanern ähnlich, im Geiste ganz anders bereiteten sich die Russen auf ihre künftige universale Sendung vor. Die Selbstherrschaft der Zaren gab dem russischen Reich zunächst einen Schein der Einigkeit und Festigkeit, Macht nach innen und außen; noch während sie im Krimkrieg erschüttert wurde, schob das Reich seine Grenzen bis zur pazifischen Küste vor. Aber die Russifizierung des gewaltigen Raumes, seiner Völker und Sprachen mißlang, weil nur die Bürokratie, nicht die Masse sie betrieb; der orthodoxe Nationalismus war bloß offiziös. Bauernbefreiung und erste Industrialisierung ließen neben dem Herrscher auch das Volk allmählich zu Worte kommen, förderten jedoch die Eintracht nicht, sondern verschärften nur Spaltungen und Spannungen. Zunächst wirkten in diesem Chaos auch die Literaten nicht versöhnend; denn nur darin waren sie sich einig, daß sie das öffentliche Bewußtsein gegen das Regime aufrütteln müßten; sie waren Feinde des Geschehenden. Ob man die nötigen Neuerungen an die altrussischen Traditionen oder an den westeuropäischen Fortschritt anknüpfen sollte, darum stritten sich Slavophile und Westler. Dieser Kampf der Publizisten ging mehr um Grundsätze als um Tatsachen. Doch zunehmend deutlicher stellten die Dichter in den Bahnen Puškins der zaristischen Realität einen literarischen Realismus entgegen, der in eine neue Zukunft wies. Er war nicht mehr adlig-sentimental, ahmte keine fremden Vorbilder mehr nach und wies das Ausländische und Angelernte ab; er suchte ernst und leidenschaftlich das reiche russische Dasein zu durchdringen, von seinem Alltag her, mit einer fast „christlich-altpatriarchalischen Vorstellung von der kreatürlichen Würde eines jeden Menschen“. Die Verschiedenheiten des russischen Raumes, seiner Völker und Sprachen wurden dabei selten beachtet; denn die russische Wirklichkeit sollte nicht national oder lokal beschränkt bleiben, sie war stellvertretendes Symbol für das allgemein Menschliche; sie deutete auf die welterlösende Mission des Russischen[70]). Altrussischer Sendungsglaube und westliche Revolutionsparolen durchdrangen sich. Was daraus werden würde, wußte vorerst niemand; daß die Welt dadurch verwandelt würde, glaubten fast alle.

Der fromme Ukrainer Nikolaj Vasil'evič Gogol' (1809–1852) wollte nicht der realistische Zeitkritiker sein, als den man ihn verstand; aber wenn er die Menschheit von den Dämonen befreien wollte, mußte er zuvor dem reinen russischen Wesen gegen alle Verfremdung zum Sieg verhelfen. So schilderte er, ähnlich wie die offiziösen Nationalisten, seit 1842 spöttisch die gute Pensionserziehung, die zu den Grundlagen der menschlichen Tugenden die Kenntnis der französischen Sprache rechnet; sie ist für das Familienglück unerläßlich.

---

[70]) Nicholas Valentine Riasanovsky, Nicholas I and Official Nationality in Russia, 1825–1855, Berkeley-Los Angeles 1959, S. 130 ff., 226 ff. (offiziöser Nationalismus). Auerbach, Mimesis 483 ff. (kreatürliche Würde).

Sie erlaubt vornehmes Fluchen und die Erörterung von Themen, die man im Russischen verschweigen muß. Ein Betrüger täuscht die Welt mit französischen Lauten; die höhere Gesellschaft achtet auf feine Aussprache des Französischen und Englischen. Gogol' selber mochte in sein Werk keinen Satz aus einer fremden Sprache aufnehmen; ein rechter Russe braucht keine andere Sprache zu kennen als seine eigene. Denn treffend ist jeder Name, der aus den tiefsten Gründen Rußlands kommt, von dort, wo keine Ausländer wohnen. Jedes Volk auf Erden hat seine eigene Gottesgabe, auch sprachlich: Lebensweisheit der Brite, Eleganz der Franzose, Tiefsinn der Deutsche; aber unmittelbar aus dem Herzen kommt nur das russische Wort. Es geht bei alledem nicht um Verherrlichung der Muttersprache und Ablehnung dieser oder jener Fremdsprache; denn die Sprache steht für den Menschen. Zu seinen lauteren Quellen soll er sich bekennen, schlicht und ehrlich sagen, was ist; das ist die Rettung für alle[71]).

Freilich bedarf es dazu der Willensstärke; ist sie dem Gebildeten nicht schon versagt? Ivan Aleksandrovič Gončarov (1812–1891) schätzte 1859 die ungebildeten Bauern für glücklich, die ganz in ihrem Alltag leben; sie wissen gerade noch, daß hinter Petersburg die Franzosen und die Deutschen wohnen, dahinter beginnt für sie die Welt der Ungeheuer und der Riesen. Die russische Oberschicht aber langweilt sich und tut alles bloß theoretisch und halb; sie lernt ein bißchen Latein, nicht viel Französisch, nur mühsam Englisch und erschöpft sich darin. Von energischen, sprachenkundigen Ausländern muß sie sich zu allem stoßen und drängen lassen. Wieder vertritt die Sprachkenntnis den ganzen Menschen und seine Gestaltung; es geht nicht darum, viele Sprachen zu lernen, um ein ganzer Mensch zu sein. Wer weiß, was er will, und es auch tut, ist allen verständlich[72]). Warum also drängen die Russen immer wieder in die Fremde? Ivan Sergeevič Turgenev (1818–1883) fragte es sich 1862, gerade weil er selber damals in Paris lebte. Mit echtem Pariser Schick sprechen die Russen eine russisch-französische Mischsprache, über welche die Franzosen herzlich lachen, wenn sie nicht in der Zwangslage sind, den Russen erklären zu müssen, daß sie Französisch wie die Engel sprechen. Hier deutet sich die Ambivalenz des Gespräches Rußland-Europa an; es bleibt an der Oberfläche bei den spöttisch-höflichen Fremden, es verwirrt die Engelsseele der Russen. Haben

---

[71]) Die toten Seelen oder Die Abenteuer Tschitschikows, übers. Alexander Eliasberg, Berlin o. J.: I, 1 S. 36 f. (Pensionserziehung); II, Fragment S. 578 (französisch fluchen); I, 8 S. 256 f. (Französisch und Russisch), 261 (Betrüger), 266 f. (höhere Gesellschaft); I, 9 S. 297 (kein Satz aus einer fremden Sprache); II, 3 S. 502 (ein rechter Russe); I, 5 S. 172 f. (aus den tiefsten Gründen).

[72]) Oblomow, übers. Hermann W. Röhl, Berlin 1923: I, 9 S. 156 f. (Bauern); I, 3 S. 58 f. (Latein); II, 8 S. 337 (Französisch), 355 f. (Englisch); II, 1 S. 233 (Ausländer). Dazu Rehm, Experimentum 121 ff.

sie überhaupt noch ein eigenes Vaterland? Turgenev begann daran zu zweifeln, als Rußland dem autokratischen Cäsaropapismus ganz unterworfen schien, und schrieb 1882, er würde an seinem Volk verzweifeln, wenn nicht seine Sprache wäre, „die große, gewaltige, wahrhaftige und freie russische Sprache". Es ist unmöglich, daß eine solche Sprache nicht einem großen Volk verliehen wurde[73]). Hinter allen Leiden und Wirren mußte ein geheimer göttlicher Auftrag stehen, wenngleich der melancholische Freund Flauberts ihn nicht in der Wirklichkeit erkennen, nur an der Sprache erahnen konnte.

Dieser religiöse Auftrag mußte so weit wie die Welt sein; Graf Lev Nikolaevič Tolstoj (1828–1910) glaubte es nach dem Studium der Weltgeschichte, der Bibel und der russischen Seele zu erkennen. Deshalb kann ein Russe, wie Tolstoj 1881 lehrte, zwischen Landsleuten und Fremden keinen Unterschied machen; denn alle Menschen sind Kinder eines Vaters, und für diesen Vater gibt es keine Verschiedenheit der Völker und Reiche[74]). In Tolstojs Bahnen verachtete 1881 Nikolaj Semenovič Leskov (1831–1895) den Kurier, der alle Sprachen spricht; doch von den Gelehrten, die sich in verschiedenen Sprachen über den Heiligen Geist unterhalten, schwärmen sogar die einfachen Bäckerjungen. Nicht wie viele Sprachen man redet, sondern in welchem Geist man sie spricht, ist entscheidend[75]). Selbst der Arzt Anton Pavlovič Čechov (1860–1904) ließ 1888 noch einen Altrussen ein Kind feierlich ermahnen: „Die heiligen Apostel redeten in allen Sprachen – und auch du sollst Sprachen lernen." Mochte Čechov auch nicht mehr an die Wahrheit des Alten glauben, ihre Stimmung machte ihm Eindruck; der kommende Mensch würde mit pfingstlicher Liebe die ganze Welt umspannen müssen, wenn er sie erlösen wollte[76]).

Das war auch die tiefste Überzeugung von Tolstojs größerem Antipoden Fedor Michajlovič Dostoevskij (1821–1881), der den russischen Realismus durch die Fülle seiner Visionen sprengte und aus der gefeilten, klassischen Sprachkunst seiner Vorgänger in einen wilderen und heißeren Ton verfiel. Gewiß soll der Russe zuerst seine Muttersprache erlernen, weil jedermann nur in der Muttersprache denken kann; aber wenn das geleistet ist, erweist sich erst ganz die eigentümliche russische Befähigung zur Vielsprachigkeit. Allerdings ist es manchmal empfehlenswert, das Russische hervorzukehren und in eine europäische Versammlung einen wilden Zwischenruf in reinster National-

---

[73]) Väter und Söhne c. 14, in: Gesammelte Werke, übers. Johannes von GUENTHER, Bd. 3, Berlin 1952, S. 290 f. (Russisch-Französisch). Russische Sprache, in: Gedichte in Prosa, übers. Wilhelm LANGE, Leipzig 1883, S. 100 (Sprache und Volk).

[74]) Kurze Darlegung des Evangelium, übers. Paul LAUTERBACH, Leipzig (1892), S. 66 f., 151 f.

[75]) Der Weg aus dem Dunkel, Meistererzählungen, übers. Ruth HANSCHMANN (Sammlung Dieterich 142), Leipzig 1952: Der Linkshänder S. 172, 179 (Kurier); Der Gaukler Pamphaleon S. 345 (Bäckerjungen).

[76]) Die Steppe, in: Werke, übers. Richard HOFFMANN, München 1958, S. 191.

sprache zu schmettern; jedenfalls ist das aufrichtiger und bewegender, als in einer gestohlenen Sprache zu denken. Doch dabei kann der Russe nicht stehen bleiben, er hat längst alles Europäische begriffen; während die Europäer bloß ihre Muttersprache kennen, sind die Russen polyglott, vor allem geistig universal. Sie sind fast religiös an Europa gebunden, denn dort wohnt Japhets Stamm; das russische Hochziel ist die Vereinigung aller Nationen dieses Stammes, ja weit darüber hinaus bis zu Sem und Cham. Die Allmenschlichkeit ist eine russische Nationalidee; sie wird die Zerstreuung der Noachidenvölker aufheben, jedoch nicht auf die Weise der liberalen Westler. Sie nämlich halten Französisch für eine Menschheitssprache, für die Sprache der universalen sozialen Republik und Harmonie. Diese Sozialisten wollen nur das unchristliche, europäische Streben nach Macht an die Stelle der russischen Liebe zu den Erniedrigten und Beleidigten setzen. Ihr Sozialismus ist, wie Dostoevskij 1880 seinen Lieblingshelden sagen läßt, „die Frage der gegenwärtigen Inkarnation des Atheismus, die Frage des Turmes zu Babel, der gerade ohne Gott gebaut wird, nicht zur Erreichung des Himmels von der Erde aus, sondern zur Niederführung des Himmels auf die Erde.“ Die geplante Umgestaltung der Menschheit durch einen neuen Staat ist eine Teufelei, antichristlich und wie alles Europäische dekadent. Es gibt noch einen zweiten, ebenfalls europäischen Turmbau, den der päpstlichen Machtkirche. Der katholische Großinquisitor glaubt, daß die Menschen, wenn Christus wiederkäme, von neuem einen Turm nach oben bauen wollten; er würde so wenig wie der furchtbare babylonische Turm gelingen, auch wenn sich die Menschen tausend Jahre lang daran abquälten. Zu vollenden ist der Turm der Religion – nach Ansicht des Großinquisitors – nur, wenn die Menschen zur Erde, zur irdischen Institution der Kirche zurückgeführt werden. Sie versklavt nach Ansicht des Dichters den Menschen und ist im Grunde gottlos, denn sie setzt dem Unendlichen ein Ende[77]). Sozialismus und Katholizismus tun eigentlich dasselbe, sie zwängen den Menschen in ein umgrenztes, fertiges Gehäuse. Ist diese Absage Dostoevskijs an die einander todfeindlichen geistigen Großmächte des kommenden Jahrhunderts schon erregend, so ist der (von Montaigne angeregte) Vergleich mit dem Turmbau zu Babel von einzigartiger Kühnheit. Denn Sozialisten und Katholiken bauen ein Anti-Babel, einen Turm, der fertig wird, weil er irdischen Zielen dient. Das wahre Babel aber, das alttestamentliche, ist identisch mit der

---

[77]) Tagebuch eines Schriftstellers, übers. Alexander Eliasberg, Bd. 2, München 1921, S. 382 ff. (Muttersprache), 16 f. (Zwischenruf), 378 ff. (gestohlene Sprache); Bd. 3, München 1922, S. 195 ff. (Vielsprachigkeit, Japhet, Sem, Cham). Die Dämonen, übers. E. K. Rahsin, Bd. 1, München 1922: II, 3 S. 75; II, 4 S. 86 (Westler). Die Brüder Karamasoff, übers. E. K. Rahsin, München 1921: I, 5 S. 40 f.; V, 3 S. 464 f.; V, 5 S. 506, 517 (Babel); ähnlich Die Dämonen I, 1 Bd. 1, S. 8. Dazu Lubac, Drame 337 ff.; Rehm, Experimentum 55 ff.

christlichen Botschaft, die das Unmögliche erzwingt, nie zum Ende kommt, scheitern muß; und dennoch verbürgt allein diese unendliche Aufgabe die Freiheit des Menschen! Ist nicht auch die allversöhnende Menschheitsidee ein solches frommes Babel? Werden die Russen jemals im Geiste der Bruderliebe die Völkervielfalt Babels vereinigen können? Aber was liegt daran, ob sie das Unmögliche vollbringen? Sie sind gesegnet, wenn sie es mit allen Kräften wollen. Wenigstens war dies die Verheißung des Dichters.

Während andere Nationen in dieser Epoche vor allem fragten, was wirklich sei, kreiste das russische Denken mehr um die Frage, was zu tun sei. Die herkömmlichen Leitbilder, Tradition des Eigenen bei den Slavophilen, Translation des Besseren bei den Westlern, versagten vor einer ebenso neuen wie besonderen Situation voll unlöslicher Widersprüche. Sie konnte auf zwei Wegen gemeistert werden, durch politische Umwälzung oder durch poetische Überhöhung. Die aktiven Zirkel, die die Revolution der Proletarier vorbereiteten, wollten alles Bestehende zerschlagen und kümmerten sich deshalb zunächst mehr um die Technik des Zerstörens als um die Struktur des Bleibenden; über unser Thema findet man bei ihnen nichts. Aber auch der Realismus der Dichter strebte über das historisch Gewachsene weit hinaus zu einer höheren, zugleich ideologischen Wirklichkeit; Sprachen und Völker, Weltgeschichte und Heilsgeschehen wurden herangezogen, aber lediglich als dienende Gleichnisse für den an seinem Dasein leidenden, der Erlösung harrenden Menschen. Die einsamen, verstörten oder verfolgten Dichter haben damit nicht die russische Revolution angezettelt, aber das allgemeine Thema der nächsten Epoche angeschlagen: Existenz und Erwartung.

Auch die wenigen großen Gestalten der skandinavischen Literatur standen in diesem Zeitraum ihrer Umwelt abgelehnt und abweisend gegenüber, freilich nicht, weil die zeitgenössische Gesellschaft ratlos und aufgewühlt, sondern weil sie selbstsicher und flach war. Aus Schweden hören wir von Skandinavismus und liberaler Humanität, von Volksdichtung und Ästhetentum, aber wenig von den originellen Fragen der Zeit. Allenfalls kritisierte man nach deutscher Art die Bibel als ideologisch und unrealistisch; ihre Verteidiger rafften sich gleichfalls nur zu Reprisen auf, wie jener Doktorand, der noch 1860 nachweisen wollte, daß Hebräisch die Ursprache sei und in allen Idiomen nachklinge. Auch der babylonische Turm galt ihm als historisches Monument, bei dem die 860 Sprachen und 5000 Dialekte der Gegenwart sich bildeten[78]).

Ähnlich selbstgenügsam zeigten sich anfangs die Dänen, die in Grundtvig den Gründer einer Volksreligion verehrten oder verfemten, ohne sich selbst

[78]) Herman Wilhelm Ulff, Om den babyloniska förbistringen, Ett försök i vår tids språkforskning, Uppsala 1860, S. 2 ff. (Hinweis von Prof. Dietrich Gerhardt-Hamburg).

durch den unglücklichen Krieg mit Deutschland zu neuen Aspekten zwingen zu lassen. So flüchtete der erste große dänische Realist, der in seinem Vaterland spät anerkannte Hans Christian Andersen (1805–1875) seit 1835 in die Welt des Märchens, um einer selbstzufriedenen Gegenwart den Spiegel der Wirklichkeit vorzuhalten. Sie ist zerklüftet und wirr; die romantische Natursprache gibt es nicht. Sogar die Tiere reden nicht in allen Sprachen; der Storch klappert Ägyptisch, denn er hat es von seiner Mutter gelernt – und wer versteht schon Ägyptisch? Was hilft dem Verfremdeten Verständnis des Fremden? Bloß alberne Hofdamen plappern Französisch, eine schlechter als die andere; der alte Student von Uppsala soll einmal fremde Sprachen verstanden haben, aber dann versenkte er seine Gedanken in den Branntwein. Wer ersetzt dem Ausgestoßenen die Heimat? Das in Dänemark gestrandete Kind aus Spanien lernt wohl Dänisch, aber das Gastland gibt ihm nirgends die ersehnte Geborgenheit. Und was hat es mit der von Grundtvig gepriesenen völkischen Tradition auf sich? Wer sich plötzlich wunderbar ins Mittelalter zurückversetzt sieht, versteht (ähnlich wie bei Atterbom) die Menschen seines Mutterlandes nicht und wird für einen Ausländer gehalten; lieber redet man mit ihm deutsch und lateinisch als dänisch, und eher versteht man die Sprache der Mondbewohner als die der Vorfahren. In Raum und Zeit ist für den Menschen nur ein winziger Punkt Heimat, und oft verfehlt oder verliert er ihn[79]).

Aber liegt diese Entwurzelung nicht gerade daran, daß der Mensch romantisch seine Wurzeln auf dieser winzigen, vergänglichen Erde sucht? Der mit Andersen im kritischen Kontakt stehende, vielfach angefeindete Philosoph Sören Kierkegaard (1813–1855) hatte Schellings Vorlesungen gehört; aber er glaubte dem Mystiker die Einung von Sprache, Heilsgeschichte und Glaube ebensowenig wie dem Systematiker Hegel die Ordnung von Dialektik, Weltgeschichte und Weltgeist. Das geschichtsgläubige, erdgebundene Christentum ist ein Verrat am Menschen; es darf sich nicht auf die Bibel berufen oder sie kritisieren. Denn sie ist kein historisches Buch; auf ihre Authentizität kommt es gar nicht an, und philologisch braucht man sie nicht erst zu untersuchen. Wenn sie in einer fremden Sprache geschrieben ist, so läßt sie sich mit Wörterbüchern übersetzen; danach fängt die Arbeit des Verstehens erst an. Denn Sprachkenntnis ist (wie bei Milton) noch kein Sachverstand, Sprache keine Wahrheit. Im Gegenteil, durch Gerede wird die Mitteilung des Bedeutsamen mehr behindert als durch Schweigen; wer schweigt, besinnt sich auf Gott, Reden ist nur menschlich. Auch Geschichte ist bloß diesseitig; im Lärmen der

[79]) Udvalgte skrifter, hg. Vilhelm ANDERSEN, 12 Bände, Kopenhagen 1898–1901: Eventyr og historier, Den grimme aelling Bd. 5, S. 298 (Storch); Swinedrengen S. 271 (Hofdamen); Den stumme bog Bd. 6, S. 126 f. (Student); En historie fra klitterne Bd. 7, S. 97 (Kind); Lykkens kalosker II Bd. 5, S. 123 f. (Mittelalter; dazu PORZIG, Wunder 271); III S. 131 (Mondsprache).

Welthistorie ist Gott nicht zu vernehmen. Das wahre Sein hat (wie Pascal schon sah) keine Geschichte, es ist zeitlos, also gegenwärtig, es ist (wie bei Tyndale) „für dich". Ein geschichtliches Christentum ist Widersinn, Kauderwelsch *(Galimathias)* und Geistesverwirrung, ebenso wie das nationale Christentum Grundtvigs; denn es gibt keine christlichen Völker. Das einzige von Gott auserwählte Volk ist untergegangen; es sollte für uns ein Memento, kein Alibi sein. Die Zeitgenossen haben sich der Ewigkeit entfremdet, und nun bleibt ihnen nichts als Langeweile und Leere.

Darum schilderte Kierkegaards Hauptwerk 1843 die Geschichte als tödliche Langeweile, als Flucht vor dem Wesentlichen. Der Mensch stand hoch und fiel tief, zuerst mit Eva, dann vom babylonischen Turm. Denn die Menschen vermehrten sich und langweilten sich *en masse*. „Um sich zu unterhalten, faßten sie den Gedanken, einen Turm zu bauen, so hoch, daß er bis in den Himmel rage. Dieser Gedanke ist ebenso langweilig, wie der Turm hoch war." Dann wurden die Menschen über die Erde zerstreut, „so wie man jetzt ins Ausland reist", also wiederum aus Langerweile; aber bis heute wissen sie mit ihrer Zeit nichts anzufangen, weil sie Gott nicht kennen. Darum kann die Menschheit kein Ganzes sein, weil sie keinen gemeinsamen, göttlichen Gedanken faßt. Sie bringt wirklich zusammenhängende Arbeiten nicht zustande; wir bauen den babylonischen Turm nicht zu Ende, und jene Sprachverwirrung geschah zu Recht. Am weitesten entfernt sich von Gott (wie Swedenborg lehrte) das selbstgefällige Kirchenwesen; die heutige Christenheit ist alles in allem eine umgekehrte Babel-Empörung gegen den Himmel. Im alten Babel wollte man wenigstens den Himmel noch stürmen; jetzt fällt man von ihm ab. Die Nähe Kierkegaards zu Dostoevskij ist verblüffend; hier wie dort wird der modernen Konfession der Vorwurf gemacht, schlimmer als Babel zu sein. Hier wie dort geht es nicht mehr um Sprachen und Völker allein, sondern um die Grundsituation des Menschen vor Gott, und Babel besagt jetzt, daß der Mensch auf Erden keine eigene Sprache haben kann, daß er hier allein und fehl am Platze ist. Der christliche Realismus lehrt die Wirklichkeit nicht begreifen, sondern verwerfen. Wiederum wie bei Dostoevskij war es kein Zufall, daß der Turm von Babel beinahe zum Eckstein des neuen Denkens wurde; während die Zeitgenossen ihn als überwundenen Standpunkt oder romantischen Mythos belächelten, enthüllte er hier die Struktur irdischen Daseins selbst. Während die meisten ihn für sinnlos, also für unwirklich hielten, symbolisierte seine Sinnlosigkeit den wenigen die Wirklichkeit[80]).

[80]) Samlede vaerker, hg. Anders Björn DRACHMANN – Johan Ludvig HEIBERG – Hans Ostenfeldt LANGE, 2. Aufl., 15 Bände, Kopenhagen 1920–36: Til selvprövelse Bd. 12, S. 362 ff. (Bibel und Fremdsprache), 386 (Gerede und Schweigen). Papirer, hg. P. A. HEIBERG – V. KUHR – E. TORSTING, 11 Bände, Kopenhagen-Christiania 1909–48: Journalen 1842–43 Nr. 28 Bd. 4, S. 13 (göttlich und menschlich). Indövelse i

Aber Kierkegaard sollte erst das 20. Jahrhundert befruchten. Die dänische Literatur nahm unter dem Einfluß von Taines Schüler Georg Brandes nach 1871 einen neuen Aufschwung zum illusionslosen Ernst; doch sie hörte nur die eine Hälfte von Kierkegaards Botschaft, die Kritik an der verlogenen Gegenwart, und da zu ihr die kirchliche Religion gehörte, warf man auch sie beiseite. Was blieb, war der nackte Naturalismus und die Schwermut des resignierenden Betrachters. Der von Darwin und Flaubert angeregte Jens Peter Jacobsen (1847–1885), einer von Brandes' Schützlingen, beschrieb 1876 den tristen Lebensweg einer edlen Frau, die weder im einheimischen Adelskreis mit seiner französischen und italienischen Bildung, noch im fremdsprachigen Ausland Genüge fand; sie erfüllte sich erst scheiternd in der rohen Sinnlichkeit des dänischen Bauerndaseins und seines rauhen Dialekts, der noch unter der Landessprache steht, aber das Triebleben ausdrückt. Sprache wird vom Werkzeug des Intellekts zum Sensorium des Triebes; je barbarischer und undifferenzierter, desto lebendiger ist sie. Sonderbar ergeht es in Jacobsens Roman von 1880 einer hochgebildeten Frau in ländlicher Umgebung; sie kann mit niemandem sprechen. Die Bauern verstehen ihr Dänisch, „aber mit jenem matten Ungefähr, mit dem man eine fremde Sprache versteht, die man nicht zu hören gewohnt ist". Die eigentlich barbarische Sprache ist die nuancierte, gebildete. Wohl spricht man wirklich überzeugend auch „in fremden Zungen", aber nur im Rausch der Jugend, wenn man sein Innerstes bewußtlos bloßlegt; von allen Fremdsprachen ist diese pfingstliche Ekstase weit entfernt. Noch ein anderer Klang ertönt in vielen Sprachen, das traurige Raunen der Ulmen über dem Friedhof. Aber zwischen der Kraft und dem Frieden, zwischen Jugend und Tod steht der einsame Mann fast sprachlos, einer Welt ohne Gott preisgegeben, vielleicht tapfer, doch schwach[81]). Wenn noch eine internationale Verständigung möglich ist, dann ist es der gemeinsame Kampf gegen das Wort Gottes, das bisher die harte Wirklichkeit verhüllte. Der vom Theologiestudenten zum Atheisten gewordene Karl Gjellerup (1857–1919) rief 1882 unter dem Einfluß von Darwin und Brandes, in den letzten drei Jahrhunderten seien die kritischen

---

Christendom I, 4, Vaerker Bd. 12, S. 83 f. (für dich, Galimathias). Journalen 1850 Nr. 356, Papirer Bd. 10, 2, S. 258 (auserwähltes Volk). Enten-Eller, Vaerker Bd. 1, S. 298 f. (Langeweile), 149 (keine zusammenhängenden Arbeiten); Dömmer selv Bd. 12, S. 540 (umgekehrte Babel-Empörung). Dazu LUBAC, Drame 98 ff.; REHM, Experimentum 96 ff.; Sören HOLM, Sören Kierkegaards Geschichtsphilosophie (Forschungen zur Kirchen- und Geistesgeschichte NF 4), Stuttgart 1956, S. 24 ff., 75 ff., 84 ff.; Karl LÖWITH, Von Hegel zu Nietzsche, Der revolutionäre Bruch im Denken des neunzehnten Jahrhunderts, Marx und Kierkegaard, 4. Aufl., Stuttgart 1958, S. 125 ff., 383 ff.

[81]) Frau Marie Grubbe, übers. Mathilde MANN, Leipzig o. J.: c. 2 S. 32; c. 7 S. 115 (Adelskreis); c. 1 S. 13; c. 15 S. 286, 292 (Dialekt). Niels Lynhe, übers. Maria von BORCH, Leipzig 1889: c. 3 S. 52 (Frau); c. 6 S. 92 (Jugend); c. 8 S. 126 (Friedhof). Dazu REHM, Experimentum 195 ff., 218 ff.; MITCHELL, Literature 181 ff.

Fragen an das scheinbar feststehende Bibelwort immer lauter geworden. „Was das eine Jahrhundert fragt, beantwortet das zweite. Es fängt an zu lallen, zu stammeln, mit neuen Zungen zu antworten, mit heiligen Feuerzungen aller Sprachen – das Pfingstzeichen des menschlichen Geistes". Der begeisterte Mensch verwirft das Wort Gottes und findet so eine neue Universalsprache, die der stummen Natur. Freilich fiel Gjellerup auch von dieser Offenbarung bald ab; denn sie ist unverständlich[82]).

Norwegen hatte sich 1814 von der dänischen Herrschaft, noch nicht von der dänischen Sprache losgemacht; die erwachende norwegische Literatur hatte erst um ihre eigene Sprache und in der neuen Personalunion mit Schweden auch um eine Tradition zu ringen. Im dänisch-deutschen Krieg blieb Norwegen neutral. Doch daraufhin verließ der größte Dichter des Landes, Henrik Ibsen (1828–1906) empört die enge, verstockte Heimat, um im Ausland geistige Freiheit zu finden. Er zeichnete 1867 seinen Peer Gynt als Verkörperung norwegischer Geistesart; der weichliche Phantast will ein Weltbürger sein, sich von allen Nationen in ihren Sprachen belehren lassen, und schließlich bedrängt man ihn sogar mit Sprachreformen, die die Urworte des Urwaldes wieder zu Ehren bringen sollen. Damit zielte Ibsen auf die Bestrebungen von Ivar Aasen, eine norwegische Nationalsprache aus den ländlichen Dialekten zu schaffen. Nicht daß Ibsen um jeden Preis am Dänischen festhalten wollte; nicht daß er die Verwandtschaft zum Schwedischen vergaß; aber es ging nicht um dieses oder jenes Idiom. Weder die moderne Fremdsprache noch der urtümliche einheimische Dialekt beseitigen die Wurzel des Übels, die geistige Schwäche der Landsleute; wären sie männlicher, sie würden ohne Tradition und Translation ihre eigene Sprache haben. Wie ihnen die wahre Sprache fehlt, so die echte Religion. Ibsen setzte sich 1866 direkt mit Kierkegaards Babelgleichnis auseinander. Einem idealistischen Geistlichen doziert sein behaglicher Propst vor, daß der Turm von Babel mißlingen mußte, weil nicht alle sich unterordneten und jeder eine Persönlichkeit für sich sein wollte; gelingen kann das Leben nur, wenn jeder sich in seine Umwelt friedlich fügt. Allerdings darf man nach Meinung des Propstes nicht den Himmel stürmen wollen, sondern muß hübsch auf der Erde bleiben. Aber die Gefahr, daß die christliche Gemeinde einen neuen Babelturm errichtet, ist gering; sie wird sich im real Gegebenen gemütlich einrichten. Gegen dieses satte Kirchenwesen wetterte Ibsen wie Kierkegaard, aber er warnte auch vor dem ideologischen Fanatismus des Einzelgängers. Der Idealist glaubt, der einzelne könne den Himmel durch seine völlige Hingabe erreichen, nicht mit einem Babelturm, sondern mit einer Jakobsleiter; aber er täuscht sich und kann den hohen Turm nicht bauen, denn er

[82]) Ein Jünger der Germanen c. 32, Leipzig 1923, S. 278. Dazu Mitchell, Literature 191.

scheitert an seiner eigenen Härte. Gott ist Liebe; er ist nicht so fern, wie der Mensch meint, und wer seine Seele läutert, wird ihn finden, vielleicht auch die Welt verändern. Nicht im Jenseits Kierkegaards, nicht im Unendlichen Dostoevskijs, sondern in der Brust des Menschen entscheidet sich die Existenz; deshalb wird sie nicht dazu verdammt, Babeltürme zu bauen, und kann eine wahrhaft menschliche Sprache finden[83]).

Der Blick auf Rußland und Skandinavien hat uns über die vertrauten, auch anderswo abklingenden Variationen unseres Themas, über die Geschichte der verschiedenen Sprachen und Völker, hinausgeführt. Hier wurde die derzeitige Umwelt nicht mehr theologisch oder historisch erklärt, nicht mehr romantisch oder idealistisch verklärt, kaum mehr realistisch oder ideologisch zerlegt. Man gab schlicht zu, daß der Mensch in seiner Welt entwurzelt ist, und fragte hartnäckig weiter, was dann noch vom menschlichen Dasein zu erwarten sei. Damit stießen die jüngsten europäischen Literaturen zuerst bis zum Grund ihrer Zeit durch und schrieben ihr die Zukunft vor. Neben Dostoevskij, Kierkegaard und Ibsen stellte sich freilich auch Nietzsche als Prophet des Kommenden. Aber er mußte zuvor eine alte und reiche geistige Welt zerstören, die eben noch alle anderen Literaturen inspiriert hatte, die deutsche.

*

In Deutschland waren die wichtigsten politischen Ziele von Revolution und Romantik, Freiheit des Bürgers und Einheit des Volkes, nicht verwirklicht worden. Sie wurden jetzt nur nachträglich und teilweise erreicht, weniger durch die Revolutionen von 1830 und 1848 als durch die Reichsgründung von 1871. Aber die soziale Vielfalt war nicht unbeschränkt, weil die Industrialisierung schon neue Probleme der Gesellschaftsordnung stellte; die nationale Einheit war nicht umfassend, weil sie nicht so weit reichte, wie die deutsche Zunge klingt, und auch die konfessionellen Differenzen nicht integrieren konnte. Die deutschen Dichter und Denker mußten sich mit dieser eingeschränkten Wirklichkeit bescheiden, nachdem sie eben noch Herren eines geistigen Universums gewesen waren. Sie taten es zunächst ungern und zogen sich lieber aus dem staatlichen Leben ganz in die geistigen Bastionen der Deutschen Bewegung zurück, in Erweckungsbewegung und Biedermeier. Fruchtbarer war gleich zu Beginn die Auseinandersetzung mit den neuen Realitäten, in der Rebellion der

---

[83]) Samlede digter verker, hg. Didrik Arup SEIP, 7 Bände, Christiania-Kopenhagen 1918: Peer Gynt IV Bd. 2, S. 336 ff. (Weltbürger), 375 f. (Sprachreformen); Sangerhilsen til Sverig Bd. 6, S. 399 (Verwandtschaft zum Schwedischen); Brand V Bd. 2, S. 242 f. (Babel). Zur norwegischen Sprachbewegung Andreas ELVIKEN, Die Entwicklung des norwegischen Nationalismus (Historische Studien 198), Berlin 1930, S. 130 f.

Linkshegelianer und Jungdeutschen und in den Erfahrungswissenschaften, die Humboldts universale Richtlinien am realen Detail der Sprach- und Geschichtsforschung erprobten[84]). Die Spannung zwischen Staat und Gesellschaft, Macht und Geist trieb endlich zu einer Kette von Entladungen, die auch die alten Probleme der Sprachen- und Völkerwelt von Grund auf veränderten.

In der Sprachbetrachtung wurden Humboldts Impulse bis zur Jahrhundertmitte dankbar verwertet. Der Begründer der vergleichenden Indogermanistik, der Berliner Professor Franz Bopp (1791–1867) wandte die Anregungen F. Schlegels und seines Freundes Humboldt bereits ins Positivistische; aber sein Hauptwerk hielt seit 1833 an der romantischen Vorstellung von der Ursprache fest. Er bezeichnete wenigstens die Glieder der von ihm indoeuropäisch genannten Sprachfamilie als *großartige Dialekte einer untergegangener (!) Stamm-Sprache* und meinte, auch *unsere Muttersprache in ihrer ältesten, vollkommensten Gestalt* wieder auffinden zu können. Zwar wollte er die Sprache *als Gegenstand und nicht als Mittel der Erkenntniß*, wie ein Physiker oder Physiologe als organischen Naturkörper sezieren und trieb die Vergleichung des Indoeuropäischen mit dem Semitischen nicht voran; aber noch beseelte ihn Herders Sehnsucht nach den urzeitlichen Wurzeln[85]). Sie wurde nun experimentell, nicht mehr spekulativ befriedigt, konnte also nicht zum Ursprung alles Lebens zurückleiten. Der greise Schelling gab es am 25. November 1850 unfreiwillig zu, als er in einer Berliner Akademiesitzung die Frage nach dem Ursprung der Sprache nicht mehr mit seiner Mythologie der Offenbarung, sondern mit einem harmlosen lateinischen Gedicht anging; es stellte die möglichen Lösungen nebeneinander und entschied sich für keine: *Adhuc sine judice lis est*[86]).

Aber in der eigenen Muttersprache besaß man das Ursprüngliche in voller Lebenskraft. Bopps und Schellings Berliner Kollege Jacob Grimm (1785–1863), der Begründer der neueren Germanistik, gehörte der Deutschen Bewegung noch so weit an, daß er, von den Heidelbergern, Görres und Kanne beeindruckt, das geheimnisvolle Band zwischen Mythos, Religion und Sprache mindestens in seiner Muttersprache spürte. Von ihr hatte er 1819 gerühmt: *Kein volk auf erden hat eine solche geschichte für seine sprache wie das deutsche*; auch die

[84]) Erich MARCKS, Der Aufstieg des Reiches, Deutsche Geschichte von 1807–1871/78, Bd. 1, Stuttgart-Berlin 1936, S. 173 ff.

[85]) Vergleichende Grammatik des Sanskrit, Zend, Armenischen, Griechischen, Lateinischen, Litauischen, Altslavischen, Gothischen und Deutschen, Bd. 1, 2. Aufl., Berlin 1857, S. VI, XII ff. Dazu Salomon LEFMANN, Franz Bopp, sein Leben und seine Wissenschaft, Berlin 1891–97, S. 13 f., 42 ff., 283, 347 f.; Holger PEDERSEN, Linguistic Science in the Nineteenth Century, Methods and Results, Cambridge 1931, S. 240 ff., 254 ff.; Josef WEISWEILER, Die indogermanische Sprachwissenschaft, Eine geistesgeschichtliche Studie, in: HJb 62–69 (1949) 464–490, hier S. 469 ff.; PORZIG, Wunder 327 ff.; VERBURG, Taal 434 ff.

[86]) Vorbemerkungen zu der Frage über den Ursprung der Sprache, in: Sämmtliche Werke (o. S. 1566 Anm. 60) Bd. I, 10, S. 419–426.

an sich betrachtet vollkommeneren, wie Indisch und Griechisch, sind nicht lebendiger. Darum liebte Grimm die unschuldige Sprache der deutschen Urzeit mit gleicher Ehrfurcht wie die Romantiker die verlorene heilige Ursprache. Auch die Zahlensymbolik schien ihm, dem wegen seiner „Andacht zum Unbedeutenden" Verspotteten, mythische Urgründe anzudeuten. Die *poetische, wunderbare Zahl der Größe* 72 bezauberte ihn; obgleich sie *mehr christlich* und kaum altgermanisch war, fand er sie auch in deutschen Rechtsaltertümern und Märchen. Freilich bevorzugt der Deutsche mehr die ungeraden Zahlen; so ließ das Märchen vom Hasen und vom Igel, um 1840 aufgezeichnet, den Wettlauf der Tiere 73mal stattfinden[87]).

In späteren Jahren rückten dem Altmeister die Ursprünge in immer weitere Fernen, doch er verlor sie nicht aus den Augen. Dazu half seine von Bopps Entdeckung des Indoeuropäischen angeregte, an Leibniz gemahnende Geschichtsanschauung, die das Deutsche nach Asien zurückverfolgte und hinter den Sprachen die Völker auftauchen sah. Grimm hielt 1848 noch einmal wie Orosius Goten und Geten für identisch und glaubte überhaupt, daß die Bevölkerung Europas aus Asien stamme, wie auch ihre Sprachen mit den asiatischen und deren Urbild, dem Sanskrit, verwandt seien. So weit ging Grimm, ohne zu entscheiden, ob *alle über den ganzen erdball gebreiteten menschen ausgegangen von einem ersten paar, folglich die manigfalten zungen geflossen aus einer einzigen, oder nicht*. Doch neigte er zu der Meinung, daß die mannigfaltigen Sprachen *allmälich aus einer anfänglichen einheit entsprossen* seien; nur wollte er diese Einheit nicht verkörpert sehen in den drei angeblich *einzig vollkommnen sprachen* oder gar in der *heilig gehaltnen* hebräischen, sondern in der menschlichen Artung selbst. Grimm gab diese Antwort, durch Schellings Gedichtchen angeregt, in einer Berliner Akademiesitzung am 19. Januar 1851, bei der Schelling, Bopp, Savigny und Ranke zugegen waren; er verteidigte Herders Ansicht von der menschlichen, nicht natürlichen, sondern geistigen Entstehung der Sprache. *Eine angeborne sprache hätte die menschen zu thieren gemacht, eine geoffenbarte in ihnen götter vorausgesetzt*. Sie ist menschlich, *sie ist unsre geschichte, unsre erbschaft* und war anfangs keineswegs paradiesisch vollkommen, sondern kunstlos und wohl einsilbig; aber sie war eine einzige. Sie hat sich verzweigt und verfeinert, wiederum nicht natürlich oder wunderbar, sondern dank der menschlichen Freiheit und Einsicht. Während Herodots Bericht zornig als *höchst abenteuerlich* gebrandmarkt wurde,

---

[87]) Deutsche Grammatik, Bd. 1, Göttingen 1819, S. XVII (Kein Volk auf Erden). Altdeutsche Wälder, Bd. 2, Frankfurt/Main 1815, S. 10 (poetische Zahl). Deutsche Rechtsaltertümer, Bd. 1, 4. Aufl., Leipzig 1922, S. 303 (Zahl 72 in Rechtsaltertümern), 285 (ungerade Zahlen). Der Hase und der Igel, in: Kinder- und Hausmärchen, Vollständige Ausgabe, Darmstadt 1955, S. 685 Nr. 187 (73mal; dazu Johannes BOLTE – Georg POLIVKA, Anmerkungen zu den Kinder- und Hausmärchen der Brüder Grimm, Bd. 3, Leipzig 1918, S. 339 ff.).

legte Grimm fast bedauernd die *sinnreiche und ergreifende* Erzählung vom törichten Turmbau zu Babel und die mittelhochdeutsche Rede von 72 Sprachen beiseite; näher als der tierischen Natur stand Grimms Sympathie dem göttlichen Willen. Dennoch hatte Schelling nicht recht; die Erzählung erwuchs nur aus einem Mißverständnis des Wortes „Babel" und ist zudem *einem lauten einspruch der sprachgeschichte überhaupt ausgesetzt*. Dichter und Maler mögen die Szene plastisch darstellen, *hier kann die kunst nur spielen, nichts ausrichten*. Die Sprachwissenschaft aber muß die angeblich babylonische Verwirrung für *naturgemäß, wohlthätig und nothwendig* halten. Auch das Pfingstwunder gehört nicht in den Zusammenhang der Sprachforschung.

Dennoch betrachtete Grimm die Geschichte der Sprachen mit reiner Frömmigkeit, weil in der Mannigfaltigkeit und Mischung des Getrennten das Edle und Ursprüngliche sich bis ans Ende der Zeiten erhält. *Und statt daß von den stufen jenes babylonischen thurms herab, der gen himmel strebte, wie es ägyptische pyramiden, griechische tempelhallen und der christen gewölbte kirchen auch thun, alle menschensprachen getrübt und zerrüttet ausgetreten sein sollen, könnten sie einmal, in unabsehbarer zeit, rein und lauter zusammenfließen, ja manches edle in sich aufnehmen, was jetzt in den sprachen verwilderter stämme wie zertrümmert liegt*. Der Turm von Babel, auf goethische Weise neben die gotischen Kathedralen gestellt, kann als Werk der Frömmigkeit nicht das heilige Wachstum der Sprachen zerschlagen haben; wie es in einer Wurzel begann, so kann es einst in einem Wipfel enden, dazwischen liegt die reiche Fülle nationalen Lebens. Grimms Andacht zum Unbedeutenden hatte ihre geschichtstheologischen Gründe; die Ehrfurcht vor dem Detail entsprang dem Glauben an den Sinn des Ganzen[88]).

Man vermutet diesen Glauben auch bei Bopps Schüler, dem Hallenser Professor August Friedrich Pott (1802–1887), der in seinen Werken eine „kauzige Mischung von Wortphysik und schrulligem Symbolismus" vortrug. Er knüpfte ja direkt an Bopp und Grimm an, als er 1836 die Sprachwissenschaft von der *classisch-türkischen Barbarei* befreite, zwei oder drei Völker wie Götzen zu verehren und die übrigen als Barbaren zu verachten. Alle Sprachen sind

---

[88]) Geschichte der deutschen Sprache, 2. Aufl., 2 Bände, Leipzig 1853, hier Bd. 2, S. 564 ff. (Goten und Geten); Bd. 1, S. 4 (erstes Paar); Bd. 2, S. 578 (allmählich entsprossen). Deutsches Wörterbuch, Bd. 1, Leipzig 1854, S. V (drei Sprachen, Hebräisch). Über den Ursprung der Sprache, Berlin 1852, S. 5 (Schelling), 56 (Herders Ansicht; dazu falsch Géza Révész, Ursprung und Vorgeschichte der Sprache, Bern 1946, S. 103), 23 f. (menschlicher Ursprung), 29 (Tiere und Götter), 46 f. (Art der Ursprache), 32 (Herodot), 23 (Babel, 72 Sprachen), 26 f. (Pfingstwunder), 51 (Wiedervereinigung). Dazu Wilhelm Scherer, Jacob Grimm, 2. Aufl., Berlin 1885, S. 123 ff., 297 ff.; Willi Berger, Jakob Grimm und seine völkische Gedankenwelt, Offenbach 1937, S. 83 ff.; Karl Ulmer, Die Wandlung des Sprachbildes von Herder zu Jacob Grimm, in: Lexis 2 (1949) 263–286, hier S. 266 ff.; Porzig, Wunder 336 ff.; Srbik, Geist Bd. 1, S. 200 f.; Klaus Ziegler, Die weltanschaulichen Grundlagen der Wissenschaft Jacob Grimms, in: Euphorion 46 (1952) 241–260, hier S. 242 ff.

gleichwertig, kein Volk ist sprachlos, *seit auf der Erde die erste Mutter dem ersten Manne ein Kind gebar. Seit Völkerschaaren über den Erdboden wandeln, steigt ein großer, tausendsprachiger Hymnus empor, zum Preise deß, der das Kindlein zuerst mit unsicher tastender Lippe die Namen der Aeltern stammeln lehrte* und der den Völkern den dunklen Drang in die Brust legte, durch Sprache die Geister mit Geist zu nähren. Wie es nur eine Menschheit gibt, so bildet jener Völkerhymnus auch *nur Ein harmonisch zusammenklingendes Ganzes.* Potts Lobpreisung sollte erwarten lassen, daß er den biblischen Traditionen von der Sprachen- und Völkergeschichte freundlich gegenüberstünde; aber der hannöversche Pastorensohn verfolgte sie mit einem Haß, wie er nur im Pfarrhaus gedeihen konnte. Wissenschaftlich belegt (nicht begründet) wurde dieser Abscheu mit Potts Annahme, daß Sanskrit und Hebräisch nicht miteinander verwandt seien. Darum verdammte er 1833 die sprachtheologischen Spekulationen und den *thörichten Wahn*, daß die einheitliche Abstammung des Menschengeschlechts und die mosaische Völkertafel *dem Schlusse auf eine geschichtlich nachweisbare Ursprache Vorschub leiste, die Verschiedenheit der Sprachen aber in der babylonischen Sprachverwirrung eine Erklärung finde.* Pott nahm selber seine Zuflucht zu der *allerdings dunkeln und in vielen Puncten genealogisch unhaltbaren Völkerstammtafel*, wenn er den Namen der Jonier mit der Bedeutung „Die Jungen" versehen und die Sprachverwandtschaft zwischen dem Griechen Javan und dem Perser Madai erweisen wollte; aber was dem Linguisten recht ist, war dem Theologen noch lange nicht billig.

Pott wetterte 1840 gegen die Bezeichnung „Japhetitische Sprachen", diese Nebelausdrücke für Schwindler und Frömmler, und 1856 fiel er über die Lehre von der einen Ursprache, von 72 Sprachen und von der sündhaften Sprachenvielfalt her, ohne zwischen Theologenwillkür und Bibeltext zu trennen. Es gibt vielerlei Ursprachen; die Zahl der Sprachen ist zwischen 860 und 3000 anzusetzen; die Verschiedenheit der Idiome ist völkerpsychologisch zu erklären und höchst natürlich und löblich. Pott verfaßte 1863 ein Pamphlet, voll von gelehrten und treffenden Einfällen, aber voller von Ausfällen gegen den babylonischen Turmbau, um den sich *bergehoch eine Fülle des allerabenteuerlichsten Unsinns* lagere; polternd verdonnerte Pott nun auch die mosaische Völkertafel als *Geschöpf einer mitunter äußerst dürftigen und wohlfeilen Spekulation*, als *Namengeklingel*; sie ist *ebenso lang als leer. Naive Zeiten*, die sich hier ihre Sprachtheorie besorgten! Sie glaubten an *eitel Schall und Wind* und an den *puren Aberwitz* der hebräischen Ursprache. Jeden Gedanken, daß die Sprachgeschichte etwas mit Religion zu tun habe, fand Pott absurd; er hielt die Sprache für einen selbständigen Organismus, fast für einen Mechanismus und verglich darum genau die Wortentsprechungen in den indogermanischen Sprachen; aber über diese Details ging er nicht mehr wie Grimm hinaus. Daß er die nicht immer sachverständigen Theologen seiner Zeit angriff, dürfte man dem galligen Mann nicht verübeln, wenn er mehr gallischen Esprit bewiesen hätte; daß er die Bibel schlichtweg mit verwarf, zeigt freilich, daß er theologisch nicht eben sachverständig war[89]). Humboldt und Grimm hatten humaner und klüger geurteilt; jetzt begann die Zeit der Spezialisten, die Banausen waren.

Viel feinsinniger, auch theologisch durchgebildet war Potts Gegenspieler in Erlangen, Rudolf von Raumer (1815–1876); er empfand 1837 den Zusammenhang von Sprache, Geschichte und Religion auf neue, nüchterne Weise. Lebende Sprachen gleichen dem nie rastenden Strom und sind durch Grimms und Bopps statisch-grammatische Methode nicht ganz zu fassen; ihre Geschichte wird nicht von einem abstrakten und immergleichen Sprachgeist, sondern von den sprechenden Menschen bewirkt. *Inwiefern diese Hervorbringung wirklich ein Erzeugnis der Menschen ist oder nicht*, das entschied Raumer 1858 nicht. So fern er sich religiösen Spekulationen hielt, die Einwirkung des Christentums auf das Althochdeutsche hat er 1845 hellhörig analysiert, nicht nur durch Geschichten von Lehnwörtern. Denn er glaubte an den tiefsten Zusammenhang von Religion und Sprache, von Gott und Mensch, und diese Verbindung mußte in der Geschichte zutage treten. *Die heilige Schrift sagt uns und die Naturforschung hat es bestätigt, daß die Menschen der Erde Eines Geschlechts sind.* Müßte sich diese Einheit nicht auch in den Sprachen nachweisen lassen? Raumer wagte 1863 mit gesicherten Methoden den Weg zu den Ursprüngen; zwischen dem Semitischen und dem Indoeuropäischen fand er in Verbalflexion und Lautwandel Gemeinsamkeiten, die auf eine Sprachverwandtschaft dieser beiden *für die Entwicklung der Menschheit wichtigsten* Völkergruppen schließen lassen. Ihre „Ursprache" war weit urtümlicher als Hebräisch und eine hypothetische, keine historische Größe. Mit alledem schloß Raumer (anders als sein Verwandter Friedrich von Raumer) keinen Kompromiß zwischen Tradition und Forschung, so intensiv er die Geistesgeschichte seiner Disziplin studierte und so nahe er der Erlanger Theologenschule stand. Er sah, daß alle Ursprungsthesen, die polygenetische der Romantiker und Positivisten wie die monogenetische der Romantiker und Theologen rein spekulativ vorgingen; darum enthielt er sich aller Invektiven und fragte die Fakten selbst nach ihrem Sinn[90]).

---

[89]) Etymologische Forschungen auf dem Gebiete der Indo-Germanischen Sprachen, 2 Bände, Lemgo 1833–36, hier Bd. 2, S. XI (türkische Barbarei), VIII f. (Völkerhymnus); Bd. 1, S. XV (gegen Sprachtheologie), XLI (Völkertafel). Siegert (o. S. 1502 Anm. 195) S. 74 f. (gegen „Japhetitisch"). Die Ungleichheit menschlicher Rassen, hauptsächlich vom sprachwissenschaftlichen Standpunkte, unter besonderer Berücksichtigung von des Grafen Gobineau gleichnamigem Werke, Lemgo-Detmold 1856, S. 242 (Ursprache), 244 ff. (72 Sprachen), 168 (Sprachenvielfalt), 223 ff. (Sprachenzahl). Pott, Anti-Kaulen V (Unsinn), 1–45 (Völkertafel), 296 (Sprache und Religion), 65 ff., 290 ff. (Angriffe auf Theologen). Dazu Arens, Sprachwissenschaft 206 („kauzige Mischung . . .").

[90]) Gesammelte sprachwissenschaftliche Schriften, Frankfurt/Main-Erlangen 1863, S. 12 f. (nie rastender Strom), 374 (Sprachgeist und Menschen). Die Einwirkung des

Konnte aber dieser Sinn in einer bloß erschlossenen Geschichte liegen, die jenseits faßbarer sprachlicher Formen stand? War diese Geschichte nicht ebenso eine Abstraktion wie Bopps Wurzeln und Schlegels Strukturen? Humboldts Jünger Heyman Steinthal (1823–1899), Professor in Berlin, zertrennte seit 1851 das die Sprachen der Welt angeblich verbindende Band des grammatischen Kategorienschemas und leugnete gleichzeitig den verändernden Einfluß der Geschichte. Der Mensch war immer, wie er heute ist; der Ursprung der Sprache ist identisch mit dem Anfang des Sprechens. Die Sprache wurde nie erschaffen, sie zeugt sich ewig neu; wollen wir ihren Ursprung begreifen, so betrachten wir, wie unsere Kinder Sprache lernen. Sie ahmen den Schall reflektorisch nach, und so war es immer. Was an den Sprachen verschieden ist, hat keine äußeren Ursachen, weder natürliche noch geschichtliche, es ist völkerpsychologisch zu erklären; denn die Sprache gehört dem Menschen. Sie ist ein psychisches Organ, *Erzeugnis des Gemeingeistes*, *sein Selbstbewußtsein*. Damit verengte sich Humboldts Humanismus ins Psychologische, der göttlich freie Geist zum menschlichen Selbstbewußtsein; die von Humboldt vertiefte historische Dimension fiel aus. Freilich wollte der Jude Steinthal den biblischen Hintergrund nicht ganz missen; alles Natürliche und Endliche beruht auf dem Unendlichen und Göttlichen. Aber Gott wollte bloß Psychologie; die tiefe Einsicht, die Steinthal dem Genesisvers 2, 19 zusprach, bestätigte ihm nur seinen Gedankengang, daß die Sprache menschlichen Ursprungs sei, heute wie immer[91]). Das immanente Denken deutete in der Sprachwissenschaft den Ursprung zur Anlage, die Mannigfaltigkeit zur Entwicklung um oder stellte überhaupt die individuelle Tatsache weit über alle universale Bedeutung, vorerst noch ohne sich dem naturwissenschaftlichen Positivismus zu unterwerfen.

Auf dem gleichen Axiom von der individuellen Entwicklung ruhte der Historismus; wenn schon die Sprachforscher es teilweise übernahmen, mußte es für die Historiker ein Glaubensbekenntnis sein. In der Hochschätzung des gegenwärtigen Details trafen sich sogar ältere Aufklärungshistorie und neue Historische Schule. Voltaires Anhänger Karl von Rotteck (1775–1840), der Freiburger Geschichtsschreiber des deutschen Liberalismus, glaubte schon

---

Christenthums auf die Althochdeutsche Sprache, Ein Beitrag zur Geschichte der Deutschen Kirche, Stuttgart 1845, S. 3 (Die heilige Schrift . . .). Gesammelte Schriften S. 463, 538 f.; Herr Professor Schleicher in Jena und die Urverwandtschaft der semitischen und indoeuropäischen Sprachen, Frankfurt/Main 1864, S. 4 ff. (Semitisch und Indoeuropäisch). Dazu ARENS, Sprachwissenschaft 213 ff.

[91]) Der Ursprung der Sprache im Zusammenhange mit den letzten Fragen alles Wissens, 4. Aufl., Berlin 1888, S. 350 ff. (Entstehung der Sprache; ähnlich Abriß der Sprachwissenschaft, Bd. 1, 2. Aufl., Berlin 1881, S. 78 ff.), XIII (göttlicher Hintergrund). STEINTHAL, Sprachwissenschaft Bd. 1, S. 11 f. (Gen. 2, 19). Dazu WACH, Verstehen Bd. 3, S. 206 ff.; ARENS, Sprachwissenschaft 217 ff., 252 ff.; SOMMERFELT, Origin 889 f.

1812 nicht an eine biblische Universalhistorie, weil für ihn wie für Bolingbroke die Weltgeschichte erst mit der Entdeckung Amerikas begann; davor lag finsteres Mittelalter, und Rotteck wollte, obwohl er Katholik war, von der alten Religion nichts hören. Noah war schwerlich *der zweite allgemeine Stammvater der Menschen*; der Turmbau von Babel sollte lediglich die schon ausgebrochene Uneinigkeit der Menschen heilen und als Zeichen der Wiedervereinigung dienen. Diese Deutung war zwar eine *Abweichung vom buchstäblichen Sinne*, aber dafür *verständlich und belehrend.* Wenn der Historiker die Bibel verbessern muß, dann darf er sie verwerfen; 1831 blickte Rotteck geringschätzig auf die *hebräischen Sagen* über Sprachverwirrung und Völkertrennung, von denen man nicht wisse, was an ihnen sei; obendrein seien sie ungeeignet und *unwichtig für die Weltgeschichte.* Denn die Geschichte führt zur Freiheit, sie ist wichtiger als alle ältere Einheit[92]). Läßt sich aus der Bibel überhaupt etwas sittlich Bedeutsames für den Universalhistoriker herauslesen, so ist es die Tatsache, daß der erste König von Babylon Nimrod war; das vermerkte 1844 der letzte markante Vertreter der Aufklärungshistorie, der liberale Heidelberger Professor Friedrich Christoph Schlosser (1776–1861). Dem abscheulichen Despoten Nimrod gönnte Schlosser nicht einmal das Alterspräsidium; Inder und Chinesen sind älter als die biblischen Stämme. Vollends mit dem historischen Aufstieg der Menschheit hielten sie nicht Schritt[93]).

Wem unter den letzten Aufklärern weniger an politischer Aktualität als an antiquarischer Kulturgeschichte im Stil Goguets lag, dem war die Bibel freilich als das älteste Buch der Menschheitsgeschichte teuer; so erschien sie 1842 dem privatisierenden, mitunter sektiererischen Vielschreiber Carl Eduard Vehse (1802–1870). Er suchte wie Adelung das Paradies in Kaschmir; er hielt Noah für den zweiten Urahn der Welt und die Chinesen für Hamiten; der turmbauende *Nomadenscheikh* Nimrod bezeichnete ihm den Übergang vom Hirtenleben zum Jägerdasein[94]). Man konnte indes die Bibel so nur in Mißkredit bringen; längst drängte die Historische Schule nicht auf Gegenwartsnähe, sondern auf Quellenkritik. Der romantische Pfarrerssohn und Hallenser Mediävist Heinrich Leo (1799–1878), Rankes getreuer Widersacher, zuckte 1835 die Achseln.

---

[92]) Allgemeine Geschichte vom Anfange der historischen Kenntniß bis auf unsere Zeiten, Bd. 1, 15. Aufl., Braunschweig 1844, S. 96 f. (Noah, verständlich und belehrend). Allgemeine Weltgeschichte für alle Stände, Bd. 1, 7. Aufl., Stuttgart 1860, S. 95 f. (Sagen). Dazu Emil GANTER, Karl v. Rotteck als Geschichtschreiber, Diss. phil. Freiburg i. Br. 1908, S. 65 ff.; GOLLWITZER, Europabild 298 ff.

[93]) Weltgeschichte für das deutsche Volk, hg. mit Georg Ludwig KRIECK, Bd. 1, Frankfurt/Main 1844, S. 3, 48. Dazu SCHNABEL, Geschichte Bd. 3, S. 105 ff.; SRBIK, Geist Bd. 1, S. 160 f.

[94]) Die Weltgeschichte aus dem Standpunkte der Cultur und der nationalen Charakteristik, Bd. 1, Dresden 1842, S. 42 (Bibel), 45 (Paradies), 49 f. (Noah), 113 ff. (Nimrod, Turmbau).

Die Mythen der Urzeit, auch *das Wunder der Sprachenverwirrung beim babylonischen Thurmbau*, sind für den Historiker belanglos; er hat (wie Niebuhr) damit zu rechnen, daß die Völker und Sprachen seit dem Beginn der Geschichte voneinander geschieden sind. Das Faktum bleibt dasselbe, ob man Monogenese oder Polygenese annimmt. Im Gegensatz zur *sentimentalen Empfindsamkeit unserer Zeit*, die alles gern vereint sähe, wollte Leo die Besonderheiten der Völker zeigen; sein Talent war die Erfassung des bunten, bewegten Lebens, nicht die Anschauung der großen Ideen, nicht die Ahnung des Göttlichen. Denn die höhere geistige Einheit, von der F. von Raumer und Luden noch gesprochen hatten, stand in keiner verläßlichen Quelle[95]).

Darf man deshalb die Verbindung zwischen Religion und Geschichte überhaupt leugnen? Der unbestrittene Meister der deutschen Geschichtswissenschaft, Leopold von Ranke (1795–1886) war zu tief vom Geiste Luthers geprägt, als daß er es hätte tun können. Schon 1817 schrieb er: *Alle Creaturen sind nichts denn eitel Larven, darunter sich Gott verbirget, mit uns zu handeln.* Das galt nicht nur vom Einzelmenschen; der Historiker sah 1824 *das Leben des Einzelnen, der Geschlechter, der Völker, zuweilen die Hand Gottes über ihnen.* Gott ist die Einheit der Geschichte, gleich an ihrem Ursprung; Ranke war zwar 1825 nicht sicher, wie *das Menschengeschlecht vom ersten Paar aus sich über die Erde verbreitet*; aber daß es mit diesem einen Paar begonnen hatte, stand fest. Menschliche Tat und göttliche Vorsehung widerstritten sich dabei nicht; Ranke nannte 1836 die Staaten *originale Schöpfungen des Menschengeistes* und doch *Gedanken Gottes.* Jeder dieser Gedanken ist (wie bei Goethe) ein Individuum; von einer allgemeinen Politik hielt Ranke (mit Savigny) so wenig wie von der allgemeinen, philosophischen Grammatik Kants. Denn auch jede Sprache ist ein besonderes Ganzes, das erst bei umfassender historischer Untersuchung die in der Tiefe waltenden geistigen Gesetze erkennen läßt. Ob also auch die Sprachen in ihrer Verschiedenheit realgeistige Gedanken Gottes sind? Ranke sagte es nicht, weil ihm die politisch-staatliche Sphäre näher als die kulturelle stand; aber er glaubte, daß alles geschichtlich Gewachsene in der Tat auf die verborgene Einheit Gottes verweise. Er schrieb 1839, daß die religiöse Wahrheit ständig erinnere *an den Ursprung und das Ziel des irdischen Lebens, an ... die Verwandtschaft aller Nationen*, ohne daß der gemeinsame Ursprung indes die Freiheit der nationalen Entwicklung behindere. Überhaupt bedarf es ja der menschlichen Freiheit, um das Ewige in immer neuer Gestaltung zu verwirklichen, und so hat auch die tägliche Sprache ihren Anteil an der Unmittelbarkeit einer jeden Epoche zu Gott; Luthers Bibelübersetzung brachte *die unvergänglichen Denkmale der frühe-*

---

[95]) Lehrbuch der Universalgeschichte, Bd. 1, 2. Aufl., Halle 1839, S. 5, 9. Dazu Georg von BELOW, Heinrich Leo, in: DVLG 2 (1924) 533–555, hier S. 545 ff.; SRBIK, Geist Bd. 1, S. 315 ff.

sten Jahrhunderte, in denen der Odem der jungen Menschheit weht, in die *Sprache des Tages*. Nichts grundsätzlich anderes tut der Historiker, der die Mär der Weltgeschichte neu erzählt[96]).

Deshalb begann der Vierundachtzigjährige seine Weltgeschichte mit dem Satz: *Die Erde war bewohnbar geworden und wurde bewohnt; die Völker waren geschieden* ... Welcher Handelnde steht hinter diesem schwebenden Passiv, wenn nicht Gott? Der Historiker, der die Geschichte des Verschiedenen schreibt, darf das zugrundeliegende Allgemeine nicht sprachlich fassen; aber es schwingt in jeder besonderen Aussage mit, letztlich, weil der Mensch ein Ebenbild Gottes ist. Wer daran wie Ranke glaubte, traute nur den sklavischen Ägyptern die Ansicht zu, die Götter hätten die anfangs stummen Menschen Sprache gelehrt; der biblische Autor aber erhebt den Menschen über alle Lebewesen als den Sprachschöpfer, der die Tiere benennt. Gen. 2, 19 ist nicht wie bei Steinthal eine psychologische Selbstbestätigung des Menschen, sondern eine historische Zusage an ihn. Da Ranke das Buch der Bücher als wirkliche Geschichte anerkannte, ließ er auch der biblischen Völkertafel ihre Würde, wenigstens als Zeugnis für den weiten Gesichtskreis der Juden und für ihren Willen, alle Völker als gleich und verwandt zu achten. Während die Historiker sonst Noah längst unter die Fabelwesen zählten, schrieb Ranke noch wie Schlözer dezidiert: *Die Geschichte der Menschheit, wie sie fortexistiert, beginnt erst mit Noah*, weil *die hebräische Sage der allgemeinen Geschichte der Menschheit angehört*. Ranke, der große Quellenkritiker, verwischte diesmal die Grenze zwischen Mythos und Moment, nicht weil er wie de Wette und die Romantiker die Bibel poetisch, sondern weil er sie historisch verstand; die gleiche Hand Gottes, die bisweilen über den Völkern sichtbar wird, schrieb die unvergänglichen biblischen Denkmale. Trotzdem hob Ranke (wie Carlyle) den Turmbau nirgends hervor; Babel hätte die immerwährende Verflechtung von göttlicher Vorsehung und menschlicher Freiheit, von menschlicher Schuld und göttlicher Strafe zu einem historisch fixierten Datum, die Urzeit zum verlorenen Paradies gemacht. Nicht auf das Bibelwort allein, auch auf den Gang der Weltgeschichte bis hin zur segensreichen Reichsgründung von 1871 stützte sich die religiöse Überzeugung, die

[96]) Deutsche Geschichte im Zeitalter der Reformation, hg. Paul Joachimsen u. a. (Werke, Gesamtausgabe der Deutschen Akademie I, 7), 6 Bände, München 1925–26: Das Luther-Fragment von 1817 Nr. 97 Bd. 6, S. 355 (Alle Kreaturen ...). Sämmtliche Werke, 54 Bände, Leipzig 1867–90: Geschichten der romanischen und germanischen Völker von 1494 bis 1514 Bd. 33/34, S. VIII (Hand Gottes). Vorlesung Allgemeine Weltgeschichte I, bei Ernst Schulin, Die weltgeschichtliche Erfassung des Orients bei Hegel und Ranke (Veröffentlichungen des Max-Planck-Instituts für Geschichte 2), Göttingen 1958, S. 310 (Verbreitung des Menschengeschlechts). Politisches Gespräch, Sämmtliche Werke Bd. 49/50, S. 329 (Gedanken Gottes), 324 (Sprache). Deutsche Geschichte, Joachimsen Bd. 1, S. 2 (religiöse Wahrheit); Bd. 2, S. 63 (Luthers Bibel).

Ranke zum letzten großen Universalhistoriker machte und ihn Hegels Geschichtsdialektik als ein Spiel des immanenten Denkens verwerfen ließ[97]).

Gleichfalls vom lutherischen Glauben her gegen Hegel gewandt, fragte der Berliner Rechtsphilosoph Friedrich Julius Stahl (1802–1861), wie „die Mannigfaltigkeit der Welt mit ihrer Einheit zusammen bestehen kann". Der Jude, in Erlangen zum gläubigen Christen geworden, fand die Antwort (anders als Ranke) in der konservativen und orthodoxen Haltung, die ihn neben Bonald und A. H. Müller stellte. Recht und Staat sind das Werk des persönlichen, monarchischen Gottes. Gott aber hat, so hieß es 1840, den Staat als abgetrennten geschaffen, damit *die eigenthümliche Anlage und Fähigkeit der Völker* sich ausbilde; daher rührt auch *die Trennung des menschlichen Bewußtseyns in Völker und Sprachen,* die allererst Geschichte macht. Wie die Obrigkeit an die Person des Monarchen gebunden ist, so gehen (man erinnert sich an Filmer) auch die Völker jeweils von einem einzelnen Stammvater aus; er garantiert die Einheit des Geistes, der Sitte, der Sprache. Demnach ist die Nation keine freie Willensgemeinschaft, sondern von Gott gesetzte, durch die Geschichte geheiligte Ordnung. Auch in diesem konservativen Geschichtsbild hat Babel keinen Platz mehr; denn dort, wo es stehen müßte, steht der von Gott gewollte, immerwährende Zustand. Nicht einmal das Babelgleichnis läßt sich (wie noch bei A. H. Müller) verwenden, denn die Gegenwart hat die wahre Ordnung erkannt; König Friedrich Wilhelm IV. von Preußen wird sie verwirklichen, und alles Babylonische wird zunichte[98]).

Auf Wunsch Friedrich Wilhelms IV. bildete seit 1844 der Maler Wilhelm von Kaulbach (1805–1874) im Treppenhaus des Berliner Neuen Museums die Babelszene ab, als Gegenstück zur Reformation. Nach nazarenischem Stil sollte der Geist Gottes in der Geschichte vorgeführt werden, aber es war Theaterdonner (Grimm spürte es). Vor dem nur angedeuteten Turm thront König Nimrod muskelstark; doch schon sind die Gerüste zerbrochen, die Götzenbilder herabgestürzt, und mit zwei Engeln erscheint in strahlendem Licht der wahre König, Gottvater. Entsetzt und verwirrt fliehen die Scharen, Hirten

---

[97]) Weltgeschichte, Bd. 1, Leipzig 1881, S. V (Die Erde ...), 7 (Ägypter), 31 (Sprachursprung in der Bibel), 80 f. (Völkertafel). Die Fluthsage, Sämmtliche Werke (o. Anm. 96) Bd. 51/52, S. 11 (Die Geschichte der Menschheit ...). Dazu MEINECKE, Historismus 614 ff.; SRBIK, Geist Bd. 1, S. 239 ff.; Kurt von RAUMER, Ranke als Spiegel deutscher Geschichtsschreibung im 19. Jahrhundert, in: Die Welt als Geschichte 12 (1952) 242-258, hier S. 245, 252 f.; Carl HINRICHS, Ranke und die Geschichtstheologie der Goethezeit (Göttinger Bausteine zur Geschichtswissenschaft 19), Göttingen 1954, S. 171 ff.; Rudolf VIERHAUS, Ranke und die soziale Welt (Neue Münstersche Beiträge zur Geschichtsforschung 1), Münster 1957, S. 57 ff., 72 ff.; SCHULIN (o. Anm. 96) S. 188 ff.

[98]) Die Philosophie des Rechts, Bd. 2, 2, 5. Aufl., Tübingen-Leipzig 1878, S. 162 ff. Dazu SCHNABEL, Geschichte Bd. 4, S. 539 ff. („Mannigfaltigkeit der Welt ..."); WITTRAM, Das Nationale 131 f.

und Jäger getrennt; im Vordergrund wird der Turmbaumeister von ergrimmten Arbeitern gesteinigt[99]). Das kolossalische Gemälde zeigt, daß gottlose Königsmacht zerfällt und die Ständeordnung verwirrt; das Gegenteil von alledem tun die frommen Hohenzollern. Gleich herablassend besang der von Friedrich Wilhelm IV. bezahlte Dichter Emanuel Geibel (1815–1884) den Turmbau, vielleicht von Kaulbachs Bild animiert, in den 1840er Jahren. Der Turm sollte ein Monument der Menschenmacht werden, die auf Erden herrscht und sich um Gott nicht schert. Nach Jahren erfolgreichen Bauens stieg nachts der Engel des Herrn herab, sein Schwert traf den Turm. Er zerbarst, die verstörten Menschen *schrieen sich an und verstanden sich nicht* und flohen davon[100]). Das ist ein schlimmes Beispiel für schlechtes Benehmen; der preußische König tut aber das Gute. Er vereint Deutschland und errichtet die mittelalterliche Reichsherrlichkeit neu; er baut sogar den Kölner Dom zu Ende, er ist kein Nimrod, sondern Babels Überwinder.

Erfüllte der König von Preußen alle Pläne des jungen Görres? Scharf wandte sich 1842/43 die westfälische, katholische Dichterin Annette von Droste-Hülshoff (1797–1848) gegen die Absicht, den Kölner Dom aufzubauen; es geschah nicht im Namen Gottes, nachdem die Preußen den Kölner Erzbischof, einen westfälischen Droste, gefangengesetzt hatten.

Und wer den Himmel angebellt,
Vor keiner Hölle je gebebt,
Der hat sich an den Kran gestellt,
Der seines Babels Zinne hebt. . . .
Ob Eures Babels Zinnenhag
Zum Weltenvolk Euch stempeln mag?

Solches Beginnen kann nur in Verwirrung enden, denn es ist teuflisches Blendwerk, wenn der Mensch sich anmaßt, das Große zu ordnen; er ist nur dazu berufen, das Große im Kleinen zu finden, weil er das harte Gesetz der Schöpfung doch nicht enträtseln kann. Der Dichterin bleibt allein das Wort, denn Gott hat es geschenkt; aber der Mensch muß es verantworten, betend und doch verzagt[101]). Darum schuf sich der schwäbische Pfarrer Eduard Mörike (1804–1875) seine kleine Welt des Gegenständlichen, ließ aber Politik und Geschichte, Sprachen und Völker draußen; dennoch war sein Idyll von Schatten verdunkelt. Durch ein Gedicht von 1838 spukt ein riesiges Ungetüm aus den Tagen vor der Sintflut und schreibt *in unnachsagbaren Sprachen*. Das Un-

[99]) Georg Dehio – Gustav Pauli, Geschichte der deutschen Kunst, Bd. 4, Berlin-Leipzig 1934, Textband S. 147 ff., Abbildungsband Abb. 172. Abbildung auch bei Ehrenstein, Bild 132 Abb. 17; Minkowski, Turm 101 Bild 352.

[100]) Babel, in: Gesammelte Werke, Bd. 3, Stuttgart 1883, S. 29 ff.

[101]) Sämtliche Werke, hg. Clemens Heselhaus, München 1952: Die Stadt und der Dom S. 209, 211 (Babel); Das Wort S. 294 f. (Wort).

verständliche bedrückt den Dichter schwerer als den Landsmann Kerner; der Gedanke an seine hebräischen Studien verfolgt ihn bis in die Träume, und nur eine holde Russin macht ihn der fremden Sprache geneigt, die diesen Mund so lieblich formte. Vielleicht versöhnen sich einst die elementaren Gewalten mit dem Himmel, damit (wie Hölderlin hoffte) *in neuer Sprachen Kinderlallen sich alles Wesen offenbart*; vorerst bleibt nur die Flucht in die heitere Schwermut des gemütvollen Alltags[102]).

Der Sänger des deutschen Familienidylls wurde Friedrich Rückert (1788–1866); dem Erlanger Professor für Orientalistik gingen die Sprachen der Welt indes zu glatt von der Feder, als daß er ihre Bedrohlichkeit gespürt hätte. Sie klangen dem gewandten Übersetzer 1828 alle zusammen (anders als seinem Lehrer F. Schlegel).

Die Poesie in allen ihren Zungen
ist dem Geweihten eine Sprache nur,
die Sprache, die im Paradies erklungen,
eh' sie verwildert auf der wilden Flur.

Diese poetische Universalsprache galt Rückert nicht wie den Romantikern als verloren oder babylonisch verwirrt; von der deutschen Sprache, der *Wohnerin im Sternenzelt*, erwartete er den Bau, *den kein Zeitstrom niederreißt*. Übersetzungen in fremde Sprachen werden die getrennten Völker einander näherbringen und die Menschheit versammeln; die künftige Geschichte wird aus dem kleinen Fachwerk der Staaten den ewigen Bau der Welt errichten und *die Sprachverwirrung, die den Bau ins Stocken bringt*, beheben[103]). Aber dieser leichtgezimmerte Pantheismus wurde niemandem gerecht; er enttäuschte den Historismus der Sprachforscher, die nationale Hoffnung der Bürger, die staatliche Ordnungstendenz der Politiker, die stille Strenge der Dichter und endlich den neuen Bibelglauben der Erweckungsbewegung.

Diese vor allem lutheranische Frömmigkeitswelle, von pietistischen und romantischen Anregungen getragen, fand im Bibelwort die Rettung vor der flachen, enttäuschenden Gegenwart. Der Garnisonsprediger in Hameln, Karl Johann Philipp Spitta (1801–1859) hoffte 1833 nicht mehr wie Arnold auf den Sieg des Glaubens über das irdische Babel; sein Pfingstlied beschwor kein

---

[102]) Sämtliche Werke, hg. Herbert Georg GÖPFERT, München 1954: Märchen vom sichern Mann S. 67, 69 (Ungetüm); Alles mit Maß S. 227 (Hebräisch); Maschinka S. 80 (Russin); Die Elemente S. 131 (neue Sprachen). Dazu Romano GUARDINI, Gegenwart und Geheimnis, Eine Auslegung von fünf Gedichten Eduard Mörikes, Würzburg 1957, S. 65 ff.

[103]) Werke, hg. Edgar GROSS – Elsa HERTZER, 8 Bände, Berlin-Leipzig 1910: Pantheon I, Ermutigung zur Übersetzung der Hamasa v. 1 ff. Bd. 7, S. 51 (Poesie in allen ihren Zungen); An unsere Sprache v. 15 S. 18 (Deutsch); Zum Anfang v. 23 ff. S. 32 f. (Sprachverwirrung). Dazu Hermann MEISER, Rückert als vaterländischer Dichter, Diss. phil. Heidelberg 1928, S. 37 ff.

universales Sprachenwunder, kein ekstatisches Zungenreden. Der Heilige Geist soll *in dieser schlaffen und glaubensarmen Zeit* seine kleine Schar nur zum Bekenntnis des Gotteswortes ermuntern[104]). Gegen moderne Anfechtung fanden die Erweckten im Alten Testament den Schutz von Gottes heilsgeschichtlicher Lenkung. Wohl durch Bengels Bremer Schüler Gottfried Menken angeregt, vertrat 1836 der Pastor Johann Nikolaus Tiele im Bremischen wieder die *ältere Ansicht*, die Ursprache sei wenn nicht hebräisch, dann doch semitisch; denn da sich zu Babel die Zungen zerstreuten, muß dort (nach Reelands Methode) die Ursprache zu finden sein, und siehe da, Babylonisch ist eine semitische Sprache. Babel bezeugt nicht nur linguistisch die Ewigkeit des Bibelworts, der Turmbau betrifft das Heil der Zeit unmittelbar; er warnt vor politischem Machtstreben, auch vor dem frevelhaften Sozialismus, der sich *nach Saint-Simonistischer Weise in das Gewand republikanischer Menschenliebe* kleidet und doch der wahre Nimrod ist[105]). Den lippischen Pastor W. Krücke (gest. 1837) reizte kurz vor dem Tode die mosaische Völkertafel zum Nachweis, daß die Bibel die heutige Völkerwelt überschaut; so nüchtern und kritisch er vorging, wenigstens die Germanen entdeckte er wie Luther bei Aschkenaz. Moses schenkte uns *die älteste und umfassendste Urkunde über den Ursprung und die Verwandtschaft der frühsten Völker der Erde*[106]). Weiter ging 1837 in Elberfeld A. Feldhoff (gest. 1846). Zwar leitete er die derzeitigen, vielfach vermischten Völker nicht sämtlich von dieser *Stammtafel aller Völker und Zungen der ganzen Erde* her; aber Aschkenaz war der Ahnherr der Sachsen, die Slaven bekamen Togarma zum Patron, zu den Sprachen des Madai gehörte Sanskrit. Die Kittim waren die lateinisch sprechenden Völker, Evila die Chinesen, und Magogs Mongolen besiedelten *höchstwahrscheinlich* Mittel- und Südamerika[107]). Man fühlt sich in die Zeiten der lutheranischen Hochorthodoxie zurückversetzt, obgleich die Historizität jedes Bibelwortes jetzt nicht mehr die objektive Macht von Konfession und Kirche, sondern die Wiedergeburt des einzelnen Erweckten fördern sollte.

In dieser noch romantischen, Schleiermacher näher als Luther stehenden Gesinnung wirkten auch Universitätslehrer, insbesondere die der Erlanger Schule. Der Erlanger Theologieprofessor Gottlieb Philipp Christian Kaiser (1781–1847) bemühte sich 1840, seiner Zeit die Bibel als heilsgeschichtliches Ganzes nahezubringen und alle bekannten Sprachklassen aus der Völkertafel

---

104) Psalter und Harfe I, 5, 52. Aufl., Bremen 1887, S. 12.

105) Das erste Buch Mose's, zum Nutz und Frommen Studirender und praktischer Theologen, Bd. 1, Erlangen 1836, S. 287 ff. (Ursprache), 294 (Saint-Simon).

106) Erklärung der Völkertafeln im ersten Buch Moses, Bonn 1837, S. 4 (Germanen), 20 (Völkertafel).

107) Die Völkertafel der Genesis in ihrer universalhistorischen Bedeutung erläutert, Elberfeld 1837, S. III, 10 f. (derzeitige Völker), 28 f. (Aschkenaz), 39 (Togarma), 49 (Madai), 60 (Kittim), 77 (Evila), 46 f. (Magog).

der Genesis herauszulesen; Gomer sollte die germanische, Magog die slavische Sprachfamilie bedeuten. *Wenn jemand mit den gründlichsten Sprachkenntnissen ausgerüstet, eine Hypothese über die Ursprache bilden sollte, so würde er eben auf das kommen, was die Genesis als Thatsache angiebt.* Wir kennen nur eine Grundsprache, die noachische, und drei Sprachfamilien der Welt, die japhetitische, die semitische und die hamitische[108]). Das hieß die linguistische Forschungslage reichlich kühn beurteilen, und man begreift, daß Pott in Harnisch kam; Kaiser durfte sich auch nicht auf den Erlanger R. von Raumer berufen. Außerdem, vom Bibelwort her gefragt, wie kann man die Sprachen der Welt im 10. Kapitel der Genesis finden, wenn ihr 11. Kapitel von der Sprachverwirrung handelt?

Darauf antwortete 1841 Kaisers jüngerer, bedeutenderer Kollege Johann Christian Konrad von Hofmann (1810–1877), das Haupt der Erlanger Schule. Von Bengel und Ranke beeinflußt, faßte er den Gedanken der Heilsgeschichte neu; Schelling und Schleiermacher lehrten ihn die ideelle Einheit des Subjekts mit dem heilig Objektiven. Mit der fortschreitenden Heilsgeschichte vollendet sich die Wiedergeburt des christlichen Menschen; alles, was geschieht, ist notwendig und letztlich gut, sogar die Sünde geht vorüber. Dann erzählt das Ereignis von Babel wenig vom menschlichen Trotz, mehr von der Güte Gottes. Ungestörtes Zusammenleben der urzeitlichen Menge wäre dem einzelnen verderblich geworden, die Sünde hätte sich hemmungslos ausbreiten können; der Segen Gottes, der immer nur wenige trifft, wäre untergegangen. *Sobald daher die Menschen Anstalt trafen, die Gemeinsamkeit ihres Lebens durch einen Mittelpunkt zu sichern, mußte auch eine Wirkung Gottes geschehen, den einen Kreis menschlichen Lebens in viele zu zersprengen.* Das geschah mittels der *Verschiedenheiten im Sprechen.* Die Sprachen wurden in Babel nicht vermischt, sondern voneinander abgesondert und unterschiedlich gemacht; so trennten sich die Völker, damit aus ihnen das Volk Gottes hervortreten könne. Dieses Israel verkündete dann am Pfingstfest allen Völkern unter dem Himmel die göttliche Botschaft *in aller Welt Zungen*, wirklich in sämtlichen Landessprachen, zur *Einigung der zertrennten Völkerwelt durch Wort und Geist der Predigt Israel's.* So erweist sich alle Sprachgeschichte als göttlich geleitet, zum Heile der Wiedergeborenen. Da sich indes jede göttliche Wirkung auf einen historischen Moment bezieht, kann die biblische Erzählung nicht mehr unmittelbar auf die Gegenwart angewandt werden; sie ist ein Beispiel für Gottes Vorsehung und die Rettung des Menschen, aber kein Faktor der gegenwärtigen Sprachforschung, Völkerkunde oder Zeitpolitik[109]). Dennoch war die göttliche Lenkung alles Geschehens Grund genug

[108]) Über die Ursprache oder über eine Behauptung Mosis, daß alle Sprachen der Welt von einer einzigen, der noachischen, abstammen, Erlangen 1840, S. 1 ff. (Sprachklassen), 97 (Ergebnis). Dazu Diestel, Geschichte 697, 713.

[109]) Weissagung und Erfüllung im alten und im neuen Testamente, Ein theologischer Versuch, 2 Bände, Nördlingen 1841–44, hier Bd. 1, S. 95 f. (Babel); Bd. 2,

für Kaiser, in den modernen Sprachen eine unverwirrte Schöpfungsordnung aufzudecken, Grund genug für F. J. Stahl, die derzeitige Staatsordnung ohne Rücksicht auf Babel von Gott legitimiert zu finden. Schließlich stand Friedrich Wilhelm IV. selbst der Erweckungsbewegung nahe; sie schien den konservativen Kurs zu rechtfertigen.

Dagegen sträubte sich der Kieler Privatdozent Michael Baumgarten (1812–1889) 1843 im Sinne Hofmanns. Nicht die Staatskirche, sondern das Heil der Seele ist das Thema der biblischen Weltgeschichte; aber darin kann man sie gar nicht wörtlich genug nehmen. Die Ursprache war wahrhaftig das Hebräische; in der universalen Völkertafel liegen tatsächlich *die verborgenen Wurzeln, aus denen die wirklichen und geschichtlichen Völker hervorgewachsen sind.* Dem Spiritualisten lag jedoch mehr als an Einzelnachweisen an der Zahl 70, die sich aus der Völkertafel ergibt und symbolisch verstanden werden kann. Sie setzt sich zusammen aus 10, der Zahl der kosmischen Entfaltung, und der 7, welche die Verbindung zwischen Gott und Welt bezeichnet. Darum meinte Baumgarten, daß die Geschichte nicht nur (nach Johannes von Müller) mit der Völkertafel beginne, sondern in ihr als letztem Ziele enden werde; denn noch ist die kosmische Entfaltung Gottes in der Welt nicht vollendet. Schuld daran ist u. a. der Turmbau von Babel; er ist beileibe kein Mythos. Die Völkertafel zeigt nämlich, daß Sprachverschiedenheit an sich natürlich ist; im Pfingstwunder wurde das Naturrecht der Völker und Zungen noch einmal eigens sanktioniert. Erst die aus der Mannigfaltigkeit erwachsene Gegensätzlichkeit verkehrte die Schöpfungsordnung, und sie entstand in Babel. Aller Nationalismus ist vom Bösen; darum trat Baumgarten später für die Deutschen in Schleswig ein und bekämpfte die parteiischen Institutionen von Staat und Kirche. Aus der Erzählung von Babel sollte das moderne Bewußtsein *die Antwort auf ein Problem, in welches es selber versenkt ist, entgegennehmen.* Die Zeitgenossen waren freilich nicht gesonnen, die spiritualistische Mahnung des Erzreaktionärs entgegenzunehmen; aber während Baumgarten von Kirche und Staat verfolgt wurde, bemächtigte sich die Orthodoxie seiner wörtlichen Bibeldeutung, denn sie war auch eine Art Positivismus[110]).

Der Gießener Professor August Knobel (1807–1863) schob 1850 die Schranke zwischen Vergangenheit und Gegenwart, Bericht und Faktum, Wort und Bedeutung vollends weg, weil die Bibel übernatürlich inspiriert und zugleich historisch wahr ist. Vorsichtiger als Feldhoff ließ er bei der Deutung der Völ-

---

S. 205 ff. (Pfingsten). Dazu KRAUS, Geschichte 207 ff.; Eberhard HÜBNER, Schrift und Theologie, Eine Untersuchung zur Theologie Joh. Chr. K. von Hofmanns (Forschungen zur Geschichte und Lehre des Protestantismus X, 8), München 1956, S. 96 ff.

[110]) Theologischer Commentar zum Pentateuch, Bd. 1, Kiel 1843, S. 154 ff. (Hebräisch, Babel), 135 (Völkertafel).

kertafel Amerika und Ostasien aus; doch damit hatte er den Ungläubigen genug nachgegeben. Der Name der Asen, ja Skandinaviens erinnert noch an den deutschen Aschkenaz; daß die Deutschen wirklich aus Kleinasien kommen, ist durch die fränkische Trojanersage bezeugt. Gomers Kimmerier sind (wie bei Camden) germanische Kimbern und westenglische Kymren; die rätselhaften Rheginer bedeuten germanische Rugier. Riphat vertritt die Kelten, denn *ohne diese Annahme würde das Keltenvolk in der Völkertafel auch fehlen, was bei einer so alten und großen Nation durchaus nicht denkbar ist.* Mit diesem haarsträubenden heuristischen Prinzip (wir trafen es bei Georg Horn im 17. Jahrhundert) wurden die Skythen Magogs in den heutigen Slaven gefunden und die Warnungen Luthers in den Wind geschlagen[111]).

Damit man nicht meine, hier sprächen bloß ein paar Dunkelmänner, erklärte 1852 der bedeutendste protestantische Exeget des 19. Jahrhunderts, der von Hofmann und Baumgarten angeregte Erlanger Professor Franz Delitzsch (1813–1890), das Buch Knobels sei seit Bochart die maßgebendste Förderung für das Verständnis der Völkertafel, *dieser großen genealogischen Weltkarte*. Sie sei eine Liste der ganzen Menschheit, auch wenn die Chinesen darin fehlten. Doch erhob sich Delitzsch von der philologischen Akribie sogleich zur heilsgeschichtlichen Deutung Baumgartens. In den 70 Namen der Tafel symbolisierte sich *die gottgeordnete Mannigfaltigkeit des Menschlichen*. Nicht auf die trockenen Details kommt es an; *unsichtbares Grün der Hoffnung windet sich durch das dürre Geäst dieses Völkerregisters*, denn es bestätigt die göttliche Lenkung der Geschichte und die Einheit der Menschen. Delitzschs Rang erweist sich daran, daß er bei Baumgarten nicht stehen blieb und die Ergebnisse der Sprachwissenschaft besser als Kaiser kannte und anerkannte. Im Hebräischen ist die gemeinsame Ursprache nicht mehr zu finden, denn alle Sprachen wurden in Babel verwirrt; ja man muß wie Dante damit rechnen, daß die Ursprache sich schon vor der babylonischen Verwirrung zerteilte. Sie ist untergegangen, auch die Sprachwissenschaft wird sie nicht wiederfinden; Pott weiß es besser als F. M. Müller. Um so dringlicher hofft nun der fromme Christ auf die künftige Einigung; sie wird vielleicht nicht, wie Grimm meinte, in einem irdischen Idiom gipfeln. Denn sogar das Pfingstwunder war nur *ein Vorspiel der Einheit, in welche die Sprachen dereinst wieder aufgehen*, ein Vorspiel der himmlischen Glorie[112]). Hier endlich gab die Erweckungsbewegung den Kampf gegen die zeitgenössische Wissenschaft auf; freilich verlor sie damit ihre unbedingte, sprengende Kraft, denn die Sprachwissenschaft verbot, das Wort Gottes beim Worte zu nehmen.

[111]) Die Völkertafel der Genesis, Gießen 1850, S. IX (Amerika, Ostasien), 33 ff. (Deutsche), 26 ff. (Kimbern), 37 (Rugier), 43 (Kelten), 68 (Slaven). Dazu Kraus, Geschichte 158.

[112]) Commentar zur Genesis, 3. Aufl., Leipzig 1860, S. 286 ff. (Völkertafel), 309 ff. (Sprachenteilung, Pfingsten). Dazu Kraus, Geschichte 210 ff.

Die katholische Erweckungsbewegung wurde in Bayern von der lutheranischen angeregt, jedoch zunächst kaum zur wissenschaftlichen Beschäftigung mit Bibel und Weltgeschichte bewogen. Der Passauer Studienrat Ignaz Gaugengigl kanzelte 1846 die *christenfeindlichen* Lehren von Rousseau und Herder ab; daß die Sprache ein Geschenk Gottes sei, werde durch die Bibel historisch erwiesen und durch die Vernunft als notwendig dargetan. Den Passauer Schülern enthielt Gaugengigl seine stupende Gelehrsamkeit nicht vor: Unter allen 3064 Sprachen der Erde steht das einsilbige Chinesisch der Ursprache am nächsten, auch weil sich die Chinesen schon vor dem babylonischen Turmbau von den übrigen Völkern entfernten; sie gehören wie die Amerikaner zur gelben Rasse der Semiten[113]). Dergleichen war zweihundert Jahre früher, zu Zeiten Georg Horns, modern gewesen; zudem mußte man fragen, warum die Bibel nicht chinesisch geschrieben wurde. Einsichtiger rekapitulierte der Amberger Religionslehrer Johann Baptist Anton Englmann (gest. 1886) 1848 die kirchliche Tradition, ohne der modernen Forschung zu nahe zu treten. Die Sprache ist von Gott gegeben, begann sich aber bereits beim Sündenfall zu spalten; in Babel erhob Gott diese Dialekte zu eigenen Sprachen, schuf aber bloß die Stammsprachen, weniger als 72 Idiome. Die Erlösung hob die Folgen des Sündenfalls auf, ohne die Ursprache wieder einzusetzen; die Besonderheiten wurden allein durch den einen Glauben überwölbt. Selbst das Pfingstwunder, das Babel überwand, bezeichnete nur die Universalität der christlichen Kirche[114]). Über aller geschichtlichen Entwicklung steht Gott; die Kirche enthält sich direkter Eingriffe in das irdische Treiben. Sie darf sich auch an den bayerischen Staat nicht binden. Schneller als die Lutheraner konnten sich die Katholiken von den Tagesfragen dispensieren und die geschlossene, zeitlose Burg ihrer Kirche beziehen.

Für die zeitnäheren Lutheraner aber waren Erweckungsbewegung und Staatskirchentum nur einseitige Lösungen eines umfassenden Problems. Die Frage war ja nicht nur, was mit Hilfe der Bibel zu tun sei, sondern zuerst, was an der Bibel wahr und wirklich, was an ihr vernünftig sei. Diese von Neologen und Rationalisten gestellte Frage wurde durch die Romantik wohl verdeckt, aber durch Hegel neu formuliert; wie konnte man sich noch nach einem Buch richten, das Unglaubliches erzählt? Der spöttische Schwabe Karl Julius Weber (1767–1832), lachender Kritiker der katholisierenden Romantik, schrieb in hinterlassenen Papieren wie französische Aufklärer, alle Menschen seien Brüder, Kinder eines Vaters Adam; aber Juden seien wir denn doch nicht alle,

[113]) Der göttliche Ursprung der Sprache, in: Jahresbericht über das Königliche Lyzeum, Gymnasium und die lateinische Schule zu Passau für das Studienjahr 1845/46, Passau 1846, S. 3–16, hier S. 9, 15.

[114]) Von den Charismen (o. S. 224 Anm. 24) S. 314 ff.

und Moses habe schwerlich einen Neger zu Gesicht bekommen. Psammetich, der nach dem ältesten Volk fahndete, war ein Tor und erntete nur Ziegengemecker; überall gibt es autochthone Nationen mit getrennten Sprachen. Mit der göttlichen Einheit der Weltgeschichte ist es also nicht weit her[115]). Und der handfeste, auf Volksbildung bedachte Königsberger Professor Gustav Friedrich Dinter (1760–1831) klärte 1831 wie Eichhorn den *frommen Bibelleser* auf, daß die Turmbaugeschichte *kein wesentlicher Bestandteil unserer Religion* sei, sondern eine erdichtete Erzählung von einem *Wunder, wie es in der ganzen Geschichte keins gibt*. Gemeinhin geht es in der Geschichte mit rechten Dingen zu[116]). Das meinte 1835 auch der Königsberger Orientalist Peter von Bohlen (1796–1840), ein Schüler Bopps. Es ist ein Mißbrauch, die Universalgeschichte mit den Noachiden beginnen zu lassen; die spät entstandene Völkertafel enthält keine historische Wahrheit, und die Turmbausage ist ein recht junger Mythos ohne faktische Grundlage[117]). Diese aufgeklärten Bibelkritiker fühlten sich im Besitz einer objektiven Wahrheit, von der einzelne Teile der Bibel abwichen; andere, vor allem das Neue Testament, konnten akzeptiert werden.

Nun hatte Hegel das Problem neu und umfassender gestellt. Wenn die Weltgeschichte das dialektisch fortschreitende Werk des seiner selbst bewußtwerdenden Geistes ist, kann ein Buch aus früheren Zeiten nur wenig an zeitloser Wahrheit enthalten; es war das Erzeugnis einer bestimmten Stufe und an sie gebunden. Der Theologe David Friedrich Strauß (1808–1874) hatte sich soeben noch für Schelling und für Kerner begeistert; aber 1835 begann er Hegels Geistlehre mit de Wettes Mythosbegriff zu verbinden und historische Mythen von der geschichtlichen Wahrheit rigoros zu trennen. Darin waren seit Herder und Eichhorn manche vorangegangen; sie hatten aber den Mythos als poetisches Produkt eines einzelnen gewertet. Anders Strauß. Ein Mythos wird nicht von einem Menschen erdichtet, sondern vom Gemeindebewußtsein eines Volkes erzeugt als Spiegel seines Geistes, ist also der Sprache nächstverwandt; nur darf diese Aussage der Frühzeit nicht mit den Fakten jener Zeit verwechselt werden. Von der Geschichtsmacht der Bibel, die eben durch die Erweckungsbewegung neu proklamiert wurde, blieb dann wenig übrig. Die beiden Stammbäume Jesu in den Evangelien z. B. können nicht historisch wahr sein, denn sie dienten einer Absicht, die kunstvoll nach dem Muster der mosaischen Genesis stilisiert wurde. Matthäus stellt den Rhythmus der Heils-

---

115) Die Nationen, in: Demokritos oder Hinterlassene Papiere eines lachenden Philosophen, Bd. 9, 8. Aufl., Leipzig-Stuttgart o. J., S. 150 ff.

116) Die Bibel als Erbauungsbuch für Gebildete, Bd. 1, Neustadt/Orla 1831, S. 22 f. Dazu Kurt Wadewitz, G. F. Dinter, der sächsische Pestalozzi, Borna-Leipzig 1936, S. 66 ff.

117) Die Genesis historisch-kritisch erläutert, Königsberg 1835, S. 111 ff. (Völkertafel), 141 ff. (Turmbausage).

geschichte dar, indem er vom ersten Vater Adam über den zweiten, Noah, und den Vater der Gläubigen, Abraham, die Linie zu Jesus durchzieht; Lukas nutzt in ähnlicher Tendenz die Ahnenreihe zu Zahlenspielereien aus. Typologie und Zahlensymbolik sind verbreitete Geistesformen, sogar hohe Kunst, aber keine geschichtliche Wahrheit. Lukas hat seine 70 oder 72 Jünger Jesu den jüdischen 70 oder 72 Weltnationen nachgebildet; nicht die Wirklichkeit ist symbolträchtig, sondern der Evangelist schrieb unter dem Denkzwang des Symbolismus. Seine Darstellung vermittelt auch keine poetische oder erbauliche Wahrheit, wie Herder und de Wette angenommen hatten; denn diese Art von Geschichtspoesie formt das Geschehene gründlich und tendenziös um[118]).

Vom Neuen Testament blieben nach solcher Entmythologisierung wenigstens die Worte Jesu erhalten; von den Geschichtsbüchern des Alten Testaments blieb so gut wie nichts. Der Berliner Privatdozent Bruno Bauer (1809–1882), ein Schüler Hegels, kritisierte noch 1835 das Straußsche Buch vom orthodoxen Standpunkt aus; 1838 wandte er die Straußsche Methode auf das Alte Testament an. Der biblische Bericht über die Entstehung der Sprachen und Völker ist ungeschichtlich, weil er für die vollständige Ausbildung der Völker zwischen Tigris und Tartessos nur vier Jahrhunderte Zeit einräumt; ebenso ungeschichtlich ist die mosaische Völkertafel, denn sie läßt (was schon Michaelis bemängelte) aus Einzelmenschen Familien, aus diesen Völker hervorgehen. Hier mißachtet die Bibel die biologischen Voraussetzungen der Geschichte; aber das ist noch nicht das Schlimmste. Da die Völker das Mysterium ihrer Geburt nicht kennen, nehmen sie gerne den Mythos vom babylonischen Turmbau und von Gottes Wunder an; aber auch die Sprachentrennung kann nicht in Babel stattgefunden haben. Hier ignoriert die Bibel das Grundgesetz von der Identität des Geistes mit sich selbst, und das ist ein Sakrileg. *Denn die Verschiedenheit der Sprachen ist identisch mit der Verschiedenheit des Bewußtseyns.* Das meinte Schelling auch, für Humboldt war gleichfalls jede Sprache eine Weltansicht; aber Bauer zog die Folgerung: Gott müßte also in Babel den Menschen ohne ihr Wissen die Identität des Bewußtseins zerrissen haben. Ganz davon abgesehen, ob das denkbar ist, mit diesem Auslöschen des Bewußtseins wäre auch die Erinnerung an das Vergangene abgestorben. Die Menschen könnten also gerade, wenn die Bibel recht hätte, nicht mehr wissen, daß sie recht hat. Und dann kann sie nicht recht haben, weil es eine geistlose Geschichte nicht gibt. Jede ungeistige, natürliche Erklärung des Turmbaus ist eine Halbheit und zudem historisch ungesichert. Es bleibt allein der Geist, der mit

---

[118]) Das Leben Jesu für das deutsche Volk bearbeitet, in: Gesammelte Schriften, hg. Eduard Zeller, Bd. 3–4, Bonn 1877: II, 1 Bd. 4, S. 7 ff. (Stammbäume); I, 43 Bd. 3, S. 348 f. (Jünger). Dazu Adolf Rapp, David Friedrich Strauß, Seine Lebensleistung und sein Schicksal, in: Die Welt als Geschichte 17 (1957) 213–220, hier S. 215ff.; Hartlich-Sachs, Mythosbegriff 121 ff.

sich selbst durch alle Geschichte hindurch übereinstimmt und nichts erkennt, was nicht er selbst wäre. Der Idealismus wird zum Atheismus und erklärt die Religion zur Ideologie[119]).

Den nächsten Schritt auf diesem Wege tat 1841 der mit Strauß befreundete ehemalige Theologe Ludwig Feuerbach (1804–1872), auch er ein selbständiger Schüler Hegels; er reduzierte den mystischen Weltgeist Hegels selbst auf die Ideologie des endlichen Menschen. Der Mensch macht sich seine Götter selber; die Offenbarung ist nur die Selbstentfaltung des Menschen, Heilsgeschichte ist (ähnlich wie bei Kanne) menschliche Geistesgeschichte. Die Vorstellung vom wirkenden Wort Gottes entsteht aus der Eigenart menschlicher Sprache, denn das Wort ist *die imaginäre Sache*. Sprache ist *ein poetisches Talent*, *sich äußernde Einbildungskraft*, und erzeugt (nach Comte) den Glauben an die eingebildete Kraft des Wortes, als gäbe es das Wesen der Dinge wieder; wer die Sprache für gegenständlich nimmt, glaubt an die Magie des Wortes und die Göttlichkeit der Sprache. Dieser Irrtum ist verständlich; der Einsame, der zum ersten Mal ein Menschenwort hört, hält es für himmlische Musik, für die Stimme Gottes; der Sprechende objektiviert sein Wort und glaubt an den Heiligen Geist. Geist und Wort, Denken und Sprechen sind *bei allen alten und sinnlichen Völkern ein und dasselbe*. In dieser Gedankenwelt ist das Wunder zuhause; Feuerbach rät den Orthodoxen boshaft, sie sollten die Sprache von Bileams Esel studieren; bei näherem Zusehen würden sie hier ihre Muttersprache finden. In Wahrheit redet Gott nicht aus dem Vieh, sondern der Mensch, der an das Wort Gottes glaubt, erniedrigt sich zum Vieh. Religion ist eine Täuschung, geboren aus der Selbstentfremdung: Der Mensch glaubt sein eigenes Wesen und seine Sprache außer sich zu finden und verleiht diesen Schatten eine Realität, die ihn dann überwältigt. Nur auf das Ohr, so dozierte Feuerbach 1848 weiter, stützt sich die Macht der christlichen Religion. Ihr Gott gleicht der Sprache als *ein Product der Einbildungskraft*, nur daß die Sprache auf die Natur, Gott auf das Menschenwort bezogen ist. Gott ist also keine ursprüngliche Erfindung wie die Sprache, sondern eine sekundäre, die freilich wiederum in der Natur von Sprache und Denken liegt; denn diese ersetzt die Anschauung allmählich durch den Begriff, das Viele durch das Eine. Gott ist eine sprachliche Verallgemeinerung, ein Geschöpf der Sprache. Darum sind die Religionen und die Götter (nach Rousseau) genau ebenso verschieden wie die Völker und ihre sprachlichen Zustände. Der Polytheismus ist die Religion der getrennten, anschauenden Völker, der Monotheismus ist eine die menschlichen National-

---

[119]) Die Religion des Alten Testamentes in der geschichtlichen Entwickelung ihrer Principien dargestellt (Kritik der Geschichte der Offenbarung, Teil 1), Bd. 1, Berlin 1838, S. 49–60. Dazu Ernst Barnikol, Bauer, in: RGG³ Bd. 1, Sp. 922 ff.; Löwith, Von Hegel 120 ff., 366 ff.

unterschiede überspringende Abstraktion. Weil aber keine allgemeine Sprache, kein allgemeiner Mensch existiert, darum gibt es einen deutschen, einen französischen Gott; der Gott eines Volkes ist identisch mit seinem Nationalgefühl. *Daher der Glaube der alten Völker, daß ihr Land die Welt oder doch der Mittelpunkt der Welt sei.* Der freie Kritiker aber wird sich nicht durch Gattungsnamen täuschen lassen; er glaubt nicht, daß ein Volk von einer Person gestiftet, die Menschheit von einem Adam gezeugt, die Welt von einem Gott geschaffen sei. Er wendet sich von allen sprachlichen Fiktionen zurück zur sinnlichen Realität und läßt die Bibel und Hegel hinter sich[120]).

Wenn Glaube und Heilsgeschichte sprachliche Fiktionen sind, ist dann nicht die Sprache selber eine Fiktion? Der von Hegel und Bauer angeregte oberfränkische Lehrer Max Stirner (Kaspar Schmidt, 1806–1856) verurteilte 1844 auch Feuerbachs Lehren noch als religiös und abstrahierend. Denn die Sprache ist eine Selbstentfremdung; diese *Menschensatzung* tyrannisiert und vergewaltigt den Menschen durch ihre fixen Ideen. Da unsere Sprache *sich so ziemlich auf den christlichen Standpunkt eingerichtet* hat, schwätzt sie uns einen Gott auf, den es gar nicht gibt; sie stellt uns „Volk", „Nation", „Menschheit" und ähnliche Gespenster als Realitäten hin. Deutschland mit seinen 38 Staaten wäre eine Nation? In Wahrheit gibt es nur den einzelnen. Ihm gehört die Bibel, die er sich selber auslegt, ihm gehört die Sprache, sie ist keine göttliche Offenbarung; der Sprechende erschafft sich und seine Sprache selber. Er spricht nicht, um den Mitmenschen etwas mitzuteilen, nicht um die Wahrheit festzustellen, sondern *wie der Vogel singt*: weil es ihn freut. Er ist von allem Fremden unabhängig und ganz sein eigen. So wird er den neuen weltgeschichtlichen Anfang setzen, den Hegel erträumte und verfehlte. Nach dem *Ende der Neuzeit* wird die Zukunft weder den altertümlichen Negern gehören, die von den Dingen abhingen, noch den christlichen Mongolen, die an Gedanken glaubten und sich mit ihrer Kultur eine Himmelsleiter bauten, sondern den Kaukasiern, die den Himmel selbst stürmen und niederreißen werden[121]). Aber sind diese neue

---

[120]) Sämtliche Werke, hg. Wilhelm BOLIN – Friedrich JODL, 2. Aufl., 10 Bände, Stuttgart-Bad Cannstatt 1960: Das Wesen des Christenthums c. 12 Bd. 6, S. 141 (Selbstentfaltung); c. 8 S. 95 ff. (Wort Gottes, Sprache); c. 9 S. 101 (Denken und Sprechen); c. 22 S. 248 (Bileams Esel); Vorlesungen über das Wesen der Religion c. 20 Bd. 8, S. 230–235 (Ohr, Einbildungskraft); c. 11 S. 121 f. (Anschauung und Begriff); c. 3 S. 21 f. (Verschiedenheit); c. 5 S. 49 (deutscher Gott); c. 10 S. 110 (Mittelpunkt der Welt); c. 11 S. 119 (Volk, Menschheit, Welt). Dazu LUBAC, Drame 25 ff.; LÖWITH, Von Hegel 84 ff., 333 ff., 358 ff.

[121]) Der Einzige und sein Eigenthum, 2. Aufl., Leipzig 1882: II, II, 3 S. 358 f. (Tyrannei der Sprache); II, I S. 173 (christlicher Standpunkt); I, II, 2, 2 S. 68 (christlicher Gott); II, II, 2 S. 215 f., 221 f., 235 (Volk usw., Deutschland); II, II, 3 S. 346 f. (Bibel); I, II, 2, 1 S. 33 (Selbsterschaffung); II, II, 2 S. 306 (wie der Vogel); I, II, 3, 3 S. 133 (Ende der Neuzeit); I, II, 2, 3 S. 69 ff. (Neger, Mongolen usw.). Dazu LÖWITH, Von Hegel 118 ff., 320 ff., 379 ff.

Völkertafel und dieses neue Babel nicht auch nur fixe Ideen, von der biblischen Sprache diktiert? Ist die Geschichte nicht gleichfalls eine Fiktion? Wer sollte sie denn machen? Wem hätte der Einzige noch etwas mitzuteilen? Muß der wahre Anarchist nicht einfach schweigen? Die von Hegel ausgehende Ideologiekritik ließ sich ad infinitum fortsetzen, ohne daß die Welt erklärt, geschweige denn verändert wurde; mußte man sie nicht endlich vom Kopf auf die Füße stellen?

Der Redakteur Karl Marx (1818–1883) aus Trier tat es. Er bemängelte 1845, daß alle philosophische Kritik von Strauß über Bauer und Feuerbach bis Stirner sich lediglich um Vorstellungen drehte; aber eben im reinen Geist liegt die wirkliche Selbstentfremdung des Menschen. Man muß ihn viel entschiedener als Feuerbach in seine materielle Umgebung stellen, um ihn sich selbst zurückzugeben. Marx hatte von der Menschenwürde eine hohe Vorstellung; aber was den Menschen grundsätzlich vom Tier unterscheidet, ist nach seiner Meinung nicht das Bewußtsein (oder die Sprache), sondern die Produktion, die er schafft, ebenso wie er die Natur durch sein geschichtliches Wirken hervorruft. Als der Mensch sich sein Bewußtsein schuf, richtete er es gleichfalls auf die materielle Wirklichkeit und machte es so zur *Sprache des wirklichen Lebens*. Erst später entwickelte der Mensch die Religion und den reinen Geist; doch auch dieser bleibt stets mit der Materie behaftet, die *in der Form von bewegten Luftschichten* erst Sprache und Gemeinschaft ermöglicht. *Die Sprache entsteht, wie das Bewußtsein, erst aus dem Bedürfnis, der Notdurft des Verkehrs mit andern Menschen*. Sprache ist also nicht das Menschliche am Menschen, sondern eine Folge seiner sozialen Geschichte; sie kann darum nicht ursprünglich sein, und man darf vermuten, daß Marx nicht wie Comte an ihre einheitliche Entstehung glaubte. Denn auch die Geschichte der Produktivkräfte geht nicht von einem gemeinsamen Ursprung aus, sondern *von verschiedenen Lokalitäten, Stämmen, Nationen, Arbeitszweigen etc. . . ., deren Jede anfangs sich unabhängig von den andern entwickelt und erst nach und nach mit den andern in Verbindung tritt*. Die weitere Geschichte der Sprachen hängt von den ökonomischen Verhältnissen ab, ohne auf sie einzuwirken; die historischen Überschichtungen verschiedener Sprachen gehen auf die Produktionsverhältnisse zurück, aber umgekehrt werden z. B. die Bedürfnisse des Handels nicht durch Sprachverschiedenheit gehemmt. Sprachen können sich (wie die romanischen) aus Tradierung alter Idiome oder (wie die englische) aus Mischung verschiedener Idiome formen; sie folgen dann doch stets den materiellen Zuständen. So hat etwa der bourgeoise Kapitalismus die *Auflösung der alten lokalen und nationalen Selbstgenügsamkeit*, die *allseitige Abhängigkeit der Nationen voneinander*, die Bildung einer Weltliteratur aus den nationalen Literaturen durchgesetzt, und Marx dachte 1848 gar nicht daran, hinter diesen Entwicklungsstand zurückzukehren, so sehr er ihn als Entfremdung empfand. Denn der dialektische Materialismus selbst drängt zur Einheit der Welt hin; das Weltbürgertum ist nur die Vorstufe der proletarischen Internationale. *Die Arbeiter haben kein Vaterland.* Man darf wohl hinzufügen, daß sie auch keine Muttersprache haben. Ohne sie können sich die Proletarier aller Länder vereinigen; was sie verbindet, ist die Sprache des wirklichen Lebens, der drückenden Produktionsverhältnisse.

Daß das Kommunistische Manifest bald in alle europäischen Sprachen übersetzt werden mußte, haben seine Autoren stolz vermerkt; daß die Nationalität der Sprache auch zur Selbstentfremdung des Menschen gehörte, machte Marx 1855 deutlich, als er gegen den Panslavismus zu Felde zog. Nicht ohne Schadenfreude wies er auf *die Sprachverwirrung, die östlich von Böhmen und Kärnten bis zum Schwarzen Meere herrscht*; auch die *heilige Sprache*, das Kirchenslavische, ordnet sie nicht. Marx erklärt dieses *sprachliche Babel* mit Überschichtungen der Slaven durch Deutsche, Ungarn, Türken, Tataren und Walachen, also mit geschichtlichen Vorgängen. Kollár war ein Phantast, denn die Verschiedenheit zwischen den slavischen Dialekten ist *so groß, daß sie mit wenigen Ausnahmen sich wechselseitig unverständlich sind.* Auf dem Prager Panslavistenkongreß mißglückten 1848 alle Versuche, *eine allen Mitgliedern verständliche Sprache* zu finden; es blieb keine Kongreßsprache als die allen am meisten verhaßte deutsche. Nicht der rückständige und zerklüftete Osten Europas wird die Zukunft gestalten, sondern das hochindustrialisierte Westeuropa, wo sich die Nationalsprachen bereits einander angeglichen haben. In der künftigen klassenlosen Gesellschaft wird die Entfremdung des Proletariers aufhören; ob sich in ihr die völkischen und sprachlichen Unterschiede verlieren werden, ob dann die von Condorcet vorgesehene Universalsprache zustande kommen, ein neues Gemeindebewußtsein neue Mythen kreieren wird, das durfte Marx offenlassen; denn er wollte keine Ideologie der Zukunft ersinnen, sondern die derzeitige Wirklichkeit revolutionär verändern[122]). Daß das eine nicht ohne das andere geschieht, sollte freilich gerade die Geschichte von Marxens Lehre bald zeigen.

---

[122]) Karl Marx – Friedrich Engels, Werke, hg. Institut für Marxismus-Leninismus, bisher 8 Bände, Berlin 1957–60: Die deutsche Ideologie I. Feuerbach Bd. 3, S. 19 (Vorstellungen), 21 (Mensch und Tier), 26 (wirkliches Leben), 30 (Entstehung der Sprache), 72 (verschiedene Lokalitäten), 64 (Überschichtung), 54 ff. (Handel); Manifest der kommunistischen Partei Bd. 4, S. 466 (Selbstgenügsamkeit, Weltliteratur), 479 (kein Vaterland). Deutschland und der Panslawismus II, in: Gesammelte Schriften von K. M. und F. E. 1852 bis 1862, hg. N. Rjasanoff, Bd. 2, 2. Aufl., Stuttgart 1920, S. 230 (gegen Panslavismus). Dazu Solomon Frank Bloom, The World of Nations, A Study of the National Implications in the Work of Karl Marx, Diss. phil. Columbia University, New York, 1941, S. 20, 199; Gollwitzer, Europabild 269 ff.; Leonard Krieger, Marx and Engels as Historians, in: JHI 14 (1953) 381–403; Erwin Metzke, Mensch und Geschichte im ursprünglichen Ansatz des Marx'schen Denkens, in: Marxismus-Studien, hg. Iring Fetscher, Bd. 2 (Schriften der evangelischen Studiengemeinschaft 5), Tübingen 1957, S. 1–25, hier S. 4 ff.; Löwith, Heilsgeschehen 38 ff.; Löwith, Von Hegel 105 ff. u. ö.

Vorerst änderte Marx die deutsche Wirklichkeit nicht; sie stand zwischen Restauration und Rebellion, zwischen Erweckungsbewegung und Ideologiekritik wie erstarrt. Ob wie in Rußland die Dichter des Realismus einen Ausweg in die Zukunft fänden? Sie suchten ihn mit verzweifeltem Eifer. Der Revolutionär Georg Büchner (1813–1837) erhoffte von den besitzlosen Massen die Schaffung des deutschen Einheitsstaates und verschmolz so nationale Sehnsucht mit sozialer Anklage. Er schrieb 1831 und 1835 von *babylonischer Verwirrung* in Deutschland; die Fürsten hätten selbstsüchtig und tyrannisch das Reich in 30 Stücke zerrissen, obgleich Gott *ein Volk durch eine Sprache zu einem Leibe vereinigte*. Büchner stülpte fast wie Arndt die biblischen Maßstäbe um, als hätte Gott die Völker und Sprachen von Anfang an getrennt, doch in sich eins erschaffen. Aber in Wirklichkeit ist es die allmächtige Natur, die es so will und den Menschen erdrückt; auch in Geschichte und Zukunft kann er sich nicht entfalten. Was bietet ihm dann noch sein Vaterland und seine Muttersprache? Der geniale Übersetzer mußte aus Deutschland fliehen[123]). Sein Schicksal widerfuhr auch einem anderen großen Übersetzer, dem mit Marx bekannten Ferdinand Freiligrath (1810–1876), denn er revoltierte ebenfalls gegen die *zahme Societät*. Er suchte ihr zu entrinnen nicht durch Büchners wissenschaftlichen Naturalismus, sondern wie Lamartine durch exotische Poesie, die im Fremdesten das Eigene ahnt. Den ausgewanderten Dichter hören in Amerika die Indianer *in fremder Sprache Worten* reden; *der Worte keines haben wir verstanden, doch hörten gerne wir der Worte Schallen*. Nur im Scherz wünschte sich der Dichter 1841, daß man in der syrischen Wüste Deutsch verstünde. Die Zukunft würde nicht dem provinziellen Biedermeier gehören, sondern der internationalen Welt der Dampfschiffe und Eisenbahnen[124]).

Ob sie aber die derzeitige Selbstentfremdung und Verlogenheit überwinden wird? Der Düsseldorfer Jurist und Dichter Karl Lebrecht Immermann (1796–1840) stellte 1838 der sozialen Verwirrung des Säkulums die klare Wirklichkeit bäuerlichen Lebens gegenüber, ohne freilich den Weg ins Idyll Rousseaus zurückzufinden. Denn auch das Urtümliche ist suspekt. Die *Idee des unsterblichen Volkes*, das seit mehr als tausend Jahren unvermischt auf seinem Boden lebt, bleibt immerhin unangetastet, und gutmütig ist auch der Spott über den Schulmeister Agesel, der sich für einen direkten Nachfahren des Spartanerkönigs Agesilaus hält und schließlich selbst an seiner Torheit zweifelt. Unter den Ideologien ist dies die harmloseste. Weniger sympathisch berührt die des Lügenbarons Münchhausen, die nicht mehr urwüchsig ist. Schon als Kind

---

[123]) Werke und Briefe, hg. Fritz BERGEMANN, 4. Aufl., Leipzig 1949: Briefe vom Dezember 1831 und Juli 1835 S. 201, 229 (Verwirrung); Der hessische Landbote S. 181 (ein Leib).

[124]) Werke, hg. Julius SCHWERING, Bd. 1, Berlin-Leipzig 1909: Der ausgewanderte Dichter S. 140 (Indianer); Die Nacht im Hafen S. 206 (Deutsch).

will er die Sprache der Engländer und sogar die der Ziegen verstanden haben; zwar konnte er nicht rein toskanisch meckern, doch war ihm die erste Kindheit *theilweise unter deutschen Kanzelrednern hingegangen*, und so verstand er das Meckern wohl. Der spleenige Mann sprach ein französisch-deutsches Kauderwelsch und bewies mit tollen Etymologien (im Stile Klopstocks), daß in den Deutschen griechisches Blut rollt. Doch noch schlimmer als solches unsolide Prahlen sind die Poltergeister von Weinsberg, das alte Weib Justinus Kerner. Nicht einmal der Lügenbaron versteht *die innere Sprache der Seherin von Prevorst*; dieses *Sanskrit von Prevorst* klingt weitschweifig und erinnert an das von Matthias Claudius erfundene Japanisch, aber es soll doch *die Ursprache der Menschheit* sein. Es läßt sich deutsch nicht genau wiedergeben; das dem Baron vertraute Englisch, nämlich die Engelssprache, stimmt mit dieser Ursprache auch nicht überein; denn Engel reden nebenbei auch Deutsch und sind verständlicher als die Seherin von Prevorst und die Mystik von Görres. Die Flucht der Erweckten ins Geheimnisvolle ist Flucht vor der Wirklichkeit; freilich kann die Sprache westfälischer Bauern auch nicht in die Zukunft führen. Immermann wußte keinen Weg aus dem Dilemma[125]).

Leichter fand ihn der aus Düsseldorf stammende Kaufmannssohn Heinrich Heine (1797–1856), denn er hatte sich dem kleinlichen Hin und Her durch die Niederlassung in Paris entzogen. Nicht ohne Grund spottete Heine 1835 wie Immermann über Görres; in seinen Münchener Vorlesungen zur Weltgeschichte sei er so konfus wie ein babylonischer Turm, *worin hunderttausend Gedanken sich abarbeiten und sich besprechen und zurufen und zanken, ohne daß der eine den andern versteht.* Damit wurde die romantische Neigung zum Unendlichen und zum Ursprung gegeißelt; daß Görres' Darstellung schon bis zur Sintflut gediehen sei, belustigte und verdroß Heine, der in seiner Gegenwart leben und auch von Rankes frommer Verfallshistorie nichts hören wollte. Die Deutschen trieben die Verherrlichung ihres Altertums wirklich zu weit; König Ludwig I. von Bayern läßt seine Lieblinge nur Altdeutsch, nur Jacob Grimmisch sprechen, möglichst ohne Fremdwörter, und dabei sprächen (nach Klopstock) die Deutschen heute selber lateinisch, wenn Hermann die Varusschlacht nicht gewonnen hätte. Man nehme die Sprachen der Welt, wie sie sind, und versteife sich nicht auf das gelehrte Alte. Den Römern wäre nicht Zeit genug geblieben, die Welt zu erobern, wenn sie Latein erst hätten lernen müssen; Griechisch ist eine Er-

---

[125]) Münchhausen, Eine Geschichte in Arabesken, in: Werke, hg. Harry Maync, Bd. 1, Leipzig-Wien 1906: II, 9 S. 237 (unsterbliches Volk); I, 6 S. 101 (Agesel); III, 9 S. 339 f. (Englisch), 348 (Ziegen), 357 (toskanisch, Kanzelredner); I, 12 S. 24 (Kauderwelsch); I, 7 S. 117 (Etymologien); IV, 4 S. 420 f. (Prevorst); IV, 5 S. 426 (deutsch nicht wiederzugeben); IV, 9 S. 449 f. (Engelssprache); I, 9 S. 126 (Görres). Dazu Güntert, Göttersprache 54; Elisabeth Guzinski, Karl Immermann als Zeitkritiker, Ein Beitrag zur Geschichte der deutschen Selbstkritik (Neue Deutsche Forschungen 142), Berlin 1937, S. 180 ff., 189 f., 237 ff.

findung des Teufels; Hebräisch lernte am besten Heines Taschenuhr, denn sie kam oft ins Pfandhaus. So zerrissen Heines Seele war, seine Gegenwart beurteilte er klar; die deutsche Selbstentfremdung sollte aus der Fremde geheilt, der altertümliche Kram der deutschen Bildung beiseitegeräumt werden. Von den urbanen Franzosen, dem auserwählten Volk Europas, sollte die Revolution und mit ihr der Völkerfrühling der Neuzeit kommen[126]).

Die Revolution kam im März 1848 aus Frankreich und scheiterte. Fast alle waren sich einig gewesen, daß die stickige deutsche Atmosphäre durch ein Gewitter gereinigt werden müsse; die erlauchtesten Köpfe hatten Mittel erdacht, um die kleinräumige Wirklichkeit zu ändern, sie hatten dem Allgeist abgesagt und sich zum Realismus bekannt; doch dieser Realismus war noch keine Realität, wieder nur ein geistiges Prinzip. Professoren und Literaten konnten allein keine Revolution gewinnen; die proletarischen Bundesgenossen aber wurden erschreckt zurückgewiesen. Die Probleme sozialer Freiheit und nationaler Einheit blieben unbewältigt; ein tiefes Mißtrauen gegen die Intelligenz machte sich seit der Jahrhundertmitte breit. Das Bürgertum wandte sich der wirtschaftlichen Expansion, dem Kapitalismus und der Industrie zu und überließ die Fragen der Politik den Staatsmännern, die sie mit Blut und Eisen lösen würden. Das gleichzeitige Eindringen darwinistischen Denkens verstärkte den Materialismus und Pessimismus, und wer nun noch von Volk und Sprache redete, appellierte nicht mehr an den Geist des Vaterlandes und der Muttersprache[127]).

Am leichtesten überstanden die Katholiken die Katastrophe von 1848, denn sie hatten sich schon zuvor von den liberalen Tagesfragen distanziert; wenn nun eine unbegreifliche Macht die bürgerlichen Pläne zunichte gemacht hatte, so war es der ewige Gott, der die Geschichte anders lenkt, als Menschenvorwitz denkt. Am nächsten stand den gescheiterten Idealen der eben konvertierte Freiburger Historiker August Friedrich Gfrörer (1803–1861). Er träumte 1848 im Frankfurter Professorenparlament und noch danach vom großdeutschen Reich, fast wie Arndt und Jahn: So weit die deutsche Zunge klingt, hat Gott das deutsche Reich gewollt. Daß Gott die modernen Nationen geteilt habe, glaubte Gfrörer noch 1855 und übernahm Knobels Erklärungen der Völkertafel in seine Weltgeschichte; zusätzlich ließ er die Chinesen von Cham abstammen, der allein den berüchtigten Babelturm gebaut habe. Die Erzählung vom Turmbau

[126]) Werke, hg. Oskar Walzel u. a., 10 Bände, Leipzig 1900–15: Die romantische Schule II, 3 Bd. 7, S. 100 (Görres); Verschiedenartige Geschichtsauffassung Bd. 6, S. 461 ff. (gegen Ranke); Zeitgedichte X, 2 Bd. 3, S. 364 (Ludwig von Bayern); Deutschland, ein Wintermärchen XI Bd. 2, S. 309 f. (Varusschlacht); Das Buch Le Grand c. 7 Bd. 4, S. 159–162 (Fremdsprachen). Dazu Gollwitzer, Europabild 307 ff.

[127]) Kurt von Raumer, Sinn und Erbe der deutschen Revolution 1848 (Schriften der Gesellschaft zur Förderung der Westfälischen Landes-Universität zu Münster 22), Münster 1949, S. 10 ff., 29 ff.

ist *eines der wichtigsten Überbleibsel aus der Urgeschichte*, weil sich aus der Einheit der Ursprache die der Abstammung ergibt; Gott erschuf alle Menschen vom gleichen Stamm. Doch auch die Sprachverschiedenheit hatte ihr Gutes; die hamitischen Welteroberer mußten von ihren imperialistischen Plänen ablassen, weil sie verschiedensprachige Völker nicht zusammenfassen konnten[128]). Ob also das großdeutsche Reich nicht doch noch zu den Plänen der Vorsehung gehörte?

Gfrörers geistlicher Kollege, der Freiburger Volksschriftsteller Alban Stolz (1808–1883) teilte diese Zuversicht nicht; er litt an dem Unglauben und geistlichen Wirrwarr im deutschen Vaterland, fand aber auch die hochdeutsche Einheitssprache im Vergleich zur italienischen häßlich. Harmonie war freilich auf Erden nirgends zu finden, auch im Heiligen Lande nicht, wo sich die Noachidenstämme alle treffen. In seinem Pilgerbericht beklagte Stolz 1855 die Verschiedenheit der Kulte in Palästina, deren Mannigfaltigkeit nicht bloß *in Nation und Herkommen gegründet*, sondern aus Entfremdung von Gott und vom Nächsten erwachsen ist. Die afrikanischen Söhne Chams sind verunstaltet; unter den Semiten sind die Juden verflucht, die Araber nicht vom guten biblischen Stamm; die von Christus gesegneten Japhetiten beflecken sich durch Sinnlichkeit und nationale Eitelkeiten. Selbst Fremdsprachenkenntnis, die bei den Griechen (Stolz hält sie für Slaven) Mode ist, gehört zu diesen Lastern, die den Charakter verderben. Daß nächtlich in der Grabkirche Jerusalems in sieben Sprachen gepredigt wird, ist nur ein kümmerlicher Ersatz für die verlorene Eintracht der Menschen in Gott[129]). An welcher anderen Stelle der Erde könnte sie wiedergefunden werden?

Das Bewußtsein von dieser Ureinheit lebt noch in allen Völkern der Erde; davon überzeugt, sammelte 1856 der geistliche Gymnasiallehrer Heinrich Lüken (1815–1882) in Meppen alle heidnischen Traditionen, die an biblische Berichte anklangen. Er fand, was er suchte: Die heidnische Mythologie ist, wie Stillingfleet und Stolberg geahnt hatten, *größtentheils nur eine in der Gottvergessenheit und der Zerstreuung des Menschengeschlechts gleichsam verwilderte Uroffenbarungslehre*. Insbesondere bewahrten die Wilden die Erinnerung an diese Zerstreuung, die Erdteilung der drei Noachiden, den Turmbau von Babel, die Trennung der Sprachen und Völker. Ihre ganze Ideologie erweist die Realität der biblischen Historie[130]). Die Barbaren bezeugen sie, und die Gelehrten vom Schlage Potts

[128]) Urgeschichte des menschlichen Geschlechts, Bd. 2, Schaffhausen 1855, S. 1 (Chinesen), 14 ff. (Turmbau). Dazu Srbik, Geist Bd. 2, S. 54 f.

[129]) Besuch bei Sem, Cham und Japhet, oder Reise in das heilige Land, 4. Aufl. (Gesammelte Werke, Bd. 1), Freiburg i. Br. 1871, S. 118 (deutscher Unglaube), 473 (Hochdeutsch), 321 f. (Nationen und Entfremdung), 100 f. (Hamiten, Semiten), 451 ff. (Japhetiten, Fremdsprachen), 255 (Grabkirche).

[130]) Die Traditionen des Menschengeschlechts oder die Uroffenbarung Gottes unter den Heiden, 2. Aufl., Münster 1869, S. IV f. (Mythologie), 288 ff. (Noachiden), 307 ff. (Turmbau).

wagen sie zu bestreiten? Der Bonner Repetent und spätere Prälat Franz Kaulen (1827–1907) warf 1861 der Sprachwissenschaft den Fehdehandschuh hin, gleich im ersten Satz seines waghalsigen Buches: *Seitdem die Linguistik, die auf dem innersten Boden der Kirche erwachsen ist, gleichwohl zu der geoffenbarten Wahrheit einen mehr oder minder bewußten Gegensatz bildet, ist das Gebäude sprachwissenschaftlicher Forschung zum babylonischen Thurme geworden, dessen Vollendung durch die Verschiedenheit in der Grundanschauung der Bauleute unmöglich wird.* Die moderne Sprachwissenschaft als babylonische Verwilderung der kirchlichen Uroffenbarung! Kaulen stützte sich nicht mehr wie Wiseman auf die derzeitige Forschung; er breitete die reiche Tradition der Sprachtheologie aus und fand hier die Einheit der Ursprache bestätigt, die *dem Menschen in der Schöpfung als ein Geschenk Gottes zu Theil geworden* ist. Der Keim zur späteren Sprachverschiedenheit wurde (siehe Englmann) bereits durch Adams Sündenfall gelegt, ausgebildet hat sie sich tatsächlich am Turm zu Babel, wie die Bibel sagt; sogar mit ihrer Etymologie „Babel" = „Verwirrung" hat sie (nach Schelling) recht. Viele der heutigen Sprachen gehen unmittelbar auf Babel zurück, sie veränderten sich plötzlich und an einem Orte, durch ein Wunder. Die sprachlichen Divergenzen auf Erden sind (wieder nach Schelling) nur *die Folge des Abfalls von der ursprünglichen Religion*; auch die Auflösung der Menschheit in Völker war keineswegs natürlich, sondern durch eine geistige, religiöse Krisis verursacht. Völker und Sprachen entstanden zugleich; die Japhetiten der Völkertafel sind die Glieder der indogermanischen Sprachfamilie. Der Fluch von Babel wurde an Pfingsten aufgehoben, als sich im Sprachenwunder Japhetiten, Semiten und Hamiten vereinten; seither ist Babel im christlichen Glauben überwunden. Kaulen hielt sich in Spezialfragen zurück, erkannte die hebräische Ursprache nur bedingt, den Topos von 72 Sprachen und Völkern gar nicht an und suchte in der Völkertafel keine modernen Nationen; dennoch war seine Tendenz unversöhnlich: Die neuzeitliche Wissenschaft ist ein Rückfall ins barbarische Heidentum. Die Wendung der katholischen Kirche gegen den Modernismus zeichnete sich hier schon ab; Pott, der die Theologen seiner Konfession nicht geschont hatte, wies in einer grimmigen Erwiderung gebührend darauf hin[131]).

Schelling hatte Glauben und Wissen, Geist und Natur noch in einer „katholischen" Geschichtstheologie vereint; sollte das jetzt unmöglich geworden sein? Baaders Schwiegersohn, der Münchener klassische Philologe Ernst von Lasaulx (1805–1861) glaubte es 1856 nicht. Der mit Görres Verwandte, mit Schelling Vertraute hatte 1848 in Frankfurt vergeblich mitberaten; er stand nun mitten zwischen romantischer Geistwissenschaft und naturwissenschaft-

[131]) Kaulen, Sprachverwirrung V (Linguistik), 22 ff., 70 ff. (Ursprache), 122 (Geschenk Gottes), 142 (Sündenfall), 151 ff. (Babel), 205 (Folge des Abfalls), 203 (Völkerteilung), 245 ff. (Pfingsten), 15 ff. (Sprachenzahl). Zu Potts Reaktion s. o. Anm. 89.

licher Philologie und konnte Volk und Sprache nicht mehr auf den gleichen Nenner bringen. Er meinte, die Sprache sei *ihrer Genesis nach der natürliche Ausdruck des menschlichen Denkens*, und unter den zahlreichen Belegstellen fehlte die mosaische Genesis. Die Sprachen sind Offenbarungen nicht Gottes, sondern der Völker, Spiegel der ältesten Völkergeschichte, *unmittelbarster Ausdruck des Volksgeistes*, aber aus Natureindruck und Naturlaut entstanden, nach Land, Luft, Klima und Lebensweise differenziert. Darum schloß sich Lasaulx Gobineau an: Sprache tritt stets als getrennte auf, von einer allen gemeinsamen Ursprache wissen wir nichts. Hebräisch konnte sie schon deshalb nicht sein, weil (nach Grotius) die älteste Sprache der Juden Aramäisch, die Bibel also eine Übersetzung war. Die moderne Linguistik blieb im Recht, auch der Bibel gegenüber; von Babel vernehmen wir nichts. Höher als die Sprachen stehen die Völker; und die Völkerkunde muß sich (wie bei Renan) auf das Alte Testament stützen. *Unter allen geschichtlichen Überlieferungen gibt es keine, die älter und ehrwürdiger wäre als die in den heiligen Büchern der Juden enthaltene mosaische Völkertafel.* Denn die drei Noachiden besiedelten in der Tat die drei Erdteile und begründeten die drei Hauptrassen der Menschheit (Gobineau irrte sich); sie eröffneten den weltgeschichtlichen Prozeß, den Gegensatz zwischen Japhetiten und Semiten, den biologischen Kreislauf der Kulturen. Das Auf und Ab von Blüte und Verfall wird auch das deutsche Volk und seine Sprache nicht verschonen; doch über allem natürlichen Wechsel der Völker und Sprachen steht groß die Geschichte der einen Menschheit und der einen, christlichen Religion. Auf diese Weise versöhnen sich Empirie und Spekulation, vertragen sich Glaube und Wissenschaft. Ihre Bereiche freilich bleiben geschieden[132]).

Ähnlich hatte in der evangelischen Theologie Franz Delitzsch die philologische Akribie von der heilsgeschichtlichen Deutung getrennt. Daß das eine Resignation war, lehrt die Reaktion des Göttinger Orientalisten Heinrich Ewald (1803–1875), der die moderne semitische Linguistik begründete. Als Zwanzigjähriger hatte er die literarische Einheit der Genesis aus ihrem Sprachgebrauch und genealogischen Grundgerüst erschlossen und (gegen de Wette) auch Völkertafel und Turmbaugeschichte als integrierende Teile der einen, gedankenreichen Erzählung verstanden; die Völkertafel ist ebenso universal gemeint wie der Turmbau, *welcher des höchsten Gottes Zorn reizte*, weil *die Men-*

---

[132]) Neuer Versuch einer alten, auf die Wahrheit der Tatsachen gegründeten Philosophie der Geschichte, hg. Eugen THURNHER, München 1952, S. 92–104 (Sprachen), 84 ff. (Völker). Dazu Alfons KOETHER, Ernst von Lasaulx' Geschichtsphilosophie und ihr Einfluß auf Jakob Burckhardts „Weltgeschichtliche Betrachtungen", Diss. phil. Münster 1937, S. 16 ff.; GOLLWITZER, Europabild 361 ff.; Hans Joachim SCHOEPS, Vorläufer Spenglers, Studien zum Geschichtspessimismus im 19. Jahrhundert, 2. Aufl. (Beihefte der Zeitschrift für Religions- und Geistesgeschichte 1), Leiden 1955, S. 31 ff.

schen der Gottheit zu nahe treten. Später zog Ewald die unkritische Erstlingsschrift zurück und unterschied 1858 eine ganze Reihe von Genesis-Erzählern; aber auch dann noch hielt er die vom ältesten Erzähler in der Völkertafel ausgesprochene *ansicht über den lezten zusammenhang aller völker der erde und also auch ihre lezte und ewige gleichheit vor Gott* für vollkommen richtig, *jedes kleine glied in dieser vielverschlungenen kette* für historisch bedeutsam. Anders als Baumgarten und Delitzsch glaubte Ewald nicht an die Symbolik der 72 Namen in der Völkertafel, sondern an die einfache geschichtliche Wahrheit des biblischen Buchstabens. Noch der vierte Genesis-Erzähler gab in Gen. 2, 19–23 über das ursprüngliche Wesen menschlicher Sprache eine *wunderbar treffende ansicht* und erklärte in Gen. 11, 1–9 *in kühnster bildersprache* die Verschiedenheit der Sprachen, die vielleicht das schwerste Leiden der heutigen Menschheit ist. Sie kommt vom menschlichen Übermut, der sich in dem Riesenturm auszudrücken schien. Über ihre große geschichtliche Wahrheit hinaus hat die Erzählung *ewige bedeutung*; denn die Ausbreitung der Menschheit geht in Überheblichkeit und Anmaßung, Zank und Trennung vor sich (der liberale Politiker Ewald mußte 1837 dem hannöverschen und würde 1867 dem preußischen König den Eid verweigern). Einheit und Eintracht der Menschheit, von den Ahnungen der Propheten und vom Pfingstwunder intendiert, durch *päpstliche und jesuitische verfinsterung des christenthumes* bisher verhindert, können allein die Hochziele der Geschichte erreichen. Ewald ließ sich durch politische Ereignisse so wenig ablenken wie durch linguistische Erkenntnisse. Er trug 1860 der Göttinger Akademie seine Ansicht vor, daß alle Sprachen vom gleichen Geist beseelt, daß die Sprachengruppen der Semiten, Afrikaner und Indoeuropäer miteinander verwandt seien. (R. von Raumer war Ewalds Schüler gewesen.) Alle Idiome sind *geschichtlich wandelbare einzelgestalten vor einem rein geistigen urbilde*; erst der Sturm der Weltgeschichte riß sie auseinander und machte Sanskrit, Griechisch und Arabisch zu Sprachen der Wissenschaft oder Philosophie, Hebräisch zur Sprache der Propheten und der Religion, Latein und Griechisch zur Sprache der Redner. Keine besitzt mehr alle Vorzüge des gemeinsamen Urgrundes, des Menschengeistes und der wahren Religion, doch alle verweisen auf ihn[133]). Aber dieser romantische Idealismus war überholt; nicht einmal Lasaulx teilte ihn. Sprachgeschichte und Heilsgeschichte deckten sich nicht.

---

133) Die Composition der Genesis kritisch untersucht, Braunschweig 1823, S. 265 ff. (Einheit der Genesis), 284 ff. (Sprachgebrauch), 125 ff. (Grundgerüst), 209 ff. (Völkertafel), 89 f. (Turmbau). Erklärung der Biblischen Urgeschichte, in: Jahrbücher der Biblischen Wissenschaft Bd. 9, Göttingen 1858, S. 1–26, hier S. 3 ff. (Völkertafel), 9 ff. (Babel, Jesuiten). Sprachwissenschaftliche Abhandlungen I, in: Abhandlungen der Kgl. Gesellsch. d. Wiss. zu Göttingen, Hist.-Philol. Kl., Bd. 9, Göttingen 1861, S. 157–219, hier S. 158–165 (Sprachzusammenhänge). Dazu Kraus, Geschichte 147 f., 182 ff.

Der Dorpater, dann Leipziger Professor Karl Friedrich Keil (1807–1888) schlug deshalb 1861 die Bahn von Delitzsch ein, um gegen die fruchtlose historische Kritik den heilsgeschichtlichen Kern der Bibel zu sichern. Die Völkertafel zwar ist kein ethnographischer Mythos, sondern eine historische Urkunde aus der Zeit Abrahams und enthält nicht bloß zahlensymbolisch (wie Delitzsch meinte) die kosmische Entfaltung der Menschheit. Aber dafür ist die Sprachentrennung kein historisch-immanenter Vorgang, sondern ein Wunder Gottes; es hat die eine Ursprache so unkenntlich gemacht, daß die Linguisten (und Ewald) vergeblich nach ihr suchen. Allein das Pfingstwunder ist das Unterpfand dafür, daß sie am Ende der Zeiten wieder erstehen wird[134]). Der Bonner Professor Johann Peter Lange (1802–1884), aus der Elberfelder Erweckungsbewegung stammend, zog sich 1864 ganz auf Baumgartens spiritualistischen Symbolismus zurück. Er sah in der Völkertafel *ein symbolisch-universales Bild der ganzen Menschheit*, riet aber, sie nicht durch etymologische oder historische Konjekturen (im Stile Feldhoffs) zu konkretisieren; denn die biblische Geschichte sei schwer in die Weltgeschichte einzuordnen. Der gesunde Keim sprachlicher Entfaltung wurde in Babel krank; die Ursprache ging verloren, und so reden wir nun in Rätseln und Gleichnissen[135]). Als konkretes und historisches Ereignis bleibt von Babel nur die Völkertrennung; der Dresdener Akademiedirektor Julius Schnorr von Carolsfeld (1794–1872) hat sie, frömmer als Kaulbach, 1860 in Holz geschnitten. Den unvollendeten Rundturm sieht man nur klein im Hintergrund zwischen anderen Gebäuden; bloß eine Frau mit zwei Kindern irrt noch auf den Turmterrassen umher, vielleicht den Familienvater suchend. Groß und beherrschend schreiten im Vordergrund, von drei Engeln geleitet, die drei Noachidenfamilien davon: voll gläubigen Vertrauens der alte Hirte Sem mit friedlichen Verwandten und sanften Herden; kraftvoll, den Speer in der Hand, das Kriegsroß am Zügel der junge, lorbeergeschmückte Japhet mit trutziger Sippe; die dunkle Schar Chams mit Kamelen und Götzenbildern. Kein Gigantenzorn wie bei Flandrin, kein Tyrannengroll wie bei Kaulbach, keine Verzweiflung wie bei Doré, nur menschliches Schicksal; die Engel führen dich, wohin du nicht willst[136]).

Aber war dieser übermächtige Wille wirklich gut und göttlich? Der Philosoph Arthur Schopenhauer (1788–1860) bezweifelte es seit langem. Der Weltwille ist töricht und böse; er schafft Leid und Kampf. Aus den Fakten der Geschichte kann der Historiker niemals, am allerwenigsten durch die *Hegelsche*

---

[134]) Biblischer Commentar über die Bücher Mose's, Bd. 1, 3. Aufl., Leipzig 1878, S. 131–144.

[135]) Die Genesis oder das erste Buch Mose, 2. Aufl., Bielefeld-Leipzig 1877, S. 186–199.

[136]) Die Bibel in Bildern, Leipzig (1860), Blatt 21; auch bei MINKOWSKI, Turm 103 Bild 357.

Afterphilosophie, die Weltgeschichte *als ein planmäßiges Ganzes* erfassen; denn selbst die Völker sind (wie bei Stirner) Abstraktionen, nur die Individuen real. Die Geschichte ist bloß *der verworrene Traum der Menschheit*; hinter ihren endlosen Wandlungen steht nur eine Identität, die des empfindenden Menschen. Die Musik vor allem, doch auch die Sprache kann ihn befreien; sie ist *das erste Erzeugniß und das nothwendige Werkzeug* der menschlichen Vernunft, und der dichterische Wille zur sprachlichen Gestaltung kann eine reinere als die historische Wahrheit schaffen. Wie Kant trennte Schopenhauer die Welt der Kunst von der Welt der Erscheinungen. Freilich ist die Sprache auch entfremdete Erscheinung; ihre Verallgemeinerungen hemmen den unendlich beweglichen Gedanken, ihre Verderbnis in den *modernen Patois* stört die reine Kunst. Nur die klassischen, alten Sprachen sind 1851 (im Gegensatz zu Heine) lobenswert. Wer nicht Latein versteht, ist bloß ein *schwadronirender Barbiergeselle*, das *hohe Sanskrit* ist die beste aller Sprachen, das moderne Englisch die schlechteste, ein *aus Lappen heterogener Stoffe zusammengeflicktes Gedankenkleid*; das ekelhafte Französisch ist nur ein *auf die widrigste Weise verdorbenes Italiänisch*. Nicht alles Alte ist gleich gut; wie hanebüchen, daß die Linguisten die edle Sprache der Veden mit dem *etwanigen Jargon* der *deutschen Bärenhäuter* zusammenfassen zum Indogermanischen! Vielleicht ist Deutsch allerdings älter als andere moderne Sprachen und mit Griechisch und Latein eine Tochter des Sanskrit; aber das ist (wie bei Gracián) kein Verdienst der bornierten Deutschen. Die Menschen der Urzeit lebten auch in *kindischer Unkunde*, und doch war ihre Sprache vollkommen (das hatte der böse Hegel ähnlich gesagt, aber anders gemeint); die Sprache der Anfänge besaß (wie bei Burke) *die hohe Vollkommenheit aller Werke des Instinkts*. Ob der Instinkt anfangs nur eine einzige Sprache schuf? Ob sie sich dann natürlich verzweigte? Ob sie sich (wie bei F. Schlegel) nur im Sanskrit und seinen klassischen Verwandten zum klaren Bewußtsein steigerte? Aber wenn die Kunst auch höher steht als der Trieb, wie kann Späteres vollkommener sein als Früheres? Auch Altes und Neues Testament sind bloß eine schlechte Nachahmung der persischen und indischen Religion; für den modernen Menschen bleibt wenig Hoffnung. Seine Nation umfängt ihn nicht mit einer sinnvollen Geschichte; sein Daseinsdrang schenkt ihm keine deutliche, seine Dichtkunst keine dauernde Sprache. Er muß auf die indische Weise den Willen zum Leben selbst abtöten, wenn er der Qual des Dilemmas, des Daseins entrinnen will[137]).

---

[137]) Sämtliche Werke, hg. Paul DEUSSEN, 16 Bände, München 1911–42: Die Welt als Wille und Vorstellung III, 38 Bd. 2, S. 503 f. (Weltgeschichte); I, 8 Bd. 1, S. 44 (Sprache und Vernunft); I, 51 S. 289 f. (Dichter und Historiker); Ergänzung zu I, 6 Bd. 2, S. 71 (Patois); Parerga und Paralipomena II, 298a–303a Bd. 5, S. 624–640 (Latein, Sanskrit usw., Unkunde, Instinkt); Über die Verhunzung der deutschen Sprache ... Bd. 6, S. 489 (Deutsch Tochter des Sanskrit); Parerga und Paralipomena II, 179 Bd. 5, S. 411 ff. (Bibel und Persien-Indien).

Schopenhauer wollte den tragischen Zwiespalt nicht schließen; aber tat es nicht seine Sprache? Sein brillantes Deutsch war deutlich, und wenn es mit dem Sanskrit verwandt war, mußte es dauern. Sollte zwischen der Sphäre des idealistischen Geistes und der Zone der grausamen Natur nicht doch eine Brücke zu schlagen sein?

Der Göttinger Philosophie-Professor Rudolph Hermann Lotze (1817–1881) schlug sie recht selbständig, freilich auch ohne die Geschichte oder Gott zu benötigen. Er wunderte sich 1858 über die Mannigfaltigkeit des menschlichen Typus, hielt sie aber nicht für historisch oder genealogisch bedingt. Die Völker sind Abwandlungen eines allgemeinen Typus, der ihnen aber in der natürlichen Wirklichkeit niemals voranging, der (ähnlich wie bei Carus) eine Idee blieb. Darum schließt physische Analogie keine historische Verwandtschaft ein; da geschichtliche und natürliche Veränderungen unwesentlich blieben, wird die Verschiedenheit menschlicher Erscheinungsformen wohl ursprünglich sein, schließt aber die geistige Einheit der Menschen nicht aus. Ähnliches gilt von der Sprache. Sie entstand als Ausgleich zu äußeren Reizen und Bewegungen, als *eine naturgemäß vorausbestimmte physiologische Nothwendigkeit*. Diese allgemeine, überall gleiche Veranlassung führte jedoch nur zur Sprechfähigkeit; die wirklichen Sprachen brauchten Artikulation und Bedeutung, griffen also sogleich über die Nachahmung des sinnlich Wahrnehmbaren hinaus. Damit hörten sie auf, naturnotwendig und unmittelbar verständlich zu sein; sie differenzierten sich nach mechanischen Gesetzen. Typus und Potenz sind also geistige und zugleich natürliche Größen; sie geben dem Leben innere Einheit, auch wenn es sich in den Erscheinungen unabsehbar entfaltet. Anfang und Ende dieser Entfaltung, die Geschichte unseres Geschlechts bleibt uns freilich verborgen; Gott schwebt über allem, aber er legt nicht Hand an[138]). Kann sich dann aber inmitten der vielgestaltigen Fakten das Ideal, etwa der Traum von der deutschen Einheit jemals verwirklichen?

Es gibt eine Hoffnung. Obwohl wir den ursprünglichen, einheitlichen Lebensgrund nicht erkennen, können wir ihn definieren, nämlich als das Unbewußte. In dieser Formel faßte der preußische Offizier und Philosoph Eduard von Hartmann (1842–1906) 1869 Schopenhauers Weltwillen und Schellings Uridee zusammen. Sprache ist tiefer und früher als jedes bewußte Denken; sie ist ebenso wie die Sprache der Tiere ein Werk des Instinkts, und zwar des Masseninstinkts. Als der menschliche Geist zum ersten Mal in der Weltgeschichte vor sich selber stutzte, fand er *eine mit allem Reichthum . . . ausgestattete*

[138]) Mikrokosmos, Ideen zur Naturgeschichte und Geschichte der Menschheit, Versuch einer Anthropologie, 3 Bände, Leipzig 1856–64: IV, 5 Bd. 2, S. 111–116 (Völker); V, 3 S. 214 (Sprechfähigkeit), 224 ff. (Entstehung der Sprache); VII, 1 Bd. 3, S. 2 ff. (Anfang und Ende).

Sprache bereits vor. (So hatten Hegel und Schopenhauer auch gesagt.) Dann aber macht sich der selbstbewußte Mensch die Sprache zu eigen, sie wird *das Kleid des Denkens*, ja sogar *das Wort Gottes, die heilige Schrift der Philosophie, sie ist die Offenbarung des Genius der Menschheit für alle Zeiten*. Aber damit ist sie dem Menschen schon wieder entrückt; er hat sie von der rohen, einsilbigen Urform zur flektierten Sprache verfeinert, doch hat dann zunehmende Kultur die Idiome verflacht. Man erkennt es an der Geschichte des Deutschen, des Französischen und vor allem des ärmlichen Englisch; es nähert sich bereits wieder dem einsilbigen, chinesischen Ausgangspunkt. Die schönste aller Sprachen ist die älteste Flexionssprache, das Sanskrit. Glaubte Hartmann mit Schopenhauer an die vitale Kraft der Ursprache, so leugnete er das *mit aller Weisheit begabte Urvolk* Schellings. Auch die Völker kommen erst langsam zu sich, schreiten dann aber im Hegelschen Sinne stetig zu höherem Bewußtsein fort, um schließlich das Unbewußte als Geist zu begreifen. Bis dahin aber gehen Sprache und Volk verschiedene Wege, die Sprache den Schopenhauerschen, das Volk den Hegelschen; zwischen ihnen steht der heutige Mensch, zumal der Deutsche, einigermaßen unberaten[139]). Er darf auf die Zukunft seines Volkes und der Menschheit hoffen, aber was wird aus seiner Sprache? Die immer häufiger auftretende Trennung von Volk und Sprache war gewiß kein Zufall; hier schieden sich nicht nur Natur und Geist, sondern auch Macht und Kultur, Staat und Gesellschaft, Kleindeutsch und Großdeutsch. Man sieht es an den Historikern.

Niebuhrs Schüler Theodor Mommsen (1817–1903) verfocht zeitlebens die Einigung Deutschlands vom freien Geiste her; um der Sprache willen wollte er den österreichischen Vielvölkerstaat ausgeschlossen wissen, um der Kultur willen sollten die Ressentiments der Traditionen und Triebe unterdrückt werden. Er demonstrierte am Beispiel Roms 1854, daß die Völker ihre Vergangenheit sagenhaft verzerren; man fügt zur Geschichte die Vorgeschichte, *wenn nicht bis auf die Entstehung von Himmel und Erde, doch wenigstens bis auf die Entstehung der Gemeinde*; an der römischen Urgeschichte ist so wenig Wahrheit wie an der fränkischen vom König Pharamund und an der britischen vom König Artus. Woher die Völker wirklich kommen, wissen wir nicht; die Ursprünge der verschiedenen Rassen zu erforschen, sollte der Historiker besser dem Naturwissenschaftler überlassen. Aber aus den Überresten der Sprachen kann der Historiker Stammverwandtschaften erschließen, denn hier ist der Geist am Werke. *Alle geistige Bildung geht aus von der Sprache*, der Muttersprache. Die Kenntnis einer allgemein vermittelnden Sprache der Zivilisation wird erst dann nötig, wenn *das Surrogat der Nationalität, die allgemein humane Bildung* überhandnimmt. Mommsen hatte seit 1848 die Rechte Schleswig-Holsteins, aber

[139]) Philosophie des Unbewußten, Bd. 1, 12. Aufl., Leipzig 1923: I B VI S. 254–260 (Sprache); X S. 333 (Urvolk), 327 (Forschritt).

auch der linksliberalen Opposition zu eifrig verteidigt, als daß er in einem universalen oder nationalen Mammutstaat das Ideal hätte sehen können. Alles Individuelle soll sich frei entfalten und nicht im Unbewußten oder vage Allgemeinen untergehen[140]).

Anders Mommsens Kieler Lehrer und Berliner Fakultätsgenosse Johann Gustav Droysen (1808–1884), der wie Mommsen Pastorensohn war. Er glaubte idealistisch an den Sinn der Weltgeschichte, der sich in der Offenbarung kundgibt, vermochte ihn aber nach 1848 nicht mehr unmittelbar an den historischen Realitäten abzulesen; so ließ er sich nicht auf Universalhistorie ein, vor allem, weil ihm Geschichte nun zuerst Machtgeschichte des Nationalstaates war. Weil er sie weniger als Mommsen vom Geist her betrachtete, blickte er seit 1857, noch 1881 verächtlich auf die *Spielereien im Vergleichen von Sprachen*, von Kratylos bis Kircher, und gab die Sprachvergleichung gerne der naturwissenschaftlichen Linguistik preis. Die Ursprache hielt er für verloren, als ihre älteste Tochter bezeichnete er Sanskrit; auf weiteres ließ er sich nicht ein. Sprache ist allerdings *ein lebendiges Stück Geschichte*, das heißt jedoch nationale Geschichte; mit Religion hat sie nur in Humboldts Sinne Verwandtschaft: Jede Sprache ist eine *in sich volle und vollständige Weltanschauung*. Sprache und Volk gehören aufs engste zusammen; *die Sprache ist der Volksgeist*, im Arndtschen Verständnis, das sich um das Fremde nicht vergleichend kümmert. *Wie es gekommen ist, daß den einen Völkern diese, den andern jene* sprachliche *Form zuteil geworden, vermag die Geschichtsforschung nicht nachzuweisen*; der borussische Historiograph fragte nicht danach. Auch *daß das Menschengeschlecht von einem Paar abstammte*, war ihm (anders als Ranke) lediglich eine Sage, deren Beurteilung weit über die Möglichkeit historischer Forschung hinausreicht; sie blieb gleichfalls den Naturwissenschaften überlassen. Droysen glaubte die Selbständigkeit der Geisteswissenschaften dadurch zu behaupten, daß er sie auf das Individuelle beschränkte; der Historiker hat es nicht mit der Geschichte der Sprachen und Völker, nicht mit der Struktur des sprechenden und gemeinschaftsbildenden Menschen, sondern mit einzelnen Staaten zu tun[141]).

Nicht viel anders, wenn auch Mommsen ähnlicher sah 1859 der Wortführer

---

[140]) Römische Geschichte, 4 Bände, 14. Aufl., Berlin 1933, hier Bd. 1, S. 466 (Vorgeschichte); Bd. 3, S. 612 (Pharamund, Artus); Bd. 1, S. 8 f. (Rassen), 880 ff. (Sprache). Dazu Alfred HEUSS, Theodor Mommsen und das 19. Jahrhundert (Veröffentlichungen der Schleswig-Holsteinischen Universitätsgesellschaft NF 19), Kiel 1956, S. 133 f., 148 ff.

[141]) Historik, Vorlesungen über die Enzyklopädie und Methodologie der Geschichte, hg. Rudolf HÜBNER, 2. Aufl., München-Berlin 1943, S. 116 f. (Spielereien), 223 (Sanskrit), 46 (lebendiges Stück), 233 f. (Sprache und Religion), 222 f. (Weltanschauung, Volksgeist, Wie es gekommen ist . . .), 209 (Abstammung). Dazu Hildegard ASTHOLZ, Das Problem „Geschichte" untersucht bei Johann Gustav Droysen (Historische Studien 231), Berlin 1933, S. 152 ff.

des liberalen Bürgertums, Gustav Freytag (1816–1895) den Zusammenhang von Geschichte, Sprache und Volk. *Welcher Mensch hat die Sprache erschaffen? ... Nicht Einer erfand dies für seine praktischen Zwecke, es war ein gemeinsames geistiges Leben, welches in Tausenden, die zusammen lebten, aufbrach.* Die Volksseele schuf das Ganze und schafft es noch immer, auch wenn inzwischen fremder Einfluß die *wilden Söhne des Urvaters Tuisco* bändigte und veredelte. Hinter den Seelen der Völker steht zwar das Menschengeschlecht als geistige Einheit, aber der Mensch ahnt sie mehr, als daß er sie begreift. Sichtbar und mächtig, wirklich und wirksam sind die verschiedenen Völker; ihnen ordnete der mehr preußische als deutsche Publizist die Sprache unter. Der Charakter eines Volkes aber bleibt durch die Geschichte konstant; er ist beinahe eine natürliche Größe[142]).

Dann muß man die Völker miteinander vergleichen können; auf diesem Gedanken baute der Berliner Professor Adolf Bastian (1826–1905) seit 1868 die moderne Völkerkunde auf. Er begriff die Völker naturwissenschaftlich, und doch war seine vergleichende Psychologie der „Völkergedanken" noch beinahe romantische Geistesgeschichte. Wie Steinthal sah er dabei die Sprache auch völkerpsychologisch. Sie ist *ursprüngliches Naturproduct* und trägt den *Localcharacter der Rasse*; die Negersprachen sind von den europäischen ebenso natürlich verschieden wie die Anatomie des Insekts von der des Wirbeltiers. Trotzdem ist Sprache zugleich *eine geistige Schöpfung*, Vorbedingung bewußten Seelenlebens. Sie ist nicht die Ursache der Welt, wie mythologische Deduktionen es darstellen, sondern eine Wirkung der Welt, aber dennoch dem Menschen eigen. Sie zeichnet ihn vor allen Tieren aus, denn der Affe kann nicht sprechen. Wie die Rückschlüsse der Naturwissenschaft auf einen Urzustand, so sind auch die mythischen Deutungen der Urzeit subjektiv. Die Namen der mosaischen Völkertafel, mit außerbiblischen Mythen verglichen, zeigen interessante psychologische Querverbindungen, können aber nicht die Existenz eines Urvolkes beweisen. Noch 1881 lächelte Bastian über die Versuche früherer Zeiten, alle Völker und Sprachen auf Adam und Eva zurückzuführen[143]). Aber er wies ebenso die darwinistische Ersatzmythologie zurück. Religiöse Ursprünge und geschichtliche Veränderungen blieben fast ganz außer Betracht, doch das geistig Allgemeine sollte neben dem natürlich Geschiedenen stehenbleiben.

Während die Völkerkundler noch milde lächelten, war den Sprachwissenschaftlern längst die Zornesader geschwollen. Was hatte die Sprache mit Volk,

---

[142]) Bilder aus der deutschen Vergangenheit, Bd. 1, 26. Aufl., Leipzig 1900 S. 23 ff. Dazu Srbik, Geist Bd. 2, S. 139 ff.

[143]) Das Beständige in den Menschenrassen und die Spielweite ihrer Veränderlichkeit, Prolegomena zu einer Ethnologie der Culturvölker, Berlin 1868, S. 204 (Naturprodukt, Rasse), VIII f. (geistige Schöpfung), 83 f. (Mensch und Affe), 259 (Urzeit), 183 ff. (Völkertafel), X f. (Urvolk). Die Vorgeschichte der Ethnologie, Berlin 1881, S. 8 (Adam und Eva). Dazu Mühlmann, Anthropologie 95 ff.

Geist, Religion und derlei Verallgemeinerungen zu tun? Sie steht für sich allein und folgt ihren eigenen Naturgesetzen. Für den Jenenser Professor August Schleicher (1821–1868) war sie 1865 ein reines Naturprodukt und (anders als bei Steinthal) nichts Geistiges, sondern *etwas materiell Existierendes*. Sie beruht *auf einer bestimmten Beschaffenheit des Gehirns und der Sprachorgane*. Dies (und kein Volksgeist) ist der Grund, warum niemand eine ganz fremde Sprache wirklich beherrscht. Kein Mensch spricht gleichmäßig gut Deutsch und Chinesisch, wie kein Lebewesen mit gleicher Fertigkeit sich auf zwei Beinen und auf allen Vieren fortbewegt. Darum sind die Sprachen (nach Darwin) die beste Grundlage für eine anthropologische Gliederung der Menschheit; ihre Verschiedenheit ist anatomisch bedingt. Dann ist wie die menschliche Spezies auch die Sprache *etwas ganz allmählich Gewordenes*, aus bestialischen Anfängen aufkeimend, und zwar nicht nur an einer Stelle. (Monboddo wurde erneut gerechtfertigt.) Denn Darwin hatte die Polygenese der Arten gelehrt, und seine Lehre gilt auch für die Sprachen. *Die Wissenschaft von der Sprache ist ... eine Naturwissenschaft*. Die Sprachen sind *Naturorganismen, die, ohne vom Willen des Menschen bestimmbar zu sein, entstunden, nach bestimmten Gesetzen wuchsen und sich entwickelten und wiederum altern und absterben*. (Darwin selbst war 1871 vorsichtiger.) Darum hat Pott recht mit der Annahme einer *unzählbaren Menge von Ursprachen*; darum bemühen sich Ewald und R. von Raumer vergeblich, zwischen Semitisch und Indogermanisch eine Verwandtschaft nachzuweisen. Man kann wohl, zuversichtlicher als Bopp, die indogermanische Ursprache rekonstruieren (und Schleicher versuchte es); aber jeder Sprachstamm hat seine eigene Ursprache. Es gibt keine allgemeine Ursprache, weil die Menschen nicht von dem einen Adam abstammen, sondern sich den Naturgesetzen gemäß entwickelten. Wer anderes lehrt, ist ein Frömmler. *Hätte man nicht zur Sprachwissenschaft die von Jugend auf aus der hebräischen Sage geläufig gemachte Annahme der gemeinsamen Abstammung der Menschen von Einem Paare mit hinzu gebracht, kein Sprachenkenner wäre jemals auf den abenteuerlichen Gedanken gekommen, die verschiedenen Sprachorganismen sämmtlich von einer Ursprache abzuleiten*. Die Bibel ist Ideologie und Köhlerglaube, der Darwinismus ist die Realität[144]).

Schleichers Freund und späterer Kollege, der Zoologe Ernst Haeckel (1834–1919) war 1868 weltmännisch genug, das *großartige Naturverständnis des jüdischen Gesetzgebers* zu loben; es bereitete mit seiner Ansicht von der Ungleichheit und Vervollkommnung der Schöpfung den Darwinismus schon vor. Dennoch sind

---

[144]) Über die Bedeutung der Sprache für die Naturgeschichte des Menschen, Weimar 1865, S. 10 ff. (Eigenart der Sprache), 16 ff. (Gliederung), 19 ff. (allmähliche Entwicklung). Die Darwinsche Theorie und die Sprachwissenschaft, Offenes Sendschreiben an Ernst Haeckel, Weimar 1863, S. 7 (Naturwissenschaft), 6 (Naturorganismen), 23 (Ursprachen). Die Deutsche Sprache, 2. Aufl., Stuttgart 1869, S. 38 f. (Hätte man nicht ...). Dazu CASSIRER, Philosophie 107 ff.; PORZIG, Wunder 359 f.

der Genesis *große Grundirrtümer* auch in der Sprachauffassung unterlaufen. Wahrscheinlich konnten die *sprachlosen Urmenschen oder Affenmenschen* erst nach der Aufgliederung ihrer Gattung in mehrere Arten, dann aber an mehreren Stellen zugleich die Sprache erfinden. Daß sie ihre tierischen Vorstufen hatte, war für Haeckel kein Welträtsel[145]). Haeckels Vetter Wilhelm Heinrich Immanuel Bleek (1827–1875), Sohn eines Bibelkritikers, hielt sich 1868 nicht erst mit Komplimenten auf und erklärte, vom Standpunkt des Sprachwissenschaftlers sei alle Theologie *eine Vermessenheit*. Die menschliche Sprache entwickelte sich aus tierischen Tönen[146]). In diesen Chor fiel 1869 auch der israelitische Sprachphilosoph Lazarus Geiger (1829–1870) in Frankfurt am Main ein. Die Sprache hat sich natürlich entwickelt; tierische Laute wie das Hundebellen sind ihre Vorformen. Der urtümliche, halbtierische Mensch faßte zuerst eher Gesichts- als Gehörempfindungen in Sprachlaute, nämlich die tierische Bewegung. Nicht der geistige Instinkt schuf Sprache, wie F. Max Müller meinte; denn die Sprache erst schuf die Vernunft, wie Eduard von Hartmann lehrte. Aber die heutige Sprache ist nicht aus gloriosem Urzustand entartet, sondern aus niedrigsten Anfängen aufgestiegen. Die einfältigen biblischen Mythen sind unbrauchbar; die Sprachgeschichte läßt nirgends Anzeichen einer geistigen Katastrophe erkennen, die plötzlich bestimmten Lauten bestimmte Bedeutungen zugeteilt hätte, und die biblische Etymologie für „Babel" ist einfach falsch[147]).

Aber wurde mit der Bibel nicht auch die geistige Grundlage für jeden Nationalismus zerstört, der Auserwählungsglaube? Wie vertrug sich die markige Nationalität deutscher Professoren mit der Bestialität der Ursprünge von Volk und Sprache? Besser, als man denken sollte. Der seines österreichischen Vielvölkerstaates überdrüssige Germanist Wilhelm Scherer (1841–1886), ein Schüler Grimms, beschloß 1868, die Sprachwissenschaft national auszurichten auf *ein System der nationalen Ethik*; es sollte beruhen auf dem Determinismus, *der Centrallehre des Protestantismus* (richtiger: des deutschen Darwinismus). Die Geschichte der deutschen Sprache beginnt mit der größeren Völkereinheit, *welche ich mit dem schönen, klangvollen, bildsamen, vielleicht auch historisch wohlbegründeten Namen der Arier bezeichne*. Weil das Wort so schön klingt, ist's wohl auch wahr; es gibt ein arisches Urvolk und (nach Schleichers Lehre) eine arische

[145]) Natürliche Schöpfungsgeschichte, 3. Aufl., Berlin 1872, S. 34 f. (Naturverständnis), 598 (Polygenese der Sprache). Die Welträthsel, Gemeinverständliche Studien über Monistische Philosophie, Bonn 1899, S. 145 f. (tierische Vorstufen).

[146]) Über den Ursprung der Sprache, mit einem Vorwort von Ernst HAECKEL, Weimar 1868, S. XXVII.

[147]) Der Ursprung der Sprache, Stuttgart 1869, S. 190 f. (tierische Sprache), 141 ff. (Anfänge menschlicher Sprache), 64 f. (keine Katastrophe). Ursprung und Entwickelung der menschlichen Sprache und Vernunft, Bd. 1, Stuttgart 1868, S. 116 ff., 397 (biblische Etymologien). Dazu SOMMERFELT, Origin 887 f.

Ursprache. Sie führt über die germanische Ursprache zum Deutschen; umgekehrt läßt sich von der Gegenwart aus die Vergangenheit begreifen. Sprachgeschichte ist Machtgeschichte; *auch zwischen den Wörtern herrscht ein Kampf ums Dasein.* Entstanden ist die Sprache zwar durch Erfindung großer Individuen, vor allem der Dichter, aber doch auch nach festen Gesetzen des Zusammenhangs zwischen Laut und Bedeutung. In der Sprache spiegelt sich die Welt einer Nation, in der deutschen das leidenschaftliche Naturell der alten Germanen, *das in Krieg und Spiel und Gewaltthat sich austobte.* Natur und Geschichte, Volk und Sprache, Anlage und Entwicklung greifen zwangsläufig ineinander; das Ergebnis wird, mit welchen Gewaltmethoden auch immer, das Deutsche Reich sein[148]).

Der Begründer dieses Deutschen Reiches, Otto von Bismarck (1815–1898), stand freilich dem seelenlosen Determinismus ferner, als sein Wort von Blut und Eisen vermuten läßt. Als Realpolitiker achtete er wenig auf Naturgegebenheiten wie Volkstum und Muttersprache. In Nordschleswig wollte er 1867 die Grenze Preußens nach dem militärischen Staatsinteresse, nicht nach der Sprachgrenze gezogen sehen; die Betonung des *Deutschredens* der Elsässer nannte er 1870 eine *Professorenidee.* Sein Patriotismus kam nur beiläufig der deutschen Sprache zugute, so, wenn er 1885 über die *bedauerliche Leichtigkeit* klagte, mit der der Deutsche seine Nationalität aufgibt und nach einem Amerika-Aufenthalt mit Amerikanismen redet; auch daß man im Kulturkampf in polnischer Sprache die Unmöglichkeit einer deutsch-polnischen Verbrüderung propagiert habe, empörte ihn. Aber er dachte ohne Wehmut daran, daß die deutsche Sprache früher weiter als heute in Europa verbreitet war. Wenn sich indes die Königin Victoria mit ihm deutsch unterhielt, freute es ihn ebenso spontan, wie wenn die Petersburger Gesellschaft sich im Deutschen gewandt auszudrücken wußte; und daß die erste deutsche Kaiserin Augusta zu Franzosen *mit geläufigem Französisch* Zuneigung faßte, ärgerte ihn. Kenntnisse, besonders im Französischen, *wie auch Oberkellner sie besitzen*, galten ihm nicht als Befähigungsnachweis für Diplomaten. Aber er war weit entfernt, aus solchen Empfindungen eine Weltanschauung zu machen. Nicht Sprache, Volk und Nation formen den Menschen; von dem mittelalterlich verbrämten *teutschen* Nationalgefühl Friedrich Wilhelms IV. hielt Bismarck wenig. Nach seiner Ansicht wurzelte der deutsche Patriotismus nicht in der deutschen Sprache und ihren Dialekten, nicht in der Nation und ihren Stämmen, sondern in den Dynastien.

Hier erst begannen Bismarcks religiöse Überzeugungen, die zwar jede direk-

---

148) Zur Geschichte der deutschen Sprache, 2. Aufl., Berlin 1878, S. XI f. (Ethik, Determinismus), 3 (Arier), 19 (Gegenwart und Vergangenheit, Kampf ums Dasein), XIV f. (Machtgeschichte), 22 ff. (Ursprung der Sprache), 87 (Germanen). Dazu Arens, Sprachwissenschaft 268 ff. mit Auszügen aus der 1. Auflage.

te Verbindung von Christentum und Politik ablehnten; aber neben dem Thron steht der Altar. Wenn die deutsche *eine der ersten Nationen in Europa* ist, so verdankt sie das (ein Wort von 1891) der Berufung durch Gott. Auch der Kampf der Nationalitäten erschien Bismarck 1895 als *Ureinrichtung* der Vorsehung; sonst hätte sie in der Welt, wenigstens in Europa nur eine einzige Nationalität geschaffen. Die Absicht der Vorsehung entspricht dem in der ganzen Natur gültigen Prinzip: *Ohne Kampf kein Leben.* Das war noch immer mehr im Geiste Arndts als Darwins gedacht; hinter der Vielfalt der streitenden Staaten sah Bismarck kein blindes Naturgesetz, sondern die Hand Gottes. Darum bezog der eifrige Bibelleser die Warnung des babylonischen Turmbaus nicht auf die dynastischen Staaten, sondern auf die Mächte, die sich der gottgewollten Realität des Staates ideologisch widersetzten. Als Bismarck die Kulturkampfgesetze abbauen mußte, warf er im preußischen Landtag 1887 seinem widerstrebenden Feind Eugen Richter vor, er baue *auf der Basis des Kirchenstreits eine Art von babylonischer (!) Thurm* auf. Wer sich der Staatsraison entgegenstellte, stiftete Verwirrung, ob es wie hier der kirchenfeindliche Linksliberalismus oder die katholische Kirche oder der Sozialismus war[149]).

In dieser Ansicht wurde Bismarck von evangelischen Geistlichen unterstützt, allerdings mit feinen Nuancen auch zurechtgewiesen. Der Pfarrer der 2. preußischen Gardedivision, Wilhelm Haehnelt, bewunderte 1879 in Berlin Kaulbachs Gemälde; mit dem Turmbau fing wirklich die Universalgeschichte an. Er ist die hohe Warte, von der wir (nicht die derzeitige, sondern) die ursprüngliche und endzeitliche Einheit von Menschheit und Gottesreich, von Nationalität, Sprache und Religion erkennen können. Der Turm selbst symbolisiert *die falsche Centralisation* aller Weltreiche und des *modernen Socialismus.* (Das hatte Pastor Tiele schon gepredigt.) Ebenso heftig wetterte Haehnelt gegen Pott und seinesgleichen, die die Einheit der Heilsgeschichte leugnen und das eigentlich mit dem Turmbau gemeinte Heidentum fortsetzen[150]). Das

---

[149]) Die gesammelten Werke, hg. Hermann von PETERSDORFF, 15 Bände, Berlin 1924–32: Rede vom 18. 3. 1867 Bd. 10, S. 344 (Nordschleswig); Äußerung zu Moritz Busch am 4. 9. 1870 Bd. 7, S. 337 (Elsaß); Rede vom 28. 11. 1885 Bd. 13, S. 80 (Amerikanismen); Erinnerung und Gedanke I, II, 13, 2 Bd. 15, S. 333 (deutsch-polnisch); Rede vom 16. 9. 1894 Bd. 13, S. 539 (Verbreitung des Deutschen); Erinnerung und Gedanke I, I, 8, 1 Bd. 15, S. 107 (Victoria); I, I, 10, 1 S. 147 (Petersburg); I, I, 6, 1 S. 87 (Augusta); I, I, 1, 1 S. 7 (Oberkellner); I, I, 2, 3 S. 31 (Friedrich Wilhelm IV.); I, II, 2 S. 199 ff. (Stämme, Dynastien); Ansprache am 14. 4. 1891 Bd. 13, S. 420 (von Gott berufen); Ansprache am 15. 4. 1895 S. 570 (Teilung der Nationalitäten); Rede vom 21. 4. 1887 S. 295 (Babelturm). Dazu Hans ROTHFELS, Bismarck und der Staat, Ausgewählte Dokumente, Darmstadt 1953, S. XXIV ff.; DERS., Bismarck, der Osten und das Reich, Darmstadt 1960, S. 29 f., 65 f.

[150]) Der Thurmbau zu Babel (Sammlung von Vorträgen, hg. W. FROMME – Friedrich PFAFF, Bd. II, 9), Heidelberg 1880, S. 315–318 (Sprache, Nation, Religion, Babel, Kaulbach), 327 (Sozialismus), 331 (Pott), 334 (Heidentum).

hatte der Katholik Kaulen auch gemeint, aber die konfessionellen Fronten verhärteten sich rasch; 1880 fand der Meppener Konsistorialrat W. Grasshoff, die zentralistische römische Kirche verkörpere den Turm von Babel[151]).

Die Angegriffenen blieben, jeder auf seine Weise, die Antwort nicht schuldig. Der katholische, westfälische Pfarrer Anton Bernhard Westermeyer (gest. 1902) nahm es seit 1874 auf sich, Stolberg und Görres gegen Pott und Schleicher zu verteidigen; er brachte deren Determinismus mit dem Bismarckschen Reich in Verbindung, das auf die Irrlehren des sächsischen Mönches höre und seiner Natur nach gegen die katholische Kirche eine eigentümliche Stellung einnehme. Jede nicht universale Interpretation der Völkertafel ist überhaupt *Schlupfwinkel eines verschämten Darwinismus*. Denn alle heutige Wirrnis ist erst die Schuld von Babel; der Turm selbst erscheint den einen als „Pforte Gottes", den anderen als „Verwirrung". Aber er berührt nur die Sprachen, nicht die Völker. Ihre mosaische Liste ist *der gültige Adelsbrief der Völker* und völlig lückenlos; *mit Unfehlbarkeit* läßt sich die gesamte Völkerwelt hier wiederfinden. Was Krücke und Feldhoff begonnen hatten, wurde nun mit katholischem Positivismus zu Ende geführt, auf eine Weise, die jeden Kirchenvater entsetzt hätte. Gomers Volk sind die Kymren, der englische Name Montgomery erinnert daran. Aschkenaz gehört nach Aquitanien; Riphat ist (mit Metathese) der Name für Paris und später für die Briten; Gog sind die Chauken. Die Methode Knobels reizte zum Knobeln: *Da wir nur noch einen Stammvater nicht untergebracht haben, und da wir alle Völker der Welt bis auf den einen Stamm der amerikanischen Race bereits bestimmt haben, so folgt nothwendig, daß Sabatacha der Vater der Amerikaner ist*. Bekanntlich wohnten in Mexiko die Zapoteken; das ist Sabatacha. Vermutlich ist er niemand anders als Nimrod, denn wer den Babelturm am eifrigsten baute, wurde am weitesten verschlagen; Lüken legte ja dar, daß die Mittelamerikaner auch später noch Babeltürme bauten[152]). Kaulen hatte sich im Namen der katholischen Tradition von der modernen Wissenschaft abgewandt; Westermeyer schlug ihr ins Gesicht und vergaß, was der heilige Augustin von der Völkertafel gesagt hatte. Nicht alle waren so rigoros; wir stellen neben Westermeyer das andere Extrem, den Freiburger Kirchen-

[151]) Das erste Buch Mose (Alttestamentliche Bibelstunden 1), Bremen 1884, S. 111–117.

[152]) Die Abstammung der Menschen und die Völkertafel, in: Natur und Offenbarung, Organ zur Vermittlung zwischen Naturforschung und Glauben für Gebildete aller Stände 20 (1874) 172–185, 241–254, 376–382, 416–429, 481–496; 21 (1875) 372–381, 412–427; 22 (1876) 44–53, 305–315, 380–383, 480–489, 530–539, 577–587; 23 (1877) 13–23, 72–84, 135–145, 193–202, 257–266, 328–334, 385–393, 449–459, 513–520, 577–583, 641–646, hier Bd. 22, S. 534 (Bismarckreich); Bd. 20, S. 246 (Darwinismus), 377 f. (Babel), 253 f. (Adelsbrief, Unfehlbarkeit); Bd. 22, S. 305 ff. (Gomer), 382 f. (Paris), 487 (Chauken); Bd. 23, S. 577 ff. (Amerikaner). – Ähnlich, aber vorsichtiger Friedrich Wilhelm Roderich, Die Völkertafel des Moses, 2 Teile, in: Progymnasium zu Prüm, Bericht über das Schuljahr 1879/80 und 1880/81, Prüm 1880–81.

historiker Franz Xaver Kraus (1840–1901), der Bismarckreich und moderne Wissenschaft gegen die ultramontane Richtung des politischen Katholizismus verteidigte. Er legte 1882 das Hauptgewicht nicht auf die Völkertafel, sondern auf das Pfingstwunder, bei dem die Ergriffenen wunderbar in fremden Sprachen redeten; so *weihten sie gleichsam das große Werk ein, welches die feindlich gespaltene und zerrissene Menschheit zu einer Familie vereinigen sollte.* Aber dieser Katholizismus sollte rein religiös sein; die modernen Staaten sollten getrennt bleiben. Deshalb (wenn auch wohl nicht gerade wegen der zunächst unverfänglichen Pfingstdeutung) verlangte die Kurie, daß das Buch eingestampft werde[153]).

Die Sozialisten hielten noch weniger vom Bismarckreich, aber sehr viel mehr von der positivistischen Erfahrungswissenschaft. Bald konnten sie sich eine Theorie zunutze machen, die 1877 der Mainzer Gymnasiallehrer Ludwig Noiré (1829–1889) entdeckte. Von Schopenhauer angeregt, wollte er Geigers Vorstellungen vom Sprachursprung korrigieren und der Urzeit einen höheren Rang als die Darwinisten anweisen. Deshalb gestand er sogar dem Verfasser der Genesis *glücklichen Instinct* zu, weil nach seiner Darstellung Adam die Tiere eigenständig, ohne Belehrung oder Erfahrung, unabhängig von den Objekten benannte. Die Sprache geht nicht von tierischen Lauten aus, hängt aber, wie Geiger sah, mit Bewegungen zusammen; sie entstand bei gemeinsamer Arbeit der Menschen, aus der *Sympathie der Thätigkeit*, zuerst beim Graben von Erdhöhlen, und drückte das erhöhte Gemeingefühl der Werktätigen aus. Goethe hat also recht: *Im Anfang war die That*, auch im Anfang des Wortes; die Sprache war eine Tat. Aus einer gemeinsamen Wurzel veränderte sie sich bei der Trennung der sozialen Gruppen *bis zu gegenseitiger Unverständlichkeit*; aber je mehr die Menschheit künftig zusammenwachsen und zusammenwirken wird, um so schneller wird das Wort zur *Verbrüderung der Menschheit* führen. Denn alle Sprache dient nur der Verwirklichung des Lebens. Marxistische Einflüsse lassen sich bei Noiré nicht feststellen; nach seiner ergologischen Theorie entstand die Sprache bei der Arbeit, aber nicht durch sie; sie blieb etwas Immaterielles, Geistiges. Dennoch erschien sie nun als eine Art Überbau über dem praktischen Leben[154]).

Das letztere meinte Marxens Freund und Mitarbeiter Friedrich Engels (1820–1895) auch. Aus Kreisen der Erweckungsbewegung stammend, hatte er unter dem Eindruck von Strauß und Feuerbach dem Glauben abgeschworen und schrieb 1853 an Marx (immerhin einen Juden) von seinem *eingebornen Haß gegen die semitischen Sprachen*; er würde sich also gewiß nicht wie Noiré um die Gene-

[153]) Lehrbuch der Kirchengeschichte für Studierende, 2. Aufl., Trier 1882, S. 46 f.

[154]) Der Ursprung der Sprache, Mainz 1877, S. 166 ff. (Adam), 172 ff. (tierische Laute), 323 ff., 331, 341 f., 381, 384 (Tätigkeit), 335 (gegenseitige Unverständlichkeit), 384 (Verbrüderung). Dazu Anton Berg, Die Anschauungen Ludwig Noirés über Ursprung und Wesen von Sprache und Vernunft, Diss. phil. Gießen 1918, S. 16 ff.

sis kümmern, zumal er sich weniger als Marx historisch und mehr naturwissenschaftlich orientierte. So betonte er 1884, anders als Comte und Morgan, den einheitlichen Ursprung des Menschengeschlechts und seiner Sprache nicht; mehr lag ihm daran, daß die urzeitliche Menschheit, eben aus tierischen Vorstufen hervorgegangen, anfangs (nach Morgan) in völliger Wildheit lebte, in dem allerersten Sozialstadium. *Die Ausbildung artikulirter Sprache ist Hauptergebniß dieser Zeit.* Wie sie im einzelnen entstand, interessierte Engels weniger als Noiré; daß sie von der ökonomischen Produktionsstufe und der sozialen Verfassung jeweils abhing, stand fest. Im sklavenhaltenden Römerreich etwa mußten *alle Nationalsprachen einem verdorbenen Lateinisch weichen*, es gab *keine Nationalunterschiede* mehr; die verschiedenen Dialekte der römischen Provinzen bildeten wohl *Elemente neuer Nationen*, aber wirksam wurden sie erst in der neuen Wirtschaftsstufe des Feudalismus. Zwischen den vorrömischen und den frühmittelalterlichen Nationen und Sprachen besteht keine Kontinuität; sie beziehen sich alle nur auf ein historisches Kontinuum, den ökonomischen Prozeß. Engels zog 1890 die begriffliche Folgerung: Die Sprache mag reich und vielgestaltig sein, sie bleibt ein ideologischer Überbau über der ökonomischen Basis[155]). Was in den Sprachen und Völkern verwirrt und vielfältig erscheint, ist Auswirkung eines konstanten Gesetzes; dieser dialektische Materialismus wird sich auch künftig durch keine nationale Sozialistengesetzgebung aufhalten lassen. In der Tat wuchs die Sozialistische Arbeiterpartei stetig an.

Die Widersacher des Bismarckreiches, Katholiken und Sozialisten, folgten ihren eigenen, übernationalen Anschauungen; mußten nun nicht im Gegensatz zu ihnen die Anhänger der neuen Reichseinheit auch einen neuen Wissenschaftsglauben an Vaterland und Muttersprache schaffen? Fast sah es so aus, als 1874 der Berliner Physiologe Emil Du Bois-Reymond (1818–1896) vor Kaiser Wilhelm I. die einheitliche Pflege der deutschen Sprache durch eine Sprachakademie forderte. Unbeschadet des Dreikaiserbündnisses meinte er, vor allem das babylonische Zungengemisch in Österreich habe die deutsche Muttersprache in Verwirrung gebracht; das müsse geändert werden. *Die Sprache war lange beinahe das einzige Band, welches die jetzt das Reich ausmachenden Stämme zusammenhielt. Ihr verdankt das Reich seine Neuerstehung.* Das war zwar schwerlich im Sinne Bismarcks gesagt, aber an einen nationalen Kult dachte der Gelehrte

[155]) Brief Nr. 259 an Marx vom 6. 6. 1853, in: Karl MARX – Friedrich ENGELS, Briefwechsel, hg. Marx-Engels-Lenin-Institut, Bd. 1, Berlin 1949, S. 581 (semitische Sprachen). Der Ursprung der Familie, des Privateigenthums und des Staats, Im Anschluß an Lewis H. Morgans Forschungen, Hottingen-Zürich 1884, S. 7 f. (Ausbildung der Sprache), 109 (Nationalsprachen). Brief vom 21. 9. 1890 (Überbau, mir nur aus Zitaten bekannt). Dazu Rüdiger SCHOTT, Das Geschichtsbild der sowjetischen Ethnographie, in: Saeculum 11 (1960) 27–63, hier S. 29 ff.; anfechtbar ist die Deutung von Peter DEMETZ, Marx, Engels und die Dichter, Zur Grundlagenforschung des Marxismus, Stuttgart 1959, S. 186 ff.

nicht. Kurz bevor Bismarck 1878 die europäische Krise als ehrlicher Makler beilegte, warnte Du Bois-Reymond in der Kaisergeburtstagsrede dieses Jahres davor, ein Volk nach seiner Sprache zu definieren. Engländer, Iren, Schotten sind trotz gleicher Sprache verschiedene Nationen; in der Schweiz leben unterschiedliche Nationalitäten und Sprachen friedlich zusammen. Der Akademiker bedauerte wie D'Alembert, daß heute die lateinische und die französische Gelehrtensprache nicht mehr die Geister verbinde, und forderte die Deutschen auf, die barbarischen Nationalitätsgefühle zu überwinden; ihre Wurzeln lägen im Tierreich. Dorthin auch die Ursprünge der menschlichen Sprache zu verlegen, zögerte Du Bois-Reymond 1880 und zählte (gegen Haeckel) den Ursprung der Sprache zu den sieben Welträtseln, allerdings *nicht mit voller Überzeugung*. Denn vielleicht ließen sich eines Tages bei anthropoiden Affen doch Übergänge zu geistigem Vermögen nachweisen[156]). Jedenfalls wirkten sich nun die deterministischen Überzeugungen gegen ein starkes Nationalbewußtsein aus, nachdem sie zuvor die Reichsgründung hatten anbahnen helfen. Sprache und Nationalität sind keine historischen Errungenschaften, sondern natürliche Gegebenheiten, die man nicht glorifizieren, sondern sublimieren muß.

Der nach Berlin berufene Wilhelm Scherer zwar ließ sich in seiner arisch-germanischen Zuversicht kaum beirren; aber sein Grazer Kollege Johannes Schmidt (1843–1901) hatte schon 1872, vier Jahre bevor er nach Berlin kam, den schönen Träumen Schleichers und Scherers ein jähes Ende bereitet. Gewiß hängen Sprache und Abstammung zusammen; alle europäischen Sprachen sind auf eine indogermanische Ursprache zurückzuführen, *wenn sich erweisen läßt, daß das menschengeschlecht von einigen wenigen individuen seinen anfang genommen hat*. Aber dieser Nachweis gelingt keinem Linguisten. Was die Indogermanisten gegen die allgemeine Ursprache der Menschheit vorgebracht hatten, gilt auch gegen ihre indogermanische Ursprache; sie ist eine wissenschaftliche Abstraktion und kein historisches Individuum. Das Bild vom indogermanischen Stammbaum ist schief; die indogermanischen Sprachen haben sich eher wellenförmig ausgebreitet, in konzentrischen Ringen, in einer Vielfalt von geschichtlichen Varietäten[157]). Wozu also noch das Schwelgen in klangvollen Fiktionen? Wozu überhaupt noch die von Schmidt gewahrte Verbindung zwischen Sprache und Geschichte, die schon Steinthal kritisiert hatte? Der Leipziger Privatdozent Karl Brugmann (1849–1919) und der Heidelberger Ordinarius Hermann Osthoff (1847–1909) verkündeten 1878 als Glaubensbekenntnis der

---

[156]) Reden, Bd. 1, Leipzig 1886: Über eine Kaiserliche Akademie der deutschen Sprache S. 158 f., 163, 168 f. (Deutsch); Über das Nationalgefühl S. 308 ff., 322 ff. (Sprache und Nationalität); Die sieben Welträthsel S. 396 f. (Sprachursprung).

[157]) Die Verwandtschaftsverhältnisse der indogermanischen Sprachen, Weimar 1872, S. 29 f. (Anfang des Menschengeschlechts), 31 (Ursprache), 17 (Stammbaum), 27 (Welle). Dazu Arens, Sprachwissenschaft 279 ff.

Junggrammatiker, die Rekonstruktion der Ursprache, auch der indogermanischen, sei ein Phantom: *Also von der ursprache ab und der gegenwart zuwenden muß der vergleichende sprachforscher den blick.* Dabei wird er finden, daß sich aller Lautwandel *nach ausnahmslosen gesetzen* vollzieht, bei allen Angehörigen einer Sprachgemeinschaft stets in gleicher Richtung. Der Humboldtsche Volksgeist, die Steinthalsche Völkerpsychologie sind dabei unmaßgeblich[158]).

Gegen Steinthal gerichtet, schrieb 1880 Brugmanns Parteigänger, der Freiburger Germanist Hermann Paul (1846–1921): *Alle psychischen prozesse vollziehen sich in den einzelgeistern und nirgends sonst. Weder volksgeist noch elemente des volksgeistes wie kunst, religion etc., haben eine concrete existenz, und folglich kann auch nichts in ihnen und zwischen ihnen vorgehen. Daher weg mit diesen abstractionen.* Wie hat man sich, wenn Glaube und Nation unbeteiligt sind, Ursprung und Vielfalt der Sprachen zu erklären? Soweit hat Scherer recht: *Jede sprachliche schöpfung ist stets nur das werk eines individuums.* Sozialisten waren die Junggrammatiker nicht, eher Anhänger Eduards von Hartmann; Sprachschöpfung vollzieht sich, *ohne daß sich das individuum seiner schöpferischen thätigkeit bewußt wird.* Sprachen bildeten sich in einem Stadium, das wenig Bewußtsein und Individualität kannte. Dies erlaubt es, sprachliche Veränderungen naturwissenschaftlich, psychologisch und physiologisch exakt festzustellen und zu kontrollieren; denn die Beobachtung der heutigen Sprache gibt die sicherste Gegenprobe. *Unsere ältesten quellen bestätigen die aus den modernsten gewonnenen anschauungen, namentlich in bezug auf die consequenz der lautgesetze.* Die Bedingungen der sprachlichen *urschöpfung* sind (das war Steinthal einzuräumen) noch heute gegeben: Aus der Anschauung der bewegten und tönenden Welt formt der Mensch Sprachlaute, nicht willkürlich, sondern im bloßen Reflex, ähnlich den Tieren, denen man in diesem Sinn Sprache zuschreiben muß. Die Trennung der Sprachen ergibt sich von selbst, sobald sich die Individuen ihrer Verschiedenheiten bewußt werden; denn *wir müssen eigentlich so viele sprachen unterscheiden als es individuen gibt.* Was sie sprachlich miteinander verbindet, ist allein die Notwendigkeit des Verkehrs, nicht die Verwandtschaft der Herkunft. Die Gemeinsprache ist kein Ergebnis der Geschichte, sondern eine künstliche und bewußte Abstraktion. Paul vertrat diese Ansicht fast unverändert noch 1907 in München[159]). Sie war die

[158]) Morphologische Untersuchungen auf dem Gebiete der indogermanischen Sprachen, Bd. 1, Leipzig 1878, S. VI f. (Ursprache und Gegenwart), XIII (Gesetze). Dazu Cassirer, Philosophie 114 ff.

[159]) Principien der Sprachgeschichte, Halle 1880, S. 13 (Abstraktionen), 20 ff. (Individuum), 25 (älteste Quellen), 183 ff., 192 ff. (Urschöpfung), 231 ff. (Sprachentrennung), 266 ff. (Gemeinsprache). Ähnlich Der Ursprung der Sprache, Vortrag vor dem Münchner Zweig des Allgemeinen Deutschen Sprachvereins am 12. Januar 1907, in: Beilage zur Allgemeinen Zeitung, München 1907, S. 97–101, 107 f. Dazu Gunther Ipsen, Sprachphilosophie der Gegenwart (Philosophische Forschungsberichte 6), Berlin 1930, S. 1 ff.; Sommerfelt, Origin 891 f.

radikale Absage an alle Sprachbetrachtung in größerem Zusammenhang, sei er religiös oder historisch, die Absage an Herder und Humboldt, die völlige Annahme von Determinismus und Positivismus. Die strenge, naturwissenschaftliche Geltung der Lautgesetze machte die Sprache zu einem in sich schlüssigen Mechanismus; er ist ihre Geschichte.

So umstritten das Programm der Junggrammatiker war, gegen ihre Weltanschauung erhob sich in der gelehrten Welt kaum Einspruch, auch bei den Historikern nicht. Ranke schrieb zwar jetzt erst seine Weltgeschichte, die die Sprache mit in die Entfaltung der großen Ideen einbezog; aber Droysen resignierte vor Schleicher, und der letzte große Universalhistoriker des Altertums, der Leipziger Professor Eduard Meyer (1855–1930) stand 1884 schon auf Seiten der Neuerer und hielt es mit Johannes Schmidt gegen Schleicher. Der Sprachursprung ist *ein rein psychologisches, keiner historischen Forschung zugängliches Problem*, denn kritische Forschung hat es stets mit fertiger, sich gesetzmäßig entwickelnder Sprache zu tun. Es gibt keine einheitliche Ursprache und kein Urvolk; es kann nicht einmal eine Ursprungstheorie geben, weil der Mensch schon immer in Gemeinschaft lebte und dazu immer die Sprache brauchte. Es bestehen Strukturen menschlicher Entwicklung, allgemeine Gesetze, aber sie weisen in die Zukunft, nicht in die Vergangenheit; wie der Nationalstaat das letzte Resultat der politischen, so ist die Einheitssprache das letzte Ziel der sprachlichen Entwicklung. Auch hier wird die Sprache von materiellen, diesmal politischen Gesetzen abhängig gemacht[160]).

Und die Theologen, die die Bibel nicht nur als sprachliche Aussage, sondern auch als Aussage über Sprache interpretieren mußten? Der reformierte Professor Johann Heinrich August Ebrard (1818–1888) in Erlangen verteidigte 1874/75 gegen alle formalen Analysen des Bibeltextes noch einmal den historischen Inhalt der biblischen Offenbarung. Denn die Sprache des Menschen selbst unterliegt weder der natürlichen Notwendigkeit noch der menschlichen Willkür; sie ist Symbol der Wahrheit. Darum war sie nicht immer so zerspalten wie heute; auch die Menschheit zerfiel anfangs nicht in Völker und Rassen, von denen noch die mosaische Völkertafel nichts sagt. Vielmehr bezeugen die gemeinsamen Erinnerungen aller Völker, daß bis zum Turmbau von Babel und noch zu Nimrods Zeit Semiten und Hamiten friedlich beieinander wohnten und miteinander sprachen. Erst als man in Babel einen Turm, einen Kultbau für ein Götzenbild, errichten wollte, griff Gott ein, vielleicht mit Blitz und Donner, mit dem ersten Gewitter; der Schrecken darüber trennte im Augenblick die Sprachen und später die Völker. So verweist die geschichtliche Tradition selbst auf die positive Wahrheit des christlichen Gottglaubens, der sich über das Handgreifliche und Getrennte, über Natur und Willkür zur geistigen Ein-

[160]) Geschichte des Alterthums, Bd. 1, Stuttgart 1884, S. 1 ff., 8.

heit in Gott erhebt[160a]). Das war eine Apologetik im Stil des Positivismus, gegen den sie auftrat.

Darf aber der Wissenschaftler seinen Glauben in die Bibel hineinlesen, anstatt ihre Fakten herauszulesen? Zunächst ist die Bibel kein handfestes Symbol der Wahrheit, sondern ein Stück Literatur, ein Stück Sprache. Fast möchte man die Entdeckung „junggrammatisch" nennen, mit welcher 1885 der Marburger Ordinarius Julius Wellhausen (1844–1918) der Bibelexegese im Geist Ebrards den fürchterlichsten Schlag versetzte. Seine Quellenscheidungstheorie ging viel weiter als die früheren von Astruc bis Ewald und zerlegte nun auch die Völkertafel und die Erzählung von Babel in fragmentarische Splitter ohne zusammenhängenden Sinn[161]). Wie die Junggrammatiker wollte Wellhausen die Analyse nur als Vorstufe zu neuer historischer Synthese benutzen; aber zunächst einmal waren alle Zusammenhänge zerschnitten. Unter dem Eindruck dieser Thesen gab zwei Jahre später Franz Delitzsch fast alles preis, was ihm 1852 noch eingeleuchtet hatte; er erkannte auch jetzt die modernsten Ergebnisse sogleich an. Die ursprüngliche Einheit der Menschen und Sprachen ist nicht erweisbar, Wellhausens Quellenscheidung überzeugt, die Völkertafel zerfällt in Einzellisten ohne zahlensymbolische Gesamttendenz. Die Sprachwissenschaft trägt das Ihre zur Überwindung der babylonischen Wirrnis bei, indem sie sich mit immer neuen Idiomen vertraut macht[162]). Die Flucht in die positivistische Zersplitterung konnte sich nicht deutlicher manifestieren. Die im Falle Delitzschs schwer errungene und entsagungsvolle Hingabe an das Detail trug schöne Früchte; Sprach-, Geschichts- und Bibelwissenschaft wetteiferten im Beitragen immer neuer Bausteine; aber der Turm der Wissenschaft, den Michelet noch deutlich vor sich sah, wurde nun gar nicht mehr gebaut. Mit der Spezialisierung der Bereiche und der Terminologie verloren die Forscher den Zusammenhang untereinander und mit der Öffentlichkeit. Den Platz der Professoren nahmen andere ein, und sie wurden überall gehört, während die Gelehrten verstummten.

Kein Lehrbuch der Zeit erreichte die Auflagenhöhe der phantastischen Reiseerzählungen, die der sächsische Weberssohn Karl May (1842–1912) sich ausdachte. Und hier stand seit 1882 der Turm von Babel noch aufrecht; von menschlichem Hochmut errichtet, sind seine Trümmer heute in Birs Nimrud zu sehen, *als eine steinerne Predigt von der Allmacht Gottes*, als Zeugen für die

---

[160a]) Apologetik, Wissenschaftliche Rechtfertigung des Christenthums, 2 Bände, Gütersloh 1874–75, hier Bd. 1, S. 63–72 (Sprache); Bd. 2, S. 136–144 (Völkertafel), 501 ff. (Erinnerungen), 155 f. (Nimrod), 185 ff., 507–511 (Babel).

[161]) Die Composition des Hexateuchs und der historischen Bücher des Alten Testaments, 2. Aufl., Berlin 1889, S. 6 ff. Dazu Kraus, Geschichte 235 ff.

[162]) Neuer Commentar über die Genesis, Leipzig 1887, S. 200 ff. (Völkertafel), 234 f. (Sprachentrennung). S. o. Anm. 112.

Vergänglichkeit des Irdischen[163]). Waren solche romantisch-melancholische Betrachtungen über die Sprache der Steine noch harmlos, so mutet die Phantasie des Sonnenanbeters Ernst von Bunsen (1819–1903) viel gefährlicher an. Der Sohn des großen Diplomaten entwickelte nämlich 1889 Ansätze zu einer deutschen Rassereligion, und zwar aus der Bibel. Auf die allenthalben vielgeschmähten Sprachen legte auch Bunsen wenig Wert; sie waren seit jeher geteilt und wenig bedeutsam. Nur in dem nachträglichen Einschub Gen. 11, 1 steht *die befremdende Behauptung, daß die ganze Welt eine Sprache und einerlei Worte hatte*. Dafür ist aber die Völkertafel ein Tummelplatz für rassische Entdeckungen, eine *Magna Charta der Völkerkunde*. Anders als Gobineau und Lasaulx entdeckte Bunsen in ihr den ewigen Gegensatz zwischen Japhetiten und Hamiten, der noch heute besteht; denn die Japhetiten sind die Arier, die Hamiten die Nichtarier und Dravidas. Schon die schwarzhäutige Schlange im Paradies wird als nichtarisch entlarvt. Die Hamiten bauten Babel, die arischen Japhetiten unter dem Mederkönig Nimrod eroberten es und errichteten dort den Turm als Zwingburg. Später fraternisierte freilich die Besatzungsmacht mit den Okkupierten, und die Folge waren die semitische Mischlingsrasse und die Sprachenverwirrung, nämlich die Vermischung von japhetitischen und hamitischen Idiomen, welche genau im Jahre 2458 v. Chr. einsetzte. Die Semiten haben diese Ereignisse in der Bibel verdreht, um ihre Schande zu bemänteln und sich selber als das Urvolk hinzustellen; nun aber weiß man, welche Rasse wahrhaft ursprünglich und stark ist[164]).

Gegen eine so simple Rassenlehre sträubte sich der mit Bunsens Vater bekannte, polyglotte Göttinger Orientalist Paul de Lagarde (1827–1891), aber auch bloß, weil er jede universalistische Tradition ablehnte und das oberflächliche wilhelminische Leben durch eine deutsche Nationalkirche vertiefen wollte. Die Einheit der Nation beruht nicht auf einem gemeinsamen Stammvater, denn Kants Vater kam aus Schottland; auch die gemeinsame Sprache schafft keine Nation, denn die deutschsprachigen Schweizer gehören nicht zu uns. Eine Nation ist um ein geistiges, religiöses Ideal geschart. Weil wir es heute nirgends finden, ist unsere Sprache seicht; unsere Worte sind heute nicht mehr wie einst Bezeichnung einer Sache, sondern nur noch Echo irgendwelchen Geredes über die Sache. Einstweilen ist das Deutsche nur in der Musik rein kenntlich; doch

---

[163]) Von Bagdad nach Stambul (Gesammelte Werke, Bd. 3), Bamberg 1950, S. 266, 269 (Birs Nimrud). Bei den Trümmern von Babylon (Gesammelte Werke, Bd. 27), Bamberg 1952, S. 272, 287 ff. (steinerne Predigt).

[164]) Die Überlieferung, ihre Entstehung und Entwickelung, Bd. 1, Leipzig 1889, S. 71 (Gen. 11, 1), 42, 57 ff. (Völkertafel), 9 (Arier), 17 ff. (Nichtarier), 61 ff., 71 ff. (Babel). – Nach Albrecht Wirth, Aus orientalischen Chroniken, Frankfurt/Main 1894, S. 221 ff. ist der Babelturm das Symbol des Gewitterbildes, das vom Wasserziehen der Sonne hervorgerufen wird.

es muß wieder werden, was Sprachen ursprünglich sind: *Äußerungen eines und desselben Lebensmittelpunkts*. Diese Mittelpunkte sind verschieden; Religionen und Sprachen gedeihen nur in gesonderten Gemeinschaften, denn das Menschengeschlecht stammt nicht von einem einzigen Paare ab. (Lagardes Göttinger Vorgänger Ewald war im Unrecht.) Gerade die begrenzte Sprache war in ältesten Zeiten zum Höchsten fähig, die ältesten Idiome zeigen noch *tiefe Einsicht in das Wesen des Wahren und Rechten* und wurden gewiß nicht von einfachen Wilden erfunden. Denn die Sprache ist *Ausdruck einer Psyche*, *jede Sprache der Ausdruck einer andern Psyche*, *und jede Psyche der Gegenstand einer Erziehung durch Gott*, *also eines Werdens*, *also einer Geschichte*. Darum sind Religion und Nation eigentlich identisch. *Jeder Vers der Bibel hat 72 Auslegungen*, *für jedes Volk der Erde eine andere*. Die Symbolzahl bedeutet nicht die Entfaltung des Verwandten, sondern die Vielfalt des Unvereinbaren. Deshalb lehnte Lagarde die jüdische Universalreligion rundweg ab. Die Geschichte vom babylonischen Turm konnte ihm nicht (wie Arndt) die Trennung der Völker beweisen; er überging Babel, denn die Völker waren nie eins gewesen. Lagardes Antisemitismus war nicht direkt rassisch begründet; nach seiner Meinung fühlen sich die Deutschen auch von anderen Ariern und Indogermanen, von Romanen, Slaven und sogar Engländern getrennt. Aber weil es (realer, als Feuerbach meinte) einen deutschen Gott und keine universale Heilsgeschichte gibt, darf nicht geduldet werden, daß in Deutschland Semiten noch heute Ansichten vertreten, *die in die Zeiten nach der Völkertrennung*, *nahe an die Sintflut zurückreichen*. Das geniale Evangelium Jesu wurde entstellt durch die jüdische Geschichtslehre von dem einmaligen, nachwirkenden Faktum und von der universalhistorischen Tradition[165]). Ohne der zoologischen und materialistischen Deutung des Daseins zu huldigen, stellte sich Lagarde mit der Leugnung der menschlichen Geschichtlichkeit doch in die nächste Nähe derer, die in Naturgesetzen eine Ersatzreligion suchten.

Seiner glaubenslosen Zeit wollte auch der sächsische Komponist Richard Wagner (1813–1888) Erlösung bieten; aus der Welt des Leidens sollte im Sinne Schopenhauers die reine, totale Kunst befreien. Wagner schrieb 1881, ange-

---

[165]) Schriften für das deutsche Volk, hg. Karl August FISCHER, Bd. 1, München 1934: Über die gegenwärtige Lage des Deutschen Reichs S. 144 (Nation); Zum Unterrichtsgesetze S. 201 (Verfall des Deutschen); Die Religion der Zukunft S. 255 (Lebensmittelpunkt), 251 f. (Verschiedenheit, Polygenese der Menschheit). Symmicta, Bd. 2, Göttingen 1880, S. 36 f. (älteste Sprache). Mittheilungen, 4 Bände, Göttingen 1884–91, hier Bd. 1, S. 70 (keine einfachen Wilden). Abhandlungen der Kgl. Gesellsch. d. Wiss. zu Göttingen, Hist.-Philol. Kl., Bd. 37, Göttingen 1891, Register S. 1–4 (Psyche). Mittheilungen Bd. 4, S. 350 (72 Auslegungen; dazu KRAUSS, ZATW Bd. 19, S. 14); Bd. 2, S. 262–351 (Juden und Indogermanen). Dazu Ludwig SCHEMANN, Paul de Lagarde, Ein Lebens- und Erinnerungsbild, 3. Aufl., Leipzig 1919, S. 130 ff.; LÖWITH, Von Hegel 398 ff.

sichts der leidvollen Weltgeschichte könne man die Liebe zum Menschengeschlecht nicht anders als durch Anhänglichkeit an das eigene Volk bewahren. Denn das Volk führt den Menschen zu den mythischen Ursprüngen zurück; zumal der Deutsche hat das unermeßliche Glück, die Sprache seiner Urväter noch zu besitzen und sein Fühlen und Anschauen mit der Schönheit des Urmenschentums zu verquicken. Daraus ergab sich Wagners Konzeption des Gesamtkunstwerkes, das zur reinen Ursprache der Musik das gesprochene deutsche Wort und den germanischen Mythos gesellt und so alles leidvolle Nurhistorische besiegt, auch das Nichtarische, Jüdisch-Zersetzende. Der gottgesandte Künstler verkündet die Wahrheit mit der Magie der Töne und Worte, mit dem Zauber, der im „Lohengrin" den nicht zu nennenden Namen des Titelhelden umgibt. Berührte sich Wagner hier mit Baudelaire und den französischen Symbolisten, so unterschied er sich von ihnen durch seinen Willen zur mystischen Macht, der das sprachlos gewordene Dasein in seinen dunklen Bann zwingt[166]).

In diesem Bann stand zunächst auch der sächsische Pastorensohn Friedrich Nietzsche (1844–1900). Wie Schopenhauer und Hartmann glaubte er 1869/70, daß die Sprache nicht als *bewußtes Werk einzelner noch einer Mehrheit*, sondern aus dem Instinkt entstand. Der Mythos im Alten Testament läßt zwar Gott und Mensch dieselbe Sprache reden und beide den Dingen Namen geben; doch Namengebung setzt Sprache bereits voraus. Die Völker können sich (nach Feuerbach) Welt, Götter und Menschen nicht ohne Sprache denken; aber von ihrem Ursprung wissen sie nichts, und deshalb schweigen sie darüber. Der Philosoph und Philologe braucht nicht zu schweigen. Wie Wagner fand Nietzsche 1871 die Ursprache in der Musik, der *Urmelodie*; in ihr schwingt die fundamentale *Lust- und Unlustsprache* des ursprünglichen Willens. Die unwillkürliche Gebärdensprache steht der Musik noch nahe, sie ist überall gleich und verständlich, und doch beginnt mit ihr die Mannigfaltigkeit der Idiome. Diese bezeugt, *daß Wort und Ding sich nicht vollständig und nothwendig decken*; das Wort ist nur *Organ und Symbol der Erscheinung*, die selbst bloß ein Gleichnis ist. Die Sprache bildet einen Nervenreiz in Lauten ab, willkürlich übertragend und abgrenzend; es kann dabei nicht auf absolute Wahrheit und adäquaten Ausdruck abgesehen sein, sonst gäbe es nicht so viele Sprachen (ein indisches Argument). Die Sprache, die Metapher der Dinge, gibt lediglich *die Relationen der Dinge zu den Menschen* an; aus sozialen Beziehungen und Mitteilungsbedürfnis entstand mit der Sprache (wie bei Marx) auch das Bewußtsein als etwas Sekundäres.

---

[166]) Sämtliche Schriften und Dichtungen, 15 Bände, 6. Aufl., Leipzig 1912–14: Erkenne Dich selbst Bd. 10, S. 272; Oper und Drama, Dichtkunst und Tonkunst im Drama der Zukunft Bd. 4, S. 211 (deutsche Sprache); Lohengrin II, 1 Bd. 6, S. 82 f. (Name des Helden).

Aber nicht einmal in ihrem eigensten Bezirk ist Sprache zureichend: Man kann in Worten seine Gedanken nicht ganz wiedergeben, noch weniger lebendige Gefühle. Nur das Plumpe und Durchschnittliche ist (wie bei Hölderlin) die Domäne der Sprache. *Wofür wir Worte haben, darüber sind wir auch schon hinaus.* Allenfalls sind Worte *Regenbögen* und *Schein-Brücken zwischen Ewig-Geschiedenem*, höchstens *eine schöne Narrethei*: *damit tanzt der Mensch über alle Dinge*[167]).

Das kritische Unbehagen des Philologen und der erkenntnistheoretische Zweifel des Philosophen wenden sich auch gegen die Geschichte als Tradition; sie täuscht die Wahrheit des Alten vor. Sie ist wie die Sprache eine Ideologie. Der Ursprung der Sprache hing wohl mit *Machtäußerung der Herrschenden* zusammen; durch ihre Benennung besiegelten sie Dinge und Geschehnisse und nahmen sie in Besitz. Einst war das Namengeben eine originelle Tat, weniger der Denker als der Mächtigen; aber die vergangene Tat ist die Feindin der künftigen. Was *im Ursprunge zu allermeist ein Irrthum und eine Willkürlichkeit* war, wurde wichtig, und nun liegt unsäglich viel mehr daran, *wie die Dinge heißen, als was sie sind.* Sprache entfremdet (wie Stirner lehrte) den Menschen der Wirklichkeit. Er stellt in der *Sprache als vermeintlicher Wissenschaft* eine eigene Welt neben die reale und hält sie für wahr; das Wort, das nur Zeichen und Gleichnis sein sollte, tötet das Leben. Jede neue Erkenntnis stolpert *über steinharte verewigte Worte*; jedes Wort ist eine Gefahr für die geistige Freiheit, ein *Vorurtheil.* Sprache ist *eine Gewalt für sich* geworden, welche die Menschen *wie mit Gespensterarmen* erfaßt und schiebt, *wohin sie eigentlich nicht wollen.* Tun sie sich zu gemeinsamem Werk zusammen, so packt sie *der Wahnsinn der allgemeinen Begriffe* und der reinen Wortklänge, und sie verstehen einander nicht mehr; sie bleiben Sklaven der Worte und Konventionen, befangen in jenem *Bau der Begriffe*, den Sprache und Wissenschaft errichten. Diese *Begräbnißstätte der Anschauungen*, dieser *Thurmbau der Wissenschaft* wächst noch immer höher ins Ungeheure und erdrückt alles Leben. (Der Name Babel wird bei Nietzsche nie genannt, aber das Gleichnis beschwört die Sache.) Die Sprachlichkeit des Menschen ist sein ewiges Babel[168]).

---

[167]) Gesammelte Werke, Musarion-Ausgabe, 23 Bände, München 1920–29: Vom Ursprung der Sprache Bd. 5, S. 467–470 (Sprachentstehung); Über Musik und Wort Bd. 3, S. 340 ff. (Urmelodie); Die Geburt der Tragödie S. 50 (Organ und Symbol); Über Wahrheit und Lüge im außermoralischen Sinne Bd. 6, S. 79 f. (Nervenreiz, Relationen); Die fröhliche Wissenschaft Nr. 354 Bd. 12, S. 278 f. (Sprache und Bewußtsein); Nr. 244 S. 193 (Worte und Gedanken); Vermischte Meinungen und Sprüche Nr. 105 Bd. 9, S. 57 f. (Gefühle); Jenseits von Gut und Böse Nr. 24 Bd. 15, S. 37 (Plumpheit der Sprache); Götzendämmerung, Streifzüge eines Unzeitgemäßen Nr. 26 Bd. 17, S. 125 (Wofür wir Worte haben); Also sprach Zarathustra III, Der Genesende 2 Bd. 13, S. 277 (Regenbögen, Narretei).

[168]) Zur Genealogie der Moral I, 2, Musarion-Ausgabe (o. Anm. 167) Bd. 15, S. 284 (Machtäußerung); Die fröhliche Wissenschaft Nr. 261 Bd. 12, S. 196 (originelle Tat); Nr. 58 S. 92 (Irrtum und Willkürlichkeit; wie die Dinge heißen); Menschliches, All-

Anstatt durch Sprachbildung zum rechten Handeln zu gelangen, macht man die Sprache selbst zum Fetisch, so rudimentär sie ist, und verehrt die Muttersprache rückwärtsgewandt, historisch-genetisch. Sogar die klassischen Sprachen werden heute (worauf Pott so stolz gewesen war) mit vergleichenden Hinweisen auf Litauisch, Kirchenslavisch und auf das *heilige Sanskrit* traktiert, obwohl Griechen und Römer selbst von barbarischen Idiomen nie etwas hielten. Und *wozu sich in häßliche Sprachen verlieben, weil unsere Mütter sie sprachen?* Wozu Fremdsprachen lernen, die das Gedächtnis mit Worten statt Gedanken füllen und das Sprachgefühl für die Muttersprache verderben? Der junge Nietzsche glaubte, im Banne Wagners, 1873 an die überhistorische Kraft seiner Muttersprache; sie ist *das Mysterium aller unserer Deutschheit*; *sie allein hat durch alle die Mischung und den Wechsel von Nationalitäten und Sitten hindurch sich selbst, und damit den deutschen Geist, wie durch einen metaphysischen Zauber gerettet.* Doch 1886 empfand er auch am Deutschen die geschichtliche Verfremdung und Verfälschung. Ebenso enttäuscht wandte er sich vom deutschen Volke ab, das seinem Namen Ehre mache: *das „tiusche" Volk, das Täusche-Volk*; es hat die Chance von 1870 nicht genutzt. Bot die Musik einen Ausweg aus der historischen Illusion? Der von Wagner Befremdete sah auch die Musik nur als historisch bedingten Spätling der Kultur, nicht mehr als ursprüngliche, *allgemeine überzeitliche Sprache.* Kann überhaupt in den Ursprüngen die Wahrheit liegen? Wer nach den Anfängen sucht, wird zum Krebs[169]).

Noch 1887 gab wenigstens der biblische Anfangs-Mythos zeitlose Anschauung von den Möglichkeiten des Menschen; Nietzsche bewunderte im Alten Testament die *unvergleichliche Naivetät des starken Herzens* und die *ungeheuren Überbleibsel dessen, was der Mensch einstmals war.* Aber verhindert nicht gerade die alte Religion die Befreiung des Menschen? Nietzsche las 1888 aus der mosaischen Genesis Priestertrug und Angst vor der Wissenschaft: Gott schuf die Tiere, damit der Mensch sich unterhalte und nicht denke; aber der Mensch

---

zumenschliches Nr. 11 Bd. 8, S. 24 f. (Sprache als Wissenschaft); Umwertung aller Werte I. Der Antichrist Nr. 32 Bd. 17, S. 207 f. (tötende Worte); Morgenröte Nr. 47 Bd. 10, S. 49 (steinharte Worte); Der Wanderer und sein Schatten Nr. 55 Bd. 9, S. 221 (Vorurteil); Unzeitgemäße Betrachtungen IV, 5 Bd. 7, S. 273 f. (Gewalt für sich usw.); Über Wahrheit und Lüge . . . Bd. 6, S. 87 f. (Turmbau).

[169]) Götzendämmerung, Die „Vernunft" in der Philosophie Nr. 5, Musarion-Ausgabe (o. Anm. 167) Bd. 17, S. 72 (Fetisch); Über die Zukunft unserer Bildungsanstalten Nr. 2 Bd. 4, S. 38 f. (historisch-genetisch); Nr. 3 S. 67 f. (Sanskrit usw.); Aus dem Nachlaß, Einzelbemerkungen Bd. 14, S. 92 (häßliche Sprachen); Menschliches, Allzumenschliches Nr. 267, 554 Bd. 8, S. 236, 361 (Fremdsprachen); Unzeitgemäße Betrachtungen I, 12 Bd. 6, S. 207 (Mysterium der Deutschheit); Die fröhliche Wissenschaft Nr. 104 Bd. 12, S. 133 f. (geschichtliche Verfremdung); Jenseits von Gut und Böse Nr. 244 Bd. 15, S. 201 (Täusche-Volk); Vermischte Meinungen und Sprüche Nr. 171 Bd. 9, S. 87 (Musik als Spätling); Götzendämmerung, Sprüche und Pfeile Nr. 24 Bd. 17, S. 58 (Krebs).

beherrschte sie (durch die Namengebung von Gen. 2, 19). Wie Diderot verstand Nietzsche nun den Turm von Babel als ernste Bedrohung Gottes. *Das Werk der Erkenntniß thürmt sich auf, himmelstürmend, götterandämmernd – was thun! Der alte Gott erfindet den Krieg, er trennt die Völker.* Im Mythos kehren sich alle Werte um, die Gegner der Sage werden identisch: Nimrod, *jüngst Jäger noch Gottes, das Fangnetz aller Tugend, der Pfeil des Bösen*, verwandelt sich in den geliebten Zarathustra, der sich selbst erjagt. Denn Gott ist tot, und der Mensch ist mit sich allein.

Und was bleibt von der Vielfalt, die ihn umgibt? Die *Vielheit der Sprachen* ist vielleicht ein Mittel des Menschen, sich voller mitzuteilen; aber die geschichtliche Mannigfaltigkeit bietet dem Denker, der das Immergleiche sieht, keine Belehrung; an historische Individualitäten glaubt er nicht. Vergangenes und Gegenwärtiges sind ein und derselbe Typus. *Die Hunderte verschiedner Sprachen* entsprechen den typischen, immergleichen Bedürfnissen der Menschen; wer diese Notdurft kennt, lernt aus keiner Sprache Neues. Die Geschichte der Völker zeigt dem Betrachter den *Ursinn der verschiedenen Hieroglyphen*, aber ermüdet und übersättigt weicht er *der immer neu hinzuströmenden Zeichenschrift* aus, denn er sucht Wahrheit. Auch die Völker waren, wie die Sprachen, eine Schöpfung der Schaffenden, keine organisch gewachsenen Individuen; heute aber, 1886, sehen die europäischen Nationen Fiktionen zum Verwechseln ähnlich. Gewiß, *die gemeinsame Sprache ist der tönende Ausdruck einer gemeinsamen Seele*, aber oft ist sie nur das *Zeichen einer gelungenen Überwältigung*; Völker sind Objekte der Herren. Wenn sich Menschen eines Volkes besser miteinander verstehen als Angehörige verschiedener Nationen, so ist das Gemeinsame letztlich nur die Gemeinheit. Jedes Volk hat sich seine eigene Sprache des Guten und Bösen geschaffen, die der Nachbar nicht verstand; heute (so 1883) ist ein neuer Götze unter ihnen aufgestanden, der Staat, er *lügt in allen Zungen* und schafft Sprachverwirrung. Ohne es zu wollen, bereitet er damit nur die Umwertung aller Werte vor. Alle diese Kollektive und Kontinua, Sprache, Tradition, Volk, Staat zehren ja von der Angst vor neuem Anfang, und dieses Neue wird der einzelne Übermensch sein[170]).

[170]) Zur Genealogie der Moral III, 22, Musarion-Ausgabe (o. Anm. 167) Bd. 15, S. 429 (Naivität des Herzens); Jenseits von Gut und Böse Nr. 52 S. 72 (Überbleibsel); Der Antichrist Nr. 48 Bd. 17, S. 232 f. (Adam, Babel); Dionysos-Dithyramben, Zwischen Raubvögeln Bd. 20, S. 200 (Nimrod); Kunst und Künstler Bd. 17, S. 307 (Vielheit der Sprachen); Unzeitgemäße Betrachtungen II, 1 Bd. 6, S. 240 f. (Typus, Sprachen, Völker, Zeichenschrift); Also sprach Zarathustra I, Vom neuen Götzen Bd. 13, S. 58 (Völkerschöpfung); Jenseits von Gut und Böse Nr. 251 Bd. 15, S. 209 (Fiktionen); Gedanken zu der Betrachtung: Lesen und Schreiben Bd. 7, S. 399 (gemeinsame Seele); Wir Philologen II, 4 Bd. 7, S. 193 (Überwältigung); Jenseits von Gut und Böse Nr. 268 Bd. 15, S. 240 ff. (Gemeinheit); Also sprach Zarathustra I, Vom neuen Götzen Bd. 13, S. 58 (eigene Sprache, Staat); Der Wille zur Macht Nr. 731 Bd. 19, S. 166 (Kontinua).

Er bedient sich wieder der Sprache als seines Werkzeuges, sie wird ihm Ausdruck für den Willen zur Macht. Nietzsche selbst glaubte 1888, überhaupt erst gezeigt zu haben, was man mit der deutschen Sprache, mit der Sprache schlechthin könne; in der Tat zählt er zu den größten deutschen Stilisten. Er schrieb so unnachahmlich, wie er es wollte; er war sicher, daß vor dem neuen Lebenswillen die alten Kollektive in naher Zukunft zerbrechen würden. Mindestens in Europa werden (so 1876/78) die Nationen bald vernichtet sein; die Deutschen und vielleicht die Juden werden dann *Dolmetscher und Vermittler der Völker*. Der kosmopolitische Austausch wird schließlich, wie Präsident Grant prophezeit hatte, alle Beschränkungen, auch die Sprachverschiedenheit aufheben. Die Bemühungen der modernen Linguistik werden in einer notwendigen, wertvollen, gelungenen Sprache gipfeln. Doch weniger von der Wissenschaft als von den banalsten Bedürfnissen der Wirtschaft aus wird sich die Einheit der Welt und der Sprache ergeben. *In irgend einer fernen Zukunft wird es eine neue Sprache, zuerst als Handelssprache, dann als Sprache des geistigen Verkehrs überhaupt, für Alle geben, so gewiß als es einmal Luft-Schiffahrt giebt.* Dies wird die Zeit des Übermenschen sein. Hier endlich scheinen sich Nietzsches innere Widersprüche zwischen Ursprünglichem und Kommendem, zwischen Unbewußtem und Geistigem zu lösen. Nachdem er alle geistigen Objektivationen, Sprache, Geschichte und Religion, verworfen hatte, zeigte er, daß die Entwurzelung des Menschen nicht sein Verderben, sondern seine Hoffnung ist. Sie enthebt ihn dem Zwang der Wissenschaft und der Wirtschaft, dem Zwiespalt zwischen Ideologie und Realität und schenkt ihm die Freiheit zu vitalem Leben. Damit faßte Nietzsche nicht nur seine Zeit zusammen, er wies ihr auch den künftigen Weg, den Ausweg[171]).

Denn im ganzen genommen waren die deutschen Leistungen der Epoche ein Weg im Kreise. Fruchtbar wurden sie auf wissenschaftlichem Gebiet, bei der Analyse der Realität durch die Erfahrungs- und Naturwissenschaften und bei der Kritik der Ideologie durch die Philosophie. Beide Bestrebungen richteten sich auf das faßbare Detail, gegen das allgemeine Symbol; fast alle romantischen Spekulationen und Kombinationen wurden spezialistisch zerlegt. Sprache und Volk, Geschichte und Religion verloren ihre mysteriöse Universalität; aus der vielstimmigen Ablehnung des jüdischen Alten Testaments sprach deutlich die Antipathie gegen das vielfältig Geordnete der Völker und Sprachen, gegen den weltgeschichtlich handelnden Gott. So segensreich die

---

[171]) Ecce homo, Warum ich so gute Bücher schreibe Nr. 4, Musarion-Ausgabe (o. Anm. 167) Bd. 21, S. 219 (N.s Selbsteinschätzung); Menschliches, Allzumenschliches Nr. 475 Bd. 8, S. 336 f. (Vernichtung der Nationen); Nr. 267 S. 236 (künftige Sprache). Dazu Heinz HEIMSOETH, Nietzsches Idee der Geschichte (Philosophie und Geschichte 65), Tübingen 1938, S. 3 ff.; LUBAC, Drame 42 ff. Das Sprachdenken N.s wäre eine eigene Untersuchung wert.

Einzelforschung wirkte, so verhängnisvoll wurde die Wissenschaftsgläubigkeit für die Zeit im ganzen. Sie ließ die Dichter kaum zu Worte kommen und nahm die zusammenhängende Deutung, die sie nicht entbehren konnte, von halbwissenschaftlichen Ersatzreligionen entgegen, von Determinismus, Materialismus und Pessimismus. Unkontrollierbare Mächte wie die Natur und die Rasse, das Unbewußte und das Musikalische verdrängten den selbstbewußten romantischen Allgeist. Deshalb endete die Suche der Zeit nach dem Wirklichen, Gegenwärtigen und Eigenen immer wieder bei dem schillernden Gefühl der Selbstentfremdung, in dem sich vielerlei Verschiedenes traf: Romantische Sehnsucht nach Verlorenem, ideologische Kritik an der Wirklichkeit, realistischer Widerspruch gegen Selbstzufriedenheit und Wissenschaftsglauben, revolutionäre Hoffnung auf eine menschlichere Zukunft. Die politische Geschichte der deutschen Revolution und sogar der Reichsgründung, die wirtschaftliche Geschichte der Industrialisierung und der Gründerjahre konnte dieses Mißvergnügen an der Gegenwart nicht beschwichtigen; es war eine Macht, die dynamisch auf Veränderung drängte. Nietzsche gab den Weg dazu frei; der entwurzelte Mensch würde künftig zu seinem Dasein finden, auch seine Sprache und Geschichte neu gestalten, Realität und Ideologie meistern können. Die bange Frage war nur, ob er über der Vitalität nicht seine Hoffnung, seine Humanität verlieren würde.

*

Die verwirrte und gelähmte deutsche Geisteswelt war nicht mehr wie in der Epoche zuvor für Europa vorbildlich; sie gab selbst den deutschsprachigen Nachbarnationen mehr Fragen als Antworten weiter. Die Schweiz, die sich in der Romantik eng an Deutschland angeschlossen hatte, distanzierte sich; mit ihren Problemen der Konstitution und Konfession wurde sie aus eigener Kraft fertig und ließ sich von der liebevollen Hegung kleinräumiger, aber vielsprachiger Realitäten nicht zu schwermütigem Positivismus oder engstirnigem Nationalismus verführen.

In der Fülle des menschlichen, unwiederbringlichen Lebens fand der Züricher Gottfried Keller (1819–1890) die Kraft, deutschen Verheißungen und Drohungen zu widerstehen. Er träumte 1837, daß alle Nationen aller Zeiten in buntem Gemisch den Schöpfer verehren, der *in einer nie gehörten und doch von jedem Wesen verstandenen Sprache* zu den Menschen redet. Diesen romantischen Glauben an eine göttliche Weltsprache zerstörte dem Dichter nicht allein Feuerbach, auch die Erfahrung des schweizerischen Konfessions-Konflikts. Er feierte 1843 Pfingsten als Fest der Geistesfreiheit, an dem die Jünger *geisterfüllt in fremden Zungen* sprachen und alle Bande brachen; doch die derzeitige Kirche, die sich auf Pfingsten versteift, ist eher zur Tyrannenburg geworden.

Nicht minder tyrannisch sind die Deutschen, die ihr Reich ausdehnen wollen, so weit die deutsche Zunge klingt, und dabei auf Bibel und Geschichte pochen. *Wenn wir*, schrieb Keller 1841, *der Bibel folgen müßten, so wäre die ganze Menschheit nur eine Nation und müßte folglich nur einen einzigen Staat ausmachen.* (Das hatte selbst Arndt nicht gewollt.) Dieses babylonische Wunschbild widerspricht dem geschichtlichen Leben.

Wenn jedes Volk nach seinen Elementen,
Aus denen in der Urzeit es entstand,
Sich eines Tages wieder scheiden müßte,

es bliebe keines übrig. Heute kann sich auf die Urzeit nur berufen, wer *im Trümmerschutt der alten Babel* nach Zwietracht sucht. Keller erkannte 1846 an, daß Volkstum und Sprache *das Jugendland* sind,

Darin die Völker wachsen und gedeihen,
Das Mutterhaus, nach dem sie sehnend schreien,
Wenn sie verschlagen sind auf fremden Strand.

Doch kann die Nationalität auch leicht zum Gängelbande, ja zur Kette werden, zum Vorwand für listige Tyrannen (wie der nach Zürich geflohene Büchner erfahren hatte). Im alten Staube versiegt der eine Strom, der andre bricht sich neue Bahn, und nur die Freiheit kann das Ziel sein. Über der Gemeinsamkeit der gesamtdeutschen Sprache steht die Unbedingtheit des freien Lebens, die die verschiedensprachigen Schweizer vereint. Mit feinem Gespür für ihre Hintergedanken nahm Keller 1881 die mittelalterliche Zahlensymbolik nur als warnendes Beispiel für tötende Totalitäten; er erzählte nach Jansen Enikel die Geschichte von Kaiser Nero und seinen 72 Ärzten als sinnreiche Fabel, die vom Untergang des Tyrannen kündet. Die Bibel selbst war ihm ein Sagenbuch voll der *wunderbarsten Ausgeburten menschlicher Phantasie*; daß er sie Wort für Wort als geschichtlich wahr hinnehmen sollte, empfand er als starke Zumutung weniger an seinen kritischen Realismus als an seinen Drang nach Freiheit[172]).

Aber verletzt die männliche Freiheit nicht das Reich der Mütter, in dem die Sprache wurzelt? Mommsens Gegner, der Baseler Jurist Johann Jakob Bachofen (1815–1887) erbte von Savigny und Grimm den Sinn für das Romantische,

[172]) Sämtliche Werke, hg. Jonas Fränkel – Carl Helbling, 22 Bände, Erlenbach-Bern 1926–49: Eine Nacht auf dem Uto Bd. 20, S. 73 (nie gehörte Sprache); Entartete Kirche, Pfingstfest Bd. 13, S. 313 (Pfingsten, Kirche); Vermischte Gedanken über die Schweiz Bd. 21, S. 102 (Bibel und Nationen); Schweizerische Sonette Bd. 13, S. 161 (Wenn jedes Volk . . .), 159; Den Konservativen Bd. 14, S. 78 (Babel); Nationalität Bd. 1, S. 131 (Jugendland; ähnlich Schweizerische Nationalität Bd. 14, S. 75); Das Sinngedicht c. 8 Bd. 11, S. 95 (Nero; dazu Steinschneider, Zahlen 480); Der grüne Heinrich II, 11 Bd. 4, S. 134 (Bibel). Dazu Ernst Howald, Gottfried Keller als Schweizer und als Deutscher, Diss. phil. Minneapolis, New York 1933, S. 32 ff., 100 ff.; Werner Zollinger-Wells, Gottfried Kellers Religiosität, Zürich-Stuttgart 1954, S. 12 f.

beschränkte es jedoch nicht wie sie auf Vaterland und Muttersprache. Er verehrte 1859 die Sprache als heiliges, dem *mütterlichen Erdstoff eingebornes Gesetz*; durch Berührung mit der Erde empfing nach altem Glauben das Kind seine Sprache. Unter den Menschen wurde sie erst offenbar durch *die im Manne enthüllt ans Licht tretende Kraft*, durch Hermes und Thot; aber der männliche Sprachgestalter schafft nichts willkürlich, denn die Namen der Dinge *liegen stumm als Mysterium in den Sachen selbst*. Die Symbolik enthüllt klarer als Hartmanns Abstraktion die Doppelnatur der Sprache, ihre erdnahe, mütterliche Unbewußtheit und ihre kraftvolle, männliche Klarheit; sie folgen kaum historisch aufeinander und sind ineinander verschränkt, wenigstens im idealen Urzustand. Denn inzwischen wurde die Sprache gedanklich, endlich und beschränkt und *berührt wie ein leiser Windhauch die Oberfläche des Verständnisses*; sie trennt immer und vereinigt nie, sie führt nicht mehr wie Symbol und Mythos in die Tiefe des unsagbaren Geheimnisses.

Zwar zog Bachofen 1861 für die Erschließung der uralten, mutterrechtlichen Periode auch sprachliche Zeugnisse heran und erklärte mit Savigny und Grimm Sprache und Recht für die *beiden wichtigsten Stützen des Volkslebens*, aber nur noch im Mythos fand er wie Görres und Schelling *die Manifestation der ursprünglichen Denkweise*, die *unmittelbare historische Offenbarung*, auch für die Völkergeschichte. Im mutterrechtlichen Mythos schließt sich das welthistorische Wissen zusammen, denn *aus dem gebärenden Muttertum stammt die allgemeine Brüderlichkeit aller Menschen*. Die Religiosität, überhaupt *die ganze Gesittung, welche auf die erste Barbarei folgt*, war das Werk des Weibes; daß antike Völker in ihrer Sprache noch die Bezeichnung „Mutterland“ beibehielten, deutet auf diese schöpferische und universale Rolle der Frau. Wie bei Creuzer vollzieht sich die Weltgeschichte in drei Stadien; auf die mütterliche Zeit der Einheit folgte die vaterrechtliche Entfaltung in getrennten Gemeinschaften, die Bachofen freilich nicht mehr babylonisch nannte; aber der weitere Fortschritt der Menschheit wird die Rückkehr zum Ausgangspunkt sein. In diesem großflächigen mythischen Geschichtsbild geht das Individuelle und Mannigfaltige unter oder wird zum oberflächlichen Windhauch; so wandte sich Bachofen 1870 gegen die positivistisch-kritische Geschichtsforschung und Sprachwissenschaft in Deutschland, die glaubt, *in den Wortformen eines eingebildeten Indogermanismus das Palladium für die richtige Erkenntnis des Fortgangs der geschichtlichen Entwickelung zu besitzen*. Denn die gleiche Forschung, die im Gefolge von Strauß den Inhalt des Mythos, des „Erzählten“, verhöhnt, baut sich aus geistlosen Buchstaben, die bloß ein Mittel des Erzählens sind, wie Schleicher und Scherer ein neues Geschichtsbild[173]).

---

[173]) Gesammelte Werke, hg. Karl MEULI u. a., 10 Bände, Basel 1943–58: Versuch über die Gräbersymbolik der Alten Bd. 4, S. 252 f. (Ursprung der Sprache, Mysterium),

Aufgeschlossener als Bachofen verfolgte der Baseler Germanist Wilhelm Wackernagel (1806–1869) die Neuerungen der Linguistik im Nachbarland; aber der geistige Nachfolger Grimms sah 1866 wie Bachofen die Traditionen als ehrwürdiges Gut an, das seinen Sinn nicht leicht verrät, doch sinnvoll ist. Er hielt die Sprache für eine menschliche, nicht mythische Größe; Gen. 2, 19 schien es zu bestätigen: Gott schuf den Menschen, und der Mensch schuf die Sprache. F. M. Müller sagte es und glaubte an den einen Ursprung aller Sprachen; soeben entdeckte R. von Raumer den Zusammenhang zwischen Indogermanisch und Semitisch. Da fand Wackernagel die mittelalterliche Lehre von 72 Sprachen, *wahrscheinlich aus Anlaß einer Evangelienstelle* (Luk. 10, 1) formuliert, zu pluralistisch und *im entlegensten Hintergrunde wohl eine einzige Ursprache… denkbarer als noch vor kurzem erscheinen durfte.* Wie Bachofen ließ Wackernagel den Turm von Babel auf sich beruhen, weil der gemeinsame Ursprung alles Verschiedenen in der Ferne wieder sichtbar wurde[174]).

War das nicht eine Sinnestäuschung? Hatte sich der Geist jemals in der bösen Machtwelt der Geschichte rein verkörpert? Wackernagels größerer Baseler Kollege Jacob Burckhardt (1818–1897) bezweifelte es zwischen 1868 und 1871. Von Strauß beeindruckt, verwarf der Pastorensohn die Mythographie Bachofens. Was uns der Mythos über die Stifter der Völker sagt, über Noah, Hellen, Tuisko und Mannus, ist keine historische Wahrheit, sondern *Neuschöpfung von nicht Existierendem*; diese Heroen sollen eine ursprüngliche Einheit repräsentieren, die es nicht gab. Hierher gehört auch die Sage vom *Turm von Babel*; denn sie berichtet von einer *Ureinheit, die sich später getrennt habe.* Die Einheit der Weltgeschichte beruht nicht auf der Ahnentafel der Menschheit. Den frommen Glauben seines Lehrers Ranke teilte Burckhardt nicht; doch auch die naturalistisch-nationalistische Resignation seines Lehrers Droysen mißfiel ihm. Denn die Sprache ist kein Naturprodukt, sie ist ein Wunder des Geistes; der Individualist fand ihren Ursprung, *unabhängig vom Einzelvolke und seiner Einzelsprache, in der Seele* und in ihrem inneren Drang, *den Gedanken in Worte zu kleiden.* Wäre Sprache nur als Nationalsprache möglich, so könnte man keine Fremdsprachen

---

62 (Oberfläche); Das Mutterrecht, Eine Untersuchung über die Gynaikokratie der alten Welt nach ihrer religiösen und rechtlichen Natur Bd. 3, S. 991 (Stützen des Volkslebens); Bd. 2, S. 13 (Manifestation), 20 f. (Brüderlichkeit), 34 (Gesittung), 143 f. (Mutterland); Die Sage von Tanaquil, Eine Untersuchung über den Orientalismus in Rom und Italien Bd. 6, S. 52 (Indogermanismus). Dazu Alfred Baeumler, Bachofen der Mythologe der Romantik, in: Manfred Schröter, Der Mythus von Orient und Occident, Eine Metaphysik der Alten Welt aus den Werken von J. J. Bachofen, 2. Aufl., München 1956, S. CXXV ff.; Georg Schmidt, Johann Jakob Bachofens Geschichtsphilosophie, München 1929, S. 9 ff.; Srbik, Geist Bd. 2, S. 314 ff.

[174]) Über den Ursprung und die Entwickelung der Sprache, in: Abhandlungen zur Sprachkunde (Kleinere Schriften 3), Leipzig 1874, S. 1–58, hier S. 9 ff. (Ursprung), 12 f. (72 Sprachen, Ursprache). Dazu Raumer, Philologie 597 ff.

erlernen *bis zum geistigen Gebrauch*; wäre Sprache ein Naturding, so würde sie den Menschen nicht bereichern; *so viele Sprachen, so viele Herzen besitzt man*, sagte Burckhardt unter Hinweis auf Ennius. Gleichwohl haben die getrennten Sprachen auch ihre objektive Seite, aber sie sind auch dann (mehr im Sinne Humboldts als Lasaulx') *die unmittelbarste, höchst spezifische Offenbarung des Geistes der Völker*.

Dieser Geist ist mit dem Weltwillen Schopenhauers nicht verwandt, doch hat Schopenhauer recht, wenn er den Gipfel der Sprachgeschichte im Ursprung sucht; *im ganzen zeigt sich die Sprache je früher desto reicher . . . und so wird man das Werkzeug in seiner Vollkommenheit schon vor dem Gebrauche besessen haben*. Sprache und Geschichte laufen (wie bei Hartmann) nicht parallel; *das rauhe, geschichtliche Leben und die Überwältigung der Sprache durch die Sachen, durch den Gebrauch, stumpften sie ab*. Freilich tritt im Abblühen der Sprache die bewußte, *hohe Geisteskultur mit ihren Meisterwerken* ein. Es ist die Tragik des Geistes, daß er sich in der Geschichte nicht klassisch klar manifestiert, daß seine Blüte nicht mit der sprachlichen, schon gar nicht mit der staatlichen zusammenfällt. Glücklich ist das Volk, das wie die Griechen wenigstens seine Ursprache beibehält; *nur sie wird organische Wahrheit haben*, frühen Reichtum mit spätem Geiste paaren. Doch wem ist dies heute beschert? Die geschichtliche Mischung der Völker ist wohl anderweitig, aber nicht für die Sprache fruchtbar und segensreich; die Geschichte verdirbt sie, sie setzt allem Reinen immer mehr zu, vor allem in unseren Tagen, die das Ehrwürdige entwurzeln und dem Erwerbssinn frönen. Weniger gelassen als sein Hörer Nietzsche, tief besorgt vor der Zukunft las Burckhardt 1873 die Rede des amerikanischen Präsidenten Grant; sie postuliert *e i n e n Staat und e i n e Sprache als das notwendige Ziel einer rein erwerbenden Welt*. Der Geist ist freilich *ein Wühler*, und so bleibt noch Hoffnung. Ohne die titanischen Ausbrüche der Deutschen bemerkte man auch in der Schweiz, daß die Welt aus den Fugen war, nicht erst seit gestern; alle Weltgeschichte ist ein Ringen zwischen Macht und Geist. Und ohne viel von Selbstentfremdung zu reden, wählten alle, von Keller bis Burckhardt, ihren Standpunkt dort, wo Hoffnung war, bei dem *duldenden, strebenden und handelnden Menschen, wie er ist und immer war und sein wird*[175]).

Schwerer als die mehrsprachige Schweizer Republik fand die deutschsprachig gelenkte Donaumonarchie den Ausgleich zwischen den nationalen

[175]) Gesamtausgabe, 14 Bände, Berlin-Leipzig 1929–33: Weltgeschichtliche Betrachtungen Bd. 7, S. 174 f. (Noah usw.), 21 (Turm von Babel), 43 f. (Sprache); Griechische Kulturgeschichte Bd. 11, S. 15 f. (organische Wahrheit); Weltgeschichtliche Betrachtungen Bd. 7, S. 158 (Grant), 5 (Geist als Wühler), 3 (Mensch, wie er ist . . .). Dazu Rudolf Stadelmann, Jacob Burckhardts Weltgeschichtliche Betrachtungen, in: HZ 169 (1949) 31–72, hier S. 65 ff.; Srbik, Geist Bd. 2, S. 145 ff.; Theodor Schieder, Staat und Gesellschaft im Wandel unserer Zeit, Studien zur Geschichte des 19. und 20. Jahrhunderts, München 1958, S. 190.

und liberalen Forderungen des Vielvölkerstaates; Deutschtum und Absolutismus mußten schließlich nachgeben, weil Österreich in Deutschland und Italien geistigen Rückhalt und militärische Macht verlor. Sprachverordnungen und Verfassungsrevisionen schufen weder Ordnung noch Freiheit, wenn hinter gutem Willen und böser Willkür kein zusammenfassendes Leitbild stand. Gott sollte es nach dem Josephinismus nicht mehr sein; ob es die menschliche Humanität werden würde? Der Hofkammerarchivar Franz Grillparzer (1791–1872) rang darum zeitlebens. Schon 1822 verurteilte er die romantischen Ursprungsthesen und idealistischen Konstruktionen, die das Menschliche unterdrücken. Sprachliche Ähnlichkeiten sind noch keine Völkerverwandtschaften; denn alle Völker bestehen aus Menschen und haben die gleichen Organe und Anlässe zum Sprechen. Die ersten Worte waren wohl bei allen Völkern onomatopoetisch, also einander ähnlich; müssen sie deshalb miteinander verwandt sein? Die Geschichte ist unendlich; sie bildete die Gebärdensprache des Anfangs zu Wortsprachen aus mit einer Allmählichkeit, *welche in der Logik und Metaphysik keinen Platz hat*, *in der Wirklichkeit aber mächtiger als jede Macht ist.* Man muß mit allen Dingen Geduld haben und den Realitäten mehr als den Weltanschauungen trauen. Alles Besondere hat seine eigene Grazie; es gibt keine allgemeine Sprache, aber jede einzelne ist begabt, Italienisch zum Singen, Deutsch zum Sagen, Griechisch zum Darstellen, Lateinisch zum Reden, Französisch zum Schwatzen, Spanisch zum Verlieben, Englisch zum Schimpfen. Der Katalog Karls V. wurde eigenwillig umgestaltet, die deutsche Sprache des Dichters akzentuiert, den Westeuropäern etwas herablassend eine Nebenrolle zugewiesen; aber eine romantische Allsprache im Stil von Wagners Zukunftsmusik ist auch das Deutsche nicht.

Man hüte sich, das Deutsche in feste Monumente, in Staaten oder Bauten, einfangen zu wollen. Grillparzer mißbilligte 1842 die Pläne Friedrich Wilhelms IV., mit dem Kölner Dom die deutsche Einheit zu vollenden; nicht große Denkmäler, sondern die Gefühle des Volkes vereinen die Nation.

Schon früh, auf daß sich Einheit nie verliert,
Erbauten sie den Riesenturm zu Babel,
Doch ward das Wort, wie längst der Sinn, verwirrt
Und Turm und Widmung kennt nur noch die Fabel.

Nicht Frömmigkeit wie bei der Droste, Menschlichkeit ließ Grillparzer an Preußen zweifeln; sie war es auch, die ihn im Sprachenkampf der Deutsch-Österreicher, zunächst vor allem gegen die Ungarn, leitete. Einem jeden steht *die mütterliche Ur-Sprache* an; er soll sie pflegen, mehr als fremde Sprachen, mehr auch als seine momentane Muttersprache: Der Ungar lerne Slavisch, damit er nicht allein stehe. Töricht wäre es, die Muttersprache über alles in der Welt zu stellen. Grillparzer wehrte sich 1849 gegen die bestialische Nationalität; sie ist eine viehische Neuerung. *Zu Äsops Zeiten* sprachen noch die Tiere wie die Menschen; doch dann fiel ihnen ein, *die Stammesart sollte das Höchste sein.* Jetzt hält der Hund nur den für brav, der wie er selber bellt; die Tiere sind zu Bestien geworden. Dahin führt der Sprachenkampf. Und dabei ist doch die Mitteilungsfähigkeit *das Palladium der Menschheit.* Allerdings sah der Dichter 1860 fast wie Nietzsche die Freiheit der Sprache nicht nur durch die Nationen, auch durch die Tradition bedroht. Indem Sprache sich anreichert, verfällt sie; was Frühere mühselig erwarben, darauf bauen Spätere fort, und je höher sie bauen, desto schwächer werden die Grundlagen. Wenn die Empfindungen ganz zu Worten geworden sind, stürzt das Gebäude ein. So treibt die Geschichte selbst den Menschen seinem Untergang entgegen, und weder chaotische Freiheit noch tyrannische Ordnung schützt ihn vor seinem tragischen Babel[176]).

Da widersprach der fromme Lehrer Adalbert Stifter (1805–1868). Wenn sich der Mensch erzieht, vermag er seine Geschichte zu bewältigen, denn dann entdeckt er hinter ihr, im Kleinsten auch, das Größte, Gott. Wie die Droste, die er bewunderte, schrieb Stifter 1849, daß Gott selbst uns *unsere vielbedeutende Sprache* gab, die uns über die tierischen Laute erhebt. Dieses Geschenk verpflichtet; unser Wort muß gültig sein für alle. Wenn jeder aus Selbstsucht den Wörtern die Bedeutung beilegt, die er will, droht Verderben und *Sprachverwirrung.* Nicht das blinde Geschick, sondern die ethische Kraft des Menschen bestimmt, ob die Welt ein Babel bleibt[177]).

Aber wozu Gott beschwören, wenn sich in der Brust des Menschen, in seiner Sprache alles entscheidet? Der Dithmarsche Friedrich Hebbel (1813–1863) klammerte sich, von Feuerbach belehrt, an das diesseitige Wunder der Sprache; an ihr wird der Künstler zum gottähnlichen Schöpfer, in ihr löst sich die tragische Spaltung zwischen begrenzter Wirklichkeit und unbedingter Idee. In Rom pries Hebbel 1845 die Sprache als das *höchste Wunder, das der Geist vollbrachte;* denn sie bannt den Fluch des dumpfen Einzelseins. Das unerforschte Ein und Alles hat sich in eine Welt von Punkten zersplittert, die Sprache hebt die Trennung der Monaden wieder auf; im Klange läßt sie *jedes Wesen-Balles geheimstes*

---

[176]) Sämtliche Werke, hg. August SAUER – Reinhold BACKMANN, 42 Bände, Wien 1909–44: Tagebücher Nr. 1025 Bd. II, 8, S. 16 (Sprachen- und Völkerverwandtschaften); Nr. 4136 Bd. II, 11, S. 270 (Gebärden- und Wortsprache); Nr. 1349 Bd. II, 8, S. 148 (Sprachencharakteristik); Kölner Dombau Bd. I, 11, S. 177 (Babelturm); Von den Sprachen Bd. I, 13, S. 180 (mütterliche Ur-Sprache); Sprachenkampf Bd. I, 11, S. 218 (Sprache der Tiere); Tagebücher Nr. 4266 Bd. II, 12, S. 39 (Palladium, Gebäude der Sprache). Dazu einseitig Friedrich KAINZ, Grillparzers Stellung im österreichischen Sprachen- und Nationalitätenkampf, in: HZ 161 (1940) 498–531, hier S. 500 ff.; Josef NADLER, Franz Grillparzer, Vaduz 1948, S. 220 ff.

[177]) Sämmtliche Werke, hg. August SAUER u. a., Bd. 16, Prag 1927: Die Landschule S. 156 (Sprache von Gott); Die Sprachverwirrung S. 100 (Selbstsucht). Dazu Hermann BLUMENTHAL, Adalbert Stifters Verhältnis zur Geschichte, in: Euphorion 34 (1933) 72-110, hier S. 105 ff.

Sein erscheinen. Der Dichter darf sie nicht (wie Stirner meinte) willkürlich formen, obwohl sie nicht naturgebunden ist.

Viel sind der Sprachen auf Erden, schon dieses sollte uns lehren,
Daß kein inneres Band Dinge und Zeichen verknüpft.
Darf sich aber darum ein Jeder die eigene bilden?
Besser wäre der Mensch stumm, wie die Fische im Meer!

Weil die Sprache die Vereinzelung des Menschen aufhebt, muß er sich an seine Sprache binden. Die deutsche ist nicht klangvoll und schön wie die italienische, aber sie ist reich; sie läßt dem Dichter freie Bahn und fesselt seinen Geist nicht durch ein starres Gesetz. Doch halte sich der Dichter in Zucht, zerbreche nicht mit dem Joche das Maß; *es führt wieder nach Babel zurück*, wenn jeder nach Gutdünken mit der Sprache schaltet. Darin hat Stifter recht. Aber Babel wird nicht allein durch die ethisch-religiöse Haltung des Menschen, sondern auch durch den historisch-konkreten Fortschritt der Völker überwunden. Trotz ihrer Zauberkraft sind die geteilten Sprachen nicht endgültig; wenigstens der junge Hebbel hielt 1847 die Nationalsprachen für Vorbereitungen und *Exercitien* einer kommenden *Universal-Sprache*, zu der sie *auf dem Gipfel der Civilisation* vereint werden müssen, ungefähr auf dem gleichen Wege und mit den gleichen Opfern, wie man von der ersten stammelnden Individualsprache zur Familien-, Provinzial- und Nationalsprache kam. Dieser geschichtliche Fortschritt wird wie aller bisherige mühsam und langwierig, aber möglich und lohnend sein; es liegt im Wesen der Sprache selbst, daß sie immer weiter zur Vereinigung strebt.

Das sprachliche Symbol Babel war deshalb für Hebbel nicht historisch verbindlich; es war nur Stoff für seine Dichterschöpfung, den er ohne Furcht vor Sprachenwirrwarr verbrauchte. In Wien seßhaft geworden, entwarf der Maurerssohn 1851 ein Lustspiel mit dem Titel *Der Thurmbau von Babel.* Um Geld zu verdienen, decken vagabundierende Dachdecker ohne Auftrag einen Kirchturm ab und richten in der Gemeinde beträchtliche Verwirrung an. Dies ist wohl die erste Komödie, die heitere Mißverständnisse als babylonisch bezeichnet. Ist der Turmbau wirklich ein Witz (wie bei Molière)? Hebbel war sich keiner Blasphemie bewußt; er schrieb 1862: *Wenn man sich an gewisse Preisfragen erinnert, die von den ehrwürdigsten Akademien gestellt wurden, so sollte man denken, die heilige Theologie habe zu ihrer Zeit den Thurmbau zu Babel und die daher rührende Vielzungigkeit des menschlichen Geschlechtes ... hitzig vertheidigt ..., während sie den Gelehrten doch gerade diesen Posten ihres weitläuftigen Gebäudes mit löblichster Liberalität völlig preisgab.* Darin irrte sich Hebbel zwar gründlich, aber seine Bemerkung traf zu, daß die Gelehrten sich kaum um die ihnen überwiesene Frage kümmerten. Selbst Kant, der nichts übersah, unterzog die Sprache *auch nicht der flüchtigsten Prüfung*; nur Hamann ahnte ihre Bedeutung. Hoffentlich werden jetzt Schleichers Arbeiten über den indogermanischen Sprachstamm die Archäologie (vielleicht auch die Zukunft) der Sprachgeschichte endlich entschleiern. Die Linguistik sollte also den Konflikt schlichten, den der Dramatiker, nun auch in der Sprache, zwischen vielfältiger Wirklichkeit und Leitidee vorfand und nicht überwand[178]).

Schwerlich wäre Hebbel befriedigt gewesen, hätte er noch erlebt, wie die Linguisten die Sprache deuteten, wie 1872 in Graz Johannes Schmidt die indogermanische Ursprache Schleichers vernichtete oder wie 1873 in Wien der Ethnograph Friedrich Müller (1834–1898) dozierte, das Gespenst der sprachlichen Urverwandtschaft verdanke seine Existenz bloß dem Religionsunterricht, in dem man die Sage von Noah immer wieder höre; Schleicher sagte es auch. Der Mensch entstand wohl an einer einzigen Stelle, aber ohne Sprache; dem Freund Haeckel zufolge entwickelten sich die Sprachen erst nach der Sonderung der Rassen. Es gibt nur getrennte Sprachen, und sie sind nichts Geistiges; denn jeder Rasse ist (nach Schleicher) eine Grundsprache zugeordnet, und so läßt sich mit Darwins Methode tatsächlich die Menschheit nach Sprachstämmen ordnen. Diese genealogische Klassifizierung, die von der Behaarung der Menschenrassen ausgeht und ungefähr hundert verschiedene Stämme und ebenso viele Ursprachen ergibt, ist die wahre Überwindung des theologischen Babel[179]). Dem Gelehrten, der in rund 150 Idiomen bewandert und als zweiter Mezzofanti berühmt war, widersprach allerdings sogleich 1873 sein Landsmann, der Afrikanist Leo Reinisch (1832–1919). Nachdem R. von Raumer die strenge Trennung zwischen Semitisch und Indogermanisch beseitigt hatte, zeigte Reinisch die von Ewald bereits angenommene Verwandtschaft zwischen dem Indogermanischen und den afrikanischen Sprachen. Indes erschloß er nur eine rohe, rein konsonantische Ursprache, beileibe nicht das höchste Wunder, das der Geist vollbrachte[180]).

Aber welche Wahl blieb dem Dichter, der an den Sinn seiner Sprache glaubte? Er hätte bejahen müssen, was Hebbel für längst abgetan hielt und was 1859

[178]) Sämmtliche Werke, hg. Richard Maria Werner, 19 Bände, Berlin 1911–22: Die Sprache Bd. 6, S. 323 f. (Wunder, Wesen-Ball); Die Deutsche Sprache S. 346 f. (Viel sind der Sprachen, Deutsch, Joch und Maß); Über den Styl des Dramas Bd. 11, S. 68 f. (Universalsprache); Der Thurmbau von Babel Bd. 5, S. 275–282 (Lustspielfragment); Unsere Muttersprache Bd. 12, S. 312–315 (Preisfragen, Kant, Schleicher). Dazu Joachim Müller, Das Weltbild Friedrich Hebbels, Jena 1953, S. 89 ff., 118 ff., 189 f.; Robert Allen Fowkes, Friedrich Hebbel and Comparative Linguistics, in: The Germanic Review 30 (1955) 294–300.

[179]) Allgemeine Ethnographie, 2. Aufl., Wien 1879, S. 2, 6 (Bibel), 50 f. (Einheit des Ursprungs), 28 ff. (Sprachen). Zur Klassifizierung vgl. die Auszüge bei Heinrich Junker, Sprachphilosophisches Lesebuch, Heidelberg 1948, S. 226 ff.

[180]) Der einheitliche Ursprung der Sprachen der Alten Welt, nachgewiesen durch Vergleichung der afrikanischen, erythräischen und indogermanischen Sprachen, Bd. 1, Wien 1873, S. 375 ff.

der Grazer Historiker Johann Baptist von Weiß (1820–1899), ein Schüler Schlossers, vortrug und in immer neuen Auflagen bis ins 20. Jahrhundert vortragen konnte. Die Weltgeschichte beginnt mit der biblischen Geschichte. *Nach ihr stammen wir alle von einem Menschen*; Gott schenkte ihm Sprache. Die Erzählung vom Babelturm erweist ebenso wie (nach Wiseman) die moderne Linguistik, daß alle Sprachen von jener ersten abstammen und gewaltsam getrennt wurden. Damals schieden sich auch die Völker, und Knobel erläutert uns: *Aschkenas sind die Deutschen, das Asengeschlecht*. Seltsam verbanden sich Katholizismus, Patriotismus und Biologismus, um den in der Donaumonarchie damals noch herrschenden klerikalen Zentralismus zu stützen[181]). Doch ebensowenig wie die katholischen Asen vermochten ihre Nachfolger, Liberale und Föderalisten, den Zwiespalt von Freiheit und Ordnung zu schließen; noch weniger vermochte es der sprachliche, völkische und rassische Nationalismus, der seit den 1880er Jahren den Vielvölkerstaat vollends zerrüttete. Was der Schweiz gelang, blieb Österreich versagt: das babylonische Zungengemisch seiner Völker durch Humanität zu befreien, in der entwurzelten und verworrenen Umwelt das menschliche Dasein auf dauernde Erwartung zu gründen.

Italien erwartete die Befreiung von österreichischer Fremdherrschaft und vom Absolutismus kleiner Monarchen, nicht mehr wie zu Zeiten Alfieris und Foscolos durch romantische Gedichte, sondern durch liberale Revolutionen und, als sie scheiterten, durch historische, neoguelfische Verbindung des Nationalismus mit dem Papsttum. Die ganze Welt- und Heilsgeschichte wurde zu Hilfe gerufen, um mit der Einheit des Menschengeschlechts die Freiheit Italiens zu verknüpfen. Der lombardische Historiker Cesare Cantù (1804–1895), der historische Romane im Stil Manzonis schrieb und von den Österreichern eingekerkert wurde, eröffnete 1838 seine Universalhistorie mit dem Bekenntnis zur Einheit der Menschenfamilie, die, von der Vorsehung geleitet, in der Geschichte Gottes Gedanken verwirklicht. Ihr erster Patriarch Adam, der Vater aller, auch der amerikanischen und australischen Rassen, wurde von Gott vollkommen ausgestattet, auch mit der Sprache. Kühn folgerte Cantù mit Bonald: *Gli uomini parlano, dunque sono d'una sola razza*. Die eine Ursprache ging unter, vielleicht in Babel erst; denn beim Turmbau, der die gemeinsame Kraft der Menschen demonstrieren sollte, trennten sich Sprachen und Völker. Trotz des Wirrwarrs, mit dem die moderne Linguistik ringt, ist die göttliche Ordnung der Sprachstrukturen noch kenntlich, wie Cantù anhand von F. Schlegels Sprachenpyramide zeigte. In dieser gottgewollten Vielfalt hat Italien seinen ge-

---

[181]) Weltgeschichte, Bd. 1, 4. Aufl., Graz-Leipzig 1896, S. LXVI–LXXIX (Völkertafel), 318 ff. (Babelturm). Dazu Adolf Bauer, Ursprung und Fortwirken der christlichen Weltchronik, Rede, Graz 1910, S. 19 („letzte Spuren eines jüdischen Wahnes"); besonnener Srbik, Geist Bd. 2, S. 95.

segneten Platz; Cantù hielt 1855 zwar die Reise Noahs nach Italien, die Gründung Mailands durch Tubal, Venedigs durch andere Noachiden für unerweisbar, aber die Herkunft der Italiener von der *gente giapetica* für sicher. Man würde ihnen die Freiheit der Japhetkinder nicht länger vorenthalten dürfen, wenn Gottes Pläne mit der katholischen Kirche in die Tat umgesetzt werden sollten[182]).

Diese historische Argumentation schien dem mit Leopardi befreundeten piemontesischen Priester Vincenzo Gioberti (1801–1852) zu antiquarisch und zu zaghaft; er unterbaute sie wie Rosmini philosophisch. Aus Italien verbannt, forderte er 1843 Italiens Einigung unter dem zu erneuernden Papsttum, damit sich der Kreis der Weltgeschichte, ja die Erkenntnis Gottes endlich runde. Gioberti behielt die Anschauung Gottes nicht wie Rosmini dem ungeschichtlichen Bewußtsein vor; in der historischen Wirklichkeit vollzieht sie sich, wie Vico schon wußte. Nach Gottes Plänen war die Menschheit anfangs eins, mit einer von ihm geschenkten Sprache. Die Rebellion von Babel zerbrach die reine Harmonie; die Völker nahmen ihre verwirrten Sprachen, auch ihre physiologischen Besonderheiten an; Heterodoxie kam auf, das auserwählte Volk wurde in den Winkel gedrängt. Dennoch behielt Gott die Ereignisse souverän in der Hand, wie sich an Gen. 9, 25–27 zeigt: Nach hamitischen Anfängen und semitischer Eroberung werden zum Schluß Japhetiten die Welt beherrschen. Unter ihnen aber ist Italien die *nazione madre*, das Israel der Neuzeit, auch seiner Sprache nach. Sie ist die älteste Tochter der römischen und kirchlichen Weltsprache. Wie das babylonische Idiom verwirrte sich auch das Latein in der Spätantike; doch wie nach Babel erhoben sich aus den Trümmern neue Zungen, darunter die katholische, die Priestersprache, Italienisch. Es bedarf also der archäologischen Gelehrsamkeit nicht, mit der die Rationalisten (und Cantù) nur Verwirrung stiften; sie machen die Bibel selbst zu einem Durcheinander *come l'idioma babelico*. Nein, die frommen Italiener werden jetzt durch die Rückkehr zur katholischen Tradition das Dritte Reich begründen, (im Sinne Creuzers) zur ursprünglichen Einheit der Menschenfamilie fortschreiten und so den Ring der Weltgeschichte schließen. Diese Zukunft kommt so unwiderstehlich, wie Gott ist[183]). Der Ontologismus Giobertis veranlaßte freilich die Kurie,

---

[182]) Storia universale, Bd. 1, 3. Aufl., Turin 1840, S. 19 f. (Einheit der Menschenfamilie), 57 (Adam), 169 ff., 200 ff. (Vater aller Rassen), 178 ff., 272 ff. (Sprachen), 140 f. (Turmbau). Storia degli Italiani, Bd. 1, Turin 1855, S. 22 f. (Italiener). Dazu Benedetto Croce, Storia della storiografia italiana nel secolo decimonono, Bd. 1 (Scritti di storia letteraria e politica 15), Bari 1921, S. 204 ff.

[183]) Del primato morale e civile degli Italiani, 2 Bände, Brüssel 1843, hier Bd. 2, S. 6 f. (Menschheit eins); Bd. 1, S. XVI, 27; Bd. 2, S. 17 (göttliche Sprachschöpfung), 183 (Babel), 187 ff. (Gen. 9, 25–27); Bd. 1, S. 19 (Mutternation; dazu Michels, Patriotismus 14); Bd. 2, S. 260 ff. (Latein, Italienisch), 24 (Rationalisten). Dazu Hayes, Evolution 215 f.

seine Werke auf den Index zu setzen, und Papst Pius IX., von dem die Neoguelfen die Rettung Italiens erhofften, versagte sich ihren Plänen seit 1848.

Aber wozu brauchte man Papst, Bibel und Urzeit? Die positiven Fakten selbst erzwangen Italiens Einigung. Der Mailänder Philosoph und Soziologe Carlo Cattaneo (1801–1869) vertrat gegen alle religiöse Romantik die positivistische Erfahrungswissenschaft nach Comte; vertrauensvoll blickte er 1842 in die Zukunft. Die Anfänge der Weltgeschichte waren polygenetisch; geschichtliche Überlagerungen und Angleichungen vollenden dennoch die eine Menschheit. Die gottgesegnete Ursprache Arndts, Bonalds und der Neoguelfen gibt es nicht, denn der hebräisch-arabische Sprachstamm ist mit dem indoeuropäischen nicht verwandt; nur eine indoeuropäische Gemeinsprache läßt sich erschließen. Ihr ältester und schönster Zweig war Sanskrit, die Sprache der Götter; während in Indien große Reiche und hohe Gedanken blühten, war Europa nur von kleinen Stämmen mit verschiedenen Dialekten besetzt. Weder der Rasse noch dem Klima noch dem genialen Einzelnen verdanken wir den Fortschritt, sondern den Völkerwanderungen. Die Völker der indoeuropäischen Gemeinschaft kamen mit ihrer einen Sprache nach Europa und wurden den wilden Sträuchern der dortigen Stämme und Mundarten als Pfropfreiser aufgesetzt. Aus der Durchdringung von Substrat und Oberschicht erwuchsen die europäischen Nationen; sie erklärt die Verschiedenheit der europäischen Sprachen. Sprache und Rasse decken sich also nicht; die mosaische Genesis hat das erkannt und trennt die hamitischen Phönizier von den sprachverwandten Semiten. Die Tradition überspringt alle Naturgrenzen: Mit griechischer Architektur schmücken wir Kirchen, in denen wir Psalmen eines israelitischen Königs in der Sprache des römischen Volkes singen. Noch finden wir auf Erden 2000 Idiome, doch ihre Zahl nimmt ab, denn die Substrate verkümmern allmählich. Schon das Latein, das die italischen Sprachen überlagerte, unterdrückte sie. Deshalb sollte das moderne Italienisch nicht zu eifrig nach Manzonis Rat auf den alten toskanischen Dialekt zurückgreifen; wenn es wie Vater Adam den Dingen neue Namen geben muß, nehme es sie direkt aus der indoeuropäischen Wurzel. So werden die Sprachen und Völker Europas einander immer ähnlicher, die babylonische Verwirrung wird schwinden; dann wird sich auch das Ringen um Italiens Platz an der Sonne in einer föderalistischen Republik erfüllen[184]). Daß die Nation nur eine Stufe auf dem Wege zur Menschheit sei,

[184]) Opere edite ed inedite, hg. Agostino Bertani, 7 Bände, Florenz 1881–92: Sul principio istorico delle lingue europee c. 19 Bd. 1, S. 191 (gegen Arndt); c. 2 S. 147 f. (Hebräisch und Indoeuropäisch); c. 18 f. S. 190 f. (Völkerwanderungen); Dell'evo antico Bd. 3, S. 33 (Sanskrit), 29 (Indien und Europa), 25 (Kirchenbau, Psalmen, Latein); L'antico Egitto e le origini italiche Bd. 2, S. 320 (Phönizier und Semiten); Applicazione dei principii linguistici alle questioni letterarie Bd. 1, S. 239 ff. (Toskanisch), 250 ff., 257 ff. (indoeuropäische Wurzel). Dazu Mühlmann, Anthropologie 84 ff.

glaubten auch die Revolutionäre um Giuseppe Mazzini; sein Vetter Andrea Mazzini (1814–1852) verkündete 1847 aus dem Pariser Exil, daß die gottgewollten Unterschiede der Völker, Rassen und Nationen im Laufe der Zeit verschwinden werden, je intensiver sich die Intelligenz mit der Natur durch die Gesellschaft versöhnt[185]).

Auch in Italien wie in Deutschland scheiterte die Revolution von 1848 mit ihren schönen Menschheitsplänen an der harten, engen Realität. Inmitten der Reaktion blieb als letzte Hoffnung der Liberalen, sogar Giobertis, das Preußen Italiens, Piemont unter Viktor Emanuel II.; es würde mit staatlicher Macht und ohne die Kirche die Nation schaffen. Noch bevor Cavour das Einigungswerk begann, hielt 1851 in Turin der Völkerrechtler Pasquale Stanislao Mancini (1817–1888) jene Antrittsvorlesung, die das Völkerrecht auf eine neue Grundlage stellte: Nicht die historischen Staaten der Heiligen Allianz, sondern die Nationalstaaten sind die naturgemäße politische Ordnung. Gott teilte die von einem Ursprung ausgegangene Menschheit in verschiedene große Familien und Rassen; damit sich die Nationalitäten schieden, wurde *il celeste dono della parola* in eine große Zahl von Sprachen gefaßt. Vattel maß den Sprachen wenig Bedeutung bei; Mancini erhob sie zu einem Prinzip des Völkerrechts. Die Nationalität ist ursprünglich und unsterblich, ein ewiges Gesetz der Vorsehung, *santa e divina cosa*; von Babel kann hier (anders als bei Grotius) keine Rede mehr sein. Denn die Nationalitäten sind verträglich, sie stiften Frieden und nicht Wirrwarr. So gesondert sie sind, sie klingen zusammen, wie Vico schon sah. Die Verschiedenheiten der Rassen ergeben die Einheit der menschlichen *specie*, die Unterschiede der Sprachen fußen auf der einen menschlichen *ragione*. Es ist also Gottes weltgeschichtlicher Wille, daß Italien eins werde, nicht nur im freien Geiste, sondern im Nationalstaat. Mancini half ihn, später als Außenminister, tatkräftig begründen[186]). Anders als in Deutschland gelang hier die Verquickung von religiöser Weihe, humaner Weite und politischer Tatkraft.

Den Eindruck dieser machtvollen Synthese spürt man sogar bei Giosuè Carducci (1835–1907), dem Dichter des Risorgimento, der kein Piemontese, sondern ein Toskaner, kein Monarchist, sondern ein Republikaner, kein Christ, sondern ein klassizistischer Heide war. Er forderte 1860 von den barbarischen Fremden, von Österreich, die Einheit der Sprache, die (nach Gen. 11, 1 und Manzoni) jedem Volke von Natur aus zusteht: *Una sembianza avete ed un linguaggio*. Euch gehört das Vaterland, das Gott euch gab! Weg mit dem bewaffneten Hohn des fremden Herrn! *Via la favella che diversa suona!* Freilich fehlte

[185]) De l'Italie dans ses rapports avec la liberté et la civilisation moderne, Bd. 1, Paris 1847, S. 75. Zu G. Mazzinis Ideen VOSSLER, Nationalgedanke 132 ff.

[186]) Della nazionalità come fondamento del dritto delle genti, Turin 1851, S. 35 (ein Ursprung), 32 (Aufteilung in Familien), 37 (Verschiedenheit der Sprachen), 62 (ewiges Gesetz), 41 (heilige Nationalität), 65 (Zusammenklingen).

dem zornigen Dichter die Toleranz, die in der Bibel und bei Mancini zu finden war; er verhöhnte antikisch die Gelehrten, die sich mit barbarischen Sprachen quälen, Aramäisch, Chaldäisch, Indisch und Jüdisch für die Quellen des Italienischen halten oder mit Irokesen, Hottentotten und Hebräern verkehren[187]).

Der bedeutendste dieser Gelehrten, der Mailänder Professor Graziadio Isaia Ascoli (1829–1907) zeigte, wozu die Sprachwissenschaft wirklich fähig war; sie führte über den nationalen Standpunkt hinaus in universale Weite. Auf Cattaneos Schultern stehend, entwarf Ascoli 1864 ein grandioses Bild der Sprachgeschichte. Es stützte sich auf die durch R. von Raumer begonnene Vergleichung des Semitischen mit dem Indoeuropäischen. Ascoli, obwohl Jude, wagte nur den Schluß, daß sich die semitischen Völker einst von den arischen trennten; an der gemeinsamen Ursprache lag ihm wenig. An Urvolk und Ursprache der Arier glaubte er um so fester. Die arischen Völker kamen geschlossen, mit gemeinsamer Sprache, aus Asien nach Europa. Wie bei Cattaneo ergab die Mischung mit dem Substrat der Vorbevölkerung die Aufspaltung der europäischen Völker und Sprachen; deutlicher als Cattaneo sah Ascoli die Anzeichen ihrer baldigen Verschmelzung. Denn wie frühere sprachliche Veränderungen aus ethnischen, so gehen künftige aus politischen Begebenheiten hervor. Italien findet sich von Palermo bis Turin im gleichen Kampfruf; Panslavisten und Skandinavier streben zu übernationalen Gemeinschaften. Vielleicht wird auch die romanische Welt sich sprachlich und politisch zusammenschließen, so daß Europa nur noch drei Sprachen hätte, eine slavische, eine germanische, eine romanische. Ja vielleicht wird später ein großes historisches Ereignis, etwa ein Zusammenstoß Europas mit dem wiedererwachten Asien, die *primitiva unità* der arischen Sprachen wieder hervorbringen. So könnte die Zahl der Nationen sich künftig verringern, die Menschheit sich dem *labium unum* nähern und sich von der Sprachverschiedenheit erlösen, die noch die natürliche Gleichheit der Menschen überdeckt. Müßige Träume eines Philologen am grünen Tisch? Mindestens Gedanken voll historischer Einsicht und urbaner Humanität, die nicht bei starren Lautgesetzen stehenbleiben, nicht der Natur die Zukunft überlassen, Gedanken auch, die das Geschichts- und Sprachdenken des Risorgimento fast seit Vico zusammenfassen. Volk und Sprache Italiens sind keine determinierten Größen, keine chemischen Elemente; sie stehen im lebendigen Zusammenhang der Weltgeschichte, der Menschheit und der Menschlichkeit[188]).

---

[187]) Juvenilia, in: Edizione nazionale delle opere, Bd. 2, Bologna 1935: Nr. 97 Voce di Dio S. 224 (eine Sprache); Nr. 74 A scusa d'un francesismo S. 171 (barbarische Sprachen); ähnlich Nr. 80 A Bambolone S. 185 f.

[188]) Del nesso ario-semitico, in: Il Politecnico 21 (1864) 190–216, hier S. 203 u. ö. (semitisch-arische Verwandtschaft). Lingue e Nazioni, ebenda S. 77–100, hier S. 83, 90, 95 (Frühgeschichte der Arier), 100 (Zukunftsaussichten). Über A.s spätere, kaum veränderte Ansichten Arens, Sprachwissenschaft 332 ff.

Diese italienische Allseitigkeit ist ein Erbe der Antike, sie ist auch ein Erbe der Kirche. Freilich rückte die katholische Kirche je länger, desto entschiedener vom italienischen Nationalgedanken ab, nicht immer bloß, um ihre geistliche Universalität, bisweilen auch, um den politischen Status quo zu erhalten; doch hat sie gleichzeitig den geistlichen Status quo wirklich universal verändert, durch die Wiederaufnahme der Weltmission. Einer ihrer großen Anreger, der heilige Vincenzo Pallotti (1795–1850), begann 1836 in Rom während der Dreikönigswoche kirchliche Feiern in verschiedenen Riten mit Missionspredigten einzurichten; hier sollte sich die Weltweite der Kirche sichtbar zeigen. Pallotti, Beichtvater im päpstlichen Kolleg de propaganda fide, mag mit veranlaßt haben, daß in diesem Missionskolleg am Sonntag nach Epiphanie die Aussendung der Missionare zu den Heiden festlich begangen wird; die ersten Konvertiten, die heiligen drei Könige, vertreten wie bei Hrabanus Maurus das Universum. In der Kollegskapelle werden Messen in verschiedenen Riten, Lieder in verschiedenen Sprachen gesungen; außerhalb der Kirche findet noch heute ein Festakt statt, bei dem die Alumnen des Kollegs in ihren Muttersprachen, bisweilen über fünfzig an der Zahl, deklamieren. Im Jahre 1863 wurde dabei ein Schauspiel von der babylonischen Sprachverwirrung aufgeführt, bei dem Zöglinge aus 14 Sprachbereichen auftraten. Die zu Anfang des Stückes noch gemeinsame Sprache war nicht etwa Hebräisch, sondern Italienisch, obgleich kein Italiener in das Kolleg aufgenommen wird[189]). Vielmehr begegnet man dort, wie 1842 ein deutscher Besucher sagte, Semiten, Japhetiten, Hamiten *nach vielen Familien der mosaischen Völkertafel.*

Die Seele dieses Sprachenfestes war zu seinen Lebzeiten der berühmteste aller Polyglotten, Kardinal Giuseppe Mezzofanti (1774–1849). Ausländische Katholiken bewunderten seine immensen Sprachkenntnisse; sie hätten in seinem Kopf keine babylonische Verwirrung angerichtet, vielmehr hätten sich in ihm *so viele Sprachen, die seit dem Thurmbau von Babel zerstreut wurden, vielleicht zum erstenmal wieder in friedlicher Eintracht vereinigt gefunden.* Der Kardinal selbst antwortete auf Fragen, wie viele Sprachen er beherrsche, nur ausweichend, das sei Eitelkeit; heute schreibt man ihm die Kenntnis von etwa 115 Sprachen und Dialekten zu; doch 1858 entdeckte der Engländer Russell, daß Mezzofanti 72 Sprachen kannte[190]). Die römische Kurie verlor über solchen

[189]) Josef Frank SAC, Vinzenz Pallotti, Gründer des Werkes vom Katholischen Apostolat, Bd. 1, Friedberg 1952, S. 364 ff. (Pallotti im Propagandakolleg). Weitere Informationen verdanke ich R. P. Prof. Friedrich Kempf SJ in Rom. Das Sprachenfest von 1863 nach Pott, Anti-Kaulen VII.

[190]) Anonymus, Die Propaganda in Rom, König Ludwigs von Bayern Besuch derselben und der Cardinal Mezzofanti, in: Historisch-Politische Blätter für das katholische Deutschland 10 (1842) 84–96, 146–165, 193–208, 271–288, hier S. 161 (Familien der Völkertafel), 279 (Mezzofanti und das Kolleg), 276 f. (Turmbau), 200 (Eitelkeit). Zu Russell s. o. Anm. 49.

symbolischen Beziehungen nicht die Realität aus den Augen, daß auch der Vatikan Babel noch nicht überwunden hatte. Die Kardinalskongregation de propaganda fide, der das ganze Missionswesen, auch das römische Kolleg untersteht und der Mezzofanti angehört hatte, verlangte 1868 energisch, daß ihr nur Schreiben in lateinischer oder wenigstens italienischer Sprache vorgelegt würden; man könne nicht erwarten, daß die Kurie, die Briefe von allen Nationen der Erde erhalte, sich *in tanta linguarum varietate* zurechtfinde. Das Bindeglied der universalen Kirche sei das Latein[191]). Neben dieser kirchlichen Hochsprache blieb als kuriale Umgangssprache (wie beim Sprachenfest von 1863) das Italienische stehen; das war das einzige Zugeständnis an Gioberti und den Zeitgeist, und es war nicht eben neu.

Auf die Probleme der modernen Sprachen- und Völkerkunde ließ sich die Kirche nicht ein. Sie förderte den Druck fremdsprachlicher Lehrbücher für die Missionen, und in ihnen pries wohl mancher exotische Katholik seine Muttersprache als urtümlich. Ein Armenier versicherte 1837 in Venedig, Armenisch sei als Noahs Sprache auch die Ursprache; das römische Propagandakolleg ließ noch 1860 eine chaldäische Grammatik drucken, in der Chaldäisch *omnium linguarum princeps et mater* genannt ist[192]). Doch blieben das Privatmeinungen ebenso wie Wisemans römische Vorträge; grundsätzlich forderte die Kurie nicht, daß die Bibelsprache als Ursprache, sondern daß die biblische Aussage als historische Wahrheit anerkannt wurde. Die Mythendeutung der deutschen Bibelkritik seit Eichhorn, nach der die biblischen Bücher *mythica continentur inventa*, wurde von Pius IX. seit 1846 wiederholt zurückgewiesen[193]). Wie die Urgeschichte von Mensch und Sprache im einzelnen verlaufen sei, entschied das kirchliche Lehramt nicht; die Deszendenztheorie, die (schon bei Darwin selbst) die Monogenese der Menschheit nicht ausschloß, wurde nicht verurteilt. Unmittelbar nachdem Leo XIII. den Kulturkampf abgebrochen und mit dem Neuthomismus die kirchliche Wissenschaft neu belebt hatte, nahm 1879 ein Anonymus in der italienischen Jesuiten-Zeitschrift die Geschichtlichkeit der mosaischen Völkertafel in Schutz, aber ohne die Halsstarrigkeit der Ultramontanen jenseits der Alpen, eher im Stil Lenormants. Das alte Geschichtsdokument wollte nicht die Völker der ganzen Erde aufzählen, denn Moses kannte die amerikanische und ozeanische Welt noch nicht. Ferner sonderten sich schon vor der Babelverwirrung vielleicht einzelne Stämme ab und hatten

---

[191]) Fuit in more positum vom 29. 9. 1868, in: ASS Bd. 4, S. 278 f.

[192]) P. Emmanuele Ciakciac, Dizionario armeno-italiano, Venedig 1837 (Armenisch); zitiert nach Holger Pedersen, Et blik på sprogvidenskabens historie (Festskrift utgived af Köbenhavns Universitet), Kopenhagen 1916, S. 18. Joseph Guriel, Elementa linguae chaldaicae, Rom 1860, S. 1 (Chaldäisch).

[193]) Syllabus complectens praecipuos nostrae aetatis errores I, 7, in: ASS Bd. 3, S. 169; auch bei Denzinger, Enchiridion Nr. 1707.

eigene Schicksale, von denen die Bibel nichts weiß. Allerdings sind die weltbeherrschenden Indoeuropäer (wie bei Kaulen) Japhetiten, die Deutschen sogar Kinder des Aschkenaz; aber vielleicht war diese letztere Gleichung weniger reaktionär als versöhnlich gemeint, auch wenn der Jesuit nicht gewußt haben sollte, daß sie von dem sächsischen Irrlehrer Luther entdeckt worden war[194]).

Insgesamt blieb den Italienern die schroffe Scheidung zwischen Realität und Ideologie erspart; sie waren gläubig genug, um der Macht ihrer nationalen oder kirchlichen Überzeugung zu vertrauen, und glücklich genug, um die Verwirklichung ihrer Hoffnungen begeistert zu erleben. Weltgeschichte und Nation, Macht und Geist, Umwelt und Mensch wurden einander nicht entfremdet; trotz mancher Depressionen blieb dem menschlichen Dasein ungebrochene Hoffnung.

Während in Italien Meinungen zu Realitäten erwuchsen, erstarrten in Spanien Meinungen zu Ideologien. Das unglückliche Land verlor nach außen Ansehen und lateinamerikanischen Kolonialbesitz, im Innern Eintracht und katholische Sicherheit. Mit der Romantik kamen aus Frankreich, England und Deutschland Liberalismus, Sensualismus und Idealismus; zunächst siegreich, von der Regentin Maria Christina gestützt, mußte sich der liberale Zentralismus doch sogleich in den Karlistenkriegen gegen die Vertreter der absolutistischen, klerikalen und lokalen Tradition zur Wehr setzen.

Der bedeutendste spanische Neuscholastiker, der katalanische Priester Jaime Luciano Balmes (1810–1848) versuchte zwar, zwischen Karlisten und Christinos dynastisch Frieden zu stiften, stand jedoch entschiedener als Suarez auf seiten der Tradition; von der französischen Romantik übernahm er nur den Glauben an das Uralte, den Traditionalismus Bonalds. Nicht aus der Umwelt entnimmt der Mensch seine Normen; Balmes kritisierte 1846, kurz vor dem zweiten Karlistenkrieg, den Sensualismus Condillacs und Rousseaus, indem er sich an Mejia anschloß: Das Urwort, das Psammetichs Experiment ergab, war wirklich nur den Ziegen abgelauscht und keine wahre Sprache. Der Mensch lernt sie nur im Umgang mit seinesgleichen; er ist dazu bestimmt, in Gesellschaft zu leben. Auch die Gemeinschaft bringt Sprache nicht aus sich hervor; Rousseau gibt selbst zu, daß Sprache nötig war, um Sprache zu erfinden. Der Mensch hat sie also, wie Bonald lehrte, von Gott gelernt, der unseren Stammeltern den Geist und die Uroffenbarung übergab. Diese Ursprache war allerdings bereits konventionell, nicht naturgemäß; in der Folgezeit konnten deshalb Bedürfnisse, Zustand der Bildung, Klima und andere irdische Faktoren die Sprache so verändern, daß wir heute auf Erden etwa 2000 Sprachen mit

[194]) Anonymus, La tavola etnografica di Mosè, in: La Civiltà Cattolica, Serie 10, Bd. 9 (1879) 418–438, hier S. 420 ff.

5000 Dialekten zählen. Doch Balmes, der Feind des Madrider Zentralismus, verehrte auch in dieser Vielfalt noch wie Hervás die Weisheit und Güte des Schöpfers. Was an der irdischen Mannigfaltigkeit böse und verderblich ist, wurde durch menschliche Zusammenrottungen in die Welt gebracht. Rousseau irrte mit seiner Lehre vom friedlichen Gesellschaftsvertrag, der die Fortschrittler Spaniens anhingen, die aber auch Suarez vertreten hatte. Am Anfang der politischen Geschichte stand die nackte Gewalt; der paradiesische Friede wurde nach der Sintflut durch Turmbau und Reichsgründung zerstört. Darum kennen wir heute die eine Sprache des Ursprungs und Friedens nicht mehr. Ob sich in den modernen Idiomen noch Reste der *lingua matriz* finden oder ob die Sprachverwirrung nichts verschonte, ist schwer zu sagen; jedenfalls begann am Turm von Babel unsere leidvolle Geschichte[195]). Sie wird nicht eher glücklich sein, als bis die paradiesisch vollkommene Schöpfungsordnung Gottes und ihre geistliche Hüterin, die katholische Kirche, sich in der Welt durchgesetzt haben. Balmes hatte noch Hoffnung, doch die Karlisten wurden geschlagen.

Die Sieger, die gemäßigten Liberalen um Maria Christina, ließen sich freilich rasch durch den radikalen Liberalismus der Fortschrittler in das konservative und klerikale Lager drängen. Sie verhinderten 1848 gewaltsam die Revolution, und 1848 trug ihr Wortführer, der adlige Diplomat Juan Donoso Cortés (1809–1856) fast die Thesen Balmes' vor, allerdings um einiges pessimistischer, Maistre ähnlich. Seit der Sintflut lastet auf den verstreuten Menschen, Nationen und Staaten der Zorn Gottes. Die reinen Ursprünge kennen wir nur aus der Bibel, diesen Annalen des Himmels, der Erde und der Menschheit; die mosaische Genesis ist selbst wie das erste liebevolle Wort, das Menschen sprachen. Adam erhielt die Sprache mit der Einsicht und mit der Geselligkeit von Gott; diese drei Merkmale wahren menschlichen Wesens sind zugleich Teile der göttlichen Schöpfungsordnung. Deshalb konnte Adam die Tiere sogleich ihrer Konstitution und Funktion gemäß benennen. Nicht wilde Barbaren züchteten mühsam ihre Urschreie und bändigten langsam ihre Hordeninstinkte; die vollkommene Sprache und Gesellschaftsordnung stand am Beginn der Geschichte. Was wir aber seit der Sprachenverwirrung und Völkerzerstreuung erleben, ist bloß noch Verfall. Sogar die ererbte staatliche Legitimität ist heute dahin; vor dem modernen Chaos des Liberalismus und Sozialismus kann nur noch die rabiate Diktatur schützen. Sie mag dereinst die wahre katholische

---

[195]) Obras completas, hg. Ignacio CASANOVAS SJ (Biblioteca de Autores Cristianos 111), 8 Bände, Madrid 1948–50: Filosofía elemental, Metafísica, Ideología pura § 212 Bd. 3, S. 289 f. (Psammetich); § 228–231 S. 293 f. (Bestimmung des Menschen, Sprache von Gott; ähnlich Filosofía fundamental X, 184 Bd. 2, S. 797 f.); Gramática general § 20 S. 299 (Ursprache, Veränderungen); § 57 S. 306 (Sprachenzahl); Estudios históricos fundados en la religión c. 2 Bd. 5, S. 120 ff. (Babel).

Autorität erneuern; fürs erste ist sie bloß ein notdürftiger Damm gegen die revolutionäre Flut[196]). Donoso Cortés sollte mit mancher seiner düsteren Prognosen recht behalten, insbesondere mit seiner Verachtung der Gegenwart; denn zur rettenden Diktatur fehlte auch seiner Partei die Macht.

Die seit 1854 herrschenden Fortschrittler konnten das Chaos zwar ebensowenig ordnen, doch in ihrer Ära begannen die Dichter, das tägliche Leben im regionalen Kreis realistisch zu betrachten, anstatt sich romantisch an den Ursprüngen zu berauschen. Das Ergebnis war vielfach bloß ein flacher Optimismus ohne Überzeugungskraft. Der Diplomat Rafael García y Santisteban (1829–1893) ließ 1860 eine Verwechslungskomödie, die im zeitgenössischen Madrid spielte, mit dem Titel *La Torre de Babel* über die Bretter gehen; der Hebbelsche Titel war nur dadurch gerechtfertigt, daß jede List, jede Verwechslung, aller Lärm als babylonisch bezeichnet wurde. Daß die Inquisition gegen diese Verzerrung des Bibelwortes nicht einschritt, ist weniger verwunderlich als die Tatsache, daß der im Außenministerium tätige Autor von den wahrhaft babylonischen Zuständen des Jahres 1860, vom neuen Karlistenaufstand, vom marokkanischen Abenteuer, keine Notiz nahm. Dieser diplomatische Realismus sah an der Wirklichkeit geflissentlich vorbei[197]).

Ihr stellte sich erst die bedeutendste Gestalt des spanischen Realismus, der Unterstaatssekretär, Dichter und Kritiker Juan Valera y Alcalá Galiano (1824–1905). Der an Voltaire geschulte Fortschrittler kritisierte schon 1856 Donoso Cortés schonungslos; in der Akademie widersagte er 1869 unter geschickter Berufung auf Kardinal Wiseman den Lehren von einer vollkommenen, umfassenden Ur- und Natursprache Adams, die sich dann bei der babylonischen Sprachverwirrung geteilt habe. Die moderne Linguistik, von Humboldt und Bopp grundgelegt, hat mit der Theologie nichts zu tun und untersucht lediglich die verschiedenen, vorhandenen Idiome; was in Babel geschah, bleibt ein *misterio*. Über die vielgepriesene Urzeit wissen wir schlechterdings nichts. Valera amüsierte sich 1879 über jene, die sich den Kopf zerbrechen, ob die Menschen sprachlos über die Erde zerstreut wurden, ob sie zuvor eine Sprache besaßen oder danach neue Sprachen erfanden; auch die Freunde der baskischen Ursprache und des keltischen Urvolkes kamen schlecht weg. Nicht weniger lächerlich schien dem Kritiker 1892 die These Clavijeros, daß Amerika vom Babelturm im Felde Sinear aus besiedelt worden sei; die amerikanischen Stäm-

---

[196]) Obras completas, hg. Hans Juretschke (Biblioteca de Autores Cristianos 140), Bd. 2, Madrid 1946: Discurso académico sobre la biblia, S. 169 (Zorn Gottes), 160 (Annalen, mosaische Genesis), 162 (Sprachursprung); Bosquejos históricos c. 3 S. 123; c. 7 S. 145–151 (Adams Sprache); c. 1 S. 115 (Sprachenverwirrung, Völkerzerstreuung). Dazu Gollwitzer, Europabild 357 ff.

[197]) La Torre de Babel, Comedia de gracioso en tres actos y en verso (El teatro, Bd. 27), Madrid 1860, S. 27, 41, 81.

me mit ihren zahlreichen Sprachen, die sie seit unvordenklichen Zeiten haben, bestanden schon vor allen Sintfluten und Babeltürmen, die es gab oder gegeben haben kann. Die Weltgeschichte ist vielseitiger, als Theologen und Konservative begreifen; sie wird künftig nicht grauer sein als bisher. Nachdem Spanien alle Machtpositionen in Lateinamerika verloren hatte, glaubte Valera 1900 noch immer und erst recht an die amerikanische Zukunft der spanischen Sprache. Die überseeischen Spanier werden nicht so bald neue Sprachen erfinden, denn sie sind keine Barbaren wie jene, die das römische Reich und sein Latein verdarben. Selbst wenn Spanien geistig zu träge wäre, um die ehemaligen Kolonien anzuregen, käme es nicht leicht zu einer neuen Sprachenteilung, zur Wiederholung des Babelwunders unter uns; wenn wir unserer spanischen Wesensart treu bleiben, dann wird auch unsere Sprache dauern[198]). Der geschichtsgläubige Prophet behielt recht, aber er galt in seinem Vaterlande weniger als Donoso Cortés.

Denn seit 1875 stabilisierte sich wenigstens scheinbar wieder die Macht von Krone und Kirche. Während sie von anonymen, kapitalistischen und proletarischen Kräften unterhöhlt wurde, wandten sich die Dichter enttäuscht von der politischen Wirklichkeit, auch vom literarischen Realismus ab. Der unstet reisende Diplomat und Essayist Ángel Ganivet (1862–1898) wollte der modernen, europäischen Anonymität das spanische Wesen, die kraftvolle Persönlichkeit entgegenstellen, suchte aber ihre Wurzeln anders als Valera mystisch-spiritualistisch in den Ursprüngen der Welt. Er meinte 1889, die moderne Sprachwissenschaft erweise die Existenz einer *lengua primitiva*, die zwar verloren, jedoch allen getrennten Sprachen gemeinsam sei und sie noch immer mit unsichtbarer Klammer umfange. Ganivet meinte diese symbolistische Ursprache historischer als Rimbaud und Mallarmé; denn er schloß, daß demnach auch die Völker nicht autochthon entstanden seien. Der Nationalismus ist ein Naturalismus, der Mensch aber ist geistig. Seine Sprache untersteht nicht bloß natürlichen Gesetzen, ihr Ursprung kann nicht primitiv gewesen sein. Vermutlich wurde die Sprache zugleich mit dem ersten Menschen von Gott geschaffen; der Dichter verwaltet noch heute dieses heilige Erbe der Menschlichkeit[199]). Ohne die französischen Umwege verwandelte sich der theologische Traditionalismus in den poetischen Symbolismus; die Sprache büßte dabei freilich ihre gemeinschaftsbildende, politische Kraft vollends ein.

---

[198]) Obras completas, hg. Luis Araújo Costa, 3 Bände, Madrid 1949–58: Sobre la ciencia del lenguaje Bd. 3, S. 1099 f., 1103 f. (Ursprache, Sprachverwirrung); El bermejino prehistórico Bd. 1, S. 1066 f. (Sprachlose, Baskisch); La Atlántida III Bd. 3, S. 978 f., 982 f., 987 (Besiedlung Amerikas); Sobre la duración del habla castellana Bd. 2, S. 1044 f. (Zukunft des Kastilischen).

[199]) Importancia de la lengua sánscrita IV, in: Obras completas, hg. Melchor Fernandez Almagro, Bd. 1, Madrid 1951, S. 927–932.

Solcher Individualismus, fast im Stile von Ponce de León, war allerdings der Staatsgesinnung abträglich, die ohnehin durch katalanische und kubanische Autonomiebestrebungen gefährdet wurde. Als am 1. April 1894 vor den Majestäten in Madrid der Neubau der spanischen Akademie eingeweiht wurde, war der Festredner Valeras Antipode, der papsttreue Thomist, Restaurationsminister und Akademiepräsident Alejandro Pidal y Mon (1846–1913). Der Erzkonservative betonte, man müsse die Nationalsprache sorgfältig pflegen, denn sie sei das Leben der Nation; ihr Verfall bedeute den nationalen Untergang. Die Kraft der Sprache sei die Macht des Staates. Diese Einsicht (die von Nebrija stammt) sei ein Gemeinplatz der Weltgeschichte; er habe seine Weihe erhalten durch das berühmte Beispiel von Babel, wo die Verwirrung der Sprachen die Zerstreuung der Völker zur Folge hatte. Diese Trennung würde das Menschengeschlecht zur Barbarei verurteilt haben, wenn nicht die christliche Offenbarung des Gotteswortes alle Völker neu zusammengerufen hätte. So könne man heute daran denken, den Traum einer kirchlichen Universalmonarchie durch die Vision einer Universalsprache zu ergänzen, welche die verschiedenen Sprachen zur Einheit zurückgeleite[200]). Dieser Prophet wurde nicht durch einen Kurswechsel unzeitgemäß; die Geschichte selbst widerlegte seine Ideologie schnell und grausam. Keine fünf Jahre nach Pidals Rede hatte der spanische Staat Cuba und die Philippinen verloren und war keine Kolonial- oder gar Weltmacht mehr; und eben diese Katastrophe von 1898 erweckte die neue spanische Literatur und festigte (wie Valera glaubte) die alte ibero-amerikanische Universalität der spanischen Sprache.

Man hatte in Spanien den Geist vor der Macht, den Menschen vor der Umwelt, die Nation vor der europäischen Selbstentfremdung bewahren wollen; man mußte sich belehren lassen, daß die starre Ideologie das verrät, was sie verteidigt, weil sie nicht an die Geschichtlichkeit des Menschen glaubt. Nicht die alte Tradition, nur das schmerzliche Stirb und Werde überwindet die Selbstentfremdung; ohne Tod keine Erwartung, ohne Verwandlung kein Dasein.

Das ist überhaupt die schwer errungene Lehre der Epoche. Wie keine zuvor hatte sie sich der menschlichen Souveränität über die Welt begeben, sich entsagungsvoll dem Stoff, Faktum und Detail der Umwelt gebeugt und sie endlich wissenschaftlich und technisch in die Hand bekommen. Damit beherrschte man die Natur noch nicht, man benutzte sie bloß; sie blieb unverständlich. Daß sie keine allgemeine Bedeutung, keinen geistigen Sinn verriet, wurde zunächst hingenommen; das geistige Leben selbst, das anfangs dem trivialen Nutzen diente oder liberal und unverbindlich blieb, unterwarf sich seit der Jahrhundertmitte weithin resigniert der Verfügung von Naturkräften oder anonymen Mäch-

[200]) Discurso, hg. Bleiberg, Antología 461 ff., 469.

ten. Sprache, Volk, Geschichte und Religion wurden voneinander spezialistisch isoliert, gesondert analysiert, auch von Dichtern und Theologen kritisiert; mit ihrem Zusammenhang verloren sie ihre Glaubwürdigkeit. Als sinnlose Fragmente wurden sie vordergründige Zeichen für das Formlose, Ungeistige, Fremdartige, für Daseinskampf, Massentrieb, Machtwillen. Selbst die Gläubigen verzagten; sie reduzierten die Sprache auf musikalischen Klang, den Glauben auf Unbegreifliches. Der Ursprung bot keine Zuflucht, denn er war gleich alten Königsgräbern verriegelt oder entweiht; die Zukunft versprach keine Hoffnung, sie war wie das Meer ungewiß oder bedrohlich, die zahlreichen Propheten des Zeitalters bändigten sie nicht. Die Gegenwart war schrecklich genug. Die Epoche, die keiner Universalhistorie glaubte, erlebte Weltgeschichte von globalem Ausmaß; die Epoche liberaler Ökonomie entfesselte hemmungslose Kriege, die auch den ersehnten starken Männern über den Kopf wuchsen; die Epoche der Erfahrungswissenschaft wand sich in ständigen Revolutionen, die zu nichts führten. Die konventionelle Sprache war kraftlos, die tradierte Geschichte ratlos, die vorgegebene Religion ziellos; auch die gerade formulierten Gesetze, die neu konstruierten Ideologien versagten. Je exakter sich das Leben berechnen ließ, desto unberechenbarer wurde es. Vor einem entgötterten Diesseits stand der Mensch befremdet, sich selbst entfremdet, in einer Situation ohne Gegenüber, für die es schlechterdings keine Tradition gab. Die Lage ließ sich durch Topoi weder beschönigen noch verwandeln; sie mußte durchgestanden werden, ohne daß auf eine mehr als akademische Harmonie der Widersprüche zu hoffen war. Die alten Gleichnisse von Adam, Babel, Pfingsten und dem Himmel wurden jetzt zu nackten Symbolen des Menschen; außer diesen Metaphern blieb vom seitherigen Sprach- und Geschichtsdenken fast nichts mehr übrig. Nur das Dauernde, wahrhaft Menschliche blieb, was den Menschen jenseits von Realität und Ideologie, Natur und Überlieferung ausmacht: seine Sprache, die ihn spiegelt und ihm sagt, was er sieht; seine Geschichte, die ihn formt und ihm bewahrt, was er lernt; sein Glaube, der ihn leitet und ihm zeigt, was er ist. Ist das zum Leben genug?

8. Existenz und Erwartung

Seit etwa 1890, seit dem Fin de siècle, überstürzen sich die politischen, technischen, sozialen, geistigen Bewegungen; aber ihre Richtung ist von dem überwachen Denken der Zeit auch ohne klärenden Abstand bereits deutlich erkannt. Im Imperialismus und in den Weltkriegen zerstörte das gespaltene Europa selbst seine politische Vormacht und verlor sie an seine ungleichen Kinder Amerika und Rußland; der Zerfall der Reiche machte die kolonialen Völker frei, führte aber zugleich zu großen Völkerbünden, zu Vereinigten

Staaten und Sozialistischen Unionen, zu Vereinten Nationen. Die völlig aufgeteilte Erde wollte politisch eins werden. Die Technisierung vollendete die Zerspaltung der Natur bis in ihre Kerne, vernichtete jedoch auch durch Waffen, Nachrichtenmittel und Weltwirtschaft alle räumlichen Distanzen auf dem Globus. Die zerlegte Erde war zu einem Punkt geworden. Die bisherige Sozialstruktur, getragen von bodenständigen Eliten, wurde gesprengt durch die ungegliederte Masse Mensch. Die ungeformte Menschheit wurde auf dem ganzen Erdball gleichförmig. Sie wurde nach der Zerschlagung geschlossener Kulturen und Traditionen angesprochen durch zahlreiche freischwebende Ganzheits-Entwürfe und totalitäre Ideologien, deren jede die Welt umspannt und alle anderen verdammt. Unvereinbare Weltanschauungen eroberten den geistigen Kosmos. Die paradoxe Verbindung von Einheit und Vielfalt dehnte sich bis zum Zerreißen, bis zur polaren Verquickung von Totalität und Atomisierung. Zur Milderung der Gegensätze trug der praktische Kompromiß des Pluralismus einiges bei: Weltmächte, technische Systeme, gesellschaftliche Gruppen, geistige Ansprüche bequemten sich zu keiner Synthese, aber zu einer provisorischen Koexistenz. Sie wurde freilich stündlich gefährdet durch den irrationalsten Faktor dieser Welt, durch den Menschen, der sie geschaffen hat.

So gewaltsam sich der Mensch selbst entmündigte, in seine differenzierten und automatisierten Systeme ließ er sich nicht ganz integrieren, auch wenn man ihn zu Millionen entwurzelte, vertrieb oder vernichtete. Zu entbehren war er nicht, weil er die Weltmaschine steuern mußte. Das Kernproblem der Zeit wurde also nicht mehr die anspruchsvolle Frage nach der Vorsehung Gottes, dem Idealbild vom Menschen oder der Bewältigung der Umwelt, sondern die schlichte Frage nach dem rätselhaften Wesen des Menschen. Ohne Lösung dieses Problems wird die vorgeplante Zukunft nicht stattfinden; der Mensch wird sich und alles zerstören. Ebenso unsicher ist, ob er die Zukunft erreichen kann, auch wenn er will; die technische Entwicklungsfähigkeit des antiquierten Menschen ist begrenzt. Er klammert sich an seine langsamen, umständlichen, lückenhaften Erfahrungen – so steht die ungeduldige, ahistorische Welt vor dem Problem von Zeit und Geschichte. Man hat dem Menschen zwar die alten Traditionen genommen, aber er schafft sich neue Mythen; bei den Dichtern sucht er Lebenshilfe, bei den Kirchen Ruhe – so wird in der entgötterten, versachlichten Welt die Religion bedeutsam. Logistik, Technik und Ideologie formulieren jede Relation exakt, überall hörbar, universal verständlich; aber Statistik, Rundfunk und Übersetzungsmaschine konnten nichts daran ändern, daß die Menschen eine jeweils besondere Sprache reden und sich irrationalen Nationen verbunden fühlen – die Welt der Automation und Information muß sich mit Ursprung und Vielfalt der Sprachen und Völker befassen[1]). In dieser Frage klingen die anderen mit; sie kann uns wenigstens beispielhaft das ohnehin fragmentarische Selbstverständnis des Menschen in der modernen Welt, seine und unsere Situation verdeutlichen.

Am nachdrücklichsten setzte sich die neue Sicht in Rußland durch. Während das zaristische Regime gegen Attentate und Revolten seinen Todeskampf kämpfte, hatten Revolutionäre und Poeten längst die Traditionen überwunden und sahen die Zukunft von Welt und Menschen vor sich ausgebreitet. Der Historikersohn Vladimir Sergeevič Solov'ëv (1853–1900) glaubte entschiedener als Dostoevskij an die irdische Macht des Religiösen, das alles Dasein revolutionär verwandeln werde. Er schrieb 1889, unbesorgt um Dostoevskijs Babelturm: „Das historische Leben der Menschheit begann mit der babylonischen Sprachverwirrung (Gen. 11), es wird enden mit der vollkommenen Harmonie des neuen Jerusalem (Apoc. 21)." Auf Erden wird sich die Heilsgeschichte vollenden. Das Ende der profanen Weltgeschichte sah Solov'ëv 1900 bereits für das anbrechende Säkulum kommen mit einem panmongolischen Universalreich, in dem zwar die chinesische Sprache führend, aber der Synkretismus beherrschend sein werde. Auch der dagegen auftretende Antichrist wird seine Bücher in die Sprachen aller gebildeten und einiger ungebildeter Nationen übersetzen lassen; als Weltkaiser wird er allen Untertanen bereits in einer einzigen Sprache predigen können, der von ihm ernannte Papst wird sogar die unbekannte Sprache der Geister verstehen. Allerdings ist diese Totalität teuflisch. Die letzten Vertreter des Göttlichen, die verfolgten drei christlichen Konfessionen werden wie immer bloß lateinisch, deutsch und kirchenslavisch sprechen und singen, und doch wird bei den Getrennten die ganze, ungeteilte Wahrheit sein, ohne Übersetzung, ohne Weltsprache; denn der Geist kennt keine irdischen Schranken, Swedenborg wußte es[2]).

Von Solov'ëv angeregt, ging 1925 der ehemalige Marxist Nikolaj Aleksandrovič Berdjaev (1874–1948) weiter. Der Emigrant war wie Schelling davon

---

[1]) Henry Stuart Hughes, The Decade of the 1890's in European Thought, in: CISS Bd. 7, S. 404–406 (Epochengrenze); Margret Boveri, Der Verrat im 20. Jahrhundert, Bd. 3 (Rowohlts deutsche Enzyklopädie 58), Hamburg 1957, S. 43 ff. (Ideologie); Emmanuel Mounier, Angst und Zuversicht des XX. Jahrhunderts, Heidelberg 1955, S. 33 ff., 85 ff. (Mensch und Technik); Heinrich Hermelink, Das Christentum in der Menschheitsgeschichte von der Französischen Revolution bis zur Gegenwart, Bd. 3, Stuttgart-Tübingen 1955, S. 442 ff. (Religion); Carl Friedrich von Weizsäcker, Sprache als Information, in: Die Sprache, hg. Bayer. Akad. d. Schönen Künste, Darmstadt 1959, S. 33–53 (Information und Sprache).

[2]) Rußland und die Universale Kirche, in: Deutsche Gesamtausgabe der Werke, Bd. 3, Freiburg i. Br. 1954, S. 278 (Genesis, Apokalypse). Kurze Erzählung vom Antichrist, übers. Ludolf Müller, Wladimir Solowjew, Übermensch und Antichrist, Über das Ende der Weltgeschichte (Herder-Bücherei 26), Freiburg i. Br. 1958, S. 102 (Chinesisch), 110 (Übersetzungen), 119 (Predigt), 127 f. (neuer Papst), 125 f. (Verfolgte).

durchdrungen, daß die irdische Vielfalt der Geschichte nur Symbol und Zeichen der geistigen, einen, göttlichen Welt sei; in einem neuen Mittelalter werde die letztlich polytheistische Vielzahl der Nationalismen und Nominalismen überwunden durch eine neue Einung von Symbol und Realität; das russische Volk, unter allen Völkern der Erde mit dem stärksten All-Menschheits-Empfinden begabt, ist (nach Dostoevskij) berufen, diese christliche Einung des Kosmos, das neue Mittelalter, zu vollenden; der russische Kommunismus ist zwar eine verkehrte, doch schon eine „mittelalterliche" Anstrengung auf diesem Wege[3]). In dem neuen Symbolismus gehen alle Variationen irdischer Sprachen und Völker unter; denn die neue, wirklichkeitsgetreue Symbolsprache der Zukunft wird nur eine, das neue Gottesvolk nur eines sein.

Kann diese neue, innerliche Sprache an herkömmliche äußere Sprachformen gebunden bleiben? Der in Westeuropa lebende russische Maler Vasilij Kandinskij (1866–1944) verneinte es 1910, als er gegenstandslose Bilder zu malen begann. Die symbolistischen Dichter seit Baudelaire zeigen, daß das Wort innerer Klang ist, im Kopf des Hörers vom Gegenstand gelöst; dieser reine Klang stellt schließlich nichts mehr dar, er existiert. Nun sind Worte nur Winke; aber die Malerei könnte (nach Leonardos Hoffnung) das Unsagbare, Wesentliche unmittelbar ausdrücken. Der abstrakte Maler vergegenwärtigt zugleich die Sprache seiner Epoche und Nation und das Ewig-Künstlerische, das durch alle Menschen, Völker und Zeiten geht. Während heute Verwirrung herrscht und die wissenschaftliche Theorie als *ein zum Himmel reichender, kolossaler . . . Turm in Trümmern liegt*, wird der moderne Künstler *ein beneidenswerter Mitarbeiter an der geistigen Pyramide, die bis zum Himmel reichen wird*. Wie Dostoevskij kennt Kandinskij zweierlei Babel; das auf Sprache und Wissenschaft gegründete bleibt Ruine, der Turm der Kunst wird das Übermenschliche (anders, als Hegel meinte) stiften und darstellen in einem[4]).

Diese Welttotalität steht indes nur auf der Leinwand; kann sie total sein, wenn sie nicht real ist? Der bolschewistische Dichter Maksim Gor'kij (1868–1936), Wortführer des Naturalismus und sozialistischen Realismus, feierte 1907, nachdem die erste russische Revolution mißlungen war, unbeirrt die Arbeiter-

---

[3]) Das neue Mittelalter, Betrachtungen über das Schicksal Rußlands und Europas, übers. Alexander KRESLING, Tübingen 1927, S. 45 (Symbol), 36 ff. (Nationalismen, Nominalismen), 40 (russisches Volk), 48 (Kommunismus).

[4]) Über das Geistige in der Kunst, 5. Aufl., Bern-Bümpliz 1956, S. 45 f. (innerer Klang), 104 (Worte als Winke), 80 (Epochales und Ewig-Künstlerisches), 39 f. (Turm in Trümmern), 56 (geistige Pyramide). – Daß die Sprachkunst die Verbindung von Laut und Bedeutung nicht aufgegeben habe und nicht in künstlichen Sprachen dichte, ist eine der gewagtesten Behauptungen von Hans SEDLMAYR, Die Revolution der modernen Kunst (Rowohlts deutsche Enzyklopädie 1), Hamburg 1955, S. 118; DERS., Das poetische Wort und die Kunst, in: Hefte des Kunsthistorischen Seminars der Universität München 3, München 1957, S. 1–17.

bewegung als weltweiten Freundesbund. Wie Gor'kijs Freund Čechov glaubte, würde der neue, proletarische Mensch die ganze Erde pfingstlich umfassen. Zwar verstehen ausländische Proleten nicht die Sprache der Russen, fühlen sich ihnen aber verwandt, Armenier, Juden, Österreicher, Franzosen, Engländer, Schweden, Deutsche, Italiener. „Für uns gibt es keine Nationen", keine verschiedenen Völker, Juden und Deutsche, Engländer und Tataren, auch wenn sie verschiedene Sprachen reden; es gibt nur zwei unversöhnliche Rassen, Reiche und Arme, aber nicht mehr für lange. Schon jetzt vermittelt ein in fremder Sprache gedrucktes Buch einfachen Menschen den Glauben an Schönheit, Reichtum und Unendlichkeit der Welt[5]). Die bolschewistische Weltrevolution wird diese Güter allen Menschen konkret bescheren.

Der Führer der Weltrevolution, Vladimir Il'ič Lenin (1870–1924) teilte zwar nicht die bisweilen romantischen Hoffnungen seines Freundes Gor'kij, aber auch er schloß die konkrete Verschiedenheit der Sprachen und Völker aus seinen realistischen Plänen aus. Es schien ihm 1904 eine Kleinigkeit, ob das Parteiprogramm allgemein von der Gleichberechtigung aller Bürger oder spezieller von der „Freiheit der Sprache" oder aber von der „Gleichberechtigung der Sprachen" reden solle. Denn der Leninismus sollte keine Sprach- und Kulturnation, auch nicht die russische, sondern die Welt revolutionieren; wenn alle Menschen erst gleich sind, folgen die Sprachen von selbst. Nach dem Sieg wird wohl eine neue Sprache erstehen; denn nach Marx und Engels ist die Sprache an die ökonomischen Zustände gebunden. Lenin begrüßte 1914 die staatliche Zusammenfassung von Territorien mit gleichsprachiger Bevölkerung, aber als Mittel ökonomischen Fortschritts. Die Einheit der Sprache erleichtert kapitalistischen Handelsverkehr und Marktverbindungen; die wirtschaftlichen Voraussetzungen fördern Nationalstaaten mit einer Sprache. „Die Sprache ist ein überaus wichtiges Mittel des menschlichen Umgangs", mehr nicht; ihre bourgeoise, nationale Einheit ist bloß eine Vorstufe zur proletarischen Weltrevolution[6]).

Intensiver als der international gebildete Lenin befaßte sich sein georgischer Parteifreund Josif Vissarionovič Stalin (1879–1953) mit der Sprache. Lenins nachmaliger Volkskommissar für Nationalitäten bezeichnete schon 1904 die Sprache als „ein Werkzeug der Entwicklung und des Kampfes. Verschiedene

[5]) Die Mutter (Ausgewählte Werke, Bd. 1), Berlin 1946, S. 45 f. (keine Nationen), 194 (Reiche und Arme), 268 (Schönheit der Welt).

[6]) Ausgewählte Werke in zwei Bänden, Bd. 1, Moskau 1946: Ein Schritt vorwärts, zwei Schritte zurück S. 339 (Parteiprogramm); Über das Recht der Nationen auf Selbstbestimmung S. 672 f. (Sprache und Verkehr). Zur anfänglichen Nationalitätenpolitik L.s Lemberg, Nationalismus 244 ff.; zu seiner Sprachauffassung Elliot Raymond Goodman, The Soviet Design for a World State (Studies of the Russian Institute, Columbia University), New York 1960, S. 264 ff.

Nationen haben verschiedene Sprachen"; jeder Proletarier hat ein Recht auf Muttersprache. Der Kaukasier Stalin mißbilligte die zaristische Russifizierung, ohne dem Nationalismus das Wort zu reden. Es gibt keinen Nationalgeist, allein die Internationale des Proletariats. Immerhin betonte Stalin wiederholt Nation und Sprache, 1913 mit der Definition, eine Nation sei „eine historisch entstandene stabile Gemeinschaft von Menschen, entstanden auf der Grundlage der Gemeinschaft der Sprache". Es kommen andere Faktoren hinzu, die Sprache ist der erste. „Es gibt keine Nation, die gleichzeitig verschiedene Sprachen spräche", auch wenn nicht alle Gleichsprachigen einer Nation angehören[7]). Damit wehrte Stalin die pluralistischen Vorstellungen österreichischer Sozialdemokraten ab; die Einheit von Nation und Sprache gehört zum marxistischen Naturrecht, das durch die Weltrevolution nicht angetastet wird. Die Verschiedenheit der Sprachen und Völker hingegen ist eine ephemere, allenfalls historische Frage.

Diese historische Frage bewegte Stalins georgischen Landsmann, den geistreichen und impulsiven Linguisten Nikolaj Jakovlevič Marr (1865–1934). Der Begründer der georgischen Philologie suchte seit 1888 Verwandtschaft des Georgischen mit dem Semitischen nachzuweisen, weil er von der Ureinheit der Kultur, stärker als Sumarokov vom Zusammenhang der japhetitischen, semitischen und hamitischen Sprachgruppen überzeugt war; Dostoevskijs Allmenschheits-Idee und abendländische Romantik begegneten sich. Auf der Suche nach der Ursprache fand Marr 1908 die kaukasische Sprachfamilie und wandte auf sie stolz die Substrattheorie Ascolis an: Das Kaukasische ist das Substrat der indoeuropäischen Eroberer, die Ursprache Europas, älter als die semitisch-hamitische und die indogermanische Gruppe. Seit 1914 nannte Marr diesen uralten Sprachstamm der Kaukasier, Basken, Etrusker, Pelasger, Hethiter, Elamiten „japhetitisch". Nach der Oktoberrevolution, 1920, kombinierte er seine Ursprachenlehre mit der marxistischen Doktrin; das Substrat der Unterdrückten und Proletarier ist der Nährboden der Sprachgeschichte. „Die bestehenden Sprachtypen sind nicht Ergebnisse einer Urschöpfung . . ., sondern in ihnen verkörpert sich die schöpferische Arbeit der Menschheit in ihren einzelnen Entwicklungsetappen." Das war marxistisch; die Anwendung war eher romantisch wie bei F. Schlegel. Am Beginn stand der einsilbige Sprachbau, etwa des Chinesischen; auf agglutinierende Formen, wie z. B. im Türkischen, folgten flektierende Sprachen wie Russisch, überhaupt Indoeuropäisch. Die „japhetitische" Gruppe aber durchlief alle drei Stadien und bewahrt noch heute die Verbindung zur Urzeit; Japhetitisch ist „ein linguistischer Mikro-

---

[7]) Werke, hg. Marx-Engels-Lenin-Institut, bisher 13 Bände, Berlin 1950–55: Welche Auffassung hat die Sozialdemokratie von der nationalen Frage? Bd. 1, S. 38 (Sprache); Marxismus und nationale Frage Bd. 2, S. 269–272 (Nation).

kosmos", Kaukasisch die Ursprache der Weltkultur. Mit Hilfe dieser Auffassung von einer auserwählten Sprache kritisierte Marr die Indogermanistik, sie verbinde die Einheit des Ursprungs mit der „Auffassung der konfessionellen Theologie vom auserwählten Volk".

Trotz der Attacke auf die Theologen zitierte Marr die Bibel; sie erwies die Ursprünglichkeit des Japhetitischen, z. B. mit dem Namen „Eva", auch durch die Sintflutsage aus dem japhetitischen Kaukasus. „Der babylonische Turmbau ist ebenfalls ein Märchen . . . Aber dieses Märchen – ist ein Märchen der japhetitischen Wirklichkeit. Im ganzen Umkreis der damaligen Kulturwelt, vom Kaukasus und Kleinasien bis zur pyrenäischen Halbinsel herrschte eine Sprache, die Sprache der japhetitischen Völkerfamilie . . . Der Einheitlichkeit der japhetitischen Welt wurde vielleicht schon früher ein Stoß versetzt; den Gnadenstoß aber erhielt sie durch den Angriff der Indoeuropäer: Es begann der Prozeß der Kreuzung und Hybridisierung, es entstanden neue gekreuzte Spracharten und das gegenseitige Verständnis verschwand." Die indoeuropäischen Sklavenhalter, Feudalherren und Kapitalisten sind noch heute die Erbauer des babylonischen Turmes; sie zerstörten die paradiesische, kaukasische Einheit und Gleichheit der Menschen. Dank ihren Eroberungen verläuft seither der historische Prozeß nicht mehr linear; in der Sprache schlagen sich nicht mehr die geschichtlichen Erfahrungen eines Volkes nieder. Sprachen und Völker entstehen nun durch ständige Kreuzung und Mischung als „das Produkt der Entwicklung der Gesellschaft, ihres kollektiven Schöpfertums", als Überbau der ökonomischen Basis. Damit kam Marr wieder bei Marx an; doch der historische Materialismus, für die Marxisten das ewige Grundgesetz aller Geschichte, wurde bei Marr zur Schwundstufe, die am Turm zu Babel begann. Aber so gab Marr dem Marxismus eine detaillierte Geschichtsauffassung, die zwar an Meiners erinnert, aber zur Sprachtheorie von Marx und Engels zu passen scheint: Sprunghaft, plötzlich und explosiv geschehen Kreuzungen und Mischungen der Sprachen und Völker, in sich sinnlos, auf die ökonomische Basis ausgerichtet.

Dem Entdecker Marr selbst entschwand sein japhetitisches Paradies immer weiter in die Vorzeit, je intensiver seine Lehre auf die bolschewistische Gegenwart bezogen wurde. Seit 1926 schloß er sich in der Frage des Sprachursprungs Noiré und Engels an. Im paradiesischen Urkommunismus, als alle körperlich arbeiteten, rief die Handarbeit nur eine Gestensprache hervor, die zur Verständigung vollauf genügte; erst eine Million Jahre danach entstand die Wortsprache, aus magischen Praktiken der herrschenden Priesterklassen und der Frauen entwickelt, ein ideologischer Überbau, der die Ausbeutung rechtfertigt. Darauf folgten die Sprachmischungen, die noch andauern. Die künftige klassenlose Gesellschaft wird sich, wie Marr 1928 verkündete, eine neue, gemeinsame Weltsprache schaffen, schöner, durchgeistigter und handfester als alle derzeitigen bourgeoisen Klassensprachen; sie kann, wie in der Urzeit, auf die Lautsprache wohl ganz verzichten. Vermutlich sind hier Anschauungen Condorcets zugrunde gelegt; der kaukasische und romantische Nationalismus weicht endgültig dem revolutionären Fortschrittsglauben. In dieser letzten Fassung war Marrs Drei-Stadien-Deutung in der Tat beinahe marxistisch: von der gemeinsamen Urgesellschaft über die gegenwärtige Verwirrung der Klassenkämpfe zur künftigen klassenlosen Einheit aller Sprachen und Völker. Die quasibiblischen, geschichtstheologischen Elemente im Bolschewismus gehen großenteils auf Marr, letztlich also wirklich auf die Bibel zurück[8]).

Diese Geschichtsdeutung wurde erst sinnvoll, als sich der Endsieg der Weltrevolution verzögerte und Stalin zunächst den Sozialismus in einem Lande, in Rußland, durchzusetzen hatte. Noch 1925 wollte Stalin von einer künftigen „allgemeinmenschlichen Einheitssprache“ nichts wissen; bald ließ er sich von Marr überzeugen. Die historische Frage war ephemer, wurde aber vordringlich. Auf dem 16. Parteikongreß begründete es Stalin 1930 als Provisorium, daß er „die nationalen Unterschiede der Sprache“ betonte und daß „wir, die Anhänger der künftigen Verschmelzung der nationalen Kulturen zu einer ... gemeinsamen Kultur, mit einer gemeinsamen Sprache, gleichzeitig Anhänger des Aufblühens der nationalen Kulturen ... sind“. Die gemeinsame Sprache wird erst kommen „in der Periode, da der Sozialismus in der ganzen Welt gesiegt haben wird“. Um dennoch den Nationen und Sprachen nicht den Vorrang vor der Weltrevolution einzuräumen, schien Marrs Lehre die geeignete Lösung: Es gibt keine Sprachen- und Völkerstammbäume, keine Kontinuität der Traditionen; aber es gibt, vorerst in Rußland, freie Sprachen und Nationen. Nachdem Morgans Lehren schon zuvor die sowjetische Ethnographie beherrscht hatten, wurde 1936 der Marrismus die offiziöse Lehre der russischen Linguistik und der Geschichtsforschung überhaupt[9]). Noch 1947 vertraten zwei Linguisten aus Marrs Schule seinen späten Standpunkt. Die Ursprache ist

---

[8]) Der japhetitische Kaukasus und das dritte ethnische Element im Bildungsprozeß der mittelländischen Kultur (Japhetitische Studien zur Sprache und Kultur Eurasiens 2), Berlin-Stuttgart-Leipzig 1923, S. 29 (Georgisch und Semitisch), 31 f. („japhetitisch“), 37 (Sprachtypen, Entwicklungsetappen), 53 (Mikrokosmos), 40 f. (gegen Indogermanistik), 27 (Berufung auf die Bibel), 56 f. („Eva“, Sintflutsage), 75 (Turmbau). Das letzte Zitat (Produkt der Gesellschaft) nach ARENS, Sprachwissenschaft 421. Dazu Lawrence Leslie THOMAS, The Linguistic Theories of N. Ja. Marr (University of California Publications in Linguistics 14), Berkeley-Los Angeles 1957, S. 2, 5 ff., 38 ff., 90 ff., 97 ff., 110 ff., 117 ff. (auch zu den Spätschriften).

[9]) Über die politischen Aufgaben der Universität der Völker des Ostens, in: Werke (o. Anm. 7) Bd. 7, S. 120 (gegen Einheitssprache); Politischer Rechenschaftsbericht des Zentralkomitees an den XVI. Parteitag ... Bd. 12, S. 316–323 (künftige gemeinsame Sprache). Dazu Ruben Iwanowitsch AWANJESSOW, Die Entwicklung der Sprache und der Dialekte im Lichte der Arbeiten J. W. Stalins über die Sprachwissen-

„ein reines Phantasieprodukt"; was Herodot erzählt, ist unrichtig; auch die biblische Babel-Legende wird neuerdings selbst von Theologen als „unwahrscheinlich und sinnlos" beiseite gelassen. Diodor hat die Urzeit gut beurteilt, Noiré besser, Marr am besten: Von allem Anfang an hatten die Menschen nicht eine gemeinsame Sprache; sie entstand bei der Arbeit, darum ist sie verschieden. Solange Nationen bestehen, wird es keine allgemeine Sprache geben, nur Annäherung durch Fremdsprachenkenntnis[10]). Das Schwergewicht war auf die gegenwärtige Situation gelegt, nicht auf die urtümliche Grundlage oder die künftige Erwartung.

Der „Vaterländische Krieg" gegen Hitler hatte inzwischen die nationalrussischen Gefühlswerte wachgerufen; der Bolschewismus, nun in vielen Ländern herrschend, konnte trotzdem (oder deshalb) die Geschichte nicht aus den Angeln heben; nicht einmal in Rußland war das Endziel der klassenlosen Gesellschaft erreicht. Jetzt mußte eine „Revolution von oben" die Akzente vollends von der unbedingten Hoffnung zur geschichtlichen Leistung verschieben. Stalin persönlich vollzog diese Revolution in fünf Briefen, die zwischen dem 20. Juni und dem 2. August 1950 in der Moskauer „Pravda" erschienen; nicht zufällig gab die Sprachtheorie den Anstoß. Sprache kann Gedanken lenken; darum ist sie das wichtigste Machtmittel der Ideologie. Marr hatte sie unterschätzt, zugleich die Geschichte als Erfahrung bagatellisiert. Stalin vergötterte nun die Geschichte; sogar die marxistischen Dogmen sind historisch zu prüfen, nicht blindlings hinzunehmen. Die Schematik des dialektischen Materialismus löst sich in Geschichte auf, die man studieren muß, nicht hinterm Ofen aus dem Kaffeesatz herauslesen kann. Die Freiheit des Geistes wird anerkannt, denn die Sprache ist frei. Sie ist kein ideologischer Überbau (wie seit Engels alle glaubten), sie ist nicht der ökonomischen Basis verhaftet; von den sprunghaften, dialektischen Revolutionen der Klassen bleibt sie unberührt. Das Russische z. B. blieb von Puškin bis heute gleich, während Rußland zwei gesellschaftliche Umstürze, den kapitalistischen und den sozialistischen, erlebte; auch die Französische Revolution war keine sprachliche Umwälzung. Denn die Sprache ist nicht von einer ephemeren Klasse geschaffen, sondern „durch den ganzen Gang der Geschichte der Gesellschaft", durch „die Bemühungen Hunderter von Generationen". Sprache berührt „ausnahmslos"

---

schaft, Berlin 1953, S. 39 ff.; GOODMAN (o. Anm. 6) S. 266 ff. Zur Geschichtsforschung Arnold KLEES, Ethnogenese – eine neue Sowjetwissenschaft, in: Osteuropa 4 (1954) 165–173, hier S. 166 ff.

10) Wladimir Kapitonowitsch NIKOLSKI – Nikolai JAKOWLEW, Warum die Menschen in verschiedenen Sprachen sprechen, Berlin 1947, S. 61 (Ursprache), 18 ff. (Herodot), 29 (Babel-Legende), 25 f. (Noiré), 27 (Marr), 54 f. (Arbeit und Sprache), 61 f. (Fremdsprachenkenntnis). Jakowlew widerrief 1951 seine Thesen; vgl. John V. MURRA u. a., The Soviet Linguistic Controversy (Columbia University Slavic Studies), New York 1951, S. 91.

jede Tätigkeit des Menschen und den Menschen selbst; er braucht sie zum Umgang mit seinesgleichen, auch mit seinen Feinden.

Die Geschichte tut das Notwendige: Schon immer besaß der Mensch eine Lautsprache. Sie entstand in der kommunistischen Urgesellschaft an einer einzigen Stelle; so primitiv und dürftig sie war, sie wurde „im grauesten Altertum" zur Grundlage der modernen Sprache. Stalin distanzierte sich von der Theorie der Ursprache, wohl weil er die Sprache nicht auf ein überzeitliches oder geistliches Podest heben wollte; ein Urphänomen war sie ihm doch. Woher kommt dann die Verschiedenheit und Verwandlung der Idiome? Nicht von sinnloser Überkreuzung, sondern vom Fortschritt. Soziale, wirtschaftliche, politische und geistige Phasenunterschiede trennten die Stämme voneinander; zugleich bereicherten Erfahrungszuwachs und -austausch die differenzierten Sprachen. Ihre Mannigfaltigkeit ist also kein Abfall vom Ideal, nicht wie bei Marr vom Babelturm verursacht. Der babylonische Turm über diesen dynamischen Systemen fehlt freilich nicht; es sind wie bei Marr die reaktionären Großreiche, das Imperium der römischen Sklavenhalter, der mittelalterliche Feudalismus. Imperialistisch zersplittern und verwirren sie Völkerschaften und Sprachzonen, ohne lebensfähige größere Einheiten zu schaffen. Was der späte Marr zum Grundgesetz der Geschichte gemacht hatte, war bloß ein historischer Sonderfall. Denn das feudale Chaos wurde in der frühen Neuzeit durch die Nationen und ihre Nationalsprachen überwunden. Diese sind nicht (wie man nach Marx und Lenin schließen könnte) von Kapitalisten gemacht, sondern ruhen auf urtümlichem Grund; die bourgeoisen Krämer haben sie zwar durch ihren Jargon verschandelt, aber nicht verwandelt. Noch in der sozialistischen Epoche gelten die Nationalsprachen weiter; zu ihnen gehört das Russische. Stalin will es pflegen, Fremdwörter meiden, flüssig und sprachgerecht schreiben, die Barbarei der Jargons, Dialekte, Abkürzungen und Propagandaphrasen liquidieren. Der wahre Fortschritt, auch der russische Traum von der Welterlösung, wird zum Fernziel. Erst nach dem Endsieg des Sozialismus können die Nationen mit ihren Hunderten von Sprachen frei zusammenwirken; dann werden sich die nationalen Sprachen zu zonalen, diese zu einer internationalen vereinen. Dies wird „natürlich weder die deutsche noch die russische noch die englische, sondern eine neue Sprache sein, die die besten Elemente der nationalen und zonalen Sprachen in sich aufgenommen hat." Doch wird es kein mathematisches Zeichensystem sein, wie Condorcet und Marr meinten; ohne Lautsprache verstehen die Menschen einander nie.

Hinter der Geschichtsdeutung steht eine Anthropologie. Stalin preist die Sprache als Attribut des Menschen, als eigene Größe von „nahezu unbegrenztem" Wirkungsbereich. Sie ist weder auf die ökonomische Wirklichkeit noch auf die ideologischen Gedanken beschränkt; sie ist nach einem Wort von Marx

„die unmittelbare Wirklichkeit des Gedankens". In der Sprache wird das Denken zur geschichtlichen, weltverwandelnden Macht[11]). Man hat Stalins Briefe als politische Manöver interpretiert, im Westen als Versuch, die Herrschaft der russischen Sprache im ganzen bolschewistischen Bereich ideologisch durchzusetzen, im Osten reziprok als Widerspruch zur „amerikanisch-englischen Propaganda von der gewaltsamen Vernichtung der Nationen und der zwangsweisen Ersetzung der nationalen Sprachen durch die alleinige englische Sprache"[12]). Beide Deutungen sind vordergründig. Es ging um nichts Geringeres als um das Wesen des Menschen, seiner Geschichte und Sprache, um die Einsicht, daß diese Zusammenhänge nicht den Systemen der ökonomischen und ideologischen Umwelt einzuordnen sind. Von dem Ideologen des Materialismus kann man keine gründlichere Neubesinnung erwarten. Stalin stellte seine Deutung lediglich als orthodoxe Auslegung der marxistischen Klassiker hin, zog aber in der uns wohlvertrauten Form der Exegese die Summe seiner Erfahrungen und eines Halbjahrhunderts russischer Revolution. Von der eschatologischen, spiritualistischen Erwartung der künftigen Allmenschheit, von der materialistischen Totalität der zwangsläufigen Dialektik führte der Weg langsam hinüber zur Anerkennung der Geschichte, der Gegenwart, der Sprache, der menschlichen Existenz. Die Wirkung von Stalins Briefen mag durch seinen Tod und die Folgen gehemmt sein, beendet ist sie vermutlich noch nicht.

Dafür spricht, daß auch die zweite bolschewistische Weltmacht, nachdem sie eine uralte Tradition vernichtet hatte, sich zögernd, aber deutlich der Geschichte zuwandte. Der chinesische Kommunistenführer Mao Tse-tung (geb. 1893) lehrte 1937 eine marxistische, aber von der konfuzianischen „Richtigstellung der Bezeichnungen" nicht weit entfernte Erkenntnistheorie; sie müsse (nach Marx) von praktischen, sinnlichen Eindrücken ausgehen und (nach Konfuzius) die daraus gewonnenen theoretischen Begriffe immer wieder an der

---

[11]) Der Marxismus und die Fragen der Sprachwissenschaft, Berlin 1953, S. 35 (Revolution von oben), 12, 66 (Prüfung der Dogmen), 41 (nicht hinterm Ofen), 38 (Freiheit des Geistes), 5 ff. (kein Überbau), 9 (von Klassen-Revolutionen unabhängig), 6 f., 10 f. (seit Puškin), 19 f., 33 f. (Französische Revolution), 8 (Gang der Geschichte, Hunderte von Generationen), 13, 29 (ausnahmslos), 8, 27 (nötig zum Umgang), 55 (schon immer Lautsprache), 14, 32 (grauestes Altertum), 42 (gegen Ursprache), 14, 32 (Fortschritt, Bereicherung), 14 f. (Großreiche), 15, 18 (Nationalsprachen), 64 f. (nach dem Endsieg), 62, 65 (internationale Sprache), 13 (Wirkungsbereich), 48 (Wirklichkeit des Gedankens). Dazu Reinhold Olesch, Im Wandel der Sprachbetrachtungen, in: Festschrift für Max Vasmer (o. S. 1083 Anm. 58) S. 364–374, hier S. 368 ff.

[12]) Lucien Laurat, Staline, la linguistique et l'impérialisme russe, Paris 1951, S. 61 ff. (Herrschaft des Russischen). W. W. Nowikow, Die Arbeiten J. W. Stalins über die Sprachwissenschaft und die Fragen der sowjetischen Literaturwissenschaft, Berlin 1954, S. 28 (gegen Englisch). Vgl. die russischen Stimmen bei Goodman (o. Anm. 6) S. 271 ff., 281 ff.

Praxis nachprüfen; das gab die (weder marxistische noch konfuzianische) Möglichkeit, die Doktrin an der Geschichte zu korrigieren. Im chinesisch-japanischen Krieg verwies Mao 1938 ausdrücklich auf die vieltausendjährige Geschichte seines Volkes und ihr nationales Erbe, das, von Konfuzius angefangen, mit dem internationalen Marxismus verschmolzen werden müsse. Man darf diese Äußerung nicht nur als Taktik, nicht mehr als kommunistische Rückkehr zum alten, egoistischen Universalismus Chinas abtun. Mao unterstrich 1939, daß in China außer den Chinesen noch einige Dutzende verschiedener Minderheiten leben, alle mit eigener, langer Geschichte. Das Problem von Einheit und Vielfalt, von Sprache und Wirklichkeit schob sich auch hier über Materialismus und Ideologie. Mao zitierte einen chinesischen Roman des 16. Jahrhunderts, in dem ein Affe sich 72mal verwandeln kann; er kritisierte diese phantastische, irreale und naive Mythe, nannte sie jedoch als Beispiel dafür, daß Gegensätze ineinander übergehen können. Die Zahl 72 hatte im Altchinesischen stets das Heilige und Ewige symbolisiert; Mao machte sie zur Zahl der unbegrenzten dialektischen Möglichkeiten[13]). Ob im Rahmen dieser Möglichkeiten auch eine Wendung zum Menschen liegt, bleibt freilich abzuwarten.

*

Im „Land der unbegrenzten Möglichkeiten" reiften ähnliche Probleme. Noch ehe das „amerikanische Jahrhundert" begann, rückten die Vereinigten Staaten in die von Whitman prophezeite Weltmachtstellung ein. Imperialismus und Dollardiplomatie wurden durch den Isolationismus gehemmt, doch bei der Technisierung der Wirtschaft und Demokratisierung der Gesellschaft wurde Nordamerika rasch die führende, immer weiter treibende Kraft. Der gewaltige Aufschwung nährte sich von ideologischem Glauben an die Zukunft der Menschheit, die es jetzt tatkräftig zu erringen gelte. Freilich widersprachen dem naiven Optimismus immer häufiger Stimmen des Zweifels, die die amerikanische Literatur zur Weltgeltung brachten; denn in ihnen erklang, was die ganze Epoche bewegte, der Protest des Menschen gegen die unbegrenzten technischen Möglichkeiten.

Für diese, mit einer inneramerikanischen Reformbewegung parallele Wendung ist das Werk des späten Mark Twain (1835–1910) bezeichnend. Der lebensgläubige Humorist wandelte sich zum einsamen Pessimisten, der aus der

[13]) Ausgewählte Schriften, 4 Bände, Berlin 1956: Über die Praxis Bd. 1, S. 335 ff. (Erkenntnistheorie); Der Platz der Kommunistischen Partei Chinas im nationalen Krieg Bd. 2, S. 265 f. (Konfuzius und Marxismus); Die chinesische Revolution und die Kommunistische Partei Chinas Bd. 3, S. 86 (Minderheiten); Über den Widerspruch Bd. 1, S. 393 (Affe). Dazu Walt Whitman ROSTOW u. a., The Prospects for Communist China, New York-London 1954, S. 116 ff.

geliebten zeitgenössischen Heimat ins Paradies und ins Jenseits floh; auch dort fand er, daß aller Perfektionismus trog. Er schwärmte seit 1893 für Eva; bevor Adam die Wesen weise benennen konnte, tat sie es naiv, weil die Dinge „so aussehen"; und die Tiere verstehen Eva, obgleich sie (Aesop und La Fontaine zum Trotz) schon im Paradies eine fremde Sprache reden. Die triebhafte, ungeistige Frau erschafft Sprache als Kommunikation eher als der schöpferische, planende Mann. Auch Adam benennt pflichtschuldig, wie es in der Bibel steht, alle Lebewesen, die er entdeckt, mit schönen lateinischen Namen wie *Kangaroorum Adamensis*; doch was er da als Känguruh getauft hat, ist, wie sich dann herausstellt, sein Sohn Kain. Die vornehme Wissenschaft tappt am Menschen und am Leben vorbei. Aber dieses Leben ist chaotisch, noch im Jenseits. Twain beschrieb 1907, wie im Himmel die Menschen (entgegen 1 Kor. 13, 8) weiter ihre irdischen Sprachen reden; jede Nation und jede Zeit muß ihre besondere Himmelsabteilung bewohnen. Ein Amerikaner, der Chaucer trifft, versteht ihn nicht; noch ältere Engländer schwätzen nach seiner Ansicht mitten im Himmel ein Kauderwelsch *(gibberish)*, das der Satan selber nicht verstünde. Mit Whitmans kosmischem Freundesbund des göttlichen Durchschnitts ist es nichts; du bist allein, ein heimatloser Gedanke, der durch leere Ewigkeiten wandert[14]).

Aber der Mensch lebt in der unfertigen Welt nicht, um ihr einsame Träume von Ursprung und Ende entgegenzusetzen, sondern um sie in Gemeinschaft tätig zu gestalten. Amerikas einflußreichster Philosoph, der weltgewandte, weitgereiste New Yorker Professor John Dewey (1859–1952), huldigte zwar keinem aufklärerischen Perfektionismus, aber einem zupackenden Pragmatismus, der nicht die Geschichte verachtete, jedoch das Vergangene kritisierte, um die Gegenwart zu ermutigen. Die Menschen haben einen weiten, steilen Weg hinter sich; er kann ihnen zeigen, was noch zu tun bleibt. Die menschliche Sprache entstand im Umkreis tierischer Schreie und instinktiver Gesten als *organic behavior*; aber über das natürliche, egozentrische Verhalten wuchs sie bald hinaus durch ihre Zielrichtung auf eine Gemeinschaft, durch ihren Gebrauch für gegenseitigen Beistand und Befehl. So wurde sie, was sie ist: nicht naturnachahmendes Gespräch mit den Tieren, nicht kreatürliche Eigenschaft, nicht psychischer Ausdruck von Emotionen oder Gedanken, sondern zuerst menschliche Aktivität, die die Handlungen anderer Menschen beeinflußt, Organ der *communication* und damit der *coöperation*, des sozialen Verhaltens. Daß die Symbole der Kommunikation und Aktivität aus der starr begrenzten Natur aus-

[14]) The Complete Short Stories, hg. Charles NEIDER, New York 1957: The Diary of Adam and Eve S. 272 f., 284 (Evas Namengebung), 290 f. (Verständnis der Tiere), 278 (Adams Namen); Captain Stormfield's Visit to Heaven S. 593 (Sprachen im Himmel). Dazu MORISON-COMMAGER, Werden Bd. 2, S. 313 ff., wo dieser Pessimismus bezeichnenderweise „unreif" genannt wird.

brachen, war (wie bei Schiller) zweifellos das wichtigste Ereignis der menschlichen Geschichte, der Beginn des unbeschränkten geistigen Fortschritts. Man schreibt ihn gern dem Wirken übernatürlicher Mächte zu, weil sich die Religionen, in Urzeiten wurzelnd, an das Geheimnis klammern. Wer nach Ursprüngen und Ursachen menschlicher Gemeinschaften sucht, findet tatsächlich nur Dunkelheit und Geheimnis, also eigentlich nichts. Lebenswichtig ist allein, daß solche Gemeinschaften vorhanden und voneinander verschieden sind; es gibt eine Vielzahl universaler Religionen und souveräner Staaten, und weil es so ist, muß es so sein. Nicht woher das kommt, sondern was sich daraus machen läßt, ist Deweys Frage.

Der Pluralismus der Sozialgebilde ist unaufhebbar, also auch unschädlich; aber die Feindschaft zwischen den Gemeinschaften ist keine Notwendigkeit und keine Strafe (etwa für die Babelsünde), sondern ein beklagenswerter und nutzloser Rest primitiven Denkens. Zum Vorwand dient ihm oft die Verschiedenheit der Sprachen. *Barriers of language* werden zur Isolierung mißbraucht; natürliche Grenzen und *strange languages and gods* werden vorgeschützt, wenn egoistische Antipathien der Ausbreitung universaler Vernunft im Wege stehen; Nationalstaaten, die noch immer als etwas Heiliges verehrt werden, unterdrücken durch Macht und Krieg die freie Kommunikation zwischen allen Menschen und gleichen deshalb engen Gebäuden, deren Fenster dem Himmelslicht der Aufklärung verschlossen sind. Diesen *old Adam* müssen wir überwinden; wir können es jetzt, nicht erst im Jenseits. Die Geschichte selber hilft uns, denn sie läßt nichts Altes unangetastet und beginnt stets von neuem. Sie hat das römische Reich und die lateinische Sprache zu den romanischen Völkern und Sprachen differenziert, ohne daß die konservativen Menschen es merkten; sie kann in einer neuen Umwelt eine neue Synthese erzwingen. Denn nur durch ihre Umwelten unterscheiden sich die Kulturen voneinander, nicht durch Erbanlagen; so grundverschieden sind die Menschen nicht, heute schon gar nicht. „Ob wir . . . alle Brüder sind oder nicht, mindestens sitzen wir alle im gleichen Boot, das den gleichen stürmischen Ozean überquert." Darum heißt es heute, 1908, über alle Unterschiede hinweg zusammenstehen. In den Schulen vereinen wir Menschen verschiedener Nationalitäten, Sprachen und Religionen zu gemeinsamer Arbeit; wir erstreben die soziale, endlich die religiöse Einheit der Welt, nicht die graue Gleichförmigkeit von Weltstaat und Weltkirche, sondern die lebendige Kommunikation, die durch die Mittel des technischen Zeitalters alle geschiedenen Gruppen zusammenführt zu der vielgestaltigen, weltweiten „Großen Gemeinschaft" der Demokratie, die Whitman prophezeit hatte. Was in dieser Gemeinschaft aus den Völkern und Sprachen werden wird, das muß die Zukunft selber entscheiden; Dewey half, auch nach dem ersten Weltkrieg, die moderne Welt ohne Vaterland und Muttersprache erst einmal vorzubereiten, und seine Wirkung auf die amerikanische Mentalität war groß[14a]). Freilich konnte sein Pragmatismus nur die Gläubigen, die auf Tat und Gemeinschaft Vertrauenden, überzeugen, nicht die Dichter mit ihren sensiblen Träumen und ihrer traditionsbeladenen Sprache. Sie mußten sich im zeitgenössischen Amerika nun erst recht als Exulanten fühlen, denn ihre Art von Aktivität und Kommunikation war nicht so handfest und nicht so zeitgenössisch.

Wenn die Maschinenwelt der Demokratie keine Heimat ist, könnte Whitman wenigstens darin recht haben, daß in den Gedanken aller Sprachen, Völker, Räume und Zeiten einiges von dem verborgen ist, was das Dasein sinnvoll macht. Die Männer der „Verlorenen Generation" hatten im ersten Weltkrieg die Illusionen verloren; wo sollten sie Ideale finden? Der Anreger moderner Lyrik, Ezra Pound (geb. 1885) glaubte zwar 1916 an den Fortschritt in der Sprachengeschichte; Latein ist besser als Griechisch, Französisch besser als Latein. Doch auch die beste Sprache bleibt begrenzt. Darum raffte Pound seit 1917 in seine Verse (fast wie einer von Murgers Bohémiens) die Bildung aller Zeiten und Sprachen, vom Chinesischen bis zum Deutschen; denn jeder Mensch spricht *his own language*, und nur sie. *It can't be all in one language*. Dem Dichter behagt die Fülle des Besonderen nicht; durch seine Rhythmen geistert bisweilen die Frage, ob jemand diese oder jene Fremdsprache, Englisch oder Deutsch, verstehe. Bloß der Dichter selbst, in allen Psychen und Sprachen heimisch, ist πολύγλωσσος. Er hofft (wie Herrera und Góngora), daß ihn die Sprachenvielfalt nicht von der Wahrheit ablenke; man muß nur im Wörterbuch *the meaning of words* lernen, dann zeigen sich im Wort die Dinge. Isidor von Sevilla sagt es: *Si nomina nescis perit rerum cognitio*; christliche Etymologie und amerikanischer Positivismus Hand in Hand! Präziser Sprachgebrauch rettet die Welt vor Verwirrung; vielleicht zeigt sich am Ende, daß die zahllosen Sprachen nicht so verschieden sind. Pounds stille Hoffnung verrät sich daran, daß in seiner Legion mythologischer Gleichnisse und historischer Beispiele der babylonische Turm fehlt[15]). Artistische Flucht in die Vielsprachigkeit kann freilich beglückende Formen und Klänge, aber keine Klarheit schenken.

[14a]) Intelligence in the Modern World, John Dewey's Philosophy, hg. Josef RATNER (The Modern Library of the World's Best Books 43), New York 1939, S. 807–810 (behavior, coöperation), 868 (wichtigstes Ereignis), 1067 (übernatürliche Mächte), 281 f. (Religion, Urzeit, Geheimnis), 367 (Ursprünge und Ursachen), 1008 f. (Vielzahl der Religionen), 482 (barriers), 371 (strange languages), 393 f. (Nationalstaaten), 473 f. (Gebäude), 389 f. (old Adam), 739 f. (Romanisch), 738 (Kulturen und Umwelten), 1036 (im gleichen Boot), 713 (Schulen), 399 f. (Demokratie, Whitman). Zu D.s Geschichtsdenken John Herman RANDALL, Jr., Dewey's Interpretation of the History of Philosophy, in: The Philosophy of John Dewey, hg. Paul Arthur SCHILPP (The Library of Living Philosophers), 2. Aufl., New York 1951, S. 77–102, hier S. 77 ff., 99 ff.

[15]) Brief Nr. 107 vom 29. 8. 1916, in: The Letters, hg. D. D. PAIGE, London 1951, S. 147 (Fortschritt). Canto 97, in: Thrones, 96–109 de los cantares, New York 1959,

Man findet ernüchterte Klarheit eher bei denen, die ihrer Zeit und Sprache nicht ausweichen. Der weitgereiste, fremdstämmige Dichter John Dos Passos (geb. 1896) verbohrte sich 1925 in das Leben der einen Stadt New York und fand in ihr das ganze Dasein. Die Metropole mit ihren Wolkenkratzern gemahnte den Architekturstudenten an Babylon, nicht bloß baulich. In New York hört man alle Sprachen der Erde, vom Jiddischen bis zum Russischen, und doch ist humane Verständigung selten, stumme Verzweiflung häufig. Den Italiener, der nicht Englisch kann, behandelt man unmenschlich; der Franzose, der sein Amerikanisch in Schanghai lernte, wird verspottet; wenn Ausländer einander ihr schweres Herz ausschütten, sprechen sie besser nicht Englisch. Diese Stadt ist „der Gipfel der Welt", aber vom Gipfel gibt es kein Entrinnen, es sei denn jenes fürchterliche, von dem ein halbverrückter Strolch träumt: Gott werde in sieben Sekunden New York zerstören, wie er in sieben Minuten den Turm von Babel zerstörte[16]). Der Mensch ist eingesperrt in dieses seelenlose Getriebe, das ihm Heimat und Nation nur stiehlt, nicht ersetzt.

Was ist aus seiner reichen, gemütvollen Muttersprache geworden? Der mit Pound befreundete Ernest Hemingway (geb. 1898) ließ 1926 einen Mann über seine englische Muttersprache meditieren. Sie ist merkwürdig konfektioniert; sie hat anscheinend weniger Wörter als die Sprache der Eskimos. Aber der Mann weiß nichts über Eskimo; also wählt er als Beispiel Cherokesisch. Aber er weiß auch nichts über Cherokesisch; also gibt er das Vergleichen auf. Pounds polyglotte Artistik verschleiert die brutale Wirklichkeit des Daseins, die lieblose Unzulänglichkeit der Sprache; weil kein Weg daran vorbeiführt, muß man den Stier mannhaft bei den Hörnern packen[17]). Anstatt zu verzweifeln, muß man handeln; förderlicher als der Agnostizismus ist der Pragmatismus Deweys.

Aber was soll man tun? Wenn Volk und Sprache in der modernen Welt verkümmern, kann man vielleicht bei den Indianern, von denen Hemingways Held nichts wußte, erfahren, was Volk und Sprache im ursprünglichen, nicht entfremdeten Zustand, in der unverkürzten Idee sind; läßt sich diese Idee nicht immer noch verwirklichen? Der deutschblütige Anthropologe Franz Boas

S. 29 (his own language). Canto 86, in: Section Rock-Drill, 85–95 de los cantares, New York 1956, S. 23 (It can't be). Canto 27, in: A Draft of XXX Cantos, New York 1934, S. 136 (Englisch). Canto 77, in: The Pisan Cantos, New York 1948, S. 47 (Deutsch). Canto 95, Rock-Drill S. 103 (vielsprachig). Canto 98, Thrones S. 41; Canto 100 S. 71 (Wörterbuch); Canto 109 S. 124 (Isidor). Dazu MORISON-COMMAGER, Werden Bd. 2, S. 631 f.

16) Manhattan Transfer, Der Roman einer Stadt, übers. Paul BAUDISCH, Berlin-Frankfurt/Main 1948: I, 2 S. 29 (Babylon); III, 3 S. 375 (Jiddisch, Russisch); I, 2 S. 31 f. (Italiener); II, 5 S. 261 f. (Franzose); I, 2 S. 56 (Ausländer); II, 5 S. 255 (Gipfel der Welt); III, 5 S. 429 (Strolch).

17) The Sun Also Rises c. 14 (The Modern Library of the World's Best Books 170), New York 1926, S. 154.

(1858–1942), Professor in New York, kam freilich 1938 nach lebenslangem Studium der Indianer zu Schlüssen, die dem Fortschrittsglauben Morgans wenig Hoffnung ließen. Schon Tiere teilen sich durch Bewegung und Schrei mit; diesen Tiersprachen ähnlich entwickelten die frühen Menschen eine Gestensprache, vielleicht gleichzeitig (nicht nachträglich, wie Morgan meinte) eine Lautsprache. Die Sprachen haben aber schwerlich (wie Morgan glaubte) einen gemeinsamen Ursprung, hängen auch mit Völkern und Rassen nicht auf Darwins Weise zusammen. Sprache ist kein biologisches, sondern ein kulturelles Erzeugnis. Doch die Kultur war in den Anfängen der Menschheit unvergleichlich vielgestaltiger als heute; im Lauf der Geschichte haben sich Reichtum und Zahl der Sprachen ständig verringert. In historischer Zeit entstand keine einzige Sprache ganz neu, viele starben ab. Je weiter die Kultur fortschreitet, desto schneller nivelliert sie alle Unterschiede[18]). Die Zukunft der Welt wird eintönig sein, weil der Mensch seiner Kultur zum Opfer fällt. Hatte Rousseau nicht recht?

Daran zweifelten Boas' Kollegen; der Mensch macht seine Kultur immer neu, er steht nicht in vorbestimmten Relationen. Der aus Deutschland stammende Anthropologe von Yale, Edward Sapir (1884–1939), ein von Boas geschulter, glänzender Kenner primitiver Sprachen, trennte 1921 die Sprache (wie Dewey) noch rigoroser als Boas von allen natürlichen Eigenschaften des Menschen. Während instinktive Erscheinungen nur in engen Grenzen variieren, ist die Sprache wie jede schöpferische, bewußte Aktivität *without assignable limit.* Sie entstand nicht aus Emotionen oder Lautnachahmungen, auch nicht aus der Rassenseele, sie ist *non-instinctive* und *voluntarily produced.* Der primitive Buschmann, der eine erstaunlich reiche Sprache besitzt, zeugt nicht für eine urzeitliche Blüte, sondern für die universale, unbegrenzte menschliche Vernunft. Sprache war die erste kulturelle Tat des Menschen, aber sie ist immer neu ein Kind der Geschichte und des *social usage.* Als menschliche ist sie allgemein, als geschichtliche verschieden. Beides läßt sich nicht trennen; jede menschliche Gruppe hat Sprache, und zwar immer die eigene[19]). Woher hat sie denn ihre Besonderheit? Von Wollen und Denken? Gegen diese These Sapirs setzte 1927 die Professorengattin Grace Mead Andrus De Laguna (geb. 1878) Deweys Methode des Behaviorism. Nicht was die Leute denken, sondern wie sie sich im sozialen Leben verhalten, charakterisiert sie; Sprache entstand nicht aus den Vorstellungen einzelner, sondern im Miteinander der Menschen. Der Mensch ist (unmittelbarer, als Whitney annahm) ein Gesellschaftswesen, und seine Sprache ist (ähn-

---

[18]) General Anthropology, Madison 1944, S. 124 ff., 140 f.

[19]) Language, An Introduction to the Study of Speech, New York 1921, S. 2 ff., 21 ff. – Die von Sapir bekämpfte Ansicht findet sich noch bei Edgar Hovard STURTEVANT, An Introduction to Linguistic Science, New Haven 1947, S. 40–50.

lich, wie Noiré angab) menschliche Aktivität, das große Mittel zu Zusammenarbeit und *social coördination*. Wenn sich also Sprachen ändern und unterscheiden, liegt es nicht an ihnen, sondern an den sprechenden Menschen und den jeweiligen Umständen ihrer Gesellschaftsordnung[20]).

Die Zuversicht schien über die Zweifel zu siegen; die menschliche Gemeinschaft schafft sich Umwelt, Sprache und Geschichte selbst. Seit der Depression von 1929 war allerdings der Optimismus von neuem gefährdet; menschliche Fehler zerrütten die Ordnung, Schlagwörter unserer Umgangssprache züchten Illusionen. Daß man die Macht der Sprache nicht überschätze, warnte 1938 der Schriftsteller Stuart Chase (geb. 1888). Wie Sprache entstand, weiß man nicht; vermutlich war sie nötig und half schneller als Gesten den Bedrängten. Menschen erfanden sie, um der Not zu steuern (ein Gedanke von Helvétius); darum ist sie auch nur notdürftig gezimmert, mit den Dingen nicht identisch. Mit ihrer Ungenauigkeit ist ihre Gefährlichkeit verquickt. Kinder und Primitive verfallen der Wortmagie und halten (wie Tylor lehrte) Worte für Dinge, Abstrakta für Personen; mit solchem Wortzauber machen Dogmatiker, Philosophen, Juristen, Theologen, Demagogen dunkle Geschäfte. Anstatt daß die Sprache Ausdruck unserer Gedanken wäre, tyrannisiert sie unser Denken und verwirrt unsere Worte; wir reden in fremden Zungen und verstehen einander nicht. Doch das ist kein Fluch der Erbsünde oder Babels, keine Bedingung menschlichen Daseins, bloß ein reparabler Schaden im Mechanismus; Einstein hat mit der Zerstörung des Absoluten auch die Wortmagie vernichtet. Mathematik und Musik sind exakte, der beschriebenen Welt ähnliche Sprachen, dem Japaner, Russen, Chilenen und Amerikaner gleich verständlich. Hüten wir uns also vor absoluten Begriffen, achten wir (wie Pound) genau auf unsere Worte, damit sie, der Mathematik ähnlich, nur beschreiben, was ist; dann werden wir das Glück der Menschheit sichern[21]). Hier gesellte sich zum Pragmatismus der Nominalismus: Nicht unsere technische Welt und Gesellschaft ist verworren, nur unsere primitive Sprache reicht nicht hin. Wenn wir ernsthaft wollen, werden wir eine moderne Sprache haben.

Wenn Sprache Ergebnis gemeinsamer Bemühung ist, verläuft auch ihre Geschichte in den Bahnen der Sozialgeschichte. Der Universalhistoriker Will Durant (geb. 1885) nahm 1935 an, daß die Sprachen sich spalteten, als die Völker wuchsen; die biblische Geschichte von der Sprachverwirrung meint ledig-

---

[20]) Speech, Its Function and Development, New Haven-London 1927, S. 19 ff. – Ähnlich Willem Laurens GRAFF, Language and Languages, An Introduction to Linguistics, New York-London 1932, S. 341 f.

[21]) The Tyranny of Words, New York 1938, S. 67 ff. (Sprachursprung), 53 ff. (Kinder, Primitive), 8 f., 38 (Worte, Abstrakta), 207 ff. (Dogmatiker usw.), 352 (Verwirrung), 361 (fremde Zungen), 20 (reparabel), 117 ff. (Einstein), 81 f., 140 ff. (Mathematik, Musik), 18 f. (Glück der Menschheit). Ähnlich Power of Words, London 1955, S. 3 ff., 174 ff., 286 ff.

lich die Sonderung der orientalischen Völker in eine nördliche, vorwiegend indogermanische, und eine südliche, semitische Gruppe[22]). Andere lasen 1942 die Erzählung vom Babelturm gleichfalls als Beispiel dafür, daß die Sprachen der Welt sich erst ändern, wenn die Welt selbst sich ändert. Weil mit den drei Noachiden Völkerwanderungen begannen, reden wir von semitischen, hamitischen und japhetitischen Sprachgruppen[23]). Gott ist unnütz; Wandlungen und Wanderungen werden durch menschliche Aktivität vollzogen. Und Aktivität ist, wenn sie planvoll und kritisch vorgeht, stets erfreulich und segensreich, oder nicht?

Nein, sie ist es nicht; das rief der unbequeme Mahner Amerikas, der deutschblütige Theologe Reinhold Niebuhr (geb. 1892) immer wieder dem Fortschrittsglauben und Pragmatismus entgegen. Der in der Erbsünde befangene Mensch schafft stets sein eigenes Unglück, weil er (trotz Einstein) das Beschränkte mit dem Absoluten verwechselt; er vergißt, daß Mittelpunkt, Ursprung und Erfüllung der Geschichte jenseits der menschlichen Tragödie liegen. Niebuhr verdeutlichte 1937 seine Zeitkritik am Turmbau-Mythos. Er entstand vielleicht, weil ein mächtiger Tempel in Babylon unvollendet blieb und die Phantasie der Nachbarn anregte; vielleicht sollte er erklären, wie es zur Vielfalt der Sprachen und Kulturen kam. Indes meinte er Wichtigeres. Gott überragt alle Begrenztheit; der Mensch aber mißachtet fortgesetzt die Grenzen seiner Kulturen und schreibt ihnen quasigöttliche Endgültigkeit zu. Er will unsterblich scheinen, weil er sterblich ist. „So ist jede Kultur und Zivilisation ein Turmbau zu Babel". Der überhebliche Mensch will auf Türmen des Geistes seine Zeiten, Räume und Horizonte überschreiten, seine unvollkommenen Einsichten und Wahrheiten absolutsetzen; durch diese Anmaßung zerstören sich alle Kulturen selbst. Das Mittelalter hielt sich für christlich und war doch nur ein Turmbau des Feudalismus; an ihm ging es zugrunde. Die bürgerliche Neuzeit wollte die Freiheit auf den Kapitalismus bauen; es mißlingt. Der Marxismus überhöhte seine Sozialidee durch den Turmbau der klassenlosen Gesellschaft; er wird scheitern. Nicht in der Sprache, im Menschen selbst steckt der Fehler.

Darum steckt er auch in unserer Sprachauffassung. Der Mythos ist nicht zuerst im positivistischen Sinne wahr; auf das Ganze der Geschichte gesehen, ist er allerdings auch buchstäblich wahr. Nicht nur, weil sich die Kulturen wirklich kurz vor ihrem Sturz große Denkmäler bauen, ägyptische Pyramiden, amerikanische Wolkenkratzer; die Vielfalt der Sprachen gemahnt uns eindring-

---

[22]) Das Vermächtnis des Ostens (Geschichte der Zivilisation 1), Bern 1946, S. 107 f. (Sprachenteilung), 331 (Babel).

[23]) Rollin Harvelle TANNER – Lillian Beatrice LAWLER – Mary L. RILEY, Adventures in Language, New York 1942, S. 26 ff.

lich an die Vergänglichkeit unserer geistigen Monumente, an die Zufälligkeiten von Natur und Geschichte. Niemals hatten die Völker der Erde ein und dieselbe Sprache. Wir glauben seit Goethe, in der Weltliteratur die menschliche Begrenztheit überbieten zu können; und doch bleibt die Vielfalt der Sprachen. Wer sie zu Weltsprache und Weltkultur vereinen möchte, baut wieder vernunftgläubig einen Turm zu Babel. Schöpfer und Geschöpf bleiben auf ewig geschieden; das Wort der göttlichen Offenbarung überbrückt die Kluft nicht völlig, weil der Mensch in die Schuld seiner Hybris verstrickt ist. Nur die Reue kann sie lösen, nicht die Freiheit. Niebuhr gab 1949 zu, daß die menschliche Sprache frei ist; aber „die Unterschiede der Sprache dienen dazu, die Menschen an die Tatsache zu erinnern, daß sie Geschöpfe besonderer Art sind und keine werdenden Engel oder universalen Geister. Die Mahnung im Mythos vom Turmbau zu Babel, daß die Menschen ... der kreatürlichen Grenzen ihrer Existenz bewußt gemacht werden, gilt auch noch für unsere Zeit, wenn sie auch nicht beachtet wird." Auch die Amerikaner werden die Welt nicht verbessern; sie werden (wie Franklin es voraussah) ihren Turm nicht vollenden. Sie sollten sich mit dem Dasein und der Hoffnung bescheiden[24]).

Tun sie es, seitdem ihnen der zweite Weltkrieg die Verantwortung für die eine Welthälfte und die Feindschaft der anderen aufgebürdet hat? Die Meinungen sind geteilt; sie erheben sich selten zu Niebuhrs Niveau, aber der Turm von Babel ist seitdem ein ernstes Problem. Der Episkopalisten-Professor Walter Russell Bowie (geb. 1882) fand 1952 die Erzählung zwar naiv; denn Sprachen entstehen nicht augenblicks. Aber hinter dem Mythos fand auch er tiefe Einsicht. Sprachverschiedenheit verursacht Streit und Feindschaft; menschlicher Hochmut schürt sie. Hochmut schuf die ägyptischen Pyramiden, die griechische Wissenschaft, alle Ansätze zur Weltherrschaft; auch *the control of atomic energy* kann ein Baustein für Babel sein. Was not tut, ist Verständnis; ohne Verständigung ist es nicht möglich. Die moderne Welt aber ist zerspalten, nicht allein sprachlich; Propaganda und Lüge, Presse und Rundfunk verdunkeln die Wahrheit. Sprachkritik im Stil von Chase verfängt nicht mehr; helfen könnte die internationale, menschliche Begegnung, der geistige und wirtschaftliche Austausch der Völker, einziges Mittel gegen einen Krieg. Aber

---

[24]) Jenseits der Tragödie, Betrachtungen zur christlichen Deutung der Geschichte, München 1947, S. 6 (Mittelpunkt und Tragödie), 24–36 (Turmbau). Glaube und Geschichte, Eine Auseinandersetzung zwischen christlichen und modernen Geschichtsanschauungen, München 1951, S. 102 (keine werdenden Engel); Hinweise von Prof. Kurt von Raumer-Münster. Dazu Golo Mann, Vom Geist Amerikas, Eine Einführung in amerikanisches Denken und Handeln im zwanzigsten Jahrhundert (Urban-Bücher 12), 2. Aufl., Stuttgart 1955, S. 110 ff.; Georgette Paul Vignaux, La théologie de l'histoire chez Reinhold Niebuhr (Bibliothèque théologique), Neuchatel-Paris 1957, S. 34 ff., 53 ff.

eine Familie werden die Menschen nur, wenn sie von ihren Babeltürmen lassen und demütig werden[25]). Hier blinkte die Hoffnung auf, das Werk noch zu vollenden; heller strahlte sie 1953 aus dem Buch des katholischen Philosophie-Professors Dietrich von Hildebrand (geb. 1889). Die Gegenwart sieht zahlreiche Versuche, Gott zu entrinnen; das moderne Antichristentum, in der Sowjetunion verkörpert, will die Geschöpflichkeit des Menschen leugnen, individuelle Willkür und autonomes Wissen an ihre Stelle setzen. Wenn die Vereinigten Staaten die Welt für die Humanität bewahren wollen, müssen sie sich ganz zu Christus bekennen; dann wird der russische Versuch wie der Turm zu Babel enden[26]). Das Babelgleichnis traf schon wieder „die anderen", nicht (oder nur potentiell) die menschliche, amerikanische Situation.

Dagegen protestierte 1956 der Theologie-Professor Paul Tillich (geb. 1886) in Princeton. Auf eine besondere, historische oder kirchliche Situation läßt sich das Wort Gottes nicht festlegen. Es gibt keine heilige, vom Himmel gefallene Sprache, auch in der Bibel nicht; Gott spricht nicht auf menschliche Weise, nur durch existentielle Erfahrungen, die dann von Menschen in ihrer Sprache geäußert werden. Diese Sprache gründet auf der Begegnung des Menschen mit der jeweiligen Wirklichkeit, ohne den Dingen verpflichtet zu sein; sie ist Ausdruck menschlicher Freiheit von der gegebenen Lage. Wechselnde Wirklichkeiten und sprachliche Freiheit wirken gemeinsam dahin, daß es unterschiedliche Sprachen gibt. Auch die derzeitige *confusion of language* in der Theologie liegt in der unvermeidlichen Struktur von Mensch und Sprache[27]). Gerade weil wir verschiedene Sprachen reden, trifft uns Babel alle gleich. Es gehört zu unserer Existenz (und deshalb, wird man ergänzen, steht es in der Bibel). Ähnlich legte 1950 der Sprachwissenschaftler Robert Anderson Hall (geb. 1911) die Turmbaugeschichte aus. Sie zeigt (im Sinne von De Laguna), daß Sprache für menschliche Zusammenarbeit, etwa für den Bau eines Turmes, bedeutsam ist; sie lehrt vor allem, daß die heute dringliche Sehnsucht nach einer Weltsprache, welche Mißverständnisse, Streit und Krieg vermeidet, uralt ist. Dieser Traum ist utopisch und irreal. Kriege werden nicht durch Sprachverschiedenheit veranlaßt, die grausamsten sind Bürgerkriege. Die Sprache ist nun einmal nicht universal strukturiert; ihre Vielfalt ist kein Fluch und könnte die Menschheit bereichern. Man begnüge sich damit und erfreue sich der geschichtlichen Mannigfaltigkeit. Nicht umsonst begannen Hall und andere

---

[25]) The Interpreter's Bible, hg. George Arthur BUTTRICK u. a., Bd. 1, New York 1952, S. 562 ff.

[26]) The New Tower of Babel, Essays, New York 1953, S. 1 f., 9, 13 f., 53.

[27]) The Word of God, in: Language, An Enquiry into its Meaning and Function, hg. Ruth Nanda ANSHEN (Science of Culture Series 8), New York 1957, S. 122–133; ähnlich Systematische Theologie, Bd. 1, Stuttgart 1955, S. 149 f.; Theology of Culture, New York 1959, S. 47 f., 53 ff. (hier confusion).

Philologen, auch die Geschichte des Sprachdenkens zu untersuchen; man fand, daß schon frühere Zeiten einiges von dem entdeckten, was die moderne Sprachwissenschaft weiß[28]). Die amerikanische Fortschrittsideologie weicht der Einsicht in die Geschichtlichkeit von Mensch, Sprache und Einsicht.

Aber Amerika steht vor der Aufgabe, Naturwissenschaft und Politik der Welt zu koordinieren, und was getan werden muß, wird doch möglich sein. An Chase anknüpfend, forderte 1938 der im Ministerium tätige Agrarwissenschaftler Thomas Swann Harding (geb. 1900) ein *clearing house*, das die technisch-naturwissenschaftlichen Termini aufeinander abstimme und so die Sprachverwirrung beseitige, welche die Technik noch daran hindere, den Himmel zu stürmen[29]). Dabei ging es um begriffliche, nicht um internationale Verständigung; seit dem zweiten Weltkrieg häuften sich indes auch die Entwürfe zu Welthilfssprachen. Der große Historiker der Naturwissenschaften George Sarton (1884–1956) seufzte 1948, die brüderliche Einigung der Menschheit werde durch die Vielfalt der Sprachen verhindert; daß nach Gen. 11, 1–9 Gott selbst es so gewollt hat, ist *a very sad story*. Wir wollen die alte Kontroverse um den Turm nicht aufrühren; sollen wir die alte Geschichte wiederholen? Wissenschaftliche Publikationen erscheinen in allen Sprachen; wir sind dabei, einen hohen Turm zu bauen – muß er wieder zerstört werden? Die Sprachen sind lebendig, reich und schön; aber die Wissenschaft braucht Verständigung, nicht Schönheit. Künstliche Welthilfssprachen würden dem modernen Babelturm nur eine weitere Stufe hinzufügen; auch das Monopol einer lebenden, etwa der englischen Sprache würde vor allem die Englischsprechenden geistig ärmer machen. Sarton schlug daher (ähnlich wie Schmeller) eine Koexistenz von sechs Weltsprachen vor: Englisch, Französisch, Deutsch, Italienisch, Spanisch und Lateinisch[30]). Russisch fehlt. Und sollen Asiaten nur in europäischen Sprachen publizieren?

Wenn der Mensch seine unzureichenden Fähigkeiten mit Hilfe der Technik bis zur Automation gesteigert hat, warum sollte nur die Sprache dieser Übersetzung ins Maschinelle widerstehen? Der Vizepräsident der Rockefellerstiftung, Warren Weaver (geb. 1894), hatte im Weltkrieg bei der Entschlüsselung fremdsprachiger Geheimcodes Erfahrungen gesammelt, die er 1946 zur Übertragung von Fremdsprachen durch Elektronen-Rechenmaschinen aus-

[28]) Leave Your Language Alone! Ithaca 1950, S. 219–232. – Zur Geschichte des Sprachdenkens hebe ich hervor: George J. METCALF, El periodo precientífico de la linguística histórica, in: Islas, Revista de la Universidad Central de Las Villas Santa Clara, Cuba Bd. 2 (1959) 121–137.

[29]) Science at the Tower of Babel, in: Philosophy of Science 5 (1938) 338–353, hier S. 353 (clearing house), 338 ff. (Verwirrung). Hinweis von Prof. Harald WEINRICH-Kiel.

[30]) The Tower of Babel, in: Isis 39 (1948) 3–15, hier S. 3 (Babel), 4, 6, 14 (lebendige Sprachen), 11 f. (Welthilfssprachen), 10 f. (Koexistenz).

nutzte. Ausgehend von der Hypothese, ein russischer Text sei *really* englisch geschrieben, nur in fremden Symbolen verschlüsselt, kam Weaver 1949 zu der Überzeugung, daß alle Sprachen wirklich gemeinsame Grundzüge hätten. Auch wenn die monogenetische Theorie von F. Max Müller und anderen nicht zutreffe, seien doch alle Sprachen von Menschen erfunden; Bedürfnisse und Methoden der Mitteilung müßten daher bei Bantunegern und Griechen, Isländern und Peruanern einander ähnlich sein (ein Gedanke von Lafitau und Beauzée). Nur darf man nicht direkt von einer zur anderen Sprache übersetzen, *shouting from tower to tower*; man muß hinabsteigen zur gemeinsamen Basis menschlicher Verständigung, zu der wirklichen, noch unentdeckten Universalsprache. Sie ist nicht (wie seit Newton und Leibniz viele hofften) eine Algebra der Natur, sondern das Integral der Sprachen allein. Das heißt, die logische Struktur der Sprachen ist mathematisch festzulegen; dann läßt sich mit Maschinen die babylonische Sprachverwirrung beseitigen.

Diesen Plan hatte Niebuhr als den Bau des Babelturms gebrandmarkt; Weaver ließ sich nicht stören und folgte den Gegnern sogar auf theologisches Gebiet. Denn es ging im Grunde nicht um Notwendigkeit und Nützlichkeit von Übersetzungsmaschinen, sondern um den Geist, in dem man sie bedienen soll; es ging nicht um die Technik, sondern um den Mythos von Sprache und Geschichte, den sie stiftet. Weaver meinte 1955, die aus dem 5. vorchristlichen Jahrhundert stammende Turmbaugeschichte sei, wie die meisten alten Mythen, zum Teil lächerlich, zum Teil wahr. Es trifft nicht zu, daß vor dreitausend Jahren die ganze Erde nur eine Sprache besaß; im primitiven Zustand waren die Sprachen voneinander isoliert. Ihre Verwirrung – das ist der wahre Teil des Mythos – ergab sich erst aus dem internationalen Kontakt durch Handel und Verkehr (eine Exegese im Stil von Adam Smith). Dieser Prozeß wiederholt sich heute, mit modernen Verkehrsmitteln, in einem zweiten, intensiveren Stadium; aber eine zweite Sprachverwirrung in der kleingewordenen Welt muß und kann (wie Grant erwartet hatte) verhindert werden. Logiker und Ingenieure bauen heute einen neuen *Tower of Anti-Babel*; er soll nicht in den Himmel reichen, aber (wie bei Bacon) den Weg zurück zur mythischen Eintracht und Macht des Menschen ebnen[31]). Das Anti-Babel, das auf Erden bleibt und dem Menschen Macht verleiht – die Vision Dostoevskijs und Kierkegaards erfüllt sich wörtlich. Die Maschine wird dem Menschen nicht bloß nutzlose Mühe abnehmen, sie wird seine verworrene Sprache und Geschichte klären. Die Frage ist nur, ob die Technik nicht den Menschen vernichtet, den sie vollendet.

---

[31]) Translation, in: Machine Translation of Languages, Fourteen Essays, hg. William Nash Locke – Andrew Donald Booth, New York 1955, S. 15–23 (Russisch, Grundzüge, Universalsprache); Foreword: The New Tower, ebenda S. V–VII (Turmbaugeschichte).

Um diese Frage ging es in der ganzen amerikanischen Diskussion. Demokratische Erwartung der Allmenschheit und materialistische Totalität der Technik schienen noch immer geradlinig jenen christlichen Sendungsglauben fortzusetzen, mit dem das Experiment Amerika begonnen hatte; die Antithese Niebuhr-Weaver scheint die Antithese Penn-Paine zu wiederholen. Nur ist aus dem naiven Sowohl-Als auch inzwischen ein bewußtes Entweder-Oder geworden, weil die Frommen auf die Immanenz, die Aufklärer auf die Transzendenz Gottes verzichtet haben, weil sich im Kampf gegen das Absolute neue Absolutismen bildeten. Man hatte im Dienst der Gesellschaft den Menschen fast vergessen; heute reden sogar die Techniker über die Geschichtlichkeit des Menschen und den Mythos seiner Sprache. Trotzdem ist die Kernfrage unentschieden, ob das menschliche Dasein hingenommen und durch Hoffnung bereichert oder ob es verändert und durch die Maschine zugerichtet werden soll. Noch sind die Möglichkeiten kaum begrenzt; die Entscheidung wird unwiderruflich sein.

*

In dem engen, alten Europa, das sich in diesem halben Jahrhundert selbst aufrieb, waren weder die Möglichkeiten so vielfach noch die Entscheidungen so einfach wie in den weiten, jungen Staaten, an die es seine Macht, zum Teil auch seine Fruchtbarkeit abgab. Was es für sich behielt, war der Sinn für Geschichte. Das traditionsbewußte England bewahrte in der Zeit zwischen imperialistischer Weltpolitik und dem Verlust des Weltreiches noch am ungebrochensten das Vertrauen in die Möglichkeiten menschlicher Existenz, auch wenn man sie jetzt nüchterner als die Viktorianer sah. Sprachen und Völker sind verschieden, aber spiegelt sich nicht darin das unerschöpfliche Leben? Was hindert den Menschen, es in allen Aspekten sich zu eigen zu machen? Der im ganzen britischen Weltreich heimische Sänger des englischen Imperialismus, Rudyard Kipling (1865–1936) erzählte 1894 aus der jugendlich vitalen Tierwelt des Dschungels, daß es dort viele Sprachen gibt, für jedes Tiervolk eine andere; nur die Affen haben keine eigene Sprache, bloß gestohlene Worte. Doch auch anderen Tieren wird es nicht schwer, alle Dschungelsprachen zu verstehen, sogar die Sprache der Menschen zu lernen. Allerdings gibt es im Meer stumme Tiere; aber andere Meeresbewohner reden „fast ebenso viele verschiedene Sprachen wie die Menschen", und doch verstehen sie einander. Wenn der Dichter die vielstimmige Natur den Menschen (leichter als Twain) verdolmetschen kann, besitzt die menschliche Vielfalt nicht weniger natürliche Schönheit[32]).

[32]) The Jungle Book (The English Library 167), Leipzig 1897, S. 40 f. (viele Sprachen), 44 (Affen), 142 (Sprachen im Meer).

Diese Lebenskraft ist fruchtbarer als der Sprachkult der Idealisten; darin stimmte 1912 der irische Protestant George Bernard Shaw (1856–1950) mit allen Sprachkritikern von Nietzsche bis Butler überein. Ein verschrobener Dialektforscher will ein weinendes Straßenmädchen damit erbauen, daß sie ein menschliches Wesen sei, begabt mit *the divine gift of articulate speech*; ihre Muttersprache sei die Sprache Shakespeares und Miltons. Aber reine Kunst ist schal, abstrakte Wissenschaft fade; das Leben redet eine ganz andere, gar nicht göttliche Sprache. Der Gelehrte scheint zu ahnen, daß alle Sprachtraditionen versagen; er will aus der Dirne einen neuen Menschen machen, indem er für sie eine neue Sprache plant. Doch wiederum verfehlt er die Wirklichkeit; das Mädchen mag ihn nicht, Sprache plant man nicht. Vollends wenn es *a universal language* werden soll, kann man über den Spintisierer nur lachen; die Sprache ist so vielfältig wie das Leben, dem sie und mit ihr der Dichter dient[33]).

Was war dann von dem biblischen Bericht über Babel noch zu halten? Die anglikanische Kirche beurteilte ihn nachsichtig herablassend. In dem 1897 zuerst erschienenen offiziösen Genesiskommentar des Lordbischofs von Gloucester schrieb der Dean von Canterbury, Robert Payne Smith (1819–1895), der Konflikt um die semitische oder arische Ursprache scheine sich zu klären; Sanskrit und Hebräisch hatten eine gemeinsame Grundlage. Wann sie verlassen wurde? Schwerlich erst in Babel. Der dortige Turmbau war ein historisches Ereignis, jedoch mehr mit politischem als religiösem Akzent. Der fähige und ehrgeizige Nimrod wollte ein Einheitsreich begründen; aber ein solcher Totalitätsanspruch kostet viel Blut (das wußte man im Zeitalter des Burenkrieges), und deshalb scheiterte er. Trotzdem bleibt er bedeutsam als *the first attempt to bind the human family into one whole*; die dabei vorgefallene Sprachverwirrung beschleunigte ohne Wunder die natürlichen Vorgänge. Modernen Engländern werden die primitiven Fehler nicht unterlaufen; heute gibt es keine Sprachverwirrung mehr. Bibel und Klassiker werden überall gelesen, der Weltverkehr blüht, die Menschen reisen, Zeitungen sind über die ganze Erde verbreitet[34]). Nach der geistigen wird die politische Einung der Welt nicht allzulange auf sich warten lassen; der britische Erwählungsgedanke des Bischofs Browne weitete sich jetzt zum imperialistischen Optimismus, der Nimrods Babel überlegen wohlwollend betrachtete. Zudem wußte man seit der deutschen Bibelkritik nicht mehr, ob Babel historisch ernstzunehmen sei. Professor John Skinner (1851–1925) in Cambridge fand 1910 die natürliche Ausdehnung der

---

[33]) Pygmalion, in: The Complete Plays, London o. J., S. 720 (göttliche Gabe), 737 (neue Sprache), 743 (Universalsprache).

[34]) A Bible Commentary for English Readers, hg. Charles John Ellicott, Bd. 1, London 1907, S. 53 f.

Völker (Gen. 10) mit der gewaltsamen Zerstreuung (Gen. 11) völlig unvereinbar. So kann dieser *mythical or legendary account* nur eine naive Reflexion sein, die sich Erfahrungstatsachen wie die Uneinigkeit der Menschen oder die Verschiedenheit ihrer Sprachen nachträglich erklärt[35]). Die Tatsachen sind natürlich; somit ist die Reflexion überflüssig. Sie erklärt sich allenfalls psychologisch, wie 1919 für den Ethnologen James George Frazer (1854–1941) in Cambridge. Von Tylor angeregt, wies er die Sprache der primitiven, magischen Sphäre zu; spätere, religiöse Quellen sagen über sie wenig aus. So sind die Lehren Herodots, der Juden, des Goropius Becanus über die Ursprache nicht aus Erfahrung oder Offenbarung geschöpft, sondern aus nationalen Vorurteilen und Antipathien; daß die biblische Erzählung vom Babelturm bei vielen Völkern wiederkehrt, spricht nicht für die historische Wahrheit des Berichtes, sondern bloß für Einflüsse von christlichen Missionaren[36]). Wie es gewesen ist, weiß auch die Bibel nicht.

Dieser kraftstrotzende Naturalismus ließ die Wirklichkeit unerklärt; der von Franzosen animierte Symbolismus suchte sie tiefer zu deuten. Der größte moderne Lyriker unter den englischen Katholiken, Francis Thompson (1859–1907), glaubte zwar auch an die Lebenskraft der Natur und an die magische Dichtermacht, welche die Schöpfung in Versen wiederholt; doch kann die Seele des Dichters nur selten bis zu den erschaffenen Dingen selbst durchdringen, und auch dies ist kein menschliches Verdienst, sondern göttliche Gnade, der pfingstlichen gleich, ein Hören und kein Sprechen.

O Nature, never-done
Ungaped-at Pentecostal miracle,
We hear thee, each man in his proper tongue!

Der Bettler und Hausierer Thompson empfand 1893 genau die Befangenheit und Verworrenheit menschlicher Rede. Um eine schöne Frau zu beschreiben, wünscht er sich vergebens die himmlische Grammatik der hohen, von Engelzungen vergoldeten Sprache und jene Sprache, in der Adam im Garten mit Gott redete; sie war vollkommen und schön.

But our untempered speech descends – poor heirs!
Grimy and rough-cast still from Babel's bricklayers.

Fluch dem tierischen Jargon, der den Geist nur verdammen, nicht beschwören kann! Doch dies ist nicht nur (wie bei Donne und Blake) der Fluch der anderen, sondern der menschliche; unsere Sprache ist dem Wesen Gottes fremd, auch die Symbolsprache streift es nur mystisch ahnungsvoll. Babel, die menschliche

---

[35]) A Critical and Exegetical Commentary on Genesis, 2. Aufl., Edinburgh 1930, S. 223–231.

[36]) Folk-Lore in the Old Testament, Studies in Comparative Religion, Legend and Law, Bd. 1, London 1919, S. 362–387.

Überheblichkeit, verwehrt dem Dichter den Aufstieg zu Gott; der Poet kann nicht, wie Shelley wünschte, der Menschheit Frieden schenken, er ist auf Erden heimatlos[37]).

Der aus der katholischen Kirche ausgetretene, aus Irland geflohene Dichter James Joyce (1882–1941) erlebte Zerstörung und Entwurzelung der alten, sinnvoll begrenzten Welt Europas bis zur Neige; 1914–21 faßte er sie in sein Epos von dem kleinen irischen Juden, um den herum Zeiten, Völker und Sprachen toll durcheinander wirbeln, in einem sinnlosen Strudel, der nur noch von ferne an Vicos Kreisläufe der Geschichte, eher an Rabelais erinnert. Töricht sind alle Rückgriffe auf ein vermeintliches Erbe; brave, bornierte Patrioten wollen die altirische Sprache und gälische Bräuche wiederbeleben; ein Professor schimpft über das blökende, geistlose Latein, das vokallose Semitisch und Englisch und verherrlicht als Ästhet Griechisch und Irisch. Der kleine Jude träumt derweilen davon, daß er von Moses und Noah stammt, daß Irland das Gelobte Land der Juden und Iren sei; Irisch und Hebräisch sind gleich alt, denn beide wurden 242 Jahre nach der Sintflut in dem Seminar von Sinear gelehrt, das der Noachide Fenius Farsaigh, der Vater Israels und der Iren, gründete. Altirische Gelehrsamkeit des Auraceipt na n-éces aber kann so wenig wie die Träumerei Disraelis die Gegenwart gliedern; der verfolgte Jude wird zugedeckt mit Fetzen aller Sprachen, italienisch, spanisch, französisch, englisch, irisch, hebräisch, maurisch, griechisch, lateinisch, und niemand versteht ihn. Dennoch hegt er weiter rührende Pläne; seine Kinder aus verschiedenen Rassen tragen verschiedensprachige Namen und sollen fünf moderne Sprachen beherrschen; die künftige Welt muß Esperanto reden und sich verbrüdern. Sein verträumter irischer Freund, ebenso ausgestoßen, wie Japhet auf der Suche nach einem Vater, schwärmt indessen von der einzigen Sprache, der *universal language*; einmal ist es die Musik, einmal die Gestik, einmal die Dialektik. Im Kreis alltäglichen Verständnisses liegt sie nie; in der Wirklichkeit gibt es sie nicht, und der Wirrwarr des Lebens bleibt ungeklärt, heute und künftig. Shaws Naturglaube war trügerisch; was blieb von Thompsons Paradiesessprache? Im Traum des Dichters werden 1927 auch die heilsgeschichtlichen Namen abstrus verzerrt: *Babel* wird zum Stotterer *Balbus*, die drei Noachiden sind *homp, shtemp and jumphet* oder *Sam, him and Moffat*[38]). Geschichte und

[37]) The Works, hg. Wilfrid MEYNELL, 3 Bände, London 1913: Carmen Genesis II Bd. 2, S. 58 (Wiederholung der Schöpfung); From the Night of Forebeing S. 33 (Pfingsten); Her Portrait Bd. 1, S. 92 (himmlische Grammatik usw.). Dazu Theodor HAECKER, Essays, München 1958, S. 135–169, besonders S. 137, 164 f.

[38]) Ulysses, hg. Stuart GILBERT, Hamburg 1932, S. 322, 328 f. (altirisch), 137 f., 145 (Professor), 508 f. (Moses, Noah), 498 (Gelobtes Land), 687 f. (Irisch und Hebräisch), 457 ff. u. ö. (italienisch usw.), 507 f. (Kinder), 503 (Esperanto), 21 (Japhet), 288 (Musik), 454 (Gestik), 597 (Dialektik). Dazu Richard ELLMANN, James Joyce, New York 1959, S. 95, 367 ff. Finnegans Wake, Neudruck London 1950, S. 258

Sprache sind stotternde Verwirrung; kann der Klang poetischer Worte, den Joyces Freund Pound beschwor, wirklich unsere Wunden heilen?

Der nach England ausgewanderte Amerikaner Thomas Stearns Eliot (geb. 1888) versuchte es. Düster malte er 1922 die hoffnungslose Gegenwart und den Verfall Europas, die *falling towers* seiner Städte von Jerusalem bis London; den Turm der babylonischen Sprachverwirrung zitierte er nicht wie Spenser und Shelley. Denn wie sein Lehrer Pound verflocht er in die Gedichte die fremdesten Sprachen; das wüste Land Europa ist mit spätlateinischen und altindischen, französischen und italienischen Fragmenten übersät. Die Dissonanzen sind schmerzlich, doch in ihnen klingt das Unsägliche. Nach seiner Wendung zum Anglokatholizismus wußte Eliot es 1934 deutlicher zu umschreiben; es ist Gott, von dem die Menschen abgefallen sind. Gott gab ihnen Sprache, aber sie mißbrauchten sie für endloses Palaver; sie gewinnen Kenntnisse und verlieren Wissen: *knowledge of words, and ignorance of the Word.* Doch in dieser törichten *world confused* wird eine neue Kirche erstehen, erbaut mit neuer Sprache, nämlich (wie bei Hölderlin) mit der Stille, dem *word of no speech*, in dem mit den historischen Sprachen auch die Zeit überwunden ist[39]). Der geschichtlichen Welt ist nicht zu helfen; sie muß mit der technischen dem Schweigen verfallen.

Dann bleibt dem Dichter vorerst nur der Rückzug in den „Turm der Einsamkeit", wie ihn der irische Symbolist William Butler Yeats (1865–1939) in späten Jahren vollzog. Er glaubte sich 1928 in diesem Turm den Sternen nah und hielt, anders als sein Vorbild Blake, auch den Babelturm für *an image of the moving heavens, a log-book of the sun's journey and the moon's.* In solchen gestirnten Türmen wird dem Dichter die Weltgeschichte zur astrologischen Vision; hoch steht er über dem Jubel und Jammer der Geschichte,

In starry towers of Babylon
Noah's freshet never reached.

Die Sintflut ist Geschichte, der Babelturm ist ewige Erkenntnis[40]). Ist dieser Traum, der aus der Wirklichkeit hinausführt, nicht selbst babylonische Hybris?

(Babel), 63 f. (Homp), 87 (Sam). Dazu James Stephen ATHERTON, The Books at the Wake, A Study of Literary Allusions in James Joyce's Finnegans Wake, London 1959, S. 174, 176.

[39]) Collected Poems 1909–1935, London 1947: The Waste Land v. 373 ff. S. 75 (towers, Fremdsprachen); Choruses from „The Rock" III S. 165 (Palaver); I S. 157 (knowledge, ignorance); X S. 179 (confused); I S. 160 (neue Kirche); Ash-Wednesday II S. 96 (of no speech). Dazu Grete und Hans Heinrich SCHAEDER, Ein Weg zu T. S. Eliot, Hameln 1948, S. 65 f. u. ö.; FRIEDRICH, Struktur 145 f.

[40]) The Variorum Edition of the Poems, hg. Peter ALLT – Russell King ALSPACH, New York 1957: Blood and the Moon v. 13 f. S. 480 (Bild des Himmels); The Tower, Wisdom v. 14 f. S. 440 (Noahs Flut). Dazu Thomas Rice HENN, The Lonely Tower, Studies in the Poetry of W. B. Yeats, London 1950, S. 182 ff.

Wenn die Wirklichkeit sinnlos ist, müßte man sich eher fragen, warum sie so geschaffen wurde. Der historisch gebildete Schriftsteller Evelyn Waugh (geb. 1903) ließ 1928 einen Unverstandenen beichten, er sehe nicht ein, warum Gott die Welt überhaupt erschaffen habe. Wäre dieser erste Schritt begründet, so folgte alles andere von selbst, *Tower of Babel*, babylonische Gefangenschaft, Menschwerdung, Kirche, Bischöfe, Weihrauch, alles. Aber der Anfang ist verborgen, also hat auch der Babelturm keinen Sinn; noch schlimmer ist, daß die Umwelt die Frage nach dem Ursprung gar nicht stellt[41]). Waugh beantwortete sie bald mit dem Übertritt zum Katholizismus; dann ist Babel verständlich, als unser Verhängnis. Die aus Neuseeland nach England ausgewanderte Dichterin Katherine Mansfield (1888–1923) sah dieses Verhängnis nicht im welt- oder heilsgeschichtlichen Rahmen; sie spürte es 1920 zwischen den Menschen. Eine kleine Engländerin, die sich ihrem Geliebten nicht verständlich machen kann, sagt in Paris zu einem Franzosen in geläufigem Französisch: *Je ne parle pas français*. Was die Menschen voneinander trennt, sind gar nicht die Sprachen; der Weg des Heimatlosen zu seinem Nächsten ist zu weit[42]). Der Erzähler Charles Langbridge Morgan (1894–1958) faßte 1929 die unüberbrückbare Kluft zwischen zwei Liebenden ähnlich in das Gleichnis: „Es ist so, als lernten zwei Menschen verschiedener Sprachen erst miteinander sprechen, nachdem ihre Geheimnisse sinnlos geworden sind.“ Nicht die Natur, nur die Idee des Künstlers kann das Leben vollenden[43]). Aber ist nicht auch dies eine Flucht in den Spiritualismus? Wo wird die technische Welt enden, wenn sie von den berufenen Sprechern verlassen und sich selbst überlassen wird?

Der Gesellschaftskritiker Aldous Leonard Huxley (geb. 1894) gab davon 1932 ein plastisches, an Poe erinnerndes Bild. Die künftige, hochzivilisierte Welt wird alle Traditionen vergessen haben, Jesus ebenso wie Babylon und die Pyramiden; das Wort *babel* wird bloß das amüsierte Kreischen blasierter Damen bezeichnen. Denn sprachlich wird die Welt eins sein, sie wird (wie Butler vorausgesagt hatte) Englisch sprechen. Polnisch, Französisch und Deutsch werden in Europa nur wenigen vom Hörensagen als tote Sprachen bekannt sein; Spanisch und die Indianerdialekte, *extinct languages*, wird man lediglich in Reservationen der Wilden vernehmen. Aber diese Einheit wird mit der historischen die menschliche Vielfalt vernichten, auch Mißverständnis und Einklang von Leidenschaft und Liebe ersticken; der Mensch, der die Maschine vergöttert, verliert alles Menschliche, auch seine vielbedeutende Sprache. Huxley hat später, von einer mystischen Religiosität her, die irdischen Sprachen als vordergründig und für Ideologien anfällig kritisiert, also selbst die Traditionen

[41]) Decline and Fall, An Illustrated Novelette, London 1928: I, 4 S. 36.
[42]) Je ne parle pas français, in: Collected Stories, London 1948, S. 78.
[43]) Portrait in a Mirror (Tauchnitz Edition NS 13), Hamburg 1949, S. 260.

preisgegeben; die Weltgeschichte kann nur im totalen Untergang enden, sie ist nichts als Verwirrung[44]).

Aber woher wollen die enttäuschten Literaten die Zukunft, auch nur die Struktur unserer Welt kennen? Herbert George Wells (1866–1946) hatte bei Huxleys Großvater, dem Darwinisten Thomas Huxley, studiert und kannte Natur und Technik; 1920 bewies er aus der Weltgeschichte, daß sie zu glücklichen Zielen führen müssen. Der Urmensch besaß keine Sprache, nur Gesten; noch seine Ursprache war ein Produkt von Leidenschaft und Phantasie, durch Gesten und Gebärden unterstützt, kärglich und ungenau. Wahrscheinlich gab es nie eine allen Menschen gemeinsame Sprache; Sprachen und Völker waren stets weit über die Erde verstreut, ohne sich zu berühren oder zu begreifen; die semitischen und hamitischen Idiome sind von den arischen völlig getrennt. Die Geschichte vom babylonischen Turm erinnert bloß an die Sumerer, deren Sprache weder semitisch noch arisch war. Das Arische war anfangs einheitlich, bevor es sich in Sanskrit, Englisch und viele andere Zungen teilte; es war sangbar und schön und wurde deshalb für die Weltgeschichte hochbedeutsam. Seine ursprüngliche Einheit deutet auf eine gemeinsame Zukunft, die erst heute recht beginnt; jetzt wächst die Menschheit zu einem Weltstaat zusammen, der eine Weltsprache reden wird. Doch wird schwerlich Englisch das Rennen machen; bessere Chancen hat Französisch. Jedenfalls sterben noch im 20. Jahrhundert die kleinen Sprachen aus[45]). Darwinistischer Entwicklungsgedanke und technischer Fortschrittsglaube verknoten sich; der Weg zum Glück kennt keine Hindernisse. Ob dieser Weg nicht statt im Glück in allgemeiner Verwirrung enden werde, fragte sich erst der alte Wells; zunächst vertraute er den technischen Fähigkeiten des Menschen. Sie werden Sprachen und Völker zusammenfassen.

Das ist nicht ohne philosophische Kritik an der derzeitigen Sprache möglich. Der fortschrittsgläubige Bertrand Arthur William Russell (geb. 1872) begann sie vor dem ersten Weltkrieg, auf den Spuren von Leibniz, mit den Methoden der Naturwissenschaft. Er ordnete die Sprachen in einer Hierarchie, die den Wahrheitsgrad bezeichnen sollte. Die *primary language*, geschichtlich die früheste, ist die unterste Stufe; über die derzeitigen Sekundärsprachen hinaus-

[44]) Brave New World, A Novel (Collected Edition, Bd. 22), London 1950: c. 3 S. 26 f. (Jesus, Babylon), 42 (Pyramiden); c. 18 S. 210 (Wort Babel; ähnlich Ape and Essence, A Novel [Collected Edition, Bd. 24], London 1951, S. 102); c. 2 S. 17 (Polnisch usw.); c. 6 S. 85 (Spanisch, Indianerdialekte). Die spätere Sprachkritik H.s: The Perennial Philosophy, London 1950, S. 43, 147 f.; Brave New World Revisited, London 1959, S. 145 ff.

[45]) The Outline of History, Being a Plain History of Life and Mankind, 2 Bände, London 1920, hier Bd. 1, S. 72 ff., 76 (Anfänge der Sprache), 85–90 (Sprachverschiedenheit, Arisch), 106 (Babelturm), 97 f. (Schönheit des Arischen); Bd. 2, S. 750 ff. (Einigung der Menschheit). Anticipations of the Reaction of Mechanical and Scientific Progress upon Human Life and Thought, 8. Aufl., London 1902, S. 230 ff. (Sprache der Zukunft).

gehend, wird der Logiker neue Sprachformen entwerfen müssen, in die jede Feststellung jeder bestehenden Sprache wirklich zu übersetzen ist. Erst eine solche *artificial logical language* wird uns die Struktur der Welt, das heißt die Wahrheit, ganz erkennen lassen. Sie kann nicht poetisch und individuell sein; je abstrakter sie ist, desto universaler wird sie[46]). Die Vielfalt der gegenwärtigen und geschichtlichen Sprachen beruht demnach auf ihrer Nähe zum Einzelnen; sie läßt sich durch Steigerung ins Totale überwinden. Daß dieser logische Fortschritt indes die individuelle Freiheit bedrohen könnte, wurde Russell zunehmend klarer; dennoch behielt er Hoffnung für die sich wandelnde Welt. Sein geistesverwandter, größerer Schüler, der aus Wien kommende Philosoph Ludwig Wittgenstein (1889–1951) in Cambridge, gründete 1914–21 diese verzagende Hoffnung auf die Menschlichkeit der Logik. *Der Mensch besitzt die Fähigkeit Sprachen zu bauen*; sie mögen verworren erscheinen und lückenhaft sein, mindestens läßt sich alles Aussprechbare klar ausdrücken, und zwar so, daß es in allen Sprachen klar ist. Wer die Bedeutung eines englischen und eines gleichbedeutenden deutschen Wortes kennt, muß sie ineinander übersetzen können. Zwar sind *die Grenzen meiner Sprache . . . die Grenzen meiner Welt*; aber diese Grenze trennt nicht vom Nachbarvolk, sondern vom Metaphysischen und Mystischen, vom Unsagbaren; *Gott offenbart sich nicht in der Welt*, nicht in der Sprache und ihrer Wahrheit. Deshalb kann die Menschheit, wenn sie mit kritischer Vorsicht auf ihre Sprache achtet, den *Bau des wissenschaftlichen Gebäudes* fördern, und es wird kein Babelturm sein; es ist allerdings auch nicht jenes Anti-Babel, das dann die amerikanischen Sprachingenieure planen sollten. Denn der Denker ordnet nur das Menschliche, nicht die erfahrene Wirklichkeit, nicht die Geschichte. *Was geht mich die Geschichte an? Meine Welt ist die erste und einzige!* Wie kann es aber dann noch Verständigung und tätige Gemeinschaft geben? Nach 1933 hat Wittgenstein, im Widerspruch zu Russell, vor der Überschätzung sprachlicher Möglichkeiten gewarnt; die Sprache ist ein Spiel und bleibt immer im alltäglichen Kreis, in den schon Kindersprachen und primitive Idiome gehören; sie ist nicht die Wahrheit, denn sie ist nichts Festes und Ganzes. Jedem Menschen ist nur die Sprache zugänglich, die er versteht; mag er eine Fremdsprache noch so gut beherrschen, es wird nie seine eigene. Zwar sind alle Sprachen einander ähnlich und verwandt, weil sie sich auf die *gemeinsame menschliche Handlungsweise* beziehen; aber sie sind auch voneinander verschieden, für jeden Ausländer mißverständlich und vieldeutig.

---

[46]) An Inquiry into Meaning and Truth, Neudruck London 1956, S. 19 f. (Hierarchie), 197 (Übersetzung), 330 (logische Kunstsprache). Human Knowledge, Its Scope and Limits, London 1956, S. 17 ff., 71 ff. (Wahrheit, Abstraktion). Dazu Maxwell John CHARLESWORTH, Philosophy and Linguistic Analysis (Duquesne Studies, Philosophical Series 9), Pittsburgh 1959, S. 47 ff.

Indem der Philosoph den Grund der Sprache freilegt, zerstört er *alle Bauwerke*, alle *Luftgebäude*, die darauf standen; die logische Sprachkritik entdeckt letztlich die menschliche Unbestimmtheit. Deswegen kann der Kritiker nichts an der Sprache ändern; nachdem er sie beschrieben hat, muß er schweigen[47]). Doch wer versteht diese Sprache des Schweigens?

Was liegt auch an der logischen Exaktheit? Auf Brauchbarkeit und Verständlichkeit der Sprache kommt es an; das meinte 1930 der Baronet Richard Paget (geb. 1869). Sprache entstand als gemeinsame Errungenschaft der Menschen, nicht nur als Ausdruck des Denkens, sondern (im Stile Geigers) als Bewegung, als Pantomime; auch die Wortsprache mit ihren bedeutsamen Gesten der Lippen und der Zunge ist im Kern pantomimisch. Diese Gestensprache war allen verständlich; bevor sie entdeckt wurde, war der Mensch ein Affe. Sie wurde zerteilt; die Geschichte vom Babelturm bedeutet die Aufspaltung der einen Gemeinschaft in viele Gruppen, aus der die Verschiedenheit der Sprachen folgte. Sie läßt sich beseitigen durch volle Ausbildung des ursprünglichen *pantomimic symbolism of tongue-gesture*. Nicht nur für Taubstumme, denen Pagets Fürsorge galt, ist diese emotionale Gestensprache die einzige Natur- und Universalsprache der Menschheit[48]). Man fühlt sich an Monboddo und Marr erinnert, vielleicht auch an Swifts Pläneschmieder von Lagado; ob die Abschaffung der Wortsprachen ein Weg zu ihrer Verbesserung ist?

Wenn schon Pragmatismus, dann kein urtümlicher, sondern ein zeitgenössischer, englischer. Der Oxforder Privatgelehrte Charles Kay Ogden (geb. 1889) schlug 1931 vor, man solle das ohnehin von einem Drittel der Weltbevölkerung gesprochene Englisch zur Welthilfssprache machen, indem man es auf 850 Wörter reduziere und rationalisiere. Dieses *Basic English* sei leicht erlernbar und könne alles Wichtige exakt ausdrücken; später werde Englisch von der Hilfssprache zur Weltsprache werden und den babylonischen Wirrwarr der 1500 Sprachen klären. Die Nationalismen werden absterben, die Welt wird keine Kriege mehr führen, Handel und Wissenschaft werden aufblühen. Ogden setzte seinem Buch als Motto Gen. 11, 6 voran; wenn die Menschheit eine Sprache spricht, wird ihr nichts mehr unmöglich sein. Was Jahwe verbot, will Ogden

[47]) Schriften, Frankfurt/Main 1960: Tractatus logico-philosophicus S. 25 (Fähigkeit), 32 (klar ausdrücken), 38 (englisch, deutsch), 64 (Grenzen), 81 (Gott), 76 (Gebäude); Tagebücher 2. 9. 1916 S. 175 (Geschichte); Philosophische Untersuchungen S. 293 (Sprachspiele), 413, 446 (verständliche Sprache), 466 (Fremdsprache), 324, 383 (Verwandtschaft), 329 (Verschiedenheit), 298, 303, 305 (mißverständlich, vieldeutig), 344 f. (Bauwerke usw.). Dazu CHARLESWORTH (o. Anm. 46) S. 74 ff.

[48]) Babel: or The Past, Present, and Future of Human Speech (To-day and Tomorrow 101), London 1930, S. 12, 27 ff., 40 (Sprachursprung), 8 (Babel), 85, 93 (symbolism); ähnlich The Origins of Language, with Special Reference to the Paleolithic Age, in: Cahiers d'histoire mondiale 1 (1953/54) 399–414. Dazu SOMMERFELT, Origin 897 ff.; skeptisch Arthur Sigismund DIAMOND, The History and Origin of Language, London 1959, S. 265 ff.

erreichen[49]). Sein Grundgedanke, die wuchernde Sprache auf wenige logische Termini zu reduzieren, schlug vor allem in Amerika Wurzel; im englischen Bereich wandte man sich von solchen Verkürzungen der Freiheit bald ab.

Bezeichnend dafür war 1937 das fast romantische Buch des kanadischen Professors Richard Albert Wilson, zu dem merkwürdigerweise Shaw ein begeistertes Vorwort schrieb. Die Sprache ist keine Dutzendware der Natur, sie ist eine wunderbare Schöpfung des ewigen Geistes, die den geschichtlichen Wandel der Naturkräfte überwindet, geistige Dauer schafft und so die Welt erst vollendet; sie übergreift Zeit und Raum durch ihre nicht natürlichen, sondern konventionellen Symbole. Die Bibel hat den Abstand zwischen Sprache und Natur deutlich bezeichnet; Tiere können sich nicht selbst benennen, Adams Namen aber stiften Dauer, und es ist der Mensch, nicht Gott, der die Dinge ins Geistige erhebt. Der Turmbau von Babel lehrt allerdings die Eitelkeit menschlicher Kenntnis und Macht; da die Sprache das erste Instrument für beides war, mußte sie sich verwirren. Die wahre, geistige Sprache aber ist unabhängig von den verschiedenen Idiomen; denn sie ist unvergänglich und übersinnlich[50]). Diese ideale Sprache hat nur einen Nachteil: sie ist unwirklich.

Zur sprachlichen Wirklichkeit lenkte 1943, im Kriege, Frederick Bodmer zurück. Die irdischen Sprachen sind unzulänglich; aber weil sie vom Menschen geformte Werkzeuge sind, können sie auch vom Menschen verbessert werden. Die mittelalterlichen Geschichten von Ursprache und Turmbau haben dabei gar keinen Wert; es geht jetzt darum, die babylonische Sprachenverwirrung der 1500 Idiome zu schlichten und eine Zukunftssprache zu schaffen. Mindestens ist neben der jeweiligen Muttersprache eine Welthilfssprache dienlich; bei aller Sympathie für das Englische und für Ogdens Vorschlag zog Bodmer doch eine konstruierte, auf griechisch-lateinischem Wortbestand ruhende, gleich dem Englischen isolierende Sprache vor. Daß sie Kriege vermeiden könne, glaubte Bodmer nicht; nationale und soziale Übelstände sind mächtiger als sprachliche Mißverständnisse[51]). Aber wird eine konstruierte Weltsprache an der sprachlichen, geschweige der geschichtlichen Wirklichkeit etwas ändern? Darum hoffte 1946 Stanley Rundle zwar auf eine *standard European language*, aber nicht auf eine künstliche wie Bodmer; diese eine Sprache, die das europäische *Babel* vereint, muß historisch wachsen, vielleicht (wie bei Ascoli an-

---

[49]) Debabelization, with a Survey of Contemporary Opinion on the Problem of a Universal Language (Psyche Miniatures, General Series 36), London 1931, S. 141 ff. (Englisch), 41 ff. (1500 Sprachen), 107 ff. (Nationalismen), 13 f. (Krieg usw.), 4 (Gen. 11, 6).

[50]) The Miraculous Birth of Language (Guild Books 213), Neudruck London 1946, S. 7 ff. (Shaws Vorwort), 152 ff. (Geburt der Sprache), 181 ff. (Geist und Sprache), 42–46 (Adam, Babel). Dazu SOMMERFELT, Origin 895 f.

[51]) BODMER, Sprachen 415 (Werkzeuge), 162 (Babel), 416 (1500 Idiome), 510 ff., 542 ff. (Welthilfssprache).

gegeben) durch je eine panslavische, pangermanische und panromanische Sprache vorbereitet werden[52]). Indes muß man darauf lange warten, und dann wird erst Europa vereint sein; es geht aber spätestens seit 1945 nicht mehr um Europa, sondern um die Welt.

Am 5. März 1946 legte Winston Churchill (geb. 1874) zum ersten Mal offen die neue Weltsituation der beiden Machtblöcke, des amerikanischen und des russischen, dar. Er wünschte gleichwohl den soeben gegründeten Vereinten Nationen, sie würden eine Wirklichkeit und kein Schein, ein Antrieb zur Tat und keine Schaumschlägerei von Worten, ein wirklicher Friedenstempel, in dem die Wappenschilder vieler Völker aufgehängt werden könnten, und nicht bloß ein Kampfplatz, *a cockpit in a Tower of Babel*. Die Erwartung des Weltfriedens wurde überschattet von der Besorgnis, daß der Schein schöner Worte und die Selbstsucht wirklicher Macht die Geschichte wie bisher dem Turm von Babel gleichen lassen[53]). Der Alpdruck breitete sich aus; die Frage nach Sinn und Verlauf, Ursprung und Ziel der Geschichte wurde drängender. Bei dem in Amerika lebenden Dichter Wystan Hugh Auden (geb. 1907) war 1948 nicht deutlich zu unterscheiden, ob er aus Resignation oder Zukunftshoffnung den Ursprung menschlicher Sprache verhöhnte. Der *Ur-Papa* drückte mit seinem ersten gelangweilten Gähnen alle Dinge aus und gebar damit den Verstand dieser Welt[54]). Wird es uns besser glücken als Adam? George Orwell (Eric Blair, 1903–1950) wollte 1949 wie Russell die Welt vor dem totalitären Regime bewahren und zur Aktion aufrufen; doch sein Zukunftsbild war noch düsterer als das von Huxley. In knapp fünfzig Jahren schon wird die Erde in drei Superstaaten aufgeteilt sein; in dem einen wird zwar Englisch die Umgangssprache sein, aber Amtssprache ist „Neusprech“ *(Newspeak)* mit stark verringertem Wortbestand (fast ein *Basic English*), die nur noch orthodoxes Denken zuläßt. So wird durch den Menschen die Freiheit des Menschen vernichtet, und mit ihr seine Sprache[55]).

Durch solche vom Augenblick her gestellten Diagnosen und Prognosen ist allerdings die menschliche Existenz und Erwartung nicht umfassend und zutreffend aufzuhellen; es bedarf der universalhistorischen Strukturanalyse. Arnold Joseph Toynbee (geb. 1889), der sie unternahm, erzählte 1954, wie er als elfjähriger Junge anhand von Gen. 10 die faszinierende Wahrheit erfuhr, daß die

---

[52]) Language as a Social and Political Factor in Europe, London 1946, S. 9–17, 191–194.

[53]) A Speech to Westminster-College, Fulton, Missouri, in: The Sinews of Peace, Post-War Speeches, hg. Randolph Spencer CHURCHILL, London 1948, S. 95. Dazu PARROT, Ziggurats 200. – Ähnlich Golo MANN, Schlußbetrachtung, in: Propyläen-Weltgeschichte, Bd. 10, Berlin 1961, S. 615, 623.

[54]) The Age of Anxiety, A Baroque Eclogue, London 1949, S. 46.

[55]) 1984, Ein utopischer Roman, 3. Aufl., Baden-Baden/Stuttgart 1950: I, 5 S. 62 ff.; II, 9 S. 244; Anhang S. 347 ff.

Menschheit eine einzige Familie sei; er begann eine Erdkarte mit den Nachkommen Noahs zu bevölkern. Freilich fragte er sich bald, ob die Chinesen auch von Noachiden stammten; er fand die Verbindung nicht. Rasse und Abstammung erklären also nicht die Verzweigung der Menschheit, ihre *diversity-in-unity*. Toynbee suchte dann den Schlüssel für Einheit und Vielfalt des Menschen in seiner Sprache und begann an die Stelle des Mythos vom Babelturm die vergleichende Sprachwissenschaft zu setzen; auch dieser Weg führte ihn nicht zum Ziel. Erst später fand er als Form menschlicher Vielfalt die religiöse und weltliche Kultur, deren Analyse er seit 1934 gab. Doch stand ihm auch jetzt noch der Babelturm deutlich vor Augen. Die ganze Breite der Erde genügt dem Menschen nicht; seine Kultur kann sich nicht auf das Weltliche, Geistige, Politische beschränken, sie umschließt auch das Streben zum Himmel. Denn die Einheit der Menschheit selbst ist überirdisch. Die moderne abendländische Denkweise, am Humanismus ausgerichtet, handelt daher pervers *in planning to reach Heaven by raising a titanic Tower of Babel on terrestrial foundations*. Wie Kierkegaard, Dostoevskij und Niebuhr kritisierte Toynbee die Diesseitsgesinnung als babylonisch; sie kann den Himmel nie erreichen, nur die Erde verwirren. Denn auch dies lehrt die Sage vom Babelturm, daß die Arbeit der Gemeinschaft vergeblich ist, wenn sie ohne Gott geschieht; Psalm 126, 1 f. sagt es.

Das gilt von der Gesinnung der Menschen, zunächst nicht von der Geschichte ihrer Sprachen. Der Ursprung der Sprache ist zwar *miraculous*, aber doch irdisch zu erklären. Sprache, das wichtigste Werkzeug des Menschen, das, was ihn menschlich macht, kann (nach Eduard Meyer) nicht im Einzelmenschen entstanden sein, nur in der Gemeinschaft Gleichgestellter und Gleichgesinnter. Sie ist eine soziale Erscheinung. Allen Menschen gemeinsam, zur Verständigung der Menschen geschaffen, hat sie dennoch das Menschengeschlecht meistens getrennt; eine gemeinsame Sprache hat die Welt bis jetzt nicht gefunden und, soweit unsere Kenntnis reicht, auch nie besessen; die Behauptung von Gen. 11, 1 ist nicht historisch. (Das hatte Wells auch gesagt.) Die Legende von der babylonischen Sprachverwirrung geht wohl (wie bei Wells) zurück auf den Zerfall der sumerischen Reichs- und Spracheinheit nach Hammurabis Tode, auf den Sieg des Akkadischen über die sumerische Reichs- und Kultursprache. Die historische Wahrheit des Alten Testaments ist partiell, geringfügiger als ihre symbolische. Entscheidend wurde erst die Wirkung des Christentums auf die Sprachenvielfalt. Toynbee räumte ein, daß der christliche Glaube zwar universal sei, aber seine Mission, die Einheit auf Erden zu verwirklichen, noch nicht erfüllt habe. Das Pfingstwunder machte einen Anfang; es sollte die fehlende Gemeinsprache ersetzen, jedoch außer den griechisch oder aramäisch sprechenden Bildungsschichten der hellenistischen Welt auch die sozial niedrigstehende Landbevölkerung mit ihren Dialekten erfassen; es wirkte weniger in die Breite als in die Tiefe. Wie kamen indes die Fischer aus Galiläa zu ihrer Sprachenkenntnis, wenn an Pfingsten wirklich die Fülle der Mundarten erklang? Wer lenkt überhaupt die keineswegs determiniert verlaufenden Geschichten der 21 von Toynbee analysierten Kulturkreise und ihrer Kultursprachen? Es gibt, auch für die künftige Geschichte, keine zwangsläufigen Gesetze. Zur Zeit des Apostels Paulus hätte jedermann prophezeit, daß die attische Koine die Weltsprache werden würde, und sie wurde es nicht. Heute ist das Englische auf dem Weg, die Weltsprache zu werden, aber wer weiß? De Quincey und Newman waren voreiligere Propheten als Wells. Gott allein weiß es; denn das Leben ist seine Schöpfung, heute wie eh und je. „Toynbee ist Realist im Sinne der Scholastik. Die Offenbarung als religiöse Urerfahrung ist das Kriterium der Wahrheit"; allerdings ist wie für Ranke und Carlyle auch für Toynbee nicht das biblische Gotteswort allein, sondern zuerst die Weltgeschichte der Kulturen göttliche Offenbarung. Das Individuelle und Wirkliche hat seine irdische Freiheit und Begrenztheit; der Glaube an Gott ordnet es zur geistlichen Einheit. Niemand kann auf Erden diese Einheit erlangen; aber auch wer sie verleugnet, macht die Erde zum Tollhaus und Babelturm[56]). Vielfalt und Einheit, Ursprung und Ziel, Existenz und Erwartung schließen sich nur im Glauben zusammen; die Frage nach dem Wesen des Menschen wird gelöst durch das Bekenntnis zu Gott.

Es ergibt sich, daß das englische Denken je länger, desto entschiedener vom Vertrauen auf Natur und Technik zur Verteidigung von Freiheit und Geschichte überging; denn der Drang zur perfekten Zukunft behindert menschliches Wachstum und geschichtliche Bewegung. Im einzelnen mag die Geschichte fragmentarisch, die Sprache undeutlich, das Volk beschränkt sein; Besinnung auf die Zusammenhänge lehrt, daß es sich lohnt, in der bedrängten Existenz auszuharren. Man erlangt nicht das irdische Paradies, aber man entgeht der Hölle auf Erden, wenn man sich mit der menschlichen Mittelmäßigkeit liberal bescheidet.

*

Ähnlich weit gespannt und tief begründet war die zweifelnde Hoffnung, mit der die kleinen Staaten Westeuropas auf Sprachen und Völker blickten. In den Weltkriegen von deutschen Aggressionen überrannt, im Innern in mehrere

[56]) A Study of History, 10 Bände, London 1951–54, hier Bd. 10, S. 45 f. (Autobiographisches); Bd. 6, S. 11, 14 (Humanisten-Babel); Bd. 5, S. 11 und Titelblatt (Psalm 126); Bd. 3, S. 158 (miraculous); Bd. 1, S. 174 (Sprache menschlich, Gemeinschaft); Bd. 5, S. 483–490 (Babel und Pfingsten). An Historian's Approach to Religion, London 1956, S. 212 (Attisch, Englisch). Dazu Karl Dietrich ERDMANN, Toynbee – eine Zwischenbilanz, in: AKG 33 (1951) 174–250, hier S. 206 („Realist . . ."); Othmar ANDERLE, Das universalhistorische System Arnold Joseph Toynbees (Die Universität 53), Frankfurt/Main-Wien 1955, S. 45 ff., 100.

Volkstümer und Sprachzonen geteilt, gewährten die meisten, machtlos und friedlos, der Toleranz Exil gegen alle Totalitäten und erlangten so eine geistige Bedeutung, die zur statistischen außer Verhältnis steht.

Die skandinavische Literatur hatte Europa in Kierkegaard und Ibsen die Propheten der Epoche gegeben; sie brachte nun den Dulder der Zeit hervor, den von Ibsen angeregten schwedischen Dichter August Strindberg (1849–1912), der an sich die Vielfalt und Zerrissenheit modernen Daseins qualvoll erfuhr. Als ihm Swedenborgs mystischer Realismus endlich eine zusammenfassende Deutung des Irdischen zu erlauben schien, verglich er 1907 wahllos Schriftzeichen in Mongolisch, Ägyptisch, Chinesisch und Sanskrit und entdeckte in ihnen vermeintliche Ähnlichkeiten; von den Arbeiten Reinischs und des noch zu nennenden Trombetti erregt, prophezeite er: „Da die Forschung uns die Sintflut wiedergegeben hat, scheint auch die Sprachenverwirrung von Babel im Anzuge zu sein". Es schien ihm, als sei das Geheimnis der Sprachen ein göttliches, als sei der gequälte Mensch ein Sündenfall des Himmels[57]). Das glaubte der rationalistische Kopenhagener Sprachwissenschaftler Otto Jespersen (1860–1943) durchaus nicht; Sprache ist menschlich, was sollte an ihr dämonisch sein? Er meinte 1909 ähnlich wie Steinthal, die menschliche Sprache sei entstanden, wie die kindliche entstehe, als fröhliches Drauflosplappern, Spiel, Gesang. Kinder können sich eine Sprache erfinden, nicht zur Mitteilung, sondern als Ausdruck; so stellte Jespersen sich 1922 auch die Sprache des primitiven Menschen anders als Whitney vor; die Ausrufe wurden erst langsam zu Mitteilungen. 1925 erklärte Jespersen fast wie Grillparzer, was allen Sprachen gemeinsam sei, müsse nicht auf Abstammungsgemeinschaft beruhen, sondern könne der ganzen Menschheit, also dem Menschen eigen sein; eine Ursprache des ganzen Menschengeschlechts nachzuweisen, sei Trombetti (von Strindberg zu schweigen) nicht gelungen. Wenn die letzte Einheit der Sprachenvielfalt nicht historisch, sondern elementar menschlich ist, kann man in der sprachlichen Mannigfaltigkeit nicht wie das Mittelalter (und Strindberg) eine Strafe für Verbrechen und Vermessenheit des Menschengeschlechts sehen. Dann darf man, was der Vergangenheit verwehrt blieb, von der Zukunft erwarten, daß die Einheit auch sprachliche Gestalt annimmt. Jespersen sorgte vor, indem er eine internationale Hilfssprache *Novial* entwarf, die sich freilich ganz auf europäische Sprachformen stützte[58]). Der wahre Hort der Menschlichkeit konnte nicht die Mongolei oder Indien, nur das kultivierte Europa sein.

---

[57]) Von der Ursprache und Babels Verwirrung, in: Ein Blaubuch, übers. Emil Schering, Bd. 2, München 1920, S. 574–579. Dazu Nils Erdmann, August Strindberg, Die Geschichte einer kämpfenden und leidenden Seele, Leipzig 1924, S. 811 ff.

[58]) Progress in Language with Special Reference to English, London 1909, S. 354 ff. (Entstehung der Sprache). Mankind, Nation and Individual from a Linguistic Point of View, Oslo 1925, S. 205 ff. (gegen Trombetti), 220 (Hilfssprache). Language, Its

Dieser europäische Humanismus unterschätzte nicht nur die übrige Welt; er ignorierte selbstgefällig die Überwelt, das hatte schon Kierkegaard beanstandet. Der von Kierkegaard ausgehende dänische Dichter und Geistliche Kaj Munk (1898–1944) schilderte 1925 dramatisch die Ohnmacht des irdischen Wortes und die Wunderkraft des wahrhaft schöpferischen, lebenspendenden Wortes, das uns Christus *fra Himlen* brachte; es vermag Tote zum Leben zu erwecken[59]). Was unsere Sprache lebendig macht, ist weder das Völkische noch das Menschliche, sondern der Glaube an die Existenz Gottes; Munk hat ihn im Widerstand gegen die deutsche Besatzung mit dem Leben bezahlt. Das Bestreben, die Sprache nicht auf menschliche oder historische Kräfte zurückzuführen, ist auch in der modernen dänischen Sprachwissenschaft lebendig, so bei dem Kopenhagener Professor Louis Hjelmslev (geb. 1899), freilich in ganz anderer Richtung. Hjelmslev wollte 1943 von den historischen und soziologischen, psychologischen und logischen Akzidenzien absehen, um die Sprache mit den Kategorien der allgemeinen Grammatik als „autarke Totalität" *(en i sig selv hvilende helhedsdannelse)* zu erfassen, auch um Jespersens europäischen Provinzialismus zu überwinden. Die neue Sprachtheorie soll die Konstante hinter aller Fluktuation finden und anwendbar sein „auf Sprachen, die vielleicht niemals realisiert worden sind und von denen einige wahrscheinlich niemals realisiert werden"; sie soll (annähernd im Stile Kants) „eine Algebra der Sprache" geben. Wie nahe diese Strukturforschung amerikanischen Bestrebungen steht, ist deutlich; wie weit sie dem europäischen Historismus gerecht wird, ist fraglich. Der historischen Situation Europas wird sie allerdings gerecht; denn „in welchem Eldorado für die Zeichentheorie leben wir jetzt, da das Zeichen Amok läuft!". Unter dem Eindruck der Technisierung und des ideologischen Weltkonflikts sah Hjelmslev 1953 klar die Bedrohung des Menschen durch seine weltweiten Zeichensysteme und die Aufgabe des Sprachforschers vor Mensch und Gesellschaft. Die Sprachtheorie darf kein Elfenbeinturm sein; denn auch hier stellt sich heute die Alternative zwischen Totalität und Humanität[60]).

In den Niederlanden blieb man dem überkommenen Historismus und Humanismus beharrlicher zugetan. Der niederländischen Tradition folgte die Radierung, die der Maler und Graphiker Marius Jacques Alexandre Bauer (1867–

Nature, Development and Origin, 10. Aufl., London 1954, S. 19 (Verbrechen und Vermessenheit). Dazu Carl Adolf Bodelsen, Otto Jespersen, in: Festskrift utgivet af Köbenhavns Universitet, Kopenhagen 1943, S. 136–142; Sommerfelt, Origin 893.

[59]) Ordet, Kopenhagen 1933, S. 75. Dazu Mitchell, Literature 259 ff.

[60]) Omkring sprogteoriens grundlaeggelse, in: Festskrift udgivet af Köbenhavns Universitet, Kopenhagen 1943, S. 1–113, hier S. 7 (helhedsdannelse, Provinzialismus), 11 (Konstante), 17 (niemals realisiert), 71 (Algebra); Übersetzung nach Arens, Sprachwissenschaft 511 ff. The Content Form of Language as a Social Factor, in: L. H., Essais linguistiques (Travaux du Cercle linguistique de Copenhague 12), Kopenhagen 1959, S. 89–95, hier S. 92 ff. (Amok usw.).

1932) vom Babelturm entwarf. Das massige Bauwerk, in orientalischer Umwelt, doch mit modernen Gerüsten und einem Wasserturm ähnlich, zerbricht unter einer Lichtflut von oben; Menschen nimmt man an dem Bau nicht wahr; ein kosmischer Einbruch des Übernatürlichen vernichtet alles Wachsende[61]). Ähnlich liest sich das deutsch geschriebene Drama, in dem 1913 der Katholik Leo van Heemstede (Leo Tepe, 1842–1928) Nimrods Schicksale im Sinne von Görres und Kaulen wiedergab. Um seine Macht zu zeigen, will der Herrscher Nimrod den Turm gen Himmel aufführen, ohne auf Gott zu achten. Japhetiten und Semiten suchen den Bau in Brand zu stecken; die Hamiten werden zu Sonnenanbetern und vollenden das Werk; doch beim Weihefest stürzt der Turm krachend zusammen (wie bei Calderón) und erschlägt Nimrod. Die Hamiten werden wahnsinnig und schwatzen sinnlos weiter. Die Trümmer Babels, *ein Spiegelbild unserer Zeit*, werden (wie bei Karl May) *in fernste Zeiten vom Gottesurteil Zeugnis geben*, bis ein neuer Bau, die Kirche, alle Welt in einer Sprache vereint[62]). Freilich war bei Bauer und Heemstede das göttliche Wirken nicht mehr unmittelbar auf menschliche Sprachen und Völker gerichtet, als müsse man das Dasein Gottes von den Bewegungen der Weltgeschichte genau trennen.

Diese Tendenz wurde seit 1925 unterstützt durch den katholischen Alttestamentler Paul Heinisch (1878–1956) in Nimwegen. Gegen die deutsche Bibelkritik hielt er an der Einheit des Berichtes und an der Historizität des Ereignisses von Babel fest; doch habe es nur lokal die Semiten betroffen. Die Sprachen der Welt sonderten sich wirklich voneinander, aber in langem Zeitraum; daß diese Scheidung plötzlich in Babel stattfand, erklärte Heinisch als dichterische Freiheit des Genesis-Verfassers. Es ging der Bibel nicht um die Entstehung der Sprachenvielfalt, eine historisch-wissenschaftliche Frage, sondern um die theologische Lehre, daß Gott den Übermut der Menschen straft[63]). Diese Lehre aber ist zeitlos gültig; der Mythos steht an Bedeutung weit über seinem geringfügigen historischen Anlaß. Damit wird die Geschichte weithin freigesetzt. Die Völker- und Sprachenwelt ist vom Fluche Gottes nicht betroffen; 1933 meinte der Kapuziner Gregorius von Breda sogar, die Völker seien Gedanken Gottes, die Sprachenvielfalt sei von Gott gewollt[64]). Hieß das nicht wieder begrenzte, historische Maßstäbe an Gottes Absichten legen?

---

[61]) Ehrenstein, Graphik 60 Abb. 11; Parrot, Ziggurats Tafel XIV; Minkowski, Turm 99 Bild 346.

[62]) Nimrod, Drama in fünf Aufzügen, Paderborn 1913: III, 6 S. 87 (Turm); IV, 3 f. S. 94 ff. (Brandstiftung); V, 1 S. 112 ff. (Sonnenanbeter); V, 3 S. 128 (Einsturz); Nachwort S. 135 (Spiegelbild); V, 3 S. 132 (Zeugnis).

[63]) Der Turmbau von Babel (Gen. 11), in: Studia Catholica 1 (1925) 139–169, hier S. 160 ff. Das Buch Genesis (Die Heilige Schrift des Alten Testamentes I, 1), Bonn 1930, S. 197 ff. Probleme der biblischen Urgeschichte, Luzern 1947, S. 148 ff.

[64]) Gregorius, Muttersprache 7, 34 f.

Ist die Sprache denn nicht rein menschlich? Der große Leidener Kulturhistoriker und Kulturkritiker Johan Huizinga (1872–1945), als Orientalist ausgebildet, war vor allem Humanist. Die Sprache erschien ihm 1938 als das „erste und höchste Werkzeug, das der Mensch sich formt"; mit ihr hebt er (wie Wilson und vor allem Burckhardt lehrte) die Dinge in das Reich des Geistes empor, aber er tut es spielend zwischen Stofflichem und Gedachtem, ohne tierischen Ernst. Gerade die Vielgestalt sprachlicher Formen zeigt, daß die Sprache eine Übereinkunft nach festen Regeln, ein Spiel ist; in keinem der zahllosen Idiome besagen Allgemeinbegriffe dasselbe. „Sie drücken aus, was man eben darunter versteht oder verstehen will." Die Regeln dieses Spiels kann man nicht durch Strukturanalyse der Sprache, sondern durch historische Untersuchung, freilich nur von Fall zu Fall, eruieren; Huizinga leitete seine Arbeiten deshalb gern mit Begriffsgeschichten ein. So lehrreich und reizvoll dieses leichte Spiel des Geistes für den Humanisten ist, so besorgniserregend wird im 20. Jahrhundert die Perversion der Sprache, die um der Ideologie willen eindeutige Realitäten vortäuscht. „Wir müssen uns immer wieder damit zufriedengeben, daß wir leben und denken in einer Welt des unzulänglichen Ausdrucks"; hier ist (wie beim späten Wittgenstein) das Spiel zu Ende. Vor allem ist unser Ausdrucksvermögen durch die Nation begrenzt; gerade die allgemeinsten, notwendigsten und grundlegendsten Begriffe sind national verschieden und unvereinbar. Auch diese Unzulänglichkeit „gehört zu unseren menschlichen Beschränktheiten". Die Mannigfaltigkeit des Nationalen könnte für den bescheidenen Weisen reiner Segen, reicher Gewinn sein; doch Politiker und Ideologen mißbrauchen sie im Dienst irrationaler Triebe, anstatt sie in der Einheit der europäischen Kultur anregend wirken zu lassen. Huizingas Absage an totalitäre Ansprüche galt nicht bloß den deutschen Nationalsozialisten, die ihn dann gefangensetzten; sie galt auch der technischen Welt, die die menschliche Freiheit untergräbt[65]). Noch einmal vertrat Huizinga, der Biograph des Erasmus, die europäische Mission der Niederlande, die neben dem Glanz auch das Elend des menschlichen Daseins kennt und dennoch in ihm die einzige Hoffnung sieht.

In Belgien hatte der Sprachenstreit zwischen Flamen und Wallonen sich über den ersten Weltkrieg hinweggerettet; weder mit De Costers noch mit Lamys Rezepten war ihm beizukommen. Ob die Erzählung vom Babelturm nicht doch dem modernen Belgien eine historische, ebenso fromme wie liberale Lehre geben konnte? Der Löwener Alttestamentler Albinus-Augustinus van Hoon-

[65]) Homo ludens, Versuch einer Bestimmung des Spielelementes der Kultur, Amsterdam 1939, S. 7 (Werkzeug), 45 f. (Allgemeinbegriffe). Huizinga, Nationalbewußtsein 132 (Sie drücken aus . . .). Der Mensch und die Kultur, in: J. H., Parerga, Amsterdam 1945, S. 13 (Welt des unzulänglichen Ausdrucks), 19 f. (Beschränktheiten). Schriften zur Zeitkritik, Zürich-Basel 1948, S. 254 ff., 299 ff. (nationale Perversion). Dazu Kurt Köster, Johan Huizinga, Oberursel 1947, S. 56 ff., 64 ff.

acker (1857–1933) ging 1923 von der „nur allzu gut bekannten Erfahrung“ aus, daß Sprachverschiedenheit Streit und Unrecht gebiert. Ist das Gottes Wille, wie Lamy meinte? Hoonacker nahm die Erzählung von Babel wörtlich ernst, und da ergab sich: Der Name Babel bedeutet nicht „Verwirrung“; der Turm sollte weder den Himmel stürmen noch eine neue Sintflut abwehren, nur dem Zusammenhalt des Volkes dienen. Das war keine Sünde; Gott fürchtete die Macht des Volkes nicht. Er sorgte aber für alle Menschen und wollte sie über die Erde verteilen; darum veränderte er ihre Sprache. Das war keine Strafe. Denn der Turm wurde nicht umgestürzt, aus der Stadt wurde eine Metropole; aber zugleich wurde die ganze Erde bevölkert. Diese Mannigfaltigkeit ist segensreich, auch die der Sprachen; denn eine Sprache bindet ein Volk eng zusammen. Zum Ärgernis wird die Sprachenfrage erst, wenn Unbesonnene sie überspannen[66]). Seit 1932 wurde in der Tat die längst verordnete Gleichberechtigung der Sprachen Belgiens verwirklicht; hatte Babel nun nichts anderes zu lehren?

Die neuen Besorgnisse der Belgier erkannte man 1931 auf der Radierung des Kupferstechers Jules C. van Paemel (geb. 1896) sinnenfällig. Auf seinem Bild vom Babelturm schwirren Hubschrauber über einer wimmelnden Masse Menschen; unter ihnen bemerkt man den deutschen Kaiser Wilhelm II., Mussolini, Hitler[67]). Nicht minder deutlich meinte 1937 in Mecheln Jules de Keulenaer, hinter der scheinhistorischen Mythe vom Babelturm stehe die Warnung vor Hochmut und Machtpolitik, hybrider Technik und Wissenschaft[68]). Bald danach wurde Belgien von der deutschen Kriegswalze überrollt. Seit 1945 stellten sich auch für Belgien neue Probleme, vor allem im Zusammenhang mit seinen afrikanischen Besitzungen. Der Löwener Theologie-Professor Jacques Leclercq (geb. 1891) mahnte 1958, die christliche Brüderlichkeit stehe weit über den Scheidungen der Völker und Sprachen, schließe sie aber nicht aus. In der Kirche sind alle Menschen Brüder; „trotzdem behalten sie ihre Hautfarbe, ihre eigene Sprache, ihre Überlieferungen. ... Die Unterschiede zwischen den Menschen kommen daher, daß sie begrenzte Lebewesen sind und daß die Begrenzung die Vielfalt nach sich zieht.“ Diese natürlichen Unterschiede sind schön; aber sie sind vorläufig, diesseitig und werden überwölbt von der Liebesgemeinschaft der Kirche[69]). Von neuem erscheint wie bei Suarez als geistliche Einheit der irdischen Vielfalt die Kirche Gottes; deutlich hebt sich die belgisch-

[66]) De toren van Babel en de verwarring der talen, in: Verslagen en Mededeelingen der Koninklijke Vlaamsche Academie voor Taal en Letterkunde, Gent 1923, S. 128–139, besonders S. 138 f. – An Hoonacker schließt sich an J. Heuschen, De torenbouw van Babel, in: Revue ecclésiastique de Liège 39 (1952) 288–294.

[67]) Parrot, Ziggurats 193 mit Tafel XVI.

[68]) Keulenaer (o. S. 117 Anm. 17) S. 468 ff.

[69]) Wege zur Völkergemeinschaft (Der Christ in der Welt X, 7), Aschaffenburg 1959, S. 33 ff.

katholische Haltung vom Humanismus eines Huizinga ab. Vielleicht bezieht sie die historischen Berichte der Bibel bisweilen reichlich unbekümmert auf die Gegenwart; doch will auch die Kirche die Sprachen und Völker nicht totalitär vereinen und einem irdischen Paradies zuführen; sie bleibt geistlich und übergeschichtlich.

Menschlichkeit und Christlichkeit, Hauptstützen der alten Welt gegen die moderne Totalität, bestimmten auch die Position der Schweiz; doch wurden sie hier mit weniger Respekt vor der Historie vertreten. Denn was geschieht, ist immer gleich, nicht immer gut. Von Nietzsche, Schopenhauer und Burckhardt bewegt, schuf der Dichter Carl Spitteler (1845–1924) seit 1881 einen epischen Mythos der Zeit, dem zufolge das Adlige, Besondere meistens an der triebhaften Horde tragisch scheitert. *Der Menschen Sprache* ist nur eine, es sei denn, sie wollten anders als die vielen sein; dann wird auch ihre Sprache eigenartig. Wer seine Freiheit hingibt, kann Ordnung gewinnen; aber der Edle unterliegt der Masse. Seit 1900 verschmolz Spitteler hellenische und biblische Mythologie zu monumentalen, düsteren Bildern. Aus dem Hades nach oben dringend, besetzte der Titan Zeus den *Weltenturm*, die Götterburg; ihm und der dunklen Notwendigkeit widersetzen sich die Besten. Aber sie werden wahnsinnig;

Nun öffnen sie den Mund, doch ihre Zunge lallt
Unförmliches Gestammel ohne Geistgehalt.

Eines rettet: sich der Menge fernhalten. Spitteler empfahl es 1914 der Schweiz: sie soll nicht *mit fremden Zungen* sprechen, sich nicht durch Sprachverwandtschaft mit den deutschen oder französischen Nachbarn aus ihrer Neutralität locken lassen. *Als ob es sich da um Philologie handelte! Als ob nicht sämtliche Kanonen aller Völker das nämliche greuliche Volapük redeten!* Sie hinterlassen überall nur Jammer und Elend; *da gibt es keinen Unterschied der Sprache*. Die Sprache der Kanonen ist die wahre Universalsprache; gegen die mörderische Totalität der Technik ist der Heroismus des Menschen vielleicht ein schwacher, doch der letzte Widerstand[70]). Er drückt sich deutlich aus in der besonderen, menschlichen Sprache.

Der Rückzug vor der uferlosen Umwelt auf den Punkt der Sprache kennzeichnete seit 1906 auch die höchst originelle Auffassung des Genfer Bürgers und Professors Ferdinand de Saussure (1857–1913), die eine Neubesinnung der Sprachwissenschaft einleitete. Von den deutschen Junggrammatikern ausgehend, stellte Saussure neben und vor ihre diachronische Sprachgeschichte die synchronische Sprachbeschreibung, vor die äußeren Einflüsse (ähnlich wie der

[70]) Gesammelte Werke, hg. Gottfried BOHNENBLUST u. a., 10 Bände, Zürich 1945–58: Prometheus und Epimetheus Bd. 1, S. 233 (der Menschen Sprache), 5 (eigenartig); Olympischer Frühling II, 7 Bd. 2, S. 227 (Weltenturm), 229 (Sprachverwirrung); Unser Schweizer Standpunkt Bd. 8, S. 588 (fremde Zungen), 585 (Volapük), 594 (kein Unterschied).

ältere Scaliger) das runde Ganze der Sprache mit ihren inneren Gesetzen. Saussure verstand sie nicht so mechanistisch wie Brugmann, Osthoff und Paul, weil er sie nicht auf die gesamte Geschichte anwandte. Saussure mokierte sich über die Vorstellungen der meisten Sprachphilosophen von der Sprache; sie erinnern an unseren ersten Vater Adam, der die Tiere zu sich rief, um ihnen Namen zu geben. Der Witz traf nicht so sehr die Theologen als die Linguisten, die an ewige Sprachgesetze glaubten. Denn die Sprache *(langue)* ist keine unwandelbare, gültige Verbindung zwischen Objekt und Wort; sie besteht nur aus Worten und verbindet lediglich ein Lautbild mit einer Vorstellung; sie ist, wie schon Montaigne wußte, keine Substanz, sondern eine psychische Form. Die Einheit von Laut und Inhalt ist nicht notwendig und natürlich, sondern beliebig und darum wandelbar, aber keineswegs vertauschbar, nicht der individuellen Willkür überlassen. Die alten Gleichungen zwischen „beliebig“ und „willkürlich“ (seit Aristoteles), zwischen „unvertauschbar“ und „natürlich“ (seit Platon) zerbrechen, wo das Axiom vom Zusammenhang zwischen Sache und Namen fällt. Wer schafft dann die Sprache? Sie ist nicht (wie Paul sagte) Schöpfung des Individuums, sondern (und das ist Humboldts Lehre) „soziales Produkt der Fähigkeit zu menschlicher Rede *(langage)* und ein Ineinandergreifen notwendiger Konventionen, welche die soziale Körperschaft getroffen hat“. Alle Menschen reden; aber weil sie in Gemeinschaften leben, sprechen sie verschieden. Im individuellen Sprachgebrauch *(parole)* mag es Abweichungen geben; die Sprache der Körperschaft ist ein festes Zeichensystem, das der einzelne erlernen muß und nicht verändern kann. Dennoch wandelt sie sich dank der Zeit und den sozialen Kräften; aber für den einzelnen ist sie das verbindliche Erbe der vorausgegangenen Epoche.

Einen Anfang hat sie nicht, wenigstens nicht in dem Sinn, daß Namen und Sachen oder auch nur Vorstellungen und Lautbilder einen willkürlichen Pakt miteinander geschlossen hätten. Die Frage nach dem Ursprung der Sprache ist darum ziemlich unwichtig; wir haben es stets mit funktionierenden, historischen Sprachen zu tun. Aber mit dieser junggrammatischen These ist nur die voreilige Kombinatorik der älteren Linguistik abgewiesen; die Ursprungsfrage selbst ist klar beantwortet, im Sinne Humboldts: menschliche Sprechfähigkeit und geschichtliche Gesellschaft gründen die Sprache. Es gibt Sprachverwandtschaften; die Zeit hat einander nahestehende Sprachen zu verschiedenen gemacht. Wir können den Weg aber nicht rückwärts gehen, aus der Verwandtschaft nicht die Genealogie erschließen, weil wir das Alter von Sprachen nicht feststellen können. Deshalb ist der Rückschluß auf eine Grundsprache, etwa beim Indogermanischen auf das Sanskrit, verboten (eine Folgerung aus Schmidts Theorie). Somit kann (was Kraus und Meiners schon gesehen hatten) die Sprache für Anthropologie, Ethnographie und Prähistorie keine Aufschlüsse geben, wie noch die Darwinisten und auch Whitney sie wünschten. Das einzige Thema der Sprachwissenschaft bleibt „die Sprache an und für sich selbst betrachtet“[71]). Man darf Saussure trotzdem nicht als verkappten Hjelmslev deuten; bei ihm ist die Sprache weniger eine autarke Totalität als eine geschichtliche Gestalt, sie existiert nicht abstrakt, sondern stets in gewachsenen, geschiedenen Sprachen; ihre Einheit verwirklicht sich nicht algebraisch, denn sie liegt in ihrer Menschlichkeit und Geschichtlichkeit allein. Eben die Geschichtlichkeit verhindert rasche Zusammenfassungen quer durch die Zeiten; eben sie nimmt der sozialen Übereinkunft das bloß Konventionelle und Spielerische; eben sie macht die Würde jeder realisierten Sprache aus. Saussure bekämpfte den relativierenden Historismus, aber nicht die existentielle Geschichtlichkeit jedes Augenblicks. Wer sie kennt, weiß, daß die Bäume nie in den Himmel wachsen, daß der Mensch durch seine geschichtliche Sprache festgelegt ist.

Daß die Türme des Menschenwerks nie in den Himmel wachsen, war 1916, mitten im Krieg, das Thema der ersten Predigt, die der Begründer der dialektischen Theologie, der Baseler Reformierte Karl Barth (geb. 1886), später noch für druckenswert hielt. Der Turm von Babel versinnbildlicht die normale Antwort des Menschen auf Gottes Anruf: Er baut seinen jämmerlichen Turm der Selbstgerechtigkeit aus Hochmut und Verzagtheit, den Turmbau des Staates, der Religion, (nicht der Sprache) und macht sich einen Gott nach seinem Bilde. In der gegenwärtigen Krise ist dieser Turm erschüttert; werden wir ihn beiseiteräumen und endlich an den ganz anderen Gott glauben? Er hat nichts mit dem Menschen gemein; auch der pfingstliche Heilige Geist kommt *senkrecht vom Himmel* und ist kein menschlicher Geist. Was bleibt dann von der menschlichen Sprache? Sie ist geschichtlich, vielleicht notwendig, aber irdisch. Der Theologe soll von Gott reden, aber als Mensch kann er nicht von Gott reden; das kann nur Gott selbst. In der Bibel tut er es; sie ist (nach Kierkegaard) kein irdisches, historisches Dokument, sondern das Wort des ganz anderen Gottes. Die gesamte historische Exegese fällt dahin (so weit war Calvin nicht gegangen); es bleibt nur die allgewaltige Sprache der Bibel, an und für sich selbst betrachtet[72]).

---

[71]) Notes inédites de F. de Saussure, hg. Robert Godel, in: Cahiers Ferdinand de Saussure 12 (1954) 49–71, hier S. 68 f. (Adam). Grundfragen der allgemeinen Sprachwissenschaft, übers. Herman Lommel, Berlin-Leipzig 1931, S. 77 (Lautbild und Vorstellung), 146 (Form), 79 (beliebig), 11 f. (soziales Produkt), 17 f. (festes System), 87 ff. (Wandlungen), 83 f. (Erbe, Anfang), 228 ff. (Verschiedenheit von Verwandtem), 259 ff. (Alter von Sprachen), 267 ff. (Anthropologie usw.), 279 (an und für sich selbst betrachtet). Dazu Ipsen, Sprachphilosophie 11 ff.; für Anregungen danke ich Prof. Manfred Mayrhofer-Würzburg.

[72]) Das Wort Gottes und die Theologie, Gesammelte Vorträge, 4.–6. Tausend, München 1925, S. 8 ff. (Turmbau), 11 (Staat), 67 (Pfingsten), 158 ff. (von Gott reden), 194 (Gott redet), 22 ff., 83 f. (Bibel und Geschichte). S. u. Anm. 77.

Was bedeutet sie? Sie muß dem geschichtlich lebenden Menschen verständlich ausgelegt, auf seine irdische Sprache irgendwie bezogen werden. Das tat 1924 Barths Züricher Mitstreiter, der Reformierte Emil Brunner (geb. 1889) mit der These, daß Gottes Wort das eigentlich Menschliche ist. *Der Mensch ist Mensch dadurch, daß ihm das Wort gegeben ist*, nicht seine Erdenrede, sondern das Wort, das aus dem Munde Gottes kommt und das der Mensch gläubig vernimmt. Hamann sah den Ursprung der Sprache richtig: Der erste Mensch hörte das lebendige Wort Gottes. Im Anfang war dieses Wort, nicht der Herdersche Menschengeist und seine psychologische Äußerung, nicht die mystische Glossolalie und Gefühlsseligkeit Schleiermachers. Jedes menschliche Wort ist Verantwortung und muß Antwort sein; Vernunft muß vernehmen, nämlich die Stimme des Herrn, der im Alten und Neuen Testament redet. Er verkündet keine Historie mit Wandlungen und Entwicklungen, sondern die ewige Wahrheit, die alle Geschichte umgreift. Da der geistige Mensch *buchstäblich ins Dasein gerufen* wurde, ist jede geschichtliche, autonome, selbstbewußte Sprache *titanische Hybris*; Menschenwort muß verstummen, Menschensatzung verfallen, damit Gott redet. *Jeder Aufbau ist: Turm zu Babel.* Die rechte Anthropologie kann nicht anthropozentrisch und humanistisch sein[73]). Ist sie dann noch human?

Gegen die theozentrische Anthropologie setzte der Dichter Hermann Hesse (geb. 1877) den poetischen Humanismus der Romantik; im Widerspruch zu den pietistischen Missionarskreisen, aus denen er stammte, vertraute er wie Novalis der magischen Kraft der intuitiven Sprache. Er schrieb 1930, alles Leben sehne sich nach Sprache; in der geformten baut der Dichter *des Sinnes immer höhern Thron*, versteht der *Schöpfung Vielfalt* und klärt alles Verworrene. Nicht diese Ursprache allein ist ehrwürdig; auch in jeder geschichtlich erwachsenen Sprache sah Hesse 1943 einen organischen, sinnvoll gegliederten Bau. Wenn er verfällt und versinkt, stürzt er nicht ins Nichts; er wird aufgehoben in das Urwissen des umfassenden reinen Geistes, im Glasperlenspiel, das *eine lingua sacra, eine heilige und göttliche Sprache* ist. Diese *Geheimsprache, internationale Zeichensprache* und *Weltsprache* wird künstlerisch und wissenschaftlich, musikalisch und mathematisch sein und alle menschliche Kenntnis, die *Mannigfaltigkeit der Erscheinungswelt* ebenso harmonisch wie exakt vereinen. Dieser Aufbau wird kein Turm zu Babel, sondern ein Dom der Weltfrömmigkeit, in dem alle Religionen Platz finden und der Mensch über sich hinaus-

---

[73]) Die Mystik und das Wort, Der Gegensatz zwischen moderner Religionsauffassung und christlichem Glauben dargestellt an der Theologie Schleiermachers, 1. Aufl., Tübingen 1924, S. 5 (Mensch und Wort), 89 f. (Hamann), 6, 49 ff., 90, 118 (Menschengeist), 94 f. (Verantwortung, Antwort), 102 (Vernunft), 158 ff. (Altes Testament), 221 f. (Geschichte und Wahrheit), 379 (ins Dasein gerufen), 377 (Hybris), 393 (Turm zu Babel).

wächst[74]). Die gegenwärtige Entartung (und darin liegt etwas Dialektisches) kann nicht von Dauer sein; denn sie hat keinen Bezugspunkt in jenem Ursinn, den der Dichter erblickt.

Ist aber das Hiesige so haltlos? Es lag näher, seinen Bezugspunkt in der paradiesischen Urzeit zu suchen. Deshalb verwies 1935 der Anthroposoph Arnold Wadler (geb. 1882) auf die von der Bibel erwiesene Urgemeinschaft aller Sprachen, auf die geistige Gemeinschaft alles Menschlichen[75]). Ähnlich deutete 1944 der Freiburger Professor Gonzague de Reynold (geb. 1880) vom katholischen Standpunkt aus die Einheit der Menschen. Zwar sind sie einander weder ähnlich noch gleich, doch ihre Unterschiede sind nur die Ausstrahlung einer ersten Einheit; denn alle Menschen können überall auf Erden leben, sich überall vermehren und haben allesamt eine artikulierte Sprache[76]). Aber warum verstehen sie einander heute nicht? Nicht die Sprachen allein, die Menschen sind verwirrt, die Geschichte selbst ist ziellos. Woher kommt das?

Karl Barth gab 1951 erneut die Antwort: Es kommt vom Babelturm. Gott gab dem Menschen die Sprache, damit er im Verein mit dem Nächsten Gott bekenne und so zur Gemeinschaft finde; denn Gemeinschaft ist nur im Bezug auf Gott stark und notwendig. Darum kann eine Volks- und Muttersprache kein *Gefängnis nach innen*, kein *Bunker nach außen* sein; darum sind „Volk" und „Geschichte" keine ewigen Größen im Gebote Gottes. Sprache und Gesellschaft müssen auf Gott gerichtet, also offen sein. Nach der Schöpfung waren alle Menschen einander wirklich nahe; es gab noch keine Weltgeschichte, keine Ferne, keine Völker. Die Vielfalt getrennter Völker gehört keinesfalls zur göttlichen Schöpfungsordnung. Damit kehrte sich Barth gegen manche katholische Auslegung, vor allem aber gegen die *neudeutsche Pseudotheologie*; einer ihrer Vertreter habe den Stadt- und Turmbau von Babel als sündhafte Reaktion gegen die völkische, gottgewollte Aufgliederung der Menschheit gedeutet und damit den Genfer Völkerbund diffamieren wollen. Aber die irdischen Völker sind eben (nach Kierkegaard) keine theologischen Hauptbegriffe. Wenn die mosaische Völkertafel die Entstehung der Völker ohne Bedauern und Kritik hinnimmt, tut sie es in der Hoffnung, daß die Menschheit sich in der Offenbarung wieder treffen werde. Die Turmbaugeschichte freilich weist in andere Richtung.

---

[74]) Gesammelte Dichtungen, 6 Bände, Frankfurt/Main 1952: Die Sprache Bd. 5, S. 724 (Thron, Vielfalt); Das Glasperlenspiel Bd. 6, S. 196 f. (lingua sacra), 84 (Geheimsprache), 108 (Zeichensprache), 112 f. (Weltsprache). Dazu Hans GLINZ, Das Problem einer idealen Sprache in Hermann Hesses „Glasperlenspiel", in: Beiträge zur Einheit von Bildung und Sprache im geistigen Sein, Festschrift Ernst Otto, Berlin 1957, S. 262–269.

[75]) Der Turm von Babel, Urgemeinschaft der Sprachen, Basel 1935, S. 9 ff. Dazu kritisch Friedrich KAINZ, Der Ursprung der Sprache, in: DVLG 15 (1937) 1–33, hier S. 30 ff.

[76]) Qu'est-ce que l'Europe? La formation de l'Europe, Paris 1948, S. 238 f.

Die Zerstreuung der Völker und Sprachen ist (wie bei Calvin) ein Werk des göttlichen Zornes und Gerichtes über die Menschen; denn sie haben (nach Luther) ihre Erfindung, daß sie Backsteine herstellen können, gegen Gott gekehrt. Sündhaft war nicht, daß sie Stadt und Turm von Babel überhaupt bauten, sondern daß sie es für sich als Weltvolk taten, aus Sorge, Angst und Hybris, und aus der Gnade heraustraten. So wurde ihnen die Einheit von Sprache und Volk genommen, sie wurden in Nahe und Ferne auseinandergerissen; wie zum gemeinsamen Bösen sind sie zum gemeinsamen Guten nicht mehr fähig. Menschliche Schuld hat die menschliche Einheit verspielt; erst im Pfingstwunder werden die getrennten Völker wieder zu einem Gottesvolk[77]). Hier ist vollends die Heilsgeschichte alten Stils aus den Angeln gehoben; das ewige Gleichnis des Babelturms bezieht sich nicht einmal (wie bei Niebuhr) auf die Gegenwart der Sprachen und Völker, der Ideologien und Demokratien; es bezieht sich allein auf Gott und auf den Menschen, der vor ihm steht. Babel ist überall, wo die Menschen sich nicht zum Bekenntnis vor Gott versammeln; die menschliche und geschichtliche Vielfalt geht den Theologen wenig an.

Man meint fast eine Illustration von Barths Babeldeutung vor sich zu haben, wenn man die Radierung betrachtet, die der Dichter Friedrich Dürrenmatt (geb. 1921) entwarf. Neben einer klein wirkenden Großstadt erhebt sich gewaltig ein spitzer Turm; er steht schief und ist an vielen Stellen unfertig, jedoch über sechzig Stockwerke hoch. An dem angedeuteten Erdenrund kann man abmessen, daß die Turmhöhe annähernd dem Erdradius gleicht. Menschen sind nicht zu sehen, nur Gebirge, winzig im Ausmaß neben dem Turm. Aber nach ihm greifen seltsame, lange Schleier, die man als den Mantel des Ewigen deuten mag; sie ziehen den wankenden Turm mit sich. Der Zipfel von Gottes Mantel weht das riesigste Menschenwerk um. Auch in seinen Komödien hat Dürrenmatt, Sohn eines reformierten Geistlichen und selber theologisch gebildet, schonungslos neben die titanischen Entwürfe die menschliche Dürftigkeit gestellt. Der König von Babylon (so 1952) zürnt darüber, daß der Himmel ihm ein von Gott geschaffenes Mädchen verweigert, und droht, er wolle *einen Turm errichten, der die Wolken durchfährt, durchmessend die Unendlichkeit, mitten in das Herz meines Feindes*. Gegen die *Schöpfung aus dem Nichts* soll die *Schöpfung aus dem Geist des Menschen* erstehen. Doch dieser Turm, *der sich unaufhaltsam in die Höhe schiebt*, wächst nur *dem Sturz entgegen*. Dürrenmatt weist auf die Gegenwart, in der wir uns *in ähnliche Unternehmen verstrickt sehen*. Die Menschen billigen sie nicht; *alle sind gegen den Turm und dennoch kommt er zustande*; die großen Bekenntnisse verstummen kläglich vor der Macht. Und diese Macht scheitert, denn sie ist borniert und herzlos. So verging auch der

[77]) Die kirchliche Dogmatik, Bd. 3, 4, Zollikon-Zürich 1951, S. 325–328 (Sprache), 349–366 (Gen. 10–11). Dazu Kraus, Geschichte 378 ff.

römische Traum von Weltmacht und Weltsprache; der letzte Kaiser, Romulus, meinte die Welt noch lateinisch zu beherrschen. Germanisch und Chinesisch schienen ihm ein und dasselbe zu sein. Wozu barbarische Idiome? Die kaiserlichen Kammerdiener konnten sich nicht ausmalen, *daß eine Zeit kommt, wo man nicht einmal mehr Lateinisch und Griechisch spricht, sondern so unmögliche Sprachen wie dieses Germanisch*; und doch geschah es alsbald. Die Geschichte ist (wie bei Calderón) ein fortgesetzter Irrtum der Menschen, und warum? Weil sie den großen Zuschauer vergessen, vor dem sie ihr Welttheater aufführen[78]). Er würde sie aus der Geschichte in die Wirklichkeit hinausführen.

Aber läßt sich der Fehler denn nicht ins Bewußtsein heben und unschädlich machen? Liegt er nicht doch in der menschlichen Natur, also auch im irdischen Bereich? Der auch für Hesse anregende Psychiater Carl Gustav Jung (geb. 1875) deutete 1952 das Symbol des Babelturmes so. Die aus dem kollektiven Unbewußten aufsteigende Lebenskraft und Leidenschaft, die Libido, treibt den Menschen über sich selbst, ja über die Grenzen seiner Sterblichkeit hinaus; indem sie ihn emporhebt, vernichtet sie ihn. Mit Sprache hat der Turmbau nichts zu tun, denn Sprache ist bewußt; sie entstand aus Naturnachahmung und ist ein Ruf an die Genossen. Nicht in ihr liegt der Fehler[79]). Ihre Symbole lassen allerdings wie das vom Babelturm auf das Unbewußte schließen; eindringlicher als Jung, doch in seinen Spuren, interpretierte der Baseler Schriftsteller Hermann Adler (geb. 1911) 1958 die Turmbaugeschichte. Sie symbolisiert den Sieg des zeugenden Lebens über den Tod, indes auch die widernatürliche Seßhaftigkeit der menschenmordenden Stadt, die Lösung aus dem mütterlichen Schoß der (nach Bachofen) ursprünglichen Unbewußtheit, den Raub an den Göttern, die staatliche Einung, Unfreiheit, Überwachung, Herrschergewalt und Sklaverei mit Geschrei und Sprachverwirrung. Denn die Hybris überschreitet (nicht wie bei Brunner das göttliche Wort, sondern) menschliches Maß. Das Babelsymbol wird vieldeutig und verliert jegliche historische Realität; es wird aber zur Warnung an den Menschen, den Boden der Wirklichkeit nicht zu verlassen[80]). So erstrebte die psychologische Deutung einen hellen, bewußten, maßvollen Humanismus, einen Neubau der menschlichen Persönlichkeit.

---

[78]) MINKOWSKI, Turm 100 Bild 348 (Radierung). Komödien I, Zürich 1957: Ein Engel kam nach Babylon S. 261 ff. (Babelturm); Kaiser Romulus der Große S. 18 (Romulus), 72 (Kammerdiener). Dazu Max WEHRLI, Gegenwartsdichtung der deutschen Schweiz, in: Deutsche Literatur in unserer Zeit, hg. Wolfgang KAYSER, 2. Aufl., Göttingen 1959, S. 105–124, hier S. 118 ff.

[79]) Symbole der Wandlung, Analyse des Vorspiels zu einer Schizophrenie, 4. Aufl., Zürich 1952, S. 188 f. (Turmbau), 17 ff. (Sprache).

[80]) Turmbau in den Himmel, Frevel und Verwirrung, Ein Hörbild, im Westdeutschen Rundfunk-UKW gesendet am 3. 9. 1958. Dem Autor danke ich für Überlassung des Manuskripts.

Wird das, ohne Gott, nicht doch ein Babelturm? Der Arzt Max Picard (geb. 1888) sah deshalb 1955 den Menschen, sein Innen und Außen ähnlich wie Lavater pantheisierend und fand rasch den Zusammenhang von Religion, Sprache und Menschenbild. Das Wort entsteht (wie bei Brunner) dadurch, daß Gott zum Menschen redet; im Paradies waren Wort und Ding eins. Sprache lebt davon, daß in ihr heilige Dinge gesagt werden. Problematisch wurde sie erst mit dem Sündenfall, der Wort und Ding auseinanderriß; seither ist die Geschichte der Sprachen (wie bei Böhme) Sehnsucht nach dem Ursprung. Aber die Verschiedenheit ist keine Folge der Sünde, auch nicht von Babel; denn sie ist göttlich. *Der Akt des Schöpfers, mit dem das Wort geschaffen wurde, ist so mächtig, daß der Raum einer einzigen Sprache nicht genug wäre für ihn. Die eine Sprache würde zersprengt von der Absolutheit dieses Aktes. Durch die Vielheit der Sprachen versucht der Mensch, die Fülle jenes einen Aktes in der Breite des Verschiedenen aufzunehmen.* So ist die Sprachverwirrung vielleicht ein Gnadengeschenk des Reichtums[81]). Der Mensch wird die ewige Ordnung nie ganz umfassen; aber er lebt schon in ihr, und wenn es ihm klar wird, ist er gerettet. Von hier aus führt der Weg zum Lob des Bestehenden und Eigenen, das 1957 Johann Martin von Planta sang. Es wäre öde um uns, wenn alle Völker die gleiche Sprache hätten; Vielsprachigkeit erweitert unseren Horizont. *Unser Land ist klein, aber unsere Heimat reicht vom Jordan des Täufers bis zum Stillen Ozean*; denn alle Sprachen sind unser[82]). Man kann sich des Eindruckes nicht ganz erwehren, als ermäßigten sich die unbedingten Forderungen zu freundlichen Beschwichtigungen: Auch hier wohnen Götter. Aber der Schweizer Sprachenfriede löst noch nicht die Frage nach der menschlichen Existenz; der Schweizer Bundesgedanke verkörpert noch nicht, wie ein deutscher Bewunderer schrieb, *Uroffenbarungserbe* und *Civitas Dei*[83]). Die gewichtigsten Stimmen aus der Schweiz sind die anderen, die scharf fragenden und trennenden von Saussure, Barth und Dürrenmatt. Sie verdeutlichen, daß geschichtliche Erscheinungen wie Sprachen und Völker keine Erbstücke sind, die erfreulich überliefert und behaglich besessen werden, sondern stets am augenblicklichen Dasein hängen; dieses menschliche Dasein ist das eigentliche geschichtliche Problem. Es wird immer total bedroht und darum jeweils vital verteidigt; aber was es für die Zukunft erwarten läßt und für die Dauer wert ist, das ist fragwürdig. Nur menschliche Haltung kann es adeln.

---

[81]) Der Mensch und das Wort, Erlenbach-Zürich-Stuttgart 1955, S. 34 ff. (Entstehung des Wortes), 109 (Sehnsucht), 112 (Akt des Schöpfers).

[82]) Unsere Sprachen und wir, Von der vielsprachigen Schweiz zum Sprachziel des Abendlandes, Frauenfeld 1957, S. 141 f. (alle Völker), 137 (Jordan).

[83]) Karl Thieme, Gott und die Geschichte, Zehn Aufsätze zu den Grundfragen der Theologie und der Historik, Freiburg i. Br. 1948, S. 294–308. – Ganz auf die Schweizer Gegenwart bezieht Werner Pfendsack, Der Turmbau zu Babel, Bettagspredigt . . . gehalten am 20. September 1959 im Münster zu Basel, Basel 1959, S. 4 ff. das Babelgleichnis (Hinweis von Doz. Max Imdahl-Münster).

In dem durch Nationalitätenstreit und Sprachenkampf zerrütteten Vielvölkerstaat der Donaumonarchie suchte man gleichfalls nach einem festen Standpunkt jenseits der verwirrenden Erscheinungen. Er schien in der Gemeinsamkeit des Menschlichen zu liegen; sie wurde von katholischen Geistlichen betont. Der ungarische Priester und spätere Prälat Sándor Gießwein (1856–1923), ein Vorkämpfer für christlich-soziale Bewegung und Völkerverständigung, beherrschte alle europäischen und westasiatischen Sprachen, konnte also 1892 im Sprachenstreit weder ein politisches noch ein theologisches Problem sehen. Auch der Theologe darf unbesorgt verschiedene Uranfänge der menschlichen Sprache annehmen und den Gedanken von der göttlichen Inspiration der Ursprache gefahrlos aufgeben; die Quintessenz der biblischen Erzählung ist doch, daß der Mensch zur Freiheit des Denkens geschaffen wurde, und *die Sprache ist eine natürliche Folge des Denkens, der Erkenntnis*. Weil sie keine göttliche Offenbarung, sondern Teil des kreatürlichen Menschen ist, unterliegt sie steter geschichtlicher Bewegung und wurde nicht etwa in Babel wunderbar geteilt. Nicht auf der Geschichte der getrennten, auf der Gleichheit der geschaffenen Menschen beruht der rechte Glaube[84]). Auch der politisch recht aktive Südtiroler Prälat Ämilian Schoepfer (1858–1936) hütete sich darum seit 1893, an die österreichischen Zustände direkt den Maßstab der mosaischen Genesis anzulegen. Ihre Völkertafel wollte nicht alle Völker der Erde umfassen; der Turmbau sollte nicht den Anfang aller Sprachenteilung bezeichnen. Denn sie begann *auf natürlichem Weg*, und Babel war nur ein lokales Ereignis. Nicht als Monument der Sprachen- und Völkergeschichte ist der Turm für uns bedeutsam, sondern als gescheiterter Versuch der Menschen, durch ihre Vereinigung grenzenlose Kraft zu gewinnen[85]). Die natürlichen Unterschiede müssen respektiert werden, weil sie menschlich sind; deshalb aber können sie durch Liebe überbrückt werden, durch die christlich-soziale Bewegung in allen Völkern der Monarchie.

Dagegen erhob sich erbitterter Widerstand von seiten der deutschnationalen Partei, die sich weder an den Völkermang des Staates noch an die internationale katholische Kirche binden wollte. Wozu brauchte man noch die Bibel, dieses Lügenbuch der von Rom geförderten Juden? Der Antisemitismus der Los-von-Rom-Bewegung sprach seit 1903 derb aus dem Buch des Kgl. ungarischen Sektionsrates im Ruhestand Johann Jedlicska, der mit Getöse offene Türen einrannte. Die Sprachverschiedenheit geht auf nationale Unterschiede zurück, nicht auf den Turmbau von Babel, bei dem gewiß nicht alle Weltvölker, etwa Chinesen und Amerikaner, beteiligt waren. Und wenn hohe Bauten strafbar

---

84) GIESSWEIN, Sprachwissenschaft 118 ff. (Uranfänge), 208 (Sprache und Denken).
85) Geschichte des Alten Testaments mit besonderer Rücksicht auf das Verhältnis von Bibel und Wissenschaft, 6. Aufl., Innsbruck 1923, S. 133–139.

wären, hätten die Päpste den Petersdom nicht bauen dürfen. Also weg mit dem *kindischen Märchen vom Turmbau zu Babel, mit welchem man das Gedächtnis der christlichen Jugend ... noch immer zu belasten für gut findet*; es konnte nur entstehen *im kranken Gehirn des von Gott inspirierten Hebräers*[86]). Sollten also die Probleme der Sprachen und Nationalitäten durch Rassenhaß und Intoleranz, durch Krieg zwischen Verschiedenen gelöst werden (wie Hitler in diesen „völkischen" Kreisen lernte)?

Da widersprach der Prager Philosophie-Professor Anton Marty (1847–1914), ein gebürtiger Schweizer, als einstiger katholischer Priester an Thomas von Aquin geschult. Er hob 1908 entschieden die geistige, menschliche Gemeinschaft aller Sprachen hervor. Sprache ist stets bewußte, *absichtliche Kundgabe des inneren Lebens* und *Beeinflussung des fremden psychischen Lebens*; sie steigt nicht (wie Steinthal annahm) aus triebhaften Tiefen empor. Zwar entstand sie planlos und unsystematisch, und darum sind ihre Ausdrücke von *bunter Verschiedenheit*; aber der mannigfache Bau der Sprachen ist weder durch die Völkerpsychologie noch durch geschichtliche Stufen des menschlichen Denkens bedingt. Denn *trotz gewaltiger Abweichungen im Sprachbau* ist das in der Sprache ausgedrückte Denken (fast wie bei Bonald) überall *wesentlich übereinstimmend* und nicht durch völkische Denkformen oder geschichtliche Weltanschauungen geprägt. Martys Position, die sich gegen die Geschichte wendet, war doch geschichtlich bedingt; sie erstrebte einen Ausgleich zwischen Deutschen und Tschechen in der leidigen Sprachenfrage und erinnerte beide Parteien an die gemeinsame, geistige Humanität. Bisher hat sich alle Sprache nur unvollkommen verwirklicht; aber aus der *exakten Analyse unserer psychischen Erlebnisse* wird sich ein einfaches Zeichensystem, eine *wissenschaftliche Idealsprache*, bilden lassen, welche die Gemeinsamkeit menschlichen Denkens wirklich ausdrückt. Der Vergleich zwischen Marty und Saussure zeigt, daß beide sich von der Sprachgeschichte abwenden und einen festen Punkt suchen, der alle Verschiedenheiten umfaßt; nur ist dieser archimedische Punkt für Marty nicht die Sprache an und für sich selbst betrachtet, sondern das Denken, das ihr (wie bei Gießwein) voraufgeht[87]). Ist aber Sprache reiner Gedanke?

---

[86]) Enthüllte Geheimnisse des Alten Testamentes über den angeblichen Turmbau zu Babel und die Beschneidung, Leipzig (1907), S. 1 ff., 12 ff., 23.

[87]) Untersuchungen zur Grundlegung der allgemeinen Grammatik und Sprachphilosophie, Bd. 1, Halle 1908, S. 22 (Kundgabe), 89 ff. (planlos; ähnlich Gesammelte Schriften, hg. Josef Eisenmeier – Alfred Kastil – Oskar Kraus, Bd. 1, 2, Halle 1916, S. 3 ff., 307 ff.), 70 ff., 86 ff. (Sprachbau und Denkformen), 27 (Idealsprache). Dazu Ipsen, Sprachphilosophie 8 f.; zur böhmischen Sprachenfrage vgl. Koppelmann, Sprache 86 ff.; Berthold Sutter, Die Badenischen Sprachenverordnungen von 1897, ihre Genesis und ihre Auswirkungen vornehmlich auf die innerösterreichischen Alpenländer, Bd. 1 (Veröffentlichungen der Kommission für neuere Geschichte Österreichs 46), Graz-Köln 1960, S. 237 ff. – Auf Marty fußt Albert Drexel, All-

Die Dichter konnten das nicht zugestehen; sie überbrückten die Kluft zwischen Vielfalt und Einheit lieber ästhetisch. Der Wiener Hugo von Hofmannsthal (1874–1929), reich gebildet und begabt, freute sich 1897 an der Fülle der Sprachen. *Die Sprachen gehören zu den schönsten Dingen, die es auf der Welt gibt.* Wie wundervolle Musikinstrumente schweben sie neben uns her, unser albernes Spiel bringt sie nicht ganz um ihren Klang; *wenn wir für die Schönheit der eigenen stumpf geworden sind, so hat die nächstbeste fremde einen unbeschreiblichen Zauber.* Die fremde Sprache zeigt *alle Dinge um ein Etwas verändert*, wie ein *Zauberring*, der das Bild der Welt und des Lebens verwandelt und aus dem banalen Alltag befreit. Dieser magische Zauber wirkt indes nicht unverbindlich und unverbrüchlich; die Sprache im Mund ist wie die Kette an der Hand. Mit ihr kannst du das Weltall zu dir ziehen, doch tust du es nicht, so wirst du geschleift; Sprache verzaubert das Notwendige, versöhnt es aber nicht. Sie bleibt wie bei Nietzsche und Verlaine nur Klang und Schall. Hofmannsthal entsagte schon 1901 ihrer Symbolkraft; die Sprache, in der der Dichter eigentlich denkt, ist weder lateinisch und englisch noch italienisch und spanisch; von ihren Worten ist ihm *auch nicht eines bekannt.* In dieser Sprache reden die stummen Dinge zu ihm; in ihr wird er *sich vielleicht einst im Grabe vor einem unbekannten Richter verantworten.* Sie überragt das Getrennte, auch den Gedanken bei weitem; sie ist die Sprache der kreatürlichen Schöpfung. Der Dichter und Denker macht sie nicht selbst; ein Mensch legt *das Wunder der Sprache* in den Mund des anderen, denn *Reden ist Menschheit* (wie bei Grillparzer), es verbindet uns alle. Sprache ist gesellig, ein *Werkzeug der Gesellschaft*, oder müßte es sein. Denn heute, 1927, ist ihre Einheit gefährdet, weil wir die Toten vergessen. *Indem er spricht, bekennt der Mensch sich als das Wesen, das nicht zu vergessen vermag.* Die Sprache ist nicht unsere Habe, sie ist ein Erbe, das wir hüten müssen, im steten Gespräch mit Freunden und Toten[88]). So schließt sich der Zauberring nach dem Untergang des alten Österreich anders, als der junge Dichter vorher glaubte. Die hohe Schönheit des Unbekannten, die Grabestiefe des Unbenannten umschließen ein menschliches, geschichtliches, verpflichtendes Dasein, dem die Sprache weniger augen-

---

gemeine Sprachwissenschaft, Bd. 1, 1, Innsbruck 1929, S. 62 ff.; DERS., Ursprung und Wesen der Sprache (System einer Philosophie der Sprache 1), Bd. 2, Zürich 1952, S. 34 ff.

[88]) Gesammelte Werke, hg. Herbert STEINER, 15 Bände, Berlin 1946–59: Französische Redensarten, Prosa I, S. 300–303 (Schönheit der Sprachen, Zauberring); Eigene Sprache, Gedichte und lyrische Dramen, S. 89 (Sprache und Kette); Brief des Lord Chandos, Prosa II, S. 22 (gegen Symbolkraft, im Grabe); Der Turm II, 2, Dramen IV, S. 93 (Wunder), 83 (Reden ist Menschheit); Der Ersatz für die Träume, Prosa IV, S. 46 (Werkzeug der Gesellschaft); Wert und Ehre deutscher Sprache S. 439 (Indem er spricht ...); Das Schrifttum als geistiger Raum der Nation S. 390 (Sprache als Erbe). Dazu Richard ALEWYN, Über Hugo von Hofmannsthal, Göttingen 1958, S. 18 ff., 85 f.; Wolfgang KAYSER, Die Wahrheit der Dichter, Wandlung eines Begriffes in der deutschen Literatur (Rowohlts deutsche Enzyklopädie 87), Hamburg 1959, S. 45 ff.

blicklichen Triumph als dauernden Glanz verleiht. Ohne es zu ändern, klärt die Sprache das Leben; denn Geist ist nichts anderes als durchdrungene Wirklichkeit.

Aber erhebt das Wort den Dichter nicht weit über alle Dinge? Der Prager Rainer Maria Rilke (1875–1926) rückte früh von der Geschichte ab. Gott, den *uralten Turm*, zu erreichen, vermaß er sich 1899 nicht; doch Gott ist von der Sprache weiter als von den Dingen entfernt, er ist *der Dinge tiefer Inbegriff*, *der seines Wesens letztes Wort verschweigt*. Seit Kains Brudermord sind zwar die Stimmen der Menschen nur noch stammelnde Klänge, die zu Gott nicht dringen; wir verstehen ihn nicht. Jedoch der Mensch baut sich nun seine Werke allein, der Dichter übersteigt sie mit seinem Wort. Wenn seine Stimme emporklingt von den *Türmen der Freude*, so steigt sie sicher zur Höhe, *wie immer seiend. Nur drunter wechseln die Munde*. Da gibt es nirgends Sprachverwirrung und leidvolle Geschichte. Nach dem Sturz der Donaumonarchie fühlte Rilke, in der Schweiz Heimat suchend, 1921 eine neue Sintflut nahen; doch *wie in Noah's Märchen* fand er einen Turm, in dem er (gleich Yeats) übersteht. (Ob Arche oder Turm, was tuts?) Der Mensch meistert aus eigener Kraft noch immer das Leben, und seine beständigen Werke kommen den himmlischen nah; nicht nur den gotischen Bau von Chartres meinte Rilke 1923, als er den Menschen sich vor den Engeln rühmen ließ: *Aber ein Turm war groß, nicht wahr? O Engel, er war es, – groß, auch noch neben dir?* Daß alle Türme menschlichen Tuns, Hölderlins schwankende Türme, Werke der Gemeinschaft und Zeugnisse der Geschichte sind, diese Lehre Babels blieb dem einsamen Dichter fremd; auch daß die Sprachen der Erde beengende, lastende Türme sind, leuchtete dem Übersetzer nicht ein. Er beschied sich 1924 damit: *Glücklich, die wissen, daß hinter allen Sprachen das Unsägliche steht. Unabhängig von diesen Brücken, die wir mit Verschiedenem baun*, bleibt uns das heiter Gemeinsame. Aber kann das Unsägliche heiter sein? Ist es der schweigsame Gott, fürchten wir nicht seinen Zorn? Ist es der schwelgende Mensch, scheuen wir nicht unser Erwachen? Sind es die stummen Dinge, bangen wir nicht vor ihrem Grab? Die klingende Sprache lockt den Dichter hinaus aus dem Ernst geschichtlichen Daseins[89]).

Besser wußte der Prager Franz Kafka (1883–1924), daß das Unsägliche den Menschen ringsum finster beherrscht; gelingt es ihm aber, sich seinem Drang zu entziehen, so bleiben die schönsten Türme unvollendet. Um 1918/19 erzählte Kafka, der babylonische Turm habe langsam und ordentlich vor sich gehen

---

[89]) Sämtliche Werke, hg. Ernst Zinn, bisher 3 Bände, Wiesbaden 1955–59: Das Stunden-Buch, Vom mönchischen Leben Bd. 1, S. 253 (uralter Turm); Auf der Pilgerschaft S. 327 (der Dinge Inbegriff); Vom mönchischen Leben S. 257 (Kain); Strophen zu einer Festmusik Bd. 2, S. 98 f. (Türme der Freude); Für Werner Reinhart S. 248 (Sintflut und Turm); Duineser Elegie VII Bd. 1, S. 712 (Chartres und Engel); Für Witold Hulewicz Bd. 2, S. 259 f. (Glücklich, die wissen . . .). Dazu Hermann Kunisch, Rainer Maria Rilke, Dasein und Dichtung, Berlin 1944, S. 77 ff.

und den Himmel erreichen sollen. *Solange es Menschen gibt, wird auch der starke Wunsch da sein, den Turm zu Ende zu bauen.* Aber die Aussicht auf endlosen Fortschritt lähmte die Arbeitsfreude; die Arbeiter richteten sich in der Stadt Babel häuslich ein, kunstfertig und kampfsüchtig; der Turm blieb Fragment. Die erdnahe Verwirrung des gemeinen Lebens ist die eine Alternative; die andere ergibt sich beim Bau der chinesischen Mauer. Babel war an Gottgefälligkeit, *wenigstens nach menschlicher Rechnung*, das genaue Gegenteil dieser Mauer, und das meinte wie bei Dostoevskij, daß Gott den Drang nach oben liebt. Nach Ansicht eines Gelehrten wäre der Babelturm *keineswegs aus den allgemein behaupteten Ursachen* gescheitert, sondern an der Schwäche des Fundaments. Die neue, chinesische Mauer wird diesen Fehler vermeiden; sie wird die Grenzen der Menschheit zuerst in der Breite sichern, um danach in die Höhe zu steigen. Sie wird *zum erstenmal in der Menschenzeit ein sicheres Fundament für einen neuen Babelturm schaffen.* Dieses Unternehmen hebt alle Verwirrung unter den Menschen auf, unterwirft sie aber einem unmöglichen Ziel; es ist viel unmenschlicher als der alte Turm von Babel. Zwischen Turm und Mauer steht der Mensch eingezwängt, zwischen dem Fragmentarischen und dem Titanischen, zwischen dem Trivialen und dem Totalen; seine Sprache, ob verwirrt oder nicht, zeigt ihm nur seinen gnadenlosen Zustand an. Von außen eingesperrt, von seiner eigenen Nichtigkeit bedrängt, kann er nur warten, ob ihn von oben das Heil trifft, das wie eine Riesenfaust alle Türme und Mauern zerschmettert[90]).

Er wird vergeblich warten; das meinte 1901 und 1923 der böhmisch-deutsche Kritiker Fritz Mauthner (1849–1926). Mindestens wird die Sprache ihn auf falsche Fährten führen, denn sie hat nichts Göttliches, nichts Geistiges. Sie führte die Menschheit nur empor *bis zu der Galgenhöhe von Babylon, Paris, London und Berlin*; sie hat *die Menschheit aus dem Paradies vertrieben.* Was das Alte Testament von ihrer hohen Würde sagt, ist kindlich. *Irgend ein uralter Adam, der plötzlich zu reden anfängt*, ist absurd; lächerlich ist es, Hebräisch für die *von Gott eingesetzte Ursprache der Menschheit* zu halten; töricht ist es, nach Gen. 11, 1 an eine einzige Ursprache zu glauben. Nicht als ob der Jude Mauthner wie Jedlicska zum Antisemiten würde oder den Darwinisten ganz zustimmte. Sprache entstand zwar unter Tieren, aber dort blieb sie auch. Radikale Sprachkritik ist der einzige Weg zur Erkenntnis der höheren, mystischen Wahrheit[91]). Nicht in den Sprachen, in der Sprache selbst steckt das wahre Babel; und das wahre Pfing-

---

[90]) Beim Bau der chinesischen Mauer, hg. Max Brod – Hans Joachim Schoeps, Berlin 1948: Das Stadtwappen S. 31 f. (unvollendeter Turm); Beim Bau der chinesischen Mauer S. 14 (Mauer und Turm). Dazu Wilhelm Emrich, Franz Kafka, 2. Aufl., Bonn 1960, S. 187 ff.

[91]) Beiträge zu einer Kritik der Sprache, 3 Bände, 3. Aufl., Leipzig 1923, hier Bd. 1, S. 86 f. (Galgenhöhe); Bd. 2, S. 31 f. (Bibel), 428 (Adam), 43 (Hebräisch), 375 ff. (gegen Ursprache), 421 ff. (tierisch).

sten hat sie nicht geheiligt. Nach der Meinung des Innsbrucker klassischen Philologen Ernst Kalinka (1865–1946) von 1924 war Pfingsten kein Sprachenwunder. Die Apostel radebrechten in verschiedenen Idiomen, weil sie sich vom Geist Gottes ergriffen fühlten; doch was sie redeten, waren keine ekstatischen Zungen, keine Erneuerungen der einen Ursprache, nur schwerverständliche Fragmente von Dialekten, die sie (man denkt an Reimarus) vorher gehört haben mochten[92]). Was haben also die Sprachen der Erde mit dem Heiligen Geist zu tun?

Kalinkas Kollege, der Innsbrucker Sprachwissenschaftler Hermann Ammann (1885–1956) sträubte sich 1925 und 1929 gleichfalls gegen die theologischen Tendenzen, eine besonders erhabene und einheitliche Ursprache zu postulieren. Verwandt sind ihnen die Bestrebungen, die ursprüngliche Einheit durch künstliche Weltsprachen wiederzubeleben. In Wahrheit gehört die Sprache dem jeweiligen Menschen; so wenig wie den Menschen gibt es die Sprache als generelles Wesen. Marty irrte sich; alles Bestimmte und Geschichtliche ist nach Humboldt besonders und geschieden. *Wenn das Menschengeschlecht einmal eine Einheit gebildet hat und einerlei Sprache redete, so kann die heutige Verschiedenheit der Völker und Sprachen jedenfalls nicht als geradlinige Fortsetzung jenes ursprünglichen Zustandes gedeutet werden, so wenig wie die menschliche Sprache die geradlinige Fortsetzung der tierischen Lautäußerung ist.* Von Gott und Tier ist der Mensch gleich weit entfernt; das sagt die Bibel selbst, wenn sie zwischen göttlichem Schöpfungswort und menschlicher Rede unterscheidet und den Menschen die Tiere benennen läßt[93]). Mauthner ist sowohl mit seiner Mystik wie mit seiner Sprachkritik auf falschem Wege. Daß die Sprache rein menschlich sei, suchte 1932 der Wiener Arzt Hans Robicsek anders, mit der psychoanalytischen Methode Freuds und Jungs, zu bekräftigen; alle Menschen reden mit den verschiedenen Idiomen im Grunde dieselbe Sprache; in allen ihren Ausdrücken, Erzählungen, Mythen und Mysterien spiegelt die Sprache nicht die äußere Welt, sondern (fast wie bei Kanne) das immergleiche und urtümliche Wissen des Menschen von sich selbst, von seiner Spaltung in Trieb und Geist[94]).

Die heutige Sprache spiegelt allerdings keinen gespaltenen, sondern einen konfusen Menschen. Der Wiener Journalist Egon Friedell (1878–1938) beklagte 1931 das Aufkommen von Technik und Rundfunk zu Beginn des 20. Jahrhunderts; die Apparate machen die menschliche Stimme überall verständlich, rauben ihr aber die Seele. Sie vermitteln *Mozart und Sauerkraut*, *Sonntagspredigt*

---

[92]) Das Pfingstwunder. Die Urform der griechischen Tragödie (Commentationes Aenopontanae 10), Innsbruck 1924, S. 23–29.

[93]) Vom Ursprung der Sprache, Lahr 1929, S. 3 f., 7, 17 f. Ähnlich Die menschliche Rede, Sprachphilosophische Untersuchungen, Bd. 1, Lahr 1925, S. 16 f. Dazu Ipsen, Sprachphilosophie 20.

[94]) Sprache, Mensch und Mythos, Einführung in die Differentialanalyse der Sprache, Leipzig-Wien 1932, S. 28 f., 94 ff.

und Skatspiel und ruinieren die Wirklichkeit des Geistes. Das ist der Turmbau zu Babel, *der Untergang des Abendlandes*. In der Verrottung der Sprache, in ihrer gleichzeitigen Vermassung wird der Mensch zugrunde gehen[95]). Beim Einmarsch der Deutschen nahm sich Friedell das Leben.

Ist die Sprache der Mensch? Ist sie nicht bloß ein Symptom? Von neuem waren es Dichter, welche die sprachliche Krise in den größeren Rahmen geschichtlichen Daseins stellten. Der Ingenieur Robert Musil (1880–1942) beschrieb 1930–42 am Beispiel des alten Österreich den Zerfall der abendländischen Kultur, die ihre Besonderheiten und ihre Gemeinsamkeiten faktisch verliert und sprachlich verlernt. *Worte springen wie die Affen von Baum zu Baum, aber in dem dunklen Bereich, wo man wurzelt, entbehrt man ihrer freundlichen Vermittlung*, und keine Psychoanalyse ersetzt sie. Der Sprache fehlt es nicht erst in unserem Jahrhundert an umfassender Tiefe; heutzutage fehlt es ihr obendrein an moderner Präzision. Selbst von einem so einfachen Ding wie dem Wasser denken nur wenige Menschen das Rechte; *alle anderen reden davon in Sprachen, die zwischen heute und einigen tausend Jahren früher irgendwo zu Hause sind*. Wie ihren geschichtlichen, so verlieren die herkömmlichen Sprachen heute ihren gesellschaftlichen Ort. Der Verbrecher aus niederster Schicht kennt französische und lateinische Vokabeln, wie früher die Herrschenden, und spricht gewähltes Hochdeutsch; nicht einmal die Juden brauchen ihr melodisches Hebräisch. Die *verschiedensprachigen Stämme* der Donaumonarchie sollten kulturell miteinander verbunden sein, doch die Monarchie stirbt in Wahrheit *an einem Sprachfehler*, an der Verwirrung von Besonderem und Allgemeinem, Nationalität und Staatlichkeit. Wie die politische ist die persönliche Sphäre heillos konfus; sogar die Liebe kann das Chaos nicht bewältigen, wenn in Büchern das *Babel der Liebe* gepriesen wird. Der Ausweg ins Allgemeinste wird erwogen; eine Weltsprache, ein *Hochwelt oder Hochirdisch*, könnte den größten Teil aller Sprachen in sich aufnehmen. Aber *mit einer Menschheit, in der sich nicht einmal die Sozialisten einigen können, geht es natürlich nicht*. Musil, der 1938 ins Schweizer Exil ging, sah durch den Anschluß des neuen, nur noch deutschen Österreich an das Dritte Reich die menschliche Situation nicht geklärt; alles Äußerliche, Angeklebte, alle Eigenschaften müssen erst vom Menschen abfallen, bevor er für das Dasein reif ist. Aus der Verwirrung der geschichtlichen und zwischenmenschlichen Beziehungen gibt es keine Rettung als die Besinnung auf die persönliche Freiheit[96]).

---

[95]) Kulturgeschichte der Neuzeit, Die Krisis der europäischen Seele von der schwarzen Pest bis zum Weltkrieg, Bd. 3, München 1931, S. 568 f.

[96]) Der Mann ohne Eigenschaften, Roman, hg. Adolf Frisé (Gesammelte Werke in Einzelausgaben), Hamburg 1952: I, 40 S. 159 f. (wie die Affen); I, 28 S. 116 (Wasser); I, 18 S. 73 (Verbrecher); II, 20 S. 862 f. (Juden); I, 50 S. 207 (verschiedensprachige Stämme); I, 98 S. 462 (Sprachfehler); II, 22 S. 883 (Babel der Liebe); Fragmente 2 S. 1637 (Weltsprache).

War mit der Zerschlagung des alten Vielvölkerstaates nicht der Spuk der Verwirrung gewichen? Konnte nun der Deutsche nicht in der Gemeinschaft seiner Nation, im reinen Klang seiner Sprache allen Dämonen widerstehen? Der Wiener Lyriker Josef Weinheber (1892–1945) glaubte es und sang 1934 von seiner Muttersprache: *Du nennst die Erde und den Himmel: deutsch!* Ist der so benannte Kosmos wirklich deutsch? Nach dem Anschluß an Deutschland wollte es Weinheber 1944, in der Vorahnung des Untergangs, aus der Bibel universalhistorisch belegen. Mensch und Sprache sind eins; mit dem Ursprung des Menschen stieg auch die Sprache auf, *im grauen Dämmer des Menschheitsbeginns.* Über den Anfang des Menschen ist nichts auszusagen, *wir hielten uns denn an die biblische Darstellung von der Erschaffung des Adam.* So viel ergibt sich jedoch aus Gen. 2, 19, daß die Sprache nicht erst vom Menschen gemacht wurde, sondern mit ihm zugleich da war, als das menschliche Urphänomen, für uns unfaßbar, *Ausfluß des göttlichen Geistes.* Kann sie dann an beliebig vielen Stellen zugleich entsprungen sein? Weinheber schien an die Ureinheit der Sprache zu glauben, *wie es im Kapitel vom Turmbau zu Babel heißt.* Denn die Sprache war anfangs (fast mit Novalis) *reine Magie* und *Beschwörung des Dinges durch Anruf des Dinges,* stand also noch im Zauberkreis der immergleichen Natur. Ihre Aufspaltung in mehrere Sprachen, die an Landschaft, Blut und Überlieferung gebunden sind, ging einher mit der Vermehrung des Menschengeschlechts; dann wurde die Sprache zu einem *nationellen Werkzeug* der Völker in der Hand der Dichter; Volk und Sprache wurden zur Einheit. *Es war die eigentliche Geburt des Geistes, der Sündenfall, wenn man will.* Denn mit der völkischen Verwurzelung der Sprachen verloren sie ihre magische Naturkraft und ihre menschliche Allgemeinheit. Weinheber hoffte, die Sprache werde, an Blut und Boden gebunden, noch naturnahe und human bleiben, und durfte darum nicht von neuem Babel zitieren; doch das triebhafte, elementare Vegetieren paßte schlecht zur maßvollen, adligen Haltung des Dichters, ließ sich von ihm auch nicht magisch beschwören und trieb ihn endlich in den Tod[97]). Kann überhaupt das Wesen des Menschen und seiner Sprache an der Norm einer Urzeit gemessen werden? War der Mensch jemals vollendet?

Wird er es künftig sein? Der in Prag aufgewachsene Dichter Franz Werfel (1890–1945) mußte vor den deutschen Divisionen nach Frankreich, dann nach Nordamerika fliehen; dort sah er ein Stück Zukunft vor Augen, in dem das Zungengewirr seiner Heimat längst verschwunden war. Er malte sich 1943

[97]) Sämtliche Werke, hg. Josef NADLER – Hedwig WEINHEBER, 5 Bände, Salzburg 1953–56: Adel und Untergang, Hymnus auf die deutsche Sprache Bd. 2, S. 92 (Erde und Himmel); Vorträge über Sprache II Bd. 4, S. 294–297 (Deutung von 1944). Dazu Josef NADLER, Josef Weinheber, Geschichte seines Lebens und seiner Dichtung, Salzburg 1952, S. 367 f.; Walter MUSCHG, Die Zerstörung der deutschen Literatur, Bern 1956, S. 73 ff.

die weitere Entwicklung aus. Sie wird unsere barbarische Zersplitterung, in der *auf jede zehn Quadratmeilen ein anderer Stamm mit andrer Sprache* kommt, rasch beheben. Bald nach dem 20. Jahrhundert wird sich die Zahl der Sprachen und Völker erst auf sieben, dann auf zwei verringern; endlich wird es keine Rassen und Nationen mehr geben, nur noch eine Menschheit. *Es gibt auch keine Sprachen mehr, sondern nur eine einzige Sprache, die Monolingua, kein künstliches Esperanto, sondern eine organische Sprache des Wohllauts.* Sogar die Revolutionäre der kommenden Weltordnung werden, höchstens dialektisch gefärbt, die gleiche, eine Sprache reden. Es wird keine von den europäischen mehr sein. Man wird noch Überlieferung pflegen, wie Hofmannsthal gefordert hatte: Griechisch, Lateinisch und Hebräisch werden sich *als Gelehrten- und Theologensprache* durch die Jahrzehntausende forterben, vor allem in der beharrenden katholischen Kirche, längst nachdem die Juden Hebräisch zugunsten des Angelsächsischen aufgegeben haben. Auch die deutsche Sprache wird länger leben als das deutsche Volk, um der Dichter willen; die Engel werden sie in aller Zukunft verstehen und sprechen. Überhaupt werden die heiligen Bezirke der irdischen Vereinheitlichung widerstehen; auch die künftige Weltsprache wird bloß eine menschliche Schöpfung und so wenig die letzte wie die erste Sprache des Menschen sein. Denn die Geschichte ist unabsehbar und von höheren Mächten gelenkt, die das Mannigfaltige wollen und sich ihm trotzdem entziehen. Am Anfang und am Ende der Geschichte mit all ihren menschlichen Bemühungen und Zusammenbrüchen steht die *Protoglossa*, die *Sprache des ersten Schöpfungstages*, bevor der Mensch geschaffen wurde; er versteht sie als Säugling und als Toter, denn es ist (wie bei Hofmannsthal) die Sprache, die das kreatürliche Dasein schafft und erhält, das ewige Wort Gottes. Vor ihm erweist sich die Hoffnung auf die Einheitswelt und -sprache als Narretei der im Augenblick Befangenen; die Geschichte aller Völker und Sprachen zusammen verkündet nicht das Wesen des Menschen, sondern die Ehre Gottes[98]).

In dem ganzen „zwischeneuropäischen" Bereich von Schweden bis Ungarn wurden fast einmütig alle Spielarten irdischer Totalität zurückgewiesen; an ihre Stelle trat indes nicht mehr der Lobpreis der natürlichen und geschichtlichen Mannigfaltigkeit, sondern die Humanität, eine geistige Totalität. Der Blick ging allenthalben über eigene Staatsgrenzen und Zeitprobleme hinaus auf das Ganze des menschlichen Daseins; hier war Schutz gegen alle zerspaltenden Ansprüche zu finden. Wie die gegenwärtig geschehende wurde die gesamte Weltgeschichte als unübersichtlich und verwirrend, sogar die mögliche

---

[98]) Stern der Ungeborenen, Ein Reiseroman, Frankfurt/Main 1949: c. 7 S. 119 f. (Zersplitterung, 7 und 2 Sprachen); c. 5 S. 78 (Monolingua); c. 16 S. 439 (Dialekte); c. 7 S. 130; c. 11 S. 266 f. (Griechisch, Lateinisch, Hebräisch); c. 9 S. 210 (Juden), 205 (deutsche Sprache); c. 14 S. 355 (Engel); c. 7 S. 131 (menschliche Schöpfung); c. 9 S. 217 (Protoglossa).

Zukunft als bedrohlich abgelehnt. Die Sprache wurde kaum mehr als jeweilige Nationalsprache romantisch verherrlicht, öfter realistisch als unzulängliches Werkzeug kritisiert, fast immer als Teil des Menschen und der Menschheit anerkannt. Natürliche Fülle und völkisches Wachstum galten meistens als unberechenbar und grundlos; bloß maßvolle menschliche Haltung gebot den Dämonen. Alle Werte des Lebens zogen sich auf den einen Punkt des Menschen zusammen. Ob das Menschliche allerdings ein letzter Wert oder ein vordergründiger Hinweis auf Gott ist, blieb zwischen Humanisten und Christen strittig; doch haben auch die Frommen ihre Lobgesänge auf alle Kreatur und auf die Welt- und Heilsgeschichte eingestellt, denn was draußen gedeiht und geschieht, führt nicht zu Gott, sondern ins Chaos.

*

Von den romanischen Ländern sollte man denken, daß katholischer Glaube, lateinische Vergangenheit, alte Muttersprache und gefestigtes Volkstum die natürliche Lebensfreude und geschichtliche Zuversicht förderten und vor schroffen Entscheidungen zwischen Totalitäten schützten; aber die Erwartung täuscht. Auch hier war man aus der hergebrachten Sicherheit herausgerissen, auf der Suche nach einer festeren, wenn auch schmaleren Grundlage des Daseins, wurde jedoch von den Traditionen bisweilen behindert, ohne daß sie bessere Wege weisen konnten.

In Italien schwand die hoffnungsvolle Verbindung zwischen Weltgeschichte und Nation, Macht und Geist, Umwelt und Mensch. Zwar war die politische Einheit erreicht, aber ohne päpstlichen Segen; auch soziale Befriedung und internationale Machtsteigerung blieben aus. Statt dessen sah sich das Land in alle Wirren der Zeit verwickelt, staatlich zu jung und kulturell zu alt, um in dem skrupellosen Ringen der Interessen Erfolg zu haben. Darum erinnerte Benedetto Croce (1866–1952) seine Landsleute seit 1902 an die wahre Wurzel ihrer Kraft, an den humanistischen Geist, der alle positivistische Zersplitterung überwindet und sich im Sinne Hegels seine Geschichte selbst macht; die Kluft zwischen Realismus und Ideologie, Wirklichkeit und Geist muß sich von neuem schließen. Philosophischer Geist und historische Tat bestimmen das Dasein ohne Transzendenz; Religion gehört zur Philosophie, Sprache zur Kunst. Wahrheit und Schönheit befreien den Menschen von allem bloß Wachsenden. Sprache ist künstlerische Schöpfung, autonomer Ausdruck intuitiven Geistes, individuell geformt; mit der triebhaften Natur, auch mit der Völkerpsychologie, jener *scienza inesistente*, hat sie nichts gemein. Einen gesonderten Ursprung hat sie nicht; ihr Ursprung ist ihr Wesen. Da Sprache geistige Schöpfung ist, muß sie immer Schöpfung gewesen sein; was heute geschieht, geschah immer.

Neben dieser philosophischen Ästhetik steht die historische Vielfalt der Sprachen; wie jene immer gleich, ist diese stets geschieden. Es gibt keine Mustersprache, keine Universalsprache, weil jede Sprache ständige Neuschöpfung ist. Deshalb fand Croce auch in der Geschichte des Sprachdenkens nicht die ewige Norm, sondern kurzlebige, einseitig logisch-intellektuelle Betrachtung; nur Vico und Herder berührten die dauernde, ästhetische Seite. Geschichte selbst ist unablässige gedankliche Überwindung der Vergangenheit, Urteil über sie, Neuschöpfung aus ihrem Stoff, also eine Tat wie die Sprache. In jeder wahren Tat verschwindet der Gegensatz zwischen Besonderem und Allgemeinem; das Individuelle ist das Universale. Croce unterstrich 1936, daß wir zugleich Einzelmenschen und Menschheit sind. Jedes zu uns gesprochene Wort, sei es auch in unserer Muttersprache, ist für uns eine fremde Sprache, eine Neuschöpfung; aber wir begreifen sie (wie Ruskin sagte) durch Sympathie. So lernen wir auch Fremdsprachen; denn wir alle sind sprechende Menschen und unsere Laute sind auf magische Weise in allen Idiomen gleich, *vibrazioni della comune umanità*. Einheit und Vielfalt der Sprachen gehören zueinander wie Gedanke und Tat, weil beide menschliche Schöpfungen sind; ihre Geschichte ist ihre zeitgenössische Gegenwart, ihre Wirklichkeit ist der sie betrachtende Geist[99]). Gegen alle Traditionen von göttlicher Vorsehung und menschlicher Verwirrung, von der gestaltenden Macht des Vaterlandes und der mythischen Tiefe der Muttersprache setzte Croce die Norm der menschlichen, persönlichen Schöpfung. Hegels Dualismus zwischen Geist und Geschichte war aufgehoben; Croce bewies die Einheit von Gedanke und Tat auch in der politischen Wirklichkeit, im Kampf gegen den Faschismus, jedoch nur für seine Person, nicht für die Zeit im ganzen. Sie war nicht bereit, ihm zu folgen. Konnte dann der liberale Geist wirklich noch als Zentrum des geschichtlichen Universums gelten?

Die katholische Kirche wies, auch Croce gegenüber, immer wieder darauf hin, daß das geschichtliche Universum kein immanentes Zentrum hat, daß aber auch der Mensch mit seinem Geist nicht allein ist. Erst in der kirchlichen, auf das Jenseits gerichteten Gemeinschaft lösen sich die Widersprüche zeitgenössischen Lebens. Papst Leo XIII. (1810–1903), der 1893 Bibelexegese und Spra-

---

[99]) Estetica come scienza dell'espressione e linguistica generale, Teoria e storia (Filosofia come scienza dello spirito 1), 2. Aufl., Bari 1950, S. 460 f. (Wirklichkeit und Geist), 68 ff. (Geist und Tat), 155–166 (Sprache), 450 f. (Völkerpsychologie), 188 ff., 230 f., 247 ff., 281 ff., 361 ff., 449 ff. (Geschichte des Sprachdenkens). La storia come pensiero e come azione (Saggi filosofici 11), 6. Aufl., Bari 1954, S. 31 ff. (Geschichte und Vergangenheit). La poesia, Introduzione alla critica e storia della poesia e della letteratura (Saggi filosofici 8), 5. Aufl., Bari 1953, S. 80 f. (Einzelmensch und Menschheit, vibrazioni). Dazu Karl Vossler, Benedetto Croces Sprachphilosophie, in: K. V., Aus der romanischen Welt, Bd. 4, Leipzig 1942, S. 138–167, hier S. 139 ff.

chenstudium in der Kirche neu belebte, blieb doch nicht bei der isolierenden Erforschung menschlichen Ausdrucks stehen; er warnte 1901 vor nationalistischer und positivistischer Absonderung. Die gläubigen Christen sollen, *etsi ortu varii ac sermone sunt*, einander jene seelische Verbundenheit bewahren, die aus der Gleichheit des Gottesdienstes und der Gemeinschaft des Glaubens entspringt[100]). Wie weit die Kurie von früheren, bisweilen handfesteren Vorstellungen abrückte, zeigte sich an der päpstlichen Haltung in der praktischen Frage der Liturgiesprache. Von der exklusiven Latinität Gregors VII. war wenig mehr zu merken; der letzte Konflikt um Zulassung einer neuen Liturgiesprache wurde seit 1896 zwischen dem Apostolischen Stuhl und Ungarn ausgetragen[101]). Das kirchliche Gesetzbuch von 1917, lateinisch abgefaßt, empfahl zwar noch Latein neben der Muttersprache als Studienobjekt, setzte aber nicht fest, daß die Messe lateinisch gelesen werde, sondern *lingua liturgica sui cuiusque ritus ab Ecclesia probati*. Seither wurde die Zulassung neuer Liturgiesprachen großzügig gehandhabt. Der Codex Juris Canonici ging auf die Bedürfnisse der Laien ein; für die beiden Sakramente, bei denen Laien sprechen müssen, Beichte und Ehe, ließ er Dolmetscher zu. Aber die kirchliche Organisation soll sich von der Sprachverschiedenheit nicht beeinflussen lassen; nur mit ausdrücklicher päpstlicher Genehmigung darf in gemischtsprachigen Gebieten eine besondere Pfarrei für die Angehörigen einer Sprache und Nation errichtet werden[102]). Die irdische Mannigfaltigkeit geht nur den Seelsorger an, nicht die Kirche als Körperschaft; sie steht jenseits des Besonderen, Persönlichen. Die Päpste begegneten dem Philosophen Croce in der Abwehr der Verdinglichung und in der Verteidigung der Menschlichkeit; dennoch gab es zwischen der Kurie und Croce kein Paktieren. Christentum und Humanismus stießen in ihrem ältesten europäischen Zentrum hart aufeinander.

Der Gegensatz zwischen den beiden Großmächten italienischer Tradition trat im Modernismus-Streit scharf hervor, als Papst Pius X. (1835–1914) 1907 entschieden die Lehre zurückwies, die Bibel sei ein von begeisterten Dichtern geschaffenes Kunstwerk lebendigen Geistes, das aus gegenwärtiger Erfahrung auch über Vergangenes und Künftiges spreche[103]). Sprache ist nicht zuerst Kunst, Geschichte nicht zuerst Gegenwart. Der Konflikt zwischen katholischer und humanistischer Sprach- und Geschichtsauffassung überließ die nationale

[100]) Reputantibus saepe animo vom 20. 8. 1901, in: ASS Bd. 34, S. 321. Dazu Grentrup, Muttersprache 38.

[101]) Korolevskij, Liturgie 42 ff.

[102]) Codex iuris canonici, Città del Vaticano 1951: Canon 1364 S. 371 (Latein und Muttersprache); Canon 819 S. 235 (Messe; dazu Gregorius, Muttersprache 152); Canon 903 S. 254 (Beichte); Canon 1090 S. 299 (Ehe); Canon 216 § 4 S. 52 (Pfarrei; dazu Grentrup, Muttersprache 22, 295).

[103]) Pascendi dominici gregis vom 8. 9. 1907, in: ASS Bd. 40, S. 612 f., auch in Denzinger, Enchiridion Nr. 2090.

Wirklichkeit und die sprachliche Wissenschaft weithin sich selbst. Ratlosigkeit erklärt wohl, daß die Sprachwissenschaftler Italiens, anders als zu Ascolis Zeit, die Gesetzlosigkeit zum Gesetz der Sprachentwicklung erhoben; auch wer ihnen widersprach, glaubte nicht an Gegenwart und Zukunft, sondern an die Norm der Urzeit. Der Bologneser Semitist Alfredo Trombetti (1866–1929) fand 1905 wie Reinisch die Verwandtschaft zwischen afrikanischen und indoeuropäischen Sprachen, vielleicht durch den italienischen Krieg in Abessinien angeregt. Während Saussure den Rückschluß von der Verwandtschaft auf die Genealogie verbot, zog ihn Trombetti; *l'origine unica o monogenesi del linguaggio umano* schien ihm gesichert. Die Geschichte konnte durch spätere Überschichtungen (im Sinne von Cattaneo und Ascoli) nicht die Einheit des ursprünglichen Substrates verwischen; noch weniger kann diese Einheit selber Überschichtung vielfältiger Substrate sein. Denn Sprache und Volk hängen miteinander zusammen und verändern sich in der Geschichte nicht von Grund auf; daraus schloß Trombetti auf die einheitliche Schöpfung des Menschengeschlechts[104]). Auch er mißtraute der Geschichte, aber er gründete seinen Glauben weder auf das immergleiche Individuum noch auf die transzendente Gemeinschaft, sondern auf die animalische Kraft des Kreatürlichen. Dieser fromme, romantische Naturalismus war indes schon 1905 überholt und zerbrach im ersten Weltkrieg vollends; das Kreatürliche erwies sich als ziellos und verworren.

In den Enttäuschungen des Krieges verblaßte sogar der Glaube an die Verbindlichkeit geistiger Gemeinschaft, an die Einheit des freien Individuums und an die Wahrheit der Sprache. Der Sizilianer Luigi Pirandello (1867–1936) zweifelte 1921 überhaupt am Sinn des Daseins; der Kern alles Übels liegt in den Worten. Jeder von uns trägt in sich seine eigene Welt von Dingen, aber er kann sie dem Nächsten nicht durch Sprache mitteilen. Jeder ist mit sich allein, aber allein wird er mit sich nicht fertig. Es gibt nur eine internationale Verständigung, die Gemeinschaft des Lasters; die Kupplerin spricht ein halb spanisches, halb italienisches Kauderwelsch, verdirbt also die Würde der persönlichen Sprache[105]). Der Faschismus war eine Reaktion auf diesen Pessimismus; doch fand ich bei seinen Vorkämpfern, Gabriele D'Annunzio und Benito Mussolini, keine Äußerungen zum Thema, nur die kultische Verherrlichung der lateinischen Vorgeschichte, der korporativen Stärke und des aktiven Herrenmenschen und die ungeschminkte Verachtung der barbarischen Umwelt. So einfach war der gordische Knoten des Jahrhunderts nicht zu zerschneiden.

---

[104]) L'unità d'origine del linguaggio, Bologna 1905, S. VIII, 6 (Spracheinheit), 54 ff. (Ursprung). Zur Sprachwissenschaft Italiens Arens, Sprachwissenschaft 452 ff.

[105]) Sei personaggi in cerca d'autore, in: Maschere nude, Bd. 1, 8. Aufl., Florenz 1955, S. 46 (Worte), 80 ff. (Kupplerin).

Wie im 12. Jahrhundert verteidigte im 20. die Kurie gegen pseudoantiken Hochmut die Gleichheit der Menschen; wie Lucius II. die Semiten als Gottesvolk verehrte, so stellte Pius XI. (1857–1939) dem Rassenwahn den lapidaren Satz entgegen: „Wir sind geistlich Semiten“[106]). Die Einheit der Heilsgeschichte übergreift alle historischen Besonderungen; Konkordate sind noch keine Konkordanz. Die irdische Welt bleibt ihrer Verworrenheit überlassen.

Muß die Kirche ihr nicht trotzdem helfen? Um die geduldige Lösung ihrer Probleme bemühte sich kaum ein Italiener der Zeit so intensiv wie Papst Pius XII. (1876–1958), der die hohe Zurückhaltung der römischen Kurie oft genug verließ, um dem Menschen beizustehen. In seiner ersten Enzyklika vertrat der Papst 1939 nachdrücklich die natürliche Einheit des Menschengeschlechts; sie ergibt sich nicht nur aus der geistigen Gleichheit aller Menschen strukturell, sondern auch historisch aus ihrem gemeinsamen Ursprung von Adam und Eva, deren Nachfahren sich in Stämme und Völker teilten und über die Erde zerstreuten. Pius verurteilte diese Vielheit nicht als babylonisch, obwohl er 1950 die ersten elf Kapitel der mosaischen Genesis ausdrücklich für historisch erklärte; in der Völkervielfalt selbst liegt (wie bei Thomas von Aquin) keine Sündenstrafe. Vielmehr müssen die Unterschiede der Sprachen und Völker auch heute die eine Menschheit nicht spalten; durch Austausch ihrer besonderen Werte sollen die Völker ihre menschliche Einheit reicher und schöner gestalten.

Zu diesem Austausch gehört Sprachenkenntnis; Pius XII. erwarb sie sich in solchem Ausmaß, daß die Grabschrift ihn *Pentecostis munere quasi praeditus* nennt, und förderte sie in der Kirche, wo er konnte. Den katholischen Exegeten schärfte er 1943 ein, sie sollten sich um das von den Kirchenvätern vernachlässigte Hebräisch und das im scholastischen Mittelalter vergessene Griechisch bemühen; über die geschichtlichen Höhepunkte kirchlicher Wissenschaft stellte der Papst den universalen Auftrag der Kirche. Darum erklärte er 1947 neben dem Lateinischen, dem Zeichen der kirchlichen Einheit, auch die volkssprachliche Liturgie für nützlich; darum würdigte er 1956 die Verpflichtung des Dolmetschers, fremden Weltbildern gerecht zu werden. Die katholische Kirche kenne die Bedeutung dieser Bemühungen; trotz ihrer Sprachgeschichte, die vom Hebräischen über Griechisch und Lateinisch zu den modernen Sprachen reiche, habe sie die Heilsbotschaft allen Kulturen und Zeiten zu verkünden. Vor den Historikern der Welt betonte Pius 1955 nachdrücklich, daß die Kirche sich mit keiner historischen Zeit oder Kultur, weder mit dem Mittelalter noch mit dem Abendland, identifizieren könne, weil sie uni-

---

[106]) Zitiert nach Joan DE FRAINE SJ, Adam et son lignage, Etudes sur la notion de „personnalité corporative“ dans la Bible (Museum Lessianum, Section biblique 2), Brügge 1959, S. 9.

versal sei[107]). Die Kirche muß sich immer von neuem über ihre eigenen Konkretisierungen erheben, von ihrer eigenen Geschichte Abstand gewinnen und ihre eigene Sprache überprüfen; nur so redet sie immer zu allen Völkern und Sprachen und bewahrt ihr reiches geschichtliches Erbe. Als Idee hält sich die Kirche jenseits der Geschichte, des Vorläufigen und Vorübergehenden, jenseits der Welt, auf die sich die Kirche als Gestalt doch immer wieder einlassen muß. Die keineswegs neue, doch ungemein klare Trennung wirkt sich auf unsere Themen direkt aus; die Sprachen- und Völkertheologie kommt nicht mehr mit der positiven Sprach- und Geschichtsforschung in Konflikte, die Kontroverse Pott-Kaulen ist gegenstandslos geworden. Die allzu konkreten Deutungen der Völkertafel und des Babelturmes, überhaupt der Heilsgeschichte, bleiben ephemer und ständig revisionsbedürftig; zeitlose Wahrheit sind sie nicht. Eine lange Periode kirchlichen Geschichtsdenkens, die bei den christlichen Romanen der Völkerwanderung begann, scheint abgeschlossen.

Für immer? Gewiß war es im Sinne von Pius XII., wie 1955 Lorenzo Lanza di Trabia die Benennung der internationalen Dolmetscher-Zeitschrift „Babel" rechtfertigte. Die Dolmetscher sind die Legion des Anti-Babel, ihre Arbeit vollzieht sich unter dem pfingstlichen Zeichen des Heiligen Geistes; sogar die Sprachenvielfalt selbst wird in allen Zungen der Erde mit dem gleichen Wort *Babel* bezeichnet. Aber damit ist sie noch nicht aufgehoben; das wird nicht mit einem neuen Turm des Stolzes, nur mit der Arche des Verständnisses möglich sein[108]). Doch diese spiritualistische Auffassung von Sprache und Geschichte herrscht in Italien nicht überall. Für den Linguisten belanglos, für den Historiker bedeutsam sind die Phantasien des Mailänder Außenseiters Paolo Ettore Santangelo (geb. 1895), der seit 1953 durch etymologische Kombinationen das Paradies und den biblischen Togarma in der Türkei auffand, Gomer und die Kimmerier bei den arabischen Emiren und Mauren, Afrika im hebräischen Ophir, die Kuschiten in Armeniern und Germanen wiederentdeckte. Denn alle Sprachen der Welt, semitische, hamitische, indoeuropäische und kauka-

---

107) Acta apostolicae sedis, Commentarium officiale, bisher 52 Bände, Rom 1909–60: Summi Pontificatus vom 20. 10. 1939 Bd. 31, S. 426 ff. (Einheit, Ursprung; auch in Denzinger, Enchiridion Nr. 2280); Humani generis vom 12. 8. 1950 Bd. 42, S. 576 f. (Gen. 1–11); Summi pontificatus Bd. 31, S. 428 (Unterschiede, Austausch); Grabschrift Bd. 50, S. 781 (Pentecostis munere); Divino afflante Spiritu vom 30. 9. 1943 Bd. 35, S. 306 f. (Hebräisch, Griechisch); Mediator Dei vom 20. 11. 1947 Bd. 39, S. 545 (Latein, Volkssprache; dazu kritisch Adolf Adam, Das Problem der Landessprache in der römischen Meßliturgie, in: Universitas, Dienst an Wahrheit und Leben, Festschrift für Bischof Dr. Albert Stohr, hg. Ludwig Lenhart, Bd. 1, Mainz 1960, S. 410–421, hier S. 415 f.). Discours de Sa Sainteté le Pape Pie XII au IIème Congrès de la Fédération Internationale des Traducteurs, 1 Mars 1956, in: Babel 2 (1956) 51–53 (Dolmetscher). Discours . . . au Xème Congrès International des Sciences Historiques, 7 Septembre 1955, Acta Bd. 47, S. 680 ff. (Mittelalter, Abendland).

108) Babel? in: Babel 1 (1955) 6.

sische, sind nur *deformazioni caricaturali del nostro dialetto nativo*; alle haben, wie bei Trombetti, einen Ursprung. Die verlorene *protolingua* läßt sich sogar genau als das Pelasgische bestimmen[109]). Die biblische Urgeschichte ist das Fundament der Sprachen- und Völkerwelt überhaupt; hatte nicht der Papst auf die genealogische Einheit des Menschengeschlechts hingewiesen? Sie muß doch im konkreten, traditionellen Detail noch nachweisbar sein.

Vielleicht ist es nur Zufall, daß nach katholischen Angaben 1958/59 an der päpstlichen Universität in Rom, der Gregoriana, Hörer aus 72 Nationen studierten[110]); immerhin erinnert man sich an Mezzofanti und Russell. Daß der Nachfolger Pius des XII. eine etwas konkretere Vorstellung von der biblischen Geschichte und der irdischen Rolle der Kirche hat, geht aus der Weihnachtsansprache hervor, die Papst Johannes XXIII. (geb. 1881) 1958 hielt. Er forderte die Welt auf, in christlicher Brüderlichkeit einträchtig zusammenzustehen, um die der Menschheit drohenden Gefahren des Atheismus und Materialismus zu bannen. Die Bibel erzählt von einem Turm zu Babel, der in den ersten Jahrhunderten der Geschichte in der Ebene Sinear errichtet wurde und in Verwirrung endete. „In einigen Gegenden der Erde werden auch heute noch solche Türme gebaut, und sicher werden sie wie der erste enden." Der Turm von Babel ist ein frühgeschichtliches Faktum, betrifft aber (wie bei D. von Hildebrand) weniger die menschliche Existenz im ganzen als die Gegner der Kirche und des Glaubens; die Gläubigen können, wenn sie nur einmütig sind, den Untergang der irdischen, ideologischen Totalitäten gelassen und sicher erwarten. Sie müssen sich allerdings selber zu tätiger Liebesgemeinschaft verbinden, wie Johannes es 1959 vom kommenden vatikanischen Konzil erhoffte; dort sollen wie in einem neuen Pfingsten *tutte le lingue della terra* zu Worte kommen. Heute ereignen sich Babel und Pfingsten, heute entscheidet sich die Heilsgeschichte der Welt[111]). Unbeschadet solcher Nuancen des Geschichtsdenkens bleibt es indes für Italien dabei, daß die Hoffnung der Zeit nur aus dem Geist brüderlicher Menschlichkeit zu schöpfen ist, der sich nicht durch die irdische Mannigfaltigkeit beirren läßt und in der christlichen oder humanistischen Menschenwürde wurzelt.

Weniger offiziös und darum rebellischer als die italienischen sind die spanischen Beiträge zu unserem Thema. Das durch die Niederlage von 1898 schwer getroffene Land erhob sich zwar geistig zu nationaler Selbstbesinnung, fand

---

[109]) Fondamenti di una scienza della origine del linguaggio e sua storia remota, 5 Bände, Mailand 1953–55, hier Bd. 3, S. 55 (Paradies, Togarma); Bd. 1, S. 41 (Gomer, Ophir), 125 f. (Einheit aller Sprachen), 133 (Pelasgisch).

[110]) Robert Leiber SJ – Ricardo García Villoslada, Gregoriana, in: Lexikon für Theologie und Kirche, 2. Aufl., Bd. 4, Freiburg i. Br. 1960, Sp. 1196.

[111]) Nuntius radiophonicus vom 23. 12. 1958, Acta (o. Anm. 107) Bd. 51, S. 11 Babel); Pfingstpredigt vom 17. 5. 1959 S. 420 (Konzil, Pfingsten).

aber politisch keinen Ausweg aus innerer Verwirrung und äußerer Ohnmacht; in Zeiten der Diktatur und des Bürgerkrieges gebot es seinen größten Geistern Schweigen, und sie erwiderten mit radikaler Zeitkritik. Einer von den 1898 aufgestandenen Literaten, der Baske Miguel de Unamuno (1864–1936), formulierte 1901 entschiedener als Croce das Gesetz der *polarización*: Je universaler eine Sprache ist, desto individueller, je integrierter, desto differenzierter. Das Ideal wäre, daß alle Menschen dieselbe Sprache redeten, aber jeder sie auf seine Weise spräche. Doch das Problem Totalität und Atomisierung scheint unlösbar, wenn man nicht wie Ganivet eine unsichtbare Ursprache hinter allen gespaltenen Idiomen vermutet. Unamuno bedauerte 1892 fast, daß heute niemand mehr nach der hebräischen, baskischen oder niederländischen Ursprache suche; er erlaubte sich, sie wenigstens in der Phantasie zu rekonstruieren. Nur war die Ursprache des Menschen kein artikuliertes Idiom, sondern das Weinen; denn weinend kommt er zur Welt, und das erste menschliche Gefühl wird der Schmerz gewesen sein. Er entspricht Unamunos Forderungen an eine Weltsprache; das Leid ist ebenso allgemein wie persönlich. Der Rektor der Universität Salamanca, Professor für Griechisch, spottete 1902 nicht weniger laut, aber ernsthafter als Valera über landläufige Ansichten vom Sprachursprung. Vermutlich beriefen die Urmenschen eine Kommission zur Erfindung von Sprache, und dann komponierte ein paläolithischer Gelehrter das Forschungsergebnis zur ersten Sprache. Allerdings hat sich die Sache *desde aquello de Babel* sehr kompliziert; und wenn die Bibel mit Babel recht hat, dann ist es Ketzerei, an eine urtümliche Sprachenkommission zu glauben. Anders als Forner machte Unamuno hier nicht ehrfürchtig halt. Gen. 2, 19 berichtet, daß unser erster Vater Adam die Sprache erfand, anscheinend, um sich mit Eva unterhalten zu können; vielleicht auch umgekehrt: weil Adam die Sprache erfunden hatte, schuf Gott ihm die Gefährtin, damit sich die Menschen, besonders die Frauen (man denkt an Twain), im Sprechen üben könnten[112]). Hinter Unamunos Ironie, die Anstoß erregen will, steht die von Kierkegaard angeschnittene Schicksalsfrage, wozu überhaupt die Sprache auf Erden ist, da sie doch keine Gemeinschaft, weder zwischen Sozialpartnern noch zwischen Mann und Frau, schafft und die ewigen Widersprüche des Daseins niemals versöhnt. Vielleicht ist Babel wirklich ein Wink der ewigen Wahrheit; wir leben in Verwirrung, und weder Paradies noch Jenseits, weder Offenbarung noch Fortschritt befreien uns von ihr. Wir müssen das tragisch zerspaltene Leben tapfer hinnehmen.

Tragisch war auch das Lebensgefühl des andalusischen Lyrikers Federico

---

[112]) Obras completas, hg. M. Sanmiguel – Manuel García Blanco, 6 Bände, Madrid 1950–58: Sobre la lengua española Bd. 3, S. 287 (polarización); El idioma primitivo Bd. 6, S. 378–382 (Ursprache); Sobre el origen del lenguaje S. 479 f. (Babel, Adam). Dazu Julián Marías Aguilera, Miguel de Unamuno (Colección Austral 991), Buenos Aires 1950, S. 139 ff.

García Lorca (1899–1936). In einem Herbstgedicht vom November 1918 empfand er die Welt des Nebels, der Dämmerung, des Zweifels, des Todes, den Widerpart des Glaubens, der Hoffnung, der Liebe als *la Babel*, als teuflische Verwirrung[113]). Ließ sie sich beheben durch die Diktatur, die Donoso Cortés als letzte Rettung empfahl, die seit 1923 Spanien beherrschte und Unamuno verbannte? Sie war zunächst ideologisch richtungslos und steuerte der geistigen Verwirrung nicht; das versuchte nun aber der Erbe der Generation von 1898, José Ortega y Gasset (1883–1955). Die Welt läßt sich nicht auf ein Prinzip, weder das christliche noch das humanitäre, zurückführen; sie ist pluralistisch gebaut, nicht von der Natur, sondern vom Geist her. Ortega sah 1925, daß die Völker voneinander radikal verschieden sind, obwohl neuzeitliche Ideen (wie die von Croce) die Gleichförmigkeit der Menschheit behaupten. Wenn diese Gleichförmigkeit siegen sollte, würde sie den Triumph der Masse und das Ende der europäischen Kultur bedeuten; aber ursprünglich und natürlich ist sie keineswegs. Der Romantiker Schelling erkannte einen Teil der Wahrheit, als er den Mythos vom Babelturm auslegte. Die Völker unterscheiden sich voneinander am stärksten durch ihre Sprachen; die Mythe von Babel verquickt deshalb Sprachentrennung und Völkerentstehung. Die Idee vom einen Gott zerfiel im Götzendienst, und tatsächlich stehen sprachliche Anomalien mit religiösen Krisen in geheimnisvollem Zusammenhang; religiös Erregten wird die Sprachengabe zuteil. Doch darf man nicht wie Schelling den Bibeltext mit der Hypothese von der homogenen Menschheit interpretieren; Babel lehrt vielmehr die Einsicht in die *heterogeneidad vital* des Geistes. Sie ist nicht aus historischem Anlaß entstanden, sondern ein Gesetz des Daseins; der innerste Geist der Völker trennt sie voneinander und macht ihre Sprachen verschieden.

Darum kann niemand eine fremde Sprache wirklich beherrschen, denn er müßte zuvor seine geistige Persönlichkeit aufgeben; nur Slaven und Juden lernen Fremdsprachen leicht, die stolzen Spanier und Engländer tun sich damit schwer. Deshalb kann man moderne Sprachen (wie Valdés schon wußte) nicht übersetzen; Dolmetschen ist ein utopisches Unternehmen. Man muß es dennoch wagen (wie Goethe es gewagt hatte), denn vielleicht wird man dereinst die Grenzen der vitalen Vernunft sprengen können. Eigentlich ist Sprechen selbst schon eine Utopie, weil der Mensch (nach Nietzsche) nicht ganz sagen kann, was er denkt; vollends unsere modernen Sprachen sind im Zeitalter raffinierter Nuancen ein *anacronismo*. Fraglich ist nur, ob der Fortschritt über die bisherige Geschichte hinaus nicht alles zerstören wird, was wir an Werten noch besitzen. Wenn alle Menschen auf Erden einander alles sagen können, was sie denken, haben sie einander nichts mehr zu sagen; dann ist ihre Vitalität

[113]) Libro de Poemas, Canción otoñal, in: Obras completas, hg. Guillermo de Torre, Bd. 2, Buenos Aires 1954, S. 26.

geistlos und geschichtslos geworden. Aber der Erfolg hängt am Versuch; man wird ihn wagen müssen und sich nicht mit Traditionen begnügen. Denn *sangre, lengua y pasado comunes* sind unbewegliche, vom Schicksal verhängte, leblose Prinzipien, ja Gefängnisse; man sollte sie nicht verteidigen. Ortega fuhr 1942 fort: Der eigentliche Sinn eines Wortes hängt, wie alles Menschliche, nicht von der Überlieferung, sondern von den Umständen ab; man muß ihn nicht von der Geschichte der Sprachen her, vielmehr *sub specie instantis* betrachten[114]). Der Augenblick schafft lebendige Sprache und Geschichte; man wird auch die Zukunft dem künftigen Augenblick anvertrauen dürfen. Als García Lorca im Bürgerkrieg erschossen wurde, ging Ortega außer Landes; doch seine Gedanken büßten, auch nach seiner Rückkehr, an Aktualität für Spanien und die Welt nichts ein. Ihre Wirkung reichte weiter als der katholisch gemäßigte Faschismus der Falange, der den „Individualismus der Völker" durch „selbstloses Verschenken nationaler Werte" zur „Völkerharmonie" emporsteigern wollte[115]). Es geht auch in Spanien nicht mehr nur um Sprachenvielfalt und Völkerfrieden, sondern um Totalität oder Humanität.

In Frankreich wandte sich die seit etwa 1880 gefestigte Dritte Republik gegen alle, auch die vermeintlichen totalitären Ansprüche, gegen Klerikalismus, Sozialismus und Imperialismus (mindestens gegen den deutschen); was Frankreich dabei an politischer Stabilität verlor, gewann es an geistiger Dynamik, die rasch die deprimierenden Gesetze von Positivismus und Naturalismus abwarf. Der Philosoph des neuen irrationalen Symbolismus wurde Henri Bergson (1859–1941). Er deutete Bewußtsein und Leben als schöpferische, intuitiv erkennbare und dauernde Bewegung und grenzte sie ab gegen positivistischen Intellekt und erstarrte Zeitlichkeit. Aber anders als sein Kritiker Croce rechnete Bergson, ein brillanter Sprachgestalter, wie Nietzsche die Sprache zu den intellektuellen Versteinerungen; er verketzerte 1889 gleich Schopenhauer *le mot brutal* mit seiner allen Menschen gemeinsamen und daher unpersönlichen Tradition als Feind des zarten, flüchtigen persönlichen Bewußtseins. Wie Zola kritisierte Bergson die Sprache, aber nicht weil sie zu ungenau und zu wenig brutal ist, sondern weil sie den biegsamen Gedanken derb fesselt. Auf dem Teich der Sprache sah Bergson 1900 viele tote Blüten treiben; als Menschenwerk ist sie nicht ganz tot, wirkt aber in ihrem inneren Widerspruch bloß komisch, nicht vital. Freundlicher kommentierte Bergson die Sprache 1907,

---

[114]) Obras completas, 6 Bände, 2.–3. Aufl., Madrid 1950–55: El espectador IV, Temas de viaje 6 Bd. 2, S. 380 (Schelling, heterogeneidad); VIII, Revés del Almanaque 2 S. 726 (Slaven, Juden); Miseria y esplendor de la traducción Bd. 5, S. 433 ff. (Übersetzen), 440 ff. (anacronismo); La rebelión de las masas XIV, 8 Bd. 4, S. 265 (sangre); Del imperio Romano Bd. 6, S. 55 (sub specie instantis).

[115]) Alexander Randa, Die nationalrevolutionären Bewegungen, in: Randa, Handbuch 2433 f.

vielleicht von der neuen Dichtkunst versöhnt. Sprache ermöglicht Tieren und Menschen soziales Handeln, aber nur die menschliche ist übertragbar und beweglich, eine Schöpfung des Intellekts und doch eine Hilfe gegen den starren Mechanismus der Natur, eine Hilfe gegen die Last der verkrusteten Geschichte, eine Lebenshilfe.

Anders als sein Schüler Ortega blieb Bergson noch 1932 mißtrauisch gegen die gespaltenen Sprachen. Zwar steht hinter der menschlichen Gewohnheit des Sprechens (nach Darwin) ein tiefer Instinkt, aber geformt wird die Sprache nicht von der Natur, sondern vom Brauch der Gesellschaft, dem (wie bei Saussure) der Mensch unterworfen ist. Sprache bewegt sich wohl frei, aber nur in kleinen, überschaubaren Räumen, denn die Natur hat den Menschen für sehr kleine Gemeinschaften gemacht; anfangs waren sie voneinander isoliert und über die Erde zerstreut. Die Natur sondert Fremde und Ausland hermetisch von uns ab, auch durch die Verschiedenheit der Sprachen. Nur wer Fremdsprachen lernt, kann diese starren Naturschranken überwinden, und Bergson, ehemals Völkerbundskommissar für geistige Zusammenarbeit, forderte es. Noch die Mannigfaltigkeit der Sprachen ist wie die Sprache selbst den Hemmnissen des Lebensschwunges zugeordnet und nicht der tiefste Ausdruck des Lebenswillens wie bei Ortega[116]). Geist und Wirklichkeit blieben voneinander geschieden, anders als bei Croce; gegen die mechanische, technische Welt, zu der Sprache und Sprachen gehören, stellte sich Bergson zum geistigen Dasein; der Jude, ungebunden vom Alten Testament mit seiner Schöpfungs- und Geschichtslehre, näherte sich schließlich der katholischen Kirche.

Für die Erneuerung des französischen Katholizismus ging es gleichfalls mehr um den Geist des Glaubens als um die positivistische Wirklichkeit; man las die Bibel nicht als Geschichtsbuch und ließ die verknöcherte Gelehrsamkeit der Exegeten hinter sich. Die künftige Heilige Therese von Lisieux (1873–1897) erlebte 15jährig bei einer Romreise den Babelfluch der gespaltenen Sprachen ganz persönlich; sie traf in einem Karmeliterkloster einen gütigen Mönch, konnte ihm aber, weil sie nicht Italienisch sprach, ihren Entschluß zum Klosterleben nicht mitteilen. „Wegen der Erbauer des Turmes zu Babel war mir das unmöglich." Babel ist keine ferne Historie, sondern erschreckende Gegenwart, sogar unter weltentsagenden Klosterleuten voll mystischer Inbrunst[117]). Urzeit

[116]) Oeuvres, édition du centenaire, hg. André Robinet – Henri Gouhier, Paris 1959: Essai sur les données immédiates de la conscience c. 2 S. 87 (mot brutal); c. 3 S. 108 f. (Sprache und Gedanke); Le rire c. 2 S. 449 (tote Blüten, Komik); L'évolution créatrice c. 2 S. 628 ff. (beweglich); c. 3 S. 719 f. (Mechanismus); Les deux sources de la morale et de la religion c. 1 S. 987, 998 (Instinkt und Gesellschaft); c. 4 S. 1209 ff. (kleine Räume), 1218 f. (Fremde, Fremdsprachen).

[117]) Selbstbiographische Schriften, übers. Otto Iserland – Cornella Capol, Einsiedeln 1958, S. 145.

und Endzeit begegnen sich im Augenblick, auch bei dem mystischen Schriftsteller Léon Bloy (1846–1917). Er sah in der Weltgeschichte die Entfaltung Gottes, die Hieroglyphenschrift der Offenbarung, welche (nach Maistres Lehre) dem Menschen seit dem Sündenfall verlorenging und erst künftig, im joachitischen Dritten Reich des Heiligen Geistes, in der Gottesherrschaft auf Erden, wieder ganz verstanden werden wird. Dann wird die Gemeinschaft der Heiligen die Zerstreuung von Babel typologisch aufheben. Vorerst freilich leben wir in der Geschichte, wie Pascal bemerkt hatte, ohne Leitfaden, selbst ohne den genealogischen; Bloy widersprach 1892 der Meinung, das hebräische Gottesvolk sei Vorfahre der römischen Weltmacht, die säugende Wölfin Roms sei in Gen. 49, 27 vorgebildet. In Wahrheit ist das Gottesvolk nicht herrschend, sondern leidend; auch die französische Nation Christi, wie das Judenvolk auserwählt, muß gleich dem Messias geschichtliche Verfolgung und Verfall erdulden, bevor die Erlösung kommt. Dann werden die Nationen ringsum, vor allem die deutschen Aggressoren, vernichtet; die heilige Zukunft wird französisch sein. Aber zunächst ist nicht einmal die französische Sprache für diese apokalyptische Mission bereitet; sie ist unzulänglich und verrottet[118]). Babel ist mitten unter uns, sogar in uns.

Das hatte schon Verlaine gesagt; Bloys Gesinnungsgenosse, der mystisch-katholische Nationalist Charles Péguy (1873–1914) wiederholte es. Der Schüler Bergsons nahm *tour de Babel* und *tour Eiffel* zusammen als verächtliche Äußerungen des Fleischlich-Natürlichen, als Behinderung wahren menschlichen Glücks, das durch heroische Religiosität errungen wird[119]). Und dennoch sind beide Türme keine bloßen Symbole; ihre Bestialität liegt gerade in ihrer Materialität, sie sind positivistische Fakten. Der bedeutendste katholische Exeget der Zeit, der Dominikaner Marie-Joseph Lagrange (1855–1938) schrieb 1903, die stolze Weltstadt Babylon, in der alle Sprachen der Erde erklangen, sei keine Schimäre, kein bloß eingebildeter Mythos[120]). Die heidnische Entwurzelung des modernen Menschen in der vielsprachigen Großstadt ist in der Bibel gemeint; weil es Paris gibt, darum gab es Babel.

Dagegen erhoben sich Einwendungen der älteren Exegeten; Fulcran-Grégoire Vigouroux (1837–1915) unterstrich nach 1903 fast wie Lenormant, daß in Babel vielleicht nicht alle Völker versammelt waren und möglicherweise

---

[118]) Le Salut par les Juifs, in: L'oeuvre complète, Bd. 15, Paris 1947, S. 22 f. (Hebräer und Römer). Zum übrigen Wilhelm DILLINGER, Das Frankreichbild im Werke Léon Bloys, Diss. phil. Bonn 1937, S. 12 ff., 22 ff., 67 ff.

[119]) Quatrains, in: Oeuvres poétiques complètes, hg. François PORCHÉ u. a. (BP 60), Paris 1951, S. 543. Dazu Ernst Robert CURTIUS, Französischer Geist im zwanzigsten Jahrhundert, Bern 1952, S. 187 ff.

[120]) La méthode historique surtout à propos de l'Ancien Testament, Paris 1903, S. 213 ff.

nur ein Mißverständnis, keine Sprachentrennung stattfand[121]). Die Theologen durften Babel nicht allzunahe an Völkerkunde und Sprachwissenschaft heranrücken, die Universalhistorie nicht zu einem heilsgeschichtlichen Punkt zusammenziehen. Denn diesem Geschichtsdenken widersprach 1903 der angesehene Pariser Linguist Antoine Meillet (1866–1936), ein Schüler Saussures. Weil die Sprache eine geschichtliche Erscheinung ist, sind ihre Gestaltungen (anders, als Bergson dachte) jeweils einmalig, schon deshalb, weil die Ausdrucksmittel mit den Ideen nur faktisch, nicht natürlich und notwendig verbunden sind. Geprägt werden sie vielmehr von der sozialen Wirklichkeit der Gesellschaft, die dem Einzelmenschen seine Sprache übergibt und sie nach notwendigen Regeln ändert. Wir können Teile dieser Sprachengeschichte überblicken, weil es Sprachverwandtschaften gibt; doch verbietet gerade die soziale und historische Eigenart der Sprache jede Rekonstruktion von verlorenen Ursprachen, etwa der indogermanischen. Die Einmaligkeit eines lebendigen Idioms ist durch Vergleichung seiner Nachfahren nicht zu erschließen; wichtiger als die Erbmasse ist die Umwelt. Somit bleibt die Vorgeschichte unserer Sprachen dunkel. Wir kennen nicht einmal die Ereignisse, welche die Einheit der Indogermanen zerstörten, können aber kaum eine einmalige, plötzliche Trennung der Sprachgruppe annehmen; da vorerst Verwandtschaften des Indogermanischen mit anderen Sprachgruppen nicht nachgewiesen sind, ist uns der Weg weiter zurück vollends versperrt[122]). Babel liegt weit jenseits der linguistisch erfaßbaren Sprachgeschichte; doch wenn die gegenwärtige Gesellschaft für die Sprache wesentlicher als die uralte Überlieferung ist, kann man die Ungewißheit über die Urgeschichte leicht verschmerzen.

Ist die moderne Gesellschaft mit ihrer großstädtischen Entwurzelung wirklich fürchterlich? Ist sie nicht auf dem Weg in eine gewagte, unerhörte Zukunft? Der surrealistische Dichter und kubistische Maler Guillaume Apollinaire (1880–1918), als russifizierter Pole in Rom geboren und nach deutschen Jahren in Frankreich ansässig geworden, faßte in seiner Person die Vielfalt der Sprachen und Völker zu neuer Einheit zusammen. In einer Vision sah er 1912, wie tausend weiße Stämme kamen, von denen er die Sprache lernte, die sie unterwegs erfunden hatten; sie bauten ihn, den Menschen, empor wie einen

---

[121]) Confusion des langues, in: Dictionnaire de la Bible, Bd. 2, 1, Paris 1926, Sp. 920. Ähnlich Albert Michel, Langage, in: Dictionnaire de théologie catholique, Bd. 8, 2, Paris 1925, Sp. 2570–74. Vigouroux, Les livres saints et la critique rationaliste, Bd. 1, Paris 1890–91 blieb mir unerreichbar.

[122]) Einführung in die vergleichende Grammatik der indogermanischen Sprachen, übers. Wilhelm Printz, Leipzig-Berlin 1909, S. 2 (Ausdrucksmittel), 4 f. (soziale Wirklichkeit), 284 (feste Regeln), 3 (Sprachverwandtschaften; ähnlich Linguistique historique et linguistique générale [Collection linguistique 8], Paris 1948, S. 76 ff.), 16 f. (Ursprachen), 257 f. (Trennung der Indogermanen), 292 (andere Sprachgruppen). Dazu Arens, Sprachwissenschaft 454 ff.

Turm, in dem das All der Vergangenheit keimt und aus dem die Völker wachsen. Das ist Kandinskijs neuer Babelturm, doch nicht die Kunst allein errichtet ihn. Im Hotel, wo einsame Menschen sich drängen, verstehen alle ihre Sprache *comme à Babel*; die Heimatlosigkeit verbindet uns. Französisch ist die *langue des Nations*, die Diplomatensprache, kann aber wegen seiner definierten Rationalität nicht die Weltsprache sein. Im Gedicht von 1913 werden die Türme von Babel, die trennen sollten, für freie, liebende Menschen zu verbindenden Brücken. Bei Apollinaire, der gleich Rimbaud nach einer neuen Sprache suchte, klang in der chaotischen Verschiedenheit des Sprechens alles Menschliche zu einem synthetischen Gedicht zusammen; das Babelgleichnis wies verwegen auf diese neue Überwirklichkeit des Unterbewußten hin. Sie existiert schon, im Traum und Rausch erlebt man sie und braucht auf keine apokalyptische Zukunft zu warten[123]).

Doch was soll der ganze Lärm um unser bißchen Glück? Lohnt es sich, über einer Ideologie närrisch zu werden, wenn die Illusionen schöner als die angeblichen Wahrheiten sind? Der skeptische Humanist Anatole France (1844–1924) verlachte 1914 zynisch allen religiösen Sprachglauben. Der Mensch lebte (nach Epikur und Horaz) elend und nackt in den Wäldern; da aus seiner Kehle mannigfache Töne drangen, kam er darauf, durch besondere Biegung der Stimme Gegenstände zu bezeichnen und Gedanken mitzuteilen. Aber eigentlich ist diese Sprache noch immer der Schrei von Wald- und Bergtieren, nur durch menschlichen Dünkel verwickelt und verfälscht. Warum also lange nach Ursprung und Vielfalt fragen? Wie amüsant zu denken, daß die Engel als Muttersprache Hebräisch reden und es im Paradies lange Zeit allein gesprochen haben! Der alttestamentliche Gott ängstigte sich (nach Diderot oder Nietzsche) gar schrecklich vor einem Turm aus ungebrannten Backsteinen und Erdharz – welch ein Gott! Selbst die gotischen Kathedralen des Mittelalters stachen (nach Michelet) wie spitze Pfeile zum Himmel Jahwes und waren nichts weiter als *une Babel triomphale*, unfromm, aber immer noch eine Narretei[124]). Der Mensch täte besser, auf der Erde zu bleiben und sich seines trügerischen Daseins zu freuen, anstatt sich von hochtrabenden oder tiefschürfenden Symbolismen faszinieren und engagieren zu lassen.

Nach dem ersten Weltkrieg ließen sich die Massen in der Tat weniger als früher auf literarische Verkündigungen ein, doch hörten sie auch auf Anatole France und seine Raffinessen nicht; die Dichter verloren das breite Lesepubli-

[123]) Oeuvres poétiques, hg. Marcel Adéma – Michel Décaudin (BP 121), Paris 1956: Alcools, Cortège S. 75 f. (Stämme, Turm, Völker); Hôtels S. 147 (Hotel); Poèmes retrouvés, L'Amérique S. 753 (Französisch); Ondes, Liens S. 167 (Brücken). Dazu Friedrich, Struktur 111 f., 115.

[124]) La révolte des anges, in: Oeuvres complètes illustrées, hg. Gérard Le Prat, Bd. 22, Paris o. J.: c. 19 S. 166 (in Wäldern); c. 18 S. 158 (Sprachursprung); c. 32 S. 288 (Dünkel); c. 10 S. 76 (Hebräisch); c. 26 S. 231 (Turmbau); c. 20 S. 182 f. (Kathedralen).

kum und wandten sich nun um so nachdrücklicher gegen vordergründige Deutungen des Daseins im Stile von France. Der Sprecher des erneuerten katholischen Denkens, Paul Claudel (1868–1955), rückte auch von den sprachlichen und geschichtlichen Kurzschlüssen seiner Vorgänger Bloy und Péguy ab; Sprache und Geschichte bleiben auf Erden stets fragmentarisch und belehren uns nicht so magisch über das Geheimnis der Wirklichkeit, wie Rimbaud meinte. Zwar wird, wie Claudel 1907 schrieb, der Mensch durch die Sprache Herr über die Dinge, denn er beschwört sie mit seinen Namen und vollbringt eine kleine Schöpfung; aber die Namen sind dennoch nur Zeichen, ein Vorschlag an das Unbekannte, das uns umgibt. Der Dichter wiederholt nicht die Weltschöpfung, er kann sie allenfalls verdolmetschen, und auch das (wie bei Thompson) nicht ohne Gottes pfingstlichen Beistand. Dann freilich redet er klarer als die Feinde der Kirche, von denen Claudel 1909, unter einer antiklerikalen Regierung, sagte: *L'esprit de division des langues est sur eux, la coupe de Babel les grise.* Der Rausch des babylonischen Taumelkelches beherrscht das Irdische; Claudel sah es seit 1919 immer deutlicher, wie Pascal. Wort und Sprache sind zwar göttlichen Ursprungs, doch der Mensch vermag auf Erden nur stammelnd zu reden. Der Fromme kann sein Wort in Himmelssprache übersetzen, und Gott wird es hören; doch in der Welt siegt die Verwirrung, und die Geschichte vermehrt sie. Ob Völkermischung oder Absonderung, alles Geschehen verdirbt den Nimbus der Sprache. Die Kastilier korrumpieren in der Neuen Welt das Spanische durch indianische Ausdrücke und nehmen ihm seine Besonderheit; die Deutschen achten auf das Anderssein der anderen, mischen deren Sprachen mit der ihrigen nicht und nehmen der Sprache ihre Allgemeinheit. Es gibt auf der Welt keine übergreifende Ordnung; die Menschheit ist zerstreut worden. Sie vernimmt von der himmlischen Ordnung der Engel und spürt (wie Carlyle), daß das Buch der Geschichte sinnvoll ist; doch sein Sinn wird sich erst enthüllen, wenn Gott es zu Ende geschrieben hat[125]). Die Hoffnung unseres Daseins liegt jenseits, nicht in uns.

Bedeutet diese dialektische Theologie christliche Resignation vor dem bösen Diesseits? Davon wollte der streitbare Georges Bernanos (1888–1948) nichts hören. Sein erster Roman zeigte 1926, wie der Heilige unserer Tage fast erliegt im Kampf gegen die seit Jahrhunderten besudelten, durch ständigen Gebrauch befleckten Worte der Masse, gegen die trüben Litaneien der Sünde. Aber die

---

[125]) Oeuvres complètes, hg. Robert MALLET u. a., bisher 16 Bände, Paris 1950–59: Art poétique II, 3 Bd. 5, S. 80 ff. (Namengebung); Corona benignitatis anni Dei, Hymne de la Pentecôte Bd. 1, S. 250 (esprit de division); Le soulier de satin I, 1 Bd. 12, S. 15 (Himmelssprache); III, 2 S. 159 f. (Kastilier); III, 1 S. 151 (Deutsche), 154 (zerstreute Menschheit), 156 (Buch der Geschichte). Dazu Pascal RYWALSKI OFMCap, Claudel et la bible, Porrentruy 1948, S. 123 ff.; zu überschwenglich BIEDERMANN (o. S. 1646 Anm. 31) S. 183 ff.

schläfrige, einschläfernde Stimme des Teufels darf und kann nicht siegen; denn der Priester hat im Herzen das einfache, klare Wort des Friedens empfangen, welches unwiderstehlich das Wesen der Dinge trifft und das übermenschliche Gebot verkündet[126]). Fast scheint es, als hätte der Mensch keine eigene Sprache und redete nur mit den Zungen Satans oder Gottes. Aber er besitzt das Wort Gottes, die Bibel, die das Wesen der Welt ausdrückt; sollte in ihr nicht auch die geheime Geschichte unseres geplagten Geschlechts zu finden sein? Einige neuromantische Schwärmer versuchten sich an der biblischen Prähistorie unserer Sprachen. Hilaire de Barenton (geb. 1864) glaubte 1932 die Wurzeln fast aller Idiome in dem einsilbigen Sumerisch gefunden zu haben und zitierte zum Erweis der einen Ursprache neben F. Max Müller auch Gen. 11, 1. Wie es schon Schelling sah, ging auch für ihn mit der Sprachentrennung die Teilung der Religionen einher, doch die Absonderung verwischte die ursprüngliche Einheit menschlicher Sprache und christlichen Glaubens nicht[127]).

Damit auch der keltische Nationalismus des 16. Jahrhunderts nicht fehle und den Glauben Bloys bestätige, fand 1935 Michel Honnorat, daß die Franzosen mit ihrer altgallischen, keineswegs lateinischen Sprache von den kymrischen, keltischen Kindern Gomers stammen. Indes sind nicht sie allein auserwählte, von geschichtlichen Wirren behütete Gotteskinder; 1936 entdeckte Honnorat, daß die Wortformen der einen Ursprache von der göttlichen Schöpfung bis heute, achttausend Jahre lang, sich in sämtlichen Idiomen der Erde unversehrt erhalten haben, freilich nur, weil sich die zehn Millionen Wörter der Ursprache beim Turm von Babel, etwa um 5500 v. Chr., plötzlich wunderbar auf die heutigen Sprachen verteilten. Diese Trennung bewahrte die ganze Fülle der göttlichen Urworte vor dem Verfall; heute muß man nur alle Wörter sämtlicher Sprachen addieren, um die Ur- und Universalsprache in Händen zu halten, ein Verfahren, von dem sich selbst Gagne nichts hatte träumen lassen. Gottes wunderbare Werke liegen klar vor aller Augen; das deutsche Wort *Gebabbel* ist (wie bei Opmeer) ein direkter Reflex der babylonischen Verwirrung. Auch Französisch kommt von Babel. *En fin du compte, on voit que la Bible avait raison sur toute la ligne*[128]). Der Spötter Swift hätte an Honnorat seine Freude gehabt; den katholischen Zeitgenossen war diese betörende Unschuld weniger lieb, denn sie vermaß sich, die vielverschlungenen Wege der Geschichte, sogar die geheimen Ratschlüsse Gottes schlichtweg für geklärt zu halten. Immerhin,

---

[126]) Sous le soleil de satan, Paris 1926: I, 3 S. 199; II, 9 S. 314 (Worte der Masse); II, 3 S. 266 (Wort des Friedens).

[127]) L'origine des langues, des religions et des peuples, 3 Bände, Paris 1932–36, hier Bd. 1, S. 7 f. (Sumerisch); Bd. 2, 1, S. 5 (Gen. 11); Bd. 2, 2, S. 1 ff. (Teilung der Religionen).

[128]) La langue Gauloise ressuscitée, Paris 1935, S. VII (Gallier, Gomer). La tour de Babel et la langue primitive de la terre, Paris 1936, S. 5 ff., 38 (Ursprache), 27 f. (Babel), 35 (Gebabbel), 242 ff. (Französisch), 30 (En fin . . .).

daß in allen geteilten Sprachen der Welt nur eine einzige, allumfassende Stimme erklingt, das glaubten nicht bloß Katholiken à la Bonald.

Das glaubte der größte französische Lyriker der Zeit auch. Paul Valéry (1871–1945) suchte, im wesentlichen zwischen den Weltkriegen, mit den Mitteln der Sprache über die flüchtigen Erscheinungen der vergänglichen Wirklichkeit zum dauernden Wort und unvergänglichen Dasein vorzudringen. Aber die beiden Bereiche sind viel enger verflochten, als Bergson und Claudel glaubten. Die menschliche Sprache ist geschaffen als grobes Werkzeug des praktischen Nutzens, ungenau und vergänglich; und doch kann die Dichtung sie verwandeln oder sich vielmehr (nach Mallarmé) von ihr verwandeln lassen. Denn die Menschen erfinden die kühnsten und geheimnisvollsten Worte ihrer Sprache zwar selbst, doch in einem Zustand des Außersichseins; die Sprache ist ein Zauberwald, welcher Mythen von erweckender Kraft schafft, und diese Mythen sind weniger willkürlich gesetzt, als France meinte. Denn sie sind ursprünglich. Am Anfang war (weder das Wort noch die Tat, sondern) die Fabel; jedes Altertum, jeder Ursprung ist fabelhaft, aber noch immer leben wir in diesen Träumen. In der Genesis finden wir (so 1919, im Jahre des Versailler Vertrags) den Traum von der einigen Menschheit: Zum Bau eines gewaltigen Turmes arbeiteten alle zusammen, und sie waren ein Volk mit einer Sprache. Dieser Traum mag unwirklich sein, doch das Träumen kennzeichnet den Europäer besser als die Rasse oder Sprache; es ist noch nicht vorüber. *Nous le rêvons encore*, den Traum von Babel, und Valéry fand ihn nicht so bedrückend wie Baudelaire; denn er wollte (Pascals Warnung zum Trotz) mit seinem Wort auch einen Tempel errichten, *qui peut s'élever à l'infini*. Das ist ja die fromme Aufgabe des Dichters, der die Alltagsrede in die Sprache der Götter übersetzt.

Unsere Alltagssprachen sind freilich vergänglich und verworren. Die französischen Dialekte allein schon sind ein *Babel* (1935 wie zur Zeit der Französischen Revolution). Und wie wollen 1926 Dichter die Welt vereinen, wenn ihr Beruf an der Muttersprache hängt, welche die Völker am klarsten, vielleicht am grausamsten voneinander trennt? Aber die Scheidung ist nur vordergründig. Die gesonderten Sprachen suchen einander liebevoll; die Dichter der Nationen arbeiten alle an einem schönen großen Buch, das die Welt sein könnte. *Ce livre, Messieurs, est de toutes les langues*. Es wird geschrieben in der wahren Universalsprache der Kunst; aber auch die technische Entwicklung kommt ihr entgegen. Sie entwertet die ungenaue, herkömmliche Sprache der getrennten Völker und setzt an die Stelle willkürlich vereinbarter Zeichen die Spuren der Dinge selbst, also die Sprache der Dichter, letztlich *langage des dieux*. Unsere Geschichte ist ständig bedroht, sie kann uns mißlingen und zu einem bloßen klangvollen Namen werden, wie Ninive und Babylon es geworden sind. Aber wir müssen die Zukunft versuchen, auch wenn sie in die seelenlose Technik oder in das Scheitern unserer Träume führen sollte. Solange uns kein neues Fundament geschenkt ist, müssen wir aber, wie Valéry 1932 sagte, an das menschliche Wort glauben wie an die Festigkeit des Bodens, auf dem wir stehen. Denn das Menschliche ist unser einziger Halt, das Wort unsere einzige Waffe gegen das Nichts[129]).

Vermag unsere täuschende Sprache die Menschheit in Liebe zu vereinen? Kann es die männlich zupackende Technik nicht besser? Der Flieger Antoine de Saint-Exupéry (1900–1944) machte 1936 die technische Welt zum Symbol des Geistes, dem Turmbau zum Symbol der Technik. Die Menschen sollen einen Turm bauen, damit sie beisammenbleiben, einander wie Brüder lieben und sich nicht zerstreuen; nur das gemeinsame Werk, das größer als die einzelnen ist, schweißt sie zusammen. Was sie entzweit, das ist die Sprache, der Wind der oberflächlichen Worte. Die verschiedenen Sprachen *(langages)* widersprechen und bekriegen einander und sind doch alle im Recht; jeder Mensch hat seine je besondere Sprache erfunden, aber Gott schenkte uns keine mitteilende, verbindende. Die einen reden anders als die anderen, weil die schöpferische Tat noch nicht gelang; erst aus ihr könnte eine wirksame, gemeinsame Sprache erstehen, die kein allgemeines Kauderwelsch ist. Die Menschen, die den großen Turm noch nicht gebaut haben, finden (fast wie bei Saint-Simon) den Weg zu Gott und die Zukunft der Menschheit nicht[130]). Die Technik ist das Anti-Babel; sie allein kann die babylonische Sprachverwirrung überwinden und den Menschen emporheben zu seiner heroischen Humanität.

Der zweite Weltkrieg zerbrach die poetischen Türme der Sprache und der Technik; sie boten keine Zuflucht vor dem nackten Dasein, vor der Schändung Frankreichs. Weder die vergangene Sprache noch die künftige Technik sind

---

[129]) Oeuvres, hg. Jean Hytier (BP 127), Paris 1957: Propos sur la poésie S. 1365 f. (praktischer Nutzen); L'invention esthétique S. 1414 (Verwandlung durch Dichtung); Poésie brute S. 351 (Außersichsein); Discours sur l'esthétique S. 1300 (Zauberwald); Petite lettre sur les mythes S. 963-966 (Sprache und Mythen); La crise de l'esprit S. 1002 (Babelturm), 1014 (träumende Europäer), 1013 (Tempel des Worts); Variations sur les Bucoliques S. 212 (Sprache der Götter); Le bilan de l'intelligence S. 1078 (französische Dialekte); Discours au Pen Club S. 1359 ff. (Muttersprache, Buch aus allen Sprachen); Introduction à la méthode de Léonard de Vinci S. 1178 (Universalsprache der Kunst); Léonard et les philosophes S. 1265 f. (Technik und ungenaue Sprache); Avant-propos à la connaissance de la déesse S. 1279 (Technik und Göttersprache); La crise de l'esprit S. 988 (Ninive, Babylon); La politique de l'esprit S. 1033 (Glaube an das Wort). Dazu Albert Henry, Langage et poésie chez Paul Valéry, Paris 1952, S. 15 ff.; Friedrich, Struktur 134 ff.; Hanno Kesting, Geschichtsphilosophie und Weltbürgerkrieg, Deutungen der Geschichte von der Französischen Revolution bis zum Ost-West-Konflikt, Heidelberg 1959, S. 111 ff.

[130]) Citadelle, in: Oeuvres, hg. Roger Caillois (BP 98), Paris 1954: c. 9 S. 541; c. 15 S. 563 f. (Turm); c. 17 S. 566 f. (Entzweiung, Wind der Worte); c. 141 S. 808 (Krieg und Recht der Sprachen); c. 107 S. 739 (je besondere Sprache); c. 40 S. 621 (keine mitteilende); c. 127 S. 786 f. (die einen, die anderen); c. 14 S. 557; c. 84 S. 703 f. (neue Sprache).

heute lebendig, allein die Menschen in ihrem geschichtlichen Dasein. Der originellste französische Historiker der Epoche, der Pariser Professor Marc Bloch (1886–1944) bestimmte 1939 das Wesen von Geschichte, Tradition und Sprache neu, im strikten Gegensatz zum deutschen Historismus, den Soziologen und Meillet nahe. Die Geschichte ist kein unveränderliches Erbe, sie ist unser tägliches Schicksal, wie das arabische Sprichwort (und Machiavelli) sagt: „Die Menschen gleichen mehr ihrer Zeit als ihrem Vater". Auch in Büchern betrachtet jede Gesellschaft nur ihr eigenes Bild. Zwar versucht jede religiöse Bewegung, den reinen Ursprung zu reformieren; gewiß zieht der Traditionalismus die Gegenwart in die Vergangenheit hinüber und verwischt beider Unterschiede; doch der historische Geist ist durchdrungen vom *sens de la diversité*. Der Historiker mißtraut der Tradition, denn das Gedächtnis der Menschen ist kurz, aber ihre Fähigkeit, sich zu täuschen, ist unerschöpflich; wir wissen von der Vergangenheit nur, was sie uns mitzuteilen beliebte. Auch die Sprache gibt uns kein unbestechliches Zeugnis; Worte sind zwar lebendiger als Bücher, doch auch kurzlebiger, und die Worte, die wir greifen können, sind wie abgebrauchte Münzen; von Hand zu Hand weitergegeben, haben sie ihre Prägung verloren. Die Geschichte ist stets unvollendet; aber nicht im Jenseits Claudels, sondern im Augenblick Ortegas wird sie sinnvoll, im Dasein und Tätigsein, im Leiden und Widerstehen[131]). Wie Munk bezahlte Bloch seinen Widerstand gegen die deutsche Besatzung mit dem Leben; aber der Widerstand hat Frankreichs geistige Kraft neubelebt und auf die rauhe Wirklichkeit zurückgelenkt.

Der französischen Widerstandsbewegung gehörte auch das Haupt des Existentialismus an, der von Heidegger ausgehende Pariser Philosoph und Literat Jean-Paul Sartre (geb. 1905); er versuchte 1947 nicht erst, der Sprache der Dichter oder der Gemeinschaft der Techniker eine sinnvolle Rolle zuzuweisen. Das menschliche Dasein steht in einer absurden Welt, unfrei und bedrängt, und verändert sie nicht. Aber der Mensch kann sich frei machen, und dabei hilft ihm die Sprache. Wir stecken in ihr wie in unserem Körper, aber warum wollen wir über sie hinaus? Seien wir ehrlich und mutig, gebrauchen wir unser (von Nietzsche festgestelltes) Recht, durch Benennung die Dinge in Besitz zu nehmen. Wir werden an ihrer Sinnlosigkeit nicht rütteln, aber wir erheben uns über sie durch die Entschlossenheit, durch die Freiheit des Handelns[132]). In der Sprache bekennt sich der Mensch zu seiner Existenz, zu einem illusionslosen Humanismus, der an Gott nicht mehr glaubt. Die Sprache mag human sein, sind es die Sprachen auch? Der von Sartre angeregte Widerstandskämpfer und

[131]) Bloch, Société Bd. 1, S. 229 (arabisches Sprichwort), 163 (ihr eigenes Bild), 145 (Traditionalismus, diversité), 69 (kurzes Gedächtnis), 7 (Wissen von der Vergangenheit), 123 (Worte und Bücher), 3 (wie Münzen), 88 (unvollendete Geschichte).

[132]) Was ist Literatur? Ein Essay (Rowohlts deutsche Enzyklopädie 65), Hamburg 1958, S. 16 f., 165 ff.

Dichter Albert Camus (1913–1960) verneinte es 1956. Unsere moderne, widersinnige Welt ohne Gott ist Babel. Im Menschengewimmel der Hafenstadt, in der alle Sprachen der Welt ertönen, enthüllt sich die Sinnlosigkeit des entwurzelten Daseins, auch die Unmöglichkeit einer Rückkehr zur Urzeit. Der Gorilla, der die Seeleute in der Hafenkneipe bewirtet und die Sprachen der zivilisierten Menschen nicht benutzt, steht vor dem Trubel wie ein Mensch von Cro-Magnon als *pensionnaire à la tour de Babel*; er fühlt sich verloren, aus der Heimat vertrieben. Aber Babel ist unser Schicksal; wir können das Chaos nicht mit Worten ordnen, wohl aber durch Taten, den Dienst am Nächsten, die Sprache der Liebe[133]).

War der alte Turm von Babel denn keine Tat menschlicher Gemeinschaft? Kann man ihn dann noch zum Symbol der neuen, absurden Welt machen? Der Pariser Archäologe André Parrot (geb. 1901) erinnerte seit 1949 daran, daß der wirkliche Turmbau von Babel keine Drohung gegen Gott war, sondern ein Tempelturm, die Kathedrale der Antike, kein herausfordernder Ruf, sondern ein ängstliches Gebet, keine drohend geballte Faust, sondern eine flehend ausgestreckte Hand, ein Monument menschlicher Sorge. Der Name Babel bedeutet ja nicht „Verwirrung", sondern „Pforte Gottes"; ein Weg der Frommen zu Gott wollte der Babelturm sein so gut wie die Jakobsleiter (Gen. 28, 17). Die Bibel und die gesamte Tradition, auch die von Parrot liebevoll ausgebreitete kunstgeschichtliche, haben demnach Babel mißverstanden[134]). Zu ähnlichen Schlüssen kam 1945, von der Bibelexegese aus, der von Lagrange geschulte katholische Theologie-Professor Joseph Chaine (1888–1948) in Lyon. Der biblische Bericht vom Babelturm ist in sich widersprüchlich, entstand fern von Babylon in Kanaan und gehört zum *folklore*; denn in Wahrheit war der Turm ein Tempel[135]). Die Steine reden deutlicher als das Wort Gottes; die literarische Überlieferung stiftete Verwirrung, die glaubensstarken Jahrhunderte der Geschichte vergaßen, was Angst vor dem Schicksal ist; erst unsere gefährdete Zeit entdeckt im Babelturm ihr Spiegelbild.

So ist der Mythos von Babel doch mehr als eine alte Geschichte oder ein Bild der absurden Fremde? Er deutet das irdische Dasein des Menschen. So verstand ihn 1955 der Jesuit Jean Daniélou (geb. 1905), fast wie Origenes. Die Sprachverwirrung der Menschheit ist ein religiöses Phänomen, eine Folge der Babel-Sünde, des Ehrgeizes. Die Strafe bleibt bestehen trotz der Pfingstgnade, trotz der Macht des römischen Reiches, trotz der modernen Einheit der Welt;

---

133) La chute, Récit, Paris 1956, S. 20 (alle Sprachen), 8 (Gorilla).

134) Parrot, Ziggurats 214; ebenso La tour de Babel (o. S. 79 Anm. 37) S. 6, 51 f. – Von Parrot ist angeregt: René Poirier, Die 15 Weltwunder vom babylonischen Turm zur Atomstadt, Hamburg 1958, S. 12, 19–28.

135) S. o. S. 118 Anm. 21. An Chaine schließt sich an Albert Clamer, La Genèse (La Sainte Bible I, 1), Paris 1953, S. 224–229.

die Strafe ist Bestandteil unseres Menschseins bis ans Ende der Zeiten. Sie hat ihre hoffnungsvolle und gnädige Seite, die Origenes nach jüdischem Vorbild durch die Völkerengel versinnbildlichte; Sprache und Volk sind natürliche Einheiten, und die Sprachenvielfalt bereichert (wie Pius XII. lehrte) die Menschheit, ja im Sinn von Psalm 44, 10 die Kirche. Dennoch bleibt diese schöne Mannigfaltigkeit ebenso ephemer, wie sie universal ist. Erst in Gott klingen alle Dissonanzen des Daseins harmonisch zusammen[136]). Es liegt in der Richtung dieses christlichen Existentialismus, wenn 1955 der Präsident des internationalen Dolmetscherverbandes Pierre-François Caillé die Zeitschrift des Vereins mit dem Zitat Gen. 11, 9 eröffnete. Seit Babel sind Übersetzer nötig, heute nötiger als je; die UNESCO, welche 72 Nationen umfaßt, unterstützt die Arbeit des Verbandes. Aber sie kann Babel nur mildern, nicht meistern[137]). Klingt aus der Zahl 72 nicht neue Hoffnung? Hat die irdische Vielfalt nicht doch ihre universale Ordnung? Im Jahre 1960 hörte man von einem Pariser Professor Esteban Martinez, der ein Alphabet mit nur je vier Konsonanten und Vokalen entwickelt habe; damit lassen sich „alle 72 bekannten menschlichen Laute und somit alle Sprachen und Dialekte der Welt wiedergeben“[138]). Diese mittelalterliche, allenfalls kardanische Zahlensymbolik ist freilich ein Hohn auf die moderne Phonetik; zudem mißachtet sie die französische Quintessenz der Epoche, die Einsicht in die Sinnlosigkeit, mindestens Vorläufigkeit aller konkreten Ordnungen.

Überhaupt fiel das romanische Denken bisweilen in den Traditionalismus zurück und suchte in kreatürlichen Ursprüngen, magischen Beschwörungen oder ideologischen Sonderbünden jene Lebenshilfe, die im Ganzen und in der Tiefe nicht zu finden war, vielleicht, weil die religiöse Frage nach dem Grund menschlicher Existenz zwischen Katholizismus und Humanismus unentschieden blieb. Doch wandten sich die führenden Geister fast einmütig ab von der Vergötzung vordergründiger Details, von der Hoffnung auf Technik und Natur, von der Verehrung für Volkstum und Muttersprache. Sie verstanden meistens Sprache als Teil des individuellen Menschen, den einzelnen als Glied der Menschheit, die Humanität als Norm des Handelns; sie widersagten der Geschichte als lastendem Erbe, dauerndem Anspruch und beschränktem Auftrag und bekannten sich zur Geschichte als Überwindung der Vergangenheit, jeweiliger Entscheidung und Neuschöpfung der Zukunft; sie wollten sich die Zukunft ihres Daseins nicht von außen aufzwingen lassen und brauchten sie darum kaum zu fürchten.

*

[136]) Vom Geheimnis der Geschichte, Stuttgart 1955, S. 57–71.
[137]) Avant-propos, in: Babel 1 (1955) 3–5.
[138]) Münstersche Zeitung 4. 8. 1960.

Das bedrückendste Kapitel der Epoche ist das deutsche; es führt zunächst kaum über das 19. Jahrhundert hinaus und dreht sich im selbstischen Kreis. Die Deutschen dünkten sich noch das Weltvolk, als Europa schon verspielt hatte; ahnungslos und überheblich ließen sie sich in Abenteuer der Weltpolitik verstricken, die sie fast erdrosselten. Von der ersten Katastrophe kaum belehrt, stürzten sie die Welt in die zweite, größere und blieben noch immer anders als alle anderen, sich selber unbegreiflich. Denn die Wissenschaft half ihnen nicht; sie blieb über ihre Spezialpapiere gebeugt und verlor den Zusammenhang mit der Zeit und die Achtung der Welt; sogar in der Sprach- und Geschichtsforschung brach ihr von Humboldt und Ranke angeknüpftes weltweites Gespräch ab[139]). Sie wurde in den Winkel gedrängt durch Weltanschauungen, Ersatzreligionen der Massen, die naturalistisch oder neuromantisch die Wirklichkeit verzerrten und die Menschlichkeit entschlossen verhöhnten. An mutigen Kritikern fehlte es nicht, und zwischen den Kriegen, in den 1920er Jahren, stiegen expressionistische Dichtung und geisteswissenschaftliche Forschung der Deutschen noch einmal zu Weltrang auf; sie wurden bald ins Exil getrieben. Damit stellte sich für die führenden Köpfe, im Widerspruch zur geist- und sinnlosen Massenwelt, grausam scharf die Frage nach menschlicher Existenz und Erwartung. Wenn geschichtliche Erfahrung, je furchtbarer sie war, desto fruchtbarer werden kann, darf man von den Deutschen noch einmal die Lösung der Zeit erwarten. Sehen wir zu, ob sie sie fanden und festhielten.

Der Theoretiker des deutschen Naturalismus, Heinrich Hart (1855–1906) wollte zwar metaphysischer Lebensdeutung entsagen und das brutale Dasein nackt schildern, aber er wählte 1888 als Stoff nicht wie Zola die Gesellschaft seiner Zeit, sondern die Universalhistorie. Sein Riesenepos „Nimrod", an Naumann und Victor Hugo erinnernd und von Heemstede nachgeahmt, stellt den düster mächtigen Krieger und Jäger vor, als schon die Sprachen geschieden waren; er wollte die Völker vereinen und zum Ruhm seines Namens und seines göttlichen Vaters Bel einen Turm zu den Sternen bauen. Dann wurde Nimrod zum tyrannischen Weltherrscher und heischte göttergleiche Verehrung; endlich forderte er die Götter selbst zum Kampf und warf wahnwitzig seine Lanze gen Himmel. In einem Meer von Blitzen und tausend Donnern versanken Nimrod und sein Turm; der Zorn des Himmels fraß die Menschen auf, zu wirrer Schreckensrede blieb ihnen keine Zeit. Hart beabsichtigte keine grausige Vision der deutschen Zukunft; der Verehrer Haeckels träumte von *Weltpfingsten* und von kommender Selbstvergottung des Menschen, die Nim-

---

139) Karl Dietrich Erdmann, Die Zeit der Weltkriege, in: Bruno Gebhardt, Handbuch der deutschen Geschichte, 8. Aufl., hg. Herbert Grundmann, Bd. 4, Stuttgart 1959, S. 212 f.; zum Ansehen der deutschen Wissenschaft vgl. die bei Arens, Sprachwissenschaft 455 zitierte Äußerung von Meillet.

rod in den Jugendjahren der Welt noch mißlang[140]). Die Naturwissenschaft nahm der Weltgeschichte ihren Graus und gab der Nationalgeschichte ihren Glanz. Der wahldeutsche Engländer Houston Stewart Chamberlain (1855–1927) sah 1899 die Grundlage des Jahrhunderts, ja der Weltgeschichte in der Rasse, so wie Lagarde, den er verehrte. Nicht Sprache und Volk machen den Menschen, denn auch Tiere sprechen und organisieren sich; erst die Kunst galt dem Schwiegersohn Wagners als Kriterium humanen Adels, und er erblühte aus der Kraft arischen Blutes. Die rassische Elite schuf in gemeinsamer Leistung die Sprache, die allein die Welt definiert; die hebräische Rasse und Sprache ist zur Philosophie unfähig. Auch die Schöpfungsgeschichte der Bibel ist reiner Materialismus; was an ihr symbolisch wertvoll ist, stammt (nach Schopenhauer) von phantasiebegabteren Rassen, vielleicht den Sumero-Akkadern. Die germanische Sprache, von der römischen Kirche befehdet, erlaubt den deutschen Ariern ihren geistigen Höhenflug; das Deutsche überragt weit Hebräisch, Lateinisch und Französisch, selbst Englisch. Die reine Rasse bestimmt sogar die Religion; Christus war kein Jude, wie man an seiner Sprache sieht[141]). Der Rassenwahn war nun religiös begründet; er brauchte die Juden und das Alte Testament als dunklen Hintergrund, von dem sich leuchtend das völkische Christentum der Deutschen abhob.

Im geeinten wilhelminischen Reich schien die deutsche Sternenstunde gekommen; 1896 rief Kaiser Wilhelm II. (1859–1941), pathetisch Arndts Warnung mißachtend: *Ein Reich, Ein Volk, Ein Gott!* Der Weltschöpfer ist mit den Deutschen; er sandte ihnen, wie Wilhelm 1903 beteuerte, seinen kaiserlichen Großvater Wilhelm I. als einen der Auserwählten Gottes, die Unvergängliches für ihr Volk tun und ihm Gott offenbaren[142]). Auch hier war die biblische Offenbarung nicht mehr nötig, wenn im Sinne Lagardes Religion und Nation eins wurden. Der Kaiser distanzierte sich freilich doch von dem Assyriologen Friedrich Delitzsch (1850–1922), der seit 1902 in seiner Gegenwart den „Babel-Bibel-Streit" entfesselte. Der Sohn des Exegeten Franz Delitzsch ließ sich von Lagarde und Chamberlain belehren, daß die religiöse Intensität des Alten

[140]) Das Lied der Menschheit II: Nimrod, in: Gesammelte Werke, hg. Julius Hart, Bd. 1, Berlin 1907, S. 234, 270 (Sprachen geschieden), 342 (Sohn des Bel), 348 ff. (Turmbau-Plan), 363 (Weltherrscher), 381 f. (Kampf gegen die Götter), 384 f. (Untergang).

[141]) Die Grundlagen des neunzehnten Jahrhunderts, 2 Bände, 16. Auflage, München 1932, hier Bd. 1, S. 280 (Lagarde), 60 f. (Sprache bei Tieren), 349 (Rasse schafft Sprache), 472 f. (Schöpfungsgeschichte der Genesis); Bd. 2, S. 1066 (römische Kirche); Bd. 1, S. 349 (Hebräisch), 215 f. (Latein); Bd. 2, S. 1067 (Englisch); Bd. 1, S. 253 (Christus).

[142]) Die Reden Kaiser Wilhelms II., hg. Johannes Penzler – Bogdan Krieger, 4 Bände, Leipzig 1897–1913: Thronrede bei der Feier des 25jährigen Reichsjubiläums am 18. 1. 1896 Bd. 2, S. 8 (Ein Reich; dazu Wittram, Das Nationale 143); Brief vom 15. 2. 1903 Bd. 3, S. 146 (Wilhelm I.).

Testaments hinter der babylonisch-assyrischen zurückstehe, ja von ihr beeinflußt sei. Für den biblischen Mythos von Stadt und Turm zu Babel fand Delitzsch keine babylonischen Vorlagen; er war nur ein Erzeugnis engstirnigen jüdischen Völkerhasses und Neides auf die Welthauptstadt. Delitzsch erregte sich 1905 über die mosaische Völkertafel, die Sem als Erstgeborenen des Menschengeschlechtes ausgebe, um borniertem Nationaldünkel zu frönen (de Wette hatte diesen Nationalhaß noch schön gefunden); religiöse Weite herrscht in Babel eher als in der Bibel[143]).

Dagegen protestierten evangelische Exegeten, besonders der Berliner Professor Hermann Gunkel (1862–1932); das Alte Testament ist kein Plagiat der altbabylonischen Religion. Aber eine einheitliche und historische Urkunde ist es auch nicht. Es erschien dem Mitbegründer der Religionsgeschichtlichen Schule als großer Steinbruch von Sagen, Mythen und Märchen aller Welt, aus dem die jüdischen Redaktoren recht ungeschickt ein Haus zu bauen suchten. Gunkel wurde seit 1901 nicht müde, die Genesis als *Sammlung von Sagen* zu erklären; sie läßt sich nicht, wie Wellhausens Literarkritik wollte, für eine gereinigte Historie verwerten, nur als Literatur in ihre Formen und Gattungen zerlegen. Die Völkertafel gab durch Personen Völker wieder und dachte sich ihre Entstehung wie die von Familien (ein Argument von Michaelis); so ist sie unhistorisch und *seltsam*, *sonderbar*, *wunderlich*, *besonders naiv*, *kindlich*. Die Erzählung vom Turmbau war eine ätiologische Sage, im Gegensatz zu Delitzschs Meinung zwar in Babylonien, aber nicht von Babyloniern erfunden; diese wußten, daß der Turm nicht gegen, sondern für die Gottheit gebaut war. Die fremden Erzähler wollten fabulierend erläutern, wie es zur Verschiedenheit der Sprachen und zum Bau der vielsprachigen Weltstadt Babel kam; andere reimten sich eine Erklärung für die Zerstreuung der Völker und den Bau des alten Turms in Sinear zusammen. Der Redaktor der Genesis vermengte beide Sagen, die von der Stadt und die vom Turm. Wenn man die biblischen Dichtungen auf solche Weise zergliedert, entdeckt man die völkerpsychologische Note und den religiösen Sinn, der so lange durch ihre pseudohistorische Autorität verdeckt blieb[144]). Die religiöse Grundmeinung der Bibel hatte mit der

---

143) Babel und Bibel, Ein Vortrag, Neudruck, Leipzig 1903, S. 4 ff., 26 f. (biblische Mythen und Babylon). Babel und Bibel, Dritter Vortrag, Stuttgart 1905, S. 3 f. (Völkertafel). Dazu Kraus, Geschichte 274 ff. – Daß die religiös wertlose Babelsage einen ängstlichen, menschenfeindlichen Gott zeige, meint Heinrich Holzinger, Genesis (Hand-Kommentar zum Alten Testament 1), Freiburg i. Br. 1898, S. 112 f.

144) Die Sagen der Genesis, 2. Aufl., Göttingen 1901, S. 3 (Sammlung von Sagen). Die Urgeschichte und die Patriarchen (Die Schriften des Alten Testaments I, 1), Göttingen 1921, S. 91 ff.; Genesis (Göttinger Handkommentar zum Alten Testament I, 1), 5. Aufl., Göttingen 1922, S. 84 ff.; Turmbau, in: RGG² Bd. 5, Sp. 1325 f. (Völkertafel, Turmbau). Dazu Kraus, Geschichte 309 ff. Von Gunkel sind u. a. Skinner und Chaine angeregt.

Sprachen- und Völkerwelt nur mittelbar zu tun. Seit 1912 las man in den Erläuterungen der volkstümlichen Stuttgarter Jubiläumsbibel bei Gen. 2, 19 nichts mehr vom Ursprung der Sprache, bei Gen. 10, 32 von *Lücken und Grenzen* des Völkerstammbaums, bei Gen. 11, 8 nur von einer Entzweiung der Geister, die dann zur Trennung der Völker mit eigenen Sprachen führte. Die Erzählung soll warnen vor der Selbstvergötterung der Menschheit, die sich im *Internationalismus* vereinigen will und sich doch in nationalem *Erbhaß und Kampf bis aufs Blut* zerfleischt. Die Sprachen sind nicht geheiligt; Pfingsten ist nicht auf Sprache und Predigt, nur auf begeistertes Gotteslob (wie bei Spitta) bezogen[145]).

Rasch lenkten Katholiken in dieselben Bahnen ein. Der vermittlungsbereite Jesuit Franz von Hummelauer (1842–1914) schüttelte 1895 bedenklich das Haupt zu Westermeyers Aufstellungen; historische Vollständigkeit dürfe man von der Völkertafel nicht verlangen. Sie sei nicht universal gedacht gewesen, allerdings später erweitert worden, in langen Jahrhunderten zusammengewachsen, nicht aus literarisch getrennten Quellen, wie Wellhausen meinte, sondern aus mündlichen Volkstraditionen. Auch könne man nicht behaupten, alle Menschen hätten vor der Sintflut eine Sprache, gar das Hebräische, geredet; *linguae natura evolvuntur*, *mutantur*, *dividuntur*. Der Turm von Babel, der demnach keine sprachgeschichtliche Bedeutung hatte, war in Wirklichkeit ein Tempelbau[146]). War hier noch die Auseinandersetzung mit dem Bibeltext vermieden, so schien dem bayerischen Franziskanerprovinzial Anton Hammerschmid (geb. 1851), einem verdienten Naturforscher, 1898 nach den Ergebnissen der Sprachwissenschaft eine *Revision unserer bisherigen Annahme . . . dringend geboten*. In Babel stritten sich nur einige Semitenhorden; die Sprache hatte sich bereits zuvor natürlich entfaltet. *Die Bibel kennt eine allgemeine Sprachverwirrung zu Babel ebensowenig, als in der Philologie eine solche zulässig ist.* Das hatten Hummelauer und Gießwein schon zugegeben; dennoch mußte sich Hammerschmid bald gegen anonyme Zuschriften wehren, die ihn der Ketzerei bezichtigten[147]). Auch der Freiburger Theologie-Professor Gottfried Hoberg (1857–1924) blieb konservativ; er hielt 1899 die mosaische Völkertafel für ebenso universal wie die babylonische Sprachenverwirrung, welche die seit dem Sündenfall begonnene Teilung der Sprachen und Völker *in übernatürlicher Weise* beschleunigt habe[148]). Für

---

145) Stuttgarter Jubiläumsbibel mit erklärenden Anmerkungen, Neudruck Stuttgart 1949, Altes Testament S. 5 (Gen. 2), 16 f. (Gen. 10–11); Neues Testament S. 183 f. (Pfingsten).

146) Commentarius in Genesim (Cursus Scripturae sacrae 1), Paris 1895, S. 307 ff. (Völker), 292 ff. (Sprachen), 333 ff. (Babel).

147) Die Sprachverwirrung zu Babel, in: Theologisch-Praktische Monatsschrift 8 (1898) 1–15, 89–101, 158–169, 228–240, hier S. 1 (Revision), 5 ff. (Sprachentwicklung), 158 (Bibel und Philologie), 239 (Vorwurf der Ketzerei).

148) Die Genesis nach dem Literalsinn erklärt (Exegetisches Handbuch zum Pentateuch 1), 2. Aufl., Freiburg i. Br. 1908, S. 108 ff. (Völkertafel), 127 ff. (Babel).

das babylonische Wunder trat 1907 in scharfem Widerspruch gegen Hammerschmid der Benediktiner Godehard Geiger (geb. 1853) ein[149]). Trotz solcher antimodernistischer Reaktionen setzte sich aber die Meinung Hummelauers und Hammerschmids, wenn auch mit Variationen, allgemein durch[150]). Der Primat der profanen Wissenschaft in Fragen der Sprachen- und Völkergeschichte wurde auch von den deutschen Katholiken akzeptiert.

Aber Sprachwissenschaft und Völkerkunde nahmen an den naturalistischen und neuromantischen Zeitströmungen teil; ihre fundierten Untersuchungen endeten bisweilen in Spekulationen, die halb an Chamberlain, halb an die Deutsche Bewegung erinnern. Der Marburger Sprachwissenschaftler Franz Nikolaus Finck (1867–1910) hielt 1899 die in Worte gekleidete Vorstellung für unanfechtbar, weil sie aus Erlebnis und Erfahrung, also aus Weltanschauung stamme. Die Sprache unterliegt nicht der Kritik von junggrammatischen Einzelgängern, denn sie ist überpersönlich und bringt geistige Gemeinschaft zustande. Deshalb spiegelt die innere Sprachform (nach Steinthal) die geistige Eigenart eines Volkes; da Sprache Ausdrucksbewegung, also ein psychischer Vorgang ist, kann man die Sprachfamilien psychologisch aufgliedern. Im Hamitischen sind die Vorstellungen betont; im Semitischen herrschen Gefühle lyrischer, musikalischer und religiöser Art; das Indogermanische gleicht philosophisch zwischen Vorstellung und Gefühl aus. Das Germanische neigt allerdings mehr dem Gefühl zu, besonders das Deutsche ist subjektiv, willensstark und geisteskräftig, dem Semitischen nahe. Finck distanzierte sich also von rassischer Diskriminierung und knüpfte an Humboldts innere Sprachform an; auch daß er die Sprache als soziales Phänomen betrachtete, trennte ihn von Junggrammatikern und Positivisten. Aber über die Geschichtlichkeit jedes sprachlichen Stadiums sah Finck hinweg; er glaubte 1909, nun in Berlin, daß (nach Trombetti) alle Sprachen *höchstwahrscheinlich auf eine einzige wirkliche Ursprache zurückgehen, die freilich unserer Kenntnis entrückt ist.* Aber die Konstanz der Völkerpsychen ist (wie bei Freytag) stärker als geschichtliche Bewegungen[151]).

Die idealistische Wendung gegen den Positivismus führte also nur zur teils naturalistischen, teils romantischen Völkerpsychologie. Ihr Hauptvertreter, der von Croce attackierte Leipziger Psychologe Wilhelm Wundt (1832–1920) ver-

---

[149]) Zur Babylonischen Sprachverwirrung (1. Mos. 11, 1–9), Eine biblische Studie, in: Theologisch-Praktische Monatsschrift 17 (1907) 665–672.

[150]) Etwa bei dem Passauer Alttestamentler Otto Happel, Der Turmbau zu Babel (Gn 11, 1–9), in: Biblische Zeitschrift 1 (1903) 225–231; 2 (1904) 337–350; 3 (1905) 17–31, hier S. 340 ff., 17 ff.

[151]) Der deutsche Sprachbau als Ausdruck deutscher Weltanschauung, Acht Vorträge, Marburg 1899, S. 3 (Erlebnis und Erfahrung), 9 (geistige Gemeinschaft), 15 ff., 98 (Hamitisch, Semitisch, Indogermanisch), 48 (Germanisch), 90 ff., 100 ff. (Deutsch). Die Sprachstämme des Erdkreises (Aus Natur und Geisteswelt 267), Leipzig 1909, S. 6 (Ursprache). Dazu Arens, Sprachwissenschaft 354 ff.

stand 1904 die Sprache wie Steinthal und Finck als überpersönliche, völkerpsychologische *Ausdrucksbewegung*. Hinter den Lautgebärden steht (ähnlich wie bei Bastian) die überhistorische *Gesamtpersönlichkeit* der Völker mit ihren Entwicklungsgesetzen. Sie sind aus der Gegenwart zu erkennen; geschichtliche Betrachtung ist nicht dringlich. Wundt ging auf die *äußere Sprachform* und die Unterschiede der verschiedenen Sprachen ein, doch ihre Herkunft ließ er beiseite. Er hielt das Problem des Sprachursprungs für vorspsychologisch, äußerte sich aber dazu. Abzulehnen sind die älteren Annahmen einer willkürlichen oder göttlichen Setzung und der schallnachahmenden oder gefühlsmäßigen Natürlichkeit. Sprache begann als das, was sie ist, als Lautgebärde, von Gesten begleitet; ihre Entwicklung wurde nicht von außen gestört, auch als sie *aus einem lebendigen Organ des Denkens mehr zu seinem äußeren Werkzeug* wurde[152]).

Ist aber das Denken, dem die Sprache dient, ursprünglich kollektiv? Croces Freund, der Romanist Karl Voßler (1872–1949) bestritt es seit 1904 energisch, weil er *den Geist als die alleinig wirkende Ursache sämtlicher Sprachformen* ansah; die Sprache läßt sich nicht zuerst auf Pauls Weise mechanisch, auch nicht auf Wundts Weise psychologisch erklären. Sie steht wie der Geist zwischen Wirklichkeit und Jenseits. Zwar hat sie, wie Voßler 1920 schrieb, eine magische Seite, die in Gen. 2, 19 gemeint ist; Adam hatte als *eine Art Zauberer* den Befehl über alle Lebewesen, weil er ihren rechten Namen kannte. Doch weist sie auch eine mystische Seite auf, für die der Name Schall und Rauch ist. Zwischen Magie und Mystik, zwischen Wirklichkeit und Jenseits schwebt die Sprache als ein immer Werdendes und höchst Persönliches. Eine Allsprache wäre ein religiöses Phänomen; aber die Religion bleibt jenseits der Sprache, sie entfaltet sich, wie die Pfingstsage lehrt, in jeder Sprache und verrät doch in keiner ihr Geheimnis. Die Metaphysik wird ferngehalten; Sprache ist bloß menschlich, und im Grunde war es (wie bei Hobbes) die menschliche Hilflosigkeit, *die äußere und innere Not, was uns die Zunge gelöst hat*. Diese Ursprache war konventionell, technisch und starr; erst später wurde die Sprache zu jenem feinen Instrument dichterischer Schöpfung, das wir bewundern[153]). Ihre Mannig-

[152]) Völkerpsychologie, Eine Untersuchung der Entwicklungsgesetze von Sprache, Mythus und Sitte, Bd. 2, 3. Aufl., Leipzig 1912, S. 436 f. (äußere Sprachform), 628–654 (Sprachursprung). Logik, Bd. 1, 3. Aufl., Stuttgart 1906, S. 53 f. (Organ, Werkzeug). Dazu A. Humbert, L'évolution morphologique du langage selon Wilhelm Wundt, in: Revue de philosophie 18 (1911) 113–140, hier S. 114 ff.; Ipsen, Sprachphilosophie 6 ff.; Mühlmann, Anthropologie 138 ff.; Sommerfelt, Origin 892 f.

[153]) Positivismus und Idealismus in der Sprachwissenschaft, Eine sprach-philosophische Untersuchung, Heidelberg 1904, S. 63 (Geist als Ursache). Geist und Kultur in der Sprache, Heidelberg 1925, S. 3 f. (Magie und Mystik), 14 (Wirklichkeit und Jenseits, Allsprache), 34 f. (Religion und Sprache, Pfingsten), 47 (Hilflosigkeit), 104 (Ursprache). Dazu Cassirer, Philosophie 119 ff.; Ipsen, Sprachphilosophie 9 f., 23 f.; Friedrich Schürr, Sprachwissenschaft und Zeitgeist (Die neueren Sprachen, Beiheft

faltigkeit ist wohl nur ein Teil ihrer Schönheit und Menschlichkeit. Voßlers Sprachauffassung hob die deutsche Diskussion auf internationales Niveau und räumte mit naturalistischen Vorurteilen auf.

Aber war nicht auch sein ästhetischer Standpunkt noch oberflächlich? Die Vielgestalt der Sprachen weist doch zugleich auf ihre Äußerlichkeit hin; ihre Schönheit ist noch keine Wahrheit. Der Göttinger Philosophie-Professor Edmund Husserl (1859–1938) befreite 1900/01 die logischen Gesetze des Geistes aus den Fesseln der Psychologie und Empirie, auch der Sprachverschiedenheit. Die Sprache an und für sich selbst betrachtet steht (was Kant nur ahnte) zu diesen objektiven Gesetzen einer allgemeinen Grammatik in engster Beziehung; Denken und Sprechen, Sprechen und Hören, Ausdruck und Bedeutung, Bedeutung und Gegenstand gehören nahe zusammen, auch wenn die Wortbedeutungen schwanken; der sprachliche Ausdruck will mitteilen, dem Hörenden als Zeichen für die Gedanken des Redenden dienen. Aber die Frage, warum die gleiche Bedeutung in verschiedenen Sprachen unterschiedlichen Ausdruck fand, bleibt der Phänomenologie des Geistes ebenso gleichgültig wie das Problem des Sprachursprungs. Denn Husserl stellte die Sprache auf ein festeres Fundament als individuelle Gestaltung oder geschichtliche Bewegung; unser Bewußtsein, das uns die Welt vorstellt, ist ein objektives Sein[154]). Anders als Fichtes Idealismus erhob sich Husserls Phänomenologie über alle Teilkollektive wie Vaterland und Muttersprache zur einfachen Wahrheit des Geistes. Jeglicher Naturalismus wurde abgewiesen. Husserls Schüler Max Scheler (1874–1928) tat es 1915 mit schroffen Antithesen. Zwischen Naturwesen und Geschichtswesen, zwischen tierischem Ausdruck und menschlicher, bedeutsamer Sprache gibt es keine Übergänge. *Am Anfang der Sprache war das Wort!* Es hat keine Geschichte, es ist ein Urphänomen. Gegen alle seit Goethe üblichen Umdeutungen behält Joh. 1, 1 recht; die Ansicht, daß dieses Wort von Gott komme, ist nach Schelers Meinung zwar nicht wissenschaftlich, aber die metaphysisch sinnvolle Antwort auf die historisch sinnlose Frage nach dem Sprachursprung; es ist keine andere Frage als die nach dem Grund der menschlichen Existenz[155]). Mit ihr hat aber die Geschichte der Sprachen und Völker zunächst nichts zu

---

1), 2. Aufl., Marburg 1925, S. 29. SCHÜRR schließt sich an Voßler an: Das Wesen der Sprache und der Sinn der Sprachwissenschaft, in: DVLG 1 (1923) 469–490, hier S. 471 ff.

[154]) Logische Untersuchungen, Bd. 2, 1, 4. Aufl., Halle 1928, S. 3 f. (Denken und Sprechen), 33 (Sprechen und Hören), 23 ff. (Ausdruck und Bedeutung), 46 ff. (Bedeutung und Gegenstand), 77 ff. (schwankende Wortbedeutungen), 30 f. (Mitteilung). Dazu IPSEN, Sprachphilosophie 13 ff.; ARENS, Sprachwissenschaft 377 ff.

[155]) Zur Idee des Menschen, in: Vom Umsturz der Werte, Abhandlungen und Aufsätze, 4. Aufl., Bern 1955, S. 173–195, hier S. 177 ff. Vgl. Hans-Joachim SCHOEPS, Was ist der Mensch? Philosophische Anthropologie als Geistesgeschichte der neuesten Zeit, Göttingen 1960, S. 202 ff.

tun, mindestens nicht im Sinne Chamberlains, Fincks oder Wundts, daß der Mensch durch eine Teilwirklichkeit wie Sprache, Rasse oder Volk determiniert würde.

Gegen das wilhelminische Vorurteil, Beschränktes naturalistisch und romantisch ins Unbedingte zu erheben, donnerte 1898 der Berliner klassische Philologe Ulrich von Wilamowitz-Moellendorff (1848–1931), ausgerechnet in der Kaisergeburtstagsrede. Grimm und Humboldt hätten mit ihrer romantischen Überschätzung der Sprache (nämlich als Muttersprache) das inzwischen allgemein verbreitete Axiom aufgebracht, Sprache und Volk seien identisch. Das *künstliche Nationalgefühl des deutschen Bildungsphilisters* konstruiere sich solche überhistorischen Einheiten von Rasse, Sprache, Konfession und Staat, um Geborgenheit zu finden; aber Sprache sei kein sicherer Schatz, sondern eine stets neu zu bewährende Leistung[156]). Mit dieser Erklärung im Geiste Mommsens wurde dem Kaiser seine Prahlerei von 1896 unmißverständlich verwiesen. Wer noch weiter Illusionen nährte, dem nahm sie 1907 der Berliner Historiker Max Lenz (1850–1932), ein stolzer Protestant und Preuße, mit der wehmütigen Feststellung, bei den Deutschen sei die Gemeinsamkeit von Sprache und Kultur, das Band zwischen Nationalität und Religion zerschnitten[157]). Volks- und Rassereligion ist eine pure Fiktion, und unsere Muttersprache ist alles andere als heilig oder allgemein.

Aber stiften die besonderen Sprachen nicht wenigstens die begrenzten irdischen Gemeinschaften? Der Soziologe Max Weber (1864–1920) verneinte auch dies (wie schon Locke, anders als Ferguson und Comte). Sprachgemeinschaften sind noch keine Nationen, auch ethnische Gemeinschaften entstehen nicht aus gemeinsamer Sprache; sie kann, ebenso wie die Religion, Verbandsbildung sehr erleichtern, ist aber selbst erst das Ergebnis, nicht die Voraussetzung der Sozialgeschichte. Die Einzelsprachen sind keine Idealtypen; ja sie erschweren allgemeinere und tiefere Einsichten. Weber verglich 1908 einen internationalen Philosophenkongreß (fast wie Augustin) mit dem Turmbau von Babel und beschwerte sich 1909, daß es mit der Sprache kläglich bestellt sei. *In direkten Sprachenkämpfen und internationalen Sprachschwierigkeiten* gehen gewaltige Energien verloren, weil noch niemand die *höchste Stufe jeder Wissenschaft*, die *künstliche Synthese von Sprachen* ernsthaft versuchte[158]). In der Gegenwart ist die Sprachverschiedenheit ein soziologischer Anachronismus und sonst nichts.

---

[156]) Volk, Staat, Sprache, Rede zur Feier des Geburtstages Seiner Majestät des Kaisers und Königs, Berlin 1898, S. 6 f. (Axiom), 11 (Bildungsphilister), 16 ff. (Sprache und Kultur); wieder abgedruckt in: Reden und Vorträge, Berlin 1913, S. 135–149.

[157]) Nationalität und Religion, in: Preußische Jahrbücher 127 (1907) 385–408, hier S. 397, 403 ff. Dazu SRBIK, Geist Bd. 2, S. 6 ff.

[158]) Wirtschaft und Gesellschaft, Grundriß der verstehenden Soziologie, hg. Johannes WINCKELMANN, 4. Aufl., Tübingen 1956: VIII, 5 S. 528 (Sprachgemein-

Sogleich meldeten sich neue Katheder-Propheten, die auch aus dieser Wirklichkeit eine Ideologie machten; wenn der romantische Naturglaube nicht auf das Beschränkte zutraf, dann eben auf das Unbegrenzte. Der Vorsitzende des deutschen Monistenbundes, der Leipziger Chemiker Wilhelm Ostwald (1853–1932) war 1912/13 wie Haeckel überzeugt, daß Naturerkenntnis die diesseitige Existenz religiös begründe, physikalische Energie alles Leben beherrsche und sich immer weiter veredeln lasse. Sprache gibt es nach Haeckel schon bei Tieren; die Menschen erfanden sich inzwischen hundert verschiedene Sprachen, und in jedem Negerdorf erfinden sie noch immer neue. Das ist keine gewaltige Leistung, sondern eine Energieverschwendung, weil die geistigen Werte, welche die Sprache vermittelt, nicht an deren äußerer Form hängen. Nur mystische Auffassungen vom Wesen der Sprache hindern uns daran, diesen Ballast über Bord zu werfen und eine künstliche, internationale Sprache zu schaffen. Eine solche, nach Art des Esperanto oder Ido, würde mehr leisten als die veraltete Muttersprache; Ostwald förderte das Esperanto energisch. Er hielt die sprachliche Organisation der Menschheit für eine Aufgabe, *deren Lösung die meisten unter uns noch erleben werden*. Statt dessen erlebte Ostwald ein Jahr später den Ausbruch des ersten Weltkrieges[159]). So tapfer er sich gegen die nationalistische Ideologie wehrte, der naturalistischen opferte er die Wirklichkeit.

Ähnlich ideologisch war die materialistische Geschichtsauffassung des Sozialdemokraten Karl Kautsky (1854–1938), der Engels' Sekretär gewesen war und Lenins Feind wurde. Intensiver als Engels gab er sich mit historischen Fragen und mit der Sprache ab, weil er auf die geschichtliche und internationale Verwirklichung des Marxismus hoffte. Die Menschheit stammt nicht von einem einzigen Paare, ihre Verschiedenheit beruht vielleicht auf den rassischen Eigenarten der jeweiligen tierischen Vorstufen. Doch für menschliche Gemeinschaft ist Sprache unerläßlich, sie bindet (geistiger, als Lenin glaubte) die Gruppen zusammen. Als geistiger Überbau ist sie nicht vererblich; zwölf Kinder der gleichen Eltern können ein Dutzend verschiedener Sprachen gebrauchen. Deshalb wird die Teilung der Sprachen nicht dauern. Kautsky deutete 1917 den Babelmythos im Sinne von Nietzsche und France, revolutionär wie Barère. Nach der Bibel kamen alle Menschen von einem Paar, alle Sprachen von einer. Als die Menschen an Zahl und Intelligenz zunahmen, bauten sie einen Turm,

---

schaften und Nationen); IV, 2 S. 235 ff. (Verbandsbildung erleichtern); I, 9 S. 22 f. (Ergebnis, nicht Voraussetzung). Marianne Weber, Max Weber, Ein Lebensbild, Neudruck Heidelberg 1950, S. 434 f. (Philosophenkongreß; vgl. S. 428). Gesammelte Aufsätze zur Wissenschaftslehre, hg. Johannes Winckelmann, 2. Aufl., Tübingen 1951, S. 418 f. (Sprachenkämpfe).

[159]) Monistische Sonntagspredigten, 3 Bände, Leipzig 1911–13, hier Bd. 2, S. 379 f. (Sprache bei Tieren), 381 (Erfindung); Bd. 3, S. 51 (internationale Sprache), 55 (Ido), 56 (die meisten unter uns).

und Gott begann sie zu fürchten; durch die Sprachverwirrung vereitelte er den Aufstieg der Menschheit, *das Hohelied der Internationalität.* Doch heute geht die Spaltung dem Ende zu; nationale Begrenzungen werden ihre Bedeutung verlieren, sobald der kulturelle Aufschwung es den Arbeitern erlaubt, neben der Muttersprache eine Weltsprache zu lernen und in aller Welt verständlich und heimisch zu sein; die sprachlich nicht mehr geteilte Menschheit wird den höchsten Gipfel der Macht erklimmen[160]). Sie erklomm ihn nicht; Kautsky, der sich weder der deutschen Sozialdemokratie noch dem russischen Bolschewismus anschließen mochte, wurde kaltgestellt, weil er seinen hohen Zielen die nationale und soziale Wirklichkeit hingab.

Deutlicher wurde sie von den Dichtern gesehen; sie merkten an ihrer Sprache, daß die begrenzten Realitäten wirksam und doch unheilig sind. Diese sinnlose Welt ist nur durch sinnfreies Sprachspiel zu durchschauen; denn sie hat keine verbindliche Sprache mehr. Der von Nietzsche und den Anthroposophen berührte Dichter Christian Morgenstern (1871–1914) sagt das in dem tiefsinnigen, unsinnigen Gedicht vom Papagei. Er war *beim Schöpfungsakt dabei* und lernte dort das erste Wort des ersten Menschen; es lautete *A* und bedeutete fast alles, was er sah, Fisch, Brot, Leben, Tod. Erst nach Jahrhunderten erfand der Mensch allmählich das übrige ABC, und nur der Papagei bewahrte *die erste menschliche Vokabel.* Er wußte noch, daß ein Laut alles bedeutet; welcher Dichter wäre so weise? Wir klammern uns an die vielfältigen Worte, sie sind wie Rettungsringe; denn sie sinken nicht auf den Grund der Dinge[161]). Die differenzierte Sprache täuscht uns über die einfache, ursprüngliche Wahrheit hinweg. Morgenstern war unterwegs zum Expressionismus, der einer toten Umwelt den seelischen Ausdruck entgegenstellte; der rheinische Kunsthistoriker und Dichter Josef Ponten (1883–1940) stand 1918 schon mitten im Expressionismus, als er die Arbeit des Dichters am architektonischen Beispiel des babylonischen Turmes erläuterte. Ein stolzer, tatkräftiger Maurer möchte ihn wiederherstellen; als Bauunternehmer richtet er Gewaltiges auf. Die Sünde des Gestaltens rächt sich; seine Sprache, die seiner Kinder wird verwirrt. Und doch muß man ihn immer wieder versuchen, den Bau der Kunst, von dem Kandinskij sprach[162]). Er vergewaltigt die Natur, aber er ist das reine Symbol

---

[160]) Die materialistische Geschichtsauffassung, Bd. 1, Berlin 1927: I, 1 f. S. 480 ff. (Abstammung); I, 7 S. 519 ff.; I, 14 S. 563 ff. (Sprache). Die Befreiung der Nationen, 2. Aufl., Stuttgart 1917, S. 50 f. (Babel), 43 f., 47 (Sprachenlernen).

[161]) Der Papagei, in: Alle Galgenlieder, 188.–199. Tausend, Wiesbaden 1956, S. 272 (Papagei). Man muß aus einem Licht fort in das andre gehn, Ein Spruchbuch, hg. Margareta MORGENSTERN, München 1948, S. 16 (Rettungsringe).

[162]) Der Babylonische Turm, Geschichte der Sprachverwirrung einer Familie, Roman, Stuttgart-Berlin 1918, S. 7 ff. Dazu Walter LINDEN – Carl ENDERS, Dichtung und Geistesgeschichte um den Rhein von den Anfängen bis zur Gegenwart, Ratingen 1957, S. 636 f.

der kolossalisch-hektischen Dichtersprache. An der häßlichen Realität zu scheitern, ist ihr Stolz.

Die deutsche Niederlage im ersten Weltkrieg riß die Kluft zwischen Ideal und Wirklichkeit, seelischem Ausdruck und sinnlichen Eindrücken vollends auf. Die Weltgeschichte erschien als sinnlos, die Neuordnung der Weimarer Republik als ungenügend; die große Frage an die Deutschen war, ob sie sich nun dem Strudel der Zeit anvertrauen oder sich wieder auf die festen Türme des Unbedingten zurückziehen würden. Die erste Erschütterung nach 1918 schien Fronten und Horizonte zu öffnen; die ganze Fülle und Bedingtheit menschlichen Daseins wurde sichtbar. Von völkischen und sprachlichen Sonderungen hielt man weniger als vor dem Krieg. Der Heidelberger Psychiater und Philosoph Karl Jaspers (geb. 1883) beraubte 1919 die Weltanschauungen ihrer ideologischen, völkerpsychologischen Selbstsicherheit und stellte sie fast expressionistisch auf den Grund der menschlichen Existenz. Die innerste Wirklichkeit des Menschen kann nur in ihm selbst appellierend erweckt, nicht von außen ästhetisch erfahren werden, auch durch Sprache nicht. Sie ist nur ein Hilfsmittel, um vom Unbegreiflichen im Versuche des Begreifens zu erfahren, ähnlich wie bei Kierkegaard ein *Drumherumreden* ohne Kraft; alles geistig Lebendige läßt sich nur indirekt, zudem nur individuell mitteilen. Dem souveränen Einzelmenschen wird sein Weltbild nicht von der Geschichte seines Volkes, nicht von der inneren Form seiner Muttersprache vorgeschrieben; die *soziologischen Ganzheiten (Familie, Nation, Staat)* sind keine letzten Werte, sondern (fast im Sinne Unamunos) Antinomien zum Menschen, zwischen denen er existiert, immer in Grenzsituationen, dem Scheitern nahe, von keinem Allgemeinen gehalten. Totalitäten verwischen bloß die Konturen und Alternativen; wenn die Gegenwart 1931 eine absolute Daseinsordnung sucht und die Freiheit bekämpft, so tritt in der Vermischung der Massen, in der Verwaschenheit der Sprache, in der Perversion der Schlagwörter nur ihre Unsicherheit des Meinens und Wollens zutage[163]). Der Kritiker muß alle Türme, die der Einzelmenschen und die der Massen, zerschlagen und zwischen Trümmern ausharren.

Der Berliner Pastorensohn und Arzt Gottfried Benn (1886–1956) stellte 1920 ungerührt fest: *Es ist die Zeit der Türme, dessen zu Babylon, den der Herr zerschlug, und dessen zu Siloah, wo die Unschuldigen fielen.* Schuldig oder unschuldig, Massenwahn oder Sonderwert, alle Werke des Menschen scheitern. Was bleibt, zeigt Benns Bild auch: die Magie der weithergeholten und vermengten Gleichnisse

---

[163]) Psychologie der Weltanschauungen, 3. Aufl., Berlin 1925, S. 289 (Sprache gegen Leben), 326 (Drumherumreden), 376 ff. (indirekte Mitteilung), 381, 403 ff. (soziologische Ganzheiten). Die geistige Situation der Zeit (Sammlung Göschen 1000), 5. Aufl., Berlin-Leipzig 1933, S. 62 ff. (Unsicherheit des Meinens). S. u. Anm. 228.

und Töne, die geheiligte Poesie, die artistisch reizt und alle historische Ordnung aufhebt. Denn die Geschichte ist als Vergangenheit sinnlos; *wer der Gegenwart gar nichts zu bieten vermag, der sagt Geschichte!* Sie klärt unser Weltchaos nicht; auf einem winzigen Kontinent *25 Völkerschaften, 30 Sprachen, 75 Dialekte!* Bloß die dichterische Schöpfung rettet vor dem allgemeinen Nihilismus[164]). Ihn beschrieb 1924 mitleidlos der Berliner Arzt Alfred Döblin (1878–1957); die technische Perfektion wird nur die seelische Verkommenheit der Menschen, nicht einmal ihre sprachliche Einheit fördern. Wie die Staaten und Rassen, so werden auch die Sprachen Europas *zu einem Kauderwelsch* vermengt werden; in Berlin wird man *Englisch-Deutsch* reden. Aber Russisch bleibt auch in Zukunft ein *unverständlicher Jargon*; Ostwalds und Kautskys Hoffnung wird sich nicht erfüllen, weil die Welt im Chaos enden wird. Was helfen da noch Traditionen? Wenn ein hochmütiger altbabylonischer Gott in das 20. Jahrhundert versetzt wird, findet er niemanden mehr, der sein Babylonisch spricht; mühsam lernt er etwas Türkisch, Arabisch und Französisch. Wer weiß noch von Babylon? Nur ein Kamel erzählt phantastische Sagen nach Gunkels Schema: *Diese Stadt ist vor der Sprachverwirrung entstanden. Sie haben einen riesenhaften Turm gebaut, währenddessen entwickelte sich die Sprachverwirrung, das störte den Turmbau und man stellte die Arbeiten ein. ... Die Arbeiter werden wo anders untergekommen sein.* Glaubhaft ist daran nur, daß die Welt schon in Babel so verworren und entwurzelt war, wie sie heute ist[165]). Das menschliche Scheitern drohte zu einer neuen, unbedingten Ideologie zu werden.

Bringen die Geschundenen nicht doch eine dürftige Ordnung zuwege? Ist sie nicht besser als die tödliche Nichtigkeit der Welt? Der geheimnisvolle Bruno Traven, dessen Nationalität unbekannt geblieben ist, der aber in deutscher Sprache schrieb, faßte 1929 wie Melville die Welt als Totenschiff auf und schilderte die Leiden seiner Matrosen. Die Feuerung des uralten Schiffes „Yorikke" war einmal neu *zu der Zeit, als der große Streik ausbrach beim Bau des Turms von Babel und jene Sprachverwirrung eintrat, die auf der Yorikke ihren Höhepunkt erreicht hatte.* Denn auf dem Schiff drängen sich Spanier, Schweden, Dänen, Holländer, Polen, Franzosen, Deutsche; sie können sich nur *yorikkisch* miteinander verständigen, das heißt durch eine Art von Basic English, etwa zweihundert englische Worte, die einer vom anderen lernte und die im Laufe der Zeit eine ganz

---

[164]) Frühe Prosa und Reden, Wiesbaden 1950: Das moderne Ich S. 157 (Zeit der Türme). Weinhaus Wolf, in: Der Ptolemäer, Wiesbaden 1949, S. 19 (Gegenwart und Geschichte). Urgesicht, Frühe Prosa, S. 184 (Völkerschaften). Dazu Friedrich, Struktur 121; Schöne (o. S. 1528 Anm. 6) S. 190 ff.

[165]) Berge, Meere und Giganten, Roman, Berlin 1924, S. 19 (Kauderwelsch), 115 (Englisch-Deutsch, Russisch). Babylonische Wandrung oder Hochmut kommt vor dem Fall, Amsterdam 1934, S. 160 ff., 170 ff. (kein Babylonisch), 529, 582 (Türkisch usw.), 199 (Turmbau).

von der Schriftsprache abweichende Form gewannen. Die Welt ist noch immer so defekt wie in Babel; doch die Menschen haben den Schrecken leidend besiegt, durch die armselige, aber auf der ganzen Welt verständliche Sprache der Not[166]).

Ist die Sprache des Menschen so arm? Hinter aller Enttäuschung erhob sich ein neuer Humanismus, ironisch distanziert, doch mit geheimer Sorgfalt. Mit allen Formen der Sprache, auch mit Fremdsprachen überlegen spielend, der Muttersprache zugleich redlich dienend, betrachtete der Lübecker Bürger Thomas Mann (1875–1955) voll genußreicher Ehrfurcht das menschliche Werk des Denkens und Sprechens. Es ist nicht in allen Zeiten und Zonen gleich, es hat seinen unvertauschbaren geschichtlichen Ort. Wer heute in einer fremden Sprache redet, spricht wie im Traum, ohne Verantwortung; bloß ein Hochstapler hält eine ausländische, etwa die französische Sprache für *die Menschensprache*; nur ein Taugenichts redet *in Zungen*, nämlich *Englisch*, *Spanisch*, *Plattdeutsch und Hamburgisch*. Was Gewicht und Wert haben soll, muß jeder in seiner eigenen Sprache sagen. Dennoch fügt sich jede geformte Aussage in ein größeres, zeitloses Monument. Reiner als in zeitkritischen Dichtungen fand Mann es 1933 in der biblischen Mythologie aufgerichtet; denn sie war in den geheimnisvollen Schleier des Uralten gehüllt, der zwar trog, aber (wie bei Valéry) schützte. Die eine Sprache der Menschen wird nicht von heimatlosen Gesellen heute ausgeheckt; sie kommt von weit her. Auch das Indogermanische, auch Sanskrit und Hebräisch sind nur Ableger jener einzigen Muttersprache, die noch die Wurzeln der arischen wie der semitischen und hamitischen Mundarten in sich beschloß. Wie diese Ureinheit zerfiel, darüber gab Mann keine Auskunft; den Glauben an die babylonische Sprachenverwirrung hielt er für falsch, aber erklärlich. Für seine Bauherren hatte der Turm nichts Zerstreuendes, er sollte im Gegenteil das zerfahrene Volk zusammenbringen; doch die Semiten blickten (nach Gunkel) voll Abscheu auf diese Bauwerke, die dem jungen Abraham *auf beleidigende Weise eindrucksvoll* wurden. Denn sie dienten weniger den göttlichen Lichtern, *denen sie geweiht waren*, *denn als Hemmriegel der Zerstreuung und himmelaufragende Male von des Nimrod-Königs gesammelter Macht*. Die Gestalt des Königs ist ein zeitloser Typus des Menschlichen und darum beachtenswert wie die jüdischen Traditionen von der Völkerzahl. *Es waren ihrer siebzig oder wahrscheinlich zweiundsiebzig, da dies die Zahl der Fünferwochen des Jahres war* (eine von den Panbabylonisten übernommene Ansicht). Diese und ähnliche Zahlen sind nicht einzeln errechnet, sondern *ein Zahlgefühl und sinnige*

---

[166]) Das Totenschiff, Die Geschichte eines amerikanischen Seemanns, Berlin 1930: c. 31 S. 159 f. (Feuerung); c. 35 S. 178 ff. (Yorikkisch). – Varianten der Ausgabe Zürich 1937: S. 180 (statt Zeit des Turmbaus : als Königin Victoria heiratete), 147 ff. (statt 200: 300 Wörter; zusätzlich: Yorikkisch war in der Jugendzeit des Schiffes Babylonisch).

Übereinkunft, ein heilig vorweggenommenes und auf schönem Vorurteil beruhendes Resultat. Darum ließ Mann schon 1909 die Geburt eines Thronfolgers mit 72 Salutschüssen begrüßen, obwohl die Zahl in keinem modernen Salutreglement vorzukommen scheint; sie kam Manns Liebe zum ausgefeilten, bedeutsamen Detail entgegen, überhaupt seinem Glauben an den umfassenden Sinn der Symbole[167]). Sie haben keinen jenseitigen Grund und keine dämonische Macht; man sollte sich ihnen nicht verschreiben, aber man darf sie behandeln, denn sie sind menschlich. Die Ideologie der scheiternden Existenz schien sich in humane Fülle aufzulösen.

Doch die Wissenschaft widersetzte sich; sie durfte nicht zur Lebenshilfe werden. Das Menschliche rein auszusprechen, mag dem souveränen Dichter beschieden sein; dem sachgebundenen Gelehrten bleibt es verwehrt. Der Berliner Chemiker Karl Andreas Hofmann (1870–1940) teilte die Zuversicht Ostwalds, die Hoffnung auf eine gemeinsame und deutliche Sprache nicht; bei seiner Aufnahme in die Preußische Akademie der Wissenschaften meinte er 1925 resigniert, dem Aufbau der Wissenschaften im ganzen sei ein ähnliches Schicksal beschieden *wie einst dem Turmbau zu Babel, wo schließlich keiner mehr die Sprache des anderen verstand, indem die Beschränkung menschlichen Könnens den Forscher zwingt, seine Kräfte auf engem Gebiet zusammenzuhalten*[168]). Butler hatte diese Folge der gelehrten Spezialisierung kommen sehen; aber mußte sie in anorganischer Verwirrung enden? Der Soziologe Johann Plenge (geb. 1874) in Münster hoffte 1931 wenigstens, daß sich die Menschengeschichte als *Weltorganisationsgeschichte* denken lasse, als *Bau am großen Turm zu Babel trotz aller Sprachverwirrung*; aber ob das Ringen um die Vollendung dieses Baues endlich Erfolg verspreche, wußte auch er nicht[169]). Die Welt der Erscheinungen, der anorganischen und der organisierten, trug jedenfalls ihre Ordnung nicht in sich selbst.

Kam sie ihr von oben zu? Die Theologen beider Konfessionen waren mit Grenzüberschreitungen ihres Bereiches vorsichtig geworden. Der Erforscher des ursprünglichen Monotheismus, der westfälische Völkerkundler P. Wilhelm

---

[167]) Gesammelte Werke, 12 Bände, Frankfurt/Main 1960: Der Zauberberg Bd. 3, S. 469 (Fremdsprachen); Bekenntnisse des Hochstaplers Felix Krull Bd. 7, S. 388 (Hochstapler); Die Buddenbrooks Bd. 1, S. 448 (Taugenichts); Joseph und seine Brüder Bd. 4, S. 28 (älteste Sprache), 33 f. (Zweck des Babelturms), 11 (semitische Vorstellungen vom Turm), 420 (Nimrod als Typus), 406 (Völkerzahl; s. o. S. 78 Anm. 25); Bd. 5, S. 1725 ff. (Zahlensymbolik; Hinweis von Prof. Friedrich SCHMIDTKE-Münster); Königliche Hoheit Bd. 2, S. 12 (Salutschüsse). Dazu Käte HAMBURGER, Thomas Manns Roman „Joseph und seine Brüder", Eine Einführung, Stockholm 1945, S. 43 ff.

[168]) Sitzungsberichte der Preuß. Ak. d. Wiss., Philos.-Hist. Kl., Jg. 1925, Berlin 1925, S. C.

[169]) Hegel und die Weltgeschichte, Ein Vortrag (Aus dem Forschungsinstitut für Organisationslehre und Soziologie bei der Universität Münster, Kleine Schriften 3), Münster 1931, S. 39. Dazu LÖWITH, Von Hegel 149.

Schmidt SVD (1868–1954) bezog 1926 die Sprache nicht unmittelbar auf Gott. Die tiefsinnige Erzählung der Genesis lehrt, daß die Sprache so alt ist wie der Mensch; Adam formte *in kongenialen Ausrufen* die Namen seiner Umwelt. Wie er zur Sprache kam, bleibt ein Wunder, das jenseits wissenschaftlicher Erörterung liegt; mit dem Urmonotheismus verband Schmidt (anders als Schelling) die eine Ursprache nicht; sie zu rekonstruieren, hielt er für *linguistischen Hochmut*. Heute noch lebende Idiome urtümlicher Kulturen sind miteinander nicht eng verwandt; Schmidt betonte noch 1953, daß nichtsemitische Völker und Sprachen sich schon vor der partiellen Sintflut und vor dem Turmbau auf natürliche Weise differenzierten[170]). Die Grundzüge der biblischen Berichte treffen historisch zu; das Einzelne ist dunkel und nur durch Einzelforschung zu erhellen.

Ins Grundsätzliche stieß 1930 der schwäbische Kulturkritiker und Konvertit Theodor Haecker (1879–1945) vor. An Kierkegaard und Newman orientiert, glaubte er (anders als Barth) nicht, daß die Sprache bloß menschlich sei; sie kommt aus dem Sein selber, eine *unermeßliche Gabe* aus dem Reich der Wahrheit. Sie ist nicht nur wesenloses Zeichen oder wesenhaftes Symbol des fleischgewordenen Logos, sondern selbst Wahrheit; denn *sie macht die Schöpfung Gottes durchsichtig*. Dieses Gut ist in die Hut der Völker, nicht der einzelnen gegeben; hier ging Haecker weiter als Newman. Sprache ist Muttersprache, weil sie den Müttern und der Gemeinschaft gehört. Somit ist die Verschiedenheit der Sprachen notwendig. Babel wurde nicht hier zitiert, sondern 1932 beim Angriff auf die modernen Systemphilosophen, die sich nicht einmal zum Bau eines Babelturms zusammentun, sondern jeder für sich eine Baracke der Sprachverwirrung zimmern. Babel ist nicht die Teilung der lebendigen Sprachen, sondern die Lösung der Sprache von der lebendigen Wahrheit, von Gott. Wer aus eigener Kraft die Welt ordnen will, baut immer nur und immer wieder babylonische Türme[171]). Der christliche Existentialismus wußte sich in Deutschland sogar in seiner katholischen Fassung, anders als der französische, dem irdischen Wirrwarr enthoben; darum verzichtete er auf seine Ordnung.

Auf der evangelischen Seite herrschte die gleiche Lage, freilich noch wenig

[170]) Die Sprachfamilien und Sprachkreise der Erde (Kulturgeschichtliche Bibliothek I, 5), Heidelberg 1926, S. 16–23 (Ursprung der Sprache), 29 (Hochmut). Der Ursprung der Gottesidee, Eine historisch-kritische und positive Studie, Bd. 1, 2. Aufl., Münster 1926, S. 15 f.; Lebende Völker als Reste ältester Völker und Kulturen, in: Historia Mundi, Bd. 1, München 1952, S. 373–501, hier S. 440 (Idiome urtümlicher Kulturen). Die Völker in der Heilsgeschichte der Menschheit, Kaldenkirchen (1953), S. 5 f. (Sintflut, Turmbau).

[171]) Essays, München 1958: Wahrheit und Leben S. 319 (aus dem Sein selber); Der katholische Schriftsteller und die Sprache S. 345 ff. (Sprache und Wahrheit), 351 f. (Muttersprache); Der Begriff der Wahrheit bei Sören Kierkegaard S. 397 (Systemphilosophen); Dialog vom Wunderbaren und vom Nichts S. 508 (immer wieder Babel).

von der dialektischen Theologie der Schweizer bestimmt. Gleichwohl widersprach 1927 der Berliner Alttestamentler Hugo Greßmann (1877–1927) der philologischen, literarkritischen Bibeldeutung Wellhausens, auch der literargeschichtlichen Methode seines Freundes Gunkel. Die Erzählung vom Babelturm ist einheitlich; babylonische Eindrücke und Sagen wurden von den Semiten zusammengefaßt, um Hochmut und Weltmacht Babylons zu kritisieren. Nun muß aber weitergefragt werden nach dem religiösen Hintergrund des Textes, und dann erst zeigt sich Delitzschs Irrtum; dann hebt sich von der handfesten, magischen und naturgläubigen Religion der Babylonier, die in ihrer Hauptstadt die Weltmitte sahen, der geistliche Glaube Israels ab, der über lokale und politische Ambitionen erhaben ist und allein dem Weltenlenker Gott vertraut. *Höher als der Turm von Babel ragte der Berg Sion.* Auf Türmen wohnen die Menschen; der Christ erhebt sein Herz zum Berge Gottes[172]).

War es gestattet, die leidende Welt sich selbst zu überlassen? Der Berliner Studentenpfarrer Dietrich Bonhoeffer (1906–1945) verneinte es 1932/33, auch beim Blick auf Gen. 2, 19 f. Es geht hier nicht um die Ursprache, nicht um die Alternative der göttlichen oder menschlichen Namengebung; es geht, wie bei Schleiermacher, um den Platz des Christen in der diesseitigen, mündig gewordenen Welt. Die Tiere, ja alle Geschöpfe sind Brüder des Menschen; er sucht unter ihnen Beistand. Er nennt sie alle sogleich vertraulich bei ihren Namen, aber keines erhält den Namen des Gefährten; erst Eva wird es sein. Gott greift nicht ein, denn Sprache ist das Humane am Menschen[173]).

Wenn Gott, so oder so, die irdischen Dinge und das menschliche Dasein freigab, kann der Mensch nur noch auf sich selber bauen, wenn er das Diesseits bewältigen will. Während ihn die Dingwelt abstößt und verwirrt, findet er in seinem Geist, in seinen Symbolen, in seiner Sprache eine unberührte und unbedingte Welt, wie die Romantik gelehrt hatte. Dem Expressionismus trat ideologisch die Neuromantik gegenüber. Ihr Sänger Stefan George (1868–1933) widerstand der formlosen Masse und den geistlosen Dingen heroisch, mit strenger Sprachkunst und hierarchischer Elitebildung. Von der Außenwelt ließ er sich nichts aufzwingen, nicht einmal die Muttersprache. An den französischen Symbolisten geschult, wußte der junge Dichter 1890 nicht, *in welcher Sprache ich schreiben soll*; er schuf sich zunächst eine eigene Sprache, *lingua romana*, von reiner Klangschönheit und blieb der romanischen Literatur auch später, als Übersetzer, zugetan. Nach dem Entschluß zum Deutschen hoffte er 1917, im Kriege, daß *alles was eine sprache spricht die hand sich reicht*; doch dem Treiben des

[172]) GRESSMANN, Tower 2 f. (einheitliche Erzählung), 4 ff. (Stoff und Form), 74 ff. (babylonische und jüdische Religion), 92 (Babel und Sion). Dazu KRAUS, Geschichte 360 ff.

[173]) Schöpfung und Fall, Theologische Auslegung von Genesis 1 bis 3, 3. Aufl., München 1955, S. 71 f.

deutschen Nachkriegslebens und seiner Alltagssprache hielt er sich fern. Die Außenwirklichkeit selbst entrückte ihm bei der Abwehr von Positivismus und Naturalismus, und so lernte er 1919 *traurig den verzicht*: *Kein ding sei wo das wort gebricht*. Es wäre schöner, wenn das Dingliche sich bilden ließe; da es sich entzieht, schafft die geformte Sprache eine neue Binnenwelt des Bedingens[174]).

Der Anschauung des Dichters kam die Analyse des Philosophen entgegen. Der Hamburger Philosophie-Professor Ernst Cassirer (1874–1945) erneuerte 1923 die Kantische Trennung zwischen Welt und Geist, doch so, daß sich der Geist seine eigene, wirkliche Welt erschafft und nicht bloß Gedanke bleibt. Darum wies Cassirer in seinem idealistischen System der Sprache eine weit gewichtigere Rolle zu als Kant. Sie gehört neben Mythos, Religion, Kunst und Wissenschaft zu den symbolischen Formen, in denen sich das Denken verkörpert. Sprache bildet nicht nur ab, bleibt kein passiver Eindruck; sie setzt aktive Ausdrücke, anschauliche Symbole, die sich zu Sinnzusammenhängen fügen. Den Ursprung der Sprache fand Cassirer wie Wundt im mimischen Ausdruck, doch löste er sie von der Völkerpsychologie; nicht die Mannigfaltigkeit ihrer äußeren Formen, sondern ihre innere, ideengeschichtliche Entfaltung beschäftigte ihn. So hat er auch der Geschichte des Sprachdenkens viel mehr als Croce abgewonnen[175]).

Den geschichtlich gegliederten, äußeren Sprachformen näherte sich 1937 der neukantianische Mitstreiter Cassirers, der Philosophie-Professor Richard Hönigswald (1875–1947). Er glaubte, daß die Mannigfaltigkeit der Sprachen mit dem Ursprung der Sprache identisch sei, und wies alle Ursprungstheorien, von der göttlichen bis zur nachahmenden, zurück, weil sie die Autonomie der Sprache leugnen; die Sprache hat samt ihren Verschiedenheiten keine Ursache, weil sie Ursprung ist. Sie wirkt als Überlieferung und Kontinuität, an eine historische Gemeinschaft gebunden; erst die Vielzahl der Sprachen ergibt (wie bei Humboldt) die Sprache, jedes Idiom ist die Ergänzung aller übrigen. So wenig es Menschheit als konkrete Gemeinschaft gibt, so wenig kann es (ähnlich Ammann) eine Ur- und Universalsprache geben; jedes lebende Idiom ist Muttersprache, eine künstliche Weltsprache wird nie geschichtlich lebendig sein. Weil Sprache geschichtlich ist, bedarf sie der Exegese und Interpretation, die

---

[174]) Brief vom Januar 1890, bei Robert BOEHRINGER, Mein Bild von Stefan George, München-Düsseldorf 1951, S. 46 ff. (in welcher Sprache). Gesamt-Ausgabe der Werke, 18 Bände, Berlin 1927–34: Paz, El imagen Bd. 18, S. 130 f. (lingua romana); Der Dichter in Zeiten der Wirren Bd. 9, S. 38 (was eine Sprache spricht); Das Wort S. 134 (Verzicht).

[175]) CASSIRER, Philosophie 12 (Mythos usw.), 5 (Abbild und Symbol), 136 ff. (Mimik), 55–121 (Geschichte des Sprachdenkens). Dazu skeptisch Otto FUNKE, Studien zur Geschichte der Sprachphilosophie, Bern 1927, S. 49 ff., 57 ff.; gerechter IPSEN, Sprachphilosophie 25 f.; Paul Arthur SCHILPP, The Philosophy of Ernst Cassirer, New York 1958, S. 379 ff., 401 ff.

ihrerseits wieder an Sprache und Geschichte gebunden ist. *Geschichte entrollt sich im Medium der Sprache* und spiegelt sich in ihr. Übergeschichtlich und übersprachlich ist nur das mythisch-religiöse Schöpfungswort und das betende Gespräch mit Gott[176]). Einheit des Geistes und Vielfalt der Geschichte verschränkten sich; die Sprachbetrachtung wurde zur Geistesgeschichte.

Damit war der Standpunkt Humboldts wieder erreicht; der Sprachwissenschaftler Leo Weisgerber (geb. 1899) nahm ihn seit 1926 ebenfalls ein. Wie Cassirer sah er die Sprache als Symbol und als *eine wahre Welt*; nicht nur das Gesprochene, auch *alles in den Formen der Sprache Gedachte, überhaupt alle verstandesmäßige Verwertung der sprachlichen Elemente* gehört zu ihr. Sie vermittelt dem einzelnen seine *intellektuelle Weltanschauung* je nach ihrer inneren Form; die Muttersprache ist es, *die zumeist für uns denkt.* Damit wird die Sprache konkret und autonom, sie bestimmt den Menschen von außen her; denn sie ist im Sinne Saussures *ein soziales Objektivgebilde.* Daher rührt die Verschiedenheit der Sprachen. Daß lautliche Zeichen und geistige Inhalte für eine Gruppe gleich sind, liegt (so 1929) weder an einer angeborenen menschlichen Fähigkeit noch an persönlichen Erfahrungen und Erlebnissen, die schwerlich in dieser Weise übereinstimmen würden. Die Gleichartigkeit einer Gruppe wird vielmehr durch die Sprache selbst vermittelt; sie schafft (wie bei Finck) weitgehend die Eigenart eines Volkes und ist sein hervorragendstes Kennzeichen. Darum unterscheiden sich die Sprachen der Erde, nicht nur im Lautbestand, sondern im inhaltlichen Aufbau; die Menschen denken nicht alle gleich, sondern gruppenweise verschieden. Die Mannigfaltigkeit der Sprachen wird durch die menschliche Sprechfähigkeit zur Einheit zusammengefaßt, doch erscheint sie nicht konkret in der Geschichte. Hingegen hat die Sprache eines Volkes, wie Weisgerber 1930 meinte, überpersönliche Realität.

In allem Wirrwarr der folgenden Jahre hielt Weisgerber seinen Standpunkt konsequent fest, auch nach 1945. Die Sprache kann zwischen der Außenwelt und dem Bewußtsein nur durch eine *grundsätzliche Besonderung des Verfahrens* vermitteln, als begrenzte Sprache eines Volkes mit einem umfassenden Weltbild. Die Fülle der Sprachen ist weder überflüssig noch chaotisch; die notwendige Auseinandersetzung zwischen Objekt und Subjekt gelingt weder in den zahllosen Individualsprachen noch in einer Menschheitssprache, nur in den Zwischenwelten der mannigfaltigen Muttersprachen. Ihre Gemeinschaften leben länger als die Staaten; ihre Verschiedenheit schafft die *Voraussetzungen für*

---

[176]) Philosophie und Sprache, Problemkritik und System, Basel 1937, S. 4 f. (Sprachen und Sprache), 11–29 (Ursprungstheorien), 126 ff. (Überlieferung), 137 (Ergänzung), 184 ff. (Muttersprache), 167 ff. (Weltsprache), 222 ff. (Interpretation), 226 (Geschichte und Sprache), 133 f. (Schöpfungswort; ähnlich Vom erkenntnistheoretischen Gehalt alter Schöpfungserzählungen [Schriften aus dem Nachlaß 1], Stuttgart 1957, S. 172 ff.).

ein stetiges Voranschreiten im Kulturschaffen. Mehr noch, die lückenlose Gliederung der Menschheit in Sprachgemeinschaften lehrt, daß dadurch ein Zustand gesichert wird, *der für das Gelingen des menschlichen Lebens unentbehrlich ist.* Freilich droht stets die Gefahr, daß sich das eigene sprachliche Weltbild absolutsetzt; dieser Bedrohung ist (wie bei Schleiermacher) nicht durch die öde Gleichmacherei einer Weltsprache, sondern nur durch Dolmetschen zu begegnen[177]). Weisgerbers Gesinnungsgenosse Gunther Ipsen (geb. 1899) schritt freilich 1930, von der Schallanalyse kommend, weiter zur Ursprache der Menschheit, die zwar keine historische Realität hat, aber wirksam ist als *das klingende Wesen der Dinge selbst.* In der Vielfalt der geschichtlichen Sprachen liegt sie verborgen; aus ihr heben die Dichter sie immer wieder neu ans Licht[178]). Die nationalistische Übersteigerung lag im Land der Dichter und Denker nahe; 1932 konnte man im Stile Fichtes lesen: *Von den tausend Sprachen unseres Erdballs können sich nur wenige mit der unsrigen vergleichen*; alle Völker ringsum sind ihre Feinde[179]). Der romantische Kreis schien sich zu schließen; in der geistesgeschichtlichen Wirklichkeit geformter Sprache erschlossen sich überpersönliche Wahrheiten menschlichen Daseins, neue Möglichkeiten sinnvoller Gemeinschaften.

Aber liegt die Wahrheit der Sprache in ihrer geistigen Gestaltung oder geschichtlichen Selbstherrlichkeit? Wie Max Weber betrachtete seit 1924 der Sozio-

---

[177]) Das Problem der inneren Sprachform und seine Bedeutung für die deutsche Sprache, in: Germanisch-Romanische Monatsschrift 14 (1926) 241–256, hier S. 249 (wahre Welt), 241 f. (Umfang der Sprache), 250 (Weltanschauung), 251 (Muttersprache denkt), 249 (Objektivgebilde). Muttersprache und Geistesbildung, Neudruck Göttingen 1941, S. 51 (für eine Gruppe gleich), 100 f. (Eigenart eines Volkes), 71 ff. (Sprachenverschiedenheit), 107 ff. (Sprechfähigkeit). „Neuromantik" in der Sprachwissenschaft, in: Germanisch-Romanische Monatsschrift 18 (1930) 241–259, hier S. 242 f., 249 (überpersönliche Realität). Vom Weltbild der deutschen Sprache (Von den Kräften der deutschen Sprache 2), 1. Aufl., Düsseldorf 1950, S. 20 ff. (Besonderung, Weltbild, Zwischenwelt). Die Sprache als wirkende Kraft, in: Studium Generale 4 (1951) 127–135, hier S. 133 (Kulturschaffen). Weisgerber, Muttersprache 10 (unentbehrlich). Das Dolmetschen und die sprachliche Verwandlung der Welt, in: Babel 1 (1955) 7–9; Sprachliche Begegnungen der Völker, in: Sprachforum 1 (1955) 181–191, hier S. 191; Sprachenrecht und europäische Einheit (Arbeitsgemeinschaft für Forschung des Landes Nordrhein-Westfalen, Geisteswissenschaften 81), Köln-Opladen 1959, S. 37 ff. (Dolmetschen). Dazu kritisch Johannes Thyssen, Die Sprache als „energeia" und das „Weltbild" der Sprache, in: Lexis 3 (1953) 301–307; Peter Hartmann, Wesen und Wirkung der Sprache im Spiegel der Theorie Leo Weisgerbers, Heidelberg 1958, S. 102 ff.

[178]) Ursprache, Sondersprache, Gemeinsprache, in: Blätter für Deutsche Philosophie 4 (1930) 1–16, hier S. 3 ff.

[179]) Georg Schmidt-Rohr, Die Sprache als Bildnerin der Völker, Eine Wesens- und Lebenskunde der Volkstümer (Schriften der Deutschen Akademie 12), Jena 1932, S. 207 (tausend Sprachen), 325 ff. (Feinde). Die 2. Auflage veränderte den Titel: Mutter Sprache, Vom Amt der Sprache bei der Volkwerdung, Jena 1933, und fügte S. VII ff. den Hinweis auf Hitler hinzu. Abgemildert treten Schmidt-Rohrs Ansichten wieder auf bei Franz Thierfelder, Die deutsche Sprache im Ausland, Bd. 1, Hamburg-Berlin-Bonn 1956, S. 11 ff.

loge Hans Freyer (geb. 1887) die Sprache skeptisch. Sie ist kein in sich ruhendes Gebilde, keine Sozialform, kein Werk oder Symbol des Volksgeistes; sie ist transparent für die Wirklichkeit und ein Gefäß für Wirklichkeitsgehalte. Man studiert sie *nicht sofern sie in bestimmter Weise spricht, sondern vielmehr, sofern sie bestimmte Dinge sagt*; wer Latein lernt, sucht Rom[180]). Aber kann die sinnvolle Wirklichkeit, auf die die Sprache hingeordnet ist, eine dingliche, historische sein? Das hatte schon vor den Neukantianern Husserl bestritten; sein Schüler Martin Heidegger (geb. 1889) führte es 1916 weiter aus, daß das Wesen der Sprache nicht historisch, sondern theoretisch zu klären sei, von der Logik des Geistes aus; die Sprachverschiedenheit ist dabei (wie bei Freyer) vordergründig, denn die Diskrepanz der Lautgebilde läßt *die Identität des Sinnbereiches* unangetastet. Doch blieb die Sprache nicht auf das reine Denken beschränkt wie bei Husserl, nicht ein Drumherum wie bei Jaspers; sie galt Heidegger 1927 als etwas logisch nicht Ableitbares, unmittelbar mit dem menschlichen Dasein Verquicktes. *Redend spricht sich Dasein aus. ... Das Dasein hat Sprache*, und da es im Kern zeitlich und geschichtlich ist, muß auch die Sprache geschichtlich sein, in ihrer Grundstruktur, nicht zuerst in ihren Äußerungen. Was Sprache ist, erfährt man nicht *durch umfassendes Vergleichen möglichst vieler und entlegener Sprachen* (im Stile Hönigswalds und Humboldts); wie bei Kierkegaard kommt es nicht auf die Verlautbarungen einer Sprache, sondern auf ihr Verstehen an. Das Dasein aber, das Sprache hat und sich auslegt, versteht damit nicht *das nackte Vorhandene*, nur *in einem Zirkel* das schon Verstandene, das eigene Sein und was zu ihm gehört; auch Mitteilung bewegt nur den schon verstehend Hörenden. Die mannigfachen Konkretionen des Menschlichen und Sprachlichen bis hin zu den *Wörterdingen* verdecken den grundlegenden Zusammenhang (den wir seit Montaigne oft fanden): Sprache gehört zum Menschen, zu seiner Sorge und Angst, die weder im unpersönlichen Kollektiv noch in der überpersönlichen Transzendenz, nur im Menschen selbst eine Antwort findet[181]). Die damit gewonnene menschliche Freiheit ist freilich keine humane Fülle, sondern eine entschlossene Konzentration; sie schwebt hinter allem Konkreten und vor allem Absoluten und führt weder zur geschichtlichen Tat noch zur gläubigen Erwartung.

---

[180]) Theorie des objektiven Geistes, Eine Einleitung in die Kulturphilosophie, Leipzig-Berlin 1923, S. 51 f. (Wirklichkeit). Sprache und Kultur, in: Die Erziehung 3 (1927/28) 65–78, hier S. 75 (Weise, Dinge). S. u. Anm. 225.

[181]) Die Kategorien- und Bedeutungslehre des Duns Scotus, Tübingen 1916, S. 163 (theoretisch), 111 (Identität des Sinnbereiches). Sein und Zeit I, 7. Aufl., Tübingen 1953: § 34 S. 162 (Redend), 165 (Dasein hat Sprache); § 68 d S. 349; § 72 S. 372 ff. (Sprache und Geschichtlichkeit); § 34 S. 166 (Vergleichen), 164 (Verstehen); § 32 S. 150 (das nackte Vorhandene), 152 (Zirkel); § 34 S. 163 (Hören), 161 (Wörterdinge). Dazu Karl Otto Apel, Das „Verstehen", eine Problemgeschichte als Begriffsgeschichte, in: Archiv für Begriffsgeschichte 1 (1955) 142–199, hier S. 198 f. S. u. Anm. 198.

Wenn sie zu nichts führt, was ist sie dann wert? Was taugt der isolierte Mensch mit einer Sprache, die im Nichts verhallt? Was taugt die Wahrheit eines Geistes, der sich in seiner Freiheit fürchtet? Die Weltgeschichte wird ihn überrollen, denn ihre Gesetze sind nicht geistig oder menschlich. Der Rückzug ins Subtile gab die Bahn für das Brutale frei. Der Münchener Geschichtsphilosoph Oswald Spengler (1880–1936) verachtete 1922 im Gefolge Nietzsches die sprachliche Subtilität; sie war ihm nicht vital genug. Aus dem geschichtlichen Lebenskreis schloß er (wie Bergson, anders als Darwin) die Sprache beinahe ganz aus. Die Frage nach dem Sprachursprung ist falsch gestellt, denn Wortsprachen entstehen überhaupt nicht organisch; *sie sind weder etwas Erstes noch etwas Einziges*, im Grund etwas Beliebiges und oft eine Lüge. Mauthner weiß es besser als Husserl; *Sprache und Wahrheit schließen sich zuletzt aus*. Denn Sprachen sind verschieden und vergänglich; die Wahrheit ist eins und dauernd, und wie heißt sie? *Die Rasse ist letzten Endes stärker als die Sprache*. Diese biologische Wahrheit des Blutes wirkt wie bei Gobineau historisch isolierend; die Völker haben keine Einheit jenseits des pflanzenhaften Ablaufs ihrer Geschichte, die in getrennten Kulturkreisen ihre letzte Generalisation erreicht. Weder die göttliche Vorsehung (wie bei Lasaulx und Toynbee) noch die menschliche Struktur (wie bei Burckhardt) verbindet das Geschiedene, allein die Lebenskraft; weil sie dem entwurzelten Abendland abhanden kam, wird es bald untergehen[182]).

Was fällt, das soll man auch noch stoßen. Der Führer der Nationalsozialisten, Adolf Hitler (1889–1945), hielt 1924 ebenso wenig wie Spengler von der Sprache, auch von der Muttersprache; aus seiner österreichischen Jugenderfahrung glaubte er zu wissen, daß ein Neger und Chinese kein Germane wird, wenn er Deutsch lernt, und daß eine einheitliche Sprache nur die völkischen Unterschiede verdeckt und den Anfang der Bastardisierung bedeutet, *da das Volkstum, besser die Rasse, eben nicht in der Sprache liegt, sondern im Blute*. Der Jude mag französisch oder deutsch reden, er denkt doch immer als Jude. Käme er zur Weltherrschaft, die er erstrebt, so würde er eine Universalsprache, z. B. Esperanto, einführen. Der Reinrassige hingegen kümmert sich nicht um Fremdsprachen, auch nicht um die Details der Weltgeschichte, soweit sie nicht Rassengeschichte ist und ihm bestätigt, daß der Arier und nicht der Jude das höhere Menschentum begründete. Zu fragen, welche Rasse der ursprüngliche Träger menschlicher Kultur war, ist *ein müßiges Beginnen* (denn dabei begegnete man dem jüdischen Alten Testament, und ihm wollte Hitler nicht begegnen). Hitlers ungeschichtliches Denken sah in der Sprache keine lebendige und verpflichtende Überlieferung, sondern ein Mittel der Propaganda; sein barbarischer

---

[182]) Der Untergang des Abendlandes, Umrisse einer Morphologie der Weltgeschichte, Bd. 2, München 1922, S. 156 f., 162 f., 173. Dazu Srbik, Geist Bd. 2, S. 316 ff.

Sprachstil paßt dazu[183]). Die neue naturalistische Ideologie überrannte die Humanität und bald auch das Christentum.

Denn Hitlers Chef-Ideologe Alfred Rosenberg (1893–1946) beschloß 1930, die Weltgeschichte rassisch „gleichzuschalten". Vom *grenzenlosen Absolutum*, von Weltkirche und Menschheitsidee muß das 20. Jahrhundert sich abkehren und einen neuen Mythos schaffen. Mythos ist machbar wie Sprache. Die Urheimat der Menschen war für den neuen Rudbeck die arktische Atlantis, *der nordische Mittelpunkt der Schöpfung*, von dem aus die blauäugigen, blonden Eroberer bis Afrika zogen; sie zeugten alle Kulturvölker. Der Mythos von der auserwählten Rasse wandte sich (wie bei Jedlicska) gegen den jüdischen, *zionistischen* Glauben an das auserwählte Volk und seine Weltherrschaft, mehr noch gegen die römisch-katholische Idee der universalen Papstkirche: Sie hat stets alles Rassische und Nationale bekämpft; Papst Pius IX. bezeichnete 1874 Bismarck als die Schlange im Paradies der Menschheit, das deutsche Kaiserreich als den Turm zu Babel, der Gott zum Trotz errichtet worden sei und zur Verherrlichung Gottes untergehen werde. Im Dienste des Völkerchaos verfolgten (nach Chamberlain) die Jesuiten die Muttersprache, die Wurzel aller Volksgesittung[184]). Im Lande Lagardes führte die Ideologie der Rassereligion zu einer Ächtung des allgemein Menschlichen, Geistigen und Christlichen, die weder vom italienischen Faschismus noch von der spanischen Falange vorgebildet war. So wurden sie denn verjagt oder verfolgt, Döblin und Mann, Haecker und Bonhoeffer, Cassirer und Hönigswald, als Hitler 1933 die Macht ergriff.

Wie es den Emigranten erging, beschrieb 1939 der Sohn von Thomas Mann, Klaus Mann (1906–1949). Er erfuhr die Entwurzelung des Menschen: Ein Emigrant lernt zu Christus in vielen Sprachen beten, französisch, deutsch, englisch, spanisch, portugiesisch. Christus *hat sie alle verstanden*, denn *er ist kein Nationalist* und *hat keine Muttersprache*, *nur die Sprache des Vaters – die sich aus sehr mannigfachen Idiomen zusammensetzt*[185]). Beten kann man in allen Sprachen, aber dichten? In einer Sprache, deren Heimat weder beten noch dichten soll?

Rasch und schamhaft deute ich an, was von Nationalsozialisten über Ur-

[183]) Mein Kampf, 55. Aufl., München 1933, S. 427 f. (Sprache und Rasse), 337 (Juden und Sprache), 465–468 (Fremdsprachen, Weltgeschichte), 317 (Arier als Kulturträger). Dazu Erdmann (o. Anm. 139) S. 181 ff.

[184]) Der Mythus des 20. Jahrhunderts, Eine Wertung der seelisch-geistigen Gestaltenkämpfe unserer Zeit, 87.–90. Aufl., München 1935, S. 21 f. (grenzenloses Absolutum), 24 ff. (Atlantis), 462 ff. (jüdischer Mythos), 466 ff. (römischer Mythos), 470 f. (Pius IX.), 633 (Muttersprache). (Wilhelm Neuss u. a.), Studien zum Mythus des XX. Jahrhunderts, Amtliche Beilage zum Kirchlichen Anzeiger der Erzdiözese Köln, Neudruck Köln 1934, S. 65, 79 wiesen nach, daß Pius IX. diese Äußerung nie tat; in Rosenbergs Buch blieb sie stehen ...

[185]) Der Vulkan, Roman unter Emigranten, Berlin 1956, S. 393. Dazu Fritz Strich, Klaus Mann, in: F. S., Kunst und Leben, Vorträge und Abhandlungen zur deutschen Literatur, Bern-München 1960, S. 191–200.

sprung und Vielfalt der Sprachen und Völker vorgebracht wurde: daß die arische Rasse auf Gomer, die germanische auf Aschkenaz zurückgehe, das gottlose Rußland Magogs sich aber unter Chams Neger herabgewürdigt habe[186]); daß das deutsche Volk das Urvolk der atlantischen Völkerwiege und *aus Gottes Atem* hervorgegangen sei[187]); daß die Sprache nur *die stellvertretende Form der Rassenseele* sei[188]); daß die Idee einer Menschheitsgeschichte ein heute hinfälliger Vorsehungsglaube, die wahre Geschichte aber *erfüllt von der Substanz natur- und ursprunghaft verschiedener Rassen* sei[189]); daß die indogermanische Wissenschaft, mit der nationalsozialistischen Weltanschauung identisch, die Religion der Zukunft sei[190]). Statt menschlicher Würde und geistiger Freiheit Blut und Boden, statt Existenz und Erwartung Vegetation und Propaganda – ein toller Tausch, auch ein teuflischer Trick. Denn der Rückfall ins vulgärste Fin de siècle maskierte sich als Rückkehr zum ursprünglichen Lebensquell, der totale Krieg gegen die ganze moderne Welt und ihre Problematik als zukunftsgläubige Überwindung weltweiter Entartung und Zersetzung. Die Vergewaltigung von Naturalismus und Neuromantik erschien als ihre Zusammenfassung, nicht ganz ohne Grund; denn Spengler und George grollten zwar, doch selbst Benn und Heidegger marschierten mit.

Der braunen Brutalität widerstanden die christlichen Konfessionen mit reinem Gewissen. Die Katholiken waren von Rosenberg direkt angegriffen worden. Unerschrocken erwiderte 1935 der schwäbische, Haecker nahe Theologe Joseph Bernhart (geb. 1881), der babylonische Turm sei der *wahre Mythus des 20. Jahrhunderts*, eines Zeitalters von Menschen, die mit Gott zerfallen sind und ihre Einheit unter sich nicht finden können[191]). In Rom schrieb 1935 der westfälische Benediktiner Anselm Stolz (1900–1942), der Turm von Babel warne vor der widergöttlichen Errichtung eines Einheits- und Weltreiches; das römische Beispiel war genannt, das deutsche gemeint. Der Vorrang der heiligen Sprachen ist historisch gerechtfertigt, weil die einseitigen Ausdrucksmöglichkeiten einer Nationalsprache leicht zur Häresie führen; da jede Sprache gern

[186]) August Wagner, Zur Ethnografie der Biblischen Völkertafel, Neue Untersuchungen, Saarbrücken 1930, S. 32 (Arier), 36 (Germanen), 40 (Russen).

[187]) Heinrich von Pudor, Die Entstehung der Sprache, Leipzig (1935), S. 23, 59.

[188]) Edgar Glässer, Einführung in die rassenkundliche Sprachforschung, Kritisch-historische Untersuchungen (Kulturgeschichtliche Bibliothek II, 1), Heidelberg 1939, S. 1 ff.

[189]) Heinz Heimsoeth, Geschichtsphilosophie, in: Systematische Philosophie, hg. Nicolai Hartmann, Stuttgart-Berlin 1942, S. 580 ff. (Vorsehungsglaube), 590 (Rassen).

[190]) Hugo Dingler, Von der Tierseele zur Menschenseele, Die Geschichte der geistigen Menschwerdung, 2. Aufl., Leipzig 1942, S. 360 ff., 391 ff.

[191]) De profundis, Leipzig 1935, S. 59. – Ähnlich Edmund Kalt, Herders Bibelkommentar, Die Heilige Schrift für das Leben erklärt, Bd. 1, Freiburg i. Br. 1942, S. 71–76.

Übernatürliches ins Natürliche hinabzieht, muß sie durch große Gottesmänner *gewissermaßen exorzisiert* werden. Vom deutschen Häresiarchen Luther war die Rede, der Häresiarch Rosenberg war mitbetroffen. Demgegenüber erhob Stolz die katholische Sprachtheologie zu imponierender Geschlossenheit. Die Sprachenvielfalt ist (im Widerspruch zu Haecker) keine gottgewollte Vollkommenheit; denn sie entfremdet die Menschen einander, die sich in der ausdrucksvollen Ursprache des Menschheitsvaters Adam noch verstanden. Die Sprachentrennung begann vielleicht schon vor Babel; dort aber wurde sie verhängnisvoll offenbar in der (von Schelling gelehrten) Verkettung von Nationalismus, Götterkult und Einzelsprache. Erst Gottes pfingstliches Gnadengeschenk hob den Fluch auf; trotzdem ist die irdische Kirche noch nicht das Gottesreich. Sie redet nicht alle Sprachen und wird es nicht tun. Sie hütet nur das Gegebene, erträgt geduldig die Strafe der Vielfalt, erkennt die Unvollkommenheit des Irdischen und erwartet das Ende. In der Abwehr des deutschen Nationalismus und Naturalismus sagten sich die deutschen Katholiken von handfesten Interpretationen und vorläufigen Institutionen los[192]).

Den Aufgaben der Zeit aber wollten sie sich nicht verschließen. Der Schriftsteller Heinz Flügel (geb. 1907) mahnte 1939, die Sprache sei ein von Gott geliehenes Pfund, mit dem der Mensch wuchern solle; wenn Gott die Muttersprache in Babel gegeben habe, müsse sie ein kostbarer Besitz für uns sein. Schlimmer als die Sprachentrennung zwischen den Völkern ist die babylonische Verwirrung der Begriffe, die bisweilen in einer Nation grassiert. Gleiche Laute sagen Ungleiches aus; man spricht (wie Hitler es liebte) von der Vorsehung und meint den Teufel. Gottwidrig ist auch die Gleichsetzung von Wort und Wirklichkeit; ihre Diskrepanz ist in irdischer Sprache nie zu überwinden. Da aber die Summe alles Erkennbaren in der Mitte zwischen den Sprachen liegt (ein Gedanke Nikolaus' von Kues), trägt das Gespräch zwischen den Völkern aus menschlichem Vermögen zur Milderung unserer Sprachverwirrung bei. Alle Völker, in deren Sprache das Evangelium übersetzt ist, können (ökumenischer, als Stolz zugab) zur Zwiesprache mit Gott gelangen und auf das ersehnte Pfingstwunder hoffen, auf die Einheit der Welt im Glauben[193]). Denn das pfingstliche Sprachenwunder verbürgt die geistliche, die Abkunft von Adam die leibliche Einheit aller Menschen; der Tübinger Theologe Karl Adam (geb. 1876) sah darin die Katholizität des christlichen Glaubens bestärkt[193a]).

---

[192]) Theologie der Sprache, in: Benediktinische Monatsschrift 17 (1935) 121–135.

[193]) Geschichte und Geschicke, Zwölf Essays, München-Kempten 1946, S. 28 f. (Sprachschöpfung), 32 f. (Begriffsverwirrung), 35 ff. (Wort und Wirklichkeit), 39 ff. (Gespräch der Völker, Pfingsten).

[193a]) Das Wesen des Katholizismus, 9. Aufl., Olten 1944, S. 72 f., 186 (Sprachenwunder). Der erste Mensch im Lichte der Bibel und der Naturwissenschaft, in: Theologische Quartalschrift 123 (1942) 1–20, hier S. 15 ff. (Adam).

Ähnlich ökumenisch, gegen die Deutschen Christen gewandt, pflegten zahlreiche evangelische Kreise das Wort Gottes als Lebensgrund und Lebensform der Gemeinde. Im Berneuchener Kreis um ökumenische Erneuerung und liturgische Verwirklichung der Kirche bemüht, gab 1937 der Marburger Pfarrer Karl Bernhard Ritter (geb. 1890) für die Edinburgher Weltkonferenz eine neuartige evangelische Sprachtheologie. Sprache ist das Besondere des Menschen, der zwischen Tier und Engel steht; sie hat im Jenseits ein Ende. Dennoch ist sie nicht diesseitig. Adams Sprachbenennung war *schaffende Wiederholung der Schöpfung*, und das ist jede Sprache, die nicht bloß wie das künstliche Esperanto der Verständigung dient. Die Ursprache, eben jener Schöpfungsakt, kehrt im Zungenreden und im pfingstlichen Sprachenwunder wieder. Sie entstammt also nicht der Gemeinschaft, sie ist vor aller Gemeinschaft. Jede Leugnung Gottes führt zur Sinnentleerung, zum Verlust der Sprache; das Menschenwort kann (wie bei Barth) Gemeinschaften nur stiften, solange es von der Inspiration Gottes lebt. Die Gestalt des eingegebenen Wortes läßt sich nicht auswechseln; jede Übersetzung muß gleichfalls inspiriert sein (so sagte Stolz auch). In eine abgefallene Sprache läßt sich nicht übersetzen. Seit die Schlange Eva durch das Wort verführte, wird die Sprache (Vondel meinte dasselbe) dämonisch und selbstherrlich mißbraucht; beim Turmbau von Babel wurde sie, mit ihr die Gemeinschaft zerstört. Seither ist das Wort ohnmächtig; nur der tätige Glaube belebt es neu[194]). Nicht alle evangelischen Theologen rückten katholischen Anschauungen so nahe wie die Berneuchener; aber von der Verherrlichung des deutschen Reformationsvolkes und der Sprache Luthers rückten, im Gefolge von Karl Barth, die Glieder der Bekennenden Kirche ab.

Halb religiös begründet war auch der Widerstand gegen die nationalsozialistische Gegenwart, der von der neuromantischen Natur- und Lebensphilosophie ausging; sie floh allerdings aus aller Zeit in den reinen Ursprung zurück. Der Naturphilosoph Edgar Dacqué (1878–1945) in München pries seit 1939 die *Grund- und Ursprache, die aus den Tiefen des Unbewußten selbst kommt*, als *wahres Gottesgut*, als allgemeinmenschliches Ideal, fast wie Böhme. Die wirklich gesprochenen Sprachen sind nur schlechte Abbilder dieser einzig wahren, die Adam *voll natursichtig* besaß. Schon unter Kain und Abel verloren die Menschen die Fühlung mit der Natur, es bildeten sich die Völker und (nach Schelling) der Götzendienst. Weil sich in den Mythen die Urerlebnisse spiegeln, bedachte Dacqué (wie Kanne) die biblische Erzählung als *früheste innerste Urgeschichte der Menschheit* mit hohem Lob[195]). Weniger die urtümlichen als die exotischen

[194]) Das Geheimnis der Sprache, in: Die Kirche Jesu Christi und das Wort Gottes, Ein Studienbuch über das Wort Gottes als Lebensgrund und Lebensform der Kirche, hg. Wilhelm Zoellner – Wilhelm Stählin, Berlin 1937, S. 42–50.

[195]) Das verlorene Paradies, Zur Seelengeschichte des Menschen, 3. Aufl., Tübingen 1952, S. 155 f., 160 (Ursprache), 67 (Adam), 70 f. (Völker und Götzen), 53 f.

Mythen hatten es dem baltischen Grafen Hermann Keyserling (1880–1946) angetan; darum verurteilte er 1942 den fortgeschrittenen Verstand als mechanische Künstlichkeit und Sündenfall; er führt vom geistigen Ursprung und Naturparadies weg. Da die menschliche Welt heute weder vom Geist noch von der Natur, sondern von der Konvention bestimmt ist, hat für Keyserling wie für Bergson die Sprache keinen Lebenswert; sie ist übernommenes Verkehrsmittel, auch für den zum ursprünglichen Sein Vorstoßenden nur vom Ausdruck zum Sinn hindeutendes Symbol. Urworte machen Wirklichkeit einleuchtend, alle Erscheinungen sind Buchstaben eines magischen Weltalphabetes; wer es versteht, erhebt sich, weltüberlegen, in die Übergeschichte[196]). Ob Mythos oder Magie, ob Ur- oder Übergeschichte, die Geschichte der mannigfachen Sprachen und Völker wurde allenthalben der Sinnlosigkeit beschuldigt; man mied sie, als existierte sie nicht, und baute sich neue Türme.

Bezeichnend ist die Haltung von Ernst Jünger (geb. 1895), einem begnadeten Dichter. Im Wirbel der deutschen Geschichte klammerte er sich an seine irrationale Sprache und ihre magische Kraft, die über dem geschichtlichen Wandel steht. Er pries 1934 die flüchtigen Vokale als Leben und Dauer der Sprache; auch der Reim war ihm *die Erinnerung an die gemeinsame Wurzel der Worte, bis zu der keine Sprachforschung jemals vordringen wird, und die der Dichter in seinen Träumen errät.* Die vernünftige Wortsprache, deren souveräner Herr der Mensch ist, bleibt an der Oberfläche; nur in der elementaren oder dämonischen, wortlosen und vokalreichen Sprache der Leidenschaften begegnet der Mensch dem Übermächtigen, und seine Freiheit verstummt. Das war im Geiste Nietzsches gedacht; doch ernster als der Meister fragte Jünger nach dem Ursprung. Wie alle großen Streitfragen, wird die nach dem tierischen oder göttlichen Ursprung der Sprache nie entschieden und stets neu gestellt; *man errät sie nie, aber man verrät sich durch ihre Beantwortung.* Jünger verriet sich als Freund der poetischen Magie, die das Organische beherrscht und beseelt, als Freund des Symbolismus. Die *Elementarsprache*, das *vokalische Uralphabet* reißt die Menge zur einstimmigen Äußerung fort, im Rausch des Gesangs und Gebets, wie es an Pfingsten geschah. Denn da erschien *eine Lautsprache von so hoher geistiger Gewalt, daß sie die Urbedeutung aller Muttersprachen in sich vereint.* Nur ist dabei (im Unterschied zu K. B. Ritter) nichts Jenseitiges im Spiel; die Grenzüberschreitung bleibt rauschhaft vital und eine Flucht vor der Wirklichkeit. *Während die Sprachen der Geschichte angehören, stehen die Laute außerhalb der Zeit-*

(Bibel). Dazu Manfred Schröter, Edgar Dacqué, Werk und Wirkung, Eine Rechenschaft, München 1948, S. 18 ff.

[196]) Das Buch vom Ursprung, Baden-Baden 1947, S. 11 ff. (Künstlichkeit), 65 (Konvention), 119 (Verkehrsmittel), 134 ff. (Symbol). Dazu Rudolf Röhr, Graf Keyserlings magische Geschichtsphilosophie (Studien und Bibliographien zur Gegenwartsphilosophie 26), Leipzig 1939, S. 7 ff.

rechnung, obwohl sie besonders anfällig für Wandlungen sind. Sie können plötzlich zum Grund der Dinge durchstoßen, die sympathetische Einung mit der Natur bewirken, die Kluft der Sprachen überspringen. Eines Abends, vom Wein zur grenzenlosen Sympathie berauscht, erfaßte Jünger die feurige Rede eines Kroaten, ohne seiner Sprache mächtig zu sein. Wohl wußte er, daß der Franzose Rimbaud den einzelnen Vokalen ganz andere Farben zuordnete als er, und darin ahnte er *die tiefe Verschiedenheit zwischen zwei Sprachen*; doch seine Intuition respektierte sie nicht. Er war ihrer allmenschlichen Wahrheit so sicher, daß er die Beispiele für seine Lautmagie aus *vielen Sprachen* nahm, obwohl er ihre Gesetze nur für *unsere Sprache*, das Deutsche, ahnte. Das ist der Trugschluß, den wir von Franckenberg her kennen.

Daß im ekstatischen Rausch des Deutschen die weltumfassende Sympathie und Humanität zutage trete, wurde Jünger selber fraglich, als er sah, was man aus seiner Lehre lernte; 1939 begann er sich mit Hitlers Regime auseinanderzusetzen. Noch immer verehrte er wie Valéry und Weinheber das Wort als *König und Zauberer zugleich*, aber nicht mehr als wilden Überschwang, sondern als beherrschte Form. Die Sprache ordnet geheimnisvoll das Chaos der Tier- und Pflanzenwelt, ohne in ihr zu verschwimmen; Jünger erinnerte an Linné, der auf die göttliche Kraft des Benennens vertraute. So wird Sprache zum jenseitigen Geschenk an den Menschen; der Dichter bildet die Schöpfung nach. Mit der *Zauberklinge* des Wortes erwehrt er sich der totalen Tyrannei, welche die Natur und das Wort verwüstet; ihre Gehilfen reden eine kaum mehr menschliche Sprache, den Wasserfröschen ähnlich, ein Rotwelsch, *das von allen Zungen das Übelste sich angeeignet hatte*. Die geschiedenen Sprachen zusammenzuraffen, ist eine teuflische Brutalität der Masse; der Aristokrat pflegt esoterisch das Erlesene.

Jüngers magischer Realismus schrumpfte weiter. Nach dem zweiten Weltkrieg, 1947, zeigte ihm die Sprache neue Seiten. Sie ist mit Natur und Körper außergeschichtlich verbunden, jetzt aber *in den geheimnisvollen Gründen, von denen gesagt wird*: „*Das Wort ward Fleisch*“. *Wir sind mit Sprache begabt* und haben durch sie Anteil an Logos und Pneuma, Mythos und Offenbarung; Sprache kommt uns von oben her, aus der Fülle des Lichtes, als heilige Tradition zu. Nun sah Jünger auch den Riß in der Sprache; sie kommt nicht nur von oben, sie ist auch der *unzerstörbarste und älteste* aller Bauten, die von der Erde aufsteigen, Werk und Ausdruck des Menschen. Der innersprachliche Gegensatz zwischen Geist und Wort, Licht und Klang, Kern und Abdruck macht die Sprache doppelsinnig, dunkel, rätselhaft; er schafft einen großen Teil der Mißverständnisse, *der Sprachverwirrung, die tiefer spaltet als die Babylonische*. Weil sich die Sprache nicht aufklären läßt, kann sie nicht universal werden, es sei denn in einem *Esperanto der Philosophie*, wie es Krause entwarf.

Die Erschütterung ging vorüber; 1956 entführte der Dichter die Sprache, nun als Tradition, wieder in übergeschichtliche, heilige Ferne. Während die Geschichte nur Sinnbilder aus der Vergangenheit aufhebt, kann die Sprache des Dichters zugleich das Urbild erneuern, in dem Vergangenheit und Zukunft ungeschieden sind[197]). Die erstaunlichen Wandlungen Jüngers haben ihren Grund also wohl darin, daß er jeweils auf ein Unbedingtes baute, das jenseits des Geschehenden liegen sollte, in Wahrheit aber vom historischen Augenblick bedingt war. Die Höhenflüge endeten mit Notlandungen. Weil Jünger von der geschichtlichen Vielfalt der Sprachen nichts wissen wollte, fiel seine Sprache jeder neuen Wendung der Geschichte heldisch zum Opfer. Daß die Wahrheit sich nicht an ein Unbedingtes hängt, hatte Nietzsche gesagt; Jüngers Schicksale kennzeichnen die deutsche Geistesart, die diese Wahrheit nicht liebt.

Hat der Schock von 1945 die deutschen Türme zum Einsturz gebracht und die Kernfrage nach dem geschichtlich handelnden und leidenden Menschen gestellt? Hielt die neuromantische Abkapselung des Geistes von der Wirklichkeit nach der Enttäuschung erst recht an? Die deutsche Situation läßt sich schwer übersehen; Probleme und Lösungen der ganzen Welt erschweren die Klärung. Dennoch zeichnen sich mehrere Linien ab. Martin Heidegger, Jünger nahestehend, ordnete 1949 nicht mehr wie früher die Sprache dem menschlichen Dasein zu, sondern stellte sie darüber als *das Haus des Seins. In ihrer Behausung wohnt der Mensch.* Dieses Haus hat der Mensch sich nicht gebaut; Sprache ist weder bloß *Instrument der Herrschaft über das Seiende* noch Ausdruck des Menschen noch auch Zeichen, vielleicht nicht einmal Bedeutung, sondern *lichtend-verborgene Ankunft des Seins selbst.* So entschwindet sie dem schwankenden Dasein und, wiewohl noch immer geschichtlich, dem Wandel menschlicher Geschicke; die Frage nach der Sprache ist immer dieselbe. Am besten ist sie von den Alten gelöst; *das Früheste und Uralte zugleich* drückt das Wesen aus. Heidegger selbst machte sich aus alten Worten (übrigens nur deutschen) eine neue Sprache und entzog sich so den tiefen Spuren, die die Jahrtausende im Denken und Sprechen der Menschen hinterließen. Um das Wesen der Sprache zu bedenken, vernachlässigte Heideggers schwer verständliche, nahezu tautologische Terminologie die sprachliche Aufgabe der Mitteilung, auch an den gespannt Hörenden; denn *die Sprache ist Monolog,* nicht Gespräch.

---

[197]) Geheimnisse der Sprache, Zwei Essays, 30. Tausend, Hamburg 1941, S. 5 ff. (Vokale), 13 (Erinnerung), 15 (Ursprungsfrage), 19 (Elementarsprache), 22 (Uralphabet), 19 (Pfingsten), 28 (Sprachen und Laute), 69 (Kroate), 30 (Rimbaud), 33 (aus vielen Sprachen), 36 ff. (unsere Sprache). Auf den Marmorklippen, 43.–49. Tausend, Tübingen 1949, S. 29 f. (König, Linné), 80 (Zauberklinge), 53, 56 f., 128, 145 (Sprache der Tyrannei). Sprache und Körperbau, Frankfurt/Main 1949, S. 8 f. (Logos), 58 f. (Kern und Abdruck, Esperanto), 67 (dunkel), 84 (Sprachverwirrung). Rivarol, Frankfurt/Main 1956, S. 74 f. (Sprache und Geschichte). Dazu Erich Brock, Ernst Jüngers Sprachphilosophie, in: Die Tatwelt 18 (1942) 16–29, hier S. 16 ff.

Wenn der Deutsche Heidegger trotzdem mit einem Japaner sprach, vermutete er, daß wir Europäer *in einem ganz anderen Haus als der ostasiatische Mensch* wohnen, daß *die Sprachen hier und dort nicht bloß verschieden sondern von Grund aus anderen Wesens sind.* Eine unvermutete Wendung ins nackte Vorhandene! Wer schafft diese Andersartigkeit? Nicht die Geschichte der Deutschen und Japaner. *In der Mundart spricht je verschieden die Landschaft und d. h. die Erde.* Sind Sprachen pflanzenhaft, Produkte des Bodens wie bei Weinheber? Trotzdem könnte es sein, daß *der Wesensquell der grundverschiedenen Sprachen* derselbe ist; doch das bleibt Ahnung, der Quell bleibt verborgen. Er entspringt weder Husserls allgemeiner Grammatik noch der Einheit des Menschengeschlechts noch der göttlichen Schöpfung. Was die Pfingsterzählung unter Sprache versteht, ist nicht die Sprache des Wesens selber. Zwar reden die Apostel nicht nur zungenfertig, sondern vom heiligen Hauch erfüllt mit anderen Zungen; doch der Bibeltext geht viel zu vordergründig von der *lautlichen Erscheinung des Sprechens*, von der *Betätigung der Sprachwerkzeuge* aus. Daß er eine wirkliche Vereinigung der Idiome meinen könnte, erwog Heidegger nicht; denn das ist unmöglich. Sprache läßt sich nicht zusammenfassen, auch künftig nicht technifizieren; die verschiedenen, gewachsenen Sprachen können nicht zu einer *Metasprache*, einem *interplanetarischen Informationsinstrument* vereinfacht werden, weil sie keine Informationen sind[198]). Sie sind Türme, die aus der Erde wachsen und zwischen denen es keine Brücken gibt; wer sie gebaut hat und warum sie getrennt sind, weiß kein Mensch; denn jeder lebt in einem solchen uralten Turm. Heideggers Aussage ist, so mystisch unscharf sie klingt, höchst präzise, eine Absage an Gesellschaft und Geschichte, eine Entrückung der Sprache ins Unbedingte. Hier gibt es keine Verständigung, auch nicht Hölderlins Hoffnung mehr.

Weniger unerbittlich ist das Sprachdenken von Heideggers Freunden und Schülern. Ernst Jüngers Bruder, der Lyriker Friedrich Georg Jünger (geb. 1898) hielt sich 1956 im menschlichen, geselligen Raum, lieber als Hölderlin und Weinheber. Sprachen sind immer bestimmte Sprachen, auch jede technische Weltsprache müßte eine greifbare und begrenzte Sprache sein; dennoch ist Sprache unteilbar. Es läßt sich fragen, *warum hier Deutsch, dort Französisch oder Arabisch gesprochen wird*, und zwischen ihnen gibt es Brücken. *Die Verschiedenheit der Sprachen, die auf der Erde gesprochen werden*, ist z. B. für ein Kind kein Hemmnis; es hat (wie bei Humboldt) *die wunderbare Fähigkeit, sich jede Sprache anzueignen.* In der menschlichen Natur liegt die universale Möglichkeit,

[198]) Über den Humanismus, Frankfurt/Main 1949, S. 5 (Haus des Seins), 9 (Instrument), 16 (Ankunft des Seins), 45 (Sprache geschichtlich). Unterwegs zur Sprache, Pfullingen 1959, S. 258 (Frühestes), 265 (Monolog), 89 f. (Japaner und Europäer), 205 (Mundart), 115 (Wesensquell), 203 (Pfingsten), 160 (Metasprache). Dazu Otto Friedrich Bollnow, Heideggers neue Kehre, in: Zeitschrift für Religionswissenschaft und Geistesgeschichte 2 (1949) 113–128, hier S. 115 f., 123 ff.

zugleich auch die begrenzte Wirklichkeit der Sprache, und beide gehören zusammen; sie sind Schicksal, also der Willkür des Menschen entzogen. Die Dinge der Welt sind nicht vor oder hinter, sondern in der Sprache; auch der Mensch hat sie nicht nur, er ist selber Sprache. Woher er sie hat? Von den Göttern und Musen[199]). Auch der Tübinger klassische Philologe Walter Friedrich Otto (1874–1958) freute sich 1954 am Singen und Sagen als an einem *göttlichen Geschäft*. Denn Sprache ist nicht bloß Werkzeug der Verständigung, in ihr offenbart sich (in Heideggers Sinne) das Sein der Dinge selbst. *Die Sprache ist das Wesen und das Herz der Welt.* Sie ist göttlich schöne Offenbarung und entstand nicht aus primitiven Anfängen, sondern aus dem *göttlichen Rhythmus aller Dinge*, aus dem Mythos. Ihr musischer Ursprung war mannigfach und reich; erst im Gebrauch verarmte sie. Aber der schauende Künstler empfängt sie wie neu[200]). Das war eine schlichte Rückkehr zum frühromantischen Sprachglauben, mit einem heiteren, halb heidnischen Vertrauen auf die diesseitigen Götter und die Menschen. Tänzerisch beschwingt überspringt der Dichter alle trennenden Gräben, zwischen den Zeiten, zwischen den Sprachen, zwischen Mensch und Gott.

Doch Barth hatte bestritten, daß menschliche Sprache die Kluft zu Gott überbrückt; sie bleibt geschichtlich zufällig und ungefähr. Von Barth und Heidegger ausgehend, lehrte der Marburger Neutestamentler Rudolf Bultmann (geb. 1884): Der Gläubige findet in der Begegnung mit dem Worte Gottes die Befreiung von menschlicher Gebundenheit, den Grund seiner neuen Existenz. Vor diesem Ereignis der Offenbarung versinkt alle geschichtliche Vielfalt. Bultmann verstand 1945 den Schöpfungsmythos vom Urvater aller Menschen, die Abstammung der Völkerväter von Noah, den *Mythos vom babylonischen Turmbau* zwar auch als Hindeutung auf den Gedanken der einen Menschheit, aber wichtiger war ihm das Versagen der nackten Menschlichkeit und Geschichtlichkeit; durch Mythen erniedrigt der Mensch die göttliche Transzendenz ins Diesseitige. Wer in der christlichen Existenz Fuß gefaßt hat, kann die innerweltliche Gemeinsamkeit und Ungleichheit der Menschen und Völker lächelnd zugestehen, *in dem gelassenen Wissen, daß das alles vorläufig und unwichtig*

[199]) Sprache und Kalkül, in: Die Künste im technischen Zeitalter, hg. Bayer. Akad. d. Schönen Künste, Darmstadt 1956, S. 86–104, hier S. 86 (Weltsprache), 94 (Deutsch, Französisch,Arabisch). Wort und Zeichen, in: Die Sprache (o. Anm. 1) S. 55–74, hier S. 57 ff. (Kind, Mensch), 72 (Dinge und Sprache), 74 (Musen).

[200]) Die Musen und der göttliche Ursprung des Singens und Sagens, Darmstadt 1954, S. 28 (göttliches Geschäft), 71 (Offenbarung), 78 ff. (Sein der Dinge). Sprache als Mythos, in: Die Sprache (o. Anm. 1) S. 115–125, hier S. 118 (Herz der Welt), 117 (Anfänge), 123 (Rhythmus). Dazu kritisch Hans Heinz HOLZ, Sprache als Aufklärung und Verschleierung, in: Der Gesichtskreis, Joseph Drexel zum 60. Geburtstag, München 1956, S. 186–212, hier S. 189 f. – An Otto knüpft an Hermann STREHLE, Vom Geheimnis der Sprache, Sprachliche Ausdruckslehre – Sprachpsychologie, München-Basel 1956, S. 177 ff.

ist. Wohl trat die christliche Verkündigung in geschichtlicher Form hervor, in einer orientalischen Sprache, und *die Sprache ist ein Spiegel der Art des Denkens*, aber nur des menschlichen; sie berührt bloß die Form, nicht den Inhalt der christlichen Botschaft. Selbst wo Bultmann menschliche Gemeinschaften nannte, die von Natur, Geschichte, Kunst und Wissenschaft gestiftet werden, erwähnte er nur Musik und Gespräch, nicht die Sprache. Muttersprache, Bibelsprache, Predigtsprache, Liturgiesprache – das alles bleibt beiseite, weil der Mensch einsam und sprachlos vor Gott steht. Es geht nicht um schöpferischen Ausdruck, sondern um dienenden Anruf, nicht um Tatsachen, sondern um Auslegung, nicht um Geschichte, sondern um Existenz. *Gottes Wort trifft den Menschen in seiner ganzen Existenz*, aber menschliche Rede vermag das nicht. Freilich muß das Gotteswort fremdsprachigen Völkern gepredigt, jedem einzelnen Menschen neu übersetzt und ausgelegt werden. Aber zwischen dem augenblicklichen Wort Gottes und der geschichtlichen Menschensprache steht die Kluft zwischen Jenseits und Diesseits, auch zwischen der jenseitig-eschatologischen neutestamentlichen Erfüllung und der empirisch-historischen alttestamentlichen Weissagung; das Alte Testament ist eine Geschichte des Scheiterns, ein Scheitern der Geschichte. Wieder zeigt sich an Bultmanns Deutung der genaue Zusammenhang zwischen menschlicher Sprache, vielfältiger Geschichte und Altem Testament; die existentielle Auslegung verschmähte sie alle zusammen[201]). Wieder wurde ein Turm gegen den babylonischen gebaut.

Vom Alten Testament her boten sich andere Ausblicke. Der Heidelberger Alttestamentler Gerhard von Rad (geb. 1901) hob 1949 gegen Gunkels Gattungsgeschichte das universale, *sakrale Weltbild* der Bibel hervor; Völkertafel und Erzählung vom Babelturm greifen über menschliche Kultur und natürliche Geschichte hinaus in das *Urmenschliche* und die Schöpferkraft Gottes. Es geht (betonter als bei Greßmann) um das Credo Israels, um Heilsgeschichte; sie kleidet sich in vernehmliche Sprache[202]). Noch enger wurde der Knoten zwi-

---

[201]) Glauben und Verstehen, Gesammelte Aufsätze, Bd. 2, Tübingen 1952: Adam, wo bist du? Über das Menschenbild der Bibel S. 105 f. (Adam, Noah, Babel), 115 f. (gelassenes Wissen); Das Christentum als orientalische und als abendländische Religion S. 189 f. (Sprache als Spiegel); Formen menschlicher Gemeinschaft S. 267 ff. (Musik und Gespräch); Anknüpfung und Widerspruch S. 121 f. (Gottes Wort, menschliche Rede); Weissagung und Erfüllung S. 182 ff. (Altes Testament). Dazu Heinrich Ott, Geschichte und Heilsgeschichte in der Theologie Rudolf Bultmanns (Beiträge zur historischen Theologie 19), Tübingen 1955, S. 173 ff.; Kraus, Geschichte 177, 392; Ernst Fuchs, Bultmann, in: RGG³ Bd. 1, Sp. 1511 f.

[202]) Das erste Buch Mose, Genesis Kapitel 1–12, 9 (Das Alte Testament Deutsch, Neues Göttinger Bibelwerk 1), Göttingen 1949, S. 116–128. Dazu Kraus, Geschichte 402 ff.; kritisch Karl Cramer, Genesis 1–11: Urgeschichte? Zum Problem der Geschichte im Alten Testament (Sammlung gemeinverständlicher Vorträge und Schriften aus dem Gebiet der Theologie und Religionsgeschichte 224–225), Tübingen 1959, S. 55 ff.

schen Bibel, Sprache und Geschichte von reformierten Theologen geschürzt. Sie suchten den realen Kern des historischen Ereignisses von Babel durch Vergleich mit außerbiblischen Mythen zu retten[203]); der Göttinger Calvinforscher Otto Weber (geb. 1902) gab der wörtlich verstandenen Erzählung zugleich tieferen Sinn. Der Turmbau beruhte (wie bei Barth) auf einer neuen Erfindung, dem Häuserbau mit Ziegeln; sie wurde aber titanisch mißbraucht aus Angst vor dem Leben. Seither sind wir gestraft und verstehen uns trotz aller Übersetzungen nicht; daß der Mensch nicht ganz allein, sondern Glied eines Volkes bleibt, war (anders als bei Barth) Gottes Gnadentat[204]). Die Bibel spielt in unserer irdischen Geschichte und deutet unsere menschlichen Geschicke; sie redet in unserer Sprache.

Mit der Rückkehr zur Heilsgeschichte wurde die Frage der Sprachtheologie akut. Auf etwas robuste, sehr konkrete Art löste sie 1946 der Indienmissionar Friso Melzer (geb. 1907). Er stellte die natürliche Sprache dem Göttlichen nahe und vertrat wie Hamann den göttlichen Ursprung der Sprechfähigkeit; durch die Namengebung wird der Mensch *Haushalter* dieser Gottesgabe. Melzer räumte nur den Bibelsprachen Hebräisch und Griechisch den Titel *heiliger Grundsprachen* ein, doch schon dies war ungewöhnlich (nicht nur für Tillich). Darüber hinaus nannte Melzer (wie Schottel) Deutsch *eine ursprüngliche Sprache*; in der Muttersprache, *für uns* im Deutschen, wirkt die Kraft der Ursprache fort, im einfachen Deutsch mächtiger als im zusammengesetzten Englisch (noch ein Rückgriff auf Schottel). Die eigene Sprache ist gesegnet; doch die Sprachenvielheit ist Gottes Strafe für Babel, für den Stolz der Menschen. Der Stolz ist noch am Werke; der Turmbau wird fortgesetzt durch Pyramiden, Trajanssäule, Eiffelturm und Wolkenkratzer. Auch die Not der Sprachentrennung wird bleiben; Pfingsten war nur ein Hörwunder, und jede künstliche Weltsprache wäre eine antichristliche Empörung wider Gottes Ordnung. Die Neuauflage urteilte 1952 nicht milder über das Englische als Weltsprache, hob jedoch Kirchenlatein und Esperanto anerkennend hervor[205]). So lockerte Melzer selbst die Verbindung von Sprachtheologie und Nationalgefühl, die längst unmöglich geworden war.

War schon hier die existentielle Selbstbeschränkung und Sprachlosigkeit überschritten, so lehrte seit 1946 der Bremer Dichter Rudolf Alexander Schröder (geb. 1878), der Ursprung der Sprache liege im Verborgenen, doch sei sie ein Gottesgeschenk. Wenn sie auch menschlich ist, so zielt sie auf Gott. *Alle*

---

203) Karl Seyffert, Der Turm zu Babel, Betrachtungen eines Ethnologen, in: Friede und Freiheit, Monatsblatt der evangelisch-reformierten Kirche in Sachsen, Jg. 1952, Nr. 8–9, Dresden-Leipzig 1952, S. 3.

204) Bibelkunde des Alten Testaments, 8. Aufl., Hamburg 1959, S. 53 f.

205) Melzer, Sprache 28 ff. (Ursprung), 34 f. (Namengebung), 45–53 (Grundsprachen, Deutsch), 114–125 (Babel, Pfingsten), 126–146 (Weltsprachen; vgl. 1. Aufl., Tübingen 1946, S. 110 ff.).

Sprache ist unmittelbar zu Gott. Nicht umsonst klingt Rankes Satz an, daß jede Epoche unmittelbar zu Gott sei; mit der Sprache wird die Geschichte neu geheiligt[206]). Deutlicher trat das seit 1950 bei dem in Nordamerika lebenden christlichen Soziologen Eugen Rosenstock-Huessy (geb. 1888) hervor; er wandte sich offen gegen die dialektische Trennung von Natur und Gnade, Ding und Begriff, Geschichte und Existenz. Denn *das Wort ist Fleisch geworden*; Sprache ist weder Natur noch Gedanke, sie ist Geständnis, Gelübde, Eid, Befehl, Liturgie. Niemals war der Mensch sprachlos; seine Sprache ist ein Gotteswunder von allem Anfang an. Sie ist uns zur Vereinigung geschenkt und treibt uns mächtig zu ungekannter Zukunft fort. *Die Sprache gibt es nur, weil wir aus der Ewigkeit stammen und in die Ewigkeit gehen.* Sie geleitet und behütet unsere Geschichte; die historischen Wandlungen der Sprache befreien den Menschen immer wieder aus selbstgeschaffener Enge. Selbst revolutionäre Sprachbrüche reißen keine bodenlose Kluft auf, weil die zweite Sprache, die jeder Revolutionär redet, die biblische ist. Sprache und Bibel verbürgen die Einheit der Weltgeschichte; denn Gott ist ihr Herr[207]).

Geschichtsdenken und Weltkenntnis greifen das dialektische Denken nicht nur von außen an, sie erweitern es auch von innen. Das beste Beispiel ist die Sprachtheologie, die 1958 der in Japan und Nordamerika bewanderte Heidelberger Philosoph Karl Löwith (geb. 1897), ein Schüler Heideggers, gab. Der Mensch kann nicht von Gott reden, damit hat Barth recht; aber Christus spricht zu uns in menschlicher Sprache, sonst verstünden wir ihn nicht. Gott begibt sich also in den hermeneutischen Zirkel Heideggers hinein; auch die theologische Verkündigung steht unter dem Schicksal menschlicher Sprache. Es kann nur durchbrochen werden mit dem pfingstlichen Reden in anderen Zungen; man muß also (anders als Heidegger) an das Mirakel, an die Verbalinspiration der Heiligen Schrift glauben. Dennoch ist die biblische wie jede Sprache kein festes Zeichen oder Abbild, sondern Ausdruck für mögliche Ansichten; sie muß interpretiert werden, und jeder hört nur, was ihm entspricht. *Schon in derselben Sprache wird daher ständig übersetzt.* (Bultmann hatte es angedeutet.) Wie Humboldt sagt, ist die Verschiedenheit der Sprachen eine Verschiedenheit der Weltansichten; sie ist in der menschlichen Struktur selbst begründet. Denn der Mensch ist unbestimmt und vieldeutig, ein Gleichnis, das zu seinem Ursprung transzendiert; so ist auch seine Sprache (ähnlich, wie

---

206) Gesammelte Werke, Bd. 3, Berlin 1952: Dichten und Trachten S. 397 f. (Gottesgeschenk); Dichter und Sprache S. 87 f. (unmittelbar zu Gott). Vgl. das Zitat oben S. 924 f.

207) Der Atem des Geistes, Frankfurt/Main 1950, S. 9 (Ding und Begriff), 77 (niemals sprachlos), 37, 39 f. (Wunder). Zurück in das Wagnis der Sprache, Ein aufzufindender Papyrus, Berlin 1957, S. 44 (aus der Ewigkeit). Rosenstock-Huessy, Revolutionen 110 f., 504 f. (Revolutionäre).

Nietzsche sagte) eine Metapher, die immer neu Verhältnisse zwischen den Dingen bezeichnet. Ebenso sah Löwith das Geschichtsdenken: Was geschieht, bezieht der Mensch auf sein Weltbild; er begreift nur, was ihm angemessen ist. Darum bleibt jede Geschichtsdeutung offen, aber nicht willkürlich und beliebig, sondern im steten Bezug zu dem, der Geschichte und Sprache eigentlich herausfordert, zu Gott. Dennoch sind Mensch, Geschichte und Sprache immer mehrdeutig und vielfältig, weil sie den einen Grund ihrer Existenz nicht erreichen[208]). Damit war die ganze Breite religiösen Sprach- und Geschichtsdenkens wieder zugänglich gemacht.

Diese religiöse Verkettung von Einheit und Vielfalt beherrschte erst recht die katholischen Anschauungen. Der Tübinger Theologe Theodor Steinbüchel (1888–1949) verstand in seinem letzten Buch die biblische Offenbarung (ähnlich wie E. Brunner) als das heilsgeschichtliche Wort an den Menschen. Die menschliche Sprache selbst ist Offenbarung, denn der Mensch ist das Du, zu dem Gott redet; seine Sprache und Geschichte ist stets Antwort an Gott[209]). Daß er ihn nie ganz erreicht, versteht sich; der an der römischen Gregoriana lehrende Jesuit Johannes Baptista Lotz (geb. 1903) modifizierte in diesem Sinn 1956 Heideggers Rede von der Sprache als dem Haus des Seins. Dieses eine Sein muß wirklich allen Sprachen zugrunde liegen, sonst wäre keine menschliche Verständigung und Übersetzung möglich. Aber dieses Sein verwirklicht sich nicht; die eine Sprache ist nur in den vielen Idiomen wirksam, die der Mensch *kraft seiner freien Verfügung* ausgestaltet. Die Ursprache des Seins und die babylonische Vielfalt menschlicher Sprache werden miteinander wie Potenz und Akt verquickt; daß sie auseinanderklaffen, ist im Grunde weder göttliche Strafe noch menschliche Schuld, sondern notwendiges Gesetz[210]). Der Mythos von Babel meint also nicht die tatsächliche Trennung aller Weltsprachen; das betonte 1958 eine anonyme Schrift, die in einem katholischen Verlag in Leipzig erschien. Der biblische Bericht, *volkstümlich erzählte Heilsgeschichte*, wendet sich gegen den Hochmut der sündigen Menschen, die sich der Vorsehung Gottes widersetzen. Ihr antichristliches Streben nach Weltherrschaft will das Übergeordnete, nämlich Gott, stürzen; doch endet der Ehrgeiz der Rivalen stets im Chaos. Der Autor warnte damit nicht nur vor der östlichen Ideologie; Bil-

---

[208]) Die Sprache als Vermittler von Mensch und Welt, in: Das Problem der Sprache in Theologie und Kirche, Referate vom Deutschen Evangelischen Theologentag 27.–31. Mai 1958 in Berlin, hg. Wilhelm SCHNEEMELCHER, Berlin 1959, S. 36–54; wieder abgedruckt in: K. L., Gesammelte Abhandlungen, Zur Kritik der geschichtlichen Existenz, Stuttgart 1960, S. 208–227 (Sprache). LÖWITH, Heilsgeschehen 11 ff., 186 ff. (Geschichtsdenken).

[209]) Die Abstammung des Menschen, Theorie und Theologie, Frankfurt/Main 1951, S. 106, 126, 138, 143.

[210]) Sprache und Denken, Zur Phänomenologie und Metaphysik der Sprache, in: Scholastik 31 (1956) 496–514, hier S. 496 f., 502 ff.

der von Wolkenkratzern und Fernsehtürmen verglichen auch die westliche Technik mit Babel[211]). Und die Vielfalt der Völker und Sprachen? Auf Daniélou verweisend, legte 1960 der Limburger Weihbischof Walther Kampe (geb. 1909) dar, daß es auf Erden viele Völker gibt, deren Nationalismus noch heute nicht tot ist, in Europa wie in Afrika und Asien. Erst diese Vielgestalt der Völker und Sprachen schenkt uns (nach Haecker) Vaterland und Muttersprache; sie ist schön und erwächst aus dem Reichtum der menschlichen Natur. Die Mannigfaltigkeit ist (nach Pius XII.) nicht die Strafe von Babel, denn die Völker waren schon vorher (Gen. 10) verschieden. Die Babelsünde war (wie bei Thomas von Aquin) der Polytheismus; erst er zerstörte die Einheit der Menschenfamilie. Man darf eben nicht, wie es u. a. der Katharer Bonigrinus tat, die Verschiedenheit der natürlichen Völkerordnung auf die Ebene der übernatürlichen Heilsordnung übertragen; das ist Babel, das ist Sünde. Doch wächst auch die natürliche Ordnung, aus der *Einheit in Adam* entsprungen, langsam und geschichtlich ihrer Einheit wieder entgegen. Vorerst lebt die Weltkirche immer in der Diaspora, unter den Heiden verstreut, ein Ruf zur Sammlung; gelingen wird sie nicht ohne Gott[212]).

Alle Vorbehalte gegen die Geschichte schienen zu fallen; sie erwies sich nicht als lästiges Erbe, sondern als lebendige Fülle, die von Gott gesegnet ist. In solcher Zuversicht, die vom raschen Verblassen der peinlichen Vergangenheit und vom Aufschwung eines christlich-demokratischen Staatswesens begleitet, ja bisweilen getragen wurde, vergaßen manche, daß auch die Heilsgeschichte eine Aufgabe des Menschen ist, die ihm mißlingen kann. Man klammerte sich an den Buchstaben der Bibel, als verspräche er Sicherheit, als wäre er gegenwärtiger, verfügbarer Besitz. Von der Dichterin Luise Rinser (geb. 1911) erfuhren wir 1954, daß die stigmatisierte Therese Neumann in Konnersreuth Leidensgeschichte und Pfingstwunder visionär nacherlebt. Sie hört Christus in fremdartigem Hebräisch reden, das Aramäisch sein könnte (Rinser bezweifelt es). Die Visionärin gibt auch die Pfingstpredigt Petri wieder, die, hebräisch und aramäisch gehalten, von jedem in seiner Muttersprache verstanden wird; Therese hört sie auf deutsch[213]). Bedenklich ist nicht das Faktum der Ekstase, sondern ihre Publikumswirkung; sie verdrängt die wissenschaftliche Exegese. Nicht nur das Neue, auch das Alte Testament hat buchstäblich recht; der Journalist Werner Keller (geb. 1909) trug 1955 schwarz auf weiß zusammen,

---

[211]) Anonymus, Der Turmbau zu Babel – ein Märchen? Der Bericht der Bibel im Licht moderner Forschung und heilsgeschichtlicher Bedeutung, Leipzig (St. Benno-Verlag) 1958, S. 56–63.

[212]) Was hat Gott mit den Völkern vor? in: Der christliche Sonntag, Katholisches Wochenblatt 12 (1960) 205–208.

[213]) Die Wahrheit über Konnersreuth, Ein Bericht (Fischer-Bücherei 65), Frankfurt/Main-Hamburg 1954, S. 126–134.

was er für die Fakten hielt: Vor 1900 v. Chr., vor Abrahams Zeit, wurde tatsächlich der biblische Turm von Babel gebaut; in der Geschichte der Griechen läßt sich die Erfüllung von Gen. 9, 27 wirklich nachweisen; 72 weise Juden übersetzten, jeder in einer Zelle für sich, die Septuaginta; über die Sintflut gibt es 80000 Bücher in sage und schreibe 72 Sprachen[214]). Kellers Buch wurde in vielen Sprachen und zwei Millionen Exemplaren verbreitet ... Die Folge solcher Popularisierungen war ein wahlloser Gebrauch des Bildes vom Babelturm in der Presse; ob es um die Krise der Medizin oder um einen Kabarett-Sketch ging, ob internationale Theaterfestspiele, Verwechslungskomödien oder Produkte der Textilindustrie besprochen wurden – jedes Durcheinander war ein babylonischer Turm, über den sich der Kritiker erhaben dünkte[215]). Diesem billigen Optimismus verkündete freilich 1958 der Dichter Reinhold Schneider (1903–1958) das nahe, apokalyptische Ende: Menschliche Macht wird die göttlich gestiftete Geschichte herausfordernd vollenden, dann aber mit ihrem Babelturm scheitern; *denn seine Spitze erst ruft den Blitz herab*[215a]).

Daß die menschliche Geschichte im Angesichte Gottes mißlingen kann und oft mißlungen ist, vergaßen auch andere, vor allem baltische Autoren nicht; sie verloren eine alte Heimat mit ihren Traditionen, ohne sich die überzeugte Liebe zur Vergangenheit nehmen zu lassen. Es war fast noch eine Flucht aus der Gegenwart, als der Zeitkritiker Frank Thieß (geb. 1890) 1949 die Vorstellung rügte, der Mensch habe sein Geschick selbst in der Hand; dies sei das Grundübel der Gegenwart, eine Selbstvergottung des dürftigen Menschen, eine Konstruktion des babylonischen Turms[216]). In einer aufgelösten Gegenwart suchte 1952 auch der Erzähler Werner Bergengruen (geb. 1892) die unversehrte Ordnung der Vergangenheit. Sein letzter Rittmeister wehrt sich gegen moderne Massen und Menschenzusammenrottungen: *In den ersten Zeiten hat es so etwas nicht gegeben. Das ist frühestens mit dem Turmbau von Babel aufgekommen. Und danach ist es auch.* Sein Ideal ist die Zeit vor dem Turmbau, als es noch kein Nationalgefühl gab[217]). Freundlicher betrachtete 1952 der weitgereiste, wie Bergengruen in der Schweiz

[214]) Und die Bibel hat doch recht, Forscher beweisen die historische Wahrheit, Düsseldorf 1955, S. 290 f. (Babel), 315 (Gen. 9, 27), 315 f. (Septuaginta), 47 (72 Sprachen). – Verwandt sind Richard HENNIG, Wo lag das Paradies? Rätselfragen der Kulturgeschichte und Geographie, Berlin 1950, S. 79–83; Herbert WENDT, Es begann in Babel, Die Entdeckung der Völker, Rastatt 1958, S. V, 99.

[215]) Max KIBLER, Der Turmbau zu Babel, Sieben Aufsätze zur Krise in der Medizin, Stuttgart 1955, S. 56. Werner BÖKENKAMP, Ein Turmbau zu Babel, Das Fazit der Pariser Theaterfestspiele, in: Frankfurter Allgemeine Zeitung 2. 8. 1956. Peter LUFFT, Turm zu Babel, Schwedische Komödie in Braunschweig, ebenda 18. 3. 1957. Eugen SKASA WEISS, Babylonischer Turm aus Hemdenstäbchen, in: Fuldaer Volkszeitung 3. 10. 1959.

[215a]) Winter in Wien, Freiburg i. Br. 1958, S. 134 f.

[216]) Ideen zur Natur- und Leidensgeschichte der Völker, Hamburg 1949, S. 283.

[217]) Der letzte Rittmeister, München 1952, S. 35, 351.

ansässige Balte Sigismund von Radecki (geb. 1891) die derzeitige Welt. Daß Sprachen übersetzbar und erlernbar sind, setzt eine alle umfassende *verlorene Ursprache* voraus; ihr Verlust hängt zusammen mit dem *ersten technischen Großwerk*, dem Babelturm. Er sollte unter den gleichsprachigen Menschen die Erbauer besonders herausheben, war also die Verschwörung eines Klüngels gegen die Sprachgemeinschaft; sie wurde gebührend bestraft. Seitdem sind Technik und Sprache miteinander verbunden. Technik kann (wie Hegel von der Baukunst sagte) nur Einheit ausdrücken, nicht bewerkstelligen; Sprache muß sich dem Himmel fromm und geduldig nähern, auf pfingstliche Weise, durch Sprachenlernen, das ein Weg zurück zur Ursprache ist. Nicht die sprachliche Einseitigkeit, etwa von Luthers Ketzersprache (nach Stolz), sichert die Ordnung der Welt[218]). Aber die sprachliche Vielfalt ist trotzdem unser geschichtliches Schicksal, erwiderte 1949 und 1953 der Balte Reinhard Wittram (geb. 1902), Historiker in Göttingen. *Die Sprachkulturen sind weder Urgegebenheiten noch Heilsgüter, nichts Ursprüngliches und nichts Göttliches, wohl aber geschichtliche Gaben Gottes*. Die Eigenart der Völker und ihrer Sprachen wird bleiben als eine von Gott gegebene und vom Menschen zu hütende Ordnung; allein Gott kann sie ablösen[219]). Das Bekenntnis zur sinnvollen geschichtlichen Tradition wurde zugleich ein Bekenntnis zur Heilsgeschichte der Sprachen und Völker.

Nicht zufällig waren es Vertriebene, die das geschichtliche Leben im ganzen nach seinem Sinn fragten und dabei auf das Problem der Sprachen und Völker stießen. Der aus Königsberg nach Nordamerika emigrierte Historiker Hans Rothfels (geb. 1891) gab 1949, nach Tübingen zurückgekehrt, zu bedenken, daß die Völkergemeinschaft der Welt sich nicht durch Vereinheitlichung der Sprache festigen lasse (wie es die Amerikaner planten). Denn Gemeinschaften werden durch inhaltliche Übereinstimmungen gebildet; erst deren Folge könnte eine gemeinsame Sprache sein. Die geschichtliche Vielfalt ist nicht gewaltsam abzuschaffen; jedes Absolutsetzen eines Gedankens, einer Sprache, einer Nation im Dienste einer angeblichen Weltmission ist die Sünde von Babel. Wirrwarr tritt ein, wenn man Wörter als Fakten betrachtet, die Ideologie für Wirklichkeit hält. Dasselbe Symbol des Babelturmes betrifft *die unverständlichen und unverbindlichen Sprachen einzelner Wissenschaften, die zwar international, aber zugleich entmenschlicht sind*, und auch die Tatsache, daß der eine Teil der Welt unter „Demokratie" das Gegenteil von dem versteht, was der andere meint. Babel ist demnach dort, wo sich die Wörter nicht mehr mit Inhalten und Taten

---

[218]) Was ich sagen wollte, Köln-Olten 1952, S. 126–129 (Turmbau), 129–133 (Sprachen).

[219]) WITTRAM, Das Nationale 27 (Sprachkulturen). Nationalismus und Säkularisation, Beiträge zur Geschichte und Problematik des Nationalgeistes, Lüneburg 1949, S. 83 (Ablösung). Ähnlich Das Interesse an der Geschichte, Zwölf Vorlesungen über Fragen des zeitgenössischen Geschichtsverständnisses, Göttingen 1958, S. 45.

decken, wo sie allgemein und irreal geworden sind. Zwischen den beiden Polen des zu Speziellen und des zu Allgemeinen steht das Problem der Sprachen- und Völkerwelt überhaupt. Aus anmaßenden Einigungsversuchen, die Teilwirklichkeiten entweder absolutsetzen oder mißachten, erwächst deshalb (wie Niebuhr sagte) immer wieder nationale und soziale Spaltung. Man erkenne die faktische Verflechtung von Einheit und Vielfalt an und kuriere sie nicht mit sprachlichen Ideologien; schließlich kommt es in der Geschichte nicht auf Worte, sondern auf Überzeugungen an, oder vielmehr darauf, daß Worte und Überzeugungen ehrlich aufeinander bezogen bleiben. Man wird so vielleicht am Lauf der Dinge wenig ändern, aber die Menschenwürde bewahren und damit dem Babelturm der Geschichte ein bleibendes Denkmal entgegenstellen, wie es die deutsche Widerstandsbewegung gegen Hitler tat, *nicht um sich einen Namen zu machen, sondern um den deutschen Namen zu reinigen, nicht um einen Turm zum Himmel zu bauen, sondern um das Bild vom Menschen als im Ebenbild Gottes geschaffen wiederherzustellen*. Das Schicksal eines modernen Menschen zwischen den Kontinenten und die Einsicht eines Historikers zwischen den Schulen ließen Völker und Sprachen, Symbole und Metaphern zurücktreten hinter dem Menschen, der sich aller historischen Totalitäten und Nihilismen nur durch aufrichtige Humanität erwehrt und entledigt[220]). Im Dasein ist dies die Hoffnung; sie achtet das Gewesene, auch die biblische Warnung, sie distanziert sich vom Geschehenden, auch von seinen Siegern, sie hält sich offen für das Kommende, auch für seinen Schmerz.

War dies nicht schon Resignation? Gerade in Nordamerika konnte der Deutsche das Prinzip Hoffnung tätig am Werke sehen; wenigstens sah es der marxistische Philosoph Ernst Bloch (geb. 1885) bis 1947 dort und begriff den Babelturm anders als Rothfels. Er ist *die älteste, herbste aller Bauphantasien*, ein *rebellisches Bauwerk*, das Fragment blieb, aber *in der Bibel das Werk von Prometheus und Ikaros vertritt*, Anstürmen gegen die Himmelsgötter, Sehnsucht nach dem verlorenen Paradies, Schaffenwollen wie Gott. Der Turmbau ist Utopie, Hoffnung auf das Unmögliche; aber man darf nicht auf sein Scheitern sehen, man muß spüren, daß Hoffnung auf das Unmögliche dem Menschen das Leben erlaubt. Die Rebellion von Babel mißlang; die Rebellion des Marxismus wird gelingen, denn sie baut kein Luftschloß, sondern gründet sich auf nüchterne Erwartung des geschichtlich Möglichen. Die wahre Menschlichkeit wird erst mit dem Marxismus beginnen; *die wirkliche Genesis ist nicht am Anfang, sondern am Ende*[221]). Dann wird also auch der Babelturm vollendet.

---

[220]) Zeitgeschichtliche Betrachtungen, Vorträge und Aufsätze, Göttingen 1959: Sprache, Nationalität und Völkergemeinschaft S. 112–123; Zur Krise des Nationalstaats S. 124–145, hier S. 141 f. (Babelturm), 144 (Widerstandsbewegung).

[221]) Das Prinzip Hoffnung, Bd. 2, Frankfurt/Main 1959, S. 832 ff., 1498 (Prometheus und Babel), 1628 (wirkliche Genesis).

Aus dem amerikanischen Exil zurückgekehrt, erhoffte 1948 der marxistische Dichter Bert Brecht (1898–1956) gleichfalls das Heil von der nächsten Zukunft und der kollektiven Tat helfender Menschen. Man hat sie bisher durch das Vielerlei des Wissens und Redens voneinander getrennt und dadurch versklavt. Dem armen Soldaten hilft es wenig, daß er *in vielerlei Sprachen* kommandiert wird, wenn er nie erfährt, warum und wofür. *Unermeßliches Geschrei in allen Sprachen der Welt, das ihn anfeuerte!* Nichts davon bleibt ihm als sein Elend. Die herrschende Klasse versichert den stummen Unterdrückten immer wieder, daß sie *in ganz verschiedenen Sprachen* schweigen und einander deshalb gar nicht verstehen können; die Verschiedenheit der Sprachen wird (siehe Kautsky) ideologisch ausgenutzt, um die Eintracht der leidenden Menschen zu verhindern. In Wahrheit haben sie (wie bei Traven) doch eine gemeinsame Sprache, die ihrer hilfsbereiten Leidensgemeinschaft; sie werden nicht mit Menschenwürde resignieren, sondern zusammen die Geschichte selbst verändern[222]).

Diese eine Sprache ist nicht *jene biblische Ursprache aus Adams Zeit*, die in Babel zerschlagen wurde; aber es gibt sie auch in der Geschichte[223]). So versicherte 1951, im Anschluß an Stalins Linguistik-Briefe, der Berliner Sprachwissenschaftler Wolfgang Steinitz (geb. 1905). Sie ist, nach der Lehre seiner Berliner Kollegin Gertrud Pätsch von 1955, nicht aus Geist, Gefühl oder Spiel entstanden, sondern durch Handeln, *als Folge der Arbeit*, beim Werkzeugemachen; sie hat konkrete Realität[224]). Allerdings wurde auch hier wie in Rußland das Prinzip Hoffnung zwangsemeritiert und durch geschichtliche Leistung ersetzt. Was wird aber dann aus der Erwartung einer künftigen Kollektivsprache?

Das gab 1955 in Münster auch Hans Freyer zu, daß eine Wurzel der Sprache in der organisierten Arbeit liegt, im Zuruf, Signal und Arbeitslied. Aber eine Sache ist sie denn doch nicht; sie ist ein Wunder. Sie nur als Zeichensystem für Informationen anzusehen, heißt sie einengen, wie es Kunstsprachen tun. Allerdings sah Freyer mit Sorge, daß unsere modernen Sprachen auf dem Wege sind, solche Kunstsprachen, bodenlose sekundäre Systeme einer mechanisierten Welt zu werden; vielleicht bleiben sie nicht länger mehr gewachsene, geschichtliche Sprachen. Freyer, der dreißig Jahre früher von der Sprache weg auf die Wirklichkeit gewiesen hatte, resignierte nun vor der technischen Wirk-

---

[222]) Kalendergeschichten, Berlin 1949: Der Soldat von La Ciotat S. 115 (kommandiert); Geschichten vom Herrn Keuner S. 177 f. (in verschiedenen Sprachen schweigen).

[223]) Die Bedeutung der Arbeiten des Genossen Stalin über den Marxismus und die Fragen der Sprachwissenschaft für die Entwicklung der Wissenschaften, Protokoll der theoretischen Konferenz der Abteilung Propaganda beim Zentralkomitee der SED vom 23. bis 24. Juni 1951, Berlin 1952, S. 71 f.

[224]) Grundfragen der Sprachtheorie, Halle 1955, S. 67–74. – Ähnlich Karl Ammer, Einführung in die Sprachwissenschaft, Bd. 1, Halle 1958, S. 42 ff.

lichkeit, die dem Menschen seine Sprache entfremdet[225]). Aber darf man nicht doch dem Schwergewicht der sprachlichen Eigenwelt vertrauen? Der Slavist Dietrich Gerhardt (geb. 1911) in Münster bezweifelte, ob der *Babelfluch der 72 biblischen oder 2000 wirklichen Sprachen* je durch künstliche Sprachen aufzuheben sei. Unter die Versuche zu solchen Sonder- oder Geheimsprachen rechnete er auch das Pfingstwunder; mehr als Hilfssprachen sind kaum zu erwarten. Die weitere Entwicklung der Sprachenvielfalt richtet sich nach den politischen Ereignissen[226]).

Heißt das nicht immer noch äußeren Mächten zu viel Einfluß auf die Sprache zugestehen? Weisgerbers Mitstreiter, der Mainzer Sprachwissenschaftler Walter Porzig (geb. 1895) nahm 1957 die Verschiedenheit der Sprache als notwendige Folge ihrer Eigenart. *Daß es nicht nur eine, sondern sehr viele Sprachen unter den Menschen gibt*, weist auf die Geschichtlichkeit und Freiheit der Sprache hin. Nur so kann sie *ein Mittel zur Erfassung der Welt und die eigentliche Grundlage der menschlichen Gemeinschaft* sein. Unvermeidlich gehört zu den Folgen dieser Freiheit und Geschichtlichkeit die Trennung der Menschheit in viele Gruppen, die einander gar nicht oder nur auf Umwegen *in menschlicher Weise* verstehen. Das ist der Fluch vom Babelturm, der den Menschen zur Ohnmacht verurteilt; aber die Lehre von Babel ist auch positiv: Der Versuch des Turmbaus zeigt (wie bei Hall) *die Bedeutung der Sprachgemeinschaft für menschliche Gemeinschaftsleistungen*. So steht im Mittelpunkt das Problem der geschichtlichen Sprachgemeinschaft, nicht das der Sprachverschiedenheit, obwohl es von *mitunter lebensgefährlicher Bedeutung* ist[227]). Diese Bedrohung der gesonderten Gemeinschaften ist ernst, aber unser aller Schicksal.

Zuversichtlicher als früher meinte das jetzt auch Karl Jaspers. Er hielt 1947 das Sprechvermögen für ein *unerforschbares Rätsel des Menschseins*; die Sprache besteht nicht losgelöst vom Menschen. Die Vielfalt der Sprachen erklärt sich nicht als Drumherumreden; sie entspringt (wie bei Ortega) der *ursprünglichen Vielfachheit* des Daseins selbst. Die sprachliche Sonderung soll nicht zur Skepsis führen; sofern wir geschichtlich denken, müssen wir sie bejahen. *Von innen ergriffen . . . ist die Sprache gerade die Geschichtlichkeit, durch die allein Gehalt und Fülle des Allgemeinen ist. Eine allgemeine, wahre Sprache, die beste Sprache oder die hypothetische Ursprache ist eine hinfällige Idee; sie wäre der geschichtlichen Tiefe beraubt.* Jaspers verteidigte 1949 den einheitlichen Ursprung der Menschheit und

225) Freyer, Weltgeschichte 124 f.; Theorie des gegenwärtigen Zeitalters, Stuttgart 1955, S. 32, 53, 193 f. Dazu Hermann Lübbe, Die resignierte konservative Revolution, in: Zeitschrift für die gesamte Staatswissenschaft 115 (1959) 131–138.

226) Zur Problematik der künstlichen Weltsprachen, in: Studium Generale 4 (1951) 192–203, hier S. 196.

227) Porzig, Wunder 74 (nicht nur eine), 83 (Geschichte und Freiheit, Mittel zur Erfassung, menschliche Weise), 212 ff. (Turmbau), 88 (Sprachgemeinschaft, Sprachverschiedenheit), 93 (lebensgefährlich).

der Weltgeschichte, jedoch nicht die Einheit aller Sprachen; das Chinesische z. B. unterscheidet sich radikal von allen westlichen Idiomen. Man denkt an Hönigswald: Was die Menschen voneinander trennt, ist ihre Geschichte, sind ihre Sprachen; was die Menschen vereint, ist *Bewußtsein, Denken und Geist*, ist ihre Sprache[228]). An dieser Verquickung von geistiger Einheit und geschichtlicher Vielfalt ändern Vergangenheit und Zukunft nichts; sie ist die einfache und umfassende Struktur des Daseins. In ihr hat alles Platz, was uns widerfahren kann, solange wir die geschichtliche und geistige Freiheit vor unmenschlichem Zwang behüten. Solange wir Menschen sind, sprechen wir über alle Grenzen hinweg, auch wenn diese Grenzen mitten durch jedes Wort gehen. Die philosophisch geschulte, zwischen ihrer österreichischen Heimat, der Schweiz und Deutschland wandernde Dichterin Ingeborg Bachmann (geb. 1926), den Illusionen und Ausflüchten abhold, zog 1959 die Folgerung: In aller babylonischen Sprachverschiedenheit schwingt die pfingstliche Spracheinheit, im Kampf der Totalitäten die Menschlichkeit mit.

Wenn sich in Babel auch die Welt verwirrte,
man deine Zunge dehnte, meine bog –
die Hauch- und Lippenlaute, die uns narren,
sprach auch der Geist, der durch Judäa zog[229]).

In diesen Meinungen über Ursprung und Vielfalt der Sprachen und Völker spiegeln sich die tiefgreifenden Spaltungen und Wandlungen des deutschen Denkens der letzten Jahrzehnte. Es drehte sich meistens um das Menschenbild und verfehlte diese Mitte, nicht weil sie verloren wäre, sondern weil die Meinungen von einem Extrem ins andere schwankten: vom naturalistischen Rasseglauben zur idealistischen Ontologie, vom neuromantischen Allgeist zum expressionistischen Scheitern an der Realität, von der neukantianischen Symboldeutung zum geworfenen Dasein, vom brutalen Machtwillen zur magischen Naturphilosophie, von der dialektischen Theologie zur hiesigen Geschichte. Eine Synthese kam zunächst nicht zustande; die Gegensätze bewegten sich zwischen den Gipfeln Romantik und Positivismus, zwischen Dichtung und Wissenschaft, den deutschen Großtaten des 19. Jahrhunderts. Dieser Zirkel wurde immer wieder, gründlicher erst nach 1945 durchbrochen; die Herrschaft unbedingter und einseitiger Ansichten wurde beängstigend oft durch Banalität, doch oft genug durch Umsicht ersetzt. Was daran Wendigkeit, was Wandlung ist, steht noch nicht so fest wie das Ergebnis: Einheit und Vielfalt erscheinen

---

[228]) Von der Wahrheit (Philosophische Logik 1), München 1947, S. 395 f. (Rätsel), 411 (Vielfachheit), 421 (von innen ergriffen). Vom Ursprung und Ziel der Geschichte, München 1949, S. 65 ff., 306 ff. (Einheit des Ursprungs), 74 (Chinesisch), 66 (Bewußtsein . . .).

[229]) Anrufung des Großen Bären, Gedichte, München 1959, S. 14 (Hinweis von Prof. Harald Weinrich-Kiel).

nicht mehr als Gegensätze, sondern als Wirkungszusammenhang. Die immergleiche menschliche Geschichtlichkeit verwandelt in der Geschichte die Menschen stets neu; die geistige Einheit der Sprache kommuniziert mit der Vielfalt der Sprachen; geschöpflich Begrenztes und göttlich Allgemeines durchdringen einander. Geschichte, Sprache und Religion schlossen sich zu einem Feld zusammen, dessen Mitte sichtbar wurde, auch wenn die Ränder unscharf blieben. Denn das vielgestaltige Detail wurde nicht zum transparenten Symbol des Ganzen; es blieb das, was der Mensch ist: eine Metapher, die zu ihrem Ursprung transzendiert, ihn aber nie erreicht.

Dies scheint vorläufig der geistige Ertrag der Epoche zu sein. Von heftigsten Krisen erschüttert, konzentrierte sie sich überall zwischen Rußland, Amerika und Deutschland auf wenige lebensnotwendige Prinzipien und vernachlässigte entschlossener als das 19. Jahrhundert die Umstände und Überlieferungen. Die alten Traditionen starben daran; man sah die Geschichte nicht mehr als vielschichtiges Kontinuum individueller Entwicklungen und konstanter Kollektive, sondern als dauerndes Schicksal, das sich im einmaligen Augenblick entscheidet. Zunächst versteht jeder nur sich selbst, und auch das nur im Augenblick. Darum verzichteten Dichtung und Wissenschaft auf enzyklopädische Dichte, historische Abfolge und systematische Strenge; lieber spiegelten sie die Welt in Monaden von symbolischer Jederzeitlichkeit und faktischer Einmaligkeit[230]). Wie alles einfach Übergreifende rückten die Versöhnung des Menschen mit der Natur, die Synthese von Ursprung und Entfaltung, die Vereinigung der Sprachen und Völker in die Nähe der schrecklichen Vereinfachungen. Auch was im Detail wohnte, war nicht Gott; das Dasein Gottes wurde von der bewegten Welt, die Vorsehung von der Geschichte gesondert; vom natürlichen Kosmos und seiner technischen Zurüstung trennte sich die Existenz des Menschen. Der isolierte Mensch behielt bei sich weder die Wunder noch die Sachen, nur seine Erfahrung, Haltung und Hoffnung. Sogar deren Verkörperungen, Geschichte, Sprache und Glaube, büßten ihre verbindende Kraft ein; wenigstens auf Geschichte und Glauben ließ sich keine umfassende Solidarität mehr gründen. Das letzte Bindeglied zwischen den Extremen blieb die Sprache.

Die Kernfrage war nämlich nicht das pluralistische Verständnis für geschiedene Ganzheiten, sondern die humane Verständigung zwischen ihnen. Sie war oft vage oder platt, aber sie war möglich. Über alle Zeiten und Räume hinweg verbindet die tiefzerspaltene Sprache; ihre Unschärfe durchdringt alle eisernen Vorhänge; noch als unverständlicher Klang und absonderliche Metapher verbürgt sie den Zusammenhang des Menschenlebens und knüpft ihn neu. Sie macht die modernen Einblicke in die Tiefe des Daseins zu Ausblicken auf die Breite der Geschichte; sie lehrt, daß das Unvergleichliche allenthalben ähnlich,

[230]) Auerbach, Mimesis 507 ff.

das Unbedingte überall gleich bedingt, das einmalig Errungene jederzeit möglich ist. Mit Hilfe der Sprache versteht, wer sich verstanden hat, auch die Fremden und Toten; denn wir wurden nicht bloß ihre Nachbarn und Erben, wir sind ihre Brüder. Freilich verhüllt die Sprache sogleich, was sie zeigt, hinter Symbolen, Metaphern, Konkretionen, Abstraktionen; Glaube und Geschichte kommen nie zu Ende mit der Bemühung, ihr die Wahrheit zu entreißen. In diesem Zirkel um den Menschen und seine Sprache steht das Gleichnis vom Turmbau zu Babel, und darum ist es noch immer lebendig. Es spiegelt die paradoxe und polare Identität von Ursprung und Ziel, Einheit und Vielfalt, Welt und Detail, Altem und Fremdem; es spiegelt den Menschen in seinem Widerspruch.

*

Damit rundet sich der Kreis neuzeitlichen Denkens; denn mit dem humanistischen Lobpreis des autonomen Menschen hatte im 14. Jahrhundert die Lösung von der mittelalterlichen Kontinuität begonnen. Der Bruch wurde dann vertieft durch die Reformation, die den Widerspruch zwischen geistlicher Freiheit und kreatürlichem Menschen betonte. Entschlossene Konfession, in der Nation gefestigt, und duldsame Skepsis einzelner Humanisten spalteten das Abendland und sein Menschenbild vollends. Die Orthodoxie der barocken Scheinwelt fand sich mit dem Rationalismus der Systemdenker zu neuem Vertrauen auf menschliche Einsicht; die daraus erwachsende Aufklärung gewann, scheinbar aus der Erfahrung, eine Sicherheit humanen Fortschrittsglaubens, die sogar den Apologeten die religiöse Sehnsucht nahm. Im Gegenstoß begründeten Revolution und Romantik religiöses Geschichtsdenken zwar neu, aber diesseitig; sie verquickten das Heimweh nach dem All genialisch mit der Andacht vor dem Gesonderten. Dieser Stimmung widersetzten sich Ideologie und Realismus, um der Umwelt und Zukunft nüchtern und tätig zu dienen; sie überließen jedoch den Menschen seiner Einsamkeit zwischen Natur und Maschine. Die Erwartung des 20. Jahrhunderts läuterte die Entfremdung zum symbolischen Einklang des zerstückelten, widersinnigen Daseins; er bedeutet indes kein „Neues Mittelalter" und kein „Ende der Neuzeit". Der Kreis hat sich gerundet, aber er schließt sich nicht.

Die Gegensätze dieser Entwicklung gehören zusammen, doch niemand vereinigt sie; auf ihren gemeinsamen, mittelalterlichen Ursprung lassen sie sich nicht mehr reduzieren. Die Rückkehr zu geschlossenen universalistischen Weltbildern ist versperrt, weil der moderne Mensch mit sich allein ist. Er willigt in keine Heilsgeschichte und bildet kein Gottesvolk; er unterwirft sich keinem Allgemeinen, denn er ist einzig. Seine Zeitvorstellungen sind nicht von Ursprung und Ziel begrenzt, sondern vom zeitlosen, lebendigen Augenblick beseelt; der Moment ist flüchtig, aber selig. Im Raum sieht der Mensch kaum Heimat oder Ökumene und besetzt anstelle archimedischer Punkte nur seinen perspektivischen Standort; er schwankt, weil er schwerelos ist. Der Mensch ist immer unterwegs und kommt nirgends an. Er kann sich selbst zur Bindung erziehen, doch seine eigenste Freiheit macht ihn unbestimmt; darum bleiben seine Schöpfungen widerspruchsvoll und vordergründig. Das Individuum ist unendlich und unteilbar, auch wenn es bestimmte Werke und Gemeinschaften stiftet; diese Gestaltungen selbst beengen ihren unumschränkten Schöpfer bald und treiben ihn zur Erprobung des noch Unbewältigten, zur Aneignung des Allerfremdesten fort. Zwischen solchen Extremen verwirklicht sich die menschliche Mitte nicht; sie bleibt Idee, wird nicht einmal System. Gar die mittelalterliche Verknüpfung des Ungleichartigen, der universalen Gedanken und der lokalen Tatsachen, weicht einer dialektischen Entzweiung. Einerseits sehen Einzelmensch und kleiner Verband im gegenwärtig Besonderen konkretes Leben und heilige Vielfalt wirken; leicht scheint es den Selbstzufriedenen, als fänden sie im Sinnenfälligen mehr, nämlich auch die Fülle des Geistes. Anderseits greifen dichterische Fiktion und gelehrte Abstraktion einzelner über alle gesicherten Bruchstücke und Gruppen hinaus zur utopischen Harmonie des Unvergleichbaren; ihre Glaubenssätze wollen allerdings die verwickelte Wirklichkeit oft nicht bloß aufheben, sondern zugleich erfassen – und verbiegen sie dabei. Überall sucht man im Einseitigen das Ganze; wie könnte man es dort finden? Das Einende ist bloß geistig, nur die Vielheit des Besonderen ist wirklich; was aber der Glaube nicht mehr abstufend versöhnt, stößt in feindseligen Meinungen aufeinander. Wohl gibt es Distanz ohne Feindschaft; häufiger sind Gespräche ohne Einigung.

In dieser Lage bilden Religion, Natur und Geschichte keinen Ring gegenständlicher Weltordnung mehr; sie dienen dem Menschen nur noch einzeln als Entwürfe seiner Möglichkeiten. Weil er kein Gegenüber spürt, sind Ideen und Fakten lediglich seine Symbole, Spiegel oder Geräte; er erhöht sie zur überpersönlichen Macht, stellt sie sich frei gegenüber oder würdigt sie zum Werkzeug herab. Die Religion tut ihm vielerlei Dienste: sie erhebt den Spiritualisten über die Welt, macht den Naturgläubigen im Diesseits heimisch oder stützt egoistischen Erwählungsglauben; aber sie verbindet die Bezirke kaum mehr durch religiöses Geschichtsdenken, denn das Getrennte ist zwar heilig, aber auch unstetig. Ähnlich bricht sich das biblische Wort: es wird vernommen als übersinnliche Offenbarung oder als buchstäbliche Historie oder als Geheimtrost der Elite; es ist nicht mehr überall fortwirkende Wahrheit des allmächtigen Schöpfers. Denn die Bibel ist Sprache, allenfalls Mythos; deshalb deutet die Exegese nicht das Vorgegebene, sondern setzt das Verständliche voraus; weil der Mensch nicht antworten mag, entspricht ihm der Anruf Gottes nicht.

Ebenso verfährt er mit der Natur: sie bleibt dem fremd erhaben, der sie als Gottes eigentliche Offenbarung preist; sie hält dem still, der sie als organischen Grund seines Wachstums empfindet; sie wird dem dienstbar, der sie technisch verwendet. Sie ist dem Menschen, was er aus ihr macht, aber sie spricht nicht mit ihm; was sie im ganzen ist, weiß er nicht. Gleich unbegreiflich wird ihm die Geschichte als zusammenhängende Überlieferung und Erbschaft. Im Relativen bleibt sie ehrwürdig, als mystisches Wunderwerk, das alles Mittun verschmäht, als Entwicklung, ja Wiederkehr des menschlich Möglichen oder als Erfolg der eigenen Gruppe. Geschichte ergibt sich dem kulminierenden Augenblick, meistens der aktuellen Gegenwart; sonst wird sie zum musealen Objekt des Historismus, wenn nicht zu boshafter Fälschung oder frommem Selbstbetrug. Als ganze ist sie ewig wandelbar, meist ohne genealogische Kontinuität und strukturelle Stabilität; jedenfalls kennt man sie nicht mehr als zuverlässige Entfaltung eines in der Tradition gehüteten Ursprungs. Als Schatzhaus menschlicher Erfahrungen bewahrt sie allerdings im Primitiven, Exotischen oder Archaischen beispielhaft den Urgrund und Umkreis menschlichen Wesens; jedoch umfaßt und gestaltet sie es nicht und bietet es bloß als zeitnahe Lebenshilfe und Unterpfand künftiger Hoffnung dar. Freilich gehört uns die Zukunft noch nicht, und die Entscheidung des Augenblicks bleibt ein Abenteuer; zur Zuversicht gesellt sich die Angst. Aber da weniger die Bewahrung als die Verwandlung das Leben zu befruchten scheint, verkünden die Propheten immer lauter den Übermenschen, der die begrenzte Geschichte sprengen und den verwirrten Menschen verklären soll.

Als natürliche und geschichtliche Erscheinungen vertreten auch Sprachen und Völker nur den Menschen, ohne Transzendenz und Etymologie; ihre Wahrheit ist nicht mehr die kosmische Ordnung der Heilsgeschichte, sondern die menschliche Not, Weisheit oder Willkür. Die Sprache erscheint als unbeholfenes Zeichen, das weder den Dingen noch der Person entspricht, oder als magisch-poetischer, auch als logisch-objektiver Kosmos mit eigenen Gesetzen oder als geheiligtes Schutzbild einer verschworenen Auslese; immer ist sie zerspalten. Zwar gelten alle Einzelidiome als bloße Fragmente von Sprache, doch verkörpert sich diese nur in grundverschiedenen Muttersprachen; sie sind wohl wandelbar, dauern aber länger als der einzelne, verkünden ihm Ursprung und Weltbild und formen ihn. Weil sie trotzdem parteiisch und ungenau bleiben, plant man die künstliche Weltsprache, die aus allen Idiomen die mathematische Summe ihrer Wahrheiten ziehen und das Unbestimmte gerecht gliedern soll; der Mensch hält sich dieses Aufschwungs für fähig, weil er ihn wünscht. Vorerst behält freilich jeder seine eigene Sprache, die er nicht ganz in Worten ausdrücken und im Gespräch mitteilen kann. Inmitten aller modernen Kommunikation wurde die Sprache zum Monolog; sie ist nicht das Menschen Verbindende, geschweige denn das Band um die Schöpfung. Aber noch immer haftet sie jedem Menschen an, lockend und lästig. Als ein verwandtes Danaergeschenk entpuppt sich das Volk. Die selbstherrliche Nation schloß sich einst hochgemut zusammen und entwarf wie ein potenziertes Individuum ihre eigene Tradition, ihren autochthonen Ursprung und edlen Stammbaum; aber indem sie den einzelnen stützt, unterjocht sie ihn. Aus historischen Umständen entstanden, ist sie kein dauernder Halt; sie bleibt der täglichen Bewährungsprobe ausgesetzt und erliegt ihr eines Tages. Dennoch ist sie unentbehrlich. Andere Gemeinschaftsformen, von der Konfession bis zur Humanität, von der Klasse bis zur Gesellschaft, wollen die Nation ersetzen, entgehen aber ihrem Schicksal nicht. Je strenger sie sich absondern, desto schneller werden sie von der Kraft ihrer Gegner widerlegt; maßvolle Bünde und großzügige Mischungen aber bleiben brüchig und schwach. Seine eigenen Schöpfungen verweisen den modernen Menschen immer wieder zurück auf seine unteilbare Gespaltenheit.

Seine Fragwürdigkeit wird ihm nicht mehr durch verhüllende Mythen und vertauschbare Gleichnisse verdeckt; er hat sich dieses Trostes entledigt. Die handfesten Traditionen des Mittelalters überstanden die Zerreißprobe nicht; Teile von ihnen werden zwar noch als geheimnisvolle Zeichen, geschichtliche Tatsachen oder literarische Vorwände gebraucht, doch mit ihrem Zusammenhang verloren sie ihre Zauberkraft. Nur Träumer und Schwärmer halten sich noch an die goldene Kette der Paradiesessprache und des Urvolkes, der 72 Sprachen und der Völkerteilung, der Himmelssprache und des Gottesvolkes. Von dem weithinschwingenden religiösen Geschichtsdenken blieb nur ein Ausschnitt lebendig, die gequälte Frage nach der geschichtlichen Struktur des Menschen, nach seinem Selbstverständnis. Was im Mittelalter bloß Nebenfrucht sicheren Wissens war, wurde zur Kernfrage hartnäckigen Zweifels; aber während man die meisten mittelalterlichen Antworten verwarf, behielt man manche mittelalterliche Vokabeln. Sie verdanken ihr zähes Fortleben weniger ihrer Anschaulichkeit und Glaubwürdigkeit als ihrer Vieldeutigkeit. Das beziehungsreichste und verwirrendste Wort unseres Themenkreises ist das langlebigste: Babel. Der Turm von Babel stand am Knotenpunkt von Religion und Geschichte; das zwischen Gott und Völkern spielende Gleichnis ist sprachlich fruchtbar geblieben und geschichtlich wandelbar geworden. Der Neuzeit enthüllte es eine neue Bedeutungsschicht. Immer seltener bezeichnet es ein historisches Faktum wie die Verschiedenheit der Sprachen und Völker, immer häufiger das menschliche Schicksal insgesamt: den Humanismus und den Egoismus, das Weltbürgertum und den Nationalstolz, die Poesie und die Philosophie, die Wissenschaft und die Technik, die menschlichen Schöpfungen und die Beschaffenheit ihres Urhebers, die Anmaßung des Menschen und sein Scheitern, schließlich sein Einverständnis mit seiner Freiheit und seinem Geschick.

Man nimmt Babel nicht mehr wörtlich, sondern als Metapher und Topos; dennoch hat das Gleichnis bei der Entmythologisierung an Dringlichkeit gewonnen. Denn es ist Ausdruck des Menschen und Anruf an ihn. Im Verschleiß der Topoi, noch im platten Gerede offenbart sich der ganze Mensch, weil er sich vom Ernst seiner Sprache nicht freimachen kann. Dieser Ernst zwingt ihn weder zur Verzweiflung noch zum Übermut, sondern zur Offenheit der Erkenntnis und des Bekenntnisses. Wer sein wechselndes Schicksal durchschaut und zu seinen flüchtigen Worten steht, der hat das Gleichnis verstanden, und seine Sprache wird verstanden; er geht im Auf und Ab der Geschichte nicht unter.

Was in den plumpen Zusammenfassungen des Mittelalters Einsicht und Eingeständnis war, lebt weiter. Es legte im lateinischen Mittelalter den gemeinsamen Grund der europäischen Literaturen und trägt noch die neuzeitlichen Differenzierungen. Denn soweit die Traditionen von Ursprung und Vielfalt der Sprachen und Völker Konfessionen abendländischen Daseins sind, treffen sie die menschliche und geschichtliche Wirklichkeit, das Grundgesetz noch der Moderne wie schon des Mittelalters, die *discordia concors*. Ihre Weisheit ist indes älter als das Abendland; sie wurde und wird hier nur teilweise begriffen und einseitig überspitzt. Offenbar sind Religion, Geschichte und Sprache mehr als ihre mittelalterliche Summe, mehr als ihre modernen Teile, auch mehr als die abendländische Summe ihrer Teile. Ihre ganze Fülle verkörpert sich in keiner einzelnen Idee, Person, Institution, Epoche oder Kultur, sondern in den unendlichen Details der einen Weltgeschichte, die jeden Menschen, jede Zeit, jedes Volk zu einer Einheit des Vielgestaltigen fügt, Gedanken und Geschehnisse einander zuordnet, ihre Gegensätze hervortreibt und einschmilzt. Aus welchem Grund und zu welchem Ziel, darüber sagt die Geschichte nichts; der Historiker muß sich, eingedenk seiner begrenzten Lage und Sprache, damit bescheiden. Erst dem zeitlichen Schluß könnte der logische folgen; während der Durchführung des Themas sind viele Schlüsse möglich, aber es sind Trugschlüsse. Solange die Geschichte sich an uns vollzieht, wird sie uns schwerlich über uns hinausführen zur vollendeten Harmonie; sie wird uns in jener Vielfalt von Einseitigkeiten belassen, in der wir leben. Aber so punktuell und fragmentarisch dieses Leben ist, es wird erst sinnlos, wenn wir uns mit seiner Unbestimmtheit begnügen; Geschichte und Sprache verlangen unsere Selbstbestimmung und Selbstbesinnung in jedem Augenblick von neuem und fordern uns auf, über unseren kleinen Kreis hinaus die Punkte zu verbinden und die Fragmente zu sammeln. Aus dem bisher Geschehenen und Gesagten, aus dem Vergleich der Zeiten und Völker lassen sich in der Tat Folgerungen ziehen, die wenigstens den Annäherungswert vorläufiger Erfahrungen haben. Ihretwegen wurde diese weitläufige Untersuchung begonnen; bei ihnen soll sie schließen.